高青丘集

上

〔明〕高啓　著
〔清〕金檀　輯注
徐澄宇　沈北宗　校點

上海古籍出版社

圖書在版編目(CIP)數據

高青丘集／(明)高啓著;(清)金檀輯注;徐澄宇,沈北宗校點.
—上海:上海古籍出版社,2013.4(2024.7重印)
(中國古典文學叢書)
ISBN 978-7-5325-6761-4

Ⅰ.①高… Ⅱ.①高…②金…③徐…④沈… Ⅲ.①古典文學—作品綜合集—中國—明代 Ⅳ.①I214.82

中國版本圖書館CIP數據核字(2013)第035580號

中國古典文學叢書
高青丘集
(全二册)
[明]高 啓 著
[清]金 檀 輯注
徐澄宇 沈北宗 校點
上海古籍出版社出版發行
(上海市閔行區號景路159弄1-5號A座5F 郵政編碼201101)
(1)網址:www.guji.com.cn
(2)E-mail:guji1@guji.com.cn
(3)易文網網址:www.ewen.co
常熟人民印刷有限公司印刷
開本850×1168 1/32 印張35.25 插頁10 字數710,000
2013年4月第1版 2024年7月第2次印刷
印數:1,801—2,600
ISBN 978-7-5325-6761-4
I·2656 平裝定價:148.00元
如有質量問題,請與承印公司聯繫

高青丘集總目

前言

卷之一

樂府一百三首……一

卷之二

樂府六十七首 補四首……六四

琴操四首……九七

辭三首……九九

三言一首……一〇一

三四言一首……一〇二

卷之三

五言古詩八十八首……一〇三

卷之四

五言古詩八十四首……一四三

卷之五

五言古詩六十八首……一九三

卷之六

五言古詩九十一首……二三三

卷之七

五言古詩五十八首 補十八首……二七一

卷之八

七言古詩四十二首……三一〇

卷之九

七言古詩四十四首……三五〇

卷之十

七言古詩四十八首 補十首……三九五

卷之十一

長短句體三十七首補一首……四三三
卷之十二
五言律詩一百八十首……四五九
卷之十三
五言律詩八十一首……五一七
五言排律二十三首補二首……五四三
卷之十四
聯句六首……五六二
六言律詩五首……五七二
七言律詩七十一首……五七三
卷之十五
七言律詩一百五十首補十五首……六〇四
卷之十六
五言絕句一百八十八首補三十六首……六六六
六言絕句七首……七一四
卷之十七
七言絕句一百六十首……七一七
卷之十八
七言絕句一百六十一首補五十一首……七六六
補遺
古今體詩一百三首從朱紹編刻三先生詩集補　原序跋附……八一八
鳧藻集五卷……八四七
扣舷集一卷……九六三
附錄……九七五

（校記）卷之七目錄小字注「補一十八首」誤，改一作二。補遺目錄下小字注末有「原序跋附」四字，並依別本補。

前言

明代詩人中，高啓天才絕特，諸體並工，後人推許爲有明三百年詩壇的巨擘。

高啓（一三三六——一三七四）字季迪，號青丘子，長洲（今江蘇蘇州市）人。在他短暫的一生——三十九年間，創作了大量詩篇，無論從質或量方面來說，都非常可觀。清人趙翼說他的詩「使事典切，琢句渾成，而神韻又極高秀，看來平易，而實則洗鍊功深。」他作品豐富，流傳到現在，除文和詞外，詩就有二千餘首。

高啓祖籍開封，隨宋室南渡，家於臨安山陰。元末浙中戰亂，避地吳門，卜居長洲北郭，和張羽、徐賁、王行、高遜志、宋克、唐肅、余堯臣、呂敏、陳則等相鄰近，時以詩文切磋，號稱「北郭十友」；同時，又與楊基、張羽、徐賁，被推崇爲「吳中四傑」，當時論者把他們與「初唐四傑」相比擬。

元末羣雄競起，各霸一方。張士誠據吳稱王，用饒介爲淮南行省參政，典文章。高啓爲所物色，擔任幕僚，楊基、張羽、徐賁等也都應徵出山。後來明太祖朱元璋次第削平諸割據勢力，推翻元朝統治，統一中國，建立了朱明新政權。卽位之初，廣攬人才，他們又不得已出仕新朝。但朱元璋是個權力欲極強的人，對臣下心存猜忌，爲了加強極權統治，采取嚴厲鎮壓、濫加殺戮的政策，功臣尚多不免，何況曾在他的死對頭張士誠手下任職的人！這不能不使他們產生危懼感，時刻處於憂慮警惕之中。

洪武二年（一三六九），高啓三十二歲，應詔赴金陵纂修《元史》，翌年史成，授翰林編修；七月，擢爲戶部侍郎，他以「踰冒進用」爲辭而懇求辭官，得到允許，放歸田里，在《酬謝翰林留別》詩中說出他的思想顧慮道：「並命超列卿，寵極翻憂驚。」在歸田園後《效樂天》詩中更明白地道出他的眞實思想：「辭闕是引退，還鄉豈遷逐？……請看留侯退，遠勝主父族。我師老子言，知足故不辱。」消極地僅想求得免禍。歸里之後，他還爲「遭逢聖明，蒙恩賜還，無投荒之憂」而竊自喜慰，認爲自己的命運比韓愈、蘇軾的貶謫竄逐要略勝一籌。但是朱元璋終究沒有放過他。

洪武六年（一三七三），蘇州知府魏觀把府衙修建在張士誠宮殿的遺址上，被人告發，其《郡治上梁文》爲高啓所作，中有「龍蟠虎踞」之句，觸了朱元璋的大忌，盛怒之下，便把魏觀與高啓一併處以腰斬的極刑，卒年僅三十九歲，時爲洪武七年（一三七四）。其實，眞正的原因，據說是高啓曾做過一首《題宮女圖》詩（見卷十七），朱元璋以爲他意存諷刺，本來就嗛而未發，（按：清初吳喬《答萬季野詩問》：「太祖破陳友諒，貯其姬妾於別室，李善長子弟有窺覘者，故詩云然。李、高之得禍，皆以此也。」均較詩注及年譜注得其實。）《上梁文》不過是藉口罷了。「吳中四傑」中，張羽投江，徐賁獄死，楊基輸作勞役，死於貶所，而以高啓被禍最慘。

《四庫全書提要》以爲「高啓詩天才高逸，實踞明一代詩人之上。其於詩，擬漢、魏似漢、魏，擬六朝似六朝，擬唐似唐，擬宋似宋，凡古人之所長，無不兼之。振元末纖穠縟麗之習而返之於正，啓實有力。」但一方面對他又惋惜地慨嘆說：「然行世太早，殞折太速，未能鎔鑄變化，自爲一家，故備有古人之格，而反不能名啓爲何格，此則天實限之，非啓過也。」

四庫館臣認爲高啓詩的主要缺點是未能自成一格，恐怕也未爲的論。他的摹擬漢、魏、唐、宋，正是轉益多師，在他的作品中，仍能充分地表現出他的思想和個性。他在《缶鳴集序》中，就反映出刻意爲詩的情景，他說：「古人之於詩，不專意而爲之也。《國風》之作，發於性情之不能已，豈以爲務哉！沒世始有名家者，一事於此而不他，疲殫心神，蒐刮物象，以求工於言語之間，有所得意，則歌吟蹈舞，舉世之樂者不足以易之，深嗜篤好，雖以之取禍，身羅困辱而不忍廢，謂之惑非歟？」在《青丘子歌》中，尤以此自負。在《獨菴集序》中，闡述他對詩的見解說：「淵明之善曠，而不可以頌朝廷之光；長吉之工奇，而不足以詠丘園之致，皆未得爲全也，故必兼師衆長，隨事摹擬，待其時至心融，渾然自成，始可以名大方而免夫偏執之弊矣。」

明初詩壇風氣，重在擬古，到明中葉，詩壇上前後七子的出現，實際上就是承繼明初擬古之風而掀起的復古運動，他們所倡「文必秦漢，詩必盛唐」的主張，幾乎與高啓「言選則入於漢、魏，言律則入於唐」（見周傳《謝晉蘭庭集序》卷首）的詩格如出一轍，所不同者，高啓長於以「多師爲師」，格調性靈能同時兼顧，且在一定程度上還能反映元末明初的時代氣息。而前後七子却偏重格調形式的模擬，未免有生吞活剝之誚。當然，高啓的詩也存在很多的缺點，首先，由于他很少關切人民的生活和鬬爭，對人民的思想感情缺乏深入理解，因而就不可能寫出熱愛祖國、關心人民的不朽之作；甚至元末明初這樣一個充滿着鬬爭和苦難的年代，在他的作品中也很少描述和反映。其次，除了中年横遭摧折之外，足跡囿於東南一隅，視野不廣，也是一個致命的缺點，使他不能飽覽名山大川、窮荒絶域，像司馬遷所説的使文章有奇氣。這在歷來著名詩人之中，像高啓這樣株守故園的可説是絶無僅有，這就使他難以成爲像杜甫那樣的偉大詩人。

高啓的詩集，有《吹臺集》、《江館集》、《鳳臺集》、《婁江吟稾》、《姑蘇雜詠》等，詩凡二千餘首，自選定爲《缶鳴集》十二卷，共録詩九百餘首；由他的内姪周立於永樂元年印行，這是高啓詩集最早的版本。到景泰初年（約當一四五〇左右），徐庸掇拾遺佚，合爲一編，題作《高太史大全集》，凡十八卷，《四部叢刊》影印的就是這個版本。這個版本也並不完全，例如成化間由張習編的《槎軒集》中有些詩就未被搜集進去，何況其中還有很多闕脱、墨塗、鈔寫舛誤等，且未編列目次。高啓的文集《鳧藻集》、詞集《扣舷集》，正統九年由周忱刊行，内容比較完備，《四部叢刊》曾據以影印，别名《高太史鳧藻集》，不在《大全集》内。清雍正間金檀輯注的《高青丘詩集注》，歷來認爲是高啓詩集最完備的版本，他不但從《槎軒集》内補入很多《大全集》中所未載的佚詩，還廣泛地從方志及他人編輯的合集中搜輯了許多遺詩，並附録本傳、年譜，及與高啓同時人的哀誄、祭文、悼詩和後人對他的詩評、雜記等。《鳧藻集》和

《扣舷集》也附在詩集之後，高啓的詩文集，當以這一版本爲最完善。五十年代後期，徐澄宇先生對本書進行斷句整理的，就是以雍正六年金檀集注的文瑞樓刻本作底本，而校以墨池館本、竹素軒本、濂溪書院本，和諸家所編合集，如《明三十家詩選》、《列朝詩集》、《明詩綜》、《皇明詩選》、《明詩別裁集》等，對某些文字及標題有不同的地方，曾別列校記，以供讀者參互比較。

徐先生不幸逝世後，由我補加新式標點。除保留了徐先生的校記外，並對原金檀注文中所引書、篇名進行規範統一，對引文中因錯訛而乖文意者，作了訂正，不再出校。原書未載的部分高啓傳記、諸家評語、版本書目及提要、題識等，次諸卷末，作爲附錄，供研究者參攷。

本書蒙呂貞白先生題簽，幷此志感。

沈北宗

一九八一年十一月

高青丘集目錄

卷一

樂府

上之回……一
君子有所思行……二
李夫人歌……三
古別離……三
燕歌行……四
吳趨行……五
南山有烏……六
玉波冷雙蓮……六
芷秀葯華……七
吳鉤行……八
短歌行……八
白馬篇……九
宛轉行……一〇
長門怨……一〇
班婕妤……一〇
閶闔篇……一一
塞下曲……一二
折楊柳歌詞二首……一三
空侯引……一四
將進酒……一四
雨雪二首……一六

羅敷行……一七
當壚曲……一七
遊俠篇……一八
關山月……一九
鞠歌行……一九
古詞……二〇
王明君……二〇
烏夜啼……二二
行路難三首……二三
劉生……二四
怨歌行……二四
雉子斑……二五
蒿里歌……二六
薊門行……二六
巫山高……二七
上留田……二七
董逃行……二八
碧玉歌……二九
堂上歌行……二九
隴頭水……三〇
少年行二首……三〇
芳樹……三一
放歌行……三一
空城雀……三三
相逢行……三三
妾薄命……三三
神仙曲……三四
結客少年場行……三五
長相思……三六
君馬黃……三六

團扇郎……三七
楊白花……三七
門有車馬客行……三八
估客詞……三八
櫂歌行……三八
雞鳴歌……三九
華山畿……四〇
長安有狹斜行……四〇
雙桐生空井……四一
征婦怨……四一
襄陽樂……四二
飲酒樂……四二
鳳臺曲……四三
美女篇……四三
將軍行……四四
長安道……四六
洛陽陌……四六
悲歌……四七
邯鄲郭公歌……四七
車遙遙……四八
楚妃歎……四九
神絃曲……四九
白紵詞二首……五〇
阿那瓌……五一
江南思……五一
銅雀妓……五二
猛虎行……五二
湘中絃……五三
獨不見……五三
豔曲二首……五四

羽林郎……五四
燕燕于飛……五五
浮游花……五五
野田行……五六
壯士行……五六
邯鄲才人嫁爲廝養卒婦……五七
秋風引……五七
涼州詞二首……五八
虞美人曲……五八
築城詞……五九
永嘉行……五九
神女宛轉歌二首……六一
東門行……六二

卷二

樂府

愛妾換馬曲……六四
美人磨鏡辭……六四
朝鮮兒歌……六五
野老行送陳大尹……六七
秋江曲送顧使君……六七
湖州歌送陳太守……六八
秦箏曲……六八
從軍行……六九
大梁行……七〇
東飛伯勞歌……七一
春江花月夜……七一
踏歌行……七二

子夜四時歌……七二
迎送神曲……七三
有所思……七三
吁嗟篇……七四
擊筑吟贈張贊軍……七五
苦哉遠征人……七五
鑿渠謠……七六
荊門壯士歌……七六
城虎詞……七七
寒夜吟……七七
戍婦詞……七八
羈旅行……七八
小長干曲……七九
春江行……七九
寄衣曲二首……七九
廢宅行……八〇
青樓怨……八一
聞角吟……八一
刺促行……八一
牧牛詞……八二
捕魚詞……八二
養蠶詞……八二
射鴨詞……八三
伐木詞……八三
打麥詞……八四
采茶詞……八四
賣花詞……八五
洞房曲……八五
待月詞……八五
惜花歎……八六

照鏡詞……八七
田家行……八七
憶遠曲……八七
金井怨……八八
送客曲……八八
里巫行……八九
主客行……八九
春夜詞……九〇
新絃曲……九一
竹枝歌六首……九一
轉應詞二首……九三
五雜組二首……九三
五噫歌弔梁伯鸞墓……九四
疊韻吳宮詞……九四
鶴媒歌……九五
牛宮詞……九五
照田蠶詞……九五
妾薄命 以下三首補……九六
出門行……九六
田家行……九六
病駝行……九七
琴操
風樹操……九七
之荆操……九八
登丘操……九八
望歸操……九九
辭
望虞山辭……九九
放鶴辭……九九
弔伍子胥辭……一〇〇

三言
梧桐園……一〇二
三四言
王敬伯歌……一〇二

卷三

五言古詩
擬古十二首……一〇三
寓感二十首……一〇七
詠隱逸十六首　向長　周黨　王霸　梁鴻　法眞　韓康　陳留老父　龐公　漢濱老父　王績　朱桃椎　武攸緒　盧鴻　秦系　陸龜蒙　張志和……一一三
吳越紀游十五首　始發南門晚行道中　渡浙江宿西興民家　早過蕭山歷白鶴柯亭諸郵　次錢清江謁劉寵廟　登蓬萊閣望雲門秦望諸山　聞長槍兵至出越城夜投龜山　夜抵江上候船至曉始行　登鳳凰山尋故宮遺跡　宿湯氏江樓夜起觀潮　過奉口戰場　泊德清縣前望金鵝玉塵二峰　舟次敢山阻風累日登近岸荒岡僧舍　過硤石　謁雙廟　登海昌城樓望海……一二四
春日懷十友詩　余司馬堯臣　張校理羽　楊署令基　王隱君行　呂道士敏　宋軍咨克　徐記室賁　陳孝廉則　僧道衍　王徵士彝……一三三
秋懷十首……一三八
出郊抵東屯五首……一四一

卷四

五言古詩

感舊詶宋軍咨見寄……一四三
蕭鍊師鷹窠頂丹房……一四五
隨月圖……一四七
映雪圖……一四七
顧榮廟并引……一四七
停君白玉卮……一四九
讀史……一五〇
雜詩……一五一
池上雁……一五一
題綠綺軒……一五二
答張山人憲……一五二
澄景閣夜宴……一五三
贈馬冠軍……一五三
送劉明府……一五四
暮歸……一五四
澹室爲吳君賦……一五五
空明道人詩……一五五
九日無酒步至西汀閒眺……一五六
題倪雲林所畫義興山水圖……一五六
錢孝子廬墓……一五七
送蜀山人歸吳興兼簡菁山靜者……一五八
幼文約余與止仲同宿士明鶴瓢山房爲試茶之會余既入郭而幼文已歸山中士明亦往海上止仲復以事不赴士明姪元修留余夜話因賦是詩以書耿耿……一五八
晚憩靈鷲院池上……一五九

贈談鬼谷數瞽師金松隱……一五九
贈惠山醫僧東山……一六〇
嫣雌太史自海上入郭因得追遊以敍舊好今日風雨偶闕晤言樓居早寒懷人尤甚想孤寓僧林同此岑寂也賦是以寄瞻戀之意……一六一
送徐七山人往蜀山書舍……一六三
會宿城西客樓送王太史……一六四
題林居圖兼簡盧公武……一六四
鴻山書舍圖爲黃君伯淵賦……一六五
詠三良……一六五
詠荊軻……一六五
魏使君見示呂忠肅公舊贈詩因賦……一六七
題秋林高士圖……一六九
春草軒雨中懷王太史……一六九
始還西齋……一六九
次徐山人與倪雲林贈答詩韻……一七〇
因病不飲……一七一
三鳥……一七一
題陳生畫……一七一
青丘道中……一七二
送李用和提舉……一七二
贈銅臺李壯士……一七三
題春江送別圖送王使君彥強……一七四
蘭室爲袁省郎賦……一七四
我愁從何來……一七四
賦得法華雨送惠上人歸江上……一七五
秋風……一七五
秋雨……一七六
題曹氏春江雲舍……一七六

燕客次蔡參軍韻……一七六
退思齋爲蔡參軍賦……一七七
遊師子林次倪雲林韻……一七七
尹明府所藏徐熙嘉蔬圖……一七八
來鴻軒……一七八
蘿徑……一七九
茶軒……一七九
讀書……一七九
過立公房……一八〇
賦得桃塢送別……一八〇
東園種蔬……一八一
聞張著作值雨宿陳山人園因寄……一八一
鄭隱君秀野軒圖……一八二
與諸公飲綠茗園……一八二
送上海石明府……一八二
逢雲巖僧元實將赴湖上賦以送之……一八三
舟歸雨中……一八三
秋夜會飲送劉別駕得星字……一八三
送陳博士歸番禺葬親……一八四
渡吳淞江……一八四
無言上人丈室逢李道士……一八四
贈陶篷先生……一八五
孤鶴篇……一八六
雜詩……一八六
白水冒我田……一八七
送韓司馬赴邊郡……一八七
醉贈王卿……一八八
送賈二文學北遊……一八八
送海昌守李使君遷海虞……一八八
端居懷兩王孝廉……一八九

送芑上人東歸……一八九
大水……一八九
送黃主簿之歸安……一九〇
送王推官赴潮陽……一九一

卷五

五言古詩

吳王郊臺……一九三
長洲苑……一九四
甪里村……一九五
死亭灣……一九五
毛公壇……一九六
稚兒塔……一九七
三賢堂……一九七
干將墓……一九八
吳桓王墓……一九九
虎丘次清遠道士詩韻……二〇〇
天平山……二〇一
讀書所爲錫山朱隱君子敬賦……二〇二
丁山人清樾軒……二〇三
西齋池上芙蓉……二〇三
贈松江張主簿……二〇三
客有不樂者……二〇三
送張文學之檇李……二〇四
贈羣上人……二〇四
送李別駕赴越……二〇四
龍門……二〇五
太湖……二〇五
天池……二〇七
劍池……二〇八

練瀆……二〇八
明月灣……二〇九
越來溪……二一〇
採蓮涇……二一〇
顧辟疆園……二一〇
松江亭……二一一
南峯寺……二一一
楞伽寺……二一二
慧聚寺……二一三
寒泉……二一三
乘魚橋……二一四
支遁菴……二一四
鬭鴨篇……二一五
言公井……二一五
弔幽獨君……二一六

靈巖寺響屧廊……二一六
陪臨川公游天池三十韻……二一七
夜飲余左司宅得細字……二一八
劉凝之騎牛圖……二一九
贈兒醫吳氏昆季……二一九
京口張氏世壽堂……二二〇
剡源九曲……二二一
詠殘燈……二二三
驅瘧……二二三
早過南湖……二二四
春日言懷……二二四
題晚節堂……二二五
與客攜樂游寶積山遂泛石湖……二二五
謝陳卿惠冠……二二六
獨步登西丘……二二六

袁氏高節樓……二二七
閱理篋中得諸友詩存歿感懷悵然成詠……二二七
柳絮……二二七
徐博士愛日堂……二二八
答衍師見贈……二二八
謝周架閣移送菊花……二三〇
送蕭隱君自句曲經吳歸維揚……二三一

卷六

五言古詩

賦得眞娘墓送蟾上人之虎丘……二三二
友竹軒……二三二
遷婁江寓館……二三三
雪夜懷周著作……二三三
登西城門……二三三
期家兄宿東湖民家不至……二三四
送陶兵曹之越……二三四
豐城余君夢彩堂……二三五
過東氏廢園……二三五
送倪雅……二三五
同徐山人賁過妙蓮佛舍訪王主簿欽……二三六
題帶經圖……二三六
題漂麥圖……二三六
秋日山中……二三六
宿幻住棲雲堂……二三七
送賈鳳進士……二三七
寄王七孝廉乞貓……二三八
送客之海上得誠字……二三九

冬至夜坐懷周記室砥……二四〇
賦永上人紙帳……二四〇
初開北窗晚酌……二四一
夏日與高廉遊無量佛院還憩王隱
君池上……二四一
曉起春望……二四一
陳氏秋容軒……二四二
瞻木軒并引……二四二
雨中遣興……二四三
題方厓師聽秋軒……二四三
與內兄周思齊思義同過僧浩西齋
夜酌……二四三
萱草……二四四
月林清影……二四四
春草堂并引……二四四

次韻內弟周思敬秋夜同飲白蓮寺
池上……二四五
聞鐘……二四五
詠雨酬張進士羽見寄……二四五
徐隱君陋居……二四五
西園曉霽……二四六
題畫鷹得嘯字……二四六
哭王隅……二四七
池上晚憩……二四七
醉歸夜醒聞雨……二四七
夏夜起行西園……二四七
師子林池上觀魚……二四八
和張羽懷吳興舊遊之作效其體……二四八
送沈徵士鉉歸海上……二四八
重午書事……二四九

東白軒……二五〇
賦得姑蘇臺送賈文學麒……二五〇
聞晚鶯……二五一
西齋池上三詠 葵花 荷葉 桐樹……二五一
遊城西得豔字……二五三
卞將軍墓……二五三
綠水園宴集……二五五
答宋南宮見寄……二五五
夢梅堂……二五六
送程校理遊江上……二五六
僧齋聞雨……二五六
懷徐七……二五七
四柏……二五七
西臺慟哭詩 拼行……二五七
見耕者……二五九
雨中書湖上漁家壁……二五九
同杜二進士晚登潘氏樓……二五九
送家兄西遷……二六〇
至蓮村……二六〇
雨中登白蓮閣望故園……二六一
尋照公……二六一
江上過丁校書宅留飲……二六一
遊靈巖賦得越來谿……二六二
立春前一日喜雪……二六二
移家江上別城東故居……二六二
雨中客僧舍……二六二
見花憶亡女書……二六三
東陂路上阻水……二六三
獨酌……二六三
同杜徵士寅過南渚赴朱七丈招飲……二六四

始聞夏蟬……二六四
贈斵茶者……二六四
我昔……二六五
將往海上舟行值雨投僧舍……二六五
暫歸鳴珂里舊宅……二六五
江上晚晴……二六六
與王隱君宿寧眞道館……二六六
送珪上人……二六七
冒雨暮歸過白沙湖……二六七
送袁憲史由湖廣調福建……二六七
宴顧使君東亭隔簾觀竹下舞妓……二六八
夢遊仙……二六九
獨遊白蓮寺池上看雨……二六九
贈薛相士……二七〇

卷七

五言古詩

曉臥丁校書西軒……二七一
水上盥手……二七一
贈漫客……二七一
晝睡甚適覺而有作……二七二
秋日端居……二七二
夢鍾離兩兄……二七三
雨中留徐七賁……二七三
看刈禾……二七三
晚步遊褚家竹潭……二七三
召修元史將赴京師別內……二七四
早發土橋……二七四
車過八岡……二七五

寓天界寺雨中登西閣……二七五
送陳四秀才還吳……二七五
送聯書記東歸……二七六
送禮部傅侍郎赴浙西按察……二七六
對園柳……二七七
僕至得二女消息……二七七
菊鄰……二七七
出城東見古松流水坐憩久之……二七八
夜坐天界西軒……二七八
京師嘗吳粳……二七八
爲因師題松梢飛瀑圖……二七九
送周四孝廉後酒醒夜聞雁聲……二七九
答內寄……二七九
眞氏女并序……二八〇
送李架閣赴山西行省……二八一
送王哲判官之上黨……二八一
登句容僧伽塔望茅山……二八二
贈楊滎陽……二八三
寺中早秋……二八六
天界翫月有序……二八六
寄題鄞縣青山寺鍾秀樓……二八七
曉出趨朝……二八八
送顧式歸吳……二八八
御溝觀鵝……二八八
夢姊……二八九
答定水寺芑公……二八九
詶謝翰林留別有序……二八九
過白鶴溪……二九一
至吳松江……二九一
始歸田園二首……二九二

睡覺……二九三
與王徵士訪李鍊師遂同過師林尋因公……二九三
效樂天……二九三
新春飲王七孝廉家……二九四
詠軒……二九四
施君眠雲堂……二九五
臥病東館簡諸友生……二九五
答張院長雨中見懷……二九六
暮途書見……二九六
施澤阻風……二九六
送張隱君歸耕西山……二九七
過硤石……二九七
送劉使君……二九七
送周將軍請老歸耕……二九八
夜登南樓觀月……二九八
題徐良夫耕漁軒　以下二十七首補……二九八
皐橋……二九九
賦得小吳軒贈虎丘蟾書記……二九九
寓興三首……三〇〇
褚彥中存耕軒……三〇一
九日……三〇一
過羊腸嶺……三〇一
登竹竿嶺……三〇二
賦得長洲苑送徐孟岳……三〇二
送金海虞……三〇二
秋夜懷張參軍思廉……三〇三
送陳秀州……三〇三
暮行園中……三〇三
冬至夜感舊二首……三〇四

春日言懷二首……三〇四
雨中遊寧眞道院……三〇五
次韻包同知客懷……三〇五
浦江鄭氏義門……三〇六
送王檢校之廣東……三〇七
姚牧林軒……三〇八
書東園老翁壁……三〇八
題王濛聽雨樓卷……三〇八
天王寺……三〇九
周元公祠……三〇九

卷八

七言古詩

唐昭宗賜錢武肅王鐵劵歌……三一〇
太白三章……三一四
江上看花……三一五
中秋翫月張校理宅得南字……三一五
送王太守遷雲間……三一七
謝陳山人惟寅贈其故弟長司惟允所畫山水……三一七
書夢贈徐高士……三一八
劉松年畫……三二〇
題武昌魏孝廉欒所藏畫……三二〇
送葉卿東遊……三二一
題韓長司所藏山水圖……三二二
煮石山房爲金華葉山人賦……三二二
九日與客登虎丘至夕放舟過天平山……三二三
夜發錢清……三二四
草書歌贈張宣……三二四
獨遊雲巖寄周砥……三二六

練圻老人農隱……三二六
菖蒲萄酒歌……三二七
送高二文學遊錢塘……三二八
贈李外史……三二九
聽教坊舊妓郭芳卿弟子陳氏歌……三三〇
牀屏山水圖歌……三三二
方隱君山園……三三三
觀顧蕃所藏宋賜進士絲鞭歌……三三四
憶昨行寄吳中諸故人……三三五
明皇秉燭夜遊圖……三三六
黑河秋雨引賦趙王孫家琵琶蓋其名也……三三七
期張校理王著作徐記室遊虎阜……三三八
廣陵孫孝子愛日堂……三三九
贈胡校書奎……三四〇
溫陵節婦行……三四一
答余左司沈別駕元夕會飲城南之作……三四三
江上晚過鄰塢看花因憶南園舊遊……三四四
兵後逢張孝廉醇……三四四
夜飲丁二侃宅聽琵琶……三四四
曉睡……三四六
東池看芙蓉……三四七
謝盧山宋隱君寄惠所製墨……三四七
美人撲蝶圖……三四八
次韻周誼秀才對月見寄……三四九

卷九

七言古詩

姑蘇臺……三五〇

百花洲……三五一
香水谿……三五三
太湖石……三五三
洞庭山……三五四
聖姑廟……三五五
蔡經宅……三五六
石崇墓……三六〇
初入京寓天界寺西閣對辛夷花懷徐七記室……三六〇
答余新鄭……三六一
送林謨秀才東歸謁松江守……三六四
題高彥敬雲山圖……三六五
錢舜舉畫美人摘阮圖歌……三六五
贈丘老師……三六六
玄武門觀虎圈……三六七
送許先生歸越……三六七
送證上人住持道場……三六八
送王孝廉至京省其父待制後歸金華……三七〇
穆陵行并序……三七三
獨遊山中憶周記室砥……三七四
贈墨翁沈蒙泉……三七四
淮南張架閣家舊有樓在儀鑾江上經兵燹已廢與予會吳中乞追賦之……三七六
題米元暉雲山圖……三七七
爲石城朱氏題梅雪軒……三七八
和衍上人觀梅……三七九
題李德新中宗射鹿圖……三八〇
題趙希遠畫宋杭京萬松金闕圖……三八一

芥舟詩爲陳太常賦……三八二
題周遜學天香深處卷……三八二
奉游西園命賦二題　象　鹿……三八三
題茅臞叟夏山過雨圖……三八四
偃松行……三八四
白馬澗……三八五
贈治冠粱生乞作高子羔舊様……三八六
賦得烏衣巷送趙丞子將……三八六
宿蔡村夜起……三八七
天閑青驄赤驃二馬歌……三八七
同謝國史遊鍾山逢鐵冠先生……三八九
喜家人至京……三九〇
北山觀猿……三九一
客舍雨中聽江卿吹簫……三九一
謝友人惠兜羅被歌……三九二
會宿成均汲玉兔泉煮茗諸君聯句不就因戲呈宋學士……三九三

卷十

七言古詩

題美人對鏡圖……三九五
送曹生歸新安山中……三九五
曉出城東聞觱聲……三九六
詠苑中秦吉了……三九七
夏珪風雪歸莊圖……三九七
始歸江上夜聞吳生歌因憶前歲別時……三九八
題董元臥沙龍圖……三九八
松隱居爲戴叔能賦……三九九
蕭山尹明府吳越兩山亭……三九九

贈賣墨陶叟……四〇〇
虎丘行次朱賞靜見寄韻……四〇一
鳳臺二逸圖有序……四〇二
送張員外從軍粤上……四〇三
題陳節婦有序……四〇三
晚步西郊見鴛鴦羣飛……四〇四
次韻楊孟載早春見寄……四〇四
詠雪禁體次徐幼文韻……四〇六
思夫山……四〇七
送陶生彙寄周記室……四〇七
倒掛……四〇八
苦寒書江上主人壁間……四〇八
菜薖爲余唐卿賦……四〇八
送張貢士祥會試京師……四〇九
明月舟有序……四一三
聽南康陳協律彈楚歌……四一二
京師苦寒……四一三
約諸君游范園看杏花……四一四
南州野人爲吳邑曾令賦……四一四
欲訪李孝廉至婁江遇風而回……四一五
寒夜泛湖至東舍……四一五
京師午日有懷彥正幼文……四一五
鷗捕魚……四一六
泉南兩義士歌……四一六
姚烈婦……四一八
立秋前三日過周南飲雷雨大作醉後走筆書壁間……四一九
送張倅之雲間……四一九
送王孝廉遊京歸錢塘……四二〇
賦錢散人江村二題 釣雪灘 望月臺……四二一

愛竹軒爲陳維寅賦……四二一
幻住精舍尋梅……四二三
北郭秋夜喜徐幼文遠來兼送南遊……四二三
次韻答朱冠軍遊城西之作……四二三
贈步鍊師禱雨……四二四
題朱澤民荆南舊業圖……四二五
月支王頭飲器歌……四二六
海石爲張記室賦……四二六
張中丞廟……四二七
靈巖琴臺以下十首補……四二八
送劉將軍……四二八
和杜彥正徐幼文過甫里……四二八
送董軍咨赴邊……四二九
夜坐有感……四二九
雪海爲楊孟載題……四二九
送王邑長彥強……四三〇
范魏公手書伯夷頌爲其裔孫天章題……四三一
送劉冠軍……四三一
奉橘圖……四三一

卷十一

長短句

青丘子歌有序……四三三
登陽山絕頂……四三五
張節婦詞……四三六
與客飲西園花下……四三六
吳中逢王才隨朝京使赴燕南歸……四三六
白雲泉……四三七
戎王追麁圖……四三七

茅山陳道士臥雲所……四三八
贈醉樵……四三八
雷雨護嬰圖 爲包山徐庭蘭賦……四三九
南園……四三九
滄浪亭……四四〇
石射堋……四四一
走狗塘……四四一
清泠閣爲陳協律題……四四二
烏夜村……四四二
醉贈宋卿……四四二
潘隱君月樓歌……四四三
約諸君看范園杏花不果後偶獨遊而杳已盡落惟桃數樹盛開感而有賦因寄諸君……四四三
番人移帳圖……四四四
夜聞謝太史誦李杜詩……四四四
贈金華隱者……四四四
春初來……四四五
題黃大癡天池石壁圖……四四六
書夢中……四四八
嬀蜼子歌……四四八
贈劉生歌……四五〇
登金陵雨花臺望大江……四五一
春日客園無花偶感……四五一
白下送錢判官岳……四五二
聽錢文則琴呈良夫……四五二
雪齋爲逃上人賦……四五三
燕覆巢……四五四
五禽言和張水部……四五四
約王孝廉看梅……四五五

題滕用衡所藏山水圖……四五五
余未有嗣雪海道人以張仙畫像見贈蓋蘇老泉嘗禱而得二子者余感其意因賦詩以謝……四五七
釣臺歌送嚴陵徐尊生太史補……四五八

卷十二

五言律詩

草堂夜集……四五九
過胡博士郊居……四五九
送茅侯……四六〇
孤雁……四六〇
曉步園池……四六〇
次韻過建平縣……四六〇
鵲軒有序……四六一
寄杜二進士……四六一
雨篷……四六一
聽秋軒爲僧賦……四六二
杏花飛燕圖……四六二
扇……四六二
新荷……四六三
鷺……四六三
馬……四六三
梧桐……四六四
圍棋……四六四
池上晚酌……四六四
簟……四六四
射柳……四六五
流螢……四六五
水殿圖……四六五

新蟬……四六六
林間避暑……四六六
送劉省郎出佐邊郡……四六六
溢浦琵琶圖……四六七
金人馬圖……四六七
夜訪芭蟾二釋子因宿西澗聽琴……四六七
錢塘送馬使君之吳中……四六八
與劉將軍杜文學晚登西城……四六八
和周山人見寄寒夜客懷之作……四六八
哭臨川公……四六九
一窗秋影……四六九
早春侍皇太子遊東苑池上呈青坊
諸公……四六九
題谿山小隱……四七〇
城西客舍送周著作祗……四七〇
兵後出郭……四七〇
謝賜衣……四七一
西清對雨……四七一
夜宿太廟齋宮……四七一
送秦主客還侍儀使……四七二
春日退直呈禁署諸公……四七二
送張司勳赴寶慶同知……四七三
寓天界寺……四七三
送前進士夏尙之歸宜春……四七三
早出鍾山門未開立候久之……四七四
雪夜宿翰林院呈危宋二院長……四七四
自天界寺移寓鍾山里……四七四
夜逢故郡賀冬至使胡浦二博士同
宿……四七五
至日夜坐客館……四七五

送鮑翰林遷官陝右……四七五
送姚架閣……四七六
送曾主簿之平樂……四七六
桓簡公廟……四七六
送陳則……四七七
暮春送陳郎中出守檇李……四七七
送楊從事從軍……四七七
送王員外遷崇教……四七八
吳中送顧生歸海陵……四七八
園中……四七八
送前國子王助教歸臨川……四七九
送潘巡檢之閩中……四七九
送思上人……四七九
宴王將軍第……四八〇
送朱從事之吳興……四八〇
和友人過采石……四八〇
詠柳……四八一
無題……四八一
京師寓廨三首……四八一
送舒徵士考禮畢歸四明……四八二
陪客登陶丘……四八二
王公子宅五月菊……四八三
送周復秀才賦行李中一物得紈扇……四八三
送流人……四八三
贈張省郎……四八四
送瀚公住靈巖……四八四
送宿衞將出守鄧州……四八五
甘露寺……四八五
送張羽後夜坐西齋……四八五
徐山人別墅……四八六

客館秋懷……四八六
秋夜宿周記室草堂送王才……四八六
江上雨……四八七
送賈二進士歸省……四八七
贈衍師……四八七
送錢氏兩甥度嶺……四八八
送客歸閩省親……四八八
圓明佛舍訪呂山人……四八八
答宗人廉夜飲王氏池亭見懷……四八九
賦得蟬送別……四八九
何隱君小墅……四八九
贈張明府……四九〇
送唐博士肅移家檇李……四九〇
贈妓……四九〇
送顧倅之錢塘……四九一
答高廉同飲後見寄……四九一
沈徵士鉉野亭……四九一
題醫師王隱君墓表後……四九二
贈朱山人……四九二
谿上……四九二
次韻楊儀曹雨中……四九三
寄錢塘諸故人……四九三
送烏程馮明府……四九三
喜了上人見過……四九四
病目……四九四
病目不飲……四九四
賦得蟹送人之官……四九五
江上早發……四九五
客舍喜姪庸至……四九五
哭周記室……四九六

過永定廢寺……四九六
楓橋送丁鳳……四九六
盜發漢侍中許槭墓……四九六
過海昌贈李侯……四九七
送易從事祖飲南渚……四九七
題張靜居畫……四九七
夜懷王校書……四九八
答陳則見寄……四九八
煮藥……四九八
夜投西寺……四九八
送石明府之崑山……四九九
過城西廢塢……四九九
送范架閣赴嘉禾兼簡李使君……四九九
喜呂山人見過江館……五〇〇
贈鄰友……五〇〇
雨中就陳卿飲酒醉歸聞丁二臥病客樓賦此寄慰……五〇〇
送醫士宋君徙居江上……五〇〇
屏居……五〇一
立秋日……五〇一
效唐人贈邊將……五〇一
送董湖州……五〇二
晚次西陵館……五〇二
送顧別駕之邊郡……五〇二
送僧恬歸靈隱……五〇三
江上寄王校書行……五〇三
送越將罷鎮……五〇三
送王稹赴大都……五〇三
送孫主簿之德清……五〇四
留別李侯……五〇四

寄熹公……五〇四
送王才歸錢塘……五〇五
送長洲周丞陞吳縣令……五〇五
冬至夜喜逢徐七……五〇五
送史丞之海門……五〇六
夜雨宿東齋……五〇六
師山周君客濠上思歸未得因畫舊隱圖求余賦詩……五〇六
微恙江館夜作……五〇六
逢李止冰道人……五〇七
冬至夜雨感懷……五〇七
過戴居士宅……五〇七
歸鴉……五〇八
晚坐南齋寫懷二首……五〇八
臘月廿四日雨中夜坐二首……五〇八
書曹谷才世訓詩後爲其子季常作……五〇九
題山居圖爲僧賦……五〇九
題華氏塋芝檜圖……五一〇
賦得銅人贈醫士……五一〇
夏景園廬……五一〇
寄題崇明學宮天心水面軒……五一一
送柔上人得船字……五一一
中秋琵琶洲宴集得紅字……五一一
悼女……五一二
亂後經妻江舊館……五一二
悼顧宜人……五一二
過劉山人園……五一三
次韻楊禮曹移疾之作……五一三
送周履道入郭……五一三
雨齋獨坐寫寄友……五一四

次韻酬西園公……五一四
聞鄰家琵琶有感……五一四
書王生扇……五一四
送胡鉉遊會稽……五一五
送陳少府赴嘉定……五一五
報恩寺逢蔣主簿就送還如皋……五一五
贈姚東曹……五一六
鍾山雪霽圖……五一六
周興裔墓補……五一六

卷十三

五言律詩

送吳縣令還松陵……五一七
寄沈達卿校理……五一七
贈呂醫……五一八
次韻陳留公見貽湖上行屯之作……五一八
雨後飲西園偶然亭……五一八
鄰家桃花……五一九
和王止仲校理夜坐……五一九
答陳校書客懷……五一九
酬余左司……五一九
宿道王蘭若……五二〇
與詩客七人會飲余司馬園亭……五二〇
登西澗小閣……五二〇
江上答徐卿見贈……五二一
除夕客中與家兄守歲……五二一
南溪晚歸……五二一
丁孝廉惠冠巾……五二一
西園閒興二首……五二二
送謝恭……五二二

步至東皋……五二三
郊墅雜賦十六首……五二三
采香逕……五二六
響屧廊……五二七
臨頓里十首……五二七
春申君廟……五三〇
吳女墳……五三〇
眞娘墓……五三一
鱸鄉亭……五三二
堯峯院……五三二
慧聚寺次張祜韻……五三二
石屋……五三三
贈竹里子……五三三
送金判官之吳江……五三三
漁……五三四
樵……五三四
耕……五三五
牧……五三五
夜起觀月……五三六
贈劉醫師……五三六
舟中早行……五三六
春日懷諸親舊……五三六
江上見逃民家……五三七
晚晴東皋步眺……五三七
賦得戟門送陳博士……五三七
櫻桃……五三八
金進士葵軒……五三八
次倪雲林韻……五三九
登南樓看雨有懷……五三九
晚霽獨酌南樓……五三九

追挽恭孝先生二首……五四〇
題宋迪晚煙歸舍圖……五四一
贈東菴道者……五四一
樂圃三首……五四一
送人戍梁谿……五四二
五言排律
月夜遊太湖……五四三
詠夏冰……五四三
題黃鶴山人畫……五四四
賦得屨送衍上人……五四四
聞蛙……五四五
聖壽節早朝……五四五
洪武二年十月甘露降後庭柏樹上出示侍從臣啓獲預觀嘉瑞因賦詩頌之……五四六

冬至車駕南郊……五四七
禁中雪……五四七
封建親王賜百官宴……五四七
送安南使者杜舜卿還國應制幷序……五四八
送高麗賀正旦使張子溫還國……五四九
送鮑修撰出官關中……五五〇
送恩公還江心寺……五五〇
喜楊滎陽赴召至京過宿寓館……五五一
戲嬰圖……五五一
翫花池……五五二
送高麗貢使還國……五五二
韓蘄王墓……五五三
石井泉……五五五
焚香……五五六
詠夢……五五八

答胡博士留別二十韻……五五九
送高郎中 以下補……五六一
送周檢校使高麗……五六一

卷十四

聯句

舞劍聯句……五六二
劍池聯句……五六五
病柏聯句……五六六
風雨聯句……五六八
虎丘聯句……五六九
蓮房聯句……五七〇

六言律詩

瓊姬墓……五七二
甫里即事四首……五七二

七言律詩

大駕親祀方丘還射齋宮奉次御製韻……五七三
奉迎車駕享太廟還宮……五七四
晚登南岡望都邑宮闕二首……五七四
奉天殿進元史……五七五
九日陪諸閣老食賜糕次謝授經韻……五七六
送沈左司從汪參政分省陝西……五七六
吳僧日章講師赴召修蔣山普度佛事既罷東歸送別二首……五七七
清明呈館中諸公……五七八
金陵喜逢董卿併送還武昌……五七八
送易左司分省廣西……五七九
送王檢校錡赴北平……五七九
京師秋興次謝太史韻……五八〇

送祠江瀆使者……五八〇
送葉判官赴高唐時使安南還……五八〇
衍師見訪鍾山里第……五八一
寄題安慶城樓……五八一
送鄭都司赴大將軍行營……五八二
送朱謝二博士進賀冬至表赴京師
聽宣諭畢還吳……五八三
送丕上人還四明育王寺……五八三
送吳生赴汴省其父指揮……五八四
客舍夜坐……五八四
送鄭山人聽宣諭後歸東陽……五八五
春來……五八五
送賈文學以郡薦赴禮部試畢歸吳……五八五
休沐日期衍公游北山不果獨臥齋
中……五八六

送內兄周誼還江上……五八六
夜聞吳女誦經……五八六
送趙使君致仕歸別業……五八七
遊南峯寺有支遁放鶴亭……五八七
送鄰僧淡雲歸笠澤……五八八
次韻楊孟載署令雨中臥疾……五八八
送呂志學秀才入道……五八八
送胡簿之陽朔……五八九
謁甫里祠……五八九
送恩禪師弟子勤歸開元寺……五九〇
送何記室遊湖州……五九〇
江上寄丁校理昆季……五九一
送顧軍咨歸梁谿……五九一
白蓮寺次韻杜進士喜余見過話舊
之作……五九一

期徐七遊雲巖……五九二
賦得寒山寺送別……五九二
聞朱將軍戰歿……五九三
送何明府之秦郵……五九三
過野寺次韻徐廉使琰舊題……五九四
送滎陽公行邊……五九四
登涵空閣……五九四
婁江寓舍喜王七隅見過却送還郭……五九五
送葉卿還隴西公幕兼簡周軍咨……五九五
范文正公祠……五九五
丁令威宅……五九六
辭戶曹後東還始出都門有作……五九六
寄余左司……五九七
聞家兄謫壽州……五九七
吳城感舊……五九七
喜幼文北歸……五九八
送宋孝廉南康葬親……五九八
送王孝廉遊京回錢塘……五九八
感懷次蔡參軍韻……五九九
寄錢塘方員外……五九九
秋日江館詠懷……五九九
得亡友周履道記室在繫所詩次韻……六〇〇
答呂志學山人見寄……六〇〇
送殷孝章赴咸陽敎諭……六〇〇
送基上人希載赴天界……六〇一
寄永寧丁明府兼簡達君先生……六〇一
江山晚眺圖……六〇二
江上春日遣懷……六〇二
別江上故居……六〇二
永樂禪寺……九〇三

卷十五

七言律詩

送人出鎮……六〇四
送周省郎之海虞判官……六〇四
次張子宜園居二首……六〇五
遷城南新居……六〇六
贈醫師王立方……六〇六
吳縣庠訓導徐君善醫常起人疾求詩贈之……六〇七
挽瞿隱君……六〇七
次韻靈隱復見心長老見寄兼簡泐禪師……六〇七
稚齋爲陳山人賦……六〇八
追次唐人韻……六〇九
喜聞王師下蜀……六〇九
送倪賢良歸吳門……六一一
贈林泉民張夢辰次張貞居韻……六一一
倚樓二首……六一一
闔閭墓……六一二
西塢……六一三
過海雲院贈及長老……六一三
送錢塘守……六一三
張山人見訪留宿草堂……六一四
陪臨川公遊天池……六一四
客舍歲暮……六一四
江上晚眺懷王著作……六一四
答徐七記室病中作……六一五
遊雲巖値雨……六一五
送張徵君南遊……六一五

宿張氏江館……六一六
再遊南峯……六一六
送李使君鎮海昌……六一六
賦得惠山泉送客遊越……六一六
寄題張著作青山隱居……六一七
送胡孝廉布東遊……六一七
夜雨不寐……六一八
煮雪齋爲貢文學賦禁言茶……六一八
晚香軒……六一九
次韻倪雲林見寄二首……六一九
答韓長司用韻見贈幷柬滕用衡……六二〇
答張文伯用韻見贈……六二〇
喜逢賀叔庸送還錢塘……六二〇
子祖授生……六二一
喜張太常謁告歸途見訪雨中留宿話舊……六二一
御溝……六二二
雲巖訪蟾公値雨留宿次周記室壁間韻……六二二
送任兵曹赴邊……六二三
吳下逢梁賓客子天爵復送還會稽……六二三
次韻俞士平見寄……六二四
登天界寺鐘樓望京城……六二四
十二月十九日雪中……六二五
過僧舍訪呂敏……六二五
新篁……六二五
初夏江村……六二六
江村……六二六
田園書事……六二六
梅雨……六二七

送衍師還相川……六二七
萱草……六二七
雨過舟中看山……六二八
齊雲樓……六二八
靈巖寺……六二九
孤園寺……六二九
開元寺石鉢……六二九
垂虹橋……六三〇
聞潮州遷客消息……六三一
秋日江居寫懷七首……六三一
漫成二首……六三三
喜徐山人與浩師見過……六三三
端陽寫懷……六三四
寄倪隱君元鎮……六三四
與杜進士寅登白蓮閣對雨……六三四
喜宋山人見過……六三五
與姪常遊東庵……六三五
謝周四秀才送酒……六三五
上巳有懷……六三六
徐記室賁北歸見訪南渚復送還城……六三六
被召將赴京師留別親友……六三六
過故將軍第……六三七
雨中寄劉沈二別駕……六三七
丁校書見招晚酌……六三八
杜二年四十鬚已多白戲作是詩……六三八
愛姬祠……六三八
雲山樓閣圖爲朱守愚賦……六三九
夏夜……六三九
池亭晝臥……六三九
姑蘇懷古……六三九

宿山寺……六四〇
泛舟西湖觀荷……六四〇
馬麟春宵圖……六四〇
曉涼……六四一
蘆花簾……六四一
雨中……六四一
王徵士東里草堂……六四二
客舍寒食次周著作見寄韻……六四二
新春次余左司韻……六四二
次韻楊禮曹秋日見贈……六四三
次韻西園公詠梅二首……六四三
過吳淞江風雨不可渡晚覓漁舟抵
松陵官館……六四四
次韻酬張院長見貽太湖中秋翫月
之作……六四四
暫宿行營舟中二首……六四四
首春感懷……六四五
次韻楊禮曹雨中臥疾二首……六四五
次韻王孝廉過澄照寺……六四六
次韻王七隅仙輿……六四六
岳王墓……六四七
早春寄王行……六四七
暮春次韻僧懷德見貽……六四八
寄海昌李使君……六四八
次韻金德儒文學送弟往海上……六四八
過海昌贈使君李秉鎮禦……六四九
送黃僧母入道……六四九
答薊丘聶才子……六五〇
廉上人水竹居……六五〇
梅花九首……六五一

歸吳至楓橋……六五三
送徐山人還蜀山兼寄張靜居……六五三
丫髻峯……六五四
石牛……六五四
飲陳山人園次能翁韻……六五四
寄題內弟周思敬野人居……六五五
謁伍相祠……六五五
弔七姬冢……六五五
郡治上梁……六五七
萬木堂爲毘陵卞公禮賦……六五七
鶴瓢二首……六五七
次韻楊禮曹雨中養痾……六五八
詠梅次衍師韻五首……六五九
送梅侯赴錢塘以下十五首補……六六〇
送廣陵成居竹先生之雲間……六六一
送陳博士歸南海葬親……六六一
送顥上人還天平山……六六一
張思廉退居江上……六六二
過張子宜林居……六六二
林亭山寺漁樵共話圖……六六二
赴京留別鄉舊……六六三
白鶴谿阻雨……六六三
送沈省郎赴武康縣丞……六六三
送胡端任嶺南陽朔主簿……六六四
客中述懷……六六四
重遊甘露寺……六六四
送呂志學秀才入道……六六五
送秦司訓海上省墓……六六五

卷十六

五言絕句

觀軍裝十詠 胄 鐙 纛 刀 弓 箭 麾 矛 袍 馬……六六六
師子林十二詠 獅子峰 含暉峰 吐月峰 立雪堂 臥雲室 問梅閣 指柏軒 玉鑑池 冰壺井 修竹谷 小飛虹 大石屋……六六九
題雜畫十二首……六七一
和楊禮曹刺客三詠 錐 匕首 筑……六七三
得家兄在遠消息四首……六七四
爲外舅周隱君題雜畫五首……六七四
效陰常侍……六七五
歎牆下草……六七五
草堂梵僧……六七六
新月……六七六
尋胡隱君……六七六
西寺晚歸……六七六
淵源堂夜飲……六七六
和陳左司夜泊桐江……六七七
過師子林……六七七
薔薇露盥手……六七七
西陂……六七七
園中梨花唯開一枝……六七八
江上酒家……六七八
過舊送別處……六七八
懷陳寅山人時居西山昭明寺……六七八
略上人房竹……六七九
聞雁……六七九
晚坐水上……六七九
聞謝恭夜詠詩……六七九

題馬遠畫酴醾……六八〇
黃葵……六八〇
余客雲巖陳山人居西山相望因有懷寄贈……六八〇
睡足……六八〇
題雲林小景……六八一
題齋前芭蕉……六八一
春溪獨釣圖……六八一
池亭……六八一
聞鐘……六八一
桂花……六八二
鴈……六八二
紅葉……六八二
秋雨……六八二
月下飲酒……六八二
遊山……六八三
聞笛……六八三
秋聲……六八三
秋夜宿僧院……六八三
登樓望虎丘……六八四
外舅周隱君齋竹……六八四
寧眞道館夜觀茅隱君畫……六八四
竹林高士圖……六八四
詠水邊桃花……六八四
芭蕉美人圖……六八五
王主簿小園……六八五
晚尋呂山人……六八五
黃氏延綠軒……六八五
喜從兄遠歸……六八五
送人遊湘中……六八六

訪丁校書不遇……六八六
答陳山人……六八六
鄭隱君山園四詠 杏園 瓜圃 菊蹊 梅塢……六八六
題許瀾伯畫……六八七
除夕客中憶女……六八七
客中歲暮……六八八
題攜琴訪友圖……六八八
鷺鷥……六八八
題張校理畫……六八八
題湘南雨意圖……六八八
題扇上竹枝……六八九
題李迪畫犬……六八九
天平山五丈石……六八九
別呂隱君……六八九
林下……六九〇
不寐懷徐記室……六九〇
雪中自雲巖晚歸西村客舍二首……六九〇
立春前十日寄會稽周軍咨……六九〇
柳燕圖……六九一
隔簾聞歌……六九一
訪張司馬不值書園亭壁……六九一
壺中插緋碧桃花既而碧桃先落……六九一
優人李州儒乞米二首……六九二
端午席上詠美人綵索釵符二首……六九二
燒筍……六九三
江寺雨中訪杜二……六九三
寒夜與家人坐語憶客中時……六九三
題楞伽山寺壁……六九三
贈僧本空……六九三

聞霞……六九四
江上漫成……六九四
雨中過玉遮山二首……六九四
畫花鳥……六九四
種瓜……六九五
摘瓠……六九五
懷蜀山人……六九五
諸君會宿鶴瓢山房題畫賦詩予將
赴召不得預明日補題其上……六九五
山中夜行……六九六
赴京道中逢還鄉友……六九六
泐禪師室中晚坐……六九六
白葵花……六九六
馬氏東軒……六九六
得家書……六九七
期陳則不至聞宿淸隱蘭若……六九七
碧筩飮……六九七
曉發山驛……六九七
焚香……六九八
榴花……六九八
階前苔……六九八
僧舍訪呂隱君爲學上人題墨竹……六九八
題孫卿家小畫二首……六九八
久別幼文偶見其畫遂題……六九九
題榮悴竹圖……六九九
叢竹圖贈内弟周思敬就題……六九九
題張來儀畫贈張伯醇……六九九
次韻及禪師懷王水曹二首……七〇〇
夜聞雨……七〇〇
大癡小畫……七〇〇

吳仲圭枯木竹石……七〇〇
題倪雲林畫贈因師……七〇一
題徐山人畫贈内弟周思恭……七〇一
訪因師而師適詣余兩不相値……七〇一
題畫贈別……七〇二
龍門飛來峯……七〇二
待渡……七〇二
西澗訪衍上人……七〇二
蔡村田家……七〇二
夢中作……七〇三
要離墓……七〇三
顧野王墓……七〇三
卓筆峯……七〇三
硯池……七〇四
千人石……七〇四
五塢山五首 飛泉塢 修竹塢 丹霞塢 白雲塢 芳桂塢……七〇四
芹……七〇五
蓴菜……七〇五
芭蕉……七〇六
中秋……七〇六
九日……七〇六
題畫贈許瀾伯……七〇六
病酒……七〇七
生公講臺 以下三十六首補……七〇七
聞柝……七〇七
柳燕……七〇七
隔簾聞歌……七〇七
軒前小竹……七〇八
暮歸寄王汝器……七〇八

登白雲寺閣……七〇八
宿紫藤塢……七〇八
夜坐聞雁……七〇八
夜泊盤門城下聞鐘……七〇九
余氏園中諸菜十五首 前已錄蒓芹二首
葵 韭 筍 芥 茄 薺 菘 葍 菌
芋 葱 薯蕷 茭白……七〇九
端陽十詠 前已錄綵索釵符二首 艾虎
角黍 菖歜 守宮 射柳 繫毬 競渡
鬬草……七一一
軍裝十二詠 前已錄其十……七一三
刁斗……七一三
箙……七一三
西園梨花唯開一枝……七一三
禪窩……七一四

雪夜宿山家寄斯道……七一四

六言絕句

江村樂四首……七一四
讀道旁舊冢碣上題曰宋黃滄翁先生之墓……七一五
楊氏山莊……七一五
陶祕書廣陵送別圖……七一六

卷十七

七言絕句

馬周見太宗圖……七一七
聞舊教坊人歌……七一八
山中別寧公歸西塢……七一八
秋柳……七一八
送賈麟歸江上……七一九

秋夜同周著作宿婁浦……七一九
方崖師畫……七一九
送陳秀才歸沙上省墓……七一九
送呂卿……七二〇
答陳校理尋花已落之作……七二〇
與諸君飲吳別駕園……七二〇
舟中聞歌……七二〇
題雨竹畫……七二一
挽楊隱君……七二一
春思……七二一
入郭過南湖望報恩浮圖……七二一
廢宅芍藥……七二一
登江閣遠懷徐記室與杜進士同賦……七二二
夏夜宿西園酒醒聞雨二首……七二二
聞笛……七二二
慰周著作悼亡……七二三
山寺冒雨還西郭……七二三
蘇李泣別圖……七二三
江上偶見……七二四
過保聖寺……七二四
王七招飲余遊紫藤塢值雪失期……七二四
江上送客……七二五
期諸友看范園杏花風雨不果……七二五
宮女圖……七二五
逢張架閣……七二五
山中春曉聽鳥聲……七二六
與親舊飲散出抵城西客舍賦寄……七二六
過山家……七二六
雲山樓閣圖……七二六
始自西山移寓江渚夜聞雨有作……七二六

晚過浦西橋……七二七
歎庭樹……七二七
雨中春望……七二七
夜齋見螢火……七二七
湖上見月憶家兄……七二八
逢吳秀才復送歸江上……七二八
十宮詞 吳宮 楚宮 秦宮 漢宮 魏宮
晉宮 齊宮 陳宮 隋宮 唐宮……七二八
次韻春日漫興四首奉酬外舅達翁……七三二
回文……七三三
春日憶江上二首……七三三
醉仙圖……七三三
觀弈圖……七三三
江村卽事……七三四
偶睡……七三四
舟歸江上過斜塘……七三四
西齋庭前海棠……七三四
次韻張仲和春日漫興……七三五
與內弟周思敬晚過雁蕩僧舍……七三五
白傅湓浦圖……七三五
陶穀驛亭圖……七三五
客夜聞女病……七三六
秋江晚渡圖……七三六
夜中有感二首……七三六
徐記室謫鍾離歸後同登東丘亭……七三七
將赴金陵始出閶門夜泊二首……七三七
舟次丹陽驛……七三七
正月十六日夜至京師觀燈……七三七
夜聞雨聲憶故園花……七三八
早至闕下候朝……七三八

春日寄張祠部……七三八
左掖作……七三八
雨中登天界西閣……七三九
吳中親舊遠寄新酒二首……七三九
宿圓明寺早起……七三九
送葛省郎東歸二首……七四〇
四月朔日休沐雨中……七四〇
戴叔鸞入江夏山圖……七四〇
送哲明府之新淦……七四〇
逆旅逢鄉人……七四一
寄丁二侃……七四一
題虞文靖公書所賦鶴巢詩後……七四一
客中憶二女……七四二
晚晴遠眺……七四二
寄徐記室……七四二
寄家書……七四二
期袁卿見過因出失值寄詩謝之……七四二
宿蟾公房……七四三
陌上見梅……七四三
東歸至楓橋……七四三
江行……七四三
戲和徐七見寄臥聞鄰槽酒聲之作……七四四
見燕至……七四四
背面美人圖……七四四
對梨花……七四四
和楊余諸君在謫中憶往年西園聽歌……七四四
重過南寺尋悟公不值……七四五
過流通院二首……七四五
聞人唱吳歌……七四五

雨中過山……七四五
讀史二十二首 晏嬰 商鞅 儀秦 藺相如 平原君 范雎 范增 張子房 賈誼 董仲舒 李廣 田千秋 王章 揚雄 馬援 袁安 荀彧 孔明 張昭 王猛 謝安 韓子……七四六
題宋徽廟畫眉百合圖……七五七
題湘君圖……七五八
題洛神圖……七五八
二喬觀兵書圖……七五九
風雨早朝……七五九
雨中曉臥二首……七五九
久雨……七六〇
閏三月……七六〇
晚立西浦渡……七六〇
題孟浩然騎驢吟雪圖……七六〇
江上雨中……七六一
客館夜見亮師畫上有余呂二山人詩……七六一
海上逢王常宗雨夜同宿陳氏西軒……七六一
過北莊訪友……七六二
題畫……七六二
得故人書知未入京因寄……七六二
題王翰林所藏畫蘭……七六二
不見花……七六三
錦帆涇……七六三
楓橋……七六三
烏鵲橋……七六三
兩妓……七六四
短簿祠……七六四

聞王翰林使蕃……七六四

卷十八

七言絕句

寄雲間朱國史嘗同宿左掖約至江上見訪二首……七六六
宣和所題畫……七六六
題張太常金華白石山房圖……七六七
次韻遜庵春日漫興……七六七
送徐山人浩師還郭二首……七六七
和遜庵尋舊偶不值效香奩體二首……七六八
東丘蘭若見枇杷……七六八
夜雨客中遣懷……七六八
題畫……七六九
紅梅……七六九
瓶梅……七六九
池亭對竹……七六九
題三香圖……七七〇
西山幻住期看梅花雨雪不果三首……七七〇
題桂花美人……七七〇
雪中喜劉戶曹君勝見過……七七一
春暮西園……七七一
雨中閒臥二首……七七一
晚陪張水部過西橋隔城望見諸山……七七一
送李丞之歸安……七七二
春日憶江上……七七二
金徵士潤玉留宿江館阻雨連夕二首……七七二
江館夜雨……七七二
田舍夜春……七七三
畫犬……七七三

登白蓮寺閣貽幼文……七七三
讀周記室荆南集……七七三
贈眞上人……七七三
寄沈侯乞貓……七七四
青城先生戴笠圖……七七四
夢歸二首……七七四
蜀山書舍圖……七七四
寒夜逢徐七……七七五
題虞文靖公墨蹟後……七七五
虎丘……七七五
逢故人子……七七五
題道上人畫梅……七七六
衍師以懷幼文詩見寄因次其韻……七七六
題遜庵墨菊……七七六
丁孝廉約中秋泛舟予過婁東竟留
飲孫卿池上……七七六
春日次北郭故人寄韻……七七七
讀半山絕句有感因效其作……七七七
立春試筆……七七七
秋日見薔薇……七七七
元夕聞城中放燈寄諸友……七七八
次杜二彥正韻……七七八
得袁卿書知赴湖廣……七七八
過保聖寺贈隆上人……七七八
讀徐七北郭集……七七九
題理髮美人圖……七七九
託流人寄書家兄……七七九
和婁秀才看梅……七七九
林間行藥……七八〇
寒食逢杜賢良飲……七八〇

晚過清溪……七八〇
黃荃子母兔……七八〇
吳別駕宅聞老妓陳氏歌……七八一
出郭舟行避雨樹下……七八一
過湖舟中望寺……七八一
江上晚歸……七八一
題瀑布泉……七八二
背面美人圖……七八二
客中春暮……七八二
深院……七八二
春睡圖……七八三
題芭蕉士女……七八三
題董卿圖……七八三
題趙魏公馬圖……七八三
題妓像……七八四
和王耕雲與愚菴倡和詩二首……七八四
夢余唐卿……七八五
離江館一月有感……七八五
過湖南舟中臥作……七八五
棘竹三禽圖……七八五
見花憶故園……七八五
贈杜進士兒端二首……七八六
城南漫興二首……七八六
題張雲門畫竹……七八七
題松雪翁臨祐陵草蟲……七八七
巨然小景……七八七
中秋無月無酒……七八七
茀翁畫雙竹……七八八
臥病夜聞鄰兒讀書……七八八
題紅拂妓……七八八

柳塘飛燕……七八九
滾塵馬圖……七八九
仙山樓觀圖……七八九
春陰……七八九
送僧震赴京省師……七九〇
題徐熙三蟲圖……七九〇
題荔枝練帶……七九〇
題陸椽……七九一
題許瀾伯三蟲圖……七九一
閶門舟中逢白範……七九一
田家慶壽圖……七九一
春晚過茶磨西崦……七九二
十二月十七日夜偶成……七九二
聞諸友遊城北女冠院看杏花……七九二
雨夜偶讀王待制詩……七九二
池上納涼……七九三
客舍春暮……七九三
四皓圖……七九三
題湘君圖……七九三
倪元鎮墨竹……七九三
王架閣家畫馬……七九四
己酉初度……七九四
過北塘道中四首……七九四
夜雨江館寫懷二首……七九五
讀韋蘇州詩……七九五
送丁孝廉之錢塘就簡張著作方員
外……七九五
金徵士攻雨中見過留宿……七九六
東臯林下……七九六
遊幻住精舍……七九六

效香奩二首……七九六
江上逢舊妓李氏見過四首……七九七
九月八日對菊……七九八
舟行晚過張林……七九八
送葉山人……七九八
冬盡無雪連日大風苦寒……七九八
慰徐參軍喪子……七九九
醉後贈張架閣歸自京師……七九九
看梅漫成三首……七九九
夜至陽城田家……八〇〇
贈醫師徐亨甫……八〇〇
慰人悼亡……八〇〇
杏林圖爲沈日新先生題……八〇〇
閏三月有感二首……八〇一
癸卯九日……八〇一
題畫送人歸覲……八〇一
雲巖東院……八〇一
管夫人墨竹……八〇二
冬月寓治平寺答王仲廉……八〇二
吳王井……八〇二
消夏灣……八〇二
雞陂……八〇三
古酒城……八〇三
三高祠三首……八〇三
黃姑廟……八〇四
綽墩 以下五十一首補……八〇四
西施洞……八〇五
女墳湖……八〇六
倦繡圖……八〇六
陸羽石井……八〇六

試劍石……………………………………………八〇七
生公講臺……………………………………………八〇七
可中亭……………………………………………八〇七
致爽閣……………………………………………八〇七
小吳軒……………………………………………八〇八
眞娘墓……………………………………………八〇八
送王丞巡寨……………………………………………八〇八
送林生往海上……………………………………………八〇八
題張靜居畫……………………………………………八〇九
醉歸夜坐有感……………………………………………八〇九
寒食感懷三首……………………………………………八〇九
城南柳……………………………………………八一〇
送艾判官南歸葬親……………………………………………八一〇
客舍送周履道往松陵……………………………………………八一〇
送胡奎還海昌……………………………………………八一〇
贈楊孟載兒阿稱……………………………………………八一〇
客越夜得家書……………………………………………八一一
惜春……………………………………………八一一
王宅看海棠……………………………………………八一一
清明有感……………………………………………八一二
睡起……………………………………………八一三
西園春暮……………………………………………八一三
江上阻雨……………………………………………八一三
開元寺綠陰堂嘗筍……………………………………………八一三
西山暮歸……………………………………………八一三
秋閨怨迴文……………………………………………八一三
菊竹……………………………………………八一三
夜泊毘陵道中遇雨二首……………………………………………八一三
謫仙像……………………………………………八一四
梨園圖……………………………………………八一四

秉燭夜遊圖……八一四
送友謫戍二首……八一四
挽栗瀆翁……八一五
二喬……八一五
館娃閣……八一五
夜寫家書……八一五
遊石湖……八一六
涼夜……八一六
雨夜……八一六
杏林爲蕭沈二醫師題……八一六
次及愚庵懷王耕雲韻示徐良夫二首……八一七

高青丘集遺詩目錄

五言古詩
送葉卿海上尋姪……八一八
呈北郭諸友……八一八
酬張員外宿省中東齋之作……八一九
以倪隱君所畫林谷圖贈陳卿賦詩其上……八一九
送伯兄西行……八一九
送呂博士之北平山東采訪遺事……八一九
夢楊二禮曹……八二〇
七言古詩
送陳卿遊海上……八二〇

送張明府……八二一
貴遊行……八二二
長短句
送趙司令……八二三
五言律詩
郊墅雜賦二首……八二三
次楊孟載雨中池館……八二三
夜過江上……八二三
觀鷺……八二三
同傅著謝徽夜過句容尋袁丞不值
宿圓明十八院……八二三
周隱君歸東臯視田宿江上有詩見
示因次其韻……八二四
答周著作暫歸鴻山留別……八二四
賦得紈扇送周秀才……八二四

江上對雨……八二五
歸燕……八二五
五言排律
雨……八二五
送祀諸王功臣……八二六
七言律詩
端午……八二六
宿無錫城下……八二六
望家人不至效西崑體……八二七
送宋學士子仲珩自京還金華省親……八二七
次紫城韻寄西夢道人……八二七
答默堂在紹興見寄……八二八
次韻黃別駕見寄時已休官……八二八
寄山庭老人兼簡紫城山人……八二八
次則中上人賦寒盡韻……八二九

金華鄭叔車父仲舒仕燕十年不得聞元年南北旣通叔車卽往尋省至京師遇焉時仲舒方臥病叔車侍養久之仲舒命歸祀先塋將行賦詩送之……八二九
送梅使君之松陵……八二九
贈袁客省文居竹老人韻……八三〇
寄題篬篔軒……八三〇
瓊姬墓……八三〇
白蓮寺謁甫里祠……八三一
五言絶句
晚涼……八三一
摘枸杞……八三一
鉞……八三二
角黍……八三二
菖歜……八三二
秋望……八三二
七夕……八三二
荷花……八三三
贈雲林子……八三三
蛩聲……八三三
芙蓉……八三三
蛙聲……八三三
牧童……八三四
看松……八三四
蟹……八三四
讀書……八三四
薑……八三四
蒜……八三五
蘆菔……八三五

萵苣……八三五
棲鳳亭……八三五

六言絕句

題畫……八三六
題宋秀才藏廬山圖……八三六

七言絕句

遊獵圖……八三六
送人之婁江……八三六
秋望……八三七
聞箏……八三七
夜宴……八三七
寄丁侃……八三七
聞鸎……八三七
紅葉……八三八
晚投田家……八三八
賀生日……八三八
聞鳩……八三八
嘲友人謫中有遇……八三八
瀟湘八景
煙寺晚鐘　漁村夕照　遠浦歸帆　平沙落雁　洞庭秋月　瀟湘夜雨　山市晴嵐　江天暮雪……八三九
送春……八四〇
月夜南樓……八四〇
飲張水部園亭……八四〇
約友出遊……八四一
憶梅……八四一
春遊……八四一
楊花……八四一
採桑……八四一
江村……八四二

夜聽張山人琴……八四二
登姑蘇臺……八四二
聽琵琶……八四二
遊靈巖……八四二
烹茶……八四三
青城先生戴笠圖……八四三
示內……八四三
村居……八四三
桃花……八四四
金鳳花……八四四
秋暮……八四四
紅蕉仕女……八四四

高青丘鳧藻集目錄

卷一

論二篇
威愛論……八四七
四臣論……八四九
記十五篇
遊天平山記……八五一
生白室記……八五二
蜀山書舍記……八五三
清言室記……八五四
煮石山房記……八五五
靜者居記……八五六

夢松軒記……八五七
安晚堂記……八五八
水雲居記……八五九
槎軒記……八六〇
遊靈巖記……八六二
素軒記……八六三
歸養堂記……八六四
春水軒記……八六五
白田耕舍記……八六六

卷二

序十八篇

史要類鈔序……八六八
元史曆志序……八六九
元史列女傳序……八七〇
送唐處敬序……八七一
送倪雅序……八七二
送錢塘施輝修太廟樂器序……八七三
送二賈君序……八七四
送呂山人入道序……八七五
贈何醫師序……八七六
荆南唱和集後序……八七七
送顧倅序……八七八
送孫先生序……八七九
野潛稿序……八八〇
贈胡生序……八八一
送徐先生歸嚴陵序……八八二
送樊參議赴江西參政序……八八三
獨菴集序……八八五
送丁志恭河南省親序……八八六

卷三

序十八篇
師子林十二詠序……八八八
贈錢文則序……八八九
送示上人序……八九〇
贈醫師何子才序……八九一
婁江吟稾序……八九二
送虛白上人序……八九三
送劉侯序……八九四
贈醫士徐仲芳序……八九六
送徐以文序……八九七
代送饒參政還省序……八九八
送江浙省掾某序……八九九
送蔡參軍序……九〇一
送黃省掾之錢塘序……九〇二
贈王醫師序……九〇三
贈醫師龔惟德序……九〇四
綠水園雜詠序……九〇五
缶鳴集序……九〇六
姑蘇雜詠序……九〇七

卷四

傳五篇
南宮生傳……九〇八
杏林叟傳……九〇九
胡應炎傳……九一〇
墨翁傳……九一二
梅節婦傳……九一三
贊八首

愛敬堂圖贊……九一四
東坡小像贊……九一五
丹厓小像贊……九一五
義鸛贊……九一五
樹屋傭贊……九一六
陳仲昭小像贊……九一七
嫣雌子贊……九一七
烏目山樵贊……九一七
箴一首
寅齋箴……九一八
銘八首
瞻松亭銘……九一八
靜學齋銘……九一九
端石雙硯銘……九一九
進齋銘……九二〇
碧泉銘……九二〇
存心齋銘……九二一
靜得齋銘……九二一
筆銘……九二二
賦二篇
鶴瓢賦……九二三
聞早蛩賦……九二三
題三篇
題天池圖小引……九二四
題朱達悟傳後……九二五
題高士敏辛丑集後……九二五
跋十篇
跋眉菴記後……九二五
跋王右軍墨蹟……九二六
跋松雪臨蘭亭……九二六

跋松雪書洛神賦……九二六
跋徐氏族譜後……九二七
跋呂忠肅與魏太常唱和詩後……九二七
跋張長史春草帖……九二八
跋蘭亭……九二八
跋張外史自書雜詩……九二八
跋溝南詩後……九二九

評史 六篇

商鞅范雎……九二九
四公子……九三〇
樊噲……九三〇
羊祜……九三一
衞瓘……九三三
李泌……九三三

卷五

雜著 十五篇

封建親王賀東宮牋……九三五
擬唐平蜀露布……九三五
擬劉封答孟達書……九三八
匡山樵歌引……九四〇
審游贈陸彥達……九四一
勸農文……九四二
瞉喻……九四三
志夢……九四四
書瞿孝子行錄後……九四六
書博雞者事……九四六
楊孟汲字說……九四八
澄江懶漁說……九四九

修忠佑祠疏……九四九
城南草堂疏……九五〇
薦亡將齋榜……九五〇

墓誌 八篇

元故婺州路蘭溪州判官致仕胡君墓誌銘……九五一
陳夫人許氏墓誌銘……九五四
陳希文墓誌銘……九五四
葛仲正墓誌銘……九五五
明故高均彰墓誌銘……九五六
故韓仲逵墓誌銘……九五六
魏夫人宋氏墓誌銘……九五七
丁志恭墓誌銘……九五九

哀辭 一篇

王仲廉哀辭……九六〇

書簡 一首，從至正庚辛唱和詩補

與水西資聖寺雪廬新公……九六二

高青丘扣舷集目錄

念奴嬌 自述……九六三
疎簾淡月 秋柳……九六三
石州慢 春思……九六四
眉嫵 夫差女瓊姬墓……九六四
水龍吟 畫紅竹……九六四
天仙子 懷舊……九六五

一剪梅 閒居……九六五
玉漏遲……九六五
多麗 弔七姬……九六六
謁金門 渡江……九六六
倦尋芳 曉雞……九六六
太常引 丁校理邀觀妓失期不赴……九六七
賀新郎 喜徐卿遠訪……九六七
昭君怨 催梅……九六八
沁園春 寄內兄周思誼……九六八
木蘭花慢 過城東廢第……九六八
清平樂 夜坐……九六九
憶秦娥 感歎……九六九
酹江月 遣愁……九六九
沁園春 雁……九七〇
行香子 芙蓉……九七〇
滿江紅 客館對雪……九七〇
如夢令 寒夜……九七一
酹江月 送金吾右將軍赴鄧州守……九七一
卜算子 京師早起……九七一
前調 有懷……九七二
江城子 江上偶見……九七二
天仙子 秋夜客中……九七二
清平樂 春晚……九七三
摸魚兒 自適……九七三
水調歌頭 謝惠酒……九七三
鷓鴣天 秋懷……九七四

附錄

四庫全書提要……九七五
金檀序……九七七
陳璋序……九七八
胡翰序……九七九
王褘序……九八〇
王彝序……九八二
謝徽序……九八三
周立序……九八四
劉昌序……九八六
吳寬序……九八七
張泰序……九八八
例言……九八八
詩評……九九一
鳧藻集本傳……九九三
槎軒集本傳……九九五
高青丘年譜……九九八
書後……一〇一〇
哀誄……一〇一三
羣書雜記……一〇二〇
鳧藻集序一……一〇二三
鳧藻集序二……一〇二四
鳧藻集原序……一〇二五
書鳧藻集後……一〇二七
明史文苑傳高啓傳……一〇二七
錢謙益列朝詩集高啓小傳……一〇二八
汪端明三十家詩選高啓小傳……一〇二九

諸家評語……一〇三一
提要……一〇三五
版本書目……一〇三七

高青丘集卷一

樂府 〔校記〕大全集作「古樂府」。永樂本缶鳴集同。

上之回 古今樂錄：「漢鼓吹鐃歌十八曲。四曰上之回。」樂府正聲：「漢短簫鐃歌曲。」漢書

武帝紀，元封四年冬十月行幸雍，祠五畤，通回中道，遂北出蕭關，歷獨鹿，鳴澤，自代而還，幸河東。師古注：「回中在安定，北通蕭關。」吳兢樂府解題：「漢武通回中道，後數出游幸焉。」沈建廣題：「漢曲皆美當時之事。」

聖主重行幸，蔡邕獨斷：「天子車駕所至，見令長三老官屬，親臨軒作樂，賜以食帛，民爵有級，或賜田租，故謂之幸。」六虯法乾旋。續漢書：「天子五輅，駕六馬。」揚雄甘泉賦：「四蒼螭兮六素虯。」北巡初避暑，王僧孺詩：「迴鑾避暑宮。」錢謙益列朝詩集：「元世每年孟夏駕幸灤京避暑，七月乃還，北巡初避暑，紀元事也。」東祠已祈年。禮記月令：「天子乃祈來年于天宗。」羣官從清塵，司馬相如諫獵書：「犯屬車之清塵。」粲若星麗天。前揚豹尾竿，揚雄傳注：「大駕八十一乘作三行，尚書、御史乘之，最後一乘懸豹尾，以前皆省中。」左靡魚須旃。司馬相如子虛賦：「靡魚須之橈旃。」注：「海魚鬚也。」瀚海通漢月，史記匈奴傳：「驃騎將軍與左賢王接戰，左賢王遁走，驃騎

封於狼居胥山，禪姑衍，臨翰海而還。」注：「翰、瀚同。」庾信出自薊北門行：「關山連漢月。」蕭關絕胡煙。一統志：「蕭關在平涼府鎮原縣西北。」願奉千齡樂，魏徵冬至樂章：「穆穆我后，道應千齡。」皇躬長泰然。

君子有所思行

樂苑：「雜曲歌辭。」樂府古題要解：「陸機『命駕登北山』、鮑照『出登銅雀臺』、沈約『晨策終南首』，其旨言雕室麗色，不足爲久歡，燕安酖毒，滿盈所宜敬忌是也。」

騁望京輔地，漢書百官表：「漢初都長安，京兆尹、左馮翊、右扶風謂之三輔。」金城千里餘。史記秦紀論：「關中之固，金城千里。」峨峨松柏陵，靄靄桑柘墟；明堂表青陽，月令：「天子居青陽左个。」爾雅：「春爲青陽。」飛觀切紫虛。唐書諸公主傳：「長寧公主下嫁楊愼交，造第東都，崇臺飛觀相聯屬。」江總雙闕詩：「刻鳳棲青漢，圖龍入紫虛。」況有戚里第，史記萬石君傳：「萬石君名奮，高祖召其姊爲美人，以奮爲中涓，受書謁，徙其家長安中戚里。」高樓夾清渠。古詩：「西北有高樓。」曹植賦：「臨漳滏之清渠。」愛妾舞羅縠，侍兒小名錄：「越得苧蘿山女曰西施，飾以羅縠。」孌奴鳴珮琚。後漢梁冀傳：「冀愛監奴秦宮，官至太倉令。」周伯琦詩：「飛鈴颯珮琚。」東園賜祕器，漢書佞幸傳：「董賢爲上寵幸，上方珍寶，盡在董氏；及至東園祕器，珠襦玉柙，豫以賜賢，無不備具。」上林乘副車。一統志：「上林苑在西安府城內。」史記佞幸傳：「韓嫣嘗與上臥起，有詔從入獵上林中，天子車駕蹕道未行，先使嫣乘副車從數十騎騖馳視獸。」玄運有恆旋，盛時無久居！勿嗤城南巷，寂寞揚雄廬。漢書揚雄傳：「揚雄，字子雲，成都人也。其先處岷山之陽曰郫，有田一廛，有宅一區。」

李夫人歌

郭茂倩樂府詩集：「雜歌辭。」樂府遺聲：「佳麗曲。」前漢書外戚傳：「李夫人本以倡進。初，夫人兄延年性知音，善歌舞，武帝愛之。侍上起舞，歌曰：『北方有佳人，絕世而獨立。一顧傾人城，再顧傾人國。寧不知傾城與傾國，佳人難再得！』上歎息曰：『善！世豈有此人乎？』平陽主因言延年有女弟，上乃召見之，實妙麗善舞，由是得幸，生昌邑哀王。夫人早卒，上思念不已，方士齊人少翁，言能致其神，迺夜張燈燭，設帷帳，陳酒肉，而令上居他帳，遙望見好女如李夫人之貌，還幄坐而步，又不得就視。上益相思悲感，爲作詩曰：『是邪非邪？立而望之，偏何姗姗其來遲！』令樂府諸音家絃歌之。上又自爲賦，以傷悼夫人。」

延年罷歌少翁望，蘭芬淒淒銷複帳。鄴中記：「冬月用明光錦以白縑爲裏，名複帳。帳之四角，安純金銀鑿鏤香爐，爇以百和香；帳頂安金蓮花，中懸金箔，織成錦囊。」臨歿最難忘，歔欷不相嚮。外戚傳：「初夫人病篤，上自臨候之。夫人蒙被謝曰：『妾不敢以燕媠見帝。』上曰：『第一見我，將加賜千金，而予兄弟尊官。』夫人曰：『尊官在帝，不在一見。』上復言欲必見之，夫人遂轉鄉歔欷而不復言。」陳杯觴，列燈火，是耶非？幄中坐。新宮漏殘星欲墮。韓愈詩：「薦于新宮，視瞻梁梠。」說文：「漏以銅受水，刻節，晝夜百刻。」

古別離

樂府詩集：「雜曲歌辭。」楚辭曰：「悲莫悲兮生別離。」古詩曰：「行行重行行，與君生別離。」後蘇武使匈奴，李陵與之詩曰：「良時不可再，離別在須臾。」故後人擬之爲古別離。梁簡文帝又爲生別離，宋吳邁遠有長別離，唐李白有遠別離，亦皆類此。樂府遺聲：「別離曲有古別離。」

他人豈不別？所別諒有由。嗟君今何營？輕薄好遠遊。遙遙京洛車，一統志：「京洛，今河南府洛陽縣，禹貢豫州之域，成王營洛爲王城下都，平王東遷居王城。隋煬帝都此曰豫州，唐曰東都，宋曰西京，故稱京洛。」汎汎江漢舟。書「江漢」注：「江漢發源于梁，合流于荆，出于岷山者江也；至大別而會于漢，出于嶓冢者漢也。至大別而會于江。」君身非賈胡，所至自輒留。後漢書馬援傳：「伏波類西域賈胡，到一處輒留。」注：「言似賈胡所至之處輒停留也。」〔校記〕汪端明三十家詩選（以下簡稱三十家）作「輒逗留」。汪輯高季迪詩選同。徽音已冥邈，思懷尙綢繆。露滋紅蘭春，江淹別賦：「見紅蘭之受露。」霜變綠桂秋。白居易詩：「綠桂爲佳客，紅蕉當美人。」此時望歸來，含情上高樓。川塗本無限，君去焉得休！願令中斷阻，化彼山與丘。

燕歌行

樂府正聲：「相和歌辭平調曲。」古題解：「魏文帝『秋風蕭颯天氣涼』、『別日何易會日何難』等二篇，言時序遷換，而行役不歸，佳人怨曠，無所訴也。」文選注：「燕，地名，猶楚苑之類。」

清商變節朱火違，禮記：「孟秋之月其音商。」李白詩：「朱火始改木。」「七月流火」詩注：「火，大火，心星也。」嚴霜塗庭卉木腓。詩：「百卉具腓。」邊城蚤寒未授衣，詩：「九月授衣。」念君遐征不能歸。涼風時來動中闈，蠨蛸在戶熠燿飛。詩豳風：「蠨蛸在戶。」又：「熠燿宵行。」賤妾宵興歎無依，簪珥不施減容輝。東方朔傳注：「珥，珠玉飾耳者也。」欲寫憂思撫瑤徽，說文：「琴節曰徽。」君今不在聽者稀，啓明未出燈已微，爾雅：「明星謂之啓明。」注：「太白星也。晨見東方爲啓明，昏見西方爲太白。」愛而不見徒歔欷！

吳趨行

原注：「古樂府有吳趨行，吳人歌其土風也。」樂府遺聲：「歌舞曲。」樂府詩集：「雜曲歌辭。」姑蘇志：「吳趨坊在皐橋南。」

僕本吳鄉士，一統志：「禹貢揚州之域，天文斗分野，周太伯、仲雍始居之地，武王封仲雍曾孫周章于此，爲吳國。」請歌吳趨行。吳中實豪都，勝麗古所名。五湖洶巨澤，一統志：「太湖在府城西南五十里，禹貢謂之震澤，周官、爾雅謂之具區，史記、國語謂之五湖。圖經以貢湖、遊湖、胥湖、梅梁湖、金鼎湖爲五湖。」八門洞高城。姑蘇志：「周敬王六年，闔閭有國，伍員創築大城，爲門八。東曰婁，曰匠；西曰閶，曰胥；南曰盤，曰蛇；北曰齊，曰平。歷代皆仍其舊。梁龍德二年，始以甎甃，裏外有濠。宋初，門已塞二，惟閶、胥、盤、葑、婁、齊六門。」飛觀被山起，遊艦沸川橫。土物既繁雄，民風亦和平。泰伯德讓在，祝穆方輿勝覽：「圖經序：泰伯遜天下，季札辭一國，德之所化者遠矣。更歷秦、晉，風俗清美。」言游文學成。長沙啓伯基，三國志孫破虜傳：「堅由議郎拜長沙太守，興義兵討董卓，袁術表堅行破虜將軍、領豫州刺史，後謚武烈。」姑蘇志：「孫王墓在盤門外。」異夢表休禎。吳書：「堅世仕吳，家于富春，葬于城東，冢上數有光怪雲氣，五色屬天，父老謂孫氏其興。及母懷姙堅，夢腸出繞吳閶門，寤而懼之，以告鄰母，鄰母曰：『安知非吉徵也。』堅生，容貌不凡，性闊達、好奇節。」舊閥凡幾家，史記功臣年表：「人臣功有五品，明其等曰閥，積日曰閱。」册府元龜：「閥、閱二柱，相去一丈，柱端置瓦筒，號爲烏頭，有爵者其門立之。」奕代產才英。遭時各建事，徇義或騰聲。財賦甲南州，蘇州府志：「天下財賦多仰于東南，而蘇爲甲。」詞華並西京。帝王世紀：「漢高帝都長安，光武都洛陽，時人謂洛陽爲東京，長安爲西京。」三都賦序：「班固賦西都，張衡賦西京。」茲邦信多美，粗舉難備稱。願君聽此曲，此曲匪誇盈。

南山有烏

原注：「吳王女玉悅韓重，不得而死，重游學歸，往哭其墓，玉形見，贈重明珠。作歌曰：『南山有烏，北山張羅』云。」樂苑：「古歌辭作烏鵲歌。」

南山有烏北山羅，兩地一失驚風波，哀鳴獨宿心靡他，竟抱幽恨歸山阿。不及山上松，纏綿同女蘿。古詩：「與君爲新婚，兔絲附女蘿。」注：「女蘿，松蘿也。」毛詩草木疏：「今松蘿蔓松而生。」君歸來，聽妾歌，相思感君情意多。贈君明珠淚滂沱，死生茫茫終奈何！

玉波冷雙蓮

原注：「唐處士李籛、夜游震澤，逢女郎爲歌玉波冷雙蓮之曲。曰：『此哀吳宮二隊長之詞。』又歌其所製芷秀葯華之曲，蓋龍女云。二曲世皆不傳，予戲爲補之。」翁

澍具區志：「唐大曆初，處士李鸞，秋夕于震澤捨艫野步，望中見煙火，意爲漁家；漸近，卽朱門粉雉，嘉木修竹，畫舟倚白蓮中。徘徊未敢前入，俄有青衣出曰：『君非李處士乎？願得少進。』鸞隨步而入，瑣窗洞戶中，有女郎，狹體環質，衣如雲霓，揖生曰：『延佇嘉德，積有年矣。今夕何夕？邂逅相逢。』命青衣捧方丈酌酒珊瑚鍾以勸，侍兒數輩執樂，女郎倚曲歌玉波冷雙蓮之曲曰：『此傷吳宮二隊長之辭。某非人也，生于龍宮，好楚辭，君能受我一曲，傳于世人乎？』乃以水晶簪扣盤而誦芷秀葯華之辭。俄聞鐘聲隔水。女郎曰：『此非清虛之士不得遊。』持素綃送生出門，閉扉悄然。生徐步淸潯，朝日已上，廣陵胡人識其綃，曰：『龍頷小髯所緝也。』」史記孫武子列傳：「吳王闔閭以婦人試兵，武子以王之愛姬爲左右二隊長，申令之後，二隊長大笑，武子斬之。」

金風暮剪雙頭蘂，禮月令：「孟秋之月，盛德在金。」啼臉辭秋嫣血紫。宮女三千罷笑喧，漢武故事：「上起明光宮，發燕、趙美女三千人充之。」錦雲障冷鴛鴦死。滿江煙玉流古香，李賀詩：「南山老桂吹古香。」尋魂弔影愁茫茫。吳天墜露衰紅濕，一夜波涼小龍泣。

芷一作藥秀葯華　原注：「事見前，芷卽葯也，香草，出吳中者佳。」博雅：「芷葉謂之葯。」

春香上羅襦，史記滑稽列傳：「羅襦襟解，微聞薌澤。」暗引蘭橈渡。梁簡文帝采蓮曲：「桂楫蘭橈浮碧水。」

蝶散掩紅房，楚辭：「辛夷楣兮葯房。」王孫歸已暮。史記淮陰侯傳：「我哀王孫而進食。」注：「秦末多失國，言王孫公子，尊之也。」古詩：「芳草兮萋萋，王孫兮不歸。」斜條拂蛾眉，詩：「螓首蛾眉。」采擷同芳杜。吳均詩：「連洲茂芳杜。」說文：「杜，甘棠也。赤者爲杜，白者爲棠。」眽眽雨煙濃，〔校記〕「眽眽」，各本均作「脈脈」，按廣韻：「眽，相視也。」作脈誤，今改正。古詩：「眽眽不得語。」江皋斷腸路。屈原九歌：「朝騁鶩兮江皋。」

吳鉤行　原注：「吳鴻、扈稽也。」吳越春秋：「闔廬既寶莫邪，復命作金鉤，令曰：『能爲善鉤者賞之百金。』作鉤者甚衆。有人貪王之重賞也，殺其二子，以血釁金，遂成二鉤以獻。向鉤呼子名曰：『吳鴻、扈稽，我在此。』聲絕于口，鉤俱飛著父之胸。王大驚，乃賞百金，遂服不離身。」

吳鉤若霜雪，吳人重遊俠。罇前含笑看，上有仇家血。

短歌行　樂府正聲：「相和歌辭平調曲。」題解：「魏武帝：『對酒當歌，人生幾何？』晉陸機：『置酒高堂，悲歌臨觴。』皆言當及時爲樂也。」

置酒高臺，樂極哀來。人生處世，能幾何哉？日西月東，百齡易終。可嗟仲尼，不見周公！鼓絲拊石，以永今日。歡以別虧，憂因會釋。燕鴻載鳴，月令：「仲春之月，玄鳥至，仲秋之月，鴻雁來。」蘭無故榮。子如不樂，白髮其盈。執子之手，以酌我酒。式詠短歌，爰祝長壽。

白馬篇

樂府遺聲：「車馬曲。」樂府詩集：「雜曲歌辭齊瑟行。」歌錄：「名都、美女、白馬，並齊瑟行也，皆以首句名篇。言人當立功立事，盡力爲國，不可念私也。」題解：「曹植『白馬飾金羈』、鮑照『白馬騂角弓』、沈約『白馬紫金鞍』，皆言邊帥戰征之狀。」

白馬銀鏤鞍，李白少年行：「銀鞍白馬度春風。」流光皎如練。韓詩外傳：「顏淵望吳門，見一匹練，孔子曰：『馬也。』」謝莊舞馬賦：「狀吳門之曳練。」龍沙積雪裏，後漢書班超傳贊：「坦步葱、雪，咫尺龍沙。」注：「葱嶺、雪山，白龍堆，沙漠也。」一去誰曾見？昨日羽林兒，漢書百官公卿表注：「『羽林』，宿衞之官，言其如羽之疾，如林之多也。武帝太初元年置，名『建章營騎』，後更名『羽林騎』。又取從軍死事之子孫，養羽林官，教以五兵，號『羽林孤兒』。」獨拜建章殿。三輔黃圖：「建章宮有函德等三十六殿。」天子親賜與，騎向交河戰。漢書西域傳：「車師前王居交河城，河水交流繞城，故曰交河。」疾驅不辭家，恐獲逗遛譴。萬里倏若飛，神速虜難變。前收日逐屯。漢書宣帝紀：「日逐王先賢撣，將人衆萬餘來降。」晉書匈奴傳：「呼延氏最賢，則有左日逐、右日逐，世爲輔相。」右斷康居援。漢書西域傳：「康居去長安萬二千里。」事定入關來，箙中有餘箭。

〔校記〕「賢」，一作「貴」。

周禮冬官考工注：「箙，盛箭器也。」

宛轉行 樂府詩集：「琴曲歌辭。」

宛轉復宛轉，宛轉日幾迴？君賜鹿盧斷，鹿盧，通作轆轤。廣韻：「圓轉，木也。」集韻：「井上汲水木，或作樚櫨。」我腸車輪摧。

長門怨 樂府正聲：「相和歌辭楚調曲。」題解：「漢武帝陳皇后所作也。后，長公主嫖女，字阿嬌，及衞子夫得幸，后退居長門宮；愁悶悲思，聞司馬相如工文章，奉黃金百觔，令爲解悲愁之辭。相如爲作長門賦，帝見而傷之，復得親幸者數年。後人悲之，爲作長門怨焉。」

憎寵一時心，漢書外戚傳：「陳皇后擅寵，驕貴十餘年而無子，聞衞子夫得幸，幾死者數焉。」塵生舊屋金。漢武故事：「帝爲膠東王，年數歲，長公主指問曰：『兒欲得婦否？』曰：『欲得。』指：『阿嬌好否？』笑曰：『若得阿嬌，當爲金屋貯之。』」苔滋銷履迹，花遠度鑾音。說文：「人君乘車，四馬鑣八鑾鈴，象鸞鳥聲和則敬也。」崔豹古今注：「鸞口銜鈴，故謂之鑾鈴。」暮雀重門迥，秋螢別殿陰。君明猶不察，妒極是情深。

班倢伃 樂府正聲：「相和歌辭楚調曲，一作倢伃怨。」題解：「漢成帝班婕妤所作也。婕妤，徐令彪之姑，況之女，美而能文，大爲帝所寵。帝後幸趙飛燕姊娣，冠于後宮，婕妤自知恩薄，懼得罪，求供養太后于長信宮，因爲賦及紈扇詩以自傷。後人傷之，爲婕妤怨，及擬其詩。」史記外戚世家：「婕妤，秩比列侯，常遷爲皇后。」

微誠雖可守，李商隱賀聖表：「犬馬之微誠空切，鴛鴻之舊列難階。」妙舞却難工。趙飛燕外傳：「飛燕體輕，能爲掌上舞。」已別增成舍，漢書外戚傳：「孝成班婕妤選入後宮，始爲少使，俄爲婕妤，居增成舍。」應劭注：「後宮有八區，增成第三也。」初來長信宮。漢官儀：「帝祖母稱長信宮，帝母稱長樂宮。」扇歸秋篋裏，班婕妤怨歌行：「新裂齊紈素，皎潔若霜雪。裁爲合歡扇，團團似明月。出入君懷袖，動搖微風發。常恐秋節至，涼飆奪炎熱。棄捐篋笥中，恩情中道絕。」燭滅夜帷中。江淹詩：「悵哉心神晚，燭滅此深堂。」莫忌爭新寵，曾辭玉輦同。外戚傳：「成帝遊于後庭，嘗欲與婕妤同輦載，婕妤辭曰：『觀古圖畫，聖賢之君，皆有名臣在側，三代末主，乃有嬖女，今欲同輦，得毋近似之乎！』上善其言而止。」

閶闔篇 樂府遺聲：「宮苑曲。」樂府詩集：「雜曲歌辭。」張衡西京賦曰：『表嶢闕于閶闔。』」閶闔，天門也，王者象之。紫微宮門名曰『閶闔』，立闕以爲表。閶闔篇蓋出於此。」

天門迎旭開紫霞，屈原九歌：「廣開兮天門。」八表洞達春無涯。晉書王敦傳：「八表承風。」閣道縈迴度鸞車，史記秦始皇本紀：「三十五年，作前殿阿房，上可以坐萬人，下可以建五丈旗，周馳爲閣道，自殿下直抵南山。」羽旗揚彩鐘鼓撾。後宮三千人，秀色掩盡世上花。張衡七辨：「淑性窈窕，秀色美豔。」宸遊時過廣成家，宋之問詩：「宸遊滿路輝。」增韻：「帝居北宸宮，故稱宸。」莊子：「黃帝聞廣成子在于空同之上，故往見之。」瑤觴再壽盛露華。曹唐游仙詩：「酒傾玄露醉瑤觴。」酒史：「酒有瑤花露、薔薇露、桃花雨、薌林秋露。」一仁興，萬福加。何須慕神仙，辛勤煉丹砂。本草：「丹砂，久服通神明，不老。」小臣微詞欲拜獻，帝德自大非爲詩。

塞下曲

樂府遺聲：「征戍曲。」樂府詩集：「新樂府雜題。」漢書：「秦始皇滅六國，命蒙恬擊胡，悉收河南地，因河爲塞，徙謫戍以充之，自九原至雲陽，因邊山險塹谿爲城，起臨洮至遼東萬餘里。」

日落五原塞，後漢書郡國志：「并州五原郡，秦置，武帝更名爲九原。」一統志：「山西大同府西北中受降城，秦漢九原縣地。」蕭條亭堠空。後漢書光武紀：「建武十二年，遣杜茂將衆郡弛刑屯北邊，築亭堠、修烽燧。」注：「亭堠，伺候望敵之所。秦法十里一亭，漢因之不改。」漢家討狂虜，籍役滿山東。說文：「役，戍邊也。」去年出飛狐，孝文帝紀：「以中大夫令勉爲車騎將軍出飛狐。」一統志：「山西大同府廣昌縣，古蜚狐道。」今年出雲中。漢書衞青傳：「公孫賀爲車騎將軍，出雲中。」一統志：「大同府北有雲中城。」得地不足耕，殺人以爲功。登高望衰草，感歎意何窮！

折楊柳歌辭二首

樂府正聲：「鼓角横吹曲。用雙角者，胡樂也。」樂府詩集：「漢横吹曲。」唐書樂志曰：「梁樂府有胡吹歌云：『上馬不捉鞭，反拗楊柳枝，下馬横吹笛，愁殺行客兒。』此歌辭元出北國，卽鼓角横吹曲折楊柳是也。」宋書五行志曰：「晉太康末，京洛爲折楊柳之歌，其曲有兵革苦辛之辭。」按古樂府又有小折楊柳。相和大曲有折楊柳行。淸商四曲有月節折楊柳歌十三曲，與此不同。」題解：「傷別離也。」三輔黄圖：「霸橋在長安東，漢人送客至此橋，折楊柳贈别。」

高枝拂翠幰，韋莊少年行：「醉下酒家樓，美人雙翠幰。」說文：「幰，車幔也。」低枝垂綺筵。春風千萬樹，此樹妾門前。

其二

江頭横吹悲，古今樂錄：「横吹胡樂，張騫入西域傳之。」王維詩：「横吹雜繁笳。」北客休南去。聞道武昌門，愁人無别樹。晉書陶侃傳：「侃嘗課諸營種柳，都尉夏施，盜官柳植之于己門；侃後見，駐車問曰：『此是武昌西門前柳，何因盜來？』施惶怖謝罪。」

空侯引

樂府正聲：「相和歌辭瑟調曲，又入琴操，一名公無渡河。」張永技錄：「相和有四引，一曰箜篌引。」題解：「舊說：朝鮮津卒霍里子高妻麗玉所作也。子高晨起刺船，有一白首狂夫，披髮提壺，亂流而渡，其妻隨呼止之不及，遂溺死。于是其妻援箜篌而鼓之，作歌曰：『公無渡河，公竟渡河，渡河而死，當奈公何？』聲甚悽愴，曲終，亦投河而死。子高還，以其聲語麗玉，麗玉傷之，乃引箜篌寫其聲，聞者莫不墮淚飲泣，名曰箜篌引。」

濁流赴海東若傾，津卒刺船朝不行。漢書陳平傳：「平亡渡河，船人見其美丈夫，獨行，疑其亡將，要下當有金玉寶器，目之，欲殺平。平心恐，乃解衣裸而佐刺船，船人知其無有，乃止。」注：「刺，撑也。」公乎提壺徑欲渡，大聲呼公公不顧。飢鯨饞蛟肆啖吞，古今注：「鯨，海魚也。大者長千里，小者數千丈。」竟以深淵作高墳。貪生畏死誰不有？公獨不然果狂叟。二十五絃彈且歌；史記封禪書：「泰帝使素女鼓五十絃瑟，悲，帝禁不止，故破其瑟爲二十五絃。」公今渡河將奈何！公今渡河將奈何！

將進酒

樂府正聲：「漢短簫鐃歌曲。」題解：「古詞：『將進酒，乘大白。』大略以飲酒放歌爲言。」

君不見，陳孟公，一生愛酒稱豪雄。漢書陳遵傳：「遵，字孟公，哀帝時爲校尉，擊槐里大賊有功，封嘉威侯。嗜酒，每大飲，賓客滿堂，輒關門取客車轄投井中，雖有急，終不得去。」君不見，揚子雲，三世執戟徒工文。漢書揚雄傳贊：「待詔歲餘，奏羽獵賦，除爲郎，給事黃門，與王莽、劉歆並。哀帝之初，又與董賢同官。當成、哀、平間，莽、賢皆爲三公，權傾人主，而雄三世不徙官。」東方朔客難：「官不過侍郎，位不過執戟。」史記淮陰侯列傳注：「郎中，宿衞執戟之人也。」得失如今兩何有？勸君相逢且相壽。試看六印盡垂腰，史記蘇秦列傳：「使我有負郭田二頃，豈能佩六國相印乎！」杜牧謝周相公啓：「楊僕三組垂腰，蘇秦六印在手。」何似一巵長在手。新序：「趙廝養卒往見燕王曰：『賤人希見長者，願請一巵酒。』已飲，復曰：『賤人希見長者，願復請一巵酒。』」莫惜黃金醉青春，韓愈詩：「且可勤買抛青春。」注：「蘇東坡云：『唐人名酒多以春，抛青春，必酒名也。』」幾人不飲身亦貧！酒中有趣世不識，晉書孟嘉傳：「嘉爲桓溫參軍，酣飲，溫問：『酒有何好，而卿嗜之？』答曰：『公未得酒中趣耳！』」但好富貴忘其眞。便須吐車茵，莫畏丞相嗔。漢書丙吉傳：「馭吏嗜酒，嘗從吉出，醉嘔丞相車上，西曹主吏白欲出之。吉曰：『以醉飽之失去士，使此人將復何容？西曹第忍之，此不過汚丞相車茵耳。』」杜甫麗人行：「愼莫近前丞相嗔。」桃花滿谿口，笑殺醒遊人。李白山水歌：「武陵桃花笑殺人。」絲繩玉缸釀初熟，辛延年詩：「就我求淸酒，絲繩提玉壺。」岑參詩：「花撲玉缸春酒香。」搖蕩春光若波綠。前無御史可盡歡，史記滑稽列傳：「賜酒大王之前，執法在傍，御史在後，髡恐懼俯伏而飲，不過一斗徑醉矣。」倒著錦袍舞鸜鵒。晉書謝尙傳：「王導以尙有勝會，謂曰：『聞君能作鸜鵒舞，一坐傾想。』尙便著衣幘而舞，旁若無人。」王昌齡詩：「平陽歌舞新承寵，簾外春寒賜錦袍。」愛妾已去曲池平，晉書石崇傳：「崇有妓綠珠，美而豔，善吹笛，孫秀使人求之，崇勃然曰：『綠珠吾所愛，不可得也。』秀怒，矯詔收崇，崇正宴于樓上，介士到門，崇謂綠珠曰：『我今爲爾得罪。』綠珠泣曰：『當效死于君前。』因自投樓下而死。」新論：「雍門周謂孟嘗君曰：『千秋萬歲之後，高臺已傾，曲池已平。』」此時欲飲焉能傾？地下應無酒壚處，晉書王戎傳：「嘗經黃公酒壚下過，顧謂後車客曰：『吾昔與嵇叔夜、阮嗣宗酣暢于此，今日視之雖近，邈若河山。』」何苦寂寞孤平生！一杯一曲，我歌君續。明月自來，不須秉燭。古詩：「晝短苦夜長，何不秉燭遊？」五岳既遠，東方朔文：「踐赤縣而遨五岳。」三山亦空。拾遺記：「三壺則海中三山也。一曰方壺，則方丈也。二曰蓬壺，則蓬萊也。三曰瀛壺，則瀛洲也。形如壺器。」欲求神仙，在杯酒中。

雨雪二首

樂府正聲：「漢鼓角橫吹曲。」題解：「胡曲也。」樂府詩集：「采薇詩曰：『昔我往矣，楊柳依依；今我來思，雨雪霏霏。』雨雪曲蓋本諸此。」

雨雪暗桑乾，寰宇記：「桑乾水，即今之蘆溝也。以源出馬邑縣之桑乾山，故名。」深愁沒馬鞍。杜甫詩：「馬寒防失道，雪沒錦鞍韉。」臨關將月認，黃滔春雪詩：「連天寧認月。」覆磧作沙看。韻會：「吳、楚謂之瀨，中國謂之磧，又沙漠亦曰磧。」不阻胡兒獵，韓愈雪詩：「風毛縱獵朝。」聊供漢使餐。漢書蘇武傳：「單于幽武置大窖中，絕不飲食，天雨雪，武臥嚙雪，與氈毛并咽之。」春風消不得，三月戍袍寒。

其二

雨雪暗龍沙，見前白馬篇。愁陰入漢家。恨迷青冢草，歸州圖經：「胡中多白草，王昭君冢上獨青，故曰青冢。」驚見黑山花。九域志：「黑山在榆林衞，水甘草茂，虜騎內侵，必至此。」一統志：「在肅州衞城北，沙漠中望之，惜見黑山。」夜積氈廬重，漢書蘇武傳注：「穹廬氈帳。」朝隨羽旆斜。空思鳷鵲觀，三輔黃圖：「甘泉苑，武帝置，苑中起宮殿臺閣百餘所，有鳷鵲觀。」柳色變年華。

羅敷行

樂府正聲：「相和歌曲。一名陌上桑，一名豔歌羅敷行，一名日出東南隅。」崔豹古今注：「陌上桑者，出秦氏女也。秦氏，邯鄲人，有女名羅敷，嫁邑人千乘王仁為妻；王仁後為趙王家令，羅敷出採桑陌上，趙王登臺望而悅之，因飲酒欲奪焉。羅敷乃彈箏作『陌上』之歌以自明。」

陌上三月時，柔桑多綠枝。詩：「爰求柔桑。」李白詩：「吳地桑葉綠，吳蠶已三眠。」攜筐行采葉，日暮畏蠶飢。姚翻採桑詩：「桑間視欲暮，閨裏遽飢蠶。」使君一作君來。駐車馬，陌上桑古詞：「使君從南來，五馬立踟躕，使君遣吏往，問是誰家姝。」又：「使君謝羅敷：『寧可共載否？』羅敷前致詞：『使君一何愚？使君自有婦，羅敷自有夫。』」相逢在桑下。漫說同心言，易：「同心之言，其臭如蘭。」不是知音者。君貴多輝光，妾賤無紅妝。江總木槿賦：「紅妝蕩子家。」自信田間婦，難從天上郎。李白詩：「美人挾坐飛瓊觴，貧人喚云天上郎。」長安畫樓宇，無限如花女。黃滔詩：「苧蘿山下如花女，占得姑蘇臺上春。」使君當早歸，莫共羅敷語。

當壚曲

樂府遺聲：「觴酌曲。」樂府詩集：「雜曲歌辭。」漢書：「司馬相如與卓文君俱之臨邛，盡賣車騎，買酒舍；乃令文君當罏，相如身自著犢鼻褌，與庸保雜作滌器于市中，當罏曲，蓋取諸此。」

光豔動春朝，粧成暎洛橋。崔顥相逢行：「妾年初二八，家住洛橋頭。」錢多自解數，漢書五行志：「童謠云：河間姹女工數錢。」箏澀未能調。急就篇注：「箏，瑟類，本十二絃，今則十三。」集韻：「秦俗薄惡，有父子爭瑟，各入其半，當時名爲箏。」韋應物詩：「秦女學箏指猶澀。」花如秦苑好，一統志：「西安府城內上林苑，本秦苑。」酒比蜀都饒。一統志：「成都郫縣人，刳大竹，傾春釀于筒，號『郫筒』。相傳晉山濤治郫時，用筠管釀酴醾作酒，兼旬方開，香聞百步，故蜀人傳其法。」深謝諸年少，來沽不待要。

遊俠篇

樂府詩集：「雜曲歌辭。」漢書遊俠傳：「戰國公子：魏有信陵，趙有平原，齊有孟嘗，楚有春申，競爲遊俠。漢興，魯人朱家及劇孟、郭解之徒，皆以俠聞。萬章在城西柳市，號曰『城西萬章酒市』。有趙君都、賈子光，皆長安名豪，報仇怨、養刺客者也。」魏志：「楊阿若，名豐，字伯陽，少遊俠，常以報仇解怨爲事，故時人爲之號曰『東市相斫楊阿若，西市相斫楊阿若。』後世遂有遊俠曲。」

遊俠向何處？蕩蕩長安城。城中暮塵起，殺人無主名。漢書游俠原涉傳：「涉刺客如雲，殺人皆不知主名，可爲寒心。」所殺豈私讎？激烈爲不平。新削安陵刀，按：說苑安陵作鄢陵。光奪衆目明。

不畏赤棒吏，北齊書瑯琊王傳：「魏氏舊制，中丞出清道，王公皆遙住車，去牛頓軛于地，以待中丞過，其或遲違，則赤棒棒之。」里閭自橫行。灌夫託爲友，史記魏其武安侯列傳：「灌夫爲人剛直使酒，好任俠，已然諾，諸所與交通，無非豪傑大猾。」袁盎事以兄。袁盎傳：「袁盎病免家居，與閭里浮沉相隨行，鬭雞走狗，洛陽劇孟，嘗過袁盎，盎善待之。」負氣不負勢，傾身復傾情。笑顧少年輩，瑣瑣眞可輕。

關山月

樂府正聲：「漢鼓角橫吹曲。」題解：「傷別離也。古木蘭詩曰：『萬里赴戎機，關山度若飛。朔氣傳金柝，寒光照鐵衣。』按相和曲有度關山亦類此。」

月出遼海東，集韻：「海在遼陽縣。」朔雲捲胡風。纔升榆塞遠，一統志：「永平府撫寧縣榆關，隋時漢王諒將兵伐高麗，兵臨榆關，即此。」復照柳城空。一統志：「柳城廢縣在永平府城西，隋置縣屬遼西，唐于此置營州。」影滿雕弧外，張說詩：「雕弧月半上，畫的暈重圍。」光沈金柝中。博物志：「番兵謂刁斗曰金柝。」唐書段秀實傳：「戒候卒金柝衞之。」思家舉頭望，今夜一軍同。

鞠歌行

樂府正聲：「相和歌辭平調曲。」題解：「古詞三七言，言雖珍奇寶器，不遇知己，終不見重，願逢知己以託意焉。」

玉蘊彩，劍閟鋒，牛鐸之音混黃鐘。晉書荀勗傳：「勗掌樂事，修律呂，嘗于路聞趙賈人牛鐸，識其聲；及樂韻未調。乃曰：『得趙之牛鐸則諧矣。』遂下郡國悉送牛鐸，果得諧音。」俾神奇，作妄庸，揚微察陋世罕逢。物有合，勢必從，如魚得水雲與龍。蜀志諸葛亮傳：「與亮情好日密，關羽、張飛等不悅。先主曰：『孤之有孔明，猶魚之有水也。』」易：「雲從龍。」夷吾囚，伊尹農，二主舉之享萬鍾。嗟古人，孰繼蹤？女子猶爲悅己容。

古詞

妾刀不斷機，鷄跖集：「樂羊子遊學，未三月而歸，其妻引刀趨機曰：『君子尋師，中道而歸，何異斷斯機乎？』羊子乃發憤卒業。」郎行當早歸！還將機中錦，作郎身上衣。

王明君

樂府正聲：「相和歌辭吟歎曲，又清商曲。」題解：「王嬙，字昭君。漢元帝後宮既多，不得常見，乃使畫工圖其形，按圖召幸；宮人皆賂畫工，昭君自恃其貌，獨不與，乃惡圖之。後匈奴入朝，選美人配之，昭君之圖當行。及入辭，光彩射人，悚動左右，天子方重失信外國，悔恨不及。窮按其事，畫工有杜陵毛延壽、安陵陳敞、新豐劉白、洛陽龔寬、下杜陽望、長安樊育，皆同日棄市。漢人憐昭君遠嫁，爲作歌詩。始武帝以江都王建女細君爲公主，嫁烏孫王昆莫。令琵琶馬上作樂，以慰其道路之思。其送明君亦然。晉文王諱昭，故改爲明君。

石崇有妓曰綠珠，善歌舞，以此曲教之，而自製王明君歌。其文悲雅，『我本漢家子』是也。」琴操：「昭君，齊國王穰女，端正閑麗，未嘗窺看門戶；穰以其有異，人求之不與，年十七，獻之元帝。」

都門塵拂春風面，杜甫明妃詩：「畫圖省識春風面。」臨別看花淚如霰。江淹雜體詩：「握手淚如霰。」君王惆悵惜蛾眉，不似前時畫中見。白髮呼韓感漢恩，寧胡謾號閼支尊。漢書：「竟寧元年，呼韓邪復入朝，自言願壻漢氏以自親，元帝以後宮良家子王嬙賜單于；單于驩喜，上書願保塞而歸。王昭君號寧胡閼氏。」集韻：「閼，音烟。氏，一作支，單于適妻也。」習鑿齒與燕王書：「山下有紅藍，北人採其花染緋黃，挼取其上英鮮者作臙脂，婦人採挼用為顏色，因名妻閼氏。」氈裘肉食本異俗，不如但嫁巫山村。一統志：「昭君荆州府秭歸人。單于死，子世達立，欲作胡禮。嬙乃吞藥而卒。今歸州有明妃廟、昭君村。」陳旅明妃出塞圖詩：「昭君北嫁呼韓國，巫山更有昭君村。」黃沙白雪無城闕，手冷鵾絃夜彈歇。樂府雜記：「賀懷智以鵾鷄筋作琵琶絃，用鐵撥彈。」相隨萬里到穹廬，只有長門舊時月。見前長門怨。妾語還憑歸使傳，妾身沒虜不須憐。願君莫殺毛延壽，留畫商巖夢裏賢。

烏夜啼

樂錄：「清商西曲歌也，周房中樂之遺聲。江左所謂梁、宋新聲也。其辭始于宋臨川王義慶所作。宋元嘉中，徙彭城王義康于豫章郡，義慶時為江州，相見而哭，文帝聞而怪之，召還宅；義慶大懼，妓妾聞烏夜啼，叩齋閣云：『明日當有赦。』及旦，改南兗州刺史，因此作歌，故其詞云：『籠葱窗不開，烏夜啼，夜夜望郎來。』蓋詠其妾也。」樂府題解：「亦入琴操。」

啼烏驚多栖未久，半起疎桐上高柳。燈下佳人顰淺眉，機中少婦停織手。月入空閨夜欲深，數聲猶似聽君琴。

行路難三首

樂府遺聲：「道路曲。」樂府詩序：「雜曲歌辭。」題解：「備言世路艱難及離別悲傷之意，多以君不見爲首。」

君不見，盤中鯉，暫失風濤登俎几。君不見，枝上蜩，纔出糞壤凌雲霄。玉篇：「蜩，蟬也。」歐陽修蟬賦：「出自糞壤，凌風高飛。」推移變化詎可測？勿謂明日同今朝。出乘高車入大馬，半是當年徒步者。漢書公孫弘傳：「起徒步，數年至宰相，封侯。」范叔曾逃客溺餘，史記范睢列傳：「睢，魏人，字叔。從魏中大夫須賈至齊，齊襄王聞睢辨口，賜睢金及牛酒，賈疑以魏國陰事告齊，歸告魏相魏齊，齊大怒，使舍人笞擊睢，睢佯死，即卷以簀，置廁中，賓客飲者醉，更溺睢。睢從簀中謂守者：『出我，必厚謝。』守者出棄簀中死人。睢後入秦爲相。」衛青亦在人笞下。史記衛將軍驃騎列傳：『青，平陽人，其父鄭季爲吏，給事平陽侯家，與侯妾衛媼通，生青。青同母兄衛長子，而姊衛子夫自平陽公主家得幸天子，故冒姓衛氏。少歸其父，使牧羊，先母之子皆奴畜之，不以爲兄弟數。青嘗從入至甘泉居室，有一鉗徒相青曰：『貴人也，官至封侯。』青笑曰：『人奴之生，得毋笞罵即足矣。安得封侯乎？』及元朔元年春，衛夫人有男，立爲皇后。青擊匈奴有功，封長平侯，拜車騎大將軍。」〔校記〕朱彝尊明詩綜（以下簡稱詩綜）無「范叔……」、「衛青……」兩句。悠悠行路莫相欺，爲雌爲雄未可知。

其二

危莫若編虎須，莊子：「捋虎頭，編虎須，幾不免虎口哉！」險莫若觸鯨牙。李白公無渡河：「長鯨白齒若雪山。」行路之難復過此，前有瞿塘後褒斜。班固西都賦：「右界褒斜、隴首之險。」一統志：「瞿塘在夔州府城東，舊名西陵峽。兩岸對峙，中貫一江，灧澦堆當其口，乃三峽之門瞿塘峽口。諺云：『灧澦大如象，瞿塘不可上。灧澦大如馬，瞿塘不可下。』」又：「褒谷屬漢中府褒城縣，出連雲棧，直抵鳳縣斜谷。」杯酒朝讙，矛刃夕加。恩讎反覆間，楚漢生一家。鉤弋死雲陽，漢書外戚傳：「孝武鉤弋趙婕妤，昭帝母也。居鉤弋宮，大有寵；元始三年生昭帝，號鉤弋子。後衛太子敗，鉤弋子年五六歲，壯大多智，上嘗言類我，欲立焉；以其年穉母少，恐女主顓恣，猶與久之。鉤弋婕妤從事甘泉，有過見譴，以憂死，因葬雲陽。」注：「在甘泉宮南，土俗呼爲女陵。」鴟夷棄江沙。吳越春秋：「子胥伏劍而死，吳王盛以鴟夷之器投之江中。」注：「鴟夷，革囊也。」所以賢達人，高飛不下避網罟。行路難，堪歎嗟！

其三

雕牀玉案刺繡茵，宜城酒多光照春。張華輕薄篇：「蒼梧竹葉，宜城九醞。」漢書地理志：「南郡縣宜城，故鄢。」坐留北方之上客，歌侑南國之佳人。盛時徂流若川水，榮貴長存竟誰是？魏帝高臺碧瓦空，魏志：「建安十五年冬，太祖乃于鄴作銅雀臺。」水經注：「後樓臺俱毀，土人掘地得瓦，色頗靑，內平瑩。」梁王故苑黃塵起。史記梁孝王世家：「築東苑方三百餘里。」一統志：「歸德府城東梁園，一名梁苑，或曰卽兔園，梁孝王築。」世人傾奪首未迴，可憐不飲冢纍纍。

劉生

樂府正聲：「漢鼓角橫吹曲。」題解：「劉生不知何代人，觀齊、梁以來所爲劉生之詞，皆稱其任俠豪放，周遊三秦之地，或云抱劍耑征，爲符節官。所未詳也。」

結客諸陵下，漢書游俠原涉傳：「郡國諸豪及長安五陵諸爲節氣者，皆歸慕之。涉遂傾身與相待。」後漢書光武帝紀注：「高祖長陵、惠帝安陵、文帝霸陵、景帝陽陵、武帝茂陵、昭帝平陵、宣帝杜陵、元帝渭陵、成帝延陵、哀帝義陵、平帝康陵。」平生好排難。鵜瑩白楊刀，本草：「鸊鵜，水鳥也，大如鳩，其膏塗刀不鏽。」鶻鷲黃柘彈。西京雜記：「長安五陵人，以柘木爲彈，眞珠爲丸，以彈鳥雀。」投瓊遠邸夜，漢文帝紀注：「郡國朝宿之舍，在京師者，率名邸。邸，至也，言所歸至也。今人因謂逆旅皆曰邸舍。」擊筑高樓旦。風俗通：「狀如瑟而大，頭安絃，以竹擊之。」廣韻：「筑似箏而十三絃。」念無可報恩，空椎車壁歎。南史王融傳：「融行遇朱雀桁開，路人塡塞，乃搥車壁曰：『車中乃可無七尺，車前豈可乏八騶。』」

怨歌行

樂府正聲：「相和歌辭楚調曲。」題解：「傅休奕『昭昭朝時日』，自傷『十五入君門，一別終華髮』，不及偕老，猶望死而同穴之意。」班婕妤紈扇詩，亦云怨歌行。

妾始充下陳，史記李斯列傳：「所以飾後宮、充下陳。」注：「下陳，猶後列也。」嬌容常自持。上宮三千妓，一一妒蛾眉。絃急有斷聲，鏡暗無妍姿。遂令開時花，遽作落後枝。昨夕歌吹歡，今夕蛩語悲。古今注：「蟋蟀，一名吟蛩，秋初生，得寒則鳴。」從來班婕妤，不勝趙昭儀。漢書外戚班婕妤傳：「其後，趙飛燕姊弟自微賤興，踰禮越制，寖盛於前，班婕妤及許皇后皆失寵。」又孝成趙皇后傳：「皇后既立，寵少衰，而弟絕幸，爲昭儀，居昭陽宮。」

雉子斑

樂府正聲：「漢短簫鐃歌曲。」題解：「古詞中有云：『雉子高飛止，黃鵠高飛已千里，雄來飛，從雌視。』若梁簡文帝『妒場時向隴』，但咏雉而已。」

雉子斑，爾雅釋鳥：「雉，伊洛而南，素質，五彩皆備成章，曰翬。江淮而南，青質，五彩皆備成章，曰鷂。」雊朝陽，書高宗肜日：「越有雊雉。」說文：「雊，雉鳴也。」低飛蓬蒿隱文章。十步一啄，莊子養生主：「澤雉十步一啄，百步一飲。」于彼山梁。爭雄決鬬憤氣張。爾雅：「雉絕有力，最健鬬。」好勇守介性之良。周禮大宗伯：「士執雉」注：「取其守介而死。」安能受馴畜？後漢書魯恭傳：「翟雉馴于桑下。」斂翼自摧傷。潘岳賦：「雉登棲而斂翼。」

蒿里歌

樂府正聲：「相和歌曲。亦作行，又名薤露歌，又名泰山吟。」題解：「喪歌也，舊曲本出于田橫門人歌以送橫，一章言人命奄忽如薤上露易晞；二章言精魄歸于蒿里。至漢武帝時，李延年分爲二曲。薤露，送王公貴人，蒿里，送士大夫庶人，使挽柩者歌之，世呼爲挽歌。」

素驂駕廣柳，陸雲詩：「龍幰被廣柳。」漢書季布傳注：「廣柳，輿棺之車，喪車也。」蕭蕭出城闉。玄廬儼象設，曹植誄：「痛玄廬之虛廓。」玉篇：「玄廬，喪車屋舍也。」猶恐死有神。古原閉愁寃，荒草不得春。一作泉下客，長違室中親。昔興每待旦，今臥焉知晨？斂衣已成灰，禮喪大記：「衣尸曰斂。」又：「斂以時服。」含貝仍作塵。禮雜記：「天子飯九貝，諸侯七，大夫五，士三。」注：「飯，含也。貝，水物，古者以爲貨。」家門諒不遠，欲歸竟何因？陸機挽歌詩：「人往有反歲，我行無歸年。」平生所愛物，娛玩由他人。哀哉此里中，同逝壯老均！聖賢亦豈免？聞道庶可珍。

薊門行

樂府遺聲：「都邑曲。」樂府詩集：「雜曲歌辭。」題解：「上有出自二字，與從軍行同，而兼言燕、薊風物及突騎悍勇之狀。」一統志：「薊丘在順天府舊燕城西北隅，即古薊門也。」

行行光祿塞，漢書武帝紀：「太初三年夏，遣光祿勳徐自爲築五原塞外列城，西北至盧朐，因名。」望望單于臺。武帝紀：「帝行自雲陽，出長城北，登單于臺，告單于曰：『單于能戰，天子自將待邊；不能，亟來臣服。』」天寒水草盡，萬里孤軍來。中國多荒土，窮邊何用開？杜甫前出塞：「君已富土境，開邊一何多！」

巫山高 樂府正聲：「漢短簫鐃歌曲。」題解：「大約言江淮水深，無梁以渡，臨水望遠，思歸而已。若齊王融『想像巫山高』、范雲『巫山高不極』雜以陽臺神女之說，無復遠道思歸之意。」宋玉高唐賦序：「昔者先王嘗遊高唐，怠而晝寢，夢見一婦人曰：『妾巫山之女也，爲高唐之客，聞君遊高唐，願薦枕席，王因幸之。』」一統志：「巫山縣有陽臺，南枕大江，宋玉賦陽臺之下，即此。」

巴江西上巫峽深，一統志：「巴江在荊州巴縣，源發蜀之岷山。」又：「巫山在夔州巫山縣，大江之濱，形如巫字；首尾一百六十里，有十二峰。巫峽與瞿塘峽、歸峽，世稱三峽；連亙七百里，重巒叠嶂，隱蔽天日，非亭午夜分，不見日月。」奇峯十二江之陰。陽雲高臺不可尋，但見丹楓碧樹攢幽林。昔聞瑤姬在其下，襄陽耆舊傳：「赤帝女曰瑤姬，未行而卒，葬于巫山之陽，故曰巫山之女。楚懷王遊高唐，夢與神遇，即此。」月爲環玦風爲襟。空山久獨居，偶感襄王心。楚宮閟（校記）大全集作閉，非。秋夢，彷彿來同衾。神仙會遇當有道，豈效世俗成荒淫？千秋遺賦應多恨，暮雨蕭蕭猿自吟。

上留田 樂府正聲：「相和歌辭瑟調曲。」題解：「下有行字。舊說，上留田，地名。此地人有不字其孤弟者，鄰人爲弟作怨歌以諷其兄，因以地名爲曲，蓋漢代人。」按：古辭止五言四句，徐獻忠樂原云：「每句著上留田三字，自魏文帝始，類董逃行每句著董逃二字。」

有弟兄不見憐，上留田。行泣念彼先人，上留田。弟寒衣不蔽身，上留田。兄富出乘華軒，上留田。死而棺槨不全，上留田。他人爲葬古原，上留田。我行見此孤墳，上留田。白楊一何翻翻？上留田。人生孰無弟昆？上留田。爾獨大義不敦！上留田。鄰人之歌悲不可聞，上留田。

董逃行

樂府詩集：「相和歌辭淸調曲。」題解：「舊說，後漢遊童所作。終有董卓作亂，卒以逃亡，後人習之，以爲歌章，樂府奏之，以爲炯戒。」

史侯稱臣董侯立，通鑑紀事：「初，靈帝數失皇子，何皇后生子辨，養于道人史子眇家，號曰史侯。王美人生子協，董太后自養之，號曰董侯。帝崩，辨卽位，年十四，封弟協渤海王，年九歲，七月，徙爲陳留王。九月，董卓廢帝爲弘農王，陳留王協卽位，卽孝獻帝也。」山東義師烽火急。獻帝紀：「初平元年春正月，卓弑弘農王。山東州郡起兵討董卓，推袁紹爲盟主；紹屯河內、曹操屯酸棗、袁術屯魯陽，衆各數萬，豪傑歸心。」史記周本紀：「幽王爲烽燧大鼓，有寇至則舉烽火，諸侯悉至。」羌兒夾輦奉西遷，後漢書董卓傳：「卓字仲穎，隴西臨洮人也。膂力過人，雙帶兩鞬，左右馳射，爲羌胡所畏。」通鑑：「董卓議大發兵以討山東，又以山東兵盛，欲遷都以避之，楊彪、黃琬諫，卓不答。」百姓驅隨棄村邑。畢圭苑中高作營，獻帝紀：「初平元年二月，遷都長安，董卓驅遷京師百姓悉西入關，自留屯畢圭苑。」又靈帝紀：「光和三年，作畢圭、靈昆苑。」注：「在洛陽縣宣平門外。」千里不復聞雞鳴。舊宮焚燒無片瓦，獻帝紀：「初平元年三月己酉，董卓焚洛陽宮殿及人家。」唐書五行志：「咸通七年，童謠曰：『頭無片瓦，地有殘灰。』」黃金盡出諸陵下。獻帝紀：「初平二年，孫堅與董卓將胡軫戰于陽人，軫軍大敗，董卓遂發掘洛陽諸帝陵。」通鑑紀事：「又使呂布發諸陵及公卿以下冢墳，收其珍寶。」長安城頭日欲晡，淮南子：「日至于悲谷，是謂晡時。」玉篇：「申時也。」董逃歌殘歌布乎！董卓傳：「有人書呂字于布上，負而行于市，歌曰：『布乎！』有告卓者，卓不悟。」

碧玉歌 樂府正聲：「清商吳聲歌曲。」樂苑：「情人碧玉歌者，宋汝南王所作也，碧玉，汝南王妾名。」

碧玉小家女，古碧玉歌：「碧玉小家女，不敢攀貴德。」初無珠翠妝。感郎相顧重，朽質自生光。

堂上歌行 樂苑：「雜曲歌辭。」

堂上歌，歌南山，詩：「如南山之壽。」主人爲歡仰客顏。翠帷夜卷出兩鬢，移尊更飲花樹間。花樹間，有明月。客不醉，歌不歇。

隴頭水 樂府正聲：「漢鼓角橫吹曲。」題解：「一作吟，傷別離也。」一統志：「關在鳳翔府隴州，其坂九迴，欲上者七日乃至。俗歌云：『隴頭流水，鳴聲幽咽，遙望秦川，肝腸斷絕。』」

人間何處無流水？偏到隴頭愁入耳。夜雜羌歌明月中，秋驚漢夢空山裏，隴坂崎嶇九迴折，聲隨到處長嗚咽。欲照愁顏畏水渾，前軍曾洗金創血。白居易詩：「身被金創面多瘡，扶病徒行日一驛。」回頭千里是長安，征人淚枯流不乾。于濆隴頭吟：「深疑嗚咽聲，中有征人淚。」

少年行二首 樂府遺聲：「游俠曲。」樂府詩集：「雜曲歌辭。」題解：「結客少年場行，言輕生重義，慷慨以立功名也。意同。」

宮侍長楊拜夕郎，三輔黃圖：「長楊秦舊宮，至漢修飾之，以備行幸；宮中有垂柳數畝，因名。」漢官儀：「黃門郎，日暮入對青瑣門拜，名曰『夕郎』。」況憑內寵在椒房。左傳：「齊侯好內，多內寵。」爾雅翼：「椒實多而香，漢世皇后稱『椒房』，取其實蔓延盈升，以椒塗屋，亦取其溫煖。」賜金十萬身無用，乞作胡姬一日妝。

其二

下直平明出禁門，漢官儀：「尙書郎晝夜更直五日于建禮門內。」黃庭堅詩：「玉堂下直長廊靜。」笑提博局伴王孫。漢書吳王濞傳：「孝文時，吳太子入見，得侍皇太子飲博。吳太子素驕，博爭道，不恭，皇太子引博局提吳太子殺之。」寶刀不敢輕一作將。輪却，岑參詩：「弱冠已銀印，出身唯寶刀。」明日沙場欲報恩。

芳樹　樂府正聲：「漢短簫鐃歌曲。」題解：「古詞有云：『妒人之子愁殺人，君有他心，樂不可禁！』若王融『相思早春日』、謝朓『早玩華池陰』，但言時暮衆芳歇絶而已。」

葳蕤映華闉，說文：「葳蕤，草木華垂貌。」前漢高后紀注：「闉，闈也。」窈窕臨清沼。風姿巧弄春，露氣微含曉。垂條拂過騎，翳葉留歸鳥。忽憶共攀人，徘徊行獨遶。

放歌行　樂府正聲：「相和歌辭瑟調曲。」題解：「鮑照放歌行『蓼蟲避葵堇』之類，言朝廷方盛，君上愛才，何爲臨路相將而去也。」

泰山玉檢書成功，前漢武帝紀「封禪」注：「玉檢，以玉爲檢也。」說文：「檢，書署也。」後漢書祭祀志：「上許梁松等奏，乃求封禪故事。有司奏當用方石再累置壇中，皆方五尺，厚一尺，用玉牒書藏，方石牒厚五寸，長尺三寸，廣五寸，有玉檢。」芝房正奏甘泉宮。漢書武帝紀：「詔曰：『甘泉宮內產芝，九莖連葉。上帝博臨，不異下房，賜朕弘休，其赦天下，作芝房之歌。』」漢家五葉號全盛，按：自高祖、惠帝、文帝、景帝，至武帝，凡五葉。有似白日初當中。雄雞天上啼清曙，玄中記：「桃都山有大樹曰桃都，枝相去三千里，上有天雞。日初出照此木，天鷄即鳴，天下雞皆應之。」春滿咸陽萬家樹。一統志：「咸陽縣屬西安府。」諸侯客子盡西來，只道明時苦難遇。褐衣不脫見至尊，孔融薦禰衡表：「乞令衡以褐衣召見。」立談一刻皆承恩。賡詩已上柏梁殿，古文苑：「武帝作柏梁臺，詔羣臣二千石有能爲七言詩者，乃得上座，自梁王以下作詩者二十五人。」獻賦還過金馬門。史記滑稽列傳：「東方朔歌曰：『陸沉于俗，避世金馬門。』」注：「金馬門，宮署門也。門旁有銅馬，故謂之金馬門。」大道易登平若砥，詩：「周道如砥。」始信青雲纔尺咫。元稹詩：「願登青雲路。」共喜嚴徐得寵榮，漢書：「嚴安，臨菑人，以故丞相史上書，武帝以安爲騎馬令。徐樂，燕都無終人，上書，武帝召見曰：『何相見之晚也？』拜郎中。」未容絳灌生讒毁。史記賈生列傳：「賈生年二十餘，最爲少，每詔令議下，諸老先生不能言，賈生盡爲之對，天子議任公卿之位。絳、灌、東陽侯馮敬之屬盡害之，乃短賈生曰：『雒陽之人，年少初學，專欲擅權，紛亂諸事。』于是天子亦疏之，乃以爲長沙王太傅。」丹詔仍聞訪草萊，皇心務欲攬羣材。嗟君猶在新豐邸，三輔舊事：「太上皇不樂關中，思慕鄉里，高祖徙豐、沛屠兒、沽酒、煮餅商人，立爲新豐。」一統志：「新豐城在今西安府臨潼縣。」日暮空歌歸去來。

空城雀

樂府遺聲：「鳥獸曲。」樂府詩集：「雜曲歌辭。」題解：「鮑照『雀乳四鷇，空城之阿』，言輕飛近集，免傷羅網而已。」

空城雀，何局促！城頭飛，城下宿。百匝得一枝，莊子：「鷦鷯巢于深林，不過一枝。」千啄逢一粟。衆雛隨啾啁，所欲各易足。不須羡彼珍羽禽，翩翩高集珠樹林。唐書藝文志：「王勃兄弟皆成進士，勣、勔、勮皆著才名，故杜易簡稱三珠樹。後助、劼，又以文著。」一朝身陷虞羅裏，周禮冬官：「山虞致禽，澤虞屬禽。」又：「羅氏掌羅烏鳥。」回首空城不如爾！

相逢行　樂府正聲：「相和歌辭清調曲」。題解：「古詞相逢行，文意與雞鳴曲同。陸機長安狹邪行、李賀難忘曲，皆出于此。」王僧虔技錄相和歌清調六曲，有相逢狹路行，亦曰長安有狹邪行，亦曰相逢行。

沽酒渭橋邊，一統志：「西安府中渭橋，在府城西北渭水上。東渭橋在府城東，以通洛陽；西渭橋舊長安西，跨渭水以通茂陵，唐名咸陽橋。」平陵俠少年。見前劉生。相逢各有贈，寶劍與金鞭。

妾薄命　樂府遺聲：「佳麗曲，亦曰惟日月，其事出于漢書外戚許后傳曰：『奈何妾薄命！端遇竟寧前。』」樂府詩集：「雜曲歌辭。」題解：「曹植『日月既逝西藏』，蓋恨宴私之歡不久，如梁簡文『名都多麗質』，傷良人不反，王嬙遠聘，盧姬嫁遲也。」

寂寞復寂寞，秋風吹羅幕。玉階有微霜，桂樹花已落。昔爲卷衣女，樂府題解：「秦女卷衣，言咸陽春景之美，秦女卷衣以贈所歡也。」承歡在瑤閣。棄魚感淚多，戰國策：「魏王與龍陽君共釣，龍陽君得魚，泣曰：『臣得魚甚喜，後得益大，直欲棄前所得。四海之內，美人亦甚多矣，褰裳而趨大王，臣亦猶前所得魚也。安能無泣出乎？』」當熊慚力弱。漢書外戚傳：「上幸虎圈，熊佚出圈，欲上殿，馮婕妤直前當熊而立，元帝以此倍敬重焉。」

寧知色易老，難求黃金藥。李白詩：「當餐黃金藥，去爲子陽賓。」宮深去天遠，憂思將何託？君恩非不深，妾命自輕薄。微軀願有報，和親死沙漠。梁獻王昭君詩：「君恩不可再，妾命在和親。」

神仙曲

樂府遺聲：「神仙曲。」樂府詩集：「雜曲歌辭。」題解：「曹植有仙人篇、升天行、遠遊、飛龍篇，皆言神仙遊戲，翱翔六合之外。唐李賀有神仙曲。」

上淸眞人古仙子，靈寶本元經：「四人天外曰三淸境：玉淸、太淸、上淸，亦名三天。」大眞經：「三淸之間，各有正位，聖登玉淸，眞登上淸，仙登太淸。」保神鍊魄從無始。眉上霜毫如髮長，李白贈胡僧詩序：「有胡僧不知幾百歲，眉長數寸。」王禹偁詩：「扶桑枯盡靈椿老，始放蕘眉出壽毫。」幾見金烏日中死。韻會：「金烏，日中三足烏也。」東遊不肯居蓬萊，滄海頃刻飛黃埃。神仙傳：「麻姑自說云：『已見東海三爲桑田，向到蓬萊水淺，淺於往者會時略半也，豈將復還爲陵陸乎？』」金輿玉座儼何處，蔚藍天上彌羅臺。杜甫登金華山詩：「上有蔚藍天，垂光抱瓊室。」老學庵筆記：「蔚藍乃隱語天名，非可以意義解也。」范成大步虛詞：「梵氣彌羅融萬象，玉樓十二倚晴空。」碧桃落盡花無數，一笑虛空卷煙霧。鳥篆玄文世莫窺，索靖草書狀：「蒼頡既正書契，是爲科斗鳥篆。」揚子法言：「苗而不秀者，吾家之童烏乎！九齡而與我玄文。」茂陵還掩蓬科露。茂陵，見前劉生。李白上留田行：「蓬科馬鬣今已平。」

結客少年場行

解見前少年行。樂府遺聲：「游俠曲，取曹植『結客少年場，報怨洛北邙』爲題，始自鮑照、范曄。」樂府詩集：「雜曲歌辭。」

結客須結遊俠兒，借身報仇心不疑。千金買得利匕首，史記刺客列傳荆軻傳：「太子豫求天下之利匕首，得趙人徐夫人匕首，取之百金，使工以藥焠之，以試人，血濡縷，人無不立死者。」摩挲誓許酬相知。白馬縵胡纓，李白俠客行：「趙客縵胡纓，吳鉤霜雪明。」行行人盡止。朝遊洛北門，河南府志：「北控嵩邙，東漢諸陵在焉。」暮醉秦東市。史記日者列傳：「司馬季主卜于長安東市。」感君在一言，不惜爲君死。朱家曾脫季將軍，史記季布列傳：「布髡鉗賣魯朱家，朱家之洛陽，見汝陰侯滕公曰：『臣各爲其主用，季布爲項籍用，職耳！今上始得天下，獨以己之私見求一人，何示天下之不廣也？』滕公見上言如朱家指，上迺赦季布，召見，拜郎中。」田光終酬燕太子。史記刺客列傳：「田光曰：『今太子告光曰：所言者國之大事，願先生勿泄。是太子疑光也。願足下急過太子，言光已死，明不言也。』遂自刎而死。」君不見，魏其盛時客滿門，自言一一俱銜恩。魏其既罷誰復見，養士堂中塵網遍。史記魏其武安侯列傳：「魏其侯竇嬰者，孝文后從兄子也，喜賓客。孝景三年，吳、楚反，拜嬰大將軍守滎陽，七國破，封魏其侯。諸遊士賓客爭歸魏其侯。建元六年，竇太后崩，魏其失勢，諸客稍稍自引而怠傲，唯灌將軍獨不失故。魏其日默默不得志，而獨厚遇灌將軍。」始知結客難，徒言意氣傾南山。食君之祿有不報，何況區區杯酒間。結客不必皆薦紳，史記：「薦紳先生能言之。」注：「薦笏於紳，故謂薦紳。」緩急叩門誰可親。史記袁盎列傳：「且緩急人所有，夫一旦有急叩門，不以親爲解，不以存亡爲辭，天下所望者，獨季心、劇孟耳。」屠沽往往有奇士，信陵君列傳：「侯嬴謂公子曰：『臣所過屠者朱亥，此子賢者，世莫能知，故隱屠間耳。』」又刺客列傳：「聶政殺人避仇，與母、姊如齊，以屠爲事。」愼勿相輕閭里人。

長相思

樂府遺聲：「怨思曲。」樂府詩集：「雜曲歌辭。」古詩曰：「客從遠方來，遺我一書札，上言長相思，下言久離別。」意蓋取此。

長相思，思何長！愁如天絲遠悠揚，王建詩：「初晴天墮絲。」搖風曳日不可量。未能絆去足，唯解結離腸。關山碧雲看欲暮，空幃坐掩荃蘭香。長門賦：「席荃蘭而茝香。」長相思，思何長！

君馬黃

樂府正聲：「漢短簫鐃歌曲。」古今樂錄：「漢鼓吹鐃歌十八曲，十曰君馬黃。」題解：「初言『君馬黃，臣馬蒼，二馬同逐臣馬良』，終言『美人歸以南，歸以北，駕車馳馬，令我心傷』。

君馬黃，我馬玄，君馬金匼匝，杜甫詩：「馬頭金匼匝。」我馬錦連乾。晉書王濟傳：「濟善解馬性，嘗乘一馬著連乾障泥，前有水，終不肯渡。濟曰：『此必是惜障泥。』使人解去，便渡。」兩馬喜遇皆嘶鳴，何異主人相見情。長安大道可並轡，莫誇得意爭先行。搖鞭共踏落花去，燕姬酒壚在何處？

團扇郎

樂府正聲：「清商吳聲歌曲。」樂錄：「團扇郎者，王珣婢謝芳姿所作也。晉中書令王珉捉白團扇，與嫂婢謝芳姿有愛，情好甚篤。嫂捶撻婢過苦，王東亭聞而止之；芳姿素善歌，嫂令歌一曲，當赦之，應聲歌曰：『白團扇，辛苦互流連，是郎眼所見。』珉聞更問之：『汝歌何道？』芳姿即改云：『白團扇，顦顇非昔容，羞與郎相見。』後人因而歌之。」

團扇團且潔，人言似明月。明月豈得如？長圓不曾闕。

楊白花

樂苑：「雜曲歌辭。」南史：「楊白花，武都仇縣人，少有勇力，容貌瓌偉，胡太后逼幸之。白花懼禍，會父大眼卒，白花擁部曲南奔于梁。太后追思不已，為作楊白花歌，使宮人連臂蹋足歌之，聲甚悽惋。其歌曰：『陽春二三月，楊柳齊作花，春風一夜入閨闥，楊花飄蕩落南家。含情出戶脚無力，拾得楊花淚沾臆。秋去春來雙燕子，願銜楊花入窠裏。』」南史：「楊華本名白花，奔梁後名華。」

楊白花，太輕薄，不向宮中飛，却度江南落。美人踏踏連臂歌，山長水闊奈爾何！奈爾何，春欲晚，何不飛去仍飛返？洛陽樹，多啼鴉，愁殺人，楊白花。

門有車馬客行

樂府正聲：「相和歌辭瑟調曲。」題解：「曹植等皆問訊其客，或得故舊及鄉里，或駕自京師，備敍市朝遷謝、親戚凋傷之意。」

門有車馬客，乃是故鄉士。昔別各壯顏，今見不相似。上堂敍情親，拜跪出妻子。對案未能食，歷歷問桑梓。詩：「維桑與梓，必恭敬止。」當時同遊人，十有八九死。松柏長新墳，荆棘生故址。歡言方未終，悲感還復始。因思興謝端，呂溫賀遷獻懿二祖表：「紛綸興謝，綿曠載祀。」歎息不能止。

估客詞

樂府正聲：「清商西曲歌。」

上客荆州商，小婦揚州娼。金多隨處樂，不是不思鄉。

櫂歌行

樂府正聲：「相和歌辭瑟調曲。」題解：「晉樂奏魏明帝『王者布大化』，備言平吳之勳。若陸士衡『遲遲春欲暮』，又如梁簡文帝『妾住在湘川』，但言乘舟鼓櫂而已。」

溶漾漢潭清，蘇軾詩：「孤帆信溶漾，弄此半篙碧。」搴荷趁浪平。船輕知體弱，簪滑見鬟傾。落日懸江思，浮雲結浦情。去從千葉隱，歸愛一花迎，吳歈幷子夜，吳都賦：「荆豔楚舞，吳歈越吟。」樂府題解：「舊史云：『晉有女子曰子夜，所作聲至哀。晉武帝太和中，瑯琊王軻之家，有鬼歌之，後人依四時爲之詞，謂之子夜與聲四時歌也。』」誰似櫂歌聲？梁簡文帝詩：「從來入絃管，詎在櫂歌前？」

雞鳴歌

樂府詩集：「雞謠歌辭。」廣題：「漢有雞鳴衛士，主雞唱。宮外舊儀：宮中與臺並不得畜雞，晝漏盡，夜漏起，中黃門持五夜，甲夜畢傳乙，乙夜畢傳丙，丙夜畢傳丁，丁夜畢傳戊，戊夜是爲五更。未明三刻，雞鳴衛士起唱。」漢書曰：『高祖圍項羽垓下，羽是夜聞漢軍四面皆楚歌。』應劭曰：『楚歌者，雞鳴歌也。』晉太康地記曰：『後漢固始、鮦陽、公安、細陽四縣衛士習此曲於闕下歌之，今雞鳴歌是也。』然則此歌，蓋漢歌也。按周禮，雞人夜嘑旦以嘂百官，則所起亦遠矣。相和歌曲有雞鳴古詞雞鳴篇，與此不同。」題解：「劉孝標雞鳴篇，但詠雞而已。」

北斗城頭北斗低，三輔黃圖：「初置長安城狹小，至惠帝更築之，周迴六十五里。城南爲南斗形，北爲北斗形，至今人呼爲『斗城』。」萬家夢破一聲雞。溫庭筠詩：「碧樹一聲天下曉。」馬蹄踏踏車轆轆，闕下連趨市中逐。史記高帝本紀：「蕭丞相營未央宮，立東闕、北闕。」釋名：「闕，在門兩旁，中央闕然爲道也。」雄雞安得噤爾聲，利名少息世上爭，漫漫夜長人不驚。甯戚飯牛歌：「長夜漫漫何時旦？」

華山畿

樂府正聲：「清商吳聲歌曲。」樂錄：「宋少帝時，南徐一士子，從華山畿往雲陽，見客舍女子，悅之無因，遂感心疾。母爲至華山尋訪，見女，女聞感之，因脫蔽膝，令母密置其席下，臥之當已。少日果差，忽舉席見蔽膝，抱持呑食而死。葬時，車載從華山度，比至女門，牛不肯前。女妝點沐浴而出。歌曰：『華山畿，君既爲儂死，獨活爲誰施？歡若見憐時，棺木爲儂開。』棺應聲開，女遂入棺。家人叩打，無如之何，乃合葬。呼曰神女冢。」

華山畿，牛車止。不同生，可同死。棺開棺開，與郎去來。

長安有狹斜行

樂府正聲：「相和歌辭清調曲。」題解：「郎相逢狹路間行。古詞：『相逢狹斜路，道隘不容車。適逢兩少年，挾轂問君家。君家新市傍，易知復難忘。大子二千石。中子孝廉郎。小子無官職，衣冠仕洛陽。三子俱入室，室中自生光。大婦織綺紵。中婦織流黃。小婦無所爲，挾琴上高堂，丈人且安坐，調絃未遽央。』顏氏家訓：『古樂府歌辭。先述三子，次及三婦，是對舅姑之稱。』其末章云：『丈人且安坐，調絃未遽央。』古者子婦供事舅姑，旦夕在側，與兒女無異，故有此言。」

長安有狹斜，狹斜僅容騎。路逢兩俠童，迴鞭問君第。君第渭橋西，見前相逢行。易覓難復迷。長子侍温室，三輔黃圖：「溫室殿，武帝建，冬處之溫煖。」次子籍金閨。謝脁詩：「既通金閨籍。」注：「金閨即金門，宦者署，承明、金馬，著作之庭。」少子備宿衞，史記齊悼惠王世家：「哀王三年，其弟章入宿衞于漢宮，太后封爲朱虛侯，四年，封章弟興居爲東牟侯，皆宿衞長安中。」光耀與兄齊。三子每來返，雜沓擁輪蹄。大婦彈鵾雞，見前王明君詞。中婦舞前溪。宋書樂志：「前溪歌者，晉車騎將軍沈玩所製。」樂府解題：「舞曲也。」寰宇記：「前溪在烏程縣南，東入太湖，謂之風渚。」前溪歌：「憂思出門倚，逢郎前溪渡。莫作流水心，引新都舍故。」小婦勸杯酒，能唱白銅鞮。樂府題解：「都邑二十四曲，有白銅鞮歌，亦曰襄陽白銅鞮。」丈人莫遽起，庭樹未烏栖。李白烏棲曲：「姑蘇城上烏棲時，吳王宮裏醉西施。」

雙桐生空井

樂苑：「相和歌辭平調曲。」魏文帝猛虎行：「雙桐生空井，枝葉自相加。通泉溉其根，玄雨潤其柯。」此取爲題。

交生碧玉樹，虞世南詩：「玉樹陰初正，桐圭影未斜。」並覆黃金井。西征記：「太極殿上有金井、金博山，轆轤，交龍負山于井上，有金獅子在龍下。」根通夕潤深，葉帶朝光冷。應有感秋人，時來鑑愁影。

征婦怨

樂府遺聲：「怨思曲。」樂府詩集：「新樂府雜題。」

良人不願封侯印，虎符遠發當番陣。後漢書杜詩傳：「舊制，發兵皆以虎符，符策合會，取爲大信。」舊唐書職官志：「凡散官當番上下。」金史兵志：「西北邊有分番屯戍軍。」幾夜春閨惡夢多，竟得將軍覆信。身沒猶存舊戰衣，東家火伴爲收歸。木蘭詩：「出門看火伴，火伴始驚惶。」妾生不識邊庭路，尋骨何由到武威？張籍征婦怨：「萬里無人收白骨，家家城下招魂葬。」漢書地理志：「武威郡武威縣，故休屠王地，武帝太初四年開。」紙幡剪得招魂去，只向當時送行處。

襄陽樂

樂府正聲：「淸商西曲歌。」題解：「宋隨王誕，始爲襄陽郡，元嘉二十六年，仍爲雍州。夜聞諸女歌謠，因爲之詞曰：『朝發襄陽城，暮至大隄宿。大隄諸女兒，華豔驚郎目。』又有大堤曲，亦出於此。若裴子野宋略稱晉安侯劉道彥爲雍州，有惠化，百姓歌之，謂之襄陽樂，蓋非此也。一題無樂字。」

門前黃柳鴉雛宿，羅幌低垂婢擎燭。懸璫結珮略妝成，廣韻：「璫，耳珠。」古詩：「腰若流紈素，耳著明月璫。」日暮相邀漢江曲。水靜花寒月小明，舟中樓上鬬歌聲。腸斷年年大堤路，南商行過北商行。

飲酒樂

樂苑：「雜曲歌辭，商調曲也。」

七絃五絃角奏，韓非子：「師子援琴鼓之曰：『不如淸角。』一奏雲從西北方來，再奏大風雨。」博物志：「淸角，黃帝之琴。」一觴兩觴羽行。演繁露：「諸家釋羽觴不同，唯李善引漢書音義曰：『作生爵形者是也。』孟康亦曰：『羽觴作生爵形，有頭尾羽翼。』」且樂眼中人聚，莫憂頭上天傾。列子：「杞國人憂天墜，身無所寄，廢寢食。」

鳳臺曲

古今樂錄：「上雲樂七曲，梁武帝製，一曰鳳臺曲。」樂府詩集：「清商曲辭。」列仙傳：「蕭史者，秦穆公時人，善吹簫，能致孔雀白鶴。穆公女弄玉好之，公妻焉；乃教弄玉作鳳臺，一旦夫婦同隨鳳去。」一統志：「鳳女臺址在寶雞縣」。

飛裙織霧秋痕薄，雲笈七籤：「北斗第一星，著黃錦帔，丹青飛裙，頹雲髻。」星漢低宮花漠漠。魏文帝燕歌行：「星漢西流夜未央。」瓊臺夜寒閉嬴女，詩秦風注：「秦初，伯益佐禹治水有功，賜姓嬴氏。」鵝管參差隔煙語。李賀詩：「王子吹笙鵝管長。」楚辭：「望夫君兮未來，吹參差兮誰思？」注：「參差，洞簫也。」瑤京舊侶招遠遊，人間帳冷鴛鴦愁。海影無塵月如夢，仙骨不欺鸞背重。衰蘭泣露空秦苑，叢玉聲微彩霞遠。陳氏樂書：「簫之爲器，編竹而成者也，故稱叢玉。」

美女篇

樂府遺聲：「佳麗曲。」樂府詩集：「雜曲歌辭，齊瑟行。」曹植美女篇注：「以美女喻君子，言君子既有美行，上願明君而事之，若不得其人，雖見徵求，終不能屈。」

美女婉淸揚，白晳纖且長，艷色照上國，不殊古姬姜。巧笑發令姿，芳詞吐柔腸。耀首有何物？黃金作釵梁。韓偓詩：「釵梁攏鬢新。」珥懸磦砢珠，南越志：「珠有九品，次爲磦砢珠。」禕帶藿蒳香。法苑珠林：「四月八日浴佛，法當取三種香：一都梁、二藿香、三艾蒳香。」左思吳都賦：「草則藿蒳豆蔻。」新服製羅紈，光輝麗青陽。上袂繡蛺蝶，杜甫詩：「花羅封蛺蝶。」下裙織鴛鴦。西京雜記：「趙飛燕爲皇后，其女弟上鴛鴦襦、鴛鴦褥、鴛鴦被。」姍姍步春風，乍見驚欲翔。雖有楚大夫，善賦焉能詳。文選：「楚宋玉有神女賦。」豈徒騁妍媚，況乃持貞良。家居闢高門，宛在城中央。過者共傾慕，日晏停上襄。詩：「兩服上襄。」借問誰氏子，無非金與張。漢書蓋寬饒傳：「寬饒上無許史之屬，下無金張之託。」注：「許伯，宣帝皇后父。史高，宣帝外家也。金，金日磾也。張，張安世也。」蹇修豈不勤？楚辭：「解佩纕以結言兮，吾令蹇修以爲理。」朱子集注：「蹇修，人名。理，爲媒以通辭理也。」通辭重珪璋。中懷非所託，雁幣徒相將。禮昏義：「壻執雁入，揖讓升堂，再拜奠雁。」永宵歎遲回，起倚東西廂。君子苟未得，年徂諒何傷？

將軍行　樂府遺聲：「征戍曲。」樂府詩集：「新樂府雜題。」

將軍結髮從鞍馬，史記李將軍列傳：「臣結髮而與匈奴戰，今乃得一當單于。」新領前軍號橫野。後漢書王常傳：「即拜常爲橫野大將軍，位次與諸將絕席。」面謾不數屠狗兒，史記淮陰侯列傳：「信嘗過樊將軍噲，出門笑曰：『生乃與噲等爲伍。』」樊噲列傳：「噲以屠狗爲事。」負勇曾擒射鵰者。李將軍列傳：「匈奴三人射傷中貴人，廣曰：『是必射鵰者也。』乃馳三人，三人亡馬步行，行數十里，廣身自射殺二人，生得一人，果射鵰者也。」狼星埽天芒角斜，天官書：「東有大星曰狼，狼角變色多盜賊。」大旗獵獵吹風沙。鮑照詩：「獵獵晚風遒。」黃金傾盡養部曲，漢書竇嬰傳：「孝景三年，吳楚反，上拜嬰爲大將軍，賜金千斤。所賜金，陳之廊廡下，軍吏過，輒令財取爲用，金無入家者。」李將軍列傳：「廣行無部曲。」注：「將軍領軍，皆有部曲，大將軍營五部，部校尉一人，部下有曲，曲有軍候一人。」匈奴未滅何爲家。霍去病傳：「天子爲治第，令驃騎視之。對曰：『匈奴未滅，無以家爲也。』上益重愛之。」前日賢王五千騎，匈奴傳：「至冒頓而匈奴最強大，置左右賢王。」直入朝那殺邊吏。一統志：「今平涼府平涼縣，漢安定郡朝那縣，府城東有朝那城。」天子初聞怒赫然，出師誓奪河南地。見前塞下曲。五營材官元自多，五營見上部曲注。漢書：「材官蹶張。」注：「武技之臣。」詔書未須徵七科。漢書武帝紀：「天漢四年春，發天下七科讁。」注：「吏有罪一、亡命二、贅壻三、賈人四、故有市籍五、父母有市籍六、大父母有市籍七。」已御明堂推轂，漢書馮唐傳：「臣聞上古王者遣將也，跪而推轂曰：『閫以內寡人制之，閫以外將軍制之。』」隋書禮儀志：「諸侯及夫人、命夫、命婦之輅，畫轂雲牙，軾以虞文。」還開武庫授雕戈。晉書馬隆傳：「武帝時，涼州刺史楊欣，失羌戎之和，帝以馬隆爲武威太守，募勇士三千人，聽隆自至武庫選仗，給三年軍資。」國語：「晉惠公令韓簡挑戰，穆公衡雕戈出見使者曰：『寡人將身見。』」灞陵原頭軍晚發，一統志：「灞水在西安府城東。」北出雲中與高闕。史記衞將軍驃騎列傳：「令車騎將軍青出雲中以西至高闕，遂略河南地。」後漢書明帝紀注：「高闕，山名，因以名塞，在朔方北。」班固燕然山銘：「凌高闕，下雞鹿。」單于一夜六騾逃，史記衞將軍驃騎列傳：「元狩四年，大將軍令武剛車自環爲營，而縱五千騎往當匈奴。匈奴亦縱可萬騎。會日且暮，大風起，砂礫擊面，兩軍不相見，單于遂乘六贏壯騎可數百，直冒漢圍西北馳去。」

大漠無人唯漢月。塞下從兹烽火稀，朝臣共賀震皇威。人生寧似功成樂，白日長安鼓吹歸。後漢書班超傳：「八年，拜超爲將兵長史，假鼓吹幢麾。」岑參凱歌：「鳴笳擂鼓擁軍行。」

長安道

樂府正聲：「漢鼓角横吹曲。」

長樂鐘聲動，三輔黃圖：「長樂宫，本秦之興樂宫也。高帝始居櫟陽，七年長樂宫成，徙居長安城。」岑參詩：「金闕曉鐘開萬戶。」平津樹色開。漢書公孫弘傳：「元朔中，封丞相弘爲平津侯。」注：「平津，長安鄉名。」中郎長戟衞，文獻通考：「漢武帝初置期門，元帝更名虎賁郎，置中郎將領之，主虎賁宿衞。」丞相小車來。漢書車千秋傳：「車千秋本姓田氏，年老，朝見得乘小車入殿，因號車丞相。」新成賜將第，見上將軍行注。更築候神臺。史記武帝紀：「公孫卿曰：『僊人好樓居。』于是上令長安則作蜚廉桂觀，甘泉則作益延壽觀。使卿設具而候神人，乃作通天臺，置祠具其下。」三輔黃圖：「武帝造神明臺，祭仙人處。上有銅人舒掌捧銅盤玉杯，以承雲表之露，和玉屑服之，以求仙道。」誰念公車客？後漢書丁鴻傳：「詔徵鴻至，賜御衣及綬，稟食公車。」注：「公車，署名，公車所在，因以名。諸待詔者，皆居以待命，故令給食焉。」王維詩：「名儒待詔滿公車。」空懷作賦才！

洛陽陌

樂府正聲：「漢鼓角横吹曲。一作道。」遺聲：「都邑曲。」

九陌看春光，三輔遺事：「長安八街九陌。」紅塵起相接。白玉車中郎，晉書衞玠傳：「少時乘羊車于洛陽市，見者以爲玉人。」綠珠樓上妾。見前將進酒「愛妾已去」注。柳迷臨水影，花映當壚頰。見前當壚曲題注。日暮過銅駝，洛陽記：「洛陽有銅駝街，漢鑄銅駝三枚，在宮西四會道相對。俗語曰：『金馬門外集衆賢，銅駝陌上集少年。』」相逢盡豪俠。

悲歌

樂苑：「雜曲歌辭。」歌錄：「魏明帝造。」題解：「陸機『遊客芳春林』、謝惠連『羈人感淑節』，皆言客遊感物憂思而作也。」

征途險巇，人乏馬飢。富老不如貧少，一作貧少不如富老。美遊不如惡歸。浮雲隨風，零亂四野。仰天悲歌，泣數行下。

邯鄲郭公歌

樂苑：「雜歌謠辭。」北齊樂府邯鄲公歌：「邯鄲郭公九十九，技兩漸盡入騰口。大兒緣高岡，雉子東南走。不信吾言時，當看歲在酉。」樂府廣題：「北齊後主高緯，雅好傀儡，謂之郭公，時人戲爲郭公歌。及將敗，果營邯鄲，高、郭聲相近。九十九，末數也。騰口，鄧林也。大兒，謂周帝太祖子也。高岡，後主姓也。雉，雞類，後主父武成小字也。後敗于鄧林，盡如歌言，蓋語妖也。」陳後山詩話：「楊大年傀儡詩云：『鮑老當筵笑郭郎，笑他舞袖太郎當，若教鮑老當筵舞，轉要郎當舞袖長。』郭郎卽郭公也。」

郭公舞，郭公舞，天子無愁亦無苦。北齊書後主紀：「斛律光死後，乃益驕縱，盛爲無愁之曲，帝自彈胡琵琶而唱之，侍和之者以百數，人間謂之『無愁天子』。」醉後君臣一笑看，鄴宮長夜鼕鼕鼓，一統志：「鄴都今彰德府，齊神武據晉陽，後簒立，幷據鄴都。」郭公郭公爾莫舞。不解平陽圍，後主紀：「武平七年，周武帝圍晉州。十二月，帝至圍所，戰于城南，大敗，棄軍先還。留安德王延宗等守晉陽。德化元年庚申，帝入鄴，辛酉，延宗與周師戰于晉陽，大敗，爲周師所虜。」竟作長安虜！後主紀：「帝授位幼主恒，自爲太上皇，自鄴先趨濟州。周師漸迫，幼主又自鄴東走；太上皇將百餘騎東走渡河，留太皇太后濟州，遣高阿那肱留守，太上皇幷皇后攜幼主走青州，將遜于陳。置金囊于鞍後，與韓長鸞、淑妃等十數騎至青州南鄧村，爲周將尉遲綱所獲，俱送長安，封爲溫國公。」高山摧爲一抔土。後主紀：「至建德七年，誣與宜州刺史穆提婆謀反，及延宗數十人，無長幼咸賜死，葬長安北原洪瀆川。」漢書張釋之傳：「假令愚民取長陵一抔土，陛下且何以加其法乎？」

車遙遙

樂府遺聲：「車馬曲。」樂錄：「雜曲歌辭。」

鶡雞啼霜海城白，司馬相如上林賦：「躪玄鶴，亂昆雞。」注：「昆雞，似鶴，黃白色，亦作鶡。」征夫趣裝牛上軛。古詩：「牽牛不負軛。」天生兩轂轉長途，賈島詩：「碌碌復碌碌，百年雙轉轂。」那得令君不爲客？出門已遠第一程，耳中鳴鐸漸無聲。見前鞠歌行「牛鐸」注。房戶寧嗟寂寞守，山川唯念苦辛行。李頎詩：「嗟君未得志，猶作苦辛行。」欲車不行願車覆，還愁損我車中玉。見上洛陽陌。安得身如芳草多，相隨千里車前綠。

楚妃歎

樂府正聲：「相和歌吟歎曲。」漢書張敞傳：「楚莊王卽位，好狩獵，樊姬諫不止，乃不食禽獸肉，王改過勤政。」按：「謝希逸琴論有楚妃歎七拍。楚妃，樊姬也。」

章華臺前楚江水，左傳：「楚子成章華之臺，願與諸侯落之。」杜注：「臺今在華容城內。」月色墮煙烏欲起。六宮不敢解羅衣，周禮天官：「內宰以陰教禮六宮。」注：「後五前一，王者后一宮，三夫人一宮，九嬪一宮，二十七世婦一宮，八十一女御一宮，凡百二十人。」獵火照山君未歸。李白大獵賦：「獵火燃兮千山紅。」

神絃曲

一作歌。樂府詩集：「清商吳聲歌曲。」古今樂錄：「神絃十一曲：一曰宿阿，二曰道君，三曰聖郎，四曰嬌女，五曰白石郎，六曰清溪小姑，七曰湖就姑，八曰姑恩，九曰採菱童，十曰明下童，十一曰同生，此迎神之曲。」

秋燈畫壁熏煙埃，石馬汗流神下來。天寶遺事：「潼關之戰，祿山將崔乾祐領白旗軍左右馳突。又見黃旗數百隊。官軍潛謂是賊，不敢逼之。須臾，見與乾祐戰，黃旗軍不勝，退而又戰者不一，俄不知所在。後昭陵奏，是日靈宮前石人馬汗流。」花衫婆娑絃切切，宋史儀衞志：「傳教幡、信幡各二，執幡人皆武弁，緋寶相花衫勒帛。」張衡賦：「修初服之婆娑兮，長余佩之參參。」白居易琵琶行：「小絃切切如私語。」旋風吹幡愁百結。李賀神絃曲：「旋風吹馬馬踏雲。」雌狐學拜戴髑髏，狐談：「狐夜擊尾火出，將爲怪，必戴髑髏拜北斗。髑髏不墜，則化爲人。」詩曰：『莫赤匪狐，莫黑匪烏。』今狐所在，烏輒羣而噪之。蓋皆妖祥之物。」鬼箭射創血灑秋。老鴉飛散巫嫗泣，周禮：「女巫掌歲時祓除釁浴。」國語：「在男曰覡，在女曰巫。」注：「巫覡，見鬼者。」按：狐創鴉散，巫泣則神降而羣邪盡斂矣。苦篁嘯雨溪幽幽。

白紵詞二首

樂府詩集：「舞曲歌辭。」樂府題解：「古詞盛稱舞者之美，宜及芳時爲樂。其譽白紵曰：『質如輕雲色似銀，製以爲袍餘作巾，袍以光軀巾拂塵。』唐書樂志：「在吳爲白紵，在晉爲子夜。故梁武本白紵而爲子夜四時歌。後之爲此曲者，曰白紵則一曲，曰子夜則四曲。」

白紵出自吳女工，著來色與素體同，舞時偏向江渚宮。一統志：「渚宮在荆州府江陵縣，楚襄王建。」長袖拂起微有風，觴催管促四座中。攬裾徘徊慘曲終，玉階夜寒零露濃。

其二

出後閤，臨前楹，舞衣晈晈潔且輕。飄如白雲向空行，迴腰流目君已傾。華燈吐燄欺月明，喧譁不聞遺珮聲。茱萸實紅蘭葉紫，西京雜記：「戚夫人侍兒賈佩蘭言：『宮內九月九日佩茱萸，食蓬餌，飲菊花酒，令人長壽。』」千秋歡樂長如此，妾身得向君前死。

阿那瓌

樂府遺聲：「梵竺曲。」樂府詩集：「雜曲歌辭。」北史：「阿那瓌，蠕蠕國主。」通典：「蠕蠕自拓跋初徙雲中，卽有種落，後魏太武神䴥中，彊盛，盡有匈奴故地。阿那瓌，孝明帝時蠕蠕國主，辭云匈奴主也。」

牛羊草漫野，大帳天山下。一統志：「哈密衞有天山，番人過此必下馬拜，一名雪山。」又：「土魯番有天山，一名祁連山。」十萬控弦兒，漢書婁敬傳：「是時冒頓單于兵彊，控弦四十萬騎。」聞笟齊上馬。晉先蠶儀注：「笟，卽笳也。應劭鹵簿圖有騎執笟，其始以笳管，後皆以銅作器，其聲似觱栗。」

江南思

一作五首。樂府正聲：「相和歌辭相和曲。」題解：「江南曲，古詞云：『江南可采蓮，蓮葉何田田？』蓋美其芳辰麗景，嬉游得時也。若梁簡文『桂楫晚應旋』，唯歌游戲。又有采蓮、采菱，皆出於此。唐陸龜蒙又廣古辭爲五解云。」

妾本南國姝，父母愛如珠，貌豈慚明鏡，身纔稱短襦。一學成採蓮唱，曉出橫塘上，舟小復身輕，隨風兩搖蕩。二歸時曲岸傍，恰見貴遊郎，輟歌欲轉櫂，花淺不堪藏。三將嗔却成哂，相問那能隱。雖憐郎意深，終嫌妾家近。四回首各盈盈，古詩：「盈盈一水間，脈脈不得語。」南湖月又生。煙波三十里，都是斷腸情。五

銅雀妓

樂苑：「相和歌辭平調曲。」樂府題解：「一作臺。舊說，魏武帝遺命令諸子曰：『吾婕好妓人，皆著銅雀臺中，於臺上施八尺繐帳，朝晡上餔糒之屬。月朝十五，輒令向帳前作伎樂。汝等時時登銅雀臺，望吾西陵墓田。』後人悲其意而爲之咏也。」

鄴宮已罷幸，歌舞尙如期。誰知看月夜，却是望陵時。薌澤銷羅薦，史記滑稽列傳：「羅襦襟解，微聞薌澤。」漢武內傳：「七月七日，乃修除宮掖，設坐大殿，以紫羅薦地。」松風吹繐帷。妾身未得死，寧當憂色衰！

猛虎行

樂府正聲：「相和歌辭平調曲。」陸士衡猛虎行注：「雜言古猛虎行：『飢不從猛虎食，暮不從野雀棲。野步安無巢，游子爲誰驕。』『飢不從猛虎食』，但取發首爲名，不必以篇中意義，他皆類此。是勸人抗其志節，義不苟合。」按：李白猛虎行，亦但借以起興，若張籍、李賀皆賦猛虎。

陰風吹林烏鵲悲，猛虎欲出人先知。易：「風從虎。」目光熗熗當路坐，將軍一見弧矢墮。幾家插棘高作門，未到日沒收豬豚。猛虎雖猛猶可喜，橫行只在深山裏。

湘中絃 樂府詩集：「新樂府雜題。」

涼風嫋嫋月粼粼，屈原九歌：「嫋嫋兮秋風。」崔塗湘中弦：「蒼山遙遙江粼粼。」竹色蘭香秋水濱。一夜猿聲流淚盡，王維詩：「明到衡山與洞庭，若爲秋月聽猿聲。」黃陵祠下泊舟人。一統志：「黃陵祠在岳州瀟湘之尾，洞庭之口，前代立之以祀舜二妃者，唐韓愈有碑。」

獨不見 樂府遺聲：「怨思曲。」題解：「言思而不見也。」樂府詩集：「雜曲歌辭。」

白日沉大荒，山海經：「日月所入，是謂大荒之野。」北風下天霜。羅幃猶苦冷，何況戍遼陽！別時秦槐青，北史：「韋孝寬爲雍州刺史，勒部內當堠處植槐樹代堠，既免修復，行旅又得庇蔭。周文帝後見知之曰：『豈得一州獨爾。』令諸州夾道一里種一樹，十里種三樹，百里種五樹。」今復胡草黃。紅淚常自滋，拾遺記：「薛靈芸別父母，以玉唾壺承淚，皆爲紅色。」溫庭筠詩：「紅淚文姬洛水春。」非因效啼妝。後漢書五行志：「桓帝元嘉中，婦女作愁眉啼妝。啼妝者，薄拭眉下若啼處。」鴛機促夜響，李商隱詩：「幾家緣錦字，含淚坐鴛機。」龍鏡掩晨光。異聞錄：「天寶中，揚州進水心鏡，盤龍勢若飛動。鑄鏡時，有老人稱姓龍名護，有童呼爲玄冥，至鏡所曰：『老人解造眞龍鏡。』入爐所，扃戶三日，戶開，失二人所在。鑄後大旱，葉法善祠鏡，雨大澍。」孟浩然青鏡歎：「妾有盤龍鏡，清光長晝發。」相思獨不見，時久愈難忘。

豔曲二首

纂要：「古豔曲有北里、靡靡、陽阿之曲。」按：杜甫有數陪李梓州泛江有女樂在諸舫戲爲豔曲二首贈李詩。

日暮淇水上，詩：「淇水滺滺。」一統志：「淇水，今衛輝府淇縣，古朝歌地。」折花行見歡。古樂府：「風吹窗簾動，疑是所歡來。」鴛鴦蘇合彈，劉孝威詩：「珠丸蘇合彈，金鞿青絲縻。」騕褭鏤衢鞍。類篇：「騕褭，良馬名。」三輔決錄：「平陵公孫奮，富聞京師，梁冀知其儉悋，以鏤衢鞍遺奮，從貸五千萬。」

其二

當時贈芍藥，詩：「贈之以芍藥。」今日歎蘼蕪。古詩：「上山採蘼蕪，下山逢故夫。」少年不相顧，唯愛執金吾。漢書百官公卿表：「中尉秦官，掌徼循京師。武帝太初元年，更名執金吾。」注：「金吾，鳥名也，主辟不祥。天子出行，職主導以禦非常，故執此鳥之象，因以名官。」後漢書光烈陰皇后紀：「后諱麗華，光武見執金吾車騎甚盛，歎曰：『仕宦當作執金吾，娶妻當得陰麗華。』」

羽林郎

樂府遺聲：「游俠曲。」樂府詩集：「雜曲歌辭。」見前白馬篇「羽林」注。

十五能挽弓，入衛葡萄宮。漢書：「元壽二年，單于來朝，舍于上林葡萄宮。」武皇深假借，父有沒邊功。見前白馬篇。禿衿繡襦短，李賀詩：「禿衿小袖調鸜鵒。」古詩：「養蠶不滿箔，那得羅繡襦。」馬逸雙銜斷。

纔出鬬雞坊，東城老父傳：「明皇在藩邸時，樂民間清明節鬬雞戲。及卽位，治雞坊于兩宮間，索長安雄雞千數，選六軍小兒五百人，使馴擾教飼之。賈昌弄木雞于道旁，召入爲雞坊小兒。入雞羣如狎羣小，雞畏而馴，使令如人，卽日爲五百小兒長。」還過射熊館。漢書元帝紀：「永光五年冬，上幸長楊射熊館，布車騎大獵。」三輔黃圖：「長楊宮有射熊館，在盩厔。」笑擲朱提銀，漢書食貨志：「朱提銀重八兩爲一流。」又地理志：「朱提，縣名，在犍爲。」娼樓爛醉春。歸時衝市過，辟易九衢人。史記項羽本紀：「赤泉侯人馬俱驚，辟易數里。」注：「開張易舊處。」橫行自無避，司隸休相忌。漢書百官公卿表：「司隸校尉捕巫蠱，督大姦猾。」明日浚稽山，漢書李陵傳：「上詔陵以九月發，出遮虜障，至東浚稽山，南龍勒水上，徘徊觀虜，卽亡所見。從浞野侯趙破奴故道抵受降城休士。」北邊備對：「浚稽山在武威塞北。」爲君遮虜騎。

燕燕于飛

樂府遺聲：「鳥獸曲。」樂府詩集：「雜曲歌辭。詩曰：『燕燕于飛，差池其羽。』本衞莊姜送歸妾之詩也。若江總詞止咏雙燕而已。」

燕燕何處飛？相見江南路。薲香細雨春，唐韻：「薲，蘋同。」柳色芳煙暮。纔從箔外歸，復向舟前渡。莫入未央宮，身輕有人妒。李商隱詩：「趙后身輕欲倚風。」

浮游花

樂苑：「雜曲歌辭。」

宛宛庭中花，狂風忽吹去無涯。上入逍遙之雲天，下沒慘淡之泥沙。開落本同何足歎，升沉偶異自堪嗟。李白詩：「升沉應已定，不必問君平。」

野田行

樂府詩集：「新樂府雜題。」

白楊樹下誰家墳？古詩：「白楊多悲風，蕭蕭愁殺人。」火燒野草碑無文。李益野田行：「鬼火燒白楊。」路旁尙臥雙石馬，霍去病傳注：「冢前有石人馬。」杜甫玉華宮詩：「故物唯石馬。」行人指是故將軍。史記李將軍列傳：「廣嘗夜從一騎出，從人田間飮，還至霸陵亭，霸陵尉醉，呵止廣。廣騎曰：『故李將軍。』尉曰：『今將軍尙不得夜行，何乃故也！』止廣宿亭下。」當時發卒開陰宅，易稽圖覽：「陰宅以日奇，陽宅以月偶。」千車〔校記〕詩綜作「千里」。送葬城東陌。史記游俠列傳：「劇孟母死，自遠方送葬，車蓋千乘。」子孫今去野人來，高處牧羊低種麥。平生意氣安在哉？棘叢暮雨棠梨開。百年富貴何足恃，雍門之琴良可哀！桓譚新論：「雍門周以琴見孟嘗君。孟嘗君曰：『先生鼓琴，亦能令文悲乎？』雍門周引琴而鼓之，徐動宮徵，叩角羽，終而成曲。孟嘗君歔欷而就之。」注：「雍門，齊城門。」

壯士行

樂府遺聲：「游俠曲，一作吟。」樂府詩集：「雜曲歌辭。荊軻歌曰：『風蕭蕭兮易水寒，壯士一去兮不復還！』意蓋取此。」

無險非高山，無勇非壯士。半夜殺風來，劍寒燈欲死。

邯鄲才人嫁爲厮養卒婦

樂府遺聲：「佳麗曲有邯鄲才人嫁爲厮養卒婦，蓋古有是事也。」樂府詩集：「雜曲歌辭。」

妾能擫趙瑟，說文：「擫，指按也。」舊得君王眷。更衣直夜房，史記外戚世家：「武帝祓霸上，還過平陽主，既飲，謳者進，上望見，獨悅衞子夫；帝起更衣，子夫侍尙衣軒中，得幸。」侍酒登春殿。李白詩：「宮女如花滿春殿。」出宮非故顏，里婦猶相羨。叢臺罷往夢，一統志：「叢臺在邯鄲縣北。」史記：「趙武靈王所築。」李白邯鄲才人行：「妾本叢臺女，揚蛾入丹闕。」破屋流螢見。末路多若斯，紛紛貴成賤。

秋風引

樂府遺聲：「時景曲。」樂府詩集：「琴曲歌辭。」

嗟爾秋風，胡爲來哉？奏商律兮瑟颸而悲哀。韓愈詩：「雷霆逼颸颸。」正韻：「颸，音聿，大風也。」叩喬柯而隕葉，埽廣路以清埃。入班姬之永巷，見前班婕妤。爾雅：「永巷，宮中衖，又謂之壼。」過襄王之高臺。見前巫山高注。瑤琴自鳴，羅幃齊開。馬蕭蕭而嘶起，鴻嗷嗷以翔迴；使崩雲駭浪振蕩於白日兮，忽欲去而徘徊。客有懷鄉失職而對此者，恨盈襟而難裁！但欲變天地之搖落，不知感節序之摧頹。秋風生，歸去來。

涼州詞二首

樂府遺聲：「都邑曲。」樂苑：「涼州宮調曲。開元中，西涼府都督郭知運所進也。」樂府詩集：「近代曲辭。」張固幽閒鼓吹：「段和尚善琵琶，自制西涼州，後傳康崑崙，卽道調涼州也，亦謂之新涼州云。」西域記：「龜茲國王與臣庶知樂者，於大山間聽風水之聲，約節成音，後翻入中國，如伊州、涼州，皆龜茲之境也。」

蓬婆城下淨無花，元和郡國志：「柘州城四面險阻，易于固守，有安戎江、蓬婆水在州南。大雪山，一名蓬婆山，在柘縣西北。」杜甫詩：「更奪蓬婆雪外城。」慘慘黃雲漠漠沙。卷葉誰將番曲奏？史記樂書：「胡笳似觱篥而無孔，後世鹵簿用之，伯陽避入西戎所作，卷蘆葉吹之。」通考：「卷葉元笳制。」白頭都護亦思家。漢書鄭吉傳：「吉破車師，降日逐，威震西域，遂并護車師以西北道，故號都護。」

其二

關外垂楊早換秋，行人落日旆悠悠。詩：「悠悠旆旌。」隴頭一作山。高處愁西望，見前隴頭水。只有黃河入漢一作海。流。

虞美人曲

史記：「項王軍壁垓下，兵少食盡，漢軍及諸侯圍之數重。夜聞漢軍四面皆楚歌，項王乃大驚曰：『漢皆已得楚乎？是何楚人之多也？』項王乃夜起飲帳中，有美人名虞，常幸從，駿馬名騅，常騎之。于是項王乃悲歌慷慨，自爲詩曰：『力拔山兮氣蓋世，時不利兮騅不逝。騅不逝兮可奈何？虞兮虞兮奈若何！』歌數闋，美人和之，項王泣數行下，左右皆泣，莫敢仰視。」楚漢春秋虞姬和歌行：「漢兵已略地，四方楚歌聲。大王意氣盡，賤妾何聊生！」括地志：「虞姬墓，在濠州定遠縣東。」

明月帳中泣，悲風營外歌。彷徨夜驚起，何事楚人多？迴燈擁綠鬢，向劍蹙青蛾。效命自無恨，君王其奈何！

築城詞

樂府遺聲：「征戍曲。」樂府詩集：「雜曲歌辭。」史記：「秦始皇使蒙恬築長城，延袤萬餘里，暴師十餘年。」中華古今注：「時民怨勞苦，死者相屬。民歌曰：『生男愼勿舉，生女哺用脯。不見長城下，尸骸相支拄。』後因有築城之曲。」

去年築城卒，霜壓城下骨。今年築城人，汗灑城下塵。大家舉杵莫住手，城高不用官軍守。

永嘉行

樂府詩集：「新樂府雜題。」晉書懷帝紀：「永嘉五年六月癸未，劉曜、王彌、石勒同寇洛川，王師頻爲賊所敗。丁酉，劉曜、王彌入京師，帝開華林園門出河陰藕池，欲幸長安，爲曜等所追及。遂焚燒宮廟，逼辱妃后，百官士庶，死者三萬餘人。帝蒙塵于平陽，劉聰以帝爲會稽公。」

帝衣濺血忠臣死，通鑑：「惠帝永興元年，東海王越奉帝北征，河間王顒遣石超率衆五萬拒戰，乘輿敗于蕩陰，帝傷頰，中三矢。百官侍御皆散，前侍中嵇紹，朝服下馬登輦，以身衛帝。兵人引紹于轅中斫之，帝曰：『忠臣也，勿殺。』對曰：『奉太弟令，惟不犯陛下一人耳。』遂殺紹，血濺帝衣。帝墮于草中。超奉帝幸其營，帝餒甚，進水，左右奉秋桃，潁遣盧志迎帝入鄴，左右欲浣帝衣，帝曰：『嵇侍中血，勿浣也。』」五部初興屠各子。紀事本末：「漢靈帝中平五年三月，詔發南匈奴兵配劉虞討張純。單于羌渠遣左賢王將騎詣幽州，國人恐發兵無已，于是左部醢落反，與屠各胡合，殺羌渠，立右賢王于扶羅爲持至尸逐侯單于。至建安二十一年，南單于扶羅子呼廚泉入朝于魏，魏王留之于鄴，分其衆爲五部。晉武帝泰始五年，南匈奴自謂其先漢氏外甥，因姓劉氏，呼廚泉兄子豹，豹子淵，僭稱漢，卽皇帝位于晉陽。永嘉五年，遣劉曜、王彌、石勒寇洛川，虜懷、愍二帝。」宣陽門外曉吹笳，通鑑：「辛卯，王彌至宣陽。」注：「宣陽門，洛城南面東來第四門。」持戟誰爲衛宮士？通鑑：「帝步出西掖門，至銅駝街，爲盜所掠，不得進而還。」滿城草綠胡馬嘶，內家散作軍中妻。李賀詩注：「內家，宮嬪也。」唐典：「若犯籍沒婦人，巧者入掖廷。又中使押領內家三十人。」六璽相隨渡河去，通鑑：「劉曜自西明門入屯武庫，發掘諸陵，焚宮廟官府皆盡。納惠帝后羊皇后，遷帝及六璽于平陽。」月明歸夢遂成迷。萬里中原非典午，蜀志譙周傳：「典午忽兮，月酉沒兮。」典午，謂司馬也。至今人說王夷甫。晉書桓溫傳：「溫過淮泗，踐北境，與諸僚屬登平乘樓，望中原，歎曰：『遂使神州陸沉，百年丘墟，王夷甫諸人不得不任其責！」

神女宛轉歌二首

樂府正聲：「琴曲歌辭。」續齊諧記：「劉妙容，字雅華，吳令劉惠明女也。大婢春條，小婢桃枝，皆善箜篌，歌宛轉歌，相繼俱卒。後有會稽王敬伯者，爲東宮衞佐，過吳，維舟中渚，登亭望月，悵然有懷。乃倚琴歌泫露之詩，俄聞戶外有嗟賞聲，見一女子謂敬伯曰：『女郎悅君之琴，願共撫之。』既而女郎至，姿容婉麗，綽有餘態；從二少女，女郎使大婢酌酒，小婢彈箜篌，作宛轉歌，女郎脫金釵扣絃而和之。將去，留錦臥具、繡香囊遺敬伯。敬伯報以牙火籠、玉琴軫，悵然而別。敬伯至虎牢戍，會惠明舟中亡臥具，于敬伯舟獲焉。敬伯具以告，果于帳中得火籠、琴軫。乃知三女爲妙容、春條、桃枝也。」唐李端又有王敬伯歌，亦出於此。其歌云：「月既明西軒，琴復清寸心。斗酒爭芳夜，千秋萬歲同一情。歌宛轉，宛轉淒以哀，願爲星與漢，形影共徘徊。」其二云：「悲且傷，參差淚成行。低紅掩翠方無色，金徽玉軫爲誰鏘？歌宛轉，宛轉清復悲，願爲煙與霧，氤氳對容姿。」

駐君舟，相見盡綢繆。已遣大姬傾鑿落，韓愈詩：「酡顏傾鑿落。」注：「酒器。」復令小婢進箜篌。歌宛轉，宛轉意何長？願爲灰與火，同泛玉爐香。李賀詩：「玉爐炭火香鼕鼕。」

其二

解妾珮，列仙傳：「鄭交甫于江漢之湄逢二女，皆麗服華妝，佩兩明珠，大如雞卵，解贈交甫。」相貽慰離異。愁逐朝霞天際生，歡隨秋水江頭逝。歌宛轉，宛轉情相續，願爲絃與軫，釋名：「琴下轉絃者謂之軫。」共奏瑤琴曲。劉長卿詩：「終日愧瑤琴。」

東門行

樂府正聲：「相和歌辭瑟調曲。」題解：「古詞云：『出東門，不顧歸。』言士有貧不安其居，撫劍將去，其妻牽衣留之，願共餔糜，不求富貴。且曰：『今時淸，不可爲非也。』若鮑照『傷禽惡弦驚』，但傷離別而已。長安城門，卽東都司門，離別之所。」

出東門，暮歸來。入室四壁空，突中無煙甑生埃。韓愈文：「墨突不得黔。」後漢書范丹傳：「桓帝時爲萊蕪長，閭里歌之曰：『甑中生塵范史雲，釜中生魚范萊蕪。』」弱妻蓬頭稚子瘦，使我心下忽有哀。安能學東方生？空抱國士才！史記淮陰侯列傳：「至如信者，國士無雙。」身長七尺齒編貝，索米不得取笑咍。漢書東方朔傳：「『臣朔年二十二，長九尺三寸，目若懸珠，齒若編貝，勇若孟賁，捷若慶忌，廉若鮑叔，信若尾生。若此，可以爲天子大臣矣。』上偉其高自稱譽，令待詔公車。奉祿薄，未得省見。久之，朔紿騶朱儒，朱儒皆號泣頓首，上問何爲？對曰：『東方朔言，上欲盡誅臣等。』上召問，朔對曰：『朱儒長三尺餘，奉一囊粟，錢二百四十。臣朔長九尺餘，亦奉一囊粟，錢二百四十。朱儒飽欲死，臣朔飢欲死。臣言可用，幸異其禮。不可用，罷之，無令但索長安米。』上大笑，因使待詔金馬門，稍得親近。」范成大詩：「推枕蕭然一笑咍。」雞鳴東門早欲開，仗劍當遠去，史記淮陰侯列傳：「項梁渡淮，信仗劍從之，居戲下，無所知名。」不乘駟馬不復迴。一統志：「成都府城北昇仙橋，司馬相如東遊，題其柱曰：『不乘駟馬車，不復過此。』」妻前挽衣言：君可棄妾，奈此呱呱孩！書：「辛壬癸甲，啓呱呱而泣。」君莫憂無糧，田中已生䅘；說文：「齊謂麥曰䅘。」君莫憂無裳，機中布成尚可裁。不須苦慕富貴，富貴多，有害菑。賤妾與君生同居，死即共作山下灰。吾欲行，爲徘徊，仰視蒼天重咄哉！世說：「殷中軍被廢，終日恆書空作『咄咄怪事』四字而已。」韓愈詩：「咄哉識路行勿休。」

高青丘集卷二

樂府

愛妾換馬曲

樂苑：「雜曲歌辭。」樂府題解：「愛妾換馬，舊說淮南王所作，疑即劉安也。古辭今不傳。」樂府原：「此漢時俠客所爲，漢武重西極馬，一時騰驤之價涌起，至有以妾換者，淮南王以爲歌辭。」

出帷掩紅袂，離廄結青絲。杜甫詩：「玉勒控青絲。」我取躡雲足，漢書禮樂志：「郊祀歌：『太一況，天馬下，霑赤汗，沬流赭。志俶儻，精權奇。籋浮雲，晻上馳。』」注：「籋同躡。」謝莊舞馬賦：「蘊籋雲之銳景，戢追電之逸足。」君憐羞月姿。費昶行路難：「蛾眉掩月徒自妍。」惟當樹功業，詎必戀恩私。回首各已遠，春山將暮時。

美人磨鏡辭

匣中舊鏡龍蟠背，見卷一獨不見。昏盡如同月逢晦。尋得街頭負局翁，兩浙名賢外錄：「負局先生，不知所自來，言語似燕、趙間人，嘗負磨鏡局，循吳市，輒曰：『人有疾苦否？』時出紫丸療之即愈。百餘年國有大癘，活人萬萬計，不取一錢。」劉禹錫磨鏡篇：「門前負局人，爲我一磨拂。」粉鉛和汞拭青銅。韻會：「汞本作澒，丹砂所化爲水銀也。」參同契注：「粉汞砂銀，相據於土。」張籍白頭吟：「揚州青銅作明鏡。」須臾瑩徹無纖翳，試整朝來暗梳髻。光明還在只如新，悔向塵埃久相棄。明日照儂自畫眉，漢書張敞傳：「敞爲婦畫眉，長安中傳張京兆眉嫵。」不須問郎宜不宜。韓偓新粧詩：「爲要好多心轉惑，遍將宜稱問傍人。」

朝鮮兒歌

原注：「予飲周檢校宅，有二高麗兒歌舞者。」一統志：「武王封箕子于朝鮮。」漢書朝鮮傳：「漢武帝元封三年，濟南太守公孫遂定朝鮮，爲直番、臨屯、樂浪、玄菟四郡。」

朝鮮兒，髮綠初剪齊雙眉。芳筵夜出對一作獻。歌舞，木棉裘軟銅鐶垂。張籍崑崙兒詩：「自愛肌膚黑如漆，行時半脫木棉裘。」蘇軾詩：「開門弄清泚，照見雙銅鐶。」輕身回旋細喉囀，薛能贈歌者詩：「一字新聲一顆珠，囀喉疑是擊珊瑚。」蕩月搖花醉中見。夷語何須問譯人，說文：「譯，傳譯四夷之言者。」深情知訴離鄉怨。曲終拳足拜客前，韓愈聯句：「里儒拳足拜。」烏啼井樹蠟燈然。杜甫詩：「城上擊柝復烏啼。」周禮：「野廬氏，宿息井樹。」李商隱詩：「隔坐送鈎春酒煖，分曹射覆蠟燈紅。」共訝玄菟隔雲海，見題注。兒今到此是何緣？主人爲言曾遠使，萬里好風三日至。元史高麗傳：「海道之宋，得便風，可三日至。」鹿走荒宮亂寇過，史記淮南王列傳：「伍被曰：『臣聞伍員諫吳王曰：臣今見麋鹿遊于姑蘇之臺也。』」雞鳴廢館行人次。南史后妃傳：「齊武帝數幸琅邪城，宮人常從，早發至湖北埭，雞始鳴，故呼爲雞鳴埭。」高麗傳：「至正二十二年，帝以讒廢高麗伯顏帖木兒，立其弟塔思帖木兒爲王，復以皇后奇氏族子三寶奴爲元子，以兵萬人送之至鴨淥江，盡爲伏兵所殺。又屢遣使至高麗，選其媵妾，而奇族之在國者多怙勢驕橫，伯顏帖木兒盡殺之。以故奇氏讒于帝，任情廢立，高麗亂。」四月王城麥熟稀，兒行道路兩啼飢。黃金擲買傾裝得，白飯分餐趁舶歸。杜甫詩：「與奴白飯馬青芻。」我憶東藩內臣日，元史高麗傳：「元中統元年，册高麗國王典制：『永作東藩，以揚我休命。』」納女椒房被褘翟。「椒房」見卷一少年行。周禮天官：「內司服褘衣揄狄。」注：「褘與翬同。伊洛南有翬，素質五色皆備成章曰翬。江淮南青質五色皆備成章者，曰搖。」疏：「揄當作搖，狄當作翟，則搖翟其色青也。」隋書后妃傳序：「周宣嗣位，不率典章，衣褘翟，稱中宮者凡有五。」元史后妃傳：「順帝第二皇后完者忽都奇氏，高麗人，生太子愛猷識理達臘。」教坊此曲亦應傳，稗史：「教坊，唐明皇開元二年，蓬萊宮側始立教坊，以隸散樂，倡優曼衍。」特奉宸遊樂朝夕。中國年來亂未鋤，頓令貢使入朝無。儲皇尙說居靈武，唐書：「安祿山陷京師，太子卽皇帝位于靈武。」元史紀事本末：「至正二十四年秋七月，太子走冀寧，依擴廓帖木兒。二十五年七月，孛羅帖木兒伏誅，召太子還京師。九月，擴廓帖木兒扈從太子奔太原，欲用唐肅宗故事自立。擴廓帖木兒等不從，及還京師，皇后奇氏傳旨，令以重兵衞太子入城，擴廓帖木兒至京城，散遣其衆。」丞相方謀卜許都。蜀志關羽傳：「羽威震華夏，曹公議徙許都以避其鋭。」元史紀事本末：「至正二十五年，封中書左丞相擴廓帖木兒爲河南王。二十七年，張良弼、脫列伯推李思齊爲盟主，同拒擴廓，兵連不解，擴廓始受命南征，反退居彰德，惟思用兵陝西。」金水河邊幾株柳，元史河渠書：「金水河，其源出宛平縣玉泉山，流至義和門南水門入京城，故得金水之名。至大四年七月，奉旨引金水河水注之光天殿西花園石山前作池。」依舊春風無恙否？小臣撫事憶昇平，尊前淚瀉多於酒。

野老行送陳大尹 一作送馬明府

桑扈初鳴麥花落，詩注：「桑扈，竊脂也。」吳均詩：「今來夏已晚，桑扈薄樹飛。」大家小家蠶滿箔。韓愈聯句：「春蠶看滿箔。」村中無吏夜捉人，杜甫詩：「暮投石壕村，有吏夜捉人。」老身醉歸行失脚。陸游詩：「失脚墮世網。」自從明府一下車，高適詩：「高義惟良牧，深仁自下車。」短衣糲飯卽有餘。姓名免籍弓弩手，元史兵志：「元制，郡邑設弓手，以防盜也。每一百戶內，取中戶一名充役，與免本戶軍站人匠、打捕鷹房、斡脫、窰冶諸色，合著差發，其當戶推到合該差發數目，却于九十九戶內均攤。若有失盜，勒令當該弓手，定立三限盤捉。」杜甫詩：「回頭指大男，渠是弓弩手。」新婦辟纑兒讀書。縣門前頭柳飛絮，春風又隨官馬去。雞鳴相送拜道邊，願公受取一大錢。華嶠後漢書：「劉寵拜會稽太守，徵爲將作大匠，山陰有五六老叟，人賫百錢送寵曰：『鄙生未嘗識郡朝，自明府以來，狗不夜吠，人不見吏，今聞當見棄去，故自扶送。』寵爲人選一大錢受之。」

秋江曲送顧使君

秋江月滿秋潮大，江上行人待潮過。別離休說渡江難，半日順風船穩坐。楚江茫茫葭菼平，陸龜蒙詩：「豈知瀟湘岸，葭菼蘋萍間。」使君來時雄雉鳴。魏書管輅傳：「典農王弘直，有雄雉飛來登直內鈴柱頭，令輅作卦。輅曰：『到五月必遷。』至期，直果爲渤海太守。」子弟從軍隔江去，幾家猶住夕陽城。水田雖荒飯常足，芡米夜舂三十〔校記〕詩綜作「二十」。斛。說文：「芡，雞頭也。」古今注：「其中如米，可以度飢，即今蔿子也。」誰道繁華不及前，戶無征稅官無獄。渡江渡江君莫留，江北樂似江南秋。

湖州歌送陳太守

草茫茫，水汩汩。上田蕪，下田沒。中田有麥牛尾稀，蘇軾雅種麥行：「畦西種得青猗猗，畦東已作牛尾稀。」種成未足輸官物。侯來桑下搖玉珂，風俗通：「勒飾曰珂。」韓愈詩：「送以紫玉珂。」聽儂試唱湖州歌。按：宋汪元量水雲集，有湖州歌九十八首，皆紀皐亭趣降，自杭北徙之事。湖州歌，悄終闋，幾家愁苦荒村月！

秦箏曲

樂府遺聲：「絲竹曲。」樂府詩集：「清商曲辭，江南弄。」注見卷一當壚曲。

嬌絃細語發研羅，陸龜蒙詩：「玉指弄嬌絃。」李白詩：「絃將手語彈鳴箏。」臂動玉釧鳴相和，說文：「釧，臂環也。」梁簡文帝詩：「玉釧逐絃搖。」闕雲隴月愁思多。愁思多，聽此曲，停蜀琴，鮑照詩：「蜀琴抽白雪。」罷燕筑。注見卷一劉生。

從軍行

樂府正聲：「相和歌辭，平調曲。」題解：「皆述軍旅辛苦之辭也。」

關中惡少年，通考：「漢武帝太初元年，以李廣利爲貳師將軍，發郡國惡少年數萬人，期至貳師城取善馬。」占募去防邊。吳書陸抗傳：「黃門豎宦開立占募，兵民怨役，逋逃入占。乞特詔簡閱，一切料出，以補疆場受敵常處。」匈奴入寇塞，將軍下自天。漢書周勃傳：「亞夫東擊吳、楚，至霸上。趙涉遮說亞夫曰：『兵事上神密，將軍何不從此右去，走藍田，出武關，抵洛陽，直入武庫。諸侯聞之，以爲將軍從天而下也。』」揚旌三道出，漢書武帝紀：「天漢四年，遣貳師將軍李廣利出朔方，因杅將軍公孫敖出雁門，游擊將軍韓說出五原，與單于戰余吾水上。」又：「征和四年，遣貳師將軍李廣利出五原，御史大夫商丘成出西河，重合侯馬通出酒泉，至浚稽山與虜戰。」北史達奚武傳：「齊神武與竇泰、高敖曹，三道夾侵。」列格五營連。注見卷一將軍行。龍城望兵氣，漢書匈奴傳：「五月大會龍城，祭其先天地鬼神。」馬邑斷人煙。漢書地理志：「馬邑屬雁門郡。」晉太原地記云：「秦時建此城輒崩不成，有馬周旋馳走反覆，父老異之，因依以築城，遂名馬邑。」星攢烽夜舉，韓愈詩：「騎火萬星攢。」月偃陣朝圓。玉海：「宋朝康定元年，郭遵與趙元昊皆爲偃月陣。」渴飲疏勒水，漢書西域傳：「疏勒國王治疏勒城，去長安九千三百五十里。」又耿恭傳：「恭以疏勒城旁有澗水可固，乃引兵據之。」饑餐屬國氈。漢書蘇武傳：「武以元始六年春至京師，詔武奉一太牢，謁武帝園廟，拜爲典屬國。」「餐氈」見卷一雨雪曲。名勇單于憚，功多天子憐。寧令竇車騎，獨擅勒燕然。通鑑紀事：「東漢和帝永元元年，夏六月，竇憲、耿秉出朔方雞鹿塞，會兵涿山，與北單于戰于稽落山，破之。出塞三千餘里，登燕然山，命中護軍班固刻石勒功，紀漢威德而還。」

大梁行

樂府詩集：「新樂府雜題。」一統志：「今河南開封府。戰國魏都此。」

大梁四面平如砥，西去咸陽一千里。「咸陽」見卷一放歌行。魏王此地昔爲都，宮闕中天碧雲起。車聲輷輷夜未休，左思魏都賦：「振旅輷輷。」帶甲十萬名蒼頭。戰國策：「蘇秦說魏王曰：『竊聞大王之卒，武力二十餘萬，蒼頭二十萬。』」注：「蓋以青帕首。」史記項羽本紀注：「謂士卒皁巾。」撞鐘列鼎宴上客，奉金走幣連諸侯。信陵眞是賢公子，富貴不驕天下士。史記魏公子列傳：「公子無忌，昭王少子，安釐王異母弟，封信陵君。仁而下士，士無賢不肖，謙而禮之。不富貴驕士，士爭歸之，食客三千。」已訪侯嬴到里門，魏公子列傳：「魏有隱士曰侯嬴，年七十，家貧，爲大梁夷門監者。公子聞之，從車騎虛左自迎侯生。侯生攝敝衣冠，直上載公子上坐，不讓，欲以觀公子，公子執轡愈恭。」復迎朱亥經屠市。魏公子列傳：「侯生又謂公子曰：『臣有客在市屠中，願枉車騎過之。』公子引車入市，侯生下見其客朱亥，睥睨故久立，與其客語，微察公子，顔色愈和。」傾身折節世莫同，緩急竟賴斯人功。邯鄲秦軍一椎破，魏公子列傳：「魏安釐王二十年，秦昭王已破趙長平軍，進圍邯鄲。魏王使晉鄙救趙，實持兩端以觀望。公子從侯生計，請如姬盜晉鄙兵符，至鄴代晉鄙。晉鄙合符疑之，欲無聽。朱亥袖四十斤鐵椎，椎殺晉鄙。公子遂將兵救趙，擊秦軍，秦軍解去。」七國震動聞英風。古城重過爲搔首，幾度秋風落楊柳。沼上應無鴻鴈來，苑中只有狐狸走。立馬塵沙日欲昏，悲歌感慨向夷門。豪華多少同銷歇，獨有高名今尙存。

東飛伯勞歌

樂府遺聲：「鳥獸曲。」樂府詩集：「雜曲歌辭。」左傳「伯趙氏」注：「伯趙，伯勞也。以夏至鳴，冬至止。」樂原：「古東飛伯勞歌曰：『東飛伯勞西飛燕，黄姑織女時相見。誰家女兒對門居，開顔發豔照里閭。南窗北牖桂月光，羅帷綺帳脂粉香。女兒年幾十五六，窅窕無雙顔如玉。三春已暮花隨風，空留可憐與誰同？』」

前飛蜻蜓後飛蝶，桃葉楊枝每相接。誰家季女弄春妍，披煙暎日窗戶前。金雀雙釵翠羽扇，曹植美女篇：「頭上金雀釵，腰佩翠琅玕。」西京雜記：「趙飛燕爲皇后，其女弟上翠羽扇。」縝屏黼帳文羅薦。玉篇：「縝，綵縝也。」考工記：「白與黑謂之黼。」湯惠休楚明妃曲：「文羅秋翠。」嬌羞年幾十五多，將呈復隱奈愁何！流暉倏沒百花暝，空持可憐誰作並。

春江花月夜

樂府正聲：「清商吳聲歌曲。」樂志：「春江花月夜、玉樹後庭花，並陳後主所作。後主嘗與宮中女學士及朝臣相和爲詩，太常令何胥，又善于文詠，采其尤豔麗者，以爲此曲。」

皓月金波滿，奇花玉樹新。浮輝與流豔，併弄一江春。還持誰可比？結綺閣中人。南史張貴妃傳：「後主自居臨春閣，張貴妃居結綺閣。龔、孔二貴嬪居望仙閣。」

踏歌行 樂府詩集：「近代曲辭。」舊唐書睿宗紀：「上元夜，上皇御安福門觀燈，出內人連袂踏歌，縱百寮觀之。」宣和書譜：「南方風俗：中秋夜婦人相持踏歌，婆娑月影中，最爲盛集。」

香塵和露踏成泥，花下風寒鬢脚低。王安石明妃曲：「淚濕春風鬢脚垂。」夜靜高樓有人聽，起頭一句唱教齊。

子夜四時歌 樂府正聲：「清商曲。」唐書禮樂志：「晉曲也。」注見卷一櫂歌行子夜注。又白紵詞。

白白復朱朱，韓愈詩：「同遊百花林，朱朱兼白白。」芳條罥繡襦。摘來隨女伴，賽鬬不曾輸。春。

紅妝何草草？晚出南湖道。不忍便回舟，荷花似郎好。夏。唐書楊再思傳：「張昌宗以姿貌幸，再思曰：『人言六郎似蓮花，正蓮花似六郎耳！』」

堂上織流黃，環濟要略：「間色有五：紺、紅、縹、紫、流黃也。」古樂府相逢行：「中婦織流黃。」堂前看月光。羞見天孫度，低頭入洞房。秋。

空幃擁爐坐，夜冷微紅滅。郎意似殘灰，無因得重熱。冬。

迎送神曲

原注：「白龍廟，在陽山。世傳東晉時居民繆氏女，生一肉塊，化爲白龍而去。女驚絶，遂立祠山巔。又云：龍子分職瀟湘，每歲省母。」余爲作迎送神曲。

薦芳兮奠醑，庾信燈賦：「山中醑清。」斲冰爲梁兮葺荷以爲宇。九歌雲中君：「桂櫂兮蘭枻，斲冰兮積雪。」又湘君：「築室兮水中，葺之兮荷蓋。」神不來兮孰與處？空山愀兮暮多雨。渺吾望兮瀟湘，雲冥冥兮水茫茫。有美人兮在堂，盍歸來兮故鄉！

導赤鯉兮從玄一作文。鼉，述異記：「江陰北有吳子英廟，子英卽野人也。善入水捕魚，得一赤鯉，將著家池中養之。後長徑一丈，有角翅，謂子英曰：『我迎子身，汝上我背。』遂昇于天爲神仙。」爾雅：「鼉，一名土龍，其甲黑色，能横飛，不能上騰。」拾遺記：「禹濟巨海，黿鼉爲梁。」冷風回兮水驚波。儼靈旗兮來下，漢書禮樂志：「招搖靈旗。」注：「畫招搖于旗以征伐，故稱靈旗。」巫撫節兮安歌。屈原九歌：「揚枹兮拊鼓，疏緩節兮安歌。」安歌兮未急，一作極。倏回轉兮山之側。南有淵兮北有湫，神不留兮我心憂！願歲來兮惠我秋。

有所思

樂府正聲：「漢短簫鐃歌曲。」題解：「其辭大略言：『有所思，乃在大海南。何用問遺君？雙珠瑇瑁簪。聞君有他心，燒之當風揚其灰。』若王融『如何有所思』，梁劉繪『別離安可再』，但言離思而已。」

有所思，今安在？煙霧迢迢隔南海。昔年遺我翡翠裘，拾遺記：「宋景公春夏以珠玉爲飾，秋冬以翡翠爲溫。」埤雅：「翠鳥謂之翡翠，舊云雄赤曰翡，雌青曰翠。」集異記：「則天賜張昌宗集翠裘，令狄仁傑與賭此裘。狄因指所衣紫絁袍曰：『臣以此敵。』昌宗累局連北，公褫裘拜恩而出。」篋中久閉銷光彩。宛如神仙在瀛洲，乘濤欲至風引舟。前漢書郊祀志：「蓬萊、方丈、瀛洲，此三神山，共傳在渤海中，去人不遠。蓋嘗有至者，諸仙人及不死之藥皆在焉。金銀爲宮闕，未至，望之如雲。及到，三神山反居水下，風輒引船而去，終莫能至云。」同心之人乃離阻，嗟我處此將何求？

吁嗟篇

樂苑：「相和歌辭，清調曲。選詩拾遺，作瑟調。」樂府題解：「曹植擬苦寒行爲吁嗟篇。」

惻惻抱深隱，靡靡踰崇丘。凜凜歲欲徂，役役車未休。不辭車未休，但傷歲莫留！窮陰蔽九野，徒旅同時憂。豺虎當路啼，魏武帝苦寒行：「虎豹夾路啼。」猿猱出林遊。我飢雪作糧，見卷一雨雪「漢使餐」注。我寒又無裘。徒思陽春日，誰返羲和輈？廣雅：「日御謂之羲和。」天時自有常，淚下還復收。

擊筑吟贈張贊軍

擊筑上君堂，君心不可忘。哀聲流易水，史記刺客列傳：「至易水之上，既祖，取道，高漸離擊筑，荆軻和而歌，爲變徵之聲，士皆垂淚涕泣。又前而歌曰：『風蕭蕭兮易水寒，壯士一去兮不復還。』復爲羽聲慷慨，士皆瞋目，髮盡上指冠。」憤氣激咸陽。刺客列傳：「秦王見燕使者咸陽宮，荆軻奉樊於期頭函，而秦舞陽奉地圖匣以進，色變振恐。荆軻取圖奏之，圖窮而匕首見。因左手把秦王之袖，而右手持匕首揕之。未至身，秦王驚，自引而起，袖絶。」不向諸侯座，寧來刺客場？今朝特前奏，爲我一停觴。

苦哉遠征人

樂府詩集：「相和歌辭，平調曲。晉陸機從軍行曰：『苦哉遠征人，飄飄窮四遐。』宋顏延年從軍行曰：『苦哉遠征人，畢力幹時艱。』蓋苦天下征伐也。又有苦哉行、遠征人，皆出於從軍行也。」

悠悠荷戈子，詩：「荷戈與祋。」謫發事遠征。遠征無窮期，千里萬里程。瞻斗知鄉遠，沈炯歸魂賦：「察故鄉之安否，但望斗而瞻牛。」范成大詩：「近瞻北斗璿璣次，猶夢西山翠碧堆。」覽物悟歲更。霜露鑠肌膚，弊鎧蟣蝨生。白居易詩：「蟣虱衣中物，刀鎗面上痕。」況茲三邊虜，晉書張軌傳論：「阻三邊而高視。」小學紺珠：「三邊，幽、幷、涼三州也。」驕黠未易平。聞笳已心摧，赴刃仍骨驚；江淹別賦：「心折骨驚。」軍興有嚴誅，賤命顧自輕。區區在行間，敢望竹帛名？後漢書鄧禹傳：「禹見光武曰：『但願明公威德加于海內，禹得効其尺寸，垂功名于竹帛耳。』」奈何久不還，主將功未成。誰憐城南室，思婦感鵲聲。西京雜記：「乾鵲噪而行人至，蜘蛛集而百事喜。」

鑿渠謠

鑿渠深，一十尋。鑿渠廣，八十丈。鑿渠未苦莫嗟吁，黃河曾開千丈餘。君不見，賈尚書！元史紀事本末：「至正十一年，命賈魯以工部尚書充河防使，發河南北兵民十七萬，開黃河故道，凡二百八十里。先是，河南北童謠云：『石人一隻眼，挑動黃河天下反。』及魯治河，果于黃岡陵得石人一眼，而汝、潁之兵起。」

荊門壯士歌

一統志：「荊門山在荊州府宜都縣西，大江南，與虎牙山相對。」

水洶洶，冰差差，荊門葉黃杪秋時。上有騰攫之猿猱，下有嚵嚼之蛟螭。說文：「螭若龍而黃，或曰無角曰螭。」悲哉此路難！孰敢徑渡之？三撫髀，蜀志郤正傳：「齊隸拊髀以濟文。」注：「此謂孟嘗君客，能作雞鳴以濟其厄者也。凡作雞鳴，必先拊髀，以效雞之拊翼也。」壯士起，劍風騷勞鬢上指。孟郊詩：「棘針何騷勞。」仰天長歌不見星，哀鴻夕叫雲冥冥。

城虎詞　原注：「八月有虎入錢唐民居，爲軍士所殺。」

候潮門開啼蚤鴉，杭州府志：「省城門十，東城五門之一曰候潮。」有虎忽入居人家。母兒畏竄雞犬伏，韓愈射訓狐：「慈母抱兒怕入席，那暇更護雞窠雛。」排籬突戶誰能遮。獰風動樹初哮吼，驚起東營捉生手。唐書沙陀傳：「李存信傅魏城，羅弘信以捉生逆戰。」遼史太宗紀：「十年，如金瓶濼，遣拽刺化哥、窟魯里、阿魯埽姑等捉生敵境。」怒拔長戈試一摏，左傳：「富父終甥，摏其喉以戈。」目光落地倀魂走。段成式酉陽雜俎：「虎死威乃入地，可却百邪。虎初死，記其頭所藉處，候月黑夜掘之，深二尺，當得物，如虎珀，蓋虎目光淪入地所爲也。」傳奇：「長慶中，馬拯之衡山，近昏黑，遇獵人于道旁，張弶弓樹上，爲棚而居。忽三五十人過，或僧、或道、或丈夫、或婦女，歌吟者，戲舞者，前至弶弓所，發其機而去。獵者曰：『此是倀鬼，被虎所食之人也。爲虎前呵導耳。』」南山蔾藋深冥冥，白日橫行誰敢攖？胡爲離窟來城市，牙爪雖全不能一作堪。恃。稗史：「永康軍，太平興國中，虎暴失踪，誤入市。市人逐之，虎爲人逼，弭耳矚目，長吏遣善捕獵者李吹口。衆曰：『李吹口至矣。』虎聞，忙然竄入市屋下匿身，李遂以戟刺之。」君不見，壯士遭急縛，失路窮時亦如此！魏志呂布傳：「建安三年，魏武自征布，兵圍急，乃降。遂生縛布，布曰：『縛太急，小緩之。』魏武曰：『縛虎不得不急也。』」

寒夜吟　樂府詩集：「雜曲歌辭。」

月下凍痕生綠井，隔簾霜片飛無影。樹枝風息轉凝〔校記〕大全集作「迎」，錢謙益列朝詩集（以下簡稱列朝詩）同。寒，愁人如烏棲未安。夜短夜長應獨覺，熒熒殘燭嗚嗚角。七導注：「角名長鳴，十二聲爲一疊。鼓止角動，軍中以司昏曉。又古角以木爲之，今以銅，變體也。爲軍中之樂。俗名『拔羅迴』，號令之限度也。」白居易詩：「清曉角嗚嗚。」

戍婦詞

妾在當奉姑，郎行當報君。男女各有役，死生從此分。

羈旅行 樂府詩集：「新樂府雜題。」

馬頭北風吹地白，手冷時驚墮鞭策。隻堠欲來雙堠過，陸游詩：「數殘雙隻堠。」說文：「堠，封土爲臺以記里也。十里雙堠，五里隻堠。」客程不盡關山多。狐狸縱橫古城壞，旗折官亭無酒賣。李洞詩：「官亭池碧海榴殷。」土風處處殊故園，鄉音只聞僮僕言。天涯歲晚無相識，囊金已空歸不得！戰國策：「囊金百鎰盡。」暝投人家自炊黍，土屋青燈雁啼雨。元好問詩：「人家土屋纔容膝。」此時暫解羈旅憂，夢與家人夜深語。人生出門卽苦辛，何況長爲萬里身！遠遊縱得功名好，不如貧賤鄉中老。

小長干曲

樂府遺聲：「都邑曲，一作行。」樂府詩集：「雜曲歌辭。」圖經：「長干里去上元縣五里。」吳都賦：「長干延屬，飛甍舛互。」注：「建業南五里，有山岡，其間平地，吏民雜居。東長干中有大長干、小長干，皆相連。大長干在越城東，小長干在越城西，地有長短，故號小、大長干。」

郎采菱葉尖，妾采荷葉圓。石城愁日暮，江寧府志：「石頭城在府治西，據石頭山爲城。諸葛亮云『石城虎踞』即此。」古樂府：「莫愁在何處？莫愁石城西。」各自撥歸船。

春江行

樂苑：「雜曲歌辭，唐郭元振曰：『春江，巴女曲也。』」

春江南北疑無岸，綠草綠波連不斷。一女紅粧出浣紗，王維詩：「誰憐越女顏如玉，貧賤江頭自浣紗。」恰如鏡裏見桃花。裌衣猶冷過寒食，雲度春陰半江黑。浦口風多潮正深，江寧府志：「浦子口在江浦縣，東出大江。」輕舟搖蕩似人心。鷓鴣暮啼歸路遠，異物志：「鷓鴣，其志懷南，不思北徂，南人聞之則思家。」飛絮茫茫楚王苑。

寄衣曲二首

樂府詩集：「新樂府雜題。」

郎寒甚妾寒，持衣向燈泣。不是手縫遲，綿多針線澀。開元宮人詩：「蓄意多添線，含情更著綿。」

其二

賜一作戍。袍非不煖，本事詩：「開元中，賜邊軍纊衣，製于宮中。又僖宗朝，自內出袍千領，賜塞外吏士。」妾製稱郎身。寄去龍堆遠，漢書西域傳：「樓蘭國最近漢，當白龍堆，乏水草，嘗主發導，負水儋糧，送迎漢使。」端愁到已春。王駕古意：「寒到君邊衣到無？」

廢宅行

鳴珂坊裏將軍第，唐書張嘉貞傳：「嘉祐，嘉貞弟，有幹略。方嘉貞爲相時，任右金吾衞將軍，昆弟每上朝，軒蓋騶導盈閭巷。時號所居坊曰鳴珂里。」列戟齊收朱戶閉。唐書韋斌傳：「斌拜銀青光祿大夫，列五品。時陟守河東，而從兄由爲右金吾衞將軍，縚爲太子太師，四第同時列戟，衣冠罕比。」韓詩外傳：「諸侯有德，天子錫之，一錫車馬，再錫衣服，三錫虎賁，四錫樂器，五錫納陛，六錫朱戶。」里媼逢人說舊時，有廬被奪廣園池。今年沒入官爲主，散盡堂中義宅兒。五代史義兒傳：「唐起代北，其所與俱，皆一時雄傑虓武之士，往往養以爲兒，號義兒軍。」廚煙久斷無粱肉，羣鼠饑來入鄰屋。官封未與別人居，日日閒苔雨添綠。曲閣深沉接後房，畫屏生色暗無光。尋常不敢偷窺處，守卒時來拾墜璫。春風多少奇花樹，又有豪家移得去。

青樓怨 樂府遺聲：「怨思曲。」

浴金熏爐鏤玉奩，元稹詩：「香開白玉奩。」蘭香今夜爲君添。烏棲黄昏烏起曙，纔見道來還道去。

聞角吟

驚起黄榆塞下鴻，于濆戍客南歸詩：「北別黄榆塞。」一聲嗚軋戍樓空。李俊民詩：「嗚軋江樓角一聲。」方干詩：「寒聲發戍樓。」此時吹動關山意，十萬征人歸夢中。玉帳彎弓夜初起，虞世基詩：「轅門臨玉帳。」月白不知霜似水。餘聲散作滿天愁，風吹不入單于壘。

刺促行 樂府詩集：「新樂府雜題。唐李益有促促曲，王建、張籍有促促詞，意亦相同。」晉書潘岳傳：「岳見王濟、裴楷等爲帝所親遇，岳内非之，題閣道爲謠曰：『閣道東，有大牛。王濟鞅，裴楷鞦，和嶠刺促不得休。』」

刺促復刺促，天高白日速。黄鵠常苦飢，屈原卜居：「寧與黄鵠比翼乎？將與雞鶩爭食乎？」烏鳶飛食肉。漢書循吏傳黄霸傳：「吏出食于道傍，烏攫其肉。」隋書崔彭傳：「可汗召善射者數十人，因擲肉于野，以集飛鳶，命射之，多不中。彭連發數矢，皆應弦而落。」促刺復促刺，長途多荊棘，但見今人行，不逢古人迹。

牧牛詞

爾牛角彎環，李賀詩：「長眉對月鬭彎環。」我牛尾禿速。元好問詩：「禿蔌餘清篠。」按：蔌與速通。漢書蔡邕傳「速速方轂」，詩作蔌蔌，義同。共拈短笛與長鞭，南隴東岡去相逐。日斜草遠牛行遲，牛勞牛飢惟我知。牛上唱歌牛下坐，夜歸還向牛邊臥。長年牧牛百不憂，但恐輸租賣我牛。

捕魚詞

後網初沈前網起，夫婦生來業淘水。忽驚網重力難牽，打得長魚滿船喜。不教持賣去南津，且向江頭祭水神。願得年年神作主，無事全家臥煙雨。不論城中魚貴賤，換得酒歸儂不怨。

養蠶詞

東家西家罷來往，范成大田園詩：「三旬蠶忌閉門中，鄰曲都無步往蹤。」晴日深窗風雨響。陸游詩：「食葉蠶聲白雨來。」二眠蠶起食葉多，蠶書：「蠶生明日，桑或柘葉風戾以食之，寸二十分。晝夜五食。九日不食一日一夜，謂之初眠。又七日，再眠如初。又七日，三眠如再。又七日謂之大眠。」張籍江村行：「桑村椹黑蠶再眠，小姑採桑不向田。」陌頭桑樹空枝柯。新婦守箔女執筐，頭髮不梳一月忙。三姑祭後今年好，馬臻詩：「村婦相逢還笑問，把蠶今歲是三姑。」滿簇如雲繭成早。檐前繰車急作絲，又是夏稅相催時。

射鴨詞

姑蘇志「鶴媒」注：「吳中弋人，嘗養一馴鶴，以草木爲盾，挾弓矢以伺之。鳥見鶴同類，狎之無嫌疑，遂爲矢所中，而射鴨亦用此法。」

射鴨去，清江曙。射鴨返，迴塘晚。秋菱葉爛煙雨晴，鴨羣未下媒先鳴。草翳低遮竹弓彀，孟郊詩：「不如竹枝箭，射鴨無是非。」水冷田空鴨多瘦。行舟莫來使鴨驚，得食忘猜正相鬭。觜唼唼，溫庭筠詩：「塘水汪汪鳧唼喋。」玉篇：「鴨食貌。」毛褷褷，韻會：「毛，羽衣貌。」潛機一發那得知。

伐木詞

竹擔挑多兩肩赤，雲窗雜記：「淩倚隱衡山，往來自負書劍，削竹爲擔，裹以烏氈。」謝翱樵歌：「樵斧丁丁響翠微，赬肩半脫汗身衣。」礪斧時尋澗邊石。魏書神元紀：「於庭中礪鉞斧。」老夫氣力秋漸衰，易斫喜有枯林枝。白雲無人暗空谷，遠聲丁丁如啄木。左貴嬪詩：「南山有鳥，自名啄木。飢則啄樹，暮則巢宿。」暮歸待伴不獨行，前途虎多荆棘生。長年不曾到城府，聞比山中路尤阻。

打麥詞

雉雛高飛夏風煖，李白雉朝飛詞：「麥隴青青三月時，白雉朝飛挾兩雌。」行割黃雲隨手斷。陸游詩：「壓車麥穗黃雲卷。」疎莖短若牛尾垂，見前湖州歌。去冬無雪不相宜。朝野僉載：「要宜麥，見三白。」注：「雪也。」場頭負歸日色白，穗落連枷聲拍拍。玉篇：「連枷，打穀具。」釋名：「枷，加也。加杖于柄頭以撾穗而出其穀也。」范成大秋日田園詩：「笑歌聲裏輕雷動，一夜連枷響到明。」呼兒打曬當及晴，雨來恐〔校記〕大全集作「怕」。有飛蛾生。述異記：「晉永嘉中，梁州雨七旬，麥化爲飛蛾。」陸游詩：「雨畏禾頭蒸耳出。潤憂麥粒化蛾飛。」臥驅鳥雀非愛惜，明年好收從爾食。

采茶詞

雷過溪山碧雲暖，試茶錄：「民間常以驚蟄爲候，以春陰爲采茶得時。」幽叢半吐槍旗短。茶錄：「茶芽如鷹爪，雀舌爲上，一旗一槍，次之。」陸游煎茶詩：「紅絲小磑破旗槍。」銀釵女兒相應歌，杜甫詩：「野花山葉銀釵並。」筐中摘得誰最多。歸來淸香猶在手，高品先將呈太守。竹爐新焙未得嘗，籠盛販與湖南商。山家不解種禾黍，衣食年年在春雨。

賣花詞

綠盆小樹枝枝好，白居易詩：「珠寫綠盆中。」花比人家别開早。陌頭擔得春風行，美人出簾聞叫聲。移去莫愁花不活，賣與還傳種花訣。餘香滿路日暮歸，猶有蜂蝶相隨飛。買花朱門幾回改，不如擔上花長在。

洞房曲

洞房香吐合昏花，沈約詠月：「洞房殊未曉，清光信悠哉！」本草：「合歡一名合昏，至暮即合，故云。」杜甫詩：「合昏亦知時，鴛鴦不獨宿。」月轉勾闌啼乳鴉。通雅：「宋有京瓦，通謂勾欄。其始名則猶欄杆也。」李賀宮娃歌：「啼蛄弔月勾欄下。」今宵有酒留君醉，不信娼家勝妾家。劉庭芝公子行：「娼家美女鬱金香。」李白詩：「美人一笑搴珠箔，遥指紅樓是妾家。」

待月詞

漏板敲愁夜驚冷，李賀詩：「七星挂城聞漏板。」露井桃花濕無影。王昌齡詩：「昨夜風開露井桃，未央前殿月輪高。」海風吹星銷碧煙，羿妃粧遲鏡未懸。淮南子：「羿請不死之藥于西王母，嫦娥竊之以奔月。」素鸞不來桂香死，龍城錄：「明皇與申天師、洪都客作術，臥遊月宮，見素娥十餘人，乘白鸞舞于廣庭桂樹下。」洪希文詩：「嫦娥爲誰怨？不肯驂素鸞。」杜甫詩：「斫却月中桂，扶疎萬古同。」雲外紫篁呼夢起。畫繼：「甘露宵零于紫篁。」瓊樓欲開天半紅，王子年拾遺記：「翟天師乾祐，嘗于江岸玩月，或問此中竟何有？翟笑曰：『可隨吾指觀之。』俄見月規半天，瓊樓玉宇爛然，數息間不復見矣。」徘徊望拜娥池東。張夫人拜新月詩：「拜新月，拜月此堂前。」西京雜記：「漢武于望鵠臺西起俯月臺，臺下穿影娥池，每登眺，月影入池中，因名影娥。」蘭闈未返燈寒後，後漢書后妃傳贊：「班政蘭闈，宜禮椒屋。」注：「西都賦曰：『後宮則掖庭椒房，后妃之室。蘭林蕙草，披香發越。』蘭林，殿名，故言蘭闈。」恰似前宵待郎久。

惜花歎

惜花不是愛花嬌，賴得花開伴寂寥。樹樹長懸鈴索護，天寶遺事：「寧王至春時，于後園中紉紅絲爲繩，密綴金鈴，繫于花梢之上。每有鳥雀翔集，則令園吏掣鈴以驚之，因名護花鈴。」叢叢頻引鹿盧澆。見卷一宛轉行。幾回欲折花枝嗅，心恐花傷復停手。每來花下每題詩，不到花前不持酒。準擬看花直盡春，春今未盡已愁人。纔留片萼依前砌，全落千英過別鄰。懊惱園中妒花女，晝旛不禁狂風雨。博異記：「崔玄徽月夜見女伴，曰楊氏、李氏、陶氏。又緋衣小女曰阿醋，曰：『諸女伴在苑中，每被惡風相撓，煩處士每歲日作一旛，上圖日月五星，立苑東。』崔爲立旛，東風刮地，折木流花，而苑中不動。崔乃悟女郎即衆花精也。」流水殘香一夜空，黃鸝魂斷渾無語。李白詩：「春陽如昨日，碧樹語黃鸝。」〔校記〕列朝詩作「無言語」。縱有星星在蘚衣，謝靈運詩：「星星白髮垂。」王勃龍懷寺碑：「頹苔翠蘚，具不盡之靈衣。」韻會：「蘚，垣衣。」拾來已覺損光輝。只應獨背東窗臥，夢裏相隨高下飛。

照鏡詞

君家青銅鏡，價重比黃金。空持照人面，不持照人心。

田家行 樂府詩集：「新樂府雜題。」

草茫茫，水汩汩，上田蕪，下田沒。中田有禾穗不長，狠藉只供鳧雁糧。雨中摘歸半生濕，新婦舂炊兒夜泣。曹唐詩：「蔡家新婦莫嫌少，領取眞珠三五升。」

憶遠曲 樂府詩集：「新樂府雜題。」

揚子津頭風色起，一統志：「揚子江在儀眞縣南，經通、泰二州，入于海。」李白詩：「橫江西望阻西秦，漢水東連揚子津。」郎帆一開三百里。江橋水栅多酒壚，白居易詩：「紅板江橋青酒旗。」張籍江南行：「娼樓兩岸臨水栅，夜唱竹枝留北客。」女兒解歌山鷓鴣。樂府類：「山鷓鴣，唐曲。」許渾聽歌鷓鴣詩：「南國多情多豔詞，鷓鴣清怨繞梁飛。」武昌西上巴陵道，一統志：「武昌府，湖廣省治。巴陵，今岳州。」岑參送費子歸武昌詩：「秋來倍憶武昌魚，夢著只在巴陵道。」聞郎處處經過好。櫻桃熟時郎不歸，范成大詩：「牡丹破萼櫻桃熟，未許飛花減却春。」客中誰爲縫春衣？陌頭空問琵琶卜，妖巫傳：「淮南好鬼神，多邪俗，病卽祀之，無醫人。張鷟曾于江南洪州停數日，聞士人何婆善琵琶卜，與同行人郭司法質焉；其家士女塡門，餉遺滿道。」欲歸不歸在郎足。郎心重利輕風波，在家日少行路多。妾今能使烏頭白，史記刺客列傳荆軻傳贊注：「燕丹求歸，秦王曰：『烏頭白，馬生角，乃許耳。』丹乃仰天歎。烏頭卽白，馬亦生角。」不能使郎休作客。

金井怨

曹鄴金井怨：「西風吹急景，美人照金井，不見面上花，却恨井中影。」

照水羞見影，汲水嫌手冷。閒立梧桐陰，烏啼秋夜永。

送客曲

樂府遺聲：「別離曲。」樂府詩集：「雜曲歌辭。」

送客車在門，勸客杯在手。明日長安花，今夜宜城酒。見卷一行路難。願客飲此勿復辭，我無黃金爲客壽。史記：「平原君以千金爲魯仲連壽。」人生無處無弟兄，鄉里刺促誰知名？賣書買得百金劍，有身須向關山行。馬四蹄，車兩轂，行人欲發休躑躅，嘐嘐雞鳴赤日旭。

里巫行

說文：「巫，祝也，女能事無形以舞降神也。」

里人有病不飲藥，神君一來疫鬼却。史記：「上求神君，舍之上林中蹏氏觀。神君者，長陵女子，以子死，見神於先後宛若，宛若祠之其室，聞其言不見其人云。」又：「游水發根言：『上郡有巫，病而鬼神下之。』上召置祠之甘泉。及天子幸甘泉，置酒壽宮神君，壽宮神君最貴者太一，其佐曰大禁、司命之屬，皆從之。時晝言，然常以夜。又置壽宮、北宮，張羽旗，設供具以禮神君。神君所言，上使人受書其言，命之曰畫法。」走迎老巫夜降神，白羊赤鯉縱橫陳。蘇軾黃牛廟詩：「廟前行客拜且舞，擊鼓吹簫屠白羊。」杜甫詩：「赤鯉騰出如有神。」男女殷勤案前拜，家貧無殺神勿怪。老巫擊鼓舞且歌，紙錢索索陰風多。李賀神絃：「紙錢窸窣鳴颼風。」巫言汝壽當止此，神念汝虔賒汝死。送神上馬巫出門，家人登屋啼招魂。禮運：「及其死也，升屋而號。告曰：『皋，某復』。」注：「升屋者，以魂氣之在上也。皋者，引聲之言。某者，死者之名。欲招此魂，令其復合體魄。」

主客行

主人楚歌客楚舞，漢書張良傳：「戚夫人泣。上曰：『爲我楚舞，吾爲若楚歌。』」落日黃雲雁聲苦。笑拂腰間寶劍光，美人滿堂色如土。戴良對景吟：「索寞無言面如土。」大兒北海人中奇，小兒能讀曹娥碑。後漢書禰衡傳：「衡唯善魯國孔融及弘農楊修。嘗稱曰：『大兒孔文舉，小兒楊德祖。餘子碌碌，莫足數也。』」孔融傳：「融字文舉，見河南尹李膺曰：『先君孔子，與君先人李老君相師友，則融與君累世通家。』衆坐莫不歎息。大中大夫陳煒後至，坐中以告煒。煒曰：『夫人小而聰了，大未必奇。』融應聲曰：『觀君所言，將不蚤慧乎？』膺大笑曰：『高明必爲偉器。』後爲北海太守。」世說：「魏武嘗過曹娥碑下，楊修見碑背上題『黄絹幼婦，外孫齏臼』八字。魏武問修解否？答曰：『解。』魏武曰：『卿未可言，待我思之。』行三十里，魏武乃曰：『吾已得。』令修別記所知。修曰：『黄絹，色絲也，於字爲絶。幼婦，少女也，於字爲妙。外孫，女子也，於字爲好。齏臼，受辛也，於字爲辤。所謂絶妙好辤也。』魏武之記與修同。歎曰：『我才不及卿，乃覺三十里。』」相逢且莫歎貧賤，但願有酒無別離。君不見，平原墓上生秋草，國士無窮道傍（校記）「傍」，詩綜作「旁」。旁字是。此本「旁」（旁邊）字多誤作「傍」（依傍）老。史記平原君列傳：「平原君趙勝者，趙之諸公子也。喜賓客，賓客蓋至者數千人。」

春夜詞

杏煙濕鬢秋千下，高無際鞦韆賦序：「漢武帝後庭之戲，本云『千秋』，祝壽之詞也。語譌轉爲『秋千』。後人不本其意，乃造鞦、韆二字。」銀蠟光寒曲屏畫。宋无公子家詩：「姬將銀蠟燒明月。犬帶金鈴臥落花。」數漏閒過每睡時，月明微見墮游絲。沈約詩：「游絲映空轉。」欲歸自踏娉婷影，杜甫詩：「不嫁惜娉婷。」集韻：「美好貌。」風動玉釵花亦冷。屋貯嬌愁鎖幔紗，見卷一長門怨注。青絲嘶騎醉誰家？管絃不動空臺榭，夢與烏衣語中夜。摭言：「王榭夢抵烏衣國，宴歸。王命取飛玄軒，榭入其中，閉目，少息至家。梁上雙燕呢喃，榭乃悟所止燕子國也。」

新絃曲

舊絃解，新絃張，冰絲牽愁六尺長。方干詩：「冰絲織絡經心久。」阮瑀箏賦：「身長六尺，應律數也。」寬急頻從指邊聽，金雁參差移不定。溫庭筠彈箏人詩：「鈿蟬金雁皆零落，一曲伊州淚萬行。」新絃響高調易促，不如舊絃彈已熟。憐新厭舊妾恨深，爲君試奏白頭吟。西京雜記：「相如將聘茂陵人爲妾，卓文君作白頭吟以自絕，乃止。」他日愁如舊絃棄，泣向羅裙帶頭繫。

竹枝歌六首

樂府詩集：「近代曲辭，本出巴渝。唐貞元中，劉禹錫在沅湘，以俚歌鄙陋，乃依騷人九歌作竹枝新詞九章，曰巴兒聯歌。吹短笛擊鼓以赴節。歌者揚袂睢舞，其音協黃鍾羽。」

蜀山消雪蜀江深，郎來妾去鬭歌吟。峽中自古多情地，楚王神女在山陰。

其二

魚復浦上石纍纍，一統志：「魚復浦在夔州府城東南。」恰似儂心無轉迴。詩：「我心匪石，不可轉也。」船歸莫道上灘惡，自牽百丈取郎來。蘇軾詩：「百丈休牽上瀨船。」

其三

江水出峽過夔州，長流直到海東頭。郎行若有思家日，應教江水復西流。

其四

躑躅花紅鵯鵊飛，古今注：「羊躑躅，花黃，羊食之則死，羊見之則躑躅分散。故名。」王建宮詞：「勑賜一窠紅躑躅，謝恩未了奏花開。」歐陽修鵯鵊詞：「紅紗蠟燭愁夜短，綠窗鵯鵊催天明。」注：「鵯鵊，催明鳥，京師謂之夏雞。」黃牛廟下見郎稀。一統志：「黃牛峽在荊州府彝陵州西，峭壁有石，色如人牽牛狀。人黑牛黃。山既高，江復紆迴，望之早見。行者謠曰：『朝發黃牛，暮宿黃牛，三朝三暮，黃牛如故。』」大艑攤錢賣鹽去，荊州記：「湘州七郡，大船皆受萬斛，非艑皆淺船也。」後漢書梁冀傳：「少爲貴戚，逸遊自恣，能挽滿、彈棊、格五、六博、蹴踘、攤錢之戲。」杜甫詩：「長年三老長歌裏，白晝攤錢高浪中。」短釵簪葉負薪歸。杜甫負薪行：「夔州處女髮半華，四十五十無夫家。更遭喪亂嫁不售，一生抱恨堪咨嗟！土風坐男使女立，應當門戶女出入。十有八九負薪歸，賣薪得錢應供給。至老雙鬟只垂頸，野花山葉銀釵並。」

其五

妾愛看花下渚宮。見卷一白紵詞。郎思沽酒醉臨邛。見卷一當壚曲。一統志：「今邛州，秦曰臨邛。」春衣未織機中錦，只是長絲那得縫？

其六

楓林樹樹有猿啼，若箇聽來不慘悽！今夜郎舟宿何處？巴東不在定巴西。一統志：「巴江在重慶府城東，閬水與白水合流，曲折三迴如巴字。秦置巴郡，即重慶府。又順慶府，隋曰巴西。夔州府，漢曰巴東。」

轉應詞二首 樂府詩集：「近代曲辭。」樂苑：「調笑，商調曲也。戴叔倫謂之轉應詞。」

雙燕，雙燕，去歲今年相見。往來東舍西家，銜得泥中落花。花落，花落，人在暮寒池閣。

其二

疎雨，疎雨，綠滿蘼蕪洲渚。江南相憶故人，遠水遙山暮春。春暮，春暮，風急畫船難渡。

五雜俎二首 樂府遺聲：「雜體曲。」古五雜俎詩：「五雜俎，岡頭草，往復還，車馬道。不獲已，人將老。」王融樂府：「五雜俎，慶雲發，往復還，經天月。不獲已，生胡越！」

五雜俎，駝背韉。往復還，渡口船。不獲已，非少年！

其二

五雜俎，錦繡旗。往復還，更戍兒。不獲已，遭亂離！

五噫歌弔梁伯鸞墓

原注：「在泰伯廟西，金昌亭傍，伯鸞嘗作五噫歌，余因效之，以弔其墓。」後漢書逸民傳：「梁鴻過京師，作五噫之歌曰：『陟彼北芒兮，噫！顧覽帝京兮，噫！宮室崔嵬兮，噫！人之劬勞兮，噫！遼遼未央兮，噫！』」樂府詩集：「雜歌謠辭。」

顧瞻亭皐兮，噫！丘墳有蒿兮，噫！囂舂亦勞兮，噫！梁鴻傳：「鴻至吳，依大姓皐伯通，居廡下，爲人賃舂。」危邦可逃兮，噫！梁鴻適吳詩：「逝舊邦兮遐征。」先生何高兮？噫！

疊韻吳宮詞

原注：「皮、陸嘗有此作，因戲效之。」南史謝莊傳：「王玄謨問莊：『何者爲雙聲？何者爲疊韻？』答云：『互護爲雙聲，磝碻爲疊韻。』」學林新編：「古人以四聲爲切韻，必以五音爲定。蓋東方喉聲爲木音，西方舌聲爲金音，南方齒聲爲火音，北方脣聲爲水音，中央牙聲爲土音，雙聲者，同音而不同韻也。疊韻者，同音而又同韻也。互護同爲脣音，而不同韻，故謂之雙聲。磝碻同爲牙音，而又同韻，故謂之疊韻。」韻語陽秋：「陸龜蒙詩序曰：『疊韻起自梁武帝云：「後牖有朽柳。」當時侍從唱和。劉孝綽云：「梁王長康強。」沈休文云：「載戴每礙隸。」自後用此作小詩者多矣；戲諧之語，往往載于史冊。』」

筵前憐嬋娟，醉媚睡翠被。梁簡文帝詩：「翠被合鴛色，雕牀鏤象牙。」精兵驚升城，棄避愧墜淚。

鶴媒歌　原注：「吳人弋鳥，以鶴爲媒。」詳見前射鴨詞。

鶴媒獨步荒陂水，仰望雲間不飛起。遠呼一作看。過鳥下南汀，鼓翼相迎似相喜。共爲羽族生水鄉，暫從飲啄無猜防。草盾俄開中潛弩，釋名：「盾，遯也。跪其後，避以隱遯也。」弋師歡笑媒矜舞。嗟爾高潔非凡禽，故爲徇食移此心？受人馴養忘遠舉，好陷同類機腸深。嗚呼世間幾人號君子？得利相傾亦如此！

牛宮詞　原注：「吳地下濕，冬寒，牛卽入欄，唐人謂之牛宮。」

豕豢于苙，雞栖于塒，嗟爾烏犍，說文：「犍，犗牛也。」何所止斯？歲聿云暮，雨霜以風，乃築環堵，以爲爾宮。旣用爾力，宜惜爾寒。庇處密固，我心孔安。

照田蠶詞　原注：「吳俗，除夜田間然高炬，謂之照田蠶。」范成大村田樂府序：「村落則以禿帚若麻䕸，竹枝輩燃火炬，縛長竿之杪以照田，爛然徧野，以祈絲穀。」

東村西村作除夕，高炬千竿照田赤。老人笑祝小兒歌，願得宜蠶又宜麥。明星影亂棲烏驚，火光辟寒春已生。夜深燃罷歸白屋，賈島詩：「樵人歸白屋，寒日下危峯。」共說豐年眞可卜。

妾薄命　注見卷一。以下三首，從槎軒集補。

悠悠長門月，流影入宮深。但照嬋娟影，不照貞素心。君恩無日迴，妾貌有時老。但願他人歡事君，千年萬年色長好。

出門行　樂府詩集：「雜曲歌辭。」

貧賤去鄉里，四方何所之？欲遊淮陰市，恐爲少年欺。史記淮陰侯列傳：「屠中少年有侮信者，因衆辱之，令信俛出袴下。」少年勿相欺，人實未可知！纖莖蔭高岡，弱翮翔天池。丈夫懷遠志，奮發寧無時？

田家行　注見前

去年大雨漂我麥，今年桑柘軸無帛。身隨簿吏到縣門，田少稅多那免責？聞道長征未罷兵，轉輸日日向邊城。老少田中竭筋力，願爲官家足軍食。湘山野錄：「五帝官天下，三王家天下，故曰官家。」但得官家風雨時，漢書鼂錯傳：「日月光，風雨時。」盡供徵賦儂不辭。

病駝行 從偶武孟乾坤清氣集補。一作楊基。

駝峯黃，杜甫詩：「紫駝之峯出翠釜。」駝茸紫，陸游詩：「狐腋襲駝茸。」曾馱黃金獻天子。燕山雪深沒駝耳，一統志：「順天府，宋曰燕山。」錦韉模糊駝不死。王禹偁詩：「柳巷春泥汚錦韉。」去年從軍下南粵，一統志：「廣東廣州府，春秋南粵。」粵江水渾沙草熱。毛焦肉枯骨欲折，回頭却憶燕山雪，不得歸！駝飢駝渴誰與知？伶仃反被生馬欺，韻會：「伶仃，獨行貌。」嗚呼駝兮寧勿悲！峯可食，茸可衣，利爾衣食孰爾醫？

琴操

風樹操 原注：「予自傷早失怙恃而作。」韓詩外傳：「孔子行，聞哭聲甚悲。孔子曰：『驅驅，前有賢者。』至則皐魚也。披褐擁鎌，哭于道傍。孔子避車與之言曰：『子非有喪者，何哭之悲也？』皐魚曰：『吾失之三矣！吾少好學，周流天下，而吾親死，一失也；高尙其志，不事庸君，而晚無成，二失也；少失交游，寡于親友，三失也。樹欲靜而風不息，子欲養而親不逮，往而不可得見者親也。吾請從此辭矣！』立哭而死。孔子曰：『弟子識之。足以誡矣！』于是

門人辭歸而養親者十有三人。」

朝風之飄飄兮，維樹之搖搖兮，吾思親之翹翹兮。夕風之烈烈兮，維樹之揭揭兮，吾思親之惙惙兮。樹之有風，猶可息兮；吾之無親，終不可復得兮！

之荆操　原注：「至德廟在閶門內，祀泰伯也。余思其德，作之荆操。」史記吳太伯世家：「吳太伯，太伯弟仲雍，皆周太王之子，而季歷之兄也。季歷賢而有聖子昌，太王欲立季歷以及昌。于是太伯、仲雍奔荆蠻，文身斷髮，示不可用。」

粤我有土，岐山之下。孰是營之，維我考祖。周本紀：「古公亶父修復后稷、公劉之業，國人戴之。薰育攻之，遂渡漆沮，逾梁山，止于岐下。」今我于邁，自岐徂荆，豈不懷歸？念我弟兄。民勿我思，我斯安只。國已有後，先君季子。

登丘操　原注：「登青丘有懷而作。」甫里志：「鄉村西北境青丘，有高翰林啓宅。」

驅車兮與馬，蹇君行兮，胡爲乎在中野？九歌：「蹇將憺兮壽宮。」登彼兮崇丘，下茫茫兮九州。左傳：「茫茫禹迹，畫爲九州。」思君子兮，不得與駕以遊。山有出雲兮，木亦有柯。我將歸兮，憂之如何！

望歸操　原注：「哀里人周復之子死于虎而作。」

兒旦而出于山之麓兮，兒夕不歸在虎之腹兮！我往無所，榛蒙蘢被谷兮。榛蒙蘢一作榛莽。嗟爾眈眈！易：「虎視眈眈，其欲逐逐。」已飽一作弗食。我豕犢兮。穴亦有子，後漢書班超傳：「不入虎穴，不得虎子。」胡寧使我獨兮？

辭

望虞山辭　原注：「在常熟縣北，虞仲隱處也。爲作望虞山辭。」一統志：「一名海隅山。」

虞山峨峨兮，出雲油油。胡斂其施兮，弗雨九州？易：「雲行雨施。」下有蛟龍兮，海波橫流。誰使子來兮？從伯氏以遊。朝于隮兮望岐周，國有祀兮又何求？唐虞逝兮道阻修，慚德興兮干戈日休。書仲虺之誥：「成湯放桀于南巢，惟有慚德。」我思夫人兮心焉孔憂！

放鶴辭　原注：「登支遁放鶴亭而作。」姑蘇志：「放鶴亭，在支硎山之高峰，晉高僧支遁放鶴處。」

放鶴去，當高飛。啄莫爭雞鶩食，見前刺促行。遊莫近虞羅機。見卷一空城雀。雲山海嶠堪來往，李德裕詩：「望煙歸海嶠。」明月千秋待爾歸！

弔伍子胥辭

原注：「子胥廟在盤門內，余哀其忠，作弔伍胥辭。」

覽勾吳之故墟兮，史記吳太伯世家：「太伯之奔荆蠻，自號勾吳。」注：「勾吳，太伯始所居地名。」灌莽鬱其蘢葱。揭傒斯詩：「草樹杳蘢葱。」館娃廢而爲沼兮，蘇州府志：「館娃宮在靈巖山上，前臨姑蘇臺。吳人謂美人爲娃，蓋以西施得名。」左傳：「吳王夫差敗越于夫椒，越子使大夫種行成。伍員諫弗聽。退而告人曰：『越十年生聚，十年教訓，二十年之外，吳其爲沼乎？』」歸伍胥之遺宮。奚千祀而勿毀兮，緊若人之死忠！昔窮逋而渡江兮，史記伍子胥列傳：「鄭定公與子產誅殺太子建，建有子名勝，伍胥懼，乃與勝俱奔吳。到昭關，欲執之，伍胥遂與勝獨身步走，幾不得脫。追者在後。至江，江上有一漁父，乘船，乃渡伍胥。既渡，解其劍曰：『此劍直百金，以與父。』父曰：『楚國之法，得伍胥者，賜粟五萬石，爵執珪，豈徒百金劍邪？』不受。」奮孤跡於羈旅。伍子胥列傳：「闔閭既立，召伍員爲行人，與謀國事。」既入郢而雪恥兮，伍子胥列傳：「及吳兵入郢，子胥求昭王既不得，乃掘楚平王墓，出其尸，鞭之三百。」又棲越而攘侮。伍子胥列傳：「二年後，伐越，敗越于夫椒。越王勾踐乃以餘兵五千棲于會稽之上。」使彼吳之強大兮，非夫子而孰爲？何夫差之自喜兮，遽忽戒而荒娭。左傳：「吳將伐齊，越子率其衆以朝，王及列士皆有饋賂。吳人皆喜，子胥懼曰：『是豢吳也夫！』」六書故：「娭，嬰嬉，誒通。」陳昌言之悃款兮，實不忍視國之阽危！衆以子爲叵信兮，肆讒辭之詆欺。夫豈不能全身遠適以自庇兮，顧先王之舊德。卒待隕而抗言兮，恨終不能悟君之變惑。載鴟夷兮浮游，「鴟夷」見卷一行路難。魂惸惸兮在中流。江神念一作爲。子兮哀憤，鼓洪濤于高秋。吳越春秋：「子胥死，吳王投之江中，因隨流揚波，依潮來往，蕩激崩岸。」范成大夫差廟詩：「千齡只有忠臣恨，化作濤江雪浪堆。」嗟君子之出輔兮，孰不願爲伊皋？使言從而志行兮，致雍熙之陶陶。何齟齬而多患兮，說文：「齒不相值曰齟齬。」惟重華之不可以屢遭。離騷：「就重華而陳詞。」鄂侯諍而就醢兮，史記殷本紀：「九侯有女好，入之紂，九侯女不憙淫，紂怒殺之，而醢九侯。鄂侯爭之彊，辨之疾，并脯鄂侯。」龍逢諫而見屠。通鑑：「關龍逢進諫曰：『人心已去，天命不祐，盍少悛乎！』桀曰：『吾有天下，如天之有日，日亡吾乃亡耳。』龍逢立而不去，桀怒，遂殺之。」蓋自古而有之兮，匪夫子獨罹乎此辜！身雖歿而義安兮，又舍是將焉適？〔校記〕竹素軒本作「索」。彼循默而苟容兮，寧獲免乎泚額！想子猶念夫故都兮，或乘雲而來歸。顧荊棘之多露兮，應攬涕而歔欷。離騷：「曾歔欷而鬱結兮。」余亦何爲而感慨兮，懼直道之墜也。聊陳詞而表烈兮，亦邦人之志也。

三言

梧桐園 原注：「在吳宮，夫差園也。」

桐花香，桐葉冷。生宮園，覆宮井。雨滴夜，孟浩然詩：「微雲淡河漢，疎雨滴梧桐。」風驚秋。李中詩：「門巷涼秋至，高梧一葉驚。」鳳不來，君王愁。童謡：「吳宮秋，吳王愁。」

三四言

王敬伯歌 原注：「敬伯，晉時人，嘗泊舟通波亭下，理琴，有美人來共飲，命小婢彈箜篌，歌宛轉詞，將曉，各贈物而別，後知是鄰船吳令亡女麗華也。」詳見卷一神女宛轉歌。

舟初維，琴始薦。謝莊月賦：「芳酒登，鳴琴薦。」驛亭邊，夜相見。歌宛轉，情綢繆。解環珮，韓愈華山女詩：「抽釵脱釧解環珮。」彈箜篌。歌易闋，情難歇。江波寒，墮明月。綠壺再傾，芳音欲違。譬彼林鳥，逢晨各飛。羅衣沾霜，謝莊月賦：「微霜沾人衣。」城烏忽起。柳宗元詩：「哀歌未斷城烏起。」明日相思，孤棹千里。世說：「嵇康與呂安善，每一相思，千里命駕。」

高靑丘集卷三

五言古詩

擬古十二首

文選：「古詩十九首。陸士衡、陶淵明有擬古詩。」注：「擬，比也。比古志以擬今情。」

纂纂牆下李，潘岳笙賦「歌棗下之纂纂」注：「纂，聚貌。」芃芃陂中麥。詩：「芃芃其麥。」浩浩望遠塗，悠悠思行客。客行歲已盈，紆鬱傷我情。始知失羣鴻，不若求友鸎。詩：「嚶其鳴矣，求其友聲」。登山知天高，臨流識川阻。不遺懷同心，那知別離苦？別離不可久，寂寞不可守。自傷紅顏子，相思成皓首。朝日如不晚，行人會當返。

其二

嵯峨雲間樓，俯視層城陰。杜甫詩：「層城鎮華屋。」綺戶相洞開，淸飈拂羅襟。說文：「飈，扶搖風也。」上有離居婦，哀歌撫絃琴。不知中怨誰？掩抑一何深！初爲郢中唱，宋玉答楚襄王：「客有歌于郢中者，其始曰下里巴人，國中屬而和者數千人。」再奏邯鄲吟。樂府類：「齊二十二曲，有邯鄲行。」不惜努力歌，寫作絕代音。風吹落君耳，萬里知愁心。曲盡思寂寥，青天日西沉。安得化彩鳳，飛去巫山岑。

其三

出郭見丘墓，纍纍滿山阿。四海能幾人，逝者何其多！封樹日蕭條，狐狸走蓬科。英靈無人弔，牧兒暮來歌。浮華一世中，倏若飛鳥過。生時不肯飲，死後將如何？

其四

離離白雲翔，詩傳：「離離，垂也。」何中詩：「所見天離離。」悠悠淸川逝。天地如傳郵，閱人以爲世。良時難再得，游樂咸陽中。咸陽名都會，衣冠集王公。南山對魏闕，嘉樹何蘢葱？九衢十二城，宋之問長安道詩：「樓閣九衢春。」范成大詩：「燕榭新高十二城。」逶迤迴相通。衞霍開上第，車馬爭春風。娛意勿自惜，當至百年終。

其五

東井不可飲，史記天官書注：「東井八星，主水衡也。」威弧孰能張？漢書：「狼下有四星曰弧。」杜甫詩：「威弧不能弦。」虛名竟何用？千古同悲傷！與君初結歡，金石比中腸。恩情忽乖分，相望阻川梁。閨門尙難越，況彼道路長。不如雲中雁，迴飛自隨陽。禹貢：「陽鳥攸居。」傳：「鴻雁隨陽。」

其六

促織何嘖嘖！爾雅：「蟋蟀、蛬」注：「今促織也。」疏：「幽州人謂之『趨織』，里語曰『趨織鳴，嬾婦驚』是也。」古詩：「明月皎夜光，促織鳴東壁。」空庭寒露白。蘭蕙辭故芳，高梧銷華澤。閨中覽物變，感歎當此夕。引領望遠人，天河西南隔。詩：「倬彼雲漢，爲章于天。」箋：「雲漢，謂天河也。」博物志：「舊說云：天河與海通。近世有人居海渚者，乘槎至一處，有城郭狀，屋舍甚嚴。遥望宫中多織女，見一丈夫牽牛渚次飲之。問：『此是何處？』答曰：『君還至蜀都，訪嚴君平則知之。』後至蜀，問君平。曰：『某年月日，有客星犯牽牛宿。』計年月，正是此人到天河時也。」舟行詎離水？針運恆依石。論衡：「頓牟掇芥，磁石引鍼。」本草：「磁石引鐵，如慈母之召子，故名。」君雖有棄捐，妾心誓無易。

其七

置酒北堂上，歡言宴嘉賓。嘉賓復爲誰？相過盡朱輪。漢書劉向傳：「王氏一姓，乘朱輪華軒者三十三人。」中庖炙肥牛，曹植箜篌引：「中庖辦豐膳，烹羊宰肥牛。」登俎悉異珍。左右燕趙姝，梁昭明七召：「燕姝絕世。」孟浩然詩：「玉篸還趙姝。」羅綺嬌青春。江淹別賦：「珠與玉兮豔暮秋，羅與綺兮嬌上春。」〔校記〕「青春」大全集作「上春」。按注，則正文作「上春」是也。清謳雜哀吹，響激迴高旻。爾雅：「秋爲旻天。」主勸客復酬，中抱各以伸。盛年易傾謝，爲樂願及辰。請看舊同遊，半作泉下人！無爲苦刺促，長憂賤與貧。

其八

美人一相見，遺我白玉環。上有雙雕龍，遊戲在雲間。持此感深意，佩結無時閒。玉以比貞潔，禮聘義：「君子比德於玉。」環以明不絕。元稹會眞記：「玉取其堅潤不渝，環取其始終不絕。」雲龍永相從，誰能使離別？

其九

秋至衆芳歇，芙蓉獨鮮妍。朱華照綠水，日暮涼風前。采折難遠贈，相看自嬋娟。孤豔豈足賞？後凋良可憐！

其十

明星爛東方，北斗亦已旋。獨宿悲夜徂，空牀藉蘭荃。雞鳴整環珮，思奉君子筵。君子行未歸，新妝爲誰妍？意疎覺去遙，咫尺越與燕！含情乏彤管，詩：「貽我彤管。」箋：「彤管，赤管也。必以赤者，欲使女史以赤心正人。」後漢書后妃紀序：「女史彤管，記功記過。」何以寫中悁？詩：「中心悁悁。」君如綆上瓶，莊子至樂篇：「綆短不可汲深。」妾若井底泉。不垂汲引惠，澄瑩徒終年。

其十一

人生一漚水，楞嚴經：「空生大覺中，如海一漚發。」所欲乃無涯。莊子：「吾生也有涯，而知也無涯。」志意苦未畢，容華忽然衰。天地有終壞，誰能待其期？聊爲一日歡，勿作千載悲。神仙俱好飲，得醉復何疑？

其十二

黃鳥鳴春陽，流芳滿西園。攀條日已暮，悵惋不能言。禦寒必重裘，魏志王昶傳：「諺曰：『禦寒莫如重裘，止謗莫如自修。』」涉道須雙轅。李白詩：「贏馬夾雙轅。」離居非君子，何以解憂煩？煩憂日已積，佳期日已失。思君如蓬萊，可望不可卽。區區儻見察，憔悴甘自畢。

寓感二十首

天旋海水運，蔡邕月令章句：「天左旋，出地上而西，入地下而東。」博物志：「天地四方，皆海水相通。」日月馳奔輝。不知此往來，伊誰斡其機？諒由任元氣，幽通賦：「渾元運物。」注：「渾元，天地之氣。」推遷不能違。人生處宇內，行止無定依。唯當乘大化，歸去來辭：「聊乘化以歸盡，樂夫天命復奚疑？」逍遙隨所歸。

其二

雞鳴一警旦，陽烏已東昇。張衡靈憲：「日陽精之宗，積而成烏，象烏而有三趾，陽之精，其數奇。」羣動紛自起，各欲赴其生。飢蠖土中出，說文：「蠖，屈伸蟲也。」易繫辭：「尺蠖之屈，以求伸也。」棲禽林外驚。蒼蠅一何微，翾薨亦飛鳴。人生信多故，安得免營營？

其三

盛衰迭乘運，天道果誰親？自古爭中原，白骨遍荆榛。乾坤動殺機，流禍及蒸民。生聚亦已艱，一朝忽胥淪。陽和既代序，嚴霜變肅晨。大運有自然，彼蒼非不仁。咄咄堪歎嗟，見卷一東門行。滄溟亦沙塵！見卷一神仙曲。

其四

美女生貧家，光豔人未識。遠聘入楚宮，揚蛾欲傾國。朝遊瓊臺上，孫綽天台賦：「瓊臺中天而懸秀。」夕侍金輿側。庾肩吾詩：「入徑轉金輿。」奉歡擬千齡，秋風失顏色。銜恩歸永巷，貞意徒寂默。高高天上星，墮作水底石。左傳：「隕石于宋五，隕星也。」人事盡如斯，推移歎何極！

其五

叢蘭生路隅，馥馥有奇香。路隅多行人，采掇成摧傷。深林雖幽獨，秋至靄餘芳。託根在得所，君子蹈其常。

其六

蚩蚩此羣氓，詩：「氓之蚩蚩。」幾人出其儔？誰云抱智慮，乃足貲勞憂。晨秣思遠騁，宵披務窮搜。懷古復慨今，百念紛相投。膠擾得喪間，若與方寸仇。安知廣成子，見卷一閶闔篇。冥臥崑崙丘。莊子：「黃帝游乎赤水之北，登乎崑崙之丘。」無營亦無想，八表獨神遊。

其七

大道本夷直，末路生險巇。杯酒出肺肝，須臾起相疑。田蚡排竇嬰，史記魏其武安侯列傳：「魏其侯竇嬰者，孝文后從兄子也。武安侯田蚡者，孝景后同母弟也。竇太后崩，魏其失勢。田蚡爲丞相，使籍福請魏其城南田，魏其不許。灌夫使酒，得罪丞相，論棄市。魏其救灌夫，丞相劾魏其矯先帝詔，亦棄市渭城。其春，武安病，使巫視鬼者視之，見魏其、灌夫共守，欲殺之，竟死。」趙高誣李斯。史記李斯列傳：「趙高誣丞相長男李由爲三川守，楚盜陳勝等皆丞相旁縣之子，以故楚盜公行過三川，城守不肯擊。聞其文書相往來。於是二世使趙高治斯，搒掠千餘，具斯五刑。」傾擠不少假，權寵實菑基。鑿井當得泉，種桑會成絲。禍福皆自致，天道信難欺。出亡無所舍，史記商君列傳：「秦孝公卒，太子立，公子虔之徒告商君欲反，發吏捕商君。商君亡至關下，欲舍客舍。舍人不知其是商君也，曰：『商君之法，舍人無驗者坐之。』商君喟然歎曰：『嗟乎！爲法之弊，一至此哉！』秦發兵攻殺之。」千載使人悲！

其八

志士徇功業，貪夫詫輕肥。玉篇：「詫，誇也。」亦有逃羣子，矯矯與時違。彼此更共笑，不知誰是非？達人體自然，出處兩忘機。浮雲游天表，舒卷有餘輝。

其九

攬轡登太行，述征記：「太行山首始于河內，北至幽州，凡百嶺，連亘十三州之界，有八陘。」一統志：「在懷慶府。」遥望洛北州。崤函正西峙，黄河復東流。百城無遺堵，雲煙莽相繆。朝作冠蓋場，暮爲狐兎丘。昔人爭此地，干戈迭相讎。當其得意時，連陌擁鳴騶。百年奄忽盡，古詩：「人生寄一世，奄忽若飈塵。」魂魄空來遊。曷見采芝叟，韓偓詩：「生涯采芝叟。」冥棲無所求。

其十

桃李初不語，史記李將軍列傳贊：「桃李不言，下自成蹊。」鳳凰豈長喧？白虎通：「鳳凰雄鳴節，雌鳴足，游必擇地，飢不妄食。」末俗矜辯議，窮口禍之源。易：「尙口乃窮也。」所以國武子，殺身由盡言。左傳：成公十八年，「齊爲慶氏之難，齊侯使士華免以戈殺國佐于內宮之朝。」韓愈諍臣論：「好盡言以招人過，國武子之所以見殺于齊也。」妙哉無爲謂，老子：「我無爲而物自化。」默默道斯存。莊子：「至道之極，昏昏默默。」

其十一

人雖異草木，不若松柏壽。欲於百年間，辛苦圖不朽。形質天所畀，名姓吾自取。形名兩未立，誰我竟何有？不能知我先，奚暇恤我後！遺臭與流芳，晉書桓溫傳：「既不能流芳後世，不足復遺臭萬載耶？」冥然付杯酒。晉書張翰傳：「使我有身後名，不如卽時一杯酒。」

其十二

裋褐乘蓽輅，狐裘駕文車。西門與北宮，窮達一何殊！彼達矜已智，此窮愧身愚。東郭發至言，列子力命篇：「北宮子謂西門子曰：『朕衣則裋褐，食則粢糲，居則蓬室，出則徒行。子衣則文錦，食則粱肉，居則連櫳，出則結駟。子自以爲德過朕耶？』西門子曰：『汝造事而窮，予造事而達，此厚薄之驗歟！』北宮子無以應。遇東郭先生言其狀。東郭先生曰：『與汝更之西門氏而問之。』曰：『汝之言厚薄，不過言才德之差。吾之言厚薄，異於是矣。夫北宮子厚於德，薄於命。汝厚於命，薄於德。汝之達，非智得也。北宮子之窮，非愚失也。皆天也，非人也！而汝以命厚自矜，北宮子以德厚自愧。皆不識夫固然之理矣。』西門子曰：『先生止矣！予不敢復言。』北宮子既歸，衣其裋褐，有狐貉之溫。進其茙菽，有稻粱之味。庇其蓬室，若廣廈之蔭。乘其蓽輅，若文軒之飾。終身逌然而不知榮辱之在彼也在我也。東郭先生聞之曰：『北宮子之寐久矣！一言而能悟，易怛也哉！』」兩惑各以祛。北史：「魏王肅謂劉芳曰：『吾少留意三禮，今聞往釋，盡祛平生之惑。』」厚薄有定命，巧拙果誰歟？歸臥掩蓬室，道存何所吁。

其十三

駑馬放田野，志本在豐草。偶遇執策人，驅上千里道。顧非乘黃姿，豈足辱君皁？史記鄒陽列傳：「牛驥同皁。」注：「食牛馬器。」負重力不任，哀鳴望穹昊。奈何相逢者，猶羨羈絡好。

其十四

頹陽在川上，王泠然初月賦：「望頹陽之初落，見微月之孤生。」玄蟬夕鳴悲。嫋嫋風起波，翻翻葉辭枝。曠望天宇內，泬寥此何時？朱火已盈謝，淸商屆斯（校記）大全集作「其」。期，俱見卷一燕歌行。覽鏡忽自嗟，綠鬢生素絲。萬物有榮悴，造化豈吾私？

其十五

躑躅遠遊子，驅車上高山。高山多隴坂，悲哉路何艱！其巔摩蒼穹，欲上不可攀。日暮牛力疲，前征未能閒。雙輪忽中摧，一墮深谷間。引領望黃鵠，失路何當還？

其十六

蜀琴有奇紋，琴譜：「古琴以斷紋爲徵，有梅花紋、牛毛紋、蛇腹紋、龍紋、龜紋、冰裂紋。」本是枯桐枝。一彈舞鸞鶴，韓非子：「衞靈公之晉，令師涓鼓琴。師曠曰：『此清商也，不如清徵。』師曠援琴而鼓，一奏之有玄鶴二八，從南方來，再奏而列，三奏之延頸而鳴，舒翼而舞。」再彈下靈祇。東征賦：「庶靈祇之鑒照兮。」曾持薦黃帝，雲中奏咸池。漢書：「黃帝作咸池。」棄置久不調，流塵被朱絲。鮑照白頭吟：「直如朱絲繩。」終焉含妙響，未始有成虧。

其十七

達人貴全生，外物等秋草。顧此七尺軀，卽爲萬金寶。昧者營所嗜，棄捐不待老。豈無室中資？他人是來保。何如餌金液，列仙傳：「馬明生從安期生受金液神丹方，乃於華陰山合金液。不樂升天，但服半劑爲地仙」。長令鬢顏好。

其十八

千秋取丞相，一語悟君衷。漢書車千秋傳：「千秋爲高寢郎，會衞太子爲江充所譖敗。久之，千秋上急變，訟太子冤曰：『子弄父兵，罪當笞，天子之子，過誤殺人，當何罪哉？臣嘗夢見一白頭翁教臣言。』上大感悟，召見而說之。謂曰：「此高廟神靈使公教我，公當遂爲我輔佐。」立拜千秋爲大鴻臚。」長孺多讒言，白頭擯居東。漢書汲黯傳：「始黯列九卿矣，而公孫弘、張湯爲小吏，及弘至丞相封侯，湯御史大夫，黯時丞史，皆爲同列，或尊用過之。黯褊心不能無少望，見上言曰：『陛下用羣臣如積薪耳！後來者居上。』黯終淮陽太守。」人命有通塞，主聽無違從。失如魚去波，得若雲遇龍。會合感冥相，佳期諒難逢！卞生未聞道，無事涕沾胸。韓非子：「楚人和氏得玉璞楚山中，獻厲王。使玉人相之。曰：『石也。』王以和爲詐，刖其左足。武王卽位，又獻之，使相曰：『石也。』刖其右足。及文王卽位，和乃抱其璞而哭于楚山三日三夜，淚盡繼之以血。王使玉人理其璞而得寶。遂命曰『和氏之璧』。」

其十九

南山多浮雲，北山有高樹。因風暫來依，風回復飛去。兄弟滿四海，幾人此相遇？握手交百歡，分襟滋千慮。蹤跡不可常，無爲嗟去住。

其二十

鴻鵠橫四海，漢書張良傳：「高帝歌曰：『鴻鵠高飛，一擧千里，羽翼已就，橫絕四海。』」鷦鷯戀蓬榛。莊子逍遙遊：「鷦鷯巢於深林，不過一枝。」說文：「俗呼黃脰雀，喙銳如針。」長松凌風煙，小草亦自春。各稟造化育，逍遙適其眞。無將赫赫者，下比棲棲人。

詠隱逸十六首

向長後漢書逸民傳：「向長，字子平，河內朝歌人也。隱居不仕，性尙中和，好通老、易。貧無資食，好事者更饋焉。受之取足而反其餘。王莽大司空王邑辟之，欲薦于莽，固辭乃止。潛隱于家，讀易至損、益卦，喟然歎曰：『吾已知富不如貧，貴不如賤，但未知死何如生耳？』建武中，男女嫁娶旣畢，敕斷家事勿相關，當如我死也。于是遂肆意與同好北海禽慶俱，遊五岳名山，竟不知所終。」高士傳向作尙。

子平謝累辟，雅志在隱居。家貧或有饋，取足反其餘。讀易深自悟，謂賤貴不如。敕言嫁娶畢，家事無關余。同好有禽生，漢書注：「慶字子夏。」肆意相與娛。茫茫五嶽去，孰得回其車？

周黨後漢書逸民傳：「周黨，字伯況，太原廣武人也。王莽竊位，託疾杜門。建武中，徵爲議郎，以病去職。遂將妻子居黽池，復被徵，不得已，乃著短布單衣，穀皮綃頭，待見尙書。及光武引見，黨伏而不謁，自陳願守所志。帝乃許焉。博士范升，奏毀黨私竊虛名，誇上求高，大不敬。書奏，天子以示公卿。詔曰：『自古明王聖主，必有不賓之士。伯夷、叔齊，不食周粟。太原周黨，不受朕祿，亦各有志焉。其賜帛四十匹。』黨遂隱居黽池，著書上下篇而終。」

世祖初厭武，開觀在東都。通鑑：「建武五年，始起太學。」一統志：「成王營洛邑爲東都，東漢都此，今河南府。」使者遍巖藪，旌帛召賢儒。伯況亦暫起，綃頭詣尙書。引見伏自陳，始願不敢渝。周興有恥食。堯禪或羞汙。高士傳：「堯召許由爲九州長，由不欲聞之，洗耳于潁水濱。時其友巢父，牽犢欲飲之，見由洗耳，問其故，由以告。巢父曰：『子若處高岸深谷，人道不通，誰能見子？子故欲求名譽，汚吾犢口。』牽犢上流飲之。」

士固有本志，聖主焉能拘？范生乃見毀，咄爾何其愚！

王霸後漢書逸民傳：「王霸，字儒仲，太原廣武人也。少有清節。王莽篡位，棄冠帶，絕交宦。建武中，徵到尙書，拜稱名，不稱臣。有司問其故。霸曰：『天子有所不臣，諸侯有所不友。』以病歸，隱居守志。茅屋蓬戶，連徵不至。」又列女傳：「初，霸與同郡令狐子伯爲友，後子伯爲楚相，而其子爲郡功曹。子伯乃令子奉書于霸，車馬服從，雍容如也。霸子時方耕于野，聞賓至，投耒而歸。見令狐子，沮怍不能仰視。霸目之有愧容。客去，久臥不起，妻怪問其故，始不肯告，妻請罪而後言曰：『吾與子伯素不相若，向見其子，容服甚光，舉措有適；而我兒曹蓬髮歷齒，未知禮則，見客而有慚色。父子恩深，不覺自失耳！』妻曰：『君少修清節，不顧榮祿，今子伯之貴，孰與君之高？奈何忘宿志而慚兒女子乎？』霸屈起而笑曰：『有是哉！』遂共終身隱遁。」

儒仲有清節，始一應徵命。造廷抗高辭，不肯臣萬乘。歸來自耕野，蓬藋掩門逕。翩翩故人子，相過容服盛。一念兒曹羞，客去臥如病。賴有賢婦言，不失初守正。嘉遯遂終身，易：「嘉遯，貞吉。」清輝兩相暎。

梁鴻後漢書逸民傳：「梁鴻，字伯鸞，扶風平陵人也。家貧而尙節介。同縣孟氏有女，狀肥醜而黑，力舉石臼。擇對不嫁，至年三十，父母問其故，女曰：『欲得賢如梁伯鸞者。』鴻聞而聘之。女求作布衣麻屨，織作筐緝績之具。及嫁，始以裝飾入門。七日而鴻不答。妻乃跪牀下請罪。鴻曰：『吾欲裘褐之人，可與俱隱深山者爾！今乃衣綺縞，傅粉墨，豈鴻所願哉？』妻曰：『以觀夫子之志耳！妾自有隱居之服。』乃更爲椎髻，著布衣，操作而前。鴻大喜曰：『此眞梁鴻妻也。能奉我矣！』字之曰德曜，名孟光。入霸陵山中，以耕織爲業。咏詩書，彈琴以自娛。東出關，過京師，作五噫之歌。肅宗聞而非之，求鴻不得。乃易姓名，居齊、魯之間。又去適吳，依大家皐伯通，居廡下，爲人賃舂。每歸，妻爲具食，不敢於鴻前仰視，舉案齊眉。伯通察而異之。曰：『彼傭，能使其妻敬之如此，非凡人也。』乃方舍之于家。鴻潛閉著書十餘篇。疾且困，告主人曰：『昔延陵季子葬子于嬴博之間，不歸鄉里。愼勿令我子持喪歸去。』及卒，伯通等爲求葬地于吳要離冢傍。咸曰：『要離烈士，而伯鸞清高，可令相近。』葬畢，妻子歸扶風。」

伯鸞古賢人，乃在杵臼間。夫婦共守志，逃名入深山。凄涼五噫歌，東出過帝關。齊魯復荆吳，長往遂不還。爲傭豈無勞？顧已少外患。終葬烈士旁，高風邈難攀。

法眞後漢書逸民傳：「法眞，字高卿，扶風郿人，南郡太守雄之子也。好學而無常家，博通內外圖典，爲關西大儒。弟子自遠方至者，陳留范冉等數百人。性恬靜寡欲，不交人間事。太守請見之，眞乃幅巾詣謁。太守欲以功曹相屈，眞曰：『以明府見待有禮，故敢自同賓末，若欲吏之，眞將在北山之北、南山之南矣！』太守懼然，不敢復言。辟公府、舉賢良，皆不就。同郡田羽薦眞，帝虛心欲致，前後四徵，終不降屈。友人郭正稱之曰：『法眞名可得聞，身難得而見，逃名而名我隨，避名而名我追。可謂百世之師者矣！』乃共刊石頌之，號曰玄德先生。」

高卿關西儒，好學賤榮祿，閉門不交世，弟子相誦讀。太守者何人，欲以吏見錄。晢在南山南，胡肯勞案牘。連徵終不就，皦皦離垢俗。郭子有頌詞，玄德久愈暴。

韓康後漢書逸民傳：「韓康，字伯休，京兆霸陵人。常採藥名山，賣于長安市，口不二價，三十餘年。時有女子從康買藥，康守價不移，女子怒曰：『公是韓伯休那？乃不二價乎？』康歎曰：『我本欲避名，今小女子皆知有我，何用藥爲？』乃遯入霸陵山中。博士公車連徵不至。桓帝乃備玄纁之禮，以安車聘之。使者奉詔造康，康不得已，乃許諾。辭安車，自乘柴車，冒晨先使者發。至亭，亭長以韓徵君當過，方發人牛修道橋，及見康柴車幅巾，以爲田叟也。使奪其牛，康卽釋駕與之。有頃，使者至，奪牛翁乃徵君也。使者欲奏殺亭長，康曰：『此自老子與之，亭長何罪！』乃止。康因道逃遯，以壽終。」

伯休始賣藥，志將晦當時。如何不二名？乃爲女子知。玄纁強見聘，使至焉得辭！凌晨自先發，不駕安車馳。亭長遠迎候，未識徵君誰。修道奪其牛，解與不復疑。中塗遂長遁，蹤跡竟莫追。乃知超雲驥，塵轡何由羈。

陳留老父後漢書逸民傳：「陳留老父者，不知何許人也。桓帝世，黨錮事起，守外黃令陳留張升，去官歸鄉里，道逢友人，共班草而言。升曰：『吾聞趙殺鳴犢，仲尼臨河而反；覆巢竭淵，龍鳳逝而不至。今宦豎日亂，陷害忠良，賢人君子，其去朝乎？夫德之不建，人之無援，將性命之不免，奈何？』因相抱而泣。老父趨而過之，植其杖，太息言曰：『吁！二大夫何泣之悲也？夫龍不隱鱗，鳳不藏羽，網羅高懸，去將安所？雖泣何及乎？』二人欲與之語，不顧而去，莫知所終。」

漢衰黨獄起，朝柄在刑餘。宋史天文志：「宦者四星，刑餘之臣也。」皇皇外黃令，去官返鄉閭。班草逢故人，涕泣語路隅。邦危德無援，忠良恐遭誅。有叟過其旁，植杖爲踟躕。睠之歎且言，何悲二大夫？鸞鳳不隱羽，安能免罝罦？詩：「肅肅兔罝。」又：「雉離于罦。」說文：「罝，兔罔也。」爾雅：「罦，覆車也。」注：「今之翻車也。有兩轅，中施罥以捕鳥，展轉相解。」欲問不肯顧，飄然邁長途。賢哉此老翁，嗟嗟乃誰歟？

龐公後漢書逸民傳：「龐公者，南郡襄陽人也。居峴山之南，未嘗入城府。夫妻相敬如賓。荆州刺史劉表，數延請不能屈，乃就候之曰：『夫保全一身，孰若保全天下乎？』龐公笑曰：『鴻鵠巢于高林之上，暮而得所棲；黿鼉穴于深淵之下，夕而得所宿。夫趣舍行止，亦人之巢穴也。且各得其棲宿而已，天下非所保也。』因釋耕于壟上，而妻子耘于前。表指而問曰：『先生苦居畎畝而不肯官祿，後世何以遺子孫乎？』龐公曰：『世人皆遺之以危，今獨遺之以安。雖所遺不同，未嘗無所遺也。』表歎息而去。後遂攜其妻子登鹿門山，採藥不反。」

南陽有龍鳳，乘時各飛翻。龐德公傳：「賞器諸葛亮、司馬徽及從子統，嘗云：『孔明臥龍也，士元鳳雛也，德操水鏡也。』」鴻鵠獨深棲，不肯居籠樊。皤皤隴上耕，遠辱刺史軒。豈不念子孫？遺安乃名言。采藥不復返，亭亭空鹿門。一統志：「鹿門山在襄陽城東南。」

漢濱老父後漢書逸民傳：「漢陰老父者，不知何許人也。桓帝延熹中，幸竟陵，過雲夢，臨沔水，百姓莫不觀者。有老父獨耕不輟；尚書郎南陽張溫異之，使問曰：『人皆來觀，老父獨不輟，何也？』老父笑而不對。溫下道百步，自與言。老父曰：『我野人耳！不達斯語，請問天下亂而立天子邪？理而立天子邪？立天子以父天下邪？役天下以奉天子耶？昔聖王宰世，茅茨采椽，而萬人以寧；今子之君，勞人自縱，逸遊無忌，吾爲子羞之，子何忍欲人觀之乎！』溫大慚。問其姓名，不告而去。」

漢濱有老翁，初不語鄉里。天子雲夢遊，盻望臨沔水。居人悉縱觀，翁獨耕不已。郎官下道問，答言野人耳！借問世立君，固將使爲理。奈何從遊佚，勞人奉諸己。尚忍令人觀，吾實爲子恥。忽如驚鴻騫，孰能躡其軌？名姓且莫知，超哉隱君子！

王績新唐書隱逸傳：「王績，字無功，絳州龍門人。性簡放，不喜拜揖。大業中，舉孝悌廉潔，授祕書省正字，不樂在朝，求爲六合丞。以嗜酒不任事。時天下亦亂，因劾，遂解去。歎曰：『羅網在天，吾且安之。』乃還鄉里。有田十六頃在河渚間。仲長子光者，亦隱者也。無妻子，結廬北渚，績愛其眞，徙與相近。子光瘖，未嘗交語，與對酌酒，懽甚。績有奴婢數人，種黍，春秋釀酒，養鳧雁，蒔藥草自供。遊北山東皋，著書自號東皋子。乘牛經酒肆，留或數日。高祖武德初，待詔門下省。故事，官給酒日三升，或問待詔何樂耶？答曰：『良醞可戀耳！』侍中陳叔達聞之，日給一斗。時稱『斗酒學士』。貞觀初，以疾罷，復調有司。

時太樂署史焦革家善釀，績求爲丞，吏部以非流不許。績固請曰：『有深意。』竟除之。革死，妻送酒不絕，歲餘又死。績曰：『天不使我酣美酒耶？』棄官去。自是太樂丞爲清職，追述革酒法爲經。又採杜康、儀狄以來善酒者爲譜。李淳風曰：『君酒家南、董也。』所居東南有盤石，立杜康祠祭之，尊爲師，以革配。著醉鄉記，以次劉伶酒德頌。其飲至五斗不亂，著五斗先生傳。豫知終日，命薄葬，自誌其墓。」

無功始亦仕，季代薦亂屯。投劾乃徑歸，不作嬰網鱗。梁武帝詔：「嬰網陷辟，日夜相尋。」結廬河渚北，喜與瘖士鄰。相逢雖多言，不若無語眞。種黍養鳧雁，逍遙度秋春。乘牛過酒家，留連或經旬。嗜飲豈沈湎？醉鄉可逃身。北門與樂署，新唐書文藝傳元萬頃傳：「武后諷帝召諸儒論撰禁中，朝廷疑議表疏，皆密使參處，以分宰相權，故時謂『北門學士』。」暫屈誠此因。賢哉焦史妻，相饋不厭勤。酣歌自遺世，嵇阮其能倫。晉書：「嵇康，字叔夜，譙國人。阮籍，字嗣宗，陳留人。皆縱酒，與山濤、向秀、劉伶、阮咸、王戎爲竹林七賢。」

朱桃椎新唐書隱逸傳：「朱桃椎，益州成都人，澹泊絕俗，被裘曳索，人莫測其爲。長史竇軌見之，遺以衣服、鹿幘、麂韡，逼署鄉正，委之地，不肯服。更結廬山中。夏則羸，冬緝木皮葉自蔽。贈遺無所受。嘗織十芒屩置道上，見者曰：『居士屩也。』爲鬻米茗易之，置其處，輒取去。終不與人接。其爲屩，草柔細，環結促密，人爭躡之。高士廉爲長史，備禮以請，降階與之語，不答，瞪視而去。士廉拜曰：『祭酒其使我以無事治蜀邪？』乃簡條目，薄賦斂，州大治。屢遣人存問，見輒走林草自匿云。」

祭酒絕俗者，史記荀卿列傳：「齊宣王時，荀卿最爲老師，齊尚修列大夫之缺，而荀卿三爲祭酒焉。」注：「禮，食必祭先，飲酒亦然，必以席中之尊者當祭耳，後因以爲官名。」曳裾復被裘。自匿林莽間，不入成都遊。織屩易米茗，於人又何求？偲偲高長史，延見禮甚修。瞪視雖不言，默教意已周。欲使如曹參，史記曹相國世家贊：「百姓離秦之酷後，參與休息無爲，故天下俱稱其美。」無事治一州。忽去返山谷，避寢安可留！曹相國世家：「聞膠西有蓋公，善治黃、老言，使人厚幣請之。既見，爲言治道『貴清靜而民自定』。參於是避正堂，舍蓋公焉。」

武攸緒新唐書隱逸傳：「武攸緒，則天皇后兄惟良子也。恬淡寡欲，好易、莊周書；少變姓名，賣卜長安市，得錢輒委去。后革命，封安平郡王，從封中岳，固辭官，願隱居。后疑其詐，許之以觀所爲。攸緒廬巖下如素遁者，后遣其兄攸宜敦諭，卒不起，后乃異之。盤桓龍門、少室間，冬蔽茅椒，夏居石室，所賜金銀鐺鬲、野服，王公所遺鹿裘、素障、癭栝，塵皆流積，不御也。俄而諸韋誅，武氏連禍，唯攸緒不及。」

孽后移寶鼎，舊唐書崔融傳：「鑄寶鼎以竊姦，坐明堂而布政。」同姓咸析珪。解嘲：「析人之珪，儋人之爵」。注：「析，分也。」獨去謝親寵，龍門事冥棲。澹泊如素嘗，衣褐復茹藜。賜器不肯御，牀頭委塵泥。族人豈不華？回首已粉虀。苟榮禍必集，達識乃弗迷。蟬蛻衆濁中，史記屈原列傳：「蟬蛻于濁穢，以浮游塵埃之外。」名與嵩高齊。

盧鴻新唐書隱逸傳：「盧鴻，字顥然，其先幽州范陽人，徙洛陽。博學善書籀，廬嵩山。玄宗開元初，備禮徵再，不至。五年，詔曰：『鴻有泰一之道，中庸之德，鈎深詣微，確乎自高。詔書屢下，每輒辭託。使朕虛心引領，于今數年。雖得素履幽人之介，而失考父滋恭之誼。禮有大倫，君臣之義，不可廢也。有司其齎束帛之具，重宣茲旨，想有以翻然易節，副朕意焉。』鴻至東都，謁見不拜。帝召升內殿，置酒，拜諫議大夫，固辭。復下制，許還山。歲給米百斛、絹五十，府縣爲致其家。朝廷得失，其以狀聞。將行，賜隱居服，官營草堂，恩禮殊渥。鴻到山中，廣學廬，聚徒至五百人。及卒，帝賜萬錢，鴻所居室，自號寧極云。」

顥然守泰一，高臥在幽壤。開元始求治，賢哲勞夢想。詔書赴巖扃，宸意勤挹仰。入京遽還山，孰得縻以鞅！天子遂其高，營室致安養。爵祿不可加，貪士應泚顙。

秦系新唐書隱逸傳：「秦系，字公緒，越州會稽人。天寶末，避亂剡溪。北都留守薛兼訓奏爲參軍，不就。客泉州，南安有九日山，大松百餘章，俗傳東晉時所植。系結廬其上，穴石爲研，注老子，彌年不出。刺史薛播數往見之，歲時致羊酒，而系未嘗至城門。與劉長卿善，以詩相贈答。權德輿曰：『長卿自以爲五言長城，系用偏師攻之，雖老益壯。』其後東度秣陵，年八十餘卒。南安人思之，爲立亭，號其山爲高士峯云。」

公緒避時亂，不駕戎府車。孟郊詩：「戎府多秀異。」南安大松間，卜築聊可居。穴石爲巨研，坐衍老氏書。刺史致羊酒，歲時造其廬。不拒亦不謝，偃息每自如。懷道誠可稱，工詩乃其餘。

陸龜蒙新唐書隱逸傳：「陸龜蒙，字魯望，少高放，通六經大義，尤明春秋。舉進士，一不中，往從湖州刺史張搏遊。搏歷湖、蘇二州，辟以自佐。嘗至饒州，三日無所詣，刺史蔡京率官屬就見之。龜蒙不樂，拂衣去。居松江甫里，有田數百畝，屋三十楹。田苦下，雨潦則與江通。故常苦飢，身畚鍤茠刺無休時，或譏其勞。答曰：『堯、舜黴瘠，禹胼胝，彼聖人也。吾一褐衣，敢不勤乎？』初，病酒，再期乃已。其後客至，挈壺置杯，不復飲。不喜與流俗交，雖造門不肯見。不乘馬，升舟設蓬席，齎束書、茶竈、筆牀、釣具往來。時謂江湖散人，或號天隨子、甫里先生，自比涪翁、漁父、江上丈人。」

魯望好任散，心與太古期。俗夫晨叩門，不肯一見之。下田與江通，終歲恆苦飢。茠刺不告勞，唐韻：「茠同薅。」詩：「以薅荼蓼。」常師禹胼胝。酒酣發長歌，猶有憤亂悲。寧不念枯槁，行哉豈其時！

張志和新唐書隱逸傳：「張志和，字子同，婺州金華人。十六擢明經，命待詔翰林，授左金吾衞錄事參軍，以親喪不復仕。居江湖，自稱煙波釣徒，著玄眞子，亦以自號。兄鶴齡爲築室越州東郭，茨以生草，椽棟不施斤斧，豹席椶屩。每垂釣，不設餌，志不在魚也。帝嘗賜奴婢各一，志和配爲夫婦，號漁童、樵青。陸羽嘗問：『孰爲往來者？』對曰：『太虛爲室，明月爲燭，與四海諸公共處，未嘗少別也。何有往來？』顏眞卿爲湖州刺史，志和來謁，眞卿以舟敝漏，請更之。志和曰：『願爲浮家泛宅，往來苕、霅間。』辯捷類如此。善圖山水。酒酣，或擊鼓吹笛，舐筆輒成。嘗撰漁歌，德宗圖其像求之，不能致。李德裕稱爲嚴光之比云。」

超超玄眞子，游浪煙水中。敝舟以爲家，來往無定蹤。自言處太虛，四海長相從。奴婢兩夫婦，耕織粗可供。天子不得見，丹青繪其容。漁歌復識聞，山水邈其重。

吳越紀遊十五首　按：先生自至正戊戌至庚子三年，嘗遊吳、越，因有紀遊詩十五首。朱紹所刻三先生詩集有小序，今補載年譜中戊戌年下。

始發南門晚行道中

歲暮寒亦行，征人有常期。辭我家鄉樂，適彼道路危。酒闌別賓親，驅車出郊歧。我馬力未痡，已越山與陂。回頭望高城，落日雲樹滋。遭亂既少安，謀生復多飢。途逢往來人，孰不爲此驅？〔校記〕「驅」字不叶韻，當作「馳」，大全集正作「馳」。遠遊亦吾志，去矣何勞悲。

渡浙江宿西興民家一統志：「西興驛屬蕭山縣。」

挂帆無天風，到岸日已夕。捨舟理輕裝，欲問古鎮驛。滅滅灘聲迴，莽莽山氣積。僕夫夜畏虎，告我勿遠適。望林投人家，炊黍旋敲石。韋應物詩：「敲石軍中傳夜火。」寒眠多虛警，我體若畏席。誰云別家遙，數日已在客。今宵始驚歎，東西大江隔。

早過蕭山歷白鶴柯亭諸郵水陸路程：「蕭山縣三十里至白鶴舖，又十里至錢清塔。」一統志：「柯亭，在山陰西北，蔡邕避難柯亭，仰見椽竹，知有奇音，取之作笛。」

客起何太早？村荒絕雞鳴。況時江雨晦，不得見啓明。凌兢度高闕，揚雄甘泉賦：「馳閶闔而入淩兢。」注：「淩兢者，言寒涼戰栗之處也。」山空縣無城。隔林聞人呼，已有先我行。側身避徑滑，聚足防厓傾。曲禮：「拾級聚足，連步以上。」衣寒復多風，湉湉〔校記〕詩綜作「聒聒」。遠水聲。千峯霧中過，不識狀與名。嵐開見前郵，始覺歷數程。越禽啼楓篁，冷日傍午晴。煙生沙墟寂，葉落澗寺清。登臨亦可悅，但恨時非平。

次錢清江謁劉寵廟 一統志：「錢清江在紹興府城西，以漢守劉寵一錢事得名。」「劉寵」見卷二野老行。

亭亭樹間祠，落日小江口。停舟拜孤像，開幔蒼鼠走。憶公治邦時，德感山谷叟。臨行謝其饋，清風在茲久。我方東征急，不得奠杯酒。惆悵出煙扉，陳師道詩：「山門開煙扉。」殘村夜聞狗。

登蓬萊閣望雲門秦望諸山 一統志：「蓬萊閣，在紹興府內臥龍山上，五代時錢武肅建。舊說蓬萊山正屬會稽，閣名蓬萊以此。」又：「雲門山在府城南，晉王獻之居此，舊有子敬山亭，永禪師臨書閣。秦望山在府城東南，爲衆峯之標。」史記：「始皇嘗登此以望東海，因名。」

旅思曠然釋，置身蒼林杪。羣山爲誰來？歷歷散清曉。奇姿脫霧雨，奮首爭欲矯。氣通海煙長，色帶州郭小。曲疑藏啼猿，橫恐截歸鳥。流暉互蕩激，下有湖谿繞。佳處未遍經，一覽心頗了。秦皇遺跡泯，晉士流風杳。願探金匱篇，漢書鼂錯傳：「刻于玉版，藏于金匱。」一統志：「紹興府東南有石匱山，形如匱，相傳禹治水畢，藏書于此。」振袂翔塵表。

聞長槍兵至出越城夜投龜山

明史概大政記：「至正十七年，上聞兵大通江，命繆大亨取揚州，元帥張明鑑以長槍軍降。」注：「乙未歲，明鑑聚衆淮西，以青布爲號，名『青軍』，又呼爲『一片瓦』。其黨張監，驍勇善用槍，又號『長槍軍』。黨衆暴悍，由含山轉掠至揚，人皆苦之。時元鎭南王孛羅普花鎭揚州，招降明鑑等，以爲濠泗義兵元帥，駐揚州，分屯守禦。丙申三月，明鑑等逼鎭南王反，不從，逐之，爲趙均用所殺。據城兇暴日甚，日屠城中居民爲食，至是大亨兵至，不能支，遂降焉。」明紀：「至正十六年十二月，長槍軍謝元帥寇廣德，守將鄧愈擊敗之。又十七年，徐達克常州。四月，攻寧國，長槍軍來援，復扼險敗之。」陳善海塘考：「海寧縣塘西南數十里，有赭山，其南有龜山，相對夾爲海門，龜山屬紹興蕭山縣。」

列藩遏戎亂，駐鉞實此州。唐書渾瑊傳：「帝臨軒授鉞。」如何殺大將？王師自相讎。元史邁里古思傳：「邁里古思，寧夏人，至正進士，授紹興路錄事司達魯花赤。苗軍主將楊完者在杭，縱軍抄掠，有至紹興城中强奪人馬者，邁里古思擒斬數人，苗軍乃懼，不敢入境；提兵平處州山賊，擢江東廉訪使司經歷，仍留紹興，民愛之如父母。浙江省臣乃承制授行樞密院判官，分院治紹興。會方國珍遣兵侵紹興屬縣，邁里古思曰：『國珍本海賊，既降爲大官，而復來害吾民，可乎！』欲率兵往問罪，先遣部將黃中取上虞，中還，請益兵。是時朝廷方倚重國珍，資其舟以運糧，而御史大夫拜住哥素通賄賂，情好甚厚。聞邁里古思擅舉兵，卽使人召至私第與計事，命左右以鐵椎撾殺之，斷其首，擲厠溷中。城中民聞之，男女老幼，無不慟哭。中乃率其衆復讎，盡殺其家人，獨留拜住哥不殺，以告張士誠，士誠乃遣其將將兵守紹興。拜住哥尋遷行宣政院使，監察御史眞童糾言：『拜住哥陰害帥臣，宜寘典刑。』于是始削拜住哥官職，安置潮州，而邁里古思之寃始白。」我來亂始定，城郭氣尙愁。又聞有鄰兵，倉卒豈敢留！促還出西門，天寒絕行輈。古戍暗雨雪，旌旗暮悠悠。野屋閉不守，澤田棄誰收？居人且奔逃，遊子安得休？逶迤蒼山去，泱漭玄雲浮。司馬相如上林賦：「過乎泱漭之野。」正韻：「曉色不明之貌。」人虎爭夜行，風榛嘯巖幽。我徒戒相親，一失未易求。飢拾谷口栗，杜甫詩：「盤剝白鴉谷口栗。」寒燒澗中樵。神迷路多迂，再宿達海陬。雖嘗登頓勞，幸免迫辱憂。聖尼畏于匡，嗟我敢有尤？但慚去越早，不遂名山遊。

夜抵江上候船至曉始行

夜辭西陵館，一統志：「蕭山西陵渡，即西興，錢鏐王忌陵字，易名西興。」霜谷猿叫歇。津卒未具舟，天險不可越。漁商雜候渡，寒立沙上月。蒼煙隱遙汀，益覺潮漲闊。開橈散鳧鷺，〔校記〕詩綜作「鶩鳧」。海色曙初發。曨曨前山來，稍稍後嶺沒。中流聞鼓角，新唐書百官志：「節度使入境，州縣築節樓，迎以鼓角，今鼓角樓始此。」隔岸見城闕。客路得奇觀，臨風悶俱豁。

登鳳凰山尋故宮遺跡杭州府志：「山在府城南，南宋建都，嘗環入內苑。」

茲山勢將飛，宮殿壓其上。江潮正東來，朝夕似奔響。當時結構意，欲敵汴都壯。一統志：「宋都于汴。」林夢井遊湖山詩：「直把杭州作汴州。」我來百年後，紫氣愁不王。烏啼壓門空，落葉滿陰障。風悲度遺樂，樹古羅巖仗。行人悼降王，宋史紀事本末：「帝㬎德祐二年春正月，伯顏進次皋亭山，太后遣監察御史楊應奎上傳國璽、降表。」故老怨姦相。賈似道傳：「理宗寵其姊爲貴妃，恃寵不檢，日游妓館，夜遨湖上。上嘗夜憑高望西湖中，燈火異常時，語左右曰：『此必似道也。』度宗三年，除太師平章軍國重事，賜第葛嶺，起樓閣亭榭，取宮人娼尼美色者爲妾，淫樂其中。與羣妾踞地鬭蟋蟀。度宗崩，開督府臨安。至揚州兵潰，罷平章。都督王爚入見太后曰：『本朝權臣稔惡，未有如似道之烈者！縉紳草茅，不知幾疏，皆抑而不行，何以謝天下？』始徙婺州。婺人爲露布逐之；御史孫嶸叟等，以爲罰輕，徙建寧。翁合奏：『建寧故名儒里，三尺童子聞其名皆嘔惡，況見其人乎？』乃謫高州團練使，循州安置。至漳州木棉菴，爲鄭虎臣拉殺。」蒼天何悠悠！未得問興喪。世運今復衰，淒涼一回望。

宿湯氏江樓夜起觀潮

舟師夜驚呼，隔浦亂燈集。潮聲若萬騎，怒奪海門入。初來聽猶遠，忽過顧〔校記〕詩綜作「睇」。無及。震搖高山動，噴灑明月溼。霜風助翻江，蛟龍苦難蟄。應知陰陽氣，高麗舊經：「一晝一夜合陰陽之氣，凡再升降，故一日之間，潮汐皆再焉。」來往此呼吸。李白詩：「呼吸走百川。」登樓覺神壯，憑險方迥立。何處望靈旗？煙中去波急。

過奉口戰場 湖州府志：「德清縣疆域，南至仁和縣界一十五里，以奉口抖門爲界。」

路迴荒山開，如出古塞門。驚沙四邊起，寒日慘欲昏。上有飢鳶聲，下有枯蓬根。白骨橫馬前，貴賤寧復論？不知將軍誰，此地昔戰奔。我欲問路人，前行盡空村。登高望廢壘，鬼結愁雲屯。當時十萬師，覆没能幾存。應有獨老翁，來此哭子孫。年來未休兵，強弱事并吞。功名竟誰成，殺人遍乾坤。媿無拯亂術，佇立空傷魂。

泊德清縣前望金鵞玉塵二峯

湖州府志：「金鵝山在德清縣西南，相傳古有金鵝出沒其處，每或聞其聲，故名。玉塵山在德清縣西，有白石洞。」

歸遠行不緩，頗失眺山水。獨憐茲峯秀，欲去舟且艤。類篇：「附舟着岸也。」層巒迴長谿，日落蒼霧起。寒城動遙炊，晚渡罷孤市。豈唯地景幽，況乃民俗美。牛羊散樹下，曖曖舊墟里。離騷：「時曖曖其將罷兮。」注：「曖曖，昏昧貌。」田畂收穫富，縣靜爭訟止。畏途遇樂境，我意方一喜。嘯歌逐漁翁，暫宿浦煙裏。篠疎風翛翛，月偃波瀰瀰。旅顔在塵中，逢人固多恥。安得託此居，長年息行李。泊宅編：「李、理義通。人將有行，必先治裝。」

舟次敢山阻風累日登近岸荒岡僧舍

一統志：「敢三山，在德清縣東，以山在敢村，故名。」

高岸鳴枯桑，古詩：「枯桑知天風。」湖陰北風厲。寒濤洶我前，幾日不得濟。孤舟恐漂蕩，石根暮牢繫。憂來厭閑臥，近寺聊獨詣。雀飢殘林空，人倦危磴細。年荒無居僧，樹死石門閉。神傷却欲返，微霰灑征袂。窮冬已崢嶸，故國尚迢遞。仰看浮雲馳，東路阻歸計。長歎復何言，吾生信多滯。

過硤石

杭州府志：「海寧縣硤石山，即紫微山也。兩山相峙，中通河流，因名。」

硤石頗奇壯，長河出連山。絕壁兩岸開，行舟過其間。高處誰解登，陰藤裊難攀。旁垂雨痕古，仰露天光慳。不知眞宰意，老子：「有眞宰，足以制萬物。」隨地設險艱。一夫據蜀閣，李白蜀道難：「劍閣崢嶸而崔嵬，一夫當關，萬人莫開。」二世憑秦關。漢書項籍傳：「關中阻山河四塞。」注：「東函谷，南武關，西散關，北蕭關。」賴此非要區，爭奪得少閒。徘徊佇望久，日暮飛雲還。

謁雙廟杭州府志：「許遠，鹽官人。廟在海寧縣西。梁開平二年建。後增祀張巡，號『雙廟』。宋紹興八年，邑人禮部侍郎張九成請于朝，增祀南霽雲、雷萬春、姚誾，詔許之。」

維昔天寶末，君王寵姦虜。新唐書安祿山傳：「時楊貴妃有寵，祿山請爲妃養兒。其拜必先妃而後帝。帝怪之，答曰：『蕃人先母後父。』帝大悅。命與楊銛及三夫人約爲兄弟，爲起第京師。帝登勤政樓，幄坐之，左張金雞大障，前置特榻，詔祿山坐，褰其幄，以示尊寵。太子諫曰：『自古幄坐，非人臣當得；陛下寵祿山過甚，必驕。』帝曰：『胡有異相，我欲厭之。』」雄邊委強兵，通鑑：「天寶元年春正月，以安祿山爲平盧節度使。三載三月，以安祿山兼范陽節度使。六載，兼御史大夫。七載，賜鐵券。九載，賜爵東平郡王。十載，起第親仁坊，兼河東節度使。十三載，加祿山左僕射，爲閑廄羣牧使。」安祿山傳：「祿山已得阿布思衆，則兵雄天下。」遺患同養虎。史記項羽本紀：「項王已約，乃引兵解而東歸。漢欲西歸，張良、陳平說曰：『楚兵罷食盡，今釋弗擊，所謂養虎自遺患也。』」叛聞遽西幸，骨肉棄榛莽。通鑑：「祿山陰蓄異志，殆將十年，以上待之厚，欲俟上晏駕，然後作亂。會楊國忠與祿山不相悅，數以事激之，祿山決意遽反，引兵而南。」又：「天寶十五年六月，哥舒翰及祿山戰于靈寶西原，敗績，上始懼。召宰相謀之，楊國忠首倡幸蜀之策，上然之。乃命龍武大將軍陳玄禮整比六軍，厚賜錢帛，選閑廄馬九萬餘匹；黎明，上獨與貴妃姊妹、皇子、妃、主、皇孫及親近宦官、宮人出延秋門。妃、主、皇孫之在外者，皆委之而去。上至馬嵬驛，將士飢疲，皆憤怒，會吐蕃使者二十餘人遮國忠馬，訴以無食，國忠未及答，軍士追殺之。上杖屨出驛門，慰勞軍士，令收隊，軍士不應。上使高力士問之，玄禮對曰：『國忠謀反，貴妃不宜供奉，願陛下割恩正法。』上不得已，與妃訣，引而去，縊路祠下。輿尸寘驛庭。玄禮等始整部伍爲行計。」安祿山傳：「祿山怨慶宗死，乃取帝近屬自霍國長公主、諸王、妃妾、子孫、姻眘等百餘人害之，以祭慶宗。」河北二十州，義士誰禦侮？兩公起誓衆，慟哭告玄祖。新唐書張巡傳：「天寶十五載正月，賊酋張通晤陷宋、曹等州，譙郡太守楊萬石降賊，逼巡爲長史，使西迎賊軍，巡率吏哭玄元皇帝祠，遂起兵討賊，從者千餘。」橫身遏其衝，江淮保安土。張巡傳：「賊知外援絕，圍益急，衆議東奔。巡、遠議以睢陽，江淮保障也，若棄之，賊乘勝鼓而南，江淮必亡。且帥飢衆，行必不達。」孤城無全堞，百戰霜月苦。張巡傳：「巡與令狐潮及尹子琦大小四百戰，斬將三百，卒十餘萬。」力窮援不來，張巡傳：「御史大夫賀蘭進明，代互節度，屯臨淮。許叔冀、尙衡次彭城。皆觀望莫肯救；巡使霽雲如叔冀請師，不應。遺布數千端，霽雲嫚罵馬上，請決死鬬。叔冀不敢應。巡復遣如臨淮告急，引精騎三十冒圍出，賊萬衆遮之，霽雲左右射，皆披靡。既見進明，進明曰：『睢陽存亡已決，兵出何益？』霽雲曰：『城或未下，如已亡，請以死謝大夫。』進明忌巡聲威，恐成功，無出師意；又愛霽雲壯士，欲留之。爲大饗，樂作，霽雲泣曰：『昨出睢陽時，將士不粒食已彌月，今大夫兵不出，而廣設聲樂，義不忍獨享，雖食，弗下咽。今主將之命不達，霽雲請置一指以示信，歸報中丞也。』因拔佩刀斷指，一座大驚，爲出涕。卒不食去。抽矢回射佛寺浮屠，矢著甎，曰：『吾破賊還，必滅賀蘭，此矢所以志也！』至眞源，李賁遺馬百匹。次寧陵，得城使廉坦兵三千，夜冒圍入，賊覺拒之，且戰且引，兵多死，所至才千人。方大霧，巡聞戰聲曰：『此霽雲等聲也。』乃啓門，驅賊牛數百入，將士相持泣。」嚙齒罵益怒。張巡傳：「城陷，與遠俱執，巡衆見之，起且哭。巡曰：『安之勿怖。死乃命也！』衆不能仰視。子琦謂巡曰：『聞公督戰，大呼輒眥裂血面，嚙齒皆碎，何至是？』答曰：『吾欲氣吞逆賊，顧力屈耳！』子琦怒，以刀抉其口齒，存者三四。巡罵曰：『我爲君父死，爾附賊，乃犬彘也，安得久？』」殘兵日飢疲，張巡傳：「巡士多餓死，存者皆痍傷氣乏。巡出愛妾曰：『諸君經年乏食，而忠義不少衰，吾恨不割肌以啖衆，寧惜一妾而坐視士飢！』乃殺以大饗，坐者皆泣。巡彊令食之；遠亦殺奴僮以哺，卒至羅雀掘鼠，煮鎧弩以食。」秋風仆旗鼓。男兒不生降，一死冠今古。張巡傳：「以刃脅降，巡不屈。又降霽雲，未應，巡呼曰：『南八，男兒死爾！不可爲不義屈。』霽雲笑曰：『欲將有爲也，公知我者，敢不死！』亦不肯降。乃與姚誾、雷萬春等三十六人遇害。」故鄉有遺廟，俗祭巫屢舞。丹青網塵中，爽氣猶可覩！嗟今屬喪亂，戎馬正旁午。韻會：「一縱一横曰旁午，猶言交横也。」臨危肯捐軀，如公未多數。獨立爲悲傷，斜陽下寒楚。高適詩：「寒楚渺千里。」

登海昌城樓望海一統志：「孫吳鹽官，元海寧。」

百川浩皆東，尚書大傳：「百川赴東海。」元氣流不息。梁簡文帝大壑賦：「滔滔不息。」混茫自太古，于此見容德。易林：「海爲水宗，百流歸德。」陸贄論諫：「海之歸水，洪涓必容。」積陰漲玄濤，淮南子：「積陰之氣爲水。」郭璞詩：「黑水鼓玄濤。」萬里失空色。鴻鵠去不窮，魚龍變莫測。朝登茲樓望，動盪豁胸臆。始知滄溟大，外絡九州域。史記孟子列傳：「中國爲赤縣、神州，中國外，如赤縣、神州者九，謂之九州。」曰出水底宮，煙生島中國。寬疑浸天爛，怒欲吹地昃。常時烈風興，海若不受職。六帖：「海若，海神，名天吳。」長隄此宵潰，頻勞負薪塞。史記河渠書：「天子乃使汲仁、郭昌發卒數萬人，塞瓠子決，令羣臣從官自將軍已下，皆負薪窴決河。」況今艱危際，民苦在墊溺。有地不可居，澒洞風塵黑。杜甫詩：「澒洞不可掇。」集韻：「澒洞，相連貌。」安得擊水遊！莊子：「鵬之徙于南溟也，水擊三千里。」圖南附鵬翼。莊子：「背負青天而莫之夭閼者，而後乃今將圖南。」

春日懷十友詩

余司馬堯臣列朝詩傳：「堯臣，字唐卿，永嘉人。早以文學著。客居會稽，越鎮帥院判邁善卿、參政呂珍，羅致幕下，與有保越之功。薦剡交上，無意仕進。於越之桂桐里治圃結茅，署曰『菜薖』。已而入吳，居北郭，與高啓、張羽諸人爲『北郭十友』，即所謂『十才子』也。啓送唐肅序曰：『余世居吳北郭，同里交善者，惟王止仲一人；十餘年來，徐幼文自毘陵、高士敏自河南、唐處敬自會稽、余唐卿自永嘉、張來儀自潯陽，各以故來居吳，而皆與余鄰。于是北郭之文物遂盛矣。』羽續懷友詩序曰：『余在吳城圍中，與余唐卿諸君游，皆落魄不任事，故得留連詩酒。』吳亡之後，與楊基、徐賁同被徵，謫濠。洪武二年放還，授新鄭丞。此見于高啓答詩者也。曰司馬、曰左司，必東越鎮將版授之職銜，今不可考矣。」〔校記〕凡注引

「列朝詩傳」四字各處均空缺，依原刻本墨華池館本補入，下同。又此本凡「列朝詩」、「列朝詩集」、「列朝詩傳」等字，均依別本補。

列戟衛嚴關，應無休沐暇。初學記：「漢律：吏五日得一休沐。言休息以洗沐也。」王維詩：「承明少休沐。」羣英罷追遊，餘香掩空樹。飛花北郭晚。華月南園夜。姑蘇志：「南園在子城西南，有安寧廳、思玄堂，清風、綠波、迎仙等三閣，清漣、湧泉、清暑、碧雲、流杯、沿波、惹雲、白雲等八亭。又有榭亭二，就樹爲棱柱，及迎春、百花等三亭。西池在園廳西，有龜首、旋螺二亭。」續記云：「廣陵王帥吳，治南園，爲島嶼峯巒，出于巧思。錢氏去國，此園不毀。其間臺榭歲久摧圮，今所存之亭，僅有流杯、四照、百花、豐樂、惹雲。每春，縱士女游覽。」清景不能同，蹉跎恐年謝。

張校理羽列朝詩傳：「羽，字來儀，潯陽人。既壯，從其父宦游，泝江踰淛。受易于山陰夏仲善，爲文學歐陽子，縝密婉轉，雖前輩自謂不及也。兵阻不得歸，因僑武林。來吳，喜吳興山水，與徐賁約卜居于戴山之東。元末，授安定書院山長。國初，舉賢良不出，徵起，廷對稱旨，擢太常司丞兼翰林院同掌文淵閣事。十六年，上親稾滁陽王事實，命來儀撰廟碑。當時以大制作推任如此。以事竄嶺表。未半道，召還。抵京信宿，知不免，自投龍江以死。歸葬九里岡。有靜居集。」韓愈送鄭十校理序：「祕書，御府也，天子猶以爲外且遠，不得朝夕視。始更聚書集賢殿，別置校讎官，曰學士、曰校理。校理則用天下之名能文學者，苟在選，不計其秩次，惟所用之。」

端居養恬素，獨詠聖人篇。夕景臨池酌，春寒掩閣眠。芳藥初翻雨，新篠稍披煙。果日虧幽訪，慚余塵務牽。

楊署令基列朝詩傳：「基，字孟載，先世蜀之嘉州人；大父任江左，生于吳中，家天平山南赤城之下。幼穎敏絶人，九歲背誦六經，著書十萬餘言，名曰論鑒。試儀曹不利。會天下亂，歸隱赤山。淮張辟丞相府記室，未幾謝去。又客饒介所。王師下姑蘇，以饒氏客，安置臨濠。旋徙河南。洪武二年放歸，尋起知滎陽，謫居鍾離，閒居秣陵。久之，用薦爲江西行省幕官，坐省臣得罪落職。四年，居句曲山中，六年，又起奉使湖南、廣右。召還，授兵部員外郎，出爲山西按察使。後被讒奪職供役，卒于工所。孟載少負詩名，與高啓、張羽、徐賁爲詩友，人稱『吳中四傑』。所著詩名眉菴集。」

詞苑擅高步，早歲許追隨。屢枉瑤華句，長依瓊樹姿。齋居積沖抱，園賞過芳時。暫闕今朝會，勞人耿耿思。

王隱君行列朝詩傳：「行，字止仲，長洲人。髫時從其父爲閶門南市人市藥，應對如流。迨晚，爲主嫗演說稗官詞話，背誦至數十本。主人翁異之。授魯論，翌日已成誦。乃令遍閱所庋書，年未弱冠，辭去。授徒于城北望齊門。議論踔厲，貫穿古今。家徒壁立，几無留册。詢所學，曰：『得之藥肆翁耳。』張氏據吳，隱居教授。洪武初，郡庠延爲經師，弟子以五經雜進問難，肆應不窮，皆吐舌歎服。晚年謝生徒，居石湖之濱，郡守魏觀徒行訪之，不肯出。」

共此一里居，誰令阻良覿。惆悵步芳園，山櫻還獨摘。風含駐花意，雨散流池跡。尊酒不來同，茲晨端可惜。

呂道士敏列朝詩傳：「敏，字志學，無錫人。元尚胡服，惟道士許深衣幅巾，志學乃易服爲道士。洪武初，爲無錫教諭，十三年，舉人才，王止仲有文贈行。」

同謂在塵境，獨能依道門。園齋坐永日，庭綠靄初繁。觀妙夙有契，韋應物詩：「依僧欲觀妙。」悟靜自無煩。晨策思頻往，謝靈運詩：「晨策尋絕壁。」聆君超世言。

宋軍咨克列朝詩傳：「克，字仲溫，吳人；偉軀幹，博涉書傳，少任俠，擊劍走馬，彈下飛鳥。見天下亂，學握奇陣法，將北走中原，從豪傑計事。道梗，周流無所合。張氏據吳，欲致之，不能得。闔門却埽，工草隸，時賦詩見志。國初，徵爲侍書，出爲鳳翔府同知。家南宮里，高啓作南宮生傳。」說文：「謀事曰咨。」

看花西澗寺，憶子昔同行。蘭入華觴氣，許渾詩：「綺席遞華觴。」波泛綠琴聲。李白詩：「風吹綠琴去。」茲歡隨節逝，離恨坐相嬰。安得重聯騎，射雉出東城。魏志武帝紀注：「太祖才力絕人，嘗于南皮，一日射雉獲三十六頭。」庾信春賦：「協調都尉、射雉中郎。」

徐記室賁列朝詩傳：「賁，字幼文，其先蜀人，由毘陵徙居吳；家城北望齊門外，時稱『十才子』，幼文其一也。工詩，善畫山水。淮張開閫，辟爲屬，與張羽俱避去，之吳興。張居菁山、徐居蜀山，建蜀山精舍。洪武七年，用薦起家，遣廉訪晉、冀。簡其稾，惟紀行詩數首。授給事中，陞廣西參政，河南左布政使。大將軍兵出洮岷，往返中原，訴所司缺犒勞。上以賁迂疎儒者，下獄死。詩名北郭集。」續事始：「漢百官制：諸王、三公及大將軍幕府，皆有記室，掌章表書記文檄。」魏志王粲傳：「太祖並以陳琳、阮瑀爲司空軍謀祭酒，掌記室。」

晨興理櫛罷，禽聲悅淸旭。雨餘嘉樹新，左傳：「季氏有嘉樹，宣子譽之。」色映春塘綠。閱景感幽悰，步陰思往躅。攜手此逍遙，須君慰心曲。

陳孝廉則列朝詩傳：「則字文度，崑山人。洪武六年，以秀才舉，任應天府治中，俄進侍郎戶部。以閱實戶口，謫大同府同知，復遷爲守。則文辭淸麗，元季僦屋授徒，以工詩名于吳下。高啓『北郭十友』之一也。」

徂春易爲感，復此棲孤寂。鶯啼遠林雨，悵望鄉園隔。客舍換衣晨，僧齋聽鐘夕。知君思正紛，雜英共如積。

僧道衍列朝詩傳：「少師釋名道衍，字斯道，族姓姚氏，長洲人。本醫家子，顧少不肯學醫，喜爲儒者之學。至正間，削髮居相城之妙智菴。里中靈應觀道士席應眞者，通兵家言，尤深于機事，公師事之，盡得其學；然深自退藏，人無知者。嘗寓嵩山寺，袁珙見其相而異之曰：『公非常僧，劉秉忠之儔也。』洪武初，以高僧徵。十五年，十王之國，太祖命各選一高僧，公在燕府籍中。住持慶壽寺。靖難兵起，妙識機先，贊助祕密。太宗即位，欲官之，固辭，爲僧錄左善世。立東宮，特授資善大夫，太子少師，復姚姓，賜名廣孝；命蓄髮再三，終不肯。賜兩宮人，不近亦不辭。踰月，乃召還。嘗以賑濟歸吳，徒步閭里，以賜金散之宗黨。永樂六年，來朝北京，仍居慶壽寺。病篤，召諸門人告以去期，斂袂端坐而逝。夏八十有四。追封榮國公，謚恭靖。公居吳，爲高啓『北郭十友』之一。其詩文曰逃虛子集。」

楞伽曾往問，姑蘇志：「楞伽山，一名上方山。」緣澗冒嵐深。殘雪寒山暮，幽扉閉竹林。欲寄棲禪跡，尙違捐俗心。別後空遙念，迢迢雙樹陰。陰鏗巴陵空寺詩：「網交雙樹葉，輪斷七燈輝。」

王徵士彝列朝詩傳：「彝，字常宗，其先蜀人。父官昆山教授，遂遷嘉定，自號嬀蜼子。以布衣召修元史，賜金幣，遣還。又薦入翰林，以母老乞歸。洪武七年，坐太守魏觀事伏法。常宗少孤貧，讀書天台山中，師事王貞文，得蘭谿金文安之傳，其學遠有端緒，有三近齋稿。」

遠客歎留滯，對雨臥閒房。江上歸舟阻，蘼蕪春自芳。微疴偶見侵，勝賞坐成妨。斯章亦何取，持擬釋離腸。

秋懷十首

少時志氣壯，不識秋氣悲。呼儔射鳴雁，深騖東山陂。中年漸多懷，惻惻當此時。登高望原陸，不見車馬馳。思我平生歡，高墳鬱纍纍。世人非羨門，史記封禪書：「羨門子高，燕人，爲方仙道。」誰能久華滋？惟有盈觴酒，可以持自怡。

其二

明月出遠林，流輝鑒牀幃。促促草下蟲，催我索故衣。起歎秋夜長，欲取鳴琴揮。掩抑不成弄，中心復乖違。有懷難自宣，勿謂知音稀。

其三

搴荷荷已老，采蘭蘭亦摧。無由玩芳物，悵望江之隈。木落山更空，猿聲有餘哀。所思去我遠，佳期邈悠哉！被垢尚可滌，抹漆猶難開。盧仝月蝕詩：「其初猶朦朧，既久如抹漆。」我愁亦何來，當秋鬱難裁。棄置勿歎息，多愁損顏衰。

其四

志士憂歲晚，羈人感秋早。騷騷鬢絲垂，索索枯葉槁。誰言衆芳歇，時菊正鮮好。日暮餐其英，離騷：「夕餐秋菊之落英。」聊開我懷抱。貧賤難久居，欲去恐違道。時命恐未通，徜徉以終老。

其五

秋風夜颼颼，秋色日瀟灑。觀人亦心驚，況乃居愁者。塊處厭空宇，韋應物詩：「空宇澹無情。」命駕聊適野。征鴻暮相呼，牛羊亦同下。我居久離羣，憂襟向誰寫！

其六

涼風動幽幔，高堂夜空虛。明燈無與語，聊讀古人書。古人亦何人，使我不得如。棄卷輒還臥，終宵自欷歔。

其七

鳴蟲入我戶，落葉覆我井。何無四方志，戀此一室靜。問途欲晨征，畏踐霜露冷。濁醪幸方熟，夕飲燭可炳。勿憂去日多，但願來日永。不知苦驅馳，孰若長酩酊。晉書山簡傳：「習氏有佳園池，簡每出遊嬉，多之池上，置酒輒醉，名之高陽池。時有童兒歌曰：『山公出何許？往至高陽池。日夕倒載歸，酩酊無所知。』」

其八

弱齡弄篇翰，鮑照擬古詩：「十五諷詩書，篇翰靡不通。」出門結羣賢。俛仰幾何時？已有好新年。歡娛雖常逢，憂患亦屢牽。世故逐人老，髮鬢能久玄？沈思復何爲，省我既往愆。問道行已歇，中途曷歸旋。

其九〔校記〕此首三十家題作「言懷。」

朝遊荒岡陲，暮行空潭側。我非楚大夫，何有憔悴色。屈原漁父詞：「屈原既放，遊于江潭，行吟澤畔，顏色憔悴，形容枯槁。漁父見而問之曰：『子非三閭大夫歟？何故至于斯？』」良辰思遠騁，周道廣且直。我馬力不前，回駕任偃息。踟躕阻修程，〔校記〕詩綜作「竹」，誤。日夕睇西北。苟安非予志，所懼時未識。

其十

弭櫂望江涘，陳子良宿江渚詩：「我行逢日暮，弭櫂莫維舟。」日落青楓林。驚波駛且廣，正韻：「駛，晉史。」玉篇：「疾也。」蕩漾浮雲陰。靡靡皐蘭衰，噰噰渚鴻吟。顧此凜節謝，憂來忽傷心。宋子悲已多，宋玉九辯：「皇天平分四時兮，竊獨悲此凜秋。」又：「悲哉！秋之爲氣也，蕭瑟兮草木搖落而變衰。」潘生歎彌深。文選潘岳有秋興賦。自古有此愁，誰云獨吾今？

出郊抵東屯五首 槎軒集作秋日寓東屯農舍

故鄉一區田，自我先人遺。賴此容我懶，不耕坐待炊。霜露被寒野，屬當斂穫時。年來徵薄入，稅駕宿東陂。今年雖未豐，亦足療我飢。萬鍾知難稱，保此復何辭？

其二

喌喌雞登場，說文：「喌，呼雞，重言之，讀若祝。」秋稼稍〔校記〕詩綜作「恨」。狼藉。疎榆蔭門巷，景晤煙火夕。田家雖作苦，於世寡憂戚。況當收穫景，斗酒復可適。所以沮溺徒，躬耕不辭劇。

其三

我本東皐氓，偶往住州城。茲來臥農舍，頓愜田野情。如魚反故淵，悠然樂其生。臨去謝主媪，漢書高帝紀：「高帝嘗從王媪、武負貰酒，此兩家常折券棄責。」重來自藜羹。我非催租吏，叩門勿相驚。

其四

朝服久已解，儼然山澤臞。史記司馬相如列傳：「列仙之傳居山澤間，形容甚臞。」欲狎林野人，相歡混賢愚。朝來此水濱，高歌步踟躕。忽逢一田父，舍耕拜路隅。疑我是長官，怪我體貌殊。我已忘所有，彼我未忘歟？不能使爭席，莊子：「陽子居遇老子，老子曰：『而睢睢盱盱，而誰與居？太白若辱，盛德若不足。』陽子居蹵然變容曰：『敬聞命矣。』其往也，舍者迎將其家，公執席、妻執巾櫛，舍者避席，煬者避竈；其反也，舍者與之爭席矣。」心愧禦寇徒。莊子：「列禦寇之齊，中道而反，遇伯昏瞀人。伯昏瞀人曰：『奚方而反？』曰：『吾驚焉！』曰：『烏乎驚？』曰：『吾嘗食于十漿而五漿先饋。』伯昏瞀人曰：『若是，汝何爲驚已？』曰：『夫內誠不解，形諜成光以外鎭人心，使人輕乎貴，老而盭其所患，吾是以驚。』」注：「謂人敬己過于他人，所以致患也。」

其五

坐久體不適，卷書出柴關。臨流偶西望，正見秦餘山。姑蘇志：「陽山，一名秦餘杭山。」野淨寒木疎，川長暝禽還。此中忽有得，怡然散襟顔。遂同樵牧歸，歌笑落日間。

高青丘集卷四

五言古詩

感舊酬宋軍咨見寄

「宋軍咨」見卷三懷十友詩。此詩五十韻，大全集中多脫訛，今從鐵網珊瑚補正。

我酒且緩傾，聽君放歌行。君歌意何苦？慷慨陳平生。少爲鬭雞兒，見卷一游俠篇注袁盎傳。鮮裘奪春明。走馬出飛彈，撇捩誇身輕。司空曙杜鵑行：「搶翔撇捩雌隨雄。」氣服諸俠徒，不倚父與兄。落花錦坊南，曹林異景：「裴晉公午橋莊有文杏百株，立碎錦坊。」美人理妝迎。綠雲晚不度，李白詩：「却奏仙歌響綠雲。」樓上鳴瑤箏。酒酣迸五木，五木經：「樗蒱古戲，其投有五，故呼爲五木。以木爲之，因謂之木。今則以牙角，尙飾也。」脫帽呼輸贏。及壯家已破，狂游恥無成。太白犯紫微，天官星占：「太白者，金之精，白帝之子，大將之象也。」晉書天文志：「紫微大帝之座，天子之常居也。」三辰晦光精。金鏡偶淪照，劉峻廣絕交論：「聖人握金鏡，闡風烈。」干戈起紛爭。中原未失鹿，漢書蒯通傳：「秦失其鹿，天下共逐之，高材疾足者先得焉。」東海方横鯨。木華海賦：「魚則横海之鯨。」遂尋鬼谷師，史記蘇秦列傳：「東事師于齊，而習之于鬼谷先生。」從之學言兵。石室得陰符，戰國策：「得太公陰符之謀。」龍虎隨權衡。七書：「六韜：文韜、武韜、龍韜、虎韜、豹韜、犬韜。」業成事燕將，遠戍三關營。後漢書馮衍傳：「上黨有四塞之固，東帶三關，西爲國蔽。」注：「三關：謂上黨、壺口、石陘也。」巖谷雨雪霏，哀獸常夜鳴。撫劍起流涕，軍中未知名。奇勳竟難圖，一作集。迴臨石頭城。見卷二小長干曲。石頭何壯哉！山盤大江横。黄旗歇一作想。王氣，吳書：「陳化使魏，文帝嘲問曰：『吳、魏峙立，誰將平一海內？』對曰：『先哲知命，舊說紫蓋黄旗，運在東南。』」郝天挺鼓吹注：「楚威王以其地有王氣，埋金鎭之，故名金陵。」許渾金陵懷古詩：「玉樹歌殘王氣終，景陽兵合戍樓空。」玉樹沈一作聞。歌聲。見卷二春江花月夜。晚登臨滄觀，一統志：「勞勞亭，在應天府治西南，吳時建，一名臨滄觀。」惻愴懷古情。覽時識禍機，不因憶蓴羹。晉書張翰傳：「齊王冏辟爲大司馬東曹掾。冏時執權，翰見秋風起，思吳中菰菜、蓴羹、鱸魚膾，曰：『人生貴適志，何能羈宦數千里要名爵乎？』遂命駕而歸。」飄然別戎府，溧水〔校記〕列朝詩集作「震澤」。還東征。溧水屬江寧府。戰國策：「伍子胥橐載而出昭關，至于溧水，無以餬其口。」裸衣佐刺船，見卷一空侯引。臨危釋猜萌。歸來訪鄉閭，亂餘掩蓬荆，舊宅人已改，荒池泉尚清。瘦妻倚寒機，正歎伊威盈；詩：「伊威在室。」相迎不相笑，伏雌爲重烹。百里奚歌：「百里奚，五羊皮，臨別時，烹伏雌，炊扊扅。」從兹謝行役，閒園事躬耕。昔同徒步人，十年擁麾旌。隋書音樂志：「鑾軒循轍，麾旌復路。」鴻毛獨未順，王褒頌：「翼乎如鴻毛遇順風。」蹭蹬違霄程。木華海賦：「或乃蹭蹬窮波。」

皮日休悼鶴詩：「鍔籠休礙九霄程。」知音竟爲誰？四海嗟惸惸！齊竽不解奏，韓愈文：「王好竽而子鼓瑟，雖工，其如不好何！」楚璞何由呈？見卷三寓感十八。嬾求薦辟書，傲然揖公卿。衰蕙弔蟋蟀，柔桑喚鸝鶊。閉門節屢變，壯魄空潛驚。顧余雖腐儒，史記黥布列傳：「上折隨何之功，謂何爲腐儒，爲天下安用腐儒？當年亦崢嶸。小將說諸侯，捧槃定從盟。史記平原君列傳：「毛遂按劍而前，楚王唯唯。毛遂謂楚王之左右曰：『取雞狗馬之血來！』毛遂捧銅盤而跪，進之楚王曰：『王當歃血而定從，次者吾君，次者遂。』遂定從于殿上。」大欲干萬乘，獻策登蓬瀛。新唐書褚亮傳：「武德四年，太宗爲天策上將軍，作文學館，收聘賢才，以杜如晦等並以本官爲學士。命閻立本圖畫，使亮爲之贊。題名字爵里，號『十八學士』。是時在選中者，天下所慕向，謂之登瀛洲。」洪瀾阻川途，浮雲蔽天京。顧況詩：「肅肅賓天京。」終焉困澤畔，日暮吟蘺蘅。說文：「江蘺蘼蕪。」玉篇：「蘅，香草也。」離騷：「雜杜蘅與芳芷。」賤貧此時居，復與喪亂幷。何殊九月中，嚴霜折枯莖。頗聞君子心，道窮貴益貞。己志未獲施，安用軒裳榮？劍俠傳：「虬髯謂李靖曰：『妹以天人之姿，蘊不世之藝，從夫之貴，榮及軒裳。』」所以不苟出，出則時當平。今晨喜逢君，有壺對前楹。風日初澹沲，杜甫詩：「春光澹沲秦東亭。」櫻桃作繁英。適意不一醉，屑屑徒悲縈！達人若相遇，大笑絕冠纓。史記滑稽列傳：「淳于髡仰天大笑，冠纓索絕。」

蕭鍊師鷹窠頂丹房

沈季友檇李詩繫考：「鷹窠山在海鹽縣南，前臨澉湖，後枕大海，上有菴曰雲岫。」

人間不可住，混濁同腐腥。一落三十年，塵夢無由醒。稍聞方士說，恍惚通仙靈。羨門與偓佺，「羨門」見卷三秋懷。搜神記：「偓佺者，槐山採藥父也，好食松實，能飛行逮走馬。」相期餌芝苓。抱朴子：「華芝，赤蓋白莖，上有兩葉三實，服之長生。」神仙傳：「黃初起棄妻子，就初平學。共服松脂茯苓，至五百歲，能坐在立亡，行于日中無影。」自顧眞病鶴，秋風墮疎翎。碧海不得渡，煙霧愁冥冥。師從天姥來，方輿勝覽：「台州有天姥山。」身佩豁落經。李白訪道安陵詩：「七元洞豁落。」注：「按筆乃書豁落者，道家所謂豁落斗也。」按：「雲素紫文，有豁落流金之章。」不邀五利寵，史記孝武本紀：「天子見欒大，大悅。先驗小方，鬬棋，棋自相觸擊，乃拜爲五利將軍。」深棲鍊神形。東觀鷹窠峯，中天插孤青。其下吐浴日，檇李詩繫考：「十月一日，山頂觀日月並出，謂之合璧。」其高望飛星。昔有學道侶，檇李詩繫傳：「紫霄眞人譚峭，少好道，游名山，得辟穀養氣之術。飲酒醉，扶杖獨游。夏則服烏裘，冬則衣絺布衫，或臥風雪中。嘗著化書，授宋齊丘序，丘欲竊爲己有，醉縫革囊中，投之江。金山漁者得而剖之，見峭方醒，張目曰：『齊丘奪我化書，今盛行矣。』後住廬山棲隱洞。李後主累辟至建康，賜號紫霄眞人，又居南岳鍊丹，丹成，入青城山化去。海鹽有譚仙嶺，相傳是其採藥得道處。」井臼遺巖扃。愛茲絕俗地，遂爾留軒軿。釋名：「軿，屏也。四面屏蔽。軿同。」太鼎生紫煙，丹成衞天丁。雲笈七籤：「仙眞列侍，神丁衞軒。」金骨坐可蛻，李白感興詩：「西山玉童子，使我鍊金骨。」神仙傳：「王方平死三日，夜忽失其屍。衣冠不解，如蛇蛻耳。」騎龍駕風霆。集仙錄：「天使降時，鸞鶴千萬，衆仙畢集。高者乘鸞，次乘麒麟，次乘龍。」

積水浮方壺，見卷一將進酒。東望類點萍。紫臺白玉榜，恨賦：「紫臺稍遠。」王勃白鶴寺碑：「玉榜晨舒。」中有眞人庭。飛游願從師，往讀新宮銘。蘇軾游羅浮山詩：「羣仙正草新宮銘。」注：「有夢書新宮銘者，云紫陽眞人山玄卿撰。」

隨月圖　南史：「齊江泌，隨月讀書，月光斜則握書升屋。」

空齋無短檠，愁度新涼夜。青天素娥出，李商隱詩：「青女素娥俱耐冷，月中霜裏鬬嬋娟。」餘輝獨堪借。達曙願徘徊，莫逐秋河下。

映雪圖　南史：「梁孫康，家貧無油，常冬月映雪讀書。」

簷雪不能埽，留映寒窗白。書字細如蠅，坐看還歷歷。華燈照歌帳，事文類聚：「陶穀得党家姬，冬日取雪水煎茶，謂姬曰：『党家識此風味否？』姬曰：『彼粗人，安得此？但能銷金帳底，淺斟低唱，飲羊羔美酒耳。』」誰似南鄰客？

顧榮廟　幷引

晉侍中顧彥先，有墓幷祠，在長洲之東；久而廢爲淫祀；縣令周君復之，爲賦是詩。

軍司吳國秀，晉書顧榮傳：「元帝鎭江東，以榮爲軍司，加散騎常侍，凡所謀畫，皆以諮焉。」機神夙超朗。顧榮傳：「榮機神朗悟。」弱冠遊洛師，已蒙南金賞。晉書薛兼傳：「兼少與紀瞻、閔鴻、顧榮、賀循齊名，號爲『五儁』。初入洛，司空張華見而奇之，曰：皆南金也。」崎嶇諸王幕，顧榮傳：「趙王倫篡位，以榮爲長史。及倫敗，榮被執，將誅；因嘗啗執炙者爲督率，遂救之。齊王冏召爲大司馬主簿，冏擅權驕恣，榮懼禍，終日昏酣，不綜府事。及冏誅，長沙王乂爲驃騎，復以榮爲長史。乂敗，轉成都王穎丞相從事。帝西遷長安，徵爲散騎常侍，以世亂不應，遂還吳。」沉湎務遵養。顧榮傳：「恒縱酒酣暢，謂友人張翰曰：『惟酒可以忘憂，但無如作病何耳！』冏以爲中書侍郎，在職不復飲酒，人或問之曰：『何前醉而後醒耶？』榮懼罪，乃復更飲。」詩：「遵養時晦。」中罹廣陵覬，計服匪誠枉。風雲一揮扇，義旅臻同響。事成恥言勳，飄然理歸鞅。顧榮傳：「東海王越，聚兵于徐州，以榮爲軍諮祭酒。屬廣陵相陳敏反，南渡江，逐刺史劉機、丹陽內史王曠，阻兵據州，分置子弟爲列郡；收禮豪傑，有孫氏鼎峙之勢，假榮丹陽內史。榮與周玘、甘卓、紀瞻潛謀起兵攻敏。榮廢橋斂舟于南岸，敏率萬餘人出，不獲濟。榮揮以羽扇，其衆潰散，事平，還吳。」

〔校記〕「廢」，原作「發」，據晉書顧榮傳改。晉社始東遷，羣賢悉收奬。顧榮傳：「元帝鎭江東，榮言陸士光、甘季思、殷慶元、榮族兄公讓、會稽楊彥明、謝行言、賀生、陶恭兄弟諸人，皆南金也。書奏，皆納之。」道謁眞感會，謝翺邸吏謁故主曲：「道謁凄涼惟故吏。」矯翼丹霄上。德聞一代稱，顧榮傳：「吳郡內史殷浩牋曰：『故散騎常侍安東軍司嘉興伯顧榮，經德體道，謀猷弘遠。忠貞之節，在困彌厲；每惟社稷，發憤慷慨；密結腹心，同謀致討，信著羣士，名冠東夏。德聲所振，莫不響應。榮躬當矢石，爲衆率先；歷年逋寇，一朝土崩。兵不血刃，蕩平六州。勳茂上代，義彰天下。』」〔校記〕殷浩，晉書顧榮傳作殷祐。跡泯千齡往。時屯乏良佐，英謨益堪想。墳祠託荒郊，蕭條並榛莽。蕘童侵雨隧，洪邁文：「芻童牧豎。」淫巫鬮塵幌。大夫過停轅，式瞻爲舍愴。衣冠復故貌，筵几陳新享。寡劣忝鄉人，因歌表遐仰。

停君白玉巵

停君白玉巵，聽我前致辭：家本吳門市，英風慕要離。吳越春秋：「要離，吳人，闔廬憚慶忌在鄰國，有萬人之勇，恐合諸侯以害吳。伍子胥進要離。要離乃詐得罪出奔，吳王取其妻焚棄于市。要離遂如衛，見慶忌曰：『闔閭無道，王子所知，今戮吾妻子，焚之于市，無罪見誅。吳國之事，吾知其情，願因王子之勇，闔閭可得也。』慶忌信其謀，練士卒，遂之吳。將渡江，于中流，要離力微，坐慶忌上風，因風勢以矛鉤其冠，順風而刺慶忌。慶忌顧而揮之，三捽其頭于水中，乃加于膝上曰：『天下之勇士也！乃敢加兵于我。』左右欲殺之，慶忌止之曰：『豈可一日而殺天下勇士二人哉！可令還吳，以旌其忠。』于是慶忌死。要離渡江，愍然不行。謂從者曰：『殺吾妻子以事吾君，非仁也。爲新君而殺故君之子，非義也。』乃自斷手足，伏劍而死。」少年貧無行，鄉里不相推。喜過毛公舍，史記信陵君列傳：「公子聞趙有處士毛公，藏于博徒，薛公藏于賣漿家，乃閒步從兩人游甚歡。」懶下董子帷。漢書：「董仲舒爲博士，下帷講誦，三年不窺園。」偶從岸頭侯，漢書：「張次公勇悍，從軍深入有功，封岸頭侯。」跨鞍赴邊陲。欲邀深入動，史記李將軍列傳：「李陵善射，愛士卒。天子以爲李氏世將，而使將八百騎。嘗深入匈奴二千餘里，過居延，視地形，無所見而還。」終然計無奇。歸來冠側注，史記酈生陸賈列傳：「沛公引兵過陳留，酈生踵軍門上謁，使者入通。沛公曰：『何如人也？』曰：『狀貌類大儒，衣儒衣，冠側注。』沛公曰：『爲我謝之，言我方以天下爲事，未暇見儒人也。』」注：「側注冠一名高山冠，齊王所服，以賜謁者。」始學窺書詩。稍通鄒魯生，庾信哀江南賦：「里爲冠蓋，門成鄒、魯。」盡謝燕趙兒。韓愈送董邵南序：「燕、趙古稱多感慨悲歌之士。」焉知事益謬，空言竟難施。布衣走路旁，但爲衆所嗤。廷中忌賈誼，見卷一放歌行。門下誣張儀。史記張儀列傳：「嘗從楚相飲，已而楚相亡璧，門下意張儀，曰：『儀貧無行，必此盜相君之璧。』共執張儀，掠笞數百，不服。醳之。其妻曰：『嘻！子毋讀書游說，安得此辱乎？』張儀謂其妻曰：『視吾舌尙在不？』其妻笑曰：『舌在也。』儀曰：『足矣！』」二子豈不辯，未能免讒疑。嗚呼今之人，孰解容不羈？我將棄浮名，垂釣東海湄。長笑調魯連，史記魯仲連列傳：「魯連逃隱于海上曰：『吾富貴而屈于人，寧貧賤而輕世肆志焉。』」高歌酌安期。漢書郊祀志：「李少君曰：『臣嘗游海上見安期生。安期生食臣棗，大如瓜。安期生仙者，通蓬萊中，合則見，不合則隱。』」曹唐小游仙詩：「侍女親擎玉酒巵，滿巵傾酒勸安期。」素心儻有合，豈要餘子知。

讀史

周衰禮樂廢，大道成榛菅。韓愈詩：「豈料幽桂遺榛菅。」嬴秦任商君，王制欲盡删。史記商君列傳：

「集小都鄉邑聚爲縣，置令丞，凡三十一縣，爲田開阡陌封疆。」厚賦山澤空，亟戰原野殷。左傳成二年：「左輪朱殷。」杜注：「血色久則殷。」頹波自茲靡，千秋去無還。誰云重華駕，邈矣難仰攀。於焉誦其書，如造揖讓班。安得鳳凰鳥，飛下浮雲間。

雜詩 槎軒集作「春日言懷」

朝臨高堂上，俯視崇岡下。春暉何悠悠，清川自東瀉。陽和發卉物，時澤均播灑。如何及芳辰，蕭條但空野。願言釋拘局，人物志：「清介廉潔，節在儉固，失在拘局。」登高騁吾馬。曠途不見人，憂心何由寫？興謝固其常，吾將尤誰者？

池上雁

野性不受畜，逍遙戀江渚。冥飛惜未高，偶爲弋者取。揚子法言：「鴻飛冥冥，弋者其何慕焉。」幸來君園中，華沼得遊處。雖蒙惠養恩，飽飼貸庖煮。終焉懷慚驚，不復少容與。江淹采菱詩：「秋日心容與。」耿耿宵光遲，摵摵寒響聚。六書故：「摵摵借以狀落葉之聲。」杜甫詩：「蕭摵寒蘀聚。」正韻：「蕭摵即蕭瑟也，古借用瑟字，瑟瑟即摵摵也。」風露秋叢陰，孤宿斂殘羽。豈無鳧與鶩？相顧非舊侶。朔漠饒燕雲，夢澤多楚雨。書：「雲土夢作乂。」傳：「雲夢之澤在江南。」遐鄉萬里外，哀鳴每延佇。猶懷主恩深，未忍輕遠舉。儻令寄邊音，中報聊自許。漢書蘇武傳：「常惠教使者言，天子射上林中得雁足有繫帛書，言武等在某澤中。」輟耕錄：『零落風高恣所如，歸期回首是春初。上林天子援弓繳，窮海纍臣有帛書。中統十五年九月一日放雁，獲者勿殺。國信大使郝經書于眞州忠勇軍營新館，親繫雁足而縱之。』虞人獲之苑中，以聞。上惻然，遂進師南伐。越二年，宋亡。至今祕監帛書尙存。」

題綠綺軒

古琴疏：「司馬相如作玉如意賦。梁王悅之，賜以綠綺之琴。軒以此名。」

幽抱時欲寫，帷中有鳴絃。一彈落一葉，庭樹坐蕭然。寂寂山水夜，迢迢河漢天。憶聽鳥啼起，南軒人未眠。

答張山人憲

列朝詩傳：「張憲，字思廉，山陰人。負才不羈，薄游四方，誓不娶，不歸鄉里。嘗走京師，創言天下事，衆駭其狂。還入富春山中，混緇黃以自放。一日，升高望遠，呼所親曰：『亟去！』三日而逃寇猝至，兵死五百餘家，始悔不用生言。淮張據吳，禮致爲樞密院都事。吳亡，變姓名走杭州，寄食報國寺；旦暮手一編，人不得窺。死後視之，其生平所作詩也。」

聽君辛苦詞，戎昱詩：「且莫奏短歌，聽我辛苦詞。」感我艱難情。百年自有爲，安用文章名？

雞鳴海光動，車馬塵滿城。相逢無新舊，言合意自傾。奉觴置君前，長歌發哀聲。時乎苟未得，飲此全其生。

澄景閣夜宴

王孫喜留宴，開閣望明河。歐陽修秋聲賦：「星月皎潔，明河在天。」是夕月微暈，涼風池上多。棲禽翻暗叢，駭魚動圓波。淸景厭絲竹，雅咏答高歌。尊酌願勿間，良宵易蹉跎！預憂別在旦，車馬層城阿。

贈馬冠軍

史記項羽本紀：「宋義號爲卿子冠軍。」注：「卿子，猶言公子；上將軍，故言冠軍。」

一騎東方來，相逢新豐市。見卷一放歌行。自言讀父書，史記廉頗藺相如列傳：「趙括徒能讀其父書傳，不知合變。」出身良家子。李將軍列傳：「廣以良家子從軍擊胡。」名在佽飛籍，漢書宣帝紀：「發應募佽飛射士詣金城。」注：「呂氏春秋：荆有茲非，得寶劍于干將。渡江，中流兩蛟夾船，茲非拔寶劍赴江刺兩蛟殺之，荆王聞之，仕以執珪。後世以爲勇力之官。茲、佽音相近。」臣瓚注：「本秦左弋官也，武帝改爲佽飛。」蘭纓懸鹿盧。李賀申胡子觱篥歌：「朔客騎白馬，劍弝懸蘭纓。」曾爲魏其客，見卷一結客少年場。不作平陽奴。見卷一行路難。欲行渡狠河，李嶠文：「遼東壯傑，名蓋于狼河。」直擒射雕將。見卷一將軍行。壯志忽蹉跎，秋風臥孤帳。解裝出我筑，歌作變徵聲。見卷二擊筑吟。壚頭落日在，歌罷酒再行。相君本鳶肩，唐書馬周傳：「岑文本謂所親曰：『馬君鳶肩火色，騰上必速，恐不能久。』」後漢書：「梁冀鳶肩。」注：「鳶肩，上竦也。」豈是沈淪者。我亦方薄遊，低頭向人下。有志事竟成，後漢書：「光武勞耿弇曰：『將軍前在南陽，建此大策，常以爲落落難合，有志者事竟成也。』」古人不欺余。留將一白羽，國語：「吳王陳士卒萬人，以爲方陳，皆白常白旟，素甲白羽之矰，望之如荼。」注：「矰，矢名，以白羽爲衞。」待射魯連書。史記魯仲連列傳：「齊田單攻聊城歲餘，士卒多死，而聊城不下。魯連乃爲書，約之矢以射城中，遺燕將。燕將見魯連書，泣三日自殺。」李白詩：「仍留一隻箭，未射魯連書。」

送劉明府

容齋隨筆：「唐呼縣令爲明府，丞爲贊府，尉爲少府。」

賤士寡諧世，放居江海邊。朋儔漸乖睽，憔悴不自妍。顧影鮮歡趣，惡離倍當年。他人亦以悲，況復如子賢。荒途風霜交，歲晏增慨然。亂雀噪叢棘，驚鴻逝長天。斗酒豈足陳，薄意聊以宣。出處道既殊，不得長周旋。誰謂非遐方，浮雲阻山川。何以慰飢渴，令名期可傳。

暮歸

朝出雞始啼，暮歸烏欲棲。我身本無役，胡爲亦東西？徒步二十年，風埃面空黧。戰國策：「面目黧黑。」入門聞鄰杵，秋氣凛以淒。芙蓉墜古沼，絡緯鳴中閨。古今注：「莎雞有青褐兩種：一名校雞、一名絡緯，以其聲如紡績織緯也。一名促寒娘。」李白詩：「絡緯秋啼金井闌。」有無了不問，歌吟夜燈低。富貴固有日，我志焉能迷。笑向細君道：漢書東方朔傳：「拔劍割肉，亦何壯也？歸遺細君，又何仁也？」勿爲翁子妻。漢書朱買臣傳：「買臣，字翁子，吳人也。家貧，好讀書，不治產業，常艾薪樵，賣以給食。擔束薪，行且誦書，其妻亦負戴相隨，數止買臣毋歌謳道中，買臣愈益疾歌。妻羞之，求去。買臣笑曰：『我年五十當富貴，今已四十餘矣。汝苦日久，待我富貴，報汝功。』妻恚怒曰：『如公等，終餓死溝中耳！何能富貴？』買臣不能留，即聽去。」

澹室爲吳君賦

素士脫紈綺，澹然怡道心。窮廬車馬絕，寒鳥下庭陰。酒外寡眞趣，琴中多古音。黃庭堅詩：「彈琴聞古音。」閉門三日臥，風雪滿城深。皇甫曾詩：「袁公方臥雪，尺素及柴荆。」

空明道人詩

我聞赤城東，一統志：「台州府，梁名赤城。又赤城山在天台山，石皆赤色，壁立如城。孫綽賦『赤城霞起以建標』即此。道書第六洞天。」仙嶠名委羽。一統志：「委羽山在黃巖縣南一十里，山東北有洞，世傳仙人劉奉林于此控鶴輕舉，鶴嘗墜翮，故名。道書爲第二洞天。號大有空明之地。」煙霞閉深洞，絕壁飛玉鼠。李白詩序：「荆州玉泉寺山洞，白蝙蝠大如鴉，名仙鼠，千歲體白如雪。」又詩：「仙鼠如白鴉，倒挂青溪月。」空明中有天，日月照瓊宇。昔人鍊丹成，自駕黄鶴舉。陳翁夙慕道，棲此求眞侶。玄文夜長披，靈藥朝每茹。石室人不來，閒眠青蘿雨。於今定非死，飛遊去何許？海上幾秋風，誰傳令威語？洞仙傳：「丁令威者，遼東人，少隨師學得仙道，分身任意所欲。嘗暫歸，化爲白鶴，集郡城門華表柱頭，言曰：『我是丁令威，去家千載今來歸。城郭如舊人民非，何不學仙冢纍纍！』」

九日無酒步至西汀閒眺

高天無游氛，秋氣自激肅。離居時節變，霜降未授服。蕭條野田間，晨步聊遠矚：悠悠寒川駃，尸子：「黄河龍門，駃流如竹箭。」靡靡晴巒矗。司馬相如上林賦：「崇山矗矗。」菊叢有淸香，木葉無故綠。親朋去我遠，登高且連躅。孤懷誰知音？惆悵臨水曲。名酒不可尋，歸來掩茅屋。

題倪雲林所畫義興山水圖

列朝詩傳：「倪瓚，字元鎭，號雲林，無錫人。其先以貲雄一郡。元鎭不事生產，強學好修。所居有閣，名淸閟，藏書數千卷，手自勘定。性好潔，盥類易水，冠服振拂，日以數十計；齋居前後樹石頻煩洗拭，見俗士避去如恐浼。至正初，天下無事，忽盡鬻其家產，得錢盡推與知舊，人皆竊笑。及兵興，富豪盡被剽掠，元鎭扁舟箬笠，往來湖、泖間，人始服其前識也。洪武七年，元鎮年七十有四，始還鄉里，寓其姻鄒惟高家，遂死鄒氏。」一統志：「常州府宜興縣，秦陽羨，晉義興。」

嘗啜陽羨茗，一統志：「宜興銅官山，即古陽羨，其地産茶。」茶譜：「唐茶品以陽羨爲上，建溪、北苑未著也。」盧仝詩：「天子未嘗陽羨茶，百草未敢先開花。」不遊陽羨山。銅官結秀色，一統志：「池州銅官冶，南唐置銅陵縣，與常州形勢岡阜相屬，林麓鬱然。」李白銅官山醉後詩：「我愛銅官樂，千年未擬還。」都在畫圖間。樊川醉遊處，杜牧樊川集：「李侍郎于陽羨富有泉石，牧亦于陽羨粗有薄產。」水榭依沙樹。一統志：「荆溪北有水榭，唐杜牧嘗寓此，有詩云：『一壑風煙陽羨里，解龜歸去路非賒。』」雲入縣城來，谿流太湖去。一統志：「宜興縣有百瀆，昔人以荆溪居數郡下流，於太湖口疏百派以分其勢，又開横塘貫之，導荆溪下入太湖。」我愛雲林生，高歌無俗情。石庭梅欲發，須放酒船行。李白詩：「稽山無賀老，却棹酒船回。」

錢孝子廬墓 原注：「錢吳越忠孝王之後也。」

颯颯黄竹嶺，蕭蕭白楊村。古詩：「白楊多悲風，蕭蕭愁殺人。」行人亦悲哀，何況父母恩。不忍返華屋，結廬傍孤墳。啼猿應哭聲，日暮空山昏。無鄰與誰語，獨宿傷精神。仰聞松柏吟，俛見狐兔奔。淚灑墓前草，當春死芳根。至性有如斯，不愧忠孝門。萬姓譜：「錢端禮，俶六世孫。祖景臻，尚仁宗公主。父忱，高宗時拜檢校少保，嘗御書『忠孝之家』四字。端禮嘉定初爲左丞相。」

送蜀山人歸吳興兼簡菁山靜者 蜀山人，徐賁；菁山靜者，張羽。見卷三懷十友詩。

南浦無碧草，江淹別賦：「送君南浦，傷如之何？」征鴻晨稍飛。何當杪秋節，臨水送將歸。既來不能淹，君心應好違。惻惻袂始判，遙遙帆已微。天高桂樹落，見卷二待月詞。人在山中稀。還尋同袍者，更製薜蘿衣。孟浩然詩：「雲山從此別，淚溼薜蘿衣。」

幼文約余與止仲同宿士明鶴瓢山房爲試茶之會余既入郭而幼文已歸山中士明亦往海上止仲復以事不赴士明姪元修留余夜話因賦是詩以書耿耿 幼文、止仲俱見卷三懷十友詩。王行鶴瓢山房記：「吳城東北有老氏之居曰寧眞。主者李君，名睿，字士明，清愼好學。其祖閒翁，時開堂館，其徒之四方至者，戶外之屨恆數十兩。有黃老師者，自蜀之青城山來，道氣崛峭，一堂盡傾。君遇之殊謹，居數月告去。君以爲學之要叩之，黃歎曰：『子誠志於道耶！』因語之云云。暨出一瓢曰：『是從我幾百年，行地萬餘里，今以遺汝。見是如見我也。勉之！』君敬愛焉。瓢形類鶴，遂以鶴名之。幷題其室曰鶴瓢山房，仍以自號，尊信黃師之意也。」

道人出未歸，高士來復去。試茗失幽期，陸游詩：「試茗初看白乳新。」寒齋成獨住。冰生洗藥池，趙師秀詩：「雲覆燒丹竈，花浮洗藥泉。」風動懸瓢樹。逸士傳：「許由手捧水飲，人遺一瓢，飲訖挂木上，風吹有聲，由以爲煩，去之。」錢起謁許由廟詩：「松上挂瓢枝幾變，石間洗耳水空流。」賴有阿咸賢，晉書阮籍傳：「咸字仲容，與叔父籍爲竹林之遊。」杜甫詩：「守歲阿咸家，椒盤已頌花。」玄談到天曙。李白詩：「清論既抵掌，玄談又絕倒。」

晚憩靈鷲院池上 姑蘇志：「靈鷲教寺在城東北隅。」

微雨過祇樹，經律異相云：「須達多長者白佛言：『弟子欲營精舍，請佛住，惟有祇陀太子園，廣八十頃，林木鬱茂可居。』白太子，太子戲曰：『滿以金布，便當相與。』長者出金布八十頃，精舍告成，凡千三百區，故曰祇樹給孤獨園。」寺齋涼已多。臨池一就盥，搖動滿池荷。風後扇力輕，煙中爐氣和。慚非許玄度，吟臥每來過。續晉陽秋：「許詢，字玄度，高陽人。風情簡素。劉眞長說其情旨及襟懷之咏，每曰：『清風明月，恨無玄度。』」晉書謝安傳：「寓居會稽，與王羲之及高陽許詢、桑門支遁游處。」

贈談鬼谷數瞽師金松隱 王行贈金松隱序：「海虞有瞽丈夫曰金君松隱，其術甚驗，士大夫咸稱道之。」

我聞鬼谷子，乃是古仙眞。避世青谿中，琴書：「蔡邕，嘉平初入青溪，訪鬼谷先生所居，山有五曲，曲製一弄。」不汙戰國塵。著書十三章，隋書經籍志：「鬼谷子三卷，皇甫謐注。」當年授儀秦。二子不善用，竟皆殺其身。史記蘇秦列傳：「齊大夫多與蘇秦爭寵，使人刺死。」張儀列傳：「張儀相魏一年，卒于魏。」瞽師得異傳，相去逾千春。不爲縱橫說，論衡：「蘇秦、張儀從横，習之鬼谷先生。」談數妙入神。往年客南都，蓬門集朱輪。下簾論玄理，漢書王吉貢禹傳序：「嚴君平卜筮于成都市，裁日閱數人，得百錢足自養，則閉肆下簾而授老子。」驚動金陵人。歸來隱虞山，繞廬樹松筠。誰言目無覩，內照靈光新。緬思大化根，雲笈七籤：「不名之名，亡功之功，化之根也。」生此下土民。起滅千萬途，孰能究其因。或愚騁結駟，史記仲尼弟子列傳：「子貢相衛而結駟連騎，排藜藿，入窮閻。」或賢被懸鶉。孫卿子：「子夏家貧，衣若懸鶉。」命也可奈何！天道誰疎親？世事愼〔校記〕詩綜作「昧」。守常，毋使徒紛綸。

贈惠山醫僧東山

一統志：「慧山屬無錫縣，舊名九龍山。」

九峰聚錫麓，一水回梁谿。一統志：「梁谿，源出慧山，梁時重濬，故名。」之子修淨業，長年此幽棲。曲彈白雪妙，宋玉對楚王問：「其爲陽春、白雪，國中屬而和者數十人。」詩吟碧雲低。江淹詩：「日暮碧雲合，佳人殊未來。」況有醫龍方，仙傳拾遺：「開元中，孫思邈隱終南山，與宣律師相接，每來往參請宗旨。時大旱，西域僧請于昆明池結壇祈雨，凡七日，縮水數尺。忽有老人夜詣宣律師求救曰：『弟子昆明池龍也，無雨時久，匪由弟子；胡僧利弟子腦，將爲藥，欺天子言祈雨。命在旦夕，乞和尚法力救護。』宣公辭曰：『貧道持律而已，可求孫先生。』老人因至，思邈謂曰：『我知昆明龍宮有仙方三十首，若能示予，予將救汝。』老人曰：『此方上帝不許妄傳，今急矣！固無所恡。』有頃，捧方而至。思邈曰：『爾但還，無慮胡僧也。』自是池水忽漲，數日溢岸，胡僧羞恚而死。」丹成重刀圭。神仙傳：「沈羲，吳郡人。學道于蜀，老君使玉女持金案玉杯盛藥賜羲曰：『此是神丹，飲者不死，夫婦各一刀圭。』」本草綱目序例：「丸散云刀圭者，十分方寸匕之一，准如梧桐子大。方寸匕者，作匕正方一寸，抄散不落爲度。」庾信詩：「量藥用刀圭。」採藥夜歸院，蘿月照澗西。扁舟欲相訪，愁作武陵迷。陶潛桃花源記：「晉太元中，武陵人捕魚，緣溪行，逢桃花林，夾岸數百步，便得一山。山有小口，舍舟從口入，男女衣著，悉如外人。自云避秦來此，不復出焉。停數日，辭去。太守遣人尋向所誌，迷不復得路。」

嫣雒太史自海上入郭因得追游以敍舊好今日風雨偶闕晤言棲居早寒懷人尤甚想孤寓僧林同此岑寂也賦是以寄瞻戀之意

嫣雒太史，王彝。見卷三懷十友詩。

良辰曠淸晤，窮年秉離憂。倏來自海壖，史記河渠書「故盡河壖」注：「岸邊地也。與堧通。」諧我心所求。不殊雲中雁，和鳴得其儔。宴閣既連席，行塘復同舟。坐聆金玉篇，韋應物詩：「覽君金玉篇，彩色發我容。」鄙拙何以酬？風雨戒茲日，居然阻從遊。祇園念孤寓，見上晚憩靈鷲院。微瘵苦未瘳。落葉驚早寒，誰當慰淹留？朋來不我館，願已良有由。徒茲睇停雲，陶潛停雲詩序：「停雲，思親友也。」夕倚城南樓。在遠分離親，居近彌使愁。信彼詩中言，一日如三秋。

送徐七山人往蜀山書舍

結客抱狂志，傾身通俠交。東將觀渤澥，說文：「渤澥，海之別名也。」博物志：「東海稱渤海，又謂滄海。」西欲踰函崤。柳宗元詩：「世仕尙函、崤。」奔蹄脫驚轡，墮翮連飛鑣。王勃九成宮頌：「澤馬飛鑣。」酒具載車出，南史陶潛傳：「潛嘗往廬山，王弘令龐通之齎酒具于半道栗里要之。潛使一門生二兒舉籃輿，及至，欣然便共飲酌。弘至，亦無忤也。」兵法篝燈鈔。宋史陳彭年傳：「彭年幼好學，母惟一子，愛之，禁其夜讀書，彭年篝燈密室，不令母知。」從軍願奮立，北史崔昂傳：「昂有風調，才識奮立，堅正剛直之名，深爲文宣所知賞。」學儒恥譏嘲。司馬光詩：「旣恥譏嘲地，誰爲長厚人？」寧期憂事集，頓使芳年拋。塵衣曉城陌，雪帽寒江郊。客堂感蟋蟀，婦室悲蠨蛸。自笑失水鮒，莊子：「車轍之中有鮒魚焉，曰：『我東海之波臣也，君豈有斗升之水而活我哉？』」空慚得雲蛟。吳志周瑜傳：「劉備以左將軍領荆州牧。周瑜上疏曰：『劉備以梟雄之姿，而有關羽、張飛熊虎之將，必非久屈爲人用者，恐蛟龍得雲雨，終非池中物也。』」獲君乃瑚璉，顧我猶斗筲。高懷矯衰薄，雅音變哇咬。集韻：「哇咬，淫聲。」柳宗元弔屈原文：「哇咬環觀兮，蒙耳大呂。」談詩辨六義，詩序：「詩有六義：一曰風、二曰雅、三曰頌、四曰賦、五曰比、六曰興。」讀易窮諸爻。情親豈殊意，氣合眞同胞。王安石詩：「同胞苦零落，會合尙凄其。」因依像輪輻，考工記：「輪輻三十，以象日月也。」暢和諧塤匏。韻會：「塤，樂器也，燒土爲之，銳上平底，形如稱錘。」詩：「伯氏吹壎，仲氏吹篪。」爾雅：「匏在八音之一，笙十三簧，竽三十六簧，皆列管匏內，施簧管端。」妓席夜留宴，僧扉晝攜敲。循花縱步屧，映柳持鳴鞘。李白詩：「金鞭拂雪揮鳴鞘，半酣呼鷹出遠郊。」塘行月灩灩，林臥風梢梢。要眇送謳唱，集韻：「要眇，舒緩貌。」瀾翻雜詼啁。漢書東方朔傳：「朔常至大中大夫，後常爲郎，與枚皋、郭舍人俱在左右，詼啁而已。」匕滑炊野飯，說文：「匕，相與比敘也，所以用取飯。」三國志劉先主傳：「先主方食，失匕箸。」盤香薦山肴。遭時雖齟齬，處俗不混淆。曩遊既相挈，茲離竟誰教？浮湖理去榜，李舟切韻：「榜，進船也。」楚詞九章：「齊吳榜以擊汰。」集注：「吳謂吳國。榜，櫂也。」祖道移中庖。詩大雅：「仲山甫出祖。」箋：「祖，將行犯軷之祭也。」遐方未罷戍，近日酒被抄。後漢書郭伋傳：「伋爲漁陽太守，初，匈奴數抄郡界，邊境苦之，伋整勒士馬，設攻守之略。」鹿驚互奔併，李白詩：「秦鹿奔野草，逐之若飛蓬。」虎鬭仍咆哮。史記春申君列傳：「天下莫強于秦、楚，今聞大王欲伐楚，此猶兩虎相與鬭，而駑犬受其弊。」荒墟少砧杵，何遜詩：「砧杵鳴四鄰。」遠壘多笳鐃。說文「鐃，小鉦也。軍法：卒長執鐃。」玉篇：「似鈴無舌，軍中所用也。」問往何土里？答云此巖嶅。人安地有阻，歲稔田無墝。牛羊可放牧，鵝鴨供燖炮。韓愈詩：「鴉鴟鵰鷹雉鵠鵾，燖炰煨爊孰飛奔？」湍長機磑激，韻會：「磑，碎物之器。古公輸班作磑。晉王戎有水磑。或訓磑爲碓下石。」石古窪樽坳。顏眞卿峴山石樽聯句：「李公登飲處，因石爲窪樽。」一統志：「湖州峴山有石尊，可貯酒，唐別駕李適之嘗飲此，後顏眞卿復過，作李相石尊詩。」樵斤聽伐木，獵火看除茆。王維詩：「獵火燒寒原。」雨紅爛秋實，露紫舒夏苞。谿晴雁拍拍，村曙雞膠膠。書聲隱篁竹，櫂響穿蒲茭。聊將偶沮溺，誰敢儕夷巢？按：夷、巢，伯夷、巢父。末事誠瑣瑣，大言匪嘐嘐。世險路生穽，名浮浪吹泡。白居易詩：「幻世如泡影，浮生抵眼花。」耰鋤擬共把，干戚行俱包。樂記：「倒載干戈，包之以虎皮。」社餔飲烹狗，禮記：「烹狗于東方，祖陽氣之發於東方也。」蘇軾詩：「東方烹狗陽初動。」臘祀歌迎貓。禮記：「迎貓，謂其食田鼠也。」愼勿厭寂寞，長當謝紛嘵。

會宿城西客樓送王太史 見前嫣蜼太史

君來歡不足，君去憂何遽！共聽楓橋鐘，姑蘇志：「閶門西七里。」張繼詩：「月落烏啼霜滿天，江楓漁火對愁眠。姑蘇城外寒山寺，夜半鐘聲到客船。」留連恐將曙。蛩鳴故苑草，錢起詩：「寒露滴鳴蛩。」鳥起高城樹。明日獨登樓，歸帆渺何處？

題林居圖兼簡盧公武 姑蘇志：「盧熊，字公武，崑山人。從學楊維楨，博學工文詞，尤精篆籀。元季，爲吳縣學教諭；洪武初，起爲工部照磨，尋以善書擢中書舍人，遷兗州知府。」

竹梧翳苔石，知是幽人居。林間鳥鳴後，亭空賓散餘。聞有盧鴻隱，見卷三隱逸。長年留著書。

鴻山書舍圖爲黃君伯淵賦

伯鸞鬻春地，見卷三隱逸。井臼有遺跡。之子學幽棲，託蹤在林石。淸風竹林曉，片月蘿徑夕。遙想一齋空，圖書滿牀積。

詠三良

詩秦風「交交黃鳥」注：「秦穆公卒，以子車氏之三子爲殉，皆秦之良也。國人哀之，爲之賦黃鳥。」

殉葬古所禁，秦國固戎風。穆公臨棄朝，要此三臣從。三臣百夫良，不與親暱同。一旦使俱斃，無人國將空。捐生豈不難，忠義感素衷。長恐先朝露，漢書蘇武傳：「蘇武留匈奴，李陵曰：『人生如朝露，何久自苦如此？』」無由奉君終。遺命凛在耳，焉能惜微躬。但懼嗣主孤，誰當共成功？高墳荆棘間，玄雲閉幽宮。壯魄同此歸，冥冥路安通。國人痛莫贖，灑淚呼彼穹。傷哉黃鳥詩，流哀竟無窮！

詠荆軻

史記刺客列傳：「荆軻者，衞人也，衞人謂之慶卿。而之燕，燕人謂之荆卿。」

劫盟非義舉，曹沬已可羞。刺客列傳：「曹沬爲魯將，與齊戰，三敗北，魯莊公懼，乃獻遂邑之地以和，猶復以爲將。齊桓公許與魯會于柯而盟。桓公與莊公既盟于壇上，曹沫執匕首劫齊桓公。桓公左右莫敢動，而問曰：『子將何欲？』曹沫曰：『齊強魯弱，而大國侵魯，亦以甚矣！今魯城壞，卽壓齊境，君其圖之。』桓公乃許盡歸魯之侵地。曹沫三戰所亡，盡復于魯。」燕丹一何愚，區區祖遺謀。刺客列傳：「荊軻坐定，太子避席頓首曰：『誠得劫秦王，使悉反諸侯侵地，若曹沫之於齊桓公，則大善矣！不可，因而刺殺之，此丹之上願，而不知所委命，惟荊卿留意焉！』」千金養荊卿，刺客列傳：「尊荊卿爲上卿，舍上舍。太子日造門下，供太牢，具異物，間進車騎美女，恣荊軻所欲，以順適其意。」誓將報強讎。奉圖使入關，刺客列傳：「荊軻曰：『今行而無信，則秦未可親也。夫樊將軍，秦王購之金千斤、邑萬家。誠得樊將軍首與燕督亢之地圖，奉獻秦王，秦王必說見臣，臣乃得有以報。』」心知絕回輈。賓客盡白衣，相送易水頭。刺客列傳：「太子及賓客知其事者，皆白衣冠送之。」酒酣涕難落，筑聲和悲謳。見卷二擊筑吟。猛氣激蒼旻，長虹爲西流。鄒陽獄中上梁王書：「荊軻慕燕丹之義，白虹貫日，太子畏之。」行行造秦庭，陛戟衞甚周。刺客列傳：「諸郎中執兵皆陳殿下。」臨機失始圖，利鋒竟虛投！刺客列傳：「乃引其匕首，以擿秦王，不中，中銅柱。」豪主一按劍，刺客列傳：「于是秦王大怒，益發兵詣趙，詔王翦軍以伐燕，十月而拔薊城。」社稷倏已丘。先王禮樂生，樂毅傳：「燕昭王怨齊，屈身下士，先禮郭隗以招賢者。樂毅于是爲魏昭王使于燕，昭王以客禮待之，樂毅辭讓，遂委質爲臣。燕昭王以爲亞卿。」破齊震諸侯。樂毅列傳：「燕昭王悉起兵，使樂毅爲上將軍。趙惠文王以相國印授樂毅，樂毅于是并護趙、楚、韓、魏、燕之兵以伐齊，破之濟西，下齊七十餘城。」苟能得此賢，伯業猶可修。胡爲任輕易，自趣滅亡憂。徒令後世人，歎惋餘千秋！

魏使君見示呂忠肅公舊贈詩因賦

過廷訓人物考：「魏觀，字杞山，蒲圻人。讀書蒲首山中。元呂忠肅薦于朝，辭勿就。國初被徵，與青田劉基、金華宋濂諸儒同謁；上與語，大奇之。授平江州學正，遷國子助教，浙江提刑僉事。吳元年，改兩淮都轉運使，入爲起居注。洪武初，建大本堂，命觀侍太子說書，及授秦、晉諸王經。三年十二月，編集大明志成，以觀爲國子祭酒。四年，廷試進士，觀爲讀卷官，乃得吳伯宗等一百二十人。開科之始，得人最盛。上念姑蘇爲京輔重地，經張士誠之亂，罔有寧宇，廷臣咸薦觀有治才，乃出知蘇州府。既莅事，課績爲天下最。上嘉之。陟爲四川行省參知政事，蘇父老上書願留，仍命觀還郡。七年，觀以舊治制爲張士誠竊據，且郡多水患，乃修府；浚錦帆涇，以壯士觀，以資民利。御史張度，誣其興既滅之基，遂與高啓俱獲罪。上悔之，命所在致祭。皇太子諸王哀賻有加，歸瘞于蒲圻燈窩山。」元史呂思誠傳：「思誠，字仲實，平定州人。泰定元年進士。至正初，僉浙西廉訪司事，劾奏浙江行省平章左吉貪墨，流海南。思誠尋拜集賢學士，與吏部尚書偰哲篤、左司都事武祺等議鈔法不合，左遷湖廣行省左丞。抵武昌城下，出賊不意，入城，賊盡驚走。思誠乃大會軍民官吏告之曰：『賊去，示吾弱也。規將復來。』于是申號令、戒職事、修器械、葺城郭、明部伍，先謀自守，徐議出征。苗軍橫暴，侵辱省憲，思誠正色叱之曰：

『若等能殺呂左丞乎！』自是無敢復至。曾未數日，召還，復爲中書左丞。思誠去二日，城復陷。移光祿大夫司農，俄得疾卒，謚忠肅。」

公昔隱江夏，一統志：「江夏屬武昌府。」巖棲避兵革。遠挹戴叔鸞，後漢書逸民傳：「戴良，字叔鸞，汝南愼陽人，舉孝廉不就，再辟司空府，不到。州郡迫之，因逃入江夏山中，優游不仕。初良五女並賢，每有求姻，輒就許嫁，疏裳布被、竹笥木屐以遣之，五女能遵其訓，皆有隱者之風焉。」清風灑泉石。有時歌梁甫，蜀志諸葛亮傳：「亮躬耕隴畝，好爲梁父吟，每自比于管仲、樂毅。」慷慨人未識。左丞中朝彥，仗節任方伯。高適郭代公詩：「仗節歸有德。」鹽鐵論：「令守相親，剖符贊拜，莅一郡之衆，古方伯之位也。」北還駐嚴程，劉希夷詩：「王事促嚴程。」造廬問籌策。知非山澤儒，期是廊廟客。磯石繫官舫，猿叫月初夕。秉燭題贈詩，蒲圻掩孤驛。欣欣得賢喜，耿耿憂國戚。短章寄深情，相投重珪璧。邇來復幾年，淪落已陳迹！公起佐興運，身名正輝赫。侍誦肅春闈，陸贄文：「輔翼春闈，是資教導。」按：「謂太子宮也。」專城森畫戟。孟浩然詩：「前後賴專城。」蘇軾詩：「朱門收畫戟。」緬懷舊知己，永歎泉壤隔。難縣延陵劍，史記吳太伯世家：「季札之初使，北過徐君，徐君好季札劍，口弗敢言，季札心知之，爲使上國，未獻；還至徐，徐君已死，札乃解其寶劍，繫之徐君冢樹而去。」空聽山陽笛。魏氏春秋：「嵇康寓居河南之山陽縣，與河內向秀相友善。」晉書向秀傳：「秀經山陽舊廬，鄰人有吹笛者，發聲寥亮，秀乃作思舊賦。」遺篇篋中藏，每誦如再覿。眞能重友道，未許薄俗易。一言不忍忘，況乃膺寵錫。小大固可知，令人義肝激。

題秋林高士圖

二仲有玄賞，三輔決錄：「蔣詡，字元卿，舍中三徑，惟羊仲，求仲從之遊。二仲皆刲廉逃名之士。」宋書高祖紀：「禮窮玄賞。」相攜在中林。遐景延迴步，微言諧素襟。天秋谷響哀，日暝川光陰。風駛多委葉，山空少歸禽。威遲臨長岡，潘岳詩：「峻坂路威遲。」迢遞指遠岑。諒非羈離客，詎用愁登臨。

春草軒雨中懷王太史

西軒罷琴坐，涼思欺白苧。颯颯樹聲繁，秋風滿池雨。蓮衰少暗馥，禽靜多幽語。對此闕良儔，當歡反傷緒。

始遷西齋

乍縣南樓榻，晉書庾亮傳：「亮在武昌，諸佐吏殷浩之徒，乘秋夜共登南樓，俄而亮至，諸人將起避之，亮徐曰：『諸君少住，老子於此處，興復不淺。』」後漢書徐穉傳：「太守陳蕃在郡，不接賓客，唯穉來，特設一榻，去則懸之。」始布西齋筵。西齋非吾廬，幽淨亦可憐。風牖竹裊裊，露庭菊鮮鮮。圖史左右陳，新唐書楊綰傳：

「性沉靖，獨處一室，左右圖史。」永日坐一氈。婉孌數童子，哦誦當我前。爲爾竟寂寂，低回欲窮年。讀書將何爲？乃與始志愆。進無適時材，退乏負郭田。見卷一將進酒「六印」注。我生非匏瓜，謀食有道焉。苟得隨羣趨，顧此不稍賢。飲餘解衣臥，毋嘲腹便便。後漢書邊韶傳：「韶曾晝日假臥，弟子私嘲之曰：『邊孝先，腹便便，懶讀書，但欲眠。』韶潛聞之，應時對曰：『邊爲姓，孝爲字，腹便便，五經笥。但欲眠，思經事。寐與周公通夢，靜與孔子同意。師而可嘲，出何典記？』」

次徐山人與倪雲林贈答詩韻

徐達左，字良夫，吳縣人。建寧訓導，有與雲林贈答詩。

昔遊紫藤塢，姑蘇志：「穹窿山北，有紫藤塢、百丈泉、海雲菴。」空山鶴鳴秋。相望隱人居，興闌竟回舟。晉書王徽之傳：「嘗居山陰，夜雪初霽，月色清朗，忽憶戴逵，逵時在剡，便夜乘小船詣之，經宿方至，造門不前而返。人問其故，徽之曰：『本乘興而來，興盡而返，何必見安道耶？』」邇來獲晤賞，玄談劇風流。每欲開南軒，招我共偃休。天寒鴻鴈鳴，芰荷落長洲。豈無一釣船，訪子溪水頭。終慚文墨牽，咫尺成阻修。徒聞竹林間，往來有羊求。聽雨掩閣臥，觀泉上巖遊。朝覽贈答篇，詞藻誇兩優。味之殊雋永，觸手虹光浮。我本丘壑人，猿鶴肯見留？擬結歲晏期，壺觴展綢繆。況聆西澗濱，禪宮閟清幽。姑蘇志：「穹窿山西址有白馬寺。」夜看太湖月，遲我同登樓。

因病不飲

我昔無所求，但愁酒杯空。引滿先四座，醉豪壓春風。年來病稍侵，積憂復相攻。舉觴不能吞，若有物梗胸。歲晏風雨多，擁爐坐窗中。酒徒散去盡，歡呼與誰同？三杯即頹然，憔顏映燈紅。後老當奈何？即今已如翁。斯味禹所惡，攝生笑無功。從此便可止，賦詩繼陶公。陶潛止酒詩：「始覺止爲善，今朝眞止矣！」

三鳥

三鳥生異林，相逢偶同飛。各矜好毛羽，吟弄朝陽輝。驚風動地至，羣飛各乖違。一翔入雲天，一落陷虞機，一止野田間，蓬蒿鬱相依。啄啄有餘粟，歲晏諒不飢。猶懼雪霜侵，啁啾獨鳴悲。我行見此鳥，相對發歎歔。當知皇天仁，偏恤爾陋微。視陷宜省畏，瞻高勿貪希。田間適本性，舍此欲何歸？

題陳生畫

前村夕陽明，後嶺秋嵐積。葉落露山村，潮來沒江石。遙遙射雁子，慘慘聽猿客。何事下征帆？西陵渡頭驛。「西陵」見卷三夜抵江上。

青丘道中 見卷二青丘操

霖雨江暴溢，奔流絶津涯。茫茫野田白，何由見春華？居人久已亡，流萍滿其家。昔我過此土，極目桑與麻。故道不可尋，舟行但蒹葭。歲凶豈宜客？四顧空長嗟。

送李用和提舉 續文獻通考：「元至元二十三年，立鹽課市舶提舉司。每司提舉二員，同提舉二員，副提舉二員，知事一員。」

髯君孤直士，蜀志關羽傳：「書與諸葛亮，問超可誰比類？亮答曰：『當與益德並驅爭先，猶未及髯之絶倫逸羣也。』羽美鬚髯，故亮謂之髯。」與世頗異儔。不交金張家，見卷一美女篇。而獨與我遊。我居在君里，衡門閉深幽。十年誦詩書，進取拙自謀。名藩多英豪，光彩溢道周。朝逢將軍車，暮避刺史騶。皆云意氣盛，官高富春秋。良辰競爲樂，廣席羅珍羞。君獨日暮歸，貧乃與我侔。雪畦寒蔬茁，冰盎春蛆浮。歐陽修詩：「瓮面浮蛆潑已香。」空堂可燃燭，談詠相賡酬。中間阻清歡，離別良有由。我尋江干宅，君赴海上州。老馬從瘦童，人皆識賢侯。今年見歸旌，一笑忘積憂。那知遠方賈，復此待撫柔。雞鳴城東門，不得送行舟。颶風常晝驚，正韻：「颶，音懼。」

南越志：「颶風者，具四面之風也。常以五六月發，永嘉人謂之風癡。」洪濤極天流。雖能征重貨，可失咨嘉猷。君子且在傍，願言毋久留。

贈銅臺李壯士

銅臺，卽銅雀臺。一統志：「今彰德府臨漳縣。」

我祖昔都鄴，神武爲世雄。北史齊本紀：「齊高祖神武皇帝，姓高，諱歡，字賀六渾，渤海修人也。武定四年西征，有疾，遣太原公洋鎮鄴，徵世子澄至晉陽。」至今銅臺下，子弟習其風。問君家何方？紫陌遥相通。齊本紀：「永熙元年正月十五，拔鄴都據之。神武令封隆之守鄴，自出頓紫陌。」雖云此相遇，情與鄉里同。君有力振虎，勇氣聞山東。匹馬輕俠遊，刀環綴纓紅。正當兵塵起，思立尺寸功。不從董健兒，後漢書董卓傳：「卓性麤猛有謀，嘗遊羌中，盡與豪帥相結。卓爲殺耕牛與共宴樂，豪帥感其意，歸相斂得雜畜千餘頭以遺之，由是以健俠知名。」欲縛蕭老公。通鑑：「侯景嘗言于高歡，願得兵三萬，横行天下，要須濟江縛取蕭衍老公，以爲太平寺主。」凌厲越宋士，南史沈慶之傳：「慶之每從游幸及校獵，據鞍凌厲，不異少壯。」逶迤出齊中。時人不相顧，棄之若秋蓬。我豈白面郎，沈慶之傳：「文帝將北伐，慶之固陳不可曰：『爲國譬如家，耕當問奴，織當訪婢。陛下今欲伐國，而與白面書生輩謀之，事何由濟？』」少年亦困窮。起爲壯士歌，迅商薄高穹。謝瞻九日詩：「迅商薄清穹。」注：「迅商，秋風之迅疾也。」初飲五斗盡，史記滑稽列傳：「若朋友交游，久不相見，卒然相覩，歡然道故，私情相語，飲可五六斗徑醉矣。」再飲一石空。滑稽列傳：「日暮酒闌，合尊促坐，男女同席，履舄交錯，杯盤狼藉，堂上燭滅，主人留髡而送客，羅襦襟解，微聞薌澤。當此之時，髡心最歡，能飲一石。」與君豈樂禍，西方見妖虹。盧照隣詩：「兵氣曉成虹。」莫謂著鞭晚，晉書劉琨傳：「琨少有志氣，有縱橫才，與祖逖爲友。逖被用，與親故書曰：『吾枕戈待旦，常恐祖生先吾著鞭。』」艱難殊未終。

題春江送別圖送王使君彥強

〔校記〕別本無「彥強」二字。

歌徹小秦王，樂府類：「唐曲有小秦王。」唐書禮樂志：「七德舞者，本名秦王破陣樂。太宗爲秦王，破劉武周，軍中所作。及卽位，宴會必奏之。」蘇軾詩：「樽前獨唱小秦王。」愁深第幾觴？飛花蕩春影，江水不勝長。日暮東風急，離帆且緩張。

蘭室爲袁省郎賦

官制沿革：「東漢、晉、魏尚書省皆置郎官。」

湘皋春水深，一統志：「長沙府，吳、晉曰湘州。」離騷：「步余馬于蘭皐兮。」澧浦秋風早。禹貢：「又東至于澧。」一統志：「今岳州府。」楚辭九歌：「遺余佩兮澧浦。」如何庭戶間，芳蕤獨妍好？不有君子心，按：宋黃山谷以蘭比君子，蕙比士大夫。憔悴同芳草。

我愁從何來

我愁從何來？秋至忽見之。欲言竟難名，泯然聊自知。汲汲豈畏老，棲棲詎嗟卑。既非貧士歎，寧是遷客悲。謂在念歸日，故鄉未曾離。謂當送別處，親愛元無睽。初將比蔓草，夕露不可萎。又將比煙霧，秋風未能披。藹然心目間，來速去苦遲。借問有此愁，於今幾何時。昔宅西澗濱，尙樂山水奇。茲還東園中，重歎草木衰。閒居誰我顧，惟有愁相隨。世人多自歡，遊宴方未疲。而我獨懷此，徘徊自何爲？

賦得法華雨送惠上人歸江上

慈雲起靈山，雞跖集：「如來慈心，如彼大雲，蔭注世界。」吳都賦：「巨鼇贔屭，首冠靈山。」虛空寶花雨。遙從天女手，維摩詰經：「天女以天花散諸菩薩，卽皆墮落。至大弟子，卽著不墮。天女曰：『結習未盡，故花著身。結習盡者，花不著身。』」零亂飄春曙。香滋淨沼蓮，劉兼詩：「蓮披淨沼馨香散。」影拂祇園樹。見前晚憩靈鷲院。高僧結習銷，衣上留不住。唯隨一葦風，飛渡江南去。傳燈錄：「達摩見梁武帝，機語不契，將北之嵩山，至江岸，乃折蘆而渡。」詩：「一葦杭之。」

秋風

秋風屋外來，落葉紛我旁。不出門幾日，我樹如此黃。但覺成懶性，焉知逝頹光？李白詩：「富貴非所願，爲人駐頹光。」朝餐止一盂，夕臥惟一牀。仲尼欲行道，轍跡環四方。而我何爲者？不與世相忘。

秋雨

秋雨亂我竹，堂上中夜驚。昏昏起復臥，策策止且鳴。韓愈詩：「秋風一披拂，策策鳴不已。」未分醉夢狀，寧辨竹雨聲。初欣似張樂，終懼如聞兵。既覺兩皆非，古檠耿自明。悟彼事亦然，胡爲勞我生。

題曹氏春江雲舍

遙波靄微雲，禽寒少相語。君家在空闊，欲往迷洲渚。紛紛樹離霧，稍稍花消雨。日暮坐相思，江東渺何許？

燕客次蔡參軍韻

林旦未昇旭，巖深稍祛霏。夙興達仙署，古帖：「諸曹郎曰粉署，亦曰仙署。」在公遑告腓。良儔信可懷，彌月曠容徵。偶茲解華轡，沽酒酬芳卮。鈴騶儼衙齋，范成大詩：「微聞鈴下騶，竊議馬上郎。」妓樂出房帷。劉憲詩：「開筵妓樂陳。」放吏命決漏，史記司馬穰苴列傳：「穰苴立表下漏，待莊賈，日中不至。穰苴則仆表決漏，入行軍，勒兵申明約束，約束既定，夕時賈乃至。」注：「仆，臥其表也。決漏，謂去壺中水也。」留賓敎闔扉。談笑竹下麈，黃庭堅送公定詩：「每來捉談麈，風生塵竹枝。」賭墅花間棋。晉書謝安傳：「堅率衆百萬，次于淮淝。安命駕出山墅，與謝玄圍棋賭別墅。安常棋劣于玄，是日玄懼，便爲敵手，而又不勝。安顧謂其甥羊曇曰：『以墅乞汝。』」歡馨展宿好，言長觸積思。佳辰子所惜，高誼子攸希。時難媵睽阻，能此嗟爲誰？願各保太和，易：「保合太和乃利貞。」長年樂施施。飛佩儻可接，辛棄疾詞：「西眞人醉憶仙家，飛佩丹霞羽化。」東方候安期。見前停君白玉卮。

退思齋爲蔡參軍賦

雞鳴起趨府，事至紛善惑。應茲苟弗推，在理寧免忒。歸來坐深念，恆恐有慚德。缺政何以裨？厚責何以塞？豈徒省厥躬，庶用匡爾國。昔聞獨樂叟，元城語錄：「司馬溫公旣居洛，于國子監之側得故營地，創獨樂園。」中夜忘寢息。願君守勿渝，明明此遺則。

遊師子林次倪雲林韻

姑蘇志：「獅子林庵，屬承天能仁寺，在城東北隅。元至正二年，僧維則建，多聚奇石，狀類狻猊，故取佛氏語名寺。內有臥雲室、立雪堂、問梅閣、指柏軒、禪窩、竹谷諸景。並經名人品題，最號奇勝，歐陽玄記。」

吟策頻入院，林逋詩：「却搘吟策立秋廊。」道人知我閒。尋幽到深處，鳥語竹斑斑。林下不逢客，城中俄見山。牀敷有餘地，鐘動莫催還。

尹明府所藏徐熙嘉蔬圖 圖繪寶鑑：「徐熙，金陵人，世爲江南顯族。所尚高雅，寓興閒放，畫花木、禽魚、蟬蝶、蔬果，妙奪造化。多在澄心堂紙上。至於畫絹，絹文稍麄。米元章謂徐熙絹如布是也。」

少賤習圃事，種蔬每盈疇。深根閟玄冬，老葉淩素秋。採擷風露餘，山庖足嘉羞。故園經亂後，蔓草日已稠。野水流畦間，蟲聲暮啁啾。披圖似見之，惻愴起我愁。食肉豈無人，左傳：「肉食者鄙，未能遠謀。」斯世誰與謀？君多恤民意，毋忽歲饉憂。

來鴻軒 姑蘇志：「吳縣綠水園，在孫老橋東，故爲朱勔別墅。元至正中，廬山陳汝秩、汝言兄弟購得之，取杜詩『名園依綠水』之句以名。中有來鴻軒、淸泠閣、蘿徑等名。高啓撰詩序。」

高鴻本冥飛，不墮虞羅裏。朔度雲中關，一統志：「雁門關在大同府馬邑，通代州界。大同秦曰雲中。」夕遊瀟湘水。一統志：「永州湘口關，瀟、湘二水合流處。」驚風吹行斷，儔侶忽萬里。哀鳴將何依，荒澤難獨止。集君華池側，稻粱豐自美。響度風翛翛，影沉波瀰瀰。充庖知不忍，善惠念終始。願君儀天朝，易：「鴻漸于陸，其羽可用爲儀，吉。」脩翰共騫起。

蘿徑 見上來鴻軒

幽谿入蘿蔦，幾曲到巖扉。夏鳥深啼處，陰陰花墜稀。知當煙暝後，從此荷樵歸。

茶軒

摘芳試新泉，手滌林下器。一榻鬢絲傍，輕煙散遙吹。不用醒吟魂，陸游詩：「燈影伴吟魂。」幽人自無睡。博物志：「飲眞茶，令人少眠睡。」

讀書 按：此首與前讀書一首似重。

世物寡所嗜，雅情竹素間。東觀書：「劉向典校書，先書竹爲易刊定，可繕寫者以上素。」憑案理殘帙，樂此終日閒。爰觀自周衰，盛治不可還。淫辨相擠傾，大道成榛菅。巧詐足眩世，苟得不顧患。嬴秦任商君，王制欲盡刪。厚賦山澤空，亟戰原野殘。流風自斯降，誅求困孤孱。

是非千萬途，欲辨亦已艱。賴茲聖册存，足啓昏與頑。誰云古哲邈，邈矣難仰攀？於焉誦其言，如造揖讓班。寄語向俗子，幸勿叩我關。何暇從爾談，方對孔與顏。

過立公房

空院閉深竹，幽花有孤妍。春陰鳥語寂，風磬時泠然。孟郊送淡公詩：「風磬清泠翩。」非茲絕塵地，何以寄高禪。

賦得桃塢送別

姑蘇志：「章氏別業，在閶門裏北城下，今名桃花塢。當時郡人春游看花於此，後皆爲蔬圃，間有業種花者。」

何地芳菲滿？吳趨曲陌西。藏金非漢壘，後漢書：「董卓築塢于郿，號萬歲塢，藏金二三萬斤，銀八九萬斤，積穀三十年。」種樹似秦谿。見前贈惠山醫僧。未曙忽霞起，韓愈詩：「種桃處處皆開花，川原遠近蒸紅霞。」過春猶雪迷。鄭奎妻詩：「春風吹花落紅雪。」葉聞渡江唱，古樂府注：「王獻之愛妾名桃葉，獻之作歌送之曰：『桃葉復桃葉，渡江不用楫；但渡無所苦，我自迎接汝。』」江寧府志：「桃葉渡在秦淮口。」花憶映門題。本事詩：「博陵崔護，姿質甚美，舉進士第。清明日，獨遊都城南，得居人莊，一畝之宮，花木叢萃，寂若無人。叩門久之，有女子自門隙窺之，問以姓氏，答曰：『尋春獨行，酒渴求飲。』女入，以杯水至，開門設牀命坐，獨倚小桃斜柯倚立，而意屬殊厚。

崔辭去，送至門，如不勝情而入。後絕不復至。及來歲清明日，忽思之，情不可抑，徑往尋之，門院如故，而已扃鎖云。崔因題詩于左扉曰：『去年今日此門中，人面桃花相映紅。人面不知何處去？桃花依舊笑春風。』」折時或傍水，王維詩：「水上桃花紅欲然。」遊處每成蹊。見卷三寓感之十。偶來因送客，腸斷有鶯啼。

東園種蔬

我非適世材，學圃乃所宜。種蔬居東園，鋤灌敢告疲。夏來風露繁，衆綠俱紛披。朝餐摘我菘，南史：「齊周顒隱鍾山，王儉謂曰：『卿在山中何所食？』答曰：『赤米白鹽，綠葵紫蓼。』又問何者爲佳？曰：『春初早韭，秋末晚菘。』」暮餐芼我葵。繆襲祭儀：「夏祀和羹芼以葵。」此味賤所嗜，蔓草勿害之。慨彼主父言，鼎食何其危！漢書主父偃傳：「丈夫生不得五鼎食，死則五鼎烹耳！吾日暮，故倒行逆施之。」

聞張著作値雨宿陳山人園因寄

芳月抱深惻，韋應物詩：「故人問訊緣同病，芳月相思阻一杯。」佳游闕追攀。聞君獨命駕，遠造幽人關。春園花絮稀，啼鳥池上閑。留連宿煙閣，尊酌解離顔。遙想清夜徂，鳴弦竹林間。非因雨成滯，興愜自忘還。

鄭隱君秀野軒圖

江晚洲渚交，雨晴草菲菲。前山靄欲闇，罟師渡水歸。盧綸詩：「纔出浮萍值罟師。」望煙知君家，花竹隱半扉。已休田中耒，猶響林下機。此鄉卽桃源，亂後世所稀。開圖若身到，不知塵境非。

與諸公飲綠茗園

金塘環勝墅，虞世南詩：「歌堂面淥水，舞館接金塘。」緹綺會芳時。說文：「緹，帛丹黃色。」博雅：「赤也。」雀乳依桐葉，魚翻冒芰絲。詩流洛下詠，張喬詩：「洛下吟詩侶。」歌艷郢中詞。見卷三擬古。一念交歡厚，觴至詎能辭。

送上海石明府 上海屬松江府

三月熟桑椹。四月落棗花。李頎詩：「四月南風大麥黃，棗花未落桐陰長。」布穀樹下飛，後漢書襄楷傳：「疏曰：『吾聞布穀鳴于孟夏，蟋蟀鳴于始秋。』」注：「布穀一名戴紝，一名戴勝。」塘轉村路斜。東塍擊耕鼓，詩：「琴瑟擊鼓，以御田祖。」西林擲繰車。陸游詩：「何人畫得農家樂？咿軋繰車隔短牆。」但言此地樂，不聞此地嗟。雖無夕烽警，尙苦秋賦加。煩君始到日，爲我問田家。

逢雲巖僧元實將赴湖上賦以送之

姑蘇志：「雲巖寺在虎丘山上。」

早懷塵外想，每訪林間蹤。空齋哦夜雪，共聽雲巖鐘。西澗已久別，東城忽相逢。還當布袈裟，史記大宛傳正義：「靈鷲山，佛昔將阿難在此山上四望，見福田疆畔，因製七條割截之法于此，今袈裟衣是也。」去坐湖上峰。喧寂旣殊調，無因得追從。倚閣一遙送，秋山紅樹重。

舟歸雨中

猿鳴楚雨急，江岸孤舟次。前山到非遠，已見煙中寺。寒景暮蒼然，歸人獨愁思。

秋夜會飲送劉別駕得星字

晉書職官志：「州置刺史、別駕、治中從事、諸曹從事等員。」

征馬已歸皁，哀鴻方過庭。何期當別夜，還得聚寒廳。陸游詩：「寒廳靜似阿蘭若。」客醉誦明月，蘇軾前赤壁賦：「誦明月之詩，歌窈窕之章。」僕興瞻落星。王貞白詩：「半窗分曉月，當枕落殘星。」光銷帷中燭，響動車前鈴。留連豈有極，之子不遑寧。

送陳博士歸番禺葬親

番禺屬廣州府

北風海欲冰，凜此窮陰時。問君歸何亟？親葬不可遲。遙遙望郭門，慘慘投山陂。僧房拜遺柩，瓦燈照塵帷。釋惠洪詩：「瓦燈已照宮商石。」還當卜玄宮，遠託瘴水湄。范成大詩：「喚渡牂牁瘴水濱。」日夕既封樹，慟哭行繞之。雨來青楓林，猿鳥吟相悲。化者苟得安，萬事無足爲。奈何割裾子，晉書溫嶠傳：「除嶠散騎常侍。初，嶠欲將命，其母崔氏固止之，嶠絕裾而去。其後母亡，嶠阻亂不獲歸葬，由是固讓不拜，苦請北歸，不得已，受命。」尚忍生違離。

渡吳淞江

姑蘇志：「吳淞江，即古之婁江也，亦名下江，俗呼劉家港。又自大姚分支過澱山湖，東至嘉定、青浦，東北流，亦名吳淞江者，曰東江，皆太湖之委也。」

稍離城郭喧，遠適滄洲趣。乘潮動旅榜，霧散寒江曙。蒼葭靡靡出，白鳥翻翻去。不識野人村，舟中望高樹。先生本傳：「大樹村在沙湖東迤南，切吳淞江。」遭時歎有棘，拯物慚無具。不向此鄉居，飄零復何處？

無言上人丈室逢李道士

無言，報恩教寺之僧，見鳧藻集送示上人序。

竹間失舊蹊，落葉紛已積。閒來繙經院，廬山記：「謝靈運一見遠公，肅然心服，乃即寺中觀繙涅槃經，爲池臺，植白蓮池中，名其臺爲繙經臺。」戶掩諸蟲寂。本尋釋門子，偶值仙家客。景淸林意秋，慮淡池光夕。相對總忘言，誰云累名跡？

贈陶篷先生

魯連豈趙客，史記魯仲連列傳：「平原君欲封魯連，魯連辭讓，使者三，終不肯受。平原君乃置酒，酒酣起前，以千金爲魯連壽。魯連笑曰：『所謂貴于天下之士者，爲人排患釋難解紛亂而無取也。卽有取者，是商賈之事也，而連不忍爲也。』遂辭平原君而去，終身不復見。」子房非漢臣。留侯世家：「留侯乃稱曰：『家世相韓，及韓滅，不愛萬金之資，爲韓報讎彊秦，天下振動。今以三寸舌爲帝者師，封萬戶，位列侯，此布衣之極，於良足矣。願棄人間事，從赤松子遊耳。』乃學辟穀導引輕身。」出處誠莫測，自是神仙人。中解龍虎鬬，侯圭割鴻溝賦：「龍爭虎鬬兮，萬象交奔。」飄然去難親。夫子古鬚眉，恍惚乃後身。長安昔縱酒，叩閽通平津。漢書公孫弘傳：「元朔中，封丞相弘爲平津侯。丞相封侯，自弘始也。時上方興功業，舉賢良，弘自見爲舉首，起徒步，數年至宰相封侯，於是起客館，開東閤以延賢人，與參謀議。弘身食一肉，脫粟飯，故人賓客仰衣食，奉祿皆以給之，家無所餘。」豈爲慕珪組，但欲陳經綸。白璧棄路旁，舉世不見珍。歸來櫂扁舟，煙波復誰馴？豈無一杯水，爲君灑風塵。空將釣國手，史記齊世家：「呂尚蓋嘗窮困，年老矣，以漁釣奸周西伯。」老坐東海濱。逢余向滄洲，笑落頭上巾。謂余有仙契，泥滓非久淪。花源罷通世，煙霞閉千春。便從夫子歸，雞黍會四鄰。陶潛桃花源記：「見漁人乃大驚，問所從來，具答之；便要還家，設酒殺雞作食，村中聞有此人，咸來問訊。」特謝漁舟子，休談晉與秦。桃花源記：「自云先世避秦亂，來此絕境，不知有漢，無論魏、晉。」

孤鶴篇

涼風吹廣澤，日暮多浮埃。中有失侶鶴，孤鳴迴且哀。脩翮既摧殘，一飛四徘徊。矯首望靈嶠，雲路何遼哉！渚田有遺粟，欲下羣鴻猜。豈不懷苦飢，懼彼羅網災。翩翩浮丘伯，列仙傳：「王子晉好吹笙，作鳳凰鳴，于伊洛之間，有道士浮丘伯，接以上嵩高山。」朝從東海來。相呼與之歸，謂是仙驥材。相鶴經：「蓋羽族之宗長，仙人之騏驥也。」蔭之長林下，濯之清澗隈。圓吭發高唳，廣韻：「吭，鳥喉。」舞鶴賦：「引員吭之纖婉，頓修趾之洪姱。」華月中宵開。晢從臨玄景，雲笈七籤：「太極有玄景之王，司攝三天之神仙者也。」永戲崑丘臺。十洲記：「崑崙山，其旁有瑤臺十二，上安金臺五所。」水經注：「崑崙爲無熱丘。」

雜詩 槎軒集作悲歌行

結髮好遠遊，出門覽山川。誰云帝闕遠，有路不在天。我車大且遲，日暮牛領穿。白居易樂府：「右丞相，但能濟人治國調陰陽，官牛領穿亦無妨。」忽逢悲歌士，論心涕潸然。今日不得志，明日非少年！

白水冒我田

白水冒我田，風雨無休時。午鳩屋上鳴，埤雅：「鵓鳩，陰則屏逐其婦，晴則呼之。語曰：『天將陰，鳴鳩逐婦啼中林，鳩婦怒啼無好音。』」貧家起何遲？溝壑知不免，順受胡可辭？有酒我自斟，有粟妻自炊。且盡今日歡，勿顧明日悲。商歌出金石，韓詩外傳：「原憲環堵之室，歌商頌，聲淪于天地，如出金石。」愧無聖人師。

送韓司馬赴邊郡

淮陰將家子，史記：「韓信，淮陰人也，封淮陰侯。」讀書負奇氣。十年提一筆，韻會：「擊馬策也。」身從李都尉。梁元帝詩：「結交李都尉，遨遊佳麗城。」此行把旌麾，無愧國士知。淮陰侯列傳：「蕭何曰：『諸將易得耳，至如信者，國士無雙。』」邊風吹白草，正是馬驕時。宋史盧斌傳：「馬驕兵悍，往來無定。」鳴笳引前部，落日城西路。上客贈吳鉤，見卷一吳鉤行。征人唱都護。見卷一涼州詞。近役非臨洮，一統志：「臨洮府，秦、漢曰隴西。」君行莫辭勞。欲問封侯日，秋來太白高。見前感舊。

醉贈王卿

持身無可許，閭里任浮沉。不奉諸侯檄，後漢書劉平等傳序：「毛義家貧，以孝行稱。南陽人張奉慕其名，往候之。坐定而府檄適至，以義爲守令，義捧檄而入，喜動顏色。奉心賤之。及義母死，公車徵，不至。張奉歎曰：『賢者固不可測，往日之喜，乃爲親屈也。』」曾辭公子金。史記：「平原君趙勝，趙之諸公子也。」見前陶篷先生注。斗酒豈辭醉，感君知我深。誰無旦暮急，相周惟季心。漢書季布傳：「布弟季心，氣蓋關中，遇人恭謹，爲任俠，方數千里士爭爲死，少年多時時竊借其名以行；當是時，季心以勇，布以諾聞關中。」

送賈二文學北遊

窮年自多感，況復送良儔！落日河上別，慷慨發秦謳。風塵阻關山，撫劍不得遊。願逐高飛翼，相與出九州。嗟彼行路子，棲棲何所求？

送海昌守李使君遷海虞

「海昌」見卷三。一統志：「蘇州常熟縣，晉海虞。」

兩爲海上州，州民定何如？彼遮使君馬，宋史范純仁傳：「純仁就逮，民數萬遮馬，涕泗不得行。」此迎使君車。後漢書郭伋傳：「伋前在并州，素結恩德，及後入界，老幼逢迎。行部到西河美稷，有童兒數百，各騎竹馬，遣吏迎拜。」但令人買牛，漢書循吏傳龔遂傳：「遂爲渤海太守，民有帶持刀劍者，使賣劍買牛，賣刀買犢，曰：『何爲帶牛佩犢？』」不受客饋魚。史記：「公儀休相魯，客遺魚，卻不受。客曰：『君嗜魚，何不受？』曰：『今爲相，能自給魚，若受魚而免，誰復給我魚者？』」我知使君賢，讀律又讀書。金史章宗紀：「有司言律科舉人，止知讀律，不知教化之源，必使通知論語、孟子，涵養氣度。」蘇軾詩：「讀書萬卷不讀律，致君堯舜終無術。」

端居懷兩王孝廉

寡劣時所棄，獨臥無與親。蕭然閉齋閣，左右圖史陳。風雨摧衆芳，令人怨徂春。豈無尊中酒？坐念兩故人。日從賢豪遊，雜遝車馬塵。漢書劉向傳：「四郊雜遝。」焉知離居客，積抱難自伸！

送芑上人東歸

浮雲與飛鳥，相聚安可常。偶來雲巖寺，幾日共徜徉。我去師亦歸，澗房欲荒涼。池臥孤塔影，庭棲雙桂香。重過應未期，悵然山水長。

大水

吾鄉水爲國，自昔稱漏天。寰宇記：「邛都縣漏天，秋夏常雨，僰道有大漏天、小漏天。」今年尤苦霖，冒此上下田。老農愁相告，無有二十年。東江入門流，比屋如敗船。夜臥牀屢移，晨炊釜常懸。淮南子：「智伯率韓、魏伐趙，圍晉陽，決晉水而灌之，城下緣木而處，縣釜而炊。」涼風吹蒲稗，羣鵝鳴我前。茫茫失川途，出行竟回邅。梁簡文帝詩：「由來歷山川，此地獨回邅。」斯民欲昏墊，書：「下民昏墊。」天意豈不憐？陰陽致乖沴，孰能究其然。歲飢尚勿憂，黽勉當食鮮。書：「暨稷播，奏庶艱食鮮食。」

送黃主簿之歸安 屬湖州府

我歌柳惲詩，梁書柳惲傳：「惲，字文暢，河東解人也。立行貞素，以貴公子早有令名。少工篇什。天監二年，出爲吳興太守，爲政清靜，民吏懷之。」柳惲江南曲：「汀洲采白蘋，日落江南春，洞庭有歸客，瀟湘逢故人。」送子南汀發。山城逢社雨，提要錄：「社公、社母，不食舊水，故社日有雨，謂之社翁雨。」綠樹啼鶯歇。留連孤艇遲，怊悵雙壺〔校記〕列朝詩集作「瓶」。竭。宋玉高唐賦：「悠悠忽忽，怊悵自失。」黃庭堅詩：「王孫欲遣雙壺到。」高士尙爲簿，漢書孫寶傳：「寶以明經爲郡吏。御史大夫張忠辟爲屬，欲令授子經，更爲除舍，寶自劾去。後署寶主簿，寶徙入舍。忠怪之，使所親問寶，寶曰：『高士不爲主簿，而大夫君以寶爲可，一府莫言非。士安得獨自高？且不遭者可無不爲，況主簿乎？』忠甚慚，上書薦寶。」休慚府中謁。後漢書周澤傳：「光祿勳孫堪，嘗爲縣令謁府，趣步遲緩，門亭長譴堪御吏，堪便解印綬去，不之官。」無事坐閑廳，彈琴看明月。

送王推官赴潮一作譙。陽 唐書地理志：「潮州潮陽郡。」

久治亂所伏，國家失其防。初如決洪流，拱手徧四方。頻年勞訏謨，詩：「訏謨定命。」欲補千百瘡。韓愈文：「漢氏以來，羣儒區區修補，百孔千瘡，隨亂隨失。」子爲京師客，忠憤何慨慷！濯冠捧書函，平明獻朝堂。上言固大業，下言振頹綱。且謂有萬死，聖明察臣狂。臣言儻獲施，立能致時康。宸居豈遙〔校記〕列朝詩集作「云」。遠，咫尺〔校記〕列朝詩集作「遙指」。天中央。雞鳴列仙仗，九門洞開張。謂宜即召見，拜起隨班行。上殿笏畫地，禮記：「凡有指畫于君前，用笏。」張九齡詩：「遠圖嘗畫地，超拜乃登壇。」論奏盡敷詳。如何竟報聞，漢書東方朔傳：「四方士多上書，言得失，其不足采者，輒報聞罷。」注：「報云天子已聞，而罷之令歸。」不得瞻清光？書：「以近天子之光。」一官非所願，欲令赴蠻荒。徘徊出都門，風雨溼曉裝。行行過吳洲，木葉秋始黃。逢予解鞍飲，激烈椎酒牀。蘇軾跋送石昌言引：「彭任飲酣，聞彥國當使，憤憤椎酒牀。」平生憂時心，辛苦不自忘。頗聞到官所，此去路尚長。紅日出霧遲，孤城海茫茫。遺民似猿鹿，山谷多驚藏。繁英豔躑躅，見卷二竹枝詞。瑣實堆檳榔。陶隱居云：「出交州，形小而味甘。廣州以南者，形大而味澀。向陽曰檳榔，向陰曰大腹。尖長而有紫文者，名檳，圓而矮者，曰榔。」瘴癘況時作，南史任昉傳：「流離大海之南，寄命瘴癘之地。」投老恐子傷。何不且少留，共鶩豪華鄉。子笑不我顧，翩然決南翔。明朝指鯨波，劉禹錫送源中丞詩：「日浴鯨波萬頃金。」高帆若雲揚。去矣各異國，有憶徒相望！

高靑丘集卷五

五言古詩

吳王郊臺

原注：「在橫山東麓，吳僭王時嘗祀帝也。」

周綱昔隳頓，禮樂由諸侯。吳子乏代德，左傳：「未有代德而有二王。」居然祀圜丘。周禮春官大司樂：「靁鼓靁鼗，孤竹之管，雲和之琴瑟，雲門之舞，冬日於地上之圜丘奏之。」燔燎升紫壇，周禮大宗伯：「實柴槱燎。」注：「實柴者，實牲于柴而燔之也。槱燎者，燔柴升煙以達其誠也。」漢書郊祀志：「甘泉、泰畤紫壇，八觚宣通象八方。」靑紘映玄裘。禮記：「諸侯爲籍百畝，冕而靑紘，躬秉耒以事天地、山川、社稷、先古。」靈明豈來歆？幣玉空旅羞。國南見遺壝，蕭條委山陬。雲和罷九奏，「雲和」見上。周禮春官：「九奏乃終，謂之九成。」司空曙元日觀早朝詩：「壽酒三觴進，簫韶九奏停。」草樹鳴颼飀。從來跋扈徒，後漢書質帝紀：「目梁冀爲跋扈將軍。」注：「猶強梁也。」幾人效其尤？魯郊失禮始，禮運：「魯之郊禘，非禮也。」聖筆書春秋。春秋：「僖公三十一年夏四月四卜郊。」

長洲苑　原注：「在太湖北岸，闔閭遊獵處也。」姑蘇志：「在縣西南七十里，枚乘說吳王濞云：『漢修治上林，雜以離宮，佳麗玩好，圈守禽獸，不如長洲之苑。』則知劉濞時嗣葺吳苑，其盛如此。」

中國久無霸，闔閭思騁功。講蒐開別苑，訓武出離宮。宰嚭應驂乘，吳越春秋：「闔閭元年，楚之白喜來奔，闔閭以爲大夫謀國事。」白喜，左傳、史記作伯嚭。巫臣實御戎。左傳：「晉申公巫臣使于吳，以兩之卒適吳。舍偏兩之一焉，與其射御，教吳乘車。教之戰陣，教之叛楚，寘其子狐庸焉，使爲行人于吳。」鼗鳴深谷應，罝掩廣場空。遠曳捎雲旆，何遜詩：「拱樹捎雲密。」高彎射月弓。李白詩：「彎弓綠弦開，明月不憚堅。」三驅儀已畢，易：「王用三驅。」七伐步還同。書牧誓：「不愆于六步、七步，乃止齊焉。不愆于四伐、五伐、六伐、七伐，乃止齊焉。」甲騎從輿後，蛾眉侍幄中。述異記：「夫差作大池，池中造青龍舟，陳妓樂，日與西施爲水嬉。」耆胎須紫豹，六韜：「玉杯象箸，不盛藜藿之羹，必將熊蹯豹胎也。」胹掌得玄熊。玉篇：「胹，煮熟也。」左傳：「宣二年，宰夫胹熊蹯不熟。」李白大獵賦：「脫文豹之皮，抵玄熊之掌。」樂事方難極，英圖忽易窮！城迷歌黍客，詩：「彼黍離離。」地屬采蕘童。輦道崩秋雨，旗門失晚風。豆盧復昌年宮詩：「旗門芳草合，輦路小槐疎。」犬亡魏肆狡，戰國策：「東郭㕙，天下之狡兔也。」人去雉爭雄。草樹迎蕭索，湖山罷鬱葱。猶疑見獵火，寒燒夜深紅。崔顥詩：「山頭野火寒多燒。」

甪里村

原注：「在洞庭西山。四皓之一甪里先生之鄉也。」姑蘇志：「甪頭卽甪里。」

高皇本壯士，提劍定四方。晉書樂志：「漢祖提劍寰中，削平天下。」晚爲兒女情，悲歌起彷徨。見卷二主客行。愛子欲建儲，寵姬方侍側。史記留侯世家：「戚夫人日夜侍御，趙王如意常抱居前。上曰：『終不使不肖子居愛子之上。』」顧驚四老人，謂已成羽翼。留侯世家：「呂后使建成侯呂澤，劫留侯畫計，奉太子書，卑禮厚幣，迎此四人，年皆八十有餘，鬚眉皓白，衣冠甚偉。上怪之，問曰：『彼何爲者？』四人前對，各言姓名曰：『東園公、甪里先生、綺里季、夏黃公。』上乃大驚，召戚夫人指示四人者曰：『我欲易之，彼四人輔之，羽翼已成，難動矣。』」一統志：「四皓：東園公，姓唐，名秉，字宣明。綺里季，姓吳，名實，字子景。夏黃公，姓崔，名廣，字少通。甪里先生，姓周，名術，字元道。」大臣豈不諫？孰能幹天機。留侯世家：「上欲立戚夫人子趙王如意，大臣多諫爭，未能得，堅決者也。」彼翁何爲者，足見人心歸。始潛避秦君，終出安漢嗣。世羅焉能羈，舒卷聊自肆。我來甪里村，如入商顏山。一統志：「商山在西安府商州，一名商洛山。」師古注：「商顏，商山之顏，如人之額顙也。」紫芝日已老，四皓採芝之歌：「曄曄紫芝，可以療饑。」鴻鵠何時還？高帝楚歌：「鴻鵠高飛，一舉千里。」斯人神仙徒，千載形不滅。猶想蒼巖中，白頭臥松雪。

死亭灣

原注：「在閶門外七里，漢朱買臣妻恥而自縊處也。」

貧賤衆所棄，豈惟愚婦人！珪組何重輕，能令變交親。翁子昔未達，妻去恥負薪。五十非晚貴，不能待終晨。見卷四暮歸。一旦謁帝閽，還家繡衣新。漢書朱買臣傳：「上拜買臣會稽太守，上謂買臣曰：『富貴不歸故鄉，如衣繡夜行，今子何如？』買臣頓首辭謝。」邸吏驚赤綬，邦人候朱輪。買臣傳：「初，買臣免，待詔，常從會稽守邸者寄居飯食。拜爲太守，買臣衣故衣，懷其印綬，步歸郡邸。直上計時，會稽吏方相與羣飲，守邸與共食。少見其綬。視其印，會稽太守章也。守邸驚，出語上計掾吏，坐中驚駭白守丞，相推排陳列中庭拜謁。有頃，長安廐吏乘駟馬車來迎，買臣遂乘傳去。」無顔見故夫，自殺此水濱。買臣傳：「會稽聞太守且至，發民除道，縣吏並送迎，車百餘乘。入吳界，見其故妻、妻夫治道。買臣駐車，呼令後車載其夫妻到太守舍，置園中，給食之。居一月，妻自經死，買臣乞其夫錢令葬。」誰知孟德曜，元在爾東鄰！見卷三隱逸梁鴻。

毛公壇

原注：「在洞庭西山。漢劉根得道處。根既仙，身生綠毛，人或見之，故名毛公，有鎮壇符存。」具區志：「毛公壇在包山寺後，今有石壇在觀旁，猶漢物也。」

欲觀漢壇符，唐令狐楚送周隱遙記：「毛公道成羅浮，居山三百餘歲，有弟子七十二人，聚石爲壇，遺跡猶存。隱遙行逢一白鹿，高數尺，跪前若有所告，後得異石一方，即毛公鎮地符也。」東上縹緲峰。具區志：「一名杳眇峰，洞庭山主峯也。」葛花墜寒露，王績詩：「葛花消酒渴。」夕飲淸心胸。具區志：「毛公泉在毛公壇下。」蘇州府志：「色白味甘，即鍊丹井也。旁有石池，深廣袤丈，旱歲不竭。」月出太湖水，鶴鳴空磵松。眞境久寂寥，蒼苔閟靈蹤。嘗聞綠毛叟，變化猶神龍。世人豈得見，偶許樵夫逢。攀險力易疲，探玄志難從。歸出白雲外，空聞仙觀鐘。具區志：「靈祐觀。」吳都志：「觀在洞庭山林屋洞旁，舊名神景宮。」

稚兒塔

姑蘇志：「半塘聖壽教寺，在九都綵雲里。寺有稚兒塔，晉道生誦法華經童子死葬此。義熙十一年，商人謝本，夜聞誦經聲，且見墳生青蓮花。事聞，詔建塔，名法華院。」

黃土但埋骨，豈能埋性靈？昔聞宿草間，檀弓：「朋友之墓，有宿草而不哭焉。」曾吐蓮花青。法華經：「有人聞是品，能隨喜讚善者，是人口中嘗出青蓮香。」身臥長夜臺，李白哭善釀紀叟詩：「夜臺無李白，沽酒與何人？」口誦西方經。尋跡殊窅窅，聞聲每泠泠。蘇軾詩：「泠泠一何悲！」寒燈照空塔，時有山僧聽。應使鄰冢魂，沈迷盡皆醒。

三賢堂

姑蘇志：「思賢亭，在府治舊木蘭堂之左，洗光亭西，以祠韋應物、白居易、劉禹錫三刺史，後改曰三賢堂。紹興二十八年，蔣璘重建。洪遵益以王仲舒、范文正公像，復更曰思賢堂。後池中有隝，隝上有白公手植檜。嘉定十四年，綦奎再新之，又於堂北創白檜軒。」

吾邦古名藩，出守皆時賢。有唐三使君，風流最能傳。韋公既前蹈，劉白乃後連。政成屬時康，民瘵各已痊。良辰極游會，消搖若神仙。畫戟衛高館，彩舟漾平川。晨移閒齋檜，廖融詩：「移檜託禪子。」夕賞華池蓮。逸韻邁羣流，豈將文墨牽。至今郡中人，猶想布治年。時事屢變易，遺祠委榛煙。湖山少清氣，草木空餘姸。嗟我生苦遲，無由廁賓筵。殷勤展夙慕，載詠西樓篇。韋應物詩：「遠郡臥殘雨，涼風滿西樓。」姑蘇志：「西樓在子城西門上，後更名觀風樓。」按：白居易有西樓雪宴詩，又城上宴詩。劉禹錫有登見西樓樂天題詩，又西樓玩月詩。

干將墓

原注：「在匠門外，王使鑄劍二，匿其陽，王殺之。後耕者嘗見青蛇繞其冢上。」姑蘇志干將傳：「干將吳人，與歐冶子同師。莫邪，干將之妻。干將作劍，采五方之鐵精，六合之金英，候天伺地，陰陽同光，百神臨觀，天氣下降，而金鐵之精不消。干將不知其由，妻乃斷髮翦爪，投于爐中，使童男童女三百人鼓橐裝炭，金鐵乃濡，遂以成劍。陽曰『干將』，陰曰『莫邪』。陽作龜文，陰作漫理。干將匿其陽，獻其陰。闔閭甚重之。干將墓在匠門外東數里。承平時，人耕其旁，忽有青蛇繞足，其人驚，遽以刀斷之。其前半躍入草中，不復見。徐視其餘，乃折劍一段。至暮欲持歸，亦忽失之。」

干將善鑄劍，劍成終殺身。吳伯亦遂亡，神物豈不神。始知服諸侯，威武不及仁。徒勞治金鐵，精光動星辰。莫邪應同埋，荒草千古春。青蛇冢間出，猶欲恐耕人。

吳桓王墓 原注：「在盤門外三里，政和間，村民發之，得金玉甚多。相傳吳長沙桓王孫策所葬也。」

朝出南郭門，高墳鬱蒼蒼。借問葬者誰？乃是長沙王。黃腸豈不錮？漢書霍光傳：「光薨，賜黃腸題湊一具。」蘇林曰：「以柏木黃心致累棺外，故曰黃腸。木頭皆向內，故曰題湊。」盜發取所藏。姑蘇前志：「宋政和六年，村民發墓，其甎側皆有『萬歲永藏』四篆字。得金玉奇器甚多。東西銀梧，初若桑花，良久化爲腐土。幷金搔頭十數枚，金握臂二，悉皆如新。一瓦熏爐，與近世陸墓所製略似，而箱底灰炭猶存。碑石斷闕，厪餘『中平年』三字。州將遽命掩之。所得古物，盡歸朱勔家。」金環出世間，封樹無輝光。緬思衰炎際，杜牧詩：「四百年炎漢。」當塗逞奸強。後漢書獻帝紀：「白馬令李雲上事曰：『許昌氣見于當塗高。』當塗高者，魏也。象魏兩闕，當塗而高，言魏當代漢。」英雄失所據，虎視誰敢當。王初奮稺孤，英風凜飛霜。談笑定江東，賢豪欻來翔。吳志孫破虜討逆傳：「袁術表策爲折衝校尉，行殄寇將軍，渡江轉鬭，所向皆破，引兵渡浙江，據會稽，破嚴白虎等，自領會稽太守，以張昭、張紘、秦松、陳端等爲謀主。曹公表策爲討逆將軍，封吳侯。」少假須臾年，足見伯道昌。胡爲困仇奴，輕獵不自防？討逆傳：「爲故吳郡太守許貢客所殺。先是策殺貢，貢小子與客亡匿江邊；策單騎出，卒與客遇，客擊傷策，創甚，至夜卒，時年二十六。」天意豈佑魏，遽使斯人亡？因觀感往事，喟焉令人傷！

虎丘次清遠道士詩韻

姑蘇志：「虎丘山，在府城西北七里。」吳越春秋：「闔閭葬此，以扁諸、魚腸劍各三千爲殉。越三日，金精結爲白虎踞其上，故名。唐避諱改武丘，又名海湧峰；遙望平田中大埠耳。比入，則奇勝萬狀。其最者爲劍池，兩崖劃開，中涵石泉，深不可測。相傳秦始皇發闔閭墓，鑿山求劍，無所得，其鑿處遂成深澗，今名劍池。顏眞卿書『虎丘劍池』四字，石刻猶存。其前爲千人坐，蓋神僧竺道生講經處。大石盤陀徑畝，高下平衍，可坐千人。唐李陽冰篆書『生公講臺』四字，分刻四石，今失其一。臺側有點頭石、可中亭，又有白蓮池，在臺之左，相傳說法時，池生千葉蓮花，故名。又有試劍石、憨憨泉、養鶴澗、回僊徑、石井泉；泉卽張又新所品第三泉也。晉王珣嘗據爲別墅，山下因有短簿祠。」吳地記：「虎丘舊有東西寺，卽王氏二墅，皆在山下。今雲巖寺在山上，而二寺俱廢。又有望海樓、小吳軒、致爽閣、陳公樓、五臺山樓、千頃雲閣，他勝處尙多，不能悉載。」中吳紀聞：「清遠道士同沈恭子游虎丘寺詩云：『我本長殷周，遭罹歷秦漢。四瀆與五嶽，名山盡幽竄。及此寰區中，始有近峰翫。近峰何鬱鬱？平湖渺瀰漫。吟挽川之陰，步上山之岸。山川共澄澈，光彩交零亂。白雲蓊欲歸，青松忽消半。客去川島靜，人來山鳥散。谷深午見日，崖幽曉非旦。聞子盛遊遨，風流足詞翰。嘉茲好松石，一言常累歎。勿謂予鬼神，忻君共幽讚。』清遠道士竟不知其爲何人，以鬼神自謂，亦怪之甚者。顔魯公、李德裕、皮日休、陸龜蒙皆有和篇。沈恭子亦莫詳其因，詩中有風流詞翰之稱，必神怪之儔也。」

神仙不可羈，乘螭躡雲漢。豈將避嬴劉？韓愈權公碑：「嬴劉之間。」荒山事窮竄。何年東觀海，一至此峰巘。悠悠淸詩傳，窅窅遺跡漫。我來繼登臨，長嘯幘初岸。晉書謝奕傳：「辟爲安西司馬，猶推布衣好，在溫坐，岸幘笑談，無異常日。」既秋煙蘿疎，欲雨風竹亂。夜深空潭黑，月吐石壁半。龍驚汲僧來，鳥喜遊客散。闇掩林下夕，鐘鳴巖中旦。勝賞誰能窮，今古付篇翰。飛騰子何之，汨沒余可歎！安得契眞期，王延齡夢游仙庭賦：「出祕訣，約眞期。」超然豁靈贊。

天平山

姑蘇志：「天平山在支硎南五里，視諸山最爲峭崒。其林木亦秀潤，山多奇石，詭異萬狀。有卓筆峰、飛來峰、五丈石、臥龍峰、巾子峰、毛魚池、大小石屋。其山頂正平，曰望湖臺。上巨石圓而望湖者，曰照湖鏡。山半有白雲泉，別有一泉如綫，注出石罅，尤淸洌，曰一綫泉。宋僧壽老始發之。有古松蟉糾如蓋者，曰華蓋松。又有穿山洞、蟾蜍石、龍頭石、靈龜石。及龍門南趾，有白雲寺。范文正公祖墓在焉。其西有筆架峰，其後羣石林立，名萬笏林。其東爲翁家山，爲雞籠山，連屬金山。」

入山旭光迎，出山月明送。十里松杉風，吹醒塵土夢。茲山凡幾到，題字遍巖洞。陽崖樹冬榮，陰谷泉夏凍。怪石立誰扶，靈草生豈種。白雲翕然來，諸峰欲浮動。高鶻有危棲，幽禽無俗哢。凌蘚知履滑，披嵐覺裘重。嘗登最上巔，遠見湖影空。漁樵渡谿孤，鳥雀歸村衆。還尋老僧居，隔竹聽淸誦。慰我躋攀勞，爲設茶筍供。幾年歷憂歡，造物若揶弄。集韻：「揶揄，舉手相弄也。」迷途遠山林，遲暮堪自訟。誰追謝公遊，宋書謝靈運傳：「靈運因祖父之資，生業既厚，尋山陟嶺，必造幽峻，巖嶂千重，莫不登躡。嘗著木屐，上山則去前齒，下山去其後齒，自始寧南山，伐山開徑，直至臨海，從者數百人。臨海太守王琇，驚駭謂爲山賊，徐知是靈運，乃安。」空發阮生慟。晉書阮籍傳：「嗣宗率意命駕，車轍所窮，輒痛哭而返。」身今解組綬，明時愧無用。閒持九節筇，虞集詩：「添予九節筇。」尋訪事狂縱。石屋秋可眠，山猿許分共。

讀書所爲錫山朱隱君子敬賦

一統志：「錫山在無錫縣，慧山東峰也。周、秦間曾產鉛錫。昔有樵者于山下得古銘云：『有錫兵，天下爭。無錫寧，天下淸。有錫沴，天下獘。無錫乂，天下濟。』自光武以後，不復有錫。」

高士寡所嗜，雅情竹素間。北窗夏陰敷，散帙欣燕閒。汎觀古始來，治忽儼未删。書：「予欲聞六律、五聲、八音，在治忽。」注：「忽，治之反也。」重華去已遠，鳴鳳何時還。微言雖能尋，往躅那可攀。當感既撫懷，遇得亦解顏。詠歌南風前，禮運：「昔者舜作五絃之琴，以歌南風。」至樂孰與班。方爾對聖賢，俗子毋扣關。此與卷四讀史、讀書二首似重。

丁山人一作至恭。清樾軒

夏雨濯高綠，氤氳冒茲軒。微涼灑林表，沉色泛谿源。羨子耽獨賞，惭予嬰衆喧。披襟一蕭散，憶在郭西園。姑蘇志：「西園在郡圃之西隙地，直子城甚袤，唐時有之，白公有詩。」

西齋池上芙蓉

池荷已衰颯，孤豔仍獨在。滄洲遠夢違，風露姸姿改。窈窕徒自媚，寂寞還誰待。此地託根偏，非無美人採。

贈松江張主簿

離離平皋〔校記〕詩綜作「皐」。禾，纂纂横林棗。客行愛樂土，秋晚華亭道。停燭春紡遲，鳴榜潭漁早。借問何能然，年來縣官好。

客有不樂者

客有不樂者，默坐空堂幽。明燈照孤影，對酒不能酬。風雨忽夜至，單衣颯驚秋。葉隕已摵摵，蟲鳴尙悠悠。一作啾啾。於當屬有念，苦願羣聲收。讀書仰千古，命駕志九州。孰云吾多智，有已不解謀。冥飛旣難攀，苟得亦可羞。守道固寂寞，寂寞諒誰尤？

送張文學之檇李

一統志：「嘉興府，春秋曰檇李。府城西南產嘉李，因名。」越絕書：「吳王嘗醉西施于此，號『醉里』。」

回川帶綠樹，窈窕有鳴禽。江郭去非遠，傷離空滿襟。林中古殿靜，池上高齋陰。應想彈琴士，杏花春雨深。

贈羣上人

湖雨洗秋碧，西南見諸峰。中有楞伽僧，見卷三懷十友。迥闊超世蹤。高風搖飛泉，落日帶遠松。欲往已知處，煙蘿鳴飯鐘。元稹詩：「酒醒聞飯鐘。」

送李别駕赴越

一統志：「紹興府，春秋時爲越國，隋、唐曰越州。」

常别豈不慼，此别尤可嗟。一别一去遠，魂斷秋無涯。我何恨别君，君猶别其家。霜露滿故園，不待菊有花。越禽啼楓林，路盡秋日斜。到郡自足樂，聞有山水嘉。

龍門 原注：「在天平山。」

龍門何崢嶸？此地表奇蹟。山分兩崖青，天豁一罅白。知非禹功鑿，書：「導河積石，至于龍門。」孔疏：「龍門，底柱鑿山也。」想是鬼斧一作手。劈。吳萊詩：「晶熒龍宮獻，錯落鬼斧鐫。」長爲風雨闢，開闔自朝夕。深含未吐雲，對峙不崩石。日光寒易傾，苔色陰更積。只疑過此內，便與人境隔。始窺已幽深，漸入尤險窄。暗中把危藤，蜿蜒欲驚魄。焦氏易林：「蛇行蜿蜒，不能上阪。」僧留看古刻，敲火照絕壁。晚聞松竹號，洶若波浪激。不知神魚飛，曹植詩：「河伯獻神魚。」到此誰點額？三秦記：「江海魚集龍門下，登者化龍，不登者點額暴腮。」我嘗謁眞龍，杜甫丹青引：「斯須九重眞龍出。」天門謬通籍。杜甫詩：「天門日射黃金牓。」漢書元帝紀：「令從官給事宮司馬門中者，得爲父母兄弟通籍。」注：「籍者，爲尺二竹，牒記其年紀名字物色，挂之宮中，按省相應，乃得入也。」何必更區區，求爲李膺客。後漢書李膺傳：「膺獨持風裁，以聲名自高，士有被其容接者，名爲『登龍門』。」〔校記〕詩綜缺末四句，當係删減。詩綜多依陳子龍皇明詩選删改原詩，不可從。三十家同。

太湖 姑蘇志：「太湖在郡西南三十餘里，禹貢曰震澤，周禮曰具區，謂之五湖。左氏曰笠澤，其

實今之太湖也。其大三萬六千頃，東西二百餘里，南北一百二十里，周五百餘里，占蘇、湖、常三州。北有百瀆，納建康、常、潤數郡之水，南有諸漊，納宣、歙、臨安、苕、霅諸水，東南之澤，莫大于此，其東濬入于河，爲三江。」

長谿如白虹，分走荆霅派。具區納羣流，襟帶三郡界。太虚混鴻濛，春秋命曆序「鴻濛萌兆」注：「元氣未分貌。」元氣流沆瀣。正韻：「沆瀣，海氣，一曰露氣。」東方朔七諫：「含沆瀣以長生。」初疑溟渤寬，十洲記：「東王所居處，山外有員海，員海水色正黑，謂之溟海。」稍覺雲夢隘。司馬相如傳：「楚有七澤，其小者曰雲夢，方九百里。」一統志：「今德安府雲夢縣。」茫茫雁飛遲，颯颯帆度快。雨來鼉報鳴，埤雅：「鼉將風則踊，鼉欲雨則鳴。」風起鷗驚邁。南越志：「江鷗一名海鷗，在漲海中，頗知風雲，若羣飛至岸，渡海者以此爲候。」神龍作淵都，張燦龍姑廟詩：「玉皇無敕催行雨，淵都羣蛟眠貼尾。」豈復數鱗介？珠光照水府，姚合詩：「採玉上山巔，探珠入水府。」不受白日曬。朝看礮車雲，國史補：「暴風之後，有礮車雲。」雪浪動澎湃。杜牧詩：「蜀江雪浪西江滿。」司馬相如上林賦「洶湧澎湃」注：「澎湃，波相戾也。」聲吹地將浮，勢擊山欲壞。黄頭雖輕生，史記佞幸傳：「鄧通以櫂船爲黄頭郎。」注：「著黄帽也。」漢書枚乘傳注：「羽林黄頭，習水戰者也。」捩柁不敢懈。韻會：「捩，拗也。」王安石彭蠡詩：「東西捩柁萬舟回。」有時湛明鏡，峯吐青幾塊。煙中樹若莎，波上舟如芥。莊子：「則芥爲之舟。」漁就沙岸炊，客來水祠拜。震澤思禹功，夫椒記吳敗。左傳：「吳王夫差敗越于夫椒，報檇李也。」賀循會稽志：「夫椒山在太湖中，洞庭山西北。」白魚逢夏出，吳郡志：「白魚出太湖者爲勝。吳人以芒種後壬日謂之入梅，梅後十五日謂之入時。白魚于是盛出，謂之『時裏白』。」葉氏避暑錄：「太湖白魚，實冠天下。」黃柑待秋賣。吳郡志：「眞柑出洞庭東、西山，柑雖橘類，而其品特高。芳香超勝，爲天下第一。安定郡王以柑釀酒，名洞庭春。」蘇舜欽詩：「洞庭柑熟客分金。」我性好遊觀，夙負雲水債。欲尋鴟夷舸，史記：「范蠡浮海出齊，變姓名，自謂鴟夷子皮。」不顧涉險戒。人生亦何爲？世故自拘械。萬事風飄花，百年露垂韰！鄭樵通志：「韰，即薤字。」古今注：「薤露，衰露也。言人命如薤上之露易晞。」何當叩林屋，秉炬訪仙怪。具區志：「林屋洞在洞庭山下，道書第九洞天。洞有三門，同會一穴；中有石室、銀房、石鐘、石鼓、金庭、玉柱、白芝、隱泉、金沙、龍盆、魚乳泉、石燕，內有石門，名隔凡。」吳地記：「包山中有洞庭，深遠。吳王使靈威丈人入洞穴，十七日不能盡，因得禹書。」玄中記：「包山洞庭穴中，多有道人馬跡。禹治水過會稽，夢人衣玄纁，告治水法，在包山北鈿函中，幷不死方。禹得，藏于包山石室。」輿地記：「吳大帝使人行三十餘里而返，云上聞波濤聲，有大蝙蝠如烏，拂殺人；火穴中高處，火照不見巔，穴有鵝管鍾乳冰，寒不可得入，春夏方可入。」試探不死方，爲人起痾瘵。

天池　姑蘇志：「花山舊名華山，去陽山東南五里。山石峭拔，巖壑深秀，相傳山頂有池，生千葉蓮，服之羽化。老子枕中記云：『吳西界有華山，可以度難。』卽此也。山半有池，在絕巘，橫浸山腹，逾數十丈，故又名天池山。上有石鼓，晉隆安中鳴，乃有孫恩之亂。石屋二間，四壁皆鑿浮屠像。又有龜巢、石秀屏、虎跑泉、蒼玉洞，紹興中，張漢卿嘗居此，號就隱山。」

靈峯可度難，昔聞枕中書。天池在其巔，每出青芙蕖；湛如玉女盆，集仙錄：「明星玉女者，居華山，服玉漿，白日昇天。祠前有五石，號曰『玉女洗頭盆』。」雲影含夕虛。人靜時飲鹿，水寒不生魚。我來屬始春，石壁煙霞舒。瀲灩月出後，泠泠雪銷餘。再汎知神清，一酌欣慮除。何當逐流花，遂造僊人居。李白詩：「桃花流水杳然去，別有天地非人間。」

劍池

原注：「在虎丘山。」

干將欲飛出，巖石裂蒼礦。中間得深泉，探測費修綆。一穴海通源，雙崖樹交影。山中多居僧，終歲不飲井。殺氣凜猶在，棲禽夜頻警。月來照潭空，雲起噓壁冷。蒼龍已化去，晉書：「雷煥得豐城雙劍，送一與張華，留一自佩。華得劍報曰：『詳觀劍文，乃干將也。莫邪何爲不至？雖然，神物終當合耳！』後煥子華佩劍過延平津，劍忽躍入水，煥使人沒水求之，見兩龍，恐而返。」遺我清絕境。聽轉轆轤聲，時來試新茗。蘇州府志：「劍池水，李秀卿品爲天下第五。」

練瀆

原注：「練瀆在太湖，舊傳吳王所開以練兵。」具區志：「西山有三斷：壽鄉、甪頭、練瀆也。」

吳越水爲國，行師利舟戰。夫差開此河，艅艎試親練。左傳：「吳伐楚，戰于長岸，大敗吳師，獲其乘舟餘皇。吳公子光請于其衆曰：『喪先王之乘舟，豈惟光之罪，衆亦有焉，請藉取之。』使長鬣者三人，潛伏于舟側曰：『我呼餘皇，則對。』師夜從之，三呼皆迭對，楚師亂，吳人大敗之，取餘皇而歸。」十萬凌潮兒，材比佽飛健。見卷四贈馬冠軍。鼓棹激風濤，揚舲逐雷電。劉孝威蜀道難：「揚舲濯錦流。」當時意氣盈，〔校記〕列朝詩集作「氣盛」。清康熙時周氏濂溪書院重刊姑蘇雜詠（簡稱濂溪本）同。謂已無勾踐。鷗避去沙洲，龍愁閉淵殿。恃強非伯圖，倏忽市朝變。臺上失嬌姿，越絶書：「吳王夫差破越，越進西施，請退軍。吳王築姑蘇臺，五年乃成，高二百丈。後越伐吳，吳太子友戰敗，焚臺。」泉間掩慚面。吳越春秋：「吳王臨欲伏劍，顧謂左右曰：『吾生既慚，死亦愧矣！使死者有知，吾羞前君地下，不忍覩忠臣伍子胥及公孫聖；使其無知，吾負于生，死必連繴組以罩吾目，恐其不蔽，願復重羅繡三幅以爲掩，明生不昭我，死勿見我形，吾何可哉！』」至今西山月，恨浸秋一片。猶有網魚人，時時得沉箭。

明月灣

姑蘇志：「明月灣，在西洞庭山消夏灣之東，吳王玩月處。」具區志：「在石公山西，有大明灣、小明灣。」洞庭記：「湖堤環抱，形如新月之彎，因名。」

木葉秋乍脱，霜鴻夜猶飛。扁舟弄明月，遠度青山磯。明月處處有，此處月偏好。天闊星漢低，波寒芰荷老。舟去月始出，舟迴月將沉。莫照種種髮，子華子：「顛毛種種，懼不任君之事。」但照耿耿心。把酒酹水僊，容我宿湖裏。醉後失清輝，西巖曉猿起。

越來溪 原注：「在橫山下，越伐吳，兵自此入。」姑蘇志：「溪與石湖通，北至橫塘，上有越城，雉堞宛然，溪上有越城橋。」

溪上山不改，溪邊臺已傾。越兵來處路，流水尚哀聲。昨日荷花生，今朝菱葉死。亡國不知誰，空令怨溪水。

採蓮涇 原注：「在城西，相傳吳王使美人於此采蓮。」姑蘇志：「上有採蓮涇橋。」

青房戢多子，鮑照芙蓉賦：「青房兮規接，紫的兮圓羅。」採得儂心喜。今夜水風涼，君王宿船裏。行處綠雲迷，歌聲一道齊。回頭調越女，何似若耶溪！吳越春秋：「越得苧蘿山鬻薪之女曰西施、鄭旦，飾以羅縠，教以容步，三年學服而獻于吳。」紹興府志：「若耶溪在城南，西施採蓮于此。」

顧辟疆園 原注：「其地至今不可考，自晉以來，最爲有名，故追賦一首。」姑蘇志：「晉時辟疆園，池館林泉之勝，號吳中第一。辟疆姓顧氏。晉、唐人題詠甚多，今莫知遺跡所在。考陸龜蒙之詩，則在唐爲任晦園亭，今任園亦不可考矣。」

江左風流遠，園中池館平。賓客久寂寞。狐兔自縱橫。秋草猶故綠，春花非昔榮。市朝亦屢改，高臺能不傾。

松江亭　原注：「在吳江垂虹橋上。」

泊舟登危亭，江風墮輕幘。空明入遠眺，天水如不隔。日落震澤浦，潮來松陵驛。姑蘇志：「松陵驛，舊在吳江縣前，洪武初年，移建儒學之左。」緜緜洲溆平，莽莽葭菼積。凭欄不敢唾，下有龍窟宅。帆歸雲外秋，鳥下煙中夕。欲炊菰米飯，儲光羲詩：「夏來菰米飯。」待月出海白。喚起弄珠君，埤雅：「龍珠在頷。」史記：「明月之珠，藏于蚌中，蛟龍伏之。」閒吹第三笛。博異志：「賈客呂鄉筠善吹笛，月夜泊君山側，命酒吹笛。忽有老父挐舟而來，袖出笛三管，其一大如合拱，次如常，其一絕小，如細筆管。鄉筠請老父一吹，老父曰：『大者合上天之樂，次合仙樂，小者老身與朋儕所樂者，庶類雜而聽之，未知可終曲否？』言畢，抽笛吹三聲，湖上風動，波濤沆瀁，魚鼈跳噴。五聲、六聲，君山上鳥獸叫噪，月色昏暗。舟人大恐，老父遂止。引滿數杯，棹舟而去，隱隱沒于波間。」

南峯寺　姑蘇志：「舊名天峰院，在支硎之南峰，卽古支硎寺也。元豐六年，龍谿曾旼記：闔閭城西二十里山之巔，有禪院，祥符詔書賜名天峰。考於圖記，所謂報恩山南峰院者是也。記云：『晉僧支道林，因石室林泉置報恩院，唐之大中，改爲支山禪院；晉之天福，改南峰

額。」

樵歸衆山昏，天峯尙餘景。欲投石門宿，曾旼記：「山下石室，山半石門。」更度西南嶺。遠聞雲間鐘，蘿逕入寺永。曾旼記：「自支遁菴前西向可數百步，林中一逕，入中峯院；自逕前南行，其登彌高，又數百步，乃至天峯北僧院。」懸燈照靜室，一禮支公影。姑蘇志：「支遁，字道林，始入道，住剡東岬山，後居吳支硎山報恩寺南峯院。性好鶴，鎩其翮，不復飛，視有懊喪意；後養令翮成，致使飛去。又好養名馬，謂愛其神駿。今有石室、放鶴澗、馬跡石，皆其遺蹤也。」鳥鳴澗壑空，泉響窗戶冷。曾旼記：「道周有石，盤薄平廣，泉流其上，清泚可愛。白居易詩云：『淨石堪敷坐，清泉可濯巾。』其謂是也。」對此問山僧，何如沃州境？曾旼記：「遁之所遊多矣，維吳之報恩、越之沃州最著。沃州有養馬坡、放鶴亭，故此山亦有馬跡石、放鶴亭。」一統志：「沃州山，在紹興府嵊縣，有放鶴峯，支遁嘗住此。」

楞伽寺

姑蘇志：「在楞伽山上，俗云上方山寺。寺有浮圖七級，隋大業四年，司戶嚴德盛撰銘，司倉魏瑗書。按治平寺，舊亦名楞伽，而吳志云：寶積寺亦名楞伽寺。山頂有塔，隋人書碑，今此寺自在楞伽山上，而寶積歸并，治平蓋不可考。豈皆一寺所分耶？今以塔觀之，則此當爲是，但碑中亦云橫山，蓋當時未有楞伽之名，此山固橫山也。」

夕陽西下嶂，返照東湖水。來尋古寺遊，楓葉秋幾里。叩門山猿驚，馬林鳥鐘維起。

聲出煙去，半落漁舟裏。楞伽義未曉，郡齋讀書記：「楞伽經四卷，宋天竺僧那跋陀羅釋。楞伽，山名也，佛爲大慧演道于此山。元魏僧達摩，以付僧慧可曰：『吾觀國中所有經教，惟楞伽可以印心。』」塵累方自恥。欲打塔銘碑，從僧乞山紙。王建詩：「山紙水苔香。」

慧聚寺 志作和孟郊韻。姑蘇志：「崑山縣叢林慧聚寺，在馬鞍山下，梁天監十年，吳興沙門惠嚮建。相傳嚮登山，寓一石室，欲建寺，忽神見，請助千工，用佐景福；是夜風雨暴作，喑嗚之聲，人皆聞之，遲明殿成。延袤一十七丈，高丈有二尺，巨石矗然，其直如矢。事聞，因命建寺賜今額，封山神爲大聖山王，仍賜鐵爐繡佛，敕張僧繇繪龍于四柱。淳熙中，寺燬，止存山王殿。端平、至正間，凡再燬。洪武中，僧曇倕重建，非復往時雄麗矣。」孟郊慧聚寺詩：「昨日到上方，片霞封石牀。錫杖莓苔青，袈裟松柏香。晴磬無短韻，晝燈含永光。有時乞鶴歸，還訪逍遙場。」

鳴鐘警迷方，枯僧兀趺牀。廣韻：「跏趺，大坐也。」婆娑論：「結跏趺坐，是生員滿。」石姿生寒稜，松子落古香。殿鎖山雨氣，樓迎海暾光。九歌：「暾將出兮東方。」遙望蒼蒼城，愁是車馬場。

寒泉 原注：「在支硎山，有石平廣，泉流其上。」

遠落叢峯間，平流盤石上。月照欲成潭，風吹不生浪。聲兼寒葉下，色映秋苔漲。野客照羸顏，曾來倚笻杖。

乘魚橋　原注：「在子城西北，宋吳子英嘗於此得赤鯉，有翅角，乘而飛去。」

橋上西遊人，橋下東流水。遊人如水流，朝暮何時已。誰知有飛仙，赤脚踏神鯉。「子英乘赤鯉」見卷二迎神曲。波驚風蕭蕭，渡海秋萬里。左招騎龍君，右攜乘鸞子。見卷四蕭鍊師鷹窠頂丹房。笑餐紫雲英，本草：「雲母，一名雲英。」陸龜蒙詩：「已傳餐玉粒，猶自買雲英。」同詠珠宮裏。殷克恭詩：「珠宮月最明。」歸來舊城郭，千載一日耳！下看橋上人，還隨雞鳴起。去者已如灰，來者猶似螘。王士熙樂府：「君不見，長安大道人如螘。」不解養谷神，老子：「谷神不死。」注：「虛中之神也。」紛紛自生死。

支遁菴　原注：「在南峯，晉高僧支遁剜山爲龕以居。」

閒登待月嶺，曾旼記：「天峯之旁，有待月嶺，下有碧琳泉，又有放鶴亭。」遠叩棲雲關。石室閉千載，高僧猶未還。殘燈黃葉下，古座青苔間。不見跏趺影，鶴鳴空此山。

鬬鴨篇 原注：「吳多綠頭鴨，性善鬬。」

春波漾羣鳧，博雅：「鳧、鶩，鴨也。」戲鬬每堪翫。宛轉迴翠吭，襹褷振文翰。聲兼江雨喧，影逐浦雲亂。唼喋隊初交，紛披勢將散。持敵忽同沉，呼儔更相喚。時陳水檻側，或聚湖亭畔。長鳴若賈勇，左傳：「欲勇者賈余餘勇。」遠奮如追竄。荷葉觸俱翻，菱絲胥齊斷；魚駭沒中流，鷗驚起前岸。心踰隴雉驕，氣壓場雞悍。海客朝自驅，溪娃晚猶看。稍欲礙行舟，渾忘避流彈。南部新書：「陸龜蒙鬬鴨一欄，有驛使挾彈斃其尤者。龜蒙曰：『此鴨能作人語，待附蘇州上進。使者斃之奈何？』使者恐。龜蒙曰：『吾戲耳！』」苦爭應爲食，屈原卜居：「將與雞鶩爭食乎？」幸勝非因算。孫子：「多算勝，少算不勝。」微鳥昧全軀，臨川獨成歎。

言公井 原注：「在常熟縣中，世傳子游舊宅井也。」

寥寥武城宰，遺井虞山陰。千載汲未竭，九仞功應深。藝圃自可灌，上林賦：「游乎六藝之圃。」道源誰復尋。絃歌聽已歇，缾綆看還沉。無爲渫弗食，易：「井渫不食，爲我心惻。」惻惻起歎音。一瓢樂未改，庶幾回也心。

弔幽獨君

姑蘇志：「大曆十二年，虎丘寺有鬼題詩二章。其一曰：『青松多悲風，蕭蕭聲且哀。南山接北山，幽壟空崔嵬。白日空昭昭，不照長夜臺。雖知生者樂，魂魄安能迴？況復念所親，痛哭心肝摧。慟哭復何言？哀哉復哀哉！』其二曰：『神仙不可學，形化空游魂。白日非我朝，青松爲我門。雖復隔幽壠，猶知念子孫。何以遣悲怨，萬物歸其根。寄言世上人，莫厭臨芳樽。莊生問枯骨，至樂復虛言。』隱于石壁上，觀察使李道昌以聞。敕令致祭，後數日，復隱出詩一絕云：『幽冥雖異路，平昔忝攻文。欲知潛寐處，山北兩孤墳。』莫詳姓氏，故稱爲『幽獨君』。今山北兩墳猶存。」

君本何代人，姓名復爲誰？何年棄人間，長眠此山陲？荆榛鬱蒙蘢，孤墳上無碑。游魂久未化，哽咽還能詩。人歿乃歸滅，憂樂豈復知。君何獨煩寃，猶有親愛思。一死衆所同，已矣焉足悲。陳辭爲相弔，此理君當推。

靈巖寺響屧廊

姑蘇志：「靈巖寺在靈巖山上，舊名秀峯寺，宋改顯親崇報禪院，卽吳故館娃宮也。響屧廊，在靈巖山，相傳吳王建廊而虛其下，令西施與宮人步屧繞之則響，故名。今靈巖寺圓照塔前小斜廊，卽其址，亦名鳴屧廊。」

君王厭絲竹，鳴屧時淸耳。獨步六宮春，香塵不曾起。拾遺記：「石季倫屑沉水之香如塵末，布象牀上，使所愛者踐之，無跡者賜以眞珠。」那知未旋踵，麋鹿遊遺址。見卷二朝鮮兒歌。響沉明月中，跡泯荒苔裏。此夕意誰過，空廊有僧履。附鐵網珊瑚所載賦得響屧廊送別：「吳王厭歌舞，輕屧夜深明。安知越溪女，擧步國已傾。至今山頭月，空照千古情。淸響聞葉落，遺跡見苔生。方悲故宮換，復送故人行。他日明光殿，君王聞屧聲。」

陪臨川公遊天池三十韻

天池注見前。列朝詩傳：「饒介，字介之，臨川人。自翰林應奉出僉江浙廉訪使司事，張氏入吳，杜門不出。士誠慕其名，自往造請，承制以爲淮南行省參政。家採蓮涇上，日以觴詠爲事。吳亡，俘至京師，伏法。」

羣山瞰笠澤，勝覽兼曠奧。曩遊務窮蒐，甲乙誌曾到。打馬圖經：「公車射策之初，記其甲乙。」茲峯最靈奇，獨失有遺懊。我公仙署居，休沐偶得告。林壑軫遠情，招携晳同造。出郭縱鞍輿，入谷屏牙纛。歐陽修晝錦堂記：「高牙大纛，不足爲公榮。」幽幽霜泉微，卷卷風葉燥。尋溪見人煙，問嶺知佛號。意行恐迷誤，遠託樵子導。居僧作蠻音，北齊書陸法和傳：「法和平常言若不出口，時有所論，則雄辨無敵，然猶帶蠻音。」揖杖喜迎勞。客來豈先知，定有山鬼報。九歌山鬼注：「莊子曰：『山有夔。』淮南子曰：『山出嘄陽，楚人所祠，豈其然乎？』」始至已愜心，塵念爲除埽。壁穹冠玄雲，池古貯淸潦。長松掛其巓，美竹蔭其隩。浮暉蕩空明，萬象鏡中倒。磷砌岡頭石，突起類爭暴。緬懷融結初，天巧亦多耗。探深識後返，升險戒前躁。遠梅苦相邀，飛雪糝衣帽。谷猨晚應飢，澗鳥寒不噪。欲歸更留憩，禪榻近茶竈。詩歌叢桂篇，淮南王安招隱士序：「招隱士者，淮南小山之所作也。其詞曰：『桂樹叢生兮山之幽。』」琴奏猗蘭操。韓愈琴操序：「猗蘭操，孔子傷不逢時作。」我起前壽公，樂哉此高蹈！及春幸重來，芹藻應可芼。何須效羊公，登峴發嗟悼。一統志：「峴山在襄陽府城南。」晉書羊祜傳：「祜嘗登此置酒，顧從事鄒湛曰：『自有宇宙，便有此山，賢哲遊者多矣！皆湮滅無聞。』湛對曰：『公德業聞望，當與此山俱傳。』祜沒，襄人刻碑其上，見者莫不墮淚。杜預因名『墮淚碑』。」世事舟陸行，有力孰比奡？富貴不可求，盍亦從所好。斯理苟未宜，山水解相傲。微言儻或然，勿爲俗士道。

夜飲余左司宅得細字 見卷三懷十友

春會非有期，春愁本無際。焉知君子堂，此夕相與詣。燈銷月窺欄，角警霜委砌。舞影憐鶴長，吟聲笑蠅細。韓愈石鼎聯句：「時于蚯蚓竅，微作蒼蠅聲。」鄰雞易催旦，共勸休復寐。喪亂得茲歡，疇云匪良計。

劉凝之騎牛圖

一統志：「劉渙，字凝之，高安人。志尙高潔，精詳史學，天聖中進士，爲潁上令，剛直不善事上，棄官去，隱廬山。歐陽修慕其風節，賦廬山高贈之。杜門三十載，蕭然四壁，號西澗居士。嘗作騎牛歌云：『我騎牛，君莫笑，世間萬事從吾好。』」姓譜：「劉凝之與陳聖俞養犢爲騎牛，俞作騎牛歌，李伯時畫騎牛圖。」

夫子初亦仕，絃歌潁之湄。園廬忽在念，解綬言歸期。方春養孤犢，既耕亦以騎。春風草茫茫，出遊徧山陂。田家有美酒，輒醉不復疑。當昔天聖間，帝王代考：「天聖，宋仁宗年號。」實號休明時。豈無理人術，終懼塵鞅縻。嗟今屬喪亂，懷策競欲施。清芬遠莫挹，載誦廬山詩。

贈兒醫吳氏昆季

洗菊夜潭月，斸苓秋塢雲。陸游詩：「歸去秋山斸茯苓。」偶因念殤者，禮檀弓陳皓集說「十六至十九爲長殤，十二至十五爲中殤，八歲至十一爲下殤。七歲以下爲無服之殤，生未三月不爲殤。」來此市人羣。問術或禽戲，後漢書華佗傳：「佗語吳普曰：『吾有一術，名五禽之戲。一曰虎、二曰鹿、三曰熊、四曰猨、五曰鳥。亦以除疾，兼利蹄足，以當導引。體有不快，起作一禽之戲，怡而汗出，因以著粉，身體輕便而欲食。』」觀書皆鳥文。李白詩：

「遺我鳥跡書，飄然落崖間。」誰知仙籍裏，元有兩吳君。晉書吳猛傳：「猛，豫章人，少有孝行。夏日常手不驅蚊，懼其去己而噬親也。年四十，邑人丁義始授其神方，因還豫章。江波甚急，猛不假舟楫，以白羽扇畫水而渡。」又：吳子英，見卷二迎送神曲。

京口張氏世壽堂

一統志：「三國吳初都鎮江，因置京口鎮。」鄭元祐世壽堂銘序：「金壇張德常寓吳中，扁其室曰『世壽』。其父天民先生，年八十歲，大父愛山先生，年七十五，曾大父定軒先生，年九十三，伯父叔剛先生，年七十八，其兩老姑年皆望九十。」

天與下民壽，各有百歲期。行年不能滿，人自傷折之。雞鳴晨關開，衆車起交馳。茫茫欲海中，溫子昇定國寺碑：「漂淪欲海，顛墜邪山。」神化一作位。那能知？醲鮮薦廣席，妖妍貯深帷。白日未及終，紅英忽先萎。春風北邙原，一統志：「北邙山，河南府城北。」青草冢纍纍。借問其下人，得老還與誰？翁家鶴谿陽，鄭元祐張吳令像贊序：「德常奉其父天民先生家荆溪，淮甸兵起，避地來吳。」武進縣志：「白鶴谿在鳴鳳鄉北，接直瀆，南流入欽風鄉，舊傳以丁令威化鶴得名。」先朝業書詩。一門四葉來，俱聞享期頤。曲禮：「百年曰期頤。」世壽何獨能，世德尤不虧。翁今眉生毫，王禹偁詩：「扶桑枯盡靈椿老，始放堯眉出壽毫。」益以道自怡。浮榮等飛煙，昏旦從變移。不嗽華池漿，黃庭外景經注：「飢食自然之氣，渴飲華池之漿。」寧餐古柏脂。抱朴子：「上黨趙瞿病癩，有仙人賜以柏脂，云可長生，服之年百七十歲，色妙少童，乃入抱犢山。」澄觀息內想，心閑自難衰。一牀坐松陰，風巾夕披披。垂魚一作承顏。立侍側，演繁露：「今之魚袋，本唐制也，所以明貴賤、應宣召，其飾有金、玉、銀三等。」韓愈曹成王碑：「入則擁笏垂魚。」亦有白髮兒。嗟我生甚晚，況復值亂離。故老不復親，猶及翁在茲。願言拜堂下，聽說承平時。

剡源九曲

一統志：「紹興府嵊縣，漢剡地，唐剡城。嵊縣南有剡溪，一名戴溪，即晉王徽之雪夜訪戴逵處。」

其一　原注：「王羲之隱此，六詔徵之方起，有石硯存焉。」

欲知溪流長，百轉來越嶠。舟行安能極，嵐路入斜照。清景不足娛，昔人豈辭詔。石硯久誰磨，空林閉遺廟。

其二　原注：「五代陳文雅隱此，錢忠懿王親造起之，留旬日而去，後至殿中監。」

殿中初未仕，高節振衰謝。讀書在茲丘，蕭然竹間舍。王來有深言，留宿山水夜。誰云南陽翁，猶枉將軍駕。「南陽龐公」，見卷三隱逸。

其三　缶鳴集泛南溪之一

山折水暫旋，山開水仍往。東陂匯初成，秋色瀰然廣。碧蘿花茸茸，月映石壁上。何時試沿洄，一理煙中舫。

其四

密篠覆碕岸，石穴黝而深。居人負薪歸，駐聽風水音。回看蓮花峯，靄靄生夕陰。不有僧鐘來，高路誰能尋？

其五　原注：「山上有『丹霞』二字，即丹山赤水洞天也。」一統志：「丹池山在嵊縣，一名桐柏山，道書第三十七洞天。上有金庭洞，下有丹水赤池。」

石洞篝火入，石室敷牀居。白雲開層巔，上有丹霞書。神仙不遠人，但使粗穢除。何必瀛洲外，茫茫問飈車。眞仙通鑑：「王母所居宮闕，有曾城千里，玉樓十二，瓊華之闕，光碧之堂。其山之下，弱水九重，非飈車羽輪不可到也。」

其六

危梁渡清瀨，逶迤入前渚。犬吠樹蒙蘢，煙景暗墟聚。雨中耕叟歌，月下歸人語。欲尋仙尉踪，凄涼一茅宇。陶弘景瘞鶴銘：「丹陽仙尉，江陰眞宰。」按：「仙尉用梅福事。」楊萬里寄題李與賢似剡菴詩：「四明狂客一茅屋，敕賜剡川纔一曲。」

其七　缶鳴集泛南溪之二

清暉汎悠悠，東與前溪〔校記〕列朝詩作「班溪」。合。菱葉間荷花，風來秋颭颭。久行愁寂寞，忽有人煙雜。我欲發棹謳，漁郎肯相答。

其八

俗駕不可到，有地嶼中小。迴迴別澗通，宛宛連岡繞。人家林谷暗，不見旭光曉。東作起炊藜，王維詩：「蒸藜炊黍餉東菑。」惟應候啼鳥。

其九 原注：「水通鄞江，晉孫興公嘗種甘棠于此。」

入江水稍決，霜降未可涉。頗聞往來人，出門卽舟楫。前飛鷺鷥遠，下飲垂猱捷。何處問興公？晉書：「孫綽字興公。」風吹赤棠葉。爾雅：「杜，甘棠也。杜，赤棠；梨，白棠。」

詠殘燈 〔校記〕列朝詩題下有「和楊孟載」四字。

凝寒結重暈，逼曙零孤朵。膏空逐漏水，焰在同爐火。戀影未成眠，更就餘光坐。

驅瘧

我生東海壖，氣溼素善支。方暑忽遘痁，左傳昭二十年：「齊侯疥，遂痁。」方書：「多日之瘧曰痁。」未旬愧消羸。俄頃水火爭，寒冰繼炎曦。楚纊甫謝挾，左傳：「楚子伐蕭，師人多寒，王巡三軍，拊而勉之，三軍之士皆如挾纊。」齊紈遽尋持。見卷一班倢伃「扇歸秋篋」注。戰如恐墜陷，燒若當遭炊。向夕勢漸消，臨風與淸池。既去謂遂息，明午復如斯。俯仰天地寬，無地竄眇軀。思我到貧病，由是生笑嗤。豈伊水帝子，後漢書禮儀志注：「顓頊氏有三子，生而亡去爲疫鬼，一居江水，是爲瘧鬼。」韓愈譴瘧鬼：「屑屑水帝魂，謝謝無餘輝。如何不肖子，尙奮瘧鬼威？」遺威肆相欺。會當濯滯昏，靈藥雜進施。里閭習巫風，拍鼠勸禳驅。遼史禮志：「正旦，國俗令巫十有二人，鳴鈴執箭，繞帳歌呼，帳內爆鹽，鑪中燒地拍鼠，謂之驚鬼。」又遼史國語解：「地拍，田鼠名。正旦日，上于窗間擲米團，得隻數爲不利，則燒地拍鼠以禳之。」韓子蓋有託，見上。誰能辨其詩？

早過南湖

湖黑月未出，蒹葭露凄凄。榜人識浦漵，杜甫詩：「舟人漁子識浦漵。」唐韻：「漵，水所衝也。」不畏荒煙迷。殘夢詎可續，舟搖櫓聲齊。開篷望天邊，斗柄插水低。津遙未見樹，村近纔聞雞。自嗟遠遊人，中宵走東西。不如沙頭雁，宛頸猶安棲。列女傳：「魯寡女陶嬰黃鵠歌：『黃鵠之早寡兮七年不雙，宛頸獨宿兮不與衆同。』」

春日言懷

芳樹何靡靡？鳴禽亦喈喈。時物豈不好，人事誠多乖。憂來臥閒房，語笑孰與偕。天道諒不昧，薄願終能諧。惟當守貞靜，有酒陶中懷。

題晚節堂

人生百年壽，六十未爲晚。胡爲鑿玄扃，結亭此山阪。周圍松櫟高，可翫不可挽。日暮春雨晴，黄鳥啼睍睆。詩「睍睆黄鳥」注：「其音清和圓轉也。」東家鶴髮翁，方置萬金產。貽謀非不佳，竟爲識者莞。君能超物理，生死若往返。一笑步松陰，青山在吾眼。

與客攜樂遊寶積山遂泛石湖

姑蘇志：「楞伽山，其北爲寶積山，寶積寺在焉。又白洋灣折北，匯于楞伽山之下，曰石湖。湖界吳縣、吳江之間，有茶磨諸峰映帶，頗爲勝絕。相傳范蠡從入五湖處。」

雲山擁春郭，煙花漲晴川。看花入山中，諸峰恣攀緣。客吹玉管笙，宋書樂志：「漢章帝時，零陵文學奚景，于舜祠得笙白玉管。」畢曜玉清歌：「珠爲裙，玉爲纓，臨春風，吹玉笙。」合以金柱絃；陳子昂詩：「金絃揮趙瑟，玉柱弄秦聲。」清音度碧嶂，松風助泠然。宛若鸞鳳吟，李白鳳笙篇：「仙人十五學吹笙，學得崑丘彩鳳鳴。」杳眇入紫煙。行人盡矯首，歸去來辭：「時矯首而遐觀。」響遏雲中仙。下山興未闌，相攜更登船。虹收嶺外雨，鳥没湖中天。嵐翠破夕陽，樓閣影倒懸。酒傾綠脂膩，鱠斫瓊絲鮮。春渚紀聞：「吳興溪魚之美，冠于他郡。郡人會集，必以斫鱠爲勸，其操刀者名鱠匠。」歐陽原功詩：「吳王宫中宴未闌，銀絲斫鱠飛龍鸞。」獨恨無紅妝，淸波寫嬋娟。微風吹帆緩，欲使歸途延。衆賓起歡呼，船遡水漫舷。回櫓掠寺過，楊柳山門前。此地有離宫，姑蘇志：「吳王離宫在長洲東南，又相傳吳王別宫南宫在吳縣界。」美人豔當年。羅裙罷春舞，草色餘芊緜。況我昔此遊，冠蓋十里連。重來復誰在，新知滿中筵。人事既若斯，今古俱可憐。能遊卽稱達，何須問愚賢。我欲叫馮夷，楚辭：「使湘靈鼓瑟兮，令海若舞馮夷。」太公金匱：「河伯姓馮名修，一作冰夷。」捧月出海邊。醉後不歸去，相照船中眠。

謝陳卿惠冠

佳木產異域，質理密且堅。斲爲野夫冠，峨然著我顚。故人遠貽贈，皎若瓊瑰鮮。覽鏡見雅宜，鄙姿忽成妍。持報乏金玉，殷勤在斯篇。

獨步登西丘

幽臥意不適，出門聊獨行。惻惻田野中，斜徑多不平。逶迤登遠丘，迢遞望高城。風交二麥動，方岳農謡：「小麥青青大麥黃。」范成大田園雜興：「高田二麥接山青。」煙迥孤花明。偶逢植杖翁，疑是古耦耕。欲問恐相誚，歸來悵中情。

袁氏高節樓

張適樂圃集高節樓賦序：「節婦陳姓，崑山人，適袁而早寡，教養其子，卓然成立。子因構樓爲親宴安之所，顏其楣曰『高節』。」

海上有高樓，朱甍焕晨光。淸風自遠至，吹動羅衣裳。樓中單棲人，憂思起彷徨。良匹已久歿，自誓不再行。欲取哀琴彈，仰見孤鴻翔。孤鴻去何極，撫景空歎息。感傷嬋娟容，思作憔悴色。憔悴非一時，黄泉以爲期。含情不能道，聊詠兩髦詩。

閒理篋中得諸友詩存歿感懷悵然成詠

閒理亂帙中，乃得故友篇。顏色見遺翰，瓊華尙淸妍。憶昨遊名都，結交此羣賢。日枉貽贈詞，情文藹相宜。俯仰未十周，飄零若雲煙。生者應白首，死者俱黄泉。屈指俱別離，羈愁獨江邊。舊懷誰能識，灑涕東風前。

柳絮

輕盈易飄泊，思逐春雲亂。已拂武昌門，還縈灞陵岸。俱見卷一折楊柳。沙頭雀啄墮，水面魚吹散。官樹曉茫茫，岑參詩：「驛樓官樹灞陵東。」哀歌腸欲斷。

徐博士愛日堂

曜靈趣頽運，皇甫謐帝王世紀年曆：「日者衆陽之宗，陽精外發，故日以晝明，名曰曜靈。」忽去不待人。壯者亦恐衰，況乃頭白親。心長景苦短，何由盡歡忻？當朝遂慮夕，在夜俄驚晨。無繩繫飛烏，傅休奕詩：「安得長繩繫白日。」使之少逡巡。置酒上高堂，爲樂且及辰。此日誠可惜，此意良難伸。安得延年術，爲親保長春。

答衍師見贈

衍師本儒生，眉骨甚竦峭。軒然出人羣，快若擊霜鷂。晉書崔洪傳：「洪少以清厲顯名，骨鯁不同于物。爲尚書左丞，時人爲之語曰：『叢生棘棘，來自博陵，在南爲鷂，在北爲鷹。』」早嘗垂長紳，挾册誦周邵。宋史：「周敦頤，字茂叔，知南康軍，所著有通書太極圖說。邵雍字堯夫，范陽人，徙居河南。著皇極經世諸書。」欲陳興壞端，往應乞言詔。禮記：「凡祭與養老乞言合語之禮，皆小樂正詔之于東序。」乾綱會中頽，四海起擾剽。仰頭望天扃，楊億君可思賦：「研精藻翰，局影天扃。」氛祲匿羲曜。左傳：「吾見赤黑之祲。」注：「祲，妖氛也。」晉書后妃傳論：「圓舒循晷，配羲曜以齊明。」藩邦日尋兵，見卷二朝鮮兒歌。纁玉罷朝頫。木顛豈繩維，後漢書徐穉傳：「穉謂茅容曰：『爲我謝郭林宗，大樹將顛，非一繩所維。』」長往遂淪耀。披緇別家人，范成大詩：「吾豈金閨彥，不如林下緇。」欲挽首屢掉。杜甫送孔巢父詩：「巢父掉頭不肯住。」超哉休遠徒，杜甫詩：「湯休起我病，微笑索題詩。」注：「沙門惠休，姓湯氏，善屬文。」又：「道林不世出，惠遠德過人。」注：「晉高僧惠遠有宿德。」高躅願追紹。初來北城刹，駐錫問宗要。圓覺要覽：「遊行僧爲飛錫，空住僧爲挂錫。錫，杖也。」相逢共宵哦，篝火樹間照。篇成出叩鉢，南史王僧儒傳：「竟陵王子良，嘗夜集學士，刻燭爲詩。四韻者則刻一寸，以此爲率。蕭文琰曰：『何難之有？』乃與丘令楷、江洪等，共擊銅鉢立韻，響滅則詩成，皆可觀覽。」鋒疾驚楚僄。方言：「佻僄，輕也。楚凡相輕薄謂之僄。」我或勸之冠，不答但長笑。留連忽中離，名山赴佳召。頗知此行樂，夙志酬歷眺。吳峯戴樸登，楚水投文弔。江秋雨鳴瀨，海曙霞發嶠。靈奇務窮蒐，不憚躡遐徼。元稹詩：「迢遞投遐徼。」東歸始安禪，幽谷斬蓬藋。孫覿詩：「伐翳斬蓬藋。」坐斅雲中衾，薜屋一澗繚。前年逐戎旃，李白詩：「水國奉戎旃。」野出事田獠。爾雅釋天：「宵田爲獠。」注：「今江東呼獵爲獠，或曰卽今夜獵載鑪照也。」是時陰飈作，山黑捲狂燒。不畏猛虎過，車宿傍楓廟。聞師隔煙嶺，無寐聽猨叫。晨興雪滿壑，衣溼寒未燎。空林斷樵蹤，兀兀見來轎。相邀至巖扉，杉〔校記〕列朝詩作「山」。竹穿窅窱。集韻：「窅窱，深遠也。」深房煑山藥，乾葉燄風銚。唐韻：「今釜之小而有柄有流者曰銚。」頓釋行旅顏，瓢綠欣飲釂。曲禮「長者舉未釂」注：「盡爵曰釂。」促還不能淹，喧寂歎殊調。邇來竟何成，三十匪年少。恨無關弧力，結束從嫖姚。史記衛將軍列傳：「霍去病爲剽姚校尉。」注：「按荀悅漢紀作票鷂。票鷂，勁疾之意也。」閉坊借書披，危坐似持鈞。行憂釜見奪，戰國策：「蔡澤見逐于趙，而入韓、魏，遇奪釜鬵于涂，乃西入秦。」謁恐冠遭溺。史記酈生列傳：「沛公不好儒，諸客冠儒冠來者，沛公輒解其冠溲溺其中。」逢人戒談時，澀縮刀在鞘。軍鼙五月急，市粟無賤糶。壯氣漸欲磨，妻孥困纏繞。堂筵賓履疎，暑夕行熠燿。師來贈長句，有譽無鄙誚。組章眩芬萼，金奏聆要眇。潘岳笙賦：「音要眇而含清。」據梧起豪誦，莊子：「惠子據梧。」注：「梧，琴也。」心疚渾可療。回顧平生吟，眞咽蚯蚓竅。見前夜飲余左司宅。上天宰玄化，亂治方叵料。性命如窮鱗，劉長卿詩：「青山數行淚，滄海一窮鱗。」儻獲脫罾罺。正韻：「罺，魚網。」卜居計已決，不待龜灼燋。周禮春官：「華氏掌共燋契以待卜事。」集韻：「燋，灼龜木。」過湖就稻蟹，靜處容不肖。安能效羣女，倚市鬭姸妙。史記貨殖列傳：「刺繡紋不如倚市門。」泳風或鳴橈，耕月還荷蓧。師當重見尋，東皐一舒嘯。

謝周架閣移送菊花

宋史職官志：「制敕庫房主編檢敕令格式，簡納架閣文書，置吏六十有四。又主管三省樞密院架閣文字一員，嘉定八年置，以選人京朝官通差。」

杪秋始授衣，我歸視南園。荒逕久廢鉏，舊菊今不蕃。節臨乏采翫，何以慰憂煩。東鄰幸分致，離離擢深根。幽馥辭別圃，佳色羅前軒。愧無樹灌勞，獲此英翹繁。日出寒意祛，孤蝶來飛翻。我亦愛其芳，繞叢詠微言。安得與君子，鍾會菊花賦：「早植晚登，君子德也。」飲泛同一樽。霜露懼澌殞，歲晏空籬藩。

送蕭隱君自句曲經吴歸維揚　一統志：「句容縣東南山形如句字，初名句曲山，後因茅君得道于此，今名茅山。道書爲第八洞天，第一福地。山有三峰，三茅君各占一峰，謂之三茅峰。」禹貢：「淮海維揚州。」

適從江東來，復作江北去。來去逐江雲，蕭蕭舊巾履。身帶煙蘿雨，初下大茅峰。孤帆拂楚樹，遥聽廣陵鐘。一統志：「揚州，漢武帝時名廣陵。」去家忽來歸，憐君似黄鶴。日暮渺相思，淮南桂花落。

高青丘集卷六

五言古詩

賦得眞娘墓送蟾上人之虎丘

李紳詩序：「眞娘，吳之妓人歌舞有名者，死葬武丘寺前，吳中少年從其志也。墓多花草，以蔽其上。」虎丘志：「蟾記室與高啓、徐賁爲詩友，姚少師廣孝詩所謂『聞道蟾公似贊公，一瓶一鉢寄山中』者也。」

色相終壞滅，文天祥詩：「爲問西來宗旨道，世間色相是空麽？」佳人能久妍？斷碑山寺裏，小冢竹林邊。蘭葉春風帶，苔花暮雨鈿。情留吳苑客，夢逐楚臺仙。物外全眞念，人間斷俗緣。高僧方宴坐，身在散花天。

友竹軒

姑蘇志：「友竹軒，在吳江半澤村，元末金玉局副使崔天德所居，周伯溫書扁，高啓作記。」

世人務結託，車馬紛交馳。言笑雖強歡，衷懷詎相知？中林有君子，淡然夙與期。虛心兩無阻，榮悴焉可移。朝尋披煙逕，暮對褰風帷。非此君爲偶，晉書王徽之傳：「嘗寄居空宅中，便令種竹，人問其故，但嘯詠指竹曰：『何可一日無此君邪！』」誰共歲晏時？

遷婁江寓館

吳地記：「松江東北行七十里，得三江口，東北入海，爲婁江；東南入海，爲東江；幷松江爲三江。」

寓形百年內，行止固無端。我生甫三九，東西宜未闌。去年宅山陲，今年徙江干。野性崇儉陋，經營唯苟完。閒窗俯平疇，幽扉臨遠湍。豈忘大廈居，弗稱非所安。披榛始來茲，霜露淒以寒。誰云遠親愛，弟子相與歡。室中有名酒，歲暮聊盤桓。

雪夜懷周著作

燈照竹林雪，寢齋寒更空。窗間成獨坐，遙想故人同。不有孤吟興，寧度此宵中。

登西城門

登城望神州，見卷一永嘉行「王夷甫」注。風塵暗淮楚。江山帶睥睨，釋名：「城上垣曰睥睨，言其於孔中睥睨非常也。一作埤堄。」烽火接樓櫓。玉篇：「櫓，城守禦望樓。」釋名：「櫓，露也，露上無覆瓦也。」幷吞何時休？百骨易寸土。向來禾黍地，雨露長榛莽。不見征戰場，那知邊人苦。馬驚西風笳，鳥散落日鼓。嗚嗚城下水，流恨自今古。

期家兄宿東湖民家不至

東湖欲上月，寒鳥已棲煙。何處相期宿？柴門汀樹邊。未嘗新漉酒，南史陶潛傳：「郡將候潛，逢其酒熟，取頭上葛巾漉酒畢，還復著之。」猶望遠來船。誰信姜肱被，後漢書姜肱傳：「肱，字伯淮，家世名族；與弟仲海、季江，俱以孝行著聞。友愛天至，兄弟共被而寢。」今宵還獨眠。

送陶兵曹之越 後漢書百官志：「兵曹，太尉公屬，主兵事。」

高齋掩林雪，獨臥玄景暮。夫君定何聞？九歌：「思夫君兮太息。」注：「夫音扶。」此日勞我顧。清言一歡然，孰云昧平素？方期締深約，幽抱終以布。胡爲遽嚴裝？明發首東路。手持三公檄，新辟當遠赴。薄祿豈足羈？知君爲親故。況茲句踐邦，山水夙所慕。湖明夕櫂來，谷迴寒鐘度。留滯自戚悲，無因共遊騖。

豐城余君夢彩堂 豐城，屬南昌府。

楚客身未歸，悠悠念庭闈。濤江雖云廣，莫阻魂夜飛。秋陰天無星，猨叫楓樹稀。家山倏已到，不失舊路微。宛然上高堂，獻笑試舞衣。高士傳：「老萊子年七十，作嬰兒戲，著五色斑斕衣，取水上堂，跌仆臥地，爲小兒啼，欲母喜。」焉知空館曙，鐘動殘燈輝。難追夢中歡，益發覺後唏。誰能傳爾翼？楊炯李君神道碑：「攀鱗北海，附翼南溟。」遠去成相依。

過束氏廢園

人間樂事變，池上高臺傾。歌堂杏粱壞，南部煙花記：「隋文帝爲蔡容華作瀟湘綠綺窗，上飾黃金芙蓉花，琉璃網戶，文杏爲粱，雕刻飛走，動值千金。」射圃菜畦成。禮記：「孔子習射于矍相之圃。」不見妓釵影，詎聞賓履聲？來斯欲攄抱，念昔反傷情！

送倪雅 見鳧藻集送倪雅序

交游結深歡，離別生遠念。聊持毛子檄，見卷四醉贈王卿。暫脫劉生劍。見卷一劉生。南風柳下亭，杯動江色灩。山遙馬嘶〔校記〕大全集作「望」。驛，日落蟬鳴店。此去漸成名，驅馳君勿厭！

同徐山人賁過妙蓮佛舍訪王主簿欽

逸人如高僧，傲吏同隱尉。見卷五剡源「仙尉」注。閉房對淸夏，共挹池荷氣。煙帷棲鴿馴，錢起津梁寺詩：「馴鴿不猜隼，慈雲能護霜。」風鐸驚禽畏。明日雨還來，杜甫秋述：「杜子臥病長安，旅次多雨，常時車馬之客，舊雨來，今雨不來。」山櫻當熟未？

題帶經圖

漢書兒寬傳：「寬治尙書，貧無資用，帶經而鉏，息則誦讀。」

朝鉏東皋上，暮鉏西陂側；釋未讀遺經，欣然此休息。因觀舜稷事，耕稼寧辭力。

題漂麥圖

後漢書高鳳傳：「鳳專精誦讀，晝夜不息。妻嘗之田，曝麥于庭，令鳳護雞，時天暴雨，而鳳持竿誦經，不覺潦水流麥，妻還怪問，鳳方悟之。」

田中刈麥罷，把卷忘其疲。風雨忽云至，千穗漂無遺。於書苟有得，歲晏何憂飢？

秋日山中

山澤含霧雨，偶來若居夷。我無遠遊志，何與親愛離？暑退初可喜，秋來轉堪悲。壯顔豈草木？憔悴同此時！中心與百憂，日暮如有期。悄悄出空宇，悠悠適荒陂。阨窮勿復歎，天欲昌吾詩。韓愈貞曜先生銘：「維卒不施，以昌其詩。」

宿幻住棲雲堂

姑蘇志：「在閶門外雁蕩村，元大德間，僧明本至吳，喜其地名與雁蕩山合，遂結草菴于此。趙孟頫爲名之曰棲雲，其後別創精舍，改今名。」

窗白鳥聲曉，殘鐘度谿水。此時幽夢迴，獨在空山裏。松巖留佛燈，葉地響僧履。余心方湛寂，無使羣動起。

送賈鳳進士

新逢洛陽客，「洛陽賈生」見卷一放歌行。握手共遊般。如何異鄉土，乃得此交歡。相逢既不易，相違亦良難。驅馬夕云返，北風野多寒。登高望山川，浮雲杳漫漫。羣獸相號呼，哀音摧心肝。遊子念高堂，歲晚身得安。人生如蓬萍，司空圖詩：「隨風逐浪劇蓬萍。」飄流無定端。重合諒有日，長歌聊自寬。

寄王七孝廉乞貓

鼠類固甚繁，家有偏狡獪。玉篇：「狡獪，健捷也。」厥質亦陋微，朋聚工造怪。舞庭欲呈妖，前漢書：「昭帝時，燕有黃鼠銜其尾，舞于王宮端門中，王使吏以酒脯祠之，鼠舞不休，一日一夜。時燕王旦謀反，將敗之象。」京房易傳：「誅不原情，厥妖鼠舞門。」憑社期免敗。說苑：「齊桓公問于管仲曰：『國何患？』管仲對曰：『患夫社鼠。夫社，束木而塗之，鼠因往託焉。熏之則恐燒其木，灌之則恐敗其塗。鼠所以不可得殺者，以社故也。夫國亦有社鼠，人主左右是也。』」饞同善飯頗，史記廉頗列傳：「趙使者既見廉頗，廉頗爲之一飯斗米，肉十斤，被甲上馬，以示尙可用。趙使還報王曰：『廉將軍雖老，尙善飯。』」暴比橫行噲。漢書樊噲傳：「願得十萬衆，橫行匈奴中。」倉偷自詫肥，元稹詩：「空倉鼠敵貓。」穴竄寧辭隘？說文：「鼠，穴蟲之總名也。好自揚弄其須，性疑，出穴多不果。故持兩端者，謂之首鼠。」唯思淮南舉，神仙傳：「淮南王與八公白日昇天，遺藥在器，雞犬舐之皆飛去，故雞鳴天上，犬吠雲中也。」博物志：「唐公房舉宅登仙，惟鼠不淨，不將去。鼠自悔，一月三吐，易其腸。」不悟河東戒。柳宗元集三戒記永某氏之鼠。嗟余守窮僻，有屋如敝廨！說文：「公廨也。」公然肆相欺，遠告來別界。嘐嘐鳴橐頻，蘇軾黠鼠賦：「嘐嘐聱聱，聲在橐中。」窣窣緣幕快。說文：「窣窣，穴中卒出也。」蘇軾却鼠刀銘：「跳牀撼幕，終夕窣窣。」伺暗忌燈然，聞腥喜餮餲。空牀印凝塵，世說：「晉簡文爲撫軍時，牀上塵不聽拂，見鼠行跡，視以爲佳。」高壓隤墮塊。核遺桀果亡，汁覆罌罋壞。轟霆駭怒鬬，陸龜蒙詩：「鬬鼠落書棚。」急雨疑流㝡。書殘費補裝，裀涴煩烘曬。入圊客驚吁，史記李斯列傳：「少時爲郡小吏，見吏舍圊中鼠食不潔，見人犬數驚之。入倉，觀倉中鼠食積粟，居大廡下，不見人犬之憂。乃歎曰：『人賢不肖如鼠，在所自處耳。』」守舍奴憂誠。史記酷吏列傳：「張湯爲兒守舍，鼠盜肉，父笞湯。湯乃掘得盜鼠及餘肉，劾鼠掠治，傳爰書，訊鞫論報，并取鼠與肉，具獄，磔于堂下。父視其文辭如老獄吏，大驚，後爲廷尉，一意深刻。」豈無老烏圓，酉陽雜俎：「貓一名蒙貴，一名烏圓，其目睛旦暮圓，日午則細如一綫，洗面過耳則客至。性陰而畏寒，其鼻端四時常冷，惟夏至一日溫，其耳經捕鼠之後，則有缺如鋸，如虎食人而鋸耳也。」昔壯今何憊？不修司捕職，唐書五行志：「龍朔年，洛州貓鼠同處。鼠隱伏象盜竊，貓職捕齧而反與鼠同，象司盜者廢職容姦。」垂頭象瘠瞶。難求許邁符，別傳：「許邁爲鼠嚙衣，作符召鼠，畢至中庭，唯一鼠住伏不動。」莫具張湯械。見上。尋蹊漫設機，魏志荀彧傳：「千鈞之弩，不爲鼷鼠發機。」薰隧徒吹韛。玉篇：「音憊，韋囊。可以吹火令熾。」北周書韋孝寬傳：「於塹外積柴貯火，敵人有伏地道內者，便下柴火以皮韛吹之。吹氣一衝，咸卽灼爛。」遂令不眠人，中夜長抑噫！君家產銜蟬，黃庭堅乞貓詩：「聞道貍奴將數子，買魚穿柳聘銜蟬。」注：「銜蟬，貓名。」許贈不以賣。願得縱驅擒，淨若刈菅蒯。丘遲表：「麻絲是蓄，菅蒯靡遺。」盡殺豈匪仁，去害容少懈。高枕幸無苦，君惠當再拜。

送客之海上得誠字

臥廄困田子，史記田橫列傳：「漢王立爲皇帝，田橫與其徒屬五百人入海居島中。高帝詔之，橫乃與其客二人乘傳詣洛陽，未至三十里，至尸鄉廄置，遂自剄死。」抱關老侯生。見卷二大梁行。豈無一時辱？終有千載名。子亦屈身者，薄祿非所榮。結歡誰云淺，一杯吐衷誠。艱難我何託？所託在友朋。平生不傷離，此離骨爲驚。見卷二苦哉遠行人。白日川上沒，歌作變徵聲。見卷二擊筑吟注。明朝欲觀海，浩蕩逐東征。

冬至夜坐懷周記室砥

列朝詩傳：「周砥，字履道，吳人，寓居無錫。博學工文詞。兵亂避地，與義興馬治孝常善，往舍荆溪山中，治爲治具，巾車泛舟，窮陽羨溪山之勝，有荆南倡和集。歸吳，與高、楊諸人游，書畫益工。已又去之會稽，歿于兵。」、

夜聞驚鴻來，一室寒且靜。明朝日長至，夜漏方最永。凄凄霜塗階，皎皎冰入井。故人昔同宿，杯酒笑相領。年運方重周，歡事忽盡屏。別離孰無有，爾獨限殊境。達曙恨難裁，殘燈兀孤影。

賦永上人紙帳

剡藤裁素幬，博物志：「剡溪古藤甚多，可造紙。」一統志：「紹興府嵊縣出剡牋。」坐使諸塵隔。冬室自生温，寒窗屢驚白。不隨直省被，漢官典職：「漢尚書郎入直，供靑綾被、白綾被或錦被。」長覆棲禪簀。

思曾雪夜時，宿伴山中客。

初開北窗晚酌　原注：「時寓江上外舅周隱君宅。」

春暄罷淒風，朝始開北牖。青山入吾座，不異延故友。自掃榻上塵，琴册列左右。悠然坐其間，傲兀醉杯酒。韓愈詩：「傲兀坐試席。」況當江花落，微雨斜日後。遠見帆度川，高鳥鳴柳。孰云非吾廬？居止亦可久。人生處一席，累榭復何有？楚辭：「層臺累榭。」幽懷澹泊，末事辭紛揉。更擬長夏眠，風期結陶叟。晉書陶潛傳：「高卧北窗，自謂『羲皇上人』。」

夏日與高廉遊無量佛院還憩王隱君池上　蘇州府志：「無量佛院，在齊門外，明洪武初，選十高僧，本寺東白曉得與焉。」

久卧困炎燠，煩抱思一浣。霽雨留暫涼，言出欣子伴。悠悠去景得，稍稍來跡斷。已尋名僧廬，復謁高士館。蒲荷共南風，池上新葉滿。步陰覺衣輕，汲冷嫌綆短。幸無塵中役，樂此林下款。鳴蜩嘒斜陽，歸駕猶可緩。

曉起春望

今朝有春意，原野晴始綠。疎花未破煙，新禽稍鳴旭。物情各欣榮，客意胡刺促？居閒厭寂寞，從仕愁羈束。兩事不可齊，人生苦難足。安得長放歌，花開酒醅熟。

陳氏秋容軒

西郊莽迢遞，川樹凝煙景。雨過落紅葉，斜陽半江冷。蟬鳴山欲暗，雁去天逾永。孤客對蕭條，應嗟鏡中影。

瞻木軒 幷引

道士李玄修所居，庭有凌霄花，依樹而生。近樹伐而凌霄獨存，因以名室，求予賦詩。本草圖經：「凌霄花多生山中，人家園圃亦或種蒔。初作藤，依大木至其顚而有花。色黃，夏中乃盛如錦繡，不可仰視，露滴目中，有失明者。」

凌霄託高樹，引蔓日已長。纏縣共春榮，幽花藹敷芳。高樹忽見伐，無依向風霜。亭亭還自持，柔姿喜能強。君子貴獨立，依附非端良。覽物成感歎，爲君賦新章。

雨中遣興

積雨坐無悶，端由便寂寞。好鳥不頻啼，閒花自遲落。行園每度徑，望岫時登閣。只此可終朝，何當有樽酌。

題方厓師聽秋軒

西澗獨趺處，涼飇度虛閣。秋從夜深來，流音滿林壑。初鳴忽澎湃，稍定還蕭索。月下暗禽翻，窗間危葉落。上人習靜定，談籟笑南郭。莊子齊物論：「南郭子綦曰：『汝聞人籟而未聞地籟，汝聞地籟而未聞天籟夫！』」喧寂兩無聞，星河在寥廓。

與內兄周思齊思義同過僧浩西齋夜酌

甫里志：「周仲達，青丘鉅室也，隱居不仕。高太史爲其館甥，因依之以居。子思齊、思義、思恭、思敬、思忠，俱有唱贈詩。」王行送浩師住報恩寺序：「予友浩講師宗源，嘗至龍河全室泐禪師方丈，禮遇殊厚，全室將畀之高職，師遜避以歸。洪武庚午夏，衆推師主席報恩，迎師入山，祝釐講道焉。」

雨過月在花，疎鐘閉禪舍。幽僧與逸人，對酌明燈下。園樹稍辭春，池蛙正鳴夜。嘉會莫蹉跎，流年易傾謝。

萱草

不見堂上親，空樹堂下草。詩：「焉得蘐草，言樹之背。」注：「背，北堂也。」夏來風雨繁，離披數叢老。日暮欲忘憂，說文：「蘐，忘憂草也。」搴芳轉傷抱。

月林清影　杜甫詩：「月林散清影。」

疎林逗明月，散亂成清影。流藻舞波寒，驚蚪翔壑冷。蘇軾記承天夜遊：「庭下如積水空明，水中藻荇交横，蓋竹柏影也。」雲來稍欲翳，風動紛難整。圓魄忽西傾，愁看墮空境。

春草堂　幷引

余既爲彥彝記春草堂，士大夫多賦詩歌之，出以示余，因復賦五言一首。太倉州志：「春草堂，陳寶生奉節母之所，高啓撰記。」

靡靡堂廡草，託根近華楹。膏露既灌芳，惠風亦揚馨。匪蒙陽和力，孰使微物榮？中天駛景流，青節坐易盈。但憂德澤違，豈惜憔悴幷。願言相蔓結，遮彼春逝程。寸心雖難報，拔去還當生。孟郊詩：「誰言寸草心，報得三春暉。」

次韻内弟周思敬秋夜同飲白蓮寺池上

姑蘇志：「白蓮講寺在長洲縣二十都甫里，即陸龜蒙别業，祠堂在焉。」

月出露已白，荷花香滿池。高僧愛清夜，留客坐題詩。竹動鳥驚夢，草涼蟲語悲。閉齋一瓢酒，應不負幽期。

聞鐘

迢迢煙際發，隱隱巖中應。初來覺寺遙，乍歇看山暝。惆悵未眠人，空齋幾迴聽。

詠雨酬張進士羽見寄

珠碎復絲輕，飇迴乍拂楹。望中來曉峽，愁裏度秋城。莎溼蛩應冷，荷響鷺還驚。聽絃知瑟潤，臥簟覺幃清。一覽停雲句，見卷四媧蜼太史。離抱轉難平。

徐隱君陋居

脩途息往駕，環堵老所依。家語：「儒有一畝之宫，環堵之室。」蕭條窮巷中，故人亦來稀。交交風雨侵，翳翳蓬藋圍。局促不苟厭，暫出復來歸。名都列飛甍，煥燿朝日輝。爽塏豈不慕？左傳：「景公欲更晏子之宅，請更爽塏者。」終憂蹈危機。心舒體自適，道在願無違。茲焉樂飲水，回賢良可希。

西園曉霽

積雨淹夏半，始晴園景饒。高林上初日，遠水泛迴飈。餘情萱際蝶，新響樹間蜩。詎必勞觴詠？煩憂坐已銷。

題畫鷹得嘯字

高風動古壁，竦立見蒼鷂。見卷五答衍師見贈。軒然欲飛揚，嗟此粉墨妙。秋筋束老骨，杜甫畫鶻行：「颯爽見秋骨。」天寒勢逾矯。腦枯草中兔，杜甫畫鶻行：「側腦看青霄。」氣盡櫪上驃。健鶻雖百餘，凡材豈同調？乾坤正肅殺，怒氣號萬竅。莊子齊物論：「作則萬竅怒呺。」大野開平蕪，悲臺落殘照。荒城有妖狐，夜作猛虎嘯。爲君試一擊，壯士慚勇剽。安能飽拳肉，側翅隨年少。

哭王隅 仲廉哀詞，見鳧藻集。

車行一輪摧，鳥奮一翼傷。人生失輔友，誰當共提將？相逢豈無人，不獲如子良。朝遊羣彥林，夕棄萬鬼鄉。春風吹南原，百草淒〔校記〕詩綜作「萋」。以長。呼君不歸魂，割我欲斷腸。豈不悟生滅，情至諒難忘。

池上晚憩

春晚思悠悠，閣前池水流。新蒲風葉響，如對野塘秋。野塘前歲路，已隔歸舟度。鳥下獨回頭，青山杳然暮。

醉歸夜醒聞雨

覺來聞雨聲，燈輝耿殘夜。窗間有危葉，暗助瀟瀟下。不記醉歸時，寢齋如客舍。

夏夜起行西園

夜熱不能寐，起步中庭前。舉頭望高旻，離離衆星躔。欲推理亂象，天道幽且玄。長歌來涼飈，驚烏北林顛。此時層城閉，悄悄萬室眠。誰復相與娛？淡月孤光懸。

師子林池上觀魚

穿蒲尾獨掉，唼藚口羣仰。波平沒見痕，池靜跳聞響。漁罛已免捕，僧盂每分養。落日意無驚，識我臨流賞。

和張羽懷吳興舊遊之作效其體

城貫綠川長，一統志：「湖州霅溪，在府治南，一名霅川，合苕溪、前溪、餘不溪諸水。」朱閣暎飛梁。後漢書梁冀傳：「飛梁石磴，陵跨水道。」鶯嬌山唱度，蓮豔水嬉張。見卷五長洲苑「蛾眉」注。花童搦翠管，杜甫詩：「翠管銀罌下九霄。」桑婦挈銀筐。梁簡文帝江南行：「銀筐插短蓮。」箬溪酒脂碧，一統志：「箬溪在長興縣西，溪皆生箭箬，南岸曰上箬，北岸曰下箬，土人取下箬水釀酒，極醇美。」顧渚茗旗香。一統志：「顧渚在長興縣西北，旁有二山相對，號明月峽，唐置貢茶院于此。」擇勝事未厭，驚亂意俄傷。回看舊遊地，秋草變凄涼。

送沈徵士鉉歸海上

列朝詩傳：「沈鉉，字文舉，雲間人。世居郊外，築室曰野亭。楊廉夫有記，高青丘有贈詩。」

我友張國士，短若婁君卿。漢書游俠傳：「樓護，字君卿，爲人短小精辨，議論常依名節，聽之者皆竦。是時王氏方盛，賓客滿門，護與谷永俱爲五侯上客。」家無一金產，所結皆豪英。去年東方來，向我道爾名。相逢眞甚都，座客爲之傾。高標華月出，韋應物詩：「西曹得時彥，華月共淹留。」雄辨流泉崩。文賦：「思風發于胸臆，言泉流于脣齒。」時方尙權謀，處士皆振纓。沈炯文：「明德世彥，振纓王室。」諸侯致幣聘，公子將車迎。見卷二大梁行。爾獨念滄洲，扁舟問歸程。翩翩冥飛鴻，影過海上城。儻見魯連子，殷勤煩寄聲。

重午書事

采蒲臨綠波，金門記：「五日刻蒲爲人，結艾爲虎，小如豆大以戴之。」團扇送涼過。唐書：「時翰林初選者，內庫給青綺披、紫絲履之類，五日賜青團扇。」越客爭標渡，荆楚歲時記：「五月五日，俗謂此日屈原投汨羅，人傷其死，故以舟檝救之。」李適競渡詩：「急槳爭標排荇度。」荆巫弭節歌。劉禹錫詩：「荆巫脈脈傳神語。」漢書司馬相如傳：「楚王弭節徘徊，翺翔容與。」注：「弭，猶低也。」家醑憐浮玉，宮衣憶賜羅。張謂岐王席上詠美人詩：「香艷王分貼，裙嬌敕賜羅。」今年兵氣惡，朱符佩更多。抱朴子：「午日，朱書赤靈符著心前，以避兵疫百病。」

東白軒

昔宿東峰巔，長夜何曼曼。起看玄景晦，冰雪積未泮。翻翻驚濤瀾，黝黝失星漢。玉篇：「黝，黑也。」悲風吹木石，澎湃而凌亂。太陽淪朱光，陰火吐微煥。韓性詩：「回風陰火隨幽篁。」山精與罔象，異苑：「山精如人，一足，長三四尺，食山蟹。夜出晝藏。」史記孔子世家：「水之怪龍罔象。」夏鼎志：「罔象如三歲兒，赤目，黑色，大耳，長臂，赤爪，索縛則可得食。」乘暗出遊翫。前巖挂猴猱，後嶺起鴉鸛。禽經：「鸛仰鳴則晴，俯鳴則陰。」一時互號叫，哀厲客腸斷。芒芒禹九州，下視莫能判。如身墮幽都，涉水濟無畔。金烏在地底，五燈會元：「水底金烏天上日。」其出疑可喚。雄雞棲高樹，見卷一放歌行。凍噤不振翰。君家有層軒，不異泰山觀。應劭泰山記：「自下至古封禪處，凡四十里，東南巖名日觀。日觀者，雞一鳴時見日始欲出，長三丈所。」榑桑拂檐楹，淮南子：「日出于暘谷，浴于咸池，拂于榑桑，是謂晨明。」咫尺海東岸。酒醒四鼓發，暘谷已昇半。紛紛物象出，稍稍涼暄換；如盲得復明，毫末皆可看。山中舊所聞，寂默應屏竄。何當此借榻，夙興不待盥。共賓羲和車，書：「寅賓出日。」一觀天下旦。

賦得姑蘇臺送賈文學麒

姑蘇志：「姑蘇臺，一名胥臺，在姑蘇山。」山水記：「夫差作臺，三年不成，積材五年乃成。造九曲路，高見三百里。勾踐欲伐吳，于是作栅楣，嬰以白璧，鏤以黄金，狀如龍蛇，獻吳王。吳王大悦，受以起此臺。」越絶書：「吳王遊姑胥之臺，子胥諫不聽。又于臺上别立春宵宫，爲長夜之飲，作天池以泛青龍舟，舟中盛致妓樂，日與西施爲嬉。作海靈館、館娃閣，皆銅溝玉檻，飾以珠玉。後越伐吳，遂焚其臺。」

城上聞啼鴉，臺前見遊鹿。悠悠畫簾影，薄暮澄潭曲。雲隨歌舞散，日與興亡促。美人不歸來，湖水春更緑。思君别後登，應盡天涯目。

聞晚鶯 原注：「時在圍城中。」

昨歲聞孤囀，緑陰山院行。今朝寢齋雨，重聽獨含情。西澗多喬木，何爲亦到城？

西齋池上三詠

葵花

豔發朱光裏，叢依緑蔭邊。夕同山蕣落，韻會：「蕣，木槿，朝華暮落。」午並海榴然。江總詩：「池紅照海榴。」幽馥流珍簟，鮮輝照藻筵。羣芳已謝賞，孤植轉成憐。

荷葉

楚服新裁得，離騷：「製芰荷以爲衣兮，集芙蓉以爲裳。」吳箭舊製成。姓譜：「魏鄭慤三伏集賓寮避暑歷陽，取荷葉盛酒，刺令與柄通，傳吸之，名碧筩酒。」圓應間荇菜，密欲翳蓮莖。聲中亂雨至，陰下一魚行。桂櫂還思折，江南日暮情。

桐樹

晴粉朝英墜，涼瓊夏葉舒。鳥啼高樹早，蟾轉薄疏虛。朱絃未薦曲，司馬彪詩：「苕苕椅桐樹，寄生于南岳。」又：「班匠不我顧，牙、曠不我錄，焉得成琴瑟？何由揚妙曲！」彤管屢題詩。殷芸小說：「蜀侯繼圖，見飄一大桐葉，有詩云：『拭翠斂雙蛾，爲鬱心中事。搦管下庭除，書成相思字。』數年，繼圖婚任氏女，曰：『是妾所書也。』」坐恐銷華澤，商吹起前除。

遊城西得豔字

軍旗表山柵，魏書廣陽王傳：「連營立柵。」商鼓喚津店。稻黃雲有香，楓赤火無焰。賞懷誓飲儻，眺目擬窮占。思畋已檠弨，唐韻：「檠，所以正弓。」玉篇：「弨，弓弛貌。」欲賦更橫槧。西京雜記：「揚雄懷鉛提槧，從諸計吏，訪殊方絕俗之語，作方言。」釋名：「槧，漸也。槧板長三尺，言漸漸然長也。」煙開象極判，〔校記〕大全集作「泮」。波溢類洪墊。書益稷：「禹曰：洪水滔天，浩浩懷山襄陵，下民昏墊。」壞宮茨被垣，棄壘葑漫塹。晨唳鶂鴻多，秋腥鱸蟹贍。吼鯨報僧粥，東都賦：「發鯨魚，鏗華鐘。」注：「海島有大獸名蒲牢，蒲牢畏鯨魚；鯨魚一擊，蒲牢輒大吼。凡鐘欲令聲大，故作蒲牢于上，以所擊之者爲鯨魚之狀。」臥獸衞官窆。趙孟頫詩：「岳王墳上草離離，秋日荒涼石獸危。」揖道訛語談，潘尼詩：「道逢深識士，舉手對我揖。」暎籬陋妝覘。池開沐女盆，見卷五天池。石拔鬭夫劍。竿危鬧鈴響，天寶遺事：「五王宮中，各於庭中豎長竿，挂五色旌于竿頭，旌之四垂，綴以小金鈴，有聲即視旌之所向，以知四方之風候也。」紗古羃燈豔。時覯遊總稀，歲稔酤饒釅。增韻：「釅，醲也。」探囊出奇蒐，抨弩脫浮念。李賀猛虎吟：「長戈莫舂，強弩莫抨。」一覽一興嗟，再到再忘厭。吟將嘯猨賡，歸用棲鶻驗。壑虛哀商叩，孟郊納涼聯句：「叩商者何樂？」嶺豁初魄閃。王褒詠月詩：「上弦如半璧，初魄似蛾眉。」窅窅聽鳴鐘，翩翩戒還韂。集韻：「韂，馬障泥也。」興清逼林淒，醉纈眩湖灩。李賀詩：「醉纈拋紅網。」顧標山已違，韓愈詩：「前對南山標。」入郭塵復染。幽景慮遂遣，拙詞紀姑僭。

卞將軍墓　晉書卞壼傳：「壼，字望之，濟陰冤句人也。拜光祿大夫，加散騎常侍。時庾亮將徵蘇峻，壼言于朝曰：『峻狼子野心，終必爲亂。』亮不納；峻果稱兵至東陵口，詔以壼都督大桁東諸軍事，假節，復加領軍將軍、給事中。壼率郭默、趙胤等，與峻大戰于西陵，爲峻所破。峻進攻青溪，壼與諸將距擊不能禁。賊放火燒宮寺，六軍敗績。壼時發背創，猶未合，力疾而戰，遂死之，時年四十八。二子眕、盱相隨赴賊，同時見害。峻平，朝議贈壼左光祿大夫，加散騎常侍尚書郎。後改贈侍中驃騎將軍開府儀同三司。謚曰忠貞，祠以太牢。贈世子畛散騎侍郎，畛弟盱奉車都尉，畛母裴氏撫二子尸哭曰：『父爲忠臣，汝爲孝子，夫何恨乎！』」

一統志：「墓在冶城，廟在雞鳴山之陽。」

胡馬飲洛川，晉書地理志：「永嘉之後，司州淪沒劉聰，聰以洛陽爲荆州。及石勒復以爲司州。石季龍又分司州之河南、河東、弘農、滎陽，兗州之陳留、東燕爲洛州。」皇輿寓江左。宰輔失良圖，國門屢興禍。惡木不可植，猛獸終難馴。冠軍歷陽來，晉書蘇峻傳：「峻隨庾亮追破沈充，進使持節冠軍將軍歷陽內史，加散騎常侍、封邵陵公。」一統志：「和州含山縣，漢歷陽地。」白日飛黃塵。兵叩西陵關，火焚大桁口。蘇峻傳：「峻自率渙、柳衆萬人，乘風濟自橫江，次于陵口，與王師戰，頻捷，遂據蔣陵覆舟山。率衆因風放火，臺省及諸營等署，一時蕩盡，遂陷宮城。」虎旅方敗奔，六宮竟誰守？卞公仗戎鉞，勇氣超常倫。立朝素正色，臨難仍捐身。落日百戰餘，裹創領殘卒。父子誓除兇，一朝共淪沒。當年尚浮虛，風俗變縉紳。誰知効節者，不在清談人！卞壼傳：「時貴游子弟多慕王澄、謝鯤爲達，壼厲色于朝曰：『悖禮傷教，罪莫斯甚！中朝傾覆，實由于此。』欲奏推之。」石頭義旗來，蘇峻傳：「溫嶠、陶侃，已倡義于武昌，峻聞兵起，還據石頭。」天狼夜流血。蘇峻傳：「嶠與趙胤率步卒萬人，從白石南上，欲以臨之。峻與匡孝將八千人逆戰北下，突陣不得入，將迴趨白木陂牙門，彭世、李千等投之以矛，墜焉。斬首臠割之，焚其骨。」晉志：「天狼一星在東井東南，狼爲野將，主摽掠。弧九星在狼東南，主備盜賊，嘗向于狼。」册贈極哀榮，千秋表忠烈。六朝卿相塚，一統志：「江南古金陵地，吳、晉、宋、齊、梁、陳舊都也。」無數青山根。至今行人過，但拜將軍墳。馬鬣封未平，檀弓：「從若斧者焉，馬鬣封之謂也。」龍泉氣猶發。郭元振寶劍篇：「良工鍛鍊凡幾年，鑄得寶劍名龍泉。」卞壼傳：「後盜發壼墓，尸僵，鬢須蒼白，面如生，兩手悉拳，爪甲穿達手背。安帝詔給錢十萬，以修塋兆。」惆悵望松楸，一杯奠寒月。

綠水園宴集 見卷四來鴻軒注

平居寡良會，艱哉況茲時！幸逢金閨英，中筵接光儀。名園過修禊，正韻：「祓禊，除惡祭名。」景麗春陽熙。綠芷榮曲沼，朱華敷廣墀。情宣寄高文，憂襟爲之披。觴來不敢訴，慮此朋歡虧。何以淹返斾，頹光願遲遲。

答宋南宮見寄 原注：「時寓江上。」南宮見卷三懷十友。

棲寓豈高遁，偶家南渚濱。雖欣遠物累，終悲寡交親。挐舟近入郭，李覯詩：「挐舟古岸邊。」言欲訪故人。叩門子不在，思懷竟難伸！歸來掩蓬廬，幽臥屬始春。風暄柳意動，雪霽禽聲新。孤游盼芳物，尊酌孰與陳？念昔文翰場，弱蹤繼淸塵。鳴絃東閣夜，見卷四贈陶篷先生「平津」注。飛蓋西園晨。曹植公讌詩：「淸夜遊西園，飛蓋相追隨。」茲歡與年徂，憔悴兩未振。朝蒙枉瓊藻，韋應物詩：「晨坐枉瓊藻。」慰我佇慕勤。深情寄姸詞，不殊握中珍。居屯在守志，袁桷詩：「居屯豈爲折。」養素豈辭貧？裁章以少答，此道願無淪。

夢梅堂

寢齋掩殘雪，幽幔燈微皎。不知南澗濱，魂與春縈繞。初迷月入樹，忽斷風驚篠。餘馥悵難尋，空山鶴鳴曉。

送程校理遊江上

風亭裊離管，草綠江水暮。送此南浦人，孤帆雨中渡。別觴一作賜。足自緩，前驛花滿路。春叢戀山鶯，晚絮迷汀鷺。我今獨愁居，芳月誰與度？佇立望遙波，相思積煙霧。

僧齋聞雨

寂寂初罷語，悠悠未成眠。高齋有春雨，夜半落燈前。已傷花委樹，復念水盈田。老衲獨無聽，繩牀方坐禪。張籍詩：「遇齋長不出，坐臥一繩牀。」

懷徐七

哀鴻已鳴渚，落葉初覆陌。故園當授衣，却思遠行客。客行日已遠，我思日已積。東南望歸櫂，鳥去煙波夕。憂來不成言，滿抱空戚戚。豈無一樽酒，黄花爲誰摘？

四柏

堂前四小柏，羅立二尺長，始栽附南堦，遠移自東岡。春夏衆草芳，翳沒成久荒。低枝網蟲縣，暗葉螻蟻藏。不沾夕露氣，每隔朝陽光。我病廢芟理，覽之屢彷徨。玄冬戒嚴候，迅風激飛霜。蕪穢忽自除，鬱然露蒼蒼。恍若羣梟散，鵷雛得翺翔。乃知受命正，雖弱自可強。循步賞勁色，撫攀挹微香。幸得依我居，勿令縱牛羊。他年培養成，凌雲孰能量？後凋誠足貴，早厄庸何傷！

西臺慟哭詩 并引

越人謝翺，嘗爲宋丞相文山公之客，公死之十二年，登釣臺祭公以哭，自爲文識其哀曰西臺慟哭記。東陽張孟兼持示求詩，僕感其誼，遂賦一首。宋謝翺西臺慟哭記：「先是一日，與友人甲乙若丙，約越宿而集。午雨未至，買榜江涘，登岸，謁子陵祠，憩祠旁僧舍。毀垣枯甃，如入墟墓。還與榜人治祭具，須臾雨止，登西臺，設主于荒亭隅，再拜跪伏，祝畢，號而慟者三，復再拜起。又念余弱冠時，往來必謁拜祠下，其始至也，侍先君焉。今余且老，江山人物，睠焉若失，復東望泣拜不已。有雲從南來，渰浥浡鬱，氣薄林木，若相助以悲者。乃以竹如意擊石作楚歌，招之曰：『魂朝往兮何極？暮來歸兮關水黑。化爲朱鳥兮有咮焉食。』歌闋，竹石俱碎，于是相向感喟；復登東臺，撫蒼石，還憩于榜中。榜人始驚。余哭云：『適有邏舟之過也，盍移諸！』遂移榜中流，舉酒相屬，各爲詩以寄所思。」

峨峨子陵臺，一統志：「嚴州府城東五十里東西二臺，各高數百丈，漢嚴子陵垂釣處。」其下大江奔。一統志：「釣臺下七里灘。」何人此登高？慟哭白日昏。哀哉宋遺臣！舊客丞相門。丞相既死節，元史：「天祥留燕三年，坐臥一小樓，足不履地。至元十九年，有閩僧言土星犯帝座，疑有變。未幾，中山狂人自稱宋主，有衆千人，欲取文丞相。帝乃召天祥入，諭之曰：『汝何願？』天祥曰：『天祥爲宋宰相，安事二姓？願賜之一死足矣！』乃詔殺于燕之柴市。臨刑，從容南向拜而死。」有身恥空存。北望萬里天，再拜奠酒尊。陰雲暮飛來，恍如載忠魂。所哭豈窮途，晉書阮籍傳：「時獨駕，不由徑路，跡窮，輒慟哭而反。」中抱千古寃。上悲宗周隕，左傳：「嫠不恤其緯，而憂宗周之隕，爲將及焉。」下念國士恩。史記刺客列傳：「智伯以國士遇我，我故國士報之。」淒涼當世事，感慨平生言。西臺慟哭記：「公以事過張睢陽及顏杲卿所嘗往來處，悲歌慷慨，卒不負其言而從之遊。今其詩具在，可考也。」空山誰知哀，西臺慟哭記：「嗚呼！阮步兵死，空山無哭聲且千年矣！」惟有猴與猨。豈不畏衆驚，聲發不忍呑。人言天有耳，蜀志秦宓傳：「吳使張溫來聘。溫問曰：『天有頭乎？』宓曰：『有之，在西方。詩曰：乃眷西顧。』『天有耳乎？』宓曰：『天處高而聽卑。詩曰：鶴鳴于九皋，聲聞于天。』」此哭寧不聞？願因長風還，晉書宗慤傳：「叔父問所志。慤曰：『願乘長風破萬里浪。』」吹此血淚痕。往墮燕山隅，一灑宿草根。見卷五稚兒塔。田橫去已遠，見前送客之海上。茲道不復論。作歌悼往事，庶使薄俗敦。

見耕者

茲晨有佳興，挈杖行遠墟。春犂稍已出，土脈向暖舒。嚶嚶鳥囀谷，瀏瀏泉鳴渠。歲功自茲始，爲農亦良劬！而我惰四體，偃息在敝廬。飢匱固當爾，無爲歎踟躕。

雨中書湖上漁家壁

漁舍煙不起，瀟瀟雨初暝。孤客與羣鷗，寒依葦間聽。山昏望易失，波動愁難定。歸思滿蒼茫，空憐去帆迥。

同杜二進士晚登潘氏樓

靄靄川樹暝，夕陽忽然收。林間一鐘來，隴上衆未休。維榜漁石邊，尋我棲寓儔。本期散憂懷，攜手登此樓。那知見遠色，蒼茫轉成愁。幸茲有尊酌，雖晚爲君留。一本「隴上衆未休」下，有「青山繞北郭，故園阻歸遊」二句。

送家兄西遷

昔別歸有期，此別去何極。西遷屬事變，咎責非己得。家貧無行資，空橐辭故國。悤悤逐徒旅，宛宛謝親識。牽攣不能留，慟哭野水側。離鴻爲迴翔，浮雲暮愁色。別時雖云苦，未若別後憶！願行勿憂家，養親自我職。殊方氣候異，炎霧秋未息。委命毋怨尤，長年強餐食。

至蓮村

昔愛茲里幽，誓將構蓬廬。孰云墮世網，重到十載餘。喪亂喜獨完，煙火靄舊墟。柴門在深巷，落日楡柳疎。鄰翁念契闊，攜筐饋雙魚。苦問客何事，顏色與昔殊？焉知涉艱難，多戚長少娛！貧賤非所恥，中情在閒居。願翁勿相誚，終當遂吾初。晉書：「孫綽居會稽，遊放山水十餘年，作遂初賦以致其意。」

雨中登白蓮閣望故園 白蓮寺，見前。

亭亭高閣上，渺渺清川曲。日暮靄羈愁，蘿蘅雨中綠。聞鐘僧已返，荷笠人猶牧。歸櫂獨難尋，江南望雲木。

尋照公

遠尋林下僧，不識林下路。隔雲孤磬響，因到繙經處。見卷四無言上人。相對竟忘言，夕陽在祇樹。

江上過丁校書宅留飲 風俗通：「劉向別錄：『一人讀書，校其上下，得謬誤爲校。一人持本，一人讀書，若怨家相對爲讎。』」唐書：「魏徵奏引諸儒校集秘書，國家圖籍，粲然完璧。」

迂櫂入浦汭，禹貢疏：「水北曰汭。」言尋故人扉。雞鳴村樹煙，寒旭景尚微。子起罷理髮，晉書謝安傳：「桓溫嘗詣安，值其理髮，安性遲緩，久而方罷，使取幘。溫見留之曰：『令司馬著帽進。』其見重如此。」相延闢中闈。雅詞既云宣，濁酧亦以揮。幸茲竟日歡，一浣積慮非。倘慚有羈牽，暫會復遠違。臨流送我還，迴飇夕吹衣。亂來人情改，高誼似子希。儻不終憚煩，卜鄰遂相依。

遊靈巖賦得越來谿　並見卷五

越女遊未去，越兵嗟已來。青山舊谿上，無復見樓臺。過客空惆悵，荷花秋自開。

立春前一日喜雪

一冬纔見瑞，三白詎須頻？見卷二打麥詞。未嫌遲送臘，唯憐預占春。積砌猶殘凍，妝苑已芳辰。留更明朝落，梅花欲鬬新。

移家江上別城東故居

人情戀故鄉，誰樂遠爲客？我行豈得已，實爲喪亂迫。凄凄顧丘隴，悄悄別親戚。不去畏憂虞，欲去念離隔。雖有妻子從，我恨終不釋。出門未忍發，惆悵至日夕。

雨中客僧舍

客夢方暫適，竹間風雨驚。起登林端閣，迢遞望層城。景寒川樹疎，野晦原煙平。不邀釋子語，何以緩覊情？

見花憶亡女書

中女我所憐，六歲自抱持。懷中看哺果，膝上教誦詩。晨起學姊妝，鏡臺強臨窺。稍知愛羅綺，家貧未能爲。嗟我久失意，雨雪走路歧。暮歸見歡迎，憂懷每成怡。如何屬疾朝，復値事變時。聞驚遽沈殞，藥餌不得施。倉皇具薄棺，哭送向遠陂。茫茫已難尋，惻惻猶苦悲。却思去年春，花開舊園池。牽我樹下行，令我折好枝。今年花復開，客居遠江湄。家全爾獨歿，看花涙空垂。一觴不自慰，夕幔風淒其。

東陂路上阻水

不覺去村遠，瀟瀟柳間步。江雨夜來多，春流稍侵路。褰裳自可涉，不待漁舟渡。

獨酌

白日下遠川，寒風振高柯。蕭條掩關臥，暮雀忽已過。我有羈旅愁，鬱如抱沈痾。起坐呼淸尊，獨飲還獨歌。一斟解物累，再酌迴天和。道德指歸論：「聖人動與天和，靜與道合。」數觴竟復醺，翻恨愁無多。所以古達士，但飲不顧他。回頭向婦笑，戚戚終如何！

同杜徵士寅過南渚赴朱七丈招飲

列朝詩傳：「寅字彦正，青城人，後居吳。洪武初，與修元史。八年，爲岐寧衞知事，與經歷熊鼎並賜狐裘，後官至侍郎。」

五月燕雛飛，絲成桑葉稀。相逢總羈旅，白苧未縫衣。扁舟喜同載，晚渡滄洲外。樹失潮氣昏，沙喧雨聲大。將迷路却通，窈窕復蒙蘢。果熟皆梅子，禽啼盡郭公。禽經：「郭公，鳥名，卽布穀也。」兵戈苦未息，莫歎猶爲客。此去醉誰家？江邊主人宅。

始聞夏蟬

翾翾纔得蜕，博雅：「翾翾翻翻，飛也。」咽咽未成喧。翳葉誰能見，南風綠繞軒。乍驚變節物，還念別郊園。何待當秋聽，方令羈思繁。

贈劚苓者

山田不生苗，靈雨空溉之。詩：「靈雨旣零。」歲晏窮谷中，何以療我飢？青青萬丈松，兔絲絡其枝。不知何樹下，乃有千年脂。淮南子：「千年之松，下有茯苓，上有兔絲。」朝行西澗濱，暮行東岡陲。荷鍤偶遠樵，言尋亦良疲。鑿彼土石間，得此瓊瑤姿。香因淸飈發，色藉玄泉滋。

嘗讀炎帝編，史記三皇紀：「炎帝神農氏，初藝五穀，嘗百草，製醫藥。」徵功實多奇。天和滌煩滯，靈味扶殘衰。詎必勞悲歌？去采商顏芝。見卷五用里村。歸來拾荆薪，炊之作晨糜。八珍豈不美？周禮膳夫：「珍用八物。」注：「謂淳熬、淳母、炮豚、炮牂、擣珍、漬熬、肝膋也。」素餐懼可一作有嗤。服斯待輕舉，本草：「茯苓久服，安魂養神，不飢延年。」往與仙人期。

我昔

我昔在家日，有樂不自知；及茲出門遊，始復思往時。貧賤爲客難，寢食不獲宜。異鄉寡儔侶，童僕相擁持。天性本至慵，強使賦載馳。發言恐有忤，蹈足慮近危。人生貴安逸，壯遊亦奚爲？何當謝斯役，歸守東岡陂。

將往海上舟行値雨投僧舍

沙響聞雨來，中途生旅愁。遙尋晚林磬，暫駐寒塘舟。窗下一僧老，竹間諸鳥幽。誰言阻遠去？翻使得佳遊。

暫歸鳴珂里舊宅

故廬在東里，久出喜偶旋。景物亂後非，行觀一悽然！荒榛塞園逕，流塵蔽堂筵。念茲經營初，勤苦唯我先。蕪壞棄弗守，顧己誠有忝。雖懷首丘願，楚辭：「狐死必首丘。」未絕遊方緣。于武陵訪僧不遇詩：「及戶無行跡，遊方應未歸。」是主乃如客，暫來靡留連。日暮復遠去，哀抱將何宜？

江上晚晴

江虹斷雨脚，杜甫詩：「江虹明遠飲。」又：「出門復入門，雨脚但如舊。」反景明墟里。說文：「落光反照其東，謂之反景。」宿鳥亂歸村，幽人獨臨水。漁舟隔浦飯，煙火蘆中起。閒吟望遠岑，緩步尋芳芷。此夕遇新晴，憂懷偶然喜。

與王隱君宿寧眞道館 見卷四鶴瓢山房

松下禮眞罷，鶴鳴暮壇空。偶來古仙居，欣與靜者同。玄言不知還，遂宿琳館中。馬祖常詩：「琳館瑤臺九天近。」蒸菌沃芳露。莊子：「樂出虛蒸成菌。」焚蘭度微風。山瓢瀉未盡，月出秋林東。語化衆妙歸，探元萬緣窮。李白詩：「探元識化先。」不與至道俱，何以超妄蒙？願從希夷遊，宋史逸民傳：「陳摶，字圖南，號希夷先生，棲武當山九室巖，辟穀服氣二十餘年，但日飲酒數杯。又移居華山雲臺觀，依止少華石室，無心世事，嘗寢處，輒百餘日不起。」稽首青牛翁。關中記：「老子度關，令尹喜勅門吏曰：『若見老公從東來乘青牛薄板車者，勿聽度關。』其日果來，吏白之，喜曰：『道今來矣。』」

送珪上人

曾來看江雨，同倚香臺上。王維詩：「芰荷熏講席，松柏映香臺。」師今西去遙，還上香臺望。淮山暮鐘起，楚水春帆漾。來去本隨緣，分攜莫惆悵。

冒雨暮歸過白沙湖

姑蘇志：「沙湖自鮎魚口轉入運河，經婁門而東，爲上雉瀆，又東爲下雉瀆，又東爲沙湖。湖雖小，而與松江諸水相呑吐，青丘、戴墟二浦在焉。」

天寒滿湖雨，獨櫂東歸急。遙望水邊村，蕭條暮煙溼。家人應候我，深暎柴扃立。

送袁憲史由湖廣調福建

列朝詩傳：「袁養福，字能伯，吳郡人。洪武初，爲福建憲史，行潔負才氣，有詩名，精於書法。」

只謂遠遊苦，寧知遠遊樂。君今萬里歸，顏色殊不惡。自言楚帆開，初別鳳凰臺。江寧府志：「鳳凰臺，在府治西南杏花村中，宋元嘉時，鳳凰集于此山，築臺山椒以表瑞。」采石月下過，唐書李白傳：「嘗乘舟與崔宗之自采石至金陵，著宮錦袍，坐舟中，旁若無人。」匡廬天際來。一統志：「匡廬山，南康府城西北，周時匡裕兄弟七人，結廬隱此，故名。疊嶂九重，崇巖萬仞，周五百餘里。江右巨鎮，道書第八洞天。」試沽彭澤酒，一統志：「彭澤縣屬九江府。」高瑾詩：「正開彭澤酒，來向高陽池。」憔悴陶家柳。蘇軾游武昌詩：「空傳孫郎石，無復陶公柳。」最愛小姑妍，一統志：「彭澤小孤山在大江中流，四面斗絶，惟南岸可登。」歸田錄：「小孤山，世轉孤爲姑，江側有一石磯，謂之澎浪磯，遂轉爲彭郎，云彭郎，小姑壻也。」臨行復回首。遠逐繡衣遊，漢書百官公卿表：「侍御史有繡衣直指，出討姦猾，治大獄，武帝所制，不常置。」閒登黃鶴樓。一統志：「黃鶴樓，武昌府黃鶴磯上。」千峰漢陽晚，一統志：「漢陽形勢，前枕蜀江，北帶漢水，高山大澤，四環交映。」一雁洞庭秋。一統志：「洞庭湖，在岳州府治西南。」長沙志：「洞庭之水，瀦爲七百里，日月出沒其中，瀟湘八景，有平沙落雁。」西上荊門渚，一統志：「荊門山，在荊州宜都縣大江之南，與虎牙山對。」銀釵見巴女。「銀釵」見卷二竹枝詞。白居易詩：「蠻鼓聲坎坎，巴女舞蹲蹲。」歌罷竹枝詞，江陵夜風雨。一統志：「荊州府，隋、唐曰江陵。」看盡幾多山？今朝始得還。秋風吹驛騎，又欲度閩關。一統志：「福州府，秦曰閩中。」閩關聞更好，瘴霧晨收早。椰子美如漿，類篇：「椰子木高數十丈，葉在其末，膚裏有漿，甘如酒。宋李綱有椰子酒賦。」蘭花多似草。嗟余戀故鄉，不肯涉津梁。把酒看君去，相思空斷腸。

宴顧使君東亭隔簾觀竹下舞妓

美人竹下舞，醉看隔簾櫳。髣髴瑤臺子，遊戲綠雲中。玉鈎正蕩月，羅袖忽驚風。莫逐青鸞去，別賦：「駕鶴上漢，驂鸞騰天。」尊前樂未終。

夢遊仙

夢騎蒼麒麟，太平廣記：「麒麟客者，南陽張茂實傭僕也。其名曰王夐，一旦向茂實曰：『夐家去此甚近，能相逐一遊乎？』茂實從之，相與南行一里餘，有黄頭執青麒麟一，赤文虎二，候于道左。夐乘麒麟，茂實與黄頭各乘一虎，上仙掌峯，越壑凌山，不覺峻險。」手持白玉鞭。杜甫詩：「麒麟受玉鞭。」長風八萬里，夜入通明天。蘇軾詩：「侍臣鵠立通明殿，一朵紅雲捧玉皇。」正逢絳闕開，謁帝陪羣仙。飄颻紫霞珮，韓愈詩：「願乞飛霞珮，與我高頡頏。」杳靄青霓旆。孟郊詩：「翠煙含青霓。」命與衞叔卿，神仙傳：「衞叔卿，中山人也，服雲母得仙。漢元封二年八月壬辰，武帝閒居殿上，忽有一人乘雲車從天而下，來集殿前，年可三十許，色如童子，羽衣星冠。帝乃驚問曰：『爲誰？』對曰：『吾中山衞叔卿也。』帝曰：『子若是中山人，乃朕臣也，可前共語。』叔卿意帝必加優禮，而云朕臣，于是失望，忽焉不知所在。」共讀金蕊篇。玄文不可識，謫歸一千年。驚寤忽長歎，虛空但雲煙。

獨遊白蓮寺池上看雨

輕衣忽變冷，池雨來清夏。圓紋細細生，密響脩脩下。荷披魚躍起，樹靜禽鳴罷。賞淡自忘還，非因與僧話。

贈薛相士 原注：「至正辛丑，嘉禾薛月鑑過予求詩，因贈。」

我少喜功名，輕事勇且狂。顧影每自奇，磊落七尺長。要將二三策，爲君致時康；公卿可俯拾，漢書夏侯勝傳：「勝每講授，常謂諸生曰：『士明經術，其取青紫如俛拾地芥耳！』」豈數尚書郎？杜甫詩：「欲陳濟世策，已老尚書郎。」回頭幾何年，突兀漸老蒼。杜甫詩：「脫略小時輩，結交皆老蒼。」始圖竟無成，艱險嗟備嘗。歸來省昨非，我耕婦自桑。擊木野田間，唐書陸羽傳：「上元初，羽隱苕溪，自稱桑苧翁。闔門著書，或獨行野中，誦詩擊木，裴回不得意，或慟哭而歸。時謂今接輿也。」高歌誦虞唐。薛生遠拏舟，訪我南渚旁。自言解相人，視余難久藏。腦後骨已隆，唐書袁天綱傳：「天綱見馬周曰：『馬君伏犀貫腦，背若有負，貴驗也。近古君臣相遇，未有及公者，然面澤赤而耳無根，後骨不隆，壽不長也。』」眉間氣初黃。韓愈詩：「眉間黃色見歸期。」相書：「喜色紅黃。」我起前謝生，弛弓懶復張。儀禮：「衆賓勝皆袒，遂執張弓，不勝者執弛弓，升飲如初。」請看近時人，躍馬富貴場。非才冒權寵，須臾竟披猖。北齊書王晞傳：「帝欲以晞爲侍中，苦辭不受。或勸晞勿自疎，晞曰：『人主恩施，何由可保？萬一披猖，求退無地。非不愛作熱官，但思之爛熟耳。』」鼎食復鼎烹，主父世共傷。見卷四東園種蔬。安居保常分，爲計豈不良？願生毋多言，妄念吾已忘。

高青丘集卷七

五言古詩

曉臥丁校書西軒

窗月淡欲失，曨曨逼初曙。屋外鳥聲多，應知有嘉樹。殘香掩幽寢，未事澄紛慮。〔校記〕列朝詩集小傳作「未事」。頗似宿東巖，僧齋竹深處。

水上盥手

盥手愛春水，水香手應綠。沄沄細浪起，杜甫詩：「沄沄逆素浪。」杳杳驚魚伏。怊〔校記〕列朝詩集小傳作「惆」。悵坐沙邊，流花去難掬。

贈漫客

畸人誠達生，莊子大宗師：「畸人者，畸於人而侔於天。」聱叟亦曠士。元結自釋：「聱叟不羞聱齖於鄰里，吾安慚漫浪於人間。」漫客乃其徒，放意在雲水。有山即漫遊，有竹仍漫止。漫吟不求工，漫飲不須美。與物無留情，所適皆漫爾！人生本漫寄，何事紛戚喜？與子作漫交，逍遙論茲理。

晝睡甚適覺而有作

閒居況懶拙，盡日無營爲。掩室聊自眠，一榻委四肢。向暄思益昏，南窗滿晴曦。吾神誰能縶，八表從所之。殷憂常苦縈，茲焉忽如遺。有身不自省，此外安得知。覺來鄰雞鳴，已過亭午時。梁元帝纂要：「日在午曰亭午。」如遊鈞天還，史記趙世家：「趙簡子疾，五日不知人，大夫皆懼，居二日半，簡子寤曰：『我之帝所甚樂，與百神遊于鈞天，廣樂九奏萬舞。』」至樂不可追。我意在有適，寧顧朽木嗤。猶勝夸毗子，詩：「無爲夸毗。」塵中爭走馳。

秋日端居

秋意日蕭索，郊園霜露餘。出遊無山水，聊復守吾廬。巷轍久已斷，山瓢仍屢虛。非甘寂寞者，誰樂此閒居？

夢鍾離兩兄

一統志：「鍾離城，在鳳陽舊府治東六里，晉縣，屬淮南郡，隋置鍾離郡于此。」

淮水去不絕，淮山與偕馳。鍾離兩遷客，路遠歸何期！孰云歸無期，此夕乃見之。握手說辛苦，杯觴復同持。須臾忽驚别，我夢方自知。雖夢亦足喜，況乃歸來時。

雨中留徐七賁

江寒宿雨在，落葉滿村逕。留君繫君艇，莫犯風潮急。試問欲歸城，誰家借蓑笠？

看刈禾

農工亦云勞，此日始告成。往穫安可後，相催及秋晴。父子俱在田，札札鎌有聲。黄雲漸收盡，曠望空郊平。日入負擔歸，謳歌道中行。烏雀亦群喜，下啄飛且鳴。今年幸稍豐，私廩各已盈。如何有貧婦，拾穗猶惸惸。

晚步遊褚家竹潭

蘇州府志：「唐褚家林亭在長洲。」松陵唱和集：「在震澤之西。」

落日猶半野，閒來潭上遊。非因戀幽賞，聊欲散煩憂。澄波魚喻夕，荒竹鳥吟秋。不是愚溪上，柳宗元愚溪詩序：「灌水之陽，有溪焉，或曰，冉氏嘗居也，故姓是溪。或曰，可以染也，名之以其能，故謂之染溪。余以愚觸罪，謫瀟水上，愛是溪，入二三里，得其尤絕者家焉。古有愚公谷，今余家是溪，而名莫能定，故更之爲愚溪。」胡爲吾久留？

召修元史將赴京師別內

承詔趣嚴駕，晨當赴京師。佳徵豈不榮，獨念與子辭。子自歸我家，貧乏一作賤。久共之。閨門藹情歡，寵德不以姿。天寒室懸罄，何忍遠去茲。王明待紬文，太史公自序：「紬史記金匱石室之書。」注：「紬，謂綴集之也。」不暇顧我私。悤悤愧子勤，爲我烹伏雌。見卷四感舊。攜幼送我泣，問我旋軫時。行路亦已遙，浮雲蔽川坻。宴安聖所戒，胡爲守蓬茨。我志願裨國，有遂幸在斯。加餐待後晤，勿作悄悄思。

早發土橋

江寧府志：「上元縣急遞鋪東南，有土橋鎮，在丹陽鄉，與句容界。」

空山遠無驛，逆旅聊可宿。懷征候鳴雞，燃帶續我燭。唐書皇甫無逸傳：「無逸嘗按部宿民家，鐙炷盡，主人將續進，無逸抽佩刀斷帶爲炷，其廉介如此。」僕夫昨行苦，爛熳睡正熟。呼之愧悤悤，推車出茅屋。高巖尚懸斗，深谷未升旭。欲亟去反遲，怪石暗屢觸。思當在家時，日晏始舒足。

胡爲此行邁，霜露勞局促。王事靡敢辭，非關徇微祿。

車過八岡 岡在丹陽縣

上岡如登天，下岡如決川。勞哉輓車夫，呀喘當我前。兩轅斸欲摧，土石厲且堅。我行閔其憊，時下息彼肩。雖非古羊腸，史記魏世家：「魏伐趙，斷羊腸，拔閼與。」正義：「羊腸阪道，在太行山上。」實懼覆與顛。如何道路子，車來競連連。白日已傾仄，我行尚迴邅。安得駕逸足，高適詩：「逸足横千里。」平野超飛煙。

寓天界寺雨中登西閣 江寧府志：「天界寺，在聚寶門外，善世橋南，舊在城中大市橋北；元名龍翔集慶寺，學士虞集有記。明初，改天界寺。洪武戊辰寺災，徙建今所。」

片雲出鍾山，一統志：「在府城東北。」江寧形勢：『鍾山龍蟠，石城虎踞。』」陰滿江東曉。幽人閣上寒，風雨啼鶯少。紅塵禁陌淨，綠樹層城繞。不爲怨春徂，離懷自憂悄。

送陳四秀才還吳

君是故鄉人，同作他鄉住。同來不同返，惆悵臨分處。手把長干花，回望長洲樹。恐起憶家心，愁題送君句。

送聯書記東歸

旅寓古寺間，得與名僧居。時因簡牘暇，共諦楞伽書。見卷五楞伽山。倚閣山暝後，步廊月生初。屢聞眞詮妙，雲笈七籤：「冀廣眞詮，潛資庶品。」一使羈悰舒。玆晨別同袍，言旋舊精廬。漢書儒林傳注：「精廬，講讀之舍。」飛雲自無滯，愧我焉能如。東浦秋正遙，西齋夜應虛。傷離固知妄，相送聊踟躕。

送禮部傅侍郎赴浙西按察 杭州府志：「洪武三年，傅讓爲浙江提刑按察副使。」

聖主想賢哲，夫君欻來東。姓名簡睿聽，召對明廷中。彷彿似其先，夢寐相感通。「高宗夢傅說」見卷一王明君。秉綸坐西掖，韋應物詩：「秉綸歸國士。」漢官儀：「左右曹受尙書事。前世文士以中書在右，因謂中書爲右曹，又稱西掖。」曳履遊南宮。王勃詩：「鳴環曳履出長廊。」漢書：「建尙書百官府，曰南宮。」復輟要近居，往試澄清功。後漢書范滂傳：「時冀州饑荒，盜賊羣起，乃以滂爲清詔使案察之。登車攬轡，慨然有澄清天下之志。」糾郡握使節，韋應物送馮著詩：「糾郡南海湄。」蘇軾懷晁美叔詩：「君持使者節，風采爍雲煙。」炎天凜霜風。顧余謬珥筆，潘岳贈陸機詩：「優游省闥，珥筆華軒。」言笑獲屢同。無端此分袂，離抱何忡忡！

對園柳

依依客園柳，來時未堪折。今看夏條長，上有新蟬咽。芳序惜推遷，佳人念離別。秋風莫遽起，旅思方騷屑。

僕至得二女消息

我僕持尺書，來自我故鄉。讀書意未了，呼僕問彼詳。云我兩小女，別來稍已長。大女手摻摻，窗前學縫裳。小女啼啞啞，走索瓜果嘗。喜爺有使歸，迎門各踉蹌。我坐聽此言，欲慰意反傷。稍近尚爾思，更遠何能忘。

菊鄰

菊本君子花，幽姿可相親。淸秋發孤豔，似避東風塵。采采霜露餘，繁英正鮮新。車馬不過賞，相看但幽人。幽人苦愛菊，自是柴桑倫。陶靖節傳：「陶淵明，潯陽柴桑人也。」閒園誰與語，叢栽四爲鄰。入徑朝摘遠，循籬暮觀頻。一壺每對酌，折花插盈巾。殊勝處俗里，歌呼醉遭嗔。

出城東見古松流水坐憩久之

空潭寒無藻，瑩淨涵青天。長松百餘株，扶疎繞潭邊。我行値幽境，坐賞忘歸旋。淸風似相娛，西來忽謬然。水動松亦鳴，紛披復淪漣。羣鷗盡驚矯，疑是龍吟淵。微瀾蕩餘暉，流響散遠煙。靜聽意已消，何須撫徽絃。韓愈詩：「有琴具徽絃，再鼓聲愈淡。」安得卜此居？一謝塵中緣。朝來潭上坐，暮向松間眠。

夜坐天界西軒

明月出東閣，照我坐前軒。諸僧夜已定，寂寞與誰言？煙幔螢微度，風條蟬罷喧。淸景雖堪悅，終嗟非故園。

京師嘗吳粳

新秔粲如玉，集韻：「粳同秔。」遠漕來中吳。史記蕭相國世家：「轉漕給軍。」注：「水運曰漕。」十國春秋吳越世家：「唐寶大元年十一月，陸蘇州爲中吳軍，領常、潤等州。」初嘗愛精鑿，說文：「一斛春九斗曰鑿。」想出官田租。我本東皐民，少年習耕鉏。霜天萬穗熟，恣啄從飢烏。日暮刈穫歸，妻孥共歡呼。茅屋夜舂急，風雨江村孤。晨炊滿家香，薦以出網鱸。如今幸蒙恩，遨遊在南都。門前半區田，別來想已蕪。長年盜寸廩，蘇軾詩：「我本山中人，寒苦盜寸廩。」補報一事無。投匕忽歎息，飽食慚農夫。

爲因師題松梢飛瀑圖

松風散飛瀑，夜作濤聲急。棲鶻起空山，如驚鬼神入。杜甫畫山水障歌：「反思前夜風雨急，乃是蒲城鬼神入。」定僧寂無聽，任灑袈裟溼。

送周四孝廉後酒醒夜聞雁聲

別時酒忽醒，客去唯空舍。風雪雁聲來，寒生石城夜。遙憶渡江船，正泊楓林下。

答內寄

落月入曉閨，相思不須啼。我非秋胡子，列女傳：「魯潔婦者，秋胡子之妻，納之五日，而宦于陳。五年乃歸。未至家，見路旁有美婦人方采桑；秋胡子悅之，下車謂曰：『吾有金，願以予夫人。』婦人曰：『嘻，吾採桑奉二親，不願人之金。』秋胡子遂去。歸至家，其母使人呼其婦，乃向採桑者也。秋胡子見之而慙。婦曰：『辭親往仕，五年得還，乃悅路旁婦人，以金予之，是忘母不孝也。妾不忍見不孝之人。』遂去，自投河而死。」君豈蘇秦妻？戰國策：「妻不下紝。」風從故鄉來，吹詩達京縣。讀之見君心，寧徒見君面。拔草不易絕，割水終難開。行雲會有時，飛下巫陽臺。莫信長安道，花枝滿樓好。白馬繫春風，離愁坐將老。

眞氏女 幷序

余在史館日，談次有言姚文公承旨翰林時，嘗飲玉堂，有侍妾閩語者，詢之，乃眞文忠公裔孫也，父爲筦庫，負縣官錢，鬻之以償，遂流于娼家。公愍之，白于執政，落其籍；以嫁院吏黃棣，棣後至顯官。同館之士聞之，多賦詩者，余亦爲作一首。貝瓊眞眞曲序：「眞眞，建寧人，西山之苗裔也。公憫之，遣使白丞相三寶奴爲落籍，以妻翰林屬官王棣。裝資皆出于公。棣，字棣華，後官至翰林待制。」

妾恨非緹縈，史記倉公列傳：「淳于意以刑罪當傳西之長安。意有五女，隨而泣，意怒罵曰：『生子不生男，緩急無可使者！』少女緹縈，傷父之言，乃隨父西，上書願入身爲官婢，以贖父刑。書聞，上悲其意，除肉刑法。」上書動天子。自鬻償縣官，幸得脫父死。誰知故相家，失身居狹斜。遂令園中柏，翻作道旁花。當筵唱金縷，杜牧杜秋娘詩：「秋持玉斝醉，與唱金縷衣。」朔客驚閩語。相問忽相憐，開籠放鸚鵡。唐書新羅傳：「貞觀五年，新羅王獻女樂二。太宗曰：『比林邑獻鸚鵡，言思鄉丐還，況于人乎！』付使者歸之。」棄置舞衣裳，新理嫁時裝。良人身作吏，不是販茶商。花釵映羅扇，初與郎相見。貴賤古難常，妾心那敢怨！願郎去作官，莫掌官錢穀。生子但生男，家門免多辱。

送李架閣赴山西行省

「架閣」見卷五。元史：「世祖至元元年，立諸路行中書省，以省官出領其事，軍國重務，無不統攝。」地理志：「山西始統于中書省，至大四年，復改爲行中書省。」

日暮踰大河，一統志：「太原府形勝，左恆山，右大河。」北望古晉疆。一統志：「太原，禹貢冀州之域，虞分置并州，春秋爲晉。」萬里饒風沙，地接戎與羌。翩翩并州兒，李白詩：「經過燕太子，結託并州兒。」躍馬能挽強。古來事爭奪，百戰在此場。聖皇剗羣雄，撫劍定八荒。睠茲形勝都，建侯樹藩方。明通紀：「洪武三年，封第三子棡爲晉王。」披榛開幕府，史記廉頗列傳：「市租皆輸入幕府。」注：「古者出征，以幕帟爲府署，故曰幕府。」賓從皆才良。所期偃甲兵，民物自此康。山河罷險阻，沃野多耕桑。君行願努力，遠別庸何傷。

送王哲判官之上黨

漢書地理志：「上黨郡，秦置，屬并州。」一統志：「今太原府平定州。」

羣材萃京師，有若奔海川。盍簪向華館，易：「朋盍簪。」唯君最留年。忽行佐名邦，輟理金匱編。劉禹錫詩：「常時載筆窺金匱。」朝辭紫闕下，暮宿黃河壖。馬上看太行，日落萬里煙。峨峨天井關，漢書地理志：「關在上黨郡，太行山上。」高城鬱相連。遺氓得少安，時淸罷戈鋋。漢書鼂錯傳：「此矛鋋之地也。」亟行勿憚遠，聖意煩承宣。

登句容僧伽塔望茅山

江寧府志：「句容崇明寺，在東北隅。晉咸熙中建，名義和。宋太平興國年，改今額；寺有浮圖甚峻，鐘樓有趙子昂題扁。」「茅山」見卷五送蕭隱君。

高登大士塔，柳宗元無性和尚碑：「菩薩大士，其衆無涯。」遙望仙人峯。茲峯夫何如，玉削三芙蓉。李白詩：「太華三芙蓉。」雲深句曲樹，日落華陽鐘。江寧府志：「茅山中有華陽南洞、華陽西洞諸勝。」長君昔飛昇，神仙傳：「茅君弟仕至二千石，當之官，鄉里送者數百人；茅君在座，乃曰：『余雖不作二千石，亦當神靈之職。某月某日當之官。』賓客皆曰：『願奉送。』至期，賓客並至，大作宴會，茅君與父母親族辭別，乃登羽蓋車而去。麾幡蓊鬱，驂虬駕虎，飛禽翔獸覆其上，流雲彩霞，霏霏繞其左右。去家十餘里，忽然不見。」駕挾雙白龍。至今學道處，洞府留靈蹤。丹泉夜吐光，江寧府志：「大茅之巔，有泉曰天池，大旱不涸，禱雨即應。南垂泉流作乳色，曰饋飯泉；北垂方池數尺，客至水卽湧沸，名喜客泉；西垂有二泉，冬日一冰、一溫，曰玉蝶泉。」瑤草春含茸。仙應笑我愚，塵世苟自容。胡不鍊爾形？歸來蔭長松。望仙咫尺間，不隔雲海重。眞訣儻肯授，執鞭願相從。

贈楊滎陽　見卷三懷十友。一統志：「滎陽，屬開封府。」

嘉陵美山水，一統志：「嘉陵江，在順慶府城東。」唐畫斷：「明皇忽思嘉陵江山水，假吳生驛遞往寫貌。迴日云：『臣無粉本，並記在心。』遣于大同殿圖之，嘉陵江三百里山水，一日而畢。」亦復富文彥。楊君產其邦，材拔性高狷。布衣走名都，早入藝林選。魏書常爽傳：「爽教授之暇，述六經略注。其序曰：『頃因暇日，屬意藝林。』」客屈稷下談，史記田敬仲完世家：「齊宣王喜文學遊說之士，如騶衍、淳于髡、田駢、接子、慎到、環淵之徒七十六人，皆賜列第，爲上大夫。是以齊稷下學士復盛。」注：「齊有稷門，城門也。游談之士，期會于稷下。」王邀鄴中宴。劉公幹公讌詩注：「楨爲魏太子文學，此宴與王粲同于鄴宮作也。」出門得名聲，不假親舊援。匣劍未久埋，囊錐已先見。史記：「平原君曰：『賢士之處世，譬若錐處囊中，其末立見，今先生處勝門下，三年于此矣，勝未有所聞。』毛遂曰：『臣乃今日請處囊中耳！使遂早得處囊中，乃脫穎而出，非特其末見而已。』」吐詞實瑰奇，讀者心欲顫。刀鳴鬬夫勇，花妥笑女倩。杜甫詩：「花妥鶯捎蝶。」漁隱叢話：「西北方言，以墮爲妥。」如觀廣場中，百戲張曼衍。漢書西域傳贊：「作巴俞、都盧、海中、碭極、曼衍、魚龍、角抵之戲。」平生眼無人，遇我獨相善。陌頭每並出，兩騎無後先。喜從兔園遊，西京雜記：「梁孝王築兔園，招延四方豪傑。」慚受狗監薦。史記司馬相如列傳：「楊得意爲狗監，侍上；上讀子虛賦而善之，得意曰：『臣邑人司馬相如爲此賦。』」君歌我固服，我賦君亦羨。墮筵吟帽烏，踏席舞裙茜。醉中共笑語，往往雜諧謔。有時出城西，山水恣攀踐。巖眠曙猿驚，澗飲夏鶯囀。吳宮妓去榭，見卷五靈巖寺響屧廊。蕭寺僧開殿。杜陽雜編：「梁武帝好佛，造浮屠，命蕭子雲飛白大書曰蕭寺。」龍門剝陰苔，高什記題徧。歡遊正相酣，世事忽驚變。朋儔半生死，一往如激電。梁昭明太子七契：「激電比速，躡景競驅。」我棹返江潯，君車赴淮甸。旋聞逐流人，居濠又移汴。見卷三「楊署令基」注。一身去何賫，空橐唯破硯。蘇軾詩：「我生無田食破硯。」危塗晚行疲，欲進足如罥。狠來樹杪避，蝎走燈下見。渡河自撐篙，水急船斷牽。及至秋已深，舊褐風裂片。難尋高陽飲，史記酈生列傳：「沛公引兵過陳留，酈生踵軍門上謁，使者出謝，酈生瞋目按劍叱曰：『走復入言而公，吾高陽酒徒，非儒人也。』」空弔鄢陵戰。晉語：「欒武子與荆人戰于鄢陵，大勝之。」後漢書郡國志：「潁川郡鄢陵。」聖恩忽加憐，收拔佐山縣。韓維詩：「一從得官坐山縣。」卑曹敢云辭，執版謁府掾。後漢書范滂傳：「投版棄官而去。」注：「版，笏也。」六書故：「掾乃屬官通稱。」官庖盡炊藜，民賦半輸絹。唐書食貨志：「凡授田者丁歲輸粟二斛，稻三斛，謂之租。丁隨鄉所出，歲輸絹二疋、綾絁二丈、布加五之一、綿三兩，麻三斤，非蠶鄉則輸銀十四兩，謂之調。」低飛蓬蒿間，不異雉帶箭！陸游詩：「壯哉帶箭雉，耿介死不顧。」有親寓京師，年老闕供饌；欲奉朝夕歡，去職胡敢擅？晨上宰相書，得歸遂微願。上堂具珍鮭，集韻：「音鞵，吳人謂魚菜總稱。」黃庭堅詩：「婦能養姑供珍鮭。」呼婦賣釵釧。杜甫詩：「家貧賣釵釧，只待獻香醪。」我時別君久，問訊愧無便。空題憶君詩，細字書滿卷。今春被詔起，前史預編撰。始來長干門，楊柳正飛燕。逢君風塵餘，不改舊顏面。握手話苦辛，悲喜雜慶唁。客中雖無錢，自寫賒酒券。陸游詩：「旋償酒券何時足。」邀來臥東閣，月出初鎖院。宋史職官志：「凡拜宰相及事重者，晚漏上，天子御內東門小殿，宣詔面諭，給筆札，書所得旨，稟奏歸院，內侍鎖院門，夜漏盡，具詞進入。」君言涉艱難，壯志今已倦。回頭悟前非，更名慕蘧瑗。原注：「君近改名去非。」淮南子：「蘧伯玉行年五十而知四十九年之非。」我聞棠谿金，史記蘇秦列傳：「韓卒之劍戟，皆出于冥山棠谿。」不畏經百鍊。韓愈詩：「何異百鍊鋼，化作繞指柔。」胡爲暫失路，遽欲老貧賤。吾皇奮神武，四海始安奠。棧通諭夷文，史記司馬相如列傳：「會唐蒙使略通夜郎西僰中，發巴蜀吏卒千人，郡又多爲發轉漕萬餘人，用興法誅其渠帥，巴蜀民大驚恐，上聞之，乃使相如責唐蒙，因喻告巴蜀民，以非上意。」「棧道」見卷一行路難。驛走徵士傳。明通紀：「洪武元年九月，下詔求賢。二年，詔修元史。三年，詔開科取士，四年二月，親策試進士。」時巡抗霓旌，上林賦：「拖蜺旌，靡雲旗。」肆覲冠星弁。詩：「會弁如星。」功成萬瑞集，禮欲議封禪。司馬相如列傳：「相如既病免，家居茂陵。天子曰：『司馬相如病甚，可往從悉取其書。』使所忠往，而相如已死，家無書。問其妻，對曰：『長卿固未嘗有書也。未死時，爲一卷書，曰有使者來求書，奏之。』其書言封禪事，所忠奏焉。」君才適時需，正若當暑扇。手持照國珠，史記田敬仲完世家：「魏王與齊威王會田于郊，魏王問曰：『王亦有寶乎？』威王曰：『無有。』魏王曰：『若寡人國小也，尙有徑寸之珠，照車前後各十二乘者十枚。』威王曰：『寡人之所以爲寶，與王異。吾臣有檀子、朌子、黔夫、種首者，將以照千里，豈特十二乘哉！』」胸出補袞線。詩：「袞職有闕，惟仲山甫補之。」便應上金鑾，唐書李白傳：「天寶中，賀知章言之，召見金鑾殿，論當世事，奏頌一篇。」立對被天眷。嗟余忝載筆，禮記：「史載筆，士載言。」鼠璞難自衒。劉晝審名：「周人玉璞，其實死鼠。楚之鳳凰，乃是山雞。」魏志陳思王植傳：「夫自衒自媒者，士女之醜行也。」幸茲際昌辰，魏闕寧不戀？但憂誤蒙恩，不稱終冒譴。秋風楚潮滿，歸舸帆欲轉。君若念故交，殷勤一相餞。

寺中早秋

秋風入寺早，孤客驚離索。斜日數蟲懸，槐花雨餘落。砧聲起廢苑，簟色淒高閣。獨憐明鏡中，玄鬢猶如昨。

天界翫月 有序

洪武二年八月十三日，元史成，中書表進，詔賜纂修之士一十六人銀幣，且引對獎諭，擢授庶職，老病者，則賜歸于鄉。閱二日，中秋，諸君以史事甫成，而佳節適至，又樂上賜之優渥，而惜同局之將違也，乃卽所寓天界佛寺之中庭，置酒爲翫月之賞，分韻賦詩，以紀其事，啓得衢字云。明史稾趙壎傳：「太祖命左丞相李善長爲監修官，前起居注宋濂、漳州府通判王禕爲總裁官，徵山林隱逸之士汪克寬、胡翰、宋僖、陶凱、陳基、曾魯、高啓、趙汸、張文海、徐尊生、黄篪、傅恕、王錡、傅著、謝徽爲纂修官，而爊與焉。」

聖主念前鑒，述作徵名儒。羣來高館間，廁跡愧我愚。孰謂此責輕，毫端有褒誅。書成進丹陛，召對共拜趨。去留雖不同，雨露均沾濡。已淹三時勞，可廢一夕娛。況逢端正月，韓愈詠月詩：「三秋端正月，今夜出東溟。」當空照眉鬚。流光滿金界，劉滄登慈恩寺詩：「金界時來一訪僧。」境與人間殊。廣庭布長筵，嘉肴薦芳腴。豈唯多士集，亦有名僧俱。興酣貴〔校記〕明詩紀事作「資」。形忘，諧笑不復拘。觴行豈辭勸，仰看轉斗樞。明晨即分袂，此樂誠須臾。人生四海間，相見皆友于。杜甫詩：「山鳥山花吾友于。」不知誰使令，流蕩無根株。忽然此相遇，旋復成天隅。願各崇令名，逍遙步亨衢。易：「何天之衢亨。」明年重見月，相憶當長吁。

寄題鄞縣靑山寺鍾秀樓 寧波府屬

東湖秀可攬，一統志：「東湖，在府城東，受七十二溪之流，民不苦旱，舊名萬金湖。自宋史丞相卜塋湖上，而祠宇林木，埒杭西湖之盛云。」造化夙所聚。聞有釋子居，雲中構層宇。刹出辨遠岑，韋應物詩：「佛刹出高枝。」帆迴識修渚。島外月上海，虹邊樹含雨。願言此登眺，去作逃禪侶。杜甫詩：「蘇晉長齋繡佛前，醉中往往愛逃禪。」西崦暮鐘時，憑闌共僧語。

曉出趨朝

正冠出門早，杳杳鐘初歇。嘶騎踏嚴霜，驚鴉起殘月。逶迤度九陌，窈窕瞻雙闕。長卿本疎慢，世說：「王子猷、子敬、共賞高士傳及贊；子敬賞井丹高潔，子猷云：未若長卿慢世。」深愧陪朝謁。

送顧式歸吳

顧君野王孫，松江志名臣傳：「野王，字希馮，吳郡人，仕陳，遷黃門侍郎、光祿卿，知五禮事。歿贈祕書監、右衞將軍。」與我生共縣。故鄉未曾識，却在他鄉見。留連忽東還，長揖袖詩卷。自言吳中好，稻熟湖蟹賤。欲臥煙雨舟，醉讀三高傳。姑蘇志：「三高祠，在吳江雪灘上，祀越范蠡、晉張翰、唐陸龜蒙。」余方謬通籍，講帷近清殿。故園豈不懷，君恩正深戀。遠欲謝鄉人，殷勤附君便。

御溝觀鵝

江寧府志：「御溝，在御道兩旁。」

白雪泛金塘，范成大詩：「無限鷺波翻白雪。」羣翻動曙光。危棲翹獨趾，鮑照野鵝賦：「斂雙翮于水裔，翹孤趾于林隈。」亂唼引修吭。禽經：「鳴則引吭。」池中鵠可並，漢書昭帝紀：「黃鵠下建章宮太乙池中，公卿上壽。」廷內鷺難行。詩振鷺疏：「鷺，小不踰大，飛有次序，百官縉紳之象。」自憐觀詠者，江湖興未忘。

夢姊

我家白頭姊，遠在婁水曲。昨夜夢見之，千里地誰縮。神仙傳：「費長房有神術，能縮地脈，千里在目前。」不知別已久，尚作別時哭。覺來旅齋空，風雪灑窗竹。田家有弟妹，終歲喜相逐。我非王事縻，胡忍離骨肉！城東先人廬，尚有書可讀。何當乞身還，親爲姊煑粥。唐書李勣傳：「字懋功，本姓徐氏。性友愛，姊病，嘗自爲粥而燎其鬚。姊戒止。答曰：『姊多疾而勣且老，雖欲數進粥，尚幾何？』」

答定水寺芑公 列朝詩集復見心傳：「定水寺，在鄞縣雙林。」

日晏初出院，閒齋一蕭然。忽枉名僧書，始知在清泉。憶昔雲巖居，共締林中緣。夏陰繞澗吟，秋霽開閣眠。睽合苦難常，別來歲頻遷。趣同貴道在，跡異慚名牽。明月出東海，想照空山禪。無因荷衣襆，往禮高峯前。

酬謝翰林留別 有序

啓與同郡謝君徽同徵，又同官翰林。洪武三年七月廿八日，上御闕樓召對，擢啓戶部侍郎，謝吏部郎中，俱以踰冒辭；卽蒙俞允，賜內帑白金，放歸于鄉。姓譜：「謝徽，字元懿，長洲人。洪武初，應召修元史，授翰林編修，兼教功臣子弟。辭歸。洪武六年，再起爲國子助教，博學工文辭，與高啓齊名。」

江左稱謝家，蘇軾詩：「江左風流王謝家。」奕葉多名人。君今復秀發，瓊枝邁風塵。顧余忝鄉里，才華敢論美。丹詔偶見徵，雲蘿欻同起。儲光羲詩：「卜築青巖裏，雲蘿四垂陰。」謁帝入九闕，白居易詩：「皓色分明雙闕榜，清光深到九門關。」咫尺瞻天顏。從茲謬通籍，接武諸公間。曲禮：「堂上接武。」朝侍青坊讀，初學記：「青宮一曰春宮，太子宮也。」唐書百官志：「東宮官：春坊、庶子、中允，掌侍從、贊相、駁正、啓奏。」夜陪玉堂宿。夢溪筆談：「唐翰林院在禁中，乃人主燕居之所。玉堂、承明、金鑾殿，皆在其間。又學士院玉堂，太宗嘗夜幸。蘇易簡爲學士，已寢，遽起，無燭，具衣冠；宮嬪自窗格引燭入照之，至今窗格上有火然處，不更易者，爲玉堂一盛事也。」講罷分御羹，李陽冰李白詩序：「天寶中，皇祖下詔徵就金馬，降輦步迎，如見綺皓，以七寶牀賜食，御手調羹以飯之。」吟成刻官燭。見卷五答衍師「叩鉢」注。出入在兩宮，沈約詩：「兩宮集鸞步。」與君無不同。自慚本鷗鷺，陸游詩：「鷗鷺馴亭沼。」亦得隨鵷鴻。高適詩：「誰憐持弱羽，猶欲伴鵷鴻。」朝朝禁門下，唐書劉知幾傳：「近代史局，皆籍禁門。」聽雞共騎馬。上國多故人，左傳：「蠻夷屬于楚者，吳盡取之，是以始大，通吳于上國。」情親似君寡。並命超列卿，岑參韋員外家花樹歌：「君家兄弟不可當，列卿御史尙書郎。」寵極翻憂驚。我叨掌國計，實錄：「宋朝戶部之職，初歸三司，元豐制行，戶部始總邦計，置左右曹。」君佐持銓衡。唐書百官志：「吏部掌文選、勳封、考課之政，以三銓之法，官天下之材。」晉中興書：「吳隱之，少有孝行，與太常韓康伯鄰居。康伯母語康伯曰：『汝後若居銓衡之職，當用此人。』及康伯爲吏部尚書，因進用之。」偕辭向明主，叩天聽天語。勅賚一作賫。內帑金，東還特相許。拜賜出皇都，人言似兩疏。漢書：「疏廣爲太傅，兄子受爲少傅，朝廷以爲榮。廣謂受曰：『吾聞知足不辱，知止不殆！』即日俱稱疾，上書乞骸骨，上皆許之。」月明照宮錦，「宮錦袍」見卷六送袁憲史「采石」注。同櫂入中吳。吳中故鄉道，雨歇秋光好。青山度水迎，喜我歸來早。落日下長洲，分攜忽解舟。如何到家喜，却有別君愁。別君去還邇，只隔吳江水。杜甫詩：「焉得并州快剪刀，剪取吳松半江水。」離思與秋長，蘆花三十里。來往片帆通，相期作釣翁。高歌雖鄙野，猶可贊王風。

過白鶴溪

一統志：「白鶴溪，在常州府城西南，北通運河，南入滆湖。」

昨發白鷺洲，江寧府志：「白鷺洲，在府治西南，即太白所稱『二水中分』者是也。」今過白鶴溪。溪流幾迴轉，只在晉陵西。一統志：「常州府，東晉曰晉陵。」月出女猶浣，雲深猿自啼。茅峯雖咫尺，見卷五送蕭隱君。無計躡丹梯。謝脁敬亭山詩：「要欲追奇趣，即此淩丹梯。」

至吳松江

江淨涵素空，高帆漾天風。澄波三百里，歸興與無窮。心期弄雲月，迢遞辭金闕。杜審言詩：「雲標金闕迥。」晚色海霞銷，秋芳渚蓮歇。久別釣魚磯，今朝始拂衣。忘機舊鷗鳥，列子：「海上之人好鷗者，每旦之海上，從鷗鳥遊，鷗鳥之至者百數。其父曰：『吾聞鷗鳥皆從汝遊，取來吾玩之。』明日之海上，鷗鳥舞而不下。」注：「鷗謂之『知機叟』。」相見莫驚飛。

始歸田園二首

辭秩還故里，永言遂遐心。豈欲事高騫，居崇自難任。淸晨問田廬，荒蹊尚能尋。秋蟲語左右，翳翳桑柘深。別來幾何時，舊竹已成林。父老喜我歸，攜榼來共斟。聞一作問。知天子聖，歡然散顏襟。相期畢租稅，歲暮同謳吟。

其二

白露蕪草木，荒園掩窮秋。歸來一芟理，始覺吾廬幽。高柳蔭巷疎，淸川映門流。落日望禾黍，離離滿西疇。乍歸意自欣，策杖頻覽遊。名宦誠足貴，猥承懼愆尤。早退非引年，皇恩未能酬！相逢勿稱隱，不是東陵侯。史記蕭相國世家：「召平者，故秦東陵侯，秦破，爲布衣。貧，種瓜于長安城東。瓜美，故世俗謂之東陵瓜，從召平以爲名也。」

睡覺

爐熏靄宿潤，秋滿牀屏裏。曙色透窗來，幽人眠未起。風驚露樹怯，日出煙禽喜。却憶候東華，宋史地理志：「東京宮城周圍五里，南三門：中曰乾元，東曰左掖，西曰右掖，東西面門曰東華、西華，北一門曰拱辰。」夢溪筆談：「今學士初拜，自東華門入，至左承天門下馬。」朝衣寒似水。

與王徵士訪李鍊師遂同過師林尋因公

玄館啓眞境，紺園閟清香。庾信詩：「由旬紫紺園。」茲晨兩地遊，乍出囂煩鄉。鳥鳴桂花落，澗戶秋風涼。開士演金偈，李白贈僧詩：「衡嶽有開士，五峯秀眞骨。」又：「談經演金偈。」羽人薦瑤觴。屈原遠遊：「仍羽人于丹丘兮，留不死之舊鄉。」注：「羽人，飛仙也。」亦有詞苑英，清芬吐華章。愧我自徵起，束帶忝周行。山林久在念，那期復來翔。睽合固知妄，去來亦何常。誰言道各異，妙契宜相忘。

效樂天

誰言我久賤，明時已叨祿。誰言我苦貧，空倉尙餘粟。辭闕是引退，還鄉豈遷逐。舊宅一架書，荒園數叢菊。俗緣任妻子，家事煩童僕。性懶宜早閒，何須暮年促。猶著朝士冠，新裁野人服。杯深午醉重，被暖朝眠熟。旁人笑寂寞，寂寞吾所欲。終老亦何求？但懼無此福。功名如美味，染指已云足。左傳：「楚人獻黿于鄭靈公，子公之食指動，以示子家曰：『他日我如此，必嘗異味。』及食大夫黿，召子公而弗與也，子公怒，染指於鼎，嘗之而出。」何待厭飽餘，腸胃生疢毒。請看留侯退，遠勝主父族。史記主父偃列傳：「主父偃爲齊相，發齊王姦事，王自殺。上大怒，遂族主父偃。」我師老子言，知足故不辱。

新春飲王七孝廉家

凍雨靄江郭，寒姿變春華。鳥欣已交音，梅慘尙閉〔校記〕大全集作「吐」。花。此時高堂上，晨起獨感嗟。歲換固有常，時淸樂無涯。蕭蕭風吹巾，竹外度遠沙。相過偶一醉，今夕憐酒家。

詠軒

肅肅布華榻，泠泠罷朱絃。臨檻一流睇，幽事忽滿前。池草方依微，庭柯正葱芊。偶爾發孤詠，聊茲寫中悄。景融理自得，詎辨媸與姸。猶慚至妙意，寂寞非言宣。

施君眠雲堂 原注：「君字可堂，眠雲其號也。」

古弁一高士，北史李雄傳：「新羅嘗遣使朝貢，雄與語，因問其冠制所由，使者曰：『古弁遺像，安有大國君子不識？』」白雲與之儔。陶弘景答梁高祖詩：「山中何所有？嶺上多白雲。只可自怡悅，不堪持贈君。」性懶復好眠，招雲宿一作駐。林丘。下雲作簟席，上雲作衾裯。雲去稍舒膝，雲來正蒙頭。平生無心夢，與〔校記〕大全集作「雨」。雲兩悠悠。自言眠雲樂，世無一可侔。浩然身欲飄，若乘無倪舟。李白詩：「一乘無倪舟，八極縱遠柁。」朝至乎帝鄉，夕返乎仙洲。寧知日月旋，但覺乾坤浮。天雞叫不醒，窅窅空巖幽。我觀山川氣，出入不可求。或逐鸞鶴翔，或從蛟龍遊，或爲風伯驅，史記司馬相如列傳：「召屏翳、誅風伯，而刑雨師。」搜神記：「風伯者，箕星也。雨師者，畢星也。」狼藉不得收。或遭雨師怒，奔走無停休。小生膚寸間，公羊傳：「觸石而出，膚寸而合，不崇朝而徧雨乎天下者，唯泰山爾！」正韻：「四指爲膚。」大覆遍九州。變化實多狀，欲算苦費籌。奈何一室中，爾獨解使留？朱希眞詞：「累奏留雲借月章。」我行塵務區，願出久未由。舉足常防危，開眼即見愁。不如閉戶眠，往尋孔與周。愧無山中緣，雲肯相從不？惟當去一作往。從爾，一夢三千秋。

臥病東館簡諸友生

抱疾臥東城，文墨成久荒。翔鴻乍流響，時菊忽殞芳。繁陰慘不舒，何殊懷積傷。良儔秉高誼，寡昧豈見忘。車馬限泥潦，無由接華觴。平居歡固難，況乃時非康。何以度茲運，相勗蹈其常。

答張院長雨中見懷 原注：「志道。」

林園寢扉掩，閒坐道心生。山藥翻寒色，塘漪含曉淸。乍違枉芳札，韋應物寄子西詩：「傷離在芳札，忻遂見心曲。」遠憶愧深情。此日知同寂，梧窗聽雨聲。

暮途書見 大全集誤作春日言懷，今從槎軒集改正。

暮歸東市門，道路聞悲啼。駐馬一借問，答云征人妻。征人新戰歿，飲恨沈黃泥。有兒在哺下，飢來食無糜。誓將割茲愛，棄去從東西。我看巢中燕，雛長隨母飛。皇天仁萬物，兼照理弗違。此獨何奇偶，不能與之齊。躊躇去復顧，使我心肝摧！

施澤阻風 姑蘇志：「施澤湖，在崑山西北。」

客行阻風濤，捨舟步江側。荒村經戰餘，草木盡愁色。夜投土屋中，歐陽修詩：「雨雪春寒土屋深。」月出林半黑。然薪燎我衣，炊黍作我食。更一作夜。長關塞寒，歸夢何由得？遙想倚閭親，戰國策：「王孫賈母曰：『汝朝出而晚來，則吾倚門而望；暮出而不還，則吾倚閭而望。』」中宵淚沾〔校記〕大全集作「橫」。臆。

送張隱君歸耕西山

山中久無人，秋風桂枝褭。朝逢還山客，言趁一作赴。白雲期。人出君乃遁，嗟哉此何時！東岡有良田，負耒當自治。四體雖云勞，歲晏可免飢。而來未能返，驅車竟何之？

過硤石 見卷三

青山夾長溪，溪上有魚市。土門閉落日，杜甫垂老别：「土門壁甚堅。」野氣白于水。虎行車跡外，鳥起鐘聲裏。吳語問居人：到州還幾里？

送劉使君

去年送使君，路遠已海湄。今年送使君，路遠復過之。路遠豈足言？人遠自可悲。夕宴鮮共歡，晝出乏並馳。君懷孰可語，予過疇能規。此行剖竹符，史記孝文本紀：「初與郡國守相爲銅虎符，竹使符。」注：「竹符，以竹箭五枝，長五寸，鐫刻篆書第一至第五，出入徵發。」東方撫惸嫠。王禹偁詩：「萬家呼父母，百里撫惸嫠。」王事正靡盬，奚暇及爾私？但令中弗遷，庶以慰所思。

送周將軍請老歸耕

鞍馬息戎役，筋力喜尚全。買牛西岡垂，聊復治廢田。零雨何濛濛，決流亦涓涓。良苗及時新，陶潛詩：「平疇交遠風，良苗亦懷新。」人情一欣然。甘此耕耘勞，忘彼富貴妍。心同老農夫，閔閔望有年。左傳：「閔閔焉，如農夫之望歲。」家廩儻得高，尚願輸資邊。

夜登南樓觀月

迢迢海上樓，月出嘗先見。吐嶺乍分規，黄庭堅詩：「新月吐半規。」臨波已澄練。謝玄暉詩：「澄江淨如練。」蒼茫城闕閉，歷落星河轉。毋違中夜歡，皓景應難戀。

題徐良夫耕漁軒

姑蘇志：「軒在光福，良夫有文學，所交皆名士，爲題詠者甚多。」此從金蘭集補。

朝聞孺子歌，暮聽梁甫吟。見卷四魏使君見示舊贈詩。豈無滄洲懷，亦有畎畝心。昔賢在泥蟠，答賓戲：「泥蟠而天飛者，應龍之神也。」終當起爲霖。書說命：「若歲大旱，用汝作霖雨。」釣獲溪上璜，竹書注：「文王至于磻溪之水，呂尚釣于涯。王下趨拜曰：『望公七年，乃今見光景于斯！』尚答曰：『望釣得玉璜，其文要曰：姬受命，昌來提，撰爾洛鈐報在齊。』」鉏揮瓦中金。世說：「管寧、華歆，共園中鋤菜，見地有片金，管揮鋤與瓦石不異，華捉而擲去之。」茲世方喪亂，伊人邈難尋！既迷煙波闊，復阻雲谷深。嗟我豈其偶，聊將學幽沈。柳宗元詩：「幽沈謝世事。」唯子是同袍，相期莘渭陰。

皐橋

姑蘇志：「皐橋，閶門內，漢議郎皐伯通居其側，梁鴻所寓也。」此從志補。

閶門啼早鴉，拂面見飛花。綠水通螭舫，蘇軾詩：「映山黃帽螭頭舫。」紅橋過犢車。韋莊詩：「美人金犢車。」誰尋伯通宅，陸龜蒙皐橋詩：「今來未必非梁孟，却是無人繼伯通。」只問泰娘家。劉禹錫泰娘歌引：「泰娘，本韋尚書家主謳者，尚書薨于東京，爲蘄州刺史張愻所得。愻謫武陵郡卒，泰娘無所歸，日抱樂器而哭。雒客聞之，爲歌其事。」詩曰：「泰娘家本閶門西，門前綠水環金堤。」

賦得小吳軒贈虎丘蟾書記

虎丘志：「軒在東南隅，飛架出巖外，勢極峻聳；平林遠水，聯岡斷隴，煙火萬家，盡在檻外。朱樂圃文稱『小吳會』，張氏名『天開圖畫』。好事者云：過吳而不登虎丘，俗也。登虎丘而不登小吳軒，亦俗也。」此從虎丘志補。

丹霞結飛甍，迥出鷲嶺上。山海經：「西域有靈鷲山。」謝靈運山居賦注：「靈鷲山，說般若法華處。」平招西山雲，浅挹東海浪。五湖水如杯，歸棹安可放。當年笑夫差，乃欲百里王。吾觀大千界，維摩經：「維摩詰左手斷取三千大千世界，著右手掌中，又復還置本處，不使人有往來心想。」等彼一塵相。蘇軾詩：「下視禹九州，毫端栖一塵。」始悟軒中僧，非眞亦非妄。

寓興三首　以下二十一首從槎軒集補。

有鳥來萬里，海寒遇天風。羣飛忽四散，雲路不得從。珍羽已摧落，襹褷向深叢。雖無金丸懼，西京雜記：「韓嫣好彈，常以金爲丸，所失者日有十餘。長安爲之語曰：『苦飢寒，逐金丸。』」飲啄常弗充。悲鳴顧霜雪，欲託無高松。黃鵠何時來，銜我出蒿蓬。

其二

有女乘煙霧，出遊在江濱。麗服飾珠翠，光輝比陽春。借問誰氏子，乃是洛浦神。杜牧詩：「誰家洛浦神？」自非瑤臺侶，誰能得相親。空懷纏綿意，日暮無由伸。

其三

有客愛遠遊，驅車上高山。東海不盈攬，榑桑低可攀。欲與仙人期，翱翔彩雲間。白日忽然暮，風霜慘容顏。徘徊望鴻鵠，失路何當還。

褚彥中存耕軒

褚翁江畔居，家無二頃田。所保方寸地，欲爲子孫傳。畫以仁義畦，禮運：「本仁以聚之。」又：「陳義以種之。」灌以禮樂泉。禮運：「修禮以耕之。」又：「播樂以安之。」得書爲耒耜，躬耕可終焉。去惡如去草，左傳：「爲國家者，見惡如農夫之務去草焉。」不使得蔓延。左傳：「無使滋蔓，蔓，難圖也。」沛若時雨化，良苗已芃然。所獲亦既多，豈止三百廛。詩：「胡取禾三百廛兮？」奈何謀富人，兼幷連陌阡。己田不解芸，茅塞誠可憐！嗟翁豈老農，遠勝樊子賢。有德自足飽，何憂值荒年。

九日

茲晨豈不佳？秋日麗川陸。幽人自悽感，坐念頹運速。去年登高會，朋舊俱在目。霜前紫蟹肥，露下紅秔熟。空山有棲鳥，歸駕不忍促。今年客江皋，落日吟影獨。逢辰少歡意，愧此籬下菊。人生苦難知，世事差可卜。但須酹柴桑，有酒吾自漉。

過羊腸嶺 原注：「在天平山。」

我昔江湖遊，命寄一葦輕。今朝籃輿穩，愛此山中行。松風與澗水，故作波濤聲。初登羊腸嶺，畏聞羊腸名。入林穿蒙密，出谷擇曠平。雖非太行路，車馬恐敗傾。我何數乘此，要識艱險情。

登竹竿嶺 原注：「在花鹿山。」

曲徑隨蟒蟠，高枝作猿攀。力盡到頭頂，始見湖中山。煙雨過空鏡，曉沐西子鬟。好景如好詩，追尋詎能閒。朝飲白雲泉，蘇州府志：「在天平山。」夕渡明月灣。蘇州府志：「在洞庭西山。」自笑俗緣在，未窮遽言還。應知他夜夢，猶在山水間。

賦得長洲苑送徐孟岳

江邊採芳遊，花過鶯聲寂。風牀柳觀琴，月舫蓮塘笛。豪華已非舊，恨與煙蕪積。方嗟既往人，復送將歸客。回首望蒼蒼，遙山雨中夕。

送金海虞 見卷四送李使君還海虞

青青堤邊柳，鬱鬱當春榮。漫漫悲路長，戚戚念子行。子在車同馳，子去觴獨傾。乃知失羣鴻，不若求友鶯。山川間音問，何以慰我情。唯其布嘉惠，海隅聞頌聲。

秋夜懷張參軍思廉

亭亭雲間樓，皎皎樓上人。相望如明月，此夕東海濱。秋風忽驚客，梧葉鳴聲頻。不寐繞飛檻，高步詠道眞。誰憐荒園中，幽臥愁難親。露寒砌蛩急，相思空達晨。

送陳秀州 一統志：「嘉興府，五代曰秀州。」

我行秀州野，馬首迷荆榛。路逢病老翁，涕泣說苦辛。前年亂兵來，殺戮存幾人！崎嶇墾舊田，欲活未死身。官府事徵索，書版日下頻。李邕劉知柔神道碑：「發貯賑施，書版賦財。」點丁不遺孤，王庭珪詩：「喧呼傳點丁，田廬忽凐替。」輪轂不待新。屋中兒啼嗥，門外吏怒嗔。豈無凍餒憂，天遠不可陳。我初聽此語，迴思一嚬呻。國家昔平治，九土貢賦均。中間致茲變，主吏失撫循。須知奮梃徒，原是負耒民。虐之乃爲敵，愛之則相親。此邦固易治，風俗自古淳。奈何不加憐，使作涸轍鱗。李商隱文：「活枯鱗于涸轍。」因留告老翁，無爲重沾巾。歸當率子弟，努力耕作勤。除書已報下，太守今甚仁。

暮行園中

我懶不自耕，廢地茅屋東。雨露日夜滋，鬱然長榛叢。翳翳荒蹊長，濊濊暗溜通。時因讀書餘，曳杖行其中。爭晚集亂雀，吟秋聒微蟲。幽興苟自愜，芬華詎無同。容身有此所，孰謂吾道窮。

冬至夜感舊二首

今夕亦常夕，悲感何用并？寒月初死魄，書：「惟一月壬辰旁死魄。」沈沈閉層城。憶我爲兒時，早起不待明。踉蹌試新衣，上堂拜父兄。於今幾何年，節序嗟屢更。中庭風木號，哀多尙餘聲。空復有兩孩，燈前語縱橫。挽鬚向我笑，杜甫詩：「問事競挽鬚，誰能卽嗔喝？」寧解識此情。

其二

昔年偶失路，羈役戎馬間。南行越重江，歲晏不得還。風雪此夜中，投人宿荒山。豈無壯士懷，聞笳亦低顏。竭來東城隅，寂寞守故關。雖已忘家貧，尙復憂世艱。安居諒難保，風雨暗荆蠻。長歌深谷翁，邈矣焉可攀。

春日言懷二首

昔將理歸駕，棲彼商山岑。達機苦不早，終焉成滯淫。迴飈激游氛，白日滋玄陰。憂居未經時，素髮忽已侵。翩翩歸飛鴻，過我庭前吟。無翼與同翔，日暮關梁深。引領望西北，徘徊內傷心。

其二

季春戴勝鳴，禮月令：「戴勝降于桑。」疏：「按釋鳥云：戴鵀，鵀頭上勝也，亦呼戴勝。」薄言農功始。荒疇何莽莽，迨時不復理。蒙蘢荊棘間，雊雉時決起。思我常所經，追隨俠游子。偶逢採桑婦，夭夭出墟里。舊蹊誰能尋，逝者竟如水！唐虞罷揖讓，爭奪殊未已。吁嗟乎蒼生，何由免瘡痏？唐書顔眞卿傳：「瘡痏未平，干戈日滋。」

雨中遊寧眞道院

盥手理瑤笈，淸齋坐玄閣。夏衣生晝涼，急雨和泉落。池消澹澹花，庭解翻翻籜。欲去更長謠，風林晚鳴鶴。

次韻包同知客懷

原注：「師聖。」列朝詩傳：「包同知聖，字師聖，江陰人，號鶴洲野人，任岳州府同知。與高青丘、楊眉菴爲詩友。」

我少未嘗事，處世百不憂。譬如生馬駒，奔放安可收。豪華欲縱觀，西秦更東周。結交原巨先，漢書游俠傳：「原涉，字巨先，性略似郭解，爲南陽太守。」共作緩急投。焉知化紕繆，終然此淹留。出門逐途人，空策果下騮。魏志濊國傳：「出果下馬，漢桓帝時獻之。」注：「馬高三尺，乘之可於果樹下行，故名。」元稹詩：「果下翩翩紫騮好。」積雪被岡原，大風揚河流。撫兹歲暮懷，局促誰與謀？君從東方來，亦是慷慨儔。偶居冷官廬，蘇軾詩：「冷官無事室廬深。」設席誦九丘。孔安國尚書序：「九州之志，謂之九丘。」帷火無膏油，起歎夜正幽。自憐非匏瓜，寧不有所求！恥隨軟媚子，梁邵陵王綸詩：「闕情出眉眼，軟媚著腰肢。」取笑同伶優。大言衆皆驚，千獻不一酬。空時尋我飲，醉捋鬢颼颼。君今勿多談，已具兩釣舟。鷗波起春江，歸路漸有由。無爲坐自苦，素髮實易稠。

浦江鄭氏義門

姓譜：「金華浦江縣鄭文嗣，十世同居，凡二百四十餘年，一錢尺帛不私。至大間，表其門。文嗣弟大和，主家益嚴而有恩。部使者余闕爲書『東浙第一家』。大和之孫濂，與弟湜、沂，洪武初召見，慰諭甚至，問治家長久之道，以其孝友義聞天下，除湜福建參議，授沂禮部尚書。」

好鳥勿鎩翼，左思蜀都賦：「鳥鎩翮。」注：「鎩，殘也。」鎩翼難爲翔；佳樹勿翦柯，翦柯難爲芳。人生有同氣，胡忍自戕傷？肯復多支生，誰趨急難場。請看鄭家兄，爲弟死維揚。姓譜：「浦江鄭綺四世孫德珪，與弟德璋，孝友天至，晝則聯几，夜則同衾。德璋與物多忤，仇家陷以死罪，當會逮揚州；德珪哀弟之見誣，乃陽謂曰：『彼欲害吾，何預爾事？我往則姦狀白。』即治行，德璋追至諸暨，道中兄弟相持，頓足爭欲就死。德珪紿以無往，夜半間道逸去。德璋復追至廣陵，德珪已斃於獄。德璋慟絶數四，負骨歸葬。廬墓，每一悲號，烏鳥皆翔集不食。」子孫復聚居，流芳久彌長。十世一門戶，百身一肝腸。囊無私藏錢，釜有同炊糧。問男何所爲，讀書講虞唐。問女何所爲，鳴雞織流黄。晨興各冠珮，于于上高堂。聽翁敎戒言，祗受不敢忘。雖生甌越區，竹譜：「浙江以東爲甌越。」如在鄒魯邦。兩朝太史筆，特書爲褒揚。行人問其廬，喬木鬱蒼蒼。何須雞哺狗，韓愈嗟哉董生行：「家有狗乳出求食，雞來哺其兒。」家昌乃眞祥。眞祥由德生，天心果何常。我欲遊麟溪，金華府志：「白麟溪在浦江縣東，源出金容山，東流入浦陽江。」壽翁奉一觴。莫聽豆萁詩，曹植七步詩：「煮豆然豆萁，豆在釜中泣。本是同根生，相煎何太急？」聽歌棣華章。

送王檢校之廣東

續文獻通考：「金尙書省都事二員，正七品，知省内宿直、檢校架閣等事。」

國士抱玄璞，瞽師薦朱絃。質音豈不良？衆俗迺是捐。勿恤衆俗捐，始昧當終宣。志士遘時屯，歷說未見賢。朝遊秦關中，夕宿漢水壖。遑遑詎無勞，亮節要自全。青鞚撫東師，重光麗中天。恢業萃羣材，虛若海受川。眘言屬茲寄，遠抗丹徼旃。隋書南蠻傳論：「漢平百越，地窮丹徼。」古今注：「南方徼赤色，故稱丹徼，南方之極也。」高翰欻飛翻，孰得羈係焉？揚芬貴有烈，崇德願無愆。顧已尙留滯，殞涕沾前筵。

姚牧林軒

林居孰云陋，幽意欣自適。鄰無醉歌吏，室有玄言客。風疎櫛當晨，月皎琴御夕。塵駕衆何淹，窮年抱空寂。

書東圃老翁壁　此從集外詩補

燕雀各已乳，飛飛風日暄。一徑入桑苧，幾家同灌園。莫將當世事，閒與老翁言。

題王濛聽雨樓卷　此從鐵網珊瑚補

春雲靄江郭，鳩鳴朝夢餘。樓中風颯至，煩抱澹雲除。歷歷亂橋樹，蕭蕭窗影虛。如何門外水，泥潦沒行車。

天王寺

在洞庭山馬稅城桃花塢。此從林屋民風補。

深寺隱桃花，幽幽在山阻。諸天藤蘿外，昏黑路防虎。聞說春時遊，辛夷花可數。

周元公祠

原注：「在吳縣胥臺鄉。宋嘉定間，元公四世孫和州觀察使興裔奏立，後遭兵火，僅存遺址焉。」此從姑蘇雜咏補。

邈哉宋周子，襟懷迥無塵。精微闡太極，默契心自純。遠摹羲皇畫，示我羲皇人。道既倡東南，闇然韜吾眞。祠燬罹兵燹，祀廢遘時屯。臨風一俯仰，恍惚如陽春。

高青丘集卷八

七言古詩

唐昭宗賜錢武肅王鐵券歌

十國春秋吳越武肅王世家:「乾寧四年八月，唐遣中使焦楚鍠賫鐵券至。券文曰:『維乾寧四年，歲次丁巳，八月甲辰朔四日丁未，皇帝若曰:咨爾鎮海、鎮東等軍節度、浙江東西等道觀察處置營田招討等使、兼兩浙鹽鐵制置發運等使、開府儀同三司、檢校太尉、兼中書令、持節潤、越等州刺史、上柱國、彭城郡王、食邑五千戶、實封一百戶錢鏐。朕聞銘鄧隲之勳，言垂漢典;載孔悝之德，事美魯經。則知褒德策勳，古今一致。頃者董昌僭僞，爲昏鏡水，狂謀惡跡，漸染齊人。爾能披攘兇渠，盪定江表，忠以衞社稷，惠以福生靈;其機也氛祲清，其化也疲羸泰。拯於越于塗炭之上，師無私焉!保餘杭于金湯之固，政有經矣。志奬王室，績冠侯藩;溢于旂常，流在丹素。雖鍾繇刊五熟之釜，竇憲勒燕然之山，未足顯功，抑有異數。是用錫其金板，申以誓辭:長河有如帶之期，泰山有如拳之日。惟我念功之旨，永將延祚子孫，使卿長襲寵榮，克保富貴。卿恕九死，子孫三死，或犯常刑，有司不得加責。承我信誓，往惟欽哉！宜付史館，頒示天下。』」西湖志：「錢氏鐵券，國除日進之內帑，宋季兵亂，況券渭水中者五十六年，元至順二年，漁人獲而售之。錢氏之後居天台者曰世珪，明洪武大封功臣，取以爲式，尋還其家，高季迪爲之歌。」

妖兒初下含元殿，舊唐書鄭畋傳：「畋與盧攜爭論黃巢乞節鉞曰：『妖賊百萬，橫行天下。』」一統志：「黃巢亂，有太白山人謁興安州刺史崔堯封云：『掘破牛山，賊自敗。』崔遂發卒掘之，得一石桶，桶中有黃腰獸一、劍一，獸見劍自撲而死，巢至秋果敗。」新唐書黃巢傳：「齋太清宮，卜日含元殿，僭位，號大齊。巢敗，方鎮兵入虜掠，火大內，惟含元殿獨存。」天子仍居少陽院。昭宗紀：「初，崔胤與帝謀誅宦官，宦官懼。光化三年十一月，中尉劉季述、王仲先、內樞密使王彥範、薛齊偓作亂，上適少陽院，皇太子裕嗣位，以上爲太上皇，更名少陽院曰問安宮。」諸藩從此擁連城，朝貢皆停事攻戰。岐王已〔校記〕明詩別裁作「一」。去梁王來，長安宮闕生蒿萊。五代史李茂貞傳：「茂貞犯京師，昭宗遣覃王拒之，至三橋軍潰。昭宗出居于華州，遣宰相孫偓以兵討茂貞，韓建爲茂貞請，乃已。久之，加茂貞尚書令，封岐王。後昭宗爲宦者所廢，既反正，宰相崔胤欲借梁兵誅諸宦者，陰與梁太祖謀之；中尉韓全誨等，亦倚茂貞之彊，以爲外援，茂貞遣其子繼筠，以兵數千宿衛京師，宦者恃岐兵，益驕不可制。天復元年，胤召梁太祖以西梁軍至同州，全誨等懼，與繼筠等劫昭宗幸鳳翔，梁軍圍之逾年，茂貞屢戰輒敗，閉壁不敢出，城中薪食俱盡。三年，與梁約和，斬韓全誨等二十餘人，傳首梁軍。梁圍解，天子雖得出，然梁遂劫東遷，而唐亡。茂貞非惟亡唐，亦自困矣！」天目山前異人出，一統志：「天目山在臨安，上有二峯，峯頂各一池，若左右目，故名。」吳越武肅王世家：「王姓錢，名鏐，字具美，杭州臨安人也。生于邑臨水里。先是，邑中旱，縣令命道士東方生起龍以祈雨。生曰：『茅山前池中有龍，起必大異。』令乃止。明年復旱，生遽指鏐所居曰：『池龍已生此家。』時鏐實誕數日矣。始誕之夕，鏐父寬方他適，鄰人急奔告曰：『適過君家後舍，聞甲馬聲甚衆。』寬疾馳歸？而鏐已生。復有紅光滿室。寬怪之，將棄于丘氏之井，鏐大母知非常人，固不許，因小字曰婆留，而井亦以名。稍長，遊徑山，有道人洪湮者，每僻地相迎，不期而遇，鏐問故，湮曰：『君非常人，故預知耳。』豫章人工天官者，望斗牛有王氣，因遊錢塘占之，在臨安，乃之臨安，以相法隱市中，陰求其人。縣錄事鍾起，與豫章人善，私謂起曰：『占君邑有貴人，求之市中不可得，視君相貴矣，然不足當之。』起乃置酒，悉召邑中賢豪爲會，陰令徧視之，皆不足當。一日，豫章人過起，鏐適從外來，見起反走，豫章人望見之大驚曰：『此眞貴人也。』起笑曰：『吾傍舍錢生耳。』豫章人召鏐至，熟視之，顧起曰：『君之貴者，因此人也。』乃慰鏐曰：『子骨法非常，願自愛。』遂與起決曰：『吾求其人者，非有所欲，直欲質吾術耳。』邑山中有石，徑二尺七寸，其光如鏡，鏐遊此，顧其形，服冕旒如王者狀，甚祕之。餘杭有瞽者，以摸骨相集龍光橋，鏐請相，竟無一言；未幾歸，復贄金請相，瞽者曰：『旁無人乎？』乃引臂歎曰：『天下亂矣！期時之內，再遇貴人。』言訖而去。」郭璞撰臨安地志云：「天目山前兩乳長，龍飛鳳舞到錢唐。海門山起橫爲岸，五百年生異姓王。至是驗。」金戈雙舉風煙開。吳越備史：「梁授王守太尉實封二百戶制：橫戈憤悱，獨力支吾，妙運神機，大殲戎醜。」又按：「金戈雙舉，是錢字之文，如漢卯金刀，晉典午之類。」羅平惡鳥啼初起，武肅世家：「牙將倪得儒謂董昌曰：『曩時謠言，有羅平鳥，四目三足，主越人禍福。民間多圖其形，禱祠之，視王書名與圖類。』因出圖示昌，昌大悅，遂自稱皇帝，國號大越羅平，改元順天。」唐書五行志：「咸通中，吳越有異鳥極大，四目三足，鳴山林，其聲曰羅平。占曰：國有兵，人相食。」犀弩三千射潮水。武肅世家：「築捍海石塘，江濤洶湧，板築不時就，王於疊雪樓架強弩五百以射潮，潮爲頓斂，遂定其基；以鐵絙貫幢榦用石楗之而塘成。」蘇軾詩：「安得夫差水犀手？三千強弩射潮低。」歸來父老拜旌旗，釃酒搥牛宴鄉里。武肅世家：「王親巡錦衣軍，有鄰媼年九十餘，携壺漿迎王曰：『錢婆留，寧馨富貴。』王下車拜之。王置酒高會，父老男婦八十歲以上者金尊，百歲者玉尊。王執爵上壽，製爲還鄉歌曰：『三節還鄉兮挂錦衣，碧天朗朗兮愛日暉。功臣道上兮列旌旗，父老遠來兮相追隨。家山鄉眷兮會時稀，今朝設宴兮觥散飛。斗牛無孛兮民無欺，吳越一王兮駟馬歸。』時父老不能解，王復高揭吳音爲歌，舉坐賡之，叫笑振席。」打毬〔校記〕列朝詩集、明詩綜、明詩別裁並作「擊毬」。駿馬驕春風，錦袍玉帶眞英雄。武肅世家：「王遣寧國節度使王景仁，奉表詣大梁，陳取淮南之策，梁主問進奏吏曰：『錢王平生有所好乎？』吏曰：『好玉帶、名馬。』梁王笑曰：『眞英雄也。』乃以玉帶一匣、打毬御馬十四匹賜王。」詔書特賜誓終始，黃金鏤字旌殊功。輟耕錄：「錢鏐謝賜鐵券表云：『錄臣以絲髮之勞，賜臣以山河之誓，鐫金作字，指日成文。震動神祇，飛揚肝膽。』」虎符龍節彤弓矢，「虎符」見卷一征婦怨。周禮掌節：「澤國用龍節。」韓翃寄令狐尚書詩：「立身榮貴復何如？龍節紅旗從板輿。」書：「彤弓一、彤矢百。」後嗣猶令赦三死。盡言恩寵冠當時，天府丹書未踰此。漢書高帝紀：「與功臣剖符作誓，丹書鐵券，金匱石室，藏之宗廟。」摩挲舊物四百年，古色滿面凝蒼煙。天祐宰相署名在，帝王曆祚考：「唐昭宗改元者七：龍紀一、大順二、景福二、乾寧四、光化三、天復三、天祐一。」北史魏收傳：「天保二年，詔撰魏史，使收專其任。又詔平原王高隆之總監之，署名而已。」尋思〔校記〕明詩綜、明詩別裁並作「文」。再讀心茫然。古來保族須忠節，受此幾人還覆滅。王家勳業至今傳，不在區區一方鐵。通鑑：「後唐明宗天成三年，上問趙鳳：『帝王賜人鐵券何也？』對曰：『與之立誓，令其子孫長享爵祿耳！』上曰：『先朝受此賜者止三人，崇韜、繼麟，尋皆族滅；朕得脫如毫釐耳！』因歎息久之。趙鳳曰：『心存大信，固不必刻之金石也。』」人生富貴知幾時？泰山作礪徒相期。漢書功臣表：「使黃河如帶，泰山若礪，國以永存，爰及苗裔。」行人曾過表忠觀，吳越忠懿王世家：「熙寧時，知杭州軍州事趙抃言：錢氏父祖、妃夫人、子孫墳廟在錢塘者二十有六，在臨安者十有二，願以龍山妙因院爲觀，使錢氏之孫爲道士曰自然者，治其祠墳。神宗命賜名曰表忠觀。理宗給田三百畝，付觀旌功焉。」風雨斷蘚埋殘碑。石林燕語：「蘇子瞻作表忠觀碑，王荆公置之坐隅曰：『斯文甚似西漢。』」

太白三章　見卷一燕歌行。

太白初升北斗落，行人早起車鳴鐸。豈願身離父母邦？山川路遠非不惡，貧賤未知生處樂。

其二

太白正高北斗低，行人出關雞亂啼。他鄉無人是知己！欲歸未歸東復西，敝裘愧見家中妻。戰國策：「黑貂之裘敝。」

其三

太白猶懸北斗沒，行人衣上霜拂拂。李賀詞：「曉風何拂拂，北斗光闌干。」下馬飲酒歌苦聲，新豐主人莫相忽，人奴亦有封侯骨。見卷一行路難。

江上看花

兩年京師不見花，青衫白馬驅塵沙。今年江邊偶無事，狂醉爛熳尋春華。游蜂飛蝶日妍暖，紅紫正發紛交加。穿蹊每入鄰媪圃，叩門或到山僧家。漸老都無少年樂，底用簫鼓隨行車。攀條繞樹對吟詠，不忍歸去至日斜。花應得我相慰賞，似笑欲舞爭矜誇。我如無花亦寂寞，閉戶有酒誰能賒？夜來茅屋臥聞雨，曉起走看成咨嗟。飄英墮蕚不可綴，餘豔只似銷殘霞。明知春色不久住，豈料便去難留遮。野鶯啼罷一回首，恨與芳草盈天涯。

中秋翫月張校理宅得南字

八月望夜天如藍，海色捲霧山收嵐。玉盤元沈龍窟底，李白詩：「小時不識月，呼作白玉盤。」忽起萬丈誰能探？初來空中光尚溼，孀娥寒鬢風鬖鬖。正韻：「鬖鬖，髮垂貌。」人言一年此最好，金精水氣秋相涵。河圖帝覽：「月者，金之精也。」小星盡去大星在，芒角欲吐敢與參。天將洗眼照下土，雲笈七籤：「太一天之源，日月天之眼。」范梈曉山謠：「月眼識浮沉。」啖食肯縱妖蟆貪。史記龜筴列傳：「月爲刑而相佐，見食于蝦蟆。」盧仝詩：「傳聞古老說，月蝕蝦蟆精。」穿深窺暗不遺隙，魍魎〔校記〕大全集、列朝詩集並作「罔兩」。忌影逃巖嵌。莊子：「罔兩問於影。」注：「影邊淡薄者。」前年客中憶見之，家人怨別方喃喃。孟郊詩：「喃喃肩經郎，言語傾琪琚。」荒山不知佳節至，垂首凭案尋書蟫。爾雅釋蟲：「蟫，白魚，衣書中蟲。」但怪流輝入敗戶，油燈失燄留孤龕。起行陰林不用炬，剝啄獨叩峯西菴。韓愈剝啄行：「剝剝啄啄，有客至門。」虬蛇亂踏心膽悸，怪影走石皆楓柟。卽呼道人共載酒，放舟直下芙蓉潭。姑蘇志：「閶門外有芙蓉江。」翻翻驚鶻落樹杪，吹笛正和烏飛南。曹孟德短歌：「月明星稀，烏鵲南飛。」今年在舍反寂寞，暗室困臥如僵蠶。范成大詩：「已僵員嶠蠶。」乾愁無端負良夜，韓愈感春詩：「乾愁漫解坐自累。」月固不言我則慚。人無賢愚競翫賞，況我淸景性所躭。忽憶諸君隔河水，持被就宿聆高談。爲呼老婢掃庭宇，北史盧景裕傳：「景裕專經爲學，居拒馬河，將一老婢作食，妻子不自隨。」一席盤飣棃與柑。玉篇：「飣貯食。」范成大詩：「莫嗔老婦無盤飣，笑指灰中芋栗香。」江城重閉萬家寂，樓鼓近聽纔撾三。空階淒其覺霧泫，虛牖窈窕疑煙含。婆娑欲留月伴影，韓愈月蝕詩：「玉階桂樹影婆娑。」素鸞西下煩停驂。明宵復出已難似，動別經歲嗟何堪。尊前此月又此客，世所難遇心應諳。關山幾處未解兵，擊柝不寐愁丁男。漢書嚴安傳：「丁男被甲，丁女轉輸。」晉書食貨志：「戶調之式，丁男之戶，歲輸絹三匹、綿三斤，女及次丁男爲戶者半。」南鄰歌舞北鄰哭，月雖同照異苦甘。何人爲我揮天戈，韓愈潮州謝上表：「天戈所麾，莫不寧順。」乾坤多難俱平戡。行者得還居者樂，淸光所及恩皆覃。李憕詩：「覃恩降紫宸。」懸知此願未易遂，憂來舉盞從沈酣。須臾衆散曉蟲急，詩齊風雞鳴「蟲飛薨薨」注：「夜將旦而百蟲作也。」古桂吹落靑毿毿。

送王太守遷雲間

列朝詩傳：「王太守立中，字彥強，蜀之遂寧人；南宋徙長洲。彥強刻節厲行，官松江太守，尋致仕。生三子：璉，汝器；璲，汝玉；璡，汝嘉。璉，吏部主事；璲、璡皆官翰林。」一統志：「華亭，晉雲間。」

男屠豬羊女釃酒，共禱神祠留太守。太守今年遷大州，蘇州府志：「王立中，元季嘉定州知州，明初歸附，遷松江府知府。」除書已下誰能留？前漢書田蚡傳：「君除吏盡未？吾亦欲除吏。」注：「拜官曰除，凡言除者，除去故官就新官。」兩州相去無百里，失君應愁得君喜。安得如君數十人，一時盡福東南民。

謝陳山人惟寅贈其故弟長司惟允所畫山水

列朝詩傳：「陳處士汝秩，字惟寅，本廬山人。父天倪先生，始卜居于吳。天倪卒，惟寅與其弟惟允，力貧養母，有聞于時。惟允爲淮張所辟，親信用事，聲勢甚盛。惟寅兵後不能卜一廛，安貧靜退，視其弟之赫奕若弗聞也。洪武初，以人才徵至京，以母老辭歸。惟允尤倜儻知兵，嘗騎馬過吳市，遇王止仲徒行，不爲下，以手招之曰：『王止仲可來看畫。』止仲尾之往，弗敢後，其矜伉專己如此。」列朝詩集誤刻徐賁。

大髯袖中有廬霍，一作嶽。皇甫冉詩：「猿聲近廬霍，水色勝瀟湘。」案：「廬、霍，謂廬山、霍山也。」嵐氣噴人寒色薄。出贈生綃一幅圖，韓愈桃源圖詩：「流水盤迴山百轉，生綃數幅垂中堂。」云是小髯之所作。我嘗游君伯仲間，仲今已矣空見山。畫中無限盤礴意，莊子：「宋元君將畫圖，衆史皆至，受揖而立，舐筆和墨，一史後至，儃儃然不趨，受揖不立，因之舍。公使人視之，則解衣槃礴，君曰：「可矣！是眞畫者也。」」使我坐看愁滿顏。重崖複澗迷樵路，杳杳煙蘿一作煙蘿冥冥。畫如暮。溪閣風生醉客眠，野橋月出歸僧度。櫪林蒙密楓林高，深處似有猩鼯號。滿空雲凍動秋思，飛泉落日何蕭騷。揮毫若此難再得，白鶴何時返鄉國？良工自古多苦心，留賞人間賴遺墨。南宮北苑皆已仙，圖繪寶鑑：「米芾，字元章，書法入神。畫山水出董源，別號海岳外史，又稱南宮。」畫史會要：「董源號北苑。海岳云：『平淡天眞多，唐無此品，在畢宏上，近世神品，格高無與比也。』」此圖與之當並傳。坐嗟存沒意難報！作歌愧匪瓊瑤篇。

書夢贈徐高士

眞人高居紫霞房，白居易詩：「紫霞舊精舍。」靈津夜灌通桃康。葛仙翁詩：「吐納靈河津。」黃庭內景經：「男女迴九有桃康。」注：「丹田下神名。」其神不彫駐景光，名籍早入丹臺藏。列仙傳：「紫陽眞人周季通，遇羨門子，乞長生訣，羨門子曰：『名在丹臺石室中，何憂不仙？』」道成驂虯面虛皇，陸龜蒙詩：「共是虛皇簡上仙。」凌攝梵炁遨穹蒼。下視羣生墮迷方，倏忽起滅更喜傷。我嘗夢遊至其傍，廣庭淨發衆妙香。杜甫詩：「心清聞妙香。」仙媛神官儼成行，坐考雲笈披琳琅。范成大詩：「丹訣三千滿雲笈。」按：「宋張君房輯雲笈七籤。」稽首皈依大醫王，麴信陵詩：「誓心從此永皈依。」文天祥詩：「夜深排果餌，乞巧大醫王。」願憫濁世同淪亡。龍根珍脯不可嘗，幽冥錄：「巴邛人剖一大橘，中有二老叟相對象戲。一叟曰：『僕飢虛矣！須龍根脯食之。』袖出一草根削食，食訖，以水噀之，化爲龍，共乘之。」蘇軾詩：「龍根爲脯玉爲漿。」但覺凡火燒飢一作肌腸。身心俱病孰爲攘，至言授我何敢忘。空山無人覺在牀，海月未落天蒼茫。佐卿化鶴來吾鄉，廣德神異錄：「明皇天寶十三載重陽，獵于沙苑，時雲間有孤鶴迴翔，親御弧矢中之；其鶴即帶箭徐墜，將及地丈許，歘然矯翼西南而逝。益州城西十五里有道觀焉，東廊第一院尤爲深寂，有自稱青城山道士徐佐卿者，一歲率三四至焉，一日忽自外至，神彩不怡，謂院中人曰：『吾行山中，偶爲飛矢所加，尋已無恙；然此箭非人間所有，吾留之于壁，後年箭主到此，即宜付之。』及明皇幸蜀，暇日命駕行遊，偶至斯觀，忽覩其箭，深異之；因詢觀之道士，具以實對，佐卿蓋中箭孤鶴耳！自後蜀人亦無復有遇佐卿者。」朱冠縞衣頎而長。篋中活人何所將？苓參朮芎枳桂薑。學仙曾聞道非常，幸賜大藥和陰陽。紫陽眞人悟眞篇：「何似更兼脩大藥，頓超無漏作眞人。」

又：「調停火候託陰陽。」誓參飛裾上翱翔，張載鞞舞賦：「輕裾鸞飛。」人間徧施甘露漿。掃除熱惱俱清涼，疾苦不生壽無量。

劉松年畫　圖繪寶鑑：「松年，錢塘人，紹熙中待詔，工人物山水，神氣精妙。寧宗朝，進耕織圖稱旨。賜金帶，院人中絕品也。」

樵青刺篙勝搖槳，見卷三隱逸張志和。船頭分流水聲響。青山渺渺波漾漾，白鷗飛過時一兩。載書百卷酒十壺，日斜出遊女兒湖。鄰舟買得巨口鱸，後赤壁賦：「巨口細鱗，狀如松江之鱸。」醉拍銅斗歌嗚嗚。孟郊詩：「銅斗飲江水，手拍銅斗歌。」李斯諫逐客書：「擊甕叩缶，彈箏搏髀，而歌呼嗚嗚。」此樂除却江南無。

題武昌魏孝廉槃所藏畫

楚山遠吐參差碧，虛閣開臨繫船石。沙樹彫時鄂渚秋，一統志：「武昌自楚熊渠封其子爲鄂王，始號鄂渚。」江鷗沒處湘潭夕。閣中幽人坐讀書，書聲入水驚龍魚。欲吹短笛相尋去，黃鶴磯頭好待予。見卷六送袁憲史。

送葉卿東遊

問君辭家今幾年？布衣綫斷芒屨〔校記〕三十家作鞋。穿。孟郊詩：「四時不在家，敝服斷線多。」管子：「五衢之民，多衣敝而屨穿。」江湖夢迴燈火夜，聽雨每憶山中田。兵戈忽斷故鄉路，雖有兩足歸無緣。上書願雪父兄恥，畫地聚米籌山川。後漢書馬援傳：「援說隗囂將帥有土崩之勢，兵進有必破之狀。又於帝前聚米爲山谷，指畫形勢，開示衆軍所從道徑，昭然可曉。」居然無成困逆旅，白日但看孤雲眠。時人不容禰生傲，後漢書文苑傳：「禰衡，字正平，少有才辨，而氣尙剛傲，孔融愛衡才，數稱述于曹操。而衡素相輕疾，數有恣言；操懷忿，以其才名，不欲殺之，送與劉表。表不能容，以江夏太守黃祖性急，故送衡與之。後衡言不遜順，祖殺之，時年二十六。」坐客豈信毛公賢。見卷四停君白玉巵。黃金已盡酒徒散，壯士反爲兒女憐。飢吟倚壁氣未餒，有如病鶻棲荒煙。却欲南遊探禹穴，史記太史公自序：「南游江淮，上會稽，探禹穴。」注：「會稽上孔穴，民間云：禹入此穴。」僕夫整駕雞鳴前。波濤翻江畏飢鰐，左思吳都賦注：「鰐魚，長二丈餘，有四足如鼉，喙長三尺，甚利齒。虎及大鹿渡水，鰐擊之皆中斷。」霧雨連海愁飛鳶。曲禮：「前有塵埃，則載飛鳶。」疏：「鳶，鴟也，鴟鳴則將風。」相逢誰肯問憔悴，山水自爲窮人妍。乾坤無家去何止，飄泊不異迴風船。區區願君自愛惜，今古遇合無非天。亂離貧賤何足歎，王孫亦在道路邊。杜甫哀王孫：「腰下寶玦青珊瑚，可憐王孫泣路隅。」我今豈少四方志，讀書坐破牀頭氈。恩讎兩無欲誰報，送子空歌寶劍篇。新唐書郭震傳:「武后召與語,奇之,索所爲文章,上寶劍篇,后覽嘉歎。

題韓長司所藏山水圖

參卿昔佐一作在。西安幕,晉書孫楚傳:「遷佐著作郎,復參石苞驃騎將軍事。楚負其才氣,頗侮易于苞,初至,長揖曰:『天子命我參卿軍事。』」騎馬看山時出郭。一統志:「終南山在西安府城南,即中條山。太華,在華陰縣,即西岳也。」橫作秋雲掃寥廓。終南泰華勢最高,秦川漢苑萬里開,酒醒望遠登荒臺。日斜渭上歸人渡,岳暗關中飛雨來。寰宇記:「西安府,秦曰關內。」此處奇觀絕天下,何事歸來猶看畫。畫中小景似江南,黃葉漁村見煙舍。〔校記〕大全集作「含」,誤。莫戀江南眞故鄉,蓴鱸炊熟酒船香。李商隱詩:「雨送酒船香。」美人不是滄洲客,去去宜登白玉堂。見卷七訓謝翰林。

煮石山房爲金華葉山人賦

胡翰煮石山房記:「吾鄉葉以誠寓於醫,而以煮石名其山房。」六帖:「眞誥曰:『煮石方』,東府佐卿白先生造也,皆眞人所授,但未見眞本。」一統志「山在府城北。」

山人不飯粳稻香,笑指白石爲餱糧。金華之石猶可食,元是舊牧初平羊。神仙傳:「黃初平者,丹谿人也。年十五,家使牧羊,有道士見其良謹,便將至金華山中四十餘年,不復念家。其兄初起,行山尋索,遂得相見。問初平羊何在？曰：『近在山東耳！』初起往視之，但見白石而還。初平與俱往看之，乃叱曰：『羊起！』于是白石皆變爲羊數萬頭。」荆榛拾歸夜深煮，自言久服能輕舉。但令隨處有雲根，賈島詩：「移石動雲根。」注：「雲根，石也，雲觸石而生，故云。」不問青天旱無雨。我生無力耕西疇，硯田欲枯抱飢憂。便當從君學此術，絶勝乞米監河侯。莊子：「莊子貸粟于監河侯曰：『我將得邑金貸子。』」

九日與客登虎丘至夕放舟過天平山

昨日風雨今日晴，天意令人作重九。登高未用憶龍山，晉書孟嘉傳：「爲征西桓溫參軍，九月九日，溫燕龍山，寮佐畢集，有風至，吹嘉帽墮落，不之覺，溫使左右勿言，欲觀其舉止。嘉良久如厠，溫令取還之。令孫盛作文嘲嘉，著嘉坐處，嘉還見，卽答之，其文甚美，四坐嗟歎。」一統志：「龍山，在荆州府城西北。」弔古竟須尋虎阜。秋清人稀葉滿寺，屐齒無聲石苔厚。我來但欲問前王，不知霸氣銷沈久。下穿山骨葬弓劍，見卷五虎丘。銀海夜寒空不朽。漢書楚元王傳：「秦始皇葬于驪山之阿，水銀爲江海，黃金爲鳧雁。」劉禹錫詩：「空餘水銀海，長照夜燈紅。」樓臺荆棘今幾變，英雄誰似青山壽。十年自歎在塵土，雞鳴起逐塗人走。茲遊喜出世網外，相攜况是同心友。盤梯共上峯頂塔，欲觀東海攀北斗。中原不見鴻雁來，浮雲萬里空回首。鐘聲催送晚出寺，棲鴉已滿祠前柳。秋風吹林客醉時，夕陽下嶺僧歸後。山留好月續清景，乘興夜過漁村口。放船不覺露沾衣，滅燭始看星在罶。詩：「三星在罶。」金陵酒熟來謫仙，唐書李白傳：「天寶初，白至長安，往見賀知章，知章見其文，歎曰：『子謫仙人也。』」李白詩：「世人不識東方朔，大隱金門是謫仙。」赤壁歌殘泣嫠婦。蘇軾前赤壁賦：「泣孤舟之嫠婦。」人生此樂信難得，夢幻功名有時有。他年何必問誰健，杜甫九日詩：「明年此會知誰健？醉把茱萸仔細看。」但令不負持螯手。晉書畢卓傳：「卓嘗謂人曰：『得酒滿數百斛船，四時甘味置兩頭，右手持酒杯，左手持蟹螯，拍浮酒船中，便足了一生矣！』」詩成底用刻山石，爲寄龍門說空叟。「龍門」注見前卷五龍門詩。陶弘景詩：「夷甫任散誕，平叔坐談空。」張祜鍾離寺詩：「唯羨空門叟，棲心盡百年。」明朝來借白雲泉，見卷五天平山。淨洗從前千劫垢。楞嚴經：「度百千劫，猶如彈指。」

夜發錢清 見卷三次錢清謁劉寵廟

錢清渡頭船夜開，黃茅苦竹聞猿哀。客官釃酒水神廟，風雨滿江潮正來。蒸飯炊魚坐篷底，不覺舟行兩山裏。棹歌早過越王城，一統志：「在紹興府城東南，越王勾踐棲兵處。」東方未白啼鴉起。

草書歌贈張宣 列朝詩傳：「宣，字仲藻，江陰人，少負才名，洪武初，與修元史，擢翰林院編修。」

昔聞汝祖東吳精，杜甫示張旭草書圖詩：「嗚呼東吳精，逸氣感清識。」醉傳草聖醒而驚。唐書李白傳：「文宗時，詔以李白歌詩、裴旻劍舞、張旭草書爲三絕。旭，蘇州吳人，嗜酒，每大醉，呼叫狂走，乃下筆；或以頭濡墨而書，既醒自視，以爲神。世呼張顛。自言始見公主擔夫爭道，又聞鼓吹，而得筆法意；觀倡公孫舞劍器，得其神。」杜甫詩：「張旭三杯草聖傳，脱帽露頂王公前。」汝今能飲不滿杓，史記項羽本紀：「沛公不勝桮杓。」逸氣欲與相崢嶸。高堂把筆若把槊，歐陽修詩：「巨筆人人把矛槊。」長綃一拂悲風生。杜甫張旭草書圖詩：「悲風生微綃，萬里有古色。」陰垂大澤雷雨過，鮑照飛白書勢銘：「飄風驟雨，雷怒霆激。」響破巨峽波濤傾。法書要錄：「索靖善章草書，出于韋誕，險峻過之，有若山形中裂，水勢懸流。」颺颺游絲罥晴晝，宣和書譜：「山人蒲云作正書甚古，嘗以雙鈎字書河上公注道德經，若游絲縈漢，孤煙裊風。」宋劉子翬游絲帖歌：「園林無瑕二三月，時見游絲轉空闊。誰人寫此一段奇？著紙春風吹不脱。」落落高斗回寒更。孫過庭書譜：「纖纖乎如初月之出天涯，落落乎猶衆星之列河漢。」飲猿連臂深澗絕，法書要錄：「若懸猿飲澗之象。」謝靈運名山記：「猿猱下飲，百臂相聯。」飢鶻捩翅荒煙橫。續書品優劣：「沈千運如飢鷹殺羽，忍疲筋骨。」自言靜裏觀萬物，故能變化窮其情。嗟余少本好劍舞，學書晚方從父兄。終焉懶惰不得就，塵滿硯田長廢耕。覽時撫事每有感，胸次硉矹何由平。杜甫詩：「骨格硉矹如堵牆。」空齋往往出怪語，翁卷詩：「怪語却如顛。」吟聲相應飢腸鳴。蘇軾詩：「夜來飢腸如轉雷。」篇〔校記〕三十家作「詩」。成請君爲我寫，墨瀋灑壁從奔崩。陸游詩：「半池墨瀋臨章草。」是時黃雲閉歲暮，返照忽出寒江明。手隨意到不留阻，正似突騎陰山行。

唐明皇詩：「埋輪皆突騎。」括地志：「陰山在朔州北，塞外突厥界。」令嚴不聞戈甲響，一夜下盡名王城。安得師行亦如此？頃刻坐見乾坤清。嗚呼作歌聊贈汝，愈使流淚沾衣纓。

獨遊雲巖寄周砥

城西諸山非不奇，我遊獨與茲山宜。紅櫻春開山後寺，白水夏滿山前陂。幽居況與山不遠，鐘鼓每到空齋帷。雨餘煙中落日下，曳杖往讀頭陀碑。姓氏英賢錄：「王屮，字簡棲，有學業，爲頭陀寺碑文，文詞巧麗，爲世所重。」兩崖蒼蒼石色古，枇杷樹高陰滿池。殿燈欲昏上羣鼠，塔鈴已靜蹲孤鴟。興來卽遊興盡返，迎送豈要山僧知。困窮喪亂豈無感，正賴此境忘吾悲。嗟君何爲乃自苦，破鞽〔校記〕詩綜作「鞵」。短策塵中馳！挂帆能來亦未晚，浦口三日南風吹。

練圻老人農隱

我生不願六國印，見卷一將進酒。但願耕種二頃田。田中讀書慕堯舜，坐待四海昇平年。却愁爲農亦良苦，近歲征役相煩煎。養蠶唯堪了官稅，賣犢未足輸丁錢。見前中秋翫月「丁男」注。陸游詩：「縣前歸來傳好語，黃紙續放身丁錢。」虬鬚縣吏叩門戶，三國志崔琰傳：「虬鬚直視，若有所嗔。」蘇軾詩：「縣吏催錢夜打門。」鄰犬夜吠頻驚眠。雨中投泥東鑿塹，蘇軾雨中督役詩：「人如鴨與豬，投泥相濺鷙。」高祖本紀：「深塹而守。」注：「遶城水也。」冰上渡水西防邊。幾家逃亡閉白屋，荒村古木空寒煙。君獨胡爲有此樂，無乃地邇秦溪仙。胡曾詩：「碧山煙散避秦溪。」門前流水野橋斷，不過車馬唯通船。秧風初涼近芒種，戴勝曉鳴桑樹顚。王禹偁詩：「戴勝勸人耕。」短衣行隴自課作，兒子饁後妻耘前。白頭雖復勞四體，若比我輩寧非賢。旅遊三十不稱意，年登未具粥與饘。便投筆硯把耒耜，從子共賦豳風篇。

嘗蒲萄酒歌

史記大宛列傳：「大宛，在漢正西，去漢可萬里，有蒲萄酒。」後漢書西域傳：「栗弋國，屬康居，出名馬、牛、羊、蒲萄衆果，其土水美，故蒲萄酒特有名焉。」晉書呂光載記：「龜茲人厚于養生，家有蒲萄酒，或至千斛，經十年不敗。」

西域幾年歸使隔，漢宮遺種秋蕭瑟。酉陽雜俎：「大宛蒲萄，張騫所致，有黃、白、黑三種，上林苑有蒲萄宮。」李白詩：「蒲萄出漢宮。」誰將馬乳壓瑤漿？劉禹錫詩：「馬乳帶輕霜。」唐書：「破高昌，收馬乳蒲萄實種之，並得其酒法。」遠餉江南渴吟客。赤霞流髓濃無聲，初疑豹血淋銀甖。李賀詩：「刺豹淋血盛銀甖」。吳都不數黃柑釀，見卷五太湖。隋殿虛傳玉薤名。酒譜：「玉薤，隋煬帝酒名。」聞道輪臺千里雪，漢書西域傳：「自伐大宛之後，西域震懼，多遺使來貢獻，于是輪臺、渠棃，皆有田卒數百人，置使者校尉領護以給外國使者。」岑參詩：「輪臺東門送君去，去時雪滿天山路。」獵騎弓弦凍皆折。試唱羌歌勸一觴，氈房夜半天迴熱。絕味今朝喜得嘗，猶含風露萬珠香。牀頭如能有五斗，不將輕博涼州守。三輔決錄：「扶風人孟佗，以蒲萄酒五斗遺張讓，即拜佗爲涼州刺史。」

送高二文學遊錢塘 原注：「君梁人，與余異譜。」

我家本出渤海王，見卷四贈銅臺李壯士。子孫散落來南方。只今遙承幾世後，坐棄戰陳談文章。嗟君渡江此相遇，知有遠族猶居梁。嘗聞四海盡兄弟，況我同姓能相忘。十年近舍道南宅，晉書阮咸傳：「咸與籍居道南，諸阮居道北。」歲時拜父登高堂。君年雖少志則壯，不肯與世相低昂。讀書閉閣人罕識，明月夜照聲琅琅。欲將古道共推挽，豈顧薄俗譏迂狂。到官未繫堂下馬，對客但眠樓上牀。君來不欲是王式，漢書王式傳：「除爲博士，既至，止舍中，會諸大夫博士共持酒肉勞式，皆注意高仰之。博士江公，世爲魯詩宗，至江公著孝經說，心嫉式，謂歌吹諸生曰：『歌驪駒。』式曰：『聞之于師，客歌驪駒，主人歌客毋庸歸。今日諸君爲主人，日尚早，未可也。』江翁曰：『經何以言之？』式曰：『在曲禮。』江翁曰：『何狗曲也？』式恥之，陽醉逿墜。式客罷讓諸生曰：『我本不欲來，諸生彊勸我，竟爲豎子所辱！』遂謝病免歸。」我行或止非臧倉。亂離正賴相慰藉，何事遠別遊錢塘？錢塘舊國我所到，江山自存人已亡！雁鶩長雲暮陂澹，牛羊落照秋陵荒。繁華銷盡莽蒼出，君行見此能無傷。西風吹塵扇難障，晉書王導傳：「庾亮居外鎮而執朝廷之權，導內不能平，常遇西風塵起，舉扇自蔽曰：『元規塵汙人。』」不如歸臥須時康。一飢小事何足道，故園尙有霜英黃。

贈李外史

仙人飄飄若雲風，來去倏忽誰能窮。豈惟上界足官府，韓愈詩：「上界眞人足官府。」往往亦在塵埃中。我欲尋眞向五嶽，亂後舊路迷榛蓬。天雞未鳴夜谷暗，海鶴已去秋壇空。丹崖碧澗瑤草歇，洞府一閟無由通。陌頭驚逢李道士，自說柱史爲吾翁。列仙傳：「李耳，字伯陽，生于殷時，爲周柱下史。」傍人相傳解起死，神仙傳：「徐甲少賃于老子，約日雇百錢，計欠甲七百二十萬錢。甲見老子出關遊行，速索償不可得，遂通辭于尹喜。喜見老子，老子問甲曰：『汝久應死，吾以太玄淸生符與汝，所以至今日。汝何以言吾？』乃使甲張口向地，眞符立出，甲成一聚枯骨矣。喜知老子神人，能復使甲生，乃爲請命，乞爲老子出錢還之。老子復以符投之，甲立更生，喜卽以錢與之而去。」袖裏有丹如日紅。我聞安期古策士，親見楚漢爭雌雄。終然濁世不肯住，渡海竟去先飛鴻。列仙傳：「安期生賣藥海邊，秦始皇請語三夜，賜金數千萬，出於阜鄉亭，皆置去，留書以赤玉舄一重爲報曰：『後千歲求我於蓬萊山下。』」玄洲東望纔咫尺，彩霞幻結金銀宮。決疑經：「銀宮金闕，列仙攸館。」何當共赴食棗約？見卷四停君白玉巵。三花醉折春濛濛。齊民要術：「嵩高寺中忽有思維樹，卽貝多也，一年三花。」馬祖常詩：「蕊珠無樹不三花。」迴看城郭煙霧杳，大笑下士眞沙蟲！抱朴子：「周穆王南征，久而不歸，一軍皆化，君子爲猿鶴，小人爲沙蟲。」

聽教坊舊妓郭芳卿弟子陳氏歌 原注：「時至正己亥歲作。」

文皇在御昇平日，元史文宗紀：「帝諱圖帖睦爾，武宗次子，初封懷王。出居建康，以致和元年九月襲皇帝位，改元天曆。」上苑宸遊駕頻出。仗中樂部五千人，能唱新聲誰第一？燕國佳人號順時，青樓集：「順時秀，姓郭氏，字順卿，姿態閒雅。雜劇爲閨怨最高，駕頭諸旦本亦得體，劉時中待制嘗以金簧玉管，鳳吟鸞鳴，擬其聲韻。」姿容歌舞總能奇。中官奉旨時宣喚，立馬門前催畫眉。建章宮裏長生殿，漢書郊祀志：「武帝起建章宮，千門萬戶，周三十里。」會要：「華清宮，天寶元年十月造長生殿，名爲集仙臺，以祀神。」芍藥初開勅張宴。龍笙罷奏鳳絃停，共聽嬌喉一〔校記〕明詩別裁作「似」。鶯囀。遏雲妙響發朱脣，列子：「秦青善歌，能使聲振林木，響遏行雲。」傅休奕詩：「素齒結朱脣。」不讓〔校記〕明詩別裁作「數」。開元許永新。開元遺事：「宮妓許永新者，善歌，最受明皇寵愛；每對御奏歌，則絲竹之聲莫能遏，帝嘗謂左右曰：『此女歌直千金。』」繡陛花驚飄豔雪，韋應物詩：「清詩舞豔雪。」文梁風動委芳塵。沈亞之新廳記：「文梁勁桷，既已具構。」劉向別錄：「魯人虞公發聲，清晨歌動梁塵。」翰林才子山東李，元史李泂傳：「泂字溉之，滕州人，生有異質，爲文辭如宿習者。天曆初，以待制召，數見奏對稱旨，特授奎章閣學士。既爲帝知遇，乃著輔治篇以進，文宗嘉之。會修經世大典成，再除翰林直學士，竟以病不起。泂秀眉踈髯，目瑩如電，顏面如冰玉，脣若渥丹，望之者疑爲神仙中人，每以李白自儗。」每進新詞蒙上喜。當筵按罷謝天恩，捧賜纏頭蜀都綺。舊唐書郭子儀傳：「子儀入朝，宰相元載、王縉、僕射裴冕、京兆尹黎幹、內侍魚朝恩，共出錢三十萬，置宴于子儀第，恩出羅錦二百匹，爲子儀纏頭之費，極歡而罷。」杜甫詩：「舞罷錦纏頭。」晚出銀臺酒未消，宋史職官志：「銀臺司掌收天下奏狀。」徐鉉詩：「銀臺鎖入須歸去，不惜餘歡盡酒卮。」侯家主第強相邀。盧照鄰詩：「玉輦縱橫過主第，金鞭絡繹向侯家。」寶釵珠袖尊前賞，秦嘉與婦徐淑書：「今致寶釵一雙，價値千金，可以曜首。」杜甫觀公孫大娘舞劍器行：「絳脣珠袖兩寂寞。」占斷春風夜復朝。回頭樂事浮雲改，瘞玉埋香今幾載？玉溪縮事：「王承撿築防蕃城，至上邽山下，獲瓦棺，石刻篆字，銘曰：『深深葬玉，鬱鬱埋香。』」世間遺譜竟誰傳，弟子猶憐一人在。曾記霓裳學得成，逸史：「羅公遠中秋侍明皇宮中翫月，以拄杖向空擲之，化爲銀橋，與帝昇橋，遂至月宮。女仙數百，練素霓裳，舞于廣庭。上問曲名，曰：『霓裳羽衣。』上記其音，歸作霓裳曲。」太眞外傳：「宴諸王于木蘭殿，時木蘭花發，皇情不悅，妃醉中舞霓裳羽衣一曲，天顏大悅。」朝元隊裏藝初呈。雍錄：「朝元閣在驪山，天寶七載，玄元皇帝見于朝元閣，改名降聖閣。」李商隱華清宮詩：「朝元閣迥羽衣新，首按昭陽第一人。」九天聲落千人聽，丹鳳樓前月正明。舊唐書明皇紀：「開元九年九月，御丹鳳樓，宴突厥首領。」狹斜貴客迴〔校記〕明詩別裁作「叢」。車馬，不信芳名在師下。風塵一旦禁城荒，誰是花前聽歌者？從此飄零出教坊，遠辭京國客殊方。閉門春盡無人問，白髮〔校記〕明詩別裁作「縞袂」。青裙不理妝。相逢爲把雙蛾蹙，溫庭筠詩：「鳳低蟬薄愁雙蛾。」水調涼一作梁。州歌續一作斷。續。樂苑：「水調，商調曲也。舊說隋煬帝幸江都時所製。」明皇十七事：「羯胡犯闕，上欲遷幸，登樓置酒，四顧悽愴；時美人善歌從者三人，其中一人歌水調，畢奏，上將去，復留眷眷，因問樓下歌工有善水調者乎？一少年心悟上意，自言亦善水調。登樓歌曰：『山川滿目淚霑衣，富貴榮華能幾時？不見只今汾水上，惟有年年秋雁飛。』上聞之潸然淚出，顧侍者曰：『誰爲此詞？』侍者曰：『宰相李嶠。』上曰：『李嶠眞才子也。』不待曲終而去。」「涼州」見卷一。江南年少未曾聞，元是當時供奉曲。劉禹錫詩：「休唱貞元供奉曲，當時朝士已無多。」朝使今年海上歸，元史順帝紀：「十九年九月，詔遣兵部尙書伯顔帖木兒、戶部尙書曹履亨，以御酒龍衣賜張士誠，徵海運糧。伯顔往來開諭，乃運粟十一萬石至京師。」繁華休説亂來非。梨園散盡宮槐落，唐書禮樂志：「明皇知音律，酷愛法曲，選坐部伎子弟三百教于梨園。」朱氏語類：「唐殿庭間種花柳，國朝惟植槐楸。」天子愁多內宴稀。始知歡樂生憂患，恨殺韓休老無〔校記〕明詩別裁作「韓休老去無人諫。」諫。唐書韓休傳：「休峭鯁，時政所得失，言之未嘗不盡。帝嘗獵苑中，或大張樂稍過差，必視左右曰：『韓休知否？』已而疏輒至。」傷心不見昔人歌，汾水秋風有飛雁。見上水調注。此日西園把一巵，感時懷舊盡成悲。含情欲爲秋娘賦，愧我才非杜牧之！杜牧之杜秋娘詩序：「杜秋，金陵女也，年十五，爲李錡妾。後錡叛滅，籍之入宮，有寵于景陵。穆宗卽位，命秋爲皇子傅姆。皇子壯，封漳王，鄭注用事，誣丞相欲去已者，指王爲根。王被罪廢削，秋因廢歸故鄉。予過金陵，見其窮且老，爲之賦詩。」

牀屏山水圖歌

畫工知余愛青山，久墮塵網無由還。故將列岫寫屏障，使我臥起於其間。從此長如宿清境，枕上分明見峯嶺。爐煙曉入帳中飛，擁被驚和白雲冷。丹崖碧樹層層開，江雨遠逐孤帆來。就中樓閣是何處，彷彿神女巫陽臺。楚山修竹瀟湘水，似有清猿忽啼起。江南千里夢遊歸，半牀落月高堂裏。

方隱君山園

吳興城南山水勝，竹樹參差萬家暎。幽深誰似隱君園，車馬不來雞犬靜。兩溪迴通柳港曲，按：兩溪，苕溪、霅溪。一峯立對柴門正；東西別墅憐〔校記〕三十家作「鄰」。更好，孤櫂往來隨晚興。總令種菜不種桃，新製長鑱木爲柄。杜甫寓同谷縣歌：「長鑱長鑱白木柄，我生託子以爲命。」家童頗解候天時，鄰叟還能論地性。交交林路翳復開，活活野泉流不定。清晨聞鳥欣獨往，濃綠潑晴畦色淨，老葉垂根孤蚓號，殘英綴梗羣蜂競。乍縈新蔓喜籬長，欲迸晚芽嫌土硬。此時採擷自足飽，肯爲食肝煩縣令？世說補：「閔仲叔家貧，不能買肉，日買豬肝一片，屠者或不肯與。安邑令聞之，勅吏常給焉。仲叔怪問其故，其子道狀，歎曰：『仲叔豈以口腹累安邑耶？』遂去。」古來名園悉可數，金谷辟疆誇獨盛。晉書石崇傳：「崇有別館在河陽之金谷。」「辟疆園」見卷五。鑿石圓開弄月池，買花深作行春徑。愛妾宵陪秉燭宴，狎朋晝接流觴詠。王羲之蘭亭集序：「清流激湍，映帶左右，引以爲流觴曲水，列坐其次。」長年歡樂豈知極，回首芳菲屬他姓。只今誰解問遺蹤？斷甓摧垣無一剩。乃知厚業要德守，那得衰榮但言命。君能勤儉遺子孫，應有佳名書郡乘。韻會：「乘者，載也，取其載事爲名。」

觀顧蕃所藏宋賜進士絲鞭歌

宋狀元錄：「高宗紹興二十一年辛未，策試進士趙逵等及第出身有差。上御集英殿，拆號唱進士名，各賜綠欄袍、白簡、黃襯衫，賜狀元等三人酒食五盞。三人各進謝恩詩一首，皆重戴綠袍、絲鞭駿馬，快行各持敕黃于前，黃旗雜沓，呵殿如雲，自東華門至期集所。豪家貴邸，競列綵幕縱觀，其有少年未有室家者，亦往往於此擇婿。」

臚傳殿下呼名字，文獻通考：「進士殿試，拆榜唱名曰臚傳，集英殿唱第日，宰臣進三名卷子，讀于御案前；用牙篦點讀畢，宰臣拆視姓名，則曰某人，閤門則承之以傳于階下，衞士凡六七人，皆傍聲傳其名而呼之，謂之臚傳。閤門，鴻臚卿。」進士新充探花使。摭言：「神龍以來，唐進士初會杏花園，謂之探花宴，以少俊者爲探花使。」內人綰結綵鞭成，崔令欽教坊記：「妓女入宜春苑，謂之內人，亦曰前頭人，以常在上前頭也。」陸游詩：「銀勝那思映綵鞭。」恩與宮袍一時賜。不用頻將柳下揮，馬蹄得意自如飛。蘇軾詩：「一色杏花紅十里，新郎君去馬如飛。」影裊夕陽何處去，曲江園裏宴初歸。國史補：「進士大宴于曲江亭子，謂之『曲江會』。」天街直拂花枝過，擇婿樓高綵毬墮。蘇軾詩：「眼亂行看擇婿車。」武平一詩：「分鑣戲彩毬。」令人把玩憶當時，零落春風幾縷絲。

憶昨行寄吳中諸故人

憶昨結交豪〔校記〕明詩別裁作「游」。俠客，意氣相傾無促戚。十年離亂如不知，日費黃金出遊劇。狐裘蒙茸欺北風，霹靂應手鳴雕弓。隋書：「長孫晟，無忌父也。高祖時，爲秦川行軍總管，出討達頭破之。有突厥達官來降，言突厥之內，大畏長孫總管，聞其弓聲，畏爲霹靂；見其走馬，稱爲閃電。」桓王墓〔校記〕明詩別裁作「地」。下沙草白，見卷五。彷彿地似遼城東。馬行雪中四蹄熱，流影欲追飛隼滅。歸來笑學曹景宗，梁書曹景宗傳：「景宗幼善騎射，好獵，嘗與少年數十人，澤中逐獐鹿，每衆騎赴鹿，鹿馬相亂，景宗于衆中射之，人皆懼中馬足，鹿應弦斃，仕梁，累功封公。」生擊黃獐飲其血。皐橋泰娘雙翠蛾，見卷七皐橋。喚來尊前爲我歌，白日欲沒奈愁何！迴潭水綠春始波，此中夜遊樂更多。月出東山白雲裏，照見船中笛聲起。驚鷗飛過片片輕，有似梅花落江水。天峯最高明日登，見卷五南峯寺。手接飛鳥攀危藤。龍門路黑不可上，見卷五。松風吹滅巖中燈。衆客欲歸我不能，更度前嶺緣崚嶒。遠携茗器下相候，喜有白首楞伽僧。館娃離宮已爲寺，香逕無人欲愁思。姑蘇志：「採香逕，在香山傍，吳王種香于香山，使美人泛舟于溪以採之。」醉題高壁墨如鴉，一半攲斜不成字。〔校記〕自「天峯最高明日登」至本句凡十二句，明詩別裁及三十家均缺。夫差城南天下稀，狂遊累日忘却歸。

座中爭起勸我酒，但道飲此無相違。自從飄零各江海，故舊如今幾人在。荒煙落日野烏啼，寂寞青山顏亦改。須知少年樂事偏，當飲豈得言無錢。我今自算〔校記〕明詩別裁及三十家均作「齒髮」。雖未老，豪健已覺難如前。去日已去不可止，來日方來猶可喜。古來達士有名言，只說人生行樂耳！楊惲報孫會宗書：「人生行樂耳！須富貴何時？」

明皇秉燭夜遊圖

華萼樓頭日初墮，唐書讓皇帝傳：「先天後，以隆慶舊邸爲興慶宮，於宮西南置樓，其西署曰花萼相輝之樓，南曰勤政務本之樓；聞諸王作樂，必亟召升樓，與同榻坐。」紫衣催上宮門鎖。唐書車服志：「以紫爲三品服。」宦者傳序：「開元、天寶，宦者黃衣以上三千員，朱紫千餘人。」魚朝恩傳：「養息令徽尙幼，服綠，與同列爭忿。朝恩見帝曰：『臣之子願得金紫在列。』帝未答，有司已奉紫服于前，令徽稱謝。」大家今夕燕西園，獨斷：「親近侍從官，稱天子曰大家。」高爇銀盤百枝火。海棠欲睡不得成，太眞外傳：「明皇登沉香亭，召太眞妃，于時卯酒未醒，侍兒扶掖而至，妃子醉韻殘妝，釵橫鬢亂，不能再拜，明皇笑曰：『海棠春睡未足耶？』」紅妝照見殊分明。滿庭紫焰作春霧，不知有月空中行。新譜霓裳試初按，見前聽教坊舊妓歌。內使頻呼燒燭換。知更宮女報銅籤，陳書世祖紀：「每雞人伺漏傳更籤于殿中，乃勅送者必投籤于階石之上，令鎗然有聲，云吾雖眠，亦令驚覺也。」歌舞休催夜方半。共言醉飲終此宵，明日且免羣臣朝。只憂風露漸欲冷，妃子衣薄愁成嬌。

琵琶羯鼓相追逐，一作續。太眞外傳：「上嘗夢十仙子，乃製紫雲迴；并夢龍女，又製凌波曲。二曲既成，遂賜宜春院及梨園弟子并諸王。時新豐初進女伶謝阿蠻善舞，上與妃子鍾念，因而授焉。就按于清元小殿，寧王吹玉笛，上羯鼓，妃琵琶，馬仙期方響，李龜年觱篥，張野狐箜篌，賀懷智拍，自旦至午，歡洽異常。」白日君心歡不足。此時何暇化光明，去照逃亡小家屋。聶夷中田家詩：「我願君王心，化爲光明燭。不照綺羅筵，只照逃亡屋。」姑蘇臺上長夜歌，江都宮裏飛螢多。北史隋煬帝紀：「上於景華宮徵求螢火，得數斛，夜出遊山，放之，光偏巖谷。」一統志：「隋大業初，改揚州爲江都郡。」一般行樂未知極，烽火忽至將如何？太眞外傳：「天寶十四載十一月，安祿山反幽陵，上欲以皇太子監國，國忠大懼，歸謂姊妹曰：『東宮監國，當與娘子等併命。』哭訴貴妃，妃啣土請命，事乃寢。十五載六月，潼關失守，上幸巴蜀。」可憐蜀道歸來客，太眞外傳：「至德二年，收復西京。十一月，上自成都還。」南內淒涼頭盡白。太眞外傳：「上皇既居南內，夜闌登勤政樓，凭欄南望，烟月滿目，因自歌曰：『庭前琪樹已堪攀，塞外征人殊未還！』至德中，復幸華清宮，從官嬪御，多非舊人。上於望京樓下，命張野狐奏雨淋鈴曲，曲卒，上四顧淒涼，不覺流涕，左右亦爲感傷。」孤燈不照返魂人，梧桐夜雨秋蕭瑟。白居易長恨歌：「芙蓉如面柳如眉，對此如何不淚垂？春風桃李花開日，秋雨梧桐葉落時。」

黑河秋雨引賦趙王孫家琵琶蓋其名也

元史阿塔海傳：「祖塔海拔都兒，驍勇善戰，嘗從太祖同飲黑河水，以功爲千戶。」

胡天夜裂天垂泣，雲壓鷹低翻翅溼。髯王醉影抱寒鷩，氈殿嘈嘈箭鳴急。白居易琵琶行：「大絃嘈嘈如急雨，小絃切切如私語。嘈嘈切切錯雜彈，大珠小珠落玉盤。」史記匈奴列傳「鳴鏑」注：「鏑，箭也，如今鳴箭也，矢鏑飛則鳴。」紅冰淚落青燈下，開元遺事：「貴妃初承恩召，與父母相別，泣涕登車，時天寒，淚結爲紅冰。」倒卷河流入絃瀉。瘦駝臥磧欹鈴車，朴朔陰沙鬼行野。木蘭歌：「雄兔脚撲朔。」漢魂私語鬢風凄，都護營荒咽凍鼙。見卷一涼州詞。蘭山木葉連愁起，北邊備對：「賀蘭山，在靈州保靜縣，山有林木青白，望如駮馬，北人呼駮馬爲賀蘭。」寰宇記：「木葉山在薊州塞外。」散入塞門塵萬里。夢斷金蟾隔煙小，李賀榮華樂：「金蟾呀呀蘭燭香，軍裝武妓聲琅璫。」青塚埋聲秋不曉。見卷一王明君。

期張校理王著作徐記室遊虎阜

前身似是雲水僧，黄庭堅詩：「淡如雲水僧。」餘習愛覓名山登。最憐虎阜在平地，一丘勢敵千峻嶒。缺厓深深翳密葉，攲石兀兀纏危藤。昔年無事恣幽賞，拄杖叩門來屢曾。風廊聽竹移廣簟，雪屋煨芋明高燈。鄴侯外傳：「嘗於衡麓寺讀書，謂懶殘經音先悽惋而後喜悅，必謫墮之人，時將去矣。中夜潛往謁焉，懶殘命撥火出芋啗之曰：『勿多言，領取十年宰相。』」禪堂素壁醉題滿，老衲喜客無嗔憎。別來三載困塵土，散落略盡同遊朋。谷猿清叫煙霧隔，宵夢欲往天瞢瞢。幽懷鬱抱不得寫，一夜雨聲眠枕肱。相親尚有北郭友，材盡齊楚慚曹滕。黄庭堅詩：「我詩如曹鄶，淺陋不成邦。公如大國楚，呑五湖三江。」按：「公指東坡。」張君名駒稟神駿，蘇軾詩：「莫學王郎與支遁，臂鷹走馬憐神駿。」王子快鶻生鋒稜。杜甫花卿歌：「用如快鶻風火生。」又：「鋒稜瘦骨成。」並淹客館校遺籍，雲路萬里違騫騰。徐卿亦是瑚璉器，遠役又欲行擔簦。明朝山鵲定鳴霽，抱朴子：「山鵲知晴雨于將來。」跬步可遊何不能。一林一澗幽景在，遙想與昔無虧增。朱櫻綠筍雖已過，歲時記：「四月十五日謂之櫻筍節。」正愛夏木陰層層。王維詩：「陰陰夏木囀黃鸝。」欲營此行況甚易，婦有藏酒魚新罾。出城不必借車馬，已辦布韈青行縢。杜甫山水障歌：「青鞋布韈從此始。」詩「邪幅在下」箋：「邪幅，如今行縢也。」陸游詩：「平生一酒榼，萬里兩行縢。」吾儕雖窮自有樂，相聚豈比蟲薨薨。成公綏蜘蛛賦：「薨薨亂飛。」亂離撥棄且勿道，願賦妙語留傳膽。

廣陵孫孝子愛日堂

昔自中原兵甲動，志士憂時久心痛。千村殺戮雞犬無，骨肉誰家保相共？揚州受禍聞最深，續通鑑：「至正十三年夏五月，泰州張士誠兵起，據高郵，自稱誠王。十四年六月，攻揚州，達識帖木邇兵敗，尋陷盱眙及泗州。」徒恃堅城鐵爲甕。一統志：「鎮江府城，吳孫權所築，唐乾符中，周寶又築羅城，號『鐵甕』。」城中義丁一百萬，元史答失八都魯傳：「招募襄陽官吏及土豪避兵者，得義丁二萬，編排部伍，申其約束。」坐委溝谿不成用。至今草長髑髏臺，常建詩：「髑髏皆是長城卒，日暮沙場飛作灰。」月黑精靈尙哀慟。君時負親獨竄匿，何異網魚逢脫縱。遠道秋風舊橐空，長江暮雨孤帆重。竭來吾鄉今十年，漢書司馬相如傳：「回車竭來兮。」說文：「去也。」孝友爭傳比張仲。詩：「張仲孝友。」雖嗟故里未能歸，却喜新堂還可奉。盡歡唯啜小人羹，蘇軾詩：「從來試啜小人羹。」致養寧須大官俸。只愁老景苦駸駸，玉篇：「駸駸，馬行疾貌。」羲馭西馳疾飛鞚。廣雅：「日馭曰羲和。」晝看花影願遲移，晚聽角聲驚早弄。長繩未解繫飛一作踆。烏，見卷五徐博士愛日堂。每計餘年憂且恐。嗟余少已失庭闈，宰木亂來無地種。公羊傳：「秦伯將襲鄭，百里子與蹇叔子諫，秦伯怒曰：『若爾之年者，宰上之木拱矣！爾曷知？』」注：「宰，冢也。」欲娛朝夕難再得，誰惜流光去如夢。自慚不及君慶多，灑淚蓼莪空廢誦。晉書王裒傳：「讀詩至『哀哀父母，生我劬勞』，未嘗不三復流涕。門人受業者，並廢蓼莪之篇。」寸心猶願時早平，重爲河淸作歌頌。拾遺記：「黃河千年一清。」杜甫洗兵馬：「詞人解撰河清頌。」萬國同看化日長，潛夫論：「化國之日舒以長，故民閒暇而有餘力。」生能養親死能送。

贈胡校書奎

朱彝尊明詩綜詩話：「胡奎，字虛白，海寧人，寧府教授。嘗泊舟鄱陽望湖亭，見石刻東坡『黑雲堆雨未遮山』絶句，次韻和之，書之于壁。俄見一叟來，誦其詩曰：『子非斗南老人耶？』乃爲長揖，回顧不知所之。因以斗南老人自號。高青丘贈胡校書詩所云『簸弄明月琵琶洲』者是已。」據詩話，則琵琶洲在饒州府餘干縣治南，然觀詩意，似非是。況集中有中秋琵琶洲宴集律詩，又按王賓集吳中古蹟詩序，有「琵琶亭在舊治通判西，水清洌可釀酒」。存之以俟考正。

我初遇子東海濱，苧衫席帽凌風塵。白居易詩：「紵衫藤帶白綸巾。」青箱雜記：「宋初猶襲唐制，士皆曳袍，出則席帽隨身。李巽累舉不第，鄉人曰：『李秀才不知甚時席帽離身？』巽及第後，遺詩鄉人曰：『昔年蹤迹困泥塵，不意乘時亦化鱗。爲報鄉閭親戚道，如今席帽已離身。』」登城觀濤共歎息，見者不識何如人？歸時憶近看燈節，江鄰幾雜志：「京師上元放燈三夕，錢氏納土進貢買兩夜，今十七、十八燈因錢氏。」孤舟夜過黃岡雪。一統志：「黃岡，屬黃州府，府治東有雪堂，郡守馬正卿爲蘇軾營地數十畝，是曰東坡，築室其上，以雪中落成，故名。」書來書往道加餐，古詩：「上有加餐食，下有長相憶。」幾日相逢五年別。再會之計何悠哉！我未及去君能來。秋風吹殘太湖水，乘興上得吳王臺。吳王臺前白楊柳，西施去後吳娃醜。四海同爲此地人，百壺獨買誰家酒？更尋豪客作夜遊，簸弄明月琵琶洲。有愁爲君亦蕩滌，何況我輩元無愁。醉中狂談君可恕，且共周旋莫歸去。秋光已算逼重陽，好爲黃花三日住。

温陵節婦行

原注：「泉州陳氏婦，夫泛海溺死，守志。」一統志：「泉州府，隋曰溫陵。」

妾家温陵近南浦，嫁得良人業爲賈。良人長年愛遠遊，不敢新妝映門戶。販寶遙聞去百蠻，朝朝海上望青山。不仁無那蛟龍橫，漂沒孤舟不得還。君非渡河老狂父，見卷一空侯引。

波濤如山何不顧。尋屍便欲赴窮淵，邯鄲淳曹娥碑：「孝女曹娥，年十四，痛父溺死，自投于江，三日抱父屍出。」膝下嬌兒誰與哺。十載空閨守寸心，滄溟水淺恨情深。願身不化山頭石，幽明錄：「武昌北山上，有望夫石，狀若人立。相傳昔有貞婦，其夫從役，餞送此山，立望夫而化爲石，因名焉。」化作孤飛精衞禽。山海經：「發鳩之山有鳥，名曰精衞，是炎帝之女，往游東海，溺而不返，化爲是鳥，常取西山之木石，以填東海。」

答余左司沈別駕元夕會飲城南之作 原注：「時在圍中。」

青帝行春氣初播，雲冱餘陰苦難破。江頭碧草生未長，戰馬寒嘶齕殘莝。說文：「莝，斬芻也。」炊煙冷落雨中溼，鄰屋時聞有啼餓。我愁鬱鬱但欲眠，案上詩書慵自課。一作「肯以案書勤自課」。却思去歲屬無虞，元夕共歡人幾箇。高堂細聽落梅歌，樂錄：「漢橫吹曲，梅花落，本笛中曲也。」于武陵詩：「朱檻滿明月，美人歌落梅。」手擘黃柑香噴座。客酬主勸總忘曉，看盡繁燈逐星墮。姑蘇志：「上元作燈市，采松竹葉結棚于通衢，下綴華燈，燈有楮練、羅帛、琉璃、魚魫麥、絲竹縷諸品，皆綵繪刻飾人物故事，或爲花果、蟲魚、動植之象，其懸剪紙人馬于傍，以火運之，曰走馬燈。藏謎者曰彈壁燈。宋時有萬眼羅、琉璃毬，尤妙天下。其夕會飲，以米粉作丸子油䭔之屬，行遊五日而罷。十三日試燈，十八日收燈。」祇今照市但羣烽，樂事凄涼誰復作。故人念我有二子，省內郎官府中佐。「省郎」見卷四。通典：「唐州府佐吏與隋制同，有別駕、長史、司馬一人，通謂之上佐。」別離兩月不相逢，身佩弓刀從戍邏。說文：「邏，巡也。」玉篇：「遊兵也。」

欲尋舊賞慰勞役，笑拂尊前且安坐。老兵折簡走相呼，晉書謝奕傳：「桓溫辟爲安西司馬，常逼溫飲，溫走入南康主門避之。奕遂携酒就聽事，引溫一兵帥共飲曰：『失一老兵，得一老兵，亦何所在？』溫不之責。」陸游詩：「美酒得錢猶可致，高人折簡孰能呼？」謂〔校記〕列朝詩集作「笑」。我閉門無乃懦。黄昏遠就向城南，敢惜春衫凍泥涴。軍中有會異尋常，牛炙麤肥酒卮大。胡奴帳下出琵琶，復拊銀箏與相和。南史何承天傳：「承天善彈箏，文帝以銀裝箏賜之。」燭殘未聽荒雞號，絃斷忽驚哀雁過。須臾顏熱起叫噱，漢書敍傳：「談笑大噱。」不記亂離仍轗軻。杜摯詩：「壯士志未伸，轗軻多辛酸。」更聲柝柝繞旗門，劍匣搘頭容醉臥。歸來又辱寄新詩，錦水湔腸珠落唾。庾信溫湯碑：「灑胃湔腸，興羸起瘠。」李白詩：「咳唾落九天，隨風生珠玉。」豪吟自欲繼燕歌，悲調豈將同楚些。夢溪筆談：「楚辭招魂尾句皆曰些，今夔峽、湖湘，凡禁咒句尾皆稱些，乃楚人舊俗，卽梵語「薩嚩訶」也。三字合言之卽些字也。」覽之幾度感深情，曲高和難非懶惰。我生無力本何用，衣食自來供馬磨。蜀志許靖傳：「少與從弟劭俱知名，而私情不協。劭爲郡功曹，排擯靖不得齒序，以馬磨自給。」黄庭堅詩：「汝南許文度，馬磨自衣食。」雖蒙鄉曲假虛名，正似南箕不堪簸。詩：「維南有箕，不可以簸揚。」君才於世俱可珍，周賈東遊抱奇貨。史記呂不韋傳：「子楚爲質于趙，居處困，不得意；呂不韋賈邯鄲，見而憐之曰：『此奇貨可居。』」艱危壯氣喜彌激，利器未施寧忍挫？頗聞原野多殺傷，風雪呻吟苦無那。吾儕斯樂豈易得，應愧皇天恩獨荷。明年此夕會昇平，把酒相邀更相賀。

江上晚過鄰塢看花因憶南園舊遊　南園見卷三懷十友。

去年看花在城郭，今年看花向村落。花開依舊自芳菲，客思居然成寂寞。亂後城南花已空，廢園門鎖鳥聲中。翻憐此地春風在，映水穿籬發幾叢。年時遊伴俱何處？祇有閒蜂隨繞樹。欲慰春愁無酒家，殘香細雨空歸去。

兵後逢張孝廉醇

前年遠別君父子，遭亂相傳皆已死。今朝南陌忽逢君，爲識人中語音似。君言從親渡海濤，欲避兵禍辭官曹。間關僅得返鄉里，脫命羅網眞秋毫。問我胡爲亦憔悴，十月孤城陷圍內。艱難兩地得俱全，政荷皇天憐我輩。相看握手非偶然，痛飲豈得愁無錢。城中故舊散欲盡，君來使我忘憂悁。還思當年事未改，車馬紅塵浩如海。等閑列第化秦灰，郝經詩：「千載秦灰散劫空。」試問主人誰復在。請君看此應感吁，世間富貴皆空虛。客遊且莫更彈鋏，史記孟嘗君列傳：「馮驩彈其劍而歌曰：『長鋏歸來乎！食無魚。』」讀書歸臥先人廬。

夜飲丁二侃宅聽琵琶

江月未出明星懸，主人飲客夜不眠。坐呼伶兒撥四絃，風俗通：「四絃象四時也。」白居易琵琶行：「曲終收撥當心畫，四絃一聲如裂帛。」龍頭高撚玉軫圓。合璧：「唐西舍利獻其國樂，至成都，韋皐以其樂器異常，乃圖畫以獻，有龍首琵琶、雲頭琵琶。」樂府雜錄：「貞元中，王芬、曹保，保子善才、其孫曹鋼，皆襲所藝；次有裴興奴，與鋼同時。曹善運撥若風雨，而不事扣絃。興奴長于攏撚。時人謂曹鋼有右手，興奴有左手。」白居易琵琶行：「輕攏漫撚抹復挑，初爲霓裳後六幺。」「玉軫」見卷一神女婉轉歌。轉關未奏濩索先，宋蔡寬夫詩話：「樂譜，琵琶曲有轉關、六幺，取其聲調閑婉。又有濩索、梁州，謂其音節閑繁。」蘇軾古纏頭曲：「轉關濩索動有神，雷輥空堂戰窗牖。」勞嘈咽切斷復連。見前黑河秋雨引。澀如清澗溜凍泉，細若碧樹吟秋蟬。忽然繁急何轟闐，風沙滿把撒四筵。雁行驚起飛不聯，浮雲落葉俱綿綿。一聲抹斷萬里煙，夢入紫塞愁胡天。虞世南琵琶賦：「悲紫塞之昭君，泣烏孫之公主。」問渠怨恨有幾千，口不能說指爲傳。令人悵望思往年，梁園楚榭長周旋。帷中曲宴羅綺鮮，夜遣飛騎迎嬋娟。低鬟出拜絳燭前，劉禹錫傷秦姝行：「芳筵銀燭一相見，淺笑低鬟初目成。」文絲香條搭左肩。李後主書琵琶背詩：「任自肩如削，難勝數縷條。」周霆震詩：「北里琵琶紫錦條。」曲項紫鳳抱半偏，文獻通考：「唐天寶中，宦者白秀正使西蜀回，獻雙鳳琵琶，以邏逤檀爲槽，潤若圭璧，有金縷紅紋，蹙成雙鳳。」楓香一調妙入玄。樂府雜錄：「貞元中，長安大旱，詔移兩市祈雨。街東有康崑崙琵琶，號爲第一手，謂街西必無己敵也。遂登樓彈一曲，新翻調綠腰。街西亦建一樓，東市大誚之，及崑崙度曲畢，西樓出一女郎，抱樂器，亦彈此曲，移在楓香調中，妙絕入神。崑崙驚駭，請以爲師。女郎遂更衣出，乃裝嚴寺段師善本也。翌日，德宗召之，嘉奬異常，乃令崐崙彈一曲，段師曰：『本領何雜？兼帶邪聲。』崐崙驚曰：『段師，神人也！』德宗令授崐崙，段師奏曰：『且請崑崙不近樂器十數年，使忘其本領，然後可教。』詔許之，後果窮段師之藝。」好手正可羞重一作紅。蓮，白居易聽曹剛琵琶示重蓮詩：「誰能截得曹剛手？插向重蓮衣袖中。」座間豪客皆詞仙。舉杯邀我賦長一作短。篇，贈之醉寫蜀錦箋。蜀箋譜：「蜀牋體重，一夫之力，僅荷五百番。」可當十萬纏頭錢。如今遠客江海邊，欲聞絲音久無緣。故人已散陵谷遷，詩：「高岸爲谷，深谷爲陵。」生死流落俱堪憐。今宵聽此眞偶然，顧影憔悴非昔妍。長河欲曙落遠川，暫當歡娛反憂煎。向隅無言涕淚漣，漢書刑法志：「滿堂飲酒，有一人向隅而悲泣，則一堂皆爲之不樂。」此身如在潯陽船。白居易琵琶行序：「元和十年，予左遷九江郡司馬。明年秋，送客湓浦口，聞舟中夜彈琵琶，其聲錚錚然，有京都聲。問其人，本長安倡女，嘗學琵琶于穆、曹二善才，年長色衰，委身爲賈人婦。遂命酒使快彈數曲，曲罷憫然，自敍少小時歡樂事，今飄零憔悴，轉徙于江湖間。予出官二年，恬然自安，感斯人言，是夕始覺有遷謫意，因爲長句，歌以贈之。」一統志：「九江府，晉曰潯陽府，城北郎潯陽江。」

曉睡

野夫性慵朝不出，敝簀蕭然掩閒室。韋應物郊居詩：「出去唯空屋，敝簀委牕間。」村深無客早敲門，睡覺長過半簷日。林深〔校記〕列朝詩集作「聲」。寂寂鳥鳴少，牕影交交樹横密。此時欹枕意方恬，一任牀風亂書帙。昔年霜街踏官鼓，唐書百官志：「左右街使掌分察六街徼巡，五更三點，鼓自內發，諸街鼓承振，坊市門皆啓。」欲與羣兒走爭疾。如今只戀布衾温，悟從前計應多失。廚中黍熟呼未起，妻子嗔嘲竟誰恤？天能容老此江邊，無事長眠吾願畢。

東池看芙蓉

江天搖落逢秋杪，滿目殘荷與枯蓼。東家喜有木芙蓉，幾樹繁開依綠沼。穠豔低將流水暎，寒香遠逐迴風裊。半愁霜露倚蒹葭，老去徐娘猶窈窕。南史梁徐妃傳：「左右暨季江有姿容，與之通，每曰：『徐娘雖老，猶尚多情。』」天公似厭秋冷淡，故發芳叢媚淸曉。莫嗟不及見陽春，車馬塵埃相汙少。吳王宮廢斷行客，湘女祠空掩啼鳥。何如此地獨來尋，靜對嬋娟散憂悄。蘭舟雖無美人採，戎昱詩：「涔陽女兒花滿頭，毿毿同泛木蘭舟。」日暮孤吟自行繞。明朝重到恐消魂，零落紅雲波渺渺。

謝廬山宋隱君寄惠所製墨

瓦篝自掃煙埃溼，史記注：「篝火，以籠覆火也。」曹植詩：「墨出青松烟。」風雨空山杵聲急。韋仲將墨法：「鐵臼中擣三萬杵，後賈思勰法亦臼擣三萬杵，杵多益善。」香爐峯前五粒松，一統志：「香爐峯，在九江府西南。」李賀五粒小松歌注：「本草圖經粒讀作鬣，言每五鬣同一葉。」燒成片玉玄香濃。纂異記：「薛稷爲墨封九錫，拜松燕都督、玄香太守兼毫州楮郡平章事。是日，墨吐異氣，結成樓臺狀，鄰里來觀，食久乃滅。」寄我團團未磨缺，有如蝕盡天邊月。陶泓日暖水滿池，韓愈毛穎傳：「穎與絳人陳玄、弘農陶泓及會稽褚先生友善，相推致，其出處必偕。」雲氣忽起秋淋漓。茅屋光寒客心懼，上有蛟龍欲飛去。后山談叢：「張遇墨一，團面爲盤龍，鱗鬣悉具，其妙如畫；其背有張遇麝香墨字。」成老相墨經：「唐李廷珪有劍脊圓面多爲龍。宋仁宗以雙脊龍賜近臣，皆佳品也。」便思寫檄驚天驕，漢書匈奴傳：「單于遣使遺漢書云：『南有大漢，北有強胡，胡者，天之驕子也。』」夜磨楯鼻冰不銷。通鑑：「荀濟少居江東，博學能文，與梁武帝有布衣之舊，知有大志，然負氣不服。常謂人曰：『會于盾鼻上磨墨檄之。』」注：「言若有非常之舉，亦當起兵，于盾鼻上磨墨作檄，以聲其罪。」韓翃詩：「郡公盾鼻好磨墨，走馬爲君飛羽書。」又思作賦獻天子，曉出洛陽價增紙。晉書左思傳：「太冲三都賦成，時人未之重，皇甫謐爲賦序，張載爲注魏都，劉逵注吳、蜀，于是豪貴之家，競相傳寫，洛陽爲之紙貴。」我今年少才不多，兩事未能如墨何？但學顛狂如醉旭，頭髮可濡秋未禿。見前草書歌。

美人撲蝶圖

花枝揚揚蝶宛宛，風多力薄飛難遠。美人一見空傷情，舞衣春來繡不成。乍過簾前尋不見，却入深叢避鶯燕。一雙撲得和花落，金粉香痕滿羅扇。笑看獨向園中歸，東家西家休亂飛。

次韻周誼秀才對月見寄

空林鶴鳴草堂靜，桂影亭亭月初正。憐君幽臥對中秋，尊酒無人起相命。皇甫冉詩：「命酒閒令酌。」夜深詩成遣寄我，自訴窮愁兼疾病。嗟余比君愁更多，舊感新憂來每并。前年看月綠茗園，賓客當筵一時盛。自吹橫笛倚清歌，痛飲不知瓶屢罄。詩：「瓶之罄矣。」去年圍中在北郭，何異孤豚落深穽。韓愈詩：「猛虎落檻穽，坐食如孤豚。」登樓強欲攬清輝，刁斗連營不堪聽！漢書李廣傳：「不擊刁斗。」注：「以銅作鐎，受一斗，晝炊飲食，夕擊巡行。」今年旅寓向江渚，暫喜東南亂初定。閒來未厭戶張羅，漢書鄭當時傳：「翟公爲廷尉，賓客填門，及廢，門前可設雀羅。」白居易詩：「近來門更靜，無雀可張羅。」貧去唯愁室懸磬。左傳：「室如懸磬」。牧兒耕叟共來往，那得衣冠解相敬。久居村野坐自鄙，銷盡豪懷與狂興。風塵無復舊時顏，愧見相逢問名姓。朋友凋零江海空，弟兄離隔關山迥。良宵佳月雖可賞，羸影牕間竟誰並。迢迢河轉漏初長，摵摵葉鳴風稍勁。此時倚壁自孤吟，只有蛩聲與相應。初疑此月定非月，應是人間照愁鏡。還思人愁月豈知，何苦多憂損情性。一生能幾見此月，盛年若去尤難更。明宵圓景未便虧，落盡芙蓉江色淨。君能強起從我歡，共入空明恣游泳。直期枕藉向舟中，不管遙天垂斗柄。

高青丘集卷九

七言古詩

姑蘇臺

原注：「在橫山西北麓，夫差因越獻栅楣而起此臺。造九曲路以登，其高見三百里，越破吳，焚之。」

金椎夜築西山土，劉禹錫姑蘇臺詩：「築用金鎚力。」催作高臺貯歌舞。文身澤國構王基，見卷二之荆操。却笑先人獨何苦。銅溝玉檻盛一作成。繁華，見卷六題注。幻出峯頭一片霞。望處直窮三百里，役時應廢幾千家。蟠空曲路迷仙仗，攀盡瑤梯纔到上。外繞雕龍宛轉欄，中施繡鳳葳蕤帳。熏爐長爇鬱金香，盧照鄰詩：「羅帷翠被鬱金香。」共道千齡樂未央。茂苑月來秋佩冷，洞庭雨過夏綃涼。當牕衆妓如仙女，揚袂迎風欲輕舉。人從天上見經過，鳥向雲間驚笑語。日暮橫塘花盡開，捲簾臺上望王來。宴舟初自觀魚返，獵騎還從射鹿迴。從登不用持鈹隊，史記吳太伯世家：「光伏甲士於窟室而謁王僚，王僚使兵陳於道，自王宮至光之家，門階戶席，皆王僚之親也，人夾持鉞。」自列紅妝侍高會。史記項羽本紀：「漢伐楚，入彭城，收其貨寶美人，日置酒高會。」香傳羅帕進黃柑，唐書蕭嵩傳：「荆州進黃柑，帝以紫帕包賜之。」縷切鸞刀供玉鱠。見卷五遊寶積山。又開業平陳記：「吳都獻松江鱸魚，煬帝曰：『金虀玉鱠，東南佳味。』」燭光遠落太湖波，驚起魚龍出沒多。城上烏啼河漢轉，此時誰問夜如何。管絃嘈嘈聒人耳，不聞兵來渡谿水。見卷五越來谿。欲攜西子走登舟，醉倚畫筵嬌不起。瞑目無因到甬東，吳太伯世家：「越敗吳，越王勾踐欲遷吳王夫差于甬東，予百家居之。吳王曰：『孤老矣！不能事君王也，吾悔不用子胥之言，自令陷此。』」賈逵注：「甬東，越東鄙甬江東也。」一統志：「今寧波府。」可憐一炬綺羅空。杜牧之阿房宮賦：「楚人一炬，可憐焦土。」獻帽竟墮讎人計，賜劍應辜諫士忠。吳越春秋：「吳王聞子胥之怨恨也，乃使人賜屬鏤之劍，子胥受劍，徒跣褰裳下堂中庭，仰天呼怨曰：『吾今日死！吳宮爲墟，庭生蔓草，越人掘汝社稷，安忘我乎？』」客來試問遺宮路，物色荒涼總非故。褰裳始信不虛言，滿地荆榛見零露。當年爭奪苦勞機，却把江山付落暉。聞說越王臺殿上，如今亦有鷓鴣飛。一統志：「越王臺，在種山東北，越王勾踐登眺之所。」李白越中懷古：「越王勾踐破吳歸，義士還鄉盡錦衣。宮女如花滿春殿，只今惟有鷓鴣飛。」

百花洲

姑蘇志：「百花洲，在西城下胥、盤二門之間。」

吳王在時百花開，畫船載樂洲邊來；吳王去後百花落，歌吹無聞洲寂寞。花開花落年年春，前後看花應幾人。但見枝枝映流水，不知片片墮行塵。年來風雨荒臺畔，日暮黃鸝腸欲斷。豈惟世少看花人，縱來此地無花看。

香水谿　原注：「香水谿，在吳故宮中，俗云西施浴處。」

粉痕凝水春溶溶，熒香流出銅溝宮。見卷六賦得姑蘇臺題注。月明曾照美人浴，影與荷花相間一作向。紅。玉肌羞露誰能見，只有鴛鴦窺半面。絳綃圍掩怯新涼，歸臥芙蓉池上殿。空洗鉛華不洗妖，坐傾人國幾良宵。驪山更有湯泉在，一統志：「驪山，在臨潼縣東南山之麓，溫泉所出，唐時建溫泉宮。」千古愁魂一種銷。

太湖石　吳郡志：「石出洞庭西山，以生水中者爲貴。石在水中，歲久爲波濤衝撞，皆成嵌空；石面鱗鱗作靨，名彈窩，亦水痕也。沒人縋下鑿取，極不易得。石性溫潤奇巧，扣之鏗然如鐘磬，自唐以來貴之。白居易品牛僧孺家諸石，以太湖石爲甲。宣和五年，郡人朱勔，造巨艦載太湖石一塊入京師，以千人舁進。是日，役夫各賜銀盌，官其四僕皆承節郎及金帶；勔遂爲威遠軍節度使，封石爲盤固侯。勔誅，餘小石未獻者，留郡西河兩傍，悉歸張循王家。」

沒人采石山根淵，投身下試飢蛟涎。馮夷不解護潛寶，馮夷見卷五遊寶積山注。幾片捧出如青蓮。寒姿本是湖水骨，波濤漱擊應千年。初疑鬼怪離洞府，珊瑚鐵網相鉤連。唐書拂菻國傳：「海中有珊瑚洲，海人乘大船，墮鐵網水底。珊瑚初生石上，白如菌，一歲而黄，三歲而赤，枝格交錯，鐵發其根，繫網船上，絞而出之，失時不取即腐。」嵌空突兀多異態，雲吐夏浦芝生田。陶淵明詩：「夏雲多奇峯。」拾遺記：「崑崙山第九層，有芝田蕙圃數百頃，羣仙耕耨焉。」龍鱗含雨晚猶潤，柳宗元石澗記：「翠羽之木，龍鱗之石，均蔭其上。」豹質隱霧朝常鮮。埤雅：「文豹隱霧，十日不食，欲以潤其衣毛，成其文采。」清音叩罷磬韻遠，微醫洗出珠窩圓。見題注。坐移各岫置庭砌，日照彷彿生紫煙。三峯削成太華掌，一統志：「太華山石壁直上如削成，最著者曰蓮花、明星、玉女三峯。」崔顥詩：「天外三峯削不成。」一穴透入仇池天。辛氏三秦記：「仇池山上有百頃池。」杜甫詩：「萬古仇池穴，潛通小有天。」醉中時到倚蒼蘚，秋風冷逼吟詩肩。朱子詩：「未妨閑共聳吟肩。」洛陽園墅汴宮苑，當時駢列誇奇妍。黄羅封蓋素氈裹，宋張淏艮嶽記：「政和間大興工役，築山號壽山艮嶽，命宦者梁師成專董其事；時朱勔取浙中珍異花木、竹石以進，號曰『花石綱』，專置運奉局于平江，所費動以億萬計。調民搜巖剔藪，幽隱不置，一花一木，曾經黄封，護視稍不謹，則加以罪。」韓愈石鼓歌：「氈苞席裹可力致，十鼓祇載數駱駝。」萬里貢獻勞車船。艮嶽記：「斲山輦石，雖江河不測之淵，力不可致者，百計以出之，名曰『神運』。舟楫相繼，日夜不絕，大率靈壁、太湖諸石，二浙奇竹、異花，皆越海渡江，鑿城郭而至。」奢遊事歇家園廢，盡付荆棘荒池邊。人生嗜此亦可笑，有身豈得如石堅？百年零落竟誰在，空品甲乙煩題鐫。白居易太湖石記：「石有族聚，太湖爲甲，羅浮、天竺之徒次焉；又石大小有數，以甲乙丙丁品之，每品有上中下，各刻于石之陰，曰牛氏石。」又嗟此石何獻巧！自召鑿取虧天全。不如頑礦世所棄，滿山長作牛羊眠。

洞庭山 原注：「在太湖中，即包山。舊無蛇、虎、雉三物。有穴，乃林屋洞天。闔閭使靈威丈人入探，得禹所藏治水符并不死方，其中有銀房、石室并白芝、紫泉，又有兩圓石，扣之則鳴，謂神鉦云。」吳地記：「一名林屋山，一名西洞庭山。」

朝登西巖望太湖，青天在水飛雲孤。洞庭縹緲兩峯出，見卷五毛公壇。正似碧海浮方壺。見卷四蕭鍊師。嘗聞此山古靈壤，蛇虎絕跡歡樵夫。濤聲半夜恐魂夢，石氣五月寒肌膚。李白詩：「松風五月寒。」居人彷彿武陵客，見卷四贈惠山醫僧。戶種橘柚收為租。玄中記：「所出弓弩材、綵綿、甘橘、椒、茶、梔子等物。」高風欲起沙鳥避，明月未出霜猿呼。中有林屋仙所都，銀房石室開金鋪。羅浮峨嵋互通達，郡國志：「洞庭山有宮五門，東通王屋，西達峨嵋，南接羅浮，北通岱岳。」別有路往非人途。天后每降龍垂胡，玄中記：「天后者，林屋洞中之真君，住在太湖包山之下。」五符：「林屋山在太湖中，下有洞，潛通天岳，號『天后別宮』。夏禹治水平後，藏五符于此。」漢書郊祀志：「有龍垂胡髯下迎黃帝。」神鉦忽響驚棲鼯。自懸日月照洞內，古木陰蔽空朝晡。風吹白芝晚易老，雲帶紫泉秋不枯。〔校記〕自「天后每降龍垂胡」至本句凡六句，明詩綜、皇明詩選均缺。靈威丈人亦仙徒，〔校記〕明詩綜作「子」。深入探得函中符。玄衣使者不暇惜，欲使出拯蒼生蘇。後來好事多繼往，石壁篆刻猶堪摹。震澤編：「天順間，武功伯徐有貞篝燈深入，言見『隔凡』二字。」千年玉鼠化蝙蝠，下撲炬火如飛烏。見卷五太湖注。玄關拒閉誰復到？似怪衣上腥塵汙。勿言神仙事恍惚，靈蹟具在良非誣。我生擾擾胡爲乎？坐見白髮生頭顱。陶弘景與從兄書：「今三十六，方作奉朝請，頭顱可知！」久欲尋眞未能去，局束世故緣妻孥。何當臨湖借漁艇，拍浪徑渡先雙鳧。後漢書王喬傳：「喬爲葉令，有神術，每月朔望，詣臺朝，帝怪其來數，密令太史伺之，有雙鳧從東南飛來，舉網張之，得隻舄，乃所賜尚書官屬履也。」獨攀幽險不用扶，身佩五嶽眞形圖。漢武帝內傳：「帝見王母巾笈中有一卷書，盛以紫錦之囊。帝問此可得瞻盼否？王母出以示之曰：『此五嶽眞形圖也。』」夜登天壇掃落葉，自取薪水供丹爐。此身願作仙家奴，不知仙人肯許無？狂語醉發應盧胡。闞子：「宋人得燕石，以爲大寶，周客聞而觀之，掩口盧胡而笑曰：『此燕石也。』主人大怒。」蘇軾詩：「滿堂坐客皆盧胡。」（校記）末一句明詩選、明詩綜並刪。

聖姑廟

原注：「在洞庭黿頭山，晉王彪女得道，或云姓李氏，祈禱者不誠，則風迴其舟。」具區志：「廟在洞庭，晉王彪二女相繼卒，民以爲靈而祀之。紀聞引唐人記洞庭山聖姑祠廟云：『吳志：姑姓李氏，有道術，能履水行，其夫殺之，自死至唐中葉幾七百餘年，顏貌如生，儼然側臥，遠近祈禱者，心至則能到廟，心若不至，風迴其船，無得達者。今每一日沐浴，爲除

爪甲，傳妝粉，形質柔弱，只如熟睡，蓋得道者歟！』」

湖心湧出黿頭山，吳郡志：「在洞庭山東麓，有石闖出如黿首。」白波翠島非人寰。清虛宜作水仙府，鱗堂荷屋居其間。淵都羣靈孰爲主，煙鬟翛然一神女。柔姿誰敢狎相親，笑叱鼉龍起雷雨。玉骨蟬輕蛻幾秋？世緣已斷靜一作信。無愁。采蘭每約湘濱會，拾翠時陪漢上游。水禽翔鳴衞芝蓋，庾信賦：「落花與芝蓋同飛。」長在蒼茫杳冥外。鮫人獻綃裁作衣，博物志：「鮫人水居如魚，不廢織績，時出人家賣綃。」螺女供珠綴爲佩。一統志：「螺女江，在福州府城西北。」搜神記：「閩人謝端，得一大螺如斗，畜之家。每歸，盤飧必具，因密伺，乃一姝麗甚。問之曰：『我天漢中白水素女，天帝遣我爲君具食，今當去，留殼與君。』端用以居糧，其米常滿，江以此名。」王十朋會稽風俗賦：「輸芒之蟹，孕珠之螺。」花落閒祠謝一作閉。古春，李賀詩：「古春年年在。」蕙幃瑤席掩香塵。空山夜夜星河遠，芳渚年年蘅杜新。霞舒霧卷凝光彩，笑語無聞復誰待。冷風幾度引舟迴，宛似蓬萊隔煙海。猿叫楓林魚躍波，桂旗翻翠暮寒多。沈佺期詩：「山轉桂旗斜。」女巫佇望飛裙度，見卷一鳳臺曲。獨奏箜篌引曼歌。列子：「秦青曰：『昔韓娥爲曼聲長歌。』」椒觴奠罷沉玄璧，鳥沒遙天湛空碧。遺情不結楚臺雲，世人何處尋蹤跡。

蔡經宅

姑蘇志：「蔡經，後漢人，居胥門。」神仙傳：「王遠，字方平，東海人，舉孝廉，除郎中，稍加中散大夫。後棄官入山修道，道成，漢孝桓帝聞之，連徵不出，使郡國逼載以詣京師。遠不答詔，乃題宮門扇板四百餘字，皆說方來之事。帝惡之，使削去，內字復見，削之愈明。初，遠欲東入括蒼山，過吳，住胥門蔡經家，經骨相當仙，語經曰：『汝生命應得度世，欲取汝以補官僚，然少不知道，今氣少肉多，不得上去，當爲尸解。』告以要言乃去。經後忽身體發熱如火，舉家汲水灌之，如沃焦石，三日銷耗骨立，乃入室以被自覆，忽然失之；唯有頭皮足具如蟬蛻也。去十餘年，忽還家，容色少壯。語家人曰：『七月七日，王君當來，可多作飲食，以供從官。』至其日，經家乃作飲食百餘斛，羅列庭下；未至，先聞鐘鼓簫管人馬之聲，比近皆驚，莫知所在。及至經舍，舉家皆見遠冠遠遊冠、朱衣、虎頭鞶囊、五色綬、帶劍，黃色少髭，長短中形人也。乘羽車，駕五龍，龍各異色；前後麾節幡旗導從，威儀奕奕如大將軍。有十二伍伯，皆以蠟封其口。鼓吹皆乘龍從天而下，懸集于庭。既至，從官皆隱不知所在，唯獨見遠坐耳。須臾，引見經父母兄弟，因遣人召麻姑，既至，從官半于遠，蔡經亦舉家見之：是好女子，年可十八九許，于頂上作髻，餘髮散垂至腰，衣有文采，又非錦綺，光彩耀目，不可名狀。入拜遠，遠爲之起立；坐定，各進行廚，皆金盤玉杯，餚膳多是諸花果，而香氣達于內外。擘脯而食之，云麟脯。麻姑云：『接待以來，已見東海三爲桑田，向到蓬萊，水又淺于往日會時略半耳！豈將復爲陵陸乎？』遠歎曰：『聖人皆言海中行復揚塵也。』麻姑欲見蔡經母及婦等，時經弟婦新產數日，姑見，知之曰：『噫！且立勿前。』即求少許米來，得米擲之墮地，謂以米祛其穢也；視其米，皆成丹砂。遠笑曰：『姑故年少也，吾老矣！不喜復作如此狡獪變化也。』遠謂經家人曰：『吾欲賜汝輩美酒，此酒方出天廚，其味醇醲，非俗人所宜飲，飲之能爛腸。』乃以斗水合升酒攪之，賜經家人，人飲升許，皆醉。良久酒盡，遠遣左右復以千錢與餘杭姥乞酤酒。須臾信還，得一油囊酒五斗許，使傳餘杭姥答言：『恐地上酒不中尊飲耳！』麻姑手似鳥爪，經見之，心中念曰：『背大癢時，得此爬背當佳也。』遠即使人牽經鞭之，謂曰：『麻姑，神人也，汝何忽謂其爪可爬背耶？』但見鞭著經背，亦莫見持鞭者。遠告經曰：『吾鞭不可妄得也。』遠去後，經家所作飲食數百斛皆盡。經父母私問經曰：『王君是何神人？』經曰：『嘗在崑崙山，往來羅浮、括蒼等山，山上皆有宮室，主天曹事；地上五岳生死之事，皆先來告王君。王君出城，唯乘一黃麟，將十數侍人，所到則山海之神皆來奉迎拜謁。』其後數十年，經復暫歸家，今吳縣有蔡仙鄉云。」

崑崙主者王方平，身騎黃麟朝紫京。舉手長辭漢公卿，得道不願世上名。往來隱玄與朱明，一統志：「括蒼洞，在僊居縣東南，名『成德隱玄之天』，蓋第十洞天也。」南越志：「羅浮山，在惠州府博羅縣西北，山高三千六百丈，周回三百餘里，嶺十五，峯三十二。其洞之幽者：曰金沙、石臼、朱明、黃龍、朱陵、黃猿、水簾、蝴蝶。」洞中各有白玉城。絳衣遊空擁幢旌，三山五嶽自按行。冷風吹動天樂鳴，璚簫琅璈和鸞笙。

李白詩：「雲間吟瓊簫。」漢武内傳：「王母命侍女王子登彈八琅之璈，董雙成吹雲和之笙。」羽衞蹴踏山海崩，龍車鶴馭紛相迎。嘯呼神官走吏兵，魑魅魍魎號且驚。暫來經家駐雲程，一作軿。人馬不見但有聲。虎頭鞶囊佩蒼精，神仙傳：「壺公云：吾當佩含景、駕蒼精。」杜甫詩：「故人昔隱東蒙峯，已佩含景蒼精龍。」神光赫然照軒楹。授以至言可長生，凡骨已作蟬蛻輕。麻姑來會尋仙盟，芳姿娉婷似飛瓊。漢武内傳：「王母乃命侍女許飛瓊鼓震靈之簧。」本事詩：「許渾嘗夢登山，人曰：『此崑崙也。』既入，見數人飲酒。賦詩云：『曉入瑶臺露氣清，座中唯有許飛瓊。塵心未斷俗緣在，十里下山空月明。』他日復夢至其處，飛瓊曰：『子何故顯余姓名于人間？』即改爲『天風吹下步虚聲』。曰：『善。』」言從昔年宴蓬瀛，又見弱水三淺清。爪可爬背念始萌，仙意已識遭笞搒。餘杭阿姥酒罷傾，躡一作攝。景忽去煙雲横。眞靈位業圖：「躡景登霞。」家人悲望空惸惸，桑田回首幾變更？神仙在世每自呈，凡夫不識等瞽盲。丹元有田不解耕，黄庭經：「丹田之中精氣微，玉池清水上生肥。」但愛狗苟還蠅營。韓愈送窮文：「蠅營狗苟，驅去復還。」榮華未滿咎責盈，韓愈詩：「歡華不滿眼，咎責塞兩儀。」忽化腐鬼歸荒塋。金丹可學道可成，木鑽石盤貴精誠。眞誥：「傅先生入焦山，老君與之木鑽，使穿一石，厚五尺；云穿得便當得道。晝夜鑽之，積四十七年，鑽石遂穿，得仙丹昇天。」章孝標詩：「木鑽鑽盤石，辛勤四十年。」誰能自拔水火坑？冷齋夜話：「周貫自號木雁子，至袁州，見李生者，有秀韻，欲攜以同歸林下，而李嗜酒色，意欲無行；貫指藥鐺作偈示之曰：『頑鈍天教合作鐺，縱生三脚豈能行？雖然有耳不能聽，只愛人間戀火阬。』」飛游往來瑶樹英，陳子昂詩：「崑崙有瑶樹，安得采其英。」千載或有歸來情。見卷四空明道人注。

石崇墓

原注：「在吳縣西六里，潘岳之墓在其北。」

虯鬚欲怒珊瑚折，晉書石崇傳：「武帝每助王愷，嘗以珊瑚樹賜之，高二尺許，枝柯扶疎，世所罕比；愷以示崇，崇便以鐵如意擊之，應手而碎。愷既惋惜，又以爲嫉己之寶，聲色甚厲。崇曰：『不足多恨，今還卿。』乃命左右悉取珊瑚樹有高三四尺者六七株，條幹絕俗，光彩曜日，如愷比者甚衆，愷怳然自失。」步障圍春錦雲熱。石崇傳：「愷作紫絲布步障四十里，崇作錦步障五十里以敵之。」眞珠換妾勝驚鴻，洛陽縣志：「石崇妾綠珠梁氏，梁州博白縣人，生雙角山下，石崇爲交阯採訪使，以珠三斛娶之。」曹植賦：「翩若驚鴻。」笑踏香塵如踏空。見卷五響屧廊。酒闌金谷鶯花醉，一統志：「金谷園，在河南府西，石崇別業。崇嘗宴客，各賦詩，或不成者，罰酒三斗。」衆一作介。逐樓前舞裙墜。見卷一將進酒「愛妾已去」注。財多買得東市愁，石崇傳：「及車載詣東市，崇乃歎曰：『奴輩利吾家財。』收者答曰：『知財致害，何不早散？』崇不能答。」羅綺散盡餘荒丘。猶憐白首同歸者，晉書潘岳傳：「性輕躁趨世利，與石崇等諂事賈謐。孫秀誣岳及石崇，被收。崇已送在市，岳後至，崇曰：『安仁，卿亦復爾耶？』岳曰：『可謂白首同所歸。』岳金谷詩云：『投分寄石友，白首同所歸。』乃成其讖。」夜伴遊魂楓樹下。

初入京寓天界寺西閣對辛夷花懷徐七記室

去年寺裏開辛夷，君來憶我曾題詩。今年我來君已去，思君還對花開時。欲尋花下君行迹，日暮空庭古苔碧。殷勤把酒問花枝，看過春風幾行客。

答余新鄭 一統志：「新鄭，屬開封府。」見卷三懷十友。

前年吳門初解兵，明平吳錄：「至正二十六年丙午，以伐張士誠，祭告大江之神，乃命徐達爲大將軍，常遇春爲副將軍，引兵向姑蘇，遂圍其城。吳元年九月，城圍既久，城中木石俱盡，至是達破葑門，遇春破閶門；晡時，士誠兵大潰，諸將蟻附登城，城遂破，時八日辛巳也。是日，士誠猶收兵二三萬，親率之戰萬壽寺東街，復敗，倉皇歸，拒戶自縊，解之復蘇。太祖欲生之，竟自經死，年四十七。」明史稿張士誠傳：「士誠自起兵至亡，凡十四年。」君別故國當西行。平吳錄：「凡獲其官屬及將校，杭、湖、嘉興、松江等府，官吏家屬，及外郡流寓之人，凡二十萬餘，皆送建康。」有司臨門暮驅發，道路風雨啼孩嬰。倉黃不敢送出郭，執手暫立懷憂驚。我時雖幸脫鋒鏑，亂後生事無堪營。移家江上託地主，杜甫詩：「淸晨蒙菜把，常荷地主恩。」閉園借得親鉏耕。春朝起沐日照屋，野卉雜發鳴鸝鶊。思君萬里不可見，對此涕淚如盆傾。有壺當軒忍自酌，有句在卷邀誰評？走投北郭問消息，一客爲我言分明：君初隨例詣闕下，有旨謫徙鍾離城。見卷七。賣無囊金從無僕，棄家獨去何惸惸？長淮黏天趣前渡，牙眼怖客浮鱷鯨。韓愈詩：「鱷魚大于船，牙眼怖殺儂。」到州鞠躬謁太守，脫去官籍儕編氓。城荒無屋寓來客，旋乞廢地誅蓬荆。異鄉何人恤同患？喜有楊子兼徐卿。日高破竈煙未起，閉戶不絕哦詩聲。去年聖恩念逐客，特賜拂拭加朝纓。勅君赴汴聽銓擢，路算舊驛猶千程。沙河無雨夏雲熱，茅葦夾岸多蚊蝱。舟中感癘得下泄，刃攪腸腹聞呻嚶。荒途無藥相救療，伏枕兩旬幾殞生。終藉神明佑吉士，疾勢漸脫身強輕。一官署作新鄭簿，捧檄已去詢田更。列子：「禾生伯子，范氏之上客，出行經坰外，宿于田更商丘開之上舍。」按：「更，注作叟。」我雖歷歷聽客語，虛實未察憂難平。初春天子下明詔，欲纂前史羅儒英。菲才亦辱使者召，辭謝不得來南京。明法傳錄：「洪武元年八月，詔以汴梁爲北京，金陵爲南京。」日斜出局訪君舍，貴耳集：「趙嗣良以能文爲裕陵眷遇，曾兼史局。」草滿陋巷春泥晴。入門小女識父友，延拜學訴艱難情。且云父意念家遠，新遣兩卒來相迎。說文：「卒，隸人給事者。」須臾出君寄我札，上有秀句如瑰瓊。自陳前事頗一一，與客舊說無虧盈。讀終呼卒問彼土，卒言幾年經戰爭。河山蕭條縣雖小，民少姦詐多淳誠。春秋古稱鄶子國，詩鄶風注：「鄶，國名，在禹貢豫州外方之北，滎波之南，居溱洧之間，今之鄭州，即其地也。」溱洧水活魴魚赬。雌兔咻咻草間走，蘇軾詩：「草中咻咻有寒兔。」雄雉角角桑顛鳴。韓愈詩：「角角雄雉鳴。」谷深稀逢種田者，時有射戶居山棚。見卷二城虎詞「倀魂」注。霜天赤棗收幾斛，〔校記〕列朝詩集作「囷」。剝食可當〔校記〕列朝詩集作「比」。江南秔。官來撫民務無事，鞭挂壁上無敲搒。蘇軾詩：「古稱爲郡樂，漸恐煩敲搒。」寒廳吏散獨坐嘯，遠對嵩少當檐楹。戴延之西征記：「嵩山東曰太室，西曰少室。」聞之離抱頓舒豁，如吸淸露醒朝酲。天寶遺事：「貴妃宿酒初消，苦肺熱，晨遊後花苑，吸花露以潤肺。」便因卒還寄君語，此邑小鮮聊試烹。老子：「治大國者若烹小鮮。」注：「烹小鮮者，撓之則碎。」幸逢昌朝勿自棄，願更努力修嘉名！吾皇親手擁高篲，屈原九歌大司命：「登九天兮撫彗星。」注：「言司命陞九天之上，撫持彗星，埽除邪惡。」灑埽六合氛塵清。海中夷筐（校記）明詩綜作「篚」。已入貢，明典彙：「洪武元年，以登極詔溥海內外，安南國王陳日煃大懼；二年六月，遣其少中大夫同時等來朝，貢方物。又高麗國王王顓，表賀即位。又琉球國分中山、山南、山北，稱三王，遣使朝貢。」隴外戶版初來呈。明法傳錄：「洪武二年四月，大將軍達至鳳翔，遂進兵克隴州、秦州、鞏昌。遣馮勝進征臨洮，李思齊窮迫，舉城降。張良臣復叛，諸軍趨慶陽，圍其城，平章姚暉等知事不濟，開門納降。良臣父子投井中，引出斬之。」大開明堂議禮樂，明典彙：「洪武元年，命中書省暨翰林院、太常寺定擬三禮。明年，再集議。又明年，詔草澤道德文章之士，相與考訂之，爲一代之制。三年九月，修禮書成，名大明集禮。又洪武二年九月，定朝會燕享舞樂之數。」學士濟濟登蓬瀛。太廟冬烝薦朱瑟，明法傳錄：「吳元年，太廟成。」明典彙：「洪武二年，更定太廟時享。又元年十二月，命協律郎冷謙，考定宗廟雅樂音律，及鐘磬等器。」禮記：「清廟之瑟，朱絃而疏越。」千畝春藉垂青紘。明典彙：「洪武元年十二月，上諭廷臣曰：『古者天子藉田千畝，所以供粢盛、備饋饎。自經喪亂，其禮已廢。朕莅祚以來，悉修先王之典，而藉田爲先，欲首舉行之，以爲天下勸。』遂命以來春舉藉田禮行之。二年二月，上躬耕藉田于南郊。」「青紘」見卷五吳王郊臺。用材不肯略疎賤，銖寸盡上天官衡。周禮：「天官冢宰。」文賦「銓衡」注：「銓，稱也。稱物平輕重也。」況君磊落抱奇器，不異一鶚秋空橫。後漢書龐參傳：「龐參，字仲達，初爲左校令，坐法輸作。御史中丞樊準上書薦之曰：『鷙鳥累百，不如一鶚。』」豈容久屈簿領下，天道始塞終當亨。文章期君歸黼黻，張衡應間：「士或解裋褐而襲黼黻，或委韜韣而據文軒者，度德拜爵，量績受祿也。」借問報政何時成？史記魯世家：「伯禽之初，受封之魯，三年而報政。」

送林謨秀才東歸謁松江守

江城秋陰朝不暉，落葉古巷人來稀。林生何求乃過我，敗屐躡雨投閒扉。自言少習澤宮射，禮記：「天子習射于澤宮。」注：「擇賢之宮也。」思侶衆士登王畿。風塵失路因漂轉，我豈無志時其違。欲充材官挽強弩，史記周勃世家：「勃以織簿曲爲生，常爲人吹簫給喪事，材官引彊。」注：「如今彊弓司馬也。」關塞莫解窮城圍。將從隱者服短褐，霜露難采荒山薇。長年旅舍破氈冷，坐厭蟋蟀愁伊威。諸侯得意盡輕客，顧影竟傍何門依？南津昨夜砧杵動，庾信夜聽擣衣詩：「秋砧調急節，亂杵變新聲。」風來燭前驚攬衣。家人倚戶望應久，宿舂未辦悲慚歸。莊子：「適百里者宿舂糧。」注：「當蓄數日之食。」今朝江帆偶東轉，願借子語爲光輝。嗟余亦坐窮作祟！方岳詩：「燈火半生書作祟，幾欲送窮窮不去！」讀書不出遭罵譏。韓愈詩：「翁媼所罵譏。」士無賢否貧者鄙，此言信矣誰云非？囊乏黃金可揮贈，有詩寧救君腸飢！蘇軾詩：「平生五千卷，一字不救飢。」雲間使君本儒者，貴顯尚肯矜寒微。儻開深池養病鵠，翼成待看摩天飛。朱子詩：「飛騰莫羨摩天鵠。」

題高彦敬雲山圖

圖繪寶鑑：「元高克恭，字彦敬，號房山，其先西域人，後居燕京，官至刑部尚書。善山水，怪石噴浪，灘頭水口，烘鎖潑染，作者鮮及」。

尙書生長金一作燕。臺下，一統志：「順天府黃金臺，在府治東南。按燕昭王于易水東南築黃金臺延士，後人慕其好賢之名，亦築臺于此，爲京師八景之一，名曰『金臺夕照』。」慣識風沙草漫野。何由得見山水鄉？煙嶺雲林遠能寫。平時四海作宦遊，高興最愛江南秋。霅溪淸曉剡溪晚，「霅溪」見卷五太湖注。「剡溪」見卷五。閒解狂轡尋扁舟。此中謝屐曾經處，見卷五天平山。半是啼猿棲宿樹。斷橋旗下問農歸，遠寺鐘邊訪僧去。風流一沒歲未遙，坐覽遺迹成前朝。何當徧覓畫中景，聖恩已許從漁樵。

錢舜舉畫美人摘阮圖歌

圖繪寶鑑：「錢選，字舜擧，號玉譚，霅川人。宋景定間鄉貢進士。善山水人物，師趙千里；花木翎毛，師趙昌，尤善折枝。」圖史纂要：「元行沖爲太常少卿，時有人于古墓中得銅物，似琵琶而身正圓，莫有識者，元視之曰：『此阮咸所造樂也。』乃令匠人改以木，爲聲淸雅，今呼爲『阮咸』者是也。以其形似月，聲似琴，亦名月琴。杜佑以晉竹林七賢圖阮咸所彈，正與此同，今人但呼曰阮。」

圓槽象月修寒玉，茅亭客話：「隋文帝子蜀王秀，造千面琴，散在人間，有號寒玉韻磬、響泉和志者。」杜陽雜編：「唐盧萬有寶瑟各數十，內有寒玉、響泉之號。」暗貯宮商滿空腹。美人和恨抱秋風，偷寫琴中舞鸞曲。初學記：「古之舞曲有迴鸞舞。」傾鬟低黛幾娉婷，夢約湘娥倚竹聽。宋僧居月琴曲譜：「有湘妃怨。」滴盡冰盤老鮫淚，博物志：「鮫人水居，出寓人家賣綃，臨去，從主人索器，泣而出珠滿盤，以與主人。」阿咸帳底醉初醒。見卷四宿鶴瓢山房。梧桐落翠萎蘭紫，仙澗流雲含玉子。黃庭堅詩：「石硤谷中玉子瘦。」甲屏難障夜深寒，洞冥記：「上起神明臺，上有金牀象席，雜玉爲龜甲屏風。」恐踏驚鴻忽飛起。不識人間出塞聲，洛陽伽藍記：「美人徐月華，善彈箜篌，能爲明妃出塞之曲。」瑤臺別有斷腸情。調終人去哀絃歇，桂樹烏啼墜斜一作滿山。月。

贈丘老師

長春之孫具一作自。仙骨，姓譜：「丘處機，字通密，棲霞人，自號長春士。元太祖乙酉歲六月，浴于東溪，越二日，天大雷雨，太液池岸北水入東湖，聲聞數里，魚鱉盡去，池遂涸，而北口高岸亦崩；處機歎曰：『山其摧乎？池其涸乎？吾將與之俱乎？』遂卒，年八十。」袖有蟠桃食遺核。楊鐵崖樂府補桃核杯歌序：「道士余筠谷，爲予道長春眞人事，世祖皇帝幸長春館，眞人方晝寢，盤桓久之，始寤。上曰：『眞人何之？』對曰：『臣赴蟠桃宴。』上曰：『有徵乎？』曰：『有。』乃袖出桃核大如盌，上神之，玩不去手，命左右持去。眞人請剖而爲杯，一以奉上，而自留其一；上命置萬億庫，永爲我家鎮國之寶。」平生不學燒汞方，見卷二美人磨鏡辭。又陸龜蒙詩：「夜燃燒汞火，朝煉洗金鹽。」唾視黃金等何物。滿城誰識舊庚桑，莊子：「老聃之後有庚桑楚者，偏得老聃之道，以北居畏壘之山。」蘇軾樓觀詩：「聞道神仙亦相過，只疑田叟是庚桑。」又作亢桑。白髮人中似鶴長。時上高樓惟獨醉，榴皮書破壁塵香。東坡詩序：「回先生過湖州東林沈氏，飲醉，以石榴皮書其家東老菴之壁云：『西鄰已富憂不足，東老雖貧樂有餘；白酒釀來因好客，黃金散盡爲收書。』」

玄武門觀虎圈

江寧府志：「北門橋，孫吳都建業，圖考曰『玄武』。」漢書張釋之傳：「上登虎圈，問上林尉禽獸簿十餘問，尉左右視，盡不能對，虎圈嗇夫從旁代尉對。」

日光熿熿臥深圈，羽林獵士初擒獻。「羽林」見卷一白馬篇。腥風一嘯猶辟人，況在空山道中見。莫憶橫行藜藿間，且隨玄豹守天關。楚詞：「虎豹九關，啄害下人些。」曹植升天行：「玄豹遊其下。」垂頭食肉嗟何補，漢家將軍乃眞虎。後漢書班超傳：「相者曰：『祭酒布衣諸生耳，而當封侯萬里之外。』超問狀，相者指曰：『生燕頷虎頭，飛而食肉，此萬里侯相也。』」吳書周瑜傳：「劉備以梟雄之姿，而有關羽、張飛熊虎之將。」

送許先生歸越

王待制禕有送許時用歸越詩：「舊擢庚寅第，新題甲子篇。老來諸事廢，歸去此身全。煙樹藏溪館，霜禾被石田。鑑湖求一曲，吾計尙茫然。」

天子下詔徵賢良，明法傳錄：「洪武元年八月，徵天下賢才進京，授以守令，命詹同等十八人分行十道，訪求賢哲隱逸之士。九月，下詔求賢；十一月，遣夏原吉、詹同、魏觀等訪求天下賢才。」多士競逐風雲翔。先生亦隨使者起，闕下再拜陳封章：自稱前朝老進士，白髮已短材非長。羣龍在廷翊昌運，疲蹇豈足追騰驤。乞還山林養餘齒，歌頌聖德傳無疆。近臣上殿爲陳請，天語特許歸其鄉。是時海國風雨涼，道士莊下初栽秧。陸游詩：「柳姑廟前魚作市，道士莊畔菱爲租。」故山農事不可緩，歸興倏與高帆揚。從容進退遂所願，帝恩甚大誰能量。嗟余相逢恨苦晚，忽去未免私心傷。明朝相憶望於越，春秋：「定公五年，於越入吳。」江水東逝何洋洋。

送證上人住持道場

湖州府志：「道場寺，在道場山。唐中和間，有訥僧辭師出行，師命之曰：『逢道即止。』訥經此山，遂結菴，後建爲寺。」

訢公昔年住寶坊，蒲室禪師大訢傳：「大訢，字笑隱，得法於晦機熙公，卓錫杭之鳳山，遷中天竺。文宗自金陵入正大統，命以潛邸之舊爲龍翔集慶寺，召訢于杭州，授大中大夫，主寺事，設官隸之。」雞跖集：「給孤長者，以黃金布地爲伽藍，故號寶坊。」龍象蹴踏騰毫芒。達摩傳：「波羅提法中龍象。」隋煬帝賜釋慧覺書：「弟子欽風藉甚，味道尤深，今于城內建慧日道場，延屈龍象，大弘佛事，盛轉法輪。」袈裟曾侍玉座傍，萬衆闃聽講仁王。唐無名氏善寂寺碑：「握仁王之寶鏡，日月重光；驅梵帝之金輪，雷霆靜祲。」弟子如雲來四方，朝鐘暮鼓鳴高堂。西歸葱嶺今幾霜？傳燈錄：「達摩葬熊耳山，起塔定林寺。其年魏使宋雲葱嶺回，見祖手攜隻履，翩翩而逝。」漢書西域傳：「東則接漢，阸以玉門、陽關，西則限以葱嶺。」鉢傳曇師道彌昌。蘇軾詩：「公子豈我徒？衣鉢傳一簞。」注：「禪宗傳法，謂之傳衣鉢。」江寧府志：「天界覺原慧曇禪師，依越之法界寺出家，受具戒。華嚴止觀，無不貫練，謁笑隱于中天竺，有省。初住祖堂清涼，繼遷保寧蔣山，詔住天界。特授演凡善世大禪師。洪武三年，奉使西域，至僧伽羅國，其王事曇于佛山精舍。明年示寂，祔葬辟支佛塔，勅賜遺衣葬于雨花臺左。」叢林主教遇聖皇，祖庭事苑：「梵語云貧婆，此云叢林。譬如大樹叢叢，故僧聚處名叢林。」紫衣朝闕隨班行。上人繼吐三葉芳，李邕大靈禪院碑：「傳燈三葉，分座一義。」衲中長繫摩尼蒼。圓覺經：「清淨摩尼寶珠，映于五色，隨方各現。」注：「言性照圓明也。」元稹別盧頭陀詩：「頓見佛光身上出，已蒙衣內綴摩尼。」人間萬念俱已忘，獨好游戲談文章。我來京師寄禪房，每邀看月開修廊。手橫蠅拂坐繩牀，南史陳顯達傳：「謂子休尚曰：『麈尾蠅拂，是王謝家物，汝不須捉此，即取燒之。』」竹間風吹煮茗香。侍僮觸屏睡欲僵，漢書：「陳萬年病，召其子咸教戒于牀下，語至夜半，咸睡頭觸屏風。」高殿宿鳥驚琅璫。杜甫詩：「夜深殿突兀，風動金琅璫。」注：「鈴鐸聲也。」詩成金磬韻尙揚，許渾詩：「寒風金磬遠。」清才未必慚支湯。「支遁」見卷二放鶴辭，「湯休」見卷五答衍師。有時夜剪園韭嘗，張耒詩：「荒園秋露瘦韭葉。」注：「秋韭最美，俗云八月韭，佛開口。」燈懸西齋雨浪浪。人生聚散不可常，翩然東遊主道場。道場乃在雲水鄉，碧瀾堂前去路長。湖州府志：「碧瀾堂，在府子城東南，霅溪之西，唐刺史杜牧建。」江湖寒縮蛟蜃藏，楓柏正赤橙柑黃。煙消日出聞漁榔，潘岳西征賦：

「嗚榔厲響。」注：「嗚榔以敺魚也，通作桹。」洲渚宛轉山低昂。蕭然瓶錫隨經囊，李郢送圓鑒上人詩：「西嶺草堂留不住，獨攜瓶錫向天台。」留宿肯戀林中桑。後漢書襄楷傳：「浮屠不三宿桑下，不欲久生恩愛，精之至也。」蘇軾詩：「桑下豈無三宿戀？」兵餘莫嗟梵宇荒，勝景未逐樓臺亡。寺門無人閉夕陽，芋栗收作山中糧。杜甫詩：「園收芋栗未全貧。」好說千偈恢禪綱，法苑珠林：「鳩摩羅什日誦千偈。」麾斥佛祖誰敢當？傳燈錄：「馬祖見讓和尚，讓曰：『此子將見槃繫草菴，訶佛罵祖。』」我方無用糜太倉，史記平準書：「太倉之粟，陳陳相因。」叨逐劍佩趨明光。漢書武帝紀：「太初四年秋，起明光宮。」杜甫詩：「奏賦入明光。」醉歌欲覓玄眞狂，唐書隱逸傳：「張志和著玄眞子，亦以自號。」懷恩未得尋歸航。明朝舉首空相望，雲飛笠澤天茫茫。「笠澤」見卷五太湖注。

送王孝廉至京省其父待制後歸金華

分省人物考：「王褘，字子充，金華義烏人，幼秀爽奇敏，師事黃溍。元末，隱青巖山著書。洪武戊戌，徵署中書掾，商略幾務，上每稱子充不名；與論文章，稱善。修元史，爲總裁官。書成，擢翰林待制，兼國史編修，奉使雲南，爲梁王把都所害。子紳，字仲縉，博學能文；洪武二十九年，走雲南，求父遺骸不得，述滇南慟哭記。建文元年，紳上言死節狀，贈翰林院學士、奉議大夫，謚文節，正統六年，改謚忠文。」

君來金陵自金華，遠道犖确驅行車。韓愈詩：「山石犖确行徑微。」空山北風正多雪，歲晚何事穿泥沙？君言省覲敢辭苦，況是日下非天涯。王勃滕王閣序：「望長安于日下。」問安已畢起稱壽，白門酒香還可賒。李白詩：「驛亭三楊柳，正當白門下。」江寧府志：「應天府白下城，在府治西北，齊武帝置縣，陳亡縣廢。」明燈客窗共夜語，便覺春意迴寒楂。李磎泗州重修鼓角樓記：「荒毀更新，鬱鬱如春發寒楂。」予亦叨恩在京國，早踏街鼓聞初撾。姚合詩：「今朝街鼓何人聽？」日斜歸來就空廨，索寞不異投林鴉。家人千里望未至，虛聽檐鵲鳴喳喳。韓愈詩：「鵲鳴聲楂楂，烏鳴聲嚄嚄。」羨君父子此相見，頓起歡笑忘咨嗟。異鄉逢人即可樂，況爾骨肉誰能加。汝翁文章擅當世，片語落紙爭傳誇。身登昌朝列侍從，日曳珮玉趨南衙。唐書百官志：「飛龍廄日以八馬列宮門之外，號南衙。」捧函當殿曉進史，秉燭鎖院宵書麻。「鎖院」見卷七贈楊滎陽。翰林志：「唐中書用黃、白二麻爲綸命，其後翰林專掌白麻，中書獨得用黃麻。」又：「凡制用白麻紙，誥用白麻藤紙，書用黃麻。」觀君才氣已略似，青海異種多騮騧。北史吐谷渾傳：「青海周回千餘里，內有小山。每冬冰合後，以良牝馬置此，來春收之，所生得駒，號爲龍種，日行千里，世傳『青海驄』者也。」楊億漢武帝詩：「力通青海求龍種。」絲綸便可令世掌，杜甫詩：「欲知世掌絲綸美，池上于今有鳳毛。」胡爲趣別東還家？阿婆在堂待調膳，南史鬱林王紀：「帝謂豫章王妃庾氏曰：『阿婆，佛法言有福生帝王家。』」蘇軾詩：「敢請阿婆開後閣，井中投轄任浮沈。」計日敢使歸期差。往來兩地慰親念，如君孝意誠堪嘉！勞勞亭下冬日短，李白詩：「天下傷心處，勞勞送客亭。」即「臨滄觀」，見卷四感舊。江冰未解魚難叉。送君揖手忽已遠，烏巾獵獵風中斜。重闈歸拜想無恙，故園正見開梅花。

穆陵行 幷序

永穆陵，宋理宗陵也，在會稽。元至元初，西僧楊發輦眞住請發宋諸陵，許之；既取其殉寶，復以理宗頂骨爲飲器，後籍入官，以賜帝師。天兵克元，詔求得之，命有司歸葬焉。明法傳錄：「三年，上嘗與危素論宋、元興替，素言元世祖至元間，胡僧嗣占、妙高，欲毀宋會稽諸陵，時夏人楊璉眞伽爲江南總攝使，請如二僧言。遂發諸陵，取其金寶，以諸帝遺骨瘞于杭之故宮，築浮圖其上以壓之。又截理宗頂骨爲西僧飲器，天下聞之，莫不心酸。上聞歎息久之，即命北平守將吳勉，訪索頂骨所在，果得西僧廬中。既送至，命有司厝于京城之南。至是，紹興以永穆陵圖來獻，遂勅葬于故陵。」

樓船載國沈海水，宋紀：「陸秀夫負帝赴海死。」金椎晝入三泉裏。三輔故事：「始皇墳周迴七百步，下周三泉。」空中玉馬不聞嘶，聞奇錄：「沈傳師爲宣武節度，聞堂前馬嘶，掘地丈餘，得一穴，有玉馬高三寸，長五寸，則若壯馬聲。」日落寢園秋色起。魚燈夜滅隧戸開，皇覽：「秦始皇葬穴，內以人魚膏爲燭，度久不滅。」弓劍已出空幽臺。山陵考：「寧宗崩，使吏部侍郎楊燁爲按行使。燁歸奏云：『獨泰寧寺之山，山岡偉特，五峯在前，顧視有情，吉氣豐盈，林木榮盛，以此知先帝弓劍之藏，蓋在于此。』」髡胡暗識寶氣盡，通鑑紀事：「楊玄琰，知武三思浸用事，請棄官爲僧，上不許。敬暉聞之笑曰：『使我早知，勸上許之，髡去胡頭，豈不妙哉？』玄琰多鬚類胡，故暉戲之。」六陵松柏悲風來。山陵考：「淳熙十四年，高宗崩，殯會稽，上陵名曰永思。紹熙五年六月，孝宗崩，殯永思陵西，上陵名曰永阜。慶元六年八月，光宗崩，殯會稽上陵，名曰永崇。嘉定十七年閏八月，寧宗崩，詔遷泰寧寺而以其基定卜，上陵名曰永茂。景定五年十月，理宗崩，殯會稽，上陵名曰永穆。咸淳十二年七月，度宗崩，上陵名曰永紹。」玉顱深注酡酥酒，陸游詩：「酡酥鴉黃、出隴右。」誤比戎王月支首。漢書匈奴傳：「昌猛與單于及大臣俱登匈奴諸水東山，刑白馬。單于以徑路刀、金留犂撓酒，以老單于所破月氏王頭爲飲器者，共飲血盟。」百年帝魄泣穹廬，醉骨飲冤愁不朽。劉從益詩：「九原銷醉骨。」幸逢中國眞龍飛，一函雨露江南歸。環珮重遊故山月，冬青樹死遺民非。原注：「世傳有士嘗竊諸帝骨埋屏處，樹冬青樹爲識。」山陵考：「元世祖至元十五年，詔發宋會稽諸陵，以取寶器，從西僧嗣占、妙高之請也。宋遺民山陰唐珏，易以僞骨，取眞者瘞之山陰天章寺前。六陵各爲一函，獨理宗顱巨，恐易之事泄，不敢易。楊璉眞伽遂築白塔于錢塘，藉其骨，而以理宗顱爲飲器。」金華張孟兼唐珏傳：「珏，字玉潛，會稽人。至元戊寅，浮屠總統楊璉眞伽，利宋殯宮金玉，發之。珏獨懷痛憤，陰召諸惡少，夜往收貯遺骸，瘞蘭亭山後，上種冬青樹爲識。謝翺與珏友善，爲作冬青樹引，讀者莫不洒泣。」紹興府志：「宋太學生林德暘，字景曦，號霽山。當楊總統發掘諸陵寢時，林故爲杭丐者，背竹籮，手持竹夾，遇物即以夾投籮中。林鑄銀作兩許小牌百十，繫腰間，取賄西番僧曰：『餘不敢望，收其骨，得高家孝家足矣。』番僧左右之，果得高、孝兩朝骨爲兩函貯之，歸葬于東嘉。」按：「輟耕錄所載：唐珏、林景曦收宋諸陵骨事，年月事實，前後不同，有紀事四絕句。唐之傳，林之集中，各有載。其詞則大同而小異。陶九成謂：『唐所收者諸陵骨，林所收者但高、孝兩朝。詩中有雙匣字，得非林之詩而傳者誤入于唐傳中者乎？』」又山陵考：「冬青穴在紹興府城西南天章寺前，宋唐、林二義士埋宋陵骸骨處，六陵各爲穴，上植冬青樹六株。」千秋誰解錮南山？漢書張釋之傳：「從行至霸陵，上居外，臨廁，顧謂羣臣曰：『嗟乎！以北山石爲椁，用紵絮斮陳漆其間，豈可動哉？』左右皆曰：『善。』釋之前曰：『使其中有可欲，雖錮南山猶有隙；使其中無可欲，雖無石椁，又何戚焉？』」世運興亡覆掌間。起輦谷前馬蹄散，歷朝詩集注：「起輦谷，元諸陵所在。」白草無人澆麥飯。劉後村寒食詩：「漢寢唐陵無麥飯。」

獨遊山中憶周記室砥

借居水北鄰雲巖，醒遊醉臥月滿三。空山孤愁似放逐，踐蛇衝虎窮幽探。緣梯上窺萬仞壁，垂綆下汲千丈潭。幽一作稠。蘿翳壑變朝晦，怪卉發澗留春酣。青山識我豈生客，志林：「子由作棲賢堂，僕爲書之，且欲與廬山結緣，他日入山，不爲生客。」曾與周子來聯驂。是時秋高鶴聲厲，霜降兩崦纔收柑。飯餘洗足上堂坐，手揮談麈風颸颸。如今故人亦遠去，帆葉暮落吳江南。斷崖蒼蘚漫舊刻，往夢追想情何堪？巴僧不厭客屢至，篝燈夜禪同一龕。風迴忽灑石門雨，日出盡消溪市嵐。乃知山水有深趣，天意獨許窮人諳。我今豈是慕高隱，非才濫進能無慚！業緣種種去略盡，惟有佳句猶相耽。便求安心向佛祖，不待婚嫁女與男。

贈墨翁沈蒙泉

鳧藻集墨翁傳：「墨翁者，吳槐里中人也；姓沈，名繼孫。」

南朝墨法稱奚家，輟耕錄：「唐末墨工奚超與其子廷珪，自易水渡江居歙州；南唐賜姓李氏，故世有奚廷珪，又有李廷珪。」格古要論：「今之言墨者，以李廷珪爲第一品；易水張遇爲第二。廷珪墨有二品：龍文雙脊爲上，一脊次之。」相國謬費盈連車。邵氏後錄：「宋太祖下南唐，得李廷珪父子墨，付主藏吏籍收；後有司更造相國寺門，詔用墨漆，取墨于主藏，車載以給。至宣和間，黄金可得，李墨不可得也。」堆金欲沽世已少，後山叢談：「秦少游有李廷珪墨半錠，不爲文理，質如金石。潘谷見之而拜曰：『眞李氏故物也，我生更見矣！』又山谷取一錦囊，有廷珪墨半錠，以示潘谷，谷隔囊探之曰：『天下寶。』」至今好事成咨嗟。潘生後出亦奇絶，墨譜：「造墨之妙者，魏無過韋誕，五季無過李廷珪父子，宋有潘谷，元有朱萬初，皆可貴也。」峨嵋仙子嘗相誇。蘇軾贈潘谷詩：「潘郎曉踏河陽春，明珠白璧驚市人。」老學菴筆記：「東坡自儋耳歸至廣州，舟敗，亡墨四篋，平生所寶皆盡，僅於諸子處得李墨一丸，潘谷墨二丸。」紫殿曾供寫飛白，尙書故實：「梁蕭子雲，字景喬，武帝謂曰：『蔡邕飛而不白，羲之白而不飛，飛白之間，在卿斟酌耳！』」書斷：「按飛白者，後漢左中郎蔡邕所作也。王隱、王愔並云：『飛白變楷制也，本是宮殿題署，勢既勁，文字宜輕微不滿，名爲飛白。』王僧虔曰：『飛白，八分之輕者。邕在鴻都門見匠人施堊帚，遂創意焉。』」玉堂每用書官廡。見上送王孝廉。人間留藏敢輕試？傳玩正比雲龍一作龍團。茶。宋史地理志：「建寧府貢龍茶。」按：黄庭堅有裔雲龍茶詩，蘇軾有怡然以垂雲新茶見餉報以大龍團詩。沈翁遠得二子妙，珙璧自美誰能瑕？左傳：「襄公三十一年，叔仲帶竊其珙璧，以與御人。」徂徠老節燒欲盡，詩：「徂徠之松。」西譜：「上黨松心，爲墨尤佳。」萬杵夜擣玄霜華。墨譜：「廷珪墨每松煙一斤，眞珠三兩，龍腦一兩，和以生漆，擣十萬杵，故堅如玉，能寘水中三年不壞。世有龍紋墨、劍脊雙龍圓墨、蟠龍彈丸墨，千古稱絕。又墨名玄霜，又名玄雲。」錦囊贈我笏在几，蘇軾與參寥書：「要墨納兩笏，皆佳品也。」光怪迸屋驚早鴉。一餅團團未磨缺，似月食盡逢妖蟆。盧仝月蝕詩：「天媚蟆，被蟆瞎。」又：「臣心有鐵一寸，可刳妖蟆癡腸。」此物宜歸大手筆，唐書蘇頲傳：「頲與張說，以文章顯，稱望略等，時號燕許大手筆。」濡染竹帛垂無涯。上當紀頌聖功德，下可論載臣忠邪。我今才薄況病退，破硯久棄塵生窪。蘇軾詩：「君家石硯，蒼璧橢而窪。」一朝得此復何用，慚注魚豕箋蟲鰕。法言：「魯魚盈貫，晉豕成羣。」抱朴子：「諺曰：書三寫，魯爲魚，虛爲虎。」家語：「卜商反衞，見讀史者云：『晉師伐秦，三豕渡河。』子夏曰：『非也。已亥耳！』問之晉史，果曰已亥。于是衞人以子夏爲聖。」蘇軾詩：「我得君硯亦安用？雪堂窗下，爾雅箋蟲蝦。」摩挲忽動揮灑興，聊吟險句追島叉。王建詩：「鞭驢險句最先投。」唐書賈島傳：「島，字浪仙，韓門弟子。初爲浮屠，愈教其爲文，去浮屠，舉進士。當其苦吟，雖値公卿貴人，皆不之覺也。一日見京兆尹跨驢不避，譊詰之，久乃得釋。」又韓愈傳：「劉叉聞愈接天下士，步歸之，作冰柱、雪車二詩，出盧仝、孟郊右。」高堂淋漓爲君埽，醉汙舊賜宮袍花。

淮南張架閣家舊有樓在儀鑾江上經兵燹已廢與予會吳中乞追賦之

秋風嘗歌遠遊篇，樂府詩集：「曹植有遠遊篇。」樓中舉手招飛仙。山奔海瀉盡供覽，逸思每出孤鴻前。雕欄一別應非昨，幾度淮南桂花落。酒酣却作望鄉人，那得東歸似黃鶴？風景如今總厭看，客愁何處更凭欄？欲問日邊知遠近，晉書明帝紀：「幼聰哲，爲元帝所寵異。年數歲，嘗坐置膝前，屬長安使來，因問帝曰：『汝謂日與長安孰遠？』對曰：『長安近，不聞人從日邊來。』明日又問之，對曰：『日近。』帝曰：『何乃異間者之言乎？』對曰：『舉目見日，不見長安。』」浮雲回首蔽長安！李白詩：「總爲浮雲能蔽日，長安不見使人愁。」

題米元暉雲山圖

圖繪寶鑑：「米友仁，字元暉，元章之子，能傳家學。作山水，清致可掬，每自題其畫曰墨戲，晚年多於紙上作之。」

海岳老仙非畫工，宋詩序：「米元章晚以研山易北固園亭，名海岳菴，因號海岳外史。」自有丘壑藏胸中。世說：「顧長康畫謝幼輿在巖石裏，人問其所以？顧曰：『謝云一丘一壑，自謂過之，此子宜置丘壑中。』」黃庭堅詩：「胸中元自有丘壑，故作老木蟠風霜。」大一作阿。兒揮灑亦莫比，妙趣政足傳家風。敷文閣下書幃一作圖書。淨，弘簡錄：「元暉仕至兵部侍郎，敷文閣直學士，世號小米。」夢入空山覺衣冷。起拈綵筆寫幽蹤，一片飛來楚雲影。弘簡錄：「元暉嘗作楚山清曉圖上於朝，妙絕等倫。」彷彿三湘與九嶷，寰宇記：「湘潭、湘鄉、湘陰爲三湘。」水經注：「盤基蒼梧之野，峯秀數郡之間，異嶺同勢，遊者疑焉，故曰九嶷，亦作九疑。」翠峯猶抹二蛾眉。水生江上鴻歸後，樹暗沙頭春去時。蒼蒼遠渡連平麓，煙火參差幾家屋。林深谷靜斷行人，唯有禽聲啄枯木。偶向高齋玩此圖，斷縑猶費百金沽。畫斷：「收藏古畫，往往斷縑片紙，皆可珍惜。」自緣絕筆人間少，如此雲山何處無。

爲石城朱氏題梅雪軒

石城山居梅萬塢，江南通志：「石城，在吳縣西靈巖山，吳越春秋：闔閭與樂石城。注云：吳之離宮。」冒雪曾來扣僧戶。爛然如見會羣妃，一作仙。陳與義梅花詩：「粲粲江南萬玉妃。」白鳳繽紛下瑤圃。曹唐游仙詩：「不知今夕游何處？侍從皆騎白鳳凰。」楚詞九章：「吾與重華遊兮瑤之圃。」數片輕吹著鬢華，乍看是雪又疑花。迷魂亂眼春如海，杜本詩：「二十四橋春似海。」那辨南枝映竹斜？白帖：「大庾嶺上梅，南枝落，北枝開。」獨披鶴氅穿林去，世說：「孟昶未達時，嘗見王恭乘高輿，披鶴氅裘；於時微雪，昶于籬間窺之，乃歎曰：『此眞神仙中人。』」凍壓寒梢應幾樹。聽響方知夜灑時，聞香始識繁開處。回首春風憶舊遊，夢尋歸路隔羅浮。龍城錄：「隋趙師雄遷羅浮，日暮，憩車松林間，酒肆傍舍，見一女人，淡妝素服，出迓；時已昏黑，殘雪對月色微明，師雄喜之，與之語，芳香襲人，因與扣酒家門，相與飲。少頃，有一綠衣童來，笑歌戲舞，亦自可觀。師雄醉寢久之，東方已白，起視，乃在大梅花樹下，上有翠羽啾嘈相須，月落參橫，但惆悵而已。」年來驢背無詩思，全唐詩話：「相國鄭棨善詩，或曰：『相國近爲新詩否？』對曰：『詩思在灞橋風雪中驢背上，此何以得之？』」醉踏塵埃空自愁。聞道君家谿上下，玉蕊瓊英巧相亞。劇談錄：「江都安業坊唐昌觀，舊有玉蕊花甚繁，每發，若瑤林瓊樹。」范成大詩：「憑君趣花信，把酒撼瓊英。」屐跡誰來東郭朝。史記滑稽列傳：「久待詔公車，貧困飢寒，衣敝，履不完，行雪中，履有上無下，足盡踐地，道中人笑之。」笛聲不起南樓夜。「南樓」見卷四始遷西齋。翠羽驚啼莫怨猜，見上「羅浮」注。僧善住落梅詩：「翠禽莫怨高樓笛，一度春風一度開。」破寒宜共一樽開。雪晴花發須相記，我亦扁舟乘興來。

和衍上人觀梅

籃輿偶出青山郭，晉書陶潛傳：「王弘問其所乘，答曰：『素有脚疾，向乘籃輿，亦足自反。』乃令一門生二兒共轝之」。寒雪初晴凍雲薄。梅花一路幾千株，半發園林半村落。夜窗轉曙雞欲驚，寒谷回春蝶應覺。劉向別錄：「燕有谷，寒不生五穀，鄒衍吹律而溫氣至，堪黍，今謂之黍谷。」林逋梅花詩：「粉蝶如知欲斷魂。」浩蕩才迷醉客魂，見上梅雪軒「羅浮」注。嬋娟更伴幽人樂。詩話總龜：「林逋隱于武林之西湖，不娶，無子，所居多植梅、蓄鶴，泛舟湖中，客至則放鶴致之，因謂梅妻鶴子云。」我來如蝶東西飛，不敢題詩慚筆閣。魏志典略：「王粲才高，鍾繇、王朗皆閣筆，不能措手。」徐鉉詩：「曲終筆閣緘封已。」歸時落月照書屋，杜甫夢李白詩：「落月滿屋梁，猶疑照顔色。」重覓餘馨夢難託。高僧已澄法眼觀，石門題跋：「有問竹林：『如何是法身？』答曰：『法身無相。』又問：『如何是法眼。』答曰：『法眼無瑕。』」冷齋詩話：「王維作畫雪中芭蕉詩，法眼觀之，知其神情寄寓於物，俗論則譏以爲不知寒暑。」也愛一枝供寂寞。便拖藜杖敲竹扉，孫覿詩：「獨拄青藜杖，來推白版扉。」遮莫人嗔賓客惡。杜甫詩：「遮莫鄰雞下五更。」注：「猶言儘教也。」風雨休嗟已亂飄，世間何物長如昨。

題李德新中宗射鹿圖

赭袍玉帶虬髯怒，杜牧詩：「萬國珪璋擁赭袍。」人如眞龍馬如虎。英風猶似天可汗，唐書太宗紀：「貞觀四年四月，西北君長請上號爲天可汗。」肯信昏孱困韋武？通鑑紀事：「上在房州，與韋后同幽閉，嘗與后私誓曰：『異時幸復見天日，當唯卿所欲，不相禁禦。』及再爲皇后，遂干預朝政，如武氏在高宗之世。又上官婕妤用事于中，三思通焉，故黨于武氏；又薦三思于韋后，引入禁中，上遂與三思圖議國事。」上林草綠聞呦呦，飛鞚霹靂梢長楸。杜甫詩：「黃門飛鞚不動塵。」曹植名都篇：「鬬雞東郊道，走馬長楸間。」畫旗圍合晚猶獵，後庭雙陸誰行籌。通鑑紀事：「上使韋后與三思雙陸，而自居旁爲之點籌；由是武氏之勢復振。」追遊不記房陵辱，通鑑：「嗣聖元年夏四月，太后遷帝于房州。至十五年春三月，帝還東都。」五王謫來勢猶獨。通鑑：「神龍元年春正月，張柬之、崔玄暐、與敬暉、桓彥範、袁恕己等，舉兵討武氏之亂。張易之、昌宗伏誅，帝復位。以張柬之，袁恕己同三品，崔玄暐爲内史，敬暉、桓彥範爲納言。五月，武三思用鄭愔之策，賜敬暉等五人王爵，罷其政事。二年六月，武三思使鄭愔告暉等與王同皎通謀，貶敬暉崖州、彥範瀧州、柬之新州、恕己竇州、玄暐白州司馬員外長任，削其勳封。」空誇大羽發無虛，杜甫詩：「猛將腰間大羽箭。」不射妖狐射生鹿。名山記：「狐者，古之淫婦也，其名曰紫，化而爲狐，故其怪多自稱阿紫。」玉海露布：「妖狐就擒，猶守舊穴。」畫圖令人生感嗟，天寶回首飄胡沙。神孫早解習祖藝，韓愈平淮西碑：「聖子神孫，繼繼承承。」不遣銜出宮中花。花史：「唐玄宗時，野鹿銜去牡丹，後有祿山之禍。」

題趙希遠畫宋杭京萬松金闕圖

圖繪寶鑑：「宋趙伯驌，字希遠，千里弟，善山水人物，尤長于花禽。嘗畫姑蘇天慶觀樣進呈；孝宗書其上，令依元樣建造，今玄妙觀是也。仕至觀察使。」

長松掀髯若羣龍，下繞宮闕雲千重。鳳凰山頭望前殿，「鳳凰山」見卷三吳越紀游。杭州府志：「萬松嶺在鳳山門外，有萬松書院，南宋時密邇大內。」翠濤正涌金芙蓉。李白詩：「青天削出金芙蓉。」海門日出潮初上，白鶴飛來近仙掌。史記孝武本記：「作柏梁、銅柱、承露仙人掌之屬。」百官候綴紫宸班，露滴朝衣氣森爽。漢宮楊柳唐宮花，容易零落空繁華。何如可獻至尊壽，茯苓美似安期〔校記〕三十家作「空同」。瓜。見卷四停君白玉巵。鑾輿因戀湖山好，樓閣清陰勝蓬島；不知風雨汴陵前，虜卒新樵幾株倒。續通鑑：「宋高宗紹興二年，劉豫徙于汴，其子麟籍鄉兵十餘萬，爲皇子府。兩京冢墓，發掘殆盡。紹興十年，岳飛大敗金兀朮于朱仙鎮，遣使修治諸陵。」當日榻前初進圖，黃金趣賜聞傳呼。何年流落在人世，父老猶看思舊都。客行近過吳山下，杭州府志：「吳山，在鎭海樓之右。」落葉空林惟敗瓦。豈無畫史似前人，秋色淒涼不堪寫。

芥舟詩爲陳太常賦

估客海上誇乘風，大艑遠戛龍魚宮。帆如飛雲落天外，不假羽翼行虛空。驚濤拍山撼難動，安臥每到榑桑紅。回頭却笑垂釣子，斷溝老葑留孤篷。烏知達人解物表，坐視大塊舟航同。莊子：「大塊噫氣，其名爲風。」風輪晝夜不停轉，華嚴經：「金輪水際，外有風輪。」樓炭經：「地深九億萬里，第四是地輪，第五水輪，第六風輪。」元氣下載浮鴻濛。帝系譜：「天地初起，溟涬鴻濛。」泰山亦與一塵等，何以巨細論雌雄？君今齋居那苦小，自比置芥坳堂中。莊子：「覆杯水于坳堂之上，則芥爲之舟。」將身便欲入無間，揚雄解嘲：「大者含元氣，細者入無間。」險語乍出驚愚蒙。韓愈詩：「險語破鬼膽。」我聞懸珠納萬象，蘇軾枯木歌：「萬象入我摩尼珠。」此事尚覺勞神功。萬千毫髮盡非有，幻相欲別誰能窮。君行莫鼓萬里舵，天遊閉戶隨西東。莊子：「心無天遊，則六鑿相攘。」何須更待積水厚，莊子：「水之積也不厚，則其負大舟也無力。」區區往問南華翁。

題周遜學天香深處卷

仙芬染骨濃無跡，秋入畫堂簾不隔。夢尋老蟾煙霧迷，碎落金蟲夜愁寂。素娥舊栽無兩叢，萬古散吹秋滿空。熏爐不爇象籠火，人倚畫欄清影中。蕙蘭暗泣幽馨歇，只有瑤芳占涼月。

奉遊西園命賦二題

象

海山巨獸堪乘戰，史記大宛列傳：「身毒國，其人乘象以戰。」番使前年遠來獻。寶纓纏絡錦襜垂，拜舞如人向金殿。嶺表錄異：「蠻王請漢使于百花樓前設舞象，樂動即優人引一象入，以金羈絡頭，錦襜垂身，隨拍踏動，皆合節奏。」仙仗時巡出鳳城，鑾輿頻駕不曾驚。有牙莫畏焚軀禍，左傳：「象有齒以焚其身。」天子深仁愛爾生。

鹿

日暖呦呦草際鳴，養馴未省見人驚。雲山別却銜芝侶，來向朱欄花下行。舊毛雪白新茸綠，蘇軾詩：「幽人只採黃精去，不見深山鹿養茸。」曾在宜春苑中畜。鄭嵎津陽門詩注：「上嘗于芙蓉園中獲白鹿，山人王旻識之曰：『此漢時鹿也。』上異之，令左右周視之，乃于角際雪毛中得銅牌子，刻之曰『宜春苑中白鹿』。上移于北山，目之曰仙客。」幾人逐走向中原，輸與吾皇稱疾足。見卷四感舊。

題茅臞叟夏山過雨圖

前山冥冥雲欲開，後山隱隱猶聞雷。江南六月風雨過，樹暗不見巫陽臺。奔湍衝斷石橋路，下瀉谷口相喧豗。李白詩：「飛湍瀑流爭喧豗。」陰開林壑鬼神去，氣溼古洞蛟龍回。人家出門看新霽，泥封墜果多楊梅。漁樵欲歸謂已暝，返照石一作峻。壁蟬鳴哀。山中此景誰解寫，茅翁素有丹青才。新圖一片似海岳，見前米元暉雲山圖。高堂未展涼先來。嗟余久逐揮汗客，史記蘇秦列傳：「揮汗成雨。」席帽障日趨黃埃。「席帽」見卷八贈胡校書。問翁幾欲東遊去，如此畫圖安在哉！

偃松行

原注：「松在天平山獅子巖下，舊文正書院前。」

龍門西岡魏公祠，「龍門」見卷五天平山注。宋史范仲淹傳：「紹興初詔追封魏國公。」祠前有松多古枝。長身蜿蜒橫數畝，巨石作枕相撐搘。蘇軾詩：「病骨煩撐支。」春泥半封朽死骨，凍蘚盡裂皴生皮。無心昂聳上霄漢，偃仰獨向荒丘陲。〔校記〕列朝詩集作「垂」。蟄雷震一作破。獄撼不動，千載一夢醒何遲。政如臥龍未起日，深意有待風雲期。太湖月出照夜魄，天峯雪積埋寒姿。濤聲時吼若鼾息，范成大詩：「睡仙吾所慕，行步亦鼾息。」野老驚起山僧疑。左伸右屈多異態，天自出巧非人爲。畫師安能把筆寫，樵子豈敢操斤窺。杜陵枯柟已憔悴，杜甫有枯柟詩。蜀相老柏非瑰奇，杜甫古柏行：「孔明廟前有老柏，柯如青銅根如石。」何如此樹怪且壽，呵衞定想煩靈祇。劉迎普明旃檀像詩：「天龍想驚喜，呵衞日歸向。」不知已閱幾人代，游客過盡今存誰。明堂屢興不見取，得全正愛同支離。莊子：「支離其形者，猶足全其天年，況支離其德者乎？」研北雜記：「鮮于伯機嘗于廢圃中得怪松一株，移置所居齋前，呼爲『支離叟』。」我嘗來觀忍遽返，醉坐其上高吟詩。葛陂筇竹亦騰化，後漢書：「費長房從市中老翁遊，後辭歸，翁與一竹杖曰：『既至，可投葛陂中。』顧視，則龍也。」神物終去可久羈。何當一叱使飛起，載我萬里遊天池。莊子：「窮髮之北，有溟海者，天池也。」他年還訪舊城郭，正是白鶴歸來時。見卷四空明道人。

白馬澗　原注：「在天峯支遁養馬處，今有馬跡石。」

白馬何不居天閑，周禮司馬校人：「天子十有二閑，馬六種。」乃在古寺長松間。奇姿不受世羈絡，遠自竺國馱經還。唐書西域傳：「天竺國，漢身毒國也。」洛陽伽藍記：「佛始入中國時，白馬負經而來，因立寺西陽門外。」澗邊飲罷寒雲起，恍惚化龍跳入水，柳州集：「明皇西幸，馬至咸陽，入渭水，化爲龍。」空山夜雨不聞嘶，埋沒蹄痕紫苔裏。高僧一去今幾年，世上神駿還誰憐。見卷五南峯寺。莫令老逐風塵子，憔悴哀鳴途路邊。

贈治冠梁生乞作高子羔舊樣史記仲尼弟子列傳：「高柴，字子羔。」

野人散髮秋半稀，王維詩：「散髮時未簪。」小冠宜著稱短一作苧。衣。漢書杜欽傳：「欽，字子夏，家富而目偏盲。茂陵杜鄴，與欽同姓字，俱以才能稱京師；故衣冠謂欽爲盲杜子夏以相別。欽惡以疾見詆，迺爲小冠，高廣財二寸，由是京師更謂欽爲小冠杜子夏，而鄴爲大冠杜子夏云。」金樓子：「寒者不貪尺璧而思短衣。」淸時無能恥恩澤，一作「亦嘗京國被恩澤」。朝簪乍脫歸田扉。進冠峨峨在頭上，後漢書輿服志：「進賢冠，古緇布冠，儒者之服也。」獨斷：「天子冠通天冠，諸侯王冠遠遊冠，公侯冠進賢冠。」此物須當付卿相。閉門方欲誦詩書，煩君爲製依我樣。

賦得烏衣巷送趙丞子將江寧府志：「巷在府南，晉王導、謝安居此，其子弟皆衣烏衣，因名。巷口有朱雀橋。」唐劉禹錫詩：「朱雀橋邊野草花，烏衣巷口夕陽斜。舊時王謝堂前燕，飛入尋常百姓家。」

差差舞羽多光彩，鄉國初辭度雲海。江南門巷有題名，識得當年故巢在。春風三月滿京華，肯入尋常百姓家！隨鶯已度龍池柳，沈佺期龍池篇：「龍池躍龍龍已飛，龍德先天天不違。」按：「明皇爲諸王時，故宅在隆慶坊，宅有井，井溢成池，中宗時，有雲龍之祥。後引龍首堰水注池中，卽龍池也。」引蝶還穿鳳苑花。唐書百官志：「武后置仗內六閑，三曰鳳苑。」花蕊夫人宮詞：「東內斜將紫禁通，龍池鳳苑夾城中。」綠蕪芳草長干渚，樓閣初晴社前雨。江邊今日有離筵，留人看上檣頭語。杜甫詩：「岸花飛送客，檣燕語留人。」

宿蔡村夜起

四更雞叫七星爛，史記天官書：「北斗七星，所謂璇璣玉衡，以齊七政。」獨起開門候天旦。月掛愁邊人影低，風驚夢裏鳥羣散。孤舟嫠女寒自泣，破屋老農貧屢歎。早餐欲發未遑安，客路飄零正多難。

天閑青驄赤驃二馬歌

漢家諸將開經濟，列宿儲精降人世。後漢書朱祐傳論：「中興二十八將，前世以爲上應二十八宿。」天遣同成一代功，杜甫驄馬行：「此馬臨陣久無敵，與人一心成大功。」亦有房星化騏驥。詩：「既伯既禱。」注：「伯，馬祖也。謂天駟房星之神也。」李賀詩：「此馬非凡馬，房星本是星。」青驄剪鬉高作花，古樂府：「青驄白馬紫絲韁。」曹唐詩：「欲將鬉鬣重裁剪，乞借新成利鉸刀。」赤驃灑汗微成霞。岑參衞節度赤驃馬歌：「君家赤驃畫不得，一團旋風桃花色。」史記樂書：「武帝嘗得神馬渥洼水中，歌曰：『太一貢兮天馬下，霑赤汗兮沫流赭。』」人間何處得奇種，恍惚西至踰流沙。漢天馬歌：「天馬來，從西極，涉流沙，九夷服。」年來百戰從天子，曾逐烏騅到江死。見卷一虞美人。不慚飽食玉山禾，鮑照詩：「誠不及青鳥，遠食玉山禾。」天廄時清少鞭使。周王八駿去不來，穆天子傳：「八駿：赤驥、盜驪、白義、踰輪、山子、渠黃、華騮、綠耳。」又拾遺記：「穆王八駿：絕地、翻羽、奔宵、起影、踰輝、超光、騰霧、挾翼。」唐帝六馬應凡材。唐會要：「上欲闡揚先帝徽烈，乃令刻石爲常所乘破敵馬六匹于闕下。」按：「六馬贊，其一，拳毛騧，平劉黑闥時所乘；其二，什伐赤，平王世充、建德時所乘；其三，白蹄烏，平薛仁杲時所乘；其四，特勒驃，平宋金剛時所乘；其五，颯露紫，平東都時所乘；其六，青騅，平竇建德時所乘。」又洛中紀異：「唐天寶中，大宛國進汗血馬六匹：紅叱撥、紫叱撥、青叱撥、黃叱撥、丁香叱撥、桃花叱撥。上乃製名曰：紅玉輦、紫玉輦、平山輦、凌雲輦、飛香輦、百花輦。復命圖之瑤光殿，仍改爲觀驥殿。」何如二龍總超絕，周官：「馬八尺以上爲龍。」蹴踏四海荆榛開。圉官雙鞚頻迴顧，說文：「圉人，掌馬者。」萬里長楸恐驚鶩。嘶處秋生閶闔風，史記律書：「閶闔風居西南。閶者，倡也。闔者，藏也。」浴時曉動昆明霧。漢書西南夷傳：「昆明國有池方三百里，武帝欲伐昆明，作池象之，以習水戰。」一匹前牽一匹騎，馳道每出隨龍旗。漢書成帝紀：「帝爲太子，初居桂宮，上嘗急召太子出龍樓門，不敢絕馳道。」注：「馳道，天子所行道也，若今之中道。絕，横度也。」曲禮：「左青龍而右白虎。」注：「龍旗則九旒。」態閑步穩識上意，不敢搖頓黃金羈。吳均詩：「霧染黃金羈。」昨看巡狩還都邑，鐃吹聲催移仗急。羽林萬騎從如雲，追逐飛塵豈能及。嗟哉此馬不異人，乘時際遇蓋有神。請看垂耳鹽車者，賈誼弔屈原文：「驥垂兩耳服鹽車兮。」那得昂藏八尺身！郝經馬詩：「昂藏偃膺高，突兀出羣峯。」「八尺」見上。

同謝國史遊鍾山逢鐵冠先生

明開創歷記：「方士張中，字景華，號鐵冠道人，精數學。」

日日城中望鍾山，孤塔縹緲峯孱顏。江寧府志：「山之南有岡曰獨龍阜、峯曰玩珠。梁釋寶誌墓在焉，浮圖五級。」李商隱詩：「壓河連華勢孱顏。」山靈嘲我不一到，但命俗駕趨塵闤。聖恩今朝許休沐，得與謝客同躋攀。出郭未至景已好，松風一派連淸灣。輿地志：「蔣山本少林木，東晉令刺史罷還，栽松百株，宋時令刺史栽松三十株，下至郡守各有差。」空林無人遇釋子，知有曲徑通禪關。李白詩：「遠公愛康樂，爲我開禪關。」擧頭見寺去尙遠，宋濂遊鍾山記：「梁以前，山有佛廬七十，今皆廢，唯太平興國寺爲盛，近燬于兵，外三門僅存。」鐘磬響落浮雲間。登高不知已幾里，但怪力盡愁辛艱。衆山雜沓總在下，如擁劍佩趨朝班。時當嚴冬雪始霽，古木寒瘦泉流慳。梁僧遺墓臥殘碣，見上「孤塔」注。宋帝廢墠埋深菅。宋濂遊鍾山記：「有二臺，闊數十丈，上可坐百人，即宋北郊壇祀四十四處。」六朝陳蹟不可問，但見石老莓苔頑。豪華歇盡形勝在，劫火幾度燒空殷。蘇軾詩：「釋梵茫然齊劫火。」鐵冠先生有道者，往往人見騎黃斑。隋書五行志：「陳初，有童謠曰：『黃斑靑驄馬，發自壽陽涘，來時冬氣末，去日春風始。』其後陳主果爲韓擒所敗，擒本名擒虎，黃斑之謂也。」相迎爲指幽絕處，瀹茗留坐聽潺湲。莫嫌癡客暮未返，日墮江水鴉飛還。欲營一游豈易得，長來不比山僧閒。

喜家人至京

家人遠來如我歸，骨肉已是鄉園非。妻羸女病想行苦，塵土覆面風吹衣。裝車日暮解牛軛，呼燭買酒敲鄰扉。客懷乍見不得語，一室相對情依依。憶昨初蒙使者徵，遠別田舍來京畿。小臣微賤等蟣蝨，盧仝月蝕詩：「玉川子又涕泗下，心禱再拜額搨沙土中。地上蟣蝨臣仝告訴帝天皇。」召對上殿瞻天威。詔從太史校金匱，每旦珥筆趨彤闈。春遊禁苑侍鶴駕，列仙傳：「王子喬吹笙作鳳鳴，後與緱氏山乘白鶴而去，故太子之駕曰鶴駕。」冬祀泰畤隨龍旂。說文：「畤，天地五帝所基址，祭地也。」有時青坊坐陪講，宮壺滿賜霑恩輝。草茅被寵已踰分，不才寧免誚與譏。海鳥那知享鐘鼓，莊子：「昔者，海鳥止于魯郊，魯侯御而觴之于廟，奏九韶以爲樂，具太牢以爲膳。」野馬終懼遭籠羈。韻會：「羈，馬絡頭，一曰韁在口。」江湖浩蕩故山遠，歸夢每逐鴻南飛。常時出院就空館，僮僕愁對語者稀。知君在舍亦岑寂，歲暮雨雪吟蛜蝛。今宵得見信可樂，如獲美饌飽我飢。但憂兄姊尚遠隔，言笑未了仍歔欷。何當乞還棄手版，周禮天官司書疏：「古有簡策以記事，若在君前，以笏記事，後代用簿。簿，今手版。」韓愈詩：「昨因有緣事，上馬插手版。」重理吳榜尋漁磯。門前親種一頃稻，婢供井臼妻鳴機。秋來租稅送縣畢，村酒可醉雞豚肥。誰言此願未易遂，聖澤甚沛寧終違。

北山觀猿

黑衣公子何嫋娜？宣室志：「張長史質立屋，覩黑衣人樹上擲瓦見擊，其弟射殺之，乃猿耳。」蘇軾食荔支詩：「分甘徧林下，也到黑衣郎。」注：「黑衣，言猿也。」飛挂枯梢不愁墮。幾迴呼下白雲間，輿地紀勝：「呼猿洞，在虎林山，有僧長嘯呼猿，即此。」拋賜曾嘗內園果。家鄉何處是巴西，張九齡巫山高詩：「惟有巴猿嘯，哀音不可聽。」回首煙蘿望欲迷。料得孤舟江上客，月明少聽一聲啼。

客舍雨中聽江卿吹簫

客中久不聞絲竹，此夕逢君吹紫玉。涼州記：「咸寧中，盜發張駿冢，得赤玉簫、紫玉笛。」天寶遺事：「明皇有紫玉笛，吹數聲，有雙鶴下于庭，徘徊不去。」斷猿哀雁總驚啼，我亦無端淚相續。數聲嫋嫋復嗚嗚，散入寒雲細欲無。愁望洞庭空落木，見卷五松江亭。夢遊秦苑總荒蕪。見卷一鳳臺曲。曲中只訴君心苦，不道人聽更凄楚！關山燈下歎羈臣，史記：「伍子胥鼓腹吹簫，乞食于吳市。」江浦舟中泣嫠婦。見卷八與客登虎阜。憶昨閶門費酒貲，玉人邀坐弄參差。樂書：「舜作十管簫，長尺有二寸，其形參差，以象鳳翼，所以應十日之數。」楚詞九歌：「望美人兮未來，吹參差兮誰思？」彩霞深院花開處，「寧王吹笛」見卷八秉燭夜游圖。明月高樓鶴去時。呂純陽集：「武昌守、倅，一日對弈，有道人不通姓氏，直前曰：『吾國手也。』守試與弈，安下僅八子，卽曰：『太守負矣。』已而果然。如是數局，守皆負，俄拂袖去。守令人遍城尋之，聞吹笛聲在黃鶴樓前，走往石照亭中，忽不見。見亭中有詩曰：『黃鶴樓前吹笛時，白蘋紅蓼滿江湄；衷情欲訴誰能會？惟有淸風明月知。』」如今忽在他鄉外，風雨寒窗兩憔悴。恨無百斛金陵春，李白詩：「甕中百斛金陵春。」同上鳳凰臺上醉。見卷六送袁憲史注。始知嶰谷枯篁枝，漢書律曆志：「黃帝使伶倫自大夏之西，昆侖之陰，取竹於嶰谷。其竅厚均者，斷兩節間而吹之，以爲黃鍾之音。」中有人間無限悲。願君袖歸挂高壁，莫更相逢容易吹。

謝友人惠兜羅被歌

宋史大食國傳：「其國部屬有勿巡，所貢有龍腦兜羅錦毬、錦襈蕃花簟。」異物志：「西天有五印度國，榜葛蘭者，東印度也。其國產布數十種，有闊四五尺者；驀黑驀勒闊四尺，背面皆毳毧，厚踰五分，卽兜羅綿也。」

蠻工細擘冰蠶繭，拾遺記：「員嶠山有冰蠶，長七尺，黑色，有鱗角，以霜雪覆之，然後爲繭；其色五采，織爲文錦，入水不濡，入火不燎。」織得長衾謝縫剪。蒙茸柳絮不愁吹，鋪壓高牀夜香軟。朔風入關凋白楡，岑參輪臺卽事詩：「三月無靑草，千家盡白楡。」塞寒此物時當須。明燈熾炭夕宴罷，薦寢宜共紅氍毹。異物志：「大秦國野繭，織成氍毹，以羣獸五色毛雜爲之，爲鳥獸草木雲氣。其文赤、白、黑、綠、紅、絳、金、縹、碧、黃十種色。」韓愈聯句：「兩廂鋪氍毹，五鼎調勻藥。」海客揚帆遊萬里，得自崑崙國中市。歸來遺我見遠情，重似鴛鴦合歡綺。古詩：「客從遠方來，遺我一端綺。文彩雙鴛鴦，裁爲合歡被。」詩人鶴骨欺霜稜，釋齊己詩：「瘦應成鶴骨。」曾直禁署眠青綾。見卷六賦永上人紙帳。自從身退得閒臥，只愛擁紙同山僧。陸游紙被詩：「紙被圍身度雪天，白于狐腋煖于綿。」今朝得此何奇絕，展覆不憂兒踏裂。杜甫茅屋爲秋風所破歌：「布衾多年冷似鐵，嬌兒惡臥踏裏裂。」便思清夢伴梅花，戴復古詩：「夢繞梅花帳。」靜掩寒窗聽風雪。越羅蜀錦安可常，洞房美女漫熏香。誰知一幅春雲煖，卽是溫柔堪老鄉。飛燕外傳：「后進合德，帝大悅，以輔屬體，無所不靡，謂爲溫柔鄉曰：『吾老是鄉矣！不能效武帝求白雲鄉也。』」

會宿成均汲玉兔泉煮茗諸君聯句不就因戲呈宋學士

周禮春官：「大司樂掌成均之法。」注：「成均，五帝之學。」一統志：「應天府學在府治東南，洪武初，以爲國子監，尋復爲府學。玉兔泉在府學東廊前。」潛溪先生行狀：「洪武二年，詔徵先生總修元史。六月，除翰林學士、亞中大夫知制誥兼修國史。」

白兔如嫌桂宮冷，走入杏花壇下井。莊子：「孔子游乎緇帷之林，休坐乎杏壇之上，弟子讀書，孔子弦歌鼓琴，奏曲未半，有漁父者下船而來，左手據膝、右手持頤以聽。」姮娥無伴每相尋，水底亭亭落孤影。曾搗秋風玉臼霜，古詩：「採取神藥高山端，白兔搗蝦蟆丸，奉上陛下一玉柈。」至今泉味帶天香。宋之問詩：「桂子月中落，天香雲外飄。」玉堂仙翁欲飲客，「玉堂」見卷七酬謝翰林。鹿盧夜半響空廊。齋燈明滅茶煙裏，醉魂忽醒松風起。蘇軾煎茶詩：「蟹眼已過魚眼生，颼颼欲作松風鳴。」只愁詩就失彌明，韓愈石鼎聯句詩序：「衡山道士軒轅彌明，過劉師服進士，校書郎侯喜有能詩聲，夜與劉說詩。道士指鑪中石鼎聯句，袖手竦肩，倚北牆坐高吟。二子相顧慚駭，思益苦，立牀下拜，道士不應，倚牆睡，鼻息如雷鳴；二子怛然失色，不敢喘，亦坐睡。及覺，日已上，驚顧覓道士不見。」殘雪滿庭寒似水。

高青丘集卷十

七言古詩

題美人對鏡圖

曉院鹿盧鳴露井，玉人夢斷梨雲冷。王建夢梨花詩：「落落漠漠路不分，夢中喚作梨花雲。」起開妝閣笑窺奩，月裏分明見娥影。自對猶憐況主家，妒記：「晉桓溫以李勢女爲妾，南郡主拔刀率婢往李所欲斫之，見李梳頭，髮垂委地，姿貌絕麗，乃徐下地結髮，斂手向主曰：『國破家亡，無心以至今日，若能見殺，猶生之年。』神色閑正，辭旨悽惋。主乃擲刀抱之曰：『我見猶憐，何況老奴！』」春風一面斷腸花。瑯環記：「昔有婦人，思所歡不見，輒涕泣，恆灑淚于北牆之下，後灑處生草，其花甚媚，色如婦面；其葉正綠反紅，秋開，名曰斷腸花，又名八月春，即今秋海棠也。」何由鑄入青銅內，不遣秋霜換蛾翠。

送曹生歸新安山中

一統志：「徽州府，晉曰新安。」

黃山西來九華連，徽州府志：「黃山，在府城西北一百二十里，有峯三十二、水源三十六、溪二十八、洞十八、巖八。第四峯有泉沸如湯，常湧丹砂，浴之能愈風疾。世傳黃帝嘗與容成子、浮丘公合丹于此。」一統志：「九華山在池州青陽縣，舊名九子山。唐李白陋其名無所據，以山九峯如蓮華，乃更名九華。」李白詩：「妙有分二氣，靈山削九華。」巖洞翕忽通雲煙。吳都賦：「神化翕忽。」注：「翕忽，疾貌。」白鷺嶺下煉丹處，黃山志：「白鵝嶺，唐溫伯雪隱此，李青蓮有詩贈之。」瑤草獨秀今千年。三十二峯在青天，李白詩：「黃山四千仞，三十二蓮峯。」仰面歷數舉馬鞭。高林雜樹多未識，風雨一過俱蔥芊。山深何物尤可憐，秋禽幽鳴巧如絃。路迴澗阻似無地，中有蒔藥千家田。雲間雞犬隔流水，見卷六乞貓注。居人彷彿皆神仙。我欲窮遊久無緣，羨君忽去尋歸船。猿聲兩岸谿幾曲，白沙明月相洄沿。到時西峯草堂前，應有攜酒來華顛。蘇軾詩：「導前多舊德，迎拜或華顛。」山人不喜說朝市，但說久別情依然。塵埃舊褐便可脫，濯費十斛山中泉。爲予淨埽石上葉，早晚有意來高眠。

曉出城東門聞艣聲

城門朝開路臨水，人語煙中近魚市。誰搖飛艣入蒼茫？帶夢驚鳧柳邊起。過處寒波動拍沙，遠聞嘔軋復咿啞。薛逢詩：「艣聲嘔軋中流渡。」韓偓詩：「兩槳咿啞過花塢。」征夫車轉山頭阪，王芾詩：「烟深咿軋車聲響。」工女機鳴竹外家。陸游詩：「織室踏機鳴軋軋。」我身本是江湖客，偶墮黃塵曉行役。此聲空憶舊曾聽，舟中酒醒東方白。

詠苑中秦吉了 唐會要：「林邑國，有結遼鳥，能言，勝于鸚鵡，黑色，兩眉獨黃，卽秦吉了也。一云形似鸜鵒而色白，頂微黃，頂毛有縫，如人分髮，耳聰心慧，舌巧，人言無不通；又謂之了鴝，出杜涪州。」

不獨能言異凡鳥，最愛佳名呼吉了。雕籠幾度學雞鳴，驚起煙花六宮曉。駕來別院未知迎，先聽遙呼萬歲聲。願把春風一杯酒，從今莫聽上林鶯。高隱外傳：「戴顒春日攜雙柑斗酒，往聽黃鶯聲。」于立詩：「風光多屬上林鶯。」

夏珪風雪歸莊圖 圖繪寶鑑：「夏珪，字禹玉，錢塘人。寧宗朝待詔，賜金帶，善畫人物雪景，全學范寬，院人中畫山水，自李唐以下，無出其右者。」

江雲黏波晚模糊，青山忽失如亡逋。乾坤瑩淨冰作壺，姚崇冰壺賦序：「冰壺者，清潔之至也，君子對之，示不忘乎清也。」春意散入千林枯。野橋古渡行人無，清響瑟索鳴殘蘆。江天萬里一老夫，杜甫詩：「獨樹老夫家。」短蓑如蝟舟如鳧。杜甫前苦寒行：「漢時長安雪一丈，牛馬毛寒縮如蝟。」劉子：「海濱居者，望島如舟，望舟如鳧。」魚寒入泥不上罛，歸來遠識漁村孤。柴門夜叩聞犬呼，逕竹壓折誰相扶？山妻自炊稚子沽，杜甫詩：「方法報山妻。」不羡炙肉圍紅爐。見卷四映雪圖。嗟予客遊歲屢徂，詩囊隨驢走髯奴。唐書李賀傳：「每旦日出，騎弱馬，從小奚奴，背古錦囊，遇所得，書投囊中，及暮歸，足成之。」陳師道詩：「願求佳句遞髯奴。」長安何處覓酒徒？飛花撲頭帽不烏。旅舍無夢還江湖，慚對風雪歸莊圖。

始歸江上夜聞吳生歌因憶前歲別時

前年月夜聞君唱，秋滿蘆花此江上。一聲離思水茫然，雲逐孤帆共搖颺。驚魚噴浪棲鶻飛，見卷五松江亭。木葉散落風吹衣。蓮歌盡歇松陵浦，漁笛還沉笠澤磯。停杯數到臨終拍，蔡琰胡笳十八拍：「十八拍兮曲雖終，響有餘兮思未窮。」露下無聲斜漢白。滿船相送盡淒然，況我當爲遠行客。解紱今年別紫宸，歸舟江上又逢君，一尊重聽當年曲，相對渾疑夢裏聞。東方欲曙餘聲絕，悲喜盈襟竟誰說。願長把酒聽君歌，從此天涯少離別。

題董元臥沙龍圖　見卷八陳山人贈畫「北苑」注。

人間滴罷天瓢水，續玄怪錄：「李靖射獵山中，宿一朱門家。夜半，叩門急，一婦人謂靖曰：『此龍宮也，天符命行雨，二子皆不在，奉煩頃刻如何？』遂勅黃頭鞴青驄馬來，又命取雨器，乃一小瓶子，繫于鞍前，戒曰：『郎乘馬無漏銜勒，信其行，馬跑地嘶鳴，卽取瓶中水一滴滴馬鬉上，愼勿多也。』」蘇軾詩：「馬上傾倒天瓢翻。」歸護玄珠臥沙裏。莊子：「黃帝遊于赤水，登崐崘，南還，遺其玄珠。」空潭白日不聞雷，雲霧俄隨轉身起。誰言北苑筆意精？頭角破屋將飛騰！名畫記：「金陵安樂寺，僧繇畫四龍，不點眼睛，每云：點之卽飛去。人以爲妄誕，因固請點之，須臾，雷電破壁，二龍乘雲騰上天，未點睛者見在。」細看圖畫何須恐，曾謁眞龍遊一作朝。太淸。

松隱居爲戴叔能賦

列朝詩傳：「戴良，字叔能，浦江人，少學文于柳待制貫、黃侍講溍；學詩于余忠宣闕，皆得其師承。至正辛丑，以薦授淮南、江北等處儒學提擧，而淛東已入職方矣。乃變姓名，隱四明山海間；洪武十五年，召至京師，欲官之，以老病固辭。世居金華九靈山下，有九靈山人集。」

江邊柳樹溪邊花，晉處士宅秦人家。晉書：「陶潛門植五柳，作五柳先生傳以自況。」「秦人」見卷四贈惠山醫僧。秋風忽來春雨過，坐看衰落俱堪嗟。山中相依歲年久，羨君獨結蒼髯叟。見卷六月林淸影。短褐長鑱不解耕，茯苓作食花爲酒。岑參詩：「五粒松花酒。」我今身似浮雲閒，正合著在長林間。明朝儻許同棲泊，便擬飛隨白鶴還。

蕭山尹明府吳越兩山亭

憶昔看山吳越遊，酒酣鼓棹江中流。左招舞鳳來百里，鳳凰山見卷三。貝瓊吳越兩山亭記：「自天目而來，其支別爲岸江之山，凡屬于吳者，飛舞欄楯之外。」右顧臥龍橫半州。一統志：「臥龍山，在紹興府城內，盤繞迴抱，如臥龍形。」蘇軾詩：「臥龍蟠屈半東州。」貝瓊記：「自秦望而來，其支別爲岸海之山，凡屬于越者，環繞窗戶之間。」峥嶸兩勢不相下，氛翳淨埽當高秋。文身烏喙昔分處，「文身」見卷二之荊操。吳越春秋：「越王長頸烏喙，可與共患難，不可與共宴樂。」有國本是名諸侯。區區仁暴固無異，朝吞暮幷山應羞。不知千載竟誰主？伯氣倏與飛煙收。邇來此地有兵革，風景頗似當年愁。見卷三聞長槍兵至注。黄雲蔽天道路遠，我欲再尋應莫由。聞君作亭壓此境，坐獲衆勝非窮搜。江長不隔飛鳥度，峯多欲障斜陽留。廢興自古屬造化，登臨未須生百憂。但當矯首望東海，一杯笑舉邀浮丘。見卷四孤鶴篇。

贈賣墨陶叟

龍井老人稱墨仙，徽州府志：「龍井，在婺源縣治西。」有家近在荊溪邊。一統志：「荊溪在宜興縣荊南山北。」鐵臼秋鳴竹屋雨，瓦篝春埽桐窗煙。見卷八宋隱君惠墨。玄玉初成敢輕用，墨譜：「一名玄玉。」萬里豹囊曾入貢。顏潛菴詩：「半圭黑玉收龍劑，一笏烏金貯豹囊。」文房寶飾：「養墨以豹皮囊，貴乎遠濕。」日長小殿試烏絲，李肇國史補：「宋、亳間有織成界道素絹，謂之烏絲欄。」黄庭堅詩：「正圍紅袖寫烏絲。」光迸驪珠欲浮動。一作「迸出驪珠光欲動。」嵩岳嫁女傳：「明月驪珠各十斛。」世間潘李今已無，見卷九贈墨翁。黃金滿篋爭來沽。詞臣供寫上林賦，畫史藉作瀛洲圖。見卷四感舊。文物年來頗凋弊，喪亂誰言少知貴？便須從子乞雙螺，北戶錄：「墨爲螺、爲量、爲丸、爲枚。」醉草檄書磨楯鼻。見卷八宋隱君惠墨。

虎丘行次朱賞靜見寄韻

我謀我隱西郭西，讀書坐覺長身低。出門到寺纔數里，野水沙竹生秋輝。恨無酒舫漾落日，百錢行自懸青藜。晉書阮修傳：「修嘗步行，以百錢挂杖頭，至酒店便獨酣暢，家無擔石，晏如也。」時危未卜久安宅，幸遇勝地須攀躋。山中況逢暑雨過，枇杷樹高陰滿池。杜甫詩：「枇杷樹樹香。」本草：「枇杷木高丈餘，陰密婆娑可愛。」興來即遊興盡返，迎送豈要山僧知？兩崖石根下插水，綠藤倒拂風生漪。空堂朝鼓起龍蟄，高塔夜鈴驚鶻棲。人生在世本爲客，隨意且留何必歸。丘陵莫歎今日異，城郭更恐他年非。蒼茫萬事孰可問，孤鳥已沒空煙霏。念君不遊何所爲，作字寄我如張芝。王愔文志：「芝好草書，學崔、杜之法，韋仲將謂之草聖。」眞娘有靈應大笑，把酒豈不延題詩？秋風今朝動江浦，掛席正是當年期。許渾詩：「掛席海門潮。」與君一弔興廢迹，荒臺古樹聞烏啼。

鳳臺二逸圖 有序

元集賢院待制馮海粟公，自號瀛洲客，嘗被斥，遊金陵鳳凰臺，作詩弔李謫仙，好事者爲作鳳凰臺遊圖。近有詩示求題，賦此塞之。元史陳孚傳：「攸州馮子振，博洽經史，其爲文也，當酒酣耳熱，命侍者二三人潤筆以俟，子振據案疾書，隨紙多少，頃刻輒盡。仕爲承仕郎、集賢待制，號海粟。」

謫仙昔作供奉臣，唐書百官志：「明皇初置翰林待詔，既又選四方文學，號翰林供奉，與集賢院學士，分掌制誥書勅。」李白傳：「有詔供奉翰林。」詩語不合妃子嗔。李翰林別集序：「高力士以脫靴爲深恥，異日太眞重吟清平調詞，力士曰：『以飛燕指妃子，賤之甚矣！』太眞頗深然之。上嘗三欲命李白官，卒爲宮中所捍而止。」鑾坡無地容侍直，見卷七贈楊滎陽。蘇轍詩：「李白風流罷直餘。」錦袍來醉金陵春。見卷六送袁憲史。金陵臺高鳳凰去，西望長安竟何處？江聲空打石城潮，山色猶橫歷陽樹。一統志：「和州，晉名歷陽。」騎鯨一去五百秋，杜甫詩：「若逢李白騎鯨魚，道甫問訊今何如？」花草滿逕埋春愁。李白詩：「吳宮花草埋幽逕。」瀛洲老客綠玉杖，陸游詩：「翠裘綠玉杖。」笑領賓客還來遊。才氣風流頗同調，曾入金門待明詔。當年流落不自悲，却問前人欲相弔。可憐二子遭清時，放逐江海空題詩。賴有高名足難朽，何用粉墨他年垂。夕陽欄檻登臨後，誰復來遊酹杯酒。屐痕寂寞冷蒼苔，棲烏啼滿臺前柳。

送張員外從軍粵上

鶗雞啼霜海城白，楚辭九辨：「鶗雞啁哳而悲鳴。」誰埽行車出南陌。刀頭裝得願酬恩，知是狂遊廣州客。擊筑悲歌斗酒前，見卷二擊筑吟。又從飛一作諸。將去臨邊。幕中草檄風生筆，馬上吟詩月在韉。說文：「馬鞁具也。」秋聲萬里隨征雁，南北長江竟誰限？魏志：「文帝南征，臨江見波濤洶湧，歎曰：『長江天塹，天所以限南北也。』」明朝若上越王臺，廣東志：「廣州城內越秀山，上有越王臺。」應有中原陸沉歎！見卷一永嘉行。

題陳節婦 有序

節婦姓孫，郡人陳已久之妻也。已久客死，節婦守志，其孫彥遜求題，賦此。

嬌兒笑語羅幃暮，銀燭搖光夜香度。狂風忽起海東頭，吹斷蘭舟去時路。張籍詩：「蘭舟桂檝常渡江。」去時豈惜千金軀？煙濤竟沒珊瑚樹。白居易澗底松行：「君不見，沉沉水底生珊瑚。」精衞冤深水更深，見卷八溫陵節婦行。身小天高向誰訴？寂寞塵奩掩鏡光，可憐不復照晨妝。階前莫剪青青草，生死終身不下堂。穀梁傳：「傅母不在，宵不下堂。」堂中素幔空時祭，賴有孤兒拜虛位。白日哀思眼不乾，夜枕還流夢中淚。妾本孤桐斷作琴，一絃只作一絃音。李商隱詩：「一絃一柱思華年。」逢人不奏鳳凰曲，何思澄詩：「妾有鳳凰曲，非無陌上桑。」別鶴離鸞夜夜心。古今注：「商陵牧子娶妻，五年無子，父母欲爲改娶，乃援琴爲別鶴操。」西京雜記：「慶安世年十五，爲成帝侍郎，善鼓瑟，能爲雙鳳離鸞之曲。」

晚步西郊見駕鵝羣飛 上林賦「駕鵝鸀鳿」注：「野鵝也。」

平煙漠漠天蒼蒼，牛羊不牧野草黃。駕鵝東來高作行，晴空忽墮數點霜。紫塞碧海遥相望，古今注：「秦築長城，土色紫，漢塞亦然。一云：雁門草皆色紫，故名。」下視鳧鴨愁陂塘。書生見此心欲狂。便思呼鶻上馬馳，鷫鷞之裘自倒披。西京雜記：「司馬相如初與卓文君還成都，居貧愁懣，以所著鷫鷞裘就市人陽昌貰酒。」箭聲脫弦鳴餓鴟，南史曹景宗傳：「弓作霹靂鳴，箭如餓鴟叫。」遠翮正落雙參差。仰空拍手誇絕奇，豪氣服殺并州兒，見卷七送李架閣赴山西。也勝閉門坐詠詩。

次韻楊孟載早春見寄

雪後西園韭初剪，流澌晚動春塘淺。後漢書王霸傳：「光武至滹沱河，候吏還白，河水流澌，無船不可濟。」風俗通：「冰流曰澌，冰解曰泮。」閉門有客抱深愁，久不題詩硯生蘚。風塵健兒誇得意，獨坐寂寥誰所遣？應緣少學與時違，不習弓刀誦墳典。城中物貴市門靜，好事猶能具杯臠。晉書陸納傳：「納爲吳興太守，先至姑孰辭桓溫，問曰：『公致醉可飲幾酒？食肉多少？』溫曰：『年來飲三升便醉，白肉不過十臠。』」琴堂朝夕共清歡，高適詩：「載酒登琴堂。」舉一作大。白蘋浮不容免。禮記「酒清白」注：「白，清酒也。祭祀之酒，事酒昔酒俱白，故以白名之。」漢書敍傳：「成帝自大將軍薨後，設宴飲之會，及趙、李諸侍中，皆引滿舉白，談笑大噱。」注：「舉滿桮有餘白瀝者，罰之也。一說：白者，罰爵之名也。飲有不盡者，以此爵罰之。魏文侯與大夫飲酒，令曰：『不釂者浮以大白。』于是公乘不仁舉白浮君是也。」鈴騶已遊賓客醉，元史兵制：「凡鋪卒皆腰革帶，懸鈴持槍。」范成大詩：「微聞鈴下騶。」深夜垣扉罷扃鍵。姚震官門誤不下鍵判：「扃鍵空施，隄防靡寄。」一燈留照對牀談，沸鼎松聲烹綠荈。韻會：「荈，茶葉老者。」五更上馬子先去，擁被獨眠窗日晛。詩：「見晛曰消。」起聞啼鳥忽興發，欲往江邊雲隔巘。人家舊燕盡巢林，宋書：「文帝元嘉中，魏人所過郡縣，赤地無餘，春燕歸來，巢于林木。」草滿長洲絕遊輦。春耕咫尺阻歸計，野水自流閒澮畎。吾鄉繁華天下稀，花柳村村隨步轉。久聞離亂今始見，烟火高低變烽燹。玉篇：「燹，野火也。」登臨吹笛散羣羌，洛陽伽藍記：「河間王琛，有婢朝雲，善吹篪，琛爲秦州刺史，諸羌外叛，屢討不降，琛令朝雲假爲貧嫗吹篪而泣，諸羌聞之流涕，相率歸降。秦民語曰：『快馬健兒，不如老嫗吹篪。』」此事空嗟千古鮮。朝來風雨況淒黯，雨濕城頭旗不展。鄰里衝泥備役夫，蘇軾詩：「披榛覓路衝泥入。」縣官不肯憐疲喘。僧惠洪詩：「地坐息疲喘。」安居且復俟時寧，出豈無能非退卷。范莊紅杏幾株在？樓鑰記略：「吳門范氏，自柱國麗水府君居靈芝坊，今在雍熙寺後。五世孫文正公少長此地，皇祐中守杭，再至姑蘇，訪求宗族，買田千頃，作義莊以贍之。

宅有二松，名堂以歲寒，閣曰松風，因廣其居以爲義宅，聚族其中，義莊之收亦在焉。」又按姑蘇雜詠范文正公祠原注：「義莊在天平山下。」好待開時同折撚。對花憂患不須言，剩喚一杯供脚軟。唐書楊國忠傳：「郭子儀自同州回，帝詔大臣就宅置軟脚局，人率三百錢。出有賜曰餞路，入有勞曰軟脚。」蘇軾詩：「還須更置軟脚酒，爲君擊鼓行金樽。」

詠雪禁體次徐幼文韻

陳傳良詩：「我嘗欲擬禁字體，無奈雪月冰瓊瑰。」按蘇軾聚星堂雪詩序：「歐陽文忠公作守時，雪中約客賦詩，禁體物語，于艱難中特出奇麗。」

邊城雪埋深沒簳，張衡南都賦：「其竹則篠簳箛箠。」注：「簳，小竹也。」風旋餘花吹酒盤。幾人遮虜渡冰河？蘇頲命薛納等詔令：「嫖姚仕漢，有遮虜之勳。」直指彎弓不能滿。我方高枕聽蕭瑟，却喜今年瘴全浣。寒添柳院覺春遲，明透竹窗驚夜短。未成豪飲圍翠袖，見卷四映雪圖。且辦清吟呵象管。王右軍筆經：「昔人用瑠璃象牙爲管。」李翰林外集序：「李白召對便殿，撰詔誥，時十月大寒筆凍，帝勅宮嬪十人侍白左右，令各執牙筆呵之。」鋪庭擁路埽難開，三日不消知待伴。西淸詩話：「王君玉曰：『雪未消者，俗曰待伴。』詩曰：『待伴不禁鴛瓦冷，羞明常怯玉鈎斜。』」翻疑塞北雲正冷，可信江南地先暖。愁封小窟僵蟄蟲，驚折危柯殞巢卵。林中樵絕暮無煙，野外獵來晨有疃。詩：「町疃鹿場。」傳：「町疃，鹿跡也。」趙女依稀舞態斜，楊惲報孫會宗書：「婦趙女也，雅善鼓瑟。」劉楨舞賦：「手如迴雪，身如輕波。」郢人寂寞歌聲斷。宋玉楚王對：「客有歌于郢中者，其爲陽春、白雪，國中屬而和者，不過數人而已。」此時自歎少淸歡，月下閑門誰解款？山居〔校記〕大全集作「陰」。老客雖苦病，放曠猶能類中散。晉書嵇康傳：「康遠邁不羣，與魏宗室婚，拜中散大夫，不就。常彈琴詠詩以自足。」長鬚踏凍送詩筒，韓愈詩：「一奴長鬚不裹頭。」唐語林：「白居易爲杭州刺史，時吳興守錢徽、吳郡守李穰，悉平生舊交，日以詩相寄贈。後元稹領會稽，參其酬唱，多以竹筒盛詩往來。」白戰令嚴烏敢緩。蘇軾雪詩：「當時號令君記取，白戰不許持寸鐵。」開簾尙恨不同賞，醉看帽敧仍裼祖。祇期明日有晴暾，遠訪梅花須勿懶。

思夫山

原注：「山在太湖中，舊說秦有逸人居此，採藥不回，妻念之而死，後人哀之以名。」

江上曾看望夫石，見卷八溫陵節婦。湖中望見憶夫山。夫君好采山中藥，獨得長生竟不還！不似蕭郎與秦女，乘鸞同去彩雲間。

送陶生兼寄周記室

馬頭交語臨長陌，我手持杯君揖策。官槐風起咽秋蟬，日暮偏傷遠行客。故鄉故人離別多，過江相見問如何？軍中莫笑書生怯，還有能當曳落河。唐書房琯傳：「琯自將平賊，每曰：『彼曳落河雖多，能當我劉秩乎？』」又回鶻傳：「曳落河，猶言健兒也。」

倒掛　蘇軾詩：「蓬萊宮中花鳥使，綠衣倒掛扶桑暾。」注：「嶺南珍禽有倒掛，綠毛紅喙，似鸚鵡而小。」劉績霏雪錄：「李德裕所賦桐花鳳，即東坡所謂倒掛綠毛么鳳是也。」

綠衣小鳳啼愁罷，瘦影翻懸桂枝下。芙蓉帳裏篆消時，解斂餘香散中夜。李之儀倒掛詞自注：「此鳥以十二月來，一名收香倒掛，一名探花使，性極馴，好集美人釵上。」鐘鼓迢迢鎖禁門，宵衣未得奉明恩。五更香冷羅浮月，相憶梅花應斷魂。

苦寒書江上主人壁間

慘節欲盡郊原空，北風五日吹沙蓬。客子東遊骨肉遠，主人賴有江邊翁。青燈白酒同傾瀉，醉擁布衾茅屋下。中宵不敢愁苦寒，猶有窮年遠行者。

菜薖爲余唐卿賦　見卷三懷十友注

桂桐里中君始歸，菜花滿園黃蝶飛。桔槔倚樹長不用，韻會：「桔槔，汲水機。」王維詩：「林端舉桔槔。」江南雨多山土肥。方畦獨遶看新綠，郝經詩：「破屋渾生亂，方畦孰插秧。」晚食何須尙思肉。戰國策：「晚食以當肉。」翠縷登盤春薤香，耶律楚材詩：「春薤旋澆濃鹿尾，臘糟微浸軟駝蹄。」金釵出盎冬葅熟。歲時記：「鹽葅得其和，並作金釵色，俗謂之金釵葅。」杜甫詩：「長安多葅酸且綠。」我家亦在蓴菰鄉，秋風便應歸共嘗。見卷四感舊。潮一作厓。州司馬一作戶。戍何事，通鑑：「大中元年冬十二月，貶李德裕爲潮州司馬，明年，貶崖州司戶參軍事。」回首空愁足萬羊。補錄記傳：「李德裕爲太子少傅，分司東都時，聞一僧善知人禍福，因召之。僧曰：『公當南行萬里。』明日，復召之，問南行還乎？曰：『公食羊萬口，有五百未滿，必當還矣。』德裕歎曰：『師實至人，我嘗夢行至晉山，盡目皆羊，有牧者數十，謂我曰：此侍御羊也。嘗誌此夢，不泄于人，今知冥數固不誣矣。』後旬餘，靈武帥送米暨饋羊五百，大驚。召僧告其事，且欲還之。僧曰：『羊至此已爲相國有矣，還之無益，南行其不返乎！』」

送張貢士祥會試京師　原注：「至正戊戌作。」

國家文治今百年，多士孰〔校記〕大全集作「商」。賚皆知天。李觀高宗夢得說賦：「斯后克明，承天之賚。」南宮坐試二三策，「南宮」見卷七送傅侍郎。能使海內無遺賢。院門晨開官燭爛，白袍鵠立人三千。蘇軾催試官考校詩：「願君聞此添蠟燭，門外白袍如立鵠。」上談禮樂祖姬孔，王禹偁詩：「篇章取李杜，講貫本姬孔。」下議制度輕讎玄。漢施讎善易，論五經同異，鄭玄牋注諸經。臨軒曾看宰相賀，宋史韓琦傳：「方唱第，太史奏日下有五色見，左右皆賀。」雲端盡見當臚傳。見卷八絲鞭歌。看花或騎太僕馬，孟郊詩：「春風得意馬蹄疾，一日看遍長安花。」齊職儀：「衆僕之長曰太僕，掌輿馬。」錫宴每給司農錢。王光庭詩：「瓊章九霄發，錫宴五衢通。」通考：「司農，官名，秦曰治粟內史，漢景帝更名大司農。」登朝出牧知幾輩，周禮天官太宰：「九兩，一曰牧，以地得民。」注：「牧，州長也。」前漢書成帝紀：「罷部刺史官，更置州牧。」冠佩劍舄紛相聯。邇來國運屬中圮，爭慕死節羞生全。潯陽老守血灑地，一統志：「九江府，晉曰潯陽。」元史紀事：「至正十二年二月，徐壽輝攻九江，右丞孛羅帖木兒方駐兵于江，聞風宵遁。總管李黼檄鄉落，聚木石于險處，遏其歸路。黃梅主簿也孫帖木兒願出擊賊，黼與之出戰，大敗賊兵，殺獲二萬餘人。又以長木數千，冒鐵椎于杪，暗置沿岸水中，賊舟數千艘，順流鼓譟而至，遇木樁不得動，黼發火箭射之，焚溺無算。時東際淮甸，西自荊湖，守臣往往棄城遁。獨黼守孤城，中外援絕，而賊勢益熾；進兵薄城，分省平章禿堅不花自北門出走，黼引兵登埤，賊已焚西門，張弩射之，轉攻東門，黼急往救，城已破，賊已入矣。猶與之巷戰，力不能敵，乃揮劍叱之曰：『殺我，無殺百姓。』賊刺之墮馬，與兄冕子秉昭俱死。州民聞之，哭聲震地。具棺葬之，時冕居潁，亦死于賊。事聞，贈黼隴西公，諡文忠。」甬東大將魂沉淵。一統志：「寧波府，越曰甬東。」元史紀事：「至正十二年三月，方國珍復劫其黨入海。台州路達魯花赤泰不華，遣義士王大用往諭，國珍拘留不遣，而令其黨陳仲達往來議降。泰不華具舟張受降旗，乘潮下澄江，觸沙不行，遂與國珍遇，呼仲達申前議，仲達目動氣索，泰不華覺其心異，手斬之；即前搏賊船，奮擊之，賊羣至，欲抱持入其船。泰不華瞋目叱之，奮刀殺賊，賊攢槊刺之，中頸死，猶植立不仆，投其屍海中。事聞，追贈魏國公，諡忠介。」又：「十三年，張士誠陷泰州，淮南行省遣知府李齊招降，士誠呼齊使跪，齊叱曰：『吾膝如鐵，豈爲賊屈？』士誠怒，使曳倒椎碎其膝而咼之。時論大科三魁，若李黼、泰不華及齊，皆不負科名云。」迺知儒術王政本，至此正一作向。賴扶傾顛。諸生區區抱遺籍，草萊竄亡亦可憐。南方上公境獨治，岑參詩：「上公周太保，副相漢司空。」按元史：「丁酉，至正十七年，明祖遣徐達克常州，擒張士誠弟士德，士誠遣使降于元，詔以士誠爲太尉。」是詩作于戊戌，實至正十八年也。鹿鳴更欲興賓筵。詩鹿鳴序：「燕羣臣嘉賓也。」羅隱詩：「弱冠負文翰，此中聽鹿鳴。」温庭筠詩：「賓筵得嘉客，侯印有光輝。」張君幾年客夜雨，古檠空案親韋編。史記孔子世家：「晚而讀易，韋編三絕。」逢時頗欲見行事，豈但持作求魚筌？莊子：「筌者，所以在魚，得魚而忘筌。蹄者，所以在兎，得兎而忘蹄。」入場叉手萬言就，北夢瑣言：「温庭筠才思豔麗，工爲小賦。每入試，押官韻作賦，凡八叉手而八韻成，時人號爲温八叉。」〔校記〕「萬言就」列朝詩集作「萬言畢」。衆目一葉驚先穿。戰國策：「養由基善射，去楊柳葉百步而射，百發百中。」嚴裝一作辭家。又隨計吏發，史記儒林列傳：「二千石謹察可者，當與計偕。」注：「計，計吏也。偕，俱也。謂令與計吏俱詣太常也。」京城遠瞻北斗連。秋風吹衣一作雲。別酒冷，枯楊淺水閶門邊。君行勿亟我有語，落日尙在車衡懸。竊聞天子正側席，後漢書章帝紀注：「側席，謂不正坐，所以待賢良也。」此去爲拜彤庭前。揮毫休奏醴泉頌，爾雅：「甘雨時降，萬物以嘉，謂之醴泉。」漢書王褒傳：「太子喜褒所爲甘泉及洞簫頌，令後宮皆誦之。」給札莫賦凌雲篇，史記司馬相如傳：「上許令尙書給筆札。」又：「既奏大人之賦，天子大悅，飄飄有凌雲之氣。」但當開口論世事，號令次第宜何先？坐令王綱復大正，一作振。乾樞共仰天中旋。梁周翰五鳳樓賦：「結坤之絡，振乾之樞。」我今一作方。有志未能往，矯首萬里空茫然。

明月舟 并引

秦郵呂彥行，題所寓室曰明月舟，蓋取「甓社湖中有明月」之句也，一統志：「高郵州，吳邗溝地，秦秦郵，漢高郵。」又：「甓社湖，在高郵。宋孫莘老家於湖陰，夜坐，覺窗明如晝，循湖求之，見一大珠，其光燭天。是年，莘老登第。」黃庭堅上外舅孫莘老詩：「甓社湖中有明月，淮南草木借光輝。」

明月非月舟非舟，問君乘之何所遊？風多浪高偏處有，日暮欲渡令人愁。此鄉偶似淮南住，醉客每來歌白苧。夜深天黑夢神光，幾箇驚烏落高樹。君才照國不照車，見卷七贈楊滎陽。何用高隱江湖居？嗟予未識青藜杖，劉向別傳：「向校書天祿閣，夜暗，獨坐誦書，有老人黃衣植青藜杖，叩閣而入，吹杖端煙然，與向說開闢以前，向因受五行洪範之文。至曙而去，曰：『我太乙之精，天帝聞卯金之子有博學者，下而觀焉。』乃出竹牒天文地理之書，悉以授之。」願借舟中臥讀書。

聽南康陳協律彈楚歌 見卷一虞美人。一統志：「南康府，戰國屬楚。」

我聞楚客彈楚聲，初絃一揮邊馬驚。嗚咽哀音動寒月，正如歌發漢軍營。營中一曲還漸理，想見彷徨帳中起。美人掩泣壯士悲，寶劍無光黯秋水。白居易古劍詩：「湛然玉匣中，秋水澄不流。」凄涼疊弄悄欲終，應憐歸騎阻江東。蓋世英雄竟如此！遺調空留感人耳。四座相逢今夜聽，霜風忽來庭樹零，無言有愁俱酒醒。

京師苦寒　原注：「洪武己酉。」

北風怒發浮雲昏，積陰慘慘愁乾坤。龍蛇蟄泥獸入穴，怪石凍裂生皴痕。〔校記〕「生皴痕」，列朝詩集作「生皴紋」。梁武帝紀：「執筆觸寒，手爲皴裂。」又繪法：「董元畫山石作麻皮皴。」臨滄觀下飛雪滿，見卷四感舊。橫江渡口驚濤奔。空山萬木盡立死，未覺陽氣回深根。茅檐老父坐無褐，舉首但望開朝暾。苦寒如此豈宜客，嗟我歲晚飄羈魂。戴叔倫詩：「羈魂愁似絕。」尋常在舍信可樂，牀頭每有松醪存。裴硎傳奇：「酒名松醪春。」山中炭賤地爐煖，兒女環坐忘卑尊。鳥飛亦斷況來〔校記〕列朝詩集作「無」。友，十日不敢開衡門。朅來京師每晨出，強逐車馬朝天閽。歸時顏色黯如土，破屋暝作飢鳶蹲。陸游詩：「水面飢鳶有墮聲。」陌頭酒價雖苦貴，一斗三百誰能論？杜甫詩：「速宜相就飲斗酒，恰有三百青銅錢。」急呼取醉徑高臥，布被絮薄終難温。却思健兒戍西北，千里積雪連崐崙。河冰踏碎馬蹄熱，夜斫堅壘收羌渾。舊唐書郭子儀傳：「吐蕃充斥，勢強十倍，兼河隴之地，雜羌渾之衆。」書生只解弄口頰，金史王庭筠傳：「上謂宰執曰：『聞文士多妬庭筠者，不論其文，顧以行止爲訾，大抵讀書人多口頰，或相黨。』遂遷庭筠爲翰林修撰。」無力可報朝廷恩。不如早上乞身疏，一蓑歸釣江南村。

約諸君一作約王止仲遊范園看杏花

蘇州府志：「范家園，在雍熙寺後。」

去年春色近清明，萬匝煙花夾曉城。西苑一作陌。相逢車馬問，何人不是踏春行？今年人迷去年道，風雨不來花自埽。僧寺庭空半紫苔，侯家宅廢皆青草。縱然無主一株存，憔悴塵沙不可論！野外日斜啼鳥散，消愁無處却消魂。魏公園林芳塢下，聞有柔枝正堪把。休言亂後少花看，得到花前人亦寡。明日尋君君莫違，共隨遊蝶弄晴暉。閉門夢斷江南晚，忍見迢迢春自歸。

南州野人爲吳邑曾令賦

姑蘇志：「曾鼐，蘄州人，洪武五年任。」

南州沃壤惟泥塗，禹貢：「荆州，厥土惟塗泥。」清泉流渠歲不枯。若人抱耒蘄水上，一統志：「蘄水，在蘄州北，發源大浮山，西流入赤東湖。」始志自比躬耕徒。幸逢堯舜可在野，起綰墨綬來東吳。漢官儀：「邑宰銅章墨綬，秩六百石。」方干詩：「腰懸墨綬三年外。」一鞭不驅雨後犢，兩鳥已化空中鳧。見卷九洞庭山。郭西春朝布穀語，柔桑綠雲連太湖。下車殷勤問一作告。父老，勸耕爲汝犂先扶。蘇軾詩：「玉堂不著扶犂手。」我本野人偶叨祿，向汝未忍施鞭蒲。後漢書劉寬傳：「典歷三郡，溫仁多恕，吏人有過，但用蒲鞭示辱而已。」五風十雨和氣應，論衡：「太平之世，五日一風，十日一雨。」勿遣寸土生蒿蕪。太平村落雞犬靜，社飲自足歡妻孥。但當相率了官務，莫勞縣吏來催租。民言此令善教我，斗酒相一作祝。壽歌嗚嗚。共問野人竟誰是？堂中鳴琴賢大夫。杜甫詩：「升堂子賤琴。」

欲訪李孝廉至婁江遇風而回

船頭曉日浮江面，東望青山是婁縣。尋君此去愛湖平，出浦那知風色變？雲煙翕忽波浪湧，咫尺漁村已難見。高樹巢傾鸛鶴愁，深潭窟陟鼉龍戰。舟師捩舵苦無力，杜甫詩：「長年三老遙憐汝，捩舵開頭捷有神。」帆勢如蓬幾飄轉。中流不進却歸來，握手何由遂初願。人生會合應有時，天意茫茫吾敢怨。

寒夜泛湖至東舍

漁村港頭初月上，鵝鴨不收菰荻響。隔湖煙寺遠鐘來，居人盡歸吾獨往。寒風蕭蕭寒浪生，舟中欠載酒壺行。東家未宿如相待，黃葉青燈機杼鳴。

京師午日有懷彥正幼文

去年歸鄉過重午，柳雨莎風滿南浦。白蓮閣上與君吟，遙憶徐君隔淮楚。今年風雨又端陽，却在秦淮憶故鄉。晉陽秋：「秦始皇東遊，望氣者云：『五百年後金陵有天子氣。』于是始皇於方山掘流，西入江，俗號曰秦淮。」徐君已歸若相見，應言前事一凄涼。客愁欲斷翻長笑，人事推遷古難料。明年未省又何之，一杯且聽江南調。漢南平王鑠詩：「悲發江南調。」

鷗捕魚

秋江水冷無人渡，羣鷗忍飢愁日暮。白頭來往似漁翁，心思捕魚江水中。眼明見魚深出水，復恐魚驚隱蘆葦。須臾銜得上平沙，鱗鬣半呑猶見尾。江魚食盡身不肥，平生求飽苦多飢。却猜人少忘機者，海上相逢不飛下。「海鷗」見卷七吳松江。

泉南兩義士歌

王彝泉州兩義士傳：「孫天富、陳寶生者，皆泉州人也。天富外沉毅而內含弘，寶生性更明秀，然皆勇于爲義。初，寶生幼孤，天富與之約爲兄弟，乃共出貨泉，謀爲海賈外國。天富曰：『爾母一子唯爾，吾不忍爾遠爾母涉海往異域。吾其代子行哉！』寶生曰：『吾母卽若母也，吾卽遠吾母，惟君以爲母，吾行，又何憂焉？』于是兩人相讓久，乃更相去留，或稍相輔以往，至十年，百貨既集，猶不稽其子本；兩人亦彼此不私一錢，其所涉異國，自高句驪外，若闍婆羅斛，與夫東南諸夷，去中國無慮數十萬里。此兩人者，皆異姓也，長爲兄，少爲弟，如同氣然。異國人皆見而信之曰：『彼兄若弟，非同胞者，吾同胞宜如何？』異國因有號此兩人者。譯之者曰：『泉州兩義士也。』中國之賢士大夫聞之者，亦皆以爲然云。天富字惟義，寶生字彥謙，今居吳之太倉，方以周窮援難爲務。」

泉南兩士陳與孫，少小相約爲弟昆。合踈成戚契誼重，異木纏結如同根。升堂握手出肺腑，交拜二母開罍樽。具舟期賈海外域，欲度夷僰窮崐崙。說文：「僰，犍爲蠻夷也。」滄溟東望浸天爛，颶風怒攪波濤渾。天吳恍惚出怖客，山海經：「朝陽之谷，有神曰天吳，是爲水伯。其爲獸也，人面八首，八足八尾，皆青黃。」掀舞蛟鰐飛鵬鶤。孫言陳宗惟子在，遠涉亘險吾宜奔。汝親頭白倚門切，愼勿輕去違晨昏。相讓不得乃更往，挂席遙指扶桑暾。望山行覓島中國，卉服通譯侏離言。書：「島夷卉服。」拾遺記：「盧扶國，結草爲衣，是謂卉服。」後漢書南蠻傳：「衣裳斑蘭，語言侏離。」尋煙暮投薜荔屋，屈原離騷：「貫薜荔之落蘂。」注：「香草也。」趁墟晝集桄榔邨。南部新書：「端州以南，三日一市，謂之趁墟。」後漢書夜郎傳：「句町有桄根木，可爲麪，百姓資之。」踰年還家喜得寶，木難火齊幷瑤琨。南越志：「木難，金翅鳥沫所成，碧色珠也。大秦國珍之。」曹植詩：「珊瑚閒木難。」寰宇記：「天竺有火齊，如雲母而色紫，裂之則薄如蟬翼，積之則如紗縠之重。」班固西都賦：「翡翠火齊，流耀含英。」書禹貢傳：「瑤、琨，皆美玉。」探囊用取兩不較，屑屑彼我誰復論。急難相援誓終始，歲時燕慶烹羔豚。義風久已動殊俗，椎髻相見知欽尊。論衡：「越王趙佗，化南夷之俗，椎髻箕坐，好之若性。及聞陸賈之說，蹶然起坐，椎髻箕坐，惡之若性。」亦在于教也。」我聞同氣有爭利，鬩牆往往隳家門。又看結交許歲晚，盟盤未撤渝情恩。周禮天官玉府：「若合諸侯，則共珠槃玉敦。」管鮑居貧乃共濟，史記管晏列傳：「管仲曰：『吾始困時，嘗與鮑叔賈，分財利，多自與，鮑叔不以我爲貪，知我貧也。』」餘耳得勢終相吞！張耳陳餘列傳：「餘年少，父事張耳，兩人相與爲刎頸交。後相怨，陳餘及齊王田榮畔楚，襲常山，張耳敗走漢。漢二年，東擊楚，使使告趙，欲與俱。陳餘曰：『殺張耳，乃從。』于是漢王求人類張耳者斬之，持其頭遺陳餘，餘乃遣兵助漢，漢之敗于彭城西。陳餘亦復覺張耳不死，卽背漢。漢三年，遣張耳與韓信擊破趙井陘，斬陳餘泜水上。」若茲二子古亦少，簡牘可使他年存。作歌爲繼王子傳，薄俗視此應堪敦。

姚烈婦 一作節婦吟

城頭黑雲如壞屋，通考象緯：「雲氣或雲如隄垣、如壞屋，皆爲敗軍之氣。」車走爭門折千軸。史記田單列傳：「燕使長驅平齊，而田單走安平，令其宗人盡斷其車軸末，而傅鐵籠；已而燕軍攻安平，城壞，齊人走爭塗，以轊折車敗，爲燕軍所虜，唯田單宗人以鐵籠故得脫。」姚家新婦亦東逃，舅姑驚惶兒女嗥。自知數口難俱免，欲渡前溪舟尙遠。囑夫棄妾當奉親，獨赴清流不愛身。此日誰能問南史，左傳：「太史書曰：『崔杼弑其君。』崔子殺之。其弟嗣書而死者二人。其弟又書，乃舍之。南史氏聞太史盡死，執簡以往，既書矣，乃還。」如婦曾書幾人死？

立秋前三日過周南飲雷雨大作醉後走筆書壁間

列朝詩傳：「周南，字正道，吳郡人。」

周郎乃是同鄉友，亂後相逢驚老醜。杜甫詩：「豈惟長兒童，自覺成老醜。」日斜邀我話舊游，爲喚金陵白門酒。見卷九送王孝廉。一杯乍解羈旅顏，兩杯漸沃黏吟口。三杯不覺已陶然，此身竟到無何有。莊子：「今子有大樹，何不樹之于無何有之鄉，廣莫之野？」青天俄忽震霹靂，白浪翻江怒蛟吼。急雨爭鳴池上荷，狂風已折門前柳。醉中相對正坐忘，莊子：「顏回曰：『回坐忘矣！』仲尼曰：『何爲坐忘？』回曰：『墮支體，黜聰明，離形去知，同于大通，此謂坐忘。』」匕箸何須驚落手？蜀志先主傳：「曹公從容謂先主曰：『今天下英雄，惟使君與操耳！』先主方食，失匕箸。」華陽國志：「于時正當雷震，備因謂操曰：『聖人云：迅雷風烈必變，良有以也。一震之威，乃至于此！』」家人喧呼水入戶，顛倒屋茅隨地走。杜甫茅屋爲秋風所破歌：「八月秋高風怒號，卷我屋上三重茅。」牀牀避漏且莫歎，杜甫詩：「牀牀屋漏無乾處，雨脚如麻未斷絶。」旱氣方除賀田叟。蓐收預到三日前，月令：「孟秋之月，其神蓐收。」淨埽炎氛去如帚。黃昏泥潦歸未得，呼燭相留臥東牖。夜深酒醒起獨行，雲散城頭見星斗。乃知天變只須臾，人在艱難豈云久。

送張倅之雲間

一作張明府。說文：「倅，副也。」今郡倅稱半刺，猶半刺史之職也。

鱸鄉亭前楓葉稀，姑蘇志：「亭在吳江。宋熙寧中林肇建，蓋取陳瓘『秋風斜日鱸魚鄉』之句。」讀書堆下征雁飛。松江府志：「讀書堆，在亭林寶雲寺後，即顧野王修輿地志處。」孤城迢遞秋色裏，作官自好休思歸。「張翰思歸」見卷四感舊。扁舟晚待潮東去，琴鶴由來是家具。宋史趙抃傳：「抃彈劾不避權幸，京師號鐵面御史，帥蜀，以一琴一鶴自隨。其再任也，屏去琴鶴，止一蒼頭執事。」蘇軾詩：「清獻先生無一錢，故應琴鶴是家傳。」別意方留江上杯，離心已挂雲間樹。如此風流一使君，文章政事更何云。絕憐退食兼榮養，不向山頭一作天涯。望白雲。唐書狄仁傑傳：「授并州法曹參軍，親在河陽，仁傑登太行山反顧，見白雲孤飛，謂左右曰：『吾親舍其下。』瞻悵久之，雲移乃得去。」

送王孝廉遊京歸錢塘

江南草長蝴蝶飛，玉缸碧酒流春輝。相逢上客同買醉，白馬新自燕山歸。一統志：「順天府，宋曰燕山。」燕山歸來不堪說，易水寒風薊門雪。朝邸空隨使者車，帝閽不受書生謁。笳聲杳渺歌苦辛，短衣笑拂京華塵。不留東閣觀奇士，漢書朱雲傳：「薛宣爲丞相，雲往見之，因留宿，謂曰：『田野無事，且留我東閣，可以觀四方奇士。』雲曰：『小生迺欲相吏耶？』宣不復敢言。」還覓西湖別故人。此行莫歎知音寡，曾到黃金舊臺下。見卷九高彥敬畫。荒臺遺址今已平，更有何人致賢者。

賦錢散人江村二題

釣雪灘

姑蘇志：「吳江縣臞菴，在淞江之濱。宋王份營此以居，環江湖以入圃；柳塘花嶼，景物秀野，中有釣雪灘。份，字文儒，以特恩補官爲大冶令，歸老。」

江流欲澌魚不起，一蓑猶釣寒蘆裏。漁村茫茫煙火微，雪滿晚篷人獨歸。

望月臺

臺前夜半烏啼時，起望明月彈商絲。月明照見臺上影，松桂滿山風露冷。

愛竹軒爲陳惟寅賦

惟寅，本廬山人。見卷八。

匡山老客何清眞？見卷六送袁憲史。自繞園屋栽蒼筠。年來無肉雖苦瘦，東坡綠筠軒詩：「可使食無肉，不可居無竹。無肉令人瘦，無竹令人俗。人瘦尚可肥，士俗不可醫。」家有萬玉誰言貧。陸龜蒙詩：「萬條寒玉一溪煙。」一竿護惜不忍剪，何以持釣橫江鱗。僮來埽葉自可喜，客至踏笋長遭嗔。鉤輈啼罷結遠夢，唐本草：「鷓鴣生江南，形似母雞，鳴云鉤輈格磔。」碧雲忽墮湘南春。博物志：「舜南巡不返，二女追之不及，至洞庭之山，以淚揮竹，竹盡斑，故曰『湘妃竹』。」涼陰脩脩潤琴硯，落一作濃。翠冉冉沾衣巾。詩成時向節下寫，醉墨點破煙痕新。風來淸嘯與相答，若聽金奏怡我神！周禮「鐘師，掌金奏」注：「擊金以爲奏樂之節。」知無顔色媚兒女，自古相愛惟幽人。洛陽陌上花易過，歌鐘競賞勞車輪。何如此君最耐久，歲晚結託同情親。亂聲朝送一作來。簾外雨，疎影夜拂窗前塵。我嘗種此欲免俗，亂後伐盡惟荆榛。故園咫尺未能去，移家幸得爲子鄰。往來儻許如二仲，見卷四秋林高士圖。敲門借看毋嫌頻。

幻住精舍尋梅　見卷六

郭西雪後尋僧院，短竹穿沙水如練。梅花有待我來一作儕。催，十日春寒未開徧。忽思前日渡江水，夜解征帆宿山縣。偶逢一樹在官廨，爲寫新詩冰滿硯。關山夢別今五年，縞袂誰家月中見。蘇軾梅花詩：「月黑林間逢縞袂。」自慚喪亂尚飄泊，淚眼如看故人面。黃昏酒醒逐寒影，繞樹千迴意無倦。南枝北枝亂如雪，未許東風吹一片。名園桃李盡荆榛，空谷獨開君莫怨。重來省視兩何如，惆悵歸時有餘戀。

北郭秋夜喜徐幼文遠來兼送南遊

東海徐君我同里，按陳史：「徐陵，字孝穆，東海剡人。」此借以擬幼文。日共周旋接冠履。斯人自是眞可人，不見心憂見之喜。豈容遠別間山岳，兩歲僅收書一紙。頗聞微祿不自養，霧雨南方疫時起。誰能忽送千里來，應有飛鴻度江水。蟲聲今夜空館涼，秉燭相看疑夢裏。瓊枝何以失舊色，客路風塵亦勞矣！我今不解出門行，病眼流眵肉生髀。廣韻：「眵，目汁凝也。」韓愈短燈檠歌：「兩目眵昏頭雪白。」蜀志先主傳：「住荆州數年，嘗于表坐起至廁，見髀裏肉生，慨然流涕。還坐，表怪問備，備曰：『吾嘗身不離鞍，髀肉皆消，今不復騎，髀裏肉生；日月若馳，老將至矣，而功業不建，是以悲耳！』」與奪得喪未足較，惟有一貧聊復爾。暫來卽去何使然，撫琴東西覓知己。當時結交豈不多，下車相揖今無幾。風土記：「越俗性率朴，初與人交有禮，封土壇，祭以雞犬，祝曰：『君乘車，我戴笠，他日相逢下車揖。君擔簦，我跨馬，他日相逢爲君下。』」願君窮達存此心，勿使千年笑餘耳。見上泉南兩義士歌。

次韻答朱冠軍遊城西之作

前年城西作冶游，晉子夜春歌：「冶游步春露。」柳條拂蓋花迷舟。笑看明月問狂客，我舉大白君當浮。去年城西復偶住，酒伴家家邀卽去。東鄰寺裏花正開，半醉半醒遊幾度。今年有花愁獨尋，閉門三日臥春陰。將軍小隊遊何處，杜甫詩：「元戎小隊出郊坰，問柳尋花到野亭。」日暮空聽車馬音。臯橋泰娘殊窈窕，爲我喚來歌水調。客愁草草不易除，世事茫茫本難料。玉壺一雙秋露傾，庶物異名疏：「瓈林秋露，向伯恭酒名。」唯此可以忘一作陶。吾情。醉歸共射草中石，笑擘弓弦霹靂鳴。

贈步鍊師禱雨 原注：「宗浩。」

白頭道士騎一鶴，手把青蓮下寥廓。李白詩：「起舞蓮花劍。」漢書晉灼注：「劍首，以玉作井鹿盧形，上刻木作山形，如蓮花初生未敷時。」人間又見海田枯，十丈黃塵沒城郭。昔年服事茅長君，見卷七登句容塔望茅山。能役鬼神呼風雲。下爲羣生埽旱沴，雨工驅起如羊羣。異聞錄：「柳毅下第，將還湘濱，往涇陽告別。至六七里，鳥飛馬驚，又六七里乃止。見婦人牧羊于道畔，詰之，女曰：『妾洞庭龍君小女也。』問：『牧羊何用？』女曰：『非羊也，雨工也。』問：『何爲雨工？』曰：『雷霆之類也。』數顧視之，則皆矯顧怒步，飲齕甚異，而大小毛角，則無別羊焉。」陰雷塡塡天欲怒，楚辭：「雷塡塡兮雨冥冥。」靈颸吹旗紫壇暮。書入重關虎豹開，見卷九觀虎圈。璧沉古井蛟龍護。水經注：「澹臺子羽，齎千金之璧渡河，陽侯波起，兩蛟挾舟，子羽操劍斬蛟曰：『吾可以義求，不可以威劫。』」太平廣記：「唐明皇在東都，夢一女子，高髻廣裳，拜而言曰：『妾凌波池中龍也。久護寶花，陛下知音，乞賜一曲。』帝覺，爲作凌波曲，奏于池上，神出于波間。」須臾甘澍何滂沱？蘇軾詩：「沛然倒賜三尺雨，甘澍不爲龍所隔。」十日不雨應無禾。蘇軾喜雨亭記：「十日不雨則無禾。」祠官空爲大雩舞，玉篇：「雩，請雨祭也。」爾雅釋訓注：「雩之祭，舞者吁嗟而求雨。」覡女羞作迎神歌。明朝師歸定何許，雲裏懸珠赤如黍。更頃夜起把天瓢，見前董元臥沙龍。翻作東南洗兵雨。說苑：「武王伐紂，風霽而乘以大雨，散宜生諫曰：『此非妖與？』王曰：『非也，天洗兵也。』」梁簡文帝詩：「洗兵逢驟雨。」

題朱澤民荊南舊業圖

姓譜：「朱德潤，字澤民，崑山人。幼誦讀一過能記，壯攻詩文，間得許道寧畫，試加塗抹，遂臻其妙。延祐末，遊京師，趙孟頫薦之，召見，命爲編修。」一統志：「荊南山，在宜興縣西南三里荊溪之南。」

睢陽醉磨一斗墨，元詩傳：「澤民九世祖貫，爲睢陽五老之一，其後世渡江爲吳人。」杜衍睢陽五老圖詩注：「杜衍八十歲，王煥九十歲，畢世長九十四，馮平八十七，朱貫八十八。」畫斷：「王墨酒酣後，先以墨潑絹，脚踏手抹，隨其形爲山水石，不見墨汁之處。」夢落荊南寫秋色。太陰垂雨尚淋漓，哀壑迴風更蕭瑟。楓林思入煙霧清，湖水愁翻浪波白。谿上初逢野老航，山中遠見先生宅。秫田半頃連芋區，晉書陶潛傳：「爲彭澤令，在縣公田，悉令種秫穀。曰：『令我常醉于酒足矣！』妻子固請種秔，乃使一頃五十畝種秫，五十畝種秔。」蜀都賦：「其園有蒟蒻、茱萸、瓜疇、芋區。」茅屋三間倚蘿薜。僧來看竹乘小輿，唐書襄邑王神符傳：「以足不良歸第，太宗就第慰問，又令乘小輿入紫薇殿，三衞扶輿以行。」客去尋苓借高屐。顏氏家訓：「梁朝全盛之時，貴游子弟，無不駕長簷車，跟高齒屐。」任公臺下石可坐，名勝記：「臺在宜興縣荊溪上，任昉守郡時嘗釣此。」周侯廟前路曾識。一統志：「在宜興縣治南，祀晉平西將軍周處，廟號英烈。」虎跡時留暮苔紫，蛟氣或化秋雲黑。城郭當年別已久，風塵此日歸不得。落日書齋半壁明，畫圖臥對空相憶。

月支王頭飲器歌

史記大宛列傳：「匈奴破月氏王，以其頭爲飲器。」

磧中萬騎驕嘶雪，頭挂金鞍敵初滅。歸來漆作大白杯，胡酒寒凝色如血。故國無塋歸夢迷，朽骨飲恨空如泥。杜甫詩：「先拚一飲醉如泥。」琵琶聲中鬼語雜，酥燈照夜風淒淒。法苑珠林：「誦咒時，然八枝酥燈。」崐崘倒瀉黃河入，山海經：「崐崘山，河水出其東北隅。」又酉陽雜俎：「魏賈鏘于黃河中流，以瓠匏接河源水，日不過七八升，經宿，色如絳，以釀酒，名『崐崘觴』，芳味絕世。」李賀詩：「卷起黃河向身瀉。」袍汗淋漓疑淚濕。部落誰酬國士恩，史記刺客列傳：「趙襄子最怨智伯，漆其頭以爲飲器。豫讓遁逃山中，欲爲智伯報仇曰：『智伯國士遇我，我故國士報之。』」尊前一夜無聲泣。烏孫降王猶疾首，大宛列傳：「烏孫，在大宛東北二千里，與匈奴同俗，控弦者數萬，敢戰，故服匈奴。及盛，取其羈屬，不肯往朝會焉。」起奉單于千萬壽。

海石爲張記室賦

大星墮水聲若吼，史記：「秦始皇三十六年，熒惑守心，有墜星下東郡，至地爲石。」祖龍下叱神羊走。始皇本紀：「使者從關東夜過華陰平舒道，有人持璧遮使者曰：『爲吾遺滈池君。』因言曰：『今年祖龍死。』使者問其故，忽不見，置其璧去。」三齊略記：「始皇作石橋，欲渡海觀日出處；時有神人能驅石下海，石去不速，神輒鞭之，皆流血，至今悉赤。陽城山石皆起立，嶷嶷東向，狀如相隨行。」「神羊」見卷八煮石山房。誰將五色補天餘？列子：「天亦物也，物有不足，故昔者女媧氏鍊五色石以補闕。」屹障狂瀾歲時一作年。久。空憐山頭精衛鳥，見卷八溫陵節婦行。身墮風波銜不了。媧皇去後幾桑田，鼇背靈峯一拳小。列仙傳：「巨鼇負蓬萊山而抃滄海之中。」

張中丞廟

唐書張巡傳：「巡，南陽人，博通羣書，曉戰陣法，志氣高邁。開元末，擢進士第，爲清河令，有治績；後調眞源令。祿山反，巡起兵討賊，與許遠同守睢陽，大小四百戰，糧盡城陷，罵賊而死。贈揚州大都督，郡人廟祀焉。」

延秋門上烏啼霜，見卷三謁雙廟注。杜甫詩：「長安城頭頭白烏，夜飛延秋門上呼。」羯兒曉登天子牀。通鑑：「天寶十五載春正月，安祿山僭號，自稱大燕皇帝，改元聖武。」江頭老臣淚暗滴，萬乘西去關山長。公卿相率作降虜，草間拜泣如羣羊。當時不識顏平原，通鑑：「天寶十四載冬，平原太守顏眞卿起兵討賊，遣平原司兵李平間道奏之。上始聞祿山反，河北郡縣皆風靡。歎曰：『二十四郡，曾無一人義士耶？』及平至，大喜曰：『朕不識顏眞卿作何狀？乃能如是！』」豈復知有張睢陽。孤城落日百戰後，瘦馬食盡〔校記〕明詩綜及列朝詩集均作「尾」。人裹瘡。通鑑：「尹子奇久困睢陽，城中食盡，與士卒同食茶紙。既盡，遂食馬，馬盡；羅雀掘鼠，雀鼠既盡，巡出愛妾殺以食士，遠亦殺其僕，然後括城中婦人食之。既盡，繼以男子老弱，人知必死，莫有叛者。所餘才四百人，病不能戰。」後漢書吳漢傳：「漢圍蘇茂于廣樂，劉永將周建救廣樂。漢墮馬，傷膝還營，諸將曰：『大敵在前，而公傷臥，衆心懼矣！』漢乃勃然裹創而起，椎牛饗士，且日，齊鼓而進，建軍大潰。」男兒竟爲忠義死，碧血滿地嗟誰藏？莊子：「萇弘死于蜀，藏其血，三年，化爲碧。」賀蘭不斬尙方劍，見卷三謁雙廟注。漢書朱雲傳：「雲曰：『願賜尙方斬馬劍，斷佞臣一人頭，以厲其餘。』上問誰？對曰：『張禹。』上怒，御史將雲下，雲攀殿檻，檻折，呼曰：『得從龍逢、比干，遊于地下足矣！』」英雄有恨何時忘。千年海上見祠廟，古苔叢木秋風荒。摩挲畫壁塵網裏，勇氣煒煒虬髥張。巫歌大招客酹酒，王逸楚辭章句：「大招者，屈原之所作也。」忠魂或能來故鄉。

靈巖琴臺

姑蘇志：「靈巖山巔有琴臺，刻字猶存。」

美人玉琴何處遊？遺譜寫入風泉秋。落葉無人登舊榭，滿山明月烏啼夜。

送劉將軍

朔風吹沙復吹雪，笑解吳鉤初欲別。見卷一。酒酣擊筑和悲歌，將軍出關車騎多。

和杜彥正徐幼文過甫里

以下七首從槎軒集補

桃花紅雨春江狹，舟逐飛鷗櫓雙夾。甫里祠前有客過，竹弓莫射能言鴨。見卷五鬬鴨篇。

我今塵夢何時歸，水漲夜沒祠前磯。長歌滄浪拍銅斗，見卷八劉松年畫。誰酹先生一卮酒？

送董軍咨赴邊

官亭風高酒旗折，獨騎山行滿鞍雪。此時我友去邊城，不是尋常送人別。誰憐磊落萬夫奇，豪氣都成篋內詩。乍見難留十日飲，史記范雎列傳：「秦王遺平原君書曰：『願與君爲十日之飲。』」重來定隔幾年期。隨身一劍寒江上，遠事西平莫惆悵。唐書李晟傳：「帝乃拜晟鳳翔隴右涇原節度使、行營副元帥，徙王西平郡。」汝祖曾遭布被兒，史記平準書：「公孫弘以漢相，布被，食不重味，爲天下先。」白頭只作江都相。漢書：「董仲舒爲江都相。」

夜坐有感

一鴟不驚城鼓低，窗雨入竹暗凄凄。東鄰夜宴歌尙齊，西鄰戰沒正悲啼。此時掩卷誰能問，默坐燈前對瘦妻。杜甫詩：「瘦妻面復光。」

雪海爲楊孟載題

原注：「楊嘗夢過海見大雪，因以自號云。」

江國黃雲閉寒節，一鳥橫歸暮將絕。問君何能海上遊，萬頃茫茫看飛雪。人間熱惱相煩煎，清夢遠欲追羣仙。鯨波無窮只飛渡，此夜不要山陰船。見卷四次徐山人韻。蓬萊玉妃下相見，韓愈雪詩：「從以萬玉妃。」陳鴻長恨歌傳：「有道士自蜀來，知上皇心念楊妃。自言有李少君之術，旁求四虛上下，東極天海，跨蓬萊，見最高山，山上多樓闕，西廂下有洞戶東向，闔其門，署曰玉妃太眞院。」白鳳疎翎吹落遍。月薄煙空看不分，拂袖時驚有餘片。濤頭忽湧千崔嵬，恍疑積處高城堆。齊州遙望皆一色，李賀詩：「遙望齊州九點煙，一泓海水杯中瀉。」却笑此水眞銀杯。韓愈雪詩：「隨車翻縞帶，逐馬散銀杯。」瓊臺苦冷誰能宿，覺後應愁體生粟。蘇軾雪詩：「凍合玉樓寒起粟，光搖銀海眩生花。」路斷那堪問碧桃，尹喜內傳：「老子西遊，省太眞王母，共食碧桃紫梨。」歌殘猶記聽黃竹。穆天子傳：「日中大寒，北風雨雪，有凍人。天子作詩二章以哀民，乃宿於黃竹。」回頭弱水淺復空，飄花倏滅隨春風。迺知何者非夢幻，雞鳴旭日初生東。

送王邑長彥強

雨昏沙潊蒹葭濕，離人暮逐江鴻集。田家回首隔村遙，煙路逶迤一帆入。縣齋明日寫秋吟，古城高樹淸砧急。

范魏公手書伯夷頌爲其裔孫天章題

有宋名臣誰第一，公爲國家眞輔翼。豐功茂烈何煌煌，信與日月爭輝赫。力扶風化成唐虞，苦進忠謨同契稷。平生文詞耀金石，乘暇亦嘗躬翰墨。丰姿勁直儼端人，書畫譜：「唐柳玭書，筆筆端人正士。」氣韻剛方著心畫。魏了翁論三家書：「石才翁才氣豪贍；范德儒資稟端重；文與可操韻清逸；世之品藻人物者，固有是論矣。今觀其心畫，各如其爲人。」伯夷況是聖之淸，貪夫可廉懦可立。當時書寫豈無謂，要示後人爲鑑格。三百年來筆尚新，敬玩如親覩顔色。世間至寶誠難得，貽爾子孫宜什襲。闞子：「宋人得燕石，以爲寶也。革匱十重，緹巾什襲而藏之。」

送劉冠軍

朔風吹雪復吹沙，壯士此日行辭家。酒酣悲歌和擊筑，四座離人淚相續。黃鵠舉兮其奈何，同心遠別兮無多。

奉橘圖　此從淮郡文獻志補

堂前紅橘吹香早，堂上白頭人欲老。韓家公子勝陸郎，吳志陸績傳：「績年六歲，於九江見袁術，術出橘，績懷三枚。去，拜辭墜地，術謂曰：『陸郎作賓客而懷橘乎？』績跪答曰：『欲歸遺母。』術大奇之。」摘來長帶秋林霜。婁江別後親應健，每見畫圖如見面。願君榮顯親平安，年年薦橘堆金盤。君有阿婆我無母，見卷九送王孝廉至京，題詩對此欷歔久。

高青丘集卷十一

長短句體

青丘子歌 有序

江上有青丘，予徙家其南，因自號青丘子。閒居無事，終日苦吟，間作青丘子歌言其意，以解詩淫之嘲。

青丘子，臞而淸，本是五雲閣下之仙卿。葛洪枕中書：「墨翟爲太極仙卿。」何年降謫在世間，向人不道姓與名。躡屩厭遠遊，荷鋤懶躬耕。有劍任鏽澀，李綱劍詩：「鐵花鏽澀蒼蘚痕。」有書任縱橫。不肯折腰爲五斗米，晉書陶潛傳：「爲彭澤令，郡遣督郵至縣，吏白應束帶見之。潛歎曰：『吾不能爲五斗米折腰，拳拳事鄉里小人耶！』解印去縣。」不肯掉舌下七十城。史記淮陰侯列傳：「蒯通謂信曰：『酈生一士，伏軾掉三寸舌，下齊七十餘城。』」但好覓詩句，自吟自酬賡。田間曳杖復帶索，列子：「榮啓期鹿裘帶索，鼓琴而歌。」旁人不識笑且輕。謂是魯迂儒、楚狂生。青丘子，聞之不介意，吟聲出吻不絕咿咿鳴。朝吟忘其飢，暮吟散不平。當其苦吟時，兀兀如被酲。頭髮不暇櫛，家事不及營。兒啼不知憐，客至不果迎。不憂回也空，不慕猗氏盈。水經注：「猗頓，魯之窮士也。聞朱公富，往問術焉。朱公曰：『子欲速富，當畜五牸。』于是十年之間，其息不可計，以興富于猗氏。」不慚被寬褐，不羨垂華纓。不問龍虎苦戰鬬，見卷四陶篷先生。不管烏兔忙奔傾。吳都賦：「籠烏兔于日月。」向水際獨坐，林中獨行。斲元氣，搜元精。造化萬物難隱情，冥茫八極遊心兵，韓愈詩：「冥茫觸心兵。」坐令無象作有聲。微如破懸蝨，列子：「紀昌學射于飛衞。飛衞曰：『學視而後可。』昌以氂懸蝨于牖，南面望之，三年之後，如車輪焉。乃以燕角之弧，朔蓬之簳射之，貫蝨之心而懸不絕。」壯若屠長鯨，楊炯碑文：「戮封豕而斬長鯨。」清同吸沆瀣，見卷五太湖。險比排崢嶸。靄靄晴雲披，軋軋凍草萌。高攀天根探月窟，邵雍詩：「乾遇巽時爲月窟，地逢雷處見天根。」犀照牛渚萬怪呈。晉書：「溫嶠至牛渚，水深不可測，世云其下多怪物，嶠遂燃犀角照之，須臾，見水族覆火，奇形怪狀。其夜夢人謂曰：『與君幽明道別，何意相照也？』」妙意俄同鬼神會，佳景每與江山爭。星虹助光氣，煙露滋華英，聽音諧韶樂，咀味得大羹。世間無物爲我娛，自出金石相轟鏗。見卷四白水冒我田。江邊茅屋風雨晴，閉門睡足詩初成。叩壺自高歌，朱松詩：「客醉高歌叩缺壺。」不顧俗耳驚。欲呼君山老父攜諸仙所弄之長笛，見卷五松江亭注。和我此歌吹月明。但愁欻忽波浪起，鳥獸駭叫山搖崩。天帝聞之怒，下遣白鶴迎。不容在世作狡獪，見卷九蔡經宅。復結飛珮還瑤京。

登陽山絕頂

原注：「在城西北，古名秦餘杭山。吳中山最高者。中有白龍湫，旱必禱焉。」

姑蘇志：「陽山，在府城西北三十里，高八百五十餘丈，逶迤二十餘里，以其背陰面陽，故曰陽。大峯一十五，而箭缺爲絕頂。相傳秦皇射于此，故其下有射瀆。有文殊寺，寺內石井，大旱不涸。有白龍洞，西有龍母塚，東北有白鶴山，以丁令威宅名山。又名白蓮峯，以下有白蓮寺也。今名澄照寺，白龍廟在焉。」

我登此山巔，不知此山高。但覺羣山總在下，坐撫其頂同兒曹。又見太湖動我前，洶湧三十萬頃煙波濤。長風吹人度層嶂，不用仙翁赤城杖。陸游詩：「倚天山作海濤傾，看徧人間兩赤城。」自注：「青城山，一名赤城，而天台之赤城，乃余舊游。」吳志趙達傳注：「仙人介象善諸方術，吳主聞而徵之。吳主得鯔魚，使廚下切之，欲得蜀薑作齏，象即令吳主指左右一人，以錢五十付之。象書一符，以著青竹杖中，使行人閉目騎杖，須臾已至成都。乃買薑，復騎杖閉目，須臾已還到吳。廚下切鱠適了。」峯迴秋凝海鶻〔校記〕三十家作「鶴」。飛，日出夜聽天雞唱。中有一泉長不枯，乃是蜿蜒神物之所都。老藤陰森洞府黑，樹上不敢留棲烏。常年禱雨車，來此投金符。見卷二迎送神曲。宋之問謁禹廟詩：「夏王乘四載，茲地發金符。」靈旗風轉白日晦，馬鬣一滴霑三吳。見卷十臥沙龍。指掌圖：「以蘇、常、湖爲三吳。」巖巒蒼蒼境多異，樵子尋常不曾至。探幽歷險未得歸，忽聽鐘來澗西寺。此時望青冥，脫略塵世情。白雲冉冉足下起，如欲載我昇天行。古來名賢總何有，只有此山長不朽。欲呼明月海上來，照把長生一瓢酒。浮丘醉枕肱，見卷四孤鶴篇。洪崖笑開口，神仙傳：「衞叔卿歸華山，漢武帝令叔卿子度求之，見其父與數人博，度問曰：『向與博者爲誰？』叔卿曰：『是洪崖先生、王子晉、薛容也。』」郭璞詩：「姮娥揚妙音，洪崖頷其頤。」天一作秋。風吹落浩歌聲，地上行人盡回首。

張節婦詞　原注：「靈壽張明府嫡母，早寡守志。」

誰言妾有夫，中路棄妾身先殂。誰言妾無子，側室生兒與夫似。漢書文帝紀：「朕高皇帝側室之子。」兒讀書，妾辟纑，空房夜夜聞啼烏。兒能成名妾不嫁，良人瞑目黃泉下。

與客飲西園花下

一壺酒正滿，一樹花仍新。傾壺對花樹，日暮西園春。不愛枝上花，愛此花下人。相逢莫學花無賴，杜甫詩：「韋曲花無賴，家家惱殺人。」明日分飛隨路塵。

吳中逢王才隨朝京使赴燕南歸　此首與卷十送王孝廉作似複。

江南草長蝴蝶飛，白馬新自燕山歸。燕山歸，不堪說，易水寒風薊門雪。朝邸空隨使者車，禁闈不受書生謁。一杯勸君歌莫哀，杜甫短歌行贈王郎：「王郎酒酣拔劍斫地歌莫哀，我能拔爾抑塞磊落之奇才。」歸時應過黃金臺。不見荒基秋來土花紫，伯圖已歇昭王死，千載無人延國士。

白雲泉

原注：「在天平山腰，乳泉也。」白居易詩：「天平山上白雲泉，雲自無心水自閒；何必奔衝下山去？更添波浪在人間。」

白雲不爲雨，散在淸泉流。泉氣復成雲，山中同一秋。巖前石竇幽寒處，雲自長浮泉自注。潛龍未起出深泓，渴鳥時來下高樹。雲應無心飛上天，泉亦不肯隨奔川。老僧愛此不復下山去，臥雲飲泉終歲年。

戎王追㲋圖

前騎脫兔奔，後騎驚鴻急。蘇軾詩：「驚鴻脫兔爭後先。」火燒秋草獵場空，一㲋窮追勢難及。大小當戶左右賢，史記匈奴列傳：「冒頓強大，置左右賢王，其官號置左右大當戶。」單于勇銳閼支妍。見卷一王明君。雕戈白羽謾爭發，衆中得雋知誰先？左傳莊公十一年：「得雋曰克。」君不見，天策將，眞天子，通典：「唐武德初，秦王既平王世充及竇建德，高祖以秦王功殊今古，乃特置天策上將軍以拜焉，位在王公上。」馳一馬，殪四豕。唐書唐儉傳：「儉從獵洛陽苑，羣豕突出于林，帝射四發，輒殪四豕。一豕躍及鐙，儉投馬搏之，帝拔劍斬豕。顧笑曰：『天策長史，不見上將擊賊耶？』」

茅山陳道士臥雲所

「茅山」見卷五送蕭隱君。山有陶弘景聽松閣。

不逐雲渡海，寧隨雲出山。但邀雲共宿，日夕三峯間。絪緼枕席潤，晻靄房櫳閒。聽松閣前風滿耳，吹盡白雲應睡起。

贈醉樵

列朝詩集張簡傳：「勝國時，法網寬大，人不必仕宦。浙中每歲有詩社，聘一二名宿如楊廉夫輩主之。宴賞最厚。饒介之分守吳中，自號醉樵，延諸文士作歌；仲簡詩擅場，居首坐，贈黄金一餅，高季迪白金三斤，楊孟載一鎰。後承平久，張洪修撰爲人作一文，得五百錢。」

川釣已遭獵，李白詩：「如逢渭川獵，猶可帝王師。」野耕終改圖。史記：「伊尹處士，湯使人聘之，五反然後往。」不如山中樵，醉臥誰得呼。采山不采松，松花可爲酒。酒熟誰共斟，木客爲我友。蘇軾詩：「山中木客解吟詩。」十道四蕃志：「虔州上洛山有木客鬼，與人交甚信。」木客已去空石牀，舉杯向月邀吳剛。酉陽雜俎：「月中有桂高五百丈，下有一人常斫之，樹創隨合。其人姓吳名剛，學仙有過，謫令伐樹。」借汝快斧斫大柱，要令四海增清光。林風吹髮寒擁耳，獨枕空尊碧巖裏。此時忘却負薪歸，猛虎一聲驚不起。世間萬事如浮煙，看棋何必逢神仙。述異記：「信安郡石室山，晉時王質伐木至，見童子數人棋而歌，質因聽之。童子以一物與質，如棗核，質含之，不覺飢。俄頃，童子謂曰：『何不去？』質起視斧柯盡爛；旣歸，無復時人。」青松化石鶴未返，一統志：「金華永康縣延眞觀前，唐建中間道士馬自然指庭松曰：『此松已三千年，當化爲石。』至夕，大風雨，其松果化。」酒醒又是三千年。

雷雨護嬰圖爲包山徐庭蘭賦

兒衣寒，母衣濕，風雨蒼黃歸意急。漢書郊祀志：「或如虹氣蒼黃。」雷忽鳴，兒忽驚，抱兒與兒同死生。樹聲吹迴水聲注，田家尙遙無避處。看圖誰念亂離人，白日青天棄兒去。

南園

原注：「在城南。吳越廣陵王錢元璙所闢，營之三十年，勝甲吳中，今郡學前菜圃也。」

君不見，平樂館，漢書武帝紀：「元封六年夏，京師民觀角抵于上林平樂館。」古城何處寒雲滿。君不見，奉誠園，元稹詩：「蕭相深誠奉至尊，舊居求作奉誠園。」自注：「奉誠園，馬司徒舊宅。」荒臺無蹤秋草繁。白日沉山水歸海，寒暑頻催陵谷改。皇天大運有推移，富貴於人豈長在。請看當年廣陵王，十國春秋：「廣陵王元璙，字德輝，武肅王第六子，文穆王元瓘兄也。吳王行密以女妻之，累勑授中吳、建武等軍節度使，蘇、常、潤等州團練使，太傅、同中書門下平章事。在蘇州三十年，文穆王立，晉勅封廣陵郡王。」雙旌六纛何輝光！唐書百官志：「節度使掌總軍旅，顓誅殺，賜雙旌雙節，行則建節樹六纛。」幸逢中國久多故，一家割據誇雄強。園中歡遊恐遲暮，美人能歌客能賦。車馬春風日日來，楊花吹滿城南路。疊石爲山，引泉爲池，辟疆舊園何足奇。見卷八。經營三十年，欲令子孫永保之。不知回首今幾時，繁華埽地無復遺。門掩愁鴟嘯風雨，劉孝威詩：「愁鴟集古樹。」種菜老翁來作主。空餘怪石臥池邊，欲問興亡不能語。春已去，人不來。一樹兩樹桃花開，射堂蹋圃俱青苔。庾信春賦：「分朋入射堂。」篇海：「蹋踘戲，以韋爲之，實以柔物，今謂之毬。」何須雍門琴，見卷一野田行。但令對此便可哀。人生不飲何爲哉！人生不飲何〔校記〕列朝詩集作「胡」。爲哉！

滄浪亭

原注：「在郡學東，積水數十畝，蘇子美得之，構亭于上，其名始著。」

滄浪平，無風波之驚。滄浪廣，有風月之賞。歐陽修滄浪亭詩：「清風明月本無價，可惜祇賣四萬錢。」吳興長史舊遷謫，宋史蘇舜欽傳：「范仲淹薦其才，召試，除集賢校理，監進奏院。會院當祀神，舜欽與右班殿直劉巽，用鬻故紙公錢召妓樂、設宴。御史中丞王拱辰廉得之，諷其屬論奏，事下開封劾治，舜欽、巽坐自盜除名。久之，復起爲湖州長史，寓居蘇州，買木石作滄浪亭。」買得此水自號滄浪客。垂釣在北渚，榜船臨西洲；白鷗不來往，遺興誰同遊？發清歌，弄清景，醉入荷花夢魂冷。天念儒臣去國寃，蘇舜欽傳：「先是，舜欽娶宰相杜衍女，衍方與仲淹、富弼在政府，欲更定庶事，故拱辰等不便之，論奏舜欽，欲因以搖衍也。」故與無塵水雲境。斯人去已遠，我來空復情。滄浪水雖在，不似昔年清。躊躇獨過亭前路，疎葦寒煙沙鳥鳴。

石射堋　原注：「在石城山，有石鼓，世傳鼓鳴即有兵。又有石馬，望如人騎。」

石射堋，張石城，石鼓響或發，石騎勢欲行。彷彿古戰場，上有愁雲生。餓鴟嘯寒風，舂若箭鏑鳴。何人作此留山中，鳥獸欲過膽盡驚。疑是神禹治水時，來教鬼射降妖精。至今風雨夕，猶聽人馬聲。嘗聞父老言，鼓鳴則有兵。方今瘡痍民，脫命見太平。我願碎其鼓，隳其堋，一人安，四海清，自此萬年無戰爭。

走狗塘　原注：「在城西，吳王遊獵處也。」

春堤長，春草淺，此地吳王曾走犬。獵場四面圍畫旗，紅炬照輦還宮遲。割鮮夕宴誰共食，臺上妃子非樊姬。見卷一楚妃歎。春苑年來草仍綠，韓盧已去多麋鹿。說苑：「韓氏之盧，天下疾狗也。見兔而指屬，則無失兔矣！」君不見，漢皇縱狗殊有功，史記蕭何世家：「高帝曰：『諸君知獵乎？』曰：『知之。』『知獵狗乎？』曰：『知之。』高帝曰：『夫獵，知殺獸兔者，狗也；而發蹤指示獸處者，人也。今諸君徒能得走獸耳！功狗也。至如蕭何，發蹤指示，功人也。』」又：淮陰侯列傳：「狡兔死，走狗烹；高鳥盡，良弓藏；敵國破，謀臣亡。」

逐兔直到烏江東。見卷一虞美人注。

清泠閣爲陳協律題　閣在綠水園，見卷六。

臨清池，敞華閣，明月入綺疏，微風颭羅幕。白波連遠洲，竹冷芙蓉愁。客聽秋聲起，魚驚星影流。冰絃彈罷鵾雞曲，見卷一王明君。天河墮水良宵促。試問西園閣上遊，何如南浦舟中宿？

烏夜村　原注：「在崑山縣，晉穆帝何皇后父淮寓此。產后之夕，有羣烏夜鷩于村落。自後有烏徹夜鳴，必有大赦。」

荒村烏夜棲，忽繞月明啼。生得東家女，身爲萬乘妻。至今種高樹，不遣烏飛去。居人凡幾家，愛聽啼啞啞。啼啞啞，勿驚怪！婦開門，向烏拜。

醉贈宋卿

勸君歸來休，莫作澹蕩遊。黃雲已蔽燕國晚，白露正滿梁園秋。千石酒，萬戶侯，請君論此誰當優？吳門日出花滿樓，小婦喚客不解羞。君留綠綺琴，見卷四綠綺軒。我脫紫衣裘。李白詩：「倒被紫衣裘。」今朝春好能飲否？東風吹散江南愁。

鐵網珊瑚載高啓醉歌贈宋仲溫，與此互異，附錄備覽：「書足記姓名，劍可酬恩讎。少學兩不就，空作澹蕩遊！與君相逢在東州，赤氣浮面非凡儔。驅車欲過公子宅，苦心莫伸涕橫流。黃雲已蔽燕國晚，白露正滿梁園秋。天高海闊無處往，借問何以銷煩憂？千石酒，萬戶侯，請君論此誰當優？吳門日出花滿樓，醉眠不須遣客休。君留綠綺琴，我脫紫綺裘，今朝春好能飲否？東風吹散江南愁。」

潘隱君月樓歌

樓高高，月皓皓。容月多，得月早。朝看西墮江，夕見東生島。我歌烏飛向穹昊，見卷八中秋玩月。樓中之人須醉倒。人長閒，月長好，月中藥成人不老。傅玄擬天問：「月中何所有？白兔擣靈藥。」

約諸君看范園杏花不果後偶獨遊而杏已盡落惟桃數樹盛開感而有賦因寄諸君

「范園」，見卷十。

久欲與君往，那期成獨來。參差二月暮，過却杏花開。杏花雖好今無在，只有桃花笑相待。杏白桃紅何淺深，春還不負看花心。看花心，君更劇，莫爲不來空歎息。世間萬事盡如花，著意相尋應不得。

番人移帳圖

懸爾弧，韜我弓，拔帳何徙榆林東。一統志：「榆林，漢五原郡，唐榆林，今隸陝西都司。地臨河套，朔北要關。」顧語勿驅，日暮中野，兒未十歲，不能騎馬。

夜聞謝太史誦李杜詩

前歌蜀道難，李。後歌傴仄行。杜。商聲激烈出破屋，林烏夜起鄰人驚。我愁寂寞正欲眠，聽此起坐心茫然。高歌隔舍如相和，雙淚迸落青燈前。李供奉、杜拾遺，當時流落俱堪悲。嚴公欲殺力士怒，唐書杜甫傳：「嚴武以世舊待甫，甫見之，或時不巾。嘗醉登武牀，瞪視曰：『嚴挺之乃有此兒！』武銜之，一日欲殺甫，冠鉤于簾三，左右白其母，奔救之得止。」「力士」見卷十鳳臺圖注。白首江海長憂飢。二子高才且如此，君今與我將何爲？

贈金華隱者

一統志：「金華洞，在府城北，卽道書第三十六金華洞元之天。」

我聞名山洞府三十六，一一靈蹤紀眞籙。李白詩：「爲我草眞籙。」金華秀出向東南，遠勝陽明與句曲。本教龜山白玉上經：「第十洞，會稽山，名陽明洞天。」洞天福地記：「第八句曲山之洞，名曰金壇華陽之天，茅君所理，在潤州句容縣界。」樓臺縹緲開煙霞，天帝賜與神仙家。靈源有路不可入，但見幾片流出雲中花。子房之師赤松子，三千年前亦居此。一統志：「金華有赤松溪、赤松觀、赤松祠。」飛行恍惚誰解尋？漫說至今猶不死。松花酒熟何處遊？瑤草自綠春巖幽。羣羊臥地散如石，老鹿耕田馴似牛。浙江通志：「鹿田山，在金華縣北二十五里；上有沃野可耕。」聞有隱君子，乃是學仙者。自從入山中，不曾到山下。世人莫知其姓名，以山呼之不敢輕。樵夫忽見苦未識，只疑便是黃初平。見卷八煮石山房。嗟我胡爲在塵網，遠望高峯若天壤。茯苓夜煮儻許餐，夷堅續志：「邛州蒲江縣長秋山，有女子汲井得茯苓，蒸食之，仙去。主簿王食其遺，亦仙去。」鐵杖來敲石門響。蘇軾詩：「故教鐵杖鬬清堅。」

春初來

春初來，柳條欲舒花未開。曉日窗前鳥聲喜，似報春來喚人起。東風吹暖入煙痕，綠遍江南幾千里。去年春去憶愁人，倏忽今年又見春。但欲逢春醉杯酒，不管相思成白首。

題黃大癡天池石壁圖

鳧藻集小引：「吳華山有天池石壁。老子枕中記云：『其地可度難，蓋古靈壤也。』元泰定間，大癡黃先生遊而愛之，爲圖四五本，而池之名益著。此爲其弟子李可道所畫，尤得意者也。溫陵陳彥廉得之，求余賦詩其上，或云此廬山天池景也。余未有以辨，然舊見別本，張貞居題之，首句云：『嘗讀枕中記。』則亦以爲華山池矣。前輩言貞居與大癡數同遊于此，則其言信可徵。初不必舍此而取彼也。因爲賦長歌，欲張吾鄉之山水，使與香爐、九老爭高云。」圖繪寶鑑：「黃公望，字子久，號一峯，別號大癡，浙江衢州人。生而神童，通三教，善山水，居富春，領略江山釣灘之概。後居常熟，探閱虞山朝暮之變幻，四時陰霽之氣運，得於心而形於筆，故所畫千丘萬壑，愈出愈奇，重巒疊嶂，越深越妙，其設色淺絳者多，青綠水墨者少。雖師董源，實出于藍，元四大家，首推重焉。」

黃大癡，滑稽玩世人不知，疑似阿母旁，再竊偷桃兒。漢武故事：「東都獻短人，召東方朔至，短人曰：『西王母種桃，三千年一開花，三千年一結子，此兒不良，已三過偷之矣。』」平生好飲復好畫，醉後灑墨秋淋漓。嘗爲弟子李少翁，見卷一李夫人。貌得華山絕頂之天池。乃知別有縮地術，坐移勝景來書帷。身騎黃鵠去未遠，縞素飄落流塵緇。潁川公子欣得之，手持示我請賦詩。我聞此中可度難，玉枕祕記傳自青牛師。見卷六宿寧眞道館。池生碧蓮花，千葉光陸離。服食可騰化，遊空駕雲螭。奈何靈蹟久閟藏，荒竹滿野啼猩狸。尋真羽客不肯一相顧，却借釋子營茅茨。我昔來遊早春時，雪殘衆壑銷寒姿。磴滑不敢騎馬上，青鞵自策桃笻枝。蜀都賦：「靈壽桃枝。」注：「竹屬，可爲杖。」上有煙蘿披拂之翠壁，下有沙石蕩漾之清漪。晴天倒影落明鏡，正如〔校記〕大全集、列朝詩集並作「似」。玉女曉沐高鬟垂。見卷五天池注。飲猿忽下藤裊裊，浴鶴乍立風澌澌。匡廬有池我未到，見卷六送袁憲史。未省於此誰當奇？埽石坐其涯，沿洄引流巵。醉來自照影，俯笑知爲誰。落梅撲香滿接䍦，晉書：「山簡鎮襄陽，童兒歌曰：『時時能騎馬，倒著白接䍦。』」按：接䍦，白帽，晉書作籬。暮出東澗鐘鳴遲。歸來城郭中，復受塵土欺。十年勝賞難再得，恍若清夢一斷無由追。朝來觀此圖，惻愴使我悲。當時同遊已少在，我今未老形先疲。人生擾擾嗟何爲，不達但爲高人嗤。漢南既老司馬樹，晉書桓溫傳：「溫自江陵北伐，行經金城，見少爲琅邪時所種柳，皆已十圍。慨然曰：『木猶如此，人何以堪？』攀枝執條，泫然流涕。」峴首已仆一作又沒。羊公碑。見卷五遊天池。惟應學道悟真訣，不與陵谷同遷移。仙巖洞府孰最好？東有地肺西峨嵋。南徐州記：「茅山內有靈府洞室，七塗九原，交通四方。外有五穴，南二穴，東西北各一穴，所謂金陵地肺也。」輿地志：「峨眉山在眉州城南，來自岷山，連岡叠嶂，延袤三百餘里，至此突起三峯，其二峯對峙，宛若蛾眉。」高崖鐵鎖不可攀援以逕上，杜甫詩：「鐵鎖高垂不可攀，致身福地何蕭爽！」仰望白雲樓觀空峨巍。此山易上何乃遺？便與猿鶴秋相期。欲借太乙舟，劉因詩：「高亭雲錦遶清流，便是吾家太乙舟。」夜臥浩蕩隨風吹。洞簫呼起千古月，照我白髮涼絲絲。傾玉醪，薦瑤芝，招君來遊愼勿辭，無爲漫對圖畫日夕遙相思。

書夢中

夢行塞下沙，無水無蒹葭。牧羊人歸霜草短，平地雁羣棲不發。騎馬茫茫入遠煙，一行衝起上秋天。我夢驚回雁飛去，角聲吹斷江城曙。

嬀蜼子歌

原注：「爲友王常宗作，蓋其號也。」注見卷三懷十友詩。

嬀蜼子，乃是軒轅之裔、虞鰥之孫，書堯典：「釐降二女于嬀汭。」婁堅王常宗傳：「方先生之得請也，自號嬀蜼子以見志。嬀，陳姓也，先生本陳氏之裔，欲復姓而未果。蜼於物，昂鼻長尾，雨則挂于木，以尾塞鼻。」混沌既死一萬年，莊子：「南海之帝爲儵，北海之帝爲忽，中央之帝爲混沌。儵與忽時相遇于混沌之地，混沌待之甚善；儵、忽謀報混沌之德曰：『人皆有七竅以視聽食息，此獨無有？』嘗試鑿之，日鑿一竅，七日而混沌死。」獨抱大樸存。竊伏在草野，冥心究皇墳。韓愈詩：「高詞媲皇墳。」孔安國尚書序：「伏羲、神農、黃帝之書，謂之三墳。」蚤逢三光五嶽之氣乍分裂，天狼下地舐血流渾渾。見卷六卞將軍墓。鹿走秦中原，見卷四感舊。蛇鬭鄭國門。左傳：「初，內蛇與外蛇鬭于鄭南門中，內蛇死，六年而厲公入。」俎豆棄草莽，干戈紛崩奔。嬀蜼子，便欲東遊渡弱水，山海經：「勞山，弱水出焉，西流注于洛。」舊唐書東女國傳：「其王所居名康延川，中有弱水南流，用牛皮爲船以渡。」沐髮滄海朝陽盈。謝朓辭隋王牋：「沐髮晞陽，未測涯涘。」又欲西行泝河漢、踰崑崙。山橫川阻兩地俱不可以往兮，歸來掩戶臥且昏。蒔黍一區，注醪一樽，妻給井臼，兒牧雞豚。不詰曲以媚俗，不偃蹇而凌尊。作爲古文詞，言高一作和。氣醇溫。手提數寸管，欲發義理根。上探孔孟心，下弔屈賈魂。其質耀金石，其芳吐蘭蓀。叩虛答有響，斫險成無痕。陸珍雜水怪，變狀弗可論。幾年兀兀不肯出。說文：「兀兀，不動貌。」韓愈進學解：「恆兀兀以窮年。」坐待眞主應運九五開乾坤。鶴書自天來，孔稚圭北山移文：「鶴書赴隴。」幽隱初見拔。使者遠造廬，雞鳴起膏轄。韻會：「轄，車軸端鍵。」與一作興。纂金匱編，尙書爲給札。姦魂泣幽塚，下恐遭誅殺。書成一代進紫宸，鸞旗羽衞夾陛陳。閤門導謁稱小臣，宋史職官志：「東上閤門、西上閤門使各三人，掌朝會、宴享、供奉、贊相、禮儀之事。若慶禮奉表，則東上閤門掌之；慰禮進名則西上閤門掌之。」麻衣不脫拜聖人。摭言：「劉虛白與裴坦同硯席，坦主文，虛白猶是舉子。簾前獻一絕句云：『二十年前此夜中，一般燈燭一般風。不知歲月能多少？猶著麻衣待至公。』」捧函近前殿，龍顏喜回春。勑賚內帑之金與綺段，其文織作銀麒麟。杜甫麗人行：「繡羅衣裳照暮春，蹙金孔雀銀麒麟。」蒙恩乞還家，以奉白髮親。戴古弁，垂長紳，一作「練圻草堂東海濱，苧袍芒屩烏角巾。」自號山澤之臞民。見卷三出郊東屯。嫣雌子，幸際明良時，無爲寂默坐老東海湄。青丘有客鈍且癡，與汝欲結同襟期。左鼓清瑟，右吹鳴篪，作歌共祝天子壽，五風十雨，萬國赤子同熙熙。

贈劉生歌　原注：「生善鍛，爲李鍊師製三隅鐵剉藥刀，求歌贈之。」

君不見，歐冶子，吳越春秋：「干將與歐冶子同師，俱能爲劍。」金鑄魚腸照吳市。吳越春秋：「越王允常聘歐冶子作名劍五枚：豪曹、巨闕、魚腸、純鉤、湛盧。」君不見，徐夫人，藥淬匕首驚函秦。見卷一結客少年場，卷四詠荆軻。奇鋒當年非不利，氣奪秋雲愁白帝。史記高祖本紀：「高祖被酒，夜經澤中，大蛇當徑，高祖拔劍斬蛇。後有一老嫗夜哭曰：『吾子，白帝子也，化爲蛇當道，今爲赤帝子斬之。』」注：「秦居西戎，主少昊之神，作西畤，祠白帝。」伯圖恃此竟無成，良冶徒爲殺人器！何如劉生獨采一作煉。昆吾鋼，列子：「西海上多昆吾石，冶成鐵作劍，切玉如泥。」大爐夜鍛一作煉。騰虹光。神鍼妙刃兩如水，隋書經籍志：「赤烏神鍼經一卷。」元稹詩：「磨礱刮骨刃。」提出二豎皆奔藏。左傳：「晉侯疾，求醫于秦，秦伯使醫緩爲之；未至，公夢疾爲二豎子曰：『彼良醫也，懼傷我，焉逃之？其一曰居肓之上、膏之下，若我何？』」利器一作物。之功有如此，特爲醫仙起人死。囊中長得伴刀圭，見卷四贈惠山醫僧。海上何須剸犀兕？李尤寶劍銘：「龍淵耀奇，太阿飛名，陸斷犀兕，水截鯢鯨。」我看十年太白西方明，見卷四感舊。銅山尋鑿兵縱横。漢書食貨志：「從建元以來，用少，縣官往往即銅山而鑄錢。」幸逢聖人生，干戈戢，四海清，願生但制此器勿制兵！民無疫癘樂太平！

登金陵雨花臺望大江

江寧府志：「雨花臺，在南城三里聚寶門外，據岡阜最高處，梁武帝時，雲光法師講經于此。凡講經，天雨花如雪片，故以名其臺。」

大江來從萬山中，山勢盡與江流東。鍾山如龍獨西上，欲破巨浪乘長風。江山相雄不相讓，形勝爭誇天下壯。秦皇空此瘞黃金，丹陽記：「秦始皇埋金玉雜寶以厭天子氣，故名金陵。」佳氣葱葱至今王。我懷鬱塞何由開，酒酣走上城南臺。坐覺蒼茫萬古意，遠自荒煙落日之中來。石頭城下濤聲怒，武騎千羣誰敢渡。黃旗入洛竟何祥，三國吳志：「初，丹陽刁玄詐國人曰：『黃旗紫蓋，見于東南。』又壽春有童謠曰：『吳天子當上。』皓聞之，喜曰：『此天命也。』即載其母妻子及後宮數千人，從牛渚陸道西上，云『青蓋入洛陽，以順天命』。行遇大雪，乃還。」鐵鎖橫江未爲固。晉書：「王濬攻吳丹陽，克之，吳人于江磧要害處，並以鐵鎖橫截之；又作鐵椎長丈餘，暗置江中，逆拒舟艦。王濬作大筏數十，方百餘步，縛草爲人，被甲持仗，令善水者以筏先行，遇鐵椎，椎皆著筏而去；又作大炬長十餘丈，大數十圍，灌以麻油，在船前遇鐵，燃炬燒之，須臾融液斷絕，船無所礙。」前三國，後六朝，草生宮闕何蕭蕭！英雄乘時務割據，幾度戰血流寒潮。我生幸逢聖人起南國，禍亂初平事休息，從今四海永爲家，不用長江限南北。

春日客園無花偶感

荒園多青草，而無一樹花。東風吹春來，只向何人家？南池舊日花滿煙，美人夜彈蜀國絃；亂枝迷眼歸不得，醉帶月露花陰眠。無花雖足歎，無酒更可悲。如今但得一壺滿，何用紛紛紅紫爲！

白下送錢判官岳

白門有垂楊，復有春酒香。此地逢君誰，乃是錢少陽。李白有贈錢徵君少陽詩。相逢既沽白門酒，相送還攀白門柳。不向公車更上書，却趨官署初垂綬。日落淮水頭，送君去悠悠。梁王苑裏花飛盡，明日相思過汴州。

聽錢文則琴呈良夫　鳧藻集贈錢文則序：「山陽錢文則，讀書好修，善鼓琴。」

古樂久不聞，古器亦殘缺。惟有朱絃琴，韻與箏琵迴殊別。此夜聽君彈，四座寂不喧。古人有遺恨，似向絃中言。初調乍沖融，再弄忽悽惋。秋猿春鳥相間啼，夢遶瀟湘碧雲遠。怒濤勢一作始。出峽，孟貫詩：「江上秋風捲怒濤。」李白詩：「袖拂白雲開素琴，彈爲三峽流泉音。」注：「三峽流泉，琴操名也。」鬭石轟奔雷。高銖山亭詩：「鬭石類巖巘，飛流瀉潺湲。」世說：「趙師，字耶利，善鼓琴。貞觀初，獨步上京。嘗云：『吳聲清婉，若長江廣流，綿綿徐逝，國士之風。蜀聲躁急，若急浪奔雷，亦一時俊快！』」〔校記〕「世說」疑有誤，再校。漫流入滄海，悠然去無回。銅瓶一墮井，杜甫詩：「陰井敲銅瓶。」汲引不可上。離車軋軋曉出關，欲行未行苦惆一作怊。悵！夜深庭樹風雨驚，恍疑鬼神入蒲城。見卷七松梢瀑布圖。須臾響靜月照席，玉壺凍破冰崢嶸。我心正如水，萬籟不到耳。無端聽此聲，雙淚迸落百感生。起請且莫彈胡笳，文姬思家意咨嗟。蔡琰別傳：「琰，字文姬，興平中喪亂，爲胡騎所獲，沒于南匈奴左賢王十二年。春正月，登胡殿，感笳之音，作胡笳十八拍。」請莫彈履霜，孝子在野愁彷徨。琴操：「尹伯奇至孝，後母譖之，清晨履霜援琴，作履霜操。」願君拂拭登高堂，先彈南風後文王。家語：「帝舜彈五絃之琴，歌南風之詩曰：『南風之薰兮，可以解吾民之慍兮。南風之時兮，可以阜吾民之財兮。』」琴錄：「文王得太公于渭陽，大悅，乃援琴而鼓之，自敍思士之意，故有文王思士操。」美哉大雅聲洋洋，使我坐聽憂俱忘。

雪齋爲述上人賦

君不見，韓刺史，疲馬度關愁欲死。韓愈至藍關示姪孫湘詩：「雲橫秦嶺家何在？雪擁藍關馬不前。」君不見，党將軍，美人擁帳飲正醺。憔悴豪華兩何有，世人徒勞競奔走。雪深三尺坐寒龕，誰似西齋衲衣叟。開門一笑定起遲，虛空大地皆春熙。松梢一片忽墮響，夜靜山空人不知。此地應憐無熱惱，蘇軾雪齋詩：「人間熱惱無處洗，故向西齋作雪峯。」尋梅莫若尋詩好。便穿蠟屐踏瓊瑤，晉書阮孚傳：「初祖約性好財，孚性好屐，同是累，而未判其得失。有詣約，見正料財物，客至屏當不盡，以身藏之。有詣阮，正見自蠟屐，因歎曰：『未知一生當著幾量屐！』于是勝負始分。」曉徑從埋不須埽。

燕覆巢

雙燕生五雛，怡怡向高屋。雛飢母出風雨來，新作深巢竟傾覆。主人念雛不解飛，移之別壘待母歸。雛雖得壘燕勿喜，相逢主人亦偶爾。明年作巢當更好，須信安居最難保。

五禽言和張水部 一作張子宜。

蘇軾五禽言序：「梅聖俞作四禽言，余寓居定惠院，繞舍皆茂林修竹，春夏之交，鳥鳴百族，土人多以其聲之似者名之，遂用聖俞體，作五禽言。」唐六典：「自晉、宋、齊、梁、陳，營宗廟則權置水部尚書，事畢省之。隋開皇三年，始置工部尚書。」

泥滑滑，本草：「山菌子，卽竹雞也。蜀人呼爲雞頭鶻，南人呼爲泥滑滑，因其聲也。」梅堯臣竹雞詩：「泥滑滑，苦竹岡，雨蕭蕭，馬上郎。」啼空山，行人愁，道路難。高天浮雲自多雨，人不知還空怨汝。

提壺盧，歐陽修詩：「獨有花上提壺盧，勸我有酒花前傾。」趣沽酒，杏花村中媼家有。君如不飮過却春，此鳥枝頭應笑人。

郭公，郭公，爾雅「鳲鳩，一名布穀，又名郭公，又名鵠鵴。」天寒水空，朝飛暮棲蒹葦中。蒹葦中，啼不息，千載魂應怨亡國！春秋傳：「齊桓公之郭，問父老曰：『郭何故亡？』曰：『以其善善而惡惡也。』公曰：『若子之言，乃賢君也，何至于亡？』父老曰：『郭公善善不能用，惡惡不能去，所以亡也。』」

婆餅焦，稗史：「有戍婦從山頭望夫，時烹餅爲餉，使其子偵之，恐其焦不可食。母久不至，子往視之，已化爲鳥，但呼婆餅焦也。」婆去餉孫田隴遙，隴頭小麥穗已搖。但願好收食自饒，爾莫憂，婆餅焦。

脫却破袴，蘇軾禽言詩：「溪邊布穀兒，勸我脫破袴。」陳師道詩：「潑袴不容脫，鳥語徒殷勤。」自注：「人以布穀爲催耕，其聲云脫了潑袴。」脫却破袴，谿深無船須涉渡。亦思脫舊復換新，春機已空愁殺人。

約王孝廉看梅

君莫憶，東閣吟。初學記：「何遜作揚州法曹，廨舍有梅一株，遜嘗吟咏其下。後居洛思之，再請其任，抵揚州，花方盛開，遜對樹彷徨，終日不能去。」杜甫詩：「東閣官梅動詩興，還如何遜在揚州。」我莫憶，西湖見。見卷九和衍上人觀梅。兩地年來信不通，塵埃正滿春風面。不知山中三日雪掩扃，修竹斜倚愁娉婷。讀書屋空滿梁月，夢斷冷落留餘馨。相尋定有迎船鶴，煙霧籠寒縞衣薄。一尊好共燦花魂，明日關山笛中落。「梅花落」，見卷八會飲城南。

題滕用衡所藏山水圖

姑蘇志：「滕用亨，字用衡，長洲人，問學辨博，文詞爾雅，尤精六書之學；其篆隸之妙，高出近世。永樂三年召見，面試篆書，稱旨。授翰林待詔。尤善鑒古，嘗侍上閱畫卷，衆目爲趙千里，用亨頓首言筆意類王晉卿。及終卷，果有駙馬都尉王侁名。」

滕君興在煙霞間，遠遊十年今始還。畫圖示我有層嶂，竟似何處之名山。君言我初適東越，酒船橫渡鏡湖月。一統志：「紹興府城西南鑑湖，一名鏡湖，漢太守馬臻鑿。詔賜賀知章鑑湖一曲，即此。」醉詠謫仙天姥吟，李白有夢遊天姥吟。海光欲曙淸猿歇。瑤草春已生，便入金華行。道逢牧羊兒，疑是黃初平。從此西遊楚江水，大帆如雲挂空裏。柁樓醲酒喚長風，杜甫詩：「翻疑柁樓底，晚飯越中行。」一日看山一千里。不聞東林鐘，一統志：「東林寺，在廬山，晉僧慧遠與同門慧永居西林，學徒日衆，別居林之東。謝靈運爲鑿池種蓮，號蓮社。」但見香爐峯。見卷八廬山宋隱君。波迷洞庭闊，樹隔瀟湘重。白沙翠壁經過好，就中幾度曾幽討。麻姑壇上埽落花，一統志：「麻姑山，在建昌府西南，周迴四百里，即道書三十六洞天之一。」李白詩：「石聳麻姑壇。」堯女祠前薦芳藻。見卷一湘中絃。晚客湖南逢雁回，一統志：「回雁峯，在衡州府城南，雁至衡陽不過，遇春而回，故名。」登臨長上楚（校記）大全集作「定」。王臺。天從朱鳥峯頭轉，文耀鈎：「南宮赤帝，其精爲朱鳥。」杜甫望嶽詩：「南嶽配朱鳥。」江自黃牛峽外來。見卷二竹枝詞。蒐奇歷險今應倦，默坐舊遊空數遍。時向明窗看此圖，好山一一皆重見。我聞君言自歎嗟，身如處女愁離家。閉門讀書無半車，髀肉漸生空鬢華。見卷十北郭秋夜。牀前塵土蔽雙屐，何不著之踐苔石？幸逢盛世道路平，五嶽尋眞皆可適。便當往抱綠綺彈松風，李白詩：「蜀僧抱綠綺，西下峨眉峯，爲我一揮手，如聽萬壑松。」行盡萬壑千巖中。仙書探得金匱空，歸來誇君重相逢，握手一笑吳門東。

余未有嗣雪海道人以張仙畫像見贈蓋蘇老泉嘗禱而得二子者予感其意因賦詩以謝

我年已及壯，吉夢未兆熊。詩：「維熊維羆，男子之祥。」雖有三女兒，豈足慰乃公。史記高祖本紀：「幾敗乃公事。」每聞鄰家子，夜雨誦經史。起坐秋燈前，顧影長嗟不能止。道人念我書無傳，畫圖卷贈成都仙。十國春秋後蜀慧妃徐氏傳：「氏青城人，幼有才色，後主嬖之，號花蕊夫人。國亡入宋，心未忘蜀，每懸後主像以祀，詭言宜子之神。」注：「張仙挾彈圖，卽後主也。童子爲太子玄喆，武士爲趙廷隱。」云昔蘇夫子，建之玉局禱甚虔，茅亭客話：「蜀玉局洞中，出五色雲，觀者千餘人，移時而散。」乃生五色兩鳳鶵，〔校記〕大全集作「鵷」，竹素軒本同。和鳴上下遂與夫子相聯翩。勸我勤禮之，當有明珠出深淵。北齊書陸卬傳：「卬少善屬文，甚爲河間邢卲所賞，卲又與卬父子彰交遊。嘗謂子彰曰：『吾以卿老蚌，遂出明珠。』」我感道人意，捧觴拜其前。君不見，東家翁，力耕積多田。平生辛苦立門戶，兩兒棄擲如浮煙。惡兒亦何須，願得一子賢。上以承吾宗，下以與吾玄。見卷一神仙曲。仙乎有驗看明年，請君更賦懸弧篇。禮記內則：「子生，男子設弧于門左，女子設帨于門右，國君世子生，射人以桑弧蓬矢六，射天地四方。」

釣臺歌送嚴陵徐尊生太史

一統志：「釣臺，在桐廬富春山，一名嚴陵山，清麗奇絕，號錦峯繡嶺。前臨大江，卽嚴子陵釣處，左右二臺，各高數百丈。」後漢書隱逸傳：「嚴光，字子陵，小字狂奴，餘姚人。少與光武同學，及帝卽位，令物色訪之。齊國上言有男子披羊裘釣澤中，帝知爲光也；備安車玄纁，三聘乃至，除諫議大夫，不屈。」靜志居詩話：「徐尊生，字大年，淳安人。洪武三年，召修元史，史成，授翰林應奉文字，自引求去。省臣留修庚申君史，又編集禮樂書，書成，乃始得歸。」此首從槎軒集補。

羊裘翁，遺釣臺，蒼翠兩相向，勢壓千崔嵬。巉巖峭壁聳雲表，泱泱桐江流遶其下徒喧豗。一統志：「桐江源出天目。」清風在翁振千古，唾視軒冕浮輕埃。心懷高潔猶可覩，時吐片月峯頭來。先生當代詞林載筆有良史才。不展調元手，居鼎台。胡傳：「調元者，宰相之事。」却思釣臺亟歸去，胸襟灑落何如哉！胸中之樂何如哉！

〔明〕高啓 著

〔清〕金檀 輯注

徐澄宇 沈北宗 校點

高青丘集

下

上海古籍出版社

高靑丘集卷十二

五言律詩

草堂夜集

山家具雞黍，夜與故人期。暫喜逢歡會，都忘在亂離。火寒移坐密，燭盡得詩遲。莫聽高城角，明朝別又悲。

過胡博士郊居 原注：「胡善箴。」

頭白蘭陵客，一統志：「常州武進縣，晉置南蘭陵郡，梁改爲蘭陵縣。」幽居共一村。老來吟力退，貧去告身存。唐書：「文武官皆給告身，以符而印其上，謂之告身。」夕吹鳴梨葉，秋泉注稻根。時因來問箴，獨叩樹間門。

送茅侯

欲知離別意，孤櫂去還停。候吏分遙邇，離人雜醉醒。城臨秋水渡，樹帶夕陽亭。後夜看吟燭，憐君宿郡廳。

孤雁

衡陽初失伴，歸路遠飛單。度隴將書怯，見卷四池上雁。排空作陣難。王勃滕王閣詩序：「雁陣驚寒，聲斷衡陽之浦。」呼羣雲外急，弔影月中殘。不共鳧鷖宿，蒹葭夜夜寒。

曉步園池

髮隨秋葉落，心共曉雲舒。稍改新題句，渾忘舊讀書。林爭移樹鳥，池響食萍魚。無限悠然意，涼天獨步餘。

次韻過建平縣 建平屬廣德州

縣雖三戶小，史記項羽本紀：「楚南公曰：『楚雖三戶，亡秦必楚。』」注：「三戶，楚三大姓：昭、屈、景也。」地僻罷兵防。茶市逢山客，楓祠祭石郎。一統志：「宋石公弼知廣德縣，有政績。」雲埋鳴澗斧，沙膠度谿航。應愛青山好，經過駐旅裝。

鵲軒 有序

金華朱少府，生時有鵲集于庭後樹，每歲生日，輒一來。其母濱歿，鵲悲鳴久之而去，因以名軒。識其思母之意云。

神鵲曉鳴枝，飛來自有期；門前懸矢日，見卷十一「張仙神像」。堂上捧樽時。詎信填河事，淮南子：「烏鵲填河而渡織女。」寧歌繞樹詩。見卷八中秋玩月。只憐君望斷，風木助餘悲。見卷二風樹操。

寄杜二進士

花開寄別離，花落正相思。交誼多年見，鄉愁近日知。我方淹上國，君豈老明時。試問江干閣，同登復共誰？

雨篷

楚雨滿汀洲，瀟瀟灑客舟。夢驚孤枕夜，愁掩一篷秋。葦葉寒相戰，灘聲暗共流。此時湘浦上，同聽只沙鷗。

聽秋軒爲僧賦

西澗秋聲起，涼風助振號。數禽翻樹裏，一作杪。萬葉下亭皋。初訝來山雨，還疑捲一作沸。浪濤。老僧方入定，終夜任蕭騷。

杏花飛燕圖

雙飛如鬬捷，終日幾西東。尾拂花梢露，身翻柳絮風。入簾時趁蝶，歸壘每銜蟲。何處長相見？佳人院落中。

扇

皎皎復團團，何人剪素紈？鄉嬛記：「沈休文雨夜齋中獨坐，風開竹扉，有一女子攜絡絲具，入門便坐。風飄細雨如絲，女隨風引絡，絡繹不斷，若眞絲焉。贈沈曰：『此謂冰絲，贈君造以爲冰紈。』沈後織成紈製扇，當夏日，甫攜在手，不搖而自涼。」驅蠅〔校記〕大全集作「螢」，竹素軒本同。臨几席，撲蝶近闌干。似月驚朝見，生風變夏寒。時移當自棄，見卷一班倢伃。莫怨繪乘鸞。江淹班婕妤詩：「紈扇如團月，出自機中素。畫作秦王女，乘鸞向煙霧。」

新荷

如蓋復如鈿，初生雨後天。葉低浮水上，一作面。莖弱裊風前。乍覆游魚戲，難藏宿鷺眠。佳人休便折，留蔭採蓮船。

鷺

雪羽獨修修，按：李昉名白鷺曰雪客。閒情戀遠洲。聲沉煙浦晚，影度月灘秋。避棹驚時起，窺魚立未休。蒹葭同夜宿，應只許沙鷗。

馬

名駒產渥洼，杜甫詩：「飄飄西極馬，來自渥洼池。」牽出萬人誇。逸足輕千里，高鬉散五花。杜甫高都護驄馬行：「五花散作雲滿身，萬里方看汗流血。」晝斷：「唐人尙剪騣馬，三騣者曰三花、五騣者曰五花。」城南遊紫陌，塞上踏黃沙。不受蠻奴策，驕嘶向日斜。

梧桐

井邊雙玉樹，高翠自生涼。影散秋雲薄，聲喧夜雨長。疎英飄碧簟，亂葉響銀牀。李白詩：「梧桐落金井，一葉飛銀牀。」緑綺誰能斵？持將奏鳳凰。

圍棋

偶與消閒客，圍棋向竹林。聲敲驚鶴夢，局罷轉桐陰。對坐忘言久，相攻運意深。此間元有樂，何用橘中尋？見卷八「書夢龍根」注。

池上晚酌

夕陽初雨後，團扇送涼過。竹裏方歸鳥，沙邊尚浴鵝。脱巾懸峭壁，流斝逐回波。六逸當年樂，唐史：「李白、孔巢父、韓準、裴政、張叔明、陶沔，居徂徠山，號『竹溪六逸』。」何如此處多。

簟

蠻藤巧織成，乍展覺涼生。紋蹙寒波細，光搖夜月明。坐令葵扇棄，晉書謝安傳：「鄉人有罷中宿縣者，還詣謝安，安問其歸資，答曰：『有蒲葵扇五萬。』安乃取其中者捉之，京師士庶競市，價增數倍。」眠稱石牀平。王維詩：「雨花應共石牀平。」須信南軒下，炎天夢亦清。

射柳　演繁露：「射柳，本古之䠞柳。折柳環插毬場，軍士馳馬射之，其鏃甚闊，射之即斷。」

風幔畫旗張，將軍集射場。馬驕嫌轡急，人勇喜弓強。但見青條折，那知白羽翔？見卷四贈馬冠軍。三軍歡笑處，巧中勝穿楊。

流螢

熠燿復青熒，流光不自停。暗飛如避月，遠墮欲隨星。穿樹臨幽檻，緣莎集小庭。莫將羅扇撲，囊取照遺經。晉書車胤傳：「胤博學多通，家貧，不常得油，夏月則練囊盛數十螢火以照書，夜以繼日焉。」

水殿圖　越絶書：「吳王起姑蘇臺，立春宵宮，爲長夜飲。作天池，池中作青龍舟，日與西施爲水嬉。」李白詩：「風動荷花水殿香，姑蘇臺上宴吳王。」

波影繞闌干，淸虛似廣寒。龍城錄：「上皇與申天師、道士鴻都客，八月望日夜，三人同在雲上遊。月中見一大宮，榜曰『廣寒清虛之府』。」荷香臨檻挹，庾信詩：「荷香熏水殿。」月色捲簾看。夜靜聞清吹，涼多却素紈。宴酣思薦鱠，吳越春秋：「子胥歸吳，吳王聞將至，治魚爲鱠。過時不至，魚臭。須臾子胥至，闔閭出鱠而食，不知其臭。吳人作鱠者，自闔閭之造也。」銀縷簇金盤。見卷五遊寶積山。

新蟬

翾翾乍離脫，咽咽試初鳴。隔葉棲身穩，移柯忽意驚。亂催窗日墮，微喚浦風生。何待當秋聽，今朝已感情。

林間避暑

自愛蠻藤滑，閑舒臥石苔。松風催一作驅。暑去，竹月送涼來。石氣生琴薦，皮日休詩：「蟲絲度日縈琴薦。」泉香入茗杯。却憐行路子，愁喝向黃埃。

送劉省郎出佐邊郡

符券前軍重，唐書百官志：「門下侍郎二人，掌貳侍中之職，侍中闕，則涖封符券給傳驛。」衣冠上客才。地圖連異壤，星次出中台。晉書天文志：「三台六星，上中下，兩兩相居，起文昌列抵太微。一曰天柱，三公之位也。在人曰三公，在天曰三台。」蘇頲贈彭州權別駕詩：「衹道歌謠迎半刺，徒聞禮數揖中台。」暮雨車投峽，秋風扇却埃。省中梧樹在，杜甫詩：「掖垣竹埤梧十尋。」鳴鳳會重來。

湓浦琵琶圖

一統志：「湓浦，在九江府城西。」又：「琵琶亭，在城西大江濱。唐司馬白居易送客湓浦口，夜聞鄰舟琵琶聲，問之，乃長安娼女嫁于商人，爲作琵琶行，後人因以名亭。」

秋夜相逢處，閨愁雜宦情。四絃風共拂，見卷八夜飲丁二侃宅。兩棹月同明。司馬青衫濕，白居易琵琶行：「座中泣下誰最多？江州司馬青衫濕。」佳人白髮生。至今湓浦上，楓葉尚哀聲。

金人馬圖

名王愛遊獵，初試射鵰弓。白草秋原曠，黃沙晚塞空。琵琶應漢女，騕褭是胡驄。歸醉葡萄綠，見卷八葡萄酒。穹廬在月中。

夜訪芑蟾二釋子因宿西澗聽琴

清夜獨幽尋，巖扉落葉深。許攜陶令酒，來聽潁師琴。韓愈有聽潁師彈琴詩。又李賀有聽潁師彈琴歌。人醉月沉閣，烏啼風滿林。應留西澗水，千載寫餘音。

錢塘送馬使君之吳中

樟亭離席散，杭州府志：「樟亭，在錢塘縣舊治南五里，今浙江驛，其故址也。」遙發畫轓車。謝承後漢書：「鄭弘遷淮陰太守，行春大旱，隨車致雨。白鹿方道，挾轂而行。弘怪問主簿黃國：『鹿爲吉爲凶？』國拜賀曰：『聞三公車轓畫作鹿，明府必爲宰相。』」飛雉新阡麥，見卷二秋江曲。啼鶯故苑花。杭州府志：「西湖十景有柳浪聞鶯。」望山登郡閣，行水到田家。莫道凝香句，韋應物郡齋燕集詩：「兵衞森畫戟，燕寢凝清香。」蘇州宦蹟志：「韋嗜詩，吳中目爲詩仙。蓋其畫戟清香之辭，最爲警策。府治後有凝香堂，以奉韋應物、王仲舒、白居易、劉禹錫、范仲淹五賢像于內。」前人獨可誇。

與劉將軍杜文學晚登西城

木落悲南國，城高見北辰。飄零猶有客，經濟豈無人？鳥過風生翼，龍歸雨在鱗。相期俱努力，天地正烽塵。

和周山人見寄寒夜客懷之作

亂世難爲客，流年易作翁。百憂尋歲暮，孤夢怯山空。門掩雲峯裏，燈明雪竹中。無因乘夜訪，相慰一尊同。

哭臨川公

身用已時危，衰殘況病欺。竟成黃犬歎，史記李斯傳：「斯與其中子俱執，顧謂曰：『吾欲與若復牽黃犬，出上蔡東門逐狡兔，豈可得乎？』」莫遂白鷗期。東閣圖書散，西園草露垂。無因奠江上，應負十年知！

一窗秋影

修竹與疎桐，秋陰接桂叢。並生金井側，同映綺疏中。隱匿纔籠霧，交橫忽颭風。不須懷故館，月落井成空。

早春侍皇太子遊東苑池上呈青坊諸公 「青坊」，見卷七酬謝翰林。

銅輦出紆徐，陸機詩：「撫劍遵銅輦。」注：「銅輦，太子車飾。」春宮晝講餘。竹書紀年：「周穆王居春宮。」又：「太子宮。」戟傾郎將衛，通典：「凡郎官皆主更直，執戟宿衞諸殿門以侍衞之，故通謂之侍郎。」簡授大夫書。謝惠連雪賦：「歲將暮，時既昏。寒風積，愁雲繁。梁王不悅，遊于兔園；俄而微霰零，密雪下，王乃授簡于司馬大夫曰：

『爲寡人賦之。』」草長園鳴鹿，冰開沼躍魚。從遊伴商皓，見卷五用里村。忝竊愧何如！

題谿山小隱

何處谿山隱？衡門對野橋。晚風攜鶴子，見卷九和衍上人觀梅。春雨種魚苗。避暑錄話：「浙東人率以陂塘養魚，乘春魚初生時，取種于江外，長不過寸，以木桶置水中，細切草爲食，如食蠶，謂之魚苗。」小徑斜通竹，疎籬曲護蕉。人生閒自足，不問楚辭招。杜甫詩：「要歸歸未得，不用楚辭招。」

城西客舍送周著作砥

客中寒食後，惆悵送君違。花隱歸城旆，風吹渡水衣。夜窗炊黍散，春苑鬭茶稀。茶錄：「建安鬭茶，以水痕先沒者爲負，侯久者爲勝。故較勝負之說曰：『相去一水兩水。』」范仲淹鬭茶歌：「鬭茶味兮輕醍醐，鬭茶香兮薄蘭芷。」誰念西齋雨，相思獨掩扉。

兵後出郭

俯仰興亡異，青山落照中。民歸鄰樹在，兵去壘煙空。城角猶悲奏，江帆始遠通。昔年荆棘露，又滿闔閭宮。

謝賜衣

臚呼遙捧賜，唐書儀衞志：「朝日，御史大夫領屬官至殿西廡，從官朱衣傳呼，促百官就班。」服拜望蓬萊。香帶爐煙下，賈至詩：「衣冠身惹御爐香。」光迎扇月開。庾信詩：「歌聲上扇月。」奇紋天女織，新樣內工裁。周禮：「典絲掌絲入而辨其物，頒絲于外、內工。」注：「外工，外嬪婦也。內工，女御也。」被澤徒深厚，慚無奪錦才。唐書宋之問傳：「武后遊洛南龍門，詔從臣賦詩；左史東方虯詩先成，后賜錦袍。之問俄頃獻，后覽之歎賞，更奪袍以賜。」杜甫詩：「詩成奪錦袍。」

西清對雨

上林賦：「青龍蚴蟉于東廂，象輿婉僤于西清。」注：「西清者，西廂中清淨處也。」

楚臺雲起遠，漢苑雨來微。曉濕宮城旆，寒霑陛楯衣。說苑：「紈素綺繡，靡麗堂楯，從風雨弊，而士曾不得以緣衣。」溝中隨葉墮，爐畔帶煙飛。坐詠西清暇，君王召對稀。

夜宿太廟齋宮

烏散廟堧空，漢書晁錯傳：「內史府居太上廟堧中，門東出不便，錯乃穿門南出，鑿廟堧。」清香肅閟宮。太常齋禁密，漢書百官公卿表：「奉常，秦官，掌宗廟禮儀。景帝中六年，更名太常。」後漢書周澤傳：「常臥病齋宮，其妻哀澤老病，闚問所苦，澤大怒，以妻干犯齋禁，收送詔獄。時人爲之語曰：『生世不諧，作太常妻。一歲三百六十日，三百五十九日齋。』」列祖享儀崇。井叩銅瓶月，墀鳴玉珮風。聽鐘候車駕，庭燎已熣熣。詩：「庭燎之光。」

送秦主客遷侍儀使

新唐書百官志：「主客郎中、員外，各一人，掌諸蕃朝見之事，蕃客請宿衛者，奏狀貌年齒。」鄭谷寄同年禮部趙郎中詩：「小儀澄澹轉中儀。」按：「唐人謂禮部郎中爲中儀，員外郎爲小儀，亦曰少儀。」

蕃客來曾識，衣冠上國風。承恩趨北闕，罷直出南宮。導駕爐煙裏，催班漏點中。蘇軾詩：「曉風宮殿夢催班。」時淸多奏頌，還向閤門通。

春日退直呈禁署諸公

待詔直東華，見卷七睡覺。歸休每日斜。職連詞客苑，俸入酒胡家。辛延年詩：「調笑酒家胡。」檐網長縈絮，庭甎欲過花。唐書李程傳：「學士入署，常視日影爲候。程性懶，日過八磚乃至，時號八磚學士。」韓偓詩：「日過八花磚。」知君未出院，應草侍中麻。見卷九送王孝廉。

送張司勳赴寶慶同知

周禮夏官：「司勳，掌六卿賞地之法，以等其功。凡有功者，銘書于王之太常，祭于大蒸，司勳詔之。」一統志：「寶慶府，屬湖南。」

乍出司勳幕，還乘別駕車。按圖猶漢地，輸布盡蠻家。元史泰定帝紀：「致和元年，雲南安隆塞土官岑世宗，與其兄相攻，籍其民三萬二千戶來附，歲輸布三千匹。」山熱蛇懸樹，柳宗元詩：「陰森野葛交蔽日，懸蛇結虺如蒲萄。」江晴鶴浴沙。郡樓回首處，北斗近京華。

寓天界寺

雨過帝城頭，香凝佛界幽。果園春乳雀，花殿午鳴鳩。萬履隨鐘集，千燈入鏡流。法苑珠林：「明月寶珠及摩尼珠等，用爲塔燈。」禪居容旅跡，不覺久淹留。

送前進士夏尙之歸宜春 江西袁州府宜春縣

凄涼庾開府，周書庾信傳：「信，字子山，南陽新野人，仕梁，襲爵武康縣侯。梁亡，仕魏爲弘農守，遷驃騎大將軍開府儀同三司，進爵義城縣侯。作哀江南賦。」杜甫詩：「清新庾開府。」老去復如何？故國歸鴻少，新朝振鷺多。詩：「振鷺于飛，于彼西雝。」注：「此二王之後，來助祭之詩。」菊荒應自歎，陶潛歸去來辭：「三徑就荒，松菊猶存。」麥秀竟誰歌？書大傳：「微子朝周，過殷故墟，乃爲麥秀之歌。」相送堪愁思，蕭蕭楚水波。

早出鍾山門未開立候久之

關吏收魚鑰，芝田錄：「門鑰必以魚，取其不瞑目，守夜之義。」趨朝阻向晨。忘鳴雞睡熟，倦立馬嘶頻。柝靜霜飛堞，鐘來月墮津。可憐同候者，多是未閒人！

雪夜宿翰林院呈危宋二院長

偶伴王摩詰，王維，字摩詰，有同崔員外秋宵寓直詩。寒宵宿禁林。院鈴風外靜，戎幕閒話：「翰林院有懸鈴，以備中夜警急，文書出入，則引索以代傳呼。」韓渥詩：「坐久忽聞鈴索動，玉堂西畔響丁東。」宮漏雪中沉。絳蠟銷吟燭，青綾擁賜衾。見卷六永上人紙帳。明朝陪賀瑞，謝惠連雪賦：「盈尺則呈瑞于豐年。」銀闕曉光深。

自天界寺移寓鍾山里

移寓鍾山里，開軒見翠微。寺僧違乍遠，鄰父識猶稀。愛讀明開牖，防偷固設扉。晉書王獻之傳：「夜臥齋中，有偷人入其室，盜物都盡，獻之徐曰：『偷兒，青氈我家舊物，可特置之。』羣偷皆走。」誰言新舍好，畢竟未如歸。

夜逢故郡賀冬至使胡浦二博士同宿

會宿本無期，忻逢兩舊知。問年驚別久，候曉畏朝遲。寒澀高城漏，陽迴上苑枝。明朝使事畢，歸騎又天涯。

至日夜坐客館

久客漸忘家，今宵忽感嗟。旅蹤猶泊梗，陽氣又吹葭。後漢書律曆志：「候氣之法，爲室三重，戶閉，塗釁必周密，布緹縵室中，以木爲案。每律各一，內庳外高，從其方位，加律其上。以葭莩灰抑其內端，案律而候之，氣至者灰散。」杜甫詩：「刺繡五紋添弱線，吹葭六琯動飛灰。」巷屋門封雪，鄉關路遶沙。閨中想逢節，也解憶京華。

送鮑翰林遷官陝右

姓譜：「鮑頫，字尚絅，歙人。洪武初，薦修元史，陞翰林修撰，出爲耀州同知。」

鑾坡初罷直，西去惜離羣。載筆唐供奉，褰帷漢使君。後漢書賈琮傳：「琮爲冀州，傳車垂赤帷裳。琮曰：『刺史當遠視廣聽，糾察美惡，何垂帷裳以自掩乎？』命褰之。」濁流河驛雨，詩注：「涇濁，渭清。」一統志：「二水皆在西安。」高樹嶽祠雲。按：「太華山在華陰縣。」公暇應懷古，登臨賦夕曛。

送姚架閣 見卷五

芳晨悵別筵，新柳驛亭前。客散春城酒，人登暮雨船。江樓先見日，郡界遠臨邊。到後安民俗，應知從事賢。隋書百官志：「從事，爲從九品。」世說：「習鑿齒史才不常，宣武器之，未三十便爲荊州治中。鑿齒謝牋云：『不遇明公，荊州老從事耳！』」

送曾主簿之平樂 廣西平樂府平樂縣

路出桂江東，一統志：「在梧州府城西。」鄉音想未通。蛇飛山苦霧，鵬運海多風。木魅長欺客，寰宇記：「平樂府城東檠山，上有九峯，險不可陟。嘗有木客，形似小兒，行坐衣服，不異于人，時出市易作器，人亦無別。」鮑照蕪城賦：「木魅山鬼，野鼠城狐；風嘷雨嘯，昏見晨趨。」花蠻少學農。炎徼紀聞：「古稱八蠻，其文面尤異者，則有飛頭、鑿齒、鼻飲、花面、赤裩之屬。」縣廳何處在？椰葉晚陰中。見卷六送袁憲史。

桓簡公廟

晉書：「桓彝，字茂卿，譙國人，爲宣城內史。蘇峻攻涇縣，彝力守經年，城陷，死。

賊平，追贈廷尉，謚曰簡。咸安中改贈太常。」一統志：「靈惠廟，在涇縣西，祀晉宣城內史桓彝。」又：「桓彝墓在府城北。」

荒林慘淡中，石馬欲嘶風。見卷一野田行。功在山留碣，威存廟挂弓。飢鴉迎祭客，走鼠駭巫童。千載宣城道，人憐內史忠。

送陳則

挾策去誰親？侯門不禮賓。愁邊長夜雨，夢裏少年春。白居易詩：「還有少年春氣味，時時暫到夢中來。」樹引離鄉路，花驕失意人。一杯歌短調，相送欲沾巾。

暮春送陳郎中出守檇李

出幕方爲郡，行車動畫輪。圖書歸省吏，風俗問州人。塘水龍鱗細，城槐兔目新。博物志：「槐葉生五日曰兔目，十日曰鼠耳。」莫言花已盡，君到自陽春。開元遺事：「人謂宋璟爲『有脚陽春』，言所至之處如陽春煦物也。」

送楊從事從軍

南風薰一作動燕麥，爾雅篇注：「雀麥即燕麥。」李白詩：「燕麥青青遊子悲。」送子悵如何！迢遞戎車役，淒涼橫笛一作吹。歌。天籠平野迥，山繞古關多。莫笑書生怯，能當曳落河。見卷十寄陶生。

送王員外遷崇教 原注：「崇教，典僧官。」

能書晉公子，晉書王獻之傳：「幼時學書，其父羲之從後掣其筆不得，歎曰：『此兒後當復有大名。』」清宦稱高情。海樹朝帆遠，江風夏服輕。官從三省去，唐書劉祥道傳：「三省都事、主事、主書，比選補，皆取流外有刀筆者。」案：三省，謂中書、黃門、尙書也。僧出萬山迎。誰說簪纓累？名林得按行。

吳中送顧生歸海陵 一統志：「揚州泰興縣，隋海陵地。」

涼風初變柳，歸興片帆孤。家向三秋到，田經幾歲蕪。舊音猶帶楚，新夢未離吳。明日江南北，相思有雁無？

園中

席煖林中憩，衣涼水上歸。腐瓜蟲食徧，空樹鶴巢稀。邂逅幽尋得，參差薄願違。喜無來往者，秋草沒園扉。

送前國子王助教歸臨川

去國獨依依，羈臣淚滿一作濕。衣。夢中燕月遠，一作冷。望裏楚山微。世變人驚老，身全詔許歸。舟前楓葉落，應到故園扉。

送潘巡檢之閩中 續通考：「明於外府州縣關津要害處所，設巡檢一員，率領傜編弓兵二三十人，專務巡緝盤詰。」

京師到閩海，秋色幾程餘。莎柵山兵守，後周書李遠傳：「嘗校獵于莎柵，見石于叢蒲中，以爲伏兔，射之而中，鏃入寸餘。」榕林島戶居。蘇軾詩：「忽行榕林中，跨空飛拱枅。」嵇含草木狀：「榕葉如木麻，其蔭十畝。」曉衙雞應鼓，晚邏騎隨車。清世元無盜，將軍好讀書。

送思上人 釋妙聲送思上人游方詩序：「吳郡思上人，業天台氏之學，主長洲文殊寺數年，人從而化者甚衆。今乃棄去，翛然山水間，如不繫之舟，行空之雲，何可羈也。」

名林雖盡廢，南去只隨緣。野飯晨留鉢，城鐘夜到船。虎馴應畏法，朝野僉載：「空如禪師入陸渾山，坐蘭若，虎不暴。山中偶見野豬與虎鬬，以藜杖揮之曰：『檀越不須相爭。』即分散。」鳥喚不驚禪。他日期相見，高峯舊塔前。

宴王將軍第

流水通侯第，行雲傍妓臺。雨催牙仗散，禮含文嘉：「牙旗者，將軍所建也。」風引羽觴來。曲學移聲按，詩隨得韻裁。莫令遊宴歇，次第過花開。

送朱從事之吳興

釋褐方從宦，揚雄解嘲：「或釋褐而傅。」國朝會要：「興國二年，始賜呂蒙正等釋褐，後遂爲例。」青山故郡鄰。草深湖帶雨，花暗驛藏春。鼓聚祈蠶女，陸游詩：「戸戸祈蠶喧鼓笛。」舟逢射鴨人。見卷二。幕中應待久，徒此惜離辰。

和友人過采石　一作和包師聖同知過采石

山暝斷磯頭，猿聲兩岸愁。柳間娼女酒，月下估人舟。擒虎嗟橫渡，隋書韓擒傳：「高祖大舉伐陳，擒率五百人宵濟采石，守者皆醉，擒遂取之。」本名擒虎。騎鯨憶醉遊。見卷十鳳臺圖。停橈正懷古，風急葦花秋。

謔柳

何恨苦長顰，纖姿嫵媚春。慣愁行路客，羞比舞筵人。亂葉斜斜雨，狂花衮衮塵。殘蟬來噪日，應落漢潭濱。

無題

顧影出中堂，長眉學內妝。古今注：「魏宫人好畫長眉。」本爲戚里婦，不是狹斜娼。扇撲園中蝶，箏彈陌上桑。相逢不敢笑，只恐斷君腸。

京師寓廨三首

誰言舊隱非？静里且相依。緑樹城通苑，青山寺對扉。官閒休直早，客久夢還稀。是物春來典，杜甫詩：「朝回日日典春衣。」唯存舊賜衣。

其二

幾夜頻聽雨，經春不見花。蘼蕪青渚燕，楊柳白門鴉。李白詩：「何處最關情？烏啼白門柳。

拙宦危機遠，工吟癖性加。閒坊車馬少，不似住京華。

其三

寂寞過芳時，幽懷只自知。袖無投相刺，梁書諸葛璩傳：「江祀薦璩于明帝曰：『璩安貧守道，悅禮敦詩，未嘗投刺邦宰，曳裾府守。』」篋有寄僧詩。鼠跡塵凝帳，蛙聲雨到池。疎慵堪置散，韓愈進學解：「投閒置散，乃分之宜。」不敢怨名卑。

送舒徵士考禮畢歸四明 一統志：「寧波府，唐曰明州，四明山在府城西南。」

寄語闕門吏，休輕尙布衣。叔孫聊應召，漢書叔孫通傳：「爲博士，說高祖起朝儀，采古禮，與秦儀雜就之。始用于長樂宮，自諸王以下，莫不震肅，拜通爲奉常。」周黨竟辭歸。見卷三隱逸。赤日京塵遠，蒼煙海樹微。送君還自歎，老却故山薇。

陪客登陶丘

相逢俱失意，此地偶同遊。獨樹邀人去，王褒詩：「平原看獨樹。」斜陽爲客留。依村煙景夕，近水竹聲秋。漫有歸歟歎，何山是故丘？

王公子宅五月菊

秋英忽夏發，宛在阿戎家。晉書：「王渾子戎，年十五，阮籍謂渾曰：『濬沖清爽，非卿倫也，與卿言，不如與阿戎語。』」細認驚初見，高吟喜共誇。不依寒竹雨，欲映午榴霞。我意甘遲暮，尊前有此花。

送周復秀才賦行李中一物得紈扇

不畫乘鸞女，見前扇。應憐素質新。霜機驚落早，風塵讓揮頻。席上曾歌怨，見卷一婕妤怨。窗間或掩顰。溫子昇詩：「妖姬掩扇歌。」何如爲君子，遠路障埃塵。李商隱詩：「燭分歌扇淚。」

送流人

漢條應偶觸，元史劉秉忠傳：「有犯于民，設條定罪。」蠻俗未能諳。海近風多颶，山昏瘴似嵐。行衡哀甸虎，一統志：「雲南永昌軍民府，古哀牢國，故云哀甸。哀牢，本名安樂，夷語訛爲哀牢。」食畏蠱家蠶。周禮：「庶氏掌除毒蠱。」宋史太祖紀：「徙永州諸縣民之畜蠱者三百二十六家于僻處，不得復齒于鄉。」虛谷閒鈔：「鄒閬臨晨啓戶，見一小籠子，開視，乃白金酒器數十事，挈歸，覺股上有物蠕蠕然動，金色爛然，乃一蠶也。友人有識者曰：『此所謂金蠶蠱也。能入人腹中，殘嚙腸胃，復完然而出。』」鄉國何年返？懸知老日南。漢書地理志：「日南郡，故秦象郡，武帝元鼎六年更名。」注：「言其在日之南，所謂開北戶以向日者。」

贈張省郎

漢署早為郎，長遊鳳沼傍。獨孤及詩：「公遊鳳凰沼。」雞知壺水候，李白詩：「銀箭金壺漏水多。」馬識火城光。國史補：「每元日冬至立仗，大官皆備珂傘，列燭有至五六百炬者，謂之火城。宰相將至，衆皆滅燭避之。」蘇軾詩：「萬人爭看火城還。」每載趨曹筆，漢官儀：「八座受成，事決於郎，下筆為詔策，出言為詔命。」時熏直省香。漢官儀：「其入直臺廨，給侍史一人，女侍史二人，皆選端正妖麗，執香爐、香囊，燒熏護衣服。」梅堯臣詩：「官奴休執燭，侍史正熏衣。」邊書無一羽，漢書高帝紀注：「檄者，以木簡為書，長尺二寸，用徵召也。有急事，則加以鳥羽插之，名曰羽書。」冠蓋得一作日。翺翔。

送瀚公住靈巖

離宮遊路絕，名寺道場開。我昔題詩去，師今說法來。茱萸垂澗戶，菡萏發池臺。興壞俱空幻，登臨不用哀。

送宿衛將出守鄧州

晉書武帝紀：「置中軍將軍以統宿衞。」一統志：「鄧州，春秋時鄧侯國，秦爲穰邑，漢爲穰縣，屬南陽府。」

中郎身領仗，見卷一長安道。宿衞在承明。漢書嚴助傳：「君厭承明之廬。」注：「石渠閣外，直宿所止曰廬。」舊射雙鵰落，新乘五馬行。官儀：「漢制九卿則二千石，以右驂。太守四馬而已，其有加秩中二千石者，乃右驂，故以五馬爲太守美稱。」遯齋閑覽：「漢時朝臣出使，爲太守增一馬，故曰五馬。」紅雲遙魏闕，白水近穰城。鄧州志：「州東新野縣，屬鄧州，縣有白河。」好勸諸年少，春來賣劍耕。

甘露寺

一統志：「在鎮江府北固山上，吳甘露中建，因名。內有梁武帝書『天下第一江山』六字。」

勝地江山壯，名林歲月遙。刹藏京口樹，見卷五。鐘送海門潮。一統志：「海門縣屬通州，今沒于海。」月黑龍光發，天淸蜃氣銷。本草：「蜃，蛟屬，能吁氣成樓臺城郭之狀，將雨即見，名蜃樓，亦曰海市。」何當尋很石，一統志：「很石，在甘露寺內，石狀如羊，相傳諸葛孔明坐其上，與孫仲謀計攻孟德者。」閒坐話前朝。

送張羽後夜坐西齋

閒齋聽鐘坐，憂緒悵多端。鳴雁雨中急，離人江上寒。秋燈下木葉，夜艇隔風湍。別後情蕭索，方知舊會歡。

徐山人別墅

茶香孤墅發，竹色四鄰分。埽地侵蟲字，文心雕龍：「鳥鳴似語，蟲葉成字。」開窗散鳥羣。樹涼池過雨，苔潤石生雲。我出無車馬，偏宜訪隱君。金蘭集補遺改本：「吾憐孺子宅，門對晚山曛。客去尊留月，僧來榻埽雲。茶香孤嶼發，竹色四鄰分。莫厭頻相過，言懷少似君。」

客館秋懷

獨臥愁空館，墻陰野豆開。暑將潮氣斂，秋與竹聲來。身賤多違志，時淸少棄材。蘄非張仲蔚，門戶有蒿萊。皇甫士安高士傳：「張仲蔚，平陵人，所居蓬蒿沒人，不治榮名，時人莫識。」

秋夜宿周記室草堂送王才

相別還相戀，秋宵暫對牀。人情貧後見，客況醉中忘。池柳疎含吹，唐太宗雨詩：「濛柳添絲密，含吹織空羅。」江雲薄護霜。離舟待明發，愁思劇茫茫。

江上雨

冥冥衆樹昏，浩浩一江渾。急有迴風韻，輕無入霧痕。鳥啼叢竹嶺，人臥落花村。門巷春泥滑，誰來共酒尊？

送賈二進士歸省

年少擅詞華，曾看手八叉。見卷十送張貢士。晨裝歸路雨，春酒別筵花。馬帶雲過嶺，人同燕到家。罷官趨覲好，不是謫長沙。漢書賈誼傳：「誼爲長沙王太傅，渡湘水，爲賦以弔屈原曰：『恭承嘉惠兮竢罪長沙。』」

贈衍師

石橋尋禮罷，啓蒙記注：「天台山楢溪水險，前有石橋，徑不盈尺，長數十丈，下臨絕澗。」歸住白雲層。法悟經慵讀，年衰塔倦登。青苔生砌錫，見卷九送證上人。黃葉翳龕燈。我欲相依老，前身恐是僧。

送錢氏兩甥度嶺

吏送投荒去，應歸下瀨營。漢書武帝紀：「甲爲下瀨將軍下蒼梧。」注：「瀨，湍也。吳越謂之瀨，中國謂之磧。」李嶠凱旋詩：「倘想江陵陣，猶疑下瀨師。」一家十口散，萬里兩身行。洞僚欺商市，集韻：「西南夷謂之僚。」山魈喚客名。抱朴子登涉篇：「山精形如小兒，獨足向後，夜喜犯人，名曰魈。呼其名則不能犯也。」江邊南望泣，不盡渭陽情。

送客歸閩省親

秋城聞暮砧，歸思忽盈襟。客久依人遍，親衰念子深。青山分嶺路，紅荔到鄉林。蔡襄荔枝譜：「其實廣上而圓下，大可徑寸，有五分；香氣清遠，色澤鮮紫，膜如桃花紅。」皮日休詩：「紅荔懸纓絡。」菽水還堪樂，禮記：「啜菽飲水，盡其歡，斯之謂孝。」何須季子金？

圓明佛舍訪呂山人

姑蘇志：「圓明寺，在吳江縣二十三都。」

憐君不出院，結夏與僧同。荆楚歲時記：「四月十五日，天下僧尼就禪刹掛搭，謂之結夏。」徐寅詩：「不出眞如結夏僧。」陰竹行廊遠，香花掩殿空。飯分齋鉢裏，書寄藏函中。白居易自記：「文集有五本，一本在廬山東林寺經藏院。一本在蘇州南禪寺經藏內。」茶宴歸來晚，雲仙雜記：「錢起，字仲文，與趙莒爲茶宴；又嘗過長孫宅，與朗上人作茶會。」西林一磬風。

答宗人廉夜飲王氏池亭見懷

遙聞池上酌，涼夜失炎天。酒碧傾當竹，衣香坐近蓮。沿波人弄月，翻樹鳥鳴煙。座上誰相憶？惟應是惠連。南史謝方明傳：「子惠連，年十歲，能屬文，族兄靈運嘉賞之，云『每有篇章，對惠連輒得佳語』。嘗于永嘉西堂思詩，竟日不就，忽夢見惠連，即得『池塘生春草』，大以爲工。」

賦得蟬送別

疎槐細柳中，涼占一枝風。蛻出形猶弱，驚飛響未終。雨來林館靜，日下驛門空。離管尊前發，凄涼調正同。

何隱君小墅

移家營別墅，一徑竹扉開。泉滿疏渠放，花多借地栽。壁間田器掛，窗裏浦帆來。自戀幽居樂，誰言是棄材。

贈張明府

聞道彈琴處，呂氏春秋：「宓子賤彈琴而治單父。」門前柳帶沙。海珍通估市，湖稅減漁家。暮港迷荷葉，秋田間豆花。亂來無此地，君政亦堪誇。

送唐博士肅移家檇李

列朝詩傳：「肅字處敬，會稽人，至正己亥中江浙鄉試，授黃岡書院山長，轉嘉興儒學正。洪武初，召修禮樂書，擢應奉翰林文字，兼國史院編修官。以疾失朝，罷歸里，謫佃濠之瞿相山，歲餘卒。」

楊柳發初齊，春陰廢苑西。故人乘醉別，新鳥傍愁啼。舟重全家去，詩多一路題。杏花開北郭，誰復共招攜？

贈妓

補注：開元遺事：「都下名妓楚蓮香者，國色無雙，每出入，則蜂蝶相隨，以慕其香也。」

樂籍小名收，牧豎閒談：「元和中，成都樂籍薛濤者，善篇章，足辭辨。」按：王銍有侍兒小名錄。侯家舊主謳。漢書衛皇后傳：「后字子夫，爲平陽主謳者，既飲，謳者進，帝獨悅子夫，遂入宮。」笑能撩客喜，醉肯逐人留。蝶識薰香氣，鶯慚度曲喉。更憐語酒令，賓退錄：「後漢賈逵，嘗作酒令。唐最盛。本朝歐公作九射格，不別勝負，飲酒者皆出於適然。陳迹古亦嘗作酒令，近李如圭作漢酒令，今館閣有小酒令一卷。」少日住揚州。杜牧詩：「十年一覺揚州夢，贏得青樓薄倖名。」

送顧倅之錢塘

之官即勝遊，送別漫多愁。草色荒宮燕，槐陰遠驛騶。湖通朝汲井，潮動夜眠樓。早向臨平過，杭州府志：「臨平山，屬仁和縣。」荷花已欲秋。

答高廉同飲後見寄

竹林清暑宴，見卷三隱逸王績。客散獨歸時。愁寄歡餘別，醒慚醉後詩。蟬催斜景急，鳥度廣川遲。何事聞鐘處，勞君尙遠思。

沈徵士鉉野亭 見卷六

淸時猶在野，獨臥見高情。移艇聞煙唱，鈎簾看雨耕。江晴雙鸛下，樹晚一牛鳴。回首徒相憶，柴車不入城。高士傳：「何默嘗躡草屩，乘柴車。」

題醫師王隱君墓表後

孤舟別楚水，客鬢已蒼蒼。竟賦招魂些，虛傳續命方。悲風柏隴小，積雨藥園荒。生滅雖能悟，看碑亦感傷。

贈朱山人

老來嫌衆累，依澗獨開房。積雨苔生桁，古樂府東門行：「還視桁上無懸衣。」迴風葉滿牀。學僧持淨律，傳燈錄：「無上菩提被，于身爲禪說，于口爲法行，于心爲律。」指月錄：「淨律淨心，心卽是佛。」避客錄奇方。唐書陸贄傳：「贄旣放荒遠，常闔戶，人不識其面，爲古今集驗方五十篇示鄉人云。」若問塵中事，無聞不是忘。

谿上

檇李詩繫作查家蕩。附考：蕩在嘉善縣北，多藕花。

秋色共谿長，遊人語笑涼。萍開天倒影，蓮墮水流香。魚罾和星漉，禽罝帶雨張。從今搖桂櫂，九歌：「桂櫂兮蘭枻。」不必問瀟湘。

次韻楊儀曹雨中

唐書百官志：「武德三年，改儀曹郎曰禮部郎中。」

雨中池閣曉，凊簟薦文漪。陰恐晴期遠，寒疑暑候遲。荷高擎欲折，柳重舞難攲。應阻陪高詠，開簾看散絲。張協詩：「密雨如散絲。」

寄錢塘諸故人

年少客名都，狂遊每共呼。荷深箏在舫，竹靜矢鳴壺。宋徽宗詩：「定邀朋侶戲投壺。」明月潮千里，殘陽雨半湖。故人能念否？歡意近來無。

送烏程馮明府

烏程，湖州附郭。

青山若下南，一統志：「湖州長興，有上若、下若水。」一騎入晴嵐。縣治琴聲古，泉香酒味甘。吳地理志：「吳興烏程縣，酒有名。」郡國志：「古烏巾，程林居此，能醖酒，因以名酒。」竹欄春護鴨，葦箔夏分蠶。馬祖常詩：「葦門仍葦箔。」大小馮君後，前漢書：「馮野王與弟立，皆奉世子也。立爲五原太守，徙西河上郡，治行與野王相似。民歌之曰：『大馮君，小馮君，兄弟繼踵相因循，聰明賢知惠吏民，政如魯衞德化鈞，周公康叔猶二君。』」傳家爾最堪。

喜了上人見過

幾時西澗別，忽喜過家園。澹泊林間供，虛空世外言。豆花零晚架，瓜蔓絡秋垣。莫厭頻相過，衡門久息喧。

病目

閉目洗黃連，本草綱目：「黃連主治熱氣、目痛、眥傷、淚出，明目。」深窗坐兀然。未忘聽鳥興，暫絕看花緣。問女知檐日，嗔奴畏竈煙。願因無見處，得證定心禪。

病目不飲

患目未全明，醫教謝麴生。開天傳信記：「葉法善居玄眞觀，嘗有朝客十餘人詣之，滿坐思酒，忽有人叩門，云『麴秀才』，傲睨直入，法善密以小劍擊之，隨手喪元，墜于階下，化爲瓶榼，一坐驚遽，視其處所，乃盈瓶醲醞也。咸大笑，飲之，醉而撫其瓶曰：『麴生風味，不可忘也。』」暫從彭澤止，蘇軾詩：「多病仍逢止酒陶。」恐學左丘盲。太史公自序：「左丘失明，厥有國語。」壁下蘭尊掩，林間藥臼鳴。坐聽連日雨，何物慰閒情。

賦得蟹送人之官

吐沫亂珠流，無腸豈識愁？抱朴子：「山中辰日稱無腸公子者，蟹也。」香宜橙實晚，劉克莊詩：「香切橙黃蟹正肥。」肥過稻花秋。陸龜蒙蟹志：「江東人云：『稻之登也，率執一穗以朝其魁，然後從其所之，蚤夜鶩沸，指江而奔，漁者緯蕭承其流而障之，名曰蟹斷。』」出籪來深浦，隨燈聚遠洲。本草：「蟹性走明。」郡齋初退食，可怕有監州。歸田錄：「國初，通判常與知州爭權，每云：『我是郡監。』有錢昆者，餘杭人也。浙人嗜蟹，常求補外，郡人問其所欲，曰：『但得有螃蟹無通判處則可。』至今人以爲口實。」

江上早發

蒼蒼汀霧起，何處望高城？游子曉初發，居人寒未耕。犬鳴林月落，魚躍浦風生。已有先行者，煙中聞棹聲。

客舍喜姪庸至

客裏逢人喜，相過況阿宜。按：杜牧姪，小字阿宜。遠遊驚歲晚，多難惜門衰。帆落江橋近，鐘來野店遲。一杯燈下語，渾似在家時。

哭周記室

萬里一羈臣，悲歌楚水春。漫期重會面，竟作永傷神。主祭惟孤姪，收詩有故人。獨揮聞笛淚，見卷四魏使君。斜日下西鄰。

過永定廢寺　姑蘇志：「永定教寺，在吳江縣荒浦村。」

亂後僧何去？門閒落葉時。晝昏秋蠹老，齋斷午禽飢。罷說傳心法，猶看賜額碑。不知興壞理，來此豈無悲？

楓橋送丁鳳

紅葉寺前橋，停君晚去橈。醉應忘世難，歸不計程遙。山隱初沉日，風催欲上潮。離魂來此處，還似灞陵銷。

盜發漢侍中許馘墓　在宜興。周必大遊山集：「度周橋，訪後漢許太尉馘墓，有古翁仲，龜趺大墩相連，漸爲邑人斸掘。」

古冢竟誰穿？虛傳錮最堅。玉魚宵已出，杜甫詩：「昔日玉魚蒙葬地，早時金椀出人間。」石獸曉猶眠。長夜俄看日，幽臺不掩泉。須知摸金者，陳琳爲袁紹檄豫州文：「操又特置發丘中郎將、摸金校尉，所過隳突，無骸不露。」亦到漢陵前。

過海昌贈李侯

閉廳晝下簾，秋色滿疎髯。耿湋詩：「疎髯似積霜。」久戍殘兵老，多貧長吏廉。陰風潮動郭，晴日地生鹽。三老相逢說，禮記：「食三老、五更于大學。」月令章句注：「三老，國老也。五更，庶老也。」年來戶牖添。

送易從事祖飲南渚 「祖飲」見卷四送徐七山人

疎楊映老荷，別處最秋多。送客年年路，愁人日日波。霞明添醉色，風急斷離歌。莫爲官程促，青山易看過。

題張靜居畫

楚客寫荆岑，秋雲隔浦陰。人家連橘塢，水廟映楓林。亂後清遊歇，愁邊遠色深。相看休向晚，怕有峽猿吟。

夜懷王校書

燈暗獨吟餘，疎桐月滿除。劉兼詩：「月移花影過庭除。」蟲寒初入戶，鼠餓欲侵書。河漢三更望，江湖兩地居。相思無去夢，今夜恨何如！

答陳則見寄

何由慰遠思，獨詠寄來詩。行路方難日，淸秋欲盡時。江多驚雁火，樹少宿烏枝。早晚如相見，應憐有鬢絲。

煮藥

葉燥井泉淸，山窗藥在鐺。燈前看火候，枕上聽潮聲。味熟吟方就，香來病已輕。何時采芝朮，養得羽翰成。

夜投西寺

江月上秋衣，來敲遠寺扉。棲禽驚客至，睡僕訝僧歸。鐘度行廊盡，燈留浴院微。非無招旅館，禪寂願相依。

送石明府之崑山

茂苑行春罷，攜琴又向東。潮聲數里外，山色半城中。帆帶桃花雨，陸龜蒙詩：「銅瓶淨貯桃花雨。」衣翻柳葉風。風土記：「河朔春時疾風，數日一作，三日乃止，曰吹花擘柳風。」島夷聞善政，爲有舶船通。太倉州志：「太倉，故爲崐山州治，海在州城東七十里，外通琉球、日本等六國，故太倉南關謂之六國馬頭。」

過城西廢塢

亂前遊最熟，亂後問都迷。園散栽花戶，林荒采菊蹊。廢泉流圃淺，斜日下城低。唯有煙中鳥，迎人似一作依。舊啼。

送范架閣赴嘉禾兼簡李使君 一統志：「嘉興府，三國吳曰嘉禾。」

陸相祠前路，嘉興府志：「陸宣公祠，在府治西。」孤舟欲上時。空江難晚別，荒郡易秋悲。月送潮生早，雲隨雁去遲。幕中知有子，太守只題詩。

喜呂山人見過江館

非君憐夙契，誰肯顧柴門？日短清江路，風高大樹村。見卷四渡吳淞江。交呈新著槀，同發舊藏尊。莫便尋歸櫂，心懷未盡論。

贈鄰友　一作答丁校理見貽

同居一塢中，只隔水西東。林近書燈露，溪迴酒舫通。放凫長合隊，移竹每分叢。只恐君徵起，難期作兩翁。

雨中就陳卿飲酒醉歸聞丁二臥病客樓賦此寄慰

我醉聽歌後，君愁臥病中。山雲秋郭暗，江雨夜樓空。短燭知頻剪，淸樽恨不同。題詩非檄手，那得愈頭風。三國志：「曹操病頭風，讀陳琳所作檄，翕然起曰：『此愈我病。』」

送醫士宋君徙居江上

詩瓢與藥囊，唐詩紀事：「唐球隱居蜀之味江山，爲詩撚槀爲圓，納大瓢中。臨沒，投瓢于江曰：『斯文苟不沉沒，得者方知吾苦心爾！』至新渠，有識者曰：『唐山人瓢也。』」此去一作件。卽行裝。跡隱名猶在，交親意未忘。剔芸繙舊帙，續博物志：「芸香辟紙魚蠹，故藏書室稱芸臺。」嘗草試新方。春水孤舟起，還來問竹房。劉長卿詩：「竹房遙閉上方幽，苔逕蒼蒼訪昔遊。」

屏居

飲水依道者，心淸無衆喧。幽花落半樹，疎雨過荒園。看山易云夕，尋澗偶窮源。欲喻靜中趣，居然忘我言。

立秋日

碧天收夏色，節氣變淸商。暑自今宵伏，風從此日涼。金莖初有露，玉氣未成霜。嗃日幷淒雨，潛催草木黃。

效唐人贈邊將

翩翩越騎將，後漢書百官志：「越騎校尉一人，比二千石。」注：「取其才力超越也。」負勇出山西。漢書趙辛傳贊：「秦漢以來，山東出相，山西出將。」射虜誇猿臂，史記李將軍列傳：「廣爲人長猿臂，其善射亦天性也。」封侯賭馬蹄。候烽河外暗，伏幟草中低。欲雪憑陵恥，須禽左谷蠡。匈奴列傳：「匈奴世傳官號，置左右賢王、左右谷蠡王，最爲大國。」

送董湖州

五馬貴專城，花兼赤綬明。後漢書輿服志：「諸侯王赤綬四乘。」政條民乍識，賦籍吏初呈。山籠輸茶至，溪船摘芰行。非將苕霅水，誰比使君清？

晚次西陵館 見卷三夜抵江上候船

匹馬倦嘶風，蕭蕭逐轉蓬。杜甫詩：「轉蓬行地遠。」地經兵亂後，歲盡客愁中。晚渡迴一作隨。潮急，寒山舊驛空。可憐今夜月，相照宿江東。

送顧別駕之邊郡

故人雖盡別，相去獨君賒。緣路雲千堠，臨邊樹一家。渡江船載馬，到館燭驚鴉。莫歎孤城廢，春來尙有花。

送僧恬歸靈隱

杭州府志：「景德靈隱禪寺，在武林山之陰。晉咸和元年，梵僧慧理建，名靈隱。宋景德四年，改景德靈隱禪寺，寺前冷泉亭，在飛來峯下，唐白居易有記。」

遊方應未久，柳色變新年。在路逢春雪，還山訪冷泉。鐘催投寺錫，燈照泊江船。法意休多問，無言卽是禪。

江上寄王校書行

寥落舊歡違，江邊獨掩扉。鄰家聞暮笛，客舍試春衣。宿鳥歸山亂，行人渡水稀。相思比花絮，斜日繞城飛。

送越將罷鎮

楚客佩吳鴻，李白結客少年場行：「匕首插吳鴻。」注：「吳鴻，鉤名。」臨邊最有功。讀書圜壁裏，睹酒射堂中。旆出莎城雨，笳吹柳浦風。越人相感意，應與暮潮東。

送王積赴大都

原注：「至正庚子作。」袁桷上都華嚴寺碑：「宗王殊邦，奉貢效牽，咸會同于

開平，由是定爲上都，大興爲大都，兩京之制，協于古昔矣。」

王郎歌莫哀，見卷十一吳中逢王才。且酌姑蘇臺。獨客自傷別，諸侯誰愛才？關河千里去，宮闕五門開。禮記注：「天子五門，皐、雉、庫、應、路也。」白居易詩：「一條星宿五門西。」未肯輕齊虜，漢書陳平傳：「上怒罵劉敬曰：『齊虜以口舌得官，今乃妄言沮吾軍。』」新從下土來。

送孫主簿之德清 原注：「孫善琴。」

山水匝秋城，君行思已清。道逢迎吏拜，田雜戍人耕。地遠知邊信，家貧稱縣名。應攜一琴去，相和長官鳴。

留別李侯

梅發津亭北，春隨使節迴。線多遊子服，孟郊詩：「慈母手中線，遊子身上衣。」酒滿故人杯。鐘送橫江雨，車盤出峽雷。李商隱詩：「車走雷聲語未通。」平生感知己，臨別更徘徊。

寄熹公

禪居紫閣陰，洛陽伽藍記：「景明寺複殿重房，青臺紫閣。」欲去問安心。野岸隨流曲，山門隱樹深。千燈燃雨塔，一磬出風林。想見踟跌處，雲多不可尋。

送王才歸錢塘

南歸猶落魄，北上已蹉跎。草草官亭酒，勞勞客路歌。親知今日少，山水故鄉多。匕首空留在，酬恩竟若何？

送長洲周丞陞吳縣令

青山隔苑橋，改邑去非遙。官食新添俸，民傳舊布條。稻花迎午放，荷葉待秋彫。寂寞長洲路，空聞五袴謠。後漢書廉范傳：「范，字叔度，爲蜀郡太守。成都舊制，禁民夜作，以防火災。范乃毁削前令，但嚴使儲水而已。百姓爲便，乃歌之曰：『廉叔度，來何暮？不禁火，民安作，平生無襦今五袴。』」

冬至夜喜逢徐七

君來同客館，把酒夜相看。動是經年別，能辭盡夕歡？雪明窗促曙，陽復座銷寒。杜甫詩：「冬至陽生春又迴。」世路今如此，懸知後會難。

送史丞之海門

原注：「史，淮東人。」「海門」見前甘露寺注。

黄茅連霧雨，此地久荒涼。日出嵎夷遡，書：「分命羲仲，宅嵎夷，曰暘谷，寅賓出日。」江通渤澥長。改官非謫宦，到邑是還鄉。海上遙聞説，歸人已裹糧。

夜雨宿東齋

砌冷一蛩急，窗虚諸葉稀。蕭條風雨夜，幽臥掩牀幃。鄰杵聽初歇，齋燈看尚一作向。微。忽憂歲暮事，聊食故山薇。

師山周君一作周伯常。客濠上思歸未得因畫舊隱圖求余賦詩

姑蘇志：「師山，吳縣十都村名。」一統志：「鳳陽府，隋、唐、宋曰濠州。」

幾年留客舍，千里念家山。得向圖中見，猶勝夢裏還。菊畦經雨廢，薜屋帶雲關。楚奏無窮意，王粲賦：「鍾儀幽而楚奏兮，莊舃顯而越吟。」相忘賴此間。

微恙江館夜作

寒燈坐江館，愁逼歲闌珊。苦恨應催老，微痾似忌閒。雞前星列屋，雁外月臨灣。明日將求藥，身猶懶入關。

逢李止冰道人

吹簫月滿舟，何處昔頻遊？后土瓊花觀，春明退朝錄：「揚州后土廟瓊花，或云自唐所植，即李衞公所謂玉蕊也。」仙人黄鶴樓。别來應未老，道在復何求？相見俄還去，江城楓葉秋。

冬至夜雨感懷

節序關何事？徒令百感生。升沈當世事，存歿故人情。寒壯微陽氣，風疎緩漏聲。他年説今夜，聽雨宿南城。

過戴居士宅

江邊戴顒宅，南史：「顒，安道之子，宅在嵊縣剡山下，乃郄超捐千緡所築。又徙居吳下，士人共爲築室疊石，栽花辟徑，琴尊造訪者無虛日。」地好愜幽尋。高樹藏卑屋，新篁補舊林。鳥成留客語，雲作護花陰。不負滄洲約，重來論夙心。

歸鴉

啞啞噪夕暉，爭宿不爭飛。未逐冥鴻去，長先野鶴歸。荒村流水遠，古戍淡煙微。借問寒林樹，何枝最可依？

晚坐南齋寫懷二首

雁過南齋暮，魂銷默坐中。賤貧長作客，愁病欲成翁。窗灑侵燈雨，庭翻走葉風。山妻猶解事，未遣酒尊空。

其二

歲景看垂暮，羈蹤歎屢遷。有身能去俗，無術但論天。菊老江城酒，牀寒客舍氈。愁中還一笑，兒女滿燈前。

臘月廿四日雨中夜坐二首

不興貧後歎，每動醉中吟。涉難知天意，居閒長道心。雁聲隨雨到，鬢色與年侵。獨想平生事，蕭然坐夜深。

其二

身退惟宜靜，謀疎且任眞。樓空三日雨，書亂一牀塵。丘隴多良友，江湖獨放臣。莫嗟年景暮，轉眼是新春。

書曹谷才世訓詩後爲其子季常作

綠野高人第，淸門舊相家。史記：「惠帝二年，曹參入相。」篇章存月露，隋書李諤傳：「連篇累牘，不出月露之形。」翰墨走龍蛇。曹唐遊仙詩：「大篆龍蛇隨筆札。」作戒言惟切，詒謀歲已賒。過庭雖有訓，得與共傳誇。

題山居圖爲僧賦

行負貝多書，酉陽雜俎：「貝多樹，出摩伽陀國，西土用以寫經。」青山別舊廬。亂尋安土避，貧借破菴居。吟苦非愁裏，禪癯似病餘。思歸休看畫，來去盡空虛。

題華氏瑩芝檜圖

誰指牛眠處，晉書：「陶侃微時，丁艱，將葬，家中忽失牛，不知所在，遇一老父謂曰：『前岡見一牛眠山阿中，其地若葬，位極人臣。』言訖不見，侃尋牛得之，因葬其地。」江山地最靈。氣鍾孤檜碧，祥表五芝青。神農經：「五色神芝，皆聖王休祥。」影動春雲亂，香敷曉露零。知君家種德，曾讀墓前銘。

賦得銅人贈醫士

舊鑄明堂像，唐書刑法志：「太宗嘗覽明堂針灸圖，見人五臟皆近背，針灸失所則致死，詔罪人無得鞭背。」新圖太史書。元史竇默傳：「默，字子聲，廣平肥鄉人。母死，南走渡河，依母黨吳氏；醫者王翁妻以女，使業醫，轉客蔡州，遇名醫李浩，授以銅人針法。走德安，孝感令謝憲子，以伊洛性理之書授之。乃北歸大名，與姚樞、許衡朝暮講習，至忘寢食。世祖即位，召拜翰林侍講學士，後累贈太師，封魏國公，謚文正。」體成金冶內，左傳「形民之力」注：「言國之用民，當隨其力任，如金冶之器，隨器而制。」穴試石砭餘。漢書藝文志：「周度箴石，湯火所施。」注：「箴，所以刺病也。石，謂砭石，即石箴也。古者攻病則有石，今其術絕矣。」摩狄年空老，後漢書薊子訓傳：「人于長安東霸城，見子訓與一老翁共摩挲銅人，相謂曰：『適見鑄此，而已近五百歲矣。』又謂之銅狄。」求仙事亦虛。「承露盤」、「銅人」見卷一長安道注。君懷濟人意，爲此竟何如？

夏景園廬

門掩一齋空，幽懷獨坐中。本同遨府客，見卷四送黃主簿。偶似灌園翁。高士傳：「陳仲子，齊人也，楚王聞其賢，欲以爲相，遣使聘，仲子遂逃去，爲人灌園。」魚鬭萍溪一作池。雨，蟬嘶柳巷風。未須論夙志，聊復去樊籠。劉兼詩：「皐禽爭肯戀樊籠？」

寄題崇明學宮天心水面軒

崇明，屬蘇州，今屬太倉。邵雍詩：「月到天心處，風來水面時。」

夜氣虛明際，齋宮息衆喧。詠餘風度瑟，坐久月當軒。雲淨無留翳，池清有活源。朱子詩：「問渠那得清如許？爲有源頭活水來。」心知此時意，欲論竟何言。

送柔上人得船字

叢林初結夏，見前圓明佛舍。東去又飄然。罷說天台講，一統志：「天台縣北國清寺，舊名天台。隋煬帝爲智顗禪師建，唐一行禪師于此學算，後有異僧寒山、拾得。」行參雪竇禪。景德傳燈錄：「明州雪竇山常通禪師，邢州人，出家參長沙岑和尚，後住洞山石霜，而法無異味。光啓中，領徒至四明，郡守請居雪竇，鬱然盛起。」蘇軾詩：「他日徒參雪竇禪」。殘經松一作林。下几，遠磬月中船。不用空悲別，師今絕妄緣。

中秋琵琶洲宴集得紅字

按：王賓吳中古蹟詩序：「有琵琶亭在舊治通判西，水清列可醲酒。」

香霧夕濛濛，孤高桂樹東。影疎林際月，涼近水邊風。重露流杯綠，繁星亂燭紅。明年江海上，高會與誰同？

悼女

保養常多闕，艱難愧我貧。悽悽臨歿語，的的在生親。遺佩寒江月，殘燈夜室塵。中郎他日槀，後漢書蔡邕傳：「初平元年，拜左中郎將。」「蔡文姬」見卷十贈錢文則。留付與何人？

亂後經婁江舊館

此地昔相依，重來事已非。新年芳草遍，舊里熟人稀。遠燕皆巢樹，見卷十次韻楊孟載。閒花自落磯。一作擁扉。遺蹤竟難覓，愁步夕陽歸。

悼顧宜人

避亂應千里，悲離復幾年。塵埃初嫁鏡，雨雪未歸船。有子隨行旐，潘岳寡婦賦：「飛旐翩以啓路。」無人與葬錢。唐書郭元振傳：「郭震，字元振，魏州貴鄉人，以字顯。少有大志，十六與薛稷、趙彦昭，同爲太學生。家嘗送賫錢四十萬，會有縗服者叩門，自言五世未葬，願假以治喪。元振舉與之，無少吝，一不質名氏。稷等歎駭。」束芻何處弔？詩：「生芻一束，其人如玉。」後漢書徐稺傳：「郭林宗有母憂，稺往弔之，置生芻一束于廬前而去。衆怪不知，林宗曰：『此必南州高士徐孺子也。』」衰草暮江邊。

過劉山人園

欲問幽棲處，花蹊逐澗迴。夕煙羅幕卷，春雨藥房開。野鶴知琴意，山蜂給酒材。城中少閒客，誰解引車來？

次韻楊禮曹移疾之作

養疾深扉掩，還應謝俗交。鳥多風和語，葵晚雨緘苞。印向閒廳鎖，鐘聞近寺敲。相思愁暮靄，高樹古城坳。

送周履道入郭

離羣方感愴，況復與君違。花隱歸城旆，風吹渡水衣。須知喧寂異，莫訝往來稀。今夜空齋雨，誰憐獨掩扉？此與前城西客舍送周砥似複。

雨齋獨坐寫寄友〔校記〕三十家作「雨齋書寄楊孟載。」

動與世相妨，端居學坐忘。見卷十醉後走筆。雨來池上樹，煙起竹間房。屋鳥非晴弄，蘭花是晚芳。尋山期已阻，遙望奈蒼蒼。

次韻酬西園公

林驚緣樹鼠，池響食萍魚。月戶雙砧落，風亭一簟舒。體便清夏健，髮映早秋疎。本自無愁事，何煩酒破除？韓愈詩：「破除萬事無過酒。」

聞鄰家琵琶有感

清唱合琵琶，當年碧玉家。見卷一碧玉歌。弄殘催酒急，抱重向燈斜。白居易詩：「千呼萬喚始出來，猶抱琵琶半遮面。」久別愁江樹，重聽隔院花。淚多思舊事，不是客天涯。

書王生扇

素質粉藤光，蒲葵詎可方？見前簟注。當懷驚抱月，見前扇注。灑面怯沾霜。宜助驅蠅用，羞隨走馬狂。漢書：「張敞爲京兆時，罷朝，走馬章臺街，自以便面拊馬。」注：「便面，所以障面，蓋扇之類也。」過時甘自棄，不怨井梧黃。

送胡鉉一作銓。遊會稽紹興府屬

山水獨行遍，苕溪仍剡溪。衣逢新火減，蘇軾詩：「三見清明改新火。」舟渡雜花迷。黃絹尋碑讀，一統志：「曹娥碑，在紹興府城東南江上。」注見卷二主客行。紅裙賭墅攜。晉書謝安傳：「寓居會稽，每遊賞，必以妓女從。」「賭墅」見卷四燕客。淸遊不能共，腸斷聽猿啼！槎軒集作「蘭亭舊基在，觴咏付新題。」

送陳少府赴嘉定蘇州府屬，今隸太倉州。

雨歇桑陰路，爭迎紺幰車。隋書儀禮志：「犢車，三品以上，青幰朱裏，五品以下，紺幰碧裏。皆白銅裝。」潮多田水滿，城小井煙疎。夜戶猶聞犬，春濤欲上魚。期君布新政，去卜海濱居。

報恩寺逢蔣主簿就送還如皐

姑蘇志：「報恩講寺，在城北陲，故呼北寺，卽通玄寺舊基。吳越錢氏移支硎山報恩寺改建于此，浮圖十一級，兵燼後，行者金大圓募建九級。」一統志：「如皐，屬揚州，戰國楚地。」

貪語酒寒頻，新年見故人。別時煙寺晚，歸路雪江春。造次燈前面，蒼茫船上身。明朝楚花發，莫歎縣廚貧。

贈姚東曹

後漢書百官志：「太尉公屬，東曹主二千石長吏遷除及軍吏。」

爐氣拂春衣，分曹直省闈。相門旄節重，郎舍簡書稀。夜直聽鐘度，晨朝策馬飛。共憐王掾少，晉書王珣傳：「珣與謝玄爲桓溫掾，俱爲溫所敬重。嘗謂人曰：『謝掾年四十擁旄仗，王掾當作黑頭公。』」粉署有光輝。

鍾山雪霽圖

山勢識龍蟠，香臺擁翠巒。張說詩：「禪室從來雲外賞，香臺豈是世中情？」草堂猿嘯晚，蕙帳鶴驚寒。雲擁梁僧塔，苔封宋帝壇。俱見卷九遊鍾山。昔年遊歷處，今向畫中看。

周興裔墓

原注：「在虞山東。宋高宗憫公殉節，給轉字圩山地十四畝勅葬焉。」此從姑蘇雜詠補入。

高宗南渡後，觀察死封疆。畫策無遺算，禽胡不避強。數窮身遇害，名重骨猶香。賜葬虞山勝，恩褒萬古揚。

高靑丘集卷十三

五言律詩

送吳縣令遷松陵

山縣彈琴罷，江城露冕初。華陽國志：「郭賀，字喬卿，爲荆州刺史，有殊政；明帝到南陽巡狩，賜三公服，敕行部去襜露冕，使百姓見之，以彰有德。」夏霖湖更闊，朝日市長虛。柳下催耕鼓，桑間問俗車。秋風莫思去，客館有鱸魚。

寄沈達卿校理

風雨淸明後，春寒未一作尙裌衣。閉門聽鳥盡，入寺看花稀。獨酌愁難去，相思夢欲飛。艱難宜數見，何事却長違？

贈呂醫

藥院閉閒朝，煙生積劵燒。柳宗元宋清傳：「疾病疕瘍者，就清求藥，雖不持錢，皆與善藥，積劵如山，或不識，遙與劵，不爲辭，歲終，輒焚劵。」求眞遊嶽遍，訪病出城遙。收穀寧煩僕，尋苓或遇一作件。樵。世方多內熱，莊子：「吾朝受命而夕飲冰，我其內熱歟！」一匕儻能消。

次韻陳留公見貽湖上行屯之作

前漢書趙充國傳：「分屯要害。」又：「兵耕曰屯田。」

湖陰巡壘罷，緩服上仙舟。南史沈慶之傳：「劉湛被收之夕，上開門召慶之，慶之戎服履袜縛袴入，上見而驚曰：『卿何意乃爾急裝？』慶之曰：『夜半喚隊主，不容緩服。』」景好看宜晚，詩清賦爲秋。葉應隨鳥散，山欲趁波流。亦有東遊興，空憐未得酬。

雨後飲西園偶然亭

晚酌櫻桃下，歡來不奈春。那知醉後客，猶是亂中人。雨霽飄還細，花寒破未勻。江皐舊遊處，回首莫沾巾。

鄰家桃花

春色東家出，相窺似有心。曲垣遮自短，別院閉還深。影動疑人折，香搖妒蝶尋。好風時解意，吹片拂羅襟。

和王止仲校理夜坐

池暝花如霧，蒼蒼月照開。梁空雙燕宿，簾暗一螢來。兵散誰家笛，人違此夜杯。如何對清景，愁思却相催。

答陳校書客懷

同患君尤甚，時難覺意眞。愁邊長夜雨，夢裏少年春。遊遠荒家業，交踈困路塵。一杯歌短調，誰聽不沾巾！此首與卷十二送陳則一首似重。

酬余左司

門巷接垂楊，同鄰忘異鄉。兒親欣見熟，僕立厭言長。讀借風牀簡，杜甫詩：「風牀展書卷。」

炊分雨確粱。亂來成久別，能不爲情傷？

宿道王蘭若

釋氏要覽：「梵言阿蘭若，唐言無諍，一云閒靜處。」

借榻到僧扉，雖安未是歸。暝禽愁雪意，夜篠助風威。燈盡思燃帶，見卷七早發土橋。衾寒起覆衣。不知孤棹去，明夕更何依？

與詩客七人會飲余司馬園亭

原注：居皆在北郭。

情與酒兼和，園亭駐晚珂。家同榆社近，史記封禪書：「高祖初起，禱豐枌榆社，天下已定，詔御史，令豐謹治枌榆社，常以四時春以羊彘祠之。」注：「社在豐東北。或曰枌榆，鄉名，高祖里社。」人比竹林多。短景催長宴，醒吟雜醉歌。亂離歡易失，無厭數相過。

登西澗小閣

層檻構雲牢，杜甫詩：「棧雲闌干峻，梯石結構牢。」清寒灑客袍。石稜添澗險，閣勢借峯高。風竹驚棲鳥，霜藤綴飲猱。欲題因境勝，不敢易揮毫。

江上答徐卿見贈

煙樹近松陵，扁舟晚獨乘。江黃連渚霧，野白滿田冰。往事愁人問，虛名畏客稱。無才任蕭散，敢望鶴書徵？見卷十一嫣蜼子。

除夕客中與家兄守歲

雨雪遠村中，猿鳴旅館空。守爐銷夜漏，范成大有除夕地爐書事詩。停燭待春風。有恨能催老，無文解送窮。韓愈有送窮文。却憐今夕酒，還得弟兄同。

南溪晚歸

流水出雲根，遙通古寺門。山深僧少俗，人靜市如村。馬渡知長淺，魚行見不渾。多情溪上月，歸路照黃昏。

丁孝廉惠冠巾

知試山人服，冠巾遠寄重。佳名因子夏，見卷九治冠梁生。舊製學林宗。後漢書郭泰傳：「泰嘗於陳梁遇雨，巾一角墊，時人乃故折巾一角，以爲『林宗巾』。」裹映秋吟鬢，敧宜晚醉容。朝簪今已解，羊士諤詩：「應喜脱朝簪。」期上華陽峯。見卷十登句容塔。王禹偁竹樓記：「戴華陽巾。」

西園閑興二首

看到竹過鄰，園林獨臥身。鳥聲閑似野，人意倦如春。殘雨驚池樹，斜陽照隙塵。如何堂上客，不及燕來頻。

其二

當路鬬追攀，端居自掩關。聽鐘知近寺，看畫憶登山。曉櫛風林下，宵吟雨閣間。天應憐我懶，獨與少年閑。

送謝恭

姓譜：「謝恭，字元功，徽之弟，能詩。所著有蕙庭集。」

涼風起江海，萬樹盡秋聲。摇落豈堪别，躊躇空復情。帆過京口渡，砧響石頭城。爲客歸宜早，高堂白髮生。

步至東皐

斜日半川明，幽人每獨行。愁懷逢暮慘，詩意入秋淸。鳥啄枯楊碎，蟲懸落葉輕。如何得歸後，猶似客中情。

郊墅雜賦十六首

江水舍西東，鄰家是釣翁。路痕深草沒，井脈暗潮通。潯陽記：「孫權自標井地，掘之，正得故井；井甚深，大江中風浪，此井輒動。」籬隔蔬邊雨，門開竹下風。不因時賣畚，晉書：「王猛少以鬻畚爲業，嘗有老人貴買其畚，無直，猛至其家，深山見一老父踞胡牀而坐，十倍償畚直，遣人送之，猛出顧視，乃嵩高山也。」何事入城中？

其二

此鄉堪避地，亂後戶翻增。俗美嫌欺客，年豐愛施僧。帶星耕處軛，古詩：「牽牛不負軛。」照雪紡時燈。且作求田計，元龍豈我能？三國志：「許汜與劉備語曰：『汜見陳元龍，自上大牀，客臥下牀。』備曰：『天下大亂，君須憂國忘家，乃求田問舍，言無可采。如我自臥百尺樓，臥君于地下矣！奚但上下牀之間哉？』」

其三

幽事向誰誇？孤吟對晚沙。浣衣江動月，繫艇岸垂花。行蟻如知路，歸梟自識家。一尊茅屋底，隨意答春華。

其四

春泥桑下路，孤策自扶行。身賤知農事，心閒見物情。鳥鳴風欲起，牛飯月初生。漸喜無人識，何煩易姓名？

其五

移家到渚濱，沙鳥便相親。地僻偏容懶，村荒却稱貧。犬隨春饁女，雞喚曉耕人。願得無愁事，閒眠老此身。

其六

紛紛謝人役，寂寂戀吾居。細雨春雩後，左傳：「龍見而雩。」斜陽社飲餘。岸花飛趁蝶，池葉墮驚魚。好了公家事，休令吏到廬。

其七

路迂橋斷處，門靜犢眠時。孤墅藏羣柳，諸田灌一陂。僮閒春作少，婦懶午炊遲。誰道花源好？還令太守知。

其八

虛閣近鳴湍，應宜把一竿。雨傷春麥爛，風折晚蒲乾。抱甕臨江汲，莊子：「子貢過漢陰，見一丈人，方將爲圃畦，鑿隧而入井，抱甕而出灌。子貢曰：『有械於此，一日浸百畝，夫子不欲爲乎？』爲圃者曰：『有機事者，必有機心，吾不爲也。』」攜書入寺看。自慚何獨幸，世難此偷安。

其九

亂渚交交白，平蕪漫漫青。賣薪沙店遠，祈穀水祠靈。密雨侵蓑重，微風過網腥。江邊多酒伴，春去不曾醒。

其十

入夜潮侵戶，經秋雨壞垣。里人淳少訟，田父醉多言。稻蟹燈前聚，見卷十二賦得蟹。莎蟲機下喧，詩：「六月，莎雞振羽。」自應耽野趣，不是戀鄉園。

其十一

欲沽嵯市遠，煙火隔江波。客到寒齋少，人歸晚渡多。汙書燈燼落，驚枕鱅聲過。豈敢愁荒寂？時危免負戈。

其十二

野色迴蒼蒼，開門葉滿塘。僧來雙屐雨，漁臥一船霜。靜裏修香傳，宋洪芻有香譜，葉廷珪有名香譜。閒中錄酒方。平生當世意，到此坐成忘。

其十三

紅樹南江近，青山北郭遙。江清目渺渺，九歌：「目眇眇兮愁予。」林冷髮蕭蕭。食鱠知晨釣，聽歌識暮樵。尋常送歸客，不過水西橋。

其十四

何處可徘徊？林間共水隈。夜歸家犬識，春睡野禽催。有地唯栽藥，無村不見梅。興來慚獨飲，時喚老農陪。

其十五

狂多愛出遊，日日問江頭。小草皆春意，遙山自晚愁。酒中時有得，物外復何求？不詠騷人調，蘼蕪任滿洲。

其十六

居似臨邛宅，史記司馬相如列傳：「文君謂長卿曰：『第俱如臨邛，從兄弟借貸，猶足以爲生，何至自苦如此？』相如與俱之臨邛。」耕非鄠杜田。宋書地理志：「陝西路鄠杜、南山，土地膏沃。」一統志：「鄠杜，右扶風縣名，今屬鳳翔。」杜甫詩：「杜曲幸有桑麻田。」已償輸稅米，未覓賣文錢。陸龜蒙詩：「唯我有文無賣處，筆鋒銷盡墨池荒。」把卷憐長日，看花愧少年。倏然閉門處，楊柳桔槔邊。見卷十栥薖。

采香逕　原注：「在香山之旁，吳王種香於此，使美人采之。」

晨妝出采芳，零露溼紅裳。種徙山中品，熏傳海外方。抱筐歸蕙逕，焚鼎薦蘭堂。未足娛君寢，西施體自香。飛燕外傳：「帝語樊嫕曰：『后雖有異香，不如婕妤體自香。』」

響屧廊

原注：「在靈巖山，吳王使西子步屧於此。寺中今以圓照塔前小斜廊爲之。」

廊虛應屧鳴，響細識腰輕。誰道吳強國，唯銷舉足傾！苔間滅故跡，月下歇餘聲。此夕人空聽，山僧曳履行。

臨頓里十首

原注：「在城東，舊爲吳中勝地，陸魯望所居也。皮、陸有詩十首咏之，余忝次其韻，蓋彷彿昔賢之高致云」。姑蘇志：「吳王時，嘗逐東夷，頓軍于此，設宴餉之，故名。今有臨頓橋。」

聞說橋東地，高人舊隱居。養生應有道，覓舉絕無書。俱見卷三隱逸陸龜蒙。愛救黏絲蝶，嗔驚出水魚。時尋戴顒宅，見卷十二戴居士宅。自駕短轅車。妒記：「王丞相導，以曹夫人性甚忌，乃密營別館，衆妾羅列。曹氏聞，大恚，自出尋討；王亦遽命駕，乃以麈柄驅牛，得先至。蔡司徒謨聞而笑之，故詣王公謂曰：『朝廷欲加公九錫。』王謂信然，自敍謙志。蔡曰：『不聞餘物，唯聞有短轅犢車、長柄麈尾。』王大愧。」

其二

應愛山齋好，秋風不捲茅。鑿渠侵蜡穴，移樹帶禽巢。人世眞浮梗，萬白詩：「半生江海同浮梗。」吾生豈繫匏？孫逖詩：「時清豈繫匏？」不逢皮從事，一統志：「皮日休、羅隱、顔蕘、吳融，皆爲龜蒙益友，而皮、陸唱和尤多。」皮日休傳：「咸通八年進士第，崔璞守蘇，辟軍事判官。」誰結歲寒交？

其三

載酒攜山榼，安琴製石牀。梟眠皆傍母，蜂去自從王。爾雅翼：「蜂以千百數，中有大者爲王，羣蜂舁之，從其所往。」穀雨收茶早，梅天曬藥忙。不扶靈壽杖，廣志：「九眞出靈壽杖。」注：「靈壽，木名，似竹有枝節，長不過八九尺，圍三四寸，自然合杖制，不須削治。」筋力老能強。

其四

自少圖名意，誰言世不知。僧求開寺記，客送買山資。細雨魚生子，斜陽燕哺兒。平生無事迫，辛一作心。苦爲尋詩。

其五

斬伐憑樵斧，經綸在釣車。蘇軾詩：「風靜平湖響釣車。」薄雲還露月，小雨不妨花。酒債應多處，詩名自一家。虛煩時主召，懶脫故衣麻。陸龜蒙傳：「後以高士召，不至。」

其六

長物元無有，晉書王恭傳：「嘗從會稽至都，王忱訪之，見恭所坐六尺簟；忱謂其有餘，因求之，恭輒以送之，遂坐薦上。忱聞而大驚，恭曰：『吾平生無長物。』其簡率如此。」何勞犬護扉。借看高士傳，晉書皇甫謐傳：「謐著高士、逸士、列女等傳。」唐書藝文志：「習鑿齒襄陽耆舊傳五卷，又逸人高士傳八卷。」陸龜蒙傳：「借人書，篇帙壞舛，必爲輯褫刊正。」學製道人衣。窗破容螢入，船空載鶴歸。定緣幽事繞，不是宦情微。

其七

澹泊心情在，蕭疎鬢影殘。引泉規作沼，留筍待成竿。自洗沾泥屐，誰收掛壁冠？陸游詩：「那得重彈掛壁冠。」毛公新有約，月夜禮天壇。見卷五毛公壇。

其八

沐罷便輕幘，消搖詠晚天。淸風蘇病鶴，驟雨禁鳴蟬。舊史堆緗素，北史高道穆傳：「詔祕書圖籍及典書緗素，多致零落，可令道穆總集帳目，編比次第。」新經錄洞玄。黄庭內景經：「治生之道了不煩，但修洞玄與玉篇。」誰知城郭裏，別自有林泉。

其九

汩汩泉通圃，蕭蕭柳映門。折花搖樹影，踏藕損蓮根。饑鴨呼歸艦，新蠶試浴盆。王周詩：「村女浴蠶桑柘綠。」屋前高石在，知是鬱林孫。姑蘇志：「鬱林石，在婁門。吳時鬱林太守陸績罷政歸，官廉無裝，舟輕不能道海，取石爲重，世愛其廉，號鬱林石。績，龜蒙遠祖。」

其十

茶租催未得，陸龜蒙傳：「嗜茶，置園顧渚山下，歲取租茶，自判品第。」菊餌服還能。列仙傳：「文賓取嫗數十年輒棄之，後嫗老，年九十餘，復見賓年更壯。賓教令服菊地膚、桑上寄生松子以益氣，嫗亦更壯，復百餘歲。」行古時人笑，文工造化憎。陸龜蒙傳：「居松江甫里，多所論撰，文成，竄稿篋中，或歷年不省，爲好事者盜去。得書，熟誦乃錄，讎比勤勤，朱黃不去手。」貧留漁艇載，見卷三隱逸注。老謝鶴書徵。陸龜蒙傳：「李蔚、盧攜素與善，及當國，召拜左拾遺，詔方下，龜蒙卒。」誰識先生樂，悠然臥枕肱。

春申君廟

原注：「在子城內西南，卽舊城隍神廟也。楚封春申君于吳，故祀之。」一統志：「宋時以祈禱有應，封英濟王，元爲城隍廟。」

封吳開巨壤，相楚服強鄰。名重三公子，賈誼過秦論：「齊有孟嘗，趙有平原，楚有春申，魏有信陵。」謀疎一婦人。史記春申君列傳：「楚考烈王無子，春申君患之。趙人李園，求事春申君，進其女弟，卽幸于春申君，知其有身；園乃與其女弟謀，乘間說春申君曰：『妾自知有身矣，而人莫知，君進妾于王，王必幸妾，妾賴天有子男，則是君之子爲王也。』春申君大然之。乃出李園女弟，謹舍而言之楚王。王召幸之，遂生子男，立爲太子，以園女弟爲后，園用事，恐春申君語洩，陰養死士，殺春申君以滅口。」畫幃留古像，珠履絕遺塵。史記春申君列傳：「客三千餘人，其上客皆躡珠履。」簫鼓時迎祭，還憐舊邑民。

吳女墳

原注：「在閶門外，闔閭女也。因悅童子韓重不得而死，王舞鶴于市送之，今有舞鶴

橋。」吳越春秋：「闔閭女曰勝玉。王與夫人及女會食蒸魚王前，嘗半而與女，女怒曰：『王食魚辱我。』乃自殺。闔閭痛之，葬于閶門外，鑿池積土，文石爲椁，題湊爲中，以金鼎、玉桮、銀尊、珠襦之寶送女。乃舞白鶴于市，令民隨觀，使男女與鶴俱入羨門，因發機掩之。」錄異傳：「吳王夫差小女曰玉，與韓重交，私許爲妻。重學于齊魯，父母求昏于王，王怒不與，玉結氣而死，葬閶門。重歸，哭泣往弔，見玉墓側贈明珠，重見王說之，王怒其發冢盜珠，重脫走墓所訴玉；玉因梳妝見王，王驚愕悲喜，夫人聞之，出而抱之，正如煙然。」附載顧崧齡姑蘇咏古詩注：「瓊姬自來並無有指作紫玉之說，余以紫玉墓，樂府所傳，定爲名墓，而志書不載，甚至有以紫玉事，誤注于闔閭女墓者，尤爲荒悖。元高槎軒女墳詩，遂仍其誤，致不免後人訾議。今以瓊姬爲卽紫玉者，在古書原無所據，蓋以其爲夫差之女，且瓊字之義，與紫玉字義略通，遂爲想當然之說，稽古者勿泥而議之。」

魚燈照豔魄，見卷九穆陵行。夜冷珠衣薄。白玉土中薶，紅蘭霜後落。不乘臺上鳳，見卷一鳳臺曲。空舞橋邊鶴。韓重未歸來，泉宮秋寂寞。

眞娘墓 原注：「在虎丘寺西，吳名妓也。」

金釵葬小墳，楊柳寺前村。已斷花間信，空歸月下魂。山鶯留曲韻，草露帶啼痕。車馬逢寒食，還來酹酒尊。

鱸鄉亭

原注：「在吳江，以陳文憲公詩語名也。」見卷十送張倅之雲間。

獨上鱸鄉亭，秋風南浦生。載誦黃花句，張翰雜詩：「黃華如散金。」晉書藝文傳論：「季鷹縱誕一時，不邀名爵，黃花之什，淸發神府。」遥思張步兵。晉書張翰傳：「翰有淸才，善屬文，而縱任不拘，時人號爲『江東步兵』。」天空白水遠，日墮赤楓明。我亦東歸客，一壺宜醉傾。

堯峯院

姑蘇志：「橫山，府城西南二十里，在姑蘇山東。其西有岻山、花園山、堯峯山，唐兔水院在焉。今稱堯峯寺，有淸輝軒、碧玉沼、多境巖、寶雲井、白龍洞、觀音巖、偃蓋松、妙高峯、東齋、西隱十景，今並廢。」

堯帝何年到？名猶在此峯。巖留千尺井，寺廢一作發兩時鐘。僧出因尋菌，賈島詩：「采菌依餘枿。」人來爲看松。白雲深洞裏，聞有聽經龍。幽怪錄：「無言和尚講法華經，有老翁立聽畢，乘風雲而去，衆驚問之，曰：『洱水龍也。』」

慧聚寺次張祜韻

寺見卷五。唐張祜詩：「寶殿依山險，凌虛勢欲吞。畫簷齊木末，香氣壓雲根。遠景窗中岫，孤煙竹裏村。憑高聊一望，歸思隔吳門。」

煙斂城初出，潮來野欲吞。危樵緣磴角，倦衲憩松根。刹表藏林寺，鐘聞隔水一作海。村。畫龍飛去久，見卷五。空掩殿堂門。

石屋　原注：「在天平山。」

雙崖立幽闢，一洞開深宇。青嶂近爲鄰，白雲閒作主。不受杜陵風，杜甫有茅屋爲秋風所破歌。可避河朔暑。典略：「袁紹三伏晝夜酣飲以避暑，故河朔有避暑飲。」華棟幾回新，渠渠獨千古。詩：「於我乎夏屋渠渠。」

贈竹里子

弭楫望迷林，張協七命：「弭檝乘波。」閒爲淇澳吟。君家不可見，但聽煙中禽。日落浦雲遠，雨餘江水深。非同抱清節，歲晏復誰尋？

送金判官之吳江

送客常苦愁，送君愁最劇。地爲江上縣，近我鄉中宅。霜晴橘熟秋，水冷楓飄夕。離遂去帆東，京華坐徵役。

漁

泛泛滄波裏，全家寄一船。曾來屈澤畔，楚辭：「屈原既放，行吟澤畔，漁父見而問之。」或到杏一作孔。壇邊，莊子漁父篇，見卷九會宿成均。蓑帶春江雨，榔鳴晚浦煙。見卷九送證上人。得魚尋水店，換酒不論錢。

又

浮生何處好？只在水雲鄉。榔起鳴秋月，綸收向夕陽。箬篷幽夢熟，銅斗醉歌長。見卷八題劉松年畫。不是煙波樂，那能與世忘。

樵

慣識山中路，崎嶇每獨尋。穿雲衝過虎，伐樹起一作散。棲禽。斧礪溪邊石，衣懸谷口林。逢仙休看弈，甲子易鬖鬖。

又

山中朝佩斧，遠路入煙蘿。伐木驚禽起，穿雲畏虎過。石根供倦憩，谷口應高歌。莫看仙人弈，歸來恐爛柯。見卷十一醉樵。此首疑即改本。

耕

江皋聞布穀，荷耜出柴門。春暖烏犍快，蘇軾詩：「却下關山入蔡州，爲買烏犍三百尾。」自注：「黄州出水牛。」朝晴綠樹繁。深耕行別隴，待饁望前村。自得龐公計，遺安與子孫。

又

春郊起東作，耒耜出柴荆。柳下烏犍健，桑間布穀鳴。家人供遠餉，刺史勸深耕。已卜豐年候，朝來好雨晴。

牧

一笛去茫茫，平郊綠草長。但知牛背穩，應笑馬蹄忙。度隴銜朝雨，歸村帶夕陽。相逢休挾策，回首恐亡羊。莊子：「臧與穀二人，相與牧羊，而俱亡其羊。問臧奚事，則挾策讀書；問穀奚事，則博塞以遊。二人者事業不同，其於亡羊均也。」

又

自誇黄犢健，登隴共揮鞭。笛弄將斜日，蓑披欲斷煙。歸鴉流水外，疎樹舊莊前。應笑侯門客，騎驢走歲年。

夜起觀月

一春夜多雨，今宵初月明。窗間幽夢覺，起憶故園行。露下花微萎，煙中鳥忽鳴。誰同賞清景？惆悵倚前楹。

贈劉醫師

君有抱朴意，晉書葛洪傳：「自號抱朴子，因以名書。」高齋長晏如。壺中仙姥酒，見卷九蔡經宅。案上神農書。蒸朮曉煙裏，斸苓春雨餘。起疾多傳妙，慚予才自疎。

舟中早行

隆隆津鼓動，梅堯臣詩：「漁陽三疊音隆隆。」陳孚詩：「渡頭動津鼓。」江火留餘閃。人家未起耕，近水寒扉掩。船開鳧鴨散，樹吐煙霏斂。東郭去方遙，青山見孤點。

春日懷諸親舊

楊柳燕差差，鄰家換火時。春寒添客思，夜雨減花枝。涉世悠悠夢，懷人的的思。古讀歌曲：「的的兩相憶。」出遊無舊侶，空館獨題詩。

江上見逃民家

清時無虐政，何事竟拋家？鄰叟收飢犬，途人折好花。林空煙不起，門掩日將斜。四海今安在？歸來早種麻。

晚晴東皐步眺

江明片雨收，岑參詩：「江村片雨外。」樹暗一村幽。籬落疎麻長，九歌：「折疏麻兮瑤華。」田畦曲水流。禽聲初變夏，謝靈運詩：「園柳變鳴禽。」麥氣欲成秋。月令：「孟夏之月，靡草死，麥秋至。」閒步看時物，今朝散旅憂。

賦得戟門送陳博士

周禮天官掌舍：「爲壇壝宮棘門。」注：「棘門，以戟爲門。」通典：「晉武帝初置國子博士，歷代並有。」泳化類編：「洪武初名國子學，設博士、助教、學正、學錄、典書、典錄等官。」

聖廟儼王宮，重闈盛一作肅。衞同。儒冠趨內外，武仗列西東。乍啓鳴鐘始，將扃徹俎終。莫言牆九仞，還有此能通。

櫻桃

密綠映圓紅，枝頭的的同。熟迎梅實雨，落值柳花風。美女名偏稱，十六國春秋：「鄭氏名櫻桃，晉冗僕射鄭世達家妓也。在中偎妓中，石虎甚寵惑。」李商隱詩：「何因古樂府，亦有鄭櫻桃？」流鶯啄未空。高誘淮南子注：「含桃，櫻桃也。以其爲鶯所含食，故曰含桃。」憶曾一作嘗。春薦後，禮記：「仲夏之月，羞以含桃，先薦寢廟。」漢書叔孫通傳：「惠帝嘗出遊離宮。通曰：『古者有春嘗果，方今櫻桃初熟，願陛下取獻宗廟。』上許之。諸果獻由此興。」捧賜出深宮。拾遺錄：「後漢明帝于月夜宴羣臣于照園，太官進櫻桃，以赤瑛爲盤，賜羣臣。月下視之，盤與桃同色，羣臣皆笑曰：『是空盤。』」

金進士葵軒

張適甘白集書後：「金玫，字德進，號劬生，蘇人，後爲長洲縣庠甫里書院西學校訓導，闢軒于所居之側，曰葵軒。」

幽園夏雨歇，葵綠乍翻風。獨向羣芳後，閒依萱草叢。槎軒集此下有「山艾葉映綠，海榴花競紅」一聯，編入五言古。敷榮午簷側，流馥夜窗中。應有傾陽意，說文：「黃葵常傾葉向日，不令照其根。」

將君心正同。

次倪雲林韻

雲林已白頭，猶有晉風流。愛寫滄洲趣，閒來玄館遊。茶煙秋淡淡，竹雨暮修修。欲向南溪一作池。水，長留青翰舟。說苑：「鄂君子晳之泛舟于新波之中也，乘青翰之舟。」

登南樓看雨有懷

清曉看江雨，獨登江上樓。人煙與草樹，蕭瑟滿城秋。砧響寒稍急，鴻聲哀更流。故人隔楚塞，西望忽成愁。

晚霽獨酌南樓

倦客豈遷客！故鄉非異鄉。鱸肥蓴菜紫，雁到柳條黃。湖闊已秋雨，樓高猶夕陽。登臨何必賦？文選登樓賦注：「當陽縣城樓，王仲宣登之而賦。」把酒據胡牀。晉書：「庾亮在武昌，登南樓據胡牀，談詠竟夕。」

追挽恭孝先生二首

婁堅王常宗小傳：「王彝，字常宗，其先蜀人。元末，父恭孝先生爲崑山縣學訓導，因東下留家焉。」姑蘇人物傳：「王彝，父允中，教授崑山，遂居于崑，又徙嘉定。少貧，讀書天台山中，師事孟長文。長文爲金履祥弟子，故學有端委。」

閩一作關。洛遺風在，按：學者稱濂、洛、關、閩。濂謂周敦頤，字茂叔，居濂溪，稱濂溪先生。洛謂程顥，字伯淳，稱明道先生；弟頤字正叔，稱伊川先生；居河南。關謂張載，字子厚，僑寓關中鳳翔郿縣橫渠嶺之南，故稱橫渠先生。閩謂朱子，字元晦，父松爲延平尤溪尉，生熹，寓居崇安，晚徙建陽考亭。河汾舊業傳。唐書王績傳：「績兄通，隋末大儒也。聚徒河、汾間，倣作六經，又爲中說以擬論語。」書攻藏簡後，孔安國尚書序：「秦始皇滅先代典籍，焚書坑儒，我先人用藏其家書于屋壁。漢興，濟南伏生，年過九十，失其本經，口以傳授，裁二十餘篇；以其上古之書，謂之尚書。百篇之義，世莫得聞，至魯共王好治宮室，壞孔子舊宅，以廣其居，於壁中得先人所藏古文虞、夏、商、周之書，及論語、孝經。」易究出圖先。繫辭：「河出圖，洛出書，聖人則之。」曉禁辭持橐，南史劉杳傳：「博綜羣書，沈約、任昉以下，每有遺忘，皆訪問焉。周捨問杳：『尚書著紫荷橐，相傳云挈囊，竟何所出？』杳曰：『張安世傳云：持橐簪筆，事孝武皇帝數十年。韋昭、張晏注并曰：橐，囊也。簪筆以待顧問。』」寒廳戀坐氈。臨危誰復似？身與敕俱全。

其二

北闕書空上，東川敎自陳。可當衰亂日，復喪老成人。堂靜懸魚絕，漢紀：「羊續爲廬江太守，丞饋魚，受而不食懸之，後復饋，續出前懸魚示之。丞慚而止。」墳荒下馬頻。傳家欣有子，婁堅王常宗小傳：「洪武二年，徵海內文學之士，纂修元史，先生與高太史啓同應召，史成，當得官翰林，以疾乞歸。」執筆際昌辰。北史李彪傳論：「執筆立言，遂成良史。」

題宋迪晚煙歸舍圖

圖繪寶鑑：「宋宋迪，字復古，以進士擢第爲郎，師李成畫山水，運思高妙，筆墨清潤。」

落日下嵐嶺，行人逢已稀。隔煙望田舍，映水掩荆扉。鳥亂夕林暗，草多秋逕微。家人應候我，賣畚郭中歸。見前郊墅雜賦。

贈東菴道者

雙樹夾成戶，翻繹名義集：「娑羅樹，東西南北四方各雙，故曰雙樹。」一溪流繞家。埽林留迸筍，張祜詩：「迸筍斜穿戶。」汲水帶浮花。經勸里人讀，藥從山客賒。已無喧寂念，默坐對鳴蛙。

樂圃三首

姑蘇志：「樂圃在清嘉坊北，朱長文所居。中有高岡、清池、喬松、壽檜，此地在錢氏爲金谷園；其父光祿卿始得之，長文嘗以爲圃，并自作記。鄉人尙其名德，知州章岵表爲樂圃坊，有遂經堂、華嚴菴、招隱橋、見山岡、琴臺、鶴室、墨池、筆溪及西圃草堂，共二十景。元末，張適築室于上，題曰樂圃林館。與高季迪、倪元鎮、陳麟、謝恭、姚廣孝賡和爲十詠。」此三首從姑蘇志補。

林塢通幽闃，山明雲出溪。門無俗客至，池有水禽啼。對酌山花下，李白詩：「兩人對酌山花開。」行吟野竹西。石牀春寂寂，苔色映青藜。

其二

開軒時野眺，山色翠迢遥。屏結霜中檜，圖開雪裏蕉。夢溪筆談：「予家所藏摩詰畫袁安臥雪圖，有雪中芭蕉。」焌煙初扇圃，野水欲平橋。曳杖閒來往，時挑酒一瓢。

其三

幽居無灑掃，風景自翛然。紅溼花間雨，青分柳外煙。山窗捫蝨坐，晉書王猛載記：「桓溫入關，猛被褐詣之，捫蝨而談當世之事，旁若無人。」石榻枕書眠。自得閒中趣，栽花疊錦川。

送人戍梁谿

見卷四贈惠山醫僧。明史稿張士誠傳：「元至正十六年九月，太祖遣徐達等攻常州，士誠遣兵來援。」此首從槜軒集補。

沙寒馬屢嘶，曉度錫山西。古壘殘兵衞，荒田健婦犂。杜甫詩：「縱有健婦把犂鋤。」雨多弓力軟，霜重鼓聲低。路近非邊塞，香閨莫夜啼。

五言排律

月夜遊太湖

欲尋林屋隱，見卷五太湖。還過洞庭遊。遠水初涵夜，長天盡作秋。湖如青草闊，荆州記：「巴陵有青草湖。」月似白蓮浮。盧仝月蝕詩：「初疑白蓮花，浮出龍王宮。」萬壑風傳笛，李中詩：「風笛起漁舟。」三更斗挂舟。葉應隨鳥散，山欲趁波流。此聯重前次韻陳留公之作。浩蕩吾何適？鴟夷不可求！見卷五太湖。

詠夏冰

寒收凝凍井，晚薦納涼宮。抱潔存天質，銷炎奪化工。氣蒸金盌潤，色映玉盤空。弱藻含猶在，纖塵隔未通。非山寧可倚？通鑑：「或勸陝郡進士張象謁楊國忠，象曰：『君輩倚楊右相若泰山，吾以爲冰山耳！若皎日既出，君輩得無失所恃乎？』遂隱居嵩山。」是水復當融。照夜何須月，驚秋詎待風。製屏應不隱，一作穩。作珮定難攻。容貌淸誰並，晉書衞玠傳：「玠風神秀異，妻父樂廣，有海內重名，議者以爲婦翁冰清，女壻玉潤。」仙肌瑩自同。莊子：「藐姑射之山，有神人焉，肌膚若冰雪。」宜涵筠篁素，李商隱詩：「冰簟且眠金縷枕。」愁逼桂爐紅。王維詩：「買香燃綠桂。」願解行人渴，分貽道路中。

題黄鶴山人畫

圖繪寶鑑：「王蒙，字叔明，吳興人，趙文敏甥也。館于山，故號黄鶴山樵。善山水，甚得巨然用墨法。」

何處畫相同？湘南與峽東。江來落日外，山出杪秋中。綠桂騷人宅，青蓮釋子宮。鐘鳴樵谷暗，船散市橋空。風樹驚猿落，煙蕪去鳥通。平生遊楚興，對此轉無窮。

賦得履送衍上人

穩稱遊方脚，蘇軾詩序：「其蕭然一行脚僧，但喫須酒物耳。」新編楚岸蒲。南史張孝秀傳：「入匡山修行學道，常冠穀皮巾，躡蒲履。」滑欺峯頂石，危怯世間途。輕曳愁妨蟻，宋史程頤傳：「頤進講，色甚莊，繼以諷諫，聞帝在宮中盥而避蟻，問：『有是乎？』曰：『然。誠恐傷之耳。』頤曰：『推此心以及四海，帝王之要道也。』」高飛笑化鳧。見卷九洞庭山。上堂聲每衆，度嶺影還孤。著處朝行道，拋時夜結趺。空山欲相訪，落葉去踪無。韋應物詩：「落葉滿空山，何處尋行跡？」

聞蛙

何處多啼蛤？蘇軾詩：「稻涼初吠蛤。」注：「嶺南呼蝦蟆爲蛤。」本草：「大其聲則曰蛙，小其聲則曰蛤。」荒園暑潦天。股跳泥活活，白居易詩：「泥蛙入戶跳。」形蔽草芊芊。野遠呼相應，窪深樂自專。斜陽漁罩外，細雨客燈前。莫問官私地，晉書：「惠帝在華林園聞蛙聲，問左右曰：『此鳴者爲官乎？爲私乎？』賈胤對曰：『在官地者爲官，在私地者爲私。』」聊占水旱年。吳中田家五行：「三月三日聽蛙聲，午前鳴者，高田熟，午後鳴，低田熟。」章孝標詩：「田家無五行，水旱卜蛙聲。」晴思蒲葉渚，王建詩：「蛙鳴蒲葉下。」涼憶稻花田。高士聽空愛，南齊書：「孔稚珪，字德彰，風韻淸疎，不樂世務，門庭之內，草萊不剪；南有山池，春日蛙鳴，或問之曰：『欲爲陳蕃乎？』稚珪笑曰：『我以此當兩部鼓吹，何必期效陳仲舉？』」按：陳蕃有怒蛙說。遷人食未便。韓愈對柳柳州食蝦蟆詩：「余初不下咽，近亦能稍稍，常恐染蠻夷，失平生好樂。」灑灰誰解去？周禮蟈氏：「掌去鼃黽、焚牡鞠，以灰灑之則死。」安我夜窗眠。

聖壽節早朝

明典彙：「洪武二年九月十八日聖壽節，前一日，丞相汪廣洋率百官請行慶賀禮。」

天啓聖圖昌，杜甫詩：「聖圖天廣大，宗祀日光輝。」流虹叶夢祥。帝王世紀：「少昊母曰女節，黃帝時有大星如虹，下流華渚，女節夢接之，意感而生少昊。」飛龍起江左，戰馬放山陽。書：「歸馬于華山之陽。」御柳垂閶闔，仙桃熟建章。武帝內傳：「七月七日，王母至，自設天廚；又命侍女更索桃果，須臾，以玉盤盛仙桃七顆呈王母。母以四顆與帝，三顆自食，帝收其核欲種之，母曰：『此桃三千年一生實，中夏土薄，種之不生。』」遠人陳貢篚，近侍浥爐香。金鏡千秋錄，唐書張九齡傳：「千秋節，公卿並獻寶鑑，九齡上事鑒十章，號千秋金鑑錄，以伸諷諫。」瑤池萬歲觴。穆天子傳：「觴西王母于瑤池之上。」後漢書班超傳：「超上疏曰：『目見西域平定，陛下舉萬年之觴，薦勳祖廟，布大喜于天下。』」小臣歌拜手，堯日正舒長。

洪武二年十月甘露降後庭柏樹上出示侍從臣啓獲預觀嘉瑞因賦詩頌之

宋濂甘露頌序：「洪武二年十月十三日，膏露降于乾清宮後苑蒼松上，特勅中官折示禁林諸臣。」

和氣融爲液，五經通義：「和氣精液凝爲露。」中宵墜碧天。光溥高柏上，何法盛晉中興書：「甘露者，仁澤也。其凝如脂，其甘如飴，者老得敬，則松柏受之。」瑞發內庭前。見日朝還泫，經風晚盡堅。芳穠蜂蜜滑，的皪蚌珠圓。厚澤歌難喻，沉痾飲易痊。洞冥記：「東方朔得玄露、青露，盛青琉璃器，各受五合，以獻武帝。帝徧賜羣臣，得嘗者，老者皆少，疾者皆愈。」願言同聖德，濡沃遍周埏。正韻：「埏，地際也。八埏，地之八際。」

冬至車駕南郊

明典彙：「洪武二年冬至，祀昊天上帝于圜丘，奉仁祖配位。」

駕動百靈呵，袁桷七觀：「五岳贊襄，百靈護呵。」齋宮午夜過。禮行因日至，樂奏合雲和。見卷五昊王郊臺。配祖崇周典，禮祭法：「郊祀后稷，以配天；宗祀文王于明堂，以配上帝。」祈年陋漢歌。漢書禮樂志：「武帝定郊祀之禮，乃立樂府，作十九章之歌。以正月上辛用事甘泉圜丘，使童男女七十人俱歌。」璧陳孤月滿，周禮：「大宗伯以蒼璧禮天，黃琮禮地。」燎發衆星羅。「燎」見卷五昊王郊臺。秩秩威儀盛，穰穰福祉多。慶成應預喜，四海沐恩波。

禁中雪

君王元尙儉，臺殿忽瓊瑤。環素凝宮沼，飛花綴苑條。坊雞驚曙早，仗馬喜寒驕。金扇開時看，薩都剌觀駕春游詩：「雙鳳曉開金翅扇。」丹墀掃後朝。臺司呈賀表，韋莊詩：「玉函瑤檢下臺司。」按：漢以司徒、司空、太尉爲三司。樂部奏仙謠。須信陽光近，都先別處消。

封建親王賜百官宴

明泳化類編：「洪武三年四月，封子棣等十人及姪孫守謙爲王，禮成告廟，宴羣臣奉天門文華殿。」

漢運初興日，周藩並建年。史記周本紀：「封功臣謀士：師尙父爲首封，封於營丘，曰齊；封弟周公旦於曲阜，曰魯封；召公奭於燕封；弟叔鮮於管；叔度於蔡；餘各以次受封。」左傳：「並建宗室，以藩屏周。」辨方分社土，周禮：「惟王建國，辨方正位。」書：「列爵惟五，分土惟三。」漢舊制：「天子大社，以五色土爲壇，封諸侯者取方面土苴以白茅授之，故謂之授茅土。」當陛列宮縣。周禮地官小胥：「王宮縣，諸侯軒縣，卿大夫判縣，士特縣。」注：「宮縣，四面皆縣，如宮有牆也。」上相傳金册，中官闢綺筵。誓期山作礪，見卷八鐵券歌。恩瀉酒如川。仙李千枝茂，韓偓詩：「仙李濃陰潤，皇枝密葉敷。」天潢幾派連。張衡賦：「乘天潢之汎汎兮。」注：「天潢，天津也。」唐太宗詩：「疎派引天潢。」百僚咸醉喜，拜舞赤墀前。〔校記〕「辨方分社土」下注文引「書」二句原缺，依原刻本補。

送安南使者杜舜卿還國應制　幷序

安南初入貢，朝廷遣翰林學士張以寧齎詔，册其主爲王，及境而薨，其世子遣舜卿來告哀，且請命，及還，命朝臣賦詩送之。一統志：「安南，廣西、雲南界，濱海，古南交地，秦屬象郡。漢武帝平南越，置交阯、九眞、日南三郡。唐改交州。明洪武初歸附，賜安南國王印，王姓陳氏。」列朝詩傳：「張以寧，字志道，古田人，登泰定丁卯進士。至正中，官翰林學士承旨，拜祭酒。國初歸附，爲侍講學士。三使安南，卒，所著有翠屏集。」

南粵知文化，來庭喜最先。詩：「徐方來庭。」明泳化類編：「是時安南首先納款，太祖喜，因著爲訓，不許後人伐其國。」地書通漢日，貢紀入周年。號册纔臨境，容衣忽掩泉。韓愈挽辭：「容衣入夜臺。」使蒙天語唁，宋濂送杜舜卿序：「舜卿告哀于朝，帝帥羣臣素服受見西苑，慰問良久，蹙然傷悼，遂親爲文以祭。」嗣許國封傳。泳化類編：「安南國王陳日煃，遣陪臣同時敏等朝貢，遂請封爵。洪武己酉六月，遣侍讀學士張以寧、典簿牛諒封日煃爲安南王。比至，日煃卒，弟日熞遣迎詰印乞嗣，以寧不許曰：『奉詔封爾先君，非世子也，當再請。』日熞又遣少中大夫杜舜卿等請于朝，遂封日熞爲王。」曉闕晴飛鳳，王維詩：「雲裏帝城雙鳳闕。」炎溪晚墮鳶。元稹詩：「炎溪暑不徂。」後漢書馬援傳：「援曰：『當吾在浪泊西里間，下潦上霧，毒氣熏蒸，仰視飛鳶，跕跕墮水中。』」往來時物異，存歿聖恩全。詔去開蠻霧，帆歸望海天。但修忠順節，世業自綿延。

送高麗賀正旦使張子溫還國

明泳化類編：「壬子，高麗王顓遣禮部尙書吳季南、工部尙書張子溫來朝貢。」

丹鳳雲中闕，玄菟海外城。見卷二朝鮮兒歌。新陽初獻歲，唐德宗詩：「獻歲視元朔，萬方咸在庭。」遠使盡朝京。卉服充王貢，書：「島夷卉服。」珠旒仰聖明。後漢書輿服志：「冕係白玉珠爲十二旒，以其綬采色爲組纓。」花飛辭上國，日出指歸程。書：「海隅出日，罔不率俾。」車餞都亭曉，漢書疏廣傳：「故人邑子，設祖道供張東都門外，送者車數百兩。」史記司馬相如列傳：「相如往舍都亭。」注：「臨邛郭下之亭。」帆開島嶼晴。莫辭頻入賀，寶曆萬年盈。徐陵檄周文：「主上恭膺寶曆，嗣奉瑤圖。」

送鮑修撰出官關中

一統志：「西安府，秦曰關中。」

辭朝西入陝，車發動征塵。小麥行時熟，啼鶯別處頻。關前周故尹，史記老子列傳：「老子居周，久之，乃遂去至關，關令尹喜曰：『子將隱矣，彊爲我著書。』」注：「關令尹喜者，周大夫也，與老子俱之流沙，莫知其所終，亦著書九篇，名關尹子。」灞上漢遺民。見卷三隱逸。直院青綾舊，見卷六賦永上人紙帳。臨川赤組新。山連樂遊苑，一統志：「樂遊原，在西安府南，樂遊廟在曲江北，亦曰樂遊苑。」樹繞富平津。晉書杜預傳：「預以孟津渡險，請建橋于富平津。及成，帝從百寮臨會，舉觴屬預曰：『非君，此橋不立也。』」君去方年少，還能論過秦。賈誼作過秦論。

送恩公還江心寺

浙江通志：「寺在溫州府城北江中，有東西二塔，一名龍翔興慶院。宋建炎初，高宗航海，駐蹕於此，御書清暉、浴光二軒扁，刻于石。」

上人居寶地，王勃龍懷寺碑：「香城寶地，左右林泉。」勝處似金山。一統志：「金山，在鎮江府城西北江中。」宋周必大筆錄：「此山大江環繞，每大風四起，勢若浮動，名浮玉山。唐有裴頭陀于此開山，得金，賜名金山。」樓閣開天界，波濤隔世寰。鐘聞孤嶼外，刹出亂雲間。螺女晨修饌，見卷九聖姑廟。龍君夜叩關。

見卷四贈惠山醫僧。遊方來暫會，辭闕去難攀。舊業菱生沼，離程柳暎灣。衣霑爐氣出，船載磬聲還。施貝來江估，持經化島蠻。諸緣除未早，半偈悟猶艱。李端贈隱禪師詩：「半偈傳初盡，羣生意未迴。」安得如康樂，南史謝靈運傳：「靈運性豪侈，衣服多改舊制，世共宗之，咸稱謝康樂也。」謝玄，封康樂縣公，故世稱靈運亦謂康樂；靈運，玄之孫也。好游山，永初三年，出爲永嘉郡守，有登江中孤嶼詩。登臨此共閒。

喜楊滎陽赴召至京過宿寓館

忽作天涯會，渾銷歲暮哀。高城三鼓動，虛館一尊開。鄰馬嘶空櫪，江鴻過廢臺。飲餘寒色退，談絕雨聲來。涉患功名倦，忘歸故舊猜。闕前新應召，須讓子雲才。

戲嬰圖

芍藥風欄側，梧桐露井旁。嬌嬰爭晚戲，少婦鬬春妝。共詫珠生蚌，見卷十一張仙畫像。還憐玉產岡。王安石崑山詩：「玉人生此山，山亦傳此名。」自注：「世傳陸氏家生機、雲，故名崑山，言生玉也。」半披文錦褓，戴表元和得子詩：「錦褓看爭羨。」斜佩紫羅囊。晉書謝幼度傳：「少好佩紫羅香囊，叔父安患之，而不欲傷其意，因戲賭取，即焚之。」額髮葳蕤短，胸胞細膩光。庭前王氏子，南史王僧虔傳：「父曇首，與兄弟集會，子孫任其戲。適僧達跳下地作彪子。時僧虔累十二博棊，既不墜落，亦不重作。僧綽採蠟燭珠爲鳳凰，僧達奪取打壞，亦復不惜。伯父弘歎曰：『僧達俊爽，當不減人，然亡吾家者，必此子也。僧虔必至公，僧綽當以名義見美。』」陌上衞家郎。見卷一洛陽陌。弱草身眠軟，芳英手弄香。隨人貪作劇，鄧文原詩：「仙人好幻多戲劇。」避伴學迷藏。致虛雜俎：「明皇與玉眞恒于皎月之下，以錦帕裹目，在方丈之間，互相捉戲，謂之捉迷藏。」莫撲花蝴蝶，宜爲蠟鳳凰。見上。塗添雲母粉，列仙傳：「方回，堯時隱人也。堯聘以爲閭士，鍊食雲母粉。」顏氏家訓：「梁朝全盛之時，貴游子弟，多無學術，莫不熏衣剃面，傅粉施朱。」浴試水沉湯。本草：「木之心節，置水則沉，故名沉水，亦曰水沉。」麟送徐卿宅，南史徐陵傳：「陵，字孝穆，年數歲，釋寶誌摩其頂曰：『天上石麒麟也。』」杜甫徐卿二子歌：「孔子釋氏親抱送，並是天上麒麟兒。」蘭生謝傅堂。謝玄傳：「與從兄朗爲叔父所器，曰：『子弟亦何預人事？而欲使其佳？』玄曰：『如芝蘭玉樹，欲使生于階庭爾。』」愛均看總好，年並比誰長。驥種雖難匹，蘇軾詩：「象賢眞驥種。」鵷雛已作行。楊巨源詩：「桂林枝上得鵷雛。」欣君得此畫，眞是夢熊祥。

翫花池　姑蘇志：「在靈巖山。」

桃枝兼杏枝，春色繞宮池。正愛紅繁處，還憐綠淨時。花香泛幽沚，媚影照清漪。垂條看妓折，墮萼見魚吹。杯涵明月瀉，舟逐彩霞移。水流花落盡，君王醉不知。

送高麗貢使還國

鳳闕層霄上，菟城積水東。大君方啓運，絕域盡朝宗。錫命分青土，趨班列紫宮。船歸瞻出日，帆挂候西風。雨露何沾渥，華夷已混同。聖心非悅貢，明泳化類編：「上諭中書省臣曰：『高麗貢使煩數，一歲迭至，宜令三歲一聘，或比年一聘，貢物產布十疋足矣，丞相其以朕意諭王。』」惟念遠人忠。

韓蘄王墓

原注：「在靈巖山西麓，有穹碑在焉。」姑蘇志：「紹興二十一年，王薨，賻祭極優渥，使徐仲護葬，縣令執役。御題神道碑云：『中興佐命定國元勳之碑。』碑高十餘丈。」

宋室中興日，將軍武略優。宋史韓世忠傳：「金人與劉豫合兵入侵，世忠親提兵至大儀，遂擒撻孛也；復親追至淮，金人驚潰，溺死甚衆。捷聞，論者以此舉爲中興武功第一。」功宜超賈鄧，後漢書：「永平中，顯宗追感前世功臣，乃圖畫鄧禹、賈復等二十八將于南宮雲臺。」名恥並張劉。宋史：「南渡名將：張俊、韓世忠、劉錡、岳飛，四人並稱。」白馬空南渡，晉書元帝紀：「太安之際童謠云：『五馬浮渡江，一馬化爲龍。』及永嘉中，帝與西陽、汝南、南頓、彭城五王獲濟，而帝竟登大位焉。」稗史：「康王質于金，與太子同射，三矢皆中。金太子意選宗室長于武藝者爲質，留之無益，故高宗由是得逸，間道奔竄，假寐崔府君廟，夢神人曰：『金人追且至，備馬門首，王宜亟行。』康王驚覺，踴躍南馳七百里，既渡河，而馬不前，視之則泥馬也。」張翥宋行宮詩：「豈知白馬興王日，又到紅羊換劫年。」此謂高宗南渡。黃龍竟北遊！宋史岳飛傳：「直抵黃龍府，與諸君痛飲爾。」注：「府在遼東開元城外。」楊子承詩：「玉簫吹暖餞唐月，誰念黃龍慘暮笳？」此謂徽、欽北征。誓擒諸部種，還報兩宮仇。宋史韓世忠傳：「兀朮窮蹙求會語，世忠曰：『還我兩宮，復我疆土，庶可相全。』」朝使頒金册，韓世忠傳：「世忠兵僅八千餘，拒金人十萬，帝凡六賜札褒獎，拜檢校少保。」邊人識錦裘。韓世忠傳：「世忠圍淮陽，堅守不下。初金人約以受圍一日，則舉一烽，至是六烽俱舉，兀朮與劉猊皆至；世忠求援張俊，俊不從，乃勒陣向敵，遣人語曰：『錦衣驄馬立陣前者，韓相公也。』或危之。對曰：『不如是，不足以致敵。』敵果至，殺其導戰二人，遂引去。」躍戈衝野陣，韓世忠傳：「賊將苗翊、馬柔吉負山阻河而陣，軍小却，世忠舍馬操戈而前，瞋目大呼，挺刄突前，賊辟易，遂敗。」橫棹截江流。韓世忠傳：「金既得建康，由廣德破臨安。世忠謀截金人歸師，以前軍駐青龍鎭，中軍駐江灣，後軍駐海口。金兵至，則世忠已屯焦山寺。兀朮約日大戰，梁夫人親執桴鼓，至數十合，金兵終不得渡。請盡歸所掠假道，不許；請獻名馬，又不許。撻辣在濰州，遣孛菫太一來援，相持黃天蕩四十八日，孛菫軍江北，兀朮軍江南，世忠以海艦進泊金山，授健卒以鐵綆貫大鈎，敵舟譟而前，海舟分兩道出其背，每縋一綆，則曳一舟沉之。」殘虜亡魂走，韓世忠傳：「兀朮在世忠上流，潛於半夜鑿渠三十里，次日風止，乘小舟得絕江遁去。先是，世忠料敵至，必登金山廟，觀我虛實，預遣百兵伏廟中，百兵伏岸側，約聞鼓聲，內外合擊，果有五騎闖入，伏發，僅得二人，逸其三；中有絳袍玉帶墜馬復馳者，詰之，乃兀朮也。」中原指掌收。未終藩閫寄，韓世忠傳：「檜收三大將權，拜樞密使，公連疏乞解兵柄，罷爲醴泉觀使。」已惑廟堂謀。坐散熊羆士，書：「如熊如羆。」甘臣犬豕酋。和戎詞易屈，杜甫詩：「魏絳已和戎。」復漢志難酬！曾鞏隆中詩：「垂成中興業，復漢臨秦川。」闕聳吳山曉，方輿勝覽：「吳山，在錢塘縣南，上有伍子胥廟，命曰胥山。」此謂高宗駐蹕臨安。陵荒鞏樹秋。一統志：「鞏縣，屬河南府，周鞏伯邑。宋太祖昌陵、太宗熙陵、眞宗定陵、仁宗昭陵皆在焉。」廉頗歸未老，見卷六寄王孝廉乞貓。按：蘄王薨于紹興二十一年八月，年六十三。罷于紹興十一年，年五十三。自是杜門謝客，絕口不言兵，時跨驢攜酒，從一二奚童，縱游西湖以自樂。澹然若未有權位者，平時將佐，罕見其面。郭令罷誰留？通鑑：「肅宗乾元二年，郭子儀爲東畿等道元帥，魚朝恩惡子儀，因相州之潰，短之于上，召還，以光弼代之。初，子儀之被召也，士卒涕泣，遮中使請留，子儀紿之曰：『我餞中使耳。』因躍馬而去。」折檻言徒切，見卷十張中丞廟。宋名臣言行別集：「王既不主和議，又切諫，以中原豪傑，莫不延頸以俟弔伐，若自此與和，人情銷弱，國勢委靡，誰復振之？再上章，力陳秦檜誤國，辭意剴切。」韓世忠傳：「會檜命棄山陽，移屯鎮江，世忠奏金人詭詐，恐以計緩我師，乞留此軍，遮蔽江淮。又言王倫、藍公佐交割河南地界，乞令明具無反覆文狀，以爲後證，章凡十數上，皆慷慨激切，帝率優詔褒答，然不能用，後果咸如其言。」藏弓勢可憂。見卷十一走狗塘。俄看星隕壘，晉陽秋：「有星赤而芒角，自東北西南流，投于亮營，三投三還，往大還小，俄而亮卒。」永使陸沉州。見卷一永嘉行。感慨思前代，淒涼弔古丘。劍花蘊虎氣，見卷五虎丘。碑蘚剝螭頭。石騎嘶風雨，山僧護櫝楸。鼓旗何寂寂？簡册漫悠悠。父老悲猶在，英雄事已休。棲霞嶺前墓，一統志：「岳武穆墓，在杭州棲霞嶺下；宋高宗時，飛慨然有恢復中原之志，卒爲秦檜所中，死葬于此。今其墓上木枝皆南向，識者謂其忠義所感云。」聞說更堪愁！

石井泉

原注：「在虎丘山，四面石壁天成，張又新品爲第三泉。」蘇州府志：「石井泉，俗名觀音泉。」虎丘志：「陸羽石井在劍池旁經藏後，大石井，面闊丈餘，嵌巖自然，上有石轆轤，泉

出石脈中，甘冷勝劍池；作屋覆之，別爲亭，井旁作烹茶宴坐之所。」

淸泉一作源。生石脈，冷逼煮茶亭。淨映銀牀色，見卷十二梧桐。明開玉鑑形。路鐸詩：「平分玉鑑漁村晚。」分秋歸客鼎，汲月貯僧瓶。樹影沉泓碧，苔文漬壁淸。熱中嘗可滌，醉後漱堪醒。品第宜居首，誰修舊水經？

焚香

艾蒳山中品，見卷一美女篇。都夷海外芬。洞冥記：「都夷香如棗核，食一片則歷月不飢。」龍洲傳舊採，香譜：「龍涎，于香品中最貴重，出大食國，海旁有龍氣籠山間，其下有龍蟠臥，土人更相守視，雲散龍去，往採可得，其遺涎多亦不過數兩。」燕室試初焚。奩印灰縈字，許渾詩：「香印風吹字半銷。」爐呈玉鏤文。乍飄猶奄冉，陸游詩：「藤花奄冉香。」將斷更氤氳。薄散春江霧，輕飛曉峽雲。銷遲憑宿火，度遠託微薰。著物元無跡，游空忽有紋。天絲垂裊裊，池浪動沄沄。異馥來千和，香譜：「峨眉山孫眞人，然千和之香。」祥霏卻衆葷。爾雅翼：「西方以大蒜、小蒜、興渠、慈葱、茖葱爲五葷；道家以韭、蒜、芸臺菜、胡荽、薤爲五葷。」嵐光風卷碎，花氣日蒸醺。燈灺宵同歇，茶煙午共紛。褰帷嫌放早，香譜：「吳行止仲爲從官，見蔡京，京諭女童使焚香，久之不至，已而報香滿，蔡始捲簾，則見香氣自他室出，藹藹若雲霧，座客幾不相覩，而無煙火之烈，旣歸，衣冠芬馥。」引匕記添勤。梧影吟成見，莊子：「儻然立于四虛之野，倚于槁梧而吟。」鳩聲夢覺聞。

陸游詩：「扇墮巾攲午夢回，鳴鳩又喚雨絲來。」方傳媚寢法，拾遺記：「吳孫亮有寵姬四人，合四氣香，皆殊方所獻，凡經踐履安息之處，香氣沾衣，經年不歇，名曰『百濯』，復目其室曰『思香媚寢』。」靈著辟邪勳。瑞應圖：「天漢二年，月支國貢神香，凡三枚，狀如燕卵，大如棗，帝以付外庫，後長安大疫，宮人得病者多，使者請燒香一枚以辟疫氣，帝然之，宮中病者皆起，香聞百里。」杜陽雜編：「同昌公主出降，乘七寶步輦，四面綴五色香囊，囊中辟寒香、辟邪香、瑞麟香、金鳳香，異國所獻也。」小閣清秋雨，低簾薄晚曛。情慚韓掾染，晉書賈充傳：「韓壽美姿貌，充女見而悅焉，潛通音好；時西域貢奇香，一著人則經月不歇，帝惟賜充，充女密盜以遺壽。」恩記魏王分。陸機弔魏武帝文序：「魏武帝遺令云：『餘香可分與諸夫人，諸舍中無所爲，學作組履賣也。』」宴客留鵷侶，白居易詩：「好去鵷鸞侶。」招仙降鶴羣，洞冥記：「武帝起招仙閣，上燒荃蘼香，燒粟許，其氣三月不絕。」又：「降眞香出黔南，其烟直上，能感仙靈，召鶴來降。」曾攜朝罷袖，杜甫詩：「朝罷香煙攜滿袖。」倘浥舞時裙。前人詩：「香風颺舞裙。」囊稱縫羅佩，見前戲嬰圖。篝宜覆錦熏。楊維楨詩：「幾隨錦被暖香篝。」畫堂空擣桂，蘇軾詩：「擣殘椒桂有餘辛。」素壁漫塗芸。杜陽雜編：「元載造芸輝堂于私第，芸輝，香草名也。出于闐國，其香潔白如玉，入土不朽爛，舂之爲屑，以塗其壁，故號芸輝堂焉。」本欲參童子，洞仙傳：「童子先生者，于狄山學道，修治契鈐經得仙。」何須學令君？襄陽記：「劉季和，性愛香，嘗如廁，還輒過香爐上；主簿張坦曰：『人名公作俗人，不虛也。』季和曰：『荀令君至人家坐席三日香，謂我何如令君？』坦曰：『醜婦效顰，見者必走，公欲坦遁去耶！』季和大笑。」忘言深坐處，端此一作已。謝塵氛。

詠夢

的的緣愁得，岑參詩：「邊城夜夜多愁夢。」濛濛與醉和。蘇舜欽詩：「枕畔冷香通醉夢。」輕隨雲浩蕩，陳書徐陵傳：「陵母臧氏，嘗夢五色雲化而爲鳳，集左肩上，已而誕陵。」暗越嶺嵯峨。蘇軾詩：「故山不可到，飛夢隔五嶺。」夜店嗟偏短，陸游詩：「孤榻昏昏夜店燈。」春閨想最多。關山歸識路，顧況詩：「獨夢關山道。」江渚去凌波。洛神賦：「凌波微步，羅韈生塵。」梁落中宵月，見卷九和衍上人觀梅。樓橫欲曙河。「天河」，見卷三擬古。隔簾休警鶴，風土記：「白鶴善警，八月白露降，流于草葉，滴滴有聲，即鳴。」近燭任飛蛾。古今注：「飛蛾善拂燈，一名火化，一名慕光。」遊遠寧煩載，趙嘏詩：「便應憑夢過重湖。」穿深豈畏訶。岑參詩：「別君只有相思夢，遮莫千山與萬山。」寒驚瑤作障，劉允濟詩：「虛牖風驚夢，空牀月厭人。」暖戀錦成窩。秦觀詞：「驚夢春風錦幄。」蝶蝴誰家信，莊子：「昔者，莊周夢爲蝴蝶，栩栩然蝶也。」鴛鴦別浦歌。李賀詩：「好作鴛鴦夢，南城罷擣碪。」靜嫌風動竹，鬧怯雨鳴荷。寂歷窗扃紙，一作綺。沈與求初寒詩：「紙窗寂歷風竹嘯。」低遲帳捲羅。鮑照古詞：「羅帳空卷舒。」知情唯枕共，枕中記：「道士呂翁，得神仙術，遊邯鄲道中，遇少年盧生，以囊中枕授之，生枕而夢，一生榮辱備歷，欠伸而寤，黃粱尚未熟也。」送恨忽鐘過。元稹詩：「娃兒撼起鐘聲動，二十年前曉寺情。」縞袂香猶在，趙師雄事，見卷九梅雪軒。朱紘字不磨。太平廣記：「李生者，其舅盧，有道術，謂李生曰：『求得善箜篌者，令侍飮。』生覩箜篌上有朱字云：『雲中辨江樹，天際識歸舟。』後李生娶陸長源女，乃所見于舅家者；

問有何能？曰：『善笠簑。』取而視之，朱字宛然。」蘇軾聽琵琶詩：「夢回只記歸舟字，賦罷雙垂紫錦條。」記來還彷彿，尋去已蹉跎。張耒詩：「高眠尋斷夢，鄰樹已烏驚。」宿燼芬餘麝，方干詩：「濃麝分香入四鄰。」殘妝暈淺螺。石孝友詞：「釵鳳搖金，髻螺分翠。」憂歡情總幻，金剛經：「一切有爲法，如夢幻泡影。」離合事皆訛。池上吟芳草，見卷十二答宗人廉。庭前覓舊柯。異聞錄：「淳于棼飲槐下，醉歸臥，夢二使曰：『槐安國奉邀。』指古槐入穴中，曰：『大槐安國。』王曰：『南柯郡不理，屈卿爲守。』累日達郡，及寤，尋古槐下穴，明朗可容一榻，有一大蟻，乃王也；一穴直入南枝，即南柯郡。」既因思是種，周禮：「簭人掌夢，三曰思夢。」張泌詩：「幽窗漫結相思夢，欲化西園蝶未成。」復念睡爲魔。傳燈錄：「秀師曰：此無山林木怪，睡翻作魔也。」易斷俄如此，難憑竟若何！陽臺莫重問，千古笑巫娥。見卷一。

答胡博士留別二十韻

分省人物考：「胡翰，字仲申，金華人。自幼聰睿，遊學浦陽，博覽經史，登許文懿公門，南北士皆願與交；以所著文進之文獻黃公、待制柳公，皆稱許不容口。洪武初，聘至金陵，授衢州教授，纂修元史，賜白金文幣以歸。素嗜山水泉石，晚歲卜居三洞之上，幅巾短杖，徜徉終日焉。」

世緒名臣後，聲華俊士前。禮記：「司徒論選士之秀者，而升之學，曰俊士。」唐書選舉志：「唐制取士之科，其目有秀才、有明經、有俊士、有進士。」棘場曾中的，五代史和凝傳：「天成中，知貢舉，時進士浮薄，喜爲喧譁，以動主司。主司每放牓，則圍之以棘，閉省門，絕人出入，以爲常。凝撤棘開門，而士皆肅然無譁，所取皆一時之秀。」按：唐閱試禮部日，以棘圍之。芹水舊鳴絃。詩：「思樂泮水，薄采其芹。」遠道秋風褐，空齋夜雨氈。唐書鄭虔傳：「虔爲廣文館博士，時號鄭廣文，在官貧約，甚澹如也。杜甫贈以詩曰：『才名四十年，坐客寒無氈。』」倦遊驚齒暮，多難喜身全。孤客愁王粲，魏志王粲傳：「粲，字仲宣，徙居長安，蔡邕見而奇之；時邕才學顯著，貴重朝廷，常車騎塡巷，聞粲在門，倒屣迎之。司徒辟召，除黄門侍郎，不就，乃之荆州依劉表；表以粲貌寢而體弱，不甚重也。後太祖辟爲丞相掾，拜侍郎。」諸生老鄭玄。後漢書鄭玄傳論：「鄭玄括囊舊典，網羅衆家，删裁繁蕪，刊改漏失，自是學者，略知所歸。」未應心戚戚，還是腹便便。見卷四始還西齋。杜曲無歸業，見前郊墅雜賦。成都有卜錢。高士傳：「嚴遵，字君平，賣卜成都市，日得百錢自給。」我方辭闕下，君尚隱江邊。久話燈催剪，頻過榻解懸。擇鄰欣得地，結友愧忘年。南史何遜傳：「遜弱冠舉秀才，范雲見其對策，大相稱賞，因結忘年交。」牧逕依門轉，漁梁近渡連。舊盟尋白鳥，黄庭堅詩：「此心期與白鷗盟。」餘俸買烏犍。見前耕。流水空塘樹，疎林破屋煙。詎憂窮作祟，但欲醉成仙。政爾交歡密，俄然別恨牽。湖山入苑路，雞犬載家船。離索方堪歎，分攜益可憐！殊鄉難託主，薄俗易輕賢。寒浦通潮處，春城罷雪天。梅花未宜折，荆州記：「陸凱自江南以梅花一枝寄長安與范曄，贈以詩曰：『折梅逢驛使，寄與隴頭人。江南何所有？聊贈一枝春。』」持送只詩篇。

送高郎中 以下二首從槎軒集補

雙騎出前驅，爭看璧在車。見卷一洛陽陌。初離中侍幕，宋史職官志：「政和二年，以中侍大夫易景福殿使。」趙師良勸講箴：「下臣執經，敢告中侍。」復接舍人廬。唐書百官志：「中書省舍人六人，起居舍人二人，通事舍人十六人。」綬色春宜酒，爐氛夕戀裾。同官聯劍佩，侍史直圖書。雲氣通高閣，花陰宿廣除。省中詩滿篋，知是秉綸餘。

送周檢校使高麗

東望玄菟境，見卷二朝鮮兒歌。孤帆有去人。未容辭遠使，方要接殊鄰。乞水從山媪，占風問海神。王庭依舊障，估市集遙津。地作先朝俗，花同內域春。煩君修皙好，玉帛自茲頻。

高青丘集卷十四

聯句

舞劍聯句

與會稽張憲夜飲觀銅臺李壯士舞劍而作。「張憲」、「銅臺」，俱見卷四。

晚陌息鳴鑣憲，秋城起嚴柝。登堂欣有會啓，顧座歎無樂。豪賓奉觴壽憲，壯士掉箾作。李賀公莫舞歌：「腰下三看寶玦光，項莊掉箾欄前起。」韻生飈拂鐔啓，莊子：「周宋爲鐔。」注：「鐔，劍鼻也。」文綴星輝鍔。廣韻：「鍔，劍端。」吳越春秋：「伍子胥過江，解其劍與漁父曰：『此劍中有七星北斗。』」拭土色纔動憲，雷煥外傳：「煥豐城獄得劍，取南昌西山黃白土拭之，光豔照耀。張華更以華陰赤土磨之，鮮光愈亮。」暎火光轉爍。異聞集：「薛俠者，獲一銅劍，長四尺，劍連於靶，靶盤龍鳳之狀，左文如火，光彩灼爍。」寒瀉走澗泉啓，衞象詩：「鸊鵜新淬劍光寒。」明懸溜簷澤。劉峻金華山栖志：「懸溜瀉于軒甍。」王逸九思：「冰凍兮洛澤。」注：「水結也。」徒誇刀瑩膏憲，見卷一劉生。漫詫匕淬藥。見卷一結客少年場。腥疑人血乾啓，錢太初劍詩：「得自猿公手，屠姦血未乾。」威攝鬼蹤鑠。雄聞莊子說愈，按：莊子有說劍篇。醉想王郎斫。見卷十一吳中逢王才南歸。

聯翩條鴻鶱啓，樂府雜記：「舞者，樂之容也，或象驚鴻，或如飛燕。」奮迅仍雀躍。莊子：「鴻濛方將拊髀雀躍而遊。」來如龍出淵愈，去若蛇赴壑。王渥詩：「冉冉年光赴壑蛇。」疾驚雷破山啓，莊子：「疾雷破山，風振海而不能驚。」又：「此劍一用，如雷霆之震也。」廣異記：「農夫耕地得劍，賈胡售之百萬，農夫問故，曰：『此名破山劍。』」怒訝風捲漠。海錄碎事：「胡風似劍鎪人骨。」初馳帆縱張愈，柳貫詩：「張帆得順風，飛鴻與爭疾。」忽注弩弛彍。文同詩：「破若勁弩彍。」陰陽變開闔啓，潮汐隨進却。高步赴節同愈，奇形分狀各。斜迴象翼蔽啓，史記項羽本紀：「項莊拔劍起舞，項伯亦拔劍起舞，常以身翼蔽沛公，莊不能擊。」曲踊肖拏攫。左傳：「魏犨東胸見使者曰：『以君之靈，不有寧也。』距躍三百，曲踊三百。」注：「距躍，超越也。曲踊，跳踊也。」法書要錄：「若擒虎豹，有強梁拏攫之形。」欻驚西方帝愈，李賀劍歌：「提出西方白帝驚。」凜怖東海若。見卷三登海昌城樓。韓愈聯句：「電刀驅海若。」屋翻影紛綸啓，杜甫詩：「高浪垂翻屋。」地殷勢揮霍。正韻：「殷，音隱，雷發聲也。」張衡西京賦：「跳丸劍之揮霍。」酉陽雜俎：「老人紫衣朱鬟，擁劍七口，舞于中庭，迭躍揮霍。」亂思突騎奔愈，後漢書耿弇傳：「弇按劍曰：歸發突騎，以轔烏合之衆，如摧枯折腐耳。」低見饑隼掠。旁分萬矢斷啓，前拉千槍拓。韓愈聯句：「雷鼓揭千槍。」出堪劫齊壇愈，見卷四詠荆軻。立可當蜀閣。見卷三過砯石。澤聞蛇嫗啼啓，「高祖斬蛇」見卷十一贈劉生歌。路遇猿翁搏。吳越春秋：「范蠡謂越王曰：『(楚)〔越〕有處女，出于南林之中，願君問以手戰之道。』女將見，道逢老人，自稱猿公，曰：聞子善爲劍，願一觀之。因拔竹枝，女卽接其末，公操其本，而女因舉杖擊之；猿公飛上樹，變爲白猿。女去見越王，王命五校之高才習之，當此之時，皆稱越女劍。」江總白猿傳：「或舞雙劍，環身電飛，圓光若月。」斬闞豁然判。憲，抱朴子：「沉閭、巨闕，斬闞之良也。」擊柱鏗爾著。漢書叔孫通傳：「高帝悉去秦儀法，爲簡易。羣臣飲爭功，醉或妄呼，拔劍擊柱。」陸疑濤涌牀啓，曹唐買劍詩：「略抛牀下怕泉流。」宵駭虹闖幕。祥驗集：「韋皐鎭蜀，與賓客宴，忽虹蜺自空而下，垂首于庭，霏然若晴霞狀，久而方去。」警棲已翻翻憲，墜槁俄索索。顚旭曾悟書啓，見卷八草書歌。俠軻記爭博。史記刺客列傳：「荆軻嘗游過楡次，與蓋聶論劍，蓋聶怒而目之。去楡次，遊于邯鄲，魯句踐與荆軻博爭道，魯句踐怒而叱之，荆軻默而逃去。」目花匪酒涵憲，杜甫飲中八仙歌：「眼花落井水底眠。」膚粟似裘薄。見卷十雪海。忠義氣盡張啓，姦邪膽俱落。唐書：「李祐入朝，違詔進奉，侍御溫造彈之，祐待罪股戰曰：『吾夜踰蔡州城擒吳元濟，未嘗心動，今日膽落溫御史矣。』」歐陽修劍詩：「姦兇與佞媚，膽破骨亦驚。」不從玉玦計憲，項羽本紀：「項王卽日留沛公與飮，范增數目項王，舉所佩玉玦以示之者三，項王默然不應；范增起出，召項莊謂曰：『君王爲人不忍，若入前爲壽，壽畢，請以劍舞，因擊沛公于坐殺之，不者，若屬皆且爲所虜。』」欲定銅槃約。見卷四感舊。未數大娘強啓，明皇雜錄：「時有公孫大娘者，善舞劍，能爲鄰里曲及裴將軍滿堂勢、西河劍器渾脫遺，妍妙皆冠絕于時。」終勝處女弱。見上「猿翁」注。季路袖手欽憲，家語：「子路戎服見孔子，拔劍舞之曰：『古之君子，以劍自衞。』子曰：『古之君子，忠以爲質，仁以爲衞，不善則以忠化之，寇暴則以仁禦之，何必恃劍？』子路攝齊受教。」裴旻汗顏怍。名畫記：「開元中，裴旻善舞劍，吳道玄觀旻舞畢，揮毫益進。」疾視誰敢當啓？不成我慚學。史記項羽本紀：「項籍少時學書不成，去學劍，又不成。項梁怒之，籍曰：『書足以記姓名而已，劍一人敵，不足學，學萬人敵。』于是項梁乃教籍兵法，籍大喜，略知其意。」勇夫怒生癭憲，魏志賈逵傳注：「逵在弘農，與典農校尉爭公事，不得理，乃發憤生癭。」韓愈聯句：「怒癭爭磈磊。」恐僕戰成瘧。功收刺虎奇啓，史記張儀列傳：「卞莊子欲刺虎，管豎子止之曰：『兩虎方共食牛，牛甘必鬭，鬭則大者傷，小者亡，從而刺之，一舉必有雙虎之名。』」志感聞雞惡。晉書祖逖傳：「與司空劉琨，俱爲司州主簿，共被同寢，中夜聞荒雞鳴，蹴琨覺曰：『此非惡聲也！』因起舞。」暫停月徘徊憲，庾肩吾詩：「樓上徘徊月。」賈餗太阿賦：「環分圓月，終疑映月之流。」既罷天寂寞。崆峒詎必倚啓，杜甫詩：「防身一長劍，將欲倚崆峒。」氛祲行可廓。魏文帝書：「僕有劍一枚，用給左右，以除妖氛。」馘妖正思今憲，松窗雜記：「進士趙顔，得一軟障，圖婦人甚麗。畫工曰：『此名眞眞，呼之百日則應，以百彩灰灌之卽活。』顔如其言，果活。友人曰：『此妖也，余有神劍可斬之。』」斷佞猶慕昨。「朱雲請劍」，見卷十張中丞廟。會合固有期啓，見卷五劍池。死生良欲託。「季札繫劍」，見卷四魏使君見示舊贈詩。寧憂武庫災憲，晉書：「太康三年，武庫火，中書監張華列兵防衛，見高祖斬蛇劍，穿屋飛去，莫知所向。」但俟凶門鑿。淮南子：「將已受斧鉞，乃鑿凶門而出。」注：「凶門，北出門。將軍之出，以喪禮處之，以其必死也。」慷慨勿悲歌啓，淋漓且酣酌憲。

劍池聯句

與張憲、金起、王隅同賦。

飛梁上當空憲，直壓下插水。兩樹交古陰啓，孤亭倒清泚。韋應物詩：「清泚階下流。」初至意已愜憲，再陟神亦靡。氣銷淵龍藏起，見卷五虎丘。骨朽山虎死。蒼崖出仙詩隅，見卷五幽獨君。金藏閟僧史。陸游詩：「補成僧史可藏山。」伯圖渺何在憲？世事倏如此！佳遊信難遭啓，壯志良未已！凭欄瞰神州起，見卷一永嘉行。樹羽訝軍壘。杜甫詩：「樹羽臨九州。」未覩煙塵淸隅，且耽林壑美。臨風揮一觥憲，憩石脫雙履。鶯啄朱果殘啓，蜂抱黃英委。琴咽斜陽蟬憲，棋戰欲雨蟻。李商隱詩：「鬧若雨前蟻。」溽暑避松箑啓，揚子方言：「扇，自關而東謂之箑，自關而西謂之扇。」輕涼透藤椅。范成大詩：「新涼生簟藤。」瞑目思黑甜憲，蘇軾詩：「一枕黑甜餘。」潛心翫玄旨。唐書藝文志：「韓莊老子玄旨八卷。」籟響破虛寂啓，香飄聞旖旎。司馬相如傳：「旖旎從風。」注：「旖旎，阿那也。」飯鐘隔煙來憲，樵笛呼月起。整轡戒僕夫啓，揮鞭謝釋子。厖聲吠喧呵起，詩：「無使厖也吠。」騎影歸迤邐。餘戀尙眷然隅，重來那復爾！明發抗塵容，何由繼芳趾憲？

病柏聯句

與青城杜寅、郯郡徐賁遊白蓮寺，見病柏而作。

抱質雖輪囷，鄒陽上梁王書：「蟠木根柢，輪囷離奇。」託根何坎坷寅？揚雄河東賦：「瀫南巢之坎坷兮。」一作軻。死色見已深，生意存猶頗啓。老枿焦半身，餘葉禿偏鬌賁。禮內則：「翦髮爲鬌。」注：「鬌，小兒所遺髮也。」恩謝漢陵春，見卷一劉生。災非陸渾火寅。按：韓愈有陸渾山火詩。柯傾痺待扶，節漏瘡思裹啓。下竅封蚍蜉，爾雅：「蚍蜉，大螘。」注：「俗呼爲馬蚍蜉。」韓愈詩：「蚍蜉撼大樹，可笑不自量！」上穴綴蜾蠃賓。詩：「螟蛉有子，蜾蠃負之。」爾雅注：「即細腰蜂也。」風欺聲吿哀，雨冒汗懀顆寅。說文：「顆，小頭也。」蟄空飿喜容，攀脆猿愁墮啓。將斲豈中梁？莊子：「見大木焉，仰而視其細枝，則拳曲而不可以爲棟梁。」三輔黃圖：「漢武帝建柏梁臺，以香柏爲梁也。」欲刳詎宜舸賓？易：「刳木爲舟。」詩：「汎彼柏舟。」蓋瘁缺青葱，梢枯辭猗儺寅。詩：「隰有萇楚，猗儺其枝。」乏子供爐焚，蘇軾詩：「坐對柏子香。」無陰庇牀坐啓。蠹盡啄鳥飢，巢傾躓雛跛賓。臞形慘若尪，蘇軾詩：「孤僧瘦欲尪。」突腹瘇如果寅。莊子：「腹猶果然。」藤纏偶假妝，薜剝每慚裸啓。主惜覬匠顧，陸龜蒙詩：「從遭匠石顧。」樵窺避僧邏賓。「邏」，見卷八會飲城南。土瘠力易衰，巖危勢難妥寅。殺懼苦霜仍，春秋定公元年：「冬十月，隕霜殺菽。」醫期甘露可啓。梁昭明太子啓：「甘露入頂，慧水灌心。」成器未爲福！禮：「玉不琢，不成器。」不材反逃禍賓。莊子：「山中之木，以不材得終其天年。」依林尙支撐，范成大詩：「檼椙共突兀，鬼神相支撐。」亞石猶磊砢寅。世說：「和嶠少有風格，庾顗見而歎曰：『嶠森森若千丈松，雖磊砢多節目，施之大廈，有棟梁之用。』」閱歲失貞姿，承陽愧纖朶啓。操幸孔語稱，杜甫病柏：「歲寒忽無憑，日夜柯葉改。」名負杜吟播賓。杜甫古柏行：「孔明廟前有老柏，柯如青銅根似石；霜皮溜雨四十圍，黛色參天二千尺。」敢要秦樹封，史記：「秦始皇上泰山封祀，風雨暴至，休于樹下，因封其樹爲五大夫。」孰效禹梅鎖寅？四明圖經：「鄮縣大梅山頂，有梅木，伐爲會稽禹廟之梁；張僧繇畫龍其上，夜或風雨，飛入鏡湖，與龍鬬。後人見梁上水淋漓，始駭異之，以鐵索鎖于柱。然今所存，乃他木，猶絆以鐵索，存故事耳。」蟠深漫欲踞，架重寧堪荷啓？氣同生固均，數異測誠叵賁！膏乾燃不明，屑墜掃還夥賁。客憐弔賦悲，童棄培功惰啓。終護竟煩誰？今看幸遭我賁。

風雨聯句

與會稽張憲，在報恩佛寺遇風雨而作。寺見卷十二。

盲風簸天興憲，禮記：「仲秋，盲風至。」涷雨翻海瀉。爾雅：「暴雨謂之涷。」注：「今江東呼夏月暴雨爲涷雨。離騷云『令飄風兮先驅，使涷雨兮灑塵』是也。」魚鰕落半空啓，蘇軾連雨漲江詩：「龍卷魚鰕并雨落。」蛟龍鬬中野。杜甫雨詩：「牛馬行無色，蛟龍鬬不開。」勢吞九河黃憲，功潤千里赭。怒疑決沙囊啓，史記淮陰侯列傳：「龍且與信夾濰水陣，韓信乃夜令人爲萬餘囊，滿盛沙，壅水上流，引軍半渡擊龍且。」振訝摧屋瓦。史記廉頗藺相如列傳：「秦軍鼓譟勒兵，武安屋瓦盡振。」橫行天兵駃憲，韓愈詩：「散燒煙火宿天兵。」大笑電母哆。神異經：「東荒山中有大石室，東王公居焉。與玉女投壺，設有入不出者，天爲之笑，開口流光，今電是也。」蘇軾詩：「揮駕雷車呵電母。」廣韻：「哆，脣下垂貌。」乾坤發生多啓，道路暍死寡。潦漲濤涌川憲，旱去煙滅冶。按：爐鑄謂之冶。谷號竟誰噓啓？木撼不自把。神靈眞恍惚憲，造化非苟且。初占月離畢啓，詩：「月離于畢，俾滂沱矣。」又駭泗沒社。史記封禪書：「宋太丘社亡，而鼎沒于泗水彭城下。」必變其聖乎憲！

弗迷唯舜也。陰岑氣如炊啓，高葉聲若打。詩話：「王禹錫賀春雨詩云：打葉雨拳隨手重。」陽烏韜不見憲，乾鵲噤皆啞。本草釋名：「鵲性惡濕，故謂之乾。」重翳晦復明啓，餘點歇還灑。雖悅灌園人憲，高士傳：「於陵仲子，爲人灌園。」應愁渡江者。世說：「衞洗馬初欲渡江，語左右曰：『對此茫茫，不覺百端交集！』」郭珏復愁詩：「江雨舟無渡。」侍王笑楚賦啓，見卷一巫山高。及我慚周雅。詩：「雨我公田，遂及我私。」避思泰山顚憲，見前病柏。戰憶昆陽下。後漢書光武帝紀：「光武與莽戰于昆陽，莽兵大敗，會大雷風，屋瓦皆飛，雨下如注。」雄夫七易失啓，見卷十醉後走筆。吝士蓋難假。家語：「孔子將出而天雨。門人曰：『商有蓋，請假焉。』孔子曰：『商爲人短于財，吾聞與人交者，推長而違短，故久；吾非不知商有蓋，恐不借而彰其過也。』」既霑想大田憲，大田詩：「既霑既足。」廣庇思亙廈。文同讓思堂記：「築隆址，植亙廈。」桔槔向晚停啓，紈扇未秋捨。亂號官私蛙憲，見卷十三聞蛙。莫辨去來馬。杜甫秋雨歎：「去馬來牛不復辨。」臥驚浪喧耳啓，歸恐泥沒踝。袁桷行路難：「重車沒踝路莫尋。」勿憂卷茅屋憲，見卷十醉後走筆。且喜憩蘭若。見卷十三。民期歲有登啓，國荷天錫嘏。沛澤宜載歌憲，新篇試姑寫啓。

虎丘聯句

與潯陽張羽、太原王行、郯郡徐賁遊虎阜，用壁間顏魯公韻作。唐顏眞卿刻清遠道士詩因而繼作：「不到東西寺，于今五十春。朅來從舊賞，林壑宛相親。」吳子多藏日，秦皇厭勝辰。劍池穿萬仞，盤石坐千人。金氣騰爲虎，琴臺化若神。登壇仰生臺，捨宅歎珣珉。中嶺分雙樹，迴巒絕四鄰。窺臨江海接，崇飾歲時新。客有神仙者，於茲雅麗陳。名高清遠峽，文聚斗牛津。跡異心寧間，聲同質豈均。悠然千載後，知我挹光塵。」

山遊期屢阻，風雨過今春羽。偶遂林泉賞，仍同里閈親衍。樹重迷卓午，李白詩：「飯顆山頭逢杜甫，頭戴笠子日卓午。」花盡謝芳辰啓。事往非前代，僧逢是故人賁。金精銷虎氣，見卷五虎丘注。寶藏衞龍神羽。幽怪錄：「開元中，葉天師講經于明州奉化縣，忽一老翁來禮，自云守藏龍，守此千歲，方免炎河之罰；今爲胡僧咒水欲殺。天師以符救之。」妖魄憐埋玉，見卷六眞娘墓。仙詩看勒珉衍。見卷五虎丘。年登廚有供，村遠寺無鄰啓。池古寒泉定，林喧夏果新賁。井名猶記羽，見卷十三石井泉。樓姓尚題陳羽。虎丘志：「初寺僧取水劍池，登降甚勞。宋隆興二年，陳敷文出錢二十萬，跨兩崖建樓其上，爲井幹，以便汲，因名陳公樓。」步策方循澗，迴橈已待津衍。緣雖喧寂異，妄本去來均啓。摩壁追高韻，應慚繼後塵賁。

蓮房聯句

與金華宋璲、張孟兼作。按：璲，學士子，中書舍人。孟兼，禮部主事。

露冷鏡湖秋璲，波涼練塘曉。盤翻綠雲稠兼，錦破朱霞少。新苞顆微綻啓，餘葩莖尚嫋。瘦繭綴寒蠶璲，陳高詩：「結實吐秋繭。」齊民要術：「永嘉有八輩蠶，九月績寒蠶。」尖喙啄青鳥。漢武故事：「七月七日，忽有青鳥飛集殿前。東方朔曰：『此西王母欲來。』有頃，王母至，三青鳥夾侍王母旁。」下惟玉龍眠〈粂〉，清異錄：「崔遠家墅在長安城南，就中禊池產巨藕，貴重一時，相傳爲禊寶，又曰玉臂龍。」中有瓊絲裊。朱超道詩：「摘除蓮上葉，拖出藕中絲。」擎重柄欲折〈啓〉，含深睛尙窅〈璲〉。孤懸類覆杯〈粂〉，雙立疑擢表〈啓〉。初成欣雨滋〈粂〉，漸老怯風掉〈啓〉。多子同根榮〈啓〉，張籍采蓮曲：「秋江岸邊蓮子多。」獨婦專房悄〈璲〉。楊烱詩：「蓮房若箇實。」妝卸失娉婷〈啓〉，徐鉉詩：「醉折荷花想豔妝。」歌來逢窈窕〈璲〉。許渾詩：「吳娃齊唱采蓮歌。」剖心效諫忠〈粂〉，孟郊詩：「道證青蓮心。」並頭呈瑞兆〈啓〉。邵堯夫雙頭蓮詩：「漢殿嬋娟雙姊妹，天台縹緲兩神仙。當時儘有風流格，謫向人間作瑞蓮。」褭蹄密竅窕〈璲〉，韻會：「褭蹄，金名。」漢書武帝紀：「太始二年，獲白麟，以饋宗廟。渥洼水出天馬，泰山見黃金，故名黃金爲麟趾褭蹄以協瑞焉。」魚目微光皎〈啓〉。任昉到記室牋：「惟此魚目，唐突璵璠。」珠珥落槃多〈啓〉，瑤軫貯囊小〈璲〉。李白詩：「拂霜弄瑤軫。」空實外莫辨，甘苦中自了。剝殘星滿地，采盡香餘沼〈啓〉。雕筵飣戢戢，「飣」見卷八中秋翫月。玉蟲攢擾擾。韓愈詩：「囊裏排金粟，釵頭綴玉蟲。」迸看出小艇，薦喜對淸醥〈粂〉。新嘗勝江芡，遠覔迷水蓼。搴芳想夏初〈啓〉，感物傷秋杪。聊茲發吳詠〈啓〉，一覽煙水渺〈璲〉。

六言律詩

瓊姬墓　原注:「夫差女也。」見卷十三吳女墳。

夢別芙蓉殿頭，墮釵零落誰收？土昏清一作青。鏡忘曉，月冷珠襦恨秋。麋鹿昔來廢苑，牛羊今上荒丘。香魂若怨亡國，莫與西施共遊。

甫里即事四首　原注:「甫里，在松江之上，陸魯望所居也。余寓其北渚，頗擅煙波之勝，爲賦六言四首。」甫里志:「今崑山縣，用直鎮。」

長橋短橋楊柳，前浦後浦荷花。人看旗出酒市，鷗送船歸釣家。風波欲起不起，煙日將斜未斜。絕勝苕中剡曲，金齏玉鱠堪誇！南部煙花錄:「南人魚鱠，細縷金橙拌之，號爲金齏玉鱠。」

其二

唼唼綠頭鴨鬬，翻翻紅尾魚跳。沙寬水狹江穩，柳短莎長路遙。人爭渡處斜日，月欲圓時大潮。宋姚寬論潮:「日者，衆陽之母，陰生于陽，故潮附于日。月者，太陰之精，水者陰類，故潮依于月，隨日而應月，依陰而附陽，盈于朔望，消于朏魄，虛于上下弦，息于輝朒，故潮有大小焉。」我比天隨似否？甫里志:「陸龜蒙宅，即白蓮寺西邊一帶。龜蒙，一號天隨子。高翰林啓宅在青丘里。」扁舟醉臥吹簫。

其三

江廟〔校記〕列朝詩集作「上」。漁郎晚祭，津亭〔校記〕列朝詩集作「頭」。估客朝過。鐘邊山遠水遠，篷底風多雨多。饑蟹銜沙落斷，黠禽暎竹窺羅。丫頭兩槳休去，劉禹錫詩：「丫頭小兒蕩畫槳。」爲唱吳儂櫂歌。蘇軾詩：「語音猶是帶吳儂。」

其四

橫網不遮過客，渡船時載歸僧。炊菰飯勝炊稻，采蓮歌似采菱。煙外晚村弄笛，沙邊夜店停燈。短蓑醉拍銅斗，見卷八劉松年畫。我亦年來稍能。

七言律詩

大駕親祀方丘選射齋宮奉次御製韻 明法傳錄：「洪武三年六月，親祀地祇于方丘。」

禮記射義：「天子以射選諸侯卿大夫士。」

奠璧方壇曉祝釐，「奠璧」，見卷十三車駕南郊。漢書：「文帝詔：『吾聞祠官祝釐，皆歸福于朕躬，不爲百姓，朕甚媿之。』」豹竿風動從靈祇。「豹竿」見卷一上之回。「靈祇」見卷三寓感十六。獻符多士歌昌運，漢書天文志：

「漢元年十月，五星聚于東井，此高皇帝受命之符也。」後漢書光武紀：「光武先在長安時，同舍生彊華，自關中奉赤伏符曰：『劉秀起兵捕不道，四夷雲集龍鬭野，四七之際火爲主。』」扈蹕諸蕃覲盛儀。上林賦注：「後從曰扈。」夏官隸僕注：「蹕，謂止行者清道也。」郊射貫侯初復古，儀禮鄉射禮：「凡侯，天子熊侯白質，諸侯麋侯赤質，大夫布侯，畫以虎豹；士布侯，畫以鹿豕。」詩：「射則貫兮。」汾祠獲鼎未云奇。漢書：「武帝得汾陰寶鼎，藏于甘泉，羣臣上壽賀『陛下得周鼎。』吾丘壽王曰：『非周鼎。』上怒。對曰：『天祚有德，寶自出。此天以與漢，是漢鼎非周鼎也。』上曰：『善。』」山川效順年多穀，神答皇心定有期。

奉迎車駕享太廟還宮

鳴蹕聲中曉仗迴，錦裝馴象踏紅埃。漢書武帝紀：「南越獻馴象。」半空雲影看旗動，滿道天香識駕來。漢酎祭餘淸廟閉，史記平準書注：「漢儀注：王子爲侯，侯歲以戶口酎黃金于漢廟，皇帝臨受獻金以助祭。」舜衣垂處紫宮開。七略：「王者體天而行。明堂之制，內有太室，象紫微宮。」春秋合誠圖：「紫宮，大帝室也。」禮成海內人皆慶，獻頌應慚自乏才！

晚登南岡望都邑宮闕二首

落日登高望帝畿，龍蟠山下見龍飛。見卷七寓天界寺。雲霄雙闕開黃道，漢書天文志：「日有中道。中道者，黄道也。」沈佺期詩：「池開天漢分黄道。」煙樹三宮接翠微。東京賦：「乃營三宮，布政頒常。」沙苑馬閑秋獵罷，唐書高祖紀：「武德六年，如華陰，獵于沙苑。」天街車鬬一作轡。晚朝歸。元稹連昌宮詞：「楊家諸姨車鬬風。」明朝欲獻昇平頌，還逐仙班入瑣闈。

其二

秦金不厭氣佳哉，見卷十一登金陵雨花臺。紫蓋黄旗此日開。見卷四感舊。殘雪已銷鳷鵲觀，見卷一雨雪。浮雲不隱鳳凰臺。見卷六送袁憲史。山如洛下層層出，江自巴中渺渺來。一統志：「大江源出巴蜀岷山，合湘、漢、豫章諸水，來自都城之西南，經西北，過鎮江，東流入海。」六代衣冠總成一作塵。土，見卷六下將軍墓。幸逢昌運莫興哀。

奉天殿進元史

明紀事：「吳元年九月甲戌朔，太廟成。癸卯，新内三殿成，曰奉天、華蓋、謹身；左右樓曰文樓、武樓。後爲宮，前曰乾清，後曰坤寧。」從信錄：「洪武二年八月，元史成，李善長等奉表進。」

詔預編摩辱主知，眞德秀大學衍義表：「不量菲薄，欲效編摩。」布衣亦得拜龍墀。書成一代存殷鑒，從信錄：「洪武二年二月，詔修元史。詔李善長監修，召宋濂、王褘爲總裁，徵汪克寬等十六人同纂修。開局天界寺。克寬等至，上諭之曰：『今命爾等纂修，以備一代之史，務直述其事，毋溢美，毋隱惡；庶合公論，以垂鑒戒。』」朝列千官備漢儀。後漢書光武帝紀：「光武行司隸校尉，置僚屬，時三輔吏士見之，皆歡喜不自勝。老吏或垂涕曰：『不圖今日，復見漢官威儀！』」漏盡秋城催仗早，唐制：殿下兵衞曰仗。儀衞志：「朝會之仗，三衞番上，分爲五仗，皆帶刀捉仗，列於東西廊下；每日以四十六人立內廊閣外，號曰內仗，朝罷放仗，天子出則有細仗黃麾仗。」燭光一作明。曉殿卷簾遲。宋史呂端傳：「眞宗既立，垂簾引見羣臣，端平立殿下不拜，請卷簾升殿，審視，然後降階，率羣臣拜呼萬歲。」時淸機務應多暇，閣下從容幸一披。

九日陪諸閣老食賜糕次謝授經韻　宋史：「九日以花糕、法酒賜羣臣。」漢書：「黃霸治尙書。宣帝時爲大中大夫，以選授皇太子經。」

叨陪講席接詞曹，曉禁霜花點素袍。宋祁九日食糕詩：「颸館輕霜拂曙袍，糗餈花飲鬬分曹。」院貯圖書西掖靜，「西掖」，見卷七送禮部傅侍郎。雲連宮殿北山高。故園莫憶黃花酒，內府初嘗赤棗糕。歲時雜記：「二社，重陽，尙食糕，而重陽爲盛，大率以棗爲之。」最愛鳳毛今復見，南史：「謝靈運子鳳，鳳子超宗，有文詞，帝大嗟賞，謂謝莊曰：『超宗殊有鳳毛，靈運復出。』」便令池上一揮毫。見卷九送王孝廉。

送沈左司從汪參政分省陝西汪由御史中丞出　唐書百官志：「尙書省有左右司郎中。」

重臣分陝去臺端，公羊傳：「自陝而東者，周公主之；自陝而西者，召公主之。」賓從威儀盡漢官。四塞河山歸版籍，漢書項籍傳：「關中阻山河四塞。」周禮天官小宰：「聽閭里以版圖。」注：「版，戶籍也。」百年父老見衣冠。函關月落聽雞度，孟嘗君傳：「夜半至函谷關，關法：雞鳴出客。客有善雞鳴者，野雞皆鳴，遂度關。」華嶽雲開立馬看。見卷十送張倅。知爾西行定回首，如今江左是長安。

吳僧日章講師赴召修蔣山普度佛事既罷東歸送別二首

釋鑑稽古續集：「用拙法師，諱祖僩，字日章，常熟張氏子。嗣法於竹屋淨法師，出世永定教寺，繼遷崑山廣孝、嘉定淨信，主教吳中垂五十年。洪武初，預選高行，有旨就天界寺說法，上數召入禁中，奏對稱允，加賜慈忍法師之號，後賜歸故里。」一統志：「鍾山，在應天府東北，漢秣陵尉蔣子文逐盜死于此，吳大帝爲立廟。子文祖諱鍾，因改蔣山。」

萬人擁座聽潮音，首楞嚴經：「發海潮音，遍告同會。」寶刹曾迂玉駕臨。唐太宗詩：「寶刹遙承露。」佛法曉敷三藏祕，岑參題讀經堂詩：「結宇題三藏。」帝恩春及九原深。禮記：「趙文子與叔譽，觀乎九原。」鍾山坐處花頻雨，見卷十一登雨花臺。練浦歸時樹欲陰。唐書地理志：「潤州丹陽有練湖。」擬問楞伽嗟已別，「楞伽」，見卷五。楚江飛錫暮沉沉。「飛錫」，見卷五答衍師。

其二

故鄉未解識清容，却在金陵闕下逢。中禁曾分齋鉢飯，唐書李泌傳：「出入中禁，事四君。」上方時叩講筵鐘。許渾詩：「上方有路應知處，踈磬寒蟬第幾重。」一帆細雨迢迢浦，半塔斜陽靄靄峯。相送師歸忽多感，飛雲亦戀舊依松。

清明呈館中諸公

新煙著柳禁垣斜，劉長卿清明詩：「萬井出新煙。」杏酪分香俗共誇。玉燭寶典：「今人寒食日，煮麥粥，研杏仁爲酪，以餳沃之。」白下有山皆繞郭，清明無客不思家。卞侯墓上迷芳草，見卷六卞將軍墓。盧女門前暎落花。江寧府志：「三山門外，昔有妓盧莫愁家，此有莫愁湖。」喜得故人同待詔，擬沽春酒醉京華。

金陵喜逢董卿併送還武昌

兵後匆匆記別離，兩年音問不相知。武昌樓下初來日，「庾亮南樓」見卷四始還西齋。幕府山前忽見時。江寧府志：「幕府山，在江寧府西，晉元帝初渡江，丞相王導建幕府其上。」上國花開同醉少，大江潮落獨歸遲。莫嗟握手還分手，此會從前豈有期？

送易左司分省廣西

朝廷特念遠氓深，畫省分官出桂林。漢官典職：「尚書省省以粉壁畫古賢列士，曰畫省。亦曰粉省。」賈誼過秦論：「南取百越之地，以爲桂林象郡。」油幕乍開依漢節，韓愈詩：「從軍固云樂，談笑青油幕。」漢書張騫傳：「匈奴留騫十餘歲，予妻，有子。騫持漢節不失。」卉衣時到貢蠻金。後漢書南蠻傳贊：「鏤體卉衣。」許棠詩：「王租只貢金。」四時花發山多暖，半日嵐開市尚陰。虞帝祠前黃竹裏，一統志：「虞帝祠在桂林府城北。」李嘉祐詩：「青楓黃竹入袁江。」相思莫聽鷓鴣吟。見卷二春江行。

送王檢校錡赴北平

「王錡」，見卷七天界玩月注，同修元史者。「檢校」，見卷七。一統志：「保定府蒲城縣，漢北平地。」

半年同舍客京華，看遍龍河寺裏花。江寧府志：「護龍河，宋鑿，即舊城外三面濠也；今自昇平橋達于上元縣後，至虹橋南出大市橋而止。」纔進史書朝日下，錢起詩：「臣心堯日下。」便紆官綬去天涯。秦觀詩：「錦覆郎官綬。」平蕪遠塞秋驅騎，衰柳遺宮晚噪鴉。莫道窮邊戍久別，待君歸草玉堂麻。見卷九送王孝廉。

京師秋興次謝太史韻

柳外秋風起御河，京華客子意如何？伎同南一作北。郭知應濫，韓非子：「齊宣王好竽，必三百人合吹；南郭先生不知竽者，而之三百人之中，以吹竽食祿。宣王薨，後王曰：寡人好竽，欲一一吹之。南郭乃逃。」錢珝表：「試吹必濫，比南郭之先生。」倖比東方愧已多。見卷一東門行。梁寺鐘來殘月落，見卷七贈楊滎陽。漢宮砧斷早鴻過。不材幸得同趨闕，幾度珊珊候曉珂。耿湋詩：「珊珊動曉珂。」

送祠江瀆使者

明典彙：「洪武二年正月，命都督孫遇仙等十八人祭天下嶽鎮海瀆之神。三年六月，躬署祝文，遣官詣嶽鎮海瀆，以更定神號告祭。」

源發岷峨萬里通，見上晚登南岡。函香迢遞問齋宮。神馳白馬靈光近，史記：「武帝臨瓠子河決，沉白馬玉璧。」祝奉玄牲禮秩崇。周禮牧人：「望祀，各以其方之色牲毛之。」注：「望祀嶽瀆也。」閻隨侯西嶽望幸賦：「於是牲用特，酒侑玄。」驛下換船潮湧日，廟前沉璧水迴風。重煩使者徼多福，南國無疵黍稌豐。

送葉判官赴高唐時使安南還

高唐州，屬山東東昌府。「安南」，見卷十三。

銅柱崖前使節過，後漢書馬援傳：「援到交阯，立銅柱，爲漢之極界。」貢隨歸騎入京多。一官暫遣陪成瑨，後漢書黨錮傳：「汝南太守宗資，任功曹范滂；南陽太守成瑨，亦委功曹岑晊。二郡爲謠曰：『汝南太守范孟博，南陽宗資主畫諾。南陽太守岑公孝，弘農成瑨但坐嘯。』」片語曾煩下趙佗。漢書陸賈傳：「高祖使賈賜趙佗印爲南越王，佗留與飲，數月，曰：『越中無足與語，至生來，令我日聞所不聞。』賈卒拜佗爲南越王，令稱臣，奉漢約。高帝大悅，拜賈爲大中大夫。」曉拜賜衣辭絳闕，秋催征棹渡黃河。政餘好賦登臨詠，聞說州人最善歌。孟子：「緜駒處于高唐，而齊右善歌。」

衍師見訪鍾山里第

風雨孤舟寄一僧，遠煩相覓到金陵。青衫愧逐塵中馬，白拂看麾座上蠅。盧綸白蠅拂歌：「華堂多衆珍，白拂稱殊異。」事去南朝猶有恨，夢歸北郭已無憑。文章何用虛叨祿，只合從師問上乘。傳燈錄：「頓悟自心，本來清淨，元無煩惱，無漏智，不自具足，此心卽佛，依此而修者，是上乘禪。」

寄題安慶城樓

層構初成百戰終，明紀：「元至正十八年正月，陳友諒陷安慶，元守將淮南行省右丞余闕死之。十九年八月，明遣徐達攻安慶，斬友諒參政郭泰，克潛山；友諒憤潛山之敗，乃詐以會軍爲期，自至安慶，趙普勝出迎，友諒殺之。時安慶爲長江上流要地，先是普勝守之，頗難攻取，友諒殺普勝，用別將守安慶，而以普勝部將張志雄帥兵從侵建康，志雄怨友諒，故龍江之戰無鬬志，來降，因獻取安慶之策，我師遂克安慶。命巢湖將僉院趙伯仲守之，尋爲張定邊所破，安慶復陷。二十一年，太祖帥師伐漢，拔江州，友諒走武昌，諸將旋師攻安慶，下之。」憑高應喜楚氛空。左傳：「子木至自陳，晉、楚各處其偏，伯夙謂趙孟曰：楚氛甚惡，懼難。」山隨粉堞連雲起，杜甫詩：「城欹連粉堞，岸斷更青山。」江引清淮與海通。一統志：「安慶府形勝，淮服屛蔽，江介要衝。」遠客帆檣秋水外，殘兵鼓角夕陽中。時清莫問英雄事，回首長煙滅去鴻。

送鄭都司赴大將軍行營

上公承詔出蓬萊，王維詩：「金貂列上公。」立馬風煙萬里開。賜履已分無棣遠，左傳：「賜我先君履，東至于海，西至于河，南至于穆陵，北至于無棣。」舞干還見有苗來。書：「帝乃誕敷文德，舞干羽于兩階，七旬有苗格。」牙前部曲多收績，東京賦：「牙旗繽紛。」注：「古者天子出，建大牙旗，竿上以象牙飾之。」「部曲」，見卷一將軍行。幕下賓僚更倚才。後夜軍門知子到，郎星應是近三台。後漢書明帝紀：「館陶公主爲子求郎，不許，而賜錢千萬。謂羣臣曰：『郎官上應列宿，出宰百里，有非其人，則民受其殃，是以難之。』」「三台」，見卷十二送劉省郎。

送朱謝二博士進賀冬至表赴京師聽宣諭畢還吳

驛騎雙馳捧綠章，李肇翰林志：「凡道觀薦青詞文，用青藤紙，朱字，謂之綠章。」李賀有綠章封事詩。都門逢舊喜洋洋。小儒方幸瞻天近，遠使初來賀日長。唐雜錄：「唐宮中以女功揆日之長短，冬至後日晷漸長，比常日增一線之功。」仗下丹墀晴雪盡，西京賦：「青瑣丹墀。」注：「丹漆地，故稱丹墀。」朝回紫陌曉塵香。承宣歸去難留駐，鄭谷詩：「仗入乍承宣。」乞報平安到故鄉。

送丕上人還四明育王寺

一統志：「寧波府阿育王寺，在阿育王山中。晉義熙初建，一名廣利寺，梁武帝賜今名。寺有阿育王所造眞身舍利塔，又有宸奎閣，貯宋神宗御書，蘇軾作記。」

解夏還尋舊寺棲，釋苑宗規：「四月十五日，僧家結夏，天下僧尼此日就禪刹掛搭，謂之結制，卽結夏也。夏乃長養之節，在外行恐傷草木蟲類，故九十日安居。至七月十五日散去，爲解夏，又謂解制。」張弋詩：「廬山解夏洪山去，自到山邊葉已飄。」滿船黃葉過長溪。袈裟影入秋山遠，舍利光懸夜塔低。法苑珠林：「舍利者，西域梵語，此云骨身。舍利有三種：一骨舍利，色白；二髮舍利，色黑；三肉舍利，色赤。若佛舍利，椎打不破，若弟子舍利，椎擊便破。」徐陵雙林碑：「如法燒身，一分舍利起塔於冢，一分舍利起塔在山。」鵝識講時常繞聽，兩京記：「淨影詩僧慧遠，養一鵝，每聞講經，入堂伏聽，若說他事，鳴翔而去。」猿知定後不驚啼。却慚擾擾塵中客，覺路如今去尚迷。

送吳生赴汴省其父指揮

一統志：「開封府，隋曰汴州。」

都亭槐雨淨朝埃，「都亭」，見卷十三送高麗使。蘇州府志：「城西北隅有都亭橋。」賈島詩：「槐雨滴稀疏。」彩服逢秋試剪裁。定遠未歸雙節在，後漢書班超傳：「投筆西征，封定遠侯。」「雙節」，見卷十一南園。孝廉初去一船開。晉書張憑傳：「憑詣劉惔，惔處之下坐，神意不接，憑欲自發而無端。會王濛就惔清言，有所不通，憑于末坐判之，言旨深遠，一坐皆驚；惔延之上坐，清言彌日，留宿至旦，遣之。憑還船，須臾，惔傳教覓張孝廉船，召與同載。」城依梁苑煙中閉，見卷一行路難。河繞隋堤樹裏來。開河記：「隋大業年開汴河，築堤自大梁至灌口，龍舟所過，香聞百里，今名隋堤。」家慶拜餘尋舊跡，孟浩然詩：「明朝拜家慶，須著老萊衣。」敖器之詩話：「唐人與親別而復歸，謂之拜家慶。」夕陽騎馬過繁臺。一統志：「繁臺，在開封府城東南，即吹臺也。師曠建，梁孝王增築之。」

客舍夜坐

樓角聲殘鎖禁城，岑參詩：「禁城春色曉蒼蒼。」燈花半落夜寒生。啼鴉井上驚風散，殘雪窗前助月明。清世莫嗟人寂寞，中年漸怯歲崢嶸。鮑照賦：「歲崢嶸而催暮。」酒杯詩卷吾家物，客裹相親倍有情。

送鄭山人聽宣諭後歸東陽 東陽屬金華府

閤門傳詔山人拜，見卷十一嫣雌子歌。清曉蓬萊望彩霞。布褐朝天纔赴闕，王維詩：「鄙哉匹夫節，布褐將白頭。」蒲帆帶雨又還家。李端詩：「海雨細如絲，蒲帆輕似葉。」沈侯詠罷樓沈月，一統志：「金華八詠樓，在府治西南，沈約爲東陽守，建此樓，賦八詠，時稱絕唱。」婺女妝殘廟掩花。一統志：「金華山在金華城北，金星與婺女星爭華，故名。」無限朝廷仁恤意，殷勤歸向老農誇。

春來

客愁擬向春來減，春到愁翻倍舊時。走馬已無年少樂，聽鶯空有故園思。日光晶晶濃熏草，杜甫詩：「晶晶行雲浮日光。」注：「晶，音杳，明也。」風力颼颼緩墮絲。辟歷溝南酒家路，江寧府志：「霹靂溝，在鍾山南麓，宋時三月三日祓濯于此。」共誰來往問花枝！

送賈文學以郡薦赴禮部試畢歸吳

匹馬都門候曉開，吳公新薦賈生來。漢書賈誼傳：「河南守吳公聞其秀才，召置門下，文帝聞吳公治平爲天下第一，徵爲廷尉。乃言誼年少，頗通諸家之書，文帝召爲博士。」郡中方待傳經業，杜甫詩：「劉向傳經心事違。」闕下先稱射策才。漢書音義：「作簡策難問例，置案上，在試者意按射取而答之，謂之射策。」寒食杏花江店雨，春衣柳絮驛程埃。慚予東掖叨陪講，李嘉祐送王諫議詩：「高車左掖臣。」按：東掖，漢宣政殿左掖，陪講，陪太子講也。難把長干送別杯。

休沐日期衍公游北山不果獨臥齋中

休沐欣逢一日閒，擬邀禪客共登山。兩節未許尋蘿逕，孤枕應須掩竹關。歷歷遠峯塵土外，蕭蕭深屋草萊間。安眠却勝淸遊樂，覺看斜陽燕子還。

送內兄周誼還江上

憶奉綸音趣赴朝，曾煩遠送過楓橋。雲山方恨成睽阻，雪夜俄來伴寂寥。吳苑疎鐘沉晚樹，楚江歸榜逐寒潮。情親海內如君少，敢惜離魂爲一銷。

夜聞吳女誦經

雲窗月帳散花多，韓愈華山女詩：「雲窗霧閣事恍惚。」羅隱七夕詩：「月帳星房次第開。」閒讀金經夜若何！劉禹錫陋室銘：「可以調素琴，閱金經。」嬌舌乍彈鶯學語，元稹詩：「新鶯語嬌小。」芳心已定井銷波。孟郊列女操：「波瀾誓不起，妾心井中水。」尼師曾教青蓮偈，釋典有比丘尼。權德輿詩：「嘗通內典青蓮偈。」女伴徒爲白苧歌。見卷一。聽處若迷空色相，心經：「色卽是空，空卽是色。」應須愁殺病維摩。李商隱詩：「維摩一室雖多病，亦要天花作道場。」

送趙使君致仕歸別業

久仕江湖白髮長，今年得許乞身章。歐陽修詩：「晚節恩深許乞身。」吏收封印朝辭郡，漢書陳平傳：「平懼誅，迺封其金與印，使使歸項王，而平閒行仗劍亡。」人賀懸車晚在鄉。漢書薛廣德傳：「廣德乞骸骨，賜安車駟馬，黃金六十斤，東歸沛，太守迎之界上，沛以爲榮，縣其安車。」家篋已添新著稿，白居易醉吟先生傳：「好事者相遇，必爲之先拂酒罍，次開詩篋。」官衫未歇舊熏香。南風別墅初歸處，李商隱詩：「煙波別墅醉。」應坐肩輿看種秧。蘇軾詩：「肩輿任所適。」

遊南峯寺有支遁放鶴亭 見卷五南峯寺

每向人間望碧峯，石門今得問幽蹤。路緣風磴泠泠策，一作葉。杜甫詩：「窈窕入風磴。」湛方生賦：「杖輕策以行游。」寺隔煙蘿杳杳鐘。窗下鳥來多墜果，亭前鶴去只高松。一龕願借依香火，白居易詩：「思結空門香火緣。」莫道詩人非戴顒。見卷十二過戴居士。

送鄰僧淡雲歸笠澤　見卷五太湖

往來海上獨離羣，雅稱身名是淡雲。經院葉深秋講散，香臺鳥下午齋分。坐間山偈曾同說，白居易詩：「雪中重寄雪山偈，問答殷勤四句中。」別後鄰鐘不共聞。笠澤到時尋舊業，菱池漠漠雨紛紛。

次韻楊孟載署令雨中臥疾

雙桐分蔭曉池清，乍喜新晴覺病輕。蛛曳林風吹欲斷，鷺經沙雨洗偏明。吟多稍怯臨窗寫，臥久渾忘出市行。不道春歸踰一月，起聞歌鳥尚疑鶯。

送呂志學秀才入道

學禮茅君便入山，黃冠初著稱淸顏。唐書李淳風傳：「淳風父播，仕隋高唐尉，棄官爲道士，號黃冠子，以論譔自見。」杏園不羨龍頭貴，秦中歲時記：「進士杏花園初會，謂之探花宴，以少俊二人爲探花使，徧遊名園。若他人先折得名花，則二使皆有罰。」梁顥及第謝恩詩：「也知年少登科好，爭奈龍頭屬老成！」蓬島應思鶴背閒。南唐近事：「廬山道士，忽有鶴降，道士喜謂可上升，命山童乘之至斃。陳杭詩云：龍腰鶴背俱無力，傳語麻姑借大鵬。」窗下棄檠辭婦去，韓愈短燈檠歌：「牆角君看短檠棄。」壇前受籙拜師還。上清玉晨道君紀：「受籙紫皇，受書玉虛，眺景上清，位司高仙。」白雲知勝青雲好，白居易詩：「昔日青雲意，今移向白雲。」揮手從今謝世間。

送胡簿之陽朔 縣屬廣西桂林府

幾年桂管去人稀，舊唐書：「江源多桂，故秦立桂林郡。武德四年置桂州總管府，後置桂管經略觀察使，治桂州。」白髮憐君獨遠違。過海定尋迴估舶，出京纔脫舊儒衣。祠崖荔子傳巫語，縣閉榕陰放吏歸。見卷十二送潘巡檢。亦欲居夷嗟未得，漫看鴻鵠向南飛。

謁甫里祠 甫里志：「祀唐賢陸龜蒙魯望也。祠在白蓮寺西，先生卒後葬其傍，遂廟食焉，即其故宅也。」

衣冠寂寞半塵絲，想見江湖獨臥時。遁跡虛煩明主詔，見卷十三臨頓里。感懷猶賦散人詩。見卷三隱逸。釣魚船去雲迷浦，鬬鴨闌空草滿池。見卷五鬬鴨篇。芳藻一杯誰爲奠，鼓聲只到水神祠。甫里志：「水仙廟，即唐儀鳳間儒生柳毅也。今爲上元鄉土社神，載邑志。里中廟在白蓮寺西，已廢爲僧舍，公詩正指此也。」

送恩禪師弟子勤歸開元寺

原注：「寺有二石佛，自海上浮至。」姑蘇志：「開元禪寺，在盤門內，吳孫權母吳夫人捨宅建，永禪師開山，名通玄寺。寺有石佛二，相傳晉建興二年，滬瀆海口漁者，見神光照水徹天，旦而視之，乃二石像浮水上。吳人朱膺等迎入城，置通玄寺，其後漁者復于此獲帝青石鉢，遂併以供佛。唐開元中，改今額，舊在城北隅，同光中，錢氏遷置于此。元至治間，寺燬，僧光雪牕、恩斷江重建，又取韋詩『綠陰生晝寂』之語，作綠陰堂，並虞集爲文。」

山衲經寒補雜繒，馬戴寄僧詩：「久披山衲壞。」漢書東方朔傳：「館陶公主請賜將軍、列侯、從官金錢、雜繒各有數。」白雲高寺遍尋登。法身已證浮來佛，宗旨曾傳化去僧。歸過江城誰施飯？定依舊院自懸燈。明朝應恨千峯阻，欲問楞伽已不能。

送何記室遊湖州

暮雨關城獨去遲，少年心事劍相知。故人當路輕貧賤，倦客逢秋惡別離。疎柳一旗江上酒，亂山孤棹道中詩。水嬉散後湖亭廢，張協七命：「乘鷁舟兮爲水嬉。」此去煩君弔牧之。唐詩紀事：「杜牧佐宣城幕，遊湖州，刺史崔君張水嬉，使州人畢觀，令牧間行閱奇麗，得垂髫者十餘歲。後十四年，牧刺湖州，其人已嫁生子矣。乃悵而爲詩曰：『自是尋春去較遲，不須惆悵怨芳時。狂風落盡深紅色，綠葉成陰子滿枝。』」

江上寄丁校理昆季

望裏煙生是子家，草堂應近鶺鴒沙。詩：「脊令在原，兄弟急難。」杜甫詩：「草黄騏驥病，沙暖脊令寒。」江汀每恨無舟渡，野墅空憐有酒賒。半雨暮成風外雪，孤梅春動臘中花。相思尙隔前村遠，獨倚柴門數去鴉。

送顧軍咨歸梁溪

新柳休攀短短條，離愁似雪未能銷。春迴廢苑還芳草，人渡空江正落潮。德曜宅前今獨去，見卷三隱逸梁鴻。平津門下舊相招。見卷四贈陶篷先生。重來莫在花開後，擬聽狂歌醉幾朝。

白蓮寺次韻杜進士喜余見過話舊之作

不辭鳴棹遠相尋，欲向江齋伴旅吟。百事未成年已長，幾時纔別夏將深。萱留倦蝶連池綠，樹帶殘鶯滿寺陰。恐被老僧嫌滯礙，舊游休說更傷心。

期徐七遊雲巖

憶與青山別幾時，雲松應恨鶴歸遲。少知學道貧非病，家語：「子貢相衞，結駟連騎過原憲，憲攝敝衣冠見之。子貢曰：『子病乎？』憲曰：『無財者謂之貧，學道而不能行謂之病。若憲，貧也，非病也。』」閒愛談禪偈是詩。白居易贈永灌上人詩：「正傳金粟如來偈，何用錢塘太守詩？」女浣曉江煙淼淼，正韻：「音眇，大水也。」人行暮苑麥離離。明朝風雨還同往，恐負高僧石上期。甘澤謠：「李源與圓澤爲忘年交，自荆州上峽，見婦人錦襠負罌而汲。圓澤曰：『是某託身之所，更後十二年，杭州天竺寺外與君相見。』是夕，圓澤亡。後十二年，源詣餘杭，赴其所約，有牧豎歌竹枝詞，乃圓澤也。歌曰：『三生石上舊精魂，賞月吟風不要論。慚愧情人遠相訪，此身雖異性常存。』歌畢，拂袖而去。」

賦得寒山寺送別

姑蘇志：「寒山禪寺，在閶門西十里楓橋下，宋太平興國初節度使孫承祐建；浮圖七層，相傳寒山、拾得嘗止此，故名。」

楓橋西望碧山微，寺對寒江獨掩扉。船裏鐘催行客起，塔中燈照遠僧歸。漁村寂寂孤煙近，官路蕭蕭衆葉稀。須記姑蘇城外泊，烏啼時節送君違。

聞朱將軍戰歿

羣雄事略：「徐達攻湖州，張士誠遣平章朱暹及五太子率兵屯舊館，爲常遇春、薛顯所敗。暹，字秦仲，載啓詩。」

江浦戈船赤幟稀，通典：「伍子胥有戈船，以載干戈，因謂之戈船。」史記淮陰侯列傳：「選輕騎二千人，人持一赤幟，從間道萆山而望趙軍。誡曰：『趙見我走，必空壁逐我，若疾入趙壁，拔趙幟，立漢赤幟。』」孤軍落日陷重圍。鏡中蛇墮占應驗，前定錄：「袁安叔遇異人得書云：每受一命卽開一幅。累仕皆驗，一日，晨起巾櫛，一物墮鏡中，如蛇而有四足，驚仆而疾，數日卒；留書尙多，其妻開視之，皆空紙也，最後一幅畫蛇盤鏡中而已。」牙上梟鳴事已非。晉書張重華傳：「重華以謝艾爲中堅將軍，擊麻秋；夜有二梟鳴于牙中，艾曰：『梟，邀也，六博得梟者勝，今梟鳴牙中，克敵之兆。』于是進戰，大破之。」殘卒自隨新將去，老親空見舊奴歸。聞雞此夜誰同舞？見前舞劍聯句。西望秋雲涙灑衣。

送何明府之秦郵

原注：「何，淮東人，已三爲縣令。」一統志：「高郵縣，明洪武初改高郵府爲州，以高郵縣省入。戰國屬楚，秦爲秦郵。」

馬前風葉助離聲，楚驛都荒不計程。一令尙淹三縣事，幾家曾見十年兵？夕陽遠樹煙生戍，秋雨殘荷水繞城。父老不須重歎息，君來應有故鄉情。

過野寺次韻徐廉使琰舊題

杭州府志：「徐琰，字子方，號養齋，東平人。翰林承旨王磐薦其才，至元中，拜浙西肅政廉訪使，有文學名，東南人士重之。」

使節城東按部迴，曾將從吏到香臺。秋林數騎蕭蕭去，晚澤孤鴻嗷嗷來。蘿雨濕衣溪路轉，柏風吹燭殿門開。當年物色雖留與，杜甫詩：「登臨多物色，陶冶賴詩篇。」題壁慚無子美才。杜甫夔府咏懷詩：「東郡時題壁。」

送滎陽公行邊

風卷雙旌雪覆韉，遠騎白馬出行邊。兵馳空壁三千幟，見前聞朱將軍戰歿。客宴高堂十萬錢。南史到撝傳：「撝資藉豪富，厚自奉養，供一身一月十萬。」杜甫飲中八仙歌：「左相日興費萬錢，飲如長鯨吸百川。」屏裏舊圖魚復陣，一統志：「夔州奉節縣，周之魚復國，有諸葛武侯八陣圖蹟。」燈前新注豹韜篇。按：太公六韜有豹韜。功成他日論諸將，只有荀郎最少年。晉書荀羨傳：「荀羨，字令則，遷徐州刺史，時年二十八，中興方伯，未有如羨之年少者。」

登涵空閣

原注：「在靈巖寺。」

滾滾波濤漠漠天，曲欄高棟此山顛。置身直在浮雲上，縱目長過去鳥前。數杵秋聲荒苑樹，一帆暝色太湖船。老僧不識興亡恨，只向遊人說往年。

婁江寓舍喜王七隅見過却送還郭

送君只過孝廉橋，蘇州府志：「外跨塘永慶橋，過東沿官塘第五橋，名孝廉。」不似君來訪我遙。路未同歸鴻杳杳，門方孤掩竹蕭蕭。遠愁忽與鐘聲至，殘醉微兼燭燼銷。莫道扁舟難重過，寒江日日有迴潮。

送葉卿還隴西公幕兼簡周軍咨

落日關城動鼓笳，遠遊憐汝尚無涯。壯身漫託三公府，歸夢難尋萬里家。投驛暮山燈照葉，待潮秋渡棹粘沙。軍中記室如相問，只說愁吟對菊花。

范文正公祠

原注：「在天平山，公祖父冢在祠前，乃置義莊在山下，子孫至今守之。」

開閤陳書對御筵，共言天子得時賢。宋史范仲淹傳：「元昊請和，召拜樞密副使，歐陽修復言有宰相才。仲淹固辭曰：『宰相可由諫官得乎？』俟帝親除，然後拜。』帝方銳意太平，數問當世事，開天章閣，引輔臣條對，仲淹乃上十事。」才陪上相趨廷內，續通鑑：「慶曆三年八月，以范仲淹參知政事。」遠撫豪羌出塞邊。續通鑑：「慶曆四年六月，爲陝西河東宣撫使。初，仲淹忤呂夷簡，放逐者數年，及陝用兵，帝以士望所屬，用之。與富弼同輔政。初，石介奏記于弼，責以行伊、周之事。夏竦怨介，欲因是傾弼等，乃使女奴陰習介書，改伊、周爲伊、霍；又僞作介爲弼撰廢立詔，飛語上聞，帝雖不信，而弼與仲淹恐懼不自安，適聞契丹伐夏，遂請行邊。」松柏自依先隴廟，稻禾猶滿義莊田。古來直道難終合，何必深嗟慶曆年？

丁令威宅　原注：「在陽山，有煉丹井在焉。」

令威作仙上天去，舊宅留在青山阿。千年宅廢但遺井，何處更聞華表歌？南陌黃塵足去客，東流碧海絕迴波。鶴歸重覽應惆悵，地上丘墳今又多。

辭戶曹後東還始出都門有作

詔貳民曹出禁林，說文：「貳，副益也。」官制沿革：「漢民曹，隋民部，唐避太宗諱，改曰戶。」陳辭因得解朝簪。離騷：「就重華而陳辭。」臣材自信元難稱，聖澤誰言尚未深。遠水江花秋艇去，長河宮樹曉鐘沈。還鄉何事行猶緩？爲有區區戀闕心。

寄余左司

何處吹愁角一聲，大江東岸呂蒙營。一統志：「呂蒙城，在嘉魚縣石頭口，孫權征零陵時築。」天隨流水茫茫去，月共長庚耿耿明。詩：「東有啓明，西有長庚。」虜意有圖秋暫息，客魂無定夜還驚。欲陪釃酒樓船座，蘇軾前赤壁賦：「釃酒臨江，橫槊賦詩。」借問風潮早晚平。

聞家兄謫壽州 屬鳳陽府

別來未省去何投，書到方知謫壽州。覽俗自堪傷遠抱，一作客。聽音誰解釋羈憂。長淮波浪應愁渡，故國江山只夢遊。未有萬回飛往術，傳燈錄：「萬回禪師，姓張，九歲乃能語；兄戍西安，父母遺問訊，朝往暮返，以萬里而回，因號萬回。」魂銷空望楚雲秋。

吳城感舊

城苑秋風蔓草深，豪華都向此銷沉。趙佗空有稱尊計，史記文帝本紀：「後六年，南越王尉佗，自立爲武帝。」明紀：「元至正二十三年，張士誠自號吳王。」劉表初無弭亂心。季漢書內傳：「劉表爲荊州刺史，自保境內，曹操與袁紹方相持于官渡，紹遣人求助，表許之而不至，亦不佐操；從事中郎韓嵩、別駕劉先說表曰：『豪傑並爭，兩雄相持，天下之重，在于將軍，將軍若欲有爲，起乘其弊可也，若不然，固將擇所從。』表不能用。」明紀：「至正二十年閏五月，陳友諒既陷太平，僭僞號；遣使約張士誠同入寇，士誠齷齪自固，不敢應。」半夜危樓俄縱火，明紀：「張士誠城破，積薪齊雲樓下，驅羣妾侍女登樓，令養子辰保縱火焚之。」十年高塢漫藏金。見卷四桃塢送別。廢興一夢誰能問？回首青山落日陰。

喜幼文北歸

風塵萬里損光輝，舊面相逢却訝非。在路定留經處詠，還家猶著去時衣。久留遠土蟲蛇雜，忽解高羅雁鵠飛。倘念梁園三二客，與君同去不同歸。

送宋孝廉南康葬親　一統志：「南康，春秋爲吳、楚，戰國屬楚。」

長揮客淚楚雲東，故國江山百戰中。遺柩一作櫬。十年嗟未掩，歸舟千里喜纔通。遠途敢避風濤惡，舊隴應知草樹空。料得南岡廬宿處，夜深猿鳥泣西風。

送王孝廉遊京回錢塘

客遊南北再逢春，幾驛煙花一騎塵。觀國舊逢朝闕使，易：「觀國之光，利用賓于王。」還家今作渡江人。雪迎酒氣消應早，柳逐歌聲發更新。此日腰間垂赤組，不須猶愧故鄉親。

感懷次蔡參軍韻

擊筑無人識漸離，客依孤館獨淒其。著書未解成新語，史記陸賈列傳：「高帝謂賈曰：『試爲我著亡秦所以失天下，我所以得之者何？』陸生乃爲粗述存亡之徵，凡著二十篇，號曰新語。」把酒聊因覓舊知。燕塞風多寒水急，梁園雪早凍雲癡。杜牧詩：「臘雪一尺厚，雲凍寒頑癡。」年來只念江東去，下馬碑陰看色絲。「曹娥碑」見卷二主客行。

寄錢塘方員外

尋常此別事難同，不意音書得再通。君病尚留多難後，我吟方向亂愁中。殘煙廢郭山猶在，落日空城歲欲窮。借問西湖舊梅樹，如今還剩幾多叢？

秋日江館詠懷

十年世事漸多更，自歎而今豈後生。未有佳兒書漫讀，世說：「張蒼梧乃張憑之祖，嘗語其父曰：『我不如汝。』憑父未解所以，蒼梧曰：『汝有佳兒。』憑時年數歲，斂手曰：『阿翁豈宜以子戲父。』」既無俗客酒頻傾。煙生遠塢聞雞唱，潮落平沙見蟹行。秋後思歸凡幾度，夕陽江上望高城。

得亡友周履道記室在繫所詩次韻

擬出罝羅再卜鄰，死生俄判兩吟身。百年豈料逢今日，四海何由見此人。吳地有園花已盡，楚山無塚草空新。一篇幽憤時時讀，風雨寒燈夜獨親。

答呂志學山人見寄

一罷僧房看竹期，行吟何處復相隨？煙波遠渚難尋路，風雨幽窗忽送詩。故舊誰非嗟別者，鄉園同是憶歸時。莫愁孤館春寥落，且向江干避亂離。

送殷孝章赴咸陽教諭

太倉州志：「殷奎，字孝伯，一字孝章，端厚沉默，性復穎悟；初受易於盛德瑞，既受春秋於楊維楨，刻意學古，澹然無進取意。浙東僉憲孛朮魯昱聞奎名，舉教席，不起。至正丙申，州治復崑山，有司延致訓導儒學，奎以侍養便，始應命。洪武初，新學制。四年，以教有成，舉教諭，試吏部高等，司選者將例授奎郡縣職，奎力以母老辭，咈意，遂調西安之咸陽；獨以母老道遠，弗克就養，抑鬱成疾而卒。門人私謚曰文懿先生。」

獨抱遺經出董帷，見卷四停君白玉卮。秋風匹一作送。騎入關遲。用儒幸際千年會，造士欣爲一縣師。鴻雁雲低秦壘角，牛羊草沒漢陵碑。宦遊兼得觀形勝，莫向尊前歎別離。

送基上人希載赴天界

水郭春寒壓柳絲，扁舟遙送道林支。見卷五南峯寺。日邊金界曾遊地，一作遊應徧。雪後滄江欲渡時。一作渡較遲。座近一作藹。香爐朝聽一作演。法，蘇軾詩：「聽法來天女。」窗傳鉢韻夜談詩。見卷五答衍師叩鉢注。龍河舊日棲禪侶，見前送王檢校詩。想拂雲牀正待師。

寄永寧丁明府兼簡達君先生

原注：「永寧，屬洛陽。丁近布平盜浚渠之功。達君，前進士，寓其邑。」

政成百里自材優，蜀志蔣琬傳：「諸葛亮請曰：蔣琬社稷之器，非百里之才。」莫厭青袍映白頭。盜散山棚城少閉，唐書呂元膺傳：「東畿西南通鄧、虢，川谷曠深，多麋鹿，人業射獵，趫悍善鬬，號曰山棚。元膺募爲三河子弟，使衞官城。」蘇軾詩：「山棚盜散人安寢。」渠通田澮水多流。考工記匠人「匠人爲溝洫」：「畎之水，達于遂，遂之水，達于溝，溝之水，達于洫，洫之水，達于澮，澮之水，則專達于川。」陸渾莊上雞鳴午，一統志：「河南府嵩縣陸渾山，漢末高士胡昭隱此。」緱嶺祠前鶴去秋。一統志：「河南府偃師縣緱山，周靈王太子升仙之所，上有操，嘗作月蝕詩，譏元和逆黨。韓愈爲洛陽令，稱其工詩。有曰：『玉川先生洛城裏，破屋數間而已矣。』石室、飲鶴池。」沽酒更須煩縣令，洛中時伴玉川遊。唐書盧仝傳：「仝，懷慶濟源人，號玉川子，博學有志

江山一作秋江。晚眺圖

一髮青山斷雁邊，周權詩：「青山一髮認邳州。」渚宮樓閣暮雲連。「渚宮」，見卷二竹枝詞。煙波彷彿江南意，嵐柳依稀峽外天。釣艇歸時風動葦，僧鐘起處日沉煙。觀圖忽起滄洲想，身墮黃塵又幾年！

江上春日遣懷

江上逢春已兩回，客中時序苦相催。蛛營戶網蟲初出，雀借簷巢燕未來。年少卽閒眞信拙，詩成雖好可言才？如今欲向南鄰叟，旋乞垂楊繞舍栽。

別江上故居

家具初移借釣船，孟郊詩：「借車載家具，家具少于車。」臨行魚鳥亦悽然。城南徙舍惟三里，渚北閒居已二年。花墅回看春水外，草堂留掩夕陽邊。多慚父老相留意，來去聊隨大化遷。

永樂禪寺 姑蘇志：「寺在吳江縣雙楊村。」

鬢隨鶴羽總秋零，幾日江行思渺冥。夜卧客舟聞詠史，晉書袁宏傳：「宏有逸才，曾爲咏史詩，是其風情所寄。少孤貧，以運租自業。謝尚時鎮牛渚，秋夜乘月，與左右泛江；會宏在舫中諷詠，聲旣清會，詞又藻拔，遂駐聽久之，遣問焉。答曰：『是袁臨汝郎誦詩。』卽其咏史之作也，卽迎升舟，與之談論，申旦不寐。」朝過僧榻共談經。沙洲雨足蕈初紫，羅隱詩：「盤擎紫線蕈初熟。」林塢霜遲橘尚青。王羲之帖：「奉橘三百枚，霜未降，未可多得。」後欲尋公曾到處，留詩應共竹間亭。

高青丘集卷十五

七言律詩

送人出鎮 一作送陳總戎

家出山西負勇名，見卷十二效唐人贈邊將。擁旄方見去專城。唐詩紀事：「崔魏公鉉，久居廊廟，三擁節旄，宣宗嘗謂侍臣曰：『崔鉉眞貴人。』」風生曉帳旌旗動，月落寒譙鼓角淸。史記陳涉世家：「守丞與戰譙門中。」注：「譙門謂門上爲高樓以望遠者耳。樓一名譙，故謂美麗之樓爲麗譙。」「鼓角」，見卷三夜抵江上候船。麟閣封侯新寵一作初受。任，漢書：「宣帝圖功臣霍光等十一人於麒麟閣。」鴈門擒虜舊功成。史記李將軍傳：「嘗爲隴西、北地、雁門、代郡、雲中太守，皆以力戰爲名。」如今四海無征戰，雅詠投壺樂太平。後漢書祭遵傳：「遵爲將軍，取士皆用儒術，對酒設樂，必雅歌投壺。」

送周省郎之海虞判官

黃茅連野邑城荒，佐邑初煩舊省郎。雁起海風吹暮角，雞鳴關月照晨裝。讀書臺下逢人少，蘇州府志：「梁昭明太子讀書臺，在常熟縣致道觀後之東。」又：「常熟縣唐狀元陸器讀書臺，在河陽山中。」濡墨廳中憶尉狂。唐書張旭傳：「爲常熟尉，有老人陳牒求書，宿昔又來，旭怒其煩，責之，老人曰：『見公筆奇妙，欲以藏家耳！』」「濡墨」見卷八草書歌。君到官曹無事日，一尊爲我酹斜陽。

次張子宜園居二首

列朝詩傳：「張適，字子宜，吳人。洪武初以秀才舉擢工部都水郎，以病免；得朱長文樂圃故地，與周正道、陳惟寅輩，觴咏自得。復以明經舉授廣西理問，歷滇池魚課、宣課二司大使，衣食不給，竟死于官。」

見山岡下竹蒙蘢，見卷十三樂圃。亂後池塘野水通。身影步隨花影日，鬢絲吹傍釣絲風。已知處世愁無益，更覺全生醉有功。誰道閒官貧去甚，春來未典舊焦桐。後漢書蔡邕傳：「吳人有燒桐以爨者，邕聞其爆聲曰：『良材也。』請削爲琴，尾尙焦，故名焦尾。」陸游詩：「典到琴書事可知。」

其二

早回高步謝天衢，漢書敘傳：「攀龍附鳳，並乘天衢。」應戀閒園景趣殊。養鶴階除長得伴，種魚池沼不輸租。蘇軾詩：「下有種魚塘。」按：范蠡有種魚經。官曹自古皆詩客，蘇軾詩：「詩人例作水曹郎。」注：「王禹偁作孟賓于詩集序云：『古之詩人，多求水部，何遜、張籍、孟賓于是也。』」家世當年本釣徒。見卷三隱逸張志和。苦欲相尋阻泥潦，滿林煙雨聽啼鴣。

遷城南新居

辛苦中年未有廬，東西長寄一囊書。未能避俗還依俗，堪信移居更索居。葉滿隣園煙冪冪，竹連僧舍雨疎疎。何須許伯長安第，漢書蓋寬饒傳：「平恩侯許伯入第，丞相、御史、將軍、中二千石皆賀，寬饒不行，許伯請之，迺往，從西階上，東鄕特坐。許伯自酌曰：『蓋君後至。』寬饒曰：『無多酌我，我迺酒狂。』」注：「許伯，皇太子外祖也。」此屋脩然已有餘。韓愈詩：「此屋豈爲華，於我自有餘。」

贈醫師王立方

醫得河間第五傳，姓譜：「劉守眞，河間人，名完素。早遇陳希夷，服仙酒醉覺，得悟素問玄機，著原病式一卷、宣明論五卷。」尋師曾上海門船。龍方試後應多驗，見卷四贈惠山醫僧。鶴骨癯來已欲仙。李商隱嬌兒詩：「不然神仙姿，不爾燕鶴骨。」渡澗斸苓朝帶雪，隔林蒸朮午生煙。詩人亦有相如渴，西京雜記：「相如素有消渴疾，及還成都，悅文君之色，遂發錮疾，乃作美人賦以自刺。」李商隱詩：「侍臣最有相如渴，願賜金莖露一杯。」願乞丹砂舊井泉。抱朴子：「臨沅廖氏，世世壽考，後徙去，他人居之，復多壽考，疑其井水赤，掘之，得古人所埋丹砂數十斛。」

吳縣庠訓導徐君善醫常起人疾求詩贈之

解榻高齋晝日遲，坐談周孔雜軒岐。按：軒、岐，黃帝、岐伯。仙人方在應藏枕，漢書郊祀志：「大夫劉更生，獻淮南枕中洪寶苑祕之方。」注：「苑祕者，言祕術之苑囿也。」博士經横每下帷。見卷四停君白玉巵。池上采芹風起處，階前曬藥雨收時。病痊不使人栽杏，神仙傳：「董奉居廬山，爲人治病輒愈，重者種杏五株，輕者一株。」只要新題滿卷詩。

挽瞿隱君 一作瞿孝廉

壯志蹉跎爲亂離，蒼天不肯見淸時。樓前鶴去飛雲遠，墓上人來宿草衰。親老還揮思子淚，弟愁長詠哭兄詩。兩年頻送交遊歿，不似夫君最可悲！

次韻靈隱復見心長老見寄兼簡泐禪師 列朝詩集：「來復，字見心，豐城人，族姓黃氏。禮南悅楚公爲師，蚤有詩名，遊燕都，親炙虞文靖公、歐陽文公諸君子，與張潞公交尤厚。復航海至鄞，于雙林之定水寺止焉。洪武初，與泐季潭，用高僧召至京，授僧錄司左覺義，詔住鳳陽槎芽山圓通院。二十四年，坐胡黨伏法，年七十三。詩文有蒲菴集。」又：「宗

泐，字季潭，臨海人，族姓周氏。八歲從中天竺笑隱訢公學佛，二十受具，從智開山于龍翔，寓意詞章，尤精隸古，虞文靖、黃文獻、張潞公皆推重爲方外交。洪武初，詔舉高行沙門，師居其首，命住天界，領右街善世。居無何，奉旨佚老，歸槎峯，絕江至江浦石佛寺，示微疾，留三日，沐浴念佛，泊然而寂。世壽七十四，夏六十。」

高堂鐘鼓毒龍驚，王維詩：「安禪制毒龍。」又劉禹錫詩：「獨向昭潭制惡龍。」皆謂禪家降伏其心也。曾布袈裟海上城。洛陽伽藍記：「佛在烏場國行化，龍王瞋怒，興大風雨，佛身袈裟表裏通溼；雨止，佛在石上東面而坐，曬袈裟，年歲雖久，炳然若新。」廬嶽禪師傳法印，徐陵書：「峯號香爐，依然廬嶽。」廬山記：「山有東西林寺，慧遠居東林。」宋史藝文志：「宗美禪門法印傳五卷。」王縉大證禪師碑：「達摩傳大通，大通傳大照，相傳如滴，密付法印。」道園學士許詩名。案：虞道園，仕至奎章閣學士。幾趨北闕瞻天近，獨坐南屏對月明。杭州府志：「南屏山，在慧日峯後。」書到喜聞雙徑老，一統志：「徑山，在餘杭縣，乃天目山之東北峯，有徑通天目，故名。又稱雙徑。」雨華新散滿瑤京。

稚齋爲陳山人賦　一作雅宜山居爲陳惟寅題

華屋雖存忍獨居，愁瞻松柏漫踟躕。夕陽馬下高人墓，夜雨烏啼孝子廬。異苑：「東陽顏烏，以純孝著聞，後有羣烏銜鼓集顏所居之村，烏口皆傷，一境以爲慈烏銜鼓，欲令至孝遠聞，即于鼓處置縣，名爲烏傷。

王莽改爲孝烏，今名義烏。」地掩衣冠魂去後，家留圖籍手編餘。元方應有無窮意，後漢書陳紀傳：「紀，字元方，遭父憂，每哀至，輒歐血絕氣，殆將滅性。豫州刺史嘉其至行，表上尚書；董卓入洛陽，就家拜五官中郎將，不得已到京師，遷侍中，出爲平原相。」陌上何年重駕車？世說：「陳太丘詣荀朗陵，貧無僕役，使元方將車，季方持杖後從，長文尚小，載著車中。」

追次唐人韻

任俠平生慕灌夫，見卷一游俠篇。每思鳴劍起伊吾。後漢書傳贊：「臧宮、馬武之徒，撫鳴劍而抵掌，志馳于伊吾之北矣。」歌調錦瑟初移柱，李商隱詩：「錦瑟無端五十絃，一絃一柱思華年。」陳後主舞媚娘樂府：「留賓乍拂絃，託意時移柱。」笑擲金盤已作盧。晉書劉裕傳：「在東府聚樗蒱大擲，一判應至數百萬，餘人並黑犢，惟劉裕及毅在後，毅次擲得雉，大喜，褰衣繞牀叫曰：『非不能盧，不事此耳！』裕因挼五木，久之曰：『老夫試爲卿答。』既而四子俱黑，一子轉躍未定，裕厲聲喝之，即成盧焉。」買妾競誇燕地女，古詩：「燕、趙多佳人，美者顏如玉。」求官不事霍家奴。漢書霍光傳：「愛幸監奴馮子都，常與計事。」辛延年羽林郎詩：「昔有霍家奴，姓馮名子都。」灞陵獵罷歸銜雪，笑殺詩人撚凍鬚。盧延讓詩：「吟安幾個字，撚斷數莖鬚。」

喜聞王師下蜀

明紀事：「洪武四年春正月，上命湯和爲征西將軍，周德興、廖永忠爲左右副將軍，率京衛、荆、湘舟師，由瞿塘趨重慶；傅友德爲前將軍，率河南、陝西步騎由秦、隴趨成都。六月，明昇詣永忠軍，全城納款。八月，明昇至京師，封歸義侯。」

蜀國兵銷太白低，見卷四感舊。將軍新拜漢征西。浮橋已毁通江鷁，後漢書吳漢傳：「進軍攻廣都，燒成都市橋，乘利遂將步騎二萬餘人，進逼成都，阻江北爲營，作浮橋。」明紀事：「永忠進兵瞿塘關，山峻水急，蜀人設鐵索浮橋，横據關口，舟不得上；乃密遣壯士數百人，舁小舟踰山度關，出其上流，人持糗粮、帶水筒，以禦飢渴。山多草木，令將士皆衣青蓑衣，魚貫出巖石間，蜀人不覺也。度已至，乃率精鋭出黑葉渡，分爲兩道，夜五鼓，以一軍攻其陸寨，一軍攻其水寨；攻水寨將士皆以鐵裹船頭，置火器而前。黎明，蜀人盡鋭來拒，永忠先破其陸寨，揚旗鼓譟而下，蜀人出其不意，大駭，而下流之師，亦擁舟急擊，發火炮火筒夾攻，大破之。鄒興中火箭死。遂焚其三橋，斷其横江索，擒同簽蔣達等八十餘人，斬首千餘級，溺死者無算。飛天張、鐵頭張等皆遁去。」司馬相如子虛賦：「浮文鷁。」注：「鷁，水鳥也。畫其象于船頭。」進鼓初鳴突水犀。越語：「今夫差衣水犀之甲者，億有三千。」注：「犀形似豕而大，今徼外所送有山犀，有水犀，水犀之皮有珠甲，山犀則無。」不假五丁開道遠，十三州志：「秦惠王未知蜀道，刻石牛五頭，置金于尾下，言此天牛，能糞金，蜀人信之，令五丁共引牛成道，致之成都，秦因使張儀伐之。」俄看萬甲積山齊。後漢書：「樊崇迺將盆子及丞相徐宣等降，積兵甲宜陽城西，與熊耳山齊。」張説郭知運碑：「積甲山齊而有餘。」從今險阻無人恃，夷貢南來盡五溪。一作絡繹。後漢書馬援傳：「武威將軍劉尙，擊武陵五溪蠻夷，深入軍沒援絕，因復請行，遂將十二郡募及弛刑四萬餘人征五溪。」注：「五溪，在今辰州界。」

送倪賢良歸吳門 〔校記〕詩綜作「逢倪徵士。」

數千里外久相違，十八灘頭偶獨歸。名勝志：「贛水，在萬安者有十八灘。」蘇軾詩：「七千里外二毛人，十八灘頭一病身。」自說病來辭幕府，只因愁絶念庭闈。吳歌重把還鄉酒，蠻布猶穿過嶺衣。六一詩話：「蘇子瞻得西南夷人所賣蠻布弓衣，其文織成梅聖俞春雪詩。」話盡三年遊歷事，滿庭風雨送斜暉。

贈林泉民張夢辰次張貞居韻

列朝詩傳：「張樞，字夢辰，陳留人，徙家華亭，築室曰讀書莊。與諸弟倡和爲樂。兼工行楷。陶南村贈詩云：『幅巾短杖林和靖，斗酒長篇李謫仙。』可想見其風致也。人高之，稱曰林泉民。」

雨船幾度載狂客，詩卷平生隨老翁。林下自成麋鹿友，世間相去馬牛風。左傳：「風馬牛不相及。」曉窗炊熟露葵紫，秋寺寫殘霜葉紅。唐書鄭虔傳：「好書無紙，慈恩寺有柿葉數屋，遂借居，日書殆徧。」他日誰修耆舊傳，著君應在隱淪中。

倚樓二首

西館樓前見雁行，桂花初白柳枝黃。凭欄有客迎秋思，捲箔誰家出晚妝？未放離魂尋楚雨，已看歸鬢點吳霜。李賀還自會稽歌：「吳霜點歸鬢。」自憐對酒還惆悵，不及分司御史狂。唐詩紀事：「杜牧爲御史，分務洛陽時，李司徒愿罷鎮閑居，聲伎豪侈，洛中名士咸謁之。李高會朝客，以杜持憲，不敢邀致，杜遣座客達意，願預斯會；李不得已，邀之。杜獨坐南向瞪目注視，引滿三巵，問李云：『聞有紫雲者孰是？』李指之。杜凝睇良久曰：『名不虛傳，宜以見惠。』李俯而笑，諸妓亦回首破顏，杜又自飲三爵，朗吟而起：『華堂今日綺筵開，誰喚分司御史來？忽發狂言驚滿座，兩行紅粉一時迴。』意氣閑逸，旁若無人。」

其二

漠漠疎煙丹樹開，火經城苑減樓臺。雨初過處千山出，人正愁時一雁來。秋色自隨砧杵動，夕陽又被鼓鐘催。詩成未盡登臨意，獨向蒼茫首重回。

闔閭墓　吳越春秋：「闔閭之葬，穿土爲山，積壤爲丘，發五都之士十萬人，共治十里，使象運土，鑿池四周，廣六十里，水深一丈，銅槨三重，傾水銀爲池六尺，黃金珍玉爲鳧雁，扁諸、盤郢、魚腸之劍在焉。葬之三日，金精上爲白虎踞墳，故曰虎丘。」

水銀爲海接黃泉，一穴曾勞萬卒穿。漫設深機防盜賊，難令朽骨化神仙。空山虎去秋風後，廢榭烏啼夜月邊。地下應知無敵國，何須深葬劍三千？

西塢

空山啄木聲敲鏗，花落水流縱復横。松風吹壓鶴翎墮，梅雨過溪魚子生。捫蝨新語：「江湖二浙，四五月間，梅欲黄而雨，謂之梅雨。」尚有人家機杼遠，更無塵土衣裳輕。斜陽已沒月未出，樵子歸時吾獨行。

過海雲院贈及長老

院，見卷四徐山人紫藤塢注。列朝詩傳：「愚菴禪師及公，名智，吴縣人，海雲院高僧。」

衲擁寒雲老一丘，遊方無夢轉悠悠。茶香吹過前林晚，菜葉流來别澗秋。舊拂講餘懸壁上，殘經定後落牀頭。紫藤塢裏歸逢雪，煨芋曾煩慰客愁。「煨芋」，見卷八遊虎阜。

送錢塘守

繁華莫歎異昇平，到郡初煩露冕行。見卷十三送吳縣令。幕下吏書催署字，唐書王鉷傳：「鉷于第左建大院，文書叢委，吏争入求署一字，累數日不得者。」劉禹錫詩：「案牘來時惟署字。」湖中妓舫歇歌聲。潮來兩渡皆侵岸，日落諸山半入城。休沐南屏煩一到，松間尋我舊題名。

張山人見訪留宿草堂

夕陽欲沒靜沙墟，喜子能來慰索居。生事蕭條慚客裏，交情契闊歎兵餘。買魚急喚臨江艇，炊黍深開晪竹廚。屈指故人能幾在，莫辭同醉臥田廬。

陪臨川公遊天池

騎馬尋幽度嶺遲，老僧不識使君誰。門開紅葉林間寺，泉浸青山石上池。殘果已收猿食少，枯松欲折鶴巢危。壁間不用題名字，無限蒼苔沒舊碑。

客舍歲暮

空江寒雨送凄涼，離舍無多即異鄉。井臼尚勤慚德曜，見卷三隱逸梁鴻。音書未至憶平陽。李白寄東魯二稚子詩：「嬌女字平陽。」心輕別歲憑年少，夢喜還家及夜長。自笑病來詞賦拙，嬾從枚叟客遊梁。漢書枚乘傳：「乘字叔，淮陰人也。從梁孝王遊，梁客皆善屬詞賦，乘尤高。」

江上晚眺懷王著作

渡頭西望足離情，晚水寒山雪後清。鷗立斷冰流漸遠，鴉隨殘照去還明。漁人笛過風生浦，估客帆迴樹繞城。范蠡祠前春意動，見卷七送顧式歸吳注。思君欲放酒船行。

答徐七記室病中作

空齋孤枕積書間，清瘦憐君變舊顏。累少亦憂今日亂，病多應賴此身閒。朝辭鄰友看花去，晚候家僮買藥還。知是苦吟猶未廢，水邊深樹掩柴關。

遊雲巖值雨

深殿幽廊暎竹開，鳥聲忽斷雨聲催。蘚生偏上題詩壁，虎丘志：「按虎丘石壁題名可考者，昉於元微之見劉夢得詩，而宋、元人題名在劍池東崖，亡慮百數，苔蘚皴剝，多漫漶不可識。」花落還臨說法臺。林下聞鐘諸客散，磵邊汲水一僧來。晚晴更好看山色，西閣憑闌獨未迴。

送張徵君南遊

故人多去不堪留，況復看君更遠遊。流落正逢搖落景，亂離還值別離愁。夕陽亭上匆匆酒，寒雨江邊渺渺舟。此後衡門應獨掩，詩篇寂寞有誰酬？

宿張氏江館

極浦荒雲一櫂行，遠投江館駐宵程。客中得酒銜悲喜，亂後逢人說死生。木葉未空寒鳥聚，海潮欲上曙雞鳴。政憐此地無驚擾，歸夢如何又入城！

再遊南峯

放鶴亭前落葉重，吟身獨上夕陽峯。遠村近浦分諸樹，後嶺前山應一鐘。高閣倚殘歸鳥過，空林行盡老僧逢。支公駿馬嗟何處，石上莓苔沒舊蹤。

送李使君鎮海昌　原注：「州有雙廟。」

海風千里捲雙旌，按轡初聞屬部淸。人雜島夷爭午市，潮隨山雨入秋城。鳴狐不近睢陽廟，史記陳涉世家：「又間令吳廣之次近所旁叢祠中，夜篝火狐鳴，呼曰：『大楚興，陳勝王。』卒皆夜驚恐。」「睢陽」，見卷十張中丞廟。突騎猶屯廣利營。「李廣利」，見卷一從軍行。肯埽帳中容我醉，夜深燃燭臥談兵。

賦得惠山泉送客遊越

雲液流甘漱石牙，吳筠有盧山雲液泉賦。蘇軾詩：「揚州雲液却如酥。」潤通錫麓樹增華。「錫山」，見卷五。汲來曉冷和山雨，飲處春香帶澗花。合契老僧煩每護，蘇軾集：「愛玉女洞中水，恐後復取而爲使者見紿，因破竹爲契，使寺僧藏其一，以爲往來之信，遂戲謂之『調水符』。」修經幽客記曾誇。張又新水說：「慧山泉第二。」送行一斛還堪贈，往試雲門日注茶。一統志：「雲門寺，在紹興府城南雲門山，晉王獻之居此，嘗有五色祥雲，詔建寺，號雲門。今名廣孝寺。」歸田錄：「草茶盛於兩浙，日注第一。」會稽志：「日鑄嶺，在會稽縣東南，產茶奇絕。日鑄，歸田錄書爲日注。」

寄題張著作青山隱居

一統志：「青山，在長興縣南，山有石竇，通太湖及洞庭山，冬月常暖，色如黛青。」

霞映青山似赤城，見卷四空明道人。歸棲聞已謝時名。半湖殘雨收虹影，幾樹斜陽帶鳥聲。竹下逢僧投杖揖，蘿間候客抱琴行。平生應笑王夷甫，末路方言少宦情。晉書王衍傳：「東海王越之討苟晞也，衍以太尉爲太傅軍司，及越薨，衆共推爲元帥，衍以賊寇鋒起，懼不敢當，辭曰：『吾少無宦情，隨牒推移，遂至于此，今日之事，安可以非才處之？』俄而舉軍爲石勒所破，排牆填殺之。」

送胡孝廉布東遊

春色偏傷楚客心，日斜芳草鷓鴣吟。山遮故國千重影，雲度長江一片陰。少婦自挑燈下錦，晉書竇滔妻蘇氏傳：「滔被徙流沙，蘇氏思之，織錦爲迴文旋圖詩以贈，滔宛轉循環以讀之，詞甚悽惋。」黄滔詩：「玉窗挑錦佳人老。」諸侯誰贈橐中金？漢書陸賈傳：「高祖使陸賈賜尉佗印爲南越王，佗賜陸生橐中裝直千金，他送亦千金。」送行只恨華觴淺，不似同袍别意深。

夜雨不寐

雨窗燭盡漏迢迢，秋滿牀幃酒易消。蟋蟀催寒輸絡緯，「絡緯」，見卷四暮歸。梧桐鬧雨勝芭蕉。漸知老去非前日，豈信愁來是此宵？莫聽曉鐘聊穩睡，久居閒退罷趨朝。

煮雪齋爲貢文學賦禁言茶

自埽瓊瑤試曉烹，石爐松火兩同淸。旋渦尚作飛花舞，袁桷詩：「撫俗水旋渦。」沸響還疑灑竹鳴。不信秦山經歲積，一統志：「鳳翔府郿縣太白山，關中諸山，莫高于此，積雪六月不消。」俄驚蜀浪向春生。杜牧詩：「漢水橫衝蜀浪分。」一甌細啜眞天味，蔡襄詩：「靈泉出地淸，嘉卉得天味。」却笑中冷妄得名。一統志：「中冷泉在鎭江西北，水記云：劉伯芻以揚子江中冷水爲第一。」

晚香軒

不畏風霜向晚欺，獨開衆卉已凋時。地荒老圃荅三徑，節過重陽雨一籬。秋色蒼茫人少醉，寒香落寞蝶先知。陸游詩：「寒蝶猶依晚菊花。」山翁獨念同衰晚，坐對幽軒每賦詩。

次韻倪雲林見寄二首

老來詩陣尙堂堂，歐陽修詩：「詩陣誰教主將壇。」孫子：「勿擊堂堂之陣。」過宿曾留讓大牀。見卷十三郊墅雜賦。病驥可堪迷遠道，溫庭筠啓：「枯魚被澤，病驥追風。」孤桐一作松。只合在高岡。蕭蕭塵鬢驚寒色，渺渺雲山斂夕光。莫道欲歸無好處，便尋勾漏與華陽。晉書葛洪傳：「洪欲煉丹，聞交阯出丹砂石，求爲勾漏令。」梁書陶弘景傳：「上表辭祿，止于句曲山，恒曰：此山下是第八洞宮，名金壇華陽之天。乃中山立館，自號『華陽隱居』。」

其二

草滿當年食客堂，一身投老寄僧牀。秋風吟怨衰蘭浦，李賀詩：「衰蘭送客咸陽道。」暮雨行愁苦竹岡。見卷十一「五禽言泥滑滑」注。任曠豈能諧薄俗？養和且爲駐頽光。養生論：「守之以一，養之以和。」酒錢十萬今誰送？杜甫詩：「賴有蘇司業，時時與酒錢。」獨嗅黃花對夕陽。

答韓長司用韻見贈并柬滕用衡「用衡」，見卷十一。

昔年載橐侍明堂，「載橐」見卷十三追挽恭孝先生。每見論邊近御牀。杜甫詩：「去歲茲辰捧御牀。」入幕乍參飛騎將，唐書兵志：「貞觀十六年，始置左右屯營于玄武門，領以諸衞將軍，號飛騎。」還家新卜臥龍岡。名勝志：「臥龍岡，在南陽府西南七里，草廬在其內；時人以孔明爲臥龍，因號其岡云。」姑蘇志：「臥龍街橫亘吳城中，東爲長洲界，西爲吳縣界。」秦山暮隔關雲遠，吳地秋涵海日光。共語東西遊宦事，里中今喜有南陽。漢晉春秋：「諸葛家于南陽之鄧縣，在襄陽城西，號隆中。」諸葛亮出師表：「臣本布衣，躬耕南陽。」

答張文伯用韻見贈

早年說法已升堂，夜雨長連聽雨牀。珥筆便堪趨禁省，見卷七送禮部傅侍郎。振衣何必上重岡？左思詩：「振衣千仞岡。」半簾藥氣疎煙退，滿屋書聲落月光。愧我飄零荒舊學，酒徒相逐醉高陽。

喜逢賀叔庸送還錢塘

暫來還去獨翩翩，賀監淸狂已欲仙。唐書賀知章傳：「知章遷賓客，授祕書監，自號『四明狂客』及『祕書外監』。」三日小樓延解榻，見卷四始還西齋。幾人還浦送回船。雁呼舊侶投雲外，梅試初花在雪前。歸去西湖柳邊宅，定娛鶴髮慶新年。歐陽修詩：「錦衣白日還家樂，鶴髮高堂獻壽時。」

子祖授生 原引：二月二日，子祖授生，其母嘗夢一姥跪捧以獻孕，而既生，太守魏公來賀，聞其啼，甚奇之。余年三十八歲，始有是兒，不能無喜，故賦詩。

他日愚賢未可知，眼前聊復慰衰遲。人間豚犬應誰子，吳歷：「曹公見權軍伍整肅，歎曰：『生子當如孫仲謀，劉景升兒子若豚犬耳。』」天上麒麟豈我兒。見卷十三戲嬰圖。夢兆先占神媼送，夷堅志：「翟楫五十無子，繪觀音像祈子，妻夢白衣婦人以盤擎一兒授之，遂生兒。」戴表元得子詩：「試啼賓錯愕，獻夢媼勤渠。」啼聲還得使君奇。晉書桓溫傳：「溫生未期，溫嶠見之曰：『此兒有奇骨，可試使啼。』及聞其聲，曰：『眞英物也。』」樂天從此休長歎，已有人傳柏匱詩。白居易題文集櫃詩：「破柏作文櫃，櫃牢柏復堅，收貯誰家集？題云白樂天。我生業文字，自幼及老年，前後七十卷，小大三千篇。誠知終散失，未忍遽棄捐；自開自鎖閉，置在書帷前。身是鄧伯道，世無王仲宣。只應分付女，留與外孫傳。」

喜張太常謁告歸途一作南歸省墓。見訪雨中留宿話舊

長嗟遠別望京城，忽喜相逢駐驛程。問舍求田慚我鄙，見卷十三郊墅雜賦。還家上冢羨君

榮。唐明皇詔：「寒食上墓，禮經無聞，近代相承，沿以成俗；士庶有不合廟祭者，何以用展孝思？宜許上墓。」寒廳聯句圍爐坐，韓愈詩：「勤來得晤語，勿憚宿寒廳。」虎丘聯句見卷十四。晚陌趨朝並轡行。舊事重談眞若夢，江湖夜雨一燈明。

御溝 見卷七

春含禁柳綠相和，縈貫天津若絳河。晉書天文志：「天津九星橫河中，一曰天漢，一曰天江，主四瀆津梁」。武帝內傳：「上元夫人遣一侍女問云：上問起居，遠隔絳河，擾以官事，遂替顏色。」派出宮牆流葉斷，太平廣記：「唐僖宗時，于祐於御溝中拾一紅葉題詩，祐亦題一葉置溝上流，宮女韓夫人拾之。後帝放宮女三千人，祐娶韓成禮，各于笥中取紅葉相示，乃開宴曰：『予二人可謝媒人。』韓氏曰：『一聯佳句隨流水，十載幽思滿素懷。今日卻成鸞鳳友，方知紅葉是良媒。』」源通靈沼躍魚多。曲迂月下龍舟轉，淸照雲間雉扇過。唐書儀衞志：「大繖二，雉尾扇八。」古今注：「雉尾扇，起于殷世，高宗時有雊雉之祥，服章多用翟羽。周制，以爲王后夫人之車服，輿車有翣，卽緝雉羽爲扇，翣以障翳風塵也。」行客何須問深淺，長流不盡似恩波。

雲巖訪蟾公值雨留宿次周記室壁間韻

日暮松間兩屐過，嬾殘不出近如何？見卷八游虎阜「煨芋」注。鐘聞下界歸人少，白居易詩：「上界鐘聲下界聞。」燈照空林落葉多。別後有思還是妄，定中無想不成魔。傳燈錄：「大珠和尚云：起心是天魔，不起心是陰魔，或起或不起是煩惱魔，我正法中無如是事。」山靈盡意相留客，暗雨斜風滿薜蘿。

送任兵曹赴邊

少年恥著惠文冠，漢書張敞傳：「敞弟武，拜爲梁相，敞問武欲何以治梁，武謙不肯言。敞使吏送至關，戒吏自問武，武應曰：『馭黠馬者利其銜策。梁國大都，吏民彫敝，且當以柱後惠文冠治之耳。』秦時獄法，吏冠柱後惠文，武意欲以刑法治梁。吏還道之，敞笑曰：『審如掾言，武必辦治梁矣。』」幕下時時把劍看。官燭未銷雞送曉，軍笳忽動馬嘶寒。關連雲樹征途迥，塞接霜蕪戰地寬。見說長平門下客，漢書衞青傳：「青取河南地爲朔方郡，以三千八百戶封青爲長平侯。」奇材唯有一任安。史記衞青列傳：「大將軍青日退，而驃騎日益貴。舉大將軍故人門下多去事驃騎，唯任安不肯。」

吳下逢梁賓客子天爵復送還會稽

分省人物考：「梁貞，字叔亨，新昌人。元至正中，授太平路儒學教授。洪武初，拜太子賓客兼祭酒，掌監事。初，國學既建，諸博士皆就職，胄子在內府者，令布衣高啓、謝徽教之。至是諸生方序立右順門內，貞傳旨下，勅諸生出受業太學，歲賜衣以爲常。三年九月，坐事放歸田里，後卒于家。」

識君京國暫相從，別去堪憐此再逢。共把一杯官市酒，初聞半夜客船鐘。吳洲雁落潮痕淺，越嶠猿啼樹影重。曾作尊翁舊僚屬，臨分離恨倍人濃。

次韻俞士平見寄

一櫂滄浪兩鬢絲，豫章老客苦相思。一統志：「九江府，漢屬豫章。」作歌幾日空招隱，樂府古題：「招隱本楚辭，漢淮南王安小山所作也，言山中不可以久留，後人改以爲五言。」載酒何人爲問奇。漢書揚雄傳：「時有好事者，載酒問奇字。」吳苑舊遊山色在，楚江歸夢月明知。莫言別後音塵絕，長倚東樓憶紫芝。唐書：「元德秀，字紫芝，爲魯山令。所得俸祿，悉衣食人之孤遺者，歲滿，笥遺一縑，駕車而去。愛陸渾山水，乃定居，嗜酒陶然，彈琴以自娛。房琯每見歎曰：『見紫芝眉宇，使人名利之心都盡。』蘇元明曰：『吾不幸生衰俗，所不恥者，識元紫芝也。』」

登天界寺鐘樓望京城

朝罷登樓賞晚晴，三山二水總分明。江寧府志：「上三山在江寧鎮西，下三山在江寧鎮東。三峯拱峙，大江西來，此山突當其衝。」李白詩：「三山半落青天外，二水中分白鷺洲。」人間地湧黃金界，見卷十四晚登南岡。天上雲開白玉城。李白詩：「三吳玉作城。」宮樹遠連江樹色，寺鐘微答禁鐘聲。憑高空此觀形勝，深愧無才賦帝京！唐太宗有帝京篇十首，又駱賓王有帝京篇。

十二月十九日雪中

舟絕寒江凍不潮，縈沙拂柳影翛翛。纔從漁浦磯邊積，還向樵村竹外飄。撲馬憶當年少樂，李商隱對雪詩："欲舞定隨曹植馬。"點袍曾逐侍臣朝。

〔校記〕「憶當」，大全集及列朝詩集作「憶從。」

宋書符瑞志："大明中，元日雪花降殿庭，右將軍謝莊下殿，雪集衣，白上以爲嘉瑞，羣臣作雪花詩。"如今獨坐吟詩句，茅屋茶煙冷未消。

過僧舍訪呂敏 一作訪呂志學寓性濟房。見卷三懷十友。

幾欲相尋與願違，今朝始得過禪扉。磬聲穿竹山房遠，屐齒黏苔石徑微。幽鳥每同馴鴿下，高人閒與老僧依。談詩說偈俱堪喜，坐覺茶香上薜衣。

新篁

南池雨後見新篁，裊裊煙梢漸出牆。風度亂翻交籜響，歐陽修綠竹堂詩："夏篁解籜陰加交。"露垂微挹粉痕香。王維詩："綠竹含新粉。"簾前嫩色初含暝，琴畔疎陰已送涼。野飯休燒林下筍，留添碧玉數竿長。

初夏江村

輕衣軟履步江沙，樹暗前村定幾家。水滿乳鳧翻藕葉，風疎飛燕拂桐花。禮記：「季春之月，桐始華。」渡頭正見橫漁艇，林外時聞響緯車。陸龜蒙詩：「鄰聲動緯車。」最是黃梅時節近，雨餘歸路有鳴蛙。

江村

南浦薰風吹葛衣，呂氏春秋：「東南曰熏風。」汀花未露岸花稀。水神廟下莎侵路，見卷十四甫里祠。江叟門前柳映磯。犢臥已知耕未歇，鷗驚長見釣船歸。天隨宅畔吾曾住，留得閒罾挂夕暉。

田園書事

西園春去綠陰成，已覺南窗枕簟清。簾捲斜陽歸燕入，池生芳草亂蛙鳴。桑一作葉。過穀雨花猶在，范成大詩：「桑花共葉開。」衣近梅天潤易生。獨坐正知閒晝永，吟餘消盡篆煙輕。

梅雨

江南煙雨苦冥濛，梅子黃時正滿空。灑竹暗連湘女廟，隨雲遠度楚王宮。窗寒頓使抛紈扇，衣溼頻催換火籠。陰鏗詩：「火籠恒熳脚。」幾度欲晴還復暝，簾前不放夕陽紅。

送衍師還相川 姑蘇志：「相川，長洲縣之相城里妙智菴。」

江樹湖波繞相川，南風巾舃〔校記〕「巾舃」，大全集作「巾錫。」去翩翩。村中乞米晨留鉢，城外聞鐘夜泊船。昔向名林曾說法，今歸舊院定安禪。道心深悟俱浮幻，梁昭明太子解二諦義：「又諮未審俗諦之體，既云浮幻，何得于眞實之中見此浮幻？」不奈詩名滿世傳。

萱草

幽華獨殿衆芳紅，臨砌亭亭發幾叢。亂葉離披經宿雨，纖莖窈窕擢熏風。佳人作佩頻朝採，徐勉萱草賦：「其葉四垂，其跗六出，亦曰宜男，嘉名斯吉。」風土記：「宜男草，婦人佩之則生男。」倦蝶尋香幾處通。最愛看來憂盡解，「忘憂」見卷六。魏武短歌行：「何以解憂？惟有杜康。」不須更讓一作釀。酒多功。元稹詩：「竇家能釀銷愁酒，但是愁人便與銷。」

雨過舟中看山

風雨山前暗荔蘿，齊書褚伯玉傳：「談討芝桂，借訪荔蘿。」滿篷涼思入滄波。沙鳴正厭秋聲急，峰出還憐秀色一作景趣。多。溪上雲收開遠樹，田中水滿發新禾。舟人不用催歸速，臥看青巒次第過。

齊雲樓

一統志：「在蘇州府治後子城上，唐曹恭王建。」蘇州府志：「郡治舊有齊雲、初陽及東、西四樓，木蘭東、西二亭，北軒、東齋等處。建炎兵後，惟齊雲、西樓、東齋爲舊製，餘皆補造。嘉定十三年，綦奎濬府宅後方池，環以土山，立四小亭于上，曰稜玉、蒼靄、烟岫、清漪。其齊雲樓前有芍藥壇，每歲花開，太守宴客，號芍藥會。元至正末，張士誠據爲太尉府，及敗，縱火焚之。」

境臨煙樹萬家迷，勢壓樓臺衆寺低。斗柄正垂高棟北，山形都聚曲欄西。半空曾落佳人唱，千載猶傳醉守題。白居易詩：「重複江山勝，平舒井邑寬。齊雲樓北面，終日凭闌干。」按：齊雲樓卽古月華樓。白居易改號齊雲，蓋取「西北有高樓，上與浮雲齊」之義。又居易自號醉吟先生。劫火重經化平地，野烏飛上女垣啼。李賀詩：「女垣棲烏起。」

靈巖寺

原注:「在靈巖山,吳館娃宮舊地也。」

閒上香臺望下方,漁村樵塢盡蒼蒼。傾城人遠苔生逕,歸寺僧稀葉滿廊。雲散池邊留塔影,雨來閣外失湖光。廢興皆幻何須問,獨自吟詩送夕陽。

孤園寺

原注:「在洞庭山,梁散騎常侍吳猛故宅也。」具區志:「在消夏灣西五峰嶺下,一名祇園寺,一名下方寺。」

欲問南朝常侍宅,已爲西域化人宮。列子:「周穆王時,西域之國有化人來謁王同游,王執化人之袪,騰而上者中天乃止,暨及化人之宮。」山僧歸帶漁舟雨,湖鳥來聞粥鼓風。蘇軾金山詩:「半夜不眠聞粥鼓。」橘柚垂簷秋殿暗,波濤驚座夜堂空。給孤長者誰曾見,見卷四晚憩靈鷲院。應在煙雲杳靄中。

開元寺石鉢

見卷十四

寶石當年琢帝青,皮日休開元寺佛鉢詩:「帝青石作綠冰姿。」自注:「佛律云:此鉢是帝青玉石,四天王所獻也。」浮波不異木盃輕。高僧傳:「西晉杯渡,常寄宿一家,有金像,渡竊去,主覺追之,至孟津,浮木杯于水,憑之渡河,不假風棹,輕疾如飛。」傳靈已歷乾陀國,酉陽雜俎:「乾陀國頭河岸,有繫白象樹,花葉如棗,季冬方熟;相傳此樹滅，佛法亦滅。」乞食曾來舍衛城。金剛經：「爾時世尊食時，著衣持鉢，入舍衛大城乞食。」漁父得時初洗獻，法王在日每擎行。法華經：「法王無上尊。」釋氏通典：「燕王問趙州：『人王尊？法王尊？』師曰：『在人中，人王尊，在法中，法王尊。』」寺僧見客休頻出，恐有藏龍此內驚。晉書僧涉傳：「涉，西域人，苻堅時入長安。能以祕祝下神龍。每旱，堅常使之咒龍請雨，俄而龍下鉢中，天輒大雨，堅及羣臣親就鉢觀之。」

垂虹橋

姑蘇志：「垂虹橋，在吳江縣東門外，一名利往，又名長橋。慶曆八年，縣尉王廷堅建，以木爲之，東西千餘尺，橋中有垂虹亭。泰定二年，判官張顯祖甃以石，下開七十二洞。」

行人脚底響波濤，驅石神鞭是孰操？見卷十海石。影落蛟龍朝窟暗，杜牧賦：「長橋臥波，未雲何龍？」形垂螮蝀暮天高。詩：「蝃蝀在東，莫之敢指。」煙中去憶鴟夷遠，見卷五太湖。月下吟誇長史豪。蘇舜欽長史垂虹橋中秋對月詩：「月晃長江上下同，畫橋橫截冷光中。雲頭焰焰開金餅，水面沈沈臥彩虹。佛氏解爲銀色界，仙家多住玉華宮。地雄景勝言不盡，但欲追隨楊柳風。」〔校記〕宋牧仲校定徐惇復刊印十六卷本蘇集，此詩題作中秋松江新橋對月和柳令之作，詩中「橫截」作「橫絕」、「焰焰」作「豔豔」，「楊柳風」作「乘曉風。」幾度憑欄賞秋色，鱸魚新買繫歸舠。

聞潮州遷客消息

瀧吏相迎渡惡灘，韓愈瀧吏詩：「南行逾六旬，始下樂昌瀧。」唐書地理志：「樂昌縣，屬韶州。」水經注：「瀧水又南出峽，謂之瀧口。」楊萬里詩：「惡灘洶洶雷出吼。」到時應是幾旬間。猿啼嶺下梅花白，李商隱詩：「梅花大庾嶺頭發。」鱷去祠前荔子斑。一統志：「潮州鱷溪，在府城東，一名惡溪。東流五十里，入于海。溪有鱷魚，往往爲人害，唐韓愈爲刺史，作文驅之，鱷徙六十里，潮人遂免此患。」又：「韓文公廟，舊在金山，宋遷韓山，封文公爲昌黎伯，賜額忠佑。」名姓未看兵籍落，音書忽附估船還。莫言久作炎荒客，李商隱表：「久處炎荒，備熏瘴母。」會逐陽和返故山。

秋日江居寫懷七首

每看搖落即成悲，杜甫詩：「搖落深知宋玉悲。」況在漂零與別離。爲客偶當鱸美處，思兄正値雁來時。天邊瞑爲秋陰蚤，江上寒因歲閏遲。莫把丰姿比楊柳，愁多蕭颯恐先衰。晉書顧悅之傳：「悅之與簡文同年而髮蚤白，帝問其故？對曰：『松柏之姿，經霜猶茂；蒲柳之質，望秋先零。』」

其二

葭菼連秋渺渺長，歸舟猶歎滯江鄉。客衣欲冷鄰機急，農事初成野飯香。千里斷雲隨雁鶩，半村殘照送牛羊。有愁不解登高賦，空使頻迴宋玉腸。

其三

舌在休誇術未窮，「張儀舌在」，見卷四停君白玉巵。且將蹤跡託漁翁。芙蓉澤國瀰漫雨，禾黍田疇奄冉風。身計未成先業廢，心懷欲說舊交空。楚雲吳樹無窮恨，都在蕭條隱几中。

其四

風塵零落舊衣冠，獨客江邊自少歡。門巷有人催稅到，鄰家無處借書看。野蟲催響天將夕，籬豆垂花雨稍寒。終臥此鄉應不憾，只憂飄泊尙難安。

其五

桑苧翁家次近居，見卷六贈薛相士。人煙沙竹自成墟。移門欲就山當榻，補屋唯防雨溼書。貧爲湖田長半沒，拙因世事本多疎。當時亦有求名意，自喜年來漸已除。

其六

喪亂將家幸得全，客中長恥受人憐。妻能守道同王霸，見卷三隱逸。婢不知詩異鄭玄。世說：「鄭康成家奴婢皆讀書，康成嘗使一婢，不稱旨，怒使人曳著泥中。須臾，復有一婢來問曰：『胡爲乎泥中？』答曰：『薄言往愬，逢彼之怒。』」陸游詩：「奴愛才如蕭穎士，婢知詩似鄭康成。」借得種蔬傍舍地，分來灌菊別池泉。却欣遠跡無相問，一櫂秋風笠澤邊。

其七

秋塘門掩竹穿沙，爲客鄰酤未易賒。閑裏壯年慚白日，愁中佳節負黃花。漁村靄靄緣江暗，農徑蕭蕭入圃斜。薄俗相輕吾敢怨，魯人猶自笑東家。家語：「魯人不識孔子聖人，乃曰：彼東家某者，吾知之矣。」

漫成二首

柴門藥圃小江邊，蚤得閑居是偶然。兩岸晚風黃鳥樹，一陂春水白鷗天。悠悠往事空書卷，碌碌浮生只釣船。猶記京華爲客日，幾回聽雨憶歸田。

其二

已分棲遲不自疑，江邊林下儘幽期。病唯好懶寧須藥，心未忘機偶對棋。閑館雨聲花落夜，芳塘草色燕飛時。春來頗喜囊中富，添得新成幾首詩。

喜徐山人與浩師見過

遠煩支許問棲遲，杜甫詩：「從來支許遊，興趣江湖迥。」按：支、許，謂支遁、許詢。正是山家橘熟時。爲吏得閑非是隱，學禪有解只一作卽。能詩。潮聲驚客江三里，秋色留人菊數一作一。枝。莫怪相逢情倍喜，碧雲紅樹久相思。

端陽寫懷

去歲端陽直禁闈，新題帖子進彤扉。玉堂雜記：「翰苑歲進春端帖子。」大官供饌分蒲醑，荆楚歲時記：「端午以菖蒲泛酒，辟瘟氣。」中使傳宣賜葛衣。杜甫端午日賜衣詩：「宮衣亦有名，端午被恩榮。細葛含風軟，香羅疊雪輕。自天題處溼，當暑著來清。意內稱長短，終身荷聖情！」黃織迴廊朝旭淡，蘇軾詩：「日高黃繖下西清。」玉爐當殿午熏微。李賀詩：「玉爐炭火香鼕鼕。」今朝寂寞江邊臥，閒看游船競渡歸。

寄倪隱君元鎮 金蘭集有「似良夫」三字

名落人間四十年，綠蓑細雨自江天。張志和詞：「青箬笠，綠蓑衣，斜風細雨不須歸。」寒池蕉雪詩人畫，見卷九和衍上人觀梅。午榻茶煙病叟禪。四面荒山高閣外，清閟閣，見卷四題義興山水圖。兩株疎柳舊莊前。相思不及鷗飛去，空恨風波滯酒船。

與杜進士寅登白蓮閣對雨

遠愁高樹共離離，風逆潮聲上浦遲。海客市中煙起處，江僧閣外雨來時。船歸杳靄唯聞構，店隱蒼茫不見旗。朱子詩：「興發酒家旗。」回首南朝今幾寺？可堪重詠牧之詩！杜牧詩：「南朝四百八十寺，多少樓臺烟雨中。」

喜宋山人見過

攜琴遠趁渡江船，頻覓幽蹤浦樹邊。別久忽看梅又發，話長應讓雁先眠。一冬多暖天無雪，半夜初寒月有煙。回首舊遊君莫念，歸來好共種吳田。

與姪常遊東菴

水樹圍菴綠幾層，陰中敲戶晝登登。蘇軾詩：「空齋晝靜聞登登。」十年重到猶爲客，半日纔閒且訪僧。舊履塵生趺後席，亂幡風颭供餘燈。高齋對作忘言坐，此事堪憐汝亦能。

謝周四秀才送酒

不忍醒愁只欲眠，趙嘏詩：「破鼻醒愁一萬杯。」幾時花發自江邊？欲沽百錢未易得，忽送一壺眞可憐。梳頭好鳥語窗下，洗盞流水到門前。今朝得醉已無恨，不使春光空一年。

上巳有懷

春寒渾未減征衣，愁對佳辰坐掩扉。江上琴書留滯久，水邊車馬祓除稀。周禮春官：「女巫掌歲時祓除釁浴。」注：「歲時祓除，如今三月上巳如水上之類。」韓詩章句：「鄭俗，上巳秉蘭祓除。」閒園細雨梨花落，廢苑平蕪燕子飛。欲覓蘭亭會中友，何延之蘭亭記：「蘭亭者，晉右軍王羲之所書之詩序也。右軍宦游山陰，與孫統、謝安等四十有一人修禊，揮毫製序。」幾人遷謫未能歸！

徐記室賁北歸見訪南渚復送還城

初辭楚澤到吳村，訪舊嗟君古道存。欲治匆匆歸後計，難留款款坐中論。雪遲似讓梅先白，月蚤如愁樹已昏。此別終非前別遠，孤舟江上莫銷魂。江淹別賦：「黯然銷魂者，惟別而已矣！」

被召將赴京師留別親友

長送遊人作遠行，今朝還自別鄉城。北山恐起移文誚，齊書：「孔稚珪，字德璋，會稽人。少涉學，有美譽，仕至太子詹事。鍾山在都北，其先周彥倫隱于此山，後應詔出爲海鹽縣令，欲却過此山，孔生乃假山靈之意移之，使不許得至，故云北山移文。」東觀慚叨議論名。後漢書安帝紀：「詔謁者劉珍及五經博士，校定東觀五經、諸子、傳記、百家藝術，整齊脫誤，是正文字。」唐書百官志：「後漢東觀，藏書之所，亦著作之所，當時文學之士，使校讎其中，故有校書之職。」路去幾程天欲近，春來十日水初生。只愁使者頻催發，不盡江頭話別情。

過故將軍第

甲第如雲紫陌東，史記武帝本紀：「賜列侯甲第。」注：「有甲乙次第，故云第。」釋常談：「好宅謂之甲第。」當年得意負邊功。美人笑客登樓上，史記平原君列傳：「家樓臨民家，民有躄者，槃跚行汲，平原君美人樓上見，大笑之；明日，躄者至平原君請曰：『臣聞君貴士而賤妾也，臣願得笑臣者頭。』平原君笑而不殺美人。歲餘，賓客稍引去。怪問之，一人曰：『君愛色賤士。』于是平原君斬笑躄者美人頭，自造門謝之，其後賓客復來。」假子將兵衞閤中。見卷二廢宅行「義兒」注。又唐書田承嗣傳：「募軍中勇武十倍者三千人，號外宅男，常令三百人夜直宅中。」深計漫誇三窟固，戰國策：「馮煖曰：『狡兔有三窟，僅得免其死耳！今有一窟，未得高枕而臥也，請爲君復鑿二窟。』」遊魂難返九原空。門前車馬今誰到，零落槐花向晚風。

雨中寄劉沈二別駕

漠漠春寒水繞城，誰家可作看花行？一杯不得三人共，二月都能幾日晴？夢逐鶯聲風外斷，愁兼草色雨中生。畫船載妓南湖上，不似年時放浪情。

丁校書見招晚酌

正坐羈愁不自聊，遠煩舟檝暮相邀。江縣落日猶三尺，風折垂楊定幾條。流水入花村杳杳，幽人對酒屋脩脩。此鄉不得君同客，應是春來更寂寥。

杜二年四十鬢已多白戲作是詩

覽鏡憐君感歎深，年來頷下忽霜侵。未衰自計方強仕，曲禮：「四十曰強而仕。」早白應緣只苦吟。雖失家中嬌婢喜，秦觀摘白鬚行：「陸展媚側室，星星染爲黑。」還招座上遠朋欽。到頭此物須當見，好染虛消買藥金。

愛姬祠

姑蘇志：「吳王廟在香山南阯，廟貌有二妃侍，相傳卽孫武所誅二隊長也。又曰愛姬祠。今爲土神，一在吳江宋墓，一在崑山沔川鄉，一在永安鄉金城。」

錦雲陣陣落紅衣，波冷雙蓮慘夕暉。見卷一玉波冷雙蓮。故國草侵金輦跡，荒祠塵掩畫羅幃。共哀豔質軍前沒，誰見香魂月下歸？惆悵無人來酹酒，綠楊惟有暮鴉飛！

雲山樓閣圖爲朱守愚賦

白雲窈窕楚天陰，半露樓臺出遠林。簾幕捲時秋雨歇，鼓鐘鳴處夕陽沉。鶴從遼海天邊下，猿隔巴山樹裏吟。爲問仙家在何處？欲穿謝屐一登臨。

夏夜

銀河欲轉漏聲稀，白帖：「天河謂之銀漢，亦曰銀河。」坐詠閒齋夜掩扉。鵲影頻翻窗竹起，螢光每拂逕莎飛。風生漸抖齊紈扇，露下猶沾楚葛衣。自據胡牀相待月，爲憐池上夜凉微。

池亭晝卧

曲闌虛幕映滄浪，長日宜眠夢蝶牀。陸游詩：「午枕初回夢蝶牀。」波影細搖侵簟影，荷香遠遞雜爐香。不知道路方愁暑，只愛池亭可納凉。何處蟬鳴驚睡起，高槐陰外未斜陽。

姑蘇懷古

麋鹿來遊客過稀，見卷二朝鮮兒歌。消沉霸業在斜暉。遊帆自向湖邊落，鳴屧誰聞月下歸?見卷五。烏喙計成楣栅至,「烏喙」,見卷十兩山亭。「楣栅」,見卷六賦得姑蘇臺。蛾眉舞罷綺羅非。如今始悟牽裳諫,見卷九姑蘇臺。荆棘遺宫淚滿衣。

宿山寺

蓮宫借榻喜涼生,疑到天台近赤城。風度迴廊秋欲動,河窺高閣曙初明。泉聲正與松聲合,僧夢頻同鶴夢驚。最喜此宵無熱惱,見卷十一雪齋。莫教月落又鐘鳴。

泛舟西湖觀荷

雨晴南浦錦雲稠,晚待波平蕩槳遊。狂客興多惟載酒,小娃歌遠不驚鷗。半湖月色偏宜夜,十里荷香已欲秋。爲愛前沙好涼景,滿身風露未回舟。

馬麟春宵圖

圖繪寶鑑:「馬麟,南渡後馬遠之子,能世家學,然不逮父,遠愛之,多于己畫上題作馬麟,欲子得譽也。爲畫院祗候。」

燕睡簾前夜未深,羅衣應怯嫩寒侵。風傳漏板還堪數,李賀詩:「七星挂城聞漏板。」月混梨花不易尋。翠館紅樓猶裊裊,華燈繡闥正沈沈。畫中一片春宵景,寫出閨人悵望心。

曉涼

驕陽未出曉涼生，杜甫詩：「驕陽化爲霖。」滿櫛春風細髮輕。歐陽修詩：「衰髮不滿櫛。」荷上露華翻曲沼，樹頭河影落高城。自舒清簟臨窗坐，又聽疎鐘隔寺鳴。却喜閒身無事役，不須早逐市人行。

蘆花簾

菼葦織出緯蕭機，爾雅釋草注：「菼似葦而小，實中。」宋史列女劉氏傳：「嘗緯蕭以自給。」未許蝦鬚獨銜奇。廣韻：「鰝鬚大蝦出海中，長二三丈，其鬚長數尺，可爲簾。」馬祖常琉璃簾詩：「吳儂巧製玉玲瓏，翡翠蝦鬚迥不同。」寒雪照庭晴不捲，白雲當戶晝長垂。恍疑柳絮風穿早，不管梨花月到遲。自是楚江秋一片，移來不使白鷗知。

雨中　一本下有「寄鶴洲包公」

二月水長折磯頭，茅屋恐隨江夜流。雨聲鳴瀨稍欲歇，雲氣出峽未能收。鸕鶿鸂鶒晚爭喜，爾雅注：「鸕鶿，俗呼慈老人，畜之以繩約其嗉，才通小魚，其大魚不可下，時呼而取之，復遣去，背曲如鉤。」埤雅：「𪆀鶖，五色，尾如船舵，在山澤中，無復毒氣，其宿若有敕令，故謂𪆀鶖。」楊柳杏花春自愁。幾日鄰家斷來往，出門應恨少扁舟。

王徵士東里草堂

久客因爲東里人，年來移竹與僧鄰。時名頗患緣詩得，野性惟知向酒新。林下煙生門掩夕，園中雪罷鳥鳴春。相期歲晚爲同社，韓愈詩：「願爲同社人，雞豚宴春秋。」隔屋歌呼定不嗔。

客舍寒食次周著作見寄韻

寒食江頭客未還，獨臨流水見愁顏。故園芳草斜陽外，空館疎華細雨間。亂世求田雖自笑，見卷十三郊墅雜賦。少年當路竟誰攀？主人莫折門前柳，多病無書倦入關。

新春次余左司韻

雪晴稍稍見花枝，書閣朝眠日影移。酒到好懷傾輒盡，詩逢高韻和應遲。今朝閒豈尋春得，前夜愁因送客知。走馬南園芳草綠，憑君莫問少年時。

次韻楊禮曹秋日見贈

殘雨脩脩映彩虹，李白詩：「安得五采虹，駕天作長橋。」憐君獨詠楚臺風。遠江帆影秋蕪外，故苑砧聲晚樹中。壯歲漸如辭幕燕，閒身猶作蠹書蟲。雅音自古無能好，莫向人誇瑟最工。見卷四感舊「齊竽」注。

次韻西園公詠梅二首

如何天與出塵姿，不得芳名入楚辭？曾幾海棠詩：「少陵忘却渾閑事，更有離騷忘却梅。」春後春前曾獨探，江南江北每相思。微雲淡月迷千樹，流水空山見一枝。擬折贈君供寂寞，東風無那欲殘時。

其二

雪中無伴只孤芳，倚竹元非翠袖妝。杜甫詩：「天寒翠袖薄，日暮倚修竹。」馬上忽逢臨水驛，鶴邊俄〔校記〕「俄」列朝詩集作「忽」。見向山房。春愁寂寞天應老，夜色朦朧月亦香。此地一尊聊自戀，揚州回首已淒涼！

過吳淞江風雨不可渡晚覓漁舟抵松陵官館

風雨方知客路難，飛鴻相逐渡江湍。港收漁市舟歸晚，門掩官廳燭對寒。孔平仲冬曉詩：「城上猶吹角，官廳已罷更。」此地昔年曾遠宿，何人今夕共清歡？枕邊不爲江聲急，夢寐憂時未得安。

次韻酬張院長見貽太湖中秋翫月之作

洞簫聞處似黃州，蘇軾前赤壁賦：「客有吹洞簫者，倚歌而和之。」一統志：「赤壁山，在黃州。」月色惟過一半秋。兎窟一作闕。何年丹桂種？五經通義：「月中有兎與蟾何？月，陰也，蟾蜍，陽也，而與兎並明，陰繫于陽也。」程俱詩：「何年顧兎窟，桂子落山腹。」龍宮今夜白蓮浮。法華經：「文殊師利坐千葉蓮花，從大海娑竭羅龍宮自然湧出。」蘇軾詩：「初如濛濛隱山玉，漸如濯濯出水蓮。」露沾席上縱橫醉，天落舟前浩蕩遊。若上洞庭看玉鏡，許謙題延月樓詩：「玉鏡飛空天地白。」兩山應是勝三洲。

暫宿行營舟中二首

蒹葭霜露冷侵船，落雁驚烏總未眠。戍卒獨明高栅火，袁袠東湖聯句：「戍栅依檣密。」居人同宿廢村煙。醉中遠夢欺長夜，亂裏窮愁折壯年。莫問身閑何到此？久思提劍學防邊。〔北史〕：「宇文貴嘗輟書歎曰：『男兒當提劍汗馬以取公侯，何能爲博士也！』」

其二

角聲未起大星低，杜甫詩：「嚴警當寒夜，前軍落大星。」夜靜寒營獨馬嘶。樹葉蕭蕭霜後堞，河流汨汨露中堤。一軍睡枕誰能穩，數里歸舟自欲迷。起望此時憂更切，邊烽不隔遠峰西。

首春感懷

初春風日自妍華，客意登臨只感嗟。陌上驚塵隨去馬，城邊遺柳斷棲鴉。亂來未覓無兵地，愁在空思有酒家。咫尺苑西誰解問？早梅還發去年花。

次韻楊禮曹雨中臥疾二首

階前曝藥雨來收，寒似人情戀故裘。壯歲間關元屬命，荒城蕭索不因秋。憶君我最相憐病，問客誰能獨免愁？清坐自能消鬱結，古方休向篋中求。

其二

門前問疾幾人車，曲巷深深樹影斜。每愛積書緣有子，不愁聽雨爲無花。亂來官俸猶支粟，睡起僧書忽寄茶。何事一春頻謁告，宋史常楙傳：「與廟堂議事不合，以疾謁告。」只應來辨酒中蛇。晉書樂廣傳：「廣嘗有親客，久闊不復來，廣問其故，答曰：『前蒙賜酒，方欲飲，見杯中有蛇，意甚惡之，既飲而疾。』于時，河南聽事壁有角弓影作蛇。廣復置酒曰：『復有所見否？』曰：『如初。』廣乃告之，客豁然意解，沈疴頓愈。」

次韻王孝廉過澄照寺

姑蘇志：「澄照寺，在陽山下，唐會昌間丁某捨白馬磵宅爲白鶴寺，其後龍興寺僧知義起廢。錢氏時，有泉出寺中，改仙泉院。宋祥符初，始賜今額，有別院名白蓮禪院。」

汝向山中住十日，題詩幾度見經過。彈琴只向寺前石，放棹每遊湖上波。空林雨過虎跡少，古屋雲生龍氣多。山僧好客未容去，落日更聽樵牧歌。

次韻王七隅仙輿

不從道士覓鵝羣，晉書王羲之傳：「山陰有一道士，養好鵝，羲之往觀焉，意甚悅，固求市之。道士云：『爲寫道德經，當舉羣相贈。』羲之欣然寫畢，籠鵝而歸。」薰沐清朝謁老君。韓愈文：「方將坐足下，三薰而三沐之。」龍氣雙騰含景劍，後漢公孫端劍銘：「含景吐商。」春秋繁露：「劍佩于左，蒼龍之象。」蠹魚三食內篇文。酉陽雜俎：「何諷古書卷中得髮卷，規四寸，如環無端。因絕之，斷處兩頭滴水升餘。嘗言於道者，曰：『據仙經，蠹魚三食神仙字，則化爲此物，名曰脈望。夜以規映當天中星，星使立降，可求還丹，取此水和而服之，即時換骨上賓。』」山中石髓青如鐵，晉書嵇康傳：「康遇王烈共入山，烈嘗得石髓如飴，即自食半，餘半與康，皆凝而爲石。」庾信詩：「石髓香如飯。」海上琪花白似雲。郭鈺詩：「鶴認琪花欲下遲。」六朝事跡：「寶林寺，有琪樹，在法堂前。」知子從來有仙骨，吹笙擬共接飛裙。見卷一鳳臺曲。

岳王墓

杭州府志：「鄂國武穆王岳飛墓，在錢塘縣棲霞嶺。飛子雲旁附。初，飛瘞九曲叢祠，孝宗時改葬是處，墓木皆南向。」

大樹無枝向北風，千〔校記〕明詩別裁作「十」。年遺恨泣英雄。班師詔已來三殿，宋史岳飛傳：「金將軍韓全，欲以五萬衆內附，飛大喜，語其下曰：『直抵黃龍府，與諸君痛飲耳！』方指日渡河，而檜議畫淮爲界，以其北棄之；知飛志銳不可回，詔張俊、楊沂中先歸。後言飛孤軍不可久留，乞令班師，一日降十二金字牌，飛憤惋泣下，東向再拜曰：『十年之功，廢于一旦！』遂班師。」杜甫詩：「詔從三殿去。」注：「麟德殿也，一殿而有三面，故曰三殿。」射虜書猶說兩宮。見卷十三韓蘄王墓。每憶上方誰請劍？見卷十張中丞廟。空嗟高廟自藏弓！見卷十一走狗塘。棲霞嶺上今回首，不見諸陵白露中。「宋諸陵」，見卷十三韓蘄王墓。

早春寄王行

江水江花只自春，不知容易解愁人。山川寂寞衣冠淚，今古銷沈簡册塵。草草逢人空識面，匆匆爲客莫容身。十年憂患誰相慰？賴得君家是近鄰。

暮春次韻僧懷德見貽

風雨兼愁過盡春，愧煩問訊社中人。牀頭氈與青山舊，門外車隨白日新。說法空林三竺士，林景熙西湖詩：「斷猿三竺曉，殘柳六橋春。」誦詩清夜五臺賓。華嚴經疏：「清涼山者，即雁門郡五臺山。歲積堅冰，夏仍飛雪，五峰聳出，象菩薩頂有五髻。」相思雖覺鐘聲近，猶隔城東十丈塵。

寄海昌李使君

海上波濤夜不驚，使君雖老尚能兵。荒煙白鹵家家竈，易：「兌爲澤。其于地也，爲剛鹵。」注：「鹹土也。」宋史食貨志：「凡鬻鹽之地曰亭場，民曰亭戶，或謂之竈戶。」落日黃岡處處營。杭州府志：「黃山、黃陀山，皆在海寧縣治東。又有黃灣浦。」人雜島夷爭小市，潮隨山雨入孤城。按此一聯重前送李使君，止易二字，疑其詞複，或即當日易稿，亦未可定，後梅花詩亦然。明朝硤石山頭路，我欲停車聽頌聲。

次韻金德儒文學送弟往海上

小陸賢如大陸賢，晉書陸雲傳：「少與機齊名，雖文章不及機，而持論過之，號曰二陸。」亂離爲客最堪憐！橫經〔校記〕明詩綜「經」作「金」。海上知虛席，打鼓津頭看發船。杜甫詩：「打鼓發船何郡郎？」麥氣曉晴田雉鬬，蘹香春暖野鵝眠。本草：「蘹香，北人呼爲茴香。蘹香宿根深冬生苗，五六月開花結子，大如麥粒，輕而有細稜。」明朝夢斷生芳草，見卷十二答宗人。風雨孤舟過練川。松江志：「章練塘，青浦縣泖西市鎮。」

過海昌贈使君李秉鎮禦

海上觀風逐使車，將軍雙廟有遺墟。見卷三雙廟。已看田父迎貓虎，禮記：「迎猫，爲其食田鼠也；迎虎，爲其食田豕也。」未遣溪人射鱷魚。日出鹽生沙地白，潮來波動縣城虛。故人相識登樓意，不是懷歸畏簡書。

送黃僧母入道

江夏千年有故家，後漢書黃香傳：「天下無雙，江夏黃童。」至今喬木哺慈鴉。禽經：「慈烏反哺。」里閈賢子初名憲，後漢書黃憲傳：「字叔度，汝南慎陽人也。世貧賤，父爲牛醫，憲初舉孝廉，又辟公府，友人勸其仕，憲亦不拒之，暫到京師而還，天下號曰徵君。」世說仙姑舊姓麻。見卷九蔡經宅。壽酒淋漓傾墮露，舞衣零亂拂飛霞。不須三釜稱榮食，莊子：「曾子再仕而心再化，曰：『吾及親仕，三釜而心樂，後仕，三千鍾不洎吾心悲。』」自有金盤棗似瓜。見卷四停君白玉巵。

答薊丘聶才子 見卷一薊門行

聞道詩狂復酒狂，少年鞍馬鬬輕裝。百金已醉名姬館，一劍還登俠士堂。烏起夜啼吳苑月，雁來秋帶薊門霜。亂餘零落無人識，日暮相逢向路旁。

廉上人水竹居

水西分土一袈裟，嘉興府志：「資聖禪寺，一名水西，與祥符寺並黃檗運開山，相傳爲唐宣宗潛邸之所。」拄杖敲門竹滿家。埽石安禪無落葉，過溪送客有浮槎。廬山記：「惠遠法師送客過虎溪，虎輒鳴號，送陶元亮、陸靜修，與語道合，不覺送過虎溪，因大笑，世傳三笑圖。」龍吟夜應潮生海，鳥過寒驚月在沙。林下本來參玉版，冷齋夜話：「子瞻邀劉器之參玉版和尚，至廉景寺燒筍食之。器之覺筍殊勝，問何名？子瞻曰：『玉板也。此老師善說法，要令君得禪悅之味。』器之始悟其戲。」不須更覔趙州茶。五燈會元：「僧問谷泉禪師曰：『未審客來將何祗待？』師曰：『雲門糊餅趙州茶。』」

梅花九首

瓊姿只合在瑤臺，誰向江南處處栽？雪滿山中高士臥，「袁安臥雪」，見卷四澹室。「林逋植梅」，見卷九和衍上人觀梅。月明林下美人來。「趙師雄宿梅下」，見卷九梅雪軒注。寒依疎影蕭蕭竹，春掩殘香漠漠苔。自去何郎無好詠，東風愁寂幾回開？

其二

縞袂相逢半是仙，見卷十尋梅。平生水竹有深緣。將疎尚密微經雨，似暗還明遠在煙。薄暝山家松樹下，嫩寒江店杏花前。秦人若解當時種，不引漁郎入洞天。

其三

翠羽驚飛別樹頭，見卷九梅雪軒注。冷香狼籍倩誰收？騎驢客醉風吹帽，蘇軾詩：「雪中騎驢孟浩然，皺眉吟詩肩聳山。」放鶴人歸雪滿舟。「林逋放鶴」，見卷九和衍上人觀梅。淡月微雲皆似夢，空山流水獨成愁。幾看孤影低徊處，只道花神夜出遊。

其四

淡淡霜華溼粉痕，誰施綃帳護香温？詩隨十里尋春路，愁在三更挂月村。飛去只憂雲作伴，銷來肯信玉爲魂。一尊欲訪一作放，上聲。羅浮客，落葉空山正掩門。

其五

雲霧爲屏雪作宮，塵埃無路可能通。春風未動枝先覺，夜月初來樹欲空。翠袖佳人依竹下，見上次韻西園公詠梅。白衣宰相住山中。唐書令狐綯傳：「綯子滈，當時謂之白衣宰相。」稗史：「魏野，亦稱白衣宰相。」談苑：「王曾布衣時，以梅花詩獻呂蒙正，云：『而今未問和羹事，且向百花頭上開。』蒙正曰：『此生已安排狀元宰相也。』」寂寥此地君休怨，回首名園盡棘叢。

其六

夢斷揚州閣掩塵，見卷十一約王孝廉看梅。幽期猶自屬詩人。立殘孤影長過夜，看到餘芳不是春。雲暖空山栽玉徧，月寒深浦泣珠頻。見卷五美人摘阮。掀篷圖裏當時見，畫苑：「宋楊補之善寫梅，有掀篷圖。」錯愛橫斜却未眞。林逋詩：「疎影橫斜水清淺，暗香浮動月黃昏。」

其七

獨開無那只依依，肯爲愁多減玉輝？簾外鐘來初月上，燈前角斷忽霜飛。行人水驛春全早，啼鳥山塘晚半稀。愧我素衣今已化，陸機詩：「京洛多風塵，素衣化爲緇。」相逢遠自洛陽歸。

其八

最愛寒多最得陽，仙遊長在白雲鄉。春愁寂寞天應老，夜色朦朧月亦香。此聯重前西園詠梅。楚客不吟江路寂，吳王已醉苑臺荒。枝頭誰見花驚處？嫋嫋微風簌簌霜。

其九

斷魂只有月明知，無限春愁在一枝。不共人言唯獨笑，忽疑君到正相思。盧仝詩：「相思一夜梅花發，忽到窗前疑是君。」歌殘別院燒燈夜，妝罷深宮覽鏡時。金陵志：「宋武帝女壽陽公主，人日臥于含章殿簷下，梅花落額上，成五出之花，拂之不去，經二日洗之乃落，宮女效之，今稱梅花妝。」韋莊詩：「半掩朱門白日長，晚風輕墮落梅妝。」舊夢已隨流水遠，山窗聊復伴題詩。

歸吳至楓橋 原注：「舊有塔，今廢。」

遙看城郭尙疑非，不見青山舊塔微。官秩加身應謬得，鄉音到耳是眞歸。夕陽寺掩啼烏在，秋水橋空乳鴨飛。寄語里閭休復羨，錦衣今已作荷衣。

送徐山人還蜀山兼寄張靜居

我因解紱遠辭京，君爲修琴暫入城。偶爾相逢春酒熟，飄然忽去暮煙生。山頭學嘯猶聞響，晉書阮籍傳：「籍嘗于蘇門山遇孫登，與商略終古及棲神導氣之術，登皆不應，因長嘯而退。至半嶺，聞其聲若鸞鳳之音，響乎巖谷。」世上留詩不寫名。西磵煩詢張靜者，年來注易幾爻成？吳志虞翻傳：「示孔融以所注易。」開元遺事：「太白山隱士郭休，于山中建茅屋百餘間，有注易亭。」

丫髻峯

江寧府志：「丫髻山，在溧陽縣北，兩峯如髻。又句容志作峪幘山。蓋二邑相接孔道也。」

雙綰雲鬟作髻鬟，小姑當日嫁誰家？「小姑山」，見卷六送袁憲史。雲滋細草頭梳髮，風動奇芳鬢插花。鸞鏡夜憑松挂月，鳳釵春待竹生芽。行人莫起陽臺念，雲雨無情路更賒。

石牛

姑蘇志：「長洲縣九都通國橋西石牛菴，因菴前有石牛，相傳唐時物，故名。」

一拳怪石老山巔，頭角崢嶸幾百年。毛長紫苔春夜雨，身藏青草夕陽天。中宵望月何曾喘？世說：「滿奮體羸畏風，在晉武坐，北窗作琉璃屏，實密似疎，奮有難色，帝笑之。奮曰：『臣猶吳牛，見月而喘。』」注：「今之水牛，唯產江淮間，故云吳牛；南方多暑，而此牛畏熱，見月疑是日，所以喘也。」盡日看雲自在眠。惱殺牧童呼不起，數聲長笛思悠然。

飲陳山人園次能翁韻

桃花梨花已狼籍，躑躅花開如火炎。見卷二竹枝詞。時過上已和而暢，人比杜陵淸且廉。園中雨流水遶砌，林下鳥鳴風滿簾。把酒亦知君意好，醉多謬語莫相嫌。

寄題内弟周思敬野人居

野人何處是幽棲？聞在天隨舊宅西。半屋圖書春落蠹，一村花柳晝鳴鷄。分泉自給烹茶水，待雨惟耕種藥畦。姚合詩：「侵堦是藥畦。」日暮扁舟欲相訪，恐驚鷗鳥過前溪。

謁伍相祠

地老天荒伯業空，曾於青史見遺功。劉長卿詩：「功名滿青史，祠廟惟蒼苔。」鞭尸楚墓生前孝，見卷二弔子胥祠。抉目吳門死後忠。國語：「伍員將死曰：『而縣吾目於東門，以見越之入，吳國之亡也。』遂自殺。」説苑：「孔子曰：『子以諫者爲必聽耶？伍子胥何爲抉目于吳東門？』」魂壓怒濤翻白浪，見卷二孫逖詩：「江落伍胥潮。」劍埋冤血起腥風。「賜鐲鏤」，見卷九姑蘇臺。我來無限傷心事，盡在越山煙雨中。

弔七姬冢

姑蘇志：七姬墓在郡城東北隅潘氏後園，張羽作權厝志：「七姬皆良家子，事浙江行省左丞滎陽潘公，皆爲側室，性皆柔慧，姿容皆端麗修潔，善女紅，剪製衣繡，經手皆精巧絕倫，事其主及夫人，皆能以禮，其羣居和而有序，皆不爲怙寵忮美之行。公每聞閭閻間婦女能以節槩自立者，歸必爲語其事，皆應曰：『彼亦人爲耳。』公笑曰：『若果能耶！』及外難興，敵抵城下，公日臨戰，一旦歸，召七姬謂曰：『我受國重寄，義不顧家，脫有不宿，誠若等當自引決，毋爲人恥也。』一姬跪而前曰：『主君遇妾厚，妾終無二心，請及君時死以報，毋令君疑也。』遂趨入室，以其帨自經死于戶。六人者，亦皆相繼經死。公聞之曰：『何若遽死耶？』實至正丁未七月五日也。以世難弗克葬，乃斂其尸焚之，復以其遺骸瘞于後圃，合爲一冢；公還，啓其封，且泣曰：『是非若所安也，行營高敞地而遷焉。』時以日薄，故未暇爲志。及踰月，始狀其事屬羽，將勒石追瘞于冢側。嘗觀古之史氏所載貞妃烈婦，能識節義，決死生而不顧者，恒曠世而一見，今乃于一家一日而得七人焉。吁！不奇矣哉！乃列其姓氏于石而系之以銘。程氏，蜀郡人，年三十，生女一人生奴。翟氏，廣陵人，年廿三。徐氏，黃岡人，年二十，生女一人不惜。羅氏，濮州人，年廿三。卞氏，海陵人，年與羅氏同。彭氏，與卞氏同郡，其年與徐氏同。段氏，大寧人，年十八，其先死者也。公名元紹，字仲昭，實宋魏王廷美之裔；其先以避禍易今姓未復云。銘曰：『生也同其天，死也同其時，而瘞又同其封。壤樹蕭條，匪子之宮。尚卜高原，以永無窮！』

疊玉連珠棄草根，仙遊應逐墜樓槎軒集本墜樓，大全集作馬嵬，非。魂。孤墳掩夜香初冷，幾帳留春被尚温。佳麗總傷身薄命，艱危未負主多恩。爭妍無復呈歌舞，寂寂蒼苔鎖院門。

郡治上梁

郡治新還舊觀雄，文梁高舉跨晴空。南山久養干雲器，景福殿賦：「飛閣干雲，浮楷乘虛。」東海初生貫日虹。見卷四荆軻。班固西都賦：「抗應龍之虹梁。」欲與龍庭宣化遠，司馬光詩：「朱節耀龍庭。」還開燕寢賦詩工。韋應物郡齋燕集詩：「燕寢凝清香。」大材今作黃堂用，姑蘇志：「蘇州府治，春申君之子所建，因數失火，塗以雄黃，故名。」民庶多歸廣庇中。

萬木堂爲毘陵卞公禮賦　一統志：「常州府，晉曰毘陵。」

林隱高堂萬木青，森然玉立勢亭亭。春風送暖花連砌，秋雨生涼葉滿庭。坐愛繁陰簾半捲，臥聽靈籟戶深扃。斧斤未許來樵採，要養長材獻大廷。

鶴瓢二首　見卷四約幼文同宿鶴瓢山房

產自靈苗勝羽胎，文同謝寄藥方詩：「我聞神仙草藥不凡土生，是中當有靈苗異卉之根莖。」冷齋夜話：「彭淵材性迂闊，嘗蓄兩鶴，客至誇曰：『此仙禽也。凡禽卵生，此胎生。』語未畢，園丁報曰：『鶴夜產一卵。』淵材呵曰：『敢謗鶴耶？』未幾，鶴展脛伏地，復誕一卵。淵材歎曰：『鶴亦敗道，吾乃爲禹錫嘉話所誤。』」劉賓客嘉話錄：「人言鶴胎生，所以賦云胎化仙禽也。」何須去作鳳匏來？潘岳笙賦：「有曲沃之懸匏焉。」注：「列管匏中，施簧管端，名之曰笙。」虞集詩：「長吟吹鳳匏。」壺公本解飛騰術，神仙傳：「汝南有費長房，爲市掾，見公入市賣藥，常懸一空壺。日入之後，公跳入壺中，人莫能見。惟長房于樓上見之，知非常人，乃日日自埽公座前地，及供饌物。公知其篤信，與入壺中，封符一卷付之曰：『此可主鬼神，能縮地脈。』」丁令寧爲濩落材！丁令威，見卷四空明道人詩。莊子：「惠子謂莊子曰：『魏王貽我大瓠之種，我樹之成而實五石，以盛水漿，其堅不能自舉也，剖之以爲瓢，則濩落無所容，非不呺然大也，吾爲其無用而掊之。』」簡文云：「濩落，猶廓落也。」直上青天身恐繫，倒傾碧海腹初開。吳質答東阿王書：「傾海爲酒，并山爲肴。」生成自是神仙器，肯逐纍纍向草萊？

其二

遠隨仙客下青城，地理通釋：「山在永康軍青城縣北，岷山第一峰也。仙經曰：此是第五洞天。」「青城山徐佐卿化鶴」，見卷八書夢。瘦骨肥來見盡驚。藜杖夜懸翻露影，見卷十三排律詠夢「鶴警」注。竹尊春瀉飲泉聲。顧瑛詩：「刳瘿縣匏竹裏尊。」園中幾歲形容變，海上何時羽翼成？醉聽樹頭風歷歷，「許由懸瓢」，見卷四同宿鶴瓢山房。還疑秋傍九皐鳴。

次韻楊禮曹雨中養疴

午晴書閣暫令開，又聽鳴鳩竹外催。陸游詩：「鳴鳩又喚雨絲來。」身到遠山屏乍展，李白巫山屏風詩：「疑似天邊十二峯，飛入君家彩屏裏。」手持明月扇初裁。李商隱詩：「雲屏不取暖，月扇未遮羞。」綠芳消砌風前蕙，朱果封泥雨後梅。李白詩：「於焉摘朱果。」曲巷掩關人寂寂，今朝問疾有誰來？

詠梅次衍師韻五首

水郭山村路半交，春晴依約見芳苞。吳妃舞竟珠鈿委，王維西施詠：「朝仍越谿女，暮作吳宮妃。」漢女遊歸玉珮拋。見卷一神女宛轉歌。愁亂雪來朝片片，夢驚風過夜梢梢。人間何處無開落，吹笛何須怨老蛟？「梅花落」，見卷八會飲城南。「老蛟」見卷五松江亭。

其二

壓枝何處斷人腸？欲問黃家第四娘。杜甫詩：「黃四娘家花滿蹊，千朵萬朵壓枝低。」雞早每驚煙際色，蝶遲那識雪中香？林昏有霧籠綃帳，江淨無塵染素裳。此地一尊聊自慰，揚州回首月荒涼。結重前西園。

其三

海天寒徹一作沁。玉人衣，拾遺記：「蜀先主甘后，玉質柔肌，態媚容冶。河南獻玉人高三尺，乃取玉人置后側，后與玉人潔白齊潤；嬖寵者非惟嫉於后，亦妒於玉人。」密雨疎煙晚漸披。春後春前曾獨看，江南江北每相思。此聯重前。猿啼古驛征帆宿，馬立荒郊酒旆垂。擬折一枝供寂寞，東風無那欲殘時！結重前。

其四

招得清魂句自工，甘泉賦：「澄心清魂。」長洲春到雪波融。未逢人寄千山外，忽訝君來一夜中。縱隱荒榛猶的皪，劉乂詩：「鏗鎗冰有韻，的皪玉無瑕。」若穿深竹更玲瓏。酒空客去愁多處，蔌蔌繁霜嫋嫋風。

其五

莫學新妝入漢宮，見前梅花之九。春風多處易枝空。遙情尚憶僧房裏，忽見偏憐客路中。淡月微雲應萬樹，荒山流水只孤叢。此聯重前。夢回一笑仙人遠，碧海青天沒斷鴻。李嶠詩：「背櫪嘶班馬，分洲叫斷鴻。」

送梅侯赴錢塘　此從列朝詩集補入。又補注：錢塘遺事：「錢王射潮後作亭，鑄鐵箭大如杵，埋亭中，出土猶七尺許，名箭亭，以示鎮壓。」

一鶴隨車到郡朝，剩山殘水尚蕭條。杜甫詩：「剩水滄江破，殘山碣石開。」盌藏秋塚金方出，見卷十二盜發許彧墓。按此即指楊璉發掘宋六陵事，見卷九穆陵行。箭插寒沙鐵未銷。重見花開非舊賞，初聞麥秀是新謠。幾時南作諸侯客，釃酒江亭看晚潮。

送廣陵成居竹先生之雲間　原注：「字元章，詩人也。」以下十四首從槎軒集補。

老別蕪城每自哀，一統志：「揚州蕪城，古邗溝城，吳王濞故都。鮑照有蕪城賦。」移家新向讀書堆。見卷十送張倅。遠人嶺表求詩去，故友京華寄字來。亂後識翁嗟已晚，衆中憐我愧非才。建安大曆遺風遠，魏文帝典論：「今之文人，魯國孔融文舉、廣陵陳琳孔璋、山陽王粲仲宣、北海徐幹偉長、陳留阮瑀元瑜、汝南應瑒德璉、東平劉楨公幹，斯七子者，咸以自騁驥騄于千里，仰齊足而並馳。」按：建安，漢獻帝年號。唐書盧綸傳：「綸與吉中孚、韓翃、錢起、司空曙、苗發、崔峒、耿湋、夏侯審、李端，皆能詩齊名，號大曆十才子。」尚藉捶鈎一挽回。淮南子：「捶鈎者，年八十矣，而不失鈎芒。」杜甫詩：「應手看捶鈎。」

送陳博士歸南海葬親　南海縣屬廣州府

朝來泣罷廣州書，別我將行萬里餘。親骨未歸新冢葬，僕情猶守故坊居。月明檣轉隨烏鳥，雨暗燈移避鰐魚。此去定知難重見，海天南望渺愁予！

送顯上人還天平山

古寺秋深乞食回，尋鐘遙入亂雲堆。猿知夜定啼應歇，鶴聽朝談到不猜。見卷十四送丕上人。對日衲衣連葉補，盛囊詩句向僧裁。他時半偈重相問，林閣應開候我來。

張思廉退居江上

東望歸鴻江水邊，客愁應獨上樓眠。春陰半月瀟瀟雨，晚色孤村渺渺煙。君去尚存酬國劍，我來未覓載家船。舊遊莫問長洲苑，寂寞鶯花正可憐！

過張子宜林居

淸和池館閉閑苔，輕幰尋幽觸雨來。潘岳籍田賦：「微風生于輕幰兮。」井桁水聲繩乍轉，牀屏山色畫初開。穿花百舌深緘口，晉子夜歌：「柳堤鳴百舌。」家語：「孔子觀周廟，有金人焉，三緘其口。」吹絮雙鱗淺露腮。好賦一詩題壁去，主人未肯便塵埃。摭言：「王播少孤貧，客揚州木蘭院，後二紀來鎭是邦，向題字已碧紗幕其上。播作詩曰：『二十年來塵撲面，而今始得碧紗籠。』」

林亭山寺漁樵共話圖

古澹亭臺絕世音，橋分鳥道入雲林。陰鏗詩：「瞻雲望鳥道。」溪流漲雨含春綠，柳色凝煙帶晚陰。江接遙岑青黛淺，山藏古寺白雲深。應慚擾擾塵中客，誰識漁樵話裏心？

赴京留別鄉舊

幾向江頭買去船，自嗟行計日留連。風流已遂明時志，歲月空驚壯士年。捧檄敢期囊穎出，見卷七贈楊滎陽。著鞭肯向驛程先。見卷四銅臺李壯士。東華叨列仙班入，見卷七睡覺。五色雲中覲九天。李白詩：「五色雲中鵠，飛鳴天上來。」

白鶴谿阻雨 見卷七

漠漠窮陰歲欲闌，却攜孤櫂別鄉關。雨添白鶴溪頭水，雪變金陵道上山。自歎無心雲漫出，應嗟倦翮鳥知還。浮生擾擾成何事？贏得星星兩鬢班。

送沈省郎赴武康縣丞 武康，屬湖州府。

昨夜南風長綠荷，映君袍色渡溪波。暫從蘭省辭宵直，趙嘏詩：「一辭蘭省見清秋。」資暇錄：「新官併直本署曰豹直。直宿公署曰寓直。」又向松廳愛晝哦。王龜齡詩：「親題一軸寄松廳。」投牒訟田來縣少，披圖按地設邊多。孤城莫歎經殘廢，還得征輪免重科。

送胡端任嶺南陽朔主簿

孤舟應過五羊城，一統志：「五羊城，即廣州府城，尉佗築，初有五仙人騎羊至此，故名。」新作微官治遠氓。躑躅風前荒店酒，見卷二竹枝詞。軥輈雨裏惡溪程。「軥輈」，見卷十愛竹軒。唐書韓愈傳：「惡溪有鰐魚。」負薪每見歸村女，操弩時逢出洞兵。此去知君非竄逐，不須臨別淚沾纓。

客中述懷

故園生計日蹉跎，不覺青春客裏過。旅食自慚空舊槖，朝衫誰爲換新羅？多愁未必關花事，長醉原非困酒魔。太平廣記：「元載不飲，鼻聞氣已醉。後遇異人，以鍼挑其鼻尖，出一小蟲，曰：『此酒魔也。』是日遂飲一斗。」幾度欲歸歸未得，空彈長鋏和高歌。見卷八兵後逢張孝廉。

重遊甘露寺　見卷十二

曉色蒼蒼宿雨收，倚天樓閣喜重遊。雲來雲去山如舊，潮落潮生江自流。天上曾聞甘露降，庭中長見雨花浮。江山千古情無盡，人往人還自白頭。

送呂志學秀才入道

海風寒拂紫髯煙，吳志孫權傳注：「張遼問吳降人，向有紫髯將軍，長上短下，便馬善射，是誰？曰：是孫會稽。」初著黃冠已稱便。篋裏竟抛紅葉字，見前御溝。燈前唯寫碧苔篇。李白詩：「屢讀靑苔篇。」客窗炊黍回新夢，見卷十三排律詠夢。仙圃偷桃記昔緣。見卷十一黃大癡畫。亦欲盡將書策棄，山中依子學長年。

送秦司訓海上省墓

亂離何處訪遺阡？暮雨東歸近海邊。寂寂野棠閒照墓，依依鄉樹遠迎船。門生舊解題銘石，皇甫持正韓文公墓誌銘：「昌黎韓先生，以疾免吏部侍郎，諭湜曰：『死能令我不隨世磨滅者，惟子。』以爲囑。其年薨，孤昶奉公緒之錄，繼訃以至，乃哭而敍銘其墓。」唐書韓愈傳：「經愈指授，皆稱韓門弟子，其徒若李翺、李漢、皇甫湜。」縣令新能給祭田。此日誰無丘隴念，送君還詠白華篇。東晳補亡詩：「白華，孝子之潔白也。」

高青丘集卷十六

五言絶句

觀軍裝十詠

胄說文：「胄，兜鍪也。」雲笈軒轅記：「蚩尤始作鎧甲兜鍪，時人不識，以爲銅頭鐵額。」

黃金冒虎頭，後漢書班超傳：「相者曰：『生燕頷虎頭，飛而食肉，此萬里封侯相也。』」乍免走豪酋。左傳：「晉侯敗狄于箕，郤缺獲白狄子，先軫免胄入狄師，死焉。」孟浩然詩：「山河據形勝，天地生豪酋。」還有從容處，綸巾按壘遊。晉書：「簡文召謝萬爲撫軍從事中郎，著白綸巾、鶴氅裘、履版，與帝共談移日。」世傳綸巾，孔明軍中常服之。

鎧正韻：「音愷。」說文：「甲也。」周禮夏官司甲疏：「古用皮謂之甲，今用金謂之鎧。」

細弗鏤文銀，王褒樂府：「銀鏤明光帶。」唐書禮樂志：「太宗置舞圖，命呂才以圖教樂工百二十八人，披銀甲，執戟而舞，爲秦王破陣樂。」高城日照鱗。庾信詩：「合甲抱犀鱗。」擐來曾攬陣，左傳：「文公躬擐甲胄。」李賀馬詩：「他時須攪陣，牽去借將軍。」一鏃不傷身。纛前漢高帝紀：「黃屋左纛。」集韻：「皁纛，軍中大旗也。」蔡邕曰：『以犛牛尾爲之，如斗。』應劭曰：『雉尾爲之。』」

髮亂野牛驚，神專大將營。師行當禡祭，詩大雅：「是類是禡。」禮王制：「禡於所征之地。」唐書康承訓傳：「崔彥曾乃禡纛黃堂前，選兵三千，授都虞候元密屯任山，須龐勛至，劫取之。」韓愈鄆城聯句：「斬馬祭旄纛，炰羊禮芒屩。」壇下戮番生。

刀

大食購千金，唐書西域傳：「大食本波斯地，俗勇于鬭。」杜甫大食刀歌：「吁嗟光祿英雄弭，大食寶刀聊可比。」妖精泣太陰。燈前開匣看，無限許君心。

弓

燕角號良材，考工記：「燕之角、荆之幹、妢胡之笴、吳越之金錫，此材之美者也。」樓煩擘未開。史記項羽本紀：「項王令壯士出挑戰，漢有善騎射者樓煩，楚挑戰三合，樓煩輒射殺之；項王大怒，乃自挑戰。樓煩欲射之，項王瞋目叱之，樓煩目不敢視，手不敢發，遂走還入壁，不敢復出。」秋風懸臂出，宋史种朴傳：「偏將王舜臣者，善射，以弓挂臂，獨立軍後，羌來可萬騎，有七人介而先，舜臣引弓三發，隕三人，萬騎愕眙，莫敢前。」何處一鶬來？李白詩：「弓彎滿月不虛發，雙鶬迸落連飛髇。」

箭

流星逐飛羽，漢書音義：「光迹相連曰流星。」張友正射己之鵠賦：「鏃破的兮流光散，出弦應手兮飛羽相追。」鏃利能穿札。左傳：「晉楚遇于鄢陵，潘尪之黨與養由基蹲甲而射之，穿七札焉。」三發定邊歸，唐書薛仁貴傳：「九姓衆十餘萬，令驍騎數十來挑戰，仁貴發三矢，輒殺三人；于是氣懾，皆降。軍中歌曰：『將軍三箭定天山，壯士長歌入漢關。』」箙中休滿插。「箙」見卷一白馬篇。

麾 玉篇：「旌旗之屬，所以指麾也。」史記高祖本紀：「兵罷戲下，諸侯各就國。」注：「戲音麾，大旗也。」

彩帛曳長虹，張纘賦：「耿長虹于青霄。」悠悠卷塞風。三軍齊陷陣，應在一揮中。司馬軍令：「凡戰臨陣，皆無諠譁，明聽鼓音，謹視旛麾；麾前則前，麾後則後，麾左則左，麾右則右，麾不聞令而擅左右前後者，斬。」

矛

畫榦似蛇長，晉書劉曜載記：「陳安左手奮七尺大刀，右手執丈八蛇矛，近交則刀矛俱發，輒害五六；遠則雙帶鞬服，左右馳射。」隴上歌：「七尺大刀配齊環，丈八蛇矛左右盤。」誰論半段槍？唐書哥舒翰傳：「吐蕃盜邊，與翰遇，苦拔海吐蕃枝其軍爲三行，從山差池下，翰持半段槍迎擊，所向輒披靡，名蓋軍中。」蘇軾詩：「路旁拾得半段槍，何必開爐鑄矛戟？」日斜親鬭罷，高宴卓沙場。

袍

雕錦蓊花團，陳孚詩：「漢南烟柳蓬婆雪，未識團花舊戰袍。」三邊總認看。見卷十三韓蘄王墓「邊人識錦裘」注。唐書薛仁貴傳：「仁貴特驍悍，欲立奇功，乃著白衣，特自標顯。」尋常不肯著，風雪念兵寒。

馬

羅帕覆春風，王建詩：「黄帕蓋鞍乘了馬，紅羅纏項鬪回雞。」連鞍賜有功。蹄高騎得稱，杜甫詩：「脚下高蹄削寒玉。」身出萬軍中。

師子林十二詠　在城東北隅。注見卷四。

師子峰

風生百獸低，宗炳師子擊象圖序：「沙門釋僧吉云：嘗從天竺，欲向大秦。忽聞數十里外哮哮㘚㘚，驚天怖地；頃之，但見百獸率走，蹌地欲絶，而四巨象俄焉而至，以鼻卷泥，自厚塗數尺，數數噴鼻隅立，俄有師子三頭，崩石折木，直搏四象，以殪盤石，血若湧泉，巨樹草偃。」欲吼空山夜。疑是天目巖，杭州府志：「於潛縣西天目山，有師子巖。」飛來此林下。

含暉峰謝靈運詩：「山水含清暉。」

演漾弄清暉，王昌齡翫月詩：「清輝淡水木，演漾在窗戶。」江山秋斂霏。我吟康樂句，日暮憺忘歸。謝靈運詩：「遊子憺忘歸。」

吐月峰杜甫詩：「四更山吐月，殘夜水明樓。」

四更棲鳥驚，山白初上月。起開東閣看，正在雲峰缺。

立雪堂傳燈錄：「慧可事達摩，嘗夜大雪，侍立不動，遲明，積雪至膝。曰：『願和尚開甘露門，廣度羣品。』遂潛取利刀斷左臂于前，師知是法器。」

堂前參未退，立到雪深時。一夜山中冷，無人祇自知。

臥雲室唐詩紀事：「李頻，方干弟子也。登第後，干寄詩曰：『弟子已攀桂，先生猶臥雲。』」

夕臥白雲合，朝起白雲開。惟有心長在，不隨雲去來。

問梅閣高適聽吹笛詩：「借問梅花何處落？風吹一夜滿關山。」

問春何處來？春來在何許？月墮花不言，幽禽自相語。

指柏軒傳燈錄：「僧問趙州，如何是祖師西來意？趙州云：『庭前柏樹子。』」

清陰護燕几，儀禮疏：「言燕几者，當在燕寢之內，常憑之以安其體也。」范成大詩：「凝香繞燕几。」中有忘言客。人來問不應，笑指庭前柏。

玉鑑池路鐸詩：「平分玉鑑漁村晚。」

一鏡寒光定，微風吹不波。更除荷芰影，放取月明多。

冰壺井杜甫詩：「冰壺玉衡懸清秋。」

圓甃夏生冰，皮日休詩：「蘚深餘甃圓。」光涵數星冷。窗有定中僧，陸游詩：「廬山岑寂夜，我是定中僧。」休牽轆轤綆。

修竹谷

翠雨落經牀，陳旅叢碧軒：「簷曲細含翠雨涼。」林鳩午鳴後。筍出恐人來，編籬遮谷口。

小飛虹王褒詩：「飛橋類飲虹。」

初看臥波影，杜牧賦：「長橋臥波。」應恐雨崇朝。過澗尋師去，端知〔校記〕列朝詩集及濂溪本作「如」。度石橋。見卷十二贈演師。李白詩：「石橋如可度，携手弄雲煙。」

大石屋

混沌復輪囷，鄒陽上梁王書：「蟠木根柢，輪囷離奇。」全無斧鑿紋。門臨五湖水，坐納四山雲。

題雜畫十二首

空山萬株木，靄靄秋多晦。屋在白雲中，人歸白雲外。

其二

欲尋江寺僧，渡口孤帆發。落日浦風生，不畏春潮闊。

其三

叢蒲亂石間，水急魚難罩。欲去尚殘陽，看山一停櫂。

其四

風急楚江波，佳人罷采荷。離舟孤宿處，淚少夜猿多。

其五

孤柳影婆娑，路入秋溪暮。誰家繫榜來？應待歸人渡。

其六

驢背夕陽催，空山不見梅。愁腸如客路，一日幾縈迴。

其七缶鳴集作題方壺小畫

夕陽數峰遠，靄靄江南思。煙外有鐘聲，山僧獨歸寺。

其八

橋迴綠水斜，春樹隔煙霞。隱處誰云淺，千峰只一家。

其九

日出溪霧黃，風迴不成雨。何處趁墟人？見卷十泉南兩義士歌。侏離竝沙語。

其十

遠岫浹煙光，斜陽在釣航。衆漁歸已盡，獨自過寒塘。

其十一

柳葉散空塘，菊花明廢苑。日暮問垞南，按王維詩有南垞、北垞。舟行何近遠？

其十二

山禽欲定棲，竹風苦難靜。殘雪墮鶯梢，翛翛一窗冷。

和楊禮曹刺客三詠

錐

袖藏出屠市，朱亥事，見卷二大梁行。一揮報公子。誰言上將雄，不異孤豚死。答客難：「孤豚之咋虎，至則靡耳，何功之有？」

匕首

購自徐夫人，欲揕秦皇帝。銅柱火光飛，奇鋒非不利。見卷四荊軻。

筑

主醉不知音，庭前殺聲起。史記刺客列傳：「高漸離變名姓爲人庸保，匿作于宋子。久之作苦，聞其家堂上客擊筑曰：『彼有善，不善。』家丈人召使前擊筑，一坐稱善。聞于秦始皇，召見，人有識者，乃曰：『高漸離也。』秦皇帝惜其善擊筑，重赦之；乃矐其目，使擊筑，未嘗不稱善。稍益近之，高漸離乃以鉛置筑中，復進得近，舉筑扑秦皇帝，不中，於是遂誅高漸離。」勿輕無目人，能爲有心鬼。

得家兄在遠消息四首

家將遠人信，復報遠人知。世亂書難得，開緘勝一作似見時。

其二

幾日看迴鴈，今朝尺素開。古詩：「呼兒烹鯉魚，中有尺素書。」應知在天末，亦望弟書來。

其三

歲晚各離家，憐兄去路賒。書來約歸近，同看故園花。

其四

江上有歸舟，傳兄在石頭。見卷二小長干曲。知安雖暫喜，念遠更成愁。

爲外舅周隱君題雜畫五首

斜陽榜釣船，秋色滿江天。彷彿吾家近，沙村落雁邊。

其二

白鶴忽飛還，松杉靄然暝。明月出溪橋，照見支笻影。

其三

風雨過蒼嶠，秋色渺江海。白鷗期不來，沙上人相待。

其四

落葉帶回吹，侯喜冰將釋賦：「度習習之回吹，勢欲難任。」荒簃冒幽石。池上鳥鳴時，閒齋掩秋夕。

其五

山深嵐氣寒，高齋掩窗臥。林間踏葉聲，知有樵人過。

效陰常侍

南史：「陰鏗，字子堅，博涉史傳，尤善五言詩。爲梁湘東王法曹行參軍。陳天嘉中，爲始興王中錄事參軍，文帝嘗宴羣臣賦詩，召鏗預宴，使賦新成安樂宮，援筆便就，帝甚歎賞之。累遷晉陵太守員外散騎常侍。」杜甫詩：「李侯有佳句，往往似陰鏗。」

滿江煙水綠，幾里到巴州。音書不堪寄，一寄一沈浮。晉書殷浩傳：「浩父羨，字洪喬，爲豫章太守，都下人士因其致書者百餘函，行次石頭，皆投之水中曰：『沉者自沉，浮者自浮，殷洪喬不爲致書郵。』」

歎牆下草

青青牆下草，經霜未枯槁。雖是見春遲，還免逢秋早。

草堂梵僧　玉海：「唐世譯經有筆受官，以朝臣爲之，宋太宗譯經院成，始命梵僧課經，用梵學筆受二人。」

禮塔老番僧，唐言已漸能。夜無還國夢，石室坐懸燈。

新月

纖纖挂柳西，斜影低窺閣。黃昏難久看，初生是將落。

尋胡隱君

渡水復渡水，看花還看花。春風江上路，不覺到君家。

西寺晚歸

遠寺別僧歸，隨鐘出煙嶺。犬吠竹林間，斜陽見人影。

淵源堂夜飲

懸燈照清夜，葉落堂下雨。客醉已無言，秋蛩自相語。

和陳左司夜泊桐江

一統志：「桐江，在桐廬縣北三里，亦名桐溪，源出天目山，流入浙江。」

月出釣臺樹，見卷十一釣臺歌。長灘秋更喧。渾如宿巫峽，唯少一聲猿。

過師子林

雨餘鳥語涼，斜陽竹深見。頻來非看花，借讀高僧傳。唐書藝文志：「虞孝敬高僧傳六卷。」王維詩：「好續高僧傳，時看辟穀方。」

薔薇露盥手

雲仙雜記：「柳宗元得韓愈所寄詩，先以薔薇露盥手，然後發讀。」

蠻估海帆迴，一統志：「薔薇水出占城國，灑衣經歲香不歇。」銀甖玉汞開。盥餘香滿手，恰似折花來。

西陂

芳草水東西，春風路欲迷。歸時不覺晚，山與夕陽低。

園中梨花唯開一枝

闌外見春遲，朝來雪一枝。不知初發處，誤道已殘時。

江上酒家

門戶暎垂楊，春槽酒聲瀉。賀鑄田家詞：「雞聲犬吠遠相望，社酒登槽喚客嘗。」幾度望高帘，方回詩：「千愁萬恨都消處，笑指南樓一酒帘。」歸帆雨中下。

過舊送別處

前時送畫船，西港柳枝邊。別處愁猶在，鴛鴦不肯眠。

懷陳寅山人時居西山昭明寺

姑蘇志：「昭明教寺，在吳縣錦峯山，相傳爲昭明太子所建；或謂山產文石，故名，然不可考矣。」

閒看西澗月，秋閣與僧開。正是相思夜，鐘聲若處來？

略上人房竹

幽篠半梢橫，山窗颭月明。上人禪定久，不怕有秋聲。

聞雁

江寒月黑夜，定宿蒹葭裏。叫叫過燈前，柳宗元詩：「叫叫羈鴻哀。」却是誰驚起？

晚坐水上

潭島去何深？白居易池上詩：「貪緣潭島間，水竹深青蒼。」斜陽樹半陰。偶來臨水坐，非有羡魚心。漢書：「臨淵羡魚，不如退而結網。」

聞謝恭夜詠詩

我非李太白，君是謝楊兒。李白贈謝楊兒詩：「晨朝來借問，知是謝楊兒。」夜半江樓雨，高眠聞詠詩。

題馬遠畫酴醿 圖繪寶鑑：「馬遠，興祖孫，字欽山。畫山水、人物、花鳥，種種臻妙，院中人獨步也；光宗朝，畫院待詔。」

池冷晝闌幽，芙蓉伴晚愁。金盤承露重，彷彿漢宮秋。〔校記〕大全集以「題馬遠畫」四字爲總題，下酴醿、黄葵分題。

黄葵

春晚獨餘芳，風回帶酒香。潘德久詩：「一樹黄葵金盞側，勸人相對醉西風。」美人偏愛看，因似御衣黄。羣芳譜：「洛陽牡丹，其花黄者，有御衣黄。」

余客雲巖陳山人居西山相望因有懷寄贈

深竹晝鳴鳩，微涼滿寺秋。老僧雖不在，風雨自相留。

睡足

風雨落梅村，鳩啼正掩門。今朝無事役，睡足亦君恩。

題雲林小景

歸人渡水少，空林掩煙舍。獨立望秋山，鐘鳴夕陽下。

題齋前芭蕉

叢蕉倚孤石，綠映閒庭宇。客意不驚秋，瀟瀟任風雨。

春溪獨釣圖

春水鱖魚肥，垂綸坐斷磯。陳子昂詩：「奔槎驚斷磯。」羊裘人易識，後漢書嚴光傳：「齊國上言：有一男子被羊裘釣澤中。帝疑其光，乃備安車玄纁，遣使聘之。」好著舊蓑衣。

池亭

虛檻枕池波，閒憑看浴鵝。秋荷知幾葉？添得雨聲多。

聞鐘

日暮遠鐘鳴，山窗宿鳥驚。楓橋孤泊處，曾聽到船聲。

桂花

風露浥清香，淸陰別院涼。誰能呼白鳳，花下舞霓裳？見卷八聽教坊舊妓陳氏歌。

鴈

初到別胡沙，樓頭度影斜。江南秋月好，隨意宿蒹葭。

紅葉

霜染滿林紅，蕭疎夕照中。曾供寫秋怨，流出上陽宮。

秋雨

瑟瑟復蕭蕭，燈前滴此宵。秋聲最難聽，況復在芭蕉。

月下飲酒

月照綠樽深，淸歌桂樹陰。嫦娥留伴我，莫向畫樓沉。

遊山

自著林間屐，來聽石上琴。老僧留客久，西嶺日將沉。

聞笛

橫吹發哀聲，張正見詩：「不分梅花落，還同橫笛吹。」江樓月正明。伊州不堪聽，樂苑：「伊州，商調曲。」白居易詩：「老去將何散老愁？新教小玉唱伊州。」都是故園情。

秋聲

砧韻雜鳴蛩，梧邊雨帶風。千聲秋作意，都一作併。入夜窗空。

秋夜宿僧院

竹動鵲頻驚，秋河閣外橫。談禪貪坐久，莫遣曙雞鳴。

登樓望虎丘

秋霽倚層樓，孤峰是虎丘。香臺紅樹裏，佳處記曾遊。

外舅周隱君齋竹〔校記〕大全集作謝吏部齋竹。

秋思與秋聲，閒齋對夕淸。幽人夢回處，煙鳥月中鳴。

寧眞道館夜觀茅隱君畫

看山如見君，君家在山下。仙館憶君時，明燈對圖畫。

竹林高士圖

竹深斜日在，獨鶴見扉開。誰顧閒居者，惟應二仲來。見卷四秋林高士圖。

詠水邊桃花

一片欲隨流，殘妝照影愁。誰來唱桃葉，見卷四桃塢。風雨送離舟。

芭蕉美人圖

琴罷詠春朝，餘酲吸露銷。「吸露」，見卷九答余新鄭。詩成無落葉，聊爲寫芭蕉。清異錄：「懷素居零陵，取芭蕉葉代紙作書。」

王主簿小園

夏藥風苗長，秋瓜雨蔓新。誰言趨府客，見卷四送王主簿。却似灌園人。

晚尋呂山人

小艇載琴行，庾信詩：「小艇釣蓮溪。」松花落晚晴。君家最可認，隔樹有書聲。

黄氏延緑軒

葱葱溪樹暗，靡靡江蕪濕。雨過曉開簾，一時放春入。

喜從兄遠歸

聞汝歸舟到，相迎只恐遲。方當見時喜，還憶別時悲。

送人遊湘中

離恨掛帆檣，隨君遠入湘。飛花蕩春影，江水不勝長。

訪丁校書不遇

獨坐無與語，出門聊訪君。空回轉惆悵，芳草日將曛。

答陳山人

賣畚君當返，見卷十三郊墅雜賦。修琴君已歸。無爲嫌寂寞，世事意多違

鄭隱君山園四詠

杏園

春紅雨後繁，孤墅啼鶯曉。聞道曲江園，見卷八絲鞭歌。遊人近來少。

瓜圃

鋤一作種。瓜莫傷蔓，傷蔓子生稀。唐太子賢黃臺瓜辭：「種瓜黃臺下，瓜熟子離離。一摘使瓜好，再摘令瓜稀。三摘猶自可，四摘抱蔓歸。」留待經霜露，盈筐採得歸。

菊蹊

獨行林下路，望望南山暮。陶潛詩：「採菊東籬下，悠然見南山。」無酒掇英嘗，寒香已零露。

梅塢

春暗花如雪，難遣落漠魂。空林酒醒處，月墮客敲門。

題許瀾伯畫

列朝詩傳：「許觀，字瀾伯，吳城人。文徵仲跋江貫道畫卷云：『南郭民爲許觀瀾伯，吳人，有高行，不仕。』同時別有許觀，亦字瀾伯，建文侍中死難者，與此許觀不同。」

望秋倚高閣，隔江望層巘。不見度僧歸，煙深暮鐘遠。

除夕客中憶女

別家非願久，回首已徂年。今夜寒齋雪，何人聽折絃！蔡琰別傳：「琰六歲，父邕夜鼓琴絃絕，琰聞曰：『第二絃。』邕故斷一絃問之，曰：『第四絃。』」

客中歲暮

已嗟求道晚，復省濟時難。碌碌成何事，天涯又歲闌。

題擕琴訪友圖

孤騎復孤琴，披嵐入澗陰。遠尋君莫訝，城市少知音。

鴛鴦

兩兩蓮池上，看如在錦機。應知越女妒，不敢近船飛。

題張校理畫

寒色初凝野，秋聲忽在林。遙山不能見，祇爲晚煙深。

題湘南雨意圖

南禽暮啼起，門掩湘祠裏。脈脈半江陰，春雲與春水。

題扇上竹枝

寒梢雖數葉，高節傲霜風。寧肯隨團扇，秋來怨篋中？見卷一班婕妤。

題李迪畫犬

圖繪寶鑑：「李迪，河陽人。宣和莅職畫院，授成忠郎。紹興間，復職畫院副使，賜金帶，歷事孝、光朝，工畫花鳥竹石。」

護兒偏吠客，戴復古詩：「人來犬護兒。」花下臥晴莎。莫出東原獵，春來兔乳多。

天平山五丈石 見卷五

勢危撐月墮，一作直。名勝志：「洱河自岸下分水爲兩：南河、北海。八月望夜，河、海正中有珊瑚樹出水面，漁人往往見之；世傳海龍獻寶。內典云珊瑚撐月，卽此。」影瘦倚雲平。彷彿峰頭井，蓮花一半生。「華山天池」，見卷五。

別呂隱君

孤舟晚溪口，欲去重回首。不忍別青山，況此山中友。

林下

樹涼山意秋，雲淡川光夕。林下不逢人，幽芳共誰摘？

不寐懷徐記室

齋寒掩孤燭，城遠沉雙杵。杜甫詩：「新月猶懸雙杵鳴。」憶爾忽長吟，驚散牀頭鼠。

雪中自雲巖晚歸西村客舍二首

乍與諸僧別，還依一叟鄰。柴門閉風雪，誰候暮歸人？

其二

隔浦煙墟遠，侵沙雪樹稀。行人緣底事，不及鳥先歸？

立春前十日寄會稽周軍咨

的的玩芳樹，依依懷遠人。千山雖隔郡，十日共逢春。

柳燕圖

柳上銜蟲立，春風似有情；和枝吹裊裊，方覺爾身輕。

隔簾聞歌

葉逐散聲飛，洞冥記：「漢宮人麗娟，唱迴風曲，則庭葉翻落如秋。」盧氏雜說：「散曲名，如操弄、慘淡序引之類。」湘雲隔妓衣。南史：「梁夏侯亶令妓妾隔簾奏樂，時謂簾爲妓衣。」誰能偷卷看，認是小叢非？楊維楨詩：「憑誰解釋春風恨？只有江南盛小叢。」按盛小叢，唐妓善歌者。

訪張司馬不値書園亭壁

亭午鸛鳴雨，見卷六東白軒。果園花已稀。偶來因忘去，非待主人歸。

壺中插緋碧桃花旣而碧桃先落

白嫩倚紅嬌，朝看訝獨飄。應緣霞氣暖，烘得雪先消。

優人李州僑乞米二首

曾稱富貴客，粉墨尊前面。後漢書梁鴻傳：「鴻謂孟光曰：今乃衣綺縞、傅粉墨，豈鴻所願哉？」憔悴立窮途，渾非舊時見。

其二

戲場鼓笛靜，人無太平樂。爾莫怨飢寒，梨園亦零落。

端午席上詠美人綵索釵符二首

綵索風俗通：「五月五日造百索，以五色絲繫臂，令人不病，一名長命縷。」吳景奎五日詩：「綵索光浮繫臂紗。」

臂頭長命縷，庾信謝滕王賚巾啓：「盤龍之刀既剪，長命之縷仍縫。」百結更雙蟠。怕有痕生肉，教依玉釧寬。

釵符抱朴子：「五月五日剪綵作小符，綴髻鬟爲釵頭符。」又武林舊事：「翠葉五色，葵榴金絲，翠扇眞珠，百索釵符。」

靈篆貯紗囊，抱朴子：「午日朱書赤靈符著心前，以辟兵疫百病。」薰風綠鬢旁。崔顥盧姬篇：「綠鬢紅脣桃李花。」從今能鎮膽，不怯睡空房。韋莊詩：「小膽空房怯，長眉滿鏡愁。

燒筍

幽人嗜燒筍，出土不容長。林下孤煙起，風吹似竹香。

江寺雨中訪杜二

幾日纜歸舟，同君野寺遊。舊懷言未盡，不是雨相留。

寒夜與家人坐語憶客中時

茶屋夜燈青，竹庭寒雪白。不對室中人，依然去年客。

題楞伽山寺壁

惆悵空山裏，寒梅應自開。雪中何處覓，須待雪晴來。

贈僧本空

了性本來空，遊方不復東。月明秋澗靜，趺坐一山中。

聞霰

初訝驚沙過，復疑疎葉落。寒霰夜聞時，窗空人寂寞。

江上漫成

春色到江濱，江花樹樹新。行吟憔悴客，誰道亦逢春。

雨中過玉遮山二首

姑蘇志：「玉遮山，在陽山之南，橫列如屏，今但呼爲遮山。舊志爲查山。」

松頭急風迴，飛雨不到面。何處豁清愁？千山一人見。

其二

尋鐘入蒼茫，一澗復一崦。落葉去方深，山扉雨中掩。

畫花鳥

語倦立還攲，花垂裊裊枝。美人妝閣靜，斜日下簾時。

種瓜

緜緜花蔓縈，颯颯風煙灑。秋來子正多，不似黃臺下。見前瓜圃詩。

摘瓠

輪囷臥霜露，秋曉摘初歸。自笑詩人骨，楊萬里詩：「詩家寒刮少陵骨。」何由似爾肥？

懷蜀山人

靄靄衆山暝，秋禽鳴澗竹。知君高詠餘，聽鐘掩窗宿。

諸君會宿鶴瓢山房題畫賦詩予將赴召不得預明日補題其上

偶趨蘭省召，鄭谷送曹郎中南歸詩：「風月抛蘭省，江山向桂州。」不預竹林歡。見卷三王績注。山水圖中景，明朝在路看。

山中夜行

登隴日已沉，出谷月初上。夜行畏虎聞，無奈車聲響。

赴京道中逢還鄉友

我去君却歸，相逢立途次。欲寄故鄉言，先詢上京事。

泐禪師室中晚坐　見卷十次韻復見心。

綠陰欲滿寺，禽鳴春雨餘。聊因簡牘暇，窗下閱僧書。

白葵花

素彩發庭陰，涼滋玉露深。誰憐白衣者，亦有向陽心。曹植表：「葵藿之傾葉，太陽雖不回光，然向之者誠也。」

馬氏東軒

陽和受最多，爽氣看應少。晉書王徽之傳：「爲桓沖騎兵參軍，沖嘗謂徽之曰：『卿在府日久，比當相料理。』徽之初不酬答，直高視以手版拄頰云：『西山朝來，致有爽氣耳！』」晞髮此窗前，屈原九歌：「晞汝髮兮陽之阿。」雞鳴海天曉。

得家書

未讀書中語，憂懷已覺寬。燈前看封篋，題字有平安。

期陳則不至聞宿清隱蘭若

幽禽雨中響，門掩春塘綠。思君暮不來，應伴山僧宿。

碧筩飲見卷六荷葉

綠觴卷高葉，醉吸清香度。酒瀉正何如，風傾曉盤露。

曉發山驛

風殘杏花曉，馬上聞啼鳥。茅店未開門，山多住人少。

焚香

斜霏動遠吹，暗馥留微火。心事共成灰，窗間一翁坐。

榴花

日炙態常醺，香生若自焚。夜來端午宴，淡却美人裙。萬楚五日觀伎詩：「紅裙妒殺石榴花。」

階前苔

莫埽雨餘綠，任滿閒階路。留藉落來花，春泥免相汙。

僧舍訪呂隱君爲學上人題墨竹

山房竹雨過，簾一作檐。影靄春雲。得與幽人會，何殊見此君。

題孫卿家小畫二首

高嶺冒層嵐，疎林逗殘照。何處覓孫登，雲間聽長嘯。見卷十五送徐山人。

其二

前林遠杵歇，別院疎鐘起。行人與居人，同在秋雲裏。

久別幼文偶見其畫遂題　幼文居湖州蜀山，見卷三十友。

幾疊蜀山雲，秋林半夕曛。畫中藜杖者，相見只疑君。

題榮悴竹圖

嫩葉與殘枝，相依暮雨時。莫分一作將。榮悴看，節在不曾移。

叢竹圖贈內弟周思敬就題

窈窕復蒙茸，千山萬竹中。幽人夜驚起，秋雨共秋風。

題張來儀畫贈張伯醇

風起澗聲亂，景寒雲氣深。山人歸臥晚，詩意滿秋林。

次韻及禪師懷王水曹二首

千峰一寺遠，雲滿跏趺處。無客伴孤禪，鄭元祐詩：「廬山面目翠千層，飛鷃孤禪不厭登。」懸燈照深樹。

其二

鐘動雲壑冷，鶴歸人不歸。應思躡金策，孫綽天台賦：「振金策之鈴鈴。」注：「錫杖也。」同向海天飛。

夜聞雨

窗燭冷殘夜，聞蛩更聞雨。秋館總多愁，猶勝在羈旅。

大癡小畫

溪水雖多曲，舟行不憚賒。山山秋樹赤，猶復似桃花。杜牧之詩：「霜葉紅于二月花。」

吳仲圭枯木竹石

圖繪寶鑑：「元吳鎮，字仲圭，號梅花道人，嘉興魏塘鎮人。善山水，師巨然，耽貧性癖，博學多聞，渺功名，薄富貴，村居教學以自娛，參易卜卦以玩世，遇興揮毫，非應酬世法也者。故其筆端豪邁，墨汁淋漓，無一點塵市氣，書法亦佳，即墨竹墨花，無不題咏，山水蓋可知矣。」

叢篠倚喬柯，秋陰雨尙多。風霜莫搖落，留蔭石邊莎。

題倪雲林畫贈因師

含暉峰下路，見前師子林十二詠。樹石盡垂藤。欲認莓苔迹，相尋行道僧。

題徐山人畫贈內弟周思恭

複澗兼重嶺，雲嵐處處生。君家還可認，爲有讀書聲。

訪因師而師適詣余兩不相值

我去尋幽院，師來訪小園。休言不相見，相見本無言。傳燈錄：「裴相國啓建法會，問僧看甚麽經？曰：『無言童子經。』公曰：『有幾卷？』曰：『兩卷。』公曰：『既是無言，爲甚麽却有兩卷？』」溈山代云：『若論無言，非唯兩卷。』」蘇轍詩：「去住只今誰定是，相逢一笑各無言。」

題畫贈別

扁舟暮歸去，別路江南樹。愁指楚山遙，明朝望君處。

龍門飛來峯 原注：「在天平山。」

風吹峨嵋雲，東依此山住。我來不敢登，只恐還飛去。

待渡

渡子未迴舟，立傍沙頭樹。天寒雪欲來，莫滯人歸去。

西澗訪衍上人

日暮冒餘雪，望煙西澗陰。不因師住遠，何事到山深？

蔡村田家

田中耒聲歇，煙火西林起。獨立候歸人，柴門夕陽裏。

夢中作

悠悠衆擾去，寂寂孤吟歇。雨過滿窗涼，高林上明月。

要離墓　原注：「在閶門金昌亭旁。」

弱夫殺壯士，殺慶忌，見卷四停君白玉卮。誰敢嬰餘怒？今日古城邊，耕人肆侵墓。

顧野王墓　原注：「在楞伽山。雲間又有野王讀書堆。」

南朝舊碑倒，墓近樵蘇道。史記淮陰侯列傳：「樵蘇後爨，師不宿飽。」應與讀書堆，見卷十送張倅之雲間。離離總秋草。

卓筆峯　原注：「在天平山。」

雲來初似墨，柳宗元詩：「桂嶺瘴來雲似墨。」雁過還成字。千載只書空，見卷一東門行。又劉儗詩：「八月書空雁字聯。」山靈恨何事？

硯池　原注：「在靈巖山。」

山骨誰鑿破？韓愈石鼎聯句：「巧匠斲山骨。」一泓自深黝。醉後欲濡毫，蜿蜒見蝌斗。爾雅「蝦蟆子」疏：「此蟲一名科斗，一名活東；頭圓大而尾細，古文似之。故孔安國云：皆科斗文字是也。」

千人石　原注：「在虎丘劍池上。」

池上盤陀石，千人列坐曾。如今趺夜月，唯有一山僧。

五塢山　原注：「在城西南十五里，即橫山也。中有五塢，故名。爲賦五絕句。」姑蘇志：「橫山在姑蘇山東，錢氏葬忠獻王元璙于此，建寺其趾，曰薦福。因又稱薦福山。皇祐五年，節度推官馬雲游此，名其五塢曰：芳桂、飛泉、修竹、丹霞、白雲。」

飛泉塢

山空響更遠，雨過流還急。餘沫灑迴風，一林紅樹濕。

修竹塢

色映溪沉沉，秋雲生夕陰。無限楚山意，鶴鳴風滿林。

丹霞塢

遥聞丹霞塢，中有餐霞者。列仙傳贊：「子輿拔俗，餐霞飲露。」絳彩發朝朝，還同赤城下。「赤城」，見卷四空明道人。

白雲塢

雲開見山家，雲合失山路。聞語知有人，欲尋已迷誤。

芳桂塢

欲攀淮南樹，見卷五陪臨川公游天池。人去山寂寞。嫋嫋涼風生，疎花月中落。

芹

飯煑憶青泥，杜甫詩：「飯煮青泥坊底芹。」羹炊思碧澗。劉迎詩：「朝采南澗芹，暮漉西溪魚。」無路獻君門，列子楊朱篇：「宋田父曝日，曰：『負日之暄，以獻吾君。』其妻曰：『昔有美芹莖蓱子者，對鄉豪稱之，鄉豪嘗之，蜇于口，慘于腹，衆哂之。』」嵇叔夜書：「野人有快炙背而美芹子者，欲獻之至尊，雖有區區之意，亦已疎矣！」對案空三歎。晉語：「魏獻子將食，閻明叔褒在，使佐食，比已食，三歎。」

蓴菜

紫絲浮牛滑，波上老秋風。憶共香菰薦，本草：「菰有小者，劈之內有黑灰如墨者，名烏鬱，人亦食之。晉張翰思吳中蓴菰，即此也。」陸游詩：「香菰時就釣船炊。」吳江暮艇中。

芭蕉

靜遶綠陰行，閒聽雨聲臥。還有感秋詩，窗前書葉破。見前芭蕉美人圖。

中秋

此夕月華流，應分一半秋。誰能尋庾亮？吹笛上南樓。見卷四始遷西齋。

九日

攜壺還采菊，惆悵獨登高。憶在詞林日，華筵食賜餻。見卷十四九日陪諸閣老食賜餻。

題畫贈許瀾伯

泠泠風中絃，渺渺雲間鴻。秋懷不可寫，日暮青山空。

病酒

日高頭未櫛，困臥對山花。暫謝高陽侶，窗間獨飲茶。

生公講臺 原注：「在虎丘山。生公說法時，石皆點頭。」此從姑蘇雜詠補。

鳥銜天花飛，講罷空山寂。惆悵解談禪，人那不如石！

聞柝 以下三十四首從槎軒集補

朝擊城上霜，暮擊關下月。愁夢畏頻驚，何方此聲歇？

柳燕

妙舞漢宮人，香魂化幾春？嬌飛傍楊柳，猶似學腰身。白居易詩：「楊柳小蠻腰。」

隔簾聞歌

低按新翻曲，人聽意每猜。簾疎遮不斷，嬌透幾聲來。

軒前小竹

琴罷茗煙銷，閒齋思寂寥。秋梢纔數葉，添得雨蕭蕭。

暮歸寄王汝器 見卷八送王太守

槐葉落秋城，斜陽一騎行。客邊聞笛處，同恨有王卿。

登白雲寺閣 見卷五天平山

逶迤眺晚嶺，窈窕登秋閣。紅葉雨初晴，千巖一泉落。

宿紫藤塢

竹風稍欲靜，遠溪寒可聞。不用蓮花漏，翻譯名義集：「遠公之門，有僧惠要，患山中無刻漏，乃于水上立十二葉芙蓉，因波而輪，以定十二時，晷景無差，今曰『遠公蓮花漏』是也。」鶴鳴知夜分。

夜坐聞雁

何處度寒雲，哀多乍失羣。不因愁未寢，誰到夜深聞。

夜泊盤門城下聞鐘

暫泊城下舟，遥聞城裏鐘。家在鐘鳴處，聽來歸思重。

余氏園中諸菜十五首 大全集已録蘸、芹二首

葵

生依堂後井，綠葉幾叢長。每愛清齋曉，山羹帶露香。王維詩：「松下清齋折露葵。」

韭

芽抽冒餘溼，掩冉煙中縷。幾夜故人來，尋畦剪春雨。杜甫詩：「夜雨剪春韭。」

筍

林下和煙折，頻燒晚飯時。秋陰從此少，放月到南池。

芥

葉胥春蟲老，花留暮蝶新。擷來供素茹，露氣足芳辛。

茄

夏雨早叢底，垂垂紫實圓。爲詢軒冕客，誰植郡齋前？南史蔡撙傳：「爲吳興太守，不飲郡井。齋前自種白莧紫茄，以爲常餌，詔褒其清。」

薺

苦口應多利，史記高帝本紀：「良藥苦口利於病。」誰誇爾味甘？詩：「誰謂荼苦，其甘如薺。」春風花似雪，自繞古牆南。

菘

秋深詫晚出，見卷四東園種蔬。嚙脆如鳴玉。醒酒策奇勳，本草：「白菘解酒渴。」冰壺浸寒綠。

蔔

白蒻洗春泥，爾雅注：「莖下白蒻在泥中者。」瑽瑽嚼脆梨。集韻：「瑽瑽，佩玉聲。」御史臺記：「侍御史爲脆梨，言漸得佳味。」勿須拋翠葉，留作甕頭虀。侯鯖錄：「東坡曰：『世傳王狀元未第時，醉溺汴河，河神扶出曰：公有三百千科錢，若死，何處消散？士有效之，佯醉落水，神亦扶出。士喜曰：我科錢幾何？神曰：有三百甕黃虀，無處消散耳。』」

菌

土膏蒸秀質，雲液潤華滋。寄語瓊田叟，無煩種五芝。十洲記：「祖洲有不死之草，生瓊田中，或名爲養神芝，其葉似菰苗，叢生，一株可活一人。」

芋索隱注：「芋，蹲鴟也」。

收處同山栗，杜甫詩：「園收芋栗未全貧。」防饑向歲闌。史記項羽本紀：「今歲饑民貧，士卒食芋菽。」周禮委人注：「瓜瓠葵芋，禦冬之具。」寒齋自煨啖，不用嶽僧殘。見卷八期張校理遊虎阜。

葱

玉糝浮春罌，張九成詩：「只今歸去西湖上，飽喫東坡玉糝羹。」青絲簇晚柈。不知冠軍族，舊業幾人安？梁史呂僧珍傳：「高祖受禪，爲冠軍將軍，從父兄子先以販葱爲業，乃棄業欲求州官。僧珍曰：『吾荷國重恩，無以報効，汝等自有常分，豈可妄求叨越，但當速反葱肆耳。』」

薯蕷本草：「一名山芋，一名玉延，一名山藥。」杜甫發秦州詩：「充腸多薯蕷。」

斸雪得奇藥，黃精敢論美。歸時煮澗薪，竹外孤煙起。

茭白本草：「菰筍也。」梅堯臣詩：「采石新林兒女去，茭白蒲芽艇子歸。」

舊說彫胡美，西京雜記：「菰之有米者，長安人謂之彫胡。」杜甫詩：「彫胡炊屢新。」園廚試早嘗。還思聽蕭瑟，風葉滿秋塘。

端陽十詠 大全集已錄綵索、釵符二首

艾虎見卷六重午書事

乍出草間微，高懸衞午扉。何能令鬼避，應假於菟威。左傳：「楚人謂虎於菟。」

角黍風土記：「端午烹鶩進筒糉，一名角黍。以菰葉裹黏米栗棗，以灰煮令熟。」

香菱裹秫炊，投祭楚江湄。頗恨饞蛟橫，續齊諧記：「五月五日，楚屈原投汨羅而死，楚人哀之，每至此日，以竹筒貯米投水祭之。漢長沙歐回，白日忽見一人，自云三閭大夫。謂回曰：『君常見祭，甚善，但常年所遺，並爲蛟龍所竊；今若有惠，以楝葉塞其上，以綵線縛之；二物，蛟龍所畏也。』今民俗裹筩糉并五色絲，皆其遺風。是日懸艾虎符，挂五色紙，折葵榴、菖蒲、梔子花、桃枝之類，以供驅疫之神。」君忠竟不知！

菖歜左傳：「王使周公閱來聘，饗有菖歜。」注：「菖蒲葅。」

采拔自遙汀，芬薌助醁醽。王安石詩：「過我何時載醁醽？」共邀當午酌，誰伴大夫醒？屈原漁父詞：「衆人皆醉我獨醒。」

守宮漢書：「武帝于端午取蜥蜴，飼以丹砂，擣之，以塗宮中處女臂，卽有文章，洗濯不去，有犯男事則沒，故名守宮。」

花房夜杵紅，痕漬香侵骨。不見翠輿來，春愁共難沒。

射柳文昌雜錄：「軍中以端午走馬，謂之躤柳，亦曰扎柳。今武人于端午爲穿楊之技，又爲鬬勇之戲。」

不設畫熊侯，鄉射禮：「凡侯，天子熊侯白質。」營前折條短。一發萬人呼，靑靑正中斷。

擊毬明典彙：「端午節，車駕幸東苑，觀擊毬射柳，自皇太孫以下，諸王大臣，以次擊射，命儒臣賦詩。」

躍騎曉場平，流珠逐杖輕。閻寬溫湯御毬賦：「珠毬忽擲，月仗爭擊。」衆禽疑彈落，花外一齊鳴。

競渡見卷六重午書事

畫舸鬬飛龍，襄王廟前發。向晚鼓聲歸，涼波上新月。

鬬草歲華紀麗：「端午結廬蓄藥，鬬百草，纏五絲。」

摘拾徧叢叢，鋪茵曲檻東。衆家誰勝得，獨有並頭紅。陸游天彭花品釋名：「雙頭紅，並蔕駢萼，色尤鮮明，養之得地，則歲歲皆雙，不爾則間年矣。」

軍裝十二詠　大全集已錄其十

刁斗見卷八次韻周誼秀才

或擊或不擊，皆堪制強敵。營中尤切需，炊餉三軍食。

箙見卷一白馬篇

魚皮作箭房，詩：「象弭魚服。」注：「取魚皮爲弩矢箙也。」行響豹韉傍。何日看休戰，高懸向射堂。

西園梨花唯開一枝

孤芳不滿柯，蜂蝶未經過。莫怨春情薄，開多落也多。

禪窩　師子林十二咏之一，槎軒集有此題，無大石屋一首。

縛茅蔭林趺，風雨不可壞。誰言尋丈寬，能容大千界？華嚴經：「三千大千世界。」

雪夜宿山家寄斯道

師臥西庵雲，我聽東齋雪。休嗔夜不來，對面元無說。

六言絶句

江村樂四首

荷浦張弓射鴨，見卷二。柳塘持燭叉魚。元稹詩：「叉魚江火合。」天隨子宅同里，陶朱公祠近居。見卷七送顧式歸吳「三高祠」注。

其二

一犬行隨餉饁，羣蛾飛繞繰車。李白詩：「荆州麥熟繭生蛾。」陸龜蒙詩：「每和煙雨掉繰車。」江邊女去摘芡，白居易詩：「綠芡行堪採。」城裏人來賣茶。

其三

罾掛漁郎舍外，許渾詩：「却伴漁郎把釣竿。」船維酒媪橋邊。韓愈順宗實錄：「陽城爲諫議大夫，得月俸買薪菜鹽米，餘悉送酒媪。」煙波五湖朝渡，風雨孤村晝眠。

其四

日斜深塢牛臥，潮落平沙蟹行。秋社未開綠醞，白居易詩：「綠醞香堪憶。」夜炊初碓紅秔。杜甫詩：「柴扉臨野碓，半濕擣香秔。」

讀道旁舊冢碣上題曰宋黃澹翁先生之墓

古路斜陽廢城，斷碑荒草殘塋。莫嗔童豎樵牧，不識先生姓名。

楊氏山莊 槎軒集作陸氏別墅

斜陽流水幾里，啼鳥空林一家。客去詩題柿葉，一作「來往莫愁橋斷」。「柿葉」見卷十五贈張泉民。僧來共煑藤花。一作「門前自有浮槎」。駱賓王詩：「山酒酌藤花。」

陶祕書廣陵送別圖　後漢書桓帝紀：「延熹二年，初置祕書監官」。晉書職官志：「惠帝永平中，復置祕書監，其屬官有丞、有郎，幷統著作郎。」

暮雨潮生瓜步，一統志：「瓜步山，在儀眞縣西。」　春山樹繞蕪城。見卷十五送廣陵成居竹。　惆悵離舟欲發，江南煙寺鐘聲。

高青丘集卷十七

七言絶句

馬周見太宗圖

舊唐書：「馬周，字賓王，清河茌平人。少孤貧落拓，西遊長安，宿于新豐逆旅，主人唯顧諸商販，而不顧周；周遂命酒一斗八升，悠然獨酌，主人深異之。至京師，舍于中郎將常何家。貞觀五年，太宗令百官上書言得失，何以武吏不涉經學？周乃爲何陳便宜十餘事，令奏之，皆合旨。太宗怪其能，問何，答曰：『此非臣所能，家客馬周具草也。』太宗即日召之，未至，間遣使催促者數四，及謁見，與語甚悦，令直門下省。六年，授監察御史，奉使稱旨。帝以常何舉得其人，賜帛三百匹。」

封事朝聞夕拜官，唐書百官志：「左補闕六人，左拾遺六人，掌供奉諷諫，大事廷議，小則上封事。」文心雕龍：「或上書，或奏狀，慮有宣洩，則囊封以進，謂曰封事。」新豐無復客衣寒。書生未有鳶肩相，見卷四贈馬冠渾。只説君臣際會難。

聞舊教坊人歌

渭城歌罷獨淒然，王維詩：「渭城朝雨浥輕塵，客舍青青柳色新。勸君更盡一杯酒，西出陽關無故人。」不及新聲世共憐。今日岐王賓客盡，江南誰識李龜年？杜甫江南逢李龜年詩：「岐王宅裏尋常見。」注：「按史：岐王範，睿宗子，然以開元十四年薨，此當是指嗣岐王珍也。」明皇雜錄：「天寶中，上命宮中女子數百人爲梨園弟子，時有馬仙期、李龜年、賀懷智，皆洞知律度。龜年特承顧遇，於東都大起第宅；後流落江南，每遇良辰勝景，爲人歌數闋，座上聞之，莫不掩淚罷酒。」

山中別寧公歸西塢

虎丘志：「僧寧，字居中，博通內外典，兼工吟咏。元末淮張之亂，築城虎丘，兵戈旁午，寧臘高望重，搘拄法門，寺賴以全。」

一上香臺看落暉，沙村孤樹晚依微。〔校記〕大全集作「依依」，竹素軒本同。老僧不出青山寺，只有鐘聲送客歸。

秋柳

欲挽長條已不堪，都門無復舊毿毿。此時愁殺桓司馬，見卷十一黃大癡天池石壁圖。暮雨秋風滿漢南。

送賈麟歸江上

別淚紛紛逐斷猿，貧交無贈只多言。家語：「子路將行，辭於孔子。子曰：『贈女以車？贈女以言乎？』子路曰：『請以言。』」離愁正似蘼蕪草，一路隨君到故園。

秋夜同周著作宿婁浦

小廨寒依竹浦雲，酒闌相對說離羣。一聲新雁誰先聽，今夜江南我共君。

方崖師畫

畫圖忽見白雲峰，茶屋香臺樹幾重。身若在師行道處，晚來唯訝不聞鐘。

送陳秀才歸沙上省墓

滿衣血淚與塵埃，陸機詩：「拊膺涕泣，血淚彷徨。」亂後還鄉亦可哀。風雨梨花寒食過，幾家墳上子孫來。

送呂卿

遠汀斜日思悠悠，花拂離觴柳拂舟。江北江南芳草徧，送君併得送春愁。

答陳校理尋花已落之作

君來春去不相期，空有新愁繞舊枝。總得花看能幾日，最難留惜是芳時。

與諸君飲吳別駕園

春來幾度醉無涯，不似今朝向汝家。四海弟兄俱在座，好風吹出棣棠花。

舟中聞歌

水栅孤燈照客舟，僧齊已江行早發詩：「鳥亂村林迥，人喧水栅橫。」江南誰解唱甘州？唐書禮樂志：「天寶樂曲皆以邊地名，若涼州、甘州、伊州之類。」樂苑：「甘州，羽調曲也。」尋常醉賞尊前曲，何事今朝聽得愁。

題雨竹畫

巫峽雲連湘水低，行人路滑畏深泥。不見朝陽鳴鳳至，春陰日日鷓鴣啼。

挽楊隱君

纔歌招隱又招魂，故老于今有幾存？他日我來應下拜，寒山流水竹間墳。

春思

愁兼楊柳一絲絲，客舍江南暮雨時。自入春來才思減，杏花開過不題詩。

入郭過南湖望報恩浮圖 寺見卷十二

雨過春陂柳浪香，布帆歸緩怕斜陽。漁人爲指江城近，一塔船頭看漸長。

廢宅芍藥 賈耽花譜：「牡丹，唐人謂之木芍藥。」

昔年花發要人催，天寶遺事：「明皇遊别殿，柳杏將吐，命高力士取羯鼓催花；上縱擊一曲，名春光好，回視桃杏俱發。上曰：『不喚我作天公可乎？』今日無人花自開。猶有園丁憐國色，松窗雜錄：「大和、開成中，有程修已者，以善畫進。會內殿賞牡丹，因問修已曰：『今京邑傳唱牡丹花詩，誰爲首出？』對曰：『臣嘗聞公卿間吟賞李正封詩曰：天香夜染衣，國色朝酣酒。』」時容閒客借看來。

登江閣遠懷徐記室與杜進士同賦

憑闌兩客怨斜曛，此日同吟只欠君。江閣雖高猶不見，幾重山水幾重雲。

夏夜宿西園酒醒聞雨二首

飛蟲繞燭夢迴遲，荷葉齊鳴雨一池。不爲素紈猶在手，定疑秋夜乍寒時。

其二

人睡蕭蕭院落空，未秋愁已怯梧桐。夜長猶幸西軒雨，一半聽時在醉中。

聞笛

橫吹纔聽淚已流，寒燈照雨宿江頭。憑君莫作關山曲，亂世人人易得愁。

慰周著作悼亡

笑披紗扇憶當年，世說：「溫公從姑有女，屬公覓婚，公密有自婚意，報姑云：『已覓得婚處，壻身名宦，盡不減嶠。』因下玉鏡臺一枚。既婚交禮，女以手披紗扇，撫掌大笑曰：『我固疑是老奴。』」只有卿卿最得憐。世說：「王安豐婦，嘗卿安豐。安豐曰：『婦人卿壻，於禮爲不敬，後勿復爾。』婦曰：『親卿愛卿，是以卿卿，我不卿卿，誰當卿卿？』遂恒聽之。」按：王戎，封安豐縣侯。今日料應花不住，夜燈相伴室中禪。

山寺冒雨還西郭

栗葉翻翻滿寺秋，項斯宿山寺詩：「栗葉重重覆翠微。」出門風雨未全收。自慚騎馬非閒客，可是山僧不解留？

蘇李泣別圖

前漢書蘇武傳：「昭帝卽位數年，匈奴與漢和親。漢求武等，於是李陵置酒賀武曰：『今足下還歸，揚名于匈奴，功顯于漢室，雖古竹帛所載，丹青所畫，何以過子卿？陵雖駑怯，令漢且貰陵罪，全其老母，使得奮大辱之積志，庶幾乎曹沫之盟，此陵宿昔之所不忘也！收族陵家，爲世大戮，陵尚復何顧乎？已矣！令子卿知吾心耳。異域之人，一別長絕。』陵起舞歌曰：『經萬里兮度沙幕，爲君將兮奮匈奴。路窮絶兮矢刃摧，士衆滅兮名已隤！老母已死，雖欲報恩將安歸？』陵泣下數行，因與武訣。」

丁零海上節毛稀，蘇武傳：「武至海上，杖漢節牧羊，臥起操持，節旄盡落。積五六年，單于弟於靬王愛之，給其衣食，賜武馬畜服匿穹廬，王死後，人衆徙去。其冬，丁令盜武牛羊，武復窮厄。」幾望南鴻近塞飛。泣盡白頭相別淚，少卿留虜子卿歸。

江上偶見

阿姬不畏晚寒多，綠舫紅衣柳下過。滿浦秋荷已零落，如何猶唱采蓮歌？

過保聖寺　姑蘇志：「寺在長洲縣二十都甫里。」

隔江煙霧隱樓臺，遠逐鐘聲放艇來。亂後不知僧已去，幾堆紅葉寺門開。

王七招飲余遊紫藤塢值雪失期

孤舟山水雪晴時，看到梅花幾萬枝。東崦題詩西崦醉，等閑忘却故人期。

江上送客

春風江上蕩舟過，垂柳垂楊拂浪波。惆悵今年頻送客，長條欲折已無多！

期諸友看范園杏花風雨不果

欲尋春去怕春休，又值春陰不得遊。寂寞西園風雨裏，杏花比客更多愁。

宮女圖

女奴扶醉踏蒼苔，明月西園侍宴迴。小犬隔花空吠影，夜深宮禁有誰來？按：牧齋列朝詩集注：「據吳中野史載：『季迪因此詩得禍，因引昭示諸錄，及豫章罪狀爲證。』此皆在後之事，難以牽引，惟詩綜所注，或有爲而作，亦未可知。」考正詳年譜末。

逢張架閣

花落江南酒市春，成都古今記：「十月爲酒市。」逢君歸騎帶京塵。一杯相屬成知己，何必平生是故人。

山中春曉聽鳥聲

子規啼罷百舌鳴，禽經：「江左曰子規，蜀右曰杜宇，甌越曰怨鳥，一名杜鵑。」禮記：「仲夏之月，小暑至，螳螂生，鵙始鳴，反舌無聲。」注：「反舌，百舌鳥。」東窗臥聽無數聲。山空人靜響更切，月落杏花天未明。

與親舊飲散出抵城西客舍賦寄

吳王廢苑草青青，一騎今朝發野亭。誰道別君行路遠，去時人醉到時醒。

過山家

流水聲中響緯車，板橋春暗樹無花。風前何處香來近，隔崦人家午焙茶。

雲山樓閣圖

碧樹香臺錦繡連，畫師應見亂離前。如今風景那堪寫，廢寺空山鎖暮煙。

始自西山移寓江渚夜聞雨有作

客身移宿浦雲東，孤館殘燈與舊同。夜靜空江無落葉，雨聲驚不似山中。

晚過浦西橋

春水何長春日短，沙鴨交眠綠莎暖。晚過橋西不見人，野梅零落江雲斷。

歎庭樹

偶移弱質傍庭皐，風露離離已便高。翻笑園中栽樹者，十年猶未出蓬蒿。

雨中春望　原注：「時在圍中。」

郡樓高望見江頭，油壁行春事已休，樂府：「妾乘油壁車，郎乘青驄馬。」落盡棠梨寒食雨，只應啼鳥不知愁。

夜齋見螢火

拂竹緣莎復點苔，夜窗無月見飛來。舊書亂後都抛却，懶就微光更展開。

湖上見月憶家兄

望月思兄意轉迷，孤帆應宿楚雲西。夜深愁向湖邊立，爲有寒鴻相並棲。

逢吳秀才復送歸江上

江上停舟問客蹤，亂前相別亂餘逢。暫時握手還分手，暮雨南陵水寺鐘。

十宮詞

吳宮

芙蓉水殿屧廊東，「水殿」，見卷十二。「響屧廊」，見卷五。白苧秋來不耐風。教得君王長夜醉，月明歌舞在舟中。

楚宮

雨去雲來十二峰，見卷一巫山。渚宮樓閣暮重重。細腰無限空相妒，後漢書馬廖傳：「楚王好細腰，宮中多餓死。」不覺瑤姬夢裏逢。

秦宮

宮閉驪山靜管絃，一統志：「阿房宮，在咸陽縣東二十五里，秦始皇建于渭南上林苑中。」杜牧阿房宮賦：「驪山北構而西折，直走咸陽。」翠華巡狩去經年。史記秦始皇本紀：「二十八年，東行郡縣，封泰山，禪梁父。二十九年，東遊至陽武博浪沙，登之罘。三十二年，之碣石，使燕人盧生求羨門、高誓。三十七年，出遊之雲夢，望九疑，浮江下，觀籍柯，渡海渚，過丹陽，至錢唐。臨浙江，上會稽，望南海，還過吳，北至琅邪，至平原津而病，崩于沙丘平臺。」掖庭無用恩難報，漢書百官公卿表：「太初元年，改永巷爲掖庭，丞八人。」願上蓬萊采藥船。史記秦始皇本紀：「二十六年，齊人徐市等上書，言海中有三神山，名曰蓬萊、方丈、瀛洲，仙人居之；請得齋戒，與童男女求之。於是遣徐市發童男女數千人，入海求神仙。」

漢宮

酒醒金屋曙河流，見卷一長門怨。願賜銅盤一滴秋。他日君王作仙去，瑤池猶幸得同遊。

魏宮

翡翠明珠入貢頻，通鑑：「魏黃初二年，魏主丕遣使求大貝、明珠、象犀、玳瑁、孔雀、翡翠、鬬鴨、長鳴雞于吳；吳羣臣曰：『荆揚貢有常典，魏所求非禮，宜勿與。』吳王權曰：『彼所求者，於我瓦石耳，孤何惜哉？』具以與之。」承恩長占鄴宮春。一統志：「曹操建都于鄴，今彰德府。」至尊莫信陳王賦，那得人間有洛神？曹子建洛神賦李周翰注：「曹植，字子建，魏武帝第三子，初封東阿王，後改封雍丘王，死謚曰陳思王。洛神，謂溺于洛水爲神也。植有所感，託而賦焉。」又李善注：「植初求甄逸女不遂，後太祖回，與五官中郎將；植殊不平，晝思夜想，廢寢與食。黃初中，入朝，帝示植甄后玉鏤金帶枕；植見之，不覺泣下，時已爲郭后讒死。帝意尋悟，因留宴飲，仍以枕賚植。植還度轘轅，將息洛水上，因思甄氏，忽若有見；遂述其事，作感甄賦。後明帝見之，改爲洛神賦。」

晉宮

盡日南風永巷開，小名錄：「童謠云：南風烈烈吹白沙。南風，賈后小字也。」羊車去後玉堦苔。通鑑：「晉武帝既平吳，頗事游宴，掖庭殆將萬人。常乘羊車，恣其所之，至便宴殿，宮人競以竹葉插戶，鹽汁灑地，以引帝車。」誰知天上無塵地，亦有城南小吏來！晉書惠賈皇后傳：「洛南有盜尉部小吏，端麗美容止，既給廝役，忽有非常衣服，衆咸疑其竊，盜尉嫌而辯之。賈后踈親，欲求盜物，往聽對辭，小吏云：『先行逢一老嫗，說家有疾病，師卜云：宜得城南少年厭之。欲暫相煩，必有重報。于是隨去，上車下帷，內簏箱中；行可十餘里，過六七門限，開簏箱，忽見樓闕好屋，問此是何處？云是天上。即以香湯見浴，好衣美食。將入，見一婦人，年可三十五六，短形青黑色，眉後有疵，見留數夕。臨出，贈此衆物。』聽者聞其形狀，慚笑而去，尉亦解意。」

齊宮

帖地黃金襯韈羅，南史東昏侯本紀：「鑿金爲蓮華以帖地，令潘妃行其上，曰：此步步生蓮華也。」苑中市罷合笙歌。南齊書東昏侯本紀：「於苑中立市，太官每旦進酒肉雜肴，使宮人屠酤；潘氏爲市令，帝爲市魁，執罰，爭者，就潘氏決判。」時百姓歌云：「閱武堂前種楊柳，至尊屠肉，潘妃酤酒。」有人解誦西京賦，添得樓臺火後多。南史東昏侯本紀：「永元三年，殿內火，後又燒璿儀、曜靈等十餘殿及柏寢，北至華林，西至祕閣，三千餘間皆盡。左右趙鬼能讀西京賦云：『柏梁既災，建章是營。』于是大起諸殿，又別爲潘妃起三殿，帀飾以金璧。」

陳宮

春風臺一作三。閣繡參差，通鑑：「陳至德二年，後主起臨春、結綺、望仙三閣。各高數十丈，連延數十間，其窗牖欄檻，皆以沈檀爲之，飾以金玉，間以珠翠，外施珠簾，內有寶牀寶帳；其服玩瑰麗，近古未有。每微風漸至，香聞數里。其下積石爲山，引水爲池，雜植奇花異卉。上自居臨春，張貴妃居結綺，龔、孔二貴妃居望仙，複道往來。」狎客爭陳璧月詞。南史後主本紀：「常使張貴妃、孔貴妃等八人夾坐，江總、孔範等十人預宴，號曰狎客。先令八婦人襞采牋，製五言詩，十客一時繼和，遲則罰酒，君臣酣歌，從夕達旦，以此爲常。其曲有玉樹後庭花、臨春樂等，大略皆美諸妃嬪之容色。」幾度醉濃嬌不起，景陽樓上曉鐘時。一統志：「景陽樓，在臺城內，劉宋元嘉中建，齊武帝時置鐘其上，宮人聞鐘聲卽起，因謂之促妝樓。」

隋宮

五斛青螺一日銷，侍兒小名錄：「隋煬帝宮女吳絳仙，善畫長蛾眉，官吏日供螺子黛五斛。」迷樓深貯萬妖嬈。迷樓記：「項昇能構宮室，經歲而成，千門萬牖，工巧之極，自古無有；人誤入者，雖終日不能出。煬帝幸之，大喜，顧左右曰：『使眞仙游其中，亦當自迷也，可目之曰迷樓。』」衆中誰解留車駕？隋遺錄：「大業十二年，煬帝將幸江都，宮女半不隨駕，爭泣留帝。言遼東小國，不足以煩大駕。攀車，指血染鞅。」風浪如山莫渡遼。隋書煬帝本紀贊：「頻出朔方，三駕遼左，旌旗萬里，徵稅百端，猾吏侵漁，人不堪命！」

唐宮

玉笛聲殘禁漏長，太眞外傳：「明皇與兄弟同處，妃子竊寧王玉笛吹之。」張祜詩：「小窗靜院無人見，閒把寧王玉笛吹。」雲屏月帳醉焚香。五王宴罷皆歸院，大被空閒一夜涼。唐書明皇紀：「上素友愛，初即位，置五王帳，長枕大被，與兄弟同寢。朝罷，多從諸王遊禁中，拜跪如家人之禮，飲食起居，亦相與同之。」

次韻春日漫興四首奉酬外舅達翁

老去風情似樂天，恨無張態抹朱絃。白居易詩：「李娟、張態君莫嫌，亦擬隨時自教取。」注：「李娟、張態，蘇妓名。」一春酒病稀遊賞，啼鳥驚花共悵然。

其二

水邊簾幕遠籠花，遊女時時出浣紗。記得橫塘沽酒處，畫船明月載琵琶。

其三

雨多池館草毿毿，酒色寒銷舊舞衫。燕子似憐花落地，殷勤長帶軟泥銜。

其四

菖蒲葉老芷花新，池暖鴛鴦護水紋。不上高樓無遠恨，江南春盡草如雲。

迴文

風簾一燭對殘花，薄霧寒籠翠袖紗。空院別愁驚破夢，東闌井樹夜啼鴉。

春日憶江上二首

一川流水半村花，舊屋南鄰是釣家。長記歸篷載春醉，雲籠殘照雨鳴沙。

其二

新蒲正綠乳鳧鳴，水沒魚梁宿雨晴。看近清明沉種日，陸游詩：「農事漸興初浸種。」野人何事不歸耕？

醉仙圖

酒滿長生癭木瓢，呂公著癭木壺詩：「嗟爾木之癭，何異肉有贅？」杜甫詩：「長生木瓢示眞率。」花開仙館宴春宵。飛瓊何事堅辭飲？見卷九蔡經宅。應恐淸都誤早朝。列子：「淸都紫微，鈞天廣樂，帝之所居。」

觀弈圖

「觀弈爛柯」，見卷十二樵。

錯向山中立看棋，家人日暮待薪炊。如何一局成千載，應是仙翁下子遲。

江村即事

野岸江村雨熟梅，水平風軟燕飛回。小舟送餉荷包飯，柳宗元詩：「綠荷包飯趁墟人。」遠旆招沽竹醞醅。

偶睡

竹間門掩似僧居，白豆花疎片雨餘。一榻茶煙成偶睡，覺來猶把讀殘書。

舟歸江上過斜塘

漫漫村塘水沒沙，淸明初過已無花。春寒欲雨歸心急，嬾駐扁舟問酒家。

西齋庭前海棠

寂寥銀燭與金盤，睡足簾前怯曉寒。見卷八明皇秉燭夜游圖。不是詩人賞幽獨，雨中深院有誰看？

次韻張仲和春日漫興

蘇小墳前柳似煙，吳地記：「嘉興縣前有晉妓蘇小小墓。」樂府廣題：「蘇小小，錢唐名娼也，南齊時人。」秋千人靜夕陽天。獨騎款段尋詩去，後漢書馬援傳：「御款段馬。」注：「款，猶緩也，言形段遲緩也。」嬾逐看花衆少年。

與內弟周思敬晚過雁蕩僧舍 見卷六宿幻住棲雲堂詩

同過溪橋日欲晡，遠林殘葉似棲烏。照公院裏堪留宿，照公即幻住僧明本。已有梅花有酒無？

白傅湓浦圖 見卷十二

相逢淪落總天涯，舟泊湓江近荻花。逐客青衫自多淚，傷心不用怨琵琶。

陶穀驛亭圖

南唐拾遺記：「陶穀使江南，甚欲假書，韓熙載令館伴驛中謄六朝書，半年乃畢。穀見伎秦蒻蘭，以爲驛吏女也，遂敗慎獨之戒，作長短句贈之。明日，中主燕穀，穀毅然不可犯，中主持觥立，使蒻蘭出歌續斷絃之曲侑觴；穀大慚而罷。詞名風光好云：『好姻緣，惡姻緣，祇得郵亭一夜眠。別神仙，琵琶撥盡相思調，知音少！再把鸞膠續斷絃，是何年？』」又案沈遼任杜娘傳：「以此事爲穀使吳越事，而女伎則杜娘，非蒻蘭也。」

酒闌使騎趣歸時，羞殺江南一曲詞。借問驛亭相見者，風流何似党家兒？見卷四映雪圖。

客夜聞女病 原注：「時在錢塘。」

歲盡歸期尚杳然，不知汝病復誰憐？隔鄰兒女燈前笑，客舍愁中正獨眠。

秋江晚渡圖

鵁鶄飛盡一洲蘋，帆帶秋雲度遠津。底事愁看畫中景，昨朝曾送渡江人。

夜中有感二首

少壯無歡似老時，身窮寧坐苦吟詩。臥思三十年來事，一半間關在亂離。

其二

倦僕廚中睡已安，吹燈呼起冒霜寒。酒醒無限悲歌意，不覓書看覓劍看。杜甫詩：「檢書燒燭短，看劍引杯長。」

徐記室謫鍾離歸後同登東丘亭　「東丘亭」，見虎丘志。

同上高亭一賦詩，喜逢君是謫歸時。不然此日登臨處，應望天涯有遠思。

將赴金陵始出閶門夜泊二首

烏啼霜月夜寥寥，回首離城尚未遙。正是思家起頭夜，遠鐘孤棹宿楓橋。

其二

煙月籠沙客未眠，歌聲燈火酒家前。如何纔出閶門宿，已似秦淮夜泊船。

舟次丹陽驛　一統志：「丹陽縣雲陽驛。」

沽酒來尋水驛門，鄰船燈火語黄昏。今朝始覺離鄉遠，身在丹陽郭外村。

正月十六日夜至京師觀燈

天街爭唱落梅歌，「落梅」，見卷八會飲城南。絳闕珠燈萬樹羅。莫笑游人來較晚，春風還似昨宵多。

夜聞雨聲憶故園花

帝城春雨送春殘，雨夜愁聽客枕寒。莫入鄉園使花落，一枝留待我歸看。

早至闕下候朝

月明立傍御溝橋，半啓宮門未放朝。騶吏忽傳丞相至，火城如晝曉寒銷。見卷十二贈張省郎。

春日寄張祠部

烏衣巷口燕來時，楊柳風多颭酒旗。遠客金陵遊伴少，看花慚比去年遲。

左掖作　見卷十四送賈文學東掖注

小殿珠簾散柳絲，東宮初退講筵時。不材未敢修封事，見前馮周。把筆閒題應教詩。文選沈休文鍾山詩應西陽王教。按：諸王命曰應教。

雨中登天界西閣

青山樓閣楚江東，身在蒼茫晚色中。故國自遥難望見，不關春樹雨溟濛。

吳中親舊遠寄新酒二首

雙壺遠寄碧香新，酒內情多易醉人。上國豈無千日釀？博物志：「劉玄石于中山酒家酤酒，酒家與千日酒，忘言其節度，歸至家，大醉，而家人不知，以爲死也，權葬之；酒家計千日滿，乃憶玄石，往視之，云亡三年，已葬。于是開棺，醉始醒。俗云：「玄石飲酒，一醉千日。」」搜神記：「狄希，中山人也，能造千日酒，飲之亦千日醉。」獨憐此是故鄉春！

其二

爲念春來客思悲，欲教一醉對花枝。那知飲量新來減，不似江亭看妓時。

宿圓明寺早起　見卷十二

客起燈前夢尚迷，滿城殘月曉峰西。應知野寺非山店，只聽鐘聲不聽雞。附舊本作天界寺睡覺聞鐘：「夢覺春寒被尚淒，滿樓淮月女牆西。心驚官寺非田舍，只聽鐘聲不聽雞。」

送葛省郞東歸二首

〔校記〕別本多作「郭省郎」。

金陵女兒踏春陽，金陵客子正思鄉。一杯況復送君去，目斷飛花江水長。

其二

桃葉渡頭聞唱歌，孤帆欲發奈愁何！君歸是我來時路，山水無多離思多。

四月朔日休沐雨中

送春風雨苦潺潺，得告今朝免綴班。蘇軾詩：「自甘茅屋老三間，豈意彤庭綴兩班。」臥聽鳩啼花落盡，此身如在故園閒。

戴叔鸞入江夏山圖

見卷四魏使君見示呂忠肅公贈詩

歸隱初辭薦辟章，西風黃葉滿車箱。杜甫詩：「車箱入谷無歸路。」寰宇記：「華陰縣有車箱谷，深不可測。」青牛只識山中路，不是無心向洛陽。

送哲明府之新淦

江西臨江府屬。

花落春衫試剪裁，石頭城下楚帆開。憑誰爲報清江吏，一統志：「清江，在臨江府城南，本贛水經吉安至此爲清江。」麥雉鳴時縣令來。見卷二秋江曲。

逆旅逢鄉人

客中皆念客中身，唯汝相逢意更親。不向燈前聽吳語，何由知是故鄉人？

寄丁二侃

江頭斜日草初曛，目斷歸鴻隔楚雲。舊宅因君相近住，每思家處卽思君。

題虞文靖公書所賦鶴巢詩後

元史：「虞集，字伯生，蜀郡人，宋丞相允文五世孫也。隨父汲居臨川，天性孝友，弘才博學，累遷奎章閣學士。日取經史中切心德治道者，陳進經筵；凡承顧問，必隨事規諫，而一時大典册，咸出其手。其論薦人材，必先器識。平生爲文萬篇，有道園學古錄行世。卒贈仁壽公，諡文靖。」

玉堂罷直鬢如絲，華蓋岡頭戴笠時。撫州志：「山在崇仁縣西，形如華蓋。宋末望氣者言：華蓋、臨川二山間，當產異人。已而吳澄出。文靖，崇仁人，受業草廬。」王褘虞先生戴笠圖贊：「猗文靖公，青城山樵，繼百年之學術，擅一代之文豪。」丁令去來滄海變，人間零落鶴巢詩。

客中憶二女

每憶門前兩候歸，客中長夜夢魂飛。料應此際猶依母，燈下看縫寄我衣。

晚晴遠眺

楚天無物不堪詩，登眺唯愁一作應。動遠思。秋樹江山人別後，夕陽樓閣雨晴時。

寄徐記室　原注：「徐久客京師，余至已東還。」

惆悵江東日暮雲，我來君去苦離羣。不知此日君思我，還似當時我憶君。

寄家書　原注：「時客越城。」

底事鄉書累自修？路長唯恐有沉浮。還憂得到家添憶，不敢多言客裏愁。

期袁卿見過因出失值寄詩謝之

非關遠出負幽期，自是江邊枉棹遲。誰道空回君恨切，未應如我到家時。

宿蟾公房 在虎丘

一禽不鳴深樹煙，明月下照高僧禪。獨開西閣詠清夜，秋河欲墮山蒼然。

陌上見梅

陌頭一樹帶風沙，零落寒香日欲斜。車馬紛紛誰暇看，當年只合種山家。

東歸至楓橋

故人當日送登畿，此地停舟醉落暉。慚愧臨河舊攀柳，尚留青眼看人歸。劉元素柳詩：「青眼相看我可知。」

江行

家家魚網映迴橋，春水初生沒樹腰。客路江南煙雨裏，綠蕪芳草恨迢迢。

戲和徐七見寄臥聞鄰槽酒聲之作

春瀉鄰槽入夜聞，遠疑泉響隔松雲。題詩爲問醒眠客，幾滴還能醉得君？

見燕至

初來如報社前春，好宿茅簷伴客身。莫入江南舊庭院，杏花風雨總無人。

背面美人圖

欲呼回首不知名，背立東風幾許情。莫道畫師元不見，傾城雖見畫難成。

對梨花

素香寂寞野亭空，不似秋千院落中。臥對一枝愁病酒，淸明今日雨兼風。

和楊余諸君在謫中憶往年西園聽歌

花落名園罷醉遊，故人無復舊風流。異鄉莫歎無歌聽，若使聞歌意更愁。

重過南寺尋悟公不値

我是鈞天夢覺人，見卷七晝眠。憶來松下似前身。老僧何去袈裟在，落葉斜陽滿室塵。

過流通院二首 蘇州府志：「院在長洲十九都。」

僧懶開門見客遲，空林流水日斜時。欲留詩句知曾過，我後來看竟是誰？

其二

橘柚林中薜荔垣，幽尋幾度入秋園。雖然老衲無聞見，猶勝相逢俗客言。

聞人唱吴歌

楚人不解聽吴歌，我獨燈前感慨多。記得通波亭下路，姑蘇志：「長洲舊傳館凡八：全吴、通波、龍門、臨頓、江楓、烏鵲、昇羽、昇月，在宋猶存。」畫船歸去雨鳴荷。

雨中過山 一作雨中過雞籠山。按：山在天平山東。

春雲晻靄澗奔渾，風雨行人過一村。不似山家深竹裏，乳鳩啼午未開門。

讀史二十二首

晏嬰史記管晏列傳：「晏平仲嬰者，萊之夷維人也。事齊靈公、莊公、景公，以節儉力行重于齊，三世顯名于諸侯。」

一裘身著久經年，檀弓：「晏子一狐裘三十年。」祿米分炊幾戶煙。說苑：「晏子曰：『臣以君之賜，父之黨無不乘車者，母之黨無不足于衣食者，妻之黨無凍餒者，國之簡士待臣而舉火者數百家。』」盡說大夫能養士，却於尼叟惜封田。孔子世家：「孔子適齊，爲高昭子家臣以通乎景公，公欲封以尼谿之田，晏嬰不可，公惑之，孔子遂行。」

商鞅史記商君列傳：「商君者，名鞅，姓公孫氏。少好刑名之學，去魏相秦，封商君。」

徒誇闟戟衞華軒，商君列傳：「持矛而操闟戟者，旁車而趨。」渭水何能洗衆冤？通鑑：「商君用法嚴酷，嘗臨渭論囚，渭水盡赤。」想到出亡無舍日，見卷三寓感之十。應思不用趙良言。商君列傳：「趙良說商君曰：『君之危若朝露，尙將欲延年益壽乎？則何不歸十五都，灌園于鄙，勸秦王顯巖穴之士，養老存孤，敬父兄，序有功，尊有德，可以少安。君尙將貪商，於之富，寵秦國之政，畜百姓之怨；秦王一旦捐賓客而不立朝，秦國之所以收君者，豈其微哉？亡可翹足而待。』商君弗從。」

儀秦史記：蘇秦，東周洛陽人。張儀，魏人。

二子全操七國權，朝談從合暮衡連。見卷四贈談鬼谷數瞽師金松隱。又呂覽離謂篇注：「關東六國爲從，關西爲橫。」又曰：「以六攻一爲縱，以一離六爲橫。」天如早爲生民計，各與城南二頃田。見卷一將進酒。

藺相如史記藺相如列傳：「藺相如者，趙人也。趙惠文王時，秦王使使者告趙王，欲與王爲好，會于西河外澠池；趙王畏秦，欲毋行，廉頗、藺相如計曰：『王不行，示趙弱且怯也。』遂與秦王會澠池。秦王飲酒酣曰：『寡人竊聞趙王好音，請奏瑟。』趙王鼓瑟。秦御史前書曰：『某年、月、日，秦王與趙王會飲，令趙王鼓瑟。』藺相如前曰：『趙王竊聞秦王善爲秦聲，請奉盆缻以相娛樂。』秦王怒，不許；于是相如前進缻，因跪請秦王，秦王不肯擊缻。相如曰：『五步之內，相如請得以頸血濺大王矣。』左右欲刃相如，相如張目叱之，左右皆靡。于是秦王不懌，爲一擊缻。相如顧召趙御史書曰：『某年、月、日，秦王爲趙王擊缻。』秦之羣臣曰：『請以趙十五城爲秦王壽。』藺相如亦曰：『請以秦之咸陽爲趙王壽。』秦王竟酒，終不能加勝于趙。趙亦盛設兵以待秦，秦不敢動。既罷歸國，以相如功大，拜爲上卿。」

危計難成五步間，置君虎口幸全還。戰國策：「今秦四塞之國，譬如虎口而君入之，則臣不知君所出矣！」世人莫笑三閭懦，史記：「屈原至于江濱，漁父見而問之曰：『子非三閭大夫歟？何故而至此？』」離騷序：「三閭之職，掌王族三姓，曰：昭、屈、景，序其譜屬，率其賢良，以厲國士也。」不勸懷王入武關。屈原列傳：「時秦昭與楚婚，欲與懷王會，懷王欲行，屈平曰：『秦虎狼之國，不可信，不如無行。』懷王稚子子蘭，勸王行：『奈何絕秦歡！』懷王卒行，入武關，秦伏兵絕其後，因留懷王，以求割地。」

平原君見卷二主客行

朝歌長夜館娃春，一統志：「殷紂所都朝歌地，今衞輝府。」通鑑：「紂爲長夜之飲。」「館娃」，見卷二弔伍子胥詞。總爲妖姬戮諫臣。通鑑：「紂伐有蘇氏，有蘇氏以妲己女焉。妲己有寵，其言是從，十有一祀，醢九侯。鄂侯諫，脯之，囚西伯于羑里。三十有二祀，紂益無道，微子諫不聽，去之；箕子諫，被囚；比干固爭，殺之。」「夫差殺子胥」見卷九姑蘇臺。何事邯鄲貴公子，「邯鄲」，見卷二大梁行。能因躄者殺佳人？見卷十五過故將軍第。

范睢

史記范睢列傳：「范睢至秦，日益親，因請間說曰：『臣居山東時，聞齊之有田文也，不聞有王也；聞秦之有太后、穰侯、華陽、高陵、涇陽，不聞有王也。』秦王于是廢太后，逐穰侯、高陵、涇陽君于關外，乃拜范睢爲相，封以應，號應侯。已而應侯任鄭安平，使將擊趙，爲趙所困，以兵二萬人降趙。王稽爲河東守，與諸侯通，坐法誅。應侯懼，不知所出，燕人蔡澤乃西入秦，將見昭王；使人宣言奪相位，以感怒應侯。應侯聞，使人召蔡澤；蔡澤入，則揖應侯，應侯固不快，及見之，又倨，應侯因讓之曰：『子嘗宣言欲代我相秦，寧有之乎？』對曰：『然。』應侯曰：『請問其說。』蔡澤曰：『吁！君何見之晚也？夫四時之序，成功者去。君之功極矣！以是而不退，則商君、白公、吳起、大夫種是也。君何不以此時歸相印，讓賢者而授之！』應侯曰：『善。』乃延入坐爲上客，入朝言蔡澤于秦昭王。昭王召見語，大說之，拜爲客卿。應侯因謝病請歸相印，昭王彊起應侯，應侯稱病篤。范睢免相，昭王新說蔡澤計畫，遂拜爲秦相。」

紛紛傾奪苦多謀，得勢還懷失勢憂。丞相不須嗔蔡澤，此時當問老穰侯。

范增史記項羽本紀：「沛公旦日從百餘騎來見項王，至鴻門，項王即日因留沛公與飲。項王、項伯東嚮坐，亞父南嚮坐。亞父者，范增也。沛公北嚮坐，張良西嚮侍。范增數目項王，舉所佩玉玦以示之者三，項王默然不應；范增起出，召項莊謂曰：『君王爲人不忍，若入前爲壽，壽畢，請以劍舞，因擊沛公于坐殺之。不者，若屬皆且爲所虜！』莊則入爲壽，壽畢，請以劍舞，項王曰：『諾。』項莊拔劍起舞，項伯亦拔劍起舞，常以身翼蔽沛公，莊不得擊。沛公起如廁，因招樊噲出，于是遂去，乃令張良留謝。沛公已去，間至軍中；張良入謝曰：『沛公不勝桮杓，不能辭，謹使臣良奉白璧一雙，再拜獻大王足下；玉斗一雙，再拜奉大將軍足下。』項王曰：『沛公安在？』良曰：『聞大王有意督過之，脫身獨去，已至軍矣。』項王則受璧，置之坐上；亞父受玉斗，置之地，拔劍撞而破之。曰：『唉！豎子不足與謀！奪項王天下者，必沛公也。吾屬今爲之虜矣！』」

不識興王自有眞，尊前示玦謾勞神。當時誰道翁多智？不及王家老婦人！陳丞相世家：「王陵以兵屬漢，項羽取陵母置軍中。陵使至，則東嚮坐陵母，以招陵。陵母既私送使者，泣曰：『爲老妾語陵，謹事漢王；漢王長者也，無以老妾故持二心，妾以死送使者。』遂伏劍而死。」

張子房史記：「張良，韓人。」

不握兵權只坐籌，苦辭萬戶乞封留。留侯世家：「漢封功臣，良未嘗有戰鬬功，高帝曰：『運籌策帷幄中，決勝千里外，子房功也！自擇齊三萬戶。』良曰：『始臣起下邳，與上會留，臣願封留足矣！不敢當三萬戶。』」縱令不早尋仙去，留侯世家：「願棄人間事，欲從赤松子遊耳！乃學辟穀導引輕身。」天子終無賜醢謀。李陵答蘇武書：「昔蕭、曹囚縶，韓、彭葅醢。」

賈誼史記：「賈誼，雒陽人。」

凶吉何由鵩鳥知？賈誼列傳：「賈生爲長沙王太傅，三年，有鴞飛入賈生舍，止于坐隅。楚人命鴞曰服。賈生既以適居長沙，長沙卑溼，自以爲壽不得長，傷悼之，乃爲賦以自廣曰：『野鳥入處兮，主人將去，請問于鵩兮，予去何之？吉乎告我，凶言其災。』」才高暫謫未須悲。秋風不灑梁園淚，賈誼列傳：「梁懷王，文帝之少子，愛而好書，故令賈生傅之。居數年，懷王騎墮馬而死，無後。賈生自傷爲傅無狀，哭泣歲餘，亦死，年三十三。」李白詩：「空餘賈生淚，相顧共凄然！」宣室寧無再見時。賈誼列傳：「後歲餘，賈生徵見，孝文帝方受釐，坐宣室；上因感鬼神事而問鬼神之本，賈生因具道所以然之狀。至夜半，文帝前席，既罷。曰：『吾久不見賈生，自以爲過之，今不及也！』居頃之，拜爲梁懷王太傅。」

董仲舒前漢書：「董仲舒，廣川人也，少治春秋，孝景時爲博士。下帷講誦，三年不窺園。武帝卽位，舉賢良文學之士，仲舒以賢良對策，天子以爲江都相。」按：廣川，今河間府景州。

早一作迭。奏文章直殿廬，茂陵還復訪遺書。見卷七贈楊滎陽「封禪」注。寂寥猶抱春秋傳，誰問江都老仲舒？

李廣見卷一將軍行

猿臂將軍本自賢，見卷十二效唐人贈邊將。**灞陵醉尉竟難全。**李將軍列傳：「嘗夜從一騎出，從人田間飲，還至霸陵亭，霸陵尉醉，呵止廣。廣騎曰：『故李將軍。』尉曰：『今將軍尚不得夜行，何乃故也？』止廣宿亭下。居無何，天子乃召拜廣爲右北平太守，廣卽請霸陵尉與俱，至軍而斬之。」**不聞當日王孫貴，重到淮陰賞少年。**淮陰侯列傳：「淮陰屠中少年有侮信者曰：『若雖長大，好帶刀劍，中情怯耳！』衆辱之曰：『信能死，刺我，不能死，出我袴下。』于是信熟視之，俛出袴下蒲伏，一市人皆笑，以爲怯。漢五年正月，徙齊王信爲楚王，都下邳。信至國，召辱己之少年令出袴下者以爲楚中尉。」

田千秋見卷一長安道。又卷三寓感之十八。

功名何必任才謀？遇合逢時便可收。高寢郎官頭已白，一言悟主卽封侯。漢書田千秋傳：「立拜爲大鴻臚。數月，遂代劉屈氂爲丞相，封富民侯。」

王章前漢書：「王章，字仲卿，泰山鉅平人也。少以文學爲官。成帝立，章以選爲京兆尹。時帝舅大將軍王鳳輔政，章雖爲鳳所舉，非鳳專權，不親附鳳；會日有蝕之，章奏封事，召見，言鳳不可任用，宜更選忠賢。上初納受章言，後不忍退鳳。章由是見疑，遂爲鳳所陷，罪至大逆。初，章爲諸生學長安，獨與妻居，章疾病，無被，臥牛衣中，與妻決，涕泣。其妻呵怒之曰：『仲卿，京師尊貴在朝廷人誰踰仲卿者？今疾病困戹，不自激昂，乃反涕泣，何鄙也？』後章仕宦歷位，及爲京兆，欲上封事。妻又止之曰：『人當知足，獨不念牛衣中涕泣時耶？』章曰：『非女子所知也。』書遂上。果下廷尉獄，妻子皆收繫。章小女年可十二，夜起號哭曰：『平生獄上呼囚，數常至九，今八而止。我君素剛，先死者必君。』明日問之，章果死，妻子皆徙合浦。」

外家勢重直言稀，京兆書陳蹈禍機。合浦老妻須莫怨，絕勝臥病死牛衣。

揚雄前漢書：「揚雄，字子雲，蜀郡成都人。自蜀來遊京師，大司馬車騎將軍王音奇其文雅，召以爲門下吏，薦雄待詔。歲餘，奏羽獵賦，除爲郎，給事黃門，與王莽、劉歆並。哀帝之初，又與董賢同官。當成、哀、平間，莽、賢皆爲三公，權傾人主，所薦莫不拔擢，而雄三世不徙官。草太玄，有以自守，泊如也。」通鑑：「及莽卽位，雄以耆老久次，轉爲大夫。雄作法言，卒章盛稱莽功德，可比之伊、周；後又作劇秦美新之文以頌莽，君子病焉。」

執戟三朝老從臣，從來無意據通津。如何晚把玄經筆，却爲新都著劇秦。

馬援後漢書：「馬援，字文淵，扶風茂陵人。」

浪泊歸時憶少游，馬援傳：「建武十七年，拜援伏波將軍，南擊交阯。十八年春，軍至浪泊上，與賊戰，破之。明年正月，封援爲新息侯。援乃擊牛釃酒，勞饗軍士，從容謂官屬曰：『吾從弟少游，常哀吾慷慨多大志。曰：士生一世，但取衣食裁足，乘下澤車、御款段馬，爲郡掾吏，守墳墓，鄉里稱善人，斯可矣，致求盈餘，但自苦耳！當吾在浪泊西里間，虜未滅之時，下潦上霧，毒氣熏蒸，仰視飛鳶，跕跕墮水中，臥念少游平生時語，何可得也？今賴士大夫之力，被蒙大恩，猥先諸君紆佩金紫，且喜且慚。』」炎蒸終復困壺頭。馬援傳：「建武二十四年，武威將軍劉尚，擊武陵五溪蠻夷，深入軍沒，援因復請行，時年六十二，帝愍其老，未許之。援自請：臣尙能被甲上馬。帝令試之，援據鞍顧盼，以示可用。帝笑曰：『矍鑠哉！是翁也。』遂遣援率中郎將馬武、耿舒、劉匡、孫永等四萬餘人征五溪。三月，進營壺頭，賊乘高守隘，水疾，船不得上，會暑甚，士卒多疫死；援亦中病，遂困，乃穿岸爲室，以避炎氣。賊每升險鼓譟，援輒曳足以觀之，左右哀其壯志，莫不爲之流涕。」漢庭豈少英年將，衰老南征苦自求。

袁安後漢書：「袁安，字邵公，汝南汝陽人也。舉孝廉，除陰平長、任城令，所在吏人畏而愛之。爲河南尹，政號嚴明。章和元年，代桓虞爲司徒。和帝即位，竇太后臨朝，兄車騎將軍憲北擊匈奴，安與太尉宋由、司徒任隗及九卿詣朝堂上書，以爲匈奴不犯邊塞，無故勞師，非社稷之計。書連上輒寢。宋由懼，遂不敢復署議，而諸卿稍自引止，安獨與任隗守正不移，至免冠朝堂，固爭者十上；太后不聽，衆皆爲之危懼，安正色自若。竇憲既出，又劾憲弟執金吾景等及阿附貴戚者，竇氏大恨；但安、隗素行高，亦未有以害之。時漢室中微，外戚強盛，朝廷之上，皆係賴安以爲重。」

洛下人家懶去干，閉門僵臥雪漫漫。袁安傳注：「時大雪積地丈餘，洛陽令自出案行，見人家皆除雪，有乞食者；至安門，無有行路，謂安已死，令人除雪，見安僵臥，問何以不出？曰：『大雪，人皆餓，不宜干人。』令以爲賢，舉爲孝廉。」立朝不附薰天勢，應爲平生耐得寒。

荀彧魏書：「荀彧，字文若，潁川潁陰人也，淑孫。聞曹操有雄略，歸之，太祖與語，大悅曰：『吾子房也。』以爲奮武司馬，軍國事悉以咨之。八年，太祖錄彧前後功，表封彧爲萬歲亭侯。十七年，董昭等謂太祖宜進爵國公，九錫備物，以彰殊勳，密以諮彧；彧以爲太祖本興義兵，以匡朝寧國，秉忠貞之誠，守退讓之實，君子愛人以德，不宜如此。太祖由是心不能平，會征孫權，表請彧勞軍于譙，因輒留彧，以侍中光祿大夫持節參丞相軍事。太祖軍至濡須，彧疾留壽春，以憂薨。謚敬侯。明年，太祖遂爲魏公矣。」魏氏春秋曰：「太祖饋彧食，發之，乃空器也。于是飲藥而卒。」

晚惜彤弓勢已難，詩：「彤弓弨兮。」禮：「諸侯賜弓矢然後征。」空期魏武作齊桓。猶緣死沮姦雄意，竊鼎遷延到五官。魏書文帝紀：「建安十六年，爲五官中郎將副丞相。」

孔明蜀書：「諸葛亮，字孔明，琅琊人。早孤，從父玄，素與荊州牧劉表有舊，往依之。亮躬耕隴畝，好爲梁父吟，每自比于管仲、樂毅；博陵崔州平、潁川徐庶，與亮友善，謂爲信然。徐庶謂先主曰：『諸葛孔明，臥龍也。』先主三顧草廬，延爲軍師。先主即位，拜丞相。後主時，封武鄉侯。建興十二年春，亮悉大衆由斜谷出，以流馬運，據武功五丈原，與司馬宣王對于渭南。亮每患糧不繼，使己志不伸，是以分兵屯田，爲久住之基，耕者雜于渭濱居民之間，而百姓安堵，軍無私焉。相持百餘日，其年八月，亮疾病卒于軍，謚忠武。」

莫恨流星墮渭濱，見卷十三韓蘄王墓。出師未捷已沾巾。杜甫詩：「出師未捷身先死，長使英雄淚滿襟。」天應留取生司馬，漢晉春秋：「楊儀等整軍而出，百姓奔告宣王，宣王追焉。姜維令儀反旗鳴鼓，若將向宣王者，宣王乃退不敢偪。于是儀結陣而去，入谷，然後發喪。百姓爲之諺曰：『死諸葛走生仲達。』或以告宣王，宣王曰：吾能料生，不能料死也。」歸作他年取魏人。

張昭吳志：「張昭，字子布，彭城人。避難南渡，孫策創業，命昭爲長史撫軍中郎將，升堂拜母，如比肩之舊，文武之事，一以委昭。策臨亡，以弟權託昭，昭率羣僚立而輔之。權稱尊號，改封婁侯。昭每朝見，詞氣壯厲，義形于色。權以公孫淵稱藩，遣張彌、許晏至遼東拜淵爲燕王，昭諫曰：『淵背魏懼討，遠來求援，非本志也。若淵改圖，欲自明于魏，兩使不反，不亦取笑于天下乎？』權與相反覆，昭意彌切，權不能堪，案刀而怒曰：『吳國士人，入宮則拜孤，出宮則拜君，孤之敬君，亦爲至矣！而數于衆中折孤，孤嘗恐失計。』昭熟視權曰：『臣雖知言不用，每竭愚忠者，誠以太后臨崩，呼老臣于牀下，遺詔顧命之言故在耳。』因涕泣橫流，權擲刀致地，與昭對泣。然卒遣彌、晏往，昭忿言之不用，稱疾不朝，權恨之，土塞其門，昭又于內以土封之；淵果殺彌、晏，權數慰謝昭，昭固不起，權因出過其門呼昭，昭辭疾篤，權燒其門，欲以恐之，昭更閉戶，權使人滅火，住門良久，昭諸子共扶昭起，權載以還宮，深自克責，昭不得已，然後朝會。」

長史難忘昔受遺，塞門投老苦憂時。孝廉猶有當年意，吳志吳王傳：「孫權，字仲謀，郡察孝廉，州舉茂才。」不遣眞從介子推。新序：「晉文公反國，介子推無爵祿，遂去而之介山之上，文公求之不得，乃焚其山，子推不出而焚死。」

王猛十六國春秋：「猛，字景略，北海劇人也。瓌姿儁偉，博學好兵書，隱于華山。桓溫入關，猛被褐詣之，一面談當世之事，捫蝨而言，旁若無人；溫察而異之。苻堅將有大志，聞猛名，遣呂婆樓招之，一見便若平生；語及廢興大事，與堅同契，若玄德之遇孔明也。及堅僭立，一歲五遷，位至司空。後猛疾甚，上疏謝恩，堅覽之流涕，悲動左右，病篤，親臨省視，問以後事，猛曰：『晉雖僻陋吳越，乃正朔相承，親仁善鄰，國之寶也。臣沒之後，願不以晉爲圖。』言終而死，堅哭之慟，比斂，三臨。贈侍中尙書，謚曰武侯。」

軍門被褐異隆中，抱策歸秦竟事戎。猶喜遺言眞有識，不教飲馬向江東。

謝安晉書：「謝安，字安石，尙從弟也。少有重名，累辟不就，及弟萬黜廢，始有仕進志，時年已四十餘矣。徵拜侍中，遷吏部尙書中護軍。簡文帝病篤，桓溫上疏薦安宜受顧命，及帝崩，溫入赴山陵，止新亭，大陳兵衞，將移晉室，呼安及王坦之，欲於坐害之。坦之甚懼，問計于安，安神色不變曰：『晉祚存亡，在此一行。』既見溫，坦之流汗沾衣，倒執手板，安從容就席，坐定，謂溫曰：『安聞諸侯有道，守在四鄰，明公何須壁後置人耶？』溫笑曰：『正自不能不爾耳。』遂笑語移日。坦之與安初齊名，至是方知坦之之劣。頃之，加司徒，復加侍中。苻堅強盛，率衆號百萬，次于淮淝，京師震恐；加安征討大都督。玄入問計，安夷然無懼色，答曰：『已別有旨。』既而寂然，玄不敢復言，乃令張令重請，安遂命駕出山墅，親朋畢集，方與玄圍棋賭別墅；安常棋劣于玄，是日玄懼，便爲敵手，而又不勝。安顧謂其甥羊曇曰：『以墅乞汝。』安遂游涉，至夜乃還。指授將帥，各當其任。玄等既破堅，有驛書至，安方對客圍棋看書，既竟，便攝放牀上，了無喜色，棋如故，客問之，答曰：『小兒輩遂已破賊。』既罷還內，過戶限，心喜甚，不覺屐齒之折。其矯情鎭物如此。」

談笑新亭鼎不移，坐籌強虜在枰棊。平生事業從容得，莫道無心展折遲。

韓子舊唐書：「韓愈，字退之，昌黎人。登進士第。發言眞率，無所畏避。爲刑部侍郎，時鳳翔法門寺有護國眞身塔，塔內有釋迦文佛指骨一節，其書本傳法三十年一開，開則歲豐人泰。十四年正月，上令中使杜英奇押宮人三十人，持香花赴臨皋驛迎佛骨，自光順門入大內，留禁中三日，乃送諸寺。王公士庶，奔走施捨，唯恐在後；百姓有廢業破產，燒頂焚臂，而求供養者。愈素不喜佛，上疏諫之。疏奏，憲宗怒甚，間一日，出疏以示宰臣，將加極法。裴度、崔羣奏曰：『韓愈上忤尊聽，誠宜得罪，然而非內懷忠懇，不避黜責，豈能至此？伏乞稍賜寬容，以來諫者。』上曰：『愈言我奉佛太過，我猶爲容之，至謂東漢奉佛之後，帝王咸致夭促，何言之乖剌也？愈爲人臣，敢爾狂妄，固不可赦。』于是人情驚惋，乃至國戚諸貴，亦以罪愈太重，因事言之，乃貶爲潮州刺史。」

自古南荒竄逐過，佞臣元少直臣多。官來瀧吏休相誚，天要潮人識孟軻。

韓愈瀧吏詩：「往問瀧頭吏，潮州尙幾里？瀧吏垂手笑，官何問之愚！」韓愈與孟尙書書：「釋、老之害，過于楊、墨。韓愈之賢，不及孟子。」又原道：「軻之死，不得其傳焉。」按：此皆以孟軻自任也。

題宋徽廟畫眉百合圖

圖繪寶鑑：「徽宗萬幾之暇，惟好書畫，具天縱之妙，有晉、唐風韻。善墨花石，作墨竹緊細，不分濃淡，一色焦墨；尤注意花鳥，點睛多用黑漆，隱然豆許，高出縑素，幾欲活動。畫後押字，用天水及宣和、政和小璽志，或用瓢印蟲魚篆文。」

百合無殘六合塵，汴宫啼鳥怨無人。不知風雪龍沙地，宋史徽宗紀：「金人入寇，傳位太子。靖康二年，爲金所擄。至紹興五年，殂于五國城。」還有圖中此樣春。

題湘君圖

史記秦始皇本紀：「浮江至湘山祠，逢大風，幾不得渡。上問博士曰：『湘君何神？』博士對曰：『聞之，堯女，舜之妻，而葬此。』秦皇大怒，使刑徒三千人皆伐湘山樹，赭其山。」

祠前修竹楚山青，風珮時來過洞庭。月夜莫彈瑤瑟怨，劉禹錫詩：「楚客欲聽瑤瑟怨，瀟湘深夜月明時。」琴曲譜錄：「上古琴弄名，有湘妃怨，女英製。」彥周詩話：「有客泊湘妃廟，夜半不寐，見輿衞入廟中，置酒鼓瑟，殆明，絕水浮空而去，因入廟，見有詩曰：『碧杜紅蘅縹緲香，冰絲彈月弄新涼。峯巒向曉渾相似，九處堪疑九斷腸。』」夫君一作重華。不見有誰聽？

題洛神圖

見前魏宫

晚步芳洲拾翠歸，洛神賦：「或采明珠，或拾翠羽。」不愁風浪濕仙衣。彩雲一滅無尋處，應逐陳王去馬飛。

二喬觀兵書圖

吳書周瑜傳：「建安三年，策欲取荆州，以瑜爲中護軍，領江夏太守，從攻皖，拔之。時得喬公二女，皆國色也；策自納大喬，瑜納小喬。」江表傳：「策從容戲瑜曰：喬公二女雖流離，得吾二人作壻，亦足爲歡。」楊維楨擬三婦詞：「小婦似小喬，中夜讀兵書。」

共憑花几倦新妝，玄女陰符讀幾行。黃帝內傳：「帝伐蚩尤，玄女爲帝製夔牛鼓八十面」。劉禹錫詩：「讀得玄女符，生當事邊時。」「陰符」見卷四感舊。銅雀那能鎖春色，杜牧詩：「東風不與周郎便，銅雀春深鎖二喬。」解將奇策教周郎。

風雨早朝

漏屋雞鳴起濕煙，蹇驢難借強朝天。韓愈詩：「不見三公後，寒饑出無驢。」金史：「興定三年，以官驢借朝士之無馬者乘之。」却思春水江南岸，閒聽篷聲臥釣船。

雨中曉臥二首

井桁烏啼破曙煙，輕寒薄被落花天。閒人晴日猶無事，風雨今朝正合眠。

其二

香斷牀幃冷未開，雨窗寥落滿櫺苔。休輕一枕江邊睡，抛却腰金換得來。

久雨

水長已到折磯頭，江天雨來殊未休。鸕鷀鸂鶒曉爭喜，楊柳杏花春自愁。

閏三月

不須愁寫送春詩，花比常年落最遲。添得一分春色在，天應憐我惜芳時。

晚立西浦渡

鬢絲微映釣絲輕，水葉驚風細浪生。誰見晚涼人立處，數株楊柳一蟬鳴。

題孟浩然騎驢吟雪圖

新唐書文藝傳：「孟浩然，字浩然，襄州襄陽人，隱鹿門山。年四十，游京師，張九齡、王維雅稱道之。維私邀入内署，俄而玄宗至，浩然匿牀下，維以實對。帝喜曰：『朕聞其人，而未見也，何懼而匿？』詔浩然出，帝問其詩，浩然再拜，自誦所爲，至『不才明主棄』之句；帝曰：『卿不求仕，而朕未嘗棄卿，奈何誣我？』因放還。」蘇軾大雪青州道上詩：「又不見，襄陽孟浩然，長安道上騎驢吟雪詩。」

西風驢背倚吟魂，只到龐公舊隱村。襄陽府志：「鹿門山，在府城東南三十里，舊名蘇嶺。上有二石鹿，因改今名。漢龐德公、唐龐蘊、孟浩然、皮日休，俱隱于此。」浩然夜歸鹿門歌：「人隨沙岸向江邨，余亦乘舟歸鹿門。鹿門月照開煙樹，忽到龐公棲隱處。」何事能詩杜陵老，也頻騎叩富兒門！杜甫詩：「朝叩富兒門，暮隨肥馬塵。」

江上雨中

江漲隨漚欲到門，溼雲依樹易黃昏。幽居常日無來客，何況瀟瀟雨滿村。

客館夜見亮師畫上有余呂二山人詩

上人圖畫故人詩，相見燈前夜雨時。無限雲山與煙樹，總含秋色是相思。

海上逢王常宗雨夜同宿陳氏西軒

故人散盡獨君存，風雨相逢海上村。尊酒飲闌言不盡，更留餘燭照黃昏。

過北莊訪友

淺水平沙凍鴨眠，秋聲吹過石橋邊。尋君兼得尋詩興，野樹江雲欲雪天。

題畫

落日青山影在沙，鏡湖波淨遍荷花。雲間樹底參差屋，借問誰家是賀家？見卷十一題滕用衡山水圖。

得故人書知未入京因寄

曾約春深到鳳臺，君今不到只書來。滿緘離恨牀頭放，一度相思一展開。

題王翰林所藏畫蘭

春到懷王舊渚宮，沙棠舟去水煙空。山海經：「崑崙沙棠木，食其葉不溺，爲舟不沉。」李白詩：「木蘭之枻沙棠舟，玉簫金管坐兩頭。」孤叢不有幽香發，應沒江邊百草中。

不見花

看花無計作閒身，塵土餘杭暗度春。越絕書：「秦餘杭山，越王棲吳王山也。」不見花開莫惆悵，花飛還得免愁人。

錦帆涇

姑蘇志：「錦帆涇，卽舊子城濠也。世傳吳王嘗作錦帆以遊，故名。在大街西，貫樂橋南北市，直抵報恩寺。」

水繞荒城柳半枯，錦帆去後故宮蕪。窮奢畢竟輸漁父，長保秋風一幅蒲。

楓橋

原注：「在閶門西七里，唐張繼題詩處也。」

畫橋三百映江城，白居易詩：「紅闌三百九十橋。」詩裏楓橋獨有名。幾度經過憶張繼，烏啼月落又鐘聲。

烏鵲橋

姑蘇志：「橋在長洲縣東，古有烏鵲館，因名。」白居易詩：「烏鵲橋紅帶夕陽。」

烏鵲南飛月自明，恨通銀漢水盈盈。夜來橋上吳娃過，只道天邊織女行。

兩妓

原注：「李娟、張態，樂天守吳時名妓也。」

李娟張態兩嬌姿，傳得香名在白詩。當日尊前漫歌舞，使君家自有楊枝。白居易有遣楊枝詩。按：楊枝，即小蠻也。

短簿祠

虎丘志：「東山廟，在虎丘山門內東嶺上，祀晉司徒王珣，名短簿祠。珣初爲桓溫主簿，封東亭侯。又立西山廟于西，祀珣弟司空珉。珣、珉兄弟捨宅爲寺，故寺中立廟祀之，今居民祀爲土神。」

下馬空林問廟扉，衣冠寂寞掩塵幃。不能復使桓公怒，世說新語：「王珣、郗超，並有奇才，爲大司馬桓溫所眷，拔珣爲主簿、超爲記室參軍。超爲人多髯，珣狀短小。於時荆州爲之語曰：『髯參軍、短主簿，能令公喜，能令公怒。』」莫怪年來祭客稀。

聞王翰林使蕃

碎葉城邊積雪明，舊唐書地理志：「貞觀十八年，滅焉耆，置碎葉城。」彈箏峽水遠人行。已聞贊普知臣順，唐書吐蕃傳：「其俗謂彊雄曰贊，丈夫曰普，故號君長曰贊普。」不似前朝作舅甥。吐蕃傳：「貞觀十五年，太宗以文成公主妻之，令禮部尙書江夏郡王道宗主婚，持節送公主于吐蕃，弄讚親迎于河源；見道宗執子壻之禮甚恭。中宗神龍元年，請婚，中宗以所養雍王宗禮女爲金城公主，許嫁之。開元十八年，吐蕃請和入貢，表稱外甥皇帝舅。」

高青丘集卷十八

七言絶句

寄雲間朱國史嘗同宿左掖約至江上見訪二首

列朝詩傳：「朱芾，字孟辯，華亭人。才思飄逸，千言立就，鐵雅門人也。洪武初，徵聘至，官編修，改中書舍人。」典彙：「吳元年，置翰林國史院，尋改翰林院。」

風雪京華憶舊逢，候朝同聽鳳樓鐘。還鄉何事翻離阻，春樹春雲隔九峰。一統志：「雲間有九峰、三泖之勝。」

其二

曾期訪舊到江沙，惆悵參差過落花。大樹村中休重問，野人求食已移家。

宣和所題畫

御翰親題賞畫工，棘枝野鳥怨秋風。那知回首宣和殿，宋史地理志：「宣和殿在睿思殿後。」物色淒涼與畫同。

題張太常金華白石山房圖

石氣春生化白雲，滿林瓊草臥羊羣。見卷八煮石山房。太常他日歸來日，身老應同萬石君。史記：「萬石君，名奮，姓石氏。奮爲諸侯相，長子建、次子甲、次子乙、次子慶，官皆至二千石。景帝號奮爲萬石君。」

次韻遜菴春日漫興

春事匆匆過海棠，只愁春去欲顛狂。雜英滿地憑誰拾，合作熏爐百和香。

送徐山人浩師還郭二首

欲共歸舟懶入城，再三難判別時情。聊題詩卷投君袖，相伴秋江此日行。

其二

客巾僧衲影翩翩，同逐秋風上別船。賴得江帆無樹隱，相望直到暮城邊。

和遜菴尋舊偶不值效香奩體二首

揚州夢斷十三年，見卷二青樓怨。底事猶存未了緣？不見擁鬟簾下立，斷腸騎馬過門前。

其二

曾看梳頭一作粧。傍玉臺，見卷十七慰周著作。後堂春曉翠屏開。〔校記〕列朝詩集作「曲」。重尋未省雙文〔校記〕列朝詩集作「乘鸞」。去，只道羞郎不一作嬾。出來。元稹會眞記雙文詩：「自從消瘦減容光，萬轉千迴嬾下床。不爲旁人羞不起，爲郎憔悴却羞郎。」

東丘蘭若見枇杷　虎丘志：「東丘卽東山。」

落葉空林忽有香，疎花吹雪過東牆。居僧記取南風後，留箇金丸待我嘗。戴復古詩：「東園載酒西園醉，摘盡枇杷一樹金。」

夜雨客中遣懷

不是羈人是木腸，蘇軾詩：「欲隨楚客紉蘭佩，誰信吳兒是木腸！」怕愁不敢易思鄉。醉來獨滅青燈臥，風雨從敎滴夜長。

題畫

滿壑春陰滿澗苔，茶煙起處薜帷開。九歌：「網薜荔兮爲帷。」山童頻報敲門客，總爲催詩索畫來。

紅梅

春暈冰綃倚竹低，羅浮却似武陵溪。詩人從此來相覓，雪滿空山不復迷。

瓶梅

竹外相逢見素花，手攜數朶喜還家。雨窗今夜無明月，暫託寒燈照影斜。蘇軾梅花詩：「竹外一枝斜更好。」

池亭對竹

秋陰弄色護池亭，羣玉山横翡翠屏。李白詩：「若非羣玉山頭見，會向瑤臺月下逢。」陸龜蒙詩：「山連翠羽屏。」鳴鶴迎風時一唳，先生高枕夢初醒。

題三香圖

羅浮洛浦與瀟湘，按：羅浮指梅，洛浦指水仙，瀟湘指蘭也。三處離魂一本香。夢斷月明秋渺渺，縞衣何似翠裙長？吳文英水仙詞：「白玉搔頭墜髻鬆，怯冷翠裙重。」

西山幻住期看梅花雨雪不果三首 見卷六宿幻住棲雲堂

詩人本似道人閑，偶負幽期不出山。只有梨花舊時夢，蘇軾詞：「不與梨花同夢。」夜隨明月到林間。

其二

梅花宜向雪中看，屐滑翻愁雪未乾。惆悵山房深竹裏，一樽誰與破春寒？

其三

翠羽休啼怨不來，見卷九題朱氏梅雪軒「羅浮」注。滿林風雪滿身苔。此花不是繁華種，只合空山獨自開。

題桂花美人

桂花庭院月紛紛，按罷霓裳酒半醺。折得一枝攜滿袖，羅衣今夜不須熏。

雪中喜劉戶曹君勝見過

滿城春雨禁花開，愁對寒窗欠酒杯。喜子遠能來慰我，扁舟不肯過門回。

春暮西園 〔校記〕列朝詩集作西園卽事

綠池芳草滿晴波，春色都從雨裏過。知是人家花落盡，菜畦今日蝶來多。

雨中閒臥二首

牀隱屏風竹几斜，臥看新燕到貧家。閒居心上渾無事，對雨唯憂損杏花。

其二

青氈素榻小窗空，慚愧安眠感歎窮。多少人愁泥滑滑，見卷十一五禽言。曉衝風雨客途中。

晚陪張水部過西橋隔城望見諸山

晚上西橋送客行，隔城遙見衆山晴。望山還恐山相笑，坐守書幃不出城。

送李丞之歸安

苕花微雨落秋汀，一路青山棹幾停。預喜哦詩無俗吏，兩松相對縣丞廳。韓愈藍田縣丞廳壁記：「斯立痛埽溉，對樹二松，日哦其間。」

春日憶江上

柳下春潮沒舊磯，草堂猶在掩荊扉。如今歸夢休爲蝶，見卷十三咏夢。化作輕鷗度水飛。

金徵士潤玉留宿江館阻雨連夕二首

落花風急野無舟，喜爲茅齋幾日留。却愧江邊春酒薄，不能慰子客中愁。

其二

莫辭同宿掩書幃，兵後蕭條故舊稀。預恐明朝風雨歇，滿江春水送君歸。

江館夜雨

尋常風雨睡冥冥，底事今宵只自醒。一枕蕭騷孤獨暗，此聲元在客中聽。

田舍夜舂

新婦舂糧睡獨遲，夜寒茅屋雨來時。燈前每囑兒休哭，明日行人要早炊。

畫犬

獨兒初長尾茸茸，說文：「犬相得而鬬，从犬，蜀聲。羊爲羣，犬爲獨也。」行響金鈴細草中。莫向瑤階吠人影，羊車半夜出深宮。見前晉宮詞。

登白蓮寺閣貽幼文

思君曾此望西州，誰信歸來得共遊。只是當時舊山水，如何重看不勝愁。

讀周記室荆南集

生別猶疑不再逢，楚天雲樹隔重重。愁來讀盡荆南稿，風雨空齋掩暮鐘。

贈眞上人

花下攜琴見此僧，自言開法在金陵。十年江海游應遍，老去空山對一燈。

寄沈侯乞貓

許贈狸奴白雪毛，陸游贈貓詩：「裹鹽迎得小狸奴，盡護山房萬卷書。」花陰穩臥日初高。將軍內閣元無用，自有牀頭却鼠刀。蘇軾文：「野人有刀不愛，遺予云：可却鼠，名却鼠刀。」

青城先生戴笠圖 見卷十七題虞文靖公鶴巢詩後

暫脫朝冠白髮輕，南村羣犬莫相驚。行吟不覺逢山雨，但聽瀟瀟葉上聲。

夢歸二首

何事頻頻夢裏歸？只緣未慣客天涯。覺來不見家人面，恰似前朝始別時。

其二

忽夢還家上楚船，來時舊路只依然。家人不識關山遠，有夢何因到我邊？

蜀山書舍圖

山月蒼蒼照煙樹，碧浪湖頭放船去。湖州府志：「湖在烏程縣南八都。」隔林夜半見孤燈，知是幽人讀書處。

寒夜逢徐七

松下柴門密雪封，故人驚喜夜相逢。明朝歸棹還當別，莫聽楓橋寺裏鐘。

題虞文靖公墨蹟後

清朝文雅孰稱雄？我已生年後此公。今日亂離江海上，獨瞻遺墨涕秋風。

虎丘

望月登樓海氣昏，劍池無底鎖雲根。老僧只恐山移去，日落先敎鎖寺門。

逢故人子

道旁忽見爲躊躇，流落飢寒喪亂餘。久客無人解相念，傷心思廣絕交書。嵇康有與山巨源絕交書。劉孝標有廣絕交論。

題道上人畫梅

笛裏寒梢蕊自開，幾年風雨不生苔。山窗夜半禪初定，應喜無香觸鼻來。

衍師以懷幼文詩見寄因次其韻

題詩爲我謝湯休，見卷五答衍師「休遠」注。莫作人間遠客愁。未報歸期須記取，松陵江上鱠鱸秋。

題遜菴墨菊

獨留鐵面傲霜遲，「鐵面」，見卷十送張倅之雲間。秋蝶來尋莫自疑。須信陶翁醉歸後，西風塵土滿東籬。

丁孝廉約中秋泛舟予過婁東竟留飲孫卿池上

擬向江潭夜放舟，却成騎馬習池遊。晉書：「山簡鎭襄陽，唯酒是耽。諸習氏荆土豪族，有佳園池，簡每出遊嬉，多之池上，置酒輒醉，名之曰高陽池。」杜甫詩：「非尋戴安道，似向習家池。」但逢有酒皆堪醉，月色初無兩樣秋。

春日次北郭故人寄韻

風多舟小滯歸人，飛絮茫茫暗晚津。酒滿壚頭花滿店，今年不見洛陽春。李紳詩：「勸教沉醉洛陽春。」

讀半山絕句有感因效其作 槎軒集題作西園春暮

寺裏園中總倦行，閒眠看得燕巢成。豈無酒伴同騎馬，落日風吹花滿城。

立春試筆

九十日春今日始，春盤春勝巧同新。四時寶鑑：「立春日，唐人作春餅生菜，號春盤。」李商隱詩：「春勝宜春日。」從今日日尋春去，似我閒人有幾人？

秋日見薔薇

黃葉林中絳蕊開，窮陰不道豔陽回。空房雨裏看如笑，羣芳譜：「漢武帝與麗娟看花，時薔薇開笑』，自麗娟始。」應喜今朝有客來。中吳紀聞：「張敏叔以薔薇爲『媚客』。」

始，態若含笑。帝曰：『此花絕勝佳人笑也。』麗娟曰：『笑可買乎？』帝曰：『可。』麗娟奉黃金百斤爲買笑錢。薔薇名『買

元夕聞城中放燈寄諸友

江邊殘雪閉寒扉，坐戀梅花未解衣。却憶今宵滿城月，看燈人醉踏歌歸。

次杜二彥正韻

孤榜逍遙欲入城，柳風莎雨暗江程。煩君別後殷勤記，莫更逢人道我名。

得袁卿書知赴湖廣

聞君去歲客昇州，一統志：「江寧府，唐曰昇州。」近得書來却倍愁。自說去程今又遠，望鄉應

上武昌樓。

過保聖寺贈隆上人 寺見卷十七

湯公寺子陸公鄰，湯公見卷五答衍師。按：保聖寺、陸魯望祠，俱在甫里。杞菊畦荒夜雨頻。陸龜蒙杞

菊賦序：「宅前後皆樹以杞菊，春苗姿肥。」元好問詩：「天隨隱笠澤，杞菊供盤盂。」莫訝相過偏不厭，白頭禪客是詩人。

讀徐七北郭集

一卷忻看故友詩，詩留人去喜還悲。西窗夜雨燈前讀，李商隱詩：「何當共剪西窗燭，却話巴山夜雨時。」不似連牀對咏時。

題理髮美人圖

桐風朝動內園枝，吹亂花前髮幾絲。石後理梳羞未出，怕人猜是倦妝時。

託流人寄書家兄

不遇流徒謫戍邊，家書那得去人傳。今朝信發何時到，路隔鴒原有幾千。

和婁秀才看梅

聞將瘦影伴吟身，水際黃昏竹外春。莫訝此翁偏賞戀，愛梅自古屬幽人。

林間行藥　文選鮑照行藥至城東橋詩，五臣注曰：「因疾服藥，行而宣導之。」

冠觸花梢露溼衣，曉因行藥到南圻。日高霧散春江曲，綠滿平田雉子飛。

寒食逢杜賢良飲

楊柳無煙江水長，鄰家風雨杏餳香。逢君共把金陵酒，忘却今朝在異鄉。

晚過清溪　原注：「史言隋人殺張麗華于此。」江寧府志：「在府治。吳鑿東渠，名青溪。溪有九曲，連緜數十里，通潮溝以洩玄武湖水；發源鍾山，接于秦淮。」

王謝池臺兩岸空，江寧府志：「王導、謝安宅，俱在烏衣巷。」水禽爭哢夕陽中。麗華妖血流難盡，化作荷花別樣紅。

黃荃子母兔　圖繪寶鑑：「黃荃，字要叔，成都人。始學畫，師刁光，早得時名。事蜀王衍爲待詔，至孟昶，加檢校少府監、累遷如京副使。花鳥、山水、人物，無不臻妙。廣政時，畫雉于八卦殿，有五方使呈鷹于陛殿之下，認雉爲生，掣臂者數四，故其花鳥之名最著，後學遵焉。」

陽坡日暖眼迷離，木蘭歌：「雌兔眼迷離。」芳草春眠對兩兒。誰道姮娥曾作伴？廣寒孤宿已多時。

吳別駕宅聞老妓陳氏歌

白髮相邀出後廳，莫辭爲唱雨霖鈴。太眞外傳：「上至斜谷口，屬霖雨彌旬，于棧道中聞鈴聲隔山相應。上既悼念貴妃，因採其聲爲雨霖鈴曲以寄恨焉。」如今人盡憐年少，誰肯同來特地聽。

出郭舟行避雨樹下

一片春雲雨滿川，漁簑欲借苦無緣。多情水廟門前樹，遮我孤舟半日眠。

過湖舟中望寺

出浦平波忽遠開，隔湖煙樹有樓臺。歸舟未得尋僧去，空聽鐘聲寺裏來。

江上晚歸

渺渺雙鳧落晚沙，一江秋色豔明霞。逢人不用停舟問，大樹村中卽我家。

題瀑布泉

千山雲頂一泉飛，仰面時驚雨溼衣。彷彿香爐峰下看，香爐峰記：「廬山瀑布凡十數許，惟開先寺最勝；泉自山頂衝激入康王谷爲水簾，東出香爐峰，則眞瀑布也。」滿溪紅葉訪僧歸。

背面美人圖

秋千庭院閉青春，背立誰曾見得眞。莫道不言思憶事，欲言還說與何人。

客中春暮

春寒樓上下簾齊，鷓鴣偏臨客耳啼。淡月殘星一作燈。天欲曉，故園歸路夢中迷。

深院

風細桐花落井欄，池荷新長大如盤。閉門無客搖鈴索，見卷十二雪夜宿翰林院。半篋閒詩讀易殘。

春睡圖

妝殘嬌睡帶餘酲，鸚䳇當窗不敢驚。誰信上陽宫内女，唐書地理志：「東都上陽宫，在禁苑之東，東接皇城之西南隅。上元中置，高宗常居以聽政。」一春愁絶夢難成。

題芭蕉士女

秋窗睡起試生羅，葉顒詩：「最宜沙路試羅衣。」閑向芭蕉石畔過。怪底早涼欺匣扇，夜來葉上雨聲多。

題董卿圖 一作春暮題畫

花落吴王故苑西，客亭風雨聽鶯啼。今年又負行春約，畫裏看山不忍題。

題趙魏公馬圖

圖繪寶鑑：「趙孟頫，字子昂，號松雪，宋宗室，居吴興。官至翰林學士承旨，贈浙江行省平章政事，封魏國公，謚文敏。榮際五朝，名滿四海。書法二王，畫法晉、唐，俱入神妙。」

校尉當年執策迎，漢書百官公卿表：「騎校尉，掌騎士。」千金遠購貳師城。見卷二從軍行。一歸天廄嗟空老，立仗元來用不鳴。唐書李林甫傳：「林甫居相，諫官無敢正言。杜璡上書，斥爲下邽令；因以語動其餘曰：『君獨不見立仗馬乎？終日無聲，而食三品，一鳴則斥之矣。』」

題妓像　一作秋娘

不見秋娘今幾年，見卷七眞氏女「金縷」注。楚雲湘雨思悠然。月明樓外天如水，猶憶梁州第二篇。隨筆梁州序：「樂府所傳大曲，皆出于唐，而以州名者五：伊、涼、熙、石、渭也。涼州今傳爲梁州，唐人已言誤用，其實從西涼府來也。」

和王耕雲與愚菴倡和詩二首

灌花移石不辭勤，苔潤流泉雨後新。一塢綠陰雞犬靜，老來欣作太平人。

其二

欲望城西禮白雲，張正見詩：「龍橋丹桂偃，鷲嶺白雲深。」數峰蒼翠晚嶙嶙。誰知解綬〔校記〕列朝詩集作「邂逅」。東歸客，亦是香山社裏人。唐史：「會昌九年，白居易稱香山居士，與胡杲等皆退居不仕，于東都履道坊作尙齒會，人繪爲九老圖。」

夢余唐卿

路隔成皋萬里關，一統志：「漢成皋，今開封汜水縣。」何由得見故人還？燈前夢裏匆匆見，猿叫楓林月在山。

離江館一月有感

憶得離家一月期，天邊明月半圓時。遙知此夜閨中望，比著他宵分外悲。

過湖南舟中臥作

野客分攜水店前，浪平舟穩稱酣眠。午雞啼處前村近，過盡平湖幾曲天。

棘竹三禽圖

棘枝疎瘦竹枝低，三鳥寒多每並棲。月落山窗秋夢斷，不知若箇最先啼。

見花憶故園

春色先從天上來，花枝盡發鳳凰臺。不知別後鄉園樹，寂寞書窗開未開？

贈杜進士兒端二首

骨琢清冰目剪波，程俱詩：「彼一人兮皎獨立，清風爲神冰爲骨。」白居易詩：「睡臉初開似剪波。」生兒若此豈須多。杜郎還作眞男子，李賀唐兒歌：「頭玉磽磽眉刷翠，杜郎生得奇男子。」愧我無才爲作歌。

其二

不貪梨栗自相親，陶淵明責子詩：「通子垂九齡，但覓梨與栗。」識是君家舊友人。更待十年應長大，功名當見太平春。

城南漫興二首

春冷園林未到鶯，初晴稍稍綻山櫻。懶夫不負東風意，范嵩詩：「高臥從人笑懶夫。」也起尋芳郭外行。

其二槎軒集作春日經故帥府

錢墅韓園處處池，姑蘇志：「東墅與南園，皆廣陵王元璙帥吳時其子衙內指揮使文奉所創，經營三十年，極園池之勝。」又：「滄浪亭，一時雄觀，建炎狄難，歸韓蘄王家。」儘多芳草少花枝。眼看新第皆蕪沒，何況將軍出許時。

題張雲門畫竹

臨池書罷換鵝文，餘墨猶堪寫一作貌。此君。一段湘娥廟前意，淋漓秋雨共秋雲。

題松雪翁臨祐陵草蟲

山陵考：「紹興十二年八月，金人以三梓宮來還。十月，徽宗、鄭后合攢于昭慈太后攢宮西北，改陵名永祐。」

宣和遺墨畫難工，唯有王孫筆意同。莫問吳宮與梁苑，一般草露覆秋蟲。

巨然小景

圖繪寶鑑：「僧巨然，宋鍾陵人。善畫山水，得董源之正傳，變出己意；前之荆、關，後之董、巨，闢六法之門庭，啓後學之矇瞶，皆此四人也。」

隔溪山閣映秋開，坐久鐘聲度水來。遙指石橋村樹杪，一僧歸處是天台。

中秋無月無酒

桂樹香寒掩畫樓，江雲黯淡蔽中秋。道人莫喚嫦娥出，照見空樽却轉愁。酉陽雜俎：「長慶初，楊隱之訪道人唐居士，因留宿；夜月暗而不設燈，唐呼其女曰：『可將一下弦月來。』其女以片紙作月形，貼之壁間。祝曰：『今夕有客，願賜光明。』須臾，滿室朗然。」

茆翁畫雙竹

不學篔簹滿谷栽，蘇軾文與可畫篔簹谷偃竹記：「篔簹谷，在洋州。與可常令予作洋州三十咏，篔簹谷其一也。」兩竿斜拂楚煙開。應緣茆叟一作老仙應解。吹橫玉，喚得雙飛碧鳳來。

臥病夜聞鄰兒讀書

月淡梧桐雨後天，伊吾聲在北窗前。正韻：「伊吾，吟哦聲，亦作咿唔。」誰知鄰館無兒客，病裏聽來轉不眠。

題紅拂妓

虬髯客傳：「李靖謁楊素，一妓執紅拂侍側，目靖久之。靖歸，夜有紫衣戴帽人叩門，延入，乃一美女也。告曰：『妾楊家紅拂妓也，絲蘿願託喬木。』乃與俱適太原。」

花枝不鎖後堂春，夜半長安旅邸貧。棄去老奴從此客，可憐小妓亦知人。

柳塘飛燕

身輕不奈晚多風，春盡迴塘落絮空。楊柳陰迷三十里，畫樓何處捲簾櫳？

滚塵馬圖

千里歸來苜蓿春，史記大宛列傳：「馬嗜苜蓿，漢使取其實來，于是天子始種苜蓿肥饒地」。五花和汗滚香塵。見卷十二馬。青絲暫解從天性，多謝黃門老圉人。通典：「凡禁門黃闥，曰黃門。」

仙山樓觀圖

霧閣宵閒脈望飛，「脈望」，見卷十五王七仙興。月明露重溼銖衣。仙人莫入芙蓉館，石林燕語：「宋時一朝士，見美女三十餘，靚妝麗服。丁觀文度，按轡于後，繼之而去。朝士問之，最後一人曰：迎芙蓉館主。俄而度卒。」按：蘇軾詩：「芙蓉城中花冥冥，誰其主者石與丁。」指度與石延年也。花暗迷人不得歸。一作「劉、阮迷花久不歸」。

春陰

風雨將殘雪又來，春陰二月未能開。紅花白蕊都妨却，只有青青一院苔。

送僧震赴京省師

孤雲飛傍五雲遙，京國尋師去興饒。明日春寒江上路，雪花應雜雨花飄。

題徐熙三蟲圖

「徐熙」，見卷四。

粉蝶黃蜂各冶心，逐香窺豔競相尋。南園雨過紅一作羣。芳歇，輸與鳴蜩占綠陰。

題荔枝練帶

禽經：「練鵲，一名帶鳥，俗名壽帶鳥，似山鵲而小，頭上披一帶，雌者短尾，雄者長尾。」

雨後蠻枝錦果肥，開元遺事：「唐玄宗正月十五夜，于長生殿漫撒閩中紅錦荔枝，令宮人爭拾之。」華清貢罷驛塵稀。唐書：「開元五年，置溫泉宮于驪山。天寶六載，改爲華清宮。」楊貴妃傳：「貴妃嗜生荔支，涪州歲命驛置七日夜到長安，人馬俱斃。」杜牧詩：「一騎紅塵妃子笑，無人知是荔支來。」山禽自繞枝頭啄，疑是宮中舊雪衣。太眞外傳：「廣南進白鸚鵡，洞曉言詞，呼爲雪衣女。」

題陸掾

風送書聲出晚林，始知隱處在雲深。抱琴入谷那辭遠，欲覓幽人一賞音。

題許灝伯三蟲圖

蜜脾未滿報衙頻，蘇軾詩：「蜜脾已滿黄蜂靜。」埤雅：「蜂有兩衙應潮。」陸游詩：「小窗幽處聽蜂衙。」蠹化初成傅粉新。陸龜蒙蠹化：「橘之蠹，大如小指，首負特角，身蹙蹙然類蝤蠐，人或棖觸之，輒奮角而怒，氣色桀驁；一旦視之，凝然弗食弗動，明日視之，則蜕爲蝴蝶矣。」唐人咏蝶詩：「傅粉何郎全縞素，竊香韓壽自輕狂。」誰道爭花羣隊裏，長吟還有獨清人。郭璞贊：「蟲之清潔可貴惟蟬。」李百藥蟬詩：「清心自飲露，哀響乍吟風。」

閶門舟中逢白範

十載長嗟故舊分，半歸黄土半青雲。扁舟此日楓橋畔，一褐秋風忽見君。

田家慶壽圖

花滿茅堂映綵衣，開籠曉放鶴雛飛。鄰翁壽畢共扶醉，恰似春來社飲歸。

春晚過茶磨西崦

蘇州府志：「茶磨嶼，俗名磨盤山。在上方山東北，東近石湖行春橋。」

一塢茶煙隱翠微，漁樵來慣客來稀。溪頭樹暗飛花盡，初聽人家響杼機。

十二月十七日夜偶成

一牀詩思繞梅花，月墮西窗欲起鴉。可是年來無遠志，夢魂終夜不離家。

聞諸友游城北女冠院看杏花

聞踏春晴覓彩霞，鳳笙吹向女仙家。花蕊夫人詩：「金板輕敲合鳳笙。」雲笈七籤：「王進賢者，王衍女也，遭石勒略，其侍女名六出，誓不受辱，投黄河中，遇嵩山女仙韓西華救而度之。」劉郎醉後殷勤看，不是玄都觀裏花。全唐詩話：「劉禹錫元和十年，自朗州召至京，戲贈看花君子云：『玄都觀裏桃千樹，盡是劉郎去後栽。』」

雨夜偶讀王待制詩

見卷九送王孝廉

客窗踈竹雨淒淒，把卷燈前讀舊題。此日殷勤如會面，不知君在夜郎西！李白寄王昌齡詩：「楊花落盡子規啼，聞道龍標過五溪。我寄愁心與明月，隨風直到夜郎西。」一統志：「貴州普安州，古夜郎地。」

池上納涼

畫欄斜度水螢光，荷葉荷花各有香。團扇不搖風露下，秋應先借一宵涼。

客舍春暮

酒醒閒寫送春詩，細雨殘花尚一枝。莫向天涯望芳草，客愁多似去年時。

四皓圖

高山深谷自一作樂。悠哉，何事猶思太子來？擬向秋風歌一曲，紫芝鴻鵠總堪哀！「紫芝」見卷五甪里村。「鴻鵠」見卷三寓感。

題湘君圖

悵望南巡竟不還！淚如湘雨暮斑斑。須知竹死愁方盡，莫恨秦人便赭山。見卷十七。

倪元鎮墨竹

倪君好畫復耽詩，瘦骨秋來似竹枝。前夜夢回如得見，紙窗斜影月低時。

王架閣家畫馬

草映髯奴紺綠衣，王家好馬詫新肥。鄧粲晉紀：「王濟性好馬，而所乘馬駿駛，意甚愛之。」解鞍閒立斜陽裏，應是城南賭射歸。世說：「王濟好馬射，買地作埒，編錢匝地竟埒。」

己酉初度　原注：「時年三十四。」

風雨空齋誦蓼莪，今年初度客中過。人生七十尋常壽，未過還憐一半多。

過北塘道中四首

未得看春愁不禁，此日聊復試幽尋。行人入村花宛宛，吠犬隔水樹深深。

其二

春水滿田如一湖，入田放艇看鵝雛。女郎祠下野花雜，老子門前沙樹孤。

其三

苦欲看春春色稀，亂後何處有芳菲。晚鶯啼歇野寂寂，雙樹家邊人獨歸。

其四

渺渺一逕兩陂間，楊柳初發水潺湲。驚魚忽散人影近，啼鳥來時春意閒。

夜雨江館寫懷二首

愁解尋人不得辭，小窗疎竹雨來時。江湖今夜全家客，猶勝飄零兩處思。

其二

漠漠春寒水遶村，有愁無酒不開門。青燈晝角黄昏雨，客共梅花併斷魂。

讀韋蘇州詩

新唐書文藝傳：「韋應物，京兆長安人。貞元二年，由左司郎中補外，得蘇州刺史。在郡延禮其秀民，撫其𡢃嫠甚恩。久之，白居易自中書舍人出守吳門，應物罷郡，寓于郡之永定佛寺。白居易嘗語元稹曰：『韋蘇州歌行，才麗之外，深得諷諫之意，而五言尤爲高遠雅淡，自成一家。』」

掃閤焚香晝卷帷，綠槐疎雨夏初時。客憂何物能消遣，一帙蘇州刺史詩。

送丁孝廉之錢塘就簡張著作方員外

江邊同客亂離餘，遠別那堪近歲除。若見故人詢旅況，知君解說不煩書。

金徵士玫雨中見過留宿

夜窗同聽雨中猿，風物淒涼異故園。舊事堪愁今懶說，相看不是解忘言。

東皋林下

荒徑空林落葉平，尋常唯有野人行。如何授簡梁園客，「授簡」，見卷十二侍皇太子。詩句時來此處成。

遊幻住精舍

寒扉斜向竹間推，此日重來是幾迴。行遍空林僧不見，慰人憐有一枝梅。

效香奩二首

青瑣初空別恨長，景福殿賦：「青瑣銀鋪，是爲閨闥。」繡茸留得唾痕香。趙飛燕外傳：「后與婕妤坐，后誤唾婕妤衷，婕妤曰：『姊唾染人紺衷，正似石上花，假令尚方爲之，未必能若此衣之華。』以爲石華廣衷。」簾前月出無人拜，只有秋千影過牆。

其二

開過東窗百葉桃，琵琶塵滿縷金槽。李賀詩：「金槽琵琶夜棖棖。」欲呼小字敲妝閣，誰出相迎放剪刀。

江上逢舊妓李氏見過四首

玉筝紅燭豔春羅，慣向高堂聽汝歌。今夕相逢爲重唱，孤舟江冷月明多。

其二

多謝停舟共一卮，石州歌罷各低眉。樂苑：「石州，商調曲也。又有舞石州。」李商隱詩：「東南日出照高樓，樓上離人唱石州。」南園舊日同聽客，零落如今剩有誰？

其三

誰識能歌舊散聲，愁中聽處尚分明。玲瓏酒罷休催去，語林：「白居易爲杭州刺史，官妓商玲瓏巧于應對，善歌舞。元稹贈詩云：『休遣玲瓏唱我詞，我詞都是寄君詩。』白居易詩：『玲瓏玲瓏奈老何！使君歌了汝更歌。』」月落江潮尚未平。

其四

平常歌舞不能閑，多在青春甲第間。借問年來還到否？朱門風雨幾家關。

九月八日對菊

預向籬邊把一杯，黄花多意已能開。不憂風雨明朝阻，潘大臨詩：「滿城風雨近重陽。」懶逐時人斸折來。

舟行晚過張林　甫里志：「張林山在甫里之南，東西二陵，北有高阜，如兩獅一毬。」

望山幾欲去尋幽，此日雖來不暇遊。一棹黄昏過山下，疎燈絡緯滿林秋。

送葉山人

歲晚𢜌衣冒雪寒，高歌欲去醉長安。山瓢行負知何有，半是詩丸半藥丸。蘇軾數珠頌贈南禪詩：「和我彈丸詩，百發亦百反。」注：「謝朓云：好詩員美清熟，如彈丸也。」黄損詩：「藥靈丸不大，棊妙子無多。」

冬盡無雪連日大風苦寒

枯桑鳴曉北風乾，舊曆闌珊欲罷看。幾日凍眠猶望雪，野人憂麥敢憂寒。見卷二打麥詞。

慰徐參軍喪子

天上麒麟去莫羈，見卷十三排律戲嬰圖。千秋亭上夕風悲。潘岳西征賦：「亭有千秋之號，子無七旬之期。」注：「岳子生六十日，死于新安縣千秋亭，瘞之于路側。」勸君不用情鍾甚，世說：「王戎喪兒，悲不自勝。山簡往省之曰：孩抱中物，何至於此？王曰：聖人忘情，最下不及情，情之所鍾，正在我輩！」即是當年未有時。

醉後贈張架閣歸自京師

燕山雪灑虎皮韉，歐陽修詩：「子聰作參軍，常跨破虎韉。」萬里歸來動隔年。莫說中原成敗事，相逢且共酒家眠。

看梅漫成三首

江草初生江水流，便覺春色惱人愁。雪晴家家叩門去，不見梅花應不休。

其二

江邊寺裏一梅樹，幾度勞人相候開。無情今日未肯發，有興明朝還看來。

其三

野人不省愛梅好，棄在荒籬荆棘邊。細雨東風欲零落，我來相見一潸然。

夜至陽城田家 姑蘇志：「陽城，長洲縣鄉村，在二十一都，與十九都青丘相近。」

東津渡頭初月輝，南陵寺裏遠鐘微。主人入夜門未掩，蒲響滿塘鵝鴨歸。

贈醫師徐亨甫

錄得龍君舊獻方，見卷十五贈醫師。杏花春雨閉山房。病家幾度來相覓，林下遙聞煮朮香。

慰人悼亡

朱字笠篌委網塵，「朱字笠篌」，見卷十三咏夢。月明不見理絲人。鏡臺窗下櫻桃樹，應是當時折剩春。

杏林圖爲沈日新先生題

絳雪紛紛滿翠條，叩門都是病家邀。如今不用施方藥，聞得花香疾自消。

閏三月有感二首 此首槎軒集作西園春暮之二

非關騎馬踏塵埃，病眼昏昏自懶開。江上酒徒應共笑，經春不作看花來。

其二 此首卷十七閏三月次作

綠樹殘鶯偶一鳴，聽來方解憶山行。今年不是逢餘閏，已過春光半日程。

癸卯九日

酒熟如何菊未開，小園荒徑獨徘徊。不隨賓客登高去，只恐愁因望遠來。

題畫送人歸覲

相望益遠益傷神，落葉浮雲暗度津。底事過江柔艣急，故鄉知有倚門人。

雲巖東院

古寺閒窗映竹開，雨聲初斷鳥聲來。春風似念無花看，遠送飛紅到硯臺。

管夫人墨竹 圖繪寶鑑：「管夫人道昇，字仲姬，趙文敏室，贈魏國夫人。能書善畫，墨竹梅蘭，晴竹新篁，是其始創，寸綃片紙，人爭購之。」

晨開妝鏡有青鸞，寫得當年舞影看。「鸞鏡」，見卷十五丫髻峰。零落綵雲何處夢，鷗波亭上正春寒。湖州府志：「鷗波亭，趙子昂遊息之所，在西江渚匯上，今爲旗纛廟。」

冬月寓治平寺答王仲廉 蘇州府志：「治平寺，在上方山下。梁天監二年建，名楞伽。宋治平元年改今名。」

我遊山寺未能迴，君臥園廬不肯來。惆悵款冬花樹下，本草：「即枇杷花。」一樽賞雪共誰開？

吴王井 姑蘇志：「吴王井在靈巖山。有二，一圓，一八角，猶存。」

曾聞鑑影照宮娃，玉手牽絲帶露華。今日空山僧自汲，一缾寒供佛前花。

消夏灣 原注：「在太湖，吴王避暑處也。」姑蘇志：「在西洞庭縹緲峯之南灣，可十餘里，三面皆山繞之，獨南面如門闕。」

涼生白苧水浮一作雲。空，湖上曾開避暑宮。清簟疎簾人去後，漁舟占盡柳陰風。

雞陂

原注：「雞陂，在婁門外，吳王畜雞城也。」

吳妃不解報朝盈，詩：「雞既鳴矣，朝既盈矣。」空養鳴雞滿別城。畢竟餘杭西走日，原注：「越兵追夫差至秦餘杭山獲之。」姑蘇志：「陽山，一名秦餘杭山，一名萬安。戰國策云：『越王以散卒三千，禽夫差于干隧。』今萬安山有隧亭，即其地也。」五更誰唱出關聲？見卷十四七律送沈左司。

古酒城

原注：「在越來溪西南，吳王築以釀酒。」

酒城應與酒池通，通鑑：「夏桀爲肉山、脯林，酒池可以運舟，糟堤可以望十里，一鼓而牛飲者三千人，以爲戲劇。」長夜君王在醉中。兵入館娃猶未醒，越人宜賞釀夫功。

三高祠三首

原注：「在吳江垂虹橋東，祀越范蠡、晉張翰、唐陸龜蒙也。」

其一

功成一作名。不戀上將軍，一舸歸遊笠澤雲。載去西施豈無意，恐留傾國更迷君。右范蠡。

洛陽忽憶膾鱸肥，便趁秋風問釣磯。猶恨季鷹辭未早，按：張翰，字季鷹。見卷四感舊。不邀二陸共船歸。晉書陸機傳：「機，字士衡。成都王穎攻長沙王乂，假機後將軍河北大都督，爲孟玖等所譖，穎密使孫秀收機。歎曰：『華亭鶴唳，可復聞乎？』遂遇害。弟雲，字士龍，文與機齊名，時號二陸。成都王穎表雲爲清河內史，轉大將軍右司馬，同機遇害。」右張翰。

其三

鴨羣無食水田荒，風雨孤篷載筆牀。見卷三隱逸。猶有新詩驚太守，醉中揮翰木蘭堂。蘇州府志：「郡治後池上木蘭堂，又名木蘭院。」嵐齋錄云：「唐張搏自湖州刺史移蘇，于堂前大植木蘭，花當盛開時，讌郡中詩客，即席賦之，陸龜蒙後至，張聯酌浮之，龜蒙竟醉，彊執筆題兩句云：『洞庭波浪渺無津，日日征帆送遠人。』頹然醉倒。搏命他客續之，莫詳其意，既而龜蒙稍醒，援筆卒其章曰：『幾度木蘭船上望，不知原是此花身。』爲一時絶唱。」右陸龜蒙。

黄姑廟　原注：「在崑山縣東。黄姑，即牽牛星，由河鼓訛也。父老言其精嘗降于此，因祀之。」

農祭頻來水廟扉，銀河東望失星輝。天孫秋夜應相憶，一去人間竟不歸。

綽墩　原注：「在崑山西，相傳唐天寶優人黄繙綽墓也。」姑蘇志：「在崑山縣西十八里，相傳唐黃番綽所葬。」松窗雜錄：「明皇好走馬擊毬，內廄所飼者，意猶未堪；適會黃番綽戲語相解，因曰：『吾欲良馬久之，誰能通于馬經？』番綽曰：『三丞相悉善馬經，臣日日沙堤上見丞相所乘馬，皆良馬也，以是知必通馬經。』上因大笑而語他。」以下三首從姑蘇志補。

淳于曾解救齊城，滑稽列傳：「威王八年，楚大發兵加齊；齊王使淳于髡之趙請救兵，齎金百斤、車馬十駟。淳于髡仰天大笑，冠纓索絕。王曰：『先生少之乎？』髡曰：『何敢？』王曰：『笑豈有說乎？』髡曰：『今者臣東方來，見道旁有禳田者，操一豚蹄、酒一盂而祝曰：甌窶滿篝，汙邪滿車，五穀蕃熟，穰穰滿家。臣見其所持者狹，而所欲者奢，故笑之。』于是威王乃益齎黃金千鎰、白璧十雙、車馬百駟。髡辭而行，至趙。趙王與之精兵十萬，革車千乘，楚聞之，夜引兵而去。」優孟還能念楚卿。滑稽列傳：「優孟爲孫叔敖衣冠，抵掌談語，歲餘，像孫叔敖，楚王左右不能別也。莊王置酒，優孟前爲壽，莊王大驚，以爲孫叔敖復生也；欲以爲相，優孟曰：『請歸與婦計之，三日而爲相。』莊王許之。三日後，優孟復來，王曰：『婦言謂何？』孟曰：『婦言楚相不足爲也！如孫叔敖之爲楚相，盡忠爲廉以治楚，楚王得以霸，今其子無立錐之地，貧困負薪以自飲食；必如孫叔敖，不如自殺。』於是莊王謝優孟，乃召孫叔敖子，封之寢丘四百戶。」嗟爾只教天子笑，不言憂在祿兒兵！安祿山事跡：「玄宗賜貴妃洗兒金銀錢，宮中皆呼祿山爲祿兒。」溫庭筠詩：「刃斷祿兒腸。」

西施洞 原注：「在靈巖山中。」

廢宫春盡長蒼苔，不見羅裙拂地來。只恐西施是仙子，洞中别自有樓臺。

女墳湖　原注：「在吳縣西北，吳王葬女處。」事具吳女墓注。

月映孤墳近水頭，芙蓉還似綺羅秋。煙波千古愁難盡，因帶韓生别淚流。

倦繡圖　此首從眉菴集補。

翠絲盤葉碧玲瓏，小萼花鋪茜縷紅。夢裏鴛鴦留不得，分明却在繡牀中。

陸羽石井　見卷十三排律石井泉注。以下七首，從顧湄虎丘志補。

冷逼銀牀石甃圓，古樂府淮南王篇：「後園鑿井銀作牀，金瓶素綆汲寒漿。」李白詩：「石甃冷蒼苔，寒泉湛秋月。」銅缾曉汲試頻牽。嗜茶陸羽那知味？誤作人間第四泉。虎丘志：「湄按：張又新撰煎茶水記載：『劉伯芻論水，以虎丘石井第三。舊志指爲陸羽品定，而不知其名昉於伯芻，非羽説也。』宋沈揆詩云：『人間初見第三泉。』尤袤則云：『合教名亞第三泉。』豈同時而二詩又互異耶？明初高啓則云『第四泉』，又不知何據？姑存其舊，以俟博古者。」

試劍石　虎丘志：「石在虎丘道旁，中開如截，上有紹聖年呂升卿題字。嘗見它石亦有三大字，勢若飛動，惜磨滅莫能辨。吳郡志云：秦皇試劍石。或云吳王。未知孰是？」

劍斷雲根殺氣橫，鐵花鏽澀蘚花生。見卷十一青丘子歌。祖龍莫詫神鋒利，見卷十海石爲張記室賦。別有曾令白帝驚。見卷十一劉生歌。

生公講臺

石立空山豈有情？當年解聽說無生。王維詩：「欲知除老病，惟有學無生。」高僧去後天花盡，只有閒雲閉月明。

可中亭　見卷五虎丘

石闌斜倚近寒泉，樹密禽聲巧似絃。幾夜亭中遊客散，月明獨照老僧禪。

致爽閣　虎丘志：「在法堂後，四山爽氣，日夕西來，因名。」

畫闌高倚碧峰頭，盡見西山一帶秋。拄笏朝吟看爽氣，見卷十六馬氏東軒。登臨誰有晉風流？

小吳軒　見卷七

雲結香臺出半空，吳天目盡五湖東。消沉今古知何處？日落長洲没斷鴻。

眞娘墓

小塚埋香近翠微，嬌魂幾度月中歸。遊人寒食應惆悵，草色青青似舞衣。

送王丞巡寨　以下三十二首從槎軒集補

前夜三烽照遠山，唐六典：「凡烽堠，大率相去三十里，其放烽有一炬、二炬、三炬、四炬者，每日初夜放煙，謂之平安火，餘則隨寇多少爲差。」防邊那得待農閒。肩輿行視千夫柵，見卷六遊城西。應過秋風第幾關。

送林生往海上

藥囊詩卷又辭親，風雨孤舟渡晚津。此日遠游君莫怨，亂離無限別家人。

題張靜居畫

隔塢晴雞午唱遲，焙茶煙裏樹離離。白居易詩：「氣籠焙茶煙。」知君貌得山村景，應是當年未亂時。

醉歸夜坐有感

醉歸門掩臥閑坊，夢裏憂時得暫忘。忽聽角聲驚起坐，月明軍壘五更霜。

寒食感懷三首

江城寂寂雨冥冥，楊柳無煙曉自青。亂後西園門獨掩，流鶯不似去年聽。

其二

城邊舊墓是誰家？祭肉應無餧晚鴉。聞說子孫經亂散，傷心空見野田花。

其三

故園春雨杏餳香，幸喜人家共得嘗。無限從軍西去客，今年寒食未還鄉。

城南柳

裊裊閒委漠漠陰，春江路暗繞城深。前朝送別曾攀處，回首都迷不易尋。

送艾判官南歸葬親

清風驛下哭秋煙，抱骨初登萬里船。京國仕餘無舊橐，故人誰贈買山錢？何氏語林：「于頔鎮襄陽，盧山符戴賫書就于，乞買山錢百萬，于即時與之。」

客舍送周履道往松陵

客裏愁傾送別杯，鱸鄉亭下暮潮回。見卷十送張倅。明朝獨臥江村雨，誰復敲門話舊來？

送胡奎還海昌　見卷八

練裳風細落桐英，江燕差差夏雨晴。硤石山前今夜泊，隔船誰聽詠詩聲？

贈楊孟載兒阿稱

憐君大器有佳兒，三歲還能誦父詩。賓客見來誰不喜，我身回顧却成悲。

客越夜得家書

一接家書意便歡，外封先已見平安。故鄉千里書難得，不敢燈前草草看。

惜春

春過一半未能知，此後還愁不肯遲。斜日浮雲樓上醉，更無言語嗅花枝。

王宅看海棠

春盡無花思看花，見花不語轉咨嗟。朱脣得酒潮生臉，醉媚應誇內史家。王維詩：「團扇草書輕內史。」按：王羲之爲臨川內史。

清明有感

綠樹誰家煙火新，鞦韆斜日總無人。魂消獨立長洲苑，慘慘鶯花寂寂春。

睡起

睡起東齋夢蝶牀，葫蘆蒸熟滿家香。盧氏雜説：「鄭餘慶清儉。一日召親朋會食，衆淩晨詣之，至日高，餘慶呼左右曰：『爛蒸去毛，莫拗折項。』諸人以爲必蒸鵝鴨，良久就餐，乃每人前粟飯一椀、蒸葫蘆一枚，相國餐美，諸人強進而罷。」空林積雨無人到，今日開門草又長。

西園春暮

壯年未甚惜春歸，却喜新陰綠上衣。乘興獨吟斜日裏，閉門啼鳥亦來稀。

江上阻雨

高枕潺潺響夜瀧，暗驚風雨到船窗。客程三日不得去，夢逐野鷗飛過江。

開元寺綠陰堂嘗筍

僧林遠過竹扉開，燒筍頻煩斸紫苔。雨後尚憑留幾箇，高堂重看綠陰來。

西山暮歸

急雨纔收瀑轉雷，爛紅千樹熟楊梅。嫩涼睡足天峰寺，見卷五南峰寺。借得肩輿晚亦回。

秋閨怨迴文

人行遠寄寫情詩，靜院秋聲恨別離。新雁過時驚夢短，塵窗桂影月遲遲。

菊竹

晚香寥落倚秋陰，荒徑無人白露深。不及芙蓉與楊柳，湖邊時有畫船尋。

夜泊毘陵道中遇雨二首　一統志：「常州府，晉曰毘陵。」

憶自家中向晚邊，醉看兒女笑燈前。孤舟今夕毘陵道，獨枕篷窗聽雨眠。

其二

野客維舟柳岸邊，昏昏離思暮鐘前。擁衾不寐聽風雨，還憶江頭人未眠。

謫仙像

妃子嗔來供奉歸，見卷十鳳臺二逸圖。金陵酒涴舊宮衣。見卷六送袁憲史。若教直上樓船去，杜甫飲中八仙歌：「天子呼來不上船。」此像人間寫亦稀。

梨園圖

樝軒集作棃園按樂。見卷八明皇秉燭夜遊圖。

催花一曲勝伊涼，見卷一涼州詞。羯鼓聲高樂未央。閤外莫陳胡騎動，花開一作奴。正要舞山香。蘇軾題跋：「李陶有子，素不作詩，忽咏落梅詩云：『流水難窮目，斜陽易斷腸。誰同研光帽，一曲舞山香。』若有物憑附者，自云是謝中舍。問研光事云：『西王母宴羣仙，有舞者戴研光帽，帽上簪花，舞山香，一曲未終，花皆落云。』」

秉燭夜遊圖

內家持燭盡紅妝，仗入華清看海棠。唐書楊貴妃傳：「帝每幸華清宮，五宅車騎皆從，家別爲隊，隊各一色，俄五家隊合，爛若萬花，川谷成錦繡。」羯鼓聲中春夜短，君心何暇照逃亡。俱見卷八。

送友謫戍二首

獨攜一劍未知名，憐我惟君弟與兄。欲把平生肝膽事，盡和別酒向君傾。

其二

江柳江波雪後春，蕩舟相送此江濱。衆中莫怪偏多恨，自是人間失意人。

挽栗瀆翁

誰憐野鶴一長身，去作窮泉萬古塵。他日重來牀下拜，蜀志龐統傳注：「龐德公，襄陽人。孔明每至其家，獨拜牀下。」襄陽耆舊是何人？見卷十三臨頓里之六。

二喬見卷十七

懶誦周南淑女詩，龍韜對閱晚妝遲。孫郎料得非孫子，不肯臨戎戮二姬。見卷一玉波泠雙蓮。

館娃閣　原注：「在靈巖，館娃，宮中閣也。」此從姑蘇雜詠補。

館娃宮中館娃閣，畫棟侵雲峰頂開。猶恨當年高未極，不能望見越兵來。

夜寫家書　以下三首從列朝詩集補入

月淡梧桐雨後天，蕭蕭絡緯夜燈前。誰憐古寺空齋客，獨寫家書猶未眠。

遊石湖

綠楊搖曳蘸湖波，鷗鷺頻驚畫舫過。白苧歌殘風欲起，美人應怯暮寒多。

涼夜

一聲遠笛數聲砧，月滿江城夜正深。坐據胡牀愛涼思，空階移盡桂花陰。

雨夜　以下二首從缶鳴集補

江黑雲寒閉水城，飢兵守堞夜頻驚；此時自在茅簷底，風雨安眠聽柝聲。

杏林爲蕭沈二醫師題　原共二首，其一見本卷前。

求藥來非問酒家，牧童休指近村霞。欲知活得人多少，試數門前幾樹花。

次及愚庵懷王耕雲韻示徐良夫二首　此從徐良夫金蘭集中補入

禪居正與隱居鄰，短髮長毫二老人。聞說鬬茶頻會處，小亭深竹澗東濱。

其二

度崦時尋百丈泉，松門蘿逕稍涼天。只應猿鳥知行處，遠在鐘聲暮靄邊。

高青丘集遺詩

從朱紹編刻三先生詩集補。

五言古詩

送葉卿海上尋姪

我愛葉劍士，居然荆楚風。翩翩衣短褐，身事隴西公。挾策別我行，輕裝事從戎。云有少年姪，音書千里通。遭亂家盡亡，一身陷軍中。獨往顧問之，海隅路莫窮。況當寒風起，馬首迷沙蓬。臨分欲有贈，自愧黃金空。時無武謼義，感激涕沾胸。

呈北郭諸友

弱齡騖名都，頗亦願高士。愚情與時乖，動見尤悔至。息駕旋舊廬，在途不復逝。窮居豈無儔，同好得三四。時來長松下，坐飲雜無次。杯觴旣交揮，談謔亦稍恣。雖云過坦率，終然無機事。放浪林野間，吾志聊自肆。

酬張員外宿省中東齋之作

高閣度清晝，官閑休吏餘。焚香閉華省，蕭爽似仙居。謂名雖迹累，自欣煩想除。蟲響罷秋戶，月涼含夕渠。始悟喧中寂，詎必逃空虛。

以倪隱君所畫林谷圖贈陳卿賦詩其上

葛花委寒露，初月澗東上。煙鳥夕已棲，風泉秋更響。懷人念佳會，閱景存遙想。持此贈陳君，高齋永延賞。

送伯兄西行

落日萬人哭，征行出闍闉。道路亦悲哀，而況骨肉親！我生鮮兄弟，提挈惟二人。何辭一室歡，去作萬里身。北風吹衣寒，方舟涉河津。出處有常役，欲從愿無因。豈不知當還，憂思自難伸。惟期善保愛，馳緘慰悁勤。

送呂博士之北平山東采訪遺事

有詔纂前史，徵儒起巖阿。顧予豈其才，亦來預編摩。勝國社已結，遺書歎無多。忍令百年間，忠邪半湮磨。君今使燕齊，往事煩蒐羅。會看得萬編，歸獻載以馱。傳聞貴有徵，論議期無頗。諸公執筆候，去矣毋蹉跎。

夢楊二禮曹

今夕復何夕？夢我平生友。握手無所言，但道別離久。覺來聞秋蟲，空堂竟何有。不知千里途，君魂果來否？當年亦如夢，聚散一回首。起坐與誰親，鐘鳴月穿牖。

七言古詩

送陳卿遊海上

城雞一聲霜白屋，行人爭途車折軸。此時念子亦何求，早起匆匆戒童僕。東西南北一束書，亂離借問誰安居。塵中相逢少相識，子宜貧賤吾何如。別腸欲浣惟杯酒，數葉風殘店門柳。海上須尋魯仲連，莫爲商賈爲神仙。

送張明府

吳下聞名未曾識，不意相逢在京國。青衫烏帽小紅鞓，燕翼貽謀錄：「舊制：中書舍人、諫議大夫、權侍郎，並服黑帶、佩金魚。霍端友爲中書舍人，奏事，徽宗皇帝顧其帶問云：『何以無別于庶官？』端友奏：『非金玉無用紅鞓者。』乃詔四品從官改服紅鞓、黑犀帶、佩金魚。」踏過天街看春色。奉詔同修舊史成，明光表進喜連名。三秦記：「未央宮漸臺西，有桂宮，中有明光殿。」杜甫詩：「奏賦入明光。」校書愧我西淸住，出宰憐君北地行。秋風此日吹江柳，我尙朱顏君白首。別離何處可傷情，幕府門前一杯酒。

貴遊行

曲江風日宜春衣，馬逐輕燕參差飛。少居戚里貪遊劇，不作新豐上書客。玉鞭拂散楊花雲，醉眼眩春迷纈文。賭裘贏得牛心炙，晉書王濟傳：「王愷有牛名八百里駮，濟請以錢千萬與對射而賭之；愷令濟先射，一發破的，因據胡牀，叱左右速探牛心來，一割便去。」孫覿詩：「萬里功名飛燕頷，千金博飲炙牛心。」歸臥畫堂明月夜。

長短句

送趙司令

鹽煙青，鹽地白，野雞亂飛鳴磔磔。荒蹊三日除草萊，場吏近報新官來。新官來，煎勿急，飢寒夜夜亭民泣！販鹽金多買名娼，如何得似揚州商？

五言律詩

郊墅雜賦

移家非遠謫，幽處似愚溪。窈窕花兼竹，縱横水帶畦。窗明蠶箔暖，屋小燕巢低。有客如尋我，龜蒙舊宅西。

其二

借宅傍東圻，閑尋舊釣磯。雨朝楊柳暗，風午稻花稀。偶遁羞稱隱，初來諱問歸。儒冠恐驚俗，學製野人衣。

次楊孟載雨中池館

牆陰過綠枝，池影散淸漪。有雨萍生徧，無風絮下遲。蜜成蜂戶閉，泥落燕巢攲。君病知多日，牀琴盡網絲。

夜過江上

江白露初零，荷花夜滿汀。鷺迷沙上月，螢亂水中星。旅色隨程見，漁歌帶夢聽。何當從此路，乘興入滄溟。

觀鵝

交睡春塘暖，蘋香日欲曛。嫩憐黃似酒，杜甫詩：「鵝兒黃似酒，對酒愛新鵝。」淨愛白於雲。杜甫詩：「房相池頭鵝一羣，眠沙泛浦白於雲。」擊亂思常侍，唐書李愬傳：「入蔡州取吳元濟，夜半雪甚，城旁皆鵝鶩池，愬令擊之以亂軍聲。」籠歸憶右軍。見卷十五王七隅仙輿。滄波堪遠泛，莫入野鳧羣。

同傅著謝徽夜過句容尋袁丞不値宿圓明十八院

不遇松廳客，山城誰與親？尋投十八院，寄宿兩三人。澗石支牀穩，松風漏燭頻。依禪嗟暫寂，明日又京塵。

周隱君歸東皋視田宿江上有詩見示因次其韻

孤棹隱迴汀，潮來夜自鳴。壯年身獨賤，初客夢多驚。曉枕看星起，春犂待雨耕。有田吾亦去，何意在州城。

答周著作暫歸鴻山留別

當年鬻春地，亂後幾人歸？白髮凌新句，青山識故衣。聽雞臨水驛，防虎閉巖扉。未用多惆悵，知君只暫違。

賦得紈扇送周秀才

價重過蒲葵，齊紈皎素姿。巧裁初學月，微動已含飈。螢憶堦前撲，蠅看座上麾。贈行雖遠去，應得手常持。

江上對雨

索索鳴還止，紛紛去却回。入林催葉落，度海帶潮來。鳥濕歸難疾，蛩寒響易哀。秋陰兼客抱，幾日未能開。

歸燕

昨夜涼生壘，烏衣入夢思。語多如戀主，去早若知時。海闊浮雲遠，梁空落月遲。客身翻愧爾，秋至負歸期。

五言排律

雨

白雨散漚波，餘香暗送過。帆迷湘浦客，珮冷楚宮娥。寂歷鳴高樹，依微拂短莎。燈前宵夢斷，鐘外暮愁和。鳥濕歸難疾，花寒落已多。江湖看自喜，閒得試漁蓑。

送祀諸王功臣

効節忠臣盛，酬功聖澤寬。未開圖像閣，先築降靈壇。松柏新阡茂，風煙舊壘殘。傳香來帝子，讀詔有祠官。因即分封始，還思創業難。親連諸國重，恩及九泉歡。廟靜儀容肅，山空仗衞寒。雲間超鐵騎，月下響金鑾。幣玉應長薦，鐘彝更不刊。如何渭水上，未許祀衣冠。

七言律詩

端午

自臨南浦采香蒲，喜見遊船度遠湖。人好須纏長命縷，時清休佩避兵符。紅榴近席明當眼，白葛裁衫薄映膚。千古獨醒成底事，且酬佳節到雙壺。

宿無錫城下

暫泊長濠古柳間，雞聲未肯報開關。危譙近處寒聞漏，遠燒明時夜見山。城壘尚遺爭戰跡，道途無復往來艱。孤舟自愧看燈坐，不及居人夢寐閒。

望家人不至效西崑體

鳳凰臺下彩雲賒，日暮青山特地遮。畫舫遠汀迷柳樹，翠衾孤館怨梅花。佳人下蔡徒傾國，倦客長安自憶家。未省春前來得否，陌頭幾度卜琵琶。見卷三憶遠曲。

送宋學士子仲珩自京還金華省親

省親何事却辭親，萬水千山獨去身。淮樹別時猶帶雪，鄉園歸日定逢春。衣冠曉闕瞻丹鳳，舟楫寒溪過白麟。知爾行留正難決，一杯江畔慰傷神。

次紫城韻寄西夢道人

花底黃鸝語未休，迴廊小院舊同遊。故人渭北傷離別，客子周南苦滯留。不見諫生乘白馬，後漢書張湛傳：「拜光祿勳。光武臨朝，或有惰容，湛輒陳諫其失；常乘白馬，帝每見湛，輒言白馬生且復諫矣！」欲從關尹問青牛。見卷六宿寧眞道館。豹吞虎啖荒村暮，種粟鋤畬志未酬。

答默堂在紹興見寄

囊衣滄海獨遐征，才術憐君老更成。蕭寺故人修疏請，越州太守具舟迎。煙塵西阻身無定，消息東傳雁有情。共買魚磯瓮城下，邇來江月向誰明。

次韻黄別駕見寄時已休官

溪上幽人戴鶡冠，每容閑客坐蒲團。河陽使者求温造，唐書：「温造，字簡輿，姿表魁傑，性嗜詩書，隱東都。烏重胤奏至幕下，遷殿中侍御史，彈劾夏州節度使李祐違詔進馬，祐曰：今日膽落于温御史矣。」按：烏重胤時爲河陽軍節度御史大夫。天下蒼生憶謝安。晋書：「謝安少有時名，朝命敦逼皆不就，人爲語曰：安石不起，當如蒼生何？」地隔金城塵荏苒，日昏銅柱海瀰漫。高情豈訝微官誤，忍見梅花獨耐寒！

寄山庭老人兼簡紫城山人

深掩衡茅碧澗阪，煙霞仍許客星留。老人絳縣泥塗辱，左傳：「晋悼夫人食輿人之城杞者，絳縣人或年長矣，無子，而往與于食，有與疑年，使之年曰：『臣生之歲，正月甲子朔，四百有四十五甲子矣，其季于今三之一也』。師曠曰：『七十三年矣。』趙孟召之而謝過焉，曰：『使吾子辱在泥塗久矣！武之罪也。』以爲絳縣師。」司戶台州放逐愁。杜甫有送鄭十八虔貶台州司戶詩。每過林塘煩几杖，不論年紀敍交游。紫城夫子同心事，書卷琴牀小洞幽。

次則中上人賦寒盡韻

天涯臘盡見瓊花，門倚東風野老家。憂患沉緜如中酒，江湖遷轉任流槎。夜半神仙無石髓，溪頭流水有胡廂。遙聞未返京華使，腸斷孤城咽暮笳。

金華鄭叔車父仲舒仕燕十年不得聞元年南北旣通叔車即往尋省至京師遇焉時仲舒方臥病叔車侍養久之仲舒命歸祀先塋將行賦詩送之

天北天南久淚垂，相逢闕下竟誰期？遠兵阻道纔通日，孝子尋親乍見時。嘗藥未忘憂戚戚，埽松還作去遲遲。人間我願從今定，骨肉都無更別離。

送梅使君之松陵

不草河平舊奏書，宋史胡旦傳：「河決韓村，尋復塞，旦獻河平頌。」行春新發畫輪車。吏迎堠館朝來處，客散都亭晚餞餘。一路雨香聞杜若，四橋波暖見王雎。亂離得似江城少，野飯家家美稻魚。

贈袁客省次居竹老人韻

南島誰令卉服來？安陵年少有奇才。將軍但省聞筝坐，晉書桓伊傳：「謝安女壻王國寶，專利無檢行，安每抑制之。孝武末年，好利險詖之徒，以安功名盛極而搆會之，嫌隙遂成。帝召伊飲讌，安侍坐，命伊吹笛，伊爲一弄，請以筝歌。歌曰：『爲君既不易，爲臣良獨難！忠信事不顯，乃有見疑患。』聲節忼慨，安泣下沾衿，越席就之，捋其鬚曰：『使君于此不凡。』帝有愧色。」司馬應知決帳開。晉書郄超傳：「桓溫懷不軌，超爲之謀；謝安與王坦之嘗詣溫論事，溫令超帳中臥聽之，風動帳開。安笑曰：『郄生可謂入幕之賓矣。』」妖霧散時通北海，使君歸處動中台。長江誰更能飛渡？一日風帆到鳳臺。

寄題篔簹軒

聞道君家江水東，宛如湘浦竹蒙蘢。衣含夕潤霏煙裏，簾隔春寒細雨中。聽罷幽禽泥正滑，鋤殘亂笋徑纔通。詩成遙作相思夢，淸影愁隨月落空。

瓊姬墓

骨冷珠襦閉古愁，茱萸零落竟誰收？青燈自照空庵夜，翠輦無歸故苑秋。麋鹿昔年來廢榭，牛羊今日上荒丘。香魂若解悲亡國，莫共西施地下遊。此首疑改入六言律。

白蓮寺謁甫里祠

古寺迴廊見廢祠，塵埃楓葉翳幽帷。釣魚船去雲迷浦，鬬鴨闌空草滿池。僧散誰修芳藻奠？客來自詠白蓮詩。當時尚作江湖隱，何況於今屬亂離。此題詩已載十四卷中，疑此是原稿，存之。

五言絕句

晚涼

輕陰度高閣，落景明遥渚。涼氣颯然來，不知何處雨？

摘枸杞

條同綠樌長，子比朱櫻小。野艇摘來時，霜淸江路曉。

鉞

跪授具軍儀，青年別闔時。奇門纔仗出，驚散弄兵兒。

角黍

香菰捲翠房，玉糝深藏貯。欲餉獨醒人，楚辭漁父：「衆人皆醉我獨醒。」投向淸波處。

菖歜

屑玉淸觴裏，芳香散午筵。長生如可問，重覓九疑仙。

秋望

柳色漸蕭疎，川原暮雨餘。殷勤望來雁，恐有故人書。

七夕

穿針倚畫樓，新月映簾鉤。不見天孫渡，銀河遠自流。

荷花

湖上錦雲迷，紅妝映水低。扁舟人採摘，何似若耶溪？

贈雲林子

茶煙鬖鬢絲，老去尚耽詩。池上南風裏，看君寫竹枝。

蛩聲

空館誰驚夢？幽蛩泣露莎。機聲秋未動，應奈客愁何。

芙蓉

豔發數叢幽，池塘白露秋。美人思采贈，日暮蕩蘭舟。

蛙聲

池塘暮雨晴，芳草亂蛙鳴。試問齊高士，何如鼓吹聲？見卷十三排律聞蛙。

牧童

度隴迷青草，歸時帶夕陽。誰知牛背穩，不似馬蹄忙。

看松

偃蹇空山裏，誰知始種年。樵斤不敢伐，恐是老蛟眠。

蟹

吐沫亂珠流，隨燈聚遠洲。無腸應可羨，不識世間愁。

讀書

明窗欣燕坐，開卷誦虞唐。欲究千年事，慚無目五行。（後漢書應奉傳：「奉讀書五行並下。」）

薑

濯濯仙人指，（本草：「秋社前後，新芽頓長，如列指狀，採食無筋，謂之子薑。」）紅腴出土柔。欲知投老味，封邑已糟丘。梅堯臣謝劉原父寄糟薑詩：「名園萬家城，千畦等封侯。斸當燕去前，醃芽費糟丘。」

蒜

奇苗生絶域，漢使載歸軒。漢書：「張騫使西域，得大蒜、胡荽。」採掇毋勞贈，吾方欲省煩。高士傳：「閔貢，世稱節士。周黨見仲叔食無菜，遺以生蒜。仲叔曰：『我欲省煩耳，今更作煩耶？』受而不食。」

蘆菔

煙晴疎甲長，土暖深根蟄。飽食比蒸豚，劉迎蘆菔詩：「最喜霜露秋，味出雞豚外。」知君免神泣。

萵苣

野莧初除後，煙苗半席新。乞醯思晚薦，不與子高隣。

棲鳳亭 在師子林

已馴欄外鴿，復下窗前鳳。夜半訝翻棲，月明竹枝動。

六言絶句

題畫

雜花紅白孤墅，流水東西幾家。來往莫愁橋斷，門前自有浮槎。

題宋秀才藏廬山圖

彭澤縣前沽酒，潯陽郭外聞鐘。欲覓君家住處，不知雲掩山重。

七言絶句

遊獵圖

將軍白馬佩雙韃，自出呼鷹獵晚天。笳鼓歸來人共看，腰間應有白狼懸。

送人之婁江

寒雲殘雪野亭邊，人逐寒潮上別船。想見故園初到處，窗前梅發又新年。

秋望

霜後芙蓉落遠洲，雁行初過客登樓。荒煙平楚蒼茫處，極目江南總是秋。

聞箏

銀箏鳴軋奏秦聲，寶柱頻移曲未成。聽徹十三絃下語，隴雲關月總愁生。

夜宴

帷中鵲尾暖吹香，絳蠟高燒夜未央。四座生春人欲臥，不知窗外滿庭霜。

寄丁侃

交游惟子最多情，送我扁舟過驛亭。別後江花想零落，銀箏春夜共誰聽？

聞鶯

向日迎風弄巧音，金衣飛處柳陰陰。上林幾度聞嬌囀，百舌羞藏不敢吟。

紅葉

清霜初染滿林秋，彷彿殘霞晚未收。幾片江邊自飄落，新詩不寫漢宮愁。

晚投田家

船繫漁磯柳下村，晚衝鳴犬到柴門。老翁喜話桑麻事，旋向鄰牆過酒樽。

賀生日

高堂瑞氣靄佳辰，正見梅花雪後新。好把蓬萊千日酒，洞簫聲裏醉長春。

聞鳩

江城樹暗暮雲低，谷谷春鳩屋上啼。憑仗莫呼山雨至，歸人馬滑畏深泥。

嘲友人謫中有遇

簾疎不隔眼波流，寶鑑羅巾暗贈酬。堪笑相逢便相得，只應未識此中愁。

其二

那知寒谷近陽臺，一笑都令百悶開。不是東家牆外女，相逢誰解惜多才？

瀟湘八景

煙寺晚鐘

疎鐘杳杳出林間，應送斜陽下遠山。遙望煙中知有寺，數聲初盡一僧還。

漁村夕照

寒鴉閃閃水連煙，柳下漁歸乍繫船。猶喜西村斜日在，一罾留曬斷磯邊。

遠浦歸帆

秋雲秋水共悠悠，帆逐征鴻急暝投。知有漁家南渡口，斜陽指點認歸舟。

平沙落雁

晚潮初落露平沙，低雁衝煙度影斜。遠向渡頭人盡處，一行如字下蒹葭。

洞庭秋月

波光秋映玉壺圓，黃鶴磯頭月滿天。欲上君山吹短笛，夜深呼起老蛟眠。

瀟湘夜雨

雲暗蒼梧萬里情，滿江秋雨夜寒生。黃陵祠下蕭蕭竹，併作篷窗一夜聲。

山市晴嵐

溪嵐擁樹蔽晴曦，虛市漁商曉聚遲。日午西風吹忽散，前村遥見酒家旗。

江天暮雪

雪暗江天鷺不飛，晚來深處沒漁磯。鯿魚水冷應難捕，愁滿漁蓑獨帶歸。

送春

花殘風雨暗遥津，記得迎春又送春。此日不愁春去遠，只愁催老少年人！

月夜南樓

簟紋如水濛秋清，臥看銀河漸欲橫。吟斷新詩方欲睡，半樓涼月又鐘聲。

飲張水部園亭

草堂留客聽鳴琴，喜有清歡似竹林。池上日斜歸尚早，山公莫厭酒杯深。

約友出遊

春愁無禁復多閒，欲出城西看好山。爲向高陽期酒伴，一樽來醉杏花間。

憶梅

夢隨飛蝶繞南枝，獨夜空齋月落遲。安得羅浮林下去，滿身香影醉吟詩。

春遊

王孫尋伴踏春晴，羅袖迎風出渭城。路入前村花柳暗，笑停嘶騎聽流鶯。

楊花

春雪吹香欲滿城，遊絲相逐鬬輕盈。紛紛正似離愁處，灞岸人行暮雨晴。

採桑

陌上柔桑葉半稀，攜筐採摘怕蠶飢。使君莫共羅敷語，日暮當乘五馬歸。

江村

竹村莎逕映柴扉，地近江天客到稀。日暮柳邊吹笛過，只應鄰艇賣魚歸。

夜聽張山人琴

虛堂夜靜理冰絃，別鶴驚啼月滿天。一曲秋風少人聽，滿庭黃葉自蕭然。

登姑蘇臺

子夜歌殘事已非，畫簾幾度映斜輝。行人重過繁華歇，麥秀春風野雉飛。

聽琵琶

花間漫撥紫檀槽，絳蠟銷時月正高。莫奏斷腸關塞曲，風流自有鬱輪袍。全唐詩話：「王維未冠時，岐王引至公主第，使爲伶人進新曲，號鬱輪袍，主大奇之；令宮婢傳教召試官諭之，作解頭登第。」

遊靈巖

茱萸垂實滿遺宮，洗硯池荒水殿空。不見傾城醉歌舞，梵聲時起白雲中。

烹茶

活水新泉自試烹，竹窗清夜作松聲。一瓶若遣文園啜，那得當年肺渴成。漢書：「司馬相如拜孝文園令。」杜牧詩：「文園終病渴，休詠白頭吟。」

青城先生戴笠圖

幕帽京城已十年，歸來一笠飯山前。李白詩：「飯顆山頭逢杜甫，頭戴笠子日卓午。」丹青莫作山樵看，元是瀛洲畫裏仙。

示內

不尋生計只尋春，寄語山妻莫漫嗔。且放疏狂醉杯酒，聖恩元許作閒人。

村居

掛杖門前獨看雲，桐花落盡惜餘春。呼童莫斸籬邊筍，留取清陰蓋四鄰。

桃花

幾叢嬌豔露香新，脈脈無言似怨春。只恐花間有仙路，停舟欲問捕魚人。

金鳳花

砌下幽花發幾叢，秋來春色尙嫣紅。秦臺鳳去簫聲遠，零落嬌雲向晚風。

秋暮

木落高城急暮砧，雁行低度碧雲陰。江南回首蓴鱸美，誰向蘭臺賦客心？

紅蕉仕女

蕉花包露月中開，酒渴初尋出逕苔。憑仗小尨休吠影，深宮那得外人來？

附金檀跋

按青丘之集，流傳固多，逮以次考定，並紙板紛殊，亦悉對勘；工竣之時，自謂庶無罣漏。未幾，得明初三先生一刻，爲江陰朱善繼紹偕弟積所編，以季迪爲之冠，次楊孟載，次包師聖，蓋朱於包，猶龍門之楊惲，惟恐不傳，而曾學士序，以善鳴其盛歸三先生，均無異辭。又稱高集存者，別有觀光之名；計是書編就，距青丘沒未遠，及録自宣德間，樓氏跋猶未忘矜慎，其足資考據，是又奚疑？爰查朱本所收，新刊所少約百有餘首，另補一帙，惜朱本不早得，猶幸獲覩于今，幾如神物之合。且吳越紀遊詩，竊意自至正十八年始，朱本載有先生小序，益爲遊踪徵信。今列年譜中。惟是搜羅究未克徧，致引拾遺之例，仍用自愧，冀覽者鑒茲懵昧云。雍正七年，歲次己酉陬月上元，桐鄉金檀跋。

附三先生詩原序

國初以詩鳴者固非一家，及其人既沒，往往編帙散佚，不能盡傳於世，豈不深可惜哉！今之所存：若高季迪、楊孟載、包師聖之作，曰缶鳴集、觀光稾、槎軒集、姑蘇雜詠、眉菴集、鶴洲遺稾，人得而讀之，猶有以想見其人，而於當時太平風雅之盛，亦因是而有徵焉。江陰朱紹善繼，以才薦至京師，間持一編詣予而請曰：「此紹所編次三先生詩集也。將鋟諸梓以廣其傳，幸爲序其篇端。」而鶴洲先生實爲紹之外祖，由是不敢不留意焉。予既得而閱之，則皆諸集中所載，衆體畢備，羣玉交映，有不待旁搜遠采而一目得之矣。嗟夫！紹之用心亦勤且厚哉！惟詩之道，可以興，可以觀其信然矣。昔我太祖高皇帝既定天下，尊用儒術，誕興文治，由是四方文學之士，連茹彙征，皆克奮自濯磨以見於有爲；至其形之於言，率皆渢渢乎治世和平之音，足以歌頌一時之盛，此何其至哉！若季迪、孟載、師聖，則所謂又其善鳴者歟！紹以才能，方將嚮用於時，而能惓惓致意於此，是可嘉也。昔人有云：「莫爲於前，雖顯而弗彰；莫爲於後，雖盛而不傳。」然則三先生其又有託於紹也歟？觀於此編者，不惟可以知當時聲明文物之盛，而尤有以見紹於鶴洲爲賢外孫矣！季迪，名啓，官至戶部侍郎致仕，姑蘇人。孟載名基，終山東按察僉事，姑蘇人。師聖諱尼授，嘗爲岳州同知，毘陵人，其自號鶴洲云。永樂癸卯春二月望，翰林侍讀學士奉訓大夫兼修國史廬陵曾棨書。

附原跋

予館人朱友竹兄弟之集高、楊、包三先生詩，翰林曾先生敍其首簡，將鋟梓行，囑予考選而書之。合古今諸體凡千有六百餘首，爲卷者廿，書僅半，予以親病當歸，友竹謂更他手不可，畀予持歸以終之；又屬多故，歷三載而書始終。嗚呼！以予書之不易，較其鐫之則尤難，夫不易與尤難，友竹兄弟能成之，其功爲何如哉！其義爲何如哉！三先生聞之地下，將躍而起矣！宣德九年，歲在甲寅重九日，姑蘇樓宏識。

高青丘鳧藻集卷一

論

威愛論

書曰：「威克厥愛允濟，愛克厥威允罔。」功或以愛，誠有以結於人者，則趨事赴功有不期然而然，何以威爲哉？予曰：不然，此御軍之要也。蓋愛勝則姑息，威勝則嚴明。胤侯知其然，故於誓師之際，深警之若此，欲其恐懼而用命也。嗚呼！以仲康之賢，討羲、和之沉亂，其必濟可知矣。然猶恐其威之不立而功之不成，而況後世之衆人欲從事於强敵者哉！

夫三代之兵也出於民，居則習其政教而知義，出則聞其節制而知法，皆有尊君死上之心，赴公戰如報私仇者，抑且有所謂孥戮之刑，弗勗之戒焉。近世之聚而爲兵者，非田野之惰夫，則鄉里之惡少，亡命行剽，椎埋鼓鑄之流也；政教不習而節制不聞，苟無威以臨之，則其桀傲很戾悻悻自肆者，可勝道哉！今之人，家有驕子，非其子之性驕也，愛之而致其驕也。敎之而不從，役之而不動，於是有悖逆干犯之患矣。若小過則訓之，大過則杖之，子其有驕乎？將之御三軍者，固無異於是。然將之於三軍，又非若父子之有天性之親而不可一日離者，則愛之其可過於威乎？況戰者，所以驅之於死也。好生惡死，人之至情，非得尊君死上之人，則視白刃之交於前，流矢之集於左，其不震慴辟易顚倒而奔走者幾希矣！故兵法曰：「畏敵者，不畏我；畏我者，不畏敵。」何以使其能畏我也，殺之而已矣。蓋非嗜殺而自殘也，恐其畏敵而先奔，敵或乘而覆之，是舉軍而棄之於敵，其自殘不已多乎？故愛其子者，賊其子，殺其軍者，全其軍。設使兩軍勇怯相若，一樂其將之寬，一畏其將之嚴，卒然遇於原野之間，援桴鼓之，則嚴者莫不奮戈而爭前，而寬者或有一二遁矣。何則？彼恃愛之而不殺也。故有威則怯者勇，無威則勇者怯。且立威者，非欲其若楊素之求人之過而殺之也，亦曰令之嚴而罰之果，不爲煦煦姑息之計耳！古之豪傑，所以能使士卒畏之若鬼神之不可犯，納之於死而不避，投之於險而無所辭，百戰百勝，功立於當時而名存於後世者，用此道也。

或又曰：然則威可以無愛矣乎？曰：何可以無愛也？專愛則褻，褻則怠；專威則急，急則怨。怨與怠，其敗一也。故愛而恐其至於怠也，則攝之以威而作其氣；威而恐其至於怨也，則濟之以愛而收其心。愛非威恩不加，威非愛勢不固，威愛之道，所以兼施並行而不可偏廢者也。雖然，豈特爲將之事哉！使國君而知此，則國可以治；天子而知此，天下可得而理矣。

四臣論

古之所以能國者，有四臣焉。何謂四臣？曰：社稷之臣、腹心之臣、諫諍之臣、執法之臣也。何謂社稷之臣？忠藎孚於上下，威望加於內外，敵國聞之而不敢謀，姦宄畏之而不敢發，正色立朝，招之不來而麾之不去，若漢汲黯、吳張昭、唐郭子儀是也。何謂腹心之臣？識足以達天下之機，略足以濟天下之業，從容帷幄，謀成而羣臣不知，計定而將軍不聞，若漢良平、魏荀彧、秦王猛是也。何謂諫諍之臣？匡君之非而納君於善，不阿順以取容，不迎合以求悅，正言不迴，觸犯忌諱，雷霆發於上而不驚，鼎鑊具於前而不顧，若唐魏徵、褚遂良、張九齡是也。何謂執法之臣？直道而行，不憚權貴，逢姦必舉，遇惡必擊，使豺狼狐狸屏息而不敢動，若漢王章、蓋寬饒、唐宋璟是也。蓋社稷之臣以忠，腹心之臣以智，諫諍之臣以直，執法之臣以剛。此四臣者，國之不可以一日無者也。

夫以匹夫之取友，尙有能死義者、能忠謀者、能責善者、能禦侮者，而況於國君乎？而況於天子乎？故國無社稷之臣，則無與抗大難；無腹心之臣，則無與圖大功；無諫諍之臣，則無與格大過；無執法之臣，則無與除大姦。無與抗大難必危，無與圖大功必敗，無與格大過必昏，無與除大姦必弱。故古之興者，未嘗無四臣，而亡者，未嘗有四臣也。

嗚呼！四臣者，豈眞不易得耶？君無優養作起之術爾！故所以待社稷之臣者，當尊以禮，高爵而重祿之，使危言不能中，細故不能疎；則彼必以社稷之憂爲己憂，社稷之辱爲己辱，毅然以身徇節而不變，而大難可抗矣。待腹心之臣者，當推以誠，略去苛禮，示之坦然，食則同器，坐則促席，所言無不用，所欲無不與；則彼必竭思慮之精，效勝負之計，而大功可圖矣。待諫諍之臣者，則當納以寬，凡有所論奏，停輿以受之，賜帛以旌之，雖激切不怒，雖指斥不罪；則彼必務盡直心，政事之闕日聞，聰明之道益廣，而大過可格矣。待執法之臣，當假以威，不以私愛撓其權，不以譴辱挫其氣，使強者不敢傷，讒者不敢毁；則彼必竦踴風生，刺舉無避，以尊朝廷之勢，而大姦可除矣。若或棄忠而擅智，惡直而害剛，平居而上唱下和，相聚自賢，勢孤而不知，機去而不察，政失而不聞，威削而不悟，及一旦臨變，茫然而無所救，豈不可哀也哉！詩曰：「如彼泉流，無淪胥以敗。」予恐後世之君，無四臣而致其敗也。

記

遊天平山記

至正二十二年九月九日，積霖既霽，灝氣澄肅。予與同志之友以登高之盟不可寒也，迺治饌載醪，相與詣天平山而遊焉。

山距城西南水行三十里，至則捨舟就輿，經平林淺塢間，道旁竹石蒙翳，有泉伏不見，作泠泠琴筑聲，予欣然停輿聽久之而去。至白雲寺，謁魏公祠，憩遠公菴，然後由其麓狙杙以上。山多怪石，若卧若立，若搏若噬，蟠拏撐拄，不可名狀。復有泉出亂石間，曰白雲泉，綫脈縈絡，下墜于沼，舉瓢酌嘗，味極甘冷。泉上有亭，名與泉同。草木秀潤，可蔭可息。過此則峰迴磴盤，十步一折，委曲而上，至於龍門，兩崖並峙，若合而通，窄險深黑，過者側足。又其上有石屋二：大可坐十人，小可坐六七人，皆石穴空洞，廣石覆之如屋。既入，則懍然若將壓者，遂相引以去。至此，蓋始及山之半矣。乃復離朋散伍，競逐幽勝，登者、止者、哦者、嘯者、憊而喘者、恐而眺者、怡然若有樂者、悵然俛仰感慨若有悲者，雖所遇不同，然莫不皆有得也。予居前，益上，覺石益怪，徑益狹，山之景益奇，而人之力亦益以憊矣。顧後者不予繼，迺獨褰裳奮武，窮山之高而止焉。其上始平曠，坦石爲地，拂石以坐，則見山之雲浮浮，天之風飇飇，太湖之水渺乎其悠悠；予超乎若舉、泊乎若休，然後知山之不負於茲遊也。

既而欲下，失其故路，樹隱石蔽，愈索愈迷，遂困於荒茅叢篠之間。時日欲暮，大風忽來，洞谷谽呀，鳥獸鳴吼。予心恐，俯下疾呼；有樵者聞之，遂相導以出，至白雲亭，復與同遊者會。衆莫不尤予好奇之過，而予亦笑其恇怯頹敗，不能得茲山之絕勝也。於是采菊泛酒，樂飲將半，予起言於衆曰：「今天下板蕩，十年之間，諸侯不能保其國，大夫士之不能保其家，奔走離散於四方者多矣！而我與諸君蒙在上者之力，得安於田里，撫佳節之來臨，登名山以眺望，舉觴一醉，豈易得哉？然恐盛衰之不常，離合之難保也，請書之於石，明年將復來，使得有所考焉。」衆曰：「諾。」遂書以爲記。

生白室記

莊周氏之言曰：「瞻彼闋者，虛室生白。」謂人能遺耳目、去心意而任夫性，則道集至虛之宅，而純白生焉。四明陳君德明悅其說，乃以「生白」名所寓之室，介友人求予記之。

予嘗讀周之書，觀是說者，雖仲尼所以告顏子，蓋寓言耳！其義雖美，然未能盡合乎聖人也，陳君豈將學者邪？周之道，蓋欲放心自得之場，以與物寘，所謂遊方之外者也。君今筮仕昌朝，出贊宥府，簡牘塡委，實待剸裁，而目欲無所視，耳欲無所聽，而心欲無所思，能乎不能也？君既不能爲之，則吾亦不能言之矣！請言其可能者以記君室可乎？

夫心之體本虛，有不虛者，物之窒也。物非能窒之也，誘於物而爲之累也。故聖人教人，目不能使無視，能勿視於邪；耳不能使無聽，能勿聽於淫；心不能使無思，能勿思於妄而已爾。苟三者之用，皆出於理而不私，則雖日與物接，其外蔽交，而中之虛自若也。吾虛既存，然後光明洞徹，昭然而不昧者發焉。燭至幽而不遺，察至隱而能著，此則明而誠，誠則明之道也，又豈務於虛寂而無爲於世者之事哉？君好學善辯，嘗燕休是室之中，尚能虛心而觀以審其取舍之幾也夫！

蜀山書舍記

蜀山書舍者，友人徐君幼文肄學之所也。幼文嘗自吳興以書抵予曰：「吾山在城東若干里，吾屋在山若干楹，吾書在屋若干卷；山雖小而甚美，屋雖朴而粗完，書雖不多而足以備閱，吾將於是卒業焉！子幸爲我記之。」

予惟古之君子，所取以成其學者，無常物，所居以致其學者，無常地也。故弁裳之於容、珩璃之於步、豆籩之於陳、琴瑟之於樂、弓矢車馬之於服、度量權衡之於用，凡接於物皆學也。豈專於六籍之內哉？往于田、入于市、處于戶庭、覽于山川、立于宗廟朝廷、遊于庠序軍旅，凡履之地皆學也，豈限於一室之間哉？後世講學之道既廢，而人之不能然也；有志者始各占山水之勝，築廬聚書而讀之，雖其所以學之者異乎古，然凡事物之理與夫羣聖賢修己治人之要，實皆不出於書，況安僻阻之區，絕紛囂之役，得一肆其力於是，則其至於成就，豈不反有易者哉？

今幼文以方壯之齒，有可用之材，而不急進取，益務於學，以求其所未至，豈非有志之士哉？而予也，北郭之野有土，東里之第有書，皆先人之遺也。遭時多艱，茀穢於榛蕪，殘壞於塵蠹，倀倀焉日事奔走而不知返，則其荒陋宜有愧於幼文矣！尙能爲是記乎？然而書此而不辭者，蓋姑復幼文之請，亦因以自厲焉！

淸言室記

韋應物詩有曰：「淸言怡道心。」予友張君讀之有所契，因掇句首二字名其室，而屬予記之。

且曰：「吾室在寢門之內，戶庭密深，帷案潔素，蓋將於此縱玄虛之談，息世俗之論者也。」予惟昔魏之衰，士大夫有擅聲勢之強、溺酣淫之樂而唱爲清談假以自高者，其流至於西晉，卒亡人國。論者至今咎之，張君豈蹈其轍哉？

夫君子之觀人，其道雖殊，必先於其言，非以其發於心志之微，而善惡有不可掩者邪？故靜者其言簡，躁者其言繁，汙者其言卑，達者其言遠，理必然也。張君嘗學道，且究於醫，得養生之理，吐渣滓而納清虛，厭華腴而嗜澹泊，事物之末，能爲其累者寡矣。邪穢之念不萌於心，故煩濁之語不出於口，內外一致，非若昔人之矯爲也，豈不足尙乎？然言不可以自述也，必有問答者焉。張君室中所與揮麈而相對者其誰哉？予聞此邦多異人，道路塵埃中，如魏伯陽、許長史之倫，安知不往來其間邪？張君儻識之，延於是室，分據木榻，爲中夜之談，予得執燭隅坐以聽之，豈不幸哉！

雖然，猶未忘於言也。有道者之敎人，默焉而意已傳。予雖凡陋，能使預聞不言之妙乎？

煮石山房記

昔者，先王敎民稼穡而使之粒食，又命火官別五木，順四時改火，以利烹飪之用，而後民有以養其生，而無夭札之患。五穀之美，萬世寶之，雖有芻豢之豐，不敢使勝其氣，所以爲民之天而不能一日無焉！後世神仙之説興，方士始導人以絶粒之術，采草木鍊金石而餌之，謂可以去渣滓而來淸虛，却衰老而致輕擧，余嘗怪而疑之。然獨念滋味人之大欲也。自宴享飮食之禮廢，而人之奉養無節，割鮮炙肥，極海陸之珍以相侈尙，罄萬錢於一餐，備百牢於一獻，外則困衆人之力，內則傷五臟之和，卒至於廢其家國而喪其身；與夫不甘粗糲，遂隳其操，輕冒危辱，以營口腹之嗜者，皆往往而是也。而方士居窮巖絶谷之中，禁斥甘腴，啖粗礦之物，卒歲而不厭，亦難能之士哉！

金華葉山人賣藥吳城南，題其室曰賁石山房。嘗邀予過之，指山而告曰：「是吾囷也，苟不壞，則無憂飢矣。子能以文記吾居，當授子是術焉。」予方有役於世，未能從山人以學，則雖有言，未足以知山人服食之妙也。故獨以所感於世者書之，使或有因予言而少警者，去淫靡而樂澹泊，亦豈非山人之志哉？

靜者居記

潯陽張君來儀，以靜者居名其所寓之室，嘗屬予記之，久辭而未獲也。

一日，與客往候之，入其室，竹樹翳深，庭戶虛寂，落然無囂聲。客顧而歎曰：「美哉居乎！使張君不勤動於外，有以自樂而成夫靜者，非是居乎？」予謂客曰：「子何言之戾耶？

今有人焉，處空谷之中，棲長林之下，干戈之聲不聞，車馬之跡不至，其居靜矣。而利祿之念不忘於心，窮約之憂每拂乎慮，雖夷然而行，塊然而坐，顛倒擾攘，無異奔騖於埃壒者，子謂其果靜乎？又有人焉，遊於邑都，宅於市里，鄰有歌呼之喧，門有造請之雜，心倦乎應答，身勞於將迎，其居非靜矣。而抱廉退之節，愼出處之誼，雖逐逐焉羣於衆人，而進不躁忽，視世之揮霍變態倏往而倏來者，若雲煙之過目，漠然不足以動之，子謂其果非靜者乎？蓋靜也係於人，不係於居。人能靜則無適而不靜，是居之靜無與於人，人之靜亦無待於居也。雖然，亦有待其居而靜者矣，然非此之謂也。傳曰：『居天下之廣。』居廣，居仁也。自克己以復之，主敬以守之，至於安重而不遷，淵靚而莫測，則其體靜矣，故曰仁者靜。張君之志，蓋在於是，而假以名其室，子豈未之思乎？」

客未有以應。張君起而謝曰：「居靜而非靜者，吾知其所警；居不靜而靜者，吾知其所勉。若居仁而靜者，雖非愚所及，則願學之焉。子之言備矣，豈不足記吾居哉？請書之。」顧予欲靜而未能者，姑書以識之，俟他日從君而從事焉。

夢松軒記

昔馬璘嘗讀史，見其祖援之功烈，因自感奮，不忍使墜於地，卒爲名將，繼美於前人矣！近代卿相之後，有不數傳，其譜牒尙明，家乘猶在，而子孫已失其業；甚者，目接其光輝，身承其教訓，纘墜未久，而棄衣冠之華，趨沽販之賤，不自知耻以玷厥祖者，往往而是也。璘乃能遐追遠慕，繩其武於數十世之上，可謂有志之士哉！

予友丁君志剛，讀史書，見其先有夢松生腹而爲公者，因題所居軒曰夢松，以識追慕之意，間屬予記之。予謂君今距公幾世矣，非有光輝教訓身承而目接也，亦非譜牒之可尋、家傳之可續也，乃欲遠繩其武，亦可謂有志之士而無愧於璘者矣！然君知公之夢松，而亦知公之所以夢松者乎？蓋公負挺特之才，抱堅貞之操，其德有象乎松，而將爲巖廊之用也；故神魂感會，鬱然之姿見於寢寐之間，是非因有斯夢之祥而能致爲公之貴，蓋有爲公之器而能召斯夢之祥也。若輕詭讒邪之徒，而欲據台鼎之重者，則其合睫之際，松未生於腹上而蠅已集於鼻端矣。君今好學而修，盤礴田野，苟能處是軒之中，朝夕自厲，以思紹公之德，則吉夢之來有時，而在九重之上，亦有徵夢而相求者矣。傳曰：「公侯之子孫，必復其始。」

安晚堂記

予在京師，同里朱君炳文以郡薦就試春官，旣雋而將歸，過予請曰：「天賚吾家，使二親康強具存。嘗築室奉之，寬閒靜深，可以燕娛，欲吾親之優游於是以樂其老也。自題曰安晚。願子爲我記之。」

予惟孝子之安其親，宜無時而不然，何獨於其老哉？蓋人朝而出，晝而馳，夕則宜息焉。少而進，壯而行，老則宜休焉。故凡屆於桑榆之時，筋力已憊，而猶勤動勞瘁，不使寧佚以享其餘年者，非理之所宜也。傳曰：「老者安之。」然則孝子之於親，雖無時不欲其安，至於老也，豈不尤所當盡心哉？若夫安之亦有道矣，奉觴調膳，甘滑滫瀡以薦之，親之口安矣；而物有以拂其志，則非所謂能安也。縣衾篋枕，痒疴抑搔以事之，親之體安矣；而行有以累其心，則非所謂能安也。必也居而修諸身，出而事於君，皆盡其道，無一足以貽親之憂，則善矣；不務於是而惟以口體之養爲安，豈未知其本哉？

予向居吳時，嘗獲拜炳文之嚴君，年六十餘而氣貌充充然，固知其安之有素矣。況逢今天子既定四海，推大孝之心，欲使天下之老者皆安；炳文又以才進，將得祿而爲養，其親有不安者乎？吾又聞安則靜，靜則難衰，難衰則壽可必矣。今炳文能安其親，將見蒼顏白髮，婆娑於是堂之上者，其樂未易艾也。請記諸壁以俟。

水雲居記

京師四方之所走集，居人櫛比而廬，不隙尺地，求遐曠之適無有也。吳陵劉雨，僑於東城之隅，扁其室曰水雲居，嘗請予爲之記。予間過其居而異之曰：「子之居，前闤闠而後營衞，固紛囂塵坌之區也，惡覩夫水與雲哉？」雨曰：「吾少家江海之上，嘗觀夫洪波東馳，浮雲飛揚，吾則挐舟以嬉；泝洄瀾，逐流景，與之俯仰而上下，心甚樂焉！今雖幸處轂下，顧以無材不能備世用，欲歸還鄉復從二物者遊而未得也。故名吾室以志之，先生何疑焉？」

予聞而愈異之，因告之曰：「夫雲之與水，非隱者之所宜從也。子見其滔滔於江湖，悠悠於寥廓，若無事然，謂與己適相類也，欲狎而與之遊；然不知舒布覆被而雨四海者，雲也，奔走放注而溉千里者，水也，彼皆有澤物之勞焉，子乃以無事求之，吾恐水遠逝而雲高飛，皆將去子而不顧，尙得而與之遊乎？子今遭逢明時，出門卽朝廷之上，其勢易達也。當奮揚其光英，涵泳其德性，進用於世，使所施有及於人，則二物者皆卽在子之身，無所往而不與之俱，又何求於渺漫杳靄之鄉乎？」

雨瞿然謝曰：「先生命我矣！」遂書留其壁間以爲記。

槎軒記

槎，浮木也。予嘗客淞江之上，濱江之木，當秋爲大風所摧折者，隨波而流，顧而有感，因以名所居之軒。及遊京師，翰林學士金華宋公，爲篆二大字，自是或仕或退，東西旅寓，所至輒扁于室。

今年春，自城南徙夏侯里第，復以揭于南軒。客有過而疑者，乃謂之曰：「子不觀夫槎乎？衆槎之流，同寄於水也，而洄薄蕩汩，或淪於泥沙，或棲於洲渚，或爲漁樵之所薪，或爲蟲蝗之所蠹，或乘洪濤東入于海，茫洋浩汗，莫得知其所極。而亦有一槎焉，或蟄或浮，或泛或止，方此倏彼，而不可期者，水實使之也。然槎雖寄於水，而無求於水。水雖能使槎，而無意於槎。其漂然而行，泊然而滯，隨所遭水之勢爾。水蓋未嘗有愛惡於槎，槎亦不知有德怨於水也。人之生而繫命於天者，亦何異是哉？夫林林而立者皆人也，而有貴爲王公，有賤爲輿隸，有富有千駟，有貧不能飽一簞；亦有一人之身而始困終亨，前興後仆，變遷無常而轇轕不齊者，非天孰使之然？天雖使之，而豈有意哉？磅礴、絪縕、厚薄，隨其所得，與人漠然，而人自不能違爾！世之不安乎天者，乃疲智力以營所欲，悲失喜得，而卒不知得失之不在己也，非惑歟！此予所以有感於槎而取以名軒也。且子又不觀夫水與天乎？其奔渟也隨地形而成；其旋運也乘氣機而動。二者猶不能自任，而況槎與人乎？若予，天地間一槎也。其行其止，往者既知之矣，來者吾何所計哉？亦安乎天而已矣。顧吾槎方止，幸不爲薪且蠹，則是軒者，其淪棲之地乎！」

既對客，遂書于壁以自厲。洪武六年秋九月，青丘退史記。

遊靈巖記

吳城東無山，唯西爲有山。其峯聯嶺屬，紛紛靡靡，或起或伏，而靈巖居其間，拔奇挺秀，若不肯與衆峰列，望之者咸知其有異也。山仰行而上，有亭焉，居其半，蓋以節行者之力，至此而得少休也。由亭而稍上，有穴窈然，曰西施之洞，有泉泓然，曰浣花之池，皆吳王夫差宴遊之遺處也。又其上則有草堂，可以容栖遲，有琴臺可以周眺覽，有軒以直洞庭之峰，曰抱翠，有閣以瞰具區之波，曰涵空。虛明動盪，用號奇觀，蓋專此邦之美者山，而專此山之美者閣也。啓吳人，遊此雖甚亟，然山每匿幽閟勝，莫可蒐剔，如鄙予之陋者。

今年春，從淮南行省參知政事臨川饒公與其客十人復來遊。升于高則山之佳者悠然來，入于奥則石之奇者突然出。氛嵐爲之蹇舒，杉檜爲之拂舞；幽顯巨細，爭獻厥狀，披豁呈露，無有隱遁。然後知於此山爲始識於今而素昧於昔也。夫山之異於衆者，尙能待人而自見，而況人之異於衆者哉！公顧瞻有得，因命客皆賦詩，而屬啓爲之記。啓謂天於詭奇之地不多設，人於登臨之樂不常遇；有其地而非其人，有其人而非其地，皆不足以盡夫遊觀之樂也。今靈巖爲名山，諸公爲名士，蓋必相須而適相值，夫豈偶然哉？宜其目領而心解，景會而理得也。若啓之陋，而亦與其有得焉，顧非幸也歟！啓爲客最少，然敢執筆而不辭者，亦將有以私識其幸也。十人者：淮海秦約、諸暨姜漸、河南陸仁、會稽張憲、天台詹參、豫章陳增、吳郡金起、金華王順、嘉陵楊基、吳陵劉勝也。

素軒記

魯丹桓宫楹，而春秋譏之。夫以諸侯過飾其宗廟，聖人猶見非，於禮制之不可踰如是也。後世習俗奢僭，波頽風靡，能循乎禮者寡矣！浮屠之法，又爲世所崇，故往往大爲其宫，飾以金銀，塗以彤碧，輪奐絢爛，以事其所謂莊嚴者，論者未嘗非之，處者亦不自疑，蓋可歎也！

浩上人居吳之靈鷲院，澹泊清苦，持其律甚謹；嘗被召赴京而還，治室於舍之西偏，簡朴粗完，無彩繪之飾，榱桷壁牖，悉塗以堊。問之，則曰：「吾非不能爲彼也，誠以安居而食於人，得此亦足矣！尙敢有加哉？」因自題曰素軒，而求予記之。上人可謂善居室者矣。有自足之心，無踰禮之弊，是皆可書，則爲之記也實宜。乃進而告之曰：「夫雕鏤琢刻，不如璞玉之渾堅；烹飪調和，不如大羹之和美；文章詞令之工，不如忠信之足貴。則彼知輪奐絢爛者，固不如茲軒之朴素也。然吾聞說者曰：素者，質也，白也。質則實而不華，白則純而不雜；既實且純，道之體具矣。則素其軒，孰若素其行？素其行，又孰若素其心哉？上人於是而致力焉，則可以盡名軒之義矣。」予以上人好從儒先君子游，故以是告之，且幷以所感者書之，尙無以予言爲其徒病也夫！

歸養堂記

稽岳王常宗父文行高峻，嘗以布衣召修元史，議論制作，稱執筆之任焉。書成，上進，同館之士咸得賜金幣遣還。有欲薦入禁林者，常宗辭曰：「吾非不欲仕也，顧母老不樂去其鄉，旁又無他子侍養，吾可留此而使吾母久西望乎？吾亟歸爾！」乃歸。得第一區於沂川之郭，有花竹池沼之勝；中一堂，寬閒靚密，燠涼具宜，常宗則奉太夫人以居。且輒冠帶率婦子升視饌已，取聖賢之書詠歌於其側，家雖貧而安焉。母詔子唯，怡愉如也。嘗名其堂曰歸養，使來屬予記之。

有疑者曰：「異哉，常宗之名斯堂乎！吾聞爲養而出仕者矣，未聞舍仕而歸養者也。及親之康強，當奮取高爵，他日奉身而還，駟車洋洋，光耀閭里，奉牲酒上堂以爲娛，則所謂養者，豈若今而已！常宗何遽歸哉？」予曰：「不然也。古之爲養而仕者，以抱關於其鄉，不必去其親也；不舍仕而養者，以受命有方，王事之靡盬也。且官守之責未及，菽水之奉猶具，豈輕遠其親哉？故雖莫不欲登踐華顯以爲親之榮，然亦莫不憂曠闕定省以貽親之思也。若夫身貴能退而及養者，事之不可必者也；親老而當衰者，心之所宜懼者也。於宜懼之年而去，以待不可必之養，是得爲智者乎？由是觀之，則常宗之歸養，亦無所不可矣。然則堂何以名？曰志其樂也。蓋養雖常宗之志，歸則朝廷之賜；蒙上賜而爲親驩，樂孰甚焉？名堂以示不忘，忠孝之義在矣，而子何疑乎？」言已，常宗又以書來督記，遂論次復命焉。旦夕東遊，登堂拜太夫人於賓友之末，倘當賦之以爲壽也。

春水軒記

予寓野之居有軒焉，其左右皆名田。今年春，霪雨淹月，江水泛溢，潦被於田，漭若巨陂。予嘗開軒而望之，見其微風吹瀾，瀰漫一白，蒲菰之所敷榮，魚鴨之所飛泳，渺然有江湖之想焉，意頗樂之，乃題其扁曰春水。間延客飲其中，客顧而歎曰：「嘻！子宅此幾年矣，嘗見有是水乎？湯湯之流，則昔秩秩之畦；滺滺之菰，則昔芃芃之麥也。今吾農方運機木以引深，抱積薪以塞決，子固目之矣。然彼皆驚而馳，子獨恬而嬉，彼皆戚而號，子獨喜而哦，何子之情遠人哉？夫田不登則歲飢，歲飢則民窮，民窮則里弗靖，里弗靖，子能專有是樂乎？今奈何以目之適而忽身之厲哉？」予瞿然曰：「有是乎？」客退，欲撤其扁。既而思曰：「是足爲吾規矣！且使凡欲樂於己而忘人之憂者，入吾軒皆有以覽而自警焉，豈不可哉？」遂書客之言於壁，以爲記。

白田耕舍記

白田在吳淞之濱，距郭三十餘里。吳淞由具區之水東流而爲川，去海不遠，潮汐之所通焉。其旁名田數十萬頃，悉賴以灌；惟白田最下，嘗爲水所冒，歲不得藝，人因以是名之。父老患焉，相率築堤以防其外，畚土以培其中，爲勤累年而免於水，今乃遂成腴沃，與他田比；耕者資其所出，咸自致殷足焉。

丁志恭氏居田之左，嘗闢一室，前臨平疇，後列嘉樹，日課僮奴以耕，休則偃息於其中，因名曰白田耕舍。予居江上，與其室甚邇，志恭因造予，固請爲之記。予惟志恭欲知耕之說，則將求老農而學焉，又奚俟於予哉？吾知所以記之矣。

蓋嘗觀乎是田，始爲蒲葦之陂，今則禾黍之所生焉；始爲鳧雁魚鼈之所遊集，今則耕者之來雜出於其上焉。豈地有變哉？人力致然也。嗟夫！人之於田，能積用其力，雖汙澤可使爲美壤。至於其身而不思所以變之，豈愛其身不若於田乎？故凡人欲之汩於其心者，能由禮以防之，充義以培之，使禮義之根常發，則愚者可爲智，不肖者可爲賢矣。志恭好學而修，固當有務於此，豈徒服力畎畝爲野人之事而已耶！朝往于田，夕歸于斯室，取聖賢之書而讀之，求所以自治之道，至於有成，則其所獲不止於有秋矣。倘毋曰「無佃甫田，維莠驕驕」也。

高青丘鳬藻集卷二

序

史要類鈔序

余嘗讀史，病其煩而難記、散而難觀也。因仍通鑑之舊，采掇而分次之，所以舉要以省其煩，立類以合其散，使之粲然可考而無難也。總爲二卷，名之曰史要類鈔。

嗚呼！世教衰而博學審問之功廢，學者日趨於苟簡而不自止。故經有節文，史有略本，百家諸氏之書皆有纂集，以爲一切速成之計，遂使義理之微不備、事變之實不詳，無以淹會貫通，明其同異而辨其得失矣。此蓋爲學之弊至是而極矣！余爲是編，豈所謂恥過而作非哉？亦余之不得已也。

夫三代而下，作者日滋，其於言雖有淺深大小之不同，然其間皆莫非至理之所在也。苟欲窮之，則茫洋浩汗，非殫歲月、疲精思，有不能究其萬一，亦可謂難矣！而況余以魯鈍之資，處喪亂之世，奔走之役勞其形，憂患之事拂其性，而欲從事於此，豈不又難矣哉？然嘗懼其荒落而卒於無聞也，故區區於聖賢之書，猶不敢廢，間因讀史而作是編，以自便覽閱，雖未免苟簡之失，然其興壞理亂，有切於當世者，亦具在是，則庶乎可免爲無聞之人矣。故曰：亦余之不得已也。天若欲成其志，使得有飦粥之養，以自返於大山長谷之中，一肆其力於所未知，則亦將無事於是編也。

元史曆志序

夫明時治曆，自黄帝、堯、舜與三代之聖王，莫不重之，其文備見於傳記矣。雖去古既遠，其法不詳，然原其要，不過隨時考驗，以合於天而已。漢劉歆作三統曆，始立積年月日法以爲推步之準，後世因之；歷唐而宋，其更元改法者，凡數十家，豈故相爲乖異哉？蓋天有不齊之運，而曆爲一定之法，所以既久而不能不差，既差則不可不改也。

元初承用金大明曆。庚辰歲，太宗西征，五月望，月蝕不效，二月、五月朔，微月見於西南。中書令耶律楚材以大明曆後天，乃損節氣之分，減周天之秒，去交終之率，治月轉之餘，課兩曜之後先，調五行之出没，以正大明曆之失。且以中元庚午歲，國兵南伐，而天下略定。推上元庚午歲，天正十一月壬戌朔，子正冬至，日月合璧，五星聯珠，同會虛宿六度，以應太祖受命之符。又以西域中原，地理殊遠，創爲里差，以增損之，雖東西萬里，不復差忒，遂題其名曰西征庚午元曆，表上之。然不果頒用。

至元四年，西域札馬魯丁撰進萬年曆，世祖稍頒行之。十三年平宋，遂詔前中書左丞許衡、太子贊善王恂、都水少監郭守敬改治新曆；衡等以爲金雖改曆，止以宋紀元曆微加增益，實未嘗測驗於天。乃與南北日官陳鼎臣、鄧元麟、毛朋翼、劉巨淵、王素、岳鉉、高敬等，參考累代曆法，復測候日月星辰消息運行之景，參別同異，酌取中數，以爲曆本。十七年冬至，曆成，詔賜名曰授時曆，十八年頒行天下。二十年，詔太子諭德李謙爲曆議，發明新曆順天求合之徵，考證前代人爲附會之失，誠可貽之永久。自古及今，其推驗之精，蓋未有出於此者也。今衡、恂、守敬等所撰曆經，及謙曆議故存，皆可考據，是用具著於篇。惟萬年曆不復傳，而庚午元曆雖未嘗頒用，其爲書猶在，因附著於後，使來者有考焉。作曆志。

元史列女傳序

古者女子之居室也，必有傅姆師保爲陳詩書圖史以訓之，凡左右佩服之儀，內外授受之別，與所以事父母舅姑之道，蓋無所不備也。而又有天子之后妃，諸侯之夫人，躬行於上以率化之，則其居安而有淑順之稱，臨變而有貞特之操者，夫豈偶然哉！後世此道既廢，女生而處閨閫之中，溺情愛之私；耳不聆箴史之言，目不覩防範之具，由是動踰禮則，而往往自放於邪僻矣。苟於是時而有能以懿節自著者焉，非其生質之美，則亦豈易致哉！史氏之書所以必錄而弗敢略也。

元人受命百有餘年，女婦之能以行聞於朝者有矣，然其繁殆不能盡書；今采其尤卓異者，具載于篇。其間有不忍夫死感慨自殺以從之者，雖或失於過中，然較於苟生受辱，與更適而不知愧者有間矣。故特著之以示勸厲之義云。

送唐處敬序

余世居吳之北郭，同里之士有文行而相友善者，曰王君止仲一人而已。十餘年來，徐君幼文自毘陵，高君士敏自河南，唐君處敬自會稽，余君唐卿自永嘉，張君來儀自潯陽，各以故來居吳，而卜第適皆與余鄰，於是北郭之文物遂盛矣。余以無事，朝夕諸君間，或辯理詰義以資其學，或賡歌酬詩以通其志，或鼓琴瑟以宣堙滯之懷，或陳几筵以合宴樂之好；雖遭喪亂之方殷，處隱約之既久，而優游怡愉，莫不自有所得也。竊嘗以爲一郡一邑，有抱材藝之士，而出於凡民者，皆其地之秀也。若諸君，其諸州之秀歟！以諸州之秀萃於一鄉，吾里何幸哉！且人之求友者，或命駕裹糧遊於四方，而未必可得，今余不出閭閈而獲友之多如是，則非吾里之幸，而余之幸也。

然自前年士敏往雲間，去年幼文往吳興，今年處敬又將往嘉禾而仕焉。衆客觴別於余舍，酒半，余戚然曰：「諸君之居吾里，誠幸矣！今去者過半，而留者猶未可羈也，然則誰終與處此乎？」客有起者曰：「子毋戚！子單居寡侶時，不知有諸君之合也；及朋聚羣遊時，又豈知有諸君之離哉？合而離，離而合，其理無常，則他日之復合於此者，固未可知也。」言既，客又有起者曰：「君子所貴乎同者，道也，所喜乎合者，志也。古有尙友於千載，神交於千里者，以有所合而同爾。豈必生同時、居同里，連棟宇之密而接杖屨之勤乎？諸君能不以遠而忘其好，不以疎而易其志，不以窮達而渝其久要之心，則雖限胡與越，而亦不異於北郭之近矣。」衆客皆喜。既醉而別，余善其言，遂錄爲送處敬序。

送倪雅序

余少未嘗事齪齪，負氣好辯，必欲屈座人。一日遇倪君於客館，其年又少而氣則過余，與之論兵家書，窮晝漏，余不能屈也。故余且異君，而君亦不鄙余，遂相與定交焉。自是每見，必挾史以評人物成敗之是非，按圖以考山川形勢之險易；或命酒對酌，歌呼淋漓，意氣慨然，自謂功名可致不難也。中罹變虞，余旅食江上，别君者累年，屏伏摧沮，曩時之意盡矣。及歸而訪君城南，則亦載筆僕僕，新辟爲宥府掾曹署，問問之，則曰：「親老矣！方急於祿養，餘非吾事也。」間出其從征時所爲渡長江、踰長淮、登龜山、過盱眙、壽春諸詩讀之，皆悲壯沉鬱，感風物於一時、懷英雄於千古者。然後知君雖折而氣不衰，其過余者固在也。

今年春，檄調淞江幕，且過辭，且求所謂贈言者。余聞良材之木，不就刻斲，則無以爲美觀；逸足之駒，不服調御，則無以能致遠；瓌瑋魁閎之士，不遭困約卑屈，則無以益智慮而成志業。使吾二人者，當時以邁往之氣，未試之學，驟進而用之，則今寧不有悔乎？故凡不達於少者，非不幸也。雖然，君今出而與有民焉，苟盡心於爲政，則此而上，猶階而升堂也。功名果何難致哉！若余日習荒陋，不能自白於世，聞海隅多棄地，可耕以卒歲，則願受一廛焉。

送錢塘施輝修太廟樂器序

至正二十三年，四方粗平，大藩遠夷，悉効職貢。天子以惟列聖降祐，用克康濟斯難，將有事于太室，以告成功，以答靈貺；而樂器故弊，懼無以格神召和。乃命春官某，馳傳江南，爰求善工以修製之。於是錢塘施輝，以斲琴應詔。昔我世皇受命，既定海宇，肇造一代之樂，時輝之祖，實以是藝進，得官而歸；今輝能世其業，際中興之運，復得用於宗廟之間，是可嘉矣。雖作樂之意，所謂崇德象烈者，非其所喻，然制作中程，發響應律，備搏拊之用，合詠歌之聲，使雲車風馬洋洋而來下者，亦豈可少哉！故其行也，士大夫咸餞以詩，而俾啓爲之序。啓竊有所感焉。

蓋聞諸董子曰：「琴瑟不調，甚者必解而更張之，乃可鼓也；爲政而不行，甚者必變而更化之，乃可理也。」是天下之政，猶琴瑟爾！今國家承大亂之後，紀綱縱弛，凡百年所行之法，其久而弊若此器者亦多矣，苟得大工以修舉之，則其感和順之氣，格頑蠢之心也何難焉。書曰：「工執藝事以諫。」輝能以此一言乎？

送二賈君序

至正己亥歲，余閱浙江行省貢士目，有名祥麟、名祥鳳者，其氏俱賈，其籍俱杭之海寧，詢之，蓋兄弟也。余謂浙之爲省，列郡累十，支邑累百，抱藝而就試者累千也；然限以名數，能進於列者無幾焉。求二人同出於一郡者寡矣，況一邑乎。求二人同出於一邑者又寡矣，況一家乎。賈氏二子，一舉而畢登是列，豈不足稱哉。今人家有草木花實，駢生而並秀者，猶傳以爲瑞，二子非賈氏之瑞乎？時頗心羨之，而未識其人也。

明年，行宰相以京師道梗，不能使試於禮部，遂以便宜授校官。於是祥麟爲長洲縣學教諭、祥鳳爲學道書院山長，皆來於吳，因得與之友焉。問學以相資，道義以相勉，不自知其好之深而遊之久也。

乙巳春，二君始得代告歸，求所謂贈言者，余觀二君之名而有感焉。夫麒麟、鳳凰，天下之瑞物也。出必當國家之治，不治而出，非瑞矣。二君今歸海隅，益習舊業，不急於其出，則所謂翔浮雲之表、游大野之外也；他日應時而來，和其聲、耀其文，則又爲一國之瑞，不特瑞一家矣。初尊君命名之意，其亦出諸此乎！二君歸謁，試以諗之。

送呂山人入道序

嘗讀五代史，見縉紳之士，能嫉世遠去，不汚其亂者，曰鄭遨、張薦明二人而已。而其隱也，皆託跡山林，爲老氏之徒。余始怪之，以爲君子知不可仕，則韜晦以養其志可矣，何必變衣冠之制、棄詩書之業，長往而不返哉？豈非干戈之際，武夫得志，章甫縫掖之流，不爲時之所喜；抑恐爲人之所迫，不如是不足以自絕歟？求其志，未嘗不深悲也。且當其時，中國之主屢易，士以苟得幸免爲心，而無愧恥之節，風俗蓋大壞矣，而猶有二子者焉。

今天下雖亂，未至於極，斯人者，何獨少哉？蓋有之而余未得以見也。若呂山人，其庶乎二子之所爲者乎！

山人少欲舉進士，遭時兵興，遂避地梁溪、汾湖之間，閉門教授，服弊茹糲，以勤苦自厲，絕不干於人。久之猶以爲未也，迺著黄冠、謝遣弟子，將東遊海濱，求大山長谷而居之。噫，山人之志，亦可悲也夫！

昔歐陽公傳遨、薦明之事，歎世亂文字殘缺，賢人之跡湮而不聞，故所得者甚寡，有悲傷不滿之意。余懼山人之名亦遂泯也，故爲文以送之，他日史臣欲訪遺事於草萊之間，庶區區之言，或有足徵焉。山人名敏，字志學，毘陵人。

贈何醫師序

友人余君唐卿，將以使事往海虞，抵余言别，且有請曰：「吾友王仲元氏有痔形，下體甚苦，越醫何朝宗砭熾以藥，使盡其毒而起，衆始駭而卒服焉；仲元德之，欲吾文以報，適有區區之役，不克爲之執筆，願子惠一言焉。」余未識仲元，雖唐卿之友猶余友，而余文豈唐卿之文哉？然朝宗與余遊，余亦嘗德之者，其又何辭？

夫治絲之棼者，必斷之，治水之濫者，必決之，治疾之法亦猶是矣。方疾之深伏而固結也：呴焉而恐傷之，撫焉而恐撓之；譬如狎猛獸而養暴兵，將不勝其患矣。故必攻之以撥其根，潰之而泄其勢，庶可以收全功而無遺悔也。然其安也，或出於至危，非醫之自信者不敢試於人，人之信於醫者不能使之試；自信而人信之，世之相遇良難也。今仲元之智足以信其醫，朝宗之能足以自信，宜其所以收全功而無遺悔也。嗟夫！天下之事有之矣，憚小害而不爲，顧大患而不恤，逡巡歲月而莫知其所終，豈非自信而人信之者，其相遇爲尤難歟！唐卿既行，使吏持卷來徵書，余既爲論次，遂幷以所感者寓焉。

荆南唱和集後序

荆南倡和詩若干首，句吳周履道、毘陵馬元素所共著也。二君嘗客陽羨荆溪之南，故以名編。庚子春，余始識履道於吳門，相與論詩甚契，因以一帙示余曰：「此野人之詞也。恐世之嗜者少，故未敢出，子今爲我評之。」予讀之，愛其淸粹雅淡，有古作者之意，因乞而藏于家。自是履道與余遊，未嘗不道荆南之樂，且曰：「恨子不識元素。」後余卜館雲巖之西岡，履道每乘扁舟訪余，至則留連累日，余與之緣厓遡澗，蒐覽無厭。一日，雨霽鳥鳴，春木蔭壑，余邀履道坐磐石，命諸生行觴鼓琴。酒酣，履道起歌其詩數章。既而歎曰：「自吾別元素去荆南，謂山林燕詠之樂不可復得矣，今乃與吾子相羊於此，豈偶然哉？」又曰：「吾衰矣！恐無以稱列於後，苟得片辭之傳，使吾名因而自見，亦可以少無憾矣！」余當時甚怪其言之悲也。

越二年，履道客會稽，竟卒于兵。余亦遭亂奔走，不遑啓處。今年冬，棲寓江滸間，理篋中，家乘盡失，獨荆南集在焉。因拊而歎曰：「此詩不亡，天欲成吾履道之志乎？其有傳必矣！」然履道學古人之道，而區區欲以是名，豈其志狹哉，亦足以觀時之否矣。尙念履道雖不幸於事無所試，然讀其詩者，見其居窮谷而無怨尤之辭，處亂世而有貞厲之志，則可并其所蘊者而得之，不特詩也；履道於地下，其眞可以無憾矣乎！是編之首，履道、元素與遂昌鄭先生，皆已有序，余復爲其後序，以識履道平昔之語。聞元素猶隱銅官，他日持是而請交焉，相與尋履道舊遊之跡於山荒水寂之濱，豈不爲一嘅乎！

送顧倅序

東南之郡，惟會稽、錢塘爲佳，士之仕於外者，咸樂居之；以其風氣淸美，有山川臺榭之勝、魚稻茶筍之饒，人吏恬柔，桀猾之蠹稀，賓客材俊，遊賞之會盛，足以慰其勤勞，宣其煩滯也。而錢塘又爲前代之遺都，民習侈巧，廛屋繁麗，歌管之聲，不絕於西湖之上，故仕者尤樂居焉。雖近殘于兵，而其所餘，猶非他郡之可及也。

丙午秋，淮南顧君攝尹吳陵還，調是府判官。賀者咸謂：吳陵廢邑，錢塘名都；攝尹長吏，判官貳職。去廢邑而得名都，則釋愁歎之殷；罷長吏而居貳職，則解責守之重。顧君之樂，當又過於凡仕者矣。余則以爲不然。

初，君之歸自吳陵，示余詩若干篇，無悼己羈淹之辭，有哀民憔悴之意，藹然豈弟君子也。夫其往能忘其憂而思民之憂，則於今肯專其樂而不同民之樂乎？凡欲同於民有不獲則憂，憂則樂復不得而全矣！雖然，君子之仕有所勉，樂不樂非足計也。君之行，凡與游者咸賦詩四韻以餞，而余爲之序。

送孫先生序

濮陽公始鎮暨陽，其客丹陽孫先生實爲郡師。暨陽當兵後，學久廢，先生至則顧其俎豆壞缺，絃歌不興，歎曰：「是非吾責邪！」迺言於公曰：「夫禮義者，民之軌，國之衞也。民不知禮，則無以格其非，不知義，則不能死其上；然禮義之教出於學，今學廢，民其不知教乎？公撫是土而用不教之民，緩急其誰與守此？」公大然之。先生乃葺齋祭之廬，修講肄之室，以與諸生升降乎其中，孜孜汲汲，日以聖賢之言鐫切之。未幾，咸知鄉方，莫或自惰，來游來歌，充滿廡下。公視事之間，亦輒從先生游，先生爲言修齊治平之道，興壞理亂之端，與夫政事之是非，生民之利病，公往往悅而聽之。

去年冬，公易鎭中吳，先生適以秩滿告，公遂要先生俱東。暨陽之大夫士久服先生之訓，念其去而無述也，乃使來乞文焉。啓惟學校之廢尙矣，豈俗之難化哉？吏少學而師不善教故也。當承平時，相習爲文具，莫有能致其意者；及喪亂洊興，老生碩儒，竄伏草莽，抱經而不講，先王之教幾熄矣。間有欲振之者，則圜視而笑其迂。曰：「民且死，奚暇事此哉？」時皆以爲良然。今暨陽屢殘於兵，井邑荒落，其民飢困偃踣，宜若不可以進於學矣，然先生一倡之而興絃誦於呻吟之餘，行揖讓於鬬爭之際而無難者，是知人無不可教之時，而天理民彝之存於其心者，未嘗一日泯也。

啓以先生之善教可書，又足以釋時之惑也，乃不辭而序之焉。

野潛稿序

余客江上，得晉陵徐君友焉。嘗出其詩曰野潛稿者屬余序之，余以君詩之工，覽者宜自得之，不待余贅也；若其名稿之意，則請推言焉。

夫魚潛于淵，獸潛于藪，常也；士而潛于野，豈常也哉？蓋潛非君子之所欲也，不得已焉爾。當時泰，則行其道以膏澤於人民，端冕委佩，立于朝廟之上，光寵烜赫，爲衆之所具仰，而潛云乎哉！時否，故全其道以自樂，耦耒耜之夫，謝干旄之使，匿耀伏跡於畎畝之間，唯恐世之知己也，而顯云乎哉！故君子之潛于野者，時也，非常也。且雷鳴于夏，收于冬，亦時也。方陰氣凝冱，百蟄未啓，而雷發焉，則妖矣。天地閉塞，綱紀淪斁，而士出焉，則謂之何哉？傳曰：「君子在野。」書曰：「野無遺賢。」是時不同，而君子之有潛顯也。然時可潛矣，而欲求乎顯，則將枉道以徇物；時可顯矣，而欲事夫潛，則將潔身而亂倫。故君子不必於潛，亦不必於顯，惟其時而已爾。凡知潛、顯之時者，可以語夫道；不然，難乎其免矣。

當張氏擅命東南，士之摳裳而趨、濯冠而見者相屬也；君獨屏居田間，不應其辟，可謂知潛之時矣。及張氏既敗，向之冒進者，誅夷竄斥，顛踣道路，君乃偃然于廬，不失其舊，茲非賢歟？然今亂極將治，君懷負所學，可終潛于野哉？聞君素善易，於隨時潛、顯之義，必自有以審之矣。

贈胡生序

延陵胡氏，自文恭公爲宋嘉祐名臣，其後子孫登進士第，致兩制方伯者以十數，故世爲大族。文恭之十世孫元威，嘗領鄉薦爲校官，若承旨濟南張公、祭酒隆安魯公，皆以器許之，未得試其材，遭時孔艱，家喪於兵，轉徙旅食於湖海者十有餘年。去年冬，余客吳淞之滸，君適避地於此，遂相與定交，并識其子景彥。余時違羣遠寓荒江岑寂之濱，得君父子甚慰，時往造其室，見其環堵蕭然，而父子講易終日，超然自得，無戚窮慕達之意，余深賢之。夫世之故家舊族，爲子若孫者，平居率負以自高，及罹變故，困踣戎馬之間，不能自厲，卒隳志易業以辱其先者多矣，若君父子，豈不可嘉也哉！

今年三月，景彥將客邑人蔣氏家，來乞言爲別，余謂景彥年壯而學富，志強而行恭，況熟聞父師之訓，固無往而不可，尙何待於余言哉！然吾聞出之大者望必深，望之深者責必重。景彥能不以出之大者自喜，而獨以責之重者自懼，則其進如川之方至，吾未能量其所止也。文恭之澤未絕，中衰而復昌者，安知非景彥乎？

送徐先生歸嚴陵序

嚴陵徐先生大年，嘗被召至京師，與修元史。書成上進，詔擇纂修之士官之，先生以老，乞還甚力。會春官議修五禮，爲一代之典，乃復奏留之。未幾，其書又成。先生固申前請，大臣知其志，不欲強煩以事，乃命有司具禮傳送以歸其鄉。都之大夫士，相與祖餞幕府門外，有言者曰：「先生之學，宜備顧問，先生之文，宜掌綸綍，先生之經術操履，宜在成均爲學者師。今皆不可得，顧令以布衣老於家，歸雖先生之志，然豈不爲司人物之柄者惜哉？」

余進而解之曰：「皇上始踐大寶，首下詔徵賢，又責郡國以歲計貢士，欲與共圖治平，甚盛舉也。故待賈山澤者，羣然造庭，如水赴海，而隱者之廬殆空矣。朝廷待以庶秩，猶梓人用材，鉅細畢取，豈獨於先生有遺哉？蓋先王之爲政，莫先於順人情，亦莫先於厚民俗；力有所不任者，不迫之使必爲，義有所可許者，必與之使有遂，所以人之出處皆得，而廉恥之風作矣。今先生以齒髮非壯，厭載馳之勞，戀考槃之樂，抗辭引挹。上之人不違其請者，蓋將縱之山林，使其鳥飛魚泳於至化之中，以明吾天子之仁，又將以風厲海內，使皆崇退讓而息躁競也。順人情而厚民俗，實在於是，故寧失一士之用而不惜，以其所得者大也。不然，先生豈苟去之徒，而大臣豈棄材之士哉？況先生之歸也，必能著書立言以淑諸人，詠歌賦詩以揚聖澤，則又非潔身獨往而無所補者也，尙何疑哉？吾又聞漢祖中興，嚴光不屈，後世莫不高之；今先生之鄉，卽光之鄉也，嘗游其耕釣之處，山高水長，想瞻遺風，必有邈契乎千載之上者矣。今之歸，其無負於夙昔之志哉！若余遭逢明時，不能裨益萬一，懷恩苟祿而不去，於先生蓋有愧焉矣！」於是言者是之，請書貽先生以識別。

送樊參議赴江西參政序

洪武三年四月，制以大都督府參議瑯琊樊公爲江西行省參知政事，僉都督事濮陽吳公遣其掾來致言曰：「國家始定江右，置大都督府以總軍政。樊公時以材選，首署府僚，自照磨歷都事、經歷以至今職，處幕府者蓋十五年矣。上意屢欲大用，以方有事征討，而公嫺於戎務，藉其贊佐之力，故遲之以俟成功。蓋公於廷臣之中，職甚劇、任甚久，而受知亦甚深也。當王師拓中原，下南服，平幽、朔，取關、隴，戎車四駕之秋，凡邊書之所奏論，廟謨之所指授，與兵資戰具之供儲，尺籍計簿之鉤校，期會嚴迫而案牘繁滋；公度緩急之宜，審利害之勢，參畫處裁，無繆悠違滯之弊。使戎臣藩將，去闕門數千里之外，而徵書不稽，奏請無壅，以得遂其攻取之計者，蓋於公頗有賴焉。今年，上以武功告成，羽檄既簡，乃始輟宥密之居，付屏翰之寄，蓋將息其勤勞，優以崇顯，恩至渥也。吾嘗貳掌樞筦，實與公共事，每念其勤而德其助，於其別也，固不能無情焉！子其爲文以泄吾私。」

啓作而歎曰：「唐、虞官人，以三考爲黜陟，漢之用士，以久任而責其成。苟有治績，則降詔以褒之，增秩以勸之，不輕改授也，故人得盡力於其職；練識情僞，衆既信附，而吏亦不敢欺焉。若甫拜而遽遷，朝此而夕彼，雖有過人之才，坐席猶不暇暖，況能攄其蘊乎？今樊公四遷其官，更十五年不出宥府，其能自效卓卓如此者，誠由聖天子知人善任之所致也，何其盛哉！啓叨掌國史，名臣之行事，職得采輯而紀錄之，於茲文也，固不敢辭。然又聞豫章之區，襟帶江湖，今之大藩也，皇上方將載韜干戈，與斯民休息於無窮，公能靖撫一方，使耄安稚嬉，以復覩熙洽之治，他日雝雝來朝，寵賚有加，鴻聲偉績，足以焜耀不朽者，啓尚當執筆而嗣書焉。」

獨菴集序

詩之要，有曰格、曰意、曰趣而已。格以辯其體，意以達其情，趣以臻其妙也。體不辯則入於邪陋，而師古之義乖；情不達則墮於浮虛，而感人之實淺；妙不臻則流於凡近，而超俗之風微。三者既得，而後典雅、沖淡、豪俊、穠縟、幽婉、奇險之辭變化不一，隨所宜而賦焉。如萬物之生，洪纖各具乎天，四序之行，榮慘各適其職。又能聲不違節，言必止義，如是而詩之道備矣。夫自漢、魏、晉、唐而降，杜甫氏之外，諸作者各以所長名家，而不能相兼也。學者譽此詆彼，各師所嗜，譬猶行者埋輪一鄉，而欲觀九州之大，必無至矣。蓋嘗論之，淵明之善曠而不可以頌朝廷之光，長吉之工奇而不足以詠丘園之致，皆未得爲全也。故必兼師衆長，隨事摹儗，待其時至心融，渾然自成，始可以名大方而免夫偏執之弊矣。

余少喜攻詩，患於多門，莫知所入，久而竊有見於是焉。將力學以求至，然猶未敢自信其說之不繆也，欲求徵於識者而未暇焉。同里衍斯道上人，别累年矣，一日自錢塘至京師，訪余鍾山之寓舍，出其詩所謂獨菴集者示余。其詞或閎放馳騁以發其才，或優柔曲折以泄其志，險易並陳，濃淡迭顯，蓋能兼采衆家，不事拘狹，觀其意，亦將期於自成而爲一大方者也。間與之論說，各相晤賞，余爲之拭目加異；夫上人之所造如是，其嘗冥契默會而自得乎，抑參遊四方有得於識者之所講乎，何其說之與余同也？吾今可以少恃而自信矣。因甚愛其詩，每退直還舍，輒臥讀之不厭。未幾，上人告旋，乞爲序其帙首，辭而不獲，乃識以區區之說而反之。然昔人有以禪喩詩，其要又在於悟，圓轉透徹，不涉有無，言說所不能宣，意匠所不可搆；上人學佛者也，必有以知此矣。毋遄其歸，倘留與共講焉。

送丁至恭河南省親序

去年秋，余解官歸江上，故舊凋散，朋徒殆空，唯同里丁儼至恭，日抱琴與余遊。余愛其清雅和易，且能相慰於寂寞之濱，故數與燕詠嘯歌，甚相樂也。今年春一日，至恭過余言曰：「家君主河南之永寧簿，年老遠仕，儼侍左右，顧母在又不可離，輒歲一往覲；去歲既往，今茲將復行，先生能無一言之贈乎？」

余觀吾鄉之人，俗不好遊，多安於田里，視去家數舍則有難色；今吳距洛幾三千里，必涉江遡淮，入潁逾汴而後至，況兵革之餘，灌莽蕭條，狐兔之跡交於塗，行者非有名役，必以利驅，不爾不往也。今至恭治裝裹糧，不憚遠邁，非有二者之徇也，特以定省久缺，欲一候望顏色，以釋思慕之懷，可謂知所重輕矣，余豈得以失相從之私，而有所介然哉？然獨有所感焉。

夫殊鄉遠別，忽父子相見，上堂起居之餘，舉觴奉懽，此人子之深願，而天下之至樂也；然其得與不得，則有幸不幸焉。蓋自海內分崩，所在梗阻，子之思其親而不得見，陟岵而歌，望雲而歎者，有不可勝數。今皇上削平四方，車書既同，雖遐邦異壤，往來若東西州然，故至恭之思其親，欲見卽往，無有闕閡者，實遭逢昇平之時也。然則人子之深願，而天下之至樂者，在當時人有所不能得，而至恭今得之，豈非由上德惠之所及哉！幸逢斯時而蒙上德惠之及，則爲臣子者，可不思所勉乎！於其行，遂論次爲序，旣贈至恭，且爲永寧君壽云。洪武四年二月日序。〔校記〕按卷一白田耕舍記作「丁志恭」，此篇題與正文作「至恭」而目錄又作「志恭」，卷五有志恭墓誌銘，未知孰是？大全集白田耕舍記與此序均作「至恭」，墓誌銘又作「志恭」，紛紜不可定。

高青丘梟藻集卷三

序

師子林十二詠序

師子林，吳城東蘭若也。其規制特小，而號爲幽勝，淸池流其前，崇丘峙其後，怪石崷崒而羅立，美竹陰森而交翳，閒軒淨室，可息可游，至者皆棲遲忘歸，如在巖谷，不知去塵境之密邇也。好事者取其勝槩十二，賦詩詠之，名人韻士，屬有繼作，住山因公，裒而爲卷，冠以睢陽朱澤民舊所繪圖，而請余序焉。

夫吳之佛廬最盛，叢林招提據城郭之要坊，占山水之靈壤者數十百區，靈臺傑閣，甍棟相摩，而鐘梵之音相聞也，其宏壯嚴麗，豈師子林可儗哉？然兵燹之餘，皆萎廢於榛蕪，扃閉於風雨，過者爲之躊躇而悽愴。而師子林泉益淸，竹益茂，屋宇益完，人之來遊而紀詠者益衆，夫豈偶然哉？蓋創以天如則公願力之深，繼以卓峰立公承守之謹，迨今因公以高昌宦族，棄膏粱而就空寂，又能保持而修舉之，故經變而不墜也。由是觀之，則凡天下之事，雖廢興有時，亦豈不繫於人哉？余久爲世驅，身心擾攘，莫知所以自釋，閒訪因公於林下，周覽丘麓，復以十二詠者諷之，覺脫然有得，如病暍人入清涼之境，頓失所苦；乃知清泉白石，悉解談禪，細語麤言，皆堪入悟。因公所以葺理之勤，而集錄之備者，蓋爲是也。不然，則飾耳目之觀，賞詞華之美，皆虛幻事，豈學道者所取哉？是則來游而有得者，固不得不詠，因公亦不得不編，既編則余又不得而不序也。

贈錢文則序

韓文公詩有曰：「我生之初，月宿南斗。」蘇文忠公謂公身坐磨蝎宮也，而己命亦居是宮，故平生毁譽頗相似焉。夫磨蝎卽星紀之次，而斗宿所躔也，星家者說身命舍是者多以文顯，以二公觀之，其信然乎！余後生晚學，景仰二公於數百載之上，蓋無能爲役，而命亦舍磨蝎，又與文忠皆生丙子，是幸而偶與之同也。二公之名雖重當世，而遭逢排擯謗毁，幾不自容；仕雖嘗顯于朝，而貶陽山，謫潮州，竄逐於羅浮、儋耳之間，踰嶺渡海，冒氛霧而伍蠻蜑，其窮亦甚矣。顧余庸庸，雖不能致盛譽，亦不爲誹謗者所及，況遭逢聖明，忝職禁署，蒙恩賜還，無投荒之憂，是幸而不與之同也。然二公之文章德業，赫然照映千古，而余早擢艱虞，中事奔走，學不加修，文無可采，將泯焉爲衆人之歸，是不幸而不能與之同也。噫！命之所舍既同，則宜無不同，而何相去若是之遼哉？蓋窮達得喪由乎命，智愚賢否存乎人，存乎人者可爲，由乎命者不可必；世之人常以不可必者責於命，而不以可爲者責諸己，所以多自恕而倖得也。若二公者，其道同，其文學同，故毁譽窮達有不必其同而自同，則余之不能與之同者，蓋有在也，而豈命之罪哉！

山陽錢文則能推星以言人之禍福，無不奇中，士大夫多稱道之，將遊湖海，徵余言爲贈；因書所以自警者貽之，且使遇夫自恕而倖得者告焉。文則讀書好修，善鼓琴，斯術其餘事云。

送示上人序

報恩教寺，在吳之北郭，距吾舍爲近；其中有修竹古檜，廣堂邃閣，可以覽觀眺望，却煩囂而挹虛爽。其主席若無言宣，白雲聚，又皆賢而與余善。故與諸文友楊孟載、張來儀、王止仲、徐幼文輩數往遊焉。每登西麓，聚落葉藉坐，探韻賦詩，抵日入鳥歸乃去。寺僧好事者，亦往往挐茗抱琴來從之；有示上人者，居衆中年雖少，而警慧好學，余固期其爲良緇流也。後余徙家于郊，及從仕南京，不復至者數年。既歸，今年春始一過焉，而無言、白雲皆已化去，舊僧多散亡，竹樹舍宇，頗蕪廢弗理。計當時同游者，惟止仲在郡，餘或出或處，亦各之四方，俯仰躊躇，爲之盡然以悲。而示上人聞余來，迎勞甚驩，語昔游之樂，意若願復從余周旋者；叩其學，則已能究宗要，且攻爲詩章，方爲今住山因公所知，延爲寺之第一座，余知其果可爲良緇流也，則復爲之逌然以喜焉。

未幾，上人往住吳江之寶覺寺，士大夫多賦詩送之，其徒與余善者宗源爲來請序其首，因書疇昔之事與知上人之素者貽焉。夫上人往矣！然吾聞寶覺在吳淞、笠澤之間，江雲湖波，沙禽浦樹，朝夕變化之狀不可摹繪，固東南之勝區，所謂可以覽觀而眺望者，又當遠過報恩，則余不可以不遊也。欲遊，安得復與向之諸文友者同哉？

贈醫師何子才序

余嘗與修元史，考其故實，見士之行義於鄉，能濟人之急者，皆具錄焉。或謂死喪疾病之相救助，固鄉黨朋友之事，非甚難能者，夫何足書？余則以爲自世教衰，人於父子昆弟之恩猶或薄焉。其視他人之危，能援手投足以拯之者，於世果多得乎？不多則君子宜與之，不可使遂泯也。乃采其尤卓卓者爲著於篇。自退伏鄉里，聞有斯人之風者，猶復爲興慕焉。

一日，趙子貞氏謁余城南，言曰：「近僕自淮南攜累而東歸也，奔走水陸之艱，觸冒霜露之慘，既抵家而俱病焉；蓋老稚數口無免者，呻吟吚嚶，僵卧滿室，湯粥之奉不時，恤問之友不至，相視盻然爲溝壑矣。醫師何子才日來視之，療治周勤，藥裹成績，僕有慚心，而子才無倦色，既彌月，而皆起焉。今以衰暮之年，與老婦幼孫，復得相依以保其生者，皆子才之賜也。顧無以報，願惠一言識區區之感焉。」余以子貞家素貧，固非常有德於子才，而子才亦非有冀於子貞者，乃活其闔門於瀕死，豈非以濟人之急爲心，而世所不多得者乎！若是，固不可使無聞也。然余文思荒落，不能張子才之賢，姑序以復於子貞氏；子才能存此心而不息，義聲積著，則固有當代之執筆者書矣。

婁江吟稾序

天下無事時，士有豪邁奇崛之才，而無所用，往往放於山林草澤之間，與田夫野老沉酣歌呼以自快其意，莫有聞於世也。逮天下有事，則相與奮臂而起，勇者騁其力，智者効其謀，辯者行其說，莫不有以濟事業而成功名；蓋非向之田夫野老所能羈留而狎玩者，亦各因其時焉爾。

今天下崩離，征伐四出，可謂有事之時也。其決策於帷幄之中，揚武於軍旅之間，奉命於疆場之外者，皆上之所需而有待乎智勇能辯之士也。使山林草澤或有其人，孰不願出於其間，以應上之所需，而用己之所能，有肯槁項老死於布褐藜藿者哉？余生是時，實無其才，雖欲自奮，譬如人無堅車良馬，而欲適千里之塗，不亦難歟！故竊伏於婁江之濱，以自安其陋。時登高丘，望江水之東馳，百里而注之海，波濤之所洶欻，煙雲之所杳靄，與夫草木之盛衰，魚鳥之翔泳，凡可以感心而動目者，一發於詩；蓋所以遣憂憤於兩忘，置得喪於一笑者，初不計其工不工也。積而成帙，因名曰婁江吟稿。若夫衡門茅屋之下，酒熟豕肥，從田夫野老相飲而醉，拊缶而歌之，亦足以適其適矣！因序其篇端，以見余之自放於江湖者爲無所能，非有能而不用也。

送虛白上人序

余始不欲與佛者遊，嘗讀東坡所作勸上人詩序，見其稱勸之賢曰：「使勸得列於士大夫之間，必不負歐陽公。」余於是悲士大夫之風壞已久，而喜佛者之有可與遊者。

去年春，余客居城西，讀書之暇，因往雲巖諸峰間，求所謂可與游者，而得虛白上人焉。

虛白形癯而神淸，居衆中不妄言笑，余始識於劍池之上，固心已賢之矣。入其室，無一物，弊簀折鐺，塵埃蕭然。寒不暖、衣一衲，飢不飽、粥一盂，而逍遥徜徉，若有餘樂者。間出所爲詩，則又紆徐怡愉，無急迫窮苦之態，正與其人類。方春二三月時，雲巖之遊者盛，鉅官要人，車馬相屬，主者撞鐘集衆，送迎唯謹，虚白方閉戶寂坐如不聞；及余至，則曳敗履起從，指幽導勝於長林絶壑之下，日入而後已。余益賢虚白，爲之太息而有感焉。近世之士大夫，趨於塗者駢然，議於廬者驩然，莫不惡約而願盈，迭誇而交詆，使虚白襲冠帶以齒其列，有肯爲之者乎？或以虚白佛者也，佛之道貴靜而無私，其能是亦宜耳！余曰：今之佛者無吸吸焉肆荒唐之言者乎？無逐逐焉從造請之役者乎？無高屋廣廈以居美衣豐食以養者乎？然則虚白之賢不惟過吾徒，又能過其徒矣。余是以樂與之遊而不知厭也。

今年秋，虚白將東遊，來請一言以爲贈。余以虚白非有求於世者，豈欲余張之哉？故書所感者如此，一以風乎人，一以省於己，使無或有愧於虚白者而已。

送劉侯序

至正二十三年秋，太尉承制，以市舶提舉吳陵劉君同知松江府事，將行，其同列走書來徵文以道其美。余與劉君辱交最厚，今之去，雖無請者，猶不敢默然而已，況勤諸君之請邪？然劉君之碩材潔操、隆聲雅望，其自撫戎政、司商税，所以威輯乎悍卒、惠被乎遠人者，既已充聽者之耳而徧談者之口矣，余何加乎？若夫推太尉用君之意，以慶其民幸者，則亦無幾焉。

昔吳之富擅南服，其屬邑旁郡，亦號蕃庶。自竊西疆相望殘燬，而松江以東，一柝之警不起，民恬物熙，獨保完實，斯其民亦幸矣。然數年間，軍旅之需殷而賦斂之役亟，彼創殘疲羸者，既不可以重困，則凡有所征，捨茲土奚適哉？故芻粟者往焉，布縷者往焉，朝馳一傳需某物，暮降一符造某器，輸者屬於途，督者雜於戶，地雖未受兵，而民已病矣。於是怨咨之聲流，刻弊之形見，視他邑之民，雖葺破墾廢，而泰然田廬中，無發召之勞，無課責之苦，反若有不及者。吁，其幸乃所謂不幸歟！今太尉知其然，慨然思得良吏以撫循之，而劉君獲在選焉。夫同知與太守相可否於黃堂之上者，其爲任不輕而重也，劉君亦知其所以致此乎？余聞太尉之將授君以是職也，指其名語僚佐曰：「此人能愛民。」夫愛民，先王所以治天下也，而況一郡乎哉！太尉能以是取人，可謂知所本矣。且劉君往矣，必能益發施於政，則松江之民不其又幸歟！

雖然，古之人凡聞一言之善則揚之而不敢隱，況聞之於上者乎？余之區區所以樂道斯語，非惟有以張劉君也，亦將使凡吏於時者，知在上之意而將順之，則民之爲幸廣矣。庶乎結厚澤於悠深，復盛治於熙洽也。他日考之，豈不有所自哉。

贈醫士徐仲芳序

昔柳子傳宋清，言清居善藥，有就清求藥者，雖不持錢皆與之。積劵如山，度不能報，輒焚劵，余固疑清之未善也。苟不責報，尙何以劵爲哉？又言清取利遠，故大而卒以富，是知清猶未免於利耳。

吳醫徐仲芳，世攻治小兒，至仲芳而益精，人之請於門者相屬也。仲芳視其爲士大夫及窮乏者，輒先焉。雖烈風赫日，乘一驢，兀兀黃埃中，周臨其廬，無敢後。其視疾必謹，與劑必良，嬰稚之賴以不殤者蓋衆矣。有奉物詣仲芳謝者，卒却去，或問之，則曰：「士大夫吾所敬，窮乏吾所憫，義皆不可取，吾非爲詭也，彼貴雄而仕達者，固又何辭？」故人皆德仲芳。雖後有復請，仲芳赴之益先，人至有愧心，而仲芳無倦色。嗚呼，若是可不謂賢乎！世嘗言今之人不及於古遠矣。觀清之焚劵，而仲芳幷劵有不取，清猶以利，而仲芳以義，是則仲芳之賢不止於及清而已也。

余友戴伯庸氏一日來告曰：「僕有弱息，嘗苦多疾獲仲芳而愈，數欲報仲芳，而仲芳不吾受也，度終不可以虛其德，願求子之文以贈之。」余謂仲芳之賢旣可書，且余固嘗德仲芳者，戴不余請，余可已乎哉？雖然，宋清以柳子之文而傳，今仲芳之賢雖過於清，而余文不足以及柳子，顧能使之傳邪？然戴之欲之也，姑爲書其概，以俟如柳子者徵焉。

送徐以文序

余少喜交游，以方侍養，不得遠去以求友於四方，故獨與鄉里之君子游，若徐君以文其人也。後不幸失怙恃，而天下有變，所在多梗，又不得遠去以償其志。然十餘年間，四方之士來吳者，則亦未嘗不得見焉。其豪健俊偉、魁閎辯博、飲酒談笑以意氣相得者，固不爲少；至於講義理之微，詠性情之正，薰然和，粹然温，優柔浸漬，相入以善而不自知者，則未有及以文者焉。乃知未行四方耳，苟行四方，若以文者，亦豈易多得哉。余用是益親以文，而以文亦不余厭也。蓋自少及茲之壯，其間春華之晨，秋月之夕，空山流水之濱，崇臺古榭之上，以文未嘗不往，而余未嘗不從；二人者，樂其相得之深，從容周旋，忘其爲喪亂之時，覊窮之日也。蓋以文不汲汲求世知，居衆中，退然若無所能者，故人皆失以文，而余獨得之，豈非幸也哉？

今年夏，以文將讀書吳興蜀山中，來以别告，余謂久合而有睽離，人事之必然者也，豈足爲甚戚也哉？以文今絶去紛囂，得益厲舊學以求其道，顧余乃浮沉閭里間，卒荒落而無所成，是則不能無介然於懷耳！雖然，以文固不可留，余則豈不能去是哉？待秋風之興，當扁舟而南，尋書聲於雲溪煙樹間，以文尙肯以所得告我哉？

代送饒參政還省序

太尉鎭吳之七年，政化內洽，仁聲旁流，不煩一兵，強遠自格，天人咸和，歲用屢登，厥德懋矣。然猶不自滿而圖治彌厲，尙懼聽覽之尙闕，而思僚佐之相裨也，迺承制以淮南參政臨川饒公領咨議參軍事。公辭以非材，卽躬臨其家，諭之至意，公感激，遂起視事。嗚呼盛哉！此豈偶然也耶？

蓋天將興人之國，則必賚以聰明奇特之士，與之左提右挈，以就大事，故其相合之深，相信之篤，冥契默諭，有莫知其所以然者。今公之起也，人之見者歎於途，聞者頌於室，莫不謂公直氣讜言，夙有以結太尉之知，故能當簡注之深，獲登庸之光，然不知天之相之者，有不如是之偶然也。

且嘗論之，人才之不能相通也，故明於鉅者或有昧於微，得乎此者或有遺乎彼，其得而兼焉者寡矣。今太尉奠此南服，端拱廟堂，舉境內之事而屬之參軍，凡內外大小無不關白，其爲任亦豈易言哉？蓋致治理則求其學術之醇，論攻守則資其計畫之良，對賓客則藉其辭令之善，用人物則取其鑒識之精，而況文牒之所交馳，簿籍之所叢委，苟一事之不通，一才之不具，則亦未足稱之矣。今公能從容其間，泛應曲當，使臨至重而不驚，處至煩而不擾；故雖以某之陋，獲與公共事，而亦得以寡過矣。且接尊俎之餘談，樂圖書之清暇，翺翔天府，以極一時之盛，則公之才，豈獨上賴之哉？某亦賴之矣。

今年秋，公得解所領職，還署省事，竊以嘗有協恭之好，於其去，能無言乎？故論次其說以爲序。

送江浙省掾某序

近代之取人者有二焉：曰儒與吏而已。夫吏固儒之一事，非可以並稱也。蓋詩、書、禮、樂所以明道，律令章程所以從政；不明乎道，則無以知出治之本，不從乎政，則無以周輔治之用。古者君子之學，所以通而後成也。二者既分，儒忽吏爲末而謂之不足爲，吏訾儒爲迂而謂之不足用，各視時之所尙以相盛衰，其爲弊也久矣。國家自失承平，校政庶務實繁；在上者欲其嚴辦以供一切之需也，故任吏尤專重，而儒有弗及者矣。嗚呼，豈非其感歟！

蓋聞孫卿氏之言曰：「相高下、視墝肥、序五種，君子不如農人；相美惡、辨貴賤，君子不如賈人；設規矩、陳繩墨、便器用，君子不如工人；不恤是非然不然之情，以相薦拔，以相恥怍，君子不如惠施、鄧析。」然則治文書、奉期會、摘獄訟之微、較賦稅之悉，儒固或不如吏矣。至於屏邪慝之風，行仁義之說，使上尊而下親，內修而外服，非儒其孰能之乎？故善爲國者，未嘗以此而易彼也。今厭其高而樂其卑，捐其大而收其小，何哉？亦竊求其故矣，蓋謂今之儒未及於古，不足以稱上之所使也。夫儒不能盡爲古之儒，然吏亦豈能盡爲古之吏哉？是但知垂紳獵纓，空言而不切於事者之非儒，而不知磨鉛削牘，拘法而不通夫義者之非吏也，其可乎？余故嘗感歎而思之，以凡在上者亦過矣。苟有於此焉，不以儒爲不足用而特任之，則知夫出治之本而其政豈不成乎？既又思之，則非在上之過也，亦儒之過焉耳。苟有於此焉，不以吏爲不足爲而兼通之，則周夫輔治之用，而其道豈不行乎？若其人者世固有之，而余未得見之也。

今年冬，某人以江浙省臣之辟爲掾，余聞其讀書與律學頗事古，豈非所謂其人歟？將行也，其友有來哀士大夫所贈若干篇而屬余序者，迺欣然告之曰：夫掾雖吏也，然佐外宰相治藩府，凡方面之事雖不得行，亦可得而言也。且省臣能取子於人人之中，是知其賢矣。知其賢，於言有不聽乎？子今能以所學施於時，顯有成效，使皆知儒之非迂，則上之所尚有不改絃而易轍者乎？儒之振不振，吾於子行卜之矣。夫欲援吏而歸於儒者，是吾所望於子也。若云叛儒而入於吏者，豈吾所望於子哉！

送蔡參軍序

國朝置參軍爲三公之屬，舊制也。然平時三公無親職，而參軍多私人，故視之者若不甚重。今太尉清河公仗專征之鉞，雄鎮南藩，以戡亂爲己任，舉封內之事而屬之參軍，故其職密要華顯，遂非他官所能及矣。然居是者，非忠足以受寄，智足以造謀，而略足以濟務者弗稱也。太尉公嘗曰：「與我共成大功者，其惟良參軍乎！」故未嘗輕以授人，而人之得之者，則莫不謂之榮焉。

江浙行樞密院經歷蔡侯，久在幕府，懋著厥績，所謂忠智與略，實備於己。初參軍之員有闕也，太尉方求其人，而談者已私擬曰：「宜爲是者，其蔡侯乎？」未幾命下，果侯也。嗚呼！此豈偶然而已哉？蓋侯之賢，夙有以當太尉簡注之深，而致國人期望之重，故上下之意匪謀而一，譬諸大寶橫道，人無智愚，皆知趨而取之，初不待於相告也。不然，則何以能冥契合之神如是哉？於是在上者授任之不差，在下者清議之不泯，幷侯之能稱是職，而必與太尉共成大功者，皆可見也，抑何盛哉！

余時竄伏田里，有欲獻於侯而未暇也。適侯之故僚吏有來徵文頌侯者，迺坐而歎，作而言曰：夫士君子之道成於身，而出用於世也，豈不欲流大名施厚澤乎！然嘗患不得乎其位，位得矣而又患不逢乎時，二者之常不偶，則終於挾大技而莫呈，抱奇貨而弗售，此古人所以多感憤悲傷而自歎於不遇也。然則逢時而得位者，非古今之所難而爲士君子之至幸歟！今侯之爲參軍也，凡征伐之密，侯得聞之；黜陟之重，侯得與之；兵民御撫之方規，賓客應對之辭令，侯皆得兼謀而並任之，則侯之位亦得矣。海內雖未康靖，而太尉方興桓、文之業，內修外攘，以答天子之寵命，則侯之時亦逢矣。侯於是時，能思古今之所難得者，已實得之，而大攄宿學，以爲其職之所當爲，則東南之人，有不誦侯之名而被侯之澤者乎？蓋區區所以願望於侯者，亦太尉任侯之意也。侯其懋乎哉！侯其懋乎哉！

送黃省掾之錢塘序

錢塘爲東南之會，自五季之亂，海內創殘，而錢氏父子能保其國，又能知歸於宋，不煩征誅，故獨幸富全。迨我朝國師南駕，既受宋降，市不易肆，列聖相承，重熙累洽，涵養安息，以至於今，計其民之不識兵禍，已四五百年矣。故城邑人物之繁，園池臺榭之麗，皆足以侈於遊觀而誇於談詠，舟車管絃，日至於西湖之上者，不間風雨；又有名花珍果水陸之味，雜出於四時，而非特居者之樂，凡仕於是者，亦莫不酣嬉而忘去也，可謂盛哉。

至正改元云云。〔校記〕：「至正改元」下有闕文，四部叢刊影印明本亦作「云云」。以此文成於元代，所闕文當於明代有忌諱故。越三月而圍解;內則困於疫饑,外則蕩於燔掠,向之所可觀者,鞠爲荒煙宿莽,遺灰斷甓,蓋四五百年之跡,銷滅毁壞,欲求見其髣髴而無在者矣!況連歲流民未還,行旅罕至,則非特居者之戚,凡仕於是者亦莫不彷徨而厭留也,可勝歎哉!

今年秋,江浙行省左丞潘公,由吴興徙鎭兹土,聞荆南黄君仲博之材,辟以爲掾。將行,其友有來乞言贈之者,乃爲之言曰:夫地之廢興盛衰,雖有其時,然豈不繫於人哉?苟有其志者,躬葺理之勤,需培積之久,有不能變凋弊爲完庶者乎?今錢塘雖繁華委謝,而江山之形勝猶在也,仲博始至之暇,能爲我一周覽乎?升於高,見陵谷之可憑,則思設備禦之規;行於野,視廬井之可復,則思興墾闢之利;歸言於公而行之,使寇不能復來,民不致久困,方面之事,其孰有大於此乎?仲博固有志者,必能如余言。他日枹鼓不聞,民得安遂其生,桑麻雞犬,陰交而聲應,皆忘其爲喪亂之餘,而漸復承平之舊;余將幅巾藜杖,南游湖山之間,樂觀盛事,然後賦詩以頌公之功有成而幷爲仲博賀也。豈不偉哉!豈不偉哉!

贈王醫師序

君子必愼疾,愼疾必先於擇醫,甚矣,擇醫之難也!其論證之是非,投餌之當否,非通其術者莫察也。士之通其術者甚寡,苟不察焉,而求驗於已試之後,待其危而黜之,晚矣。

豈愼疾之道哉？世故無以知其良，則從衆之所稱者而趨焉。曰：「其傳幾世矣，其活幾人矣，良醫也。」相率非其藥不食，子不迎以視其親曰不孝，弟不迎以視其兄曰不悌，凡長者不迎以視其卑幼曰不慈，而病者不自迎以視己曰不智，雖失療以死不悔。嗚呼！衆之所稱者，其果良否乎？吳之醫最多，舉城而籍之，不啻千百，而得名者數人，其術未必皆良，而良者反扼其下不得出，甚可歎也！

今年春，友人徐君幼文云云。德之，來徵言以贈。余謂復初誠良醫矣，然人未有盛稱之者，惜余言之不足重於世，不能張之；然觀有美譽而無實用，有實用而不得大聞於時者，天下之事多矣！不特醫也，復初何尤焉？

贈醫師龔惟德序

廣陵周克恭氏以事來吳，介友人謁余言曰：「京口有龔先生惟德者，治俞扁之術，其視疾審若鑑之照物，其投劑當若矢之中的，其施惠均博若輪之行地，不以高下而易軌也；故言良醫師者，必歸惟德焉。吾家瓜渚，距京口、隔大江，兒嘗遘危疾，惟德來視之，駕扁舟、越風濤，略無所避，旣療之輒愈。顧余年已非壯，後視承先世之重者，眇焉在是兒也；不幸而有疾，有疾而幸惟德起之，則其所以惠我者不惟是兒，乃延吾後於無窮，而免余於不孝也，其德宜何如報哉？然奉之以金弗受也，將之以幣弗領也，吾可終無以報者乎？蓋思可以章吾心而侈其德於當世者，莫如君子之言焉。余來是邦，聞先生以文名，敢請。」余辭未遑，他日又來言曰：「惟德非特於吾爲然也，凡於士之貧與流播羈寓者皆然也；今其一門三世，下孝而上慈，家道雍豫而壽樂且康者，豈非由是致哉！願先生爲之言。」

余乃歎曰：夫施德於人而不責報者，非世所謂難能者歟？然急利者之所難，而有道者之所易也。蓋人雖不能報，而天必報之矣。故責於人者不得於天，得於天者不責於人，責於人有得有不得，責於天則無所不得也。且天之報人，雖若茫昧，然不可以朝夕需，苟行之不怠以俟之，則其所得較之於人者不啻多矣！今惟德其能責於天者乎！其能行之而不怠者乎！其庶幾所謂有道者乎！是皆余所喜聞而樂言者也，況克恭之請之勤哉！雖欲辭，固不得辭也。遂書。

綠水園雜詠序

吳城西南陬有曰朱家園者，父老言宋朱勔故墅也；廬山陳惟寅氏得之，更名曰綠水，以園中有池，且用杜子美詩語也。其林沼亭軒，亦各有扁焉。近雖頹廢，然寬閒幽勝，猶可以釣游而嘯歌。惟寅以余往來其中最熟，求徧詠之。噫！當勔以倖貴時，窮侈豪侈，園中之珍木異石，崇臺嶢樹，固當百倍於此，文人詞客爲之稱美而誇詠者亦多矣，今皆跡滅響沉，無復可覩。惟寅雖窮居隱約，而能以詩書世其業，篤于孝友，其清德雅操，固可以蔑視勔矣，則余爲之執筆，亦可以無愧焉。因不復辭，且庶幾或傳，使父老知園之更名綠水者，自惟寅始也。詩凡十六篇。

缶鳴集序

古人之於詩，不專意而爲之也。國風之作，發於性情之不能已，豈以爲務哉？後世始有名家者，一事於此而不他，疲殫心神，蒐刮物象，以求工於言語之間，有所得意，則歌吟蹈舞，舉世之可樂者不足以易之，深嗜篤好，雖以之取禍，身罹困逐而不忍廢，謂之惑非歟？余不幸而少有是好，含毫伸牘，吟聲咿咿不絕於口吻，或視爲廢事而喪志，然獨念才疏力薄，既進不能有爲於當時，退不能服勤於畎畝，與其嗜世之末利，汲汲者爭騖於形勢之途，顧獨事此，豈不亦少愈哉？遂爲之不置。且時雖多事，而以無用得安於閒，故日與幽人逸士唱和於山巓水涯以遂其所好；雖其工未敢與昔之名家者比，然自得之樂，雖善辯者未能知其有異否也。故累歲以來，所著頗多。近客東江之渚，因間始出而彙次之，自戊戌至丁未，得七百三十二篇，題之曰缶鳴集。自此而後著者，則別爲之集焉。藏之巾笥，時出而自讀之；凡歲月之更遷，山川之歷涉，親友睽合之期，時事變故之蹟，十載之間，可喜可悲者，皆在而可考，固不忍棄而弗錄也。若其取義之或乖，造辭之未善，則有待於大方之教焉。

姑蘇雜詠序

吳爲古名都，其山水人物之勝，見於劉、白、皮、陸諸公之所賦者衆矣。余爲郡人，暇日蒐奇訪異於荒墟邃谷之中，雖行躅殆徧，而紀詠之作，則多所闕焉。及歸自京師，屛居松江之渚，書籍散落，賓客不至，閉門默坐之餘，無以自遣，偶得郡志閱之，觀其所載山川、臺榭、園池、祠墓之處，余向嘗得於煙雲草莽之間，爲之躊躇而瞻眺者，皆歷歷在目；因其地，想其人，求其盛衰廢興之故，不能無感焉。遂采其著者，各賦詩詠之。辭語蕪陋，不足傳於此邦，然而登高望遠之情，懷賢弔古之意，與夫撫事覽物之作，喜慕哀悼，俯仰千載，有或足以存勸戒而考得失，猶愈於飽食終日而無所用心者也。況幸得爲聖朝退吏，居江湖之上，時取一篇，與漁父鼓枻長歌，以樂上賜之深，豈不快哉！因不忍棄去，萃次成帙，名姑蘇雜詠，合古今諸體凡一百二十三篇云。洪武四年十二月日，前史官高啓序。

高青丘鳧藻集卷四

傳

南宮生傳

南宮生吳人，偉軀幹，博涉書傳，少任俠，喜擊劍走馬，尤善彈，指飛鳥下之。家素厚藏，生用周養賓客及與少年飲博遨戲，盡喪其貲。逮壯，見天下亂，思自樹功業，乃謝酒徒，去學兵，得風后握奇陳法。將北走中原，從豪傑計事，會道梗，周流無所合；遂泝大江，遊金陵，入金華、會稽諸山，蒐覽瓌怪，渡浙江、汎具區而歸。家居以氣節聞，衣冠慕之，爭往迎候，門止車日數十兩。生亦善交，無貴賤皆傾身與相接。

有二軍將，恃武橫甚，數毆辱士類，號虎冠。其一嘗召生飲，或曰：「彼酗，不可近也。」生笑曰：「使酒人惡能勇？吾將柔之矣。」即命駕往，坐上座，爲語古賢將事，其人竦聽，居樽下拜，起爲壽；至罷會，無失儀。其一嘗遇生客次，顧生不下己，目懾生而起。他日，見生獨騎出，從健兒帶刀策馬踵生後，若將肆暴者；生故緩轡當中道進，不少避，知生非懦儒，遂引去，不敢突冒訶避。明旦，介客詣生謝，請結驩。生能以氣服人類如此。性抗直多辯，好箴切友過，有忤己則面數之，無留怨；與人論議，蕲必勝，然援事析理，衆終莫能折。時藩府數用師，生私策其雋蹶多中，有言生於府，欲致生幕下，不能得；將中生法，生以智免。家雖貧，然喜事故在，或饋酒肉，立召客與飲啗相樂。四方遊士至吳者，生察其賢，必與周旋款曲，延譽上下。所知有喪疾不能葬療者，以告生，輒令削牘疏所乏，爲請諸公間營具之，終歛其德不言，故人皆多生，謂似婁君卿、原巨先而賢過之。

久之，稍厭事，闔門寡將迎，闢一室，庋歷代法書、周彝、漢硯、唐雷氏琴，日遊其間以自娛。素工草隸，逼鍾、王，患求者衆，遂自閟，希復執筆。歆慕靜退，時賦詩見志，怡然處約，若將終身。生姓宋，名克，家南宮里，故自號云。

贊曰：生之行凡三變，每變而益善。尙俠末矣！欲奮於兵固壯，然非士所先。晚迺刮磨豪習，隱然自將履藏器之節，非有德能之乎？與夫不自知返，違遠道德者異矣。

杏林叟傳

杏林叟姓董，匿其名，隱居暨陽山中，不知其所自出，或云吳神醫奉之後也。嘗遇異人授鍼術，砭刺按摩，攣舒鬱通，求療者皆舁至徒返，欲以貲報，輒謝曰：「吾衣食幸自給，無庸是也。」第令人植杏一樹舍旁。曰：「吾聊繼吾祖志耳。」久而成林，鄉人不知其名，因以杏林叟號焉。嘗曳杖林下，逍遙而歌曰：「杏之華，其下我家，杏之實，其美我食。吾寧舍是兮而從人于役！」或聞之曰：「隱者也。」前揖而問曰：「今天下病矣！子猶事醫邪？盍以大鍼起大疾乎！」叟啞然曰：「我野人也，惡知天下之事哉？試以醫言之：夫人之玩毒而忘戒，嗜甘而憎苦，衆口是惑，而忽醫之言者，在法皆不療；若醫昧其難，冒受厚直，潰潰汨汨，日覦其殆而不知止者，則又病者之罪人也，吾誠愧焉，子何欲以是浼我哉？」遂隱終其身。

贊曰：雉不隱其文，故麗于羅；豹不藏其斑，故陷于穽。古之君子，遭時否塞，欲求免乎世者，往往變匿其名以自雜於賤技之間。若陳留老父、漢陰丈人之流，姓名且不得而知，身可得致邪？所謂身名俱隱者上也，身隱而名著者下矣。杏林叟識能察時，藝能濟物，寧沒其名以全道，謂之上隱非邪？

胡應炎傳

胡應炎，字煥卿，常之晉陵人。宋樞密副使宿八世孫也。父聰，淮南節度計議官。咸淳中，應炎登進士第，授溧水尉，未赴。

元丞相伯顏南伐，師次常境，知府王洙遁；朝廷以姚旹〔校記〕大全集作姚誾，下同。知府事，復命將軍王安節、都統劉師勇，將兵雜守之。旹等至常，見應炎，喜曰：「君吾劇孟也。得君，敵不足破矣！」署節度判官。應炎歸，告聽及兄應發、弟應登曰：「吾家世受國恩，今戎馬在郊，王室將危，是吾立功之秋也！父老，兄弟當奉以出避，吾身許國，不得復徇家矣。」聽、應發並曰：「吾與汝雖父子兄弟，然於國則皆臣也；圖報之義，彼此同之，豈可臨難而獨免乎？」乃命應登侍母及護妻子出城，囑曰：「善避以存吾宗；不幸城亡，吾必死之，今與汝訣矣！」既應旹命，即選民之壯勇者三千人自將乘城，爲旹畫曰：「吾州京師北門，不可失守，然城庳塹狹，兵皆市人，非素所撫循者，而北兵銳且衆，乘勝遠來，其鋒不可當，恐未易與戰也；宜樹木栅傅城，益調粟繕械爲守計。」旹然之。

初洙遁時，其客王虎臣盜郡印，自稱知府，詣伯顏軍門獻之；伯顏不知其詐，命還守常，而遣兵與俱。及城，旹等已先至，不得入，反，以民叛告。伯顏怒，命元帥唆都率步騎二十餘萬圍之。應炎與安節、師勇分門出戰，各累大捷，殺其將校甚衆。功上，進直祕閣。

圍且久，元兵多傷斃，唆都請益師，伯顏遂以西域諸部兵來會攻；圍益急，餉援俱絕。唆都以栅堅不可拔，剽近野，得婦人刳乳煎膏沃其上，發火矢射之，火熾栅焚，又運機石擊樓堞盡毀。食盡，唆都偵知之，遣使呼應炎語，諭使出降，應炎罵之，且截紙縷置盂中，若湯餅狀者，以筋引示之曰：「吾食甚足，若欲得城，需『金山長』也。」「金山長」，蓋諺語謂無其期。唆都聞之曰：「能破城者，金山長老也。」世呼寺主僧爲長老，故云。卽趣召金山僧至軍，問以攻城之策。僧不知爲計，周行視城曰：「是城龜形也，東南其首，西北其尾，攻尾則首愈縮，其法當攻首。」從之，城遂陷。師勇遁，旹、安節死之。應炎率民兵巷戰，至孔子廟前，衆潰，猶手刃數人，力屈，遂就擒。唆都讓之曰：「若卽嘗多殺吾將校者邪？」應炎曰：「吾欲殺汝，何將校也？恨力不及耳！」唆都怒，腰斬之，時年二十七。兵入屠城，聰、應發皆被殺，民匿溝中免者數人。

余爲兒童時，常聞父老言元兵取常時事甚悉。及壯觀史，多所未載，豈蒐采有失而致然歟？抑著作者有所諱避而弗錄歟？或其事多繆悠，初皆無有，特好事者爲之說歟？是皆不可知也，每竊恨焉。近遇胡黼江上，間爲余言其祖應炎死節始末，與余昔所聞無異，斯固足徵矣。夫以虎臣之姦，唆都之慘，與僧者妄言而幸中，其事雖微，猶不可使泯，況應炎之忠烈毅然如是邪？因掇其語作胡應炎傳，以補史氏之闕云。

墨翁傳

墨翁者，吳槐市里中人也。嘗游荊楚間，遇人授古造墨法，因曰：「吾鬻此足以資讀書，奚汲汲四方乎？」乃歸，署門曰「造古法墨」。躬操杵臼，雖龜手黧面，而形貌奇古，服危冠大襦，人望見咸異之。時磨墨瀋數斗，醉爲人作徑尺字，殊偉。所製墨有定直，酬弗當，輒弗予，故他肆之屨恒滿，而其門落然。

客有誚之曰：「子之墨雖工，如弗售何？」翁曰：「嘻，吾之墨聚材孔良，用力甚勤，以其成之難，故不欲售之易也；今之逐利者，苟作以眩俗，卑賈以餌衆，視之雖如玄圭，試之則若土炭，吾竊恥焉。使吾欲售而效彼之爲，則是以古墨號於外，而以今墨售於內，所謂衒璞而市鼠腊，其可乎？吾既不能爲此，則無怪其卽彼之多也。且吾墨雖不售，然視篋中則黝然者固在，何遽戚戚爲？〔校記〕大全集下有「乎」字。」乃謝客，閉戶而歌曰：「守吾玄以終年，視彼沽者泚然。」客聞之曰：「隱者也。吾儕誦聖人之言，以學古爲則，不能以實德弸其中，徒飾外以從俗徼譽者，豈不愧是翁哉！」歎息而去。齊人高啓聞其言以足自警也，遂書以爲傳。翁姓沈，名繼孫，然世罕知之，唯呼〔校記〕大全集下有「爲」字。墨翁云。

梅節婦傳

節婦姓梅氏，平江人，適廣平路總管致仕浦侯子。至正十六年春，淮兵南下，守臣弗夙戒，城遂沒。婦夫懼其齒之壯足以集禍也，迺携婦匿旁小民家；民逆知其有所挾，心利之，陰出召外兵。兵入，夫逸去，婦爲兵所得。兵見其色，將污之。婦曰：「若欲者貨耳，我悉以與若，若其舍我；不然，我有死耳，終不能爲失身人也。」因探懷出其金，兵持婦少懈，遂乘間脫赴渠水中，水淺不得死，兵遂至水次，以刃擬婦曰：「亟出，否則死是水矣。」婦不爲動，兵遂舍去。後至者，見婦面水上，知其生，復欲鈎出之，婦力挽不肯升；兵怒，以戈擨其腋死焉。三日，夫得其尸，殯於舍後廢圃中，蓋余與浦鄰也。

嗚呼！婦之死節，猶臣子之死忠孝，分也，曷足異哉？然君子聞一事則亟書而累稱之若不得已焉者，豈非以敎化不興，風俗旣壞，人知而死者少，而不死者多歟？今作梅節婦傳，亦余之不得已也。悲夫！

贊

愛敬堂圖贊

爾容愉愉，爾儀肅肅。以事以承，弗離弗瀆。相彼室堂，在是繪圖。爾有親養，緊我獨無！

東坡小像贊

或置諸鑾坡玉堂，或放之朱厓黄岡。衆皆謂先生之憾，余則謂先生之常。先生蓋進不淫，退不傷，凌厲萬古，麾斥八荒，而大肆其文章者也。

丹厓小像贊

誦其文，偉然其夫。睹其貌，眇焉乎儒。跡晦名彰，身癯道腴。不翕翕以合，不汲汲而趨。知之者固以爲介，不知者則以爲迂。吁！

義鸖贊 幷序

吴報恩寺浮屠之顛，有鸖二巢焉。以游以宿，出返必俱。一日，其雄罣脛輪索中，奮翼自擲，空懸弗脱；雌下首大鳴，若籲於人，衆憐之，莫能升，遂宛轉而絶。雌依其傍弗去，羣烏欲磔之，輒引喙怒逐，不使近，逮毛骨盡化，迺已。余居直寺東，嘗見其彷徨飛旋，形貌慘悴，風雨之夕，哀唳嗷嗷，若號慕然。余念夫世固有伉儷相悦者矣，一旦失所天，哀未改而已他適，塗膏自媒，唯恐非艾，晨咷夕噱，曾無含忸；世嘗以禽喻惡人，寧不辱是鸛哉！迺贊曰：

嗟爾鸛乎！維鳥之特猗。雄死自守，禦鳥之賊猗。獨棲於標，夜失其匹猗。哀嘶返顧，不啄而食猗。厥質始化，豈貞之魄猗？匪魯黃鵠，孰配爾德猗？

樹屋傭贊 幷序

東都之末，士大夫以危言激昂，同志嫉惡，攻之不勝，卒構朋黨之禍。然相率蹈死而不悔，有不得入者，則恥焉。當是時，申屠子龍，滅跡芒碭之間，因樹爲屋，自同傭人，豈故與衆異趣哉？誠以大木將顛，非一繩可維，故獨保其身，不欲與俱靡爾，可不謂明哲之士哉！余嘗慕其人而不得見焉。吳有隱君子字仲權者，自言子龍後也。元季之亂，不肯仕，入林屋山，以樹屋傭自號，余得與之游焉。夫慕其人而不得見，雖見其鄉之草木，猶將愛之，而況其子孫乎？況其德之肖者乎？乃爲樹屋傭贊曰：

我思漢士，曰維申屠。遭世橫潰，道從而污。衆履虎尾，身國同危。捧土塞河，區區可悲！瞻彼陵阿，蔭息有樹。匪厭華榱，弗若此固。羣雉在羅，一鴻獨飛；遐蹤千齡，躡焉者希！有士樂潛，厥德惟似，曷克似之，繄若孫子。

陳仲昭小像贊

清眸秀髯，夷襟雅致。早從挾策之遊，晚佐鳴琴之治。雖居簿書兩考之縻，每愛泉石一丘之閟。此固非漂瀨之逸人，乃睢寧之隱吏也。

嫣雌子贊 并序

稽岳王君常宗，剛正好古學，嘗被召修元史。書成，欲官之，君辭歸養親，閉門著書，以嫣雌子自號，好事者嘗繪其像。渤海高啓爲作贊曰：

古服古貌，古學古辭；際時復古，其道可施。暫起從徵，亟歸就養。進退從容，高風孰尚？

烏目山樵贊 繆貞，字仲素

虞仲之邦，言游之里。山長水深，生此德士。其外雖臞，中含道腴。誦詩讀書，終焉在娛。

箴

寅齋箴　爲禮部崔尚書作

六馬既奔，朽索是縻。人心之危，曰惟過之！其危伊何？難存易失。操之在寅，罔敢怠逸。先哲有言：斯禮之輿。坦坦聖途，由焉而趨。立朝處室，祗愼勿替。如見大賓，如對上帝。凡百君子，學用是成。矧爾秩宗，交于神明。儼乎若思，惕然若疚。惟公履之，永以无咎。

銘

瞻松亭銘

范文正公書院，有公手植二松在焉。十世孫孟奎，作亭其旁，名曰瞻松，以識追慕之意。徵啓爲之銘曰：

鬱彼二松，魏公所植。閱歲之多，於堂之側。維昔魏公，天實挺生。好是正直，爲邦之楨。其節桓桓，如松斯固。讒夫詆攻，不改其度。出入勤勞，既懋乃功。本鉅支繁，庇于無窮。凡知慕公，百世之士。躬承其遺，矧爾孫子。霜凄露濡，油然其思。孰謂公遠？式瞻在茲。爾瞻伊何？朝夕左右。視公之榮，知德之厚。匪徒瞻之，維以象之。從公之休，庶幾永而！

靜學齋銘

體具動靜，實惟二儀。夫靜眞一，又動之基。交軌盪摩，風鼓雷應。萬生芸芸，而此自定。凡人之心，本寂而虛。紛紜攫攘，爲欲所驅。載馳載奔，蚩蚩者子。內喪外勞，莫知所止。君子山立，其閑其安。不誘於聽，不眩於觀。如鑑漠然，有來必酢。豈彼幻徒，冥默無作。木靜則壽，水靜則淸。所以爲學，匪靜曷成？子居是名，矢則先正。我維銘之，請直以敬。

端石雙硯銘

靈淵閟寶世莫窺，二美孰得天所貽。鏗鳴金聲縝玉姿，同德齊光敢雄雌。歲月研磨不磷緇，神物貴合當勿離。

進齋銘　并序

國子助教高君仲輝之先君子，嘗以進名其齋，聞人碩士爲言其義悉矣。仲輝間復請余銘，余以宗人之義，不敢辭。爲之銘曰：

務前其途車必覆，嗜升諸公身乃辱。惟德之躋是則淑，詩書餱糧禮爲轂。聖域高遠匪可蹴，由卑自邇蹈古躅。跬步不已至荒服，如木在山泉出谷。勿畫以退苟自足，先君之志子尚勗！我爲銘詩敢告瀆。

碧泉銘　并序

湘多名山，岳麓其最勝者。靈巖仙洞，往往有紺泉出焉。色多紺綠。邑人陳君，少入山爲黄冠氏，嘗從其師玄靜眞人遊泉上，因叩以道旨。眞人曰：「我惡知道哉！汝其問諸泉焉。」君因留泉旁不去。久之，若有所契，乃以碧泉自號，識所得也。青丘子聞而異之曰：「夫道無不在也，草木瓦礫皆有道，而況泉乎？眞人亦善教哉！顧陳君之所得，世未或知也，嘗試臆其旨爲之銘以寄君，使刻諸泉上，告求道者之校焉。然余非知道者，并諗於泉爲何如？」銘曰：

泉之渟淵淵，維道之原。泉之流瀰瀰，維道之施。我游詠兮泉側，我之樂兮與泉晝夜而不息。

存心齋銘 并序

金陵汪氏有藏修之室曰存心。介余友馬君來徵銘，余嘉其得爲學之要，爲之銘曰：

身一室，意四維。與物遊，罔有時。如驚狙，孰可縻？喪厥宰，吁其危！愼乃操，勿妄思。天君寧，恒在兹。

靜得齋銘 并序

婁東沈仲益氏，以靜得名其藏修之室，取程夫子詩語也。渤海高啓爲作銘曰：

虛哉靈府！其體本靜。外觸未形，山止水定。誘物而動，熾情乃生。喜怒愛惡，與哀懼幷。紛紜擾攘，厥宰斯喪。如驚駟奔，孰制其放？維彼君子，能操使存。養其眞靜，爲動之根。周流汎觀，忘己與物。萬生芸芸，莫不自得。詠歸于雩，嗟逝在川。去聖雖遠，微言尙傳。沈君齋居，從事於此。願言誰師？子程伯子。

筆銘

用欲圓，體欲勁；書而執之在心正。

賦

鶴瓢賦

寧眞館李高士，遇青城黄老師遺一瓢，其形肖鶴，刳爲飲器，名曰「鶴瓢」，嘗出以飲，啓因爲之賦。

月華子夜宿玄館，夢遊太微。見一古士，其狀實希。長頸密齒，不臞而肥。苦葉被體，服非羽衣。翩然來前，自稱庖氏。少生魏園，長入吳市。慕高躅於煙霞，離舊根於泥滓。雲翼未成，海路空指。不食窮年，濩落而已。握手終歡，願託於子。覺而占之，既喜且驚。當得異物，莫測其名。匪胎以化，乃實而成。不解飛鶱，歷歷善鳴。未足御仙客之舉，但可挹聖人之淸者歟？案未斂策，戶嚮剝啄。起逢老翁，曳杖躩鑠。遠有携而見遺，乃質刳而形鶴。月華子掀髯而笑曰：「爾青田之族，赤壁之侶，竟混草木而零落耶？疇昔之夜，吾與爾有約矣。」於是埽苕軒，啓松閣，分半壁以留棲，命一壺以對酌。不扃怨夜之籠，不貯迴春之藥。誓將共浮沈於滄溟，同上下於寥廓。青丘生過之，出以爲樂。生誚之曰：「夫道貴無累，始能有得。此蓋許由棄之以全名，衞公好之而喪國。吾謂子遺身而超世，尚何留意而玩物？」月華子耳若不聞，引滿欲醺。拊之而歌曰：昂藏兮支離，爾生兮何奇？行則佩兮飲則持，與翺翔兮千歲期。唯遊無何兮，餘非吾之所知。

聞早蛩賦

至正丙午五月十三日，夜坐中庭，聞蟋蟀之聲，感而有賦。

龍集丙午，仲月維夏。祝融當衡，蓐收伏駕。悵炎氛之興晝，欣湛露之流夜。於是蓮塘涵清，梧館闃靜。纖絺方御，輕箑未屏。息號蟬之繁喧，罷棲鵲之暗警。何陰蛩之忽鳴，寤余寐而獨省。稍入戶而侵幃，纔緣堦而傍井。若暑徂而律變，簟色淒兮欲冷。迅飇發兮騷騷，斜漢迴兮耿耿。方其或咽如啼，或激如嘯。嘤嘤孤吟，嘖嘖相弔。蔭淺莎之蒙籠，翳深叢之窈窕。已厭聞而愈逼，乍欲尋而莫照。含清商之至音，非假器而爲妙。促素機之惰工，亂朱瑟之哀調。未連響於絡緯，蹔依明於熠燿。若迺靜院閒宮，荒園廢驛。草長幽扉，莟滋壞壁。候月光而未旦，聽雨聲而乍夕。久棄長嫠之婦，遠寓窮居之客。莫不對境興愁，攬衣動戚。謬感年之將逝，誤驚寒之已積。影就燭而誰依，淚橫襟而自滴。不待風凋漢苑之柳，霜隕湘皐之蘭。苟斯聲之接耳，卽掩抑而摧殘。余何爲而亦起，答悲韻而長歎。

聞七月而在野，實詩人之所志。今胡早而不然？豈天時之或異？乘火令之中衰，應金氣而先至。推象類而占之，若有兆夫人事。然物生兮何常，庸詎測夫玄意。抱微憂而何言，返中閨而復睡。

題

題天池圖小引

吳華山有天池石壁。老子枕中記云：「其地可度難。」蓋古靈壤也。元泰定間，大癡黃先生遊而愛之，爲圖四三本，而池之名益著；此爲其弟子李可道所畫，尤得意者也。温陵陳彥廉得之，求余賦詩其上。或云：此廬山天池景也。余未有以辯。然舊見別本張貞居題之，首句云「嘗讀枕中記」，則亦以爲華山池矣。前輩言貞居與大癡數同遊於此，則其言信可徵，初不必舍此而取彼也。因爲賦長歌，欲張吾鄉之山水，使與香鑪、九老爭高云。

題朱達悟傳後

余舊聞達悟善詼語，當其抵掌劇談，雖貴富可畏人，皆狎侮之，然人不以爲忤，聞其說，莫不捧腹絶倒；達悟亦仰天大笑，不自知其冠纓索絶也。以是優游自終。世之戚戚計得失，未嘗一伸眉破顏者，視達悟爲何如哉！觀其以達悟自號，豈果有所得者歟！

題高士敏辛丑集後

論文者有山林、館閣之目，文豈有二哉？蓋居異則言異，其理或然也。今觀宗人士敏辛丑集，有春容溫厚之辭，無枯槁險薄之態，豈山林、館閣者乎？昔嘗有觀人之文而知其必貴者，吾於士敏亦然。嗟夫，吾宗之衰久矣！振而大之者，其在斯人歟！

跋

跋眉菴記後

右嘉陵楊君眉菴記，謂眉無用於人之身，故取以自號。夫女之美者，衆嫉其蛾眉；士之賢者，人慕其眉宇；而不及口鼻耳目，則眉豈輕於衆體哉？蓋衆體皆有役，眉安於其上，雖無有爲之事，而實瞻望之所趨焉，其有類乎君子者矣。世方以僕僕爲忠，察察爲智，安重而爲國之望者，則以爲無用。楊君亦有感於是歟？讀之爲之太息。

跋王右軍墨蹟

右軍書在人間者甚少，得唐人臨本已爲尤物，況近歲兵燹之餘，圖籍埽地，此卷獨存，眞巋然魯靈光也！郭君好古，必知所寶藏矣。

跋松雪臨蘭亭

吳興公平生臨蘭亭最多，此卷乃爲錢塘仇伯壽所臨者。自識曰：「余得意書也。」豈公亦嘗有未得意者邪？抑以世眞知其得意者少，故特表而出邪？

跋松雪書洛神賦

趙魏公行草寫洛神賦，其法雖出入王氏父子間，然肆筆自得，則別有天趣。故其體勢逸發，眞如見矯若游龍之入於煙霧中也。

跋徐氏族譜後

吳邑徐良輔，懼其先德之將泯，宗黨之日疎，與後世子孫之昧其所自出也，乃譜其族系，自太學生揆而下凡十二世，合數十百人，其用心亦厚矣！間以示余。余聞吾鄉先正范文正公嘗言：「族之人雖有親疎，自祖宗視之，則皆子孫也。」故爲執政日，買田以贍其族，今所謂義莊，距良輔之居實不遠一舍，良輔亦嘗遊觀而興慕哉！雖約居韋布，力未得爲公之爲；然能推其意於宗族之間，慶弔以展其情，燕合以辨其序，閔其幼孤，周其匱乏，則是譜不爲虛器矣。良輔曰：「吾志也，請書以自勉。」遂書於編後而歸之。

跋呂忠肅與魏太常唱和詩後

右二詩，江夏魏公在元至正間，贈呂忠肅公而作，忠肅答章所謂「誦君與我詩」者是也。方先生以愚嘗爲錄忠肅之詩於卷，而公詩則未見焉。覽者或未知所自，公間以示啓，遂請書附於左，以見有唱斯和之義。夫古者興運之佐，多伏於衰季之世，得碩望之士，器遇以爲知己者，固非一人；然未有如二公之相贈以言，流于篇詠者也。公於忠肅，則期之重而無苟悦干名之辭；忠肅於公，則知之深而有樂天感時之意。錄而傳之，亦可以見前輩風誼之厚也夫。

跋張長史春草帖

少陵觀張旭草聖，極歎其妙。至東坡題王逸少帖，則詆張爲書工。昌黎石鼓歌，則又詆王爲俗書。是三公之言何戾耶？蓋王之於石鼓、張之於王，其書固不可同語。然詩人詞氣抑揚，不無太過，論者遂欲以爲口實，未爲知書者也，亦未爲知詩者也。世人不以韓言而短王，又可以蘇言而少張歟？因觀長史春草帖偶書。

跋蘭亭

近臨川饒氏家多法書，藏蘭亭數十本，晚始獲定武一刻，酬以厚直，每有至寶難得之歎。今此本紙墨尤舊，饒已歿，惜不令一見之。

跋張外史自書雜詩

貞居始學書於趙文敏，後得茅山碑，其體遂變；故字畫清遒，有唐人風格。詩則出於蘇、黄，而雜以己語，其意欲自爲一家也。近代浮屠之名能詩與書者雖衆，然亦不能兩美，況道流之久乏人哉！此其自書雜詩也，古、律，行、草，各臻其妙，宜子英之愼與而彥廉之喜得矣。

跋溝南詩後 張端，字希尹。

右溝南張先生詩若干首，格律深穩，不尙篆刻，而往往有會理切事之語，蓋能寫其胸中之趣者也。先生平日所著甚富，此詩其子藻仲掇拾於兵燹之餘者爾。然觀者如嘗旨於鼎，一臠可知矣。嗟夫！前輩凋謝，雅音寥寥，幸先生猶康强，方歸臥黄山之陽，詠歌昇平，所得當未止也。藻仲尙謹錄之。

評史

商鞅范雎

鞅、雎之相秦也，其罪同，其禍則異，何哉？受諫、不受諫也。夫鞅以殘刻之資事孝公，下變法之令以毒秦人，至刑公子虔，黥公孫賈，嘗論囚而渭水盡赤，蓋仁民之道喪也。雎以傾危之性事昭襄王，進近攻之計以亡山東之諸侯，至罷穰侯、廢太后、逐涇陽、華陽君，蓋親親之道滅矣。然睢聞蔡澤之言，則謝病而歸，卒完首領；鞅聞趙良之說，則貪商於之富，寵秦國之政，徘徊而不忍去，卒受車裂之慘。二人者，雖皆不足言，然以此則睢爲猶勝哉。嗚呼！進退禍福之幾，觀鞅、睢之事，後之人亦可以少鑒矣！

四公子

余嘗怪四公子好客，而所養皆縱横、游俠之流，故其功烈之卑如此；使得天下之賢而禮之，則其所就何如哉？及觀其書門招諫，執轡屠市，與比食謝躄之事，雖不皆中於道，然其屈己下人之意可稱矣。又觀其客，汙隱困阨以待知己，一遇稍薄，則相率而去之，雖不皆合於義，然其忘人重己之意可尚矣。後之時君與士大夫固皆恥之，相與言曰：「我所求者道德之士也。」一曰：「我所學者聖賢之徒也。」然而下人者未甚至，重己者弗甚篤，則是名過而實不及也，可勝歎哉！

樊噲

樊噲，武夫也。嘗携劍摧鋒，從沛公以芸薙堲害，人所壯之者，不過以其能脱戲下之急爾！余竊以噲有可賢者焉。

初，沛公之入咸陽也，見秦之宫室帷帳寶貨婦女，欲留居之，因噲之諫，遂還軍霸上；不然，則逸欲遽生，蹈亡秦之覆轍，何以慰父老之心，起范增之畏，而解項籍之怒乎？恐漢之爲漢，未可知也。史言當時諸將皆爭取金帛財物，蕭何獨先入收丞相府圖籍藏之，觀噲之能諫上，則其不爲是可知矣。及高帝既老，嘗有疾，惡見人，詔戶者無得入羣臣，何雖爲相，亦莫知爲計也；噲排闥而入，見上獨枕一宦者卧，因流涕以片言悟之，其憂深慮遠，有可爲大臣者矣。豈絳、灌等比邪？而或者乃以帝嘗欲殺噲，恐百歲後從呂氏叛也。

嗟夫！噲起屠狗以至封侯，亦足矣！况其賢如是乎？且帝素少恩，又何有於一噲？論者誠刻矣哉！

羊祜

昔夏桀不道，湯使伊尹往問就之，蓋謂桀雖暴虐，能用伊尹，則其民有蘇息之惠，而我無往誅之勞。五往而桀卒至不用，乃知桀之惡終不可改，故不得已而伐之。聖人之志在救民，而非富天下也如此。

自三代而下，一以功利相侵奪，欲求其髣髴先王之道者蔑矣。而羊祜之守襄陽，獨能以德熏其鄰，每用兵，刻日方戰，不爲掩襲之計；諸將有欲進譎計者，則飲以醇酒，不使得言。軍行吳境，刈穀爲糧，皆計所侵送絹償之；每遊獵，常止晉地，所得禽獸，或先爲吳人所傷者，皆送還之。於是輕裘緩帶，雍容鈴閣，而信義之風藹然被於江漢之間；余固嘗善之，謂其非以功利相侵奪者比也。及觀祜入朝，力陳伐吳之計，且謂張華曰：「成吾志者子也。」祜之志果爲救民乎？抑爲滅吳乎？亦滅吳而已耳。蓋祜之言曰：「孫皓暴虐已甚，於今可不戰而克。若皓歿，更立令主，則雖有百萬之衆，長江未可窺也。」夫皓可伐也，祜直陳其惡，勸武帝以援江左之民於燔溺，豈不偉然哉！迺汲汲以皓歿爲憂，則是幸其虐以爲己利。且夫幸人之虐以爲己利，則豈仁者之心哉！仁者一視而同仁，彼之民猶我之民也；其君虐之邪，我則往救之，其君安之邪，我亦可已矣！又何必俘其君，籍其民，然後爲得哉！祜之志未免於此，則其去以功利相侵奪者何遠焉！

或曰：「如子之言，則是吳終不可滅，而晉終不能一天下也，其可乎？」余曰：王者在德厚薄，不在地之大小也。晉雖兼南北以有之，不旋踵而內禍四出，果何在於一不一乎？隋文帝嘗將伐陳，命大作戰船，人請密之，帝曰：「吾將顯行天誅，何密之有？」使投其棹於江，曰：「彼若懼而能改，吾復何求？」夫隋文帝雖未足爲賢主，然此一言，亦可以王矣。祜之致其君，固不能及湯，又不能如隋文乎？雖然，祜嘗與陸抗對壘，能使抗飲其藥而不疑，則祜亦賢矣！余之言蓋所以責賢者，乃春秋之意也。

衛瓘

瓘之死，人嘗哀之，以其忠也。余曰：殺瓘者非后也，天也。何以知其然也？蓋不祥莫大於殺無罪，況有功乎？初鍾會、鄧艾之西伐也，瓘實監其軍。蜀既滅，會欲叛，遂誣艾以叛。會之志，司馬昭知之，郤悌知之，賈充亦知之，豈有智如瓘而不知耶？瓘不知會之欲叛，又不知艾之不叛耶！使瓘於是時不附會議，密明於朝，則艾可以不死；艾不死，則會無能爲矣。不知出此，乃以小憾遂收艾以成會之惡，亦云過哉！及會敗而艾出，又恐艾讎己，則追殺之於綿竹，瓘之賊禍如此；蒼蒼者所以不赦，而假手於一婦人也，豈以撫牀致之哉？且怨艾者田續也，而瓘嗾之；怨瓘者榮晦也，而人亦使之。艾之死及其子，瓘之死及其孫，則天之報相符可信矣。不然，豈有爲臣忠而受禍若是烈者乎！

李泌

甚矣！小人之凶人國也。天下之至親篤愛，出於天性而不可以言間計奪者，莫父子若也。然其變，往往有至於殺其子而不疑，弑其父而不顧者，何哉？小人間使之也。沙丘之禍，成於李兌；湖城之恨，發於江充；若潘乙、楊素之流，又不可以悉數。蓋小人懷傾險之情，挾姦亂之術，居人父子間，投隙抵罅，常幸其有事以苟一切之富貴，故必以利蠱人子，以害脅人父，挾讎所親而嫉所愛，一爲所惑，則父不得爲慈父，子不得爲孝子；夫父不慈而子不孝，則人道滅矣，豈有人道滅而可以爲國乎？此小人之所以必去而勿用也。

嘗觀之於唐，太宗，賢也，而承乾不能全其生；玄宗，明也，而子瑛不克盡其死；至於肅宗之昏孱，德宗之猜忌，而太子卒得以不動者，果誰之力哉？一李泌而已耳！當是時，倓有功也，而李輔國嫉之；誦無過也，而張延賞搆之，二子蓋岌岌矣，賴泌居其間左右彌縫，上下歡悅，累數千言，皆出於至誠盡忠之意，委曲剴到，悽惋惻怛，有足以感人者，故聽之使讒疑之跡，廓然而雲銷，渙然而冰釋，既悔且悟，不覺其泣下之霑襟也。迺知天性之良，有終非小人之所能掩者，特患無君子以發之耳。苟皆得泌，則天下豈有相弑殺之禍哉。

昔曹公以丁儀之譖，亦欲廢其子，問於賈詡，詡不對。公問其故，詡曰：「屬有所思，故未卽對耳。」公曰：「何思？」詡曰：「思袁本初、劉景升父子也。」公大笑而罷。蓋曹公智者也，故雖聞他人之事，而其悟有不待於辭之畢。若二君者，亦嘗親厄於其身，親覩於其目矣；然至於此，非泌之反覆善諫，則猶未必其國本之不搖也。然則君無曹公之智，臣無李泌之忠，而小人是信，則雖父子猶不能自保，可不愼哉！

高青丘鳧藻集卷五

雜著

封建親王賀東宫牋

監國撫軍，久繫兆民之望；建邦作輔，大頒同姓之封。隆典式修，輿情均慶。恭惟皇太子殿下，地居震長，道合乾剛。孝奉兩宫，每問安於曉寢；友懷諸弟，共講學於春坊。既膺主鬯之崇，復舉分茅之盛。本支茂衍，宗社奠安。某等忝預台司，敢伸賀悃。河如帶，山如礪，永存萬世之傳；日重光，月重輪，敬上千秋之祝。

擬唐平蜀露布

神策行營節度使東川節度副使臣崇文等，臣聞天無二日，臨四海爲一家；地有九州，分萬邦爲五服。故用建侯藩之重，俾扶王室之尊。車服出於堯庭，篚筐歸於禹貢。柔遠能邇，舞干羽開未格之心；取亂侮亡，鳴鼓鐘討不恭之罪。蓋以法陰慘陽舒之道，成文綏武定之功。於是臣職惟修，君威罔替。上稽象緯，固昭弧矢之名；下制國經，可廢甲兵之役。

伏惟皇帝陛下，神凝至道，氣稟英姿。紹十二世之洪基，啓億萬年之昌運。憫生民之未乂，惻然如傷；念祖業之惟艱，凛乎若墜。却遠方之獻，不嘉有瑞；罷別庫之藏，以示無私。象郡鰐溪，流八人而姦邪並黜；麟臺鳳閣，命二相而賢俊相升。屢降璽書，體乾行而布澤；大蒐戎輅，應月蝕以修刑。冀垣跋扈之臣，解甲方歸；河隴憑陵之虜，納琛會至。而劉闢者，性惟狂戇，位在凡卑。實爲掌賦之瑣材，豈是總戎之偉器？頃因西川節度使韋皐卒，擅留府不受徵書。當陛下光臨率土之初，大賚多方之始，恐生震擾，姑務包容。授之以北闕之旌旄，委之以西門之管鑰。可謂滌瑕蕩垢，荷寵蒙榮，不思感悔以酬恩，反肆驕淫而速禍。此軍未輯，他鎮仍求。神奪其聰，礪刃拒賓僚之諫；天盈其惡，奮戈驅將士之行。始西蜀自縱其鴟張，後東川竟遭其獸噬。謂偏隅可據，謂重險難踰。負固偷生，欲效李流之逆；望風走死，不知譙縱之窮。陛下乃用旁詢，將興薄伐。築室匪衆言之惑，負扆惟獨斷之明。大衆啓行，常勗之以用命；小臣受事，敢效之以忘身。率五營虎衞之師，會數道鷹揚之將。駢脇者盡操闟戟，蓬頭者皆垂縵胡。霧合雲屯，目蔽旌旗之影；波翻瓦振，耳鼙鉦鼓之音。

六月，臣與兵馬使李元奕、山南節度使嚴礪等，進至鹿頭關東，此關旁夾高山，眞成巨障。阨三軍而莫進，詎下井陘；立一夫以可當，應同劍閣。臣等猨攀魚貫，矹鑿道以潛行；鳥突蛇蟠，徑焚廬而直進。因地形而制陣，以方以圓；察敵勢而設奇，或前或後。闞不束身以就鑕，更舉臂以當轅。臣乃仗鉞誓詞，援桴率衆。一麾而闞心已厲，再鼓而銳氣不衰。樓煩發射鵰之弓，洞胸貫髀；佽飛擊斬蛟之劍，蹀血橫尸。疾呼作動地之聲，大戰奪漫天之險。逆不干順，知賊旅之方崩；弱豈當强，喜我軍之累捷。欲藉長驅之勢，遂收淨埽之功。

九月，河東牙將阿跌光顏將兵來會，其部曲皆羌、胡猛士，幷、晉健兒。蹠勁弩而力透重犀，被長鎧而走追奔馬。欲贖後期之罪，請當前拒之鋒。累出旁抄，獨行深入。遮賊轉輸之路，斬賊飛走之關。於是緜、江之諸郡皆降，成都之孤城益急。臣乃乘其已困，大合嚴圍。鼓角初鳴，守埤者心皆不固；梯衝未設，攀堞者身已先登。九却九攻，墨子之機安在？八陣八克，吳公之績乃存。其劉闢鹿窮不暇於擇林，鼠竄尙思於求穴。始將出遁，漏疏網之高張；終被追擒，就長繩之急縛。端門受獻，卽當檻送于宸京；大社行刑，不使逃誅于絕域。

臣已撫平屬境，入駐通衢。除叛賊將刑，此外其染汙者本是良民，迫脅者終非叛黨；悉加慰撫，並用赦原。莫不瞻聖日以歌謠，被王風而鼓抃。修武侯之政，已罷卒以營農；復文翁之規，更興儒而舉士。大地洒清塵之雨，溥降深恩；洪溟息鼓浪之風，頓消赫怒。此蓋神謀睿算，天贊奇功。使海內知惡臣之易亡，識尊威之難抗。臣等幸陪是役，獲覩斯休，不任慶快之至！謹奉露布以聞。其軍資器械，別簿錄上。

擬劉封答孟達書

封白。子度足下：書教僕自貳，開陳利害，甚悉。且讀且思，竊有未諭。蓋聞利害者，賊義之端也。人惟喻利而不喻義，故有君臣父子之相叛。君臣父子之相叛，爲臣子所不忍言，而足下之書何以至僕側邪？宜焚書止使，以告絕於足下。然恐足下不知主上所以待僕之意，而僕所以報主上之心，并書中有可復者，故勉述簡牘，足下其聽之。

昔竇嬰與灌夫懷交友之私，實同田蚡之禍；韓信於高祖感推食之意，卒拒蒯徹之說。此前史之美談，而足下所共聞也。今僕於主上，體同血胤，名附宗籍，至親厚恩，固非交友之私也。出則總戎，入則居守，尊位重祿，固非推食之意也。足下視主上所以待僕者如此，則僕所以報主上者其可異於二子乎？且父與君，有其一皆當致死，僕一身而二責萃焉，其致死也亦無疑矣。而足下乃以商、種、白起、孝已、伯奇爲僕之戒，是何言之過也？夫爲人臣者，患忠之不至，不患君之不知；爲人子者，患孝之不純，而不患親之不察。使不幸而爲商、種、白起、孝已、伯奇，則亦將瞑目長逝而無愧矣，復何求哉？若所謂申生、重耳之說又不然，晉獻公無道，故有是事。今主上聖明，内無嬖幸之人，外無讒慝之士，嫡庶有別，慈愛不移，何可妄相引諭，以爲誑惑之道邪？末後責僕以三事，是益見足下之不思矣！僕請有辭焉。

夫古人有以義爲父子者，何謂非禮？知守節而不變，何謂非智？見僭僞而不從，何謂非義？僕之自處，亦云得矣！若從足下之計，而求以爲禮、爲智、爲義，是猶惡寒而去裘，畏熱而附火，不愈甚歟！今太子已正位東宮，僕當長守藩國，爲王室屏翰。若以不肖不得順於君父，則將素服詣闕，藉藁待罪，安能棄親事讎，竄身異國，生爲棄人，死爲繆鬼。足下所謂大丈夫，恐不如是也。況剖符之封，僕所自有，迺欲使之舍安而就危，去順而從逆，僕非病狂，何利而爲此？古人之行一不義而得天下者，亦有所不爲，況尺寸之土哉！僕此心皎然，天地神明，實共臨鑒，足下安能移之？若以僕爲愚，或可以言誘，曷異以告趨走之人曰：「而叛而君。」語孩提之童曰：「而背而親。」莫不唾而去之矣。僕雖至愚，然於君臣父子之義，亦嘗聞之矣，何至不如趨走之人、孩提之童哉！

嗚呼！初漢之陵夷也，董卓首亂，二袁效尤，海內無所底定。主上奮起，欲與曹操勠力匡濟，以救元元，而操亦懷圖，中路搆隙。故主上一破之於烏林，再走之於南鄭，而天方佑姦，得死衽席。今其子丕，不思蓋前人之愆，乃敢陰造符命，自製禪文，遷易重鼎，盜攘神器，有志之士，咸恥立於其朝。僕嘗獲從足下周旋行間，竊觀足下亦有志者，故將共圖中原，報奇遇於吾主；而天奪足下之魄，使自棄於忠義之林，北面僞庭，爲天下笑，既不知愧，乃復爲人作衞律耶？今主上憫宗社之顛覆，復恐七廟之祀隳，萬姓失戴，故資荆、益之饒，據岷、峨之險，正尊號以繼大統。方將出關、隴，定三輔，仗義而東，以收復故物。足下若能慕隨會之明，陋李陵之暗，使不遠而復，則富貴寵榮，當保如昔。儻以斯言未信，終忘首丘之念，恐鄴下不守，以白衣從輿櫬之後，得無悔乎？此誠變禍爲福之日，幸審度之，毋忽！

匡山樵歌引

南康宋倬天章，向寓吳，與余同客臨川公之門，朝夕遇焉，詩酒唱酬，意甚樂也。君後南游錢塘，余亦屏居江渚，睽隔者累年。一日，扁舟而來訪余寂寞之濱，既相與道舊，且出其近所著詩曰匡山樵歌者示余，曰：「匡山，吾鄉也。先人之丘隴在焉，阻兵不歸者久矣。今道路幸通，顧吾材不遇於世，當還桑梓之間，葺故廬而居之。時出吾詩從山農野老負薪而行歌，則吾之志而名稾之意也，子其爲我序之。」

余讀其詩，見其詞語精鍊，音調諧暢，有唐人之風。蓋君近嘗渡浙江，上會稽，歷太末、金華諸山，入閩關，至海，由四明而歸，探攬瑰怪，有得於江山之助，故其詩視舊爲益工。而余閉門窮愁，才思荒落，自顧有不及矣。且惟昔之詩人，多躁薄無檢，雖其辭章之華，君子固無取焉。君今剛介自將，不苟進取，懷首丘之仁，抱遯世之志，行固足尚矣，況其詩之美哉！然吾聞五老之陽，雲松蒼然，太白之高風在焉。君歸而吟詠其間，益求其工，他日篋笥所藏，光氣上燭，余恐君終不得隱矣。

審遊贈陸彥達

獵志獸，漁志魚，學志於道，理之同然也。故獵者必之山林，漁者必之江湖，而學者必遊於賢人君子之域。蓋山林、江湖者，魚獸之所在也；賢人君子之域者，道之所在也。舍是則無獲矣。

婁江陸氏彥達，有志於道者也；而僻居田里，無相與薰炙以成其道，是猶欲獵而之丘叢，欲漁而之溝瀆，必無獲，有獲亦小耳。惡得所謂麇鹿、熊豹、鱣鮪、魴鯉者哉？余是以嘉其志，而惜其不審於遊也。今通都大藩，不遠而甚近，賢人君子，不乏而常多，眞山林之奧、江湖之區也。以彥達之才器，孰非願交，苟能挾禮義之弓，操詩書之罟，而一往游焉，吾將賀彥達之有大獲而歸矣。作審游一首以貽之。

勸農文

春雨布澤，東作伊始，太守躬駕于郊，以敦本厚俗之道勸爾民，職也。然不欲廣引舊談，姑以今日之事直相告語，爾民其敬聽之：

夫上立法以衞民，民出力以供上，古今常理也。皇上翦除暴亂，開建太平，使爾民得脫鋒鏑，操耒耜以安畎畝之中。又念稼穡之艱，每歲親耕籍田，復召父老廷對宣諭，唯恐爾民荒逸惰游以陷於罪，德甚厚也。近者兼并之家，不能體上此意，或肆侵剝，使爾民有委棄其業者；情雖可矜，然輕去田里，以乏父母之養，闕公上之賦，其責亦何所歸哉？故願爾民相告於鄉，令去者歸、居者安，修爾隄防，浚爾溝洫，力不足則相周，器不備則相假，各勸播植，以待有秋，毋坐失其時，貽後悔也。更能毋作姦、毋逐末、毋好飲博、毋事鬭訟、毋弗順於父兄、毋或干於鄉里，家給人足，禮作義修，以無愧於泰伯過化之邦，豈不美歟！太守雖老，按堵觀俗，以行賞黜，爾民宜相與勉焉！

彀喻

自先王之教廢，文武異途，學者多不習弓矢之事。皇上志復古治，乃今年五月，詔有司取士，兼試以射，及親祀方丘，又戒百執事旅射於齋宮。余嘗預耦進之末，先期與二三同列，私肄於成均之西圃。既設的授弓，其強者彎弓引滿，一發過之，指的而詫曰：「是不足至也。」其弱者力擴而不盈，發則去的遠甚，投弓而歎曰：「吾不能至彼也！」余最後加矢鉤弦，盡吾力而挽之，僅及半笴，發則去的亦及半而墜，心甚愧焉，然不遂已，乃日強引之，覺所引漸多，所進漸益，發則去的亦漸近焉。因竊有感曰：夫百步之的，所以節遠近之中，凡射者之所求至也；而過者忽之，不及者沮焉，強弱雖殊，其不至則一也。苟抑其過而勉其所不及，焉有不至者哉！是可以喻夫學矣。

聖人，學者之的；詩、書、禮、樂，學者之弓矢也。由詩、書、禮、樂以求至乎聖人，猶操弓矢以求至乎的也。其騖高而失中，過而忽之者也；自畫而日退，不及而沮焉者也。不忽不沮，循循然以求之，欲不至於聖人不能矣。況聖人之道在身，非有百步之遠，欲求之即至，非有力挽之難也，可不勉哉！

翰林應奉會稽唐君處敬，嘗以「彀」名其子之淳進修之室，蓋取孟軻氏所謂學者必至於彀之義。來請余說，因以所感於射者告焉。處敬曰：「是足以合孟氏而厲之淳矣！請書以貽之。」夫秋之爲弈，不專則不成；慶之取鎼，不靜則不得。彼皆小技，猶有近夫道焉。況射，君子之善藝乎！孟氏可謂善喻，處敬可謂善取以教其子，之淳能勉焉以求至，則可謂善學者矣。作彀喻。

志夢

余與同郡謝玄懿，俱在內府教胄子。今年正月十一日之夜，啓夢與玄懿晨候午門，若將趨朝者。有揖余二人言曰：「二君當遷。」且顧國子祭酒梁公曰：「諸生盡以屬公。」余愕曰：「得無有遠調乎？」曰：「不然，煩傅開平王爾！」既寤，明日以告玄懿，私相與識之。越三日，既望，故事當率諸生入覲。方敍立右順門內，梁公傳旨下曰：「勅諸生出受業太學，二君俟後命。」言既，引諸生去，啓亦隨出。明旦將朝，中使急召啓二人曰：「有旨命開平王二子侍學東宮，俾爾授之經，宜趨入。」玄懿顧余笑，共歎其夢之神也。

二月二十日之夜，玄懿夢與啓同被召至上所，上授以一紙若告身者，玄懿受而忘拜，竊視其文，有翰林院三字焉。繼授啓，啓拜受之。明日，以告啓，亦私相與識之。越六日，上御奉天門，宰執並侍，小黄門召啓等陛，上顧中書右丞汪公曰：「諸儒在學久，且皆有文行，而令以布衣游吾門，可乎？汝亟以翰林之職處之。」因趣謝。時玄懿以事出，獨不得拜焉。明日，遂各授職有差，而啓與玄懿皆得編修官云。於是益共歎其夢之神也。

七月十五日之夜，玄懿母夫人林氏，夢中使舁二櫥授兩家，發各有白金在焉。其家捧視，則化爲炭。間以告吾婦，余與玄懿聞之，竊怪其說稍隱，不若向二夢之著，又不知玄懿所得獨化爲炭何也。然亦私相與識之。至二十八日暮，出院還舍，有控馬馳召余二人，上御闕樓俟焉。既見，獎諭良久，面拜啓戶部侍郎、玄懿吏部郎中。啓以年少未習理財，且不敢驟膺重任，辭去。玄懿亦辭。上卽俞允。各賜內帑白金，命左丞相宣國公給牒放還於鄉。既出都門，與玄懿家共舟而東。其二弟爲余言：累重多負，賜金已盡費，況歸無舊業。相共歎咨，尤其兄之早辭。余因話茲夢以解之，乃始悟櫥爲除，炭爲歎，愈共歎其夢之神也。

夫自周官六夢之職廢，學者莫能通其說，前史所載夢之符於事者甚衆，余嘗疑其誣焉。今是三夢者，不由因思而生，得於恍惚[口弇]囈之間，而可徵灼灼如此，知未至若既往，無少忒焉。其事之偶然者歟？將人之禍福將至，有司之者，或預以相告歟？抑精神靈爽有所感通，而特兆於是歟？何其神也！是知凡得喪之數，固皆定於冥冥，而無能逃焉者矣。夫以吾二人一官之遷、一命之授，與區區之進退猶然，而況其大者乎？

然則，士之生也，雖當自盡其所宜爲，外者一委命順於數而無所容心焉可也。而世之惑者，猶將役其智力，騖馳於軋敓排很之場，欣戚膠擾，至死而不之察，豈非昧哉！余欲書此以覺之，懼有誚夫誕也，乃私識之，且貽玄懿，聊相與自警焉。今年洪武庚戌也。

書瞿孝子行錄後

余嘗預修元史，見民之以孝義聞於朝者頗衆：其能冬月得瓜以奉親者則若王薦，刲股肉以療父病者則若孔全，施財以周鄉里之乏者則若賈進，皆得具著於篇。瞿孝子之行，蓋兼三子而有之，而當時有司不以聞，史無所考據，又主者不與，故不得書以與薦等並傳。雖然，孝子今年八十餘，幸際聖明之時，既得謝君之所表章，則當世執筆之士，豈無爲之采錄收附於國史者哉！其傳固在是矣。

余與孝子之子莊友，嘗獲拜之，氣貌藹然，孝義人也。且聞長者言其行甚熟，與謝君所錄無異詞，故識以信其說，庶他日書者或有所徵焉。

書博雞者事

博雞者，袁人。素無賴，不事產業，日抱雞呼少年博市中，任氣好鬭，諸爲里俠者皆下之。

元至正間，袁有守，多惠政，民甚愛之。部使者臧新貴，將按郡至袁，守自負年德，易之，聞其至，笑曰：「臧氏之子也。」或以告臧，臧怒，欲中守法。會袁有豪民嘗受守杖，知使者意嗛守，即誣守納己賕，使者遂逮守，脅服，奪其官。袁人大憤，然未有以報也。

一日，博雞者遨于市，衆知有爲，因讓之曰：「若素名勇，徒能藉貧孱者耳！彼豪民恃其貲，誣去賢使君，袁人失父母，若誠丈夫，不能爲使君一奮臂耶？」博雞者曰：「諾。」即入閭左，呼子弟素健者，得數十人，遮豪民於道；豪民方華衣乘馬，從羣奴而馳，博雞者直前捽下提毆之，奴驚，各亡去，乃褫豪民衣自衣，復自策其馬，麾衆擁豪民馬前，反接徇諸市，使自呼曰：「爲民誣太守者視此。」一步一呼，不呼則杖其背盡創。豪民子聞難，鳩宗族僮奴百許人，欲要篡以歸。博雞者逆謂曰：「若欲死而父，即前鬭，否則闔門善俟，吾行市畢，即歸若父，無恙也。」豪民子懼遂杖殺其父，不敢動，稍斂衆以去。袁人相聚從觀，歡動一城。郡錄事駭之，馳白府，府佐快其所爲，陰縱之不問。

日暮，至豪民第門，捽使跪。數之曰：「若爲民不自謹，冒使君；杖汝，法也，敢用是爲怨望，又投間蠛汙使君使罷，汝罪宜死！今姑貸汝，後不善自改，且復妄言，我當焚汝廬，戕汝家矣。」豪民氣盡，以額叩地謝不敢，乃釋之。博雞者因告衆曰：「是足以報使君未耶？」

衆曰："若所爲誠快，然使君寃未白，猶無益也！"博雞者曰："然。"即連楮爲巨幅，廣二丈，大書一"屈"字，以兩竿夾揭之，走訴行御史臺。臺臣弗爲理，乃與其徒日張"屈"字遊金陵市中。臺臣慚，追受其牒，爲復守官而黜臧使者。

方是時，博雞者以義聞東南。高子曰：余在史館，聞翰林天台陶先生言博雞者之事，觀袁守雖得民，然自喜輕上，其禍非外至也；臧使者枉用三尺以讎一言之憾，固賊盭之士哉！第爲上者不能察，使匹夫攘袂羣起以伸其憤，識者固知元政紊弛，而變興自下之漸矣！

楊孟汲字説

梁溪楊氏子名長孺，因從余遊，請有以字之。余曰：兩漢之士字長孺者二人焉，韓大夫安國、汲内史黯也。昔司馬長卿慕藺相如之爲人，故自名相如；今子以是名，其爲慕安國耶？慕黯耶？雖然，二人者皆名臣，吾將言其行事之得失，而子擇之，可乎？史傳安國之事，説梁孝王與諫馬邑之計，亦可謂賢矣！然以行金而得爲大司農，論魏其、武安之事而無所别白，吾於是有慊哉！若黯之忠直好諫，責武帝不能效唐、虞，駡張湯不可爲公卿，使天子憚而禮之；淮南王謀逆數年，畏黯一人而不敢發，有古社稷臣之風。子欲取於二人，則舍黯其可哉？且子之性直而行潔，學黯爲近易，宜字曰孟汲，則皆知子之爲慕黯而非慕安國者矣。夫今之人好美名自侈，吾嘗病之。子欲以古人爲師，若願學而不可及者，庶乎得命名之義矣。苟於黯如射者之於的，行者之於家，不至不已，則可謂善學古人者矣。嗚呼！子誠善學，雖聖賢不難至，而況於黯乎？

澄江懶漁說

暨陽之江有隱君子，嘗漁其上，朝不緡，夕不罛，汎景逐波，漫漫以嬉。人見其不事其業，因名曰懶漁。衆漁每得魚而返，集於浦漵之間，炊鮮漉湑，飲唱爲樂。視彼獨楞然，則相與笑之，且讓之曰：「夫農不勤則飢，商不勤則匱，百工不勤則無以成其器；今我皆自力，爾獨于逸，我皆率常，爾獨用荒，不勞爾躬，不勗爾志，則何以厚爾利乎？」懶漁曰：「吾終日漁而子以爲未嘗漁，惑哉！詩、書，吾漁之具也，羣聖人之學，吾漁之地也，義理之潛、道德之腴，吾漁之所得也。吾漁視子亦大矣，何名爲懶乎？」衆漁慚而退。

高子聞之曰：此善漁者也。世之習常務得，而不知大人之事者，其衆漁之徒哉！

修忠佑祠疏

磅礴扶輿，靈氣特鍾於章貢；昭明烜赫，神蹤實兆於嬴秦。號雖著於江東，祀已傳於吳下。累朝褒顯，每加典册之崇；萬姓祈占，必協蓍龜之應。自兵戎之充斥，致祠宇之摧傾。思將斲木而庀工，須假揮金而相役。美哉輪，美哉奐，事固待於人爲；俾爾熾，俾爾昌，福必膺於神貺。勝緣可集，盛事毋隳！

城南草堂疏

心遠道人何彥文，年老未有居室，將築草堂練圻城南，求好事者捐己金以相其役。疏曰：郗參軍能爲安道買山，史嘗見美；王錄事不資少陵築室，詩已遭嗔。非逢有力之人，曷濟無家之客。何彥文者，伎通聲律，名著江湖。蚤嘗爲落魄之遊，晚未得棲遲之所。漂流屢徙，歎一枝夜月之烏；跧伏深藏，愧三窟秋風之兔。今必用縛茅作屋，奈未能指石爲金。欲令此老之婆娑，須藉諸君之慷慨。略加舉手，便可容身。心遠地自偏，已擬成茲小隱；曲高和總寡，尚當爲爾長歌。幸得安居，敢忘廣庇。

薦亡將齋牓

人鬼之常，猶一晝而一夜；聖凡之隔，乃九天而九泉。故大道開起幽拔滯之門，使羣迷得出妄歸眞之路。發金籙瓊書之祕，降羽幢玉節之光。欲薦爾忠魂，必資吾法力。虎頭有相，雖稱介冑之雄；馬革無蹤，未返衣冠之葬。恐墮重陰之苦趣，故推太上之慈恩。照以破闇之燈，濟以度迷之筏。使爾聞妙音而頓解，憑浩氣以高昇。雨濕天陰，不復煩寃於曠野；雲舒霞卷，佇看極樂於崇霄。永離黑海之波，卽往朱陵之府。

墓誌

元故婺州路蘭溪州判官致仕胡君墓誌銘

君諱松，字松巖，姓胡氏，常之晉陵人，宋樞密副使贈太師秦國公謚文恭九世孫也。曾祖諱柔，國子司業；祖諱聰，直顯謨閣淮南節度計議官；考諱應炎，直祕閣常州節度判官。君生甫期，元兵渡江㶟常，祕閣君死之；兵且屠城，祖母陳夫人先襁君出避吳中以免。既長，歸鄉里，以推擇爲吏；歷宜興、崑山、常熟三州。

在常熟時，民有爲富人曹氏養子者，嘗被譴潛歸，其父因匿之，得腐死人溝中，佯哭曰：「吾兒也。」卽詣曹曰：「爾何殺吾兒？」賄謝弗厭，訟於州。君從州判官往視屍，計未當壞而壞，知非是，卽置弗檢，而以不見屍報。錄囚使者下車詰君稽違狀，君曰：「吾寧稽，不敢枉也。」移讞旁邑，曹不任楚掠，遂誣服。君等亦以見屍不檢受劾，獄具，曹之族咸寃之，重購偵獲養子，始白。泰定主崩，文宗自金陵入繼位，殺故相回回倒剌沙，命平章曹立巡東南，糾其黨，授尚方劍得專誅。按行至常熟，君從長史逆諸境，民有告回回百餘人匿海渚殺豬會飲，謀爲亂；平章亟遣卒捕之，君當承行，輒請曰：「是詐也，願毋煩兵。」平章怒曰：「吏何用知之？」君曰：「回回不食豬，今言殺豬，詐可知也。」不聽，果往無獲。〔校記〕獲下當更有一「獲」字，屬下文。一舶，賈胡數人，訊之，蓋訟者嘗與互市，負其貲不能償，欲投間陷之也。遂抵訟者罪。君之明察類此。

陞平江路吏。庚午歲，吳中大饑，官作飦食餓者，命君與他吏一人董之；君收濟甚周，且以私錢及餅餌囊負馬後施於塗，旦淅米入釜，他吏伺君間，輒私接其半。俄晝見殍鬼羣捽之，遂死，君則無恙。

繼遷集慶，當護上供物至京，禮部尚書隆安魯公見君謂曰：「名家裔，乃久從吏役邪？」欲與一二朝士知君者共薦留之，不果。會公拜江浙行省參知政事，遂與俱南，以省銓爲寧國路涇縣典史。時有制，蒙古、色目毆漢人、南人者不得復，西域流戶數百人因恃以爲暴，所過掠財畜、辱婦女，民束手不敢拒，相驚若寇至。及涇，邑僚悉引避，民愈恐。君語衆曰：「吾在，若無憂也。」即出勞之于郊，誘閉佛寺中，呼其酋諭曰：「制言不得復，毆者民爾；今我天子吏也，所行者法。若善去，勿妄犯吾民，當率酒米相餉。否則，知有法爾。」僉愕，遂戢其衆亟去，無一人敢譁，君親送出疆以歸，民羅拜馬首曰：「微公，縣幾殘矣！」轉衢之龍游縣，婺之錄事司二典史，皆有聲。累資勑授將仕佐郎，信州路提控案牘，兼照磨承發架閣，請老不赴。遂以從仕郎婺州路蘭溪州判官致其仕。君子黼，仕杭，因留就養；以至正十七年十月卒，年八十四。元配陳氏、繼配陳氏，並先君歿，贈宜人。二子：長即黼，浙江鄉貢進士，汀州路儒學教授；次黻，以平盜功授福州路羅源縣南灣寨巡檢。

君性孝友，少喪母，哀毁。叔父嘗欲奪其田，盡畀無靳色；後叔父廢業，君資奉之甚至，邦閭稱焉。爲吏絶賕請，守正不阿，明習法律，而論决多傅以經義，所至長官皆敬憚之。君之歿，以兵阻不克歸葬，權厝吳山萬松嶺。後十五年，國朝平四方，道通，黼始以某月某日遷祔晉陵先塋之次，乃來乞銘，實洪武四年也。

惟胡氏自太師以儒貴，爲宋名臣，其後子孫登侍從、方伯，焜燿史册者以十數，可謂盛矣！至君懷抱利器，宜光大其先業，而困鬱下僚，卒老以死，非命也夫！然君不以位卑自屈，能盡心所職，使表著如此，足以貽示永久，是不可以無銘。銘曰：

君仕弗昌，君材則良，緊君名之長。

陳夫人許氏墓誌銘

夫人世爲金陵溧陽人，姓許氏，諱淸密，歸爲同邑陳君諱德輝之妻。陳君以醫名，爲元御診太醫，年三十五卒于燕，夫人迎其喪，還葬邑之舉福鄉大石山之原。即自勤苦持家，以育幼孤，視娣姒之女與己女均，皆躬爲櫛沐，及教以女事不懈，鄉里稱賢焉。子世能吏吳，奉夫人來居，年七十五以疾卒，實元至正十七年也。遭時多故，未克歸葬，國朝洪武六年，世能方主邳州睢寧簿，始謁告啓其殯于吳。以是年三月某日，合葬于御醫君之墓。有女三人：淑安，適李某；淑寧，適趙某；淑貞，適李某；皆溧陽士族。男一人，主簿也。銘曰：

猗夫人，著淑德，中嫠居，動守則。子成名，維教力，卒有年，葬始克。從良人，合兆域，期永貽，志斯刻。

陳希文墓誌銘

吳有良醫師曰陳希文，其治業甚精，其起疾甚衆，其中心甚樂易，其待物甚恕而恭，其事親甚孝，其撫宗姓寡弱甚有恩。其爲人如此，故其卒，鄉里耄稚莫不歎悼焉！其葬也，齊人高啓爲之序而系以銘。

陳氏先爲溧陽人，君祖諱桂發，元授平江路官醫提領；仕已，吳人利其醫，不欲使去，遂留家焉。考諱德華，君諱世成，號清遠處士，希文字也。年六十七，以洪武六年十二月丙辰卒，以是月辛酉葬吳縣太平鄉梅灣之原。配宗氏。子男三人：長祖義，先卒，次祖善，次統。女三人：長適郎潛，次適顧遵禮，次幼。孫男四人：蒙、豫、觀、泰。銘曰：

以醫惠物澤已久，用善禔躬德彌厚。年幾七十非不壽，有子世業紹厥後。歸全斯丘尚奚咎？

葛仲正墓誌銘

葛君諱正蒙，字仲正，爲人厚重有長者風。其先自汴徙吳，世以醫名，至君而令聞益著。每旦迎療者塡戶外，至不能容屨。君肩輿歷視唯謹，不問能報否，率與善藥。其子姪甥壻，與弟子從君爲醫者，人輒曰：是葛君所傳也。爭致之。年七十二，以洪武六年十二月癸亥卒。曾祖諱從豫，祖諱暘辰，皆弗仕；考諱應澤，元授平江路官醫提領。室周氏。子男二人：曰復、曰泰。女二人：適郁潛、金權。孫男二人：旭、繼。明年正月己巳，復奉君柩葬于長洲縣武丘鄉洞涇之原，請銘于齊人高啓。銘曰：

彼皐斯崇，窾乎其中。有君葛翁，壽樂以終。維拯疾之功，後人尚豐。

明故高均彰墓誌銘

吳郡高均彰，以洪武五年八月丁亥卒，以九月丙午卜吳縣太平鄉梅灣村之原以葬。其從弟前史官啓旣哭之，復爲銘納壙中。

君諱彰，簡率寡嗜，於聲利得喪不戚戚計慮，日從昆弟親友酣飲以爲娛。性復好直，人有過，輒面攻之，衆知其無他腸，弗怨也。年五十有九。祖諱鑑、考諱震，皆有潛德。配姚氏，無子。一女寧，適郡人陳彥夫。以君之賢，生雖不能致豐榮，然亦未嘗有一毫困辱，不可謂不幸也！銘曰：

惟寡求，故不憂。卒全而歸在斯丘。嗚呼！吾兄又何尤？

故韓仲逵墓誌銘

君蘇州吳縣人，姓韓氏，諱敏道，仲逵字也。生元世，嘗得推擇爲吏，歷常之無錫、蘇之吳江二州提控案牘，性寬厚，不挾計數。時吏相習爲文深，君議曹事獨平恕，有長者風。家無厚藏，客至，輒擊牲命酤以相驩，視罄匱弗計。晚得足疾，有以酒爲壽者，亦杖而從之，談噱酣暢不少衰，其樂易蓋如此。年六十而卒，實國朝洪武五年二月某日也。祖諱某，考諱某，皆不仕。配陳氏，先十四年卒；繼配連氏。一子焯，爲西安都指揮使司經歷。七女，長而嫁者五人，餘幼。孫男佪。君卒之六月，經歷始聞訃歸，卜是年九月某日葬君于某鄉某地之原，乃來乞銘。余向爲史屬，時經歷方在宥府幕，數相遇焉。蓋知其才器能大韓宗者，豈非君爲吏之善，天之報施不於其躬，而將於其子邪？銘曰：

文不刻深吏之賢，胡仕弗崇壽靡延？厥報在嗣天罔愆，將俾昌熾燿爾先。我庸作銘慰九泉。

魏夫人宋氏墓誌銘

蘇州守江夏魏公，以其先太夫人行述，授渤海高啓曰：「吾妣棄吾二十有二年矣，遭時多故，權厝先塋之左，今始得地於吾里黄岡湖東某山之原，將以某年某月某日而葬，子爲我誌而銘之。」公昔掌國史，啓嘗爲其屬，今又居公之野，辱以先銘是屬，不敢當然亦不敢辭也。

按夫人姓宋氏，武昌蒲圻人，宋彈壓官諱時懋之孫女，諱某號俊齋之女，同邑隱君子碧崖魏先生諱雲瑞之妻也。夫人生而穎異，七歲能誦曲禮、内則、曹大家女訓，十歲共女事無闕。既長，歸先生，先生故名家世儒，履行高潔，夫人相之，稱賢配焉。居母姑之喪皆過哀，疏食終三年，待內外親族無異意。先生嘗遊齊安，遇疾卒于邸，有子三人：法孫、杞孫、虎孫。初聞訃，將遣法孫迎喪，或曰：「江多蛟龍，性惡屍，以柩渡，虞有變，宜焚骨歸也。」夫人哭喻法孫曰：「是將陷吾母子於大戾也，爾忍而父爲灰燼乎？亟往，毋有憚！而父善人，神必相之矣。」迄渡，風浪帖然；喪既還，或又曰：「柩入家弗利。」夫人曰：「此固吾夫宅也，舍之使何適哉？苟有弗利，當萃未亡人之身，未亡人得從夫於地下足矣！」卽帷正堂奉安，旦夕哭臨；逮葬，毀瘁幾不能爲生。嘗謂諸子曰：「不幸門戶凋落，汝父汝伯相繼歿，若曹尙誰賴哉？宜力學，善自立，大汝家，以慰老人之望，毋從里中兒嬉也。」子皆承教惟謹。先生庶母羅氏，性素嚴，號難事，夫人始終奉承，有順無忤；疾則侍粥藥，歿則營喪葬，皆必誠焉。杞孫既娶，久未有胤，夫人曰：「吾老矣，獨不得一抱孫也？」禱於先，夢紫衣人種栗舍垣下，告曰：「此萌也，爲他日興植汝門之本。」覺，旦語杞孫曰：「汝有子祥也。」既而果生男。夫人喜曰：「神不我誣。」遂以栗名。嘗得眩疾，既間，曰：「吾度不能久處世間矣！」命舁柩堂下沐之，曰：「吾藏身此中，無隙則佳耳。」又命新婦取衣衾當斂者縣之椸，餘悉散諸親愛。除夕，家人進椒酒，夫人起居尙無恙，元旦坐堂上，親戚爲壽畢，曰：「吾明日逝矣，爲我謝某、謝某。」翌日，沐浴更衣坐，呼杞孫等謂曰：「吾年七十六，壽亦足矣！死自吾順，汝曹勿號慟亂我聽，使我得好去也。」語已，遂殂，實元至正十年正月二十日也。法孫早世，虎孫仕元爲岳州路儒學正，平江州楊柳灣茶司提領，亦先卒；杞孫今名觀，卽公也，仕國朝歷太常卿、翰林學士、國子祭酒至今官。

嗚呼！夫人貞孝慈睦，其賢卓著如此，固非凡婦人所及；至於聽言不惑，臨終不亂，則又士君子識義理者或有所未能，而夫人能之，豈非難哉！雖生不及見子之貴，以享其榮養，然死而子能以儒學際聖朝爵三品，當得褒贈之命，象首錦囊，以光賁于窀穸，又能追述懿行以圖不朽，則夫人何憾焉？銘曰：

維君子嬪，貞以禔身。能教其孤，爲今名臣。卒既有年，始歸斯阡。時虞未遑，豈曰緩焉？乃刻銘章，載揚幽光。永固以安，夫人之藏。

丁志恭墓誌銘

洪武六年四月，余聞志恭得暴疾臥江上，扁舟往視之，志恭握余手欷歔不自勝，仰曰：「先生自天而下邪？」明日疾革。余撫慰之曰：「子嘗求贈詩，吾未暇爲，今如有不可諱，當爲悼詩，葬且當爲銘。」志恭已昏不知人，復張目舉手作謝且別狀；時其母及家人親舊環牀立，見之莫不掩面泣下。又明日乃卒。余既賦五言一章哭之，將葬，其兄志剛來以請銘。余曰：「吾忍銘志恭邪？然言不可食也。」乃序而銘之。

志恭吳人，諱儼，姓丁氏，風度清美，學書有楷法；嘗遊吳、越、汴、洛之都，名卿碩士，咸賞愛之。年雖少，不喜聲利芬華事，歸處郊墅，以賦詩彈琴自娛；與人交，悃款有情義，而於余尤相親敬者也。年三十一，以是月六日卒，以十二月六日葬吳縣太平鄉梅灣之原。其先世爲吳人，曾祖諱震，祖諱有慶，皆弗耀；考諱讓，主河南永寧簿。妻袁氏。男二人：原顯，八歲，原亨，志恭歿五月而生。嗚呼！余觀志恭平居兢慎，不敢妄有所爲，惟恐禍之及己，所以自愛其身何如也！然竟以疾夭；使世之肆者得共非笑，謂徒謹無益也，不知志恭之死者命也，不幸也。命，故無悔；不幸，故君子哀之。夫人之死能無所悔，而又有君子哀之，則亦庶矣乎！是不可以無銘。銘曰：

孌彼婦兮與兒，矧昆賢兮母之慈。子忍舍兮去茲，又返顧我兮友私。駟方鶩兮倏止斯，非夫天兮孰使之？哀哉奈何兮慰以銘詩。

哀辭

王仲廉哀辭 幷序

仲廉少習春秋經，欲舉進士，負其氣，不肯就尺度，將棄去北遊燕、趙之間，會兵變，且不多有也。

輩，見中險外夷，朝合夕叛者不可勝數；而仲廉泊然，十載如一日，然後深歎其賢，知世之

泯泯者。性簡曠無矯飾，與人交，不易爲疎密。余居鄉里，初識之，不甚覺其賢。後出接時

嬰疾，遂家居治田業，不復言仕。事有所感，則發爲歌詩，辭抗音激，讀者知其有志，非甘遂

至正二十六年六月三日，仲廉舊疾作，卒於家，壽止三十五。余初聞其病革，馳視之，尙有微息，就榻撫呼，不復應，乃絶。余既哭而退，爲訃於嘗所來往者，相與賻祭如禮。其所親有謂余者曰：「仲廉於昆弟最少而孝，母恃以爲安，嘗曰：是兒在，吾後事無憂者，不意其先亡也。」又曰：「仲廉有兒幼，方易簀，傅母招侍側，顧麾使去，若不忍見者。」余聞之，復爲之出涕。夫士有鬱而不耀，又招篤廢之疾，罹夭札之禍，親老而不能終其養，子生而不能待其長，此古今之凶極甚可哀者，而吾仲廉丁之，豈非命哉！然獨念仲廉無子時則以爲憂，既有子而喜，喜未幾而身歿；咸謂禍福倚伏不可知，天初皆無意，人之所值適然耳。余則以爲不然。仲廉後顧孑立者久，嘗自分其胤絶矣，然忽有是兒，豈天哀其將亡而遺之嗣，所謂善人之報，恒不於其躬而於其後耶！余嘗見其眉目秀發非凡兒，長必有成者，而謂茫茫然者，果無意乎？

仲廉之鄉里行事，太原王君行已爲識于墓，乃復爲之辭以寓吾哀。其辭曰：「嗟嗟仲

廉！愼其儀兮。早翔藝林，弁峨巍兮。晢將遐觀，抉奧奇兮。洪河洶前，喪楫維兮。洒盤舊丘，以自怡兮。匪時逸收，弗賈知兮。羣騖以爭，途嶮巇兮！子獨正軌，坦而馳兮。胡淑且嘉，不受禔兮。窮病短折，具任之兮。母哀噭噭，老莫支兮。衆涕助流，若綆縻兮。單嬰在哺，詎識悲兮？褫其文褓，被素縗兮。芳華未敷，忽槁萎兮。修翰未騫，竟離披兮！志長運窮，天實爲兮。我失友生，將尤誰兮？方覿倏背，歡戚移兮。冥漠無垠，逝難追兮。埋蒿委塵，罔之垂兮。已乎已乎，歸何期兮。」

書簡 從至正庚辛唱和詩補

與水西資聖寺雪廬新公

見師後遂大病，至旬日不問盥櫛。適接書問，意是楊孟載向師言耳！便欲以無言奉答，恐有愧維摩，更作數字。白苧一端奉送。高啓和南。

高青丘扣舷集

念奴嬌 自述

策勳萬里，笑書生、骨相有誰曾許？壯志平生還自負，羞比紛紛兒女。酒發雄談，劍增奇氣，詩吐驚人語。風雲無便，未容黃鵠輕舉。　何事西馬塵埃，東西南北，十載猶羈旅！只恐陳登容易笑，負却故園雞黍。笛裏關山，樽前日月，回首空凝佇。吾今未老，不須清淚如雨。

疎簾淡月 秋柳

殘絲恨結，是弱舞初闌，困眠纔歇。綠少黃多，錯認早春時節。西風也送誰離别？斷長條、似人攀折。謾思曾見，燕邊分翠，馬頭吹雪。　君莫問、隋宮漢闕。總寒煙細雨，曉風殘月。不帶流鶯，却帶斷蟬悲咽。老來腸緒應愁絕，江南橫管吹切。莫欺憔悴，明年依舊，萬陰成列。

石州慢 春思

落了辛夷，風雨頓催，庭院瀟灑。春來長恁，樂章懶按，酒籌慵把。辭鶯謝燕，十年夢斷青樓，情隨柳絮猶縈惹。難覓舊知音，把琴心重寫。妖冶。憶曾攜手，鬬草闌邊，買花簾下。看鹿盧低轉，秋千高打。如今何處，總有團扇輕衫，與誰更走章臺馬？回首暮山青，又離愁來也。

眉嫵 夫差女瓊姬墓

悵紅蘭採罷，白紵歌殘，魂斷舊宮路。長夜泉臺冷，再誰把、雲屏月帳遮護。鈿車不度，正館娃、荆棘多露。想還有、舊日吹簫侶，共來往煙霧。城郭江山如故。自國亡家破，今幾朝暮？水邊花下，黄昏後、誰逢環珮微步？恨多莫訴，任玉釵、雙燕埋土。待相約吳娃，寒食到此澆墓。

水龍吟 畫紅竹

淇園丹鳳飛來，幾時留得參差翼？簫聲吹斷，彩雲忽墮，碧雲猶隔。想是湘靈，淚彈多處，血痕都積。看蕭疎瘦影，隔簾欲動，應似落花狼藉。莫道淸高也俗。再相逢，子猷還惜。此君未老，歲寒猶有，少年顏色。誰把珊瑚，和煙換去，琅玕千尺？細看來，不是天工，却是那春風筆。

天仙子　懷舊

憶共當年遊冶伴，愛聽秦娥青玉案。瑣窗春曉酒初醒，鶯也喚、人也喚，不問誰家花惜看。　舊事那知回首換，畫舫空閒楊柳岸。相思日暮隔梁園，山一半、水一半，望眼別腸齊欲斷。

一剪梅　閒居

竹門茅屋槿籬笆。道似田家，又似山家。氅披鶴袖岸烏紗。看過黃花，待看梅花。　晚時飲酒早時茶。風也由他，雨也由他。從來不會治生涯。誰與些些，天與些些。

玉漏遲

夕陽無限好，凭闌却怨昏鴉歸早。一片寒煙，鎖定幾家臺沼。料想青山笑我，自亂後遊驄不到。憔悴了，將軍故柳，王孫芳草。　寂寞楚舞吳歌，歎轉眼前歡，水空雲杳。試問天涯，故人近來應老。只爲微知世故，比別箇倍添煩惱。須信道，人生稱心時少。

多麗　弔七姬

倩姮娥，呼天試問如何？向人間、生成尤物，等閒又把消磨。揉羣花、亂飄塵土，毁聯璧、碎擲煙波。謾說無雙，傾城曾數，八人少箇六人多。一般樣、細腰裊裊，高髻峨峨。奈干戈，筵上豔曲，忽翻做帳中歌。忍教受、項纏素帛，渾忘記、臂結紅羅。翠被都閒，玉鈿盡落，魂遊應去馬嵬坡。誰能發、香裍解看，怕肉尙温和。堪腸斷、空樓月落，廢院春過。

〔校記〕案此詞上闋「一般樣」上少二句。各本俱缺。

謁金門　渡江

風帖帖，江與暮天相接。欲鬬白鷗飛得捷，兩童搖兩楫。　試解袷羅香褶，秋似綠荷先怯。收拾詩愁都在篋，比山多幾疊。

倦尋芳　曉雞

喚回好夢，呼起閒愁，何處咿喔？叫得霜飛，早似戍樓海角。征鐸車前都已動，朝衣燈下應初著。最匆匆，念帳中驚聽，送郎行却。問何事、不能緘口，催得人間，許多離索。我厭功名，怕候曉關開鑰。但戀五更衾枕暖，不知千里程途惡。且高眠、任窗月，被他啼落。

太常引　丁校理邀觀妓失期不赴

幾時相約畫樓中，同賞小枝紅。尊酒太匆匆。剛少箇，風流醉翁。歌聲已遠，夢魂初斷，無分見春風。不見尚愁濃。若見後，愁添萬重。

賀新郎　喜徐卿遠訪

人事浮雲變。爲如何、忽然而別，偶然而見。今古這些離合夢，多少酒愁詩怨。君共我、任隨蓬轉。嘗憶望窮天際眼，却今宵、看熟燈前面。談笑處，兩忘倦。淮鄉楚澤知遊遍。問江南、歸時誰有，故家庭院？拂了征衫舊塵土，再整賞笻吟卷。隨處裏，山留水戀。作箇東坡來往友，算平生、富貴非吾願。舉此酒，祝長健。

昭君怨　催梅

試問南枝何故？未肯將春全露。意欲吐些香，且商量。　雖是花中最早，更放早開尤好。火急報花知，要題詩。

沁園春　寄內兄周思誼

憶昔初逢，意氣相期，一何壯哉！擬獻三千牘，叫開漢闕；躡一雙屩，走上燕臺。我勸君酬，君歌我舞，天地疎狂兩秀才。驚回首，漫十年風月，四海塵埃。　摩挲舊劍生苔。歎同掩、衡門盡草萊。視黃金百鎰，已隨手去；素絲幾縷，欲上頭來。莫厭栖栖，但存耿耿，得失區區何足哀。心惟願，長對尊中酒滿，樹上花開。

木蘭花慢　過城東廢第

正春來夢好，春忽去，怎留將？早月墜箏樓，塵生戟戶，草滿毬場。美人盡爲黃壤！恨溫柔，難把作家鄉。桃李一番狼藉，燕鶯幾許淒涼。　虛言地久天長，回首已斜陽。算只爲當年，多些歡樂，少箇思量。不見門前繫馬，有栖鴉、獨占垂楊。試問朝來過客，誰人肯爲悲傷？

清平樂 夜坐

新詩吟罷，兀坐寒窗下。寂寞家中如客舍，風雨江南今夜。　侍兒勸我深杯，好懷恰待舒開。叵奈燈前過雁，一聲又送秋來。

憶秦娥 感歎

功名驟，時人笑我眞迂繆。眞迂繆，不能進取，幾年落後。　一場翻覆難收救，布衣惟我還如舊。還如舊，思量前事，是天成就。

酹江月 遣愁

問愁何似？似掃除不斷，無根狂絮。應是羈懷難著盡，散入江雲江樹。夜雨心頭，秋風鬢脚，總是相尋處。重門雖掩，幾曾障得他住。　難學盧女情腸，江淹庾信，空賦淒涼句。偏要相欺閑裏客，端的此情難恕。見月還悲，逢花也惱，對酒方無慮。他來休怕，但教能遣他去。

沁園春　雁

木落時來，花發時歸，一年又年。記南樓望信，夕陽簾外；西窗驚夢，夜雨燈前。寫月書斜，戰霜陣整，横破瀟湘萬里天。風吹斷，見兩三低去，似落箏絃。相呼共宿寒煙，想只在、蘆花浅水邊。恨嗚嗚戍角，忽催飛起；悠悠漁火，長照愁眠。隴塞間關，江湖冷落，莫戀遺糧猶在田。須高舉，教弋人空慕，雲海茫然。

行香子　芙蓉

如此紅妝，不見春光。向菊前、蓮後纔芳。雁來時節，寒沁羅裳。正一番風，一番雨，一番霜。蘭舟不採，寂寞横塘。強相依、暮柳成行。湘江路遠，吳苑池荒。恨月濛濛，人杳杳，水茫茫。

滿江紅　客館對雪

古硯生冰，衾潑水，酒醒寒切。窗竹裏，似風非雨，蕭颼騷屑。攲枕夜聽孤館靜，開門曉看千山潔。問人間何處是乾坤？無分別。茅店外，青旗折。畫閣上，朱簾揭。憶年少踈狂，偏在探梅時節。深帳酒巵歌宛轉，小爐茶椀詩清絕。歎如今，歲晚客天涯，人離別。

如夢令 寒夜

蕙火紅銷金鼎。鴉樹不驚風靜。多事月明來，照出小窗孤影。宵永，宵永，鐵做梅花愁冷。

酹江月 送金吾右將軍赴鄧州守

虎頭猿臂，問立功何處，風塵邊障？身帶寶刀歸宿衞，人識金吾名將。鐃吹聲中，旌旗影裏，警蹕翠輿行仗。周廬直罷，建章幾度雞唱。君恩特念勳勞，鳳銜新詔，忽墮丹霄上。官在臥龍人隱處，看繞郡白雲青嶂。莫射雙雕，好乘五馬，試問野人無恙。梅花江路，送行何用惆悵。

卜算子 京師早起

窗燈漸漸昏，樓鼓頻頻打。不是寒宵不肯明，想是鄰雞啞。冰生半井泉，霜散千家瓦。強起披衣逐早朝，門外聞珂馬。

前調 有懷

帶得片情來，留下多愁去。不繫羅裙帶上詩，知向誰家住？　離程渺渺山，別意重重樹。須信江東日暮雲，自古相思處。

江城子 江上偶見

芙蓉裙衩最宜秋。柳邊頭，自撐舟。一道眼波，斜共晚波流。驀地逢人回首笑，不識恨，却知羞。　夕陽猶在水西樓。慢歸休，欲相留。教唱彎彎，月子照湖州。不怕鴛鴦驚起了，怕江上，有人愁。

天仙子 秋夜客中

炙了青燈初掩帳。四壁蛩鳴催旅況。瀟瀟索索雨兒來，梧葉上，柳葉上，兩處秋聲愁一樣。　此夜江雲迷疊嶂。好夢欲歸難倚仗。已涼未冷惱人天，眠一餉，坐一餉，白髮明朝應幾丈。

清平樂 春晚

看花過了，剩得春多少。新綠滿園庭院悄，鳥啄櫻桃紅小。　夢隨蝴蝶東家，覺來空掩琵琶。不見侍兒纖手，自籠紗帽煎茶。

摸魚兒 自適

近年稍諳時事，傍人休笑頭縮。賭棋幾局輸贏注，正似世情翻覆。思算熟。向前去不如，退後無羞辱。三般檢束。莫恃微才，莫誇高論，莫趁閒追逐。　雖都道，富貴人之所欲。天曾付幾多福。倘來入手還須做，底用看人眉目。聊自足。見放著有田可種有書堪讀。村醪且漉。這後段行藏，從天發付，何須問龜卜。

水調歌頭 謝惠酒

晝夢驚起，雞叫鬬喈喈。是誰扣我門戶？道是麯生來。今日江頭風雨，生怕詩人岑寂，特地到寒齋。一見即傾倒，笑口爲頻開。　洗愁空，催句就，挽春回。不憂席帽衝寒冷，便欲去尋梅。却笑盧仝何苦，偶得酪奴相過，也擬上蓬萊。此味正不淺，看我玉山頹。

鷓鴣天 秋懷

鼓動江城一雁秋，夕陽山色滿長洲。十年舊事都成夢，半篋新詩總是愁！書咄咄，歎休休。文君笑典鸘鸘裘。不如俠少渾無賴，醉殺東家燕子樓。

附　録

四庫全書提要

大全集十八卷，明高啓撰。啓字季迪，長洲人，元末避張士誠之亂，遁居松江之青丘，自號青丘子。洪武初，召修元史，授翰林院國史編修，官至戶部侍郎。後坐撰魏觀上梁文被誅，年僅三十九，事蹟具明史文苑傳。所著有吹臺集、江館集、鳳臺集、婁江吟稾、姑蘇雜咏，凡二千餘首，自選定爲缶鳴集十二卷，凡九百餘首。啓沒無子，其姪立，於永樂元年鏤板行之；至景泰初，徐庸掇拾遺佚，合爲一編，題曰大全集，劉昌爲之序，卽此本也。啓天才高逸，實據明一代詩人之上。其於詩，擬漢魏似漢魏，擬六朝似六朝，擬唐似唐，擬宋似宋，凡古人之所長，無不兼之。振元末纖穠縟麗之習，而返之於古，啓實爲有力。然行世太早，殞折太速，未能鎔鑄變化自爲一家，故備有古人之格，而反不能名啓爲何格，此則天實限之，非啓過也。特其摹仿古調之中，自有精神意象存乎其間，譬之褚臨禊帖，究非硬黃雙鈎者比，故終不與北地、信陽、太倉、歷下同爲後人訴病焉。

鳧藻集五卷，明高啓撰。唐時爲古文者主於矯俗體，故成家者蔚爲鉅製，不成家者則流於僻澀。

宋時爲古文者主於宗先正，故歐、蘇、王、曾而後，沿及於元，成家者不能盡闢門户，不成家者亦具有典型。啓詩才富健，工於摹古，爲一代巨擘，而古文則不甚著名。然生於元末，距宋未遠，猶有前輩軌度，非洪、宣以後漸流爲膚廓冗沓號「臺閣體」者所及。是集不知誰所編，以其詩集例之，殆亦啓自定。末有魏夫人宋氏墓誌銘。魏夫人者，蘇州知府魏觀母也。按明史本傳，啓坐爲觀作上梁文見法，則爲其末年之作。蓋平生古文，盡於此集矣。初無刻本，周忱爲蘇州巡撫時，始得鈔本於郡人周立，立之姑，即啓婦也。正統九年，監察御史錢塘鄭士昂，又得本於忱，因命教授張素校刊之，而忱爲之序，此本爲雍正戊申桐鄉金檀所刻，即因鄭本而正其譌，多所校正。檀即注啓詩集者，故併刻是集，成一家完書云。

〔校記〕按編集之周立，爲高啓妻周氏之姪，提要後篇云：「立之姑，即啓婦」是也。前篇云「啓沒無子，其姪立」云云，誤。

舊序

余自己亥春，重訂貝淸江、程巽隱二先生集，洎博覽明初諸家，輒以高青丘先生詩，允爲一代之冠。按先生諸集，曾手自詮次，逮沒後，周公禮氏從缶鳴一編增訂，再經徐用理氏彙爲大全集以傳。自是重鐫不一，先生所手定，早同廣陵散矣。加以時地之鈎稽或略，字句之讎勘多疎，作者之旨，間被晦蒙。沿至於今，苟非參校特詳，考證無遺，于以識天然之振藻，迥不侔於凡響，曷足稱善讀者焉。竊嘗以先生論詩，曰格、曰意、曰趣，三者得而變化隨之，如萬物之有洪纖，四時之有榮悴，而詩之道備。故其所自喜，乃在兼全衆長，有淵明之曠，而又可以頌朝廷；有長吉之奇，而又可以詠丘園。實爲有大方而無偏執。劉氏欽謨序之，至謂「天道惡盈，取之不可以全」，要豈先生之有意于取其全哉！生同韓、蘇之星舍，自同韓、蘇之詩筆，其差不同者竄逐，卒視潮州、惠州益難言之，先生槩有所不得辭焉矣。論者曾謂四傑詩名，先生覘楊、張、徐三家實爲獨絶。苟天假之年，所得猶未止是。夫南渡尤、蕭、范、陸四家，當時亦謂蕭不早夭，不止誠齋敵手。然此皆深服其所造，深惜其不永，非以詩猶未詣其極。況蕭詩幾湮晦，而先生詩，人奉拱璧，所由使名齊者實出其下，是其才力豈易至歟！余雅喜先生詩，又自惟詩學荒蕪，見聞寡陋，鮮就正以決擇。凡四易寒暑，始獲告竣，不惜較清江、巽隱之訂，遲之久而始出者也。夫青丘與清江，先後被命史局，同敎胄，以清江集之藏弆者少，新之當亟，青丘集之流傳久遠，亦釐正之不容已。此又余向來臆見，今幸無偏廢，可并書之，爲同好質焉爾！時雍正六年，歲在戊申，孟秋月七夕前一日，桐鄉金檀序。

吾吳高青丘先生詩，流傳三百餘年，冠於明，勝於元，高於宋，兼乎晉、唐，追乎漢、魏，此其古今體之大概也。序青丘詩者，則有胡、王、謝、周、劉、吳諸賢；評青丘詩者，皆一時名流鉅手，靡不揚其聲律，證其宗派，想其才情，窺其理致，洋洋千百言，已盡作詩之妙矣。竊讀先生自序三篇，於婁江吟稾云：「凡可以感心而動目者一見於詩。遣憂憤於兩忘，置得喪於一笑。」於缶鳴集云：「十載之間，可喜可悲者，皆在而可考。」於姑蘇雜詠云：「采其著者，各賦詩詠之。俯仰千載，有或足以存勸戒而考得失。」然則先生之詩，可以經、可以史、可以子，包含萬有，淩轢百家，其自道倍親切有味，又爲諸敍論之所不逮。矧余未能言詩，烏能更綴一詞於青丘詩後哉？桐鄉金子星軺，好學之士也，以青丘集歷年久遠，易本不一，寖失先生手定之旨；因詳訂舛訛，廣增注釋，殫精竭思，浹四旬歲而後成。於是青丘全集重新而世益珍之。嗚呼！可謂青丘之知己也已。夫人之知詩者蓋鮮，知之而好之者抑又難。凡天地間聲色玩弄之物，能令人好，故人之好之雖至梏其形、溺其志，以曾不少衰；若昔人所爲詩，亦止自適其所好，詎如聲色玩弄之能令人好也。其幸而傳者，當世移代遷之後，棃棗已朽，魚豕相沿，斯人不作，孰爲一釐正之？其不幸而不傳者，姓氏雖存，而篇什多散，又孰肯出其蒐羅表章之力？則欲俾昔人之詩，不傳者傳其蹟，而已傳者傳其眞，固有賴於好學深思之士爲之後也。先是，金子搜輯貝清江、程巽隱兩先生集，刊以行世，茲復校青丘詩，次第付之梓，此蓋能好人之所不好，爲人之所不爲者，則其過人不亦遠乎！金子屬余序青丘詩，余弗敢以弇鄙之詞辱青丘，而第述金子之於昔人之詩，眞知篤好，且有功於詩學如此。雍正六年臘月既望，長洲舊史陳璋序。

人生而形具矣，形具而聲發矣，因其聲而名之則有言矣，因其言而名之則有文矣。故文者，言之精也，而詩又文之精者，以其取聲之韻，合言之文而爲之也，豈易也哉！近之於身，遠之於物，大之爲天地，變之爲鬼神，與凡古今政治民俗之不同，史氏之不及具載者，取而歌詠之，載賡之，不費辭說而極乎形容之妙，比興之微；若是者，豈非風雅之遺意哉！宜君子有以取之。吳郡高君季迪，少有俊才，始余得其詩于金華，見之未嘗不愛，及來京師，同在史局，又得其所謂缶鳴集者閱之，累日不倦；合古今體數百首，其事雖微，可以考得失，備史氏之所懲勸，其辭則余之所欲摹擬而莫之工者，鏗鏗振發而曲折窅如也，果何自而得之？方吳郡未入版籍，不幸爲僭竊者據之，擅其利者十年矣。士於是時，孰不苟升斗之祿以自活鬻釜間，季迪日與之處，曾不浼焉，顧乃率其儔類，倡和乎山之厓水之澨，取世俗之所不好者而好之，含毫伸牘，嗚聲咿咿，及其得意，又自以爲天下之樂舉不足以易其樂焉，此其所得爲何如哉？吾聞鐘聲鏗而立號，石聲磬而立辨，絲聲哀而立廉，竹聲濫而立會，鼓鼙之聲讙而立動，若缶鳴之聲，果何音也？其西音乎？南音乎？抑太古之遺音乎？不然，則天下將治，正始之音將作，而此其兆乎？何爲一旦而及吾耳也！得乎天者不求知於人，求知於人者不得乎天。季迪不求知於余而余知之者，商聲之歌不必出於己也，而曾子歌之，猋氏之頌不必費辭也，而後世稱之，則季迪之樂亦余樂也。嗟夫！憧憧往來，朋從爾思，孰能爲余發其吟風弄月之趣乎？季迪由是求之，其於道也幾幾矣。洪武二年秋七月，長山病叟胡翰序。

高季迪詩十二卷，凡爲樂府、五七言近古體九百三十七首。余爲序而評之曰：季迪之詩，雋逸而清麗。如秋空飛隼，盤旋百折，招之不肯下；又如碧水芙蕖，不假雕飾，翛然塵外，有君子之風焉。以余之所言，而余之所不言，從可知已。然則季迪之詩，其不可傳也歟？〔校記〕其字，商務印書館影印明徐庸編景泰刊本高太史大全集作集字，屬上句。季迪中吳人。余嘗論吳中之詩，唐有陸魯望，宋有范致能。魯望之詩，寄興悠遠，而其音響則駸駸已追於晚唐。致能之詩，措辭溫縟，然其格調特宋焉而已耳。在勝國時，余適吳，得陳子平詩，其爲言平實〔校記〕大全集作「率實」。而流麗，揆之陸、范，吾不知其孰先孰後也？吳之詩在元惟子平，而知者蓋鮮，今吾於是復得季迪之詩焉。季迪年方壯，志氣偉然，其所自見，殆不止於詩。而其於詩則已能自成家，與唐、宋以來作者，又不知孰先孰後也？嗟乎！詩之道微矣！世之有志於斯者，莫不鞫明究曛，疲心思於簡牘間而後爲言，乃或有可傳，其不可傳者，固不可勝數，是不可不謂之難也。以詩之難能如此，而季迪乃以此自成家，追古之作者以爲並，豈非其才之過人也歟？序而傳之，世必有因其詩而知其才者矣。季迪名啓，季迪其字也。頃承詔與余同修元史，尋入內府敎胄子，授翰林國史編修云。洪武庚戌三月，翰林侍講待制金華王禕序。

高季迪詩集凡若干卷，郯郡徐賁所編次，而稽岳王彝題其帙曰高季迪詩集而爲之序焉。季迪嘗仕而顯矣。當未仕時，卽以詩鳴，世有稱其作者，特以季迪而不以官。季迪之詩，不以仕而顯也。蓋季迪之言詩，必曰漢、魏、晉、唐之作者，而尤患詩道傾靡，自晚唐以極，於宋而復振起，然元之詩人，亦頗沉酣於沙陲弓馬之風，而詩之情益泯。自返而求之古作者，獨以情而爲詩，今漢、魏、晉、唐之作，其詩具在，以季迪之作比而觀焉，有不知其孰爲先後者矣！嗟夫！人之有喜怒愛惡哀懼之發者，情也。言而成章，以宣其喜怒愛惡哀懼之情者，詩也。故情與詩一也。何也？情者，詩之欲言而未言；而詩者，能言之情也。然皆必有其節。蓋喜而無節則淫，怒而無節則懥，哀而無節則傷，懼而無節則沮，愛而無節則溺，惡而無節則亂。古之聖賢君子知之，其於喜怒愛惡哀懼之節，所以求之其本初者至矣！故不言則已，言而出焉。喜也而明良之歌作，哀也而五子之歌作，愛也而甘棠作，惡也而巷伯作，懼也而鴟鴞作，皇矣之赫然又因其怒也而作。蓋方是時，天下有聞而鼓舞之者，或瞿焉以俱喜，或勃焉以俱怒，或悚焉以俱懼，或惻焉以俱哀，或慊焉以同其所愛惡，若有使之然者；此無他，己與人同其情亦同其節，則所以爲之詩者，非詩也，天下之情之有節者爲之也。夫以其有節者之情以爲之詩，而詩之節如此其至也。匪聖賢君子其孰能與於斯哉？故言詩而至於虞、周之間，君子以爲後來者之無詩也，然而甚矣！孟子曰：「詩亡。」非詩亡也，人之情不亡，詩其可以亡乎？蓋詩云亡者，情與詩無節，則猶無情猶無詩也。於是有得詩之情而復有其節者，世雖漢、魏也而猶有古作者之遺意焉。世日遠而情日漓，詩亦日以趨下，則斷自漢、魏而後，謂之古作者可也。夫斷自漢、魏而可謂之古作者，則晉、宋及唐，苟有得夫漢、魏之情者焉，謂之漢、魏亦可也。而世之作者，乃欲即其無節之情以爲之詩，至併與其情而遺之，而曰詩固如是。然而漢、魏、晉、唐之作者不爾也。吾固觀夫季迪之詩，而不敢以爲季迪之詩，且以爲漢、魏、晉、唐作者之詩也。季迪名啓，季迪其字也，其先渤海，今爲蘇州人。生元末，不仕。國朝以儒士與修元史，尋入內府教胄子，授翰林國史院編修官，已而擢爲戶部侍郎，辭不拜，有旨賜歸其鄉云。（王彝）

言之精者謂之文，詩又文之最精者。何以知其然耶？二氣爲之橐籥而鼓之以風霆，然後天之聲出焉。衆竅爲之呼吸而盪之以江湖，然後地之聲出焉。受形於兩間，而靈於物者，厖然氣至，渾然天成，發宣鴻鬱，然後人之聲出焉。凡人有聲，斯有言，有言，斯有文。文至於詩，包括品彙，陶冶化工，根乎性情之正，達於音響之妙，宮商間作，金石並鳴，由是而聲之用極矣！世皆知以詩而觀詩，或未知以文而觀詩，因謂詩特文章之末技，庸詎知聲成文謂之音，而詩之中文已具焉。韓退之之言曰：「李杜文章在，光燄萬丈長。」斯言也，其善論詩者已。然非天機悟入，識見超詣，亦何足以語此哉！渤海高君季迪，疎爽雋邁，警敏絶人，無書不讀，而尤邃於羣史。與余友二十年，余知季迪之能言也久，然未嘗不以其詩而得之也。始季迪之爲詩，不務同流俗，直欲趣漢、魏以還及唐諸家作者之林，每一篇出，見者傳誦，名隱隱起諸公間。及遊四方，不懈益勤，刮磨瀎滌，日新月異，薦紳諸老，咸自以爲不及。季迪之於詩誠精矣！然其意則自謂古風人之辭不如是也。三百篇之傳，豈皆出於一人之手？或著其一二，皆可以遺之後來，尙奚以多爲哉？吾非欲成一家言，亦性焉而嗜之之篤，殆與人之耽悅世好者同一肆志留情，而其樂蓋未能以此而易彼也。聞者以爲然。當其一室燕坐，圖書左右離列，拂拭塵埃几案間，冥默覯思，神與趣融，景與心會，魚龍出沒巨海中，殆難以測度。或花間月下，引觴獨酌，酒酣氣豪，放歌作楚調，已而吟思俊發，湧若源泉，捷如風雨，頃刻數百言，落筆弗能休。故季迪之詩，緣情隨事，因物賦形，縱横百出，開闔變化，而不拘拘乎一體之長。其體製雅醇，則冠冕委蛇，佩玉而長裾也。其思致清遠，則秋空素鶴，迴翔欲下，而輕雲霽月之連娟也。至其文采縟麗，如春花翹英，蜀錦新濯。其才氣俊逸，如泰華秋隼之孤騫，崑崙八駿追風躡電而馳也。季迪之於詩，可謂能盡其心焉爾！季迪之詩甚多，有吹臺集、缶鳴集、江館集、鳳臺集，凡爲詩幾二千首，皆當世之儒先君子序其端。今年冬，予訪之吳淞江上，季迪出其詩示予，蓋取舊所集諸詩，益加刪改，彙稡爲一，總名曰缶鳴集。自古樂府、歌行而下，至五七言諸體，得詩九百餘篇，皆其精選，富矣哉！亦可謂不易矣！然是編也，特以今年庚戌冬而止，後有作，當別自爲集。季迪不以余不肖，屬余序之，庸敢序諸篇端一作末。以俟。季迪家姑蘇，嘗應召修元史，敎西學弟子員，入翰林爲編修，擢戶部侍郎，賜歸鄉里云。洪武三年十二月既望，史官吳郡謝徽序。

〔校記〕四部備要依雍正本校刊本此處有注云：「舊板缶鳴集作後序。」

先姑夫槎軒高先生，平生著述甚富，其詩則有鳳臺、吹臺、江館、青丘、缶鳴、南樓、姑蘇、勝壬等集，文則有鳧藻集，詞則有扣舷集也，幾二千餘篇。天資穎悟，志行卓越，當元季，挈家累侍吾先祖仲達父隱居吳淞江上，閉戶讀書，混跡於耕夫釣叟之間；而與吾父思敬，諸父思齊、思義、思恭、思忠日相親好，酣暢歌詠，以適其趣，所賦者江館、青丘等集，皆在是也。獨鳳臺一集，入我聖朝洪武初爲史官時作也。後選諸集中詩九百餘篇，總而名之曰缶鳴。時多好事者，欲爲板行，先姑夫恐其致聲益隆，乃止之。立記髫年進侍几席，辱顧愛之，見其氣貌充碩，衣冠偉然，言論誦讀，音韻如鐘。靜處一室，圖書左右，日事乎著作，餘不暇顧也。時與嘉陵楊基孟載、潯陽張羽來儀、郯郡徐賁幼文，名重當世，人稱爲高、楊、張、徐，比唐之四傑也。於乎！先姑夫迨今歿且二十餘年，不幸無後以傳，四方之士，莫不仰慕風裁，爭錄其藁而傳誦之。然而傳寫之訛，不得眞者多矣。幸吾姑尙無恙，藏其手澤親藁在焉。因不揆庸陋，益加考訂校正，重編足一千首，俾學子李盛繕寫成帙，用繡諸梓，貽於不朽。非惟以成吾先姑夫之志，抑且與夫學者共之矣！至其詩之平易流麗，才之富贍俊逸，大篇短章，備乎衆體，而自成家。則有太史公胡仲申、翰林待制王子充、國史編修謝元懿諸公序而許之矣，愚不敢贅也。及鋟是編，同志之士，或有喜助之者，太原王震則贈以板云。永樂元年秋七月初吉，後學周立謹識。

故嘉議大夫戶部侍郎前翰林國史院編修官授諸王經青丘先生高啓文集一十八卷，一作二十四卷。舊一千若干篇，今二千若干篇，儒士徐庸字用理之所廣也。用理既以類廣先生文集，乃以示昌。昌謹爲序之曰：夫將以所學明先王之道，救當世之弊，則必著於言焉。庶幾見者之用，聞者之有考也。六經更聖人之手，其言粹然一出於正，要之所以存鑒戒者亦多。聖人既沒，縱橫捭闔之說興，大道幾微。漢廣游學之路，董生、賈誼，始各以其學自見，著書數千萬言，沉雄簡奧，其明先王之道，陳當世之務略備矣。唐韓愈起，力變八代之衰習，故其言惟醇。而杜甫、李白，又各以其學自見，明王道，具時政，謂之「詩史」。宋歐陽修，博學力行，本論之言，有益於治。至朱元晦則根據六經之旨，攘斥百氏之非，巋然爲世儒宗。其大要使人審王伯之略，致義利之辨而已。今諸家之言具存，考之可知，用之猶尚可行也。蓋三代而下，漢、唐、宋之所以聳德著業而繼焉以稱治者，有賴於是焉。先生生元丙子，少稟神慧，長讀六經諸家之書，融而通之，會而成之，又取而力行之。其發之於言，則浩乎如大川之決防也，鏘乎如洞庭之張樂也，儵乎如幽蟄之舞蛟也。致之於用，如〔校記〕大全集本如上有則字。射者之於的，準乎其無疑也。然值國步之既促，不苟於用，隱于青丘，登高望遠，撫時懷古，其言多激烈慷慨，若將於世無足爲者。及我太祖高皇帝定鼎建業，肆詔徵賢，先生起與元史之修，錄善醜惡，儒者之功，庶幾彰施。史成，授諸王經，進戶部侍郎，尊顯極至。先生感之，力頌先王之道，以匡濟世務，言多雄偉奇古，足以聳張德業，裨益治化，時甚賴之。未久，即辭去，去後亦蹇運以死。嗚呼！殆天所以厄斯文也！嘗竊論焉，天道惡滿，取之不可以全，然詘其身則必信其聲，時以董、賈貶逐而名長，甫、白窮放而詩傳，韓愈、歐陽修、朱元晦、雖號通顯，而未免罷斥，然其言至於今，誦習而師承者不衰。正柳宗元所云：「生而不遇，死則垂聲者衆也。」先生死始三十有九，使少優游而待之，則得將止於是乎？言將止於是乎？行將止於是乎？嗚呼！天實爲之，謂之何哉！用理師學於先生之言，得之既深，遂勒圖傳之，亦使聞者考之而可知，見者用之而可行，以明其言之果有賴於世也。嗚呼！厚矣！景泰元年庚午冬十二月望日，賜進士出身吳劉昌序。

洪武史官高啓季迪，有詩千篇號缶鳴集。其夫人之兄子周立公禮，嘗刻板於所居之甫里，正統末，燬於火，郡人徐用理復取刻之，增多倍於舊，而姑蘇雜詠在焉。按缶鳴公自爲序云：「自戊戌至丁未之作得七百三十二篇。」及公歸田後，又益以戊申至庚戌之作，蓋得二百二十八篇，乃合十三年之詩而成此編。序又云：「自此而後著者，當別自爲集。」蓋明年辛亥作雜詠，甲寅，公死于法矣！今考雜詠統百二十三篇，而用理所增僅三年之詩也，幾九百篇，一何多哉！嘗觀謝翰林元懿序，謂公初爲四集，刪改會稡，始成缶鳴，則今所增入，豈多昔所棄去者，猶存於世，錯置其間歟？不然，作於三年者，悉取而未及删歟？讀者頗以爲病，則欲侈其詩，適所以累其才歟！周瞪仲英者，甫里人也。老而好文，謂缶鳴爲里中故物，而公之手選也，慨然重刻。又以舊板缺公自序，更補之，汲汲走予請一言。予憶爲童子，公之詩往往成誦，稍長棄去，遂忘其詞。仲英雖有請，安能知太史之所至哉？惟蘇文忠公有言：「詩至於杜子美。」故近代學詩者多以杜爲師，而尤得其三尺者，虞、楊、范三家而已。然文忠又謂：「子美以英偉絕世之資，淩跨百代，古今詩人盡廢；然魏、晉以來，高風絕塵，亦少衰矣。」世以爲確論。若季迪生值元季，非不知有子美者，獨其胸中蕭散閒遠，得山林江湖之趣，發之於言，雖雄不敢當乎子美，高不敢望乎魏、晉；然能變其格調，以彷彿乎韋、柳、王、岑於數百載之上，以成皇明一代之音，亦詩人之豪者哉！所恨蚤死，未見其所止何如，君子爲之慨歎！故廬陵楊文貞公評諸詩，獨誇其樂府擬古及五言律爲勝，其意亦可識矣！是集又聞嘗刻于建寧郡齋，未見行世；若雜詠備有諸體，知詩者以爲工，則有板在郡中云。鄉後學吳寬匏菴序。

吾蘇高太史先生以詩鳴於國初，故稱名能詩者，必以先生爲之首。先生之詩有缶鳴集、姑蘇雜詠，行世已百年矣。又有江館、鳳臺、槎軒三集，迨今未壽諸梓；吾友儀部員外郎張君企翱，自幼得之鄉長老所。兹於公暇，每誦而愛之，謂非他爲詩者可及。爰爲校錄，合古今體製，類成十卷，總名之曰槎軒集。量節俸資，圖欲與前二集並傳，授余爲之序。噫！詩删於聖筆，爲終古不易之常經，良由人之有心則有思，有思則有言，以成夫詩，初若易能者。無何，下逮漢、魏、晉、宋，更數世，歷千有餘年，而特起以名家者，率不過三數人。抵唐，作者雖衆，以及宋、元，所謂名家而特起者，指皆不多屈。抑何其艱耶？先生天賦之厚，力學之博，造語工而用事當，才兼衆長，而每出人意表。故其爲詩，清新儁雅，沉着痛快，如春陽載煕，羣芳競秀，年穀薦登，萬室具充，可謂特起於世而名爲大家者。維時皆擬其居大任以展大制作，嘗徵修元史，甫畢而退，所施莫殫其所負，不幸年未始仕以沒。因是推之，特起一世，不爲不專；著之簡編，不爲不多；傲倪千古，不爲不久；名爲大家，不爲不盛。彼處富貴，享安榮，以竭身心之樂者，未嘗一日而無其人，亦多澌滅無傳，或播其醜於後。先生克立於不朽，雖罹不幸，亦奚憾乎？殆未可與淺近者道也。余初入詞林，院長南陽李公、永新劉公謂余言：爾蘇之詩，在當朝惟高太史爲然，猶言文必擧金華宋學士也。比修一統志，已疏其爲郡之第一人矣。夫豈但一郡之詩，天下之詩也，數千百載之詩也。余服膺二公確論，後莫有能易此。或疑先生之詩，其粹已在前二集，茲特其魄耳，殆不然。李、杜二大家，無一之不載，莫不有意味存焉。譬之多藏之家，消歇之餘，尙足以副中家之假貸，蓋所從來者遠也。企翺編行之意，不爲無謂，觀者自有得焉。成化十四年歲戊戌如月朔，賜進士翰林國史檢討徵仕郎婁東張泰序。

〔校記〕案別本無張泰序。

例　言

一、先生所著詩爲吹臺集、缶鳴集、江館集、鳳臺集、婁江吟稾、姑蘇雜詠等編。詞曰扣舷。文曰鳧藻。按缶鳴一集，先生自序云：「自戊戌至丁未，得七百三十二篇。」洪武三年謝徽序云：「季迪取舊所集諸詩，益加删改，彙稡爲一，凡九百餘篇，特以今年庚戌冬而止。」是又益以三年詩矣。初僅十載之作，後萃諸集之秀，篇帙多寡已異。永樂初，周立公禮氏訂定千首鏤板，又非原本，嗣益失其舊。今通行本爲景泰改元徐庸用理氏以類分彙，曰大全集，後率因之，各種集均不復見原本久矣。故編次仍依大全集。

一、姑蘇雜詠，間有舊刻單行，中多脱謬處。國朝康熙己卯周氏本，鋟板亦潦草。若槎軒一集，鈔自呂勉功懋氏，成化中，張習企翱氏編行，云即江館等集。昨借得東巖顧君崧齡藏本，按係缶鳴集外更益以庚戌後四年詩。凡大全集所不載，今補列諸體後。

一、書之有注，漢、唐注經，依經析義必詳。史家推裴松之注，多聚羣書同異。他若李善輩，俱不專主櫽括。今以字義之訂譌斥僞，未免爬羅剔抉。繁蕪之剪，自媿未盡。惟古人事或先後合轍，列其切近者，他不參及。語或先後同源，亦止錄其醒豁者，或全或節，俱摭拾前人，不參己意。

一、事實多有重出，已注於前者，後必云見某卷某詩，以便查閱。或史傳全見於前，後有重者，必云見某處。或全傳見於後，而先有事實在前者，必節取以釋本詩之義，而後復詳注之。蓋取詳略得宜，並非重注。又題注見前，有復見於後者，止云見卷某。即詩中辭義，有已見於前題注者，亦止云見卷某，總以便繙閱之時，一覽題而已得。

一、詩中有用古事暗切時事者，必拈古事、按時事以並注。此比賦之有根柢，時恐牴牾，不敢少略。或時事未詳者，竊不自揆，纂有年譜，幷佐考證。

一、全本注釋合計之，覺前詳後略，蓋由再見則更節，事熟或全省也。苟次第全覽，詳密之外，以漸而及可節、可省處，前非瑣雜，後非割裂，自是井然。

一、詩或有散佚，今查姑蘇志、虎丘志及諸書所載題詠，凡大全集所無，一一補入。仍恐見聞不廣，尚有遺珠，惟祈博覽者毋靳惠補。

一、刻本字樣，互有不同，意義相近者，以某一作某，兩存之。譌謬者必改正。

一、此注爲陶陰亥豕，務盡讎校。積字成注，積注成書。蓋先生詩，非崑體之撏撦，注或可省，刊誤實所難已。淺學識力，非自附注家也。坊本所謂竹素園、拂雲居士等，或亦以未經校正，無庸挂名。顧自大全集行後，不爲不久，舊刻亦不少，何猶使作者眞面目晦昧於行間字裏？略舉一二，足爲深慨！如卷四約同宿鶴瓢山房詩，「阿咸」作「何臧」。卷五驅瘧詩，「笑嗤」作「爽塏」。其餘字音相似：「金」作「經」、「音」作「陰」、「市」作「恃」之類；字形相似：「雲」作「露」、「誰」作「惟」、「賤」作「錢」之類，乍難枚舉，雖明悟其能會意乎？茲購書賈本靡遺，借收藏家不一，始克參校釐正。祇爲刊誤之竣，不足言注，識者鑒之。

一、刻本多稱高太史某集，按先生早隱吳淞之青丘，自號青丘子。後召修元史，以詞職被擢辭歸，復居青丘，始終以「青丘」著，合稱青丘高季迪先生詩文集。

一、鳧藻集五卷，購得周文襄公舊刻原本校正授梓。扣舷一集附於詩後。

一、舊序、本傳，應列卷端。前後評論，奚啻鍾嶸之推上品，自當以次采列。書後間佐考正，並哀悼篇章，及諸論、記，均附卷末。

詩評

季迪志學不倦，苦耽于吟，芳譽流英，吳士之秀。劉昺彥昺。

嘗讀高啓季迪姑蘇雜詠，凡一百二十三篇，古今諸體咸備。命意騁辭，如健鶻橫空，如快馬歷塊，如春園桃李，如秋汀蘋蓼。超逸不羣而俊麗可喜，深得詩人之妙。周南老正道。

會稽楊維禎、吳中高季迪，皆鳴於詩。其過高者，凌厲險怪。痛快者，巧中物情。讀之如入寶藏之中，綺羅之筵，駭目適口。視古作概淡如也，亦其邁逸豪放爾！黃容。

季迪詩，得唐人體裁，語精而意圓，句穩而情暢，雖前輩有所不及焉。王達聽雨樓諸賢記。

季迪一變元風，首開大雅。楊愼用修。

國初稱高、楊、張、徐，高才力聲調，過三人遠甚，百餘年來，亦未見卓然有過之者。李東陽賓之。

洪武初，沿襲元體，頗存纖詞，時則季迪爲之冠。陳束約之。

季迪岱峯雄秀，瀚海渾涵，海內詩宗，豈惟吳下。徐霖子仁。

太史弘博凌厲，殆駸駸正始。一時宿將選鋒，莫敢橫陣。快若迅鶻乘飈，良驥躡景；麗若太陽朝霞，秋水芙蕖，詞家射鵰手也。王世貞元美。

明興，立赤幟者二家而已。才情之美，無過季迪，聲容之壯，次及伯溫。仝上。

高詩奇拔爽朗，可並唐之燕、許。穆文熙敬甫。

季迪才情有餘，楊、張、徐故是草昧之雄。勝國餘業，不中與高爲僕。王世懋敬美。

侍郎詩，佳在實境得句，足以嗣響盛唐。宛如秋隼摩空，風翮健捷。王兆雲元禎。

洪武間，高侍郎先鳴，文成次之；固已咀其精華，窺其堂奥。陳彝仲。

國初稱高、楊、張、徐，季迪風華穎邁，特過諸人。同時若劉誠意之清新，汪忠勤之開爽，袁海叟之峭拔，皆自成一家，足相羽翼。劉崧、貝瓊、林鴻、孫蕡，抑其次也。又云：高太史格調體裁，不甚逾勝國，而才具瀾翻，風骨穎利，則遠過元人。昭代初，雅堪禘禰。胡應麟元瑞。

高侍郎始變元季之體，首倡明初之音；發端沉鬱，入趣幽遠，得風人激刺微旨，足以嗣響盛唐。顧玄言。

季迪詩穠麗而無粉澤，清新而復高古，優入盛唐。李時遠。

季迪矩矱全唐，獨運胸臆。何白無咎。

季迪詩如渥洼生駒，神駿可愛。陳子龍卧子。

季迪如春池黃鳥，游目可念。李雯舒章。

季迪詩自「古樂府」、「文選」、「玉臺」、「金樓」諸體，下至李、杜、王、孟、高、岑、錢、郎、劉、白、韋、柳、韓、張以及蘇、黃、范、陸、虞、揭，靡所不合，此之謂大家。誦青丘子歌，其自負亦不淺矣！繆泳謀天自。

季迪妙有才情，翩翩矯逸，明初詩人，允宜首推。宋徵輿轅文。

侍郎趺宕風華，鳳觀虎視，造邦亘擘，所不待言。而何仲默別推袁景文第一，試合諸體觀之，袁自非高敵也。又曰：季迪之才，始於兼，故其體備。朱彝尊竹垞。

高啓爲文雅澹，爲詩雄健。缶鳴諸集，至今人膾炙之。戴璟屏石。

季迪長歌磊落嵚岑，極其生動。周賀青士。

〔校記〕「王達」下聽雨樓諸賢記依別本補。又按所採諸家詩話多删節原文，如王世懋藝圃擷餘一條「才情有餘」下，原文有「使生弘、正李、何之間，絕塵破的，未知鹿死誰手」三句，「何白」條下尚有「近體不無中晚纖弱之調，尚沿元季餘風」一句。「陳子龍」條下尚有「特未合和鸞之度耳」一句。其餘或無關宏旨，不必補入。

鳧藻集本傳

高啓，字季迪，吳郡人。生元丙子。少警敏力學，遂工於詩，上窺建安，下逮開元，大曆以後則藐之。天資秀敏，故其發越特超詣，擬鮑、謝則似之，法李、杜則似之。庖丁解牛，肯綮迎刃，千彙萬類，規模同一軌。山龍華蟲，如其貴也；象犀珠玉，如其富也；秋月冰壺，如其清也；夏姬、王嬙，如其麗也；田文、趙勝，如其豪也；鳴鶴翔雲，如其逸也。仍和陶、韋大羹元酒之味，不閑二宋粟布之征；所謂前齒古人於曠代，後冠來學於當時者矣。東吳騷雅士，悉推之無慊。爲文尙氣，多辯難攻擊之體，讀之亹亹忘倦，大抵以先聲掩其兼美。張士誠有浙右時，羣彥多從仕者，啓獨挈家依外舅周仲達居吳淞江上，歌詠終日以自適焉。陪臣饒介之、丁仲容輩，以詩自豪，及見啓爲歎服。啓尤好權略，論事聳人聽，故與饒如投左契；定交者若王彝、楊基、杜寅、張憲、張羽、周砥、王行、宋克、徐賁之徒，胥不羈瞻才，爽邁有文，談辯華給，憪然以爲天下無人，一時武勇多下之。明興，以某臣薦，偕謝徽等聞於朝，與修元史，授翰林國史編修官，復命敎授諸王；久之，推任喉舌之司，待以不次，與徽等懇辭，乞歸田里。制可。仍賜金以還，復居江上，遨遊青丘、甫里之墟。始號槎軒，又號青丘子，銳志亦不少衰矣。居幾何，忽從故時一二俠入遊于郛，適江夏魏觀爲郡，老而好士，延見王彝輩，啓嘗會于京，尤禮遇之。不得已，亦厠爲客，復強辭之歸故里，殊悒悒不樂，遂蹇連以歿，年甫三十九。嗟乎！使啓少延，則駸駸入曹、劉、李、杜之壇，奚止此哉！其詩類藁藏於家，未卽顯；初富商陳寶生欲爲壽諸梓，啓不許，乃止。凡傳錄而誦之者，無不歆羨，必不泯焉。余與啓同里，知其人爲詳，故特爲傳，庶貽不朽云。洪武乙卯二月，隴西李志光書。

槎軒集本傳

先生諱啓，字季迪，世吳人。居城東北陬。考順翁以上俱裕饒。有田百餘畝，在沙湖東，迤南切吳淞江，遂僑江滸之大樹村，以便課耕。先生生元丙子，稍長，兄咨戍淮右，繼失怙恃，即綜理家政，往來江城以居。性警敏，書一目即成誦，久而不忘，尤粹羣史。嗜爲詩，出語無塵俗氣，清新俊逸，若天授之然者。年十六，淮南行省參知政事臨川饒介之分守吳中，雖位隆望尊，然禮賢下士，聞先生名，使使召之再，先生畏避久之，強而後往。座上皆鉅儒碩卿，以倪雲林竹木圖命題，實試之也。且用次原詩木、綠、曲韻。時先生一愿稺耳，衆易之，侍立少頃，答曰：「主人原非段干木，一瓢倒瀉瀟湘綠。踰垣爲惜酒在尊，飲餘自鼓無絃曲。」饒大驚異，以其含蓄深遠，非稺作可及，延之上座，特爲書於圖。諸老爲之掣肘，自是名重搢紳間，縱前輩靡弗畏之。年可十八，頎而未冠，嘗聘青丘鉅室周翁仲達女，因家落，弗克備六禮。一旦翁病，所交戲之曰：「若婦翁有不安，盍往問之，可乎？」先生曰：「諾，願偕往焉。」遂同抵其第。翁謂所交曰：「吾疾近稍愈，未可率爾與新客見。聞其善吟，客位間有蘆雁圖，脫一題足矣。」先生走筆一絕云：「西風吹折荻花枝，好鳥飛來羽翼垂。沙闊水寒魚不見，滿身霜露立多時。」翁笑曰：「若欲偶之意亟矣。」語所交請其回，當擇日妻之也。踰弱冠，日課詩五首，久而恐不精，日二首，後一首，皆工緻沉著，不經人道語，然有以當乎人心，而不知手足之舞蹈也。元季俶擾，張士誠據浙右，時彥皆從之，先生獨弗與處，挈家依外氏，以詠歌自適，故有青丘子歌并江館一集寓志焉。先生尤好權略，論事稠人中，言不繁而切中肯綮，人莫不聳動交聽而厭服其心。故饒及方鎮丁仲容締交如驗左契。所與王彝、楊基、張憲、張羽、周砥、王行、杜寅、徐賁、宋克、余堯臣、釋道衍輩，皆豪宕不羈，談辯精確，憪然以爲天下事可就。一時武勇多下之。明興二年正月，蒙召入京，與同里謝徽修元史。二月開局，總裁宋公，以曆自黃帝以來，聖君所重，徵遠難明，特委之先生，爲考據運氣、度數、歲餘、歲差、授時、步氣之屬，徵古驗今，必求脗合乎天道，非苟焉而已。及他志、傳，節有詳明，文實事核，深爲公獎賞。八月，書成上進，有白金文綺之賜。已而命敎諸功臣子弟。次年二月，官翰林編修，至七月，特擢戶部侍郎。以年少未諳理財之任，懇辭致政，實洪武庚戌也。仍賜白金，與徽同歸，復居青丘。時盧熊修郡志初成，爲之考據，并躬探覽於風俗、古蹟、祠廟、冢墓、山水、泉石、園亭、寺宇、橋梁雜賦，每系一詩，衆體兼備，共如干首，名姑蘇雜詠，傳於世。移居虎丘西麓訓蒙，未幾，遷城南。歲壬子，國子祭酒江夏魏觀來知府事，與先生嘗會于京，敦舊好，爲徙居城中夏侯橋，以便朝夕親與。蓋觀爲勝國遺才，頗自矜詡，矧解青烏經術，到任，第欲更張，以吳城無蛇門，則自東南水陸來之生氣間沮，故百年之富，極品之貴，甚有所妨，圖欲闢之。先是，在城諸委港久淤，舟艇往來不便，役民挑濬甚急，已多斂怨；又以府治乃前元都水屯田司，偏於西，則出武衞之下，卽城中央舊治而新之。吳帥慮其居左，且覩由內出，諸帥俯見，弗爲禮，銜而密疏之。尋有張度御史來，徼行廉其跡，以先生嘗爲撰上梁文，王彝因浚河獲佳硯爲作頌，併目爲黨，俱攣赴京。衆洶懼喪魄，先生獨不亂，臨行在途，吟哦不絶，有「楓橋北望草斑斑，十去行人九不還」、「自知清澈原無愧，盍倩長江鑑此心」之句。歿於甲寅之九月也。年甫三十九。人無貴賤賢否老少，咸痛惜之。先生所著有缶鳴、吹臺、鳳臺、槎軒，詞則扣舷，文則鳧藻等集。議論精鑿，敍事典贍，賈誼、班固之流乎！詩之高古類魏、晉，沖澹如韋、柳，和暢如高、岑，放適如王、孟，質直如元、白；樂府多擬漢制，其新聲雖張籍、王建所不逮。數千萬言，兼乎衆長，出人意表；不啻良金美玉，取重於時，布帛菽粟，可用於世。老杜所謂道眼前句，先正所謂隨事命意，遇景得情，自唐以來，爲世詩豪，而自成一大家者也。天何靳其才，年止於斯！設使登下壽，所就又可量耶？太史公傳賈生云：「每詔令議下，諸老先生不能言，生盡爲之對，人人各如其意所欲出。諸生於是乃以爲能而不及也。」先生之才，不下於生，出處亦不相遠，雖年稍過之，而終值首極。夫名者，古今美器，造化深忌之，故兩間無完名。范母云：「既有令名，而欲壽考，可得兼乎？」茲亦若此。悲夫！門人呂勉撰。〔校記〕備要本此處有注云：「字功懋，長洲隱士。」按先生本傳不一，茲秪列鳧藻集李氏及槎軒集呂氏作，以本集所有並錄，亦以見後有名篇，當以椎輪歸功二作也。且他書所見吳匏菴、王守溪姑蘇志傳相同。洎周氏復俊、王氏兆雲、劉氏鳳、過氏庭訓等，著撰紛如，最後牧齋列朝詩集傳亦不免語含疑信，均未鈔入，非敢簡略，特志敬慎云。

高青丘年譜 小引

論其世，足以知其人，其人之吟詠具在，歲月無考，亦一恨事。婁堅之傳王常宗云：「予既求得先生之集，校而藏之，欲得墓誌行狀以考其生平，而問之故老，莫有見及者，豈世遠而莫之傳耶？抑當時法嚴，莫敢爲之辭者耶？嗚呼！常宗以硯銘，青丘以梁文，同焉被禍，其無墓誌行狀之可考則一也。」然余讀青丘詩，按其時事，則先生之生平，歷歷可考見之者。據志傳，先生世居北郭，年二十餘，或薦於饒介，介見詩驚異，以爲上客。先生以張氏故，不屑就，因外舅居青丘，自北郭往來寄跡。缶鳴集自序云：「自戊戌至丁未十年，得詩七百三十二篇，名之曰缶鳴集。」則先生自二十三歲至三十二歲詩也。遷婁江寓館詩云：「我生甫三九，東西宜未闌。」是先生二十七歲以前，仍居北郭，二十七歲以後，寓居婁江也。觀婁江吟稾序，疑卽在此。明年戊申，先生年三十有三，爲洪武元年。二年二月，修元史，八月，史成，鳳臺集皆在京師所詠。自京師歸，退居江上，有姑蘇雜詠。自序云：「合古今諸體，凡一百二十三篇，洪武四年十二月序。」是年，先生年三十有六矣。洪武五年，魏觀出知蘇州府，與先生敦舊好，六年，先生自城南徙居夏侯里，見槎軒記。由是思之，則詩中之野墅江村，如見其隱青丘也；懷人訪友，如見其居北郭也；望闕趨朝，如見其應詔金陵也；南城西澗，如見其遷徙郡邑也。而且處勝國則悲歌慷慨，際興朝則鼓舞歡欣。三十九年之間，先生之生平，歷歷如或見之也。爰溯其世系，次其時事出處著作，並考正列爲年譜如左：

先生系出渤海，集中詩云「我祖舊都鄴，神武爲世雄」是也。世爲汴人，南渡隨蹕家臨安，所謂「我家本出渤海王，子孫散落來錢塘」是也。後趨吳，居郡之北郭，遂爲吳人。送唐處敬序云：「余世居吳之北郭。」祖本凝。父一元，見錢塘高氏家譜。字順翁。見呂勉傳。兄咨，並見呂傳。先生其次也。少孤，本集詩：「嗟予少已失庭闈。」配周氏仲達之女，見李、呂二傳及本集詩。亦能詩。集中有答內詩。子曰祖授，集有子祖授生詩。張子宜哀詞序云：「中年始得子，喜若不能容。」殤。僅二女。周立缶鳴集序云：「先姑夫不幸無後。」方彝哀詞云：「寢祀蒸嘗，要乏主嗣，遺二弱息，悲啼深幌。」姪曰庸、曰常。見詩集。

元順帝至元二年，丙子，　先生生。鳧藻集贈錢文則序，有「與蘇文忠同丙子」之語，今考諸傳皆同。

至元三年，丁丑，　二歲。

至元四年，戊寅，　三歲。

至元五年，己卯，　四歲。

至元六年，庚辰，　五歲。

至正元年，辛巳，　六歲。

〔時事〕春正月，己酉朔，改元。

至正二年，壬午，　七歲。

至正三年，癸未，　八歲。

至正四年，甲申，　九歲。

至正五年，乙酉，　十歲。

至正六年，丙戌，　十一歲。

至正七年，丁亥，　十二歲。

至正八年，戊子，　十三歲。

〔時事〕十一月台州方谷珍〔校記〕明史作方國珍。兵起。

至正九年，己丑，　十四歲。

至正十年，庚寅，　十五歲。

至正十一年，辛卯，天完主徐壽輝治平元年。　十六歲。

〔時事〕夏四月，詔修河防，以賈魯爲總治河防使。　五月，　潁州劉福通兵起，奉韓山童之子韓林兒爲主。　九月，徐壽輝陷蘄水爲都，國號天完，僭稱帝，改元治平。　〔出處〕李傳云：「少警敏力學，遂工詩。」張適哀詞序云：「未冠以穎敏聞，尤嗜爲詩。　老生宿儒，以爲弗及。」按先生未喬甫里，家北郭，與王行比鄰。其後徐賁、高遜志、唐肅、宋克、余堯臣、張羽、呂敏、陳則，皆卜居相近，號「北郭十友」，極一時詩酒之樂。十子之名，肇此數年。　〔考正〕呂傳云「年十六，淮南行省參知政事饒介之聞先生名，使召之，強而後往」云云。　按饒介以翰林應奉出爲浙江廉訪，士誠入吳，矯制授行省參政。士誠以至正丙申據姑蘇，先生年已二十一矣，呂云年十六，誤。

至正十二年，壬辰，　十七歲。

〔時事〕二月，徐壽輝陷江州，總管李黼死之。　定遠人郭子興起兵據濠州，明祖入濠附之。　三月，台州路達魯花赤泰不華帥兵與方谷珍戰于澄江，死之。　九月，以余闕爲淮西宣慰副使，守安慶。

至正十三年，癸巳，　十八歲。

〔時事〕五月，泰州張士誠兵起，據高郵，知府李齊死之。　明祖破義兵營，入滁陽守之，遣人迎郭子興入滁，稱滁陽王。　〔出處〕據呂傳：是年先生外舅仲達語所交，擇日成婚。則知未婚以前，仍居北郭，既婚以後，往來北郭、青丘間矣。

至正十四年，甲午，　十九歲。

〔時事〕六月，張士誠攻揚州，達識帖睦邇兵敗，尋陷盱眙及泗州。

至正十五年，乙未，宋主韓林兒龍鳳元年。　二十歲。

〔時事〕二月，劉福通等迎韓林兒至，立以爲帝，又號小明王，建都亳州，國號宋，改元龍鳳。　三月，滁陽王卒。　六月，明祖起兵自和陽渡江取太平路。

至正十六年，丙申，　二十一歲。

〔時事〕正月，天完主徐壽輝據漢陽。　二月，張士誠入平江據之。　三月，明祖帥師克金陵，改集慶路爲應天府。張士誠陷湖州、松江、常州諸路，矯制以饒介爲淮南行省參政，蔡彥文爲參軍。七月，張士誠破杭州。以余闕爲淮南行省參知政事，仍守安慶。十月，淮安城破，江東廉訪使褚不華死之。〔出處〕按錢傳：先生二十餘，饒介覽其詩驚異，以爲上客。〔考正〕集中遊天池五古一作，編入姑蘇雜詠者非。〔著作〕凡與饒介之、蔡彥文輩酬答者，皆在是年以後。梅節婦傳、送人戍梁溪　燕客次蔡參軍韻、退思齋、陪臨川公遊天池。

至正十七年，丁酉，二十二歲。

〔時事〕三月，徐達攻常州，張士誠遣其弟士德來援，徐達伏兵擒之。五月，明祖取寧國等路，八月，取揚州路。張士誠寇嘉興，屢爲楊完者所敗，降元。元以士誠爲太尉，官其將吏有差。九月，天完將陳友諒襲殺倪文俊，并其軍，自稱平章。十二月，天完將明玉珍據成都。

至正十八年，戊戌，二十三歲。

〔時事〕正月，陳友諒陷安慶，守將淮南行省右丞余闕死之。五月，宋劉福通破汴梁，奉其主韓林兒居之。七月，苗帥楊完者兵敗自殺，張士誠據杭州、嘉興。十月，拜住哥誘殺邁里古思。張士誠遣兵守紹興。十二月，明祖取婺州路。〔出處〕先生是年往來饒介幕，與北郭諸友互相酬唱，既而依外舅居吳淞江之青丘，自號青丘子。至冬，出遊吳、越。〔著作〕青丘子歌、甫里卽事、送張貢士會試、謁甫里祠、次韻春日漫興、爲外舅題畫、吳越紀遊。按：先生自戊戌至庚子，嘗遊吳、越，因有紀遊詩一十五首，其餘凡在越州、錢塘、檇李作者皆在此三年。附補吳越紀遊詩序：「至正戊戌、庚子間，余嘗遊東南諸郡，顧覽山川，所賦甚夥，久而散失。暇日理篋中，得數紙，而壞爛破闕，多非完章，因擇其可存者，追賦當日之意以足成之，凡一十五首。雖未能北遡大河，西涉嵩、華，以賦其險逕絕特之狀，然此所以寫行役之情，紀遊歷之蹟，與夫懷賢弔古之意，亦往往而在，固不得而棄也，因錄以自覽焉。」此序從朱紹舊刻三先生詩補入。

至正十九年，己亥，二十四歲。

〔時事〕七月，張士誠大發浙西諸郡民築杭城。九月，明祖取衢、處等州，有薦青田劉基、龍泉章溢、麗水葉琛及宋濂者，即遣使以書幣聘之。時朱文忠守金華，復薦王褘、王天錫，至皆用之。詔遣使以御酒龍衣賜張士誠，徵海運糧，自是士誠每歲運米十萬餘石至京師。十二月，陳友諒徙其主徐壽輝都江州，自稱漢王。〔出處〕先生時遊吳、越。〔著作〕郭芳卿弟子陳氏歌、築城詞。

至正二十年，庚子，二十五歲。

〔時事〕五月，陳友諒弒其主徐壽輝，遂自稱帝，國號漢。〔出處〕先生遊吳、越，歸青丘。〔著作〕送王稹赴大都。

至正二十一年，辛丑，二十六歲。

〔時事〕明祖帥師伐漢，拔江州，漢主友諒走武昌。〔出處〕先生寓青丘。〔著作〕贈薛相士。

至正二十二年，壬寅，二十七歲

〔時事〕正月，明祖取江西諸路。　二月，金華苗軍作亂，殺胡大海。　四月，徐達復定南昌，　命朱文正守之。　張士誠以其屬饒介爲咨議參軍，秋罷之。　〔出處〕遷婁江寓館詩云：「我生甫三九，東西宜未闋。」是年先生年二十有七，寓居婁江，作婁江吟稾。　〔著作〕九月九日遊天平山記、遊天平山、別城中故居。

至正二十三年，癸卯，夏主明玉珍天統元年。吳王張士誠元年。　二十八歲。

〔時事〕正月，明玉珍稱帝于成都，建國號曰夏。　詔遣使江南求樂工。　七月，漢主友諒圍洪都，明祖帥諸將討之，大戰于鄱陽湖，友諒敗死，子理立。　張士誠自稱吳王。　詔遣使徵糧，不與。〔出處〕先生寓婁江，往來城邑。　〔著作〕送錢塘施輝序、送劉侯序、癸卯九日。

至正二十四年，甲辰，　二十九歲。

〔時事〕正月，明祖建國號曰吳。　二月，自將伐漢，漢王陳理降，湖廣、江西悉平。　七月，太子愛猷識理達臘出奔冀寧，依擴廓帖木兒。　九月，明祖設起居注二員，以宋濂、魏觀爲之。　〔出處〕先生往來城邑。

至正二十五年，乙巳，　三十歲。

〔時事〕三月，太子大發兵討孛羅帖木兒。　五月，孛羅帖木兒伏誅，　召太子還京師。　〔出處〕先生居郡中。　〔著作〕送二賈君序、答衍師見贈、練圻老人農隱。

至正二十六年，丙午，　三十一歲。

〔時事〕三月，夏主明玉珍卒，子昇立。　四月，明祖取淮安諸路。　八月，遣兵伐張士誠。　九月，取湖州諸路。　十一月，兵至平江圍之。　十二月，宋主韓林兒卒。　〔出處〕時先生在圍中。　〔著作〕送顧倅序、早蛩賦。

至正二十七年，丁未，　三十二歲。

〔時事〕明祖建元。　九月，明祖克平江，執吳王張士誠以歸，自縊。　其將潘元紹等降。　徙其官屬饒介等及家屬流寓之人二十餘萬于金陵，改平江路爲蘇州府。　〔出處〕亂後先生復移居江上，見答余新鄭詩。　缶鳴集自序云：「近客江東之渚。」又云：「自戊戌至丁未，得詩七百三十二篇，題之曰缶鳴集。」按先生是年亡女。　〔著作〕答余左司元夕會飲、雨中春望、重午書事、弔七姬、送家兄西還、哭臨川公、聞家兄謫壽州、夢鍾離兩兄、兵後出郭、城西廢塢、秋日江居七首。

至正二十八年，明太祖洪武元年戊申，　三十三歲。

〔時事〕正月，明祖卽皇帝位於金陵。　改元洪武。　五月，幸汴，窺元都。　王禕出爲漳州判。　七月，自汴還金陵。　閏月，兵至通州。　乙丑夜，元帝北去。　八月庚申，師入大都。　命學士詹同等十人分行十道，訪求賢哲隱逸之士。　九月，下詔求賢。　十一月，遣夏元吉等分行天下，訪求賢才。建大本堂，以起居注魏觀爲太子說書。　十二月，詔修元史。　〔出處〕先生寓江上，次韻周誼秀才詩云「去年圍中在北郭，今年旅寓向江渚」是也。詩內又有「弟兄離隔關山迥」句，則知先生送兄還謫，亦在斯時。〔著作〕亂後經婁江舊館、愛竹軒、幻住精舍、袁憲史由湖廣調福建、兵後逢張孝廉醇、次韻周誼秀才、江鄉吹簫、范園看杏花。

洪武二年己酉，三十四歲。

〔時事〕命都督孫遇仙等十八人，祭天下五嶽、四瀆、四海之神。二月，詔修元史，以左丞相李善長監修。召前起居注宋濂、漳州府判王褘爲總裁。徵山林遺逸之士汪克寬、胡翰、宋禧、陶凱、陳基、曾魯、趙汸、張文海、徐尊生、黃篪、傅恕、王錡、傅著、謝徽、趙壎及先生共一十六人，同纂修。開局天界寺。一作十八人，逸其二。今於姓譜中得鮑頫，字尙絅，歙人。洪武初薦修元史，陞翰林修撰，出爲耀州同知。集中五律幷排律有送鮑翰林者，即此。又陳鎰甘白先生詩集序：「張適字子宜，洪武初，與渤海高季迪諸公，同徵修元史。」又王彝傳：「王彝以布衣召修元史，賜金幣遣還。當時初修元史被徵者三十二人。」天界玩月詩，有作一十八人者，今據明史稾趙壎傳作一十六人。安南王陳日煃一作熞、一作[illegible]。遣使朝貢。琉球國遣使朝貢。高麗王顓遣使朝貢。帝耕藉田。四月，徐達克隴州，元將李思齊降。移師圍慶陽，元將以城降。命博士孔克仁等授諸子經，功臣子弟，咸令就學。六月，以宋濂爲翰林學士。八月，元史成。九月，定朝燕饗舞之數。十月，甘露降乾清宮。遣楊璟使夏招諭。冬至，祀昊天上帝于圜丘。奉仁祖配。〔出處〕先生是年以薦修元史赴金陵，寓天界寺。〔著作〕元史曆志序、列女傳序、會宿鶴瓢山房將赴召不預、別內、將赴金陵泊閶門、赴京道中逢鄉友、赴京留別、發土橋、過八岡、白鶴溪、次丹陽、寓天界寺、登天界寺鐘樓、至京師觀燈、聞雨聲憶故園、早至闕候朝、夢歸、寒食逢杜賢良飲、見花憶故園、己酉初度、雨中登天界西閣、親舊寄酒、送葛省郎、寄張祠部、左掖作、送陳秀才、送聯書記、送傅侍郎、得二女消息、夜坐天界、嘗吳粳、送金判官、賦得烏衣巷、登雨花臺、答內寄、眞氏女、送李架閣、送王哲、望茅山、贈楊滎陽、天界玩月、對辛夷懷徐七、送許先生、送證上人、送王孝廉、奉游西園、會宿成均、送錢判官、送劉省郎、胡普二博士同宿、至日夜坐送舒徵士、聖壽節、甘露降後庭、冬至車駕南郊、禁中雪、雪夜呈危宋二院長、奉天殿進元史、九日賜糕、送王錡赴北平、送哲明府、寄丁二侃、寄徐記室、得故人書因寄、晚過清溪、晚晴、送朱謝二博士還吳、送內兄周誼還江上、晚登南岡、晚晴遠眺。

洪武三年，庚戌，　三十五歲。

〔時事〕二月，王褘敎大本堂。　四月，詔設科取士。大事記云：「中式者十日後試以五事，曰騎、射、書、算、律。」　詔封子棪等十人爲王，禮成告太廟。　五月，親祀地示于方丘，詔百僚習射。　六月，命訪故宋理宗頂骨歸葬故陵。　七月，宋濂、王褘等進續修元史。　九月，禮書成。　以魏觀爲太常卿，改侍讀學士，尋遷祭酒。　〔出處〕是歲先生移家至金陵，去天界遷寓鍾山里第。　正月，開平王二子侍學東宮，奉命授之經。　二月，授翰林院編修。　七月，帝御闕樓召對，擢戶部侍郎，辭；給金幣放歸。既旋里，復居江上之青丘，作姑蘇雜詠，至四年十二月告成。　〔考正〕集中有大駕祀方丘作諸書，惟載二年夏至。考劉青田誠意伯文集祀方丘頌序云：「洪武三年五月二十日戊申北至，皇帝將祀地示于方丘，乃先期九日潔齋于舊宮，詔百僚習射西苑。」今詩題有「選射齋宮」語，則知爲三年所作。〔著作〕志夢、喻轂、送樊參議赴江西參政序、送徐先生歸嚴陵序、安晚堂記、歸養堂記、封建賀東宮牋、客中述懷、京師寓廨、家人至京、早春侍皇太子遊東苑、送高麗使張子溫、清明呈館中諸公、喜逢董卿、衍師見訪鍾山里第、送賈文學試畢歸吳、四月朔日休沐、題王翰林畫蘭、奉迎車駕享廟還宮、風雨早朝、謝賜衣、西清對雨、宿太廟、春日遇直、曉出趨朝、送顧式、觀鶂、夢姊、同謝國史遊鍾山、追挽恭孝先生、封建親王賜宴、楊滎陽赴召至京、早出鍾山門未開、京師午日、京師秋興、辭戶部東還出都門、酬謝翰林、重過甘露寺、過白鶴溪、歸吳至楓橋、送徐山人還蜀山、至吳淞江、歸田園、南寺尋悟公、睡覺、訪李鍊師、效樂天、至蓮村、題高彥敬畫、天平山、始歸江上、嫣雌子歌、臘月二十四日。

洪武四年，辛亥，　三十六歲。

〔時事〕親策進士，賜吳伯宗等及第出身有差。　六月，王師平蜀。　貶魏觀爲龍南令，復召爲禮部主事。　使編修王褘諭吐蕃。　〔出處〕是年先生自江上移居城南。據呂傳移居虎丘，未幾還城南。〔著作〕送丁至恭省親序、胡君墓誌銘、姑蘇雜詠序、雨中曉臥、江上看花、贈沈蒙泉、贈治冠梁生、喜聞王師下蜀、丁孝廉惠冠巾、答胡博士二十韻、端陽寫懷。

洪武五年，壬子，　三十七歲。

〔時事〕十月，以禮部主事魏觀爲蘇州府知府。遣王禕諭雲南故元梁王。〔出處〕先生居城南，時魏觀爲郡，有舊，相與往還。〔著作〕從兄彰墓誌、陳希文墓誌、陳夫人許氏誌、跋呂魏詩後、勸農文、兜羅被、江上晚歸、南州野人、雨後讀待制詩、九日。

洪武六年，癸丑，三十八歲。

〔時事〕二月，陞蘇州府知府魏觀爲四川行省參政，尋以蘇爲大郡，難其代，命觀復知蘇州。十二月，故元梁王殺使臣王禕、吳雲等。〔出處〕是年春，先生自城南徙居夏侯里。〔著作〕槎軒記、郡治上梁、出郊抵東屯五首、嫣蜼太史自海上入郭，會宿城西、春草軒懷王太史、雨中不寐、陪張水部過西橋、五禽言。

洪武七年甲寅、三十九歲。

〔時事〕蘇州知府魏觀，以復舊治被劾死。〔出處〕先生等爲魏觀闢文學，誣者目以黨觀得罪，先生與王彝皆與其難。〔考正〕先生之卒，因爲魏觀撰上梁文。顧黔國沐公、楊璽卿、彭少保、廖春坊序觀遺集曰蒲山牧唱，俱言觀陷于誣，詔以禮葬祭，諸王爲哀賻。是觀冤旋雪，先生死非其罪，益可見。因憶故友吳揚會太顛書傳後有云：「按張羽靜居集，有槎史赴臺一詩。注爲高季迪而作。有『遊者固云樂，子去不復還。平生五千卷，寧救此日艱？天網詎恢恢，康莊徧榛菅』之語。是先生赴命金陵無疑。」而李志光傳暨聽雨樓記云「蹇連以沒」，云「歸卒于家」，祇憐而諱之之辭。第上梁一文，世卒未之見。自呂勉傳及吳中故語、泳化類編、七修類稾、東吳名賢記、續吳先賢傳、詞林人物考、傳信錄諸書，雖相沿無異詞，惜其文不載鳧藻集中，僅大全集留郡治上梁詩；其爲諱而不存，逸而莫考，終未可知，不免撫卷茫然。若錢牧齋先生據吳中野史，又謂「因詩觸怒，假手魏守之獄」，致後人或援入傳稾，或疑好事者附會。而牧齋注中所謂昭示諸錄，其載李韓公善長子姪諸小侯，及豫章侯胡美罪狀。豫章侯事發爲洪武十七年，距先生沒已幾及十載，李氏諸小侯之案，因胡惟庸事敗後再爲人續告，既而一幷發露，事在洪武二十三年，去豫章侯又七八年，安有預知詩之爲諷乎？知之將根究之，而豫章父子、韓國諸雛之難免，又豈待十年以後及胡案之發哉！故謂詩之有爲而作與因詩而死，尤文人不幸，耳食難辯，非特爲賢守著文之招忌，令人信而疑，疑而信，曠代而慼喟也！因附記于此。〔校記〕「錢牧齋先生」五字原缺，依原刻本墨華池館本補。

書後

姑蘇雜詠一百三十六首，鄉先生高太史季迪所作也。蘇爲江南名郡，自周泰伯封地爲吳，至壽夢而始大，歷漢、唐、宋以迄於元，其間人物之盛衰，風俗之厚薄，學者所當知也；山川之淸古，宮室之廢興，學者所當考也。然欲知之者，不但知其粗，必欲知其精；欲考之者，不但考其事，必欲驗其迹。因其迹以究其精，此雜詠所以作也。傳嘗考閱郡志，雖知其概，然以未得弔古追覽爲恨。間得休暇，從畸人逸士，徜徉山澤，詢於故老，皆曰：「昔之魏宫而峻宇者，鞠爲草莽之墟矣！昔之崇臺而茂苑者，更爲麋鹿之所矣！」我聖明受命，涵煦生民，三十餘年，雖昔宫室之有廢興，然山高而水清者，固自若也；人物之有古今，然風淳而俗美者，猶自如也。弔古追覽之際，能無所感乎？此雜詠所以人傳誦而不已也。錫山蔡伯庸氏，得其全集，謀鍥諸梓，慮其傳寫之訛，屬傳編次而校正之，復需言識於簡末。傳媿庸陋，不足以序其後，然以晚生是邦，雖不獲從先生杖屨以遊，幸得覩其全集，與二三故老，更唱迭詠，以助升高望遠之懷，亦太平之一樂也，尚何以庸陋辭哉？若其詩之妙絶，足以鳴盛世之音者，已有大方之論，茲不敢贅，覽者必自得焉。洪武三十一年，歲戊寅五月朔，郡人周傳識。

右高季迪缶鳴集，建寧知府芮麟刻之郡齋，惜其繆誤頗多，未嘗校正。金華胡仲子，嘗爲作序，又不知以冠篇首，蓋出一時率爾之爲。芮來京時，以此册見遺；芮聞余言甚喜，將歸成之，未行而遽卒，亦可惜也。

右高季迪近體詩，余舊錄於陸伯陽。季迪近體，五言律勝；其古體，則樂府及擬古勝；爲文長於敍事。

洪武初，預修元史，除戸部侍郎，遂罷歸。後坐事，卒于京師。

右姑蘇雜詠一册，前史官高啓季迪譔，刻板在毘陵，王達善學士以見贈者。其詩備諸體，每一披誦，恍然如親游闔閭故墟，歷覽陳迹，興懷古人，可感可慕，不自知其慨歎之至矣！以上三則，俱楊文貞公士奇題。

先生寓江滸時，有呂勉功懋者，實從之學，痛先生死非其辜，矧已抱王裒之戚，乃徙城西之南濠，依族人以居，絕不道詩書，所謂謹於保身也。至永樂中，世尙彌文，禮重賢士，始謂人曰：「吾高槎軒之徒也。」先贈承德府君，時年弱冠，即以詩求益，爲改數語，甚當。談及先生履歷甚詳，出示先生手藁曰江館等集，幷其所作傳，洎諸公贊祭哀悼衆作，曰：「此吾師之蹟也，後生其領之。」先君謹受而藏之篋笥，垂三十年。迨不肖稍有知，將請質，先君已棄背矣。茲又四十年，幷錄梓之，不惟不忘乎先德，於前輩事師之誠，詎弗少襮哉！成化丁酉蜡月望，吳晚生張習拜手謹書。習字企翱。

姑蘇高太史，平生所爲詩若干篇，郡人徐用理類而編之，名曰大全集。觀其辭氣春容，音律渾雅而光彩自著，如清風徐來於修篁古松之間，鏘然成韻，略無矯飾。豈彼粗疎不實、固滯不通有若秋螢夜燐可同日語哉！誠吳下之詩宗也。吳草廬嘗言：詩者，譬如釀花之蜂，必渣滓盡化，芳潤融液，而後貯於脾者。皆成蜜；又如食葉之蠶，必內養既熟，通身明瑩，而後吐於口者皆成絲。非可強而爲，非可襲而取，太史之詩是已。然是集也，吾邑澧溪思學劉公宗文，昔旣助刊，歷歲滋久，字畫漫滅，厥胤以則慮久而湮沒，又恐傳之不廣，而四方學之者鮮能觀習，重行補刻，以廣其傳；來屬序於予，故不敢以鄙陋辭，謹書此於末簡，俾世之人知劉氏世德之相紹，而不沒人善如此，則太史是集亦賴以傳之永久而不朽焉。成化五年屠維赤奮若之歲，嘉平月朔，修職郎南京國子助敎前鄉貢進士海虞高德書。

缶鳴集，乃永樂初周公禮始刻詩一千首。至景泰初，徐用理重刻詩二千首，印行久矣。今用禮以板付盋藏之，乃增太史公幷周君序于前，李志光傳于後，庶知此集權輿于公禮，盡美于用理也。姑書此記始末，俾讀詩者鑒之！戴溪王盋謹識。

哀誄

哀辭 有序

同邑張適子宜，水部郎中。

高君諱啓，字季迪，號青丘子，又號槎軒，世爲吳城人。父祖皆弗燿，而豐於財。迨君家落而雄於才。未冠，以穎敏聞。所交以千言貽之曰：「子能記憶否？」君一目即成誦，衆皆驚服。君誶礪於學，尤嗜詩。詩人之優柔、騷人之淒淸、漢、魏之古雅、晉、唐之和醇新逸，類而選成一集，名曰傚古，日咀詠之。由是爲詩，投之所向，罔不如意；一時老生宿儒，咸器重之，以爲弗及。張氏據中吳，仕而才若西江饒介輩，深加敬禮。勸之仕，君笑而不答，然惜其才，延之使教諸子，而名日益振，遠邇得其詩以爲貴。大明維新，有薦以史事者，入史館。未幾，書成，官以國史院編修，俾分教功臣子弟；未逾年，特授戶部侍郎。自以不能理天下財賦，力辭忤旨，仍賜白金一鎰，以酬訓誨之功。歸吳，益放於詩，自類其平生所作千五百首曰缶鳴集、曰姑蘇雜詠，共若干卷，傳於時，學者宗之，詠歌之以自適。洪武甲寅，緣事連坐以歿，士大夫靡不爲之痛惜。於虖！君事親與兄，盡孝友，處族黨交游，盡恭而義。其容和煦，其言闤闠，於燕私善譃，酒酣長歌。中年始得子，喜若不能容。每與論詩，亹亹終日忘倦，或繼以夜。所居去予不遠，故與予未嘗一日而離，其有所離，或授館於外，亦或以詩見寄。及去京師，睽離未幾，予亦以聘至，不久復合。比君歸鄉，旣離予，偶亦得以不才辭秩還，復胥會。故君與予周旋久，而相知爲深。君平居自愛，唯恐一毫不愼，獲戾於時；今若此，其非命也夫！雖然，君生不得伸其志，而獨能雄其才，而昌其名，是歿有不歿者存也。唯恐君之心無以暴於世，故爲之友者，哀之以辭，以解世之疑，以慰君於冥冥者爾！

繄斯人之生兮，何質美而才豐！旣化俗以爲雅兮，仍拔萃而超庸。强記誦而括劘兮，彪乎外而弸其中。遂大放厥詞兮，誠意足而理充。短章寂寥兮噩噩，大篇春容兮渢渢。引物連類兮，諧乎金石。窮情盡變兮，宣乎祉宮。取材資乎楚騷兮，和聲逼乎唐風。名曰暢乎邇遐兮，忽上徹乎九重。俾載筆乎翰苑兮，復分教乎辟雍。何峻擢之弗拜兮，遂放逐而歸農。承錫賚之薦加兮，足以表撰迪之成功。返夫鄉而自如兮，雖益修乎篇翰；式省愆兮兢惕，恐罹禍兮逮躬。何出乎不測兮，罹此大咎？迺偕二陸以爲伍兮，抱終痛而無窮！爰葺詞以致哀兮，足見人心之不泯；希英魂之克慰兮，庶以表知識之微悰。

祭文

同郡王行 止仲，府庠訓導。

於乎！塊而蠢然兮，或顯以終身，而爲天下之所哂。睿而粹然兮，雖菑及其身，而爲後世之所愍。

孰主宰是兮，有不可而致詰。惟公論之攸在兮，不可得而泯也！噫，夫人之好修兮，內外並稱而無間。致學之博贍兮，通乎萬類而弗窘。詞之縟兮，粲海天旦晚之綺霞。文之典兮，列宗廟夏商之彝鼎。表章逢之才兮，居位與衆而同轍。抱危惕之憂兮，端分亟還乎小隱。何速讒有不免兮，竟罹禍之慘烈。咎聲譽之不祥兮，所以取造物之顛隕。若螢熠之微光兮，嘅軀命之卑！有常存於天地間兮，不可得而少損。稽盛衰禍福之隱伏兮，雖聖賢所不違。惟既死猶不死兮，以見君子所以異於人而莫之能盡也哉！於乎！吾儕締契以道兮，式相好而靡離，背膺抃以交痛兮，心鬱結而紆軫。諒修短之有數兮，茲有何懲？第獨居而寡知兮，耿中懷之叵忍！陳菲殽與淸醑兮，奠於廣漠。魂其來歆兮，涕淚於焉而偷拭。

又

吳興方　彝以常，比部員外郎。

生爲死流，福爲禍門。孰如聖人，克探其源？衆之得失，盍視所爲。苟非其辜，禍至焉辭？無愧於天，委命而已！恢恢兩間，適值於子。況多異才，美其文辭。蛟翔虎躍，玉佩瓊琚。萋斐貝錦，光耀簡冊。修己純雅，處有順逆。順逆攸在，賢哲靡改。宰予之夷，仲由之醢。以至淮陰，大梁殊勳，末路如何？更有機雲！麗詞飽學，同歸冥漠。張華嵇康，周顗郭璞，絕倫智藝，俱弗獲壽。泛觀慨慷，今復何有？嗟子室人，惸無依倚。寢祠烝嘗，要乏主嗣。遺二弱息，悲啼深幌。聞者酸淒，矧我交往。英魄之遊，溷世莫知。想驂文螭，上騎尾箕。敬望原野，奠告以言。庶獲享格，用表寸悁。

哀悼

同郡徐　賁幼文，左布政使。

昔別會有期，茲別渺無跡。茫茫堪輿間，飄然竟何適？音容啓遐想，恍忽猶在側。眼底乏異香，疇能致魂魄。旦暮悽以深，形影弔單隻。惟餘瑤華言，和諧重金石。寄示者歷歷，滿紙雲烟墨。一讀一愴情，老淚屢揮滴。有名齊李杜，泉下奚太息？

又

鄱陽劉　昺彦昺，行軍參謀。

閶闔門前樹，烏啼華月圓。詩吟綺樓上，午鼓未成眠。翠袖添瑚鴨，烏絲寫粉牋。每懷經濟念，鸞鏡感芳年！

又

同郡楊　基孟載，山西副憲。

鸚鵡才高竟殞身！思君別我愈傷神。每憐四海無知己，頓覺中年少故人！祀託友生香稻糈，魂歸丘隴杜鵑春。文章穹壤成何用？哽咽東風淚滿巾。

又

潯陽張　羽來儀，太常司丞。

燈前把卷淚雙垂，妻子驚看那得知？江上故人身已歿，篋中尋得寄來詩。
消息初傳信又疑，君亡誰復可言詩！中郎幼女今癡小，遺稿千篇付與誰？
生平意氣竟何爲？無祿無田最可悲！賴有聲名消不得，漢家樂府盛唐詩。

又　　錫山浦　源長源，引禮舍人。

鼓罷瑤琴遂解形，蕭蕭日影下寒城。薄田供祭遺妻子，新冢題名望友生。地下未應消俠氣，人間誰肯沒詩名！舊廬重過悲聞笛，欲賦招魂竟不成！

又　　郡人梁　時用行，翰林典籍。

犖犖才華迥出奇，淸名早向四方馳。文雄勝國圖閒日，史就當朝進獻時。一代風騷何可擬？百年英俊信無遺。歌殘楚些魂歸未，泣向西郊淚暗垂。

又　　邑人秦　衡思尹，長庠訓導。

嗟君死別若爲情！幾見階前春草生。斜日半簾歌舊詠，悲風滿樹起秋聲。百年富貴空流水，千古才華有盛名。我託舊遊心不忘，相思何處哭孤塋？

又　　同邑錢　復彥周，湖庠教授。

吟魂飄泊竟何之？欲奠椒漿曷忍悲！有限歲華雙鬢雪，無窮心事一編詩。長材狎世當誰惜？遺骨銜冤許自知。舊業荒蕪親友散，青燈夜雨泣孤嫠。

又　　同里金　珉德進，國子助教。

西望淚盈襟，詩盟竟陸沈！淸談徒入夢，長別每驚心。舊業寒江遠，荒丘宿草深。幸留名不朽，妙句逼唐音。

又　　郡人偶　桓武孟，桂林經歷。

雲霞組織鬼神驚，剜剔元精狀物情。詩句工來天却憾，難延軀命只留名。

又　　郡人吳　泰文度，涿州同知。

鳴世文章出類才，少年多譽衆驚猜。杜陵野老生今世，又爲傷情賦一哀！

槎史赴臺　　　　　　　　潯陽張　羽見前

高臺闞江山，梯航轃成闠。佳麗煥夙昔，而獨慘我顏。遊者固云樂，子去不復還！平生五千卷，寧救此日艱？天網豈恢恢，康莊徧榛菅。所恃莫可滅，才名穹壤間。

無寐時聞吹臺故　　　　　　　　　　　　前　人

戚戚多憂思，悠悠悲夜長。攝衣坐窗間，仰睇明月光。明月有盈虧，軌度豈無常？南箕與北斗，萬古不更張。人事有大謬，天道信茫茫！

觀高吹臺遺藁以詩哀之　　　　　　　　　前　人

聖朝重英彥，草澤無遺逸。若人抱奇才，獨爲泉下客。華亭委空篋，一覽動餘戚。妙詠長傳世，精靈已歸寂。幸茲墨澤存，零落篇翰迹。當時攜手地，事往成今昔！永乖盍簪好，緬懷同心益。惻愴結長悲，音容難再覿！

遊天界寺見亡友高啓題壁詩有感二首　　　前　人

香臺空想舊遊踪，化鶴俄成踏雪鴻。賸有好詩留壁上，老僧恨欠碧紗籠。
詩題敗壁墨猶存，苔色微侵屋漏痕。十五年餘舊知己，來看一度一消魂。

雪夜讀高啓詩　僧道衍斯道，少師。

吹臺長別最傷情！詩句留傳到遠林。此夜雲窗開帙看，宛同北郭對牀吟。

〔校記〕按本書所據底本文瑞樓本係翻刻版，中脫「哀誄」類（總目有存目），係裝訂時遺漏，今依照別本補入。

羣書雜記

昔吾友高季迪作吳中雜詠，嘗以示余，且曰：「子該洽好古，試爲我評之。聞子纂吳記，有古迹可命題者，幸并示我，續爲賦詠。」余因復季迪云：「舊志如吳郊臺、丁令威、祿里村、黄姑廟等題，皆無其實。破虜將軍孫堅及其夫人，其子桓王等墓，今人因郡記之謁，但以爲桓王，不知堅、策皆葬于此。朱翁子妻死郡舍後園郭門，有死亭灣之名。烏夜村在海鹽，而誤云在崑山。石季倫死洛陽，黄幡綽仕長安，固不當在此。乘魚非琴高，乃列僊傳吳子英事。諸如此類，及浮屠道家之説，多涉不經；其它『古題』云云，尤可補雜詠之缺。」季迪躍然以喜曰：「非子之言，吾幾踵其謬矣！幸詳述其故。」余暇日錄吳事若干條，置篋衍中，將以遺季迪，而季迪死矣。嗚呼！惜哉！崑山盧熊題周南老吳中雜詠後。

國初以高、楊、張、徐比唐之四傑。故老言：不惟文之似，而其攸終亦不相遠。眉菴、盈川，令終如一；太史之斃，同乎賓王。北郭雖不溺海，僅全要領，而非首丘。司丞投龍江，又與照鄰無異。噫，亦異矣！張習。

蘇州郡治本在城之中心，僭周稱國，遂以爲宮。元有都水行司在胥門內，乃遷治焉。及士誠被俘，悉縱煨焰爲荒墟。知府魏觀，學道愛人，臨治大得民和，因署隘，按舊地徙之，正當僞宮廢址；初城中有港曰錦帆涇，久已湮塞，亦通之。時右列方張，乃爲飛言上聞云：「觀復宮開涇，心有異圖也。」上使御史張度覘焉。度一狡獪人，至郡則僞爲役人，執搬運之勞，雜事其中，斧斤工畢，擇吉構架，觀以親勞其下，人與一杯，御史獨謝不飲。是日，高啓爲上梁文。初啓以侍郎引歸，夜宿龍灣，夢父書其掌作一「魏」字云：「愼與相見！」啓由是避匿甫里，絕不入城。然觀賢守，愛被殷勤，啓遂忽夢告。至是，御史還奏觀與啓並得罪，前工盡輟，郡治猶仍都水司之舊。楊循吉吳中故語。陸釴病逸漫記及府志皆同。

國初，高啓季迪侍郎，與袁海叟皆以詩名。而雲間與姑蘇近，殊不聞其還往唱酬，若不相識然，何也？玄敬嘗道：季迪有贈景文詩曰：「清新還似我，雄健不如他！」今其集不載是詩，玄敬得之史鑑明古，史得之朱應祥岐鳳。岐鳳，吾松人，以詩自豪於一時，爲序在野集者。其事雖無考，然兩言者蓋實錄云。陸深金臺紀聞雜鈔。

勝國時，法網寬大，人不必仕宦。浙中每歲有詩社，聘一二名宿，如楊廉夫輩主之，宴賞最厚。饒介之分守吳中，自號醉樵，延諸文士作歌；張仲簡詩擅場，居首坐，贈黃金一餅；高季迪白金三斤；楊孟載一鎰。後承平久，張洪修撰爲人作一文，得五百錢。王世貞。

或曰：楊文定公嘗云：「范文正、高季迪，皆出姑蘇。兩人氣象甚不同，蓋於其所賦卓筆峯見之。」今按高詩見姑蘇雜詠，范詩則不見於集，不知何所據也？附記之。范云：「笠澤研池小，穹窿架石峩。仰憑天作紙，寫出太平歌。」高云：「雲來初似墨，雁過還成字。千載只書空，山靈恨何事？」葉盛水東日記。

國初高季迪，蘇人也，詩文爲一時所宗。其文集載志夢一篇，乃其遷官授命歸鄉之事，無一不驗；自敍得於恍惚唆囈之間，而可徵未至者無少忒焉！又聞其致仕後，夢一人執其手，書一「蘇」字囑之，後凡蘇姓者，皆不接見。及本府太守魏觀，嫌府治反居衞之右，不稱文東武西之位，遷於張士誠故址；衞官誣奏太守欲復吳王之業，觀得罪，高連坐。予考其傳，亦曰：「不得已爲魏觀客，辭歸悒悒淹蹇死。」文集又曰：「不幸爲故人得罪，沒於京。」似皆憐而爲諱之之辭。且同時浦長源挽高之詩，有「鼓罷瑤琴遂解形，蕭蕭日影下寒城」之句；是所聞之夢不誣，神矣哉！王圻稗史夢徵。又郞瑛七修類稿同。

國初詩家高、楊、張、徐，稱吳中四傑。惟啓才具瀾翻，風骨利穎，遠過宋、元，雅堪禘禰昭代。啓，原汴人，南渡隨蹕，家于臨安、山陰，因元亂趨吳，依其外舅周仲達居于淞江之青丘，遂號青丘居士云。故其詩曰：「我家本出渤海王，子孫散落來錢塘。」則爲浙人無疑矣。此係一代開國詩宗，故詳記之。吳禎。

陸粲子餘書高太史姑蘇雜詠後云：「公既卒，同時有周正道者，亦作雜詠，於公頗肆詆訾。又摘龍門一詩，謂其身貽黨禍，所行非所言。」方公之在朝也，與魏守同事史局；及魏來治蘇，因與往還，豈有意爲龍門之客哉？士之處世，其所遇禍福，有幸有不幸，如太史者，君子哀而不議也。正道所云亦少恕哉！若其詞視公孰爲工拙？知詩者必能辨之。錢謙益。

明洪武初，詔修史，天下預徵聘者三十二人，而蘇則高啓、謝元懿、傅則明、杜彦正、王常宗五人。府志雜記。

凫藻集序一

余既校訂高青丘先生詩，爲之注而序之，凡一十八卷；嗣又得先生凫藻集文五卷，乃復訂而爲之序。夫文自唐、宋以來，昌黎起八代之衰。當時識高志偉，以韓氏爲宗者，有李習之。廬陵變五季之失，當時心慕手追，爲歐陽氏揚其波者，有曾氏、王氏、蘇氏父子。及乎元代，虞、揭、黄、柳而外，吴淵穎、歐陽圭齋諸家，流風派别，明初猶宣此質實，洗此精華。覺百餘年中，其盛殆不可紀極，青丘先生固其一也。夫以先生夙負異才，豈必步趨某代某集；然卽五卷之文，紆迴中復極峻潔，時與至大後諸家同而異，異而同。竊意先生早偕北郭諸子，以文行相善，自謂久而優游有得；凡耳濡目染，其淵源于前賢遺老可知。逮後應徵入史局，以宋文憲、王忠文爲總裁，汪環谷、胡仲申、趙東山輩爲同列，相與上下其論議，醇而後肆，一時之集思廣益、考獻徵文，更何可量？欲不目先生爲虞、揭而下、希風託響之一人不得也。至其沉思鬱結，常似幽憂失志之爲，以婁江之東望煙雲爲自適，以江渚之山巔水涯爲所好。及幸爲退吏，思鼓枻以長歌，引浮槎以自況，視古所謂無宦情者，奚啻過之。蓋坐磨蝎而生丙子，先生固自分文人，賦命祇與韓、蘇千百年若合。而文章留天地間，當自有呵護之而使之先後並傳，此皆有默信于中者在也。既與韓、蘇合焉，並傳焉，先生亦不可謂不幸矣！若是集爲周公禮氏手鈔，人方以未見其文爲憾。賴周文襄、鄭侍御亟謀與詩並傳。且集中有誌魏夫人篇，似距其沒時不遠，亦不爲存什一于千百。原刻舛譌實甚，今悉正其校之疎。觀者合詩集讀之，如雙環、如兩劍，庶以知先生文之必傳于後，亦以知明初文之盛，殆虞、揭諸公之遺也夫！時雍正六年，歲在戊申季秋月，重陽前三日，桐鄉金檀序。

鳧藻集序二

自有天地以來，遂有文人，不知其幾千也？幾千文人中，其可傳於後世者，僅百耳！且此僅傳之百文人，豈皆際時盛明、致身通顯、一生晏然無患以壽考終哉？其間幸者半，不幸者或過半，才與命固難強而齊也！青丘子生於吳，當元、明易代之會，兵革亂離，伏處江上，不就幣聘，惟潛心於六經百家諸書，日夜含咀之，奮雄筆於藝林。嗚呼！其志介、其才奇矣！按先生年譜：自十六歲輒名聞，隱於至正間者十有八載。年三十四，應明詔入史局，歷位侍郎，旋乞歸。則仕於洪武朝止二載，俄坐以黨罪死，年未滿四十也！先生所著史要類鈔序有曰：「天若欲成其志，使得有饘粥之養，以自返於大山長谷之中，一肆其力於所未知，則亦將無事於是編也。」論者因先生之言，遂謂先生若不死而天假之年，其所得當不止於是，余竊以爲非篤論也。夫文章之道，視乎才力。人之才力不同，大抵盛於壯而衰於晚。先生之詩與文，自少已工，洎中年而學識具足，著作大成；一時詞人學士，罕有及者。天亦若惡其滿而遽覆之，又何疑其猶未至歟！今觀周氏手鈔之文，氣體醇茂，何必不兩漢？詞章清麗，何必不六朝？文瀾壯闊，思理精邃，何必不三唐兩宋？洵可以爲元、明之一人，而獨有千古矣！即起先生於今日，而請之操觚，當不過是；獨惜先生早爲退吏，嘯傲江湖，誠非如戀戀於利祿者，其意殆將餟藜被褐，老死牖下，以遂其初。乃文人遭厄，幷不獲比於三閭之汨羅，長沙之鵩鳥，此則先生夢中所不到者也，豈非命乎！夫有才而幸者，幸而有才也，命也。有才而不幸者，不幸而有才也，亦命也。余歎先生之才，而不能無感於先生之命，故因金子重訂鳧藻集而發一言云。雍正六年臘月中浣，同里東冶陳璋序。

〔校記〕按本書所據底本文瑞樓本，中脫此序，乃裝訂時遺漏，今照別本補入。

鳧藻集原序

文以理爲主，而氣以發之。理明矣，而氣或不充，則意雖精，辭雖達，而萎薾不振之病有所不免。

蘇文定公曰：文者，氣之所形。文不可以學而能，氣可以養而至。善觀文者，觀其氣之所養何如耳。唐虞三代之文尚矣。自秦而下，文莫盛於漢、唐、宋。漢之賈、董、班、馬、劉、揚，唐之李、杜、韓、柳，宋之歐、蘇、曾、王，之數公者，各以文章名家，其初豈必追琢絺繪，學爲如是之言乎？其所以寬厚宏博，汪洋放肆而不可掩者，則其浩然之氣所養可知也。我太祖高皇帝龍飛之初，鑒近世華靡之弊，制誥典冊之文，一尙淳朴。當時在兩制居史館者，皆極天下之選，而高先生季迪其一人也。先生名啓，姑蘇人，自少警敏力學，弱冠卽以詩文鳴於鄉郡。張士誠據有浙右，屢以禮招之不就，避地居吳淞江上，以詩文自娛樂。洪武初，以廷臣薦，與修元史，授翰林國史院編修官，復命敎授諸王。久之，拜戶部侍郎。以年少不敢驟膺重任，辭歸故鄉，益肆力於詩文。居數載，不幸以故人得罪，沒于京師，年甫三十九。其詩有缶鳴集、有婁江吟稾、有姑蘇雜詠，皆已久傳於世。四方之人，莫不知其詩名，而獨未見其文也。予來姑蘇，訪求於先生之內姪周立，得其手鈔先生之文曰鳧藻集，凡五卷；因取而讀之，愛其意精而深，辭達而暢，有溫純典則之風，而不流於疎略；有謹嚴峻潔之度，而不涉於險僻；該洽而非綴緝，明白而非淺近，不粉飾而華采自呈，不追琢而光輝自著。蓋由其理明氣昌，不求其工而自無不工也。讀之不忍釋手，自是其集留予所者十有餘載。今年春，監察御史錢唐鄭公士昂，過予公館中，論及先生之詩而亦以未見其文爲慊。予因出是編相示，鄭公讀之既卷而歎曰：「古人論文章，謂一代不數人，一人不數篇；先生沒已七十年，是數篇者幸而尙存，豈易得哉！是不可以無傳。」乃屬司訓張素，略加校正，命長洲縣丞邵昕，以公錢刻置郡學，且徵予爲之序。嗟乎！方張士誠據浙右時，士大夫之欲苟且貴富者，莫不從仕以就陪臣之列；先生獨脫然去之，而以詩文自娛樂，此其浩然之氣所養爲何如哉？觀於是集，從可知矣。序而傳之，使世之讀是集者，非惟知先生於詩文有兼至之長，抑使知浩然之氣在天地間，不以貴賤壽夭而有所增損也。正統九年六月望日，正議大夫資治尹工部左侍郎雙崖周忱序。

書鳧藻集後

予在京師，嘗得高先生季迪所著詩曰缶鳴集、姑蘇雜詠者讀之，愛其清淳典雅，得詩人之旨趣，意其文當稱是。既而奉命出按吳中，暇日因過巡撫亞卿周公寓所，又得先生之文曰鳧藻集觀之，反復再四見其能闡造化之祕，發義理之微，窮人事之變，引物連喻，導歘規諷，貫穿經史百氏之言，一本諸至理，而氣以昌之。可以明人事吉凶禍福之幾，監古今成敗得失之迹，視彼絺繪藻琢，不明乎至道，無關乎世教者，烏在其爲文哉！爰命鋟梓，欲其與詩而並傳也。若夫先生之出處志節、名位履歷之詳，則有隴西志光李公與今亞卿周公爲之紀述矣，兹不復贅。正統九年六月既望，監察御史錢塘鄭顒書。

明史文苑傳高啓傳

高啓，字季迪，長洲人，博學工詩。張士誠據吳，啓依外家居吳淞江之青丘。洪武初，被薦，偕同縣謝徽召修元史，授翰林院國史編修官，復命教授諸王。三年秋，帝御闕樓，啓、徽俱入對，擢啓戶部右侍郎，徽吏部郎中。啓自陳年少，不敢當重任，徽亦固辭，乃見許。已並賜白金放歸。啓嘗賦詩有所諷刺，帝嗛之未發也。及歸，居青丘，授書自給。知府魏觀爲移其家郡中，旦夕延見甚歡。觀以改修府治獲譴，帝見啓所作上梁文，因發怒，腰斬於市，年三十有九。明初吳下多詩人，啓與楊基、張羽、徐賁稱四傑，以配唐王、楊、盧、駱云。

按：「啓嘗賦詩有所諷刺，帝嗛之未發也。」疑卽用錢謙益列朝詩集說，似不可據，汪端辯之甚詳，詳下汪端評語條。

錢謙益列朝詩集高啓小傳

高啓，字季迪，長洲人。至正丁酉，張氏開藩平江，承制以淮南行省參政饒介爲諮議參軍事。季迪年二十餘，介覽其詩驚異，以爲上客。季迪謝去，隱吳淞江之青丘，自號青丘子。洪武初，召入纂修元史，尋入內府教功臣子弟，授翰林院國史編修官。三年七月廿八日，與史官謝徽俱對，上御闕樓，時已薄暮，擢戶部侍郎，徽吏部郎中。自陳年少，不習國計，且孤遠，不敢驟膺重任，徽亦固辭。並賜內帑白金，放還，退居青丘。

先是季迪以史事爲祭酒魏觀屬官，雅相知契；觀奉命守蘇，爲季迪徙居城中夏侯里，接見甚密。觀改修府治，季迪作上梁文連坐腰斬，洪武七年也，年三十有九。

季迪身長七尺，有文武才，無書不讀，而尤邃於羣史。其詩有鳳臺、吹臺、江館、青丘、南樓、槎軒、姑蘇雜詠諸集，文曰鳧藻，詞曰扣舷。鳳臺集則洪武初爲史官時作也。詩凡二千餘篇，自選得缶鳴集十二卷，九百餘首。季迪沒無後，其妻周氏弆藏其遺藁，授其姪立，永樂元年鏤版行世，景泰中，徐庸用理會梓爲大全集。

汪端明三十家詩選高啓小傳

啓，字季迪，長洲人。少孤力學，有文武才。家北郭，與張羽、徐賁、王行、高遜志、宋克、唐肅、余堯臣、呂敏、陳則卜居皆鄰近，以詩文相砥礪，號「北郭十友」。又與楊基及羽、賁稱「吳中四傑」。張士誠據吳，屢以禮招之，季迪策其必敗，堅不往；挈家依婦翁周仲達居吳淞江之青丘，授徒自給。洪武初，徵修元史，尋入內府敎功臣子弟，授翰林院國史編修。三年秋，太祖御闕樓召對，擢戶部侍郎，以孤遠不敢驟膺重寄辭，乞放還於鄉，復居青丘。

初季迪以國史事爲祭酒魏觀屬員，觀重其才行，與締忘年交。及觀守蘇，爲季迪徙居城中夏侯里，接見甚密。洪武七年，觀以張氏據府舊治爲宮，今治湫溢，因按故址徙之。吳地多水患，復浚錦帆涇以資民利。指揮蔡本與觀有隙，爲飛語上聞，帝使御史張度覘之。度憸人也，誣觀興既滅之基，有異圖，遂被誅。季迪嘗爲觀撰府治上梁文，度目以黨，帝怒，併逮至京論死，年三十九。

季迪，惟季迪癖於詩，日課一章，當元至正時，會稽楊維楨稱詩東南，尙險怪靡麗之習，門人以千數；惟季迪與王彝不屑附和。其論詩曰：「詩之要有三：曰格、曰意、曰趣，……而免夫偏執之弊。」（校者按：詳見鳧藻集、獨菴集序，此從略。）此蓋自道其所得也。其詩有江館、靑丘、吹臺、鳳臺、南樓、槎軒、姑蘇雜詠等集，罷官後，自選爲缶鳴集，凡九百餘首。旣歿，無後，夫人周氏藏其手稿，以授內姪立，永樂元年，立爲梓行千首，仍以缶鳴爲名，而非原本。門人呂勉痛其寃酷，韜晦避禍，絕口不談詩文，將歿，出季迪詩十卷及所撰小傳，授成化進士張習之父，習編次爲槎軒集。景泰中，吳郡徐庸彙而刻之，凡二千餘首，名大全集，然字句多舛誤。國朝雍正二年，桐鄉金檀爲校正之，復加箋注，並其文曰鳧藻，詞曰扣舷，合二十四卷，重鋟行世云。

諸家評語

都穆曰：韓文公詩曰：「我生之初，月宿南斗。」東坡謂「公身生磨蝎宮，而己命亦居是宮」。蓋磨蝎即星紀之次，而斗宿所躔也。星家言身命舍是者，多以文顯。以二公觀之，名雖重於當世，而遭逢排謗，幾不自容，蓋誠有相類者。吾鄉高季迪爲一代詩宗，命亦舍磨蝎，又與坡翁同生丙子。洪武初，以作文竟坐腰斬，受禍之慘，又二公之所無者。吁，亦異矣！南濠詩話。

吳原博曰：季迪雄不敢當子美，高不敢望魏、晉，然能變其格調，足以仿佛韓、柳、王、岑。

王世貞曰：季迪如射雕兒，伉健急利，往往命中；又如燕姬靚妝，巧笑便辟。以上兩條朱彝尊明詩綜引。

朱彝尊曰：世傳侍郎賈禍，因題宮女圖，其詩云：「女奴扶醉踏蒼苔，明月西園侍宴回。小犬隔花空吠影，夜深宮禁有誰來？」孝陵猜忌，情或有之。然集中又有題畫犬一詩云：「獨兒初長尾茸茸，行響金鈴細草中。莫向瑤階吠人影，羊車夜半出深宮。」此則不類明初掖庭事，二詩或是刺庚申君而作，好事因之傅會也。又曰：季迪楚宮詞云：「細腰無限空相妒，不覺瑤姬夢裏逢。」秦宮詞云：「掖庭無用恩難報，願上蓬萊采藥船。」魏宮詞云：「至尊莫信陳王賦，那得人間有洛神？」非不深，第傷於巧。不若吳宮云：「芙蓉水殿屧廊東，白苧秋來不耐風。敎得君王長夜醉，月明歌舞在舟中。」殊近雅也。靜志居詩話二則。

陳田曰：季迪諸體並工，天才絕特，允爲明三百年詩人稱首，不止冠絕一時也。青田作二鬼詩，自負與潛溪並峙天壤，豈知江上有青丘子哉！季迪青丘子歌云……其自負亦復不淺。入史館後，驟擢戶部侍郎，以不能理天下財賦力辭，蓋亦有所託而逃。觀其京師寓廨詩，云「拙官危機遠」，其志可見矣。迨夫魏守獄興，牽連以死，舊遊素交，同聲哀悼。明詩紀事。

沈德潛曰：侍郎詩上自漢、魏、盛唐，下至宋、元諸家，靡不出入其間，一時推大作手。特才調有餘，蹊徑未化，故一變元風，未能直追大雅。明詩別裁高詩小序。

高得曰：太史辭氣春容，音律渾雅，而光彩自著，如清風徐來於修篁古松之間，鏘然成韻，略無矯飾。元吳草廬嘗言：「詩者譬如釀花之蜂，必渣滓盡化，芳潤融液，而後貯於脾者皆成蜜。又如食葉之蠶，必內養既熟，通身明瑩，而後吐於口者皆成絲。非可強而爲，非可襲而取。」太史之詩是也。

王士禛曰：明五言古，西涯之流，源本宋賢；李、何以來，具體漢、魏，互有得失，未造古人。獨高季迪、徐昌穀、皇甫子安兄弟、薛君采、高子業、華子潛，歸季思寥寥數公，窺六代三唐作者之意。

袁枚曰：詩有音節清脆，如雪竹冰絲，自然動聽者，此皆由天分，非學力可到也，在明惟青丘一人而已。

趙翼曰：青丘才氣超邁，音節響亮，宗法唐人，而自運胸臆。一出筆即有博大昌明氣象，亦關有明一代文運；論者推爲明初詩人第一，信不虛也。要其英爽絕人，學唐而不爲唐所囿，後來學唐者攀附前、後七子，襲其面貌，摹其聲調，神理索然，則優孟衣冠矣。鍾、譚輩又從一句一字標舉冷僻以爲得味外味，則幽獨君之鬼語矣。獨青丘如天半朱霞，照映下界，至今猶光景常新，則其天分不可及也。又曰：青丘金陵諸詩，清華瑰麗，雖王維、岑參等早朝大明宮之作莫能遠過。又曰：歷觀宋、金、元、明諸家詩，有力厚而太過者，有氣弱而不及者，惟青丘適得詩境中恰好地步，蓋其用力全在使事典切，琢句渾成，而神韻又極高秀。看是平易，實則洗鍊功深，此正是細膩風光，固不必石破天驚以奇傑取勝也。

趙璞函曰：青丘七古，變化超妙則宗太白，排奡沈雄則法杜、韓，伉健如幽、幷少年，俊邁如王、謝子弟，洵屬神品。以上五條均清汪端明三十家詩選中高啓詩選卷中所引。

汪端曰：青丘詩，衆長咸備，學無常師。才氣豪健而不劍拔弩張。辭采秀逸而不字雕句繪。俊亮之節，醇雅之音，施於山林、江湖、臺閣、邊塞，無所不宜，有明一代學古而化、不泥其跡者惟此一人。而沈歸愚明詩別裁譏其「才調有餘，蹊徑未化，故一變元風，未能直追大雅」，然則必如空同古詩，滄溟樂府，摹擬餖飣，局促轅下，乃可謂直追大雅耶？若青丘大全集，本非手定，中有自加删潤之作，編詩者兩存其稿，故多複句，未可執是謂之蹊徑未化也。歸愚欲以復古之説盛推李、何，故於明初諸家概加貶抑，而於青丘尤多微詞，此與鍾嶸論詩置陶潛、謝朓於中品，同爲藝苑不平之事，正不容不辯也。又曰：歸愚每詆青丘樂府，以爲近文昌、仲初，不知張、王樂府，微言婉諷，眞至簡樸，可繼香山秦中吟，遠出長吉、飛卿之上，固未可厚非也；而況青丘之深思逸氣，遒麗雅潔，又遠出張、王上耶！又曰：明人近體，有先得佳聯，後續首尾者，往往全篇不能完善。青丘則格律森嚴，一氣鎔鑄，句中有意，句外有神，足徵其功力之深，今人嘗以日課一詩之說疑其滑易少鍊，持論亦過刻哉！又曰：青丘當元季，不仕張氏，屏居江村，其品固邁於楊基、張憲諸人；入明後力辭戶曹，亦不失明哲保身之義。惟爲魏守撰文召禍，論者或議其不自檢束。然按明史魏觀傳：洪武初建大本堂，命觀侍太子說書，及授諸王經，又命偕夏原吉等分行天下，訪求賢才，所舉多擢用。出知蘇州府，盡改舊守陳寧苛政，以明教化、正風俗爲治；建黌舍，聘周南老、王行、徐用誠定學儀，王彝、高啓、張羽訂經史，耆民周壽誼等行鄉飲酒禮，政化大行，課績爲天下最。擢四川參政，未行，以部民乞留還任。則觀固儒臣而兼循吏。青丘素與文學相契，不幸爲酷吏所讒，並罹於禍，既非盧全宿王涯第之比，尤與死於胡、藍之黨者有異也。後太祖悟觀冤，詔以禮葬，青丘之枉縱未昭雪，其冤已可見已。至虞山謂以宮女圖詩觸太祖怒，假手魏守之獄，因引昭示諸錄及豫章侯胡美罪狀爲證；尤西堂作明史樂府，有上梁文一首詠青丘事，以爲文人輕薄，自取殺身。然按明史胡美傳，洪武十七年坐法死，二十三年李善長敗，帝手詔條列奸黨，言「美因長女爲貴妃，偕其子壻入亂宮禁，事覺，並伏誅」。考其時，距青丘歿已十餘載，則因詩而死之說，尤爲無稽。竹垞嘗有辯而未甚詳，爰爲擴其說焉。明三十家詩選高啓詩評。

汪端曰：樂府，高青丘清華朗潤，秀骨天成，唐人之勝境也。五言古得柴桑之眞樸，輞川之雅澹。七言古沈鬱宕遠，兼太白、杜、韓之長。五言律，上法右丞，下參大曆十子。七言律超妙清華。五言絕得王、韋之髓。七言絶有唐人風度。明三十家詩選凡例。

按：諸家評語，選取有研究價値者，無關緊要及散見於現代文學史中者，概從略。

提要

丁丙：善本書室藏書志高集提要三則

高太史大全集十八卷景泰刊本。吳郡高啓季迪著，南州徐庸用理編

啓，字季迪，長洲人。至正丁酉，張氏開藩平江，諮議參軍饒介覽啓詩，禮爲上客。遂隱吳淞江之青丘，自號青丘子。洪武初，召入纂修元史，尋敎功臣子弟，授翰林院國史編修官。三年，擢戶部侍郎，自陳年少，不習國計，賜內帑放還，退居青丘。啓先以史事爲祭酒魏觀屬官，雅相知契。觀守蘇，爲啓徙居城中夏侯里，接見甚密。觀改修府治，啓作上梁文，連坐腰斬，洪武七年也，年三十九。有鳳臺、吹臺、江館、青丘、南樓、槎軒、姑蘇雜詠諸集。沒後無子，其妻周氏藏弆諸稿授其姪立，永樂元年鏤版行世，景泰間，徐庸會梓爲大全集，有景泰元年吳劉昌序，並列洪武二年胡翰、王禕洪武三年謝徽缶鳴集舊序。（按：此卽四部叢刊之底本。）

高太史鳧藻集五卷附扣舷集一卷正統刊本。後學周立編輯

啓，詩才富健，爲一代詞宗，而古文則不甚著名，然生於元末，去宋未遠，猶具前輩典型。集末有魏夫人宋氏墓誌銘，實觀之母也。啓爲觀作蘇州府治上梁文坐法，則末年所作已盡於此。仍題「周立編輯」，當亦其姑周氏所授，或即啓所自編。正統九年，工部侍郎周忱撫蘇州，得其鈔集於周公禮家，藏且十年，適監察御史錢塘鄭士昂過而見之，乃屬司訓張素校正，命長洲縣丞邵昕以公錢刻置郡學，忱爲之序，並列洪武乙卯同里李志光所撰高太史傳於前，而附扣舷集於後。尙有鄭禺一跋，已缺。桐鄉文瑞樓所刻者卽據此本也。（按：今附大全集及金注青丘詩集後。）

缶鳴集十二卷 永樂刊本，五硯樓藏書。

明高啓撰。是集乃先生存日手自訂定之詩，目錄下注「卷一之十二」。詩凡一千首，殆明詩綜所稱「侍郎坐法死，所爲詩幾千首，自薈萃爲集凡四冊，號缶鳴集」；列朝詩集所稱「詩凡二千餘篇，自選得缶鳴集十二卷」。歿後無子，其妻周氏藏其遺稿，授姪立，於永樂元年鏤版，有洪武庚戌王禕、洪武二年胡翰序、洪武三年謝徽後序、周立跋。此本王、胡、謝三序鈔補，周跋已佚。有「五硯樓廷檮之印」、「袁氏又愷五硯樓收藏金石圖書印」。此先生刻本之最先者也。（按缶鳴集十二卷本今已罕見，其詩則散入大全集及金注諸書中。）

按：各家書目，有提要及題識者不多。莫友芝郘亭知見傳本書目及莫伯驥五十萬卷樓藏書目錄，祇談版本，其餘多僅列書名者，即有題識，亦多相重複，茲不採取。

版本書目

高太史大全集　明徐庸編　景泰本又萬曆本又清竹素軒本(共三種)

高太史鳧藻集附扣舷集　明周立編　正統本

高太史大全集及鳧藻集附扣舷集　商務印書館四部叢刊合上兩種影印本

高青丘詩集注附扣舷集又鳧藻集　清金檀輯注　雍正六年文瑞樓本又墨華池館本又嘉慶間文瑞樓重刻本又中華書局四部備要據原刻本排印本(共四種)

青丘詩集殘存　文瑞樓本

缶鳴集　高啓自編　明永樂本

姑蘇雜詠　高啓自編　清康熙周氏濂溪書院重刻本

高侍郎詩　清黃昌衢選　康熙間原刻本

高季迪詩選　清汪端選　同治間蘊蘭吟館刊本

高青丘文選　清石韞玉選　道光八年本

以上專集類

明初四家集高楊張徐　明萬曆本

皇明詩選　明陳子龍輯　原刻本
盛明百家集　明俞憲輯　清初重刻本
明三十家詩選　清汪端輯　同治間蘊蘭吟館刊本
列朝詩集　清錢謙益輯　清初刻本
明詩綜　清朱彝尊輯　原刻本　通行本
明詩別裁集　清沈德潛周準同輯　通行本
明詩紀事　清陳田編　通行本

以上總集類

歷代詩話　明何文煥輯　上海醫學書局影印本
續歷代詩話　近人丁福保輯　醫學書局排印本
清詩話　丁福保輯　醫學書局排印本
靜志居詩話　清朱彝尊撰　清初刻本

以上詩話類

龔自珍詩集編年校注	[清]龔自珍著　劉逸生、周錫䪖校注
水雲樓詩詞箋注	[清]蔣春霖著　劉勇剛箋注
人境廬詩草箋注	[清]黄遵憲著　錢仲聯箋注
嶺雲海日樓詩鈔	[清]丘逢甲著　丘鑄昌標點

龔鼎孳詞校注	[清]龔鼎孳著　孫克强、鄧妙慈校注
吴嘉紀詩箋校	[清]吴嘉紀著　楊積慶箋校
陳維崧集	[清]陳維崧著　陳振鵬標點　李學穎校補
屈大均詩詞編年校箋	[清]屈大均著　陳永正等校箋
秋笳集	[清]吴兆騫撰　麻守中校點
漁洋精華録集釋	[清]王士禛著　李毓芙、牟通、李茂肅整理
聊齋志異會校會注會評本	[清]蒲松齡著　張友鶴輯校
敬業堂詩集	[清]查慎行著　周劭標點
納蘭詞箋注	[清]納蘭性德著　張草紉箋注
方苞集	[清]方苞著　劉季高校點
樊榭山房集	[清]厲鶚著　[清]董兆熊注　陳九思標校
劉大櫆集	[清]劉大櫆著　吴孟復標點
儒林外史彙校彙評(增訂版)	[清]吴敬梓著　李漢秋輯校
小倉山房詩文集	[清]袁枚著　周本淳標校
忠雅堂集校箋	[清]蔣士銓著　邵海清校　李夢生箋
甌北集	[清]趙翼著　李學穎、曹光甫校點
惜抱軒詩文集	[清]姚鼐著　劉季高標校
兩當軒集	[清]黄景仁著　李國章校點
惲敬集	[清]惲敬著　萬陸、謝珊珊、林振岳標校　林振岳集評
茗柯文編	[清]張惠言著　黄立新校點
瓶水齋詩集	[清]舒位著　曹光甫點校
龔自珍全集	[清]龔自珍著　王佩諍校點

白蘇齋類集	[明]袁宗道著　錢伯城校點
袁宏道集箋校	[明]袁宏道著　錢伯城箋校
珂雪齋集	[明]袁中道著　錢伯城點校
喻世明言會校本	[明]馮夢龍編著　李金泉點校
警世通言會校本	[明]馮夢龍編著　李金泉點校
醒世恒言會校本	[明]馮夢龍編著　李金泉點校
隱秀軒集	[明]鍾惺著　李先耕、崔重慶標校
譚元春集	[明]譚元春著　陳杏珍標校
張岱詩文集(增訂本)	[明]張岱著　夏咸淳輯校
陳子龍詩集	[明]陳子龍著 施蟄存、馬祖熙標校
夏完淳集箋校(修訂本)	[明]夏完淳著　白堅箋校
牧齋初學集	[清]錢謙益著　[清]錢曾箋注 錢仲聯標校
牧齋有學集	[清]錢謙益著　[清]錢曾箋注 錢仲聯標校
牧齋雜著	[清]錢謙益著　[清]錢曾箋注 錢仲聯標校
牧齋初學集詩注彙校	[清]錢謙益著　[清]錢曾箋注 卿朝暉輯校
李玉戲曲集	[清]李玉著 陳古虞、陳多、馬聖貴點校
吴梅村全集	[清]吴偉業著　李學穎集評標校
歸莊集	[清]歸莊著
顧亭林詩集彙注	[清]顧炎武著　王蘧常輯注 吴丕績標校
安雅堂全集	[清]宋琬著　馬祖熙標校

放翁詞編年箋注（增訂本）	［宋］陸游著　夏承燾、吴熊和箋注　陶然訂補
渭南文集箋校	［宋］陸游著　朱迎平箋校
范石湖集	［宋］范成大撰　富壽蓀標校
范成大集校箋	［宋］范成大撰　吴企明校箋
于湖居士文集	［宋］張孝祥著　徐鵬校點
稼軒詞編年箋注（定本）	［宋］辛棄疾撰　鄧廣銘箋注
辛棄疾詞校箋	［宋］辛棄疾著　吴企明校箋
姜白石詞編年箋校	［宋］姜夔著　夏承燾箋校
後村詞箋注	［宋］劉克莊著　錢仲聯箋注
劉辰翁詞校注	［宋］劉辰翁著　吴企明校注
瀛奎律髓彙評	［元］方回選評　李慶甲集評校點
雁門集	［元］薩都拉著　殷孟倫、朱廣祁校點
揭傒斯全集	［元］揭傒斯著　李夢生標校
高青丘集	［明］高啓著　［清］金檀注　徐澄宇、沈北宗校點
唐寅集	［明］唐寅著　周道振、張月尊輯校
文徵明集（增訂本）	［明］文徵明著　周道振輯校
震川先生集	［明］歸有光著　周本淳校點
海浮山堂詞稿	［明］馮惟敏著　凌景埏、謝伯陽標校
滄溟先生集	［明］李攀龍著　包敬第標校
梁辰魚集	［明］梁辰魚著　吴書蔭編集校點
沈璟集	［明］沈璟著　徐朔方輯校
湯顯祖詩文集	［明］湯顯祖著　徐朔方箋校
湯顯祖戲曲集	［明］湯顯祖著　錢南揚校點

歐陽修詞校注	[宋]歐陽修著　胡可先、徐邁校注
蘇舜欽集	[宋]蘇舜欽著　沈文倬校點
嘉祐集箋注	[宋]蘇洵著　曾棗莊、金成禮箋注
王荆文公詩箋注(修訂版)	[宋]王安石著　[宋]李壁箋注　高克勤點校
王令集	[宋]王令著　沈文倬校點
蘇軾詩集合注	[宋]蘇軾著　[清]馮應榴注　黄任軻、朱懷春校點
東坡樂府箋	[宋]蘇軾著　[清]朱孝臧編年　龍榆生校箋
東坡詞傅幹注校證	[宋]蘇軾著　[宋]傅幹注　劉尚榮校證
欒城集	[宋]蘇轍著　曾棗莊、馬德富校點
山谷詩集注	[宋]黄庭堅著　[宋]任淵、史容、史季温注　黄寶華點校
山谷詩注續補	[宋]黄庭堅著　陳永正、何澤棠注
山谷詞校注	[宋]黄庭堅著　馬興榮、祝振玉校注
淮海集箋注(修訂本)	[宋]秦觀撰　徐培均箋注
淮海居士長短句箋注	[宋]秦觀著　徐培均箋注
清真集箋注	[宋]周邦彦著　羅忼烈箋注
石門文字禪校注	[宋]釋惠洪撰　周裕鍇校注
石林詞箋注	[宋]葉夢得著　蔣哲倫箋注
樵歌校注	[宋]朱敦儒著　鄧子勉校注
李清照集箋注(修訂本)	[宋]李清照著　徐培均箋注
吕本中詩集箋注	[宋]吕本中著　祝尚書箋注
陳與義集校箋	[宋]陳與義著　白敦仁校箋
蘆川詞箋注	[宋]張元幹著　曹濟平箋注
劍南詩稿校注	[宋]陸游著　錢仲聯校注

韓昌黎文集校注	[唐]韓愈著　馬其昶校注 馬茂元整理
劉禹錫集箋證	[唐]劉禹錫著　瞿蜕園箋證
白居易集箋校	[唐]白居易著　朱金城箋校
柳宗元詩箋釋	[唐]柳宗元著　王國安箋釋
柳河東集	[唐]柳宗元著　[宋]廖瑩中輯注
元稹集校注	[唐]元稹著　周相録校注
長江集新校	[唐]賈島著　李嘉言新校
張祜詩集校注	[唐]張祜著　尹占華校注
三家評注李長吉歌詩	[唐]李賀著　[清]王琦等評注 蔣凡校點
樊川文集	[唐]杜牧著　陳允吉校點
樊川詩集注	[唐]杜牧著　[清]馮集梧注
温飛卿詩集箋注	[唐]温庭筠著　[清]曾益等箋注
玉谿生詩集箋注	[唐]李商隱著　[清]馮浩箋注 蔣凡校點
樊南文集	[唐]李商隱著　[清]馮浩詳注 錢振倫、錢振常箋注
皮子文藪	[唐]皮日休著　蕭滌非、鄭慶篤整理
鄭谷詩集箋注	[唐]鄭谷著 嚴壽澂、黄明、趙昌平箋注
韋莊集箋注	[五代]韋莊著　聶安福箋注
李璟李煜詞校注	[南唐]李璟、李煜著　詹安泰校注
張先集編年校注	[宋]張先著　吴熊和、沈松勤校注
二晏詞箋注	[宋]晏殊、晏幾道著　張草紉箋注
樂章集校箋	[宋]柳永著　陶然、姚逸超校箋
梅堯臣集編年校注	[宋]梅堯臣著　朱東潤編年校注
歐陽修詩文集校箋	[宋]歐陽修著　洪本健校箋

蕭繹集校注	[南朝梁] 蕭繹著　陳志平、熊清元校注
玉臺新咏彙校	吴冠文、談蓓芳、章培恒彙校
王績集會校	[唐]王績著　韓理洲校點
王梵志詩校注(增訂本)	[唐]王梵志著　項楚校注
盧照鄰集箋注	[唐]盧照鄰著　祝尚書箋注
駱臨海集箋注	[唐]駱賓王著　[清]陳熙晉箋注
王子安集注	[唐]王勃著　[清]蔣清翊注
陳子昂集(修訂本)	[唐]陳子昂撰　徐鵬校點
孟浩然詩集箋注(增訂本)	[唐]孟浩然著　佟培基箋注
王右丞集箋注	[唐]王維著　[清]趙殿成箋注
李白集校注	[唐]李白著　瞿蜕園、朱金城校注
高適集校注(修訂本)	[唐]高適著　孫欽善校注
杜詩趙次公先後解輯校	[唐]杜甫著　[宋]趙次公注　林繼中輯校
新刊校定集注杜詩	[唐]杜甫著　[宋]郭知達輯注　聶巧平點校
新定杜工部草堂詩箋斠證	[唐]杜甫著　[宋]魯訔編　[宋]蔡夢弼會箋　曾祥波新定斠證
杜詩鏡銓	[唐]杜甫著　[清]楊倫箋注
錢注杜詩	[唐]杜甫著　[清]錢謙益箋注
杜甫集校注	[唐]杜甫著　謝思煒校注
岑參集校注	[唐]岑參著　陳鐵民、侯忠義校注
戴叔倫詩集校注	[唐]戴叔倫著　蔣寅校注
韋應物集校注(增訂本)	[唐]韋應物著　陶敏、王友勝校注
權德輿詩文集	[唐]權德輿撰　郭廣偉校點
王建詩集校注	[唐]王建著　尹占華校注
韓昌黎詩繫年集釋	[唐]韓愈著　錢仲聯集釋

《中國古典文學叢書》已出書目

詩經今注	高亨注
楚辭集注	[宋]朱熹撰　黄靈庚點校
楚辭今注	湯炳正、李大明、李誠、熊良智注
司馬相如集校注	[漢]司馬相如著　金國永校注
揚雄集校注	[漢]揚雄著　張震澤校注
張衡詩文集校注	[漢]張衡著　張震澤校注
阮籍集	[魏]阮籍著　李志鈞等校點
陸機集校箋	[晉]陸機著　楊明校箋
陶淵明集校箋(修訂本)	[晉]陶潛著　龔斌校箋
世説新語箋疏(修訂本)	[南朝宋]劉義慶撰　余嘉錫箋疏　周祖謨等整理
世説新語校釋(增訂本)	[南朝宋]劉義慶撰　[南朝梁]劉孝標注　龔斌校釋
鮑參軍集注	[南朝宋]鮑照著　錢仲聯增補集説校
謝宣城集校注	[南朝齊]謝朓著　曹融南校注集説
江文通集校注	[南朝梁]江淹著　丁福林、楊勝朋校注
文心雕龍義證	[南朝梁]劉勰著　詹鍈義證
詩品集注(增訂本)	[梁]鍾嶸著　曹旭集注
文選	[梁]蕭統編　[唐]李善注